鲁迅：源泉与流脉

鲁迅

杂文全编

上册

王得后 编
李庆西 注

中国社会科学出版社

图书在版编目（CIP）数据

鲁迅杂文全编：全二册／王得后编；李庆西注.
北京：中国社会科学出版社，2024.12. -- （源泉与流
脉丛书）. -- ISBN 978 - 7 - 5227 - 4058 - 4

Ⅰ. I210.4

中国国家版本馆 CIP 数据核字第 2024G5Z307 号

出 版 人　赵剑英
选题策划　陈肖静
责任编辑　王小溪
特约策划　李浴洋
责任校对　刘　娟
责任印制　戴　宽

出　　版　中国社会科学出版社
社　　址　北京鼓楼西大街甲 158 号
邮　　编　100720
网　　址　http://www.csspw.cn
发 行 部　010 - 84083685
门 市 部　010 - 84029450
经　　销　新华书店及其他书店

印刷装订　北京君升印刷有限公司
版　　次　2024 年 12 月第 1 版
印　　次　2024 年 12 月第 1 次印刷

开　　本　710×1000　1/16
印　　张　75.5
字　　数　1270 千字
定　　价　169.00 元(全二册)

弁　语

李庆西

　　20 世纪 90 年代之前，鲁迅著作出版形式比较单调，市面上流通的只是《鲁迅全集》和《坟》《热风》《呐喊》《彷徨》等各个单集，皆由人民文学出版社独家发行。其实，按 1990 年全国人大通过的《中华人民共和国著作权法》，鲁迅著作版权自 1987 年开始就进入了公有领域。当时我在浙江文艺出版社做编辑，与黄育海兄商议：鉴于上述出版现状，我们应将鲁迅纳入本社出版计划。我们想到的是，仅以全集和单集形式出版鲁迅作品与普通读者的阅读需求有很大差距。首先，不妨考虑以"全编"形式分类辑纂出版鲁迅的各体创作（小说、散文、杂文等），作为向非专业读者提供的普及性读本。育海兄是本社副总编辑，当时主抓一套"现代作家诗文全编"系列丛书，很快将鲁迅的几种全编提上出版日程。

　　于是，我邀约钱理群、王得后两位先生联手编纂《鲁迅小说全编》《鲁迅散文全编》，当时他们尚在中壮年，已是学界最具权威的鲁迅研究专家。我注意到，《中华人民共和国著作权法》于 1991 年起正式实施，本社的这两种鲁迅全编正好就在这一年出版。之后，我又邀约得后先生编纂《鲁迅杂文全编》（两卷本），于 1993 年出版。从那时起，因为鲁迅，我与钱、王两位前辈建立了长久的合作关系。

　　出版鲁迅作品，虽说原著已无版权限制，但人文版鲁迅著作注释（主要见诸《鲁迅全集》）的知识产权属于该社，我们无权使用。而既然是普及性质的读本，我们的鲁迅各体全编亦须是注释本（针对冷僻语词、典故、专有名词及历史事件等），尽可能为读者提供阅读方便。我在做小说和散文全编时，专门请人另作注释。杂文全编篇幅最巨，注释相当多，涉及的问题亦较复杂，许多地方需要联系鲁迅文章语境去理解，须不时请教得后先生。考虑到彼此沟通方便，我只能自己承担注释工作。一方面做责任编辑，一方面写注释条目，前后大概费时一年。最后注释文稿请得后先生审定，好在他还满意。

鲁迅三种全编出版后，我和育海兄有一个更大的心愿，就是重新编纂《鲁迅全集》。此议曾于 1995 年、1998 年两度启动，均未果。后一次育海兄已往浙江人民出版社履职，在他坚持之下，上级有关部门允将全集规模缩减为一套六卷本的《新版鲁迅杂文集》，得后先生和我都参加了那个六卷本的编注工作。

再度与得后先生合作是 2005 年，其时陕西师范大学出版社拟出版鲁迅小说、散文、杂文全编。小说请林贤治先生操觚，散文仍由钱理群担纲，杂文还是王得后编，我作注。这回的注释并非径取原浙江文艺版全编，半数以上条目都是重写，且有增删，亦费时经年。

这一次，钱、王两位先生的编纂方式作了很大调整，采用更明晰的文体分类，逐篇厘定散文与杂文的分际。过去讲鲁迅散文主要就是《野草》和《朝花夕拾》这两个集子，其实《坟》《华盖集》《南腔北调集》《且介亭杂文》这些通常被认为是杂文集的集子本来就夹有不少散文作品。鲁迅自己编集大多采取编年原则，并不细分文体。分类和编年自是各有优长，鲁迅的说法是"分类有益于揣摩文章，编年有利于明白时势"(《〈且介亭杂文〉序言》)。"全编"纂集思路本身以文体分类，就是为了适应现时一般读者的阅读需要，乃着眼于全民阅读，而需要做研究的专业读者使用按编年收录原集的《鲁迅全集》自然更为有利。

如何将鲁迅杂文集中的散文分离出来？钱先生和王先生辨识文体的具体标准并无特别之处，就是将偏于叙事与抒情之作归于散文(包括融议论、叙事与抒情为一体的随笔)，而偏于议论的则列入杂文(鲁迅将自己的杂文又称作"短评")。但实际做起来则是一番沉潜反复的功夫。此中分际，他们在散文和杂文全编导言中各有交代。这回重新厘定，他们从《野草》《朝花夕拾》之外的各个集子中析出散文 65 篇，譬如，收在《坟》里边的《看镜有感》《春末闲谈》《灯下漫笔》，收入《华盖集》的《"碰壁"之后》，《华盖集续编》的《送灶日漫笔》《记念刘和珍君》，《三闲集》的《在钟楼上》……鲁迅的这些名篇过去被收入各个杂文集中，现在按文体归入了散文全编。

钱先生将鲁迅散文编为四辑：《朝花夕拾》《野草》《夜记：其

他散文作品》《南腔北调：演讲词》。前两个是鲁迅自己编定的散文集，但从写作和成书时间上看，《野草》在《朝花夕拾》之前，钱先生为何将次序倒过来，大概是考虑到《朝花夕拾》的内容与作者自身关系密切，叙述语态亦贴近世间现实，而《野草》属于诗性散文，阅读理解自有一定难度。对读者而言，这是循序渐进的安排。后边一辑以"夜记"命名，拈出"夜"的意象，提示读者注意鲁迅擅于从黑暗中捕捉"爱"的闪光的特质，这一辑作品均由杂文集移入，数量也最多。压轴的 14 篇演讲词亦是从杂文集中析出，称作"南腔北调"，意在强调鲁迅的谈话风，编者导言中专门分析了鲁迅面对公众言述的若干特点，这里无须赘述。

陕西师大版的杂文全编，因为已将散文尽悉移出，所以成为一个真正的杂文读本。早先浙江文艺版的杂文全编采用编年体例，并未循从鲁迅杂文集的编排（鲁迅虽然大致按作成年月结集，但各集所收作品时间上往往互有交叉），亦是出于文体甄别的考虑。其实王先生早有区别归类的想法，只是最初那个版本中未能斟酌完善。这回整齐归一，王先生便将编纂体例改为以杂文集为单元，按原集出版次序排列，这是在分类的基础上兼顾编年，实际上与钱先生的思路亦庶几相近。本编作上、下二册，按鲁迅的 16 个杂文集，外加集外杂文，分为 17 辑。编者导言中对鲁迅杂文的思想特点与艺术性质作了深刻的讨论，是王先生毕生的体会，相信对阅读理解大有裨益。

陕西师大版三种全编于 2006 年出版。同年，得后先生邀我与他合作编注《鲁迅杂文基础读本》，由浙江文艺出版社出版。2010 年，王得后、钱理群、王富仁应邀给台北人间出版社编选《鲁迅精要读本》（两卷本），其中亦采用了我作的注释。这些年来能与自己尊崇的学者一再合作，其间有幸获得前辈指教，对于我本人亦是难得的学术训练。

现在，中国社会科学出版社重出《鲁迅散文全编》《鲁迅杂文全编》，采用钱理群、王得后两位先生编纂的本子，自然是一种经典化的出版方略。事实证明，他们是各种鲁迅读本最具权威性的编纂者，尤其散文、杂文这两个全编，我相信是能够传世的本子。

多年来，两位先生为编纂出版鲁迅著作花费许多心血，在伏案斟酌别裁之中，不但倾注了他们研读鲁迅的独家心解，亦饱含自己心中热诚的读者意识。两位先生的学术事业不必我来赞颂，这里只想说一句，他们为鲁迅编书，向来亦是作为自己的学术课题。多年辛勤积成这份成果，值得我辈格外珍重。

从第一种鲁迅作品全编到现在中国社会科学出版社的最新版本，已有三十余年历史，我本人以绵薄之力参与其中，只是作为一个见证。而今目睹鲁迅作品在全民阅读活动中愈益产生巨大影响，不能不感到十分欣喜。

2022 年 6 月 22 日

目　录

《华盖集》中的杂文

《华盖集续编》中的杂文

《而已集》中的杂文

《三闲集》中的杂文

《二心集》中的杂文

《南腔北调集》中的杂文

《伪自由书》中的杂文

导　言

　　这本《鲁迅杂文全编》是把现存全部鲁迅著作中的"杂文"选出来，仍按鲁迅生前编辑的集子——他没有编辑的就按年月编排成书的。

　　那么，根据什么标准来断定哪一篇是"杂文"，哪一篇不是杂文呢？说起来几乎是谁都知道，彼此心领神会，是不言而喻的常识，但一追问"为什么"，坦白说，连编者我也紧张得很，没有十分把握。学问上的事往往就是这样：似乎人人都心里明白的问题，毫无疑问的问题，一追究起来就可能出问题了——不知道如何说好，不用说下定义，就是三言两语把意见说清楚也很不容易。

　　就我个人来说，这个问题，最早是 1992 年，浙江文艺出版社资深编辑李庆西先生提出来的。他是一位思想明敏、富有创意的作家和出版家。那个时候他就立意策划出版一套中国现代文学作家的分类文章的"全编"系列丛书。他邀约钱理群学兄和我来编鲁迅的"散文全编"和"杂文全编"。我们俩都偏爱鲁迅，以鲁迅为立身的专业，庆西先生又是有十年交情的朋友，就答应了。真编起来，发现很难措手。几经切磋、推敲，编出来了；也在 1993 年年初出版了。当时，我们俩确实心怀抛砖引玉的期望，希望得到前辈和同辈，以及青年同行和读者的指教，逐步完善对于鲁迅"杂文"的分类。固然，鲁迅凡所涉及的文类，都有杰出的创造，但，他最大的名声在杂文，也是不争的民意和舆论。他的杂文又开一代风气，影响巨大而又深远。他自己因杂文而备受攻击和诟病，有的人甚至认为这是他的"死症"，经常有人劝他不要写杂文，不管是出于好意还是恶意。而追随他创作杂文的作家，有多少因此而遭灾受难，家破人亡，乃至付出生命，迄今没有统计，也无从统计。因此，研究鲁迅杂文和"杂文"这一文体的性质、特点、作用，是后死者的我们俩理应承担的道义。

那么，什么是杂文呢？平常介绍鲁迅著作的时候，都是说有小说、散文诗、回忆散文、学说专著和16本杂文集。其实，鲁迅用"杂文"命名的集子只有三本，在第一本《且介亭杂文》的《序言》里，他说："其实'杂文'也不是现在的新货色，是'古已有之'的，凡有文章，倘若分类都有类可归，如果编年，那就只按作成的年月，不管文体，各种都夹在一处，于是成了'杂'。"说的却不是"文体"的分类名称，而是许多种文体的混合编在一起的名称，因为它"杂"，叫它作"杂文"。鲁迅所编辑的集子，大都取的这个意思。如"集杂文而名之曰《坟》"；《二心集·序言》说："这里是一九三〇年与三一年两年间的杂文的结集。"在《华盖集》《华盖集续编》《而已集》《三闲集》《伪自由书》中都有这样的说明。我们平常说的，也是这个意思。但是，他对于严格意义的"杂文"，即具有文体意义的说明，也有三处，一是1930年，鲁迅在《自传》里的说法："初做小说是一九一八年，因为一个朋友钱玄同的劝告，做来登在《新青年》上的。这时才用'鲁迅'的笔名（pen - name）；也常用别的名字做一点短论。现在汇印成书的有两本短篇小说集：《呐喊》，《彷徨》。一本论文，一本回忆记，一本散文诗，四本短评。别的，除翻译不计外，印成的又有一本《中国小说史略》，和一本编定的《唐宋传奇集》。"二是，1932年他在《鲁迅著译书目》中列举的："一九二五年《热风》（一九一八年至二四年的短评。印行所同上。）……《华盖集》（短评集之二，皆一九二五年作。印行所同上。）《华盖集续编》（短评集之三，皆一九二六年作。印行所同上。）……一九二七年《坟》（一九〇七年至二五年的论文及随笔。未名社印行。今版被抵押，不能印。）……《而已集》（短评集之四，皆一九二七年作。印行所同上。）"三是，他在1934年写的又一份《自传》中说的："我的工作，除翻译及编辑的不算外，创作的有短篇小说集二本，散文诗一本，回忆记一本，论文集一本，短评八本，《中国小说史略》一本。"可见，"短评"是鲁迅对自己"杂文"的一个正规的说法吧？

就文体说，鲁迅认为"杂文"就是"短评"。"短评"固然在短，但短是相对的，尽管大都在一两千字，而要件在"批评"。"杂文"一定有所"批评"。这就是"杂文"的性质，也是我们俩尝试认定"杂文"的标准。

"批评"出于"不满"。"不满"出于现实固有的缺陷，"不满"

也出于生命追求完善的天性，是生命的内在力量。因之，"杂文"是否定性的；鲁迅主要用杂文表达他的思想，鲁迅思想的根本特征是否定性的。鲁迅思想的否定性出于他"立人"并由此而革新中国的理想，是以有所肯定为背景的。鲁迅在《再论雷峰塔的倒掉》一文中指出我们中国有三类破坏者：一是寇盗式的破坏者，他们留下的是一片瓦砾，与建设无关；二是奴才式的破坏者，他们留下的也只能是一片瓦砾，与建设无关；三是革新的破坏者，他们内心有理想的光，他们的破坏是为了建设，也有所建设。鲁迅的杂文中常常有文字精炼、内涵精辟的"炼语"，读来令人拍案叫绝，过目不忘，是对于我国新文化的坚实而深厚的建设。认为鲁迅只有破坏、没有建设的人，是既对于鲁迅杂文这一特质视而不见，或心怀成见而被遮蔽，甚至因思想、志向不同而与之对立，是"道不同不相与谋"的结果；也在对于鲁迅一生所作的文化工作有辑校古籍与石刻、翻译和创作三个方面未能公允观察。鲁迅杂文是革新家的杂文，思想家的杂文。鲁迅思想之所以葆有青春，是它符合我国"人"和"社会"的现实的深层特征，是它符合生命的天性。鲁迅指出"不满是向上的车轮，能够载着不自满的人类，向人道前进。多有不自满的人的种族，永远前进，永远有希望。多有只知责人不知反省的人的种族，祸哉祸哉！"这，正是对现实的既客观又理性的认识，正是对生命追求完善的力量的体认。然而，权力掩盖现实的缺陷，并扭曲乃至力图抹杀生命的这一天性。这迫使"杂文"产生变奏：隐蔽，曲折，讽刺，反讽，话里有话，带着被压迫者的愤懑，有时难免的偏激。

　　"杂文"既然是批评，批评就必须中肯，必须尖锐，钝刀子割肉不是批评。所以鲁迅说："在风沙扑面，狼虎成群的时候，谁还有这许多闲工夫，来赏玩琥珀扇坠，翡翠戒指呢。他们即使要悦目，所要的也是耸立于风沙中的大建筑，要坚固而伟大，不必怎样精；即使要满意，所要的也是匕首和投枪，要锋利而切实，用不着什么雅。""生存的小品文，必须是匕首，是投枪，能和读者一同杀出一条生存的血路的东西；但自然，它也能给人愉快和休息，然而这并不是'小摆设'，更不是抚慰和麻痹，它给人的愉快和休息是休养，是劳作和战斗之前的准备。""匕首和投枪"的比喻，一直引起很大的争议，其中包括误解。一是对于"斗争"的争议。"文化大革命"以后，更把鲁迅归入"其乐无穷"的"斗争哲学"一流。实际上鲁迅和它是根本对立的。请看鲁迅的两段说明：

> 斗争呢，我倒以为是对的。人被压迫了，为什么不斗争？正人君子者流深怕这一着，于是大骂"偏激"之可恶，以为人人应该相爱，现在被一班坏东西教坏了。他们饱人大约是爱饿人的，但饿人却不爱饱人，黄巢时候，人相食，饿人尚且不爱饿人，这实在无须斗争文学作怪。（《文艺与革命》）

> 不愿意在有权者的刀下，颂扬他的威权，并虐落其敌人来取媚，可以说，也是"语丝派"一种几乎共同的态度。（《我和〈语丝〉的始终》）

还有一种是有意无意地混淆鲁迅的"批评"和"骂"的界限与性质。鲁迅说得很清楚："还有一种不满于批评家的批评，是说所谓批评家好'漫骂'，所以他的文字并不是批评。这'漫骂'，有人写作'嫚骂'，也有人写作'谩骂'，我不知道是否是一样的函义。但这姑且不管它也好。现在要问的是怎样的是'漫骂'。假如指着一个人，说道：这是婊子！如果她是良家，那就是漫骂；倘使她实在是做卖笑生涯的，就并不是漫骂，倒是说了真实。"（《漫骂》）汇总鲁迅全部所谓"骂"人的名词，回到当年的历史环境中，看看被"骂"的人所取的"立场""态度"和言论作为，是不是契合呢？

鲁迅的"杂文"批评的是什么呢？也就是他所关注和所取的材料是什么呢？用一句话来概括，用他的话说，是"文明批评"和"社会批评"（《两地书·十七》）。但重点在对于帮闲文人和"二丑"本领的批评。他指出"帮闲，在最忙的时候就是帮忙，倘若主子忙于行凶作恶，那自然也就是帮凶。但他的帮法，是在血案中而没有血迹，也没有血腥气的"（《帮闲法发隐》）。"而二丑的本领却不同，他有点上等人模样，也懂些琴棋书画，也来得行令猜谜，但倚靠的是权门，凌蔑的是百姓，有谁被压迫了，他就来冷笑几声，畅快一下，有谁被陷害了，他又去吓唬一下，吆喝几声。不过他的态度又并不常常如此的，大抵一面又回过脸来，向台下的看客指出他公子的缺点，摇着头装起鬼脸道：你看这家伙，这回可要倒楣哩！这最末的一手，是二丑的特色。因为他没有义仆的愚笨，也没有恶仆的简单，他是智识阶级。"（《二丑艺术》）有人五人六的鲁迅研究者常常用他也曾"指出他公子的缺点"的一面为自己的帮闲辩护，正是读了鲁迅而从中"袭用"二丑本领的"老谱"。如果他不研究鲁迅，人们也许难以识破吧？不过也很难说。鲁迅毕竟是我们中国人最熟悉的作家。鲁迅，还有一个难以企及的地方，是他对于国民党统治者的政策和手段的批评。近二十年来，无论是经历过国民党统治的老一辈，还是年轻一代，不少人或忘记、或不知道国民党的历史和历史地看待国民党以及为国民党帮忙的知识者，用今天的"眼光"来否定鲁迅的思路和道路，而赞美帮忙也是帮凶的一群。自然，人各有志。自从人类诞生以来的社会，无论治世还是乱世，人们处世的立场、态度是各种各样的。聪明如诸葛亮，不也有过"苟全性命于乱世，不求闻达于诸侯"的日子么？至于立志争做"王者师"，正是儒家的"立功、立德、立言"的最高人生理想，是儒家的家规家法。就是被封为道家祖师的老子，也是为"圣人之治"立言的。知人必得论世，并且统观全人，而不以一枝一节盖棺论定，才是平实的做法。

鲁迅"杂文"的题材是广泛的。但他每有所作，自"夏三虫"而至于"皇帝"，他都把眼光的焦点对准人心、人情和人性。无论是掀掉"屠伯"所披的"羊皮"，揭开掩盖"马脚"的麒麟皮，还是拉大旗作为"革命"的虎皮，以及被压迫者的"卑怯""贪婪"和"眼光不远"，他都直指"人"的灵魂。鲁迅和孔子不同：孔子把人分为君子和小人，把女性视同小人，以尊尊长长的服从做根基，来为权势者设计治国的方法；而鲁迅把人分为主子和奴隶、奴才，女性和男性平等，以"自他两利"做根基，来为奴隶反抗同族和异族的压迫、屠戮、奴役、敲掠、刑辱，解放自己，获得人的价值，做自己命运的主人，设计求生之道。他明确指出："我自己，是什么也不怕的，生命是我自己的东西，所以我不妨大步走去，向着我自以为可以走去的路；即使前面是深渊，荆棘，峡谷，火坑，都由我自己负责。然而向青年说话可就难了，如果盲人瞎马，引入危途，我就该得谋杀许多人命的罪孽。所以，我终于还不想劝青年一同走我所走的路；我们的年龄，境遇，都不相同，思想的归宿大概总不能一致的罢。但倘若一定要问我青年应当向怎样的目标，那么，我只可以说出我为别人设计的话，就是：一要生存，二要温饱，三要发展。有敢来阻碍这三事者，无论是谁，我们都反抗他，扑灭他！可是还得附加几句话以免误解，就是：我之所谓生存，并不是苟活；

所谓温饱，并不是奢侈；所谓发展，也不是放纵。"(《北京通信》)他晚年看到被迫自杀的现象，又再次指出："人固然应该生存，但为的是进化；也不妨受苦，但为的是解除将来的一切苦；更应该战斗，但为的是改革。责别人的自杀者，一面责人，一面正也应该向驱人于自杀之途的环境挑战，进攻。倘使对于黑暗的主力，不置一词，不发一矢，而但向'弱者'唠叨不已，则纵使他如何义形于色，我也不能不说——我真也忍不住了——他其实乃是杀人者的帮凶而已。"(《论秦理斋夫人事》)可见，鲁迅杂文是鲁迅切身的生命体验并与中国人的生命病态的肉搏，是鲁迅"立人"的理想对于病态社会的不幸人们的病苦的揭示、解剖和救治。鲁迅"杂文"是对现代中国各阶级和阶层的社会地位、状况、行为规范、性质、人情世故和社会心理的精确描绘和抨击。鲁迅"杂文"是一部迄今无与伦比的中国民情和民心的历史，实际上就是我们中国的一部"人史"。我看鲁迅"杂文"是光彩照人的。他说："真是'我生不辰'，正当可诅咒的时候，活在可诅咒的地方了。约翰弥耳说：专制使人们变成冷嘲。我们却天下太平，连冷嘲也没有。我想：暴君的专制使人们变成冷嘲，愚民的专制使人们变成死相。大家渐渐死下去，而自己反以为卫道有效，这才渐近于正经的活人。世上如果还有真要活下去的人们，就先该敢说，敢笑，敢哭，敢怒，敢骂，敢打，在这可诅咒的地方击退了可诅咒的时代！"(《忽然想到（五至六）》)我们必须懂得他所生活的时代和地方，我们才能懂得他所说的："在现在这'可怜'的时代，能杀才能生，能憎才能爱，能生与爱，才能文。"(《七论"文人相轻"——两伤》)才能懂得鲁迅灵魂深处对于我们中国人和全人类的大爱。

现在，依编者的看法，把鲁迅"杂文"全部选编在这里了。上述种种看法，是否接近鲁迅"杂文"的实际，敬请读者复核。也期待读者的批评指正。

王得后

2005 年 9 月 7 日

《坟》中的杂文

题　记

　　将这些体式上截然不同的东西，集合了做成一本书样子的缘由，说起来是很没有什么冠冕堂皇的。首先就因为偶尔看见了几篇将近二十年前所做的所谓文章。这是我做的么？我想。看下去，似乎也确是我做的。那是寄给《河南》① 的稿子；因为那编辑先生有一种怪脾气，文章要长，愈长，稿费便愈多。所以如《摩罗诗力说》那样，简直是生凑。倘在这几年，大概不至于那么做了。又喜欢做怪句子和写古字，这是受了当时的《民报》② 的影响；现在为排印的方便起见，改了一点，其余的便都由他。这样生涩的东西，倘是别人的，我恐怕不免要劝他"割爱"，但自己却总还想将这存留下来，而且也并不"行年五十而知四十九年非"③，愈老就愈进步。其中所说的几个诗人，至今没有人再提起，也是使我不忍抛弃旧稿的一个小原因。他们的名，先前是怎样地使我激昂呵，民国告成以后，我便将他们忘却了，而不料现在他们竟又时时在我的眼前出现。

　　其次，自然因为还有人要看，但尤其是因为又有人憎恶着我的文章。说话说到有人厌恶，比起毫无动静来，还是一种幸福。天下不舒服的人们多着，而有些人们却一心一意在造专给自己舒服的世界。这是不能如此便宜的，也给他们放一点可恶的东西在眼前，使他有时小不舒服，知道原来自己的世界也不容易十分美满。苍蝇的

---

　　① 《河南》　河南籍留日学生出版的刊物，清光绪三十三年（1907）十二月在日本东京创办。初为月刊，后改不定期出版，共出九期。该刊发行人署名武人，总编辑刘积学。

　　② 《民报》　同盟会机关刊物，清光绪三十一年（1905）十一月在日本东京创办，前身是同年六月创刊的《二十世纪之支那》。初为月刊，后改不定期出版，共出 26 期。创刊之初由胡汉民、张继等人主编，翌年九月章炳麟（太炎）接任。章氏文风古拗，办刊亦喜用生僻字句。

　　③ "行年五十而知四十九年非"　语出《淮南子·原道训》，原为"蘧伯玉年五十而有四十九年非"。

飞鸣，是不知道人们在憎恶他的；我却明知道，然而只要能飞鸣就偏要飞鸣。我的可恶有时自己也觉得，即如我的戒酒，吃鱼肝油，以望延长我的生命，倒不尽是为了我的爱人，大大半乃是为了我的敌人，——给他们说得体面一点，就是敌人罢——要在他的好世界上多留一些缺陷。君子之徒曰：你何以不骂杀人不眨眼的军阀呢？斯亦卑怯也已！但我是不想上这些诱杀手段的当的。木皮道人①说得好，"几年家软刀子割头不觉死"，我就要专指斥那些自称"无枪阶级"② 而其实是拿着软刀子的妖魔。即如上面所引的君子之徒的话，也就是一把软刀子。假如遭了笔祸了，你以为他就尊你为烈士了么？不，那时另有一番风凉话。倘不信，可看他们怎样评论那死于三一八③惨杀的青年。

此外，在我自己，还有一点小意义，就是这总算是生活的一部分的痕迹。所以虽然明知道过去已经过去，神魂是无法追蹑的，但总不能那么决绝，还想将糟粕收敛起来，造成一座小小的新坟，一面是埋藏，一面也是留恋。至于不远的踏成平地，那是不想管，也无从管了。

我十分感谢我的几个朋友，替我搜集，抄写，校印，各费去许多追不回来的光阴。我的报答，却只能希望当这书印钉成工时，或者可以博得各人的真心愉快的一笑。别的奢望，并没有什么；至多，但愿这本书能够暂时躺在书摊上的书堆里，正如博厚的大地，不至

---

① **木皮道人** 应作木皮散人（又作木皮散客），即明末清初人贾应宠。贾应宠（约1590—1676），字思退、晋蕃，号凫西，又号澹圃，山东曲阜人。明崇祯末年曾任刑部郎中，后辞官。清初补旧职，因非其所愿，遂于官署中大说鼓词，未久落职。著有《木皮散人鼓词》《澹圃恒言》等。此处引语，见于《木皮散人鼓词》。

② **"无枪阶级"** 涵庐（即高一涵）发表于1926年8月21日《现代评论》第4卷第89期《闲话》栏中的一个讽语，指不掌握枪杆子的文化人。该文对当时知识界因五卅运动和"三一八"惨案而引发的论战表示一种拒斥态度，有谓"希望一般文人彼此收起互骂的法宝"。这里，鲁迅用来反讽现代评论派的一班文人。

③ **三一八** 即"三一八"惨案。1926年3月初，日本支持的奉系军阀进攻冯玉祥所部国民军，运载奉军的日舰在大沽口遭国民军炮击。16日，日本援引《辛丑条约》，并邀同英美法意等八国公使向段祺瑞执政府发出联合通牒，无理要求中国停止军事行动，撤除大沽口炮台，道歉赔款等。3月18日，北京公众2万余人在天安门集会，抗议八国通牒，并通过了组织北京市民反帝大同盟等决议。会后，2千多名学生和市民往执政府所在地铁狮子胡同游行请愿，遭段祺瑞卫队枪击，47人当场毙命，两百多人受伤。事后，《现代评论》对"三一八"请愿行动多持否定态度。参看陈西滢发表于1926年3月27日该刊第3卷第68期《闲话》栏的文章。

于容不下一点小土块。再进一步，可就有些不安分了，那就是中国人的思想，趣味，目下幸而还未被所谓正人君子所统一，譬如有的专爱瞻仰皇陵，有的却喜欢凭吊荒冢，无论怎样，一时大概总还有不惜一顾的人罢。只要这样，我就非常满足了；那满足，盖不下于取得富家的千金云。一九二六年十月三十大风之夜，鲁迅记于厦门。

（原刊 1926 年 11 月 20 日《语丝》周刊第 106 期，后收入《坟》）

论雷峰塔*的倒掉

　　听说，杭州西湖上的雷峰塔倒掉了，听说而已，我没有亲见。但我却见过未倒的雷峰塔，破破烂烂的映掩于湖光山色之间，落山的太阳照着这些四近的地方，就是"雷峰夕照"，西湖十景之一。"雷峰夕照"的真景我也见过，并不见佳，我以为。

　　然而一切西湖胜迹的名目之中，我知道得最早的却是这雷峰塔。我的祖母曾经常常对我说，白蛇娘娘就被压在这塔底下！有个叫作许仙的人救了两条蛇，一青一白，后来白蛇便化作女人来报恩，嫁给许仙了；青蛇化作丫鬟，也跟着。一个和尚，法海禅师，得道的禅师，看见许仙脸上有妖气，——凡讨妖怪做老婆的人，脸上就有妖气的，但只有非凡的人才看得出，——便将他藏在金山寺的法座后，白蛇娘娘来寻夫，于是就"水满金山"。我的祖母讲起来还要有趣得多，大约是出于一部弹词叫作《义妖传》①里的，但我没有看过这部书，所以也不知道"许仙""法海"究竟是否这样写。总而言之，白蛇娘娘终于中了法海的计策，被装在一个小小的钵盂里了。钵盂埋在地里，上面还造起一座镇压的塔来，这就是雷峰塔。此后似乎事情还很多，如"白状元祭塔"之类，但我现在都忘记了。

　　那时我惟一的希望，就在这雷峰塔的倒掉。后来我长大了，到杭州，看见这破破烂烂的塔，心里就不舒服。后来我看看书，说杭

---

　　* **雷峰塔**　宋开宝八年（975），吴越王钱俶为庆贺王妃黄氏得子，于西湖夕照山建塔，因名黄妃塔。又因此塔地处当时西关门外，又有西关砖塔之名。夕照山，一名雷峰，故民间俗称雷峰塔。明代嘉靖年间，曾遭入侵倭寇焚毁，但塔身依然耸立，至1924年9月25日倒塌。

　　① 《义妖传》　清陈遇乾撰，4卷54回。传述白蛇故事的长篇弹词小说。按：白蛇故事的雏形见于《太平广记》，以后宋话本中的《西湖三塔》，《清平山堂话本》中的《西湖三塔记》，《警世通言》中的《白娘子永镇雷峰塔》，《西湖佳话》中的《雷峰怪迹》，以及弹词《义妖传》等，都是这一故事的铺衍或变形。

州人又叫这塔作保叔塔，其实应该写作"保俶塔"，是钱王的儿子造的。那么，里面当然没有白蛇娘娘了，然而我心里仍然不舒服，仍然希望他倒掉。

现在，他居然倒掉了，则普天之下的人民，其欣喜为何如？

这是有事实可证的。试到吴越的山间海滨，探听民意去。凡有田夫野老，蚕妇村氓，除了几个脑髓里有点贵恙的之外，可有谁不为白娘娘抱不平，不怪法海太多事的？

和尚本应该只管自己念经。白蛇自迷许仙，许仙自娶妖怪，和别人有什么相干呢？他偏要放下经卷，横来招是搬非，大约是怀着嫉妒罢，——那简直是一定的。

听说，后来玉皇大帝也就怪法海多事，以至荼毒生灵，想要拿办他了。他逃来逃去，终于逃在蟹壳里避祸，不敢再出来，到现在还如此。我对于玉皇大帝所做的事，腹诽的非常多，独于这一件却很满意，因为"水满金山"一案，的确应该由法海负责；他实在办得很不错的。只可惜我那时没有打听这话的出处，或者不在《义妖传》中，却是民间的传说罢。

秋高稻熟时节，吴越间所多的是螃蟹，煮到通红之后，无论取那一只，揭开背壳来，里面就有黄，有膏；倘是雌的，就有石榴子一般鲜红的子。先将这些吃完，即一定露出一个圆锥形的薄膜，再用小刀小心地沿着锥底切下，取出，翻转，使里面向外，只要不破，便变成一个罗汉模样的东西，有头脸，身子，是坐着的，我们那里的小孩子都称他"蟹和尚"，就是躲在里面避难的法海。

当初，白蛇娘娘压在塔底下，法海禅师躲在蟹壳里。现在却只有这位老禅师独自静坐了，非到螃蟹断种的那一天为止出不来。莫非他造塔的时候，竟没有想到塔是终究要倒的么？

活该。

一九二四年十月二十八日。①

（原刊 1924 年 11 月 17 日《语丝》周刊第 1 期，后收入《坟》）

---

① 本文最初发表时，篇末有作者附记："这篇东西，是一九二四年十月二十八日做的。今天孙伏园来，我便将草稿给他看。他说，雷峰塔并非就是保俶塔。那么，大约是我记错的了，然而我却确早知道雷峰塔下并无白娘娘。现在既经前记者先生指点，知道这一节并非得之于所看之书，则当时何以知之，也就莫名其妙矣。特此声明，并且更正。十一月三日。"按：保俶塔，在西湖宝石山顶，今仍存。

再论雷峰塔的倒掉

从崇轩先生①的通信（二月份《京报副刊》）里，知道他在轮船上听到两个旅客谈话，说是杭州雷峰塔之所以倒掉，是因为乡下人迷信那塔砖放在自己的家中，凡事都必平安，如意，逢凶化吉，于是这个也挖，那个也挖，挖之久久，便倒了。一个旅客并且再三叹息道：西湖十景这可缺了呵！

这消息，可又使我有点畅快了，虽然明知道幸灾乐祸，不像一个绅士，但本来不是绅士的，也没有法子来装潢。

我们中国的许多人，——我在此特别郑重声明：并不包括四万万同胞全部！——大抵患有一种"十景病"，至少是"八景病"，沉重起来的时候大概在清朝。凡看一部县志，这一县往往有十景或八景，如"远村明月""萧寺清钟""古池好水"之类。而且，"十"字形的病菌，似乎已经侵入血管，流布全身，其势力早不在"！"形惊叹亡国病菌②之下了。点心有十样锦，菜有十碗，音乐有十番③，阎罗有十殿，药有十全大补，猜拳有全福手福手全，连人的劣迹或罪状，宣布起来也大抵是十条，仿佛犯了九条的时候总不肯歇手。现在西湖十景可缺了呵！"凡为天下国家有九经"④，九经固古已有之，而九景却颇不习见，所以正是对于十景病的一个针砭，至少也

---

① **崇轩先生**　即胡也频（1903—1931），原名崇轩，福州人，现代作家。著有《到莫斯科去》《光明在我们前面》等。当时他在北京，与人合编《京报》附刊《民众文艺》。

② **"！"形惊叹亡国病菌**　早期的白话诗多用惊叹号来加重情感，当时北京师范大学心理学教授张耀翔对此现象进行统计、研究，认为这种符号使用习惯反映了诗人悲观、厌世心理，是一种"亡国之音"（见《新诗人的情绪》，1924年4月《心理》杂志第3卷第2号）。

③ **十番**　指流行于东南沿海一带的十番锣鼓。

④ **"凡为天下国家有九经"**　语出《礼记·中庸》，指君主治理天下应遵循的九项要则，即："修身也，尊贤也，亲亲也，敬大臣也，体群臣也，子庶民也，来百工也，柔远人也，怀诸侯也。"

可以使患者感到一种不平常，知道自己的可爱的老病，忽而跑掉了十分之一了。

但仍有悲哀在里面。

其实，这一种势所必至的破坏，也还是徒然的。畅快不过是无聊的自欺。雅人和信士和传统大家，定要苦心孤诣巧语花言地再来补足了十景而后已。无破坏即无新建设，大致是的；但有破坏却未必即有新建设。卢梭，斯谛纳尔，尼采，托尔斯泰，伊孛生等辈，若用勃兰兑斯的话来说，乃是"轨道破坏者"。其实他们不单是破坏，而且是扫除，是大呼猛进，将碍脚的旧轨道不论整条或碎片，一扫而空，并非想挖一块废铁古砖挟回家去，预备卖给旧货店。中国很少这一类人，即使有之，也会被大众的唾沫淹死。孔丘①先生确是伟大，生在巫鬼势力如此旺盛的时代，偏不肯随俗谈鬼神；但可惜太聪明了，"祭如在祭神如神在"，只用他修《春秋》的照例手段以两个"如"字略寓"俏皮刻薄"之意，使人一时莫明其妙，看不出他肚皮里的反对来。他肯对子路赌咒，却不肯对鬼神宣战，因为一宣战就不和平，易犯骂人——虽然不过骂鬼——之罪，即不免有《衡论》②（见一月份《晨报副镌》）作家 TY 先生似的好人，会替鬼神来奚落他道：为名乎？骂人不能得名。为利乎？骂人不能得利。想引诱女人乎？又不能将蚩尤的脸子印在文章上。何乐而为之也欤？

孔丘先生是深通世故的老先生，大约除脸子付印问题以外，还有深心，犯不上来做明目张胆的破坏者，所以只是不谈，而决不骂，于是乎俨然成为中国的圣人，道大，无所不包故也。否则，现在供在圣庙里的，也许不姓孔。

不过在戏台上罢了，悲剧将人生的有价值的东西毁灭给人看，喜剧将那无价值的撕破给人看。讥讽又不过是喜剧的变简的一支流。但悲壮滑稽，却都是十景病的仇敌，因为都有破坏性，虽然所破坏

---

① **孔丘**（前551—前479） 即孔子。名丘，字仲尼，春秋晚期鲁国陬邑（今山东曲阜）人，儒家的创始人。鲁定公时，任司寇等职。曾长期聚徒讲学，周游列国。他整理研究《诗》《书》《周易》等文献，并把鲁国史官所记《春秋》加以删修，成为中国第一部编年体史书。他的思想言行主要记载于其弟子辑纂的《论语》一书中。下文引述"祭如在祭神如神在"一语，见《论语·八佾》。下文提到的子路，是他的弟子。

② **《衡论》** 1925年1月18日《晨报副刊》第12号发表的一篇文章。该文几乎将一切批评文章都视为"骂人"文章，有谓："这种人，真不知其心何居。说是想赚钱吧，有时还要赔子儿去出版。说是想引诱女人吧，他那朱元璋的脸子也没有印在文章上。说是想邀名吧，别人看见他那尖刻的文章就够了，谁还敢相信他？"作者署名 TY，真实身份未详。

的方面各不同。中国如十景病尚存，则不但卢梭他们似的疯子决不产生，并且也决不产生一个悲剧作家或喜剧作家或讽刺诗人。所有的，只是喜剧底人物或非喜剧非悲剧底人物，在互相模造的十景中生存，一面各各带了十景病。

然而十全停滞的生活，世界上是很不多见的事，于是破坏者到了，但并非自己的先觉的破坏者，却是狂暴的强盗，或外来的蛮夷。獫狁①早到过中原，五胡②来过了，蒙古也来过了；同胞张献忠③杀人如草，而满洲兵的一箭，就钻进树丛中死掉了。有人论中国说，倘使没有带着新鲜的血液的野蛮的侵入，真不知自身会腐败到如何！这当然是极刻毒的恶谑，但我们一翻历史，怕不免要有汗流浃背的时候罢。外寇来了，暂一震动，终于请他作主子，在他的刀斧下修补老例；内寇来了，也暂一震动，终于请他做主子，或者别拜一个主子，在自己的瓦砾中修补老例。再来翻县志，就看见每一次兵燹之后，所添上的是许多烈妇烈女的氏名。看近来的兵祸，怕又要大举表扬节烈了罢。许多男人们都那里去了？

凡这一种寇盗式的破坏，结果只能留下一片瓦砾，与建设无关。

但当太平时候，就是正在修补老例，并无寇盗时候，即国中暂时没有破坏么？也不然的，其时有奴才式的破坏作用常川活动着。

雷峰塔砖的挖去，不过是极近的一条小小的例。龙门④的石佛，大半肢体不全，图书馆中的书籍，插图须谨防撕去，凡公物或无主的东西，倘难于移动，能够完全的即很不多。但其毁坏的原因，则非如革除者的志在扫除，也非如寇盗的志在掠夺或单是破坏，仅因目前极小的自利，也肯对于完整的大物暗暗的加一个创伤。人数既

---

① **獫狁** 亦作猃狁。古代北方民族。殷周之际，主要分布在今陕西、甘肃北部及内蒙古自治区西部。春秋时谓之戎、狄，战国以后称匈奴。王国维《观堂集林》卷十三《鬼方昆夷獫狁考》考述甚详。

② **五胡** 指西晋末年进入中原的北方民族匈奴、羯、鲜卑、氐、羌。这些部族先后建立了十六国政权，即：前赵、成汉、前凉、后赵、前燕、前秦、后秦、后燕、西秦、后凉、南凉、南燕、西凉、北凉、夏、北燕，凡135年（304—439），史称"五胡十六国"。

③ **张献忠**（1606—1646） 字秉吾，号敬轩，陕西延安人，明末农民军首领。初为戍卒，崇祯三年（1630）在米脂起事，自号八大王。转战陕、豫、皖、鄂各地，曾几起几落。十七年（1644）据成都，立国号大西，后称帝。清顺治三年（1646）于西充凤凰山被清兵射杀。旧史记载，其部入川时杀戮甚重。

④ **龙门** 指河南洛阳以南的龙门石窟。自北魏宣武帝至晚唐，历代帝王在此断崖凿窟，建佛龛两千余处，造像九万七千余尊。

多，创伤自然极大，而倒败之后，却难于知道加害的究竟是谁。正如雷峰塔倒掉以后，我们单知道由于乡下人的迷信。共有的塔失去了，乡下人的所得，却不过一块砖，这砖，将来又将为别一自利者所藏，终究至于灭尽。倘在民康物阜时候，因为十景病的发作，新的雷峰塔也会再造的罢。但将来的运命，不也就可以推想而知么？如果乡下人还是这样的乡下人，老例还是这样的老例。

这一种奴才式的破坏，结果也只能留下一片瓦砾，与建设无关。

岂但乡下人之于雷峰塔，日日偷挖中华民国的柱石的奴才们，现在正不知有多少！

瓦砾场上还不足悲，在瓦砾场上修补老例是可悲的。我们要革新的破坏者，因为他内心有理想的光。我们应该知道他和寇盗奴才的分别；应该留心自己堕入后两种。这区别并不烦难，只要观人，省己，凡言动中，思想中，含有借此据为己有的朕兆者是寇盗，含有借此占些目前的小便宜的朕兆者是奴才，无论在前面打着的是怎样鲜明好看的旗子。

一九二五年二月六日

（原刊 1925 年 2 月 23 日《语丝》周刊第 15 期，后收入《坟》）

论"他妈的!"

　　无论是谁，只要在中国过活，便总得常听到"他妈的"或其相类的口头禅。我想：这话的分布，大概就跟着中国人足迹之所至罢；使用的遍数，怕也未必比客气的"您好呀"会更少。假使依或人所说，牡丹是中国的"国花"，那么，这就可以算是中国的"国骂"了。

　　我生长于浙江之东，就是西滢先生之所谓"某籍"①。那地方通行的"国骂"却颇简单：专一以"妈"为限，决不牵涉余人。后来稍游各地，才始惊异于国骂之博大而精微：上溯祖宗，旁连姊妹，下递子孙，普及同性，真是"犹河汉而无极也"②。而且，不特用于人，也以施之兽。前年，曾见一辆煤车的只轮陷入很深的辙迹里，车夫便愤然跳下，出死力打那拉车的骡子道："你姊姊的！你姊姊的！"

　　别的国度里怎样，我不知道。单知道诺威人 Hamsun③ 有一本小说叫《饥饿》，粗野的口吻是很多的，但我并不见这一类话。Gorky④ 所写的小说中多无赖汉，就我所看过的而言，也没有这骂法。惟独 Artzybashev⑤ 在《工人绥惠略夫》里，却使无抵抗主义者亚拉借夫骂了一句"你妈的"。但其时他已经决计为爱而牺牲了，使我们也失

---

　　① **"某籍"**　指鲁迅的籍贯。1925 年，北京女子师范大学发生反对校长杨荫榆的学生风潮。5 月 27 日，《京报》发表鲁迅起草的《对于北京女子师范大学风潮宣言》，对学生表示支持。《宣言》由马裕藻、沈尹默、周树人（鲁迅）、李泰棻、钱玄同、周作人七位教员署名。事隔三日，陈源（西滢）在《现代评论》第 1 卷第 25 期"闲话"栏发表文章，称女师大风潮之所以兴起，据说"有在北京教育界占最大势力的某籍某系的人在暗中鼓动"云云。按：在《宣言》上署名的七人中，除李泰棻外，均为浙江籍。因七人都曾在北京大学国文系任教，又有"某系"之所指。

　　② **"犹河汉而无极也"**　语出《庄子·逍遥游》："吾惊怖其言，犹河汉而无极也。"

　　③ **Hamsun**　今译汉姆生（1854—1952），挪威作家。1920 年获诺贝尔文学奖。《饥饿》是他发表的第一部小说。另著有《大地的成长》等。

　　④ **Gorky**　即高尔基。

　　⑤ **Artzybashev**　即阿尔志跋绥夫。见本套丛书散文卷《娜拉走后怎样》"阿尔志跋绥夫"注条。

却笑他自相矛盾的勇气。这骂的翻译，在中国原极容易的，别国却似乎为难，德文译本作P"我使用过你的妈"，日文译本作"你的妈是我的母狗"。这实在太费解，——由我的眼光看起来。

那么，俄国也有这类骂法的了，但因为究竟没有中国似的精博，所以光荣还得归到这边来。好在这究竟又并非什么大光荣，所以他们大约未必抗议；也不如"赤化"之可怕，中国的阔人，名人，高人，也不至于骇死的。但是，虽在中国，说的也独有所谓"下等人"，例如"车夫"之类，至于有身分的上等人，例如"士大夫"之类，则决不出之于口，更何况笔之于书。"予生也晚"，赶不上周期，未为大夫，也没有做士，本可以放笔直干的，然而终于改头换面，从"国骂"上削去一个动词和一个名词，又改对称为第三人称者，恐怕还因为到底未曾拉车，因而也就不免"有点贵族气味"之故。那用途，既然只限于一部分，似乎又有些不能算作"国骂"了；但也不然，阔人所赏识的牡丹，下等人又何尝以为"花之富贵者也"①？

这"他妈的"的由来以及始于何代，我也不明白。经史上所见骂人的话，无非是"役夫"，"奴"，"死公"②；较厉害的，有"老狗"，"貉子"③；更厉害，涉及先代的，也不外乎"而母婢也"，"赘阉遗丑"④ 罢了！还没见过什么"妈的"怎样，虽然也许是士大夫讳而不录。但《广弘明集》⑤（七）记北魏邢子才⑥"以为妇人不可

---

① "花之富贵者也" 语出宋周敦颐《爱莲说》："牡丹，花之富贵者也。"
② "役夫"，"奴"，"死公" 古代不同时期的贱称、鄙称。"役夫"，见《荀子·性恶》："不恤是非，不论曲直，以期胜人为意，是役夫之知也。""奴"，见《晋书·刘曜载记》："（陈）安引军追（石）武曰：'叛逆胡奴！要当生缚此奴……'""死公"，见《后汉书·祢衡传》："后黄祖在蒙冲船上，大会宾客，而衡言不逊顺。祖惭，乃诃之，衡更熟视曰：'死公！云等道？'"
③ "老狗"，"貉子" 古人亦以牲畜、兽类为骂称。"老狗"，见旧题汉班固撰《汉武故事》："上（景帝）尝与栗姬语，属诸姬子，曰：'吾百岁后善视之。'栗姬怒弗肯应，又骂上老狗。上心衔之，未发也。""貉子"，见《世说新语·惑溺》："（孙秀）妻尝妒，乃骂秀为貉子，秀大不平，遂不复入。"又，《晋书·陆机传》孟超骂陆机"貉奴"，亦类之。
④ "而母婢也"，"赘阉遗丑" "而母婢也"，《战国策·赵策》记齐威王骂周朝使臣的话。"赘阉遗丑"，汉末陈琳《为袁绍檄豫州文》中骂曹操的话。赘，即入赘、过继；阉，指奄臣、宦官。这里指曹操父亲曹嵩曾过继给宦官曹腾为子。
⑤ 《广弘明集》 唐释道宣撰，三十卷。继南朝僧祐《弘明集》而撰，旨在宣扬佛教。选辑诗赋文章，多有汉魏散佚之作。
⑥ 邢子才（496—?） 名邵，河间（今属河北）人，北朝魏齐间文学家。北魏明帝时入仕，累官至国子祭酒。入北齐历官西兖州刺史、太常卿兼中书监等职。文章典丽，有"北间第一才士"之称。

保。谓元景^①曰，'卿何必姓王?'元景变色。子才曰，'我亦何必姓邢;能保五世耶?'"则颇有可以推见消息的地方。

晋朝已经是大重门第，重到过度了;华胄世业，子弟便易于得官;即使是一个酒囊饭袋，也还是不失为清品。北方疆土虽失于拓跋氏^②，士人却更其发狂似的讲究阀阅，区别等第，守护极严。庶民中纵有俊才，也不能和大姓比并。至于大姓，实不过承祖宗余荫，以旧业骄人，空腹高心，当然使人不耐。但士流既然用祖宗做护符，被压迫的庶民自然也就将他们的祖宗当作仇敌。邢子才的话虽然说不定是否出于愤激，但对于躲在门第下的男女，却确是一个致命的重伤。势位声气，本来仅靠了"祖宗"这惟一的护符而存，"祖宗"倘一被毁，便什么都倒败了。这是倚赖"余荫"的必得的果报。

同一的意思，但没有邢子才的文才，而直出于"下等人"之口的，就是:"他妈的!"

要攻击高门大族的坚固的旧堡垒，却去瞄准他的血统，在战略上，真可谓奇谲的了。最先发明这一句"他妈的"的人物，确要算一个天才，——然而是一个卑劣的天才。

唐以后，自夸族望的风气渐渐消除;到了金元，已奉夷狄为帝王，自不妨拜屠沽作卿士，"等"的上下本该从此有些难定了，但偏还有人想辛辛苦苦地爬进"上等"去。刘时中^③的曲子里说:"堪笑这没见识街市匹夫，好打那好顽劣。江湖伴侣，旋将表德官名相体呼，声音多厮称，字样不寻俗。听我一个个细数:粜米的唤子良;卖肉的呼仲甫……开张卖饭的呼君宝;磨面登罗底叫德夫:何足云乎?!"(《乐府新编阳春白雪》^④ 三)这就是那时的暴发户的丑态。

---

① **元景**（? —559） 即王昕，字元景，北海剧（今山东东昌）人，北朝魏齐间文学家。北魏时为光州长史、东莱太守。东魏时迁秘书监。北齐天保初为祠部尚书。文宣帝召饮不至，被斩杀。

② **拓跋氏** 古代鲜卑族的一支。初居大鲜卑山（今内蒙古呼伦贝尔市大兴安岭北段），西晋怀帝时入据代郡（今山西北部）。东晋太元十一年（386），氏族首领拓跋珪建立北魏王朝，后于北魏天兴元年（398）定都平城（今山西大同）。其孙拓跋焘（太武帝）时，攻灭北燕、北凉、夏，统一北方。

③ **刘时中**（? —约1324） 名致，字时中，号逋斋，石州宁乡（今山西中阳）人。元代散曲家。官翰林待制、浙江行省都事。这里引述的曲子见于他的套曲［正宫·端正好］《上高监司》。按:一说元代有两个刘时中，《上高监司》的作者是另一潦倒文人。

④ **《乐府新编阳春白雪》** 元杨朝英编，今存元刊本有十卷本和两卷残本两种，另有九卷抄本传世，系元代最早刊印的散曲选集。

"下等人"还未暴发之先，自然大抵有许多"他妈的"在嘴上，但一遇机会，偶窃一位，略识几字，便即文雅起来：雅号也有了；身分也高了；家谱也修了，还要寻一个始祖，不是名儒便是名臣。从此化为"上等人"，也如上等前辈一样，言行都很温文尔雅。然而愚民究竟也有聪明的，早已看穿了这鬼把戏，所以又有俗谚，说："口上仁义礼智，心里男盗女娼！"他们是很明白的。

于是他们反抗了，曰："他妈的！"

但人们不能蔑弃扫荡人我的余泽和旧荫，而硬要去做别人的祖宗，无论如何，总是卑劣的事。有时，也或加暴力于所谓"他妈的"的生命上，但大概是乘机，而不是造运会，所以无论如何，也还是卑劣的事。

中国人至今还有无数"等"，还是依赖门第，还是倚仗祖宗。倘不改造，即永远有无声的或有声的"国骂"。就是"他妈的"，围绕在上下和四旁，而且这还须在太平的时候。

但偶尔也有例外的用法：或表惊异，或表感服。我曾在家乡看见乡农父子一同午饭，儿子指一碗菜向他父亲说："这不坏，妈的你尝尝看！"那父亲回答道："我不要吃。妈的你吃去罢！"则简直已经醇化为现在时行的"我的亲爱的"的意思了。

一九二五年七月十九日

（原刊 1925 年 7 月 27 日《语丝》周刊第 37 期，后收入《坟》）

论『他妈的！』

论睁了眼看

　　虚生先生①所做的时事短评中，曾有一个这样的题目：《我们应该有正眼看各方面的勇气》（《猛进》十九期）。诚然，必须敢于正视，这才可望敢想，敢说，敢作，敢当。倘使并正视而不敢，此外还能成什么气候。然而，不幸这一种勇气，是我们中国人最所缺乏的。

　　但现在我所想到的是别一方面——

　　中国的文人，对于人生，——至少是对于社会现象，向来就多没有正视的勇气。我们的圣贤，本来早已教人"非礼勿视"的了；而这"礼"又非常之严，不但"正视"，连"平视""斜视"也不许。现在青年的精神未可知，在体质，却大半还是弯腰曲背，低眉顺眼，表示着老牌的老成的子弟，驯良的百姓，——至于说对外却有大力量，乃是近一月来的新说，还不知道究竟是如何。

　　再回到"正视"问题去：先既不敢，后便不能，再后，就自然不视，不见了。一辆汽车坏了，停在马路上，一群人围着呆看，所得的结果是一团乌油油的东西。然而由本身的矛盾或社会的缺陷所生的苦痛，虽不正视，却要身受的。文人究竟是敏感人物，从他们的作品上看来，有些人确也早已感到不满，可是一到快要显露缺陷的危机一发之际，他们总即刻连说"并无其事"，同时便闭上了眼睛。这闭着的眼睛便看见一切圆满，当前的苦痛不过是"天之将降大任于是人也，必先苦其心志，劳其筋骨，饿其体肤，空乏其身，行拂乱其所为"②。于是无问题，无缺陷，无不平，也就无解决，无改革，无反抗。因为凡事总要"团圆"，正无须我们焦躁；放心喝

---

　　① **虚生**　即徐炳昶（1886—1976），字旭生，又作虚生，河南唐河人，现代教育家。1922 年任北京大学教务长，后为哲学系教授、系主任。1925 年在北京主编政论周刊《猛进》。20 世纪 30 年代初任北京师范大学校长，抗战期间为西南联合大学教授。
　　② **"天之将降大任于是人也……"**　此段语出《孟子·告子下》。

茶，睡觉大吉。再说费话，就有"不合时宜"之咎，免不了要受大学教授的纠正了。呸！

我并未实验过，但有时候想：倘将一位久蛰洞房的老太爷抛在夏天正午的烈日底下，或将不出闺门的千金小姐拖到旷野的黑夜里，大概只好闭了眼睛，暂续他们残存的旧梦，总算并没有遇到暗或光，虽然已经是绝不相同的现实。中国的文人也一样，万事闭眼睛，聊以自欺，而且欺人，那方法是：瞒和骗。

中国婚姻方法的缺陷，才子佳人小说作家早就感到了，他于是使一个才子在壁上题诗，一个佳人便来和，由倾慕——现在就得称恋爱——而至于有"终身之约"。但约定之后，也就有了难关。我们都知道，"私订终身"在诗和戏曲或小说上尚不失为美谈（自然只以与终于中状元①的男人私订为限），实际却不容于天下的，仍然免不了要离异。明末的作家②便闭上眼睛，并这一层也加以补救了，说是：才子及第，奉旨成婚。"父母之命媒妁之言"③ 经这大帽子来一压，便成了半个铅钱也不值，问题也一点没有了。假使有之，也只在才子的能否中状元，而决不在婚姻制度的良否。

（近来有人以为新诗人的做诗发表，是在出风头，引异性；且迁怒于报章杂志之滥登。殊不知即使无报，墙壁实"古已有之"，早做过发表机关了；据《封神演义》④，纣王已曾在女娲庙壁上题诗。那起源实在非常之早。报章可以不取白话，或排斥小诗，墙壁却拆不完，管不及的；倘一律刷成黑色，也还有破磁可划，粉笔可书，真是穷于应付。做诗不刻木板，去藏之名山，却要随时发表，虽然很有流弊，但大概是难以杜绝的罢。）

《红楼梦》中的小悲剧，是社会上常有的事，作者又是比较的敢于实写的，而那结果也并不坏。无论贾氏家业再振，兰桂齐芳，即宝玉自己，也成了个披大红猩猩毡斗篷的和尚。和尚多矣，但披这

---

① **状元** 古代科举考试名列第一者为"元"。唐制，举人赴京应礼部考试须投状，因而称进士科第一名为状元，也称状头。宋代以后定礼部复试之制，以殿试首名为状元。明清大体沿袭此例。

② **明末的作家** 似指《平山冷燕》撰者"荻岸山人"、《好逑传》撰者"名教中人"等。参见鲁迅《中国小说史略》第20篇《明之人情小说（下）》。

③ **"父母之命媒妁之言"** 语出《孟子·滕文公下》。

④ **《封神演义》** 明许仲琳撰，一百回。神魔小说，演述商周之际武王伐纣的历史故事。这里提到的纣王在女娲庙题壁一事，是该书第一回的情节。

样阔斗篷的能有几个，已经是"入圣超凡"无疑了。至于别的人们，则早在册子里一一注定，末路不过是一个归结：是问题的结束，不是问题的开头。读者即小有不安，也终于奈何不得。然而后来或续或改，非借尸还魂，即冥中另配，必令"生旦当场团圆"，才肯放手者，乃是自欺欺人的瘾太大，所以看了小小骗局，还不甘心，定须闭眼胡说一通而后快。赫克尔（E. Haeckel）① 说过：人和人之差，有时比类人猿和原人之差还远。我们将《红楼梦》的续作者和原作者一比较，就会承认这话大概是确实的。

　　"作善降祥"② 的古训，六朝人本已有些怀疑了，他们作墓志，竟会说"积善不报，终自欺人"③ 的话。但后来的昏人，却又瞒起来。元刘信将三岁痴儿抛入醮纸火盆，妄希福祐，是见于《元典章》④ 的；剧本《小张屠焚儿救母》⑤ 却道是为母延命，命得延，儿亦不死了。一女愿侍痼疾之夫⑥，《醒世恒言》中还说终于一同自杀的；后来改作的却道是有蛇坠入药罐里，丈夫服后便全愈了。凡有缺陷，一经作者粉饰，后半便大抵改观，使读者落诬妄中，以为世间委实尽够光明，谁有不幸，便是自作，自受。

　　有时遇到彰明的史实，瞒不下，如关羽岳飞⑦的被杀，便只好别设骗局了。一是前世已造凶因，如岳飞；一是死后使他成神，如关羽。定命不可逃，成神的善报更满人意，所以杀人者不足责，被杀者

　　① **赫克尔** 今译海克尔（1834—1919），德国生物学家，进化论者。他根据动物形态学和胚胎学方面的研究成果，创建了种系发生学，认为生物的个体发生是种系发生的短暂和局部的重演。著有《生物体普通形态学》《宇宙之谜》《人类种族的起源和系统论》等。此处引言见其《宇宙之谜》一书。

　　② **"作善降祥"** 语出《尚书·伊训》："惟上帝不常，作善降之百祥，作不善降之百殃。"

　　③ **"积善不报，终自欺人"** 语出东魏《元湛墓志铭》："曰仁者寿，所期必信，积善不报，终自欺人。"

　　④ **《元典章》** 全名《大元圣政国朝典章》，正集60卷。元代政书，辑世祖至仁宗各朝诏令公牍。附新集，不分卷，辑英宗朝诏令公牍。刘信焚儿之事见正集第57卷。

　　⑤ **《小张屠焚儿救母》** 不著撰人。元杂剧。见黄丕烈所藏《元刻古今杂剧乙编》。

　　⑥ **一女愿侍痼疾之夫** 见《醒世恒言》中《陈多寿生死夫妻》一篇。

　　⑦ **关羽岳飞** 关羽（？—219），字云长，河东解县（今山西临猗）人，三国时蜀汉大将。建安二十四年（219）督守荆州，败于孙权，被杀。岳飞（1103—1142），字鹏举，相州汤阴（今属河南）人，南宋大将。绍兴十年（1141）大败金兵于郾城。因高宗（赵构）、秦桧主和，被解除兵权。后以"莫须有"的罪名被害。这里所说的关羽、岳飞，是指小说《三国演义》《说岳全传》里的人物。《三国演义》中，关羽死后显圣成神。《说岳全传》中，秦桧与岳飞有前世宿怨，故欲存心加害。

也不足悲，冥冥中自有安排，使他们各得其所，正不必别人来费力了。

中国人的不敢正视各方面，用瞒和骗，造出奇妙的逃路来，而自以为正路。在这路上，就证明着国民性的怯弱，懒惰，而又巧滑。一天一天的满足着，即一天一天的堕落着，但却又觉得日见其光荣。在事实上，亡国一次，即添加几个殉难的忠臣，后来每不想光复旧物，而只去赞美那几个忠臣；遭劫一次，即造成一群不辱的烈女，事过之后，也每每不思惩凶，自卫，却只顾歌咏那一群烈女。仿佛亡国遭劫的事，反而给中国人发挥"两间正气"的机会，增高价值，即在此一举，应该一任其至，不足忧悲似的。自然，此上也无可为，因为我们已经借死人获得最上的光荣了。沪汉烈士的追悼会①中，活的人们在一块很可景仰的高大的木主下互相打骂，也就是和我们的先辈走着同一的路。

文艺是国民精神所发的火光，同时也是引导国民精神的前途的灯火。这是互为因果的，正如麻油从芝麻榨出，但以浸芝麻，就使它更油。倘以油为上，就不必说；否则，当参入别的东西，或水或硷去。中国人向来因为不敢正视人生，只好瞒和骗，由此也生出瞒和骗的文艺来，由这文艺，更令中国人更深地陷入瞒和骗的大泽中，甚而至于已经自己不觉得。世界日日改变，我们的作家取下假面，真诚地，深入地，大胆地看取人生并且写出他的血和肉来的时候早到了；早就应该有一片崭新的文场，早就应该有几个凶猛的闯将！

现在，气象似乎一变，到处听不见歌吟花月的声音了，代之而起的是铁和血的赞颂。然而倘以欺瞒的心，用欺瞒的嘴，则无论说 A 和 O，或 Y 和 Z，一样是虚假的；只可以吓哑了先前鄙薄花月的所谓批评家的嘴，满足地以为中国就要中兴。可怜他在"爱国"的大帽子底下又闭上了眼睛了——或者本来就闭着。

没有冲破一切传统思想和手法的闯将，中国是不会有真的新文艺的。

一九二五年七月二十二日

（原刊 1925 年 8 月 3 日《语丝》周刊第 38 期，后收入《坟》）

---

① **沪汉烈士的追悼会** 1925 年 6 月 25 日，北京各界公众 30 万人在天安门广场集会，追悼上海五卅惨案和汉口 6 月 11 日惨案中死难的同胞。当时会场上矗有两丈多高的灵位，巨幅挽联上写"在孔曰成仁在孟曰正命，于礼为国殇于义为鬼雄"等语，横额作"天地正气"。

坚壁清野主义

新近，我在中国社会上发现了几样主义。其一，是坚壁清野主义。

"坚壁清野"① 是兵家言，兵家非我的素业，所以这话不是从兵家得来，乃是从别的书上看来，或社会上听来的。听说这回的欧洲战争时最要紧的是壕堑战，那么，虽现在也还使用着这战法——坚壁。至于清野，世界史上就有着有趣的事例：相传十九世纪初拿破仑进攻俄国，到了墨斯科时，俄人便大发挥其清野手段，同时在这地方纵火，将生活所需的东西烧个干净，请拿破仑和他的雄兵猛将在空城里吸西北风。吸不到一个月，他们便退走了。

中国虽说是儒教国，年年祭孔；"俎豆之事②，则尝闻之矣，军旅之事，丘未之学也"。但上上下下却都使用着这兵法；引导我看出来的是本月的报纸上的一条新闻。据说，教育当局因为公共娱乐场中常常发生有伤风化情事，所以令行各校，禁止女学生往游艺场和公园；并通知女生家属，协同禁止③。自然，我并不深知这事是否确实；更未见明令的原文；也不明白教育当局之意，是因为娱乐场中的"有伤风化"情事，即从女生发生，所以不许其去，还是只要女生不去，别人也不发生，抑或即使发生，也就管他妈的了。

或者后一种的推测庶几近之。我们的古哲和今贤，虽然满口"正本清源"，"澄清天下"，但大概是有口无心的，"未有己不正，而能正人者"，所以结果是：收起来。第一，是"以己之心，度人之

---

① **"坚壁清野"** 语出《三国志·魏书·荀彧传》。
② **"俎豆之事"** 以下数语见《论语·卫灵公》。原文无"丘"字。
③ 1925 年 11 月 14 日北京《京报》报道："教部昨饬京师学务局，谓据各处报告，正阳门外香厂路城南游艺园，及城内东安市场中央公园北海公园等处，迭次发生有伤风化情事。各女子学校学生游逛，亟应取缔。特由该局通知各级女子校，禁止游行各娱乐场，并由校通知各女生家长知照云。"

心"，想专以"不见可欲，使民心不乱"。第二，是器宇只有这么大，实在并没有"澄清天下"之才，正如富翁唯一的经济法，只有将钱埋在自己的地下一样。古圣人所教的"慢藏诲盗，冶容诲淫"①，就是说子女玉帛的处理方法，是应该坚壁清野的。

其实这种方法，中国早就奉行的了，我所到过的地方，除北京外，一路大抵只看见男人和卖力气的女人，很少见所谓上流妇女。但我先在此声明，我之不满于这种现象者，并非因为预备遍历中国，去窃窥一切太太小姐们；我并没有积下一文川资，就是最确的证据。今年是"流言"鼎盛时代，稍一不慎，《现代评论》上就会弯弯曲曲地登出来的，所以特地先行预告。至于一到名儒，则家里的男女也不给容易见面，霍渭厓②的《家训》里，就有那非常麻烦的分隔男女的房子构造图。似乎有志于圣贤者，便是自己的家里也应该看作游艺场和公园；现在究竟是二十世纪，而且有"少负不羁之名，长习自由之说"③的教育总长，实在宽大得远了。

北京倒是不大禁锢妇女，走在外面，也不很加侮蔑的地方，但这和我们的古哲和今贤之意相左，或者这种风气，倒是满洲人输入的罢。满洲人曾经做过我们的"圣上"，那习俗也应该遵从的。然而我想，现在却也并非排满，如民元之剪辫子，乃是老脾气复发了，只要看旧历过年的放鞭爆，就日见其多。可惜不再出一个魏忠贤④来试验试验我们，看可有人去作干儿，并将他配享孔庙。

要风化好，是在解放人性，普及教育，尤其是性教育，这正是教育者所当为之事，"收起来"却是管牢监的禁卒哥哥的专门。况且社会上的事不比牢监那样简单，修了长城，胡人仍然源源而至，深沟高垒，都没有用处的。未有游艺场和公园以前，闺秀不出门，小

---

① "慢藏诲盗，冶容诲淫" 语出《周易·系辞上》。

② 霍渭厓（1487—1540） 名韬，字渭先，号渭厓，广东南海（今广州）人，明代大臣、理学家。正德进士。嘉靖初，任兵部职方主事。后至礼部尚书，协掌詹事府事。撰有《渭厓文集》《西汉笔评》等。

③ "少负不羁之名，长习自由之说" 章士钊在《停办北京女子师范大学呈文》中的自述。该文见1925年8月8日出版的《甲寅》周刊第1卷第4号。

④ 魏忠贤（1568—1627） 河间肃宁（今属河北）人，明代宦官。万历时入宫。天启间为司礼秉笔太监，掌东厂。与熹宗乳母客氏勾结，排斥异己，专权擅政，在文武官吏中遍植党羽。其时趋附者甚众，有"五虎""五彪""十狗""十孩儿""四十孙"之目。《明史·魏忠贤传》谓："海内争望风献谄，诸督抚大吏……争颂德立祠，汹汹若不及。下及武夫、贾竖、诸无赖亦各建祠……而监生陆万龄至请以忠贤配孔子……"

家女也逛庙会，看祭赛，谁能说"有伤风化"情事，比高门大族为多呢？

总之，社会不改良，"收起来"便无用，以"收起来"为改良社会的手段，是坐了津浦车往奉天。这道理很浅显：壁虽坚固，也会冲倒的。兵匪的"绑急票"，抢妇女，于风化何如？没有知道呢，还是知而不能言，不敢言呢？倒是歌功颂德的！

其实，"坚壁清野"虽然是兵家的一法，但这究竟是退守，不是进攻。或者就因为这一点，适与一般人的退婴主义相称，于是见得志同道合的罢。但在兵事上，是别有所待的，待援军的到来，或敌军的引退；倘单是困守孤城，那结果就只有灭亡，教育上的"坚壁清野"法，所待的是什么呢？照历来的女教来推测，所待的只有一件事：死。

天下太平或还能苟安时候，所谓男子者俨然地教贞顺，说幽娴，"内言不出于阃"①，"男女授受不亲"②。好！都听你，外事就拜托足下罢。但是天下弄得鼎沸，暴力袭来了，足下将何以见教呢？曰：做烈妇呀！

宋以来，对付妇女的方法，只有这一个，直到现在，还是这一个。

如果这女教当真大行，则我们中国历来多少内乱，多少外患，兵燹频仍，妇女不是死尽了么？不，也有幸免的，也有不死的，易代之际，就和男人一同降伏，做奴才。于是生育子孙，祖宗的香火幸而不断，但到现在还很有带着奴气的人物，大概也就是这个流弊罢。"有利必有弊"，是十口相传，大家都知道的。

但似乎除此之外，儒者，名臣，富翁，武人，阔人以至小百姓，都想不出什么善法来，因此还只得奉这为至宝。更昏庸的，便以为只要意见和这些歧异者，就是土匪了。和官相反的是匪，也正是当然的事。但最近，孙美瑶据守抱犊崮，其实倒是"坚壁"，至于"清野"的通品，则我要推举张献忠。

张献忠在明末的屠戮百姓，是谁也知道，谁也觉得可骇的，譬如他使 ABC 三枝兵杀完百姓之后，便令 AB 杀 C，又令 A 杀 B，又

---

①　**"内言不出于阃"**　语出《礼记·曲礼上》："外言不入于阃，内言不出于阃。"阃，内室门限。

②　**"男女授受不亲"**　语出《礼记·坊记》："好德如好色，诸侯不下渔色，故君子远色以为民纪，故男女授受不亲。"

令 A 自相杀。为什么呢？是李自成①已经入北京，做皇帝了。做皇帝是要百姓的，他就要杀完他的百姓，使他无皇帝可做。正如伤风化是要女生的，现在关起一切女生，也就无风化可伤一般。

连土匪也有坚壁清野主义，中国的妇女实在已没有解放的路；听说现在的乡民，于兵匪也已经辨别不清了。

一九二五年十一月二十二日

（原刊 1926 年 1 月《新女性》月刊创刊号，后收入《坟》）

---

① **李自成**（1606—1645）　陕西米脂人，明末农民军首领。早年充当驿卒。崇祯三年（1630）起义，后称闯王，率部转战陕、甘、川。十三年，由陕东南进入河南，提出"均田免粮"等口号，饥民从者数十万。十四年，克洛阳。十七年初，在西安建大顺国。同年三月攻入北京，推翻明王朝。后与吴三桂及清军战于山海关，失利，退出北京。清顺治二年（1645），于湖北通山九宫山遭伏击。

寡妇主义

范源廉[①]先生是现在许多青年所钦仰的；各人有各人的意思，我当然无从推度那些缘由。但我个人所叹服的，是在他当前清光绪末年，首先发明了"速成师范"。一门学术而可以速成，迂执的先生们也许要觉得离奇罢；殊不知那时中国正闹着"教育荒"，所以这正是一宗急赈的款子。半年以后，从日本留学回来的师资就不在少数了，还带着教育上的各种主义，如军国民主义，尊王攘夷主义之类。在女子教育，则那时候最时行，常常听到嚷着的，是贤母良妻主义。

我倒并不一定以为这主义错，愚母恶妻是谁也不希望的。然而现在有几个急进的人们，却以为女子也不专是家庭中物，因而很攻击中国至今还钞了日本旧刊文来教育自己的女子的谬误。人们真容易被听惯的讹传所迷，例如近来有人说：谁是卖国的，谁是只为子孙计的。于是许多人也都这样说。其实如果真能卖国，还该得点更大的利，如果真为子孙计，也还算较有良心；现在的所谓谁者，大抵不过是送国，也何尝想到子孙。这贤母良妻主义也不在例外，急进者虽然引以为病，而事实上又何尝有这么一回事；所有的，不过是"寡妇主义"罢了。

这"寡妇"二字，应该用纯粹的中国思想来解释，不能比附欧，美，印度或亚剌伯的；倘要翻成洋文，也决不宜意译或神译，只能译音：Kuofuism。

我生以前不知道怎样，我生以后，儒教却已经颇"杂"了："奉

① 范源廉　应作范源濂（1875—1927），字静生，湖南湘阴人，近代教育家。清末留学日本，回国后任学部主事、清华学校校长。1912—1921年间三度出任北洋政府教育总长，后任北京师范大学校长。1925年春，因师大经费不足辞职，该校学生会曾发起挽留运动。

母命权作道场"① 者有之，"神道设教"② 者有之，佩服《文昌帝君功过格》③ 者又有之，我还记得那《功过格》，是给"谈人闺阃"者以很大的罚。我未出户庭，中国也未有女学校以前不知道怎样，自从我涉足社会，中国也有了女校，却常听到读书人谈论女学生的事，并且照例是坏事。有时实在太谬妄了，但倘若指出它的矛盾，则说的听的都大不悦，仇恨简直是"若杀其父兄"④。这种言动，自然也许是合于"儒行"⑤ 的罢，因为圣道广博，无所不包；或者不过是小节，不要紧的。

我曾经也略略猜想过这些谣诼的由来：反改革的老先生，色情狂气味的幻想家，制造流言的名人，连常识也没有或别有作用的新闻访事和记者，被学生赶走的校长和教员，谋做校长的教育家，跟着一犬而群吠的邑犬⑥……但近来却又发见了一种另外的，是："寡妇"或"拟寡妇"的校长及舍监⑦。

这里所谓"寡妇"，是指和丈夫死别的；所谓"拟寡妇"，是指和丈夫生离以及不得已而抱独身主义的。

中国的女性出而在社会上服务，是最近才有的，但家族制度未曾改革，家务依然纷繁，一经结婚，即难于兼做别的事。于是社会上的事业，在中国，则大抵还只有教育，尤其是女子教育，便多半落在上文所说似的独身者的掌中。这在先前，是道学先生所占据的，继而以顽固无识等恶名失败，她们即曾受新教育，曾往国外留学，同是女性等好招牌，起而代之。社会上也因为她们并不与任何男性相关，又无儿女系累，可以专心于神圣的事业，便漫然加以信托。但从此而青年女子之遭灾，就远在于往日在道学先生治下之上了。

----

① **"奉母命权作道场"** 旧时士人（儒家弟子）做佛事多以遵奉母命为解嘲。道场，这里指延请僧人诵经礼拜的祭奠性质的法会。
② **"神道设教"** 语出《周易·观卦》："圣人以神道设教，而天下服矣。"原义是以天道（自然之势）教化万物，后指假托鬼神之道以治人。《后汉书·隗嚣传》："所谓神道设教，求助人神者也。"
③ **《文昌帝君功过格》** 旧时流行的一种宣扬因果报应的劝善书。该书将人们的言行分列十类，辨其善恶，各定若干功过，要人们据自身行为逐日记录。按：文昌帝君，元仁宗时将道教中的梓潼帝君加封为"辅元开化文昌司禄宏仁帝君"，称"文昌帝君"，祀为主宰天下功名、教化之神。
④ **"若杀其父兄"** 语出《孟子·梁惠王下》。
⑤ **"儒行"** 指儒者须遵守的行为规范。"儒行"之名，原出《礼记·儒行》。
⑥ **邑犬** 屈原《九章·怀沙》："邑犬之群吠兮，吠所怪也。"
⑦ **舍监** 寄宿学校中管理学生生活的职员。

即使是贤母良妻，即使是东方式，对于夫和子女，也不能说可以没有爱情。爱情虽说是天赋的东西，但倘没有相当的刺戟和运用，就不发达。譬如同是手脚，坐着不动的人将自己的和铁匠挑夫的一比较，就非常明白。在女子，是从有了丈夫，有了情人，有了儿女，而后真的爱情才觉醒的；否则，便潜藏着，或者竟会萎落，甚且至于变态。所以托独身者来造贤母良妻，简直是请盲人骑瞎马上道，更何论于能否适合现代的新潮流。自然，特殊的独身的女性，世上也并非没有，如那过去的有名的数学家 Sophie Kowalewsky①，现在的思想家 Ellen Key② 等；但那是一则欲望转了向，一则思想已经透澈的。然而当学士会院以奖金表彰 Kowalewsky 的学术上的名誉时，她给朋友的信里却有这样的话："我收到各方面的贺信。运命的奇异的讥刺呀，我从来没有感到过这样的不幸。"

至于因为不得已而过着独身生活者，则无论男女，精神上常不免发生变化，有着执拗猜疑阴险的性质者居多。欧洲中世的教士，日本维新前的御殿女中（女内侍），中国历代的宦官，那冷酷险狠，都超出常人许多倍。别的独身者也一样，生活既不合自然，心状也就大变，觉得世事都无味，人物都可憎，看见有些天真欢乐的人，便生恨恶。尤其是因为压抑性欲之故，所以于别人的性底事件就敏感，多疑；欣羡，因而妒嫉。其实这也是势所必至的事：为社会所逼迫，表面上固不能不装作纯洁，但内心却终于逃不掉本能之力的牵掣，不自主地蠢动着缺憾之感的。

然而学生是青年，只要不是童养媳或继母治下出身，大抵涉世不深，觉得万事都有光明，思想言行，即与此辈正相反。此辈倘能回忆自己的青年时代，本来就可以了解的。然而天下所多的是愚妇人，那里能想到这些事；始终用了她多年炼就的眼光，观察一切：见一封信，疑心是情书了；闻一声笑，以为是怀春了；只要男人来访，就是情夫；为什么上公园呢，总该是赴密约。被学生反对，专一运用这种策略的时候不待言，虽在平时，也不免如此。加以中国本是流言的出产地方，"正人君子"也常以这些流言作谈资，扩势

① **Sophie Kowalewsky** 今译索菲亚·柯瓦列夫斯卡娅（1850—1891），俄国女数学家。在偏微分方程和刚体旋转理论方面有重要贡献。1888 年获法兰西科学院鲍廷奖，并成为彼得堡科学院第一位女性院士。

② **Ellen Key** 今译爱伦·凯（1849—1926），瑞典女教育家，女权运动者。著有《妇女运动》《爱情与伦理》等。

力，自造的流言尚且奉为至宝，何况是真出于学校当局者之口的呢，自然就更有价值地传布起来了。

我以为在古老的国度里，老于世故者和许多青年，在思想言行上，似乎有很远的距离，倘观以一律的眼光，结果即往往谬误。譬如中国有许多坏事，各有专名，在书籍上又偏多关于它的别名和隐语。当我编辑周刊时，所收的文稿中每有直犯这些别名和隐语的；在我，是向来避而不用。但细一查考，作者实茫无所知，因此也坦然写出；其咎却在中国的坏事的别名隐语太多，而我亦太有所知道，疑虑及避忌。看这些青年，仿佛中国的将来还有光明；但再看所谓学士大夫，却又不免令人气塞。他们的文章或者古雅，但内心真是干净者有多少。即以今年的士大夫的文言而论，章士钊呈文①中的"荒学逾闲恣为无忌"，"两性衔接之机缄缔构"，"不受检制竟体忘形"，"谨愿者尽丧所守"等……可谓臻媟黩之极致了。但其实，被侮辱的青年学生们是不懂的；即使仿佛懂得，也大概不及我读过一些古文者的深切地看透作者的居心。

言归正传罢。因为人们因境遇而思想性格能有这样不同，所以在寡妇或拟寡妇所办的学校里，正当的青年是不能生活的。青年应当天真烂漫，非如她们的阴沉，她们却以为中邪了；青年应当有朝气，敢作为，非如她们的萎缩，她们却以为不安本分了：都有罪。只有极和她们相宜，——说得冠冕一点罢，就是极其"婉顺"的，以她们为师法，使眼光呆滞，面肌固定，在学校所化成的阴森的家庭里屏息而行，这才能敷衍到毕业；拜领一张纸，以证明自己在这里被多年陶冶之余，已经失了青春的本来面目，成为精神上的"未字先寡"②的人物，自此又要到社会上传布此道去了。

虽然是中国，自然也有一些解放之机，虽然是中国妇女，自然也有一些自立的倾向；所可怕的是幸而自立之后，又转而凌虐还未自立的人，正如童养媳一做婆婆，也就像她的恶姑一样毒辣。我并非说凡在教育界的独身女子，一定都得去配一个男人，无非愿意她们能放开思路，再去较为远大地加以思索；一面，则希望留心教育者，想到这事乃是一个女子教育上的大问题，而有所挽救，因为我

————————

① **章士钊呈文** 指章士钊的《停办北京女子师范大学呈文》。
② **"未字先寡"** 尚未嫁人精神状态已如同寡妇。古时女子许嫁时取表字，故嫁人又称"字人"。《礼记·曲礼上》："女子许嫁，笄而字。"

知道凡有教育学家，是决不肯说教育是没有效验的。大约中国此后这种独身者还要逐渐增加，倘使没有善法补救，则寡妇主义教育的声势，也就要逐渐浩大，许多女子，都要在那冷酷险狠的陶冶之下，失其活泼的青春，无法复活了。全国受过教育的女子，无论已嫁未嫁，有夫无夫，个个心如古井，脸若严霜，自然倒也怪好看的罢，但究竟也太不像真要人模样地生活下去了；为他帖身的使女，亲生的女儿着想，倒是还在其次的事。

我是不研究教育的，但这种危害，今年却因为或一机会，深切地感到了，所以就趁《妇女周刊》①征文的机会，将我的所感说出。

一九二五年十一月二十三日

（原刊 1925 年 12 月 20 日《妇女周刊》周年纪念特号，后收入《坟》）

① 《妇女周刊》 北京《京报》附刊，1924 年 12 月创办。北京女子师范大学蔷薇社编辑。后于 1925 年 12 月停刊。

论"费厄泼赖"应该缓行

一　解题

《语丝》五七期上语堂①先生曾经讲起"费厄泼赖"②（fair play），以为此种精神在中国最不易得，我们只好努力鼓励；又谓不"打落水狗"，即足以补充"费厄泼赖"的意义。我不懂英文，因此也不明这字的函义究竟怎样，如果不"打落水狗"也即这种精神之一体，则我却很想有所议论。但题目上不直书"打落水狗"者，乃为回避触目起见，即并不一定要在头上强装"义角"③　之意。总而言之，不过说是"落水狗"未始不可打，或者简直应该打而已。

二　论"落水狗"有三种，大都在可打之列

今之论者，常将"打死老虎"与"打落水狗"相提并论，以为都近于卑怯④。我以为"打死老虎"者，装怯作勇，颇含滑稽，虽

---

①　**语堂**　即林语堂（1895—1976），福建龙溪人，现代作家。早年留学美国、德国。1923 年回国，执教于清华大学。后任北京大学、北京女子师范大学教授，厦门大学文科主任。1932—1935 年先后创办《论语》《人间世》《宇宙风》杂志，提倡幽默文学。1936 年移居美国，从事教学与著述。1966 年迁居台湾。著作甚丰，有《翦拂集》《大荒集》《吾国与吾民》《瞬息京华》等。他于 1925 年 12 月 14 日《语丝》第 57 期发表《插论〈语丝〉的文体——稳健、骂人及费厄泼赖》一文，提倡"费厄泼赖"精神。鲁迅不同意他的看法，因作此文。

②　**"费厄泼赖"**　英语 fair play 的音译，原意为公平竞争。在英国和一些西方国家，以这种精神诉诸社会生活中的人际关系，被认为是具有绅士风度。

③　**"义角"**　即假角。1925 年 12 月 12 日出版的《现代评论》第 3 卷第 53 期的"闲话"栏里，陈源（西滢）撰文道："花是人人爱好的，魔鬼是人人厌恶的。然而因为要取好与众人，不惜在花瓣上加上颜色，在鬼头上装上义角，我们非但觉得无聊，还有些嫌它肉麻。"陈源（1896—1970），字通伯，笔名西滢，江苏无锡人，现代作家。早年留学英国，回国后任北京大学、武汉大学教授。著有《西滢闲话》等。

④　指周作人的观点。周作人在 1925 年 12 月 7 日《语丝》第 56 期发表《失题》一文，其中说："打'落水狗'（吾乡方言，即'打死老虎'之意）也是不大好的事。……一旦树倒猢狲散，更从哪里去找这班散了的，况且在平地上追赶猢狲，也有点无聊卑劣。"

然不免有卑怯之嫌，却怯得令人可爱。至于"打落水狗"，则并不如此简单，当看狗之怎样，以及如何落水而定。考落水原因，大概可有三种：（1）狗自己失足落水者，（2）别人打落者，（3）亲自打落者。倘遇前二种，便即附和去打，自然过于无聊，或者竟近于卑怯；但若与狗奋战，亲手打其落水，则虽用竹竿又在水中从而痛打之，似乎也非已甚，不得与前二者同论。

听说刚勇的拳师，决不再打那已经倒地的敌手，这实足使我们奉为楷模。但我以为尚须附加一事，即敌手也须是刚勇的斗士，一败之后，或自愧自悔而不再来，或尚须堂皇地来相报复，那当然都无不可。而于狗，却不能引此为例，与对等的敌手齐观，因为无论它怎样狂嗥，其实并不解什么"道义"；况且狗是能浮水的，一定仍要爬到岸上，倘不注意，它先就耸身一摇，将水点洒得人们一身一脸，于是夹着尾巴逃走了。但后来性情还是如此。老实人将它的落水认作受洗，以为必已忏悔，不再出而咬人，实在是大错而特错的事。

总之，倘是咬人之狗，我觉得都在可打之列，无论它在岸上或在水中。

三　论叭儿狗尤非打落水里，又从而打之不可

叭儿狗一名哈吧狗，南方却称为西洋狗了，但是，听说倒是中国的特产，在万国赛狗会里常常得到金奖牌，《大不列颠百科全书》的狗照相上，就很有几匹是咱们中国的叭儿狗。这也是一种国光。但是，狗和猫不是仇敌么？它却虽然是狗，又很像猫，折中，公允，调和，平正之状可掬，悠悠然摆出别个无不偏激，惟独自己得了"中庸之道"① 似的脸来。因此也就为阔人，太监，太太，小姐们所钟爱，种子绵绵不绝。它的事业，只是以伶俐的皮毛获得贵人豢养，或者中外的娘儿们上街的时候，脖子上拴了细链子跟在脚后跟。

这些就应该先行打它落水，又从而打之；如果它自坠入水，其实也不妨又从而打之，但若是自己过于要好，自然不打亦可，然而也不必为之叹息。叭儿狗如可宽容，别的狗也大可不必打了，因为它们虽然非常势利，但究竟还有些像狼，带着野性，不至于如此骑墙。

---

① "中庸之道"　儒家的伦理思想。中，即中正、中和、不偏不倚；庸，即常道、持守不易。

以上是顺便说及的话，似乎和本题没有大关系。

四　论不"打落水狗"是误人子弟的

总之，落水狗的是否该打，第一是在看它爬上岸了之后的态度。

狗性总不大会改变的，假使一万年之后，或者也许要和现在不同，但我现在要说的是现在。如果以为落水之后，十分可怜，则害人的动物，可怜者正多，便是霍乱病菌，虽然生殖得快，那性格却何等地老实。然而医生是决不肯放过它的。

现在的官僚和土绅士或洋绅士，只要不合自意的，便说是赤化，是共产；民国元年以前稍不同，先是说康党①，后是说革党②，甚至于到官里去告密，一面固然在保全自己的尊荣，但也未始没有那时所谓"以人血染红顶子"之意。可是革命终于起来了，一群臭架子的绅士们，便立刻皇皇然若丧家之狗，将小辫子盘在头顶上。革命党也一派新气，——绅士们先前所深恶痛绝的新气，"文明"得可以；说是"咸与维新"③了，我们是不打落水狗的，听凭它们爬上来罢。于是它们爬上来了，伏到民国二年下半年，二次革命④的时候，就突出来帮着袁世凯咬死了许多革命人，中国又一天一天沉入黑暗里，一直到现在，遗老不必说，连遗少也还是那么多。这就因为先烈的好心，对于鬼蜮的慈悲，使它们繁殖起来，而此后的明白青年，为反抗黑暗计，也就要花费更多更多的气力和生命。

秋瑾⑤女士，就是死于告密的，革命后暂时称为"女侠"，现在是不大听见有人提起了。革命一起，她的故乡就到了一个都督，——

---

① **康党**　指拥护康有为发动的戊戌变法的维新派人士。

② **革党**　指参加孙中山领导的反清斗争的革命人士。

③ **"咸与维新"**　语出《尚书·胤征》："歼厥渠魁，胁从罔治。旧染污俗，咸与维新。"意为对一切沾染恶习的人都要给予弃旧从新的机会。辛亥革命后，一些旧营垒中的人物借此口号投机革命。

④ **二次革命**　即"讨袁之役"，亦称"癸丑之役""赣宁之役"。辛亥革命后，窃取临时大总统职位的袁世凯继续与南方革命势力为敌。1913年7月，江西都督李烈钧、江苏都督程德全在孙中山、黄兴的推动下，宣布独立，起兵讨袁，随后南方各省相继响应。但这次革命很快被袁世凯的军队镇压下去。

⑤ **秋瑾**（1875—1907）　字璇卿，号竞雄，自称鉴湖女侠，浙江山阴（今绍兴）人，近代民主革命家。曾留学日本，加入光复会、同盟会。清光绪三十二年（1906）回国，至浙江联络会党，任绍兴大通学堂监督。三十三年，与徐锡麟策划浙皖两省起义，因事泄露被捕，旋于绍兴轩亭口就义。工诗词，有《秋瑾集》。

等于现在之所谓督军，——也是她的同志：王金发①。他捉住了杀害她的谋主②，调集了告密的案卷，要为她报仇。然而终于将那谋主释放了，据说是因为已经成了民国，大家不应该再修旧怨罢。但等到二次革命失败后，王金发却被袁世凯的走狗枪决了，与有力的是他所释放的杀过秋瑾的谋主。

这人现在也已"寿终正寝"了，但在那里继续跳梁出没着的也还是这一流人，所以秋瑾的故乡也还是那样的故乡，年复一年，丝毫没有长进。从这一点看起来，生长在可为中国模范的名城③里的杨荫榆④女士和陈西滢先生，真是洪福齐天。

五　论塌台人物不当与"落水狗"相提并论

"犯而不校"⑤ 是恕道，"以眼还眼以牙还牙"⑥ 是直道。中国最多的却是枉道：不打落水狗，反被狗咬了。但是，这其实是老实人自己讨苦吃。

俗语说："忠厚是无用的别名"，也许太刻薄一点罢，但仔细想来，却也觉得并非唆人作恶之谈，乃是归纳了许多苦楚的经历之后的警句。譬如不打落水狗说，其成因大概有二：一是无力打；二是比例错。前者且勿论；后者的大错就又有二：一是误将塌台人物和落水狗齐观，二是不辨塌台人物又有好有坏，于是视同一律，结果反成为纵恶。即以现在而论，因为政局的不安定，真是此起彼伏如转轮，坏人靠着冰山，恣行无忌，一旦失足，忽而乞怜，而曾经亲

---

① **王金发**（1883—1915）　字季高，号子黎，浙江嵊县（今嵊州市）人，近代民主革命家。清光绪三十一年（1905）入光复会，后任大通学堂体育教员。秋瑾被害后，坚持反清秘密活动。辛亥革命时，在上海率敢死队攻打江南制造局。浙江起义后，任绍兴军政分府都督。1913 年二次革命时，试图召集旧部响应，未遂。1915 年被督理浙江军务朱瑞在杭州逮捕，旋遭杀害。

② **谋主**　陷害秋瑾的告密者是绍兴劣绅胡道南。本文所说被王金发捉而放归的是另一绍兴劣绅章介眉。章任浙江巡抚衙署幕僚时，曾主使平毁杭州西湖边上的秋瑾墓。作者这里将二者误为一人。

③ **模范的名城**　指无锡。陈源（西滢）文章里有"听说无锡是中国的模范县"的句子，见 1925 年 8 月 22 日《现代评论》第 2 卷第 37 期。

④ **杨荫榆**（1884—1938）　江苏无锡人。早年曾留学日本、美国。1924 年任北京女子师范大学校长。由于压制学生，激起风潮，为当时知识界所抨击。1926 年后，在苏州女子师范学校、东吴大学等校任教。1938 年被侵华日军士兵杀害。

⑤ **"犯而不校"**　语出《论语·泰伯》。

⑥ **"以眼还眼以牙还牙"**　语出《旧约·申命记》。

见，或亲受其噬啮的老实人，乃忽以"落水狗"视之，不但不打，甚至于还有哀矜之意，自以为公理已伸，侠义这时正在我这里。殊不知它何尝真是落水，巢窟是早已造好的了，食料是早经储足的了，并且都在租界里。虽然有时似乎受伤，其实并不，至多不过是假装跛脚，聊以引起人们的恻隐之心，可以从容避匿罢了。他日复来，仍旧先咬老实人开手，"投石下井"①，无所不为，寻起原因来，一部分就正因为老实人不"打落水狗"之故。所以，要是说得苛刻一点，也就是自家掘坑自家埋，怨天尤人，全是错误的。

六　论现在还不能一味"费厄"

仁人们或者要问：那么，我们竟不要"费厄泼赖"么？我可以立刻回答：当然是要的，然而尚早。这就是"请君入瓮"②法。虽然仁人们未必肯用，但我还可以言之成理。土绅士或洋绅士们不是常常说，中国自有特别国情，外国的平等自由等等，不能适用么？我以为这"费厄泼赖"也是其一。否则，他对你不"费厄"，你却对他去"费厄"，结果总是自己吃亏，不但要"费厄"而不可得，并且连要不"费厄"而亦不可得。所以要"费厄"，最好是首先看清对手，倘是些不配承受"费厄"的，大可以老实不客气；待到它也"费厄"了，然后再与它讲"费厄"不迟。

这似乎很有主张二重道德之嫌，但是也出于不得已，因为倘不如此，中国将不能有较好的路。中国现在有许多二重道德，主与奴，男与女，都有不同的道德，还没有划一。要是对"落水狗"和"落水人"独独一视同仁，实在未免太偏，太早，正如绅士们之所谓自由平等并非不好，在中国却微嫌太早一样。所以倘有人要普遍施行"费厄泼赖"精神，我以为至少须俟所谓"落水狗"者带有人气之后。但现在自然也非绝不可行，就是，有如上文所说：要看清对手。

---

① **"投石下井"**　林语堂《插论〈语丝〉的文体——稳健、骂人及费厄泼赖》一文中说："不肯下井投石即带有费厄泼赖之意。"

② **"请君入瓮"**　唐武则天时，有人告发周兴谋反，武后命来俊臣审理。据《太平广记》卷一二一引唐张鷟《朝野佥载》："俊臣别奉进止鞫兴，兴不之知也。及同食，谓兴曰：'囚多不肯承，若为作法？'兴曰：'甚易也。取大瓮，以炭四面炙之，令囚人处其中，何事不吐！'即索大瓮，以火围之，起谓兴曰：'有内状勘老兄，请兄入此瓮。'兴惶恐叩头，咸即款伏。"亦见《新唐书·周兴传》。后称以其人之道还治其人之身为"请君入瓮"。

而且还要有等差，即"费厄"必视对手之如何而施，无论其怎样落水，为人也则帮之，为狗也则不管之，为坏狗也则打之。一言以蔽之："党同伐异"① 而已矣。

满心"婆理"② 而满口"公理"的绅士们的名言暂且置之不论不议之列，即使真心人所大叫的公理，在现今的中国，也还不能救助好人，甚至于反而保护坏人。因为当坏人得志，虐待好人的时候，即使有人大叫公理，他决不听从，叫喊仅止于叫喊，好人仍然受苦。然而偶有一时，好人或稍稍蹶起，则坏人本该落水了，可是，真心的公理论者又"勿报复"呀，"仁恕"呀，"勿以恶抗恶"呀……的大嚷起来。这一次却发生实效，并非空嚷了：好人正以为然，而坏人于是得救。但他得救之后，无非以为占了便宜，何尝改悔；并且因为是早已营就三窟，又善于钻谋的，所以不多时，也就依然声势赫奕，作恶又如先前一样。这时候，公理论者自然又要大叫，但这回他却不听你了。

但是，"疾恶太严"，"操之过急"，汉的清流③和明的东林④，却正以这一点倾败，论者也常常这样责备他们。殊不知那一面，何尝不"疾善如仇"呢？人们却不说一句话。假使此后光明和黑暗还不能作彻底的战斗，老实人误将纵恶当作宽容，一味姑息下去，则现在似的混沌状态，是可以无穷无尽的。

七 论"即以其人之道还治其人之身"⑤

中国人或信中医或信西医，现在较大的城市中往往并有两种医，使他们各得其所。我以为这确是极好的事。倘能推而广之，怨声一定还要少得多，或者天下竟可以臻于郅治。例如民国的通礼是鞠躬，

———————————

① **"党同伐异"** 语出《后汉书·党锢传序》。

② **"婆理"** 指"女师大风潮"时杨荫榆压制学生的言论。后文"公理"，指陈源（西滢）等人为反对女师大复校而组织"教育界公理维持会"一事。参见本书《华盖集·"公理"的把戏》一文。

③ **清流** 旧称负有时望、不肯与权贵同流合污的士大夫。这里所说的汉代的清流，指东汉桓帝、灵帝时反对宦官专权的李膺、郭泰、贾彪、陈蕃等人。他们被控以结党为乱的罪名，均遭杀戮、流徙，受牵连下狱者达六七百人，史称"党锢之祸"。

④ **东林** 即东林党，明代万历后期形成的江南士大夫政治集团。主要成员有顾宪成、高攀龙、钱一本等。他们在无锡东林书院讲学，议论朝政，针砭时弊，并联络朝野有识之士。后于天启五年（1625）遭宦官魏忠贤迫害，祸及数百人。

⑤ **"即以其人之道还治其人之身"** 语出宋朱熹《四书章句集注·中庸章句》。

但若有人以为不对的，就独使他磕头。民国的法律是没有笞刑的，倘有人以为肉刑好，则这人犯罪时就特别打屁股。碗筷饭菜，是为今人而设的，有愿为燧人氏①以前之民者，就请他吃生肉；再造几千间茅屋，将在大宅子里仰慕尧舜的高士都拉出来，给住在那里面；反对物质文明的，自然更应该不使他衔冤坐汽车。这样一办，真所谓"求仁得仁又何怨"②，我们的耳根也就可以清净许多罢。

但可惜大家总不肯这样办，偏要以己律人，所以天下就多事。"费厄泼赖"尤其有流弊，甚至于可以变成弱点，反给恶势力占便宜。例如刘百昭③殴曳女师大学生，《现代评论》上连屁也不放，一到女师大恢复，陈西滢鼓动女大学生占据校舍时，却道"要是她们不肯走便怎样呢？你们总不好意思用强力把她们的东西搬走了罢？"④殴而且拉，而且搬，是有刘百昭的先例的，何以这一回独独"不好意思"？这就因为给他嗅到了女师大这一面有些"费厄"气味之故。但这"费厄"却又变成弱点，反而给人利用了来替章士钊的"遗泽"保镖。

八　结末

或者要疑我上文所言，会激起新旧，或什么两派之争，使恶感更深，或相持更烈罢。但我敢断言，反改革者对于改革者的毒害，向来就并未放松过，手段的厉害也已经无以复加了。只有改革者却还在睡梦里，总是吃亏，因而中国也总是没有改革，自此以后，是应该改换些态度和方法的。

一九二五年十二月二十九日

（原刊 1926 年 1 月 10 日《莽原》半月刊第 1 期，后收入《坟》）

---

①　**燧人氏**　中国古代传说中钻木取火的发明者。

②　**"求仁得仁又何怨"**　语出《论语·述而》："求仁而得仁，又何怨？"

③　**刘百昭**　当时北洋政府教育部专门教育司司长。1925 年 8 月间，女师大被勒令停办后，章士钊决定在女师大校址另办"国立女子大学"，派刘百昭前往筹办。刘到校后即雇人将留守学生拽出校园。

④　见 1925 年 12 月 19 日《现代评论》第 3 卷第 54 期《闲话》栏。

写在《坟》后面

　　在听到我的杂文已经印成一半的消息的时候，我曾经写了几行题记，寄往北京去。当时想到便写，写完便寄，到现在还不满二十天，早已记不清说了些甚么了。今夜周围是这么寂静，屋后面的山脚下腾起野烧的微光；南普陀寺①还在做牵丝傀儡戏，时时传来锣鼓声，每一间隔中，就更加显得寂静。电灯自然是辉煌着，但不知怎地忽有淡淡的哀愁来袭击我的心，我似乎有些后悔印行我的杂文了。我很奇怪我的后悔；这在我是不大遇到的，到如今，我还没有深知道所谓悔者究竟是怎么一回事。但这心情也随即逝去，杂文当然仍在印行，只为想驱逐自己目下的哀愁，我还要说几句话。

　　记得先已说过：这不过是我的生活中的一点陈迹。如果我的过往，也可以算作生活，那么，也就可以说，我也曾工作过了。但我并无喷泉一般的思想，伟大华美的文章，既没有主义要宣传，也不想发起一种什么运动。不过我曾经尝得，失望无论大小，是一种苦味，所以几年以来，有人希望我动动笔的，只要意见不很相反，我的力量能够支撑，就总要勉力写几句东西，给来者一些极微末的欢喜。人生多苦辛，而人们有时却极容易得到安慰，又何必惜一点笔墨，给多尝些孤独的悲哀呢？于是除小说杂感之外，逐渐又有了长长短短的杂文十多篇。其间自然也有为卖钱而作的，这回就都混在一处。我的生命的一部分，就这样地用去了，也就是做了这样的工作。然而我至今终于不明白我一向是在做什么。比方做土工的罢，做着做着，而不明白是在筑台呢还是掘坑。所知道的是即使是筑台，也无非要将自己从那上面跌下来或者显示老死；倘是掘坑，那就当然不过是埋掉自己。总之：逝去，逝去，一切一切，和光阴一同早逝去，在逝去，要逝去了。——不过如此，但也为我所十分甘愿的。

　　然而这大约也不过是一句话。当呼吸还在时，只要是自己的，

① **南普陀寺**　佛教寺庙，在厦门大学校园附近。鲁迅当时在厦门大学任教。

我有时却也喜欢将陈迹收存起来，明知不值一文，总不能绝无眷恋，集杂文而名之曰《坟》，究竟还是一种取巧的掩饰。刘伶①喝得酒气熏天，使人荷锸跟在后面，道：死便埋我。虽然自以为放达，其实是只能骗骗极端老实人的。

　　所以这书的印行，在自己就是这么一回事。至于对别人，记得在先也已说过，还有愿使偏爱我的文字的主顾得到一点喜欢；憎恶我的文字的东西得到一点呕吐，——我自己知道，我并不大度，那些东西因我的文字而呕吐，我也很高兴的。别的就什么意思也没有了。倘若硬要说出好处来，那么，其中所介绍的几个诗人的事，或者还不妨一看；最末的论"费厄泼赖"这一篇，也许可供参考罢，因为这虽然不是我的血所写，却是见了我的同辈和比我年幼的青年们的血而写的。

　　偏爱我的作品的读者，有时批评说，我的文字是说真话的。这其实是过誉，那原因就因为他偏爱。我自然不想太欺骗人，但也未尝将心里的话照样说尽，大约只要看得可以交卷就算完。我的确时时解剖别人，然而更多的是更无情面地解剖我自己，发表一点，酷爱温暖的人物已经觉得冷酷了，如果全露出我的血肉来，末路正不知要到怎样。我有时也想就此驱除旁人，到那时还不唾弃我的，即使是枭蛇鬼怪，也是我的朋友，这才真是我的朋友。倘使并这个也没有，则就是我一个人也行。但现在我并不。因为，我还没有这样勇敢，那原因就是我还想生活，在这社会里。还有一种小缘故，先前也曾屡次声明，就是偏要使所谓正人君子也者之流多不舒服几天，所以自己便特地留几片铁甲在身上，站着，给他们的世界上多有一点缺陷，到我自己厌倦了，要脱掉了的时候为止。

　　倘说为别人引路，那就更不容易了，因为连我自己还不明白应当怎么走。中国大概很有些青年的"前辈"和"导师"罢，但那不是我，我也不相信他们。我只很确切地知道一个终点，就是：坟。然而这是大家都知道的，无须谁指引。问题是在从此到那的道路。那当然不只一条，我可正不知那一条好，虽然至今有时也还在寻求。在寻求中，我就怕我未熟的果实偏偏毒死了偏爱我的果实的人，而憎恨我的东西如所谓正人君子也者偏偏都矍铄，所以我说话常不免含胡，中止，

---

　　① **刘伶**　字伯伦，沛国（治今安徽濉溪县西北）人，晋代文人。与阮籍、嵇康等并称"竹林七贤"。曾为建威参军。《晋书》本传多记其纵酒放诞之事。

心里想：对于偏爱我的读者的赠献，或者最好倒不如是一个"无所有"。我的译著的印本，最初，印一次是一千，后来加五百，近时是二千至四千，每一增加，我自然是愿意的，因为能赚钱，但也伴着哀愁，怕于读者有害，因此作文就时常更谨慎，更踌躇。有人以为我信笔写来，直抒胸臆，其实是不尽然的，我的顾忌并不少。我自己早知道毕竟不是什么战士了，而且也不能算前驱，就有这么多的顾忌和回忆。还记得三四年前，有一个学生来买我的书，从衣袋里掏出钱来放在我手里，那钱上还带着体温。这体温便烙印了我的心，至今要写文字时，还常使我怕毒害了这类的青年，迟疑不敢下笔。我毫无顾忌地说话的日子，恐怕要未必有了罢。但也偶尔想，其实倒还是毫无顾忌地说话，对得起这样的青年。但至今也还没有决心这样做。

今天所要说的话也不过是这些，然而比较的却可以算得真实。此外，还有一点余文。

记得初提倡白话的时候，是得到各方面剧烈的攻击的。后来白话渐渐通行了，势不可遏，有些人便一转而引为自己之功，美其名曰"新文化运动"。又有些人便主张白话不妨作通俗之用；又有些人却道白话要做得好，仍须看古书。前一类早已二次转舵，又反过来嘲骂"新文化"了；后二类是不得已的调和派，只希图多留几天僵尸，到现在还不少。我曾在杂感上掊击过的。

新近看见一种上海出版的期刊①，也说起要做好白话须读好古文，而举例为证的人名中，其一却是我。这实在使我打了一个寒噤。别人我不论，若是自己，则曾经看过许多旧书，是的确的，为了教书，至今也还在看。因此耳濡目染，影响到所做的白话上，常不免流露出它的字句，体格来。但自己却正苦于背了这些古老的鬼魂，摆脱不开，时常感到一种使人气闷的沉重。就是思想上，也何尝不中些庄周②韩非③的毒，时而很随便，时而很峻急。孔孟的书我读得

---

① 指上海开明书店出版的《一般》月刊。该刊 1926 年 11 月第 1 卷第 3 号载署名明石（朱光潜）的文章《雨天的书》，其中说："想做好白话文，读若干上品的文言文或且十分必要。现在白话文作者当推胡适之、吴稚晖、周作人、鲁迅诸先生，而这几位先生的白话文都得力于古文的处所（他们自己也许不承认）。"

② **庄周**（约前 369—前 233） 即庄子。名周，字子休，战国时宋国人，先秦思想家、道家代表人物之一。著有《庄子》。

③ **韩非**（前 280—前 233） 战国时韩国人，先秦思想家、法家代表人物之一。著有《韩非子》。

最早，最熟，然而倒似乎和我不相干。大半也因为懒惰罢，往往自己宽解，以为一切事物，在转变中，是总有多少中间物的。动植之间，无脊椎和脊椎动物之间，都有中间物；或者简直可以说，在进化的链子上，一切都是中间物。当开首改革文章的时候，有几个不三不四的作者，是当然的，只能这样，也需要这样。他的任务，是在有些警觉之后，喊出一种新声；又因为从旧垒中来，情形看得较为分明，反戈一击，易制强敌的死命。但仍应该和光阴偕逝，逐渐消亡，至多不过是桥梁中的一木一石，并非什么前途的目标，范本。跟着起来便该不同了，倘非天纵之圣，积习当然也不能顿然荡除，但总得更有新气象。以文字论，就不必更在旧书里讨生活，却将活人的唇舌作为源泉，使文章更加接近语言，更加有生气。至于对于现在人民的语言的穷乏欠缺，如何救济，使他丰富起来，那也是一个很大的问题，或者也须在旧文中取得若干资料，以供使役，但这并不在我现在所要说的范围以内，姑且不论。

我以为我倘十分努力，大概也还能够博采口语，来改革我的文章。但因为懒而且忙，至今没有做。我常疑心这和读了古书很有些关系，因为我觉得古人写在书上的可恶思想，我的心里也常有，能否忽而奋勉，是毫无把握的。我常常诅咒我的这思想，也希望不再见于后来的青年。去年我主张青年少读，或者简直不读中国书，乃是用许多苦痛换来的真话，决不是聊且快意，或什么玩笑，愤激之辞①。古人说，不读书便成愚人，那自然也不错的。然而世界却正由愚人造成，聪明人决不能支持世界，尤其是中国的聪明人。现在呢，思想上且不说，便是文辞，许多青年作者又在古文，诗词中摘些好看而难懂的字面，作为变戏法的手巾，来装潢自己的作品了。我不知这和劝读古文说可有相关，但正在复古，也就是新文艺的试行自杀，是显而易见的。

不幸我的古文和白话合成的杂集，又恰在此时出版了，也许又要给读者若干毒害。只是在自己，却还不能毅然决然将他毁灭，还想借此暂时看看逝去的生活的余痕。惟愿偏爱我的作品的读者也不过将这当作一种纪念，知道这小小的丘陇中，无非埋着曾经活过的躯壳。待再经若干岁月，又当化为烟埃，并纪念也从人间消去，而我的事也就完毕了。上午也正在看古文，记起了几句陆士衡的吊曹

---

① 　见本书《华盖集·青年必读书》。此文原刊 1925 年 2 月 21 日《京报副刊》。

孟德文①，便拉来给我的这一篇作结——

　　　　既睎古以遗累，信简礼而薄葬。
　　　　彼裘绂于何有，贻尘谤于后王。
　　　　嗟大恋之所存，故虽哲而不忘。
　　　　览遗籍以慷慨，献兹文而凄伤！

　　　　　　　　一九二六，一一，一一，夜。鲁迅

---

　　① **陆士衡的吊曹孟德文**　即晋陆机《吊魏武帝文》，见《文选》卷六十。陆士衡，即陆机（261—303），字士衡，西晋文学家。事成都王司马颖，官平原内史，世称"陆平原"。有《陆士衡集》。曹孟德，即曹操（155—220），字，孟德，沛国谯县（今安徽亳州）人，东汉献帝时为丞相，魏国的创立者，后追封武帝。有《魏武帝集》。

《热风》中的杂文

题　记

　　现在有谁经过西长安街一带的，总可以看见几个衣履破碎的穷苦孩子叫卖报纸。记得三四年前，在他们身上偶而还剩有制服模样的残余；再早，就更体面，简直是童子军①的拟态。

　　那是中华民国八年，即西历一九一九年，五月四日北京学生对于山东问题②的示威运动以后，因为当时散传单的是童子军，不知怎的竟惹了投机家的注意，童子军式的卖报孩子就出现了。其年十二月，日本公使小幡酉吉抗议排日运动③，情形和今年大致相同；只是我们的卖报孩子却穿破了第一身新衣以后，便不再做，只见得年不如年地显出穷苦。

　　我在《新青年》的《随感录》④中做些短评，还在这前一年，因为所评论的多是小问题，所以无可道，原因也大都忘却了。但就现在的文字看起来，除几条泛论之外，有的是对于扶乩，静坐，打拳而发的；有的是对于所谓"保存国粹"而发的；有的是对于那时

---

　　①　**童子军**　英国人巴登·鲍威尔勋爵于 1908 年创建的少年儿童拟军事组织，吸收 11—15 岁孩童参加，旨在培养公民道德、勇敢精神及进行各种野外活动的技能。以后传到世界各国。民国初年传入中国。

　　②　**山东问题**　1919 年 1 月，第一次世界大战的战胜方协约国举行"巴黎和会"，重新划定势力范围。由美、英、法三国操纵的这次会议，无视中国主权和战胜国的地位，非法决定让日本继承战前德国在山东的特权。当时，以徐世昌为大总统的北洋政府拟于和约上签字，激起国人强烈反对。北京学生率先罢课、游行，很快波及全国，成为五四运动的导火索。

　　③　**小幡酉吉抗议排日运动**　1919 年 12 月 5 日，日本驻华公使小幡酉吉至北洋政府外交部，就福州事件提出书面抗议。抗议书捏造种种事实，反诬中国地方官员因"不善取缔学生排日行动"而造成福州事件，认为"责任全在中国"。福州事件实系日方蓄意制造。1919 年 11 月 16 日，日本暴徒在福州街头寻衅，袭击当地学生、市民和警察，打死打伤多人，造成震惊全国的惨案。

　　④　**《随感录》**　《新青年》杂志自 1918 年 4 月第 4 卷第 4 号起开辟的一个栏目，发表社会文化短评。这个栏目的文章起初不列篇题，只以各篇的序数标名，后至第 56 篇起才出现各篇的题目。鲁迅从第 25 篇起在这个栏目上发表文章，前后写了 27 篇。

旧官僚的以经验自豪而发的；有的是对于上海《时报》①的讽刺画而发的。记得当时的《新青年》是正在四面受敌之中，我所对付的不过一小部分；其他大事，则本志具在，无须我多言。

五四运动之后，我没有写什么文字，现在已经说不清是不做，还是散失消灭的了。但那时革新运动，表面上却颇有些成功，于是主张革新的也就蓬蓬勃勃，而且有许多还就是在先讥笑，嘲骂《新青年》的人们，但他们却是另起了一个冠冕堂皇的名目：新文化运动。这也就是后来又将这名目反套在《新青年》身上，而又加以嘲骂讥笑的，正如笑骂白话文的人，往往自称最得风气之先，早经主张过白话文一样。

再后，更无可道了。只记得一九二一年中的一篇是对于所谓"虚无哲学"而发的；更后一年则大抵对于上海之所谓"国学家"而发，不知怎的那时忽而有许多人都自命为国学家了。

自《新青年》出版以来，一切应之而嘲骂改革，后来又赞成改革，后来又嘲骂改革者，现在拟态的制服早已破碎，显出自身的本相来了，真所谓"事实胜于雄辩"，又何待于纸笔喉舌的批评。所以我的应时的浅薄的文字，也应该置之不顾，一任其消灭的；但几个朋友却以为现状和那时并没有大两样，也还可以存留，给我编辑起来了。这正是我所悲哀的。我以为凡对于时弊的攻击，文字须与时弊同时灭亡，因为这正如白血轮之酿成疮疖一般，倘非自身也被排除，则当它的生命的存留中，也即证明着病菌尚在。

但如果凡我所写，的确都是冷的呢？则它的生命原来就没有，更谈不到中国的病证究竟如何。然而，无情的冷嘲和有情的讽刺相去本不及一张纸，对于周围的感受和反应，又大概是所谓"如鱼饮水冷暖自知"②的；我却觉得周围的空气太寒冽了，我自说我的话，所以反而称之曰《热风》。

一九二五年十一月三日之夜，鲁迅。

（未另刊行，直接收入《热风》）

---

① 上海《时报》 此指上海《时事新报》。
② "如鱼饮水冷暖自知" 唐裴休集《黄檗山断际禅师传心法要》："明（上座）于言下忽然默契，便礼拜云：'如人饮水，冷暖自知，某甲在五祖会中，枉用三十年工夫。'"后南宋岳珂《桯史》卷六"记龙眠海会图"条，有曰："至于有法无法，有相无相，如鱼饮水，冷暖自知。"

随感录·二十五

　　我一直从前曾见严又陵①在一本什么书上发过议论，书名和原文都忘记了。大意是："在北京道上，看见许多孩子，辗转于车轮马足之间，很怕把他们碰死了，又想起他们将来怎样得了，很是害怕。"其实别的地方，也都如此，不过车马多少不同罢了。现在到了北京，这情形还未改变，我也时时发起这样的忧虑；一面又佩服严又陵究竟是"做"过赫胥黎《天演论》②的，的确与众不同：是一个十九世纪末年中国感觉锐敏的人。

　　穷人的孩子蓬头垢面的在街上转，阔人的孩子妖形妖势娇声娇气的在家里转。转得大了，都昏天黑地的在社会上转，同他们的父亲一样，或者还不如。

　　所以看十来岁的孩子，便可以逆料二十年后中国的情形；看二十多岁的青年，——他们大抵有了孩子，尊为爹爹了，——便可以推测他儿子孙子，晓得五十年后七十年后中国的情形。

　　中国的孩子，只要生，不管他好不好，只要多，不管他才不才。生他的人，不负教他的责任。虽然"人口众多"这一句话，很可以闭了眼睛自负，然而这许多人口，便只在尘土中辗转，小的时候，不把他当人，大了以后，也做不了人。

　　中国娶妻早是福气，儿子多也是福气。所有小孩，只是他父母福气的材料，并非将来的"人"的萌芽，所以随便辗转，没人管他，

---

　　① **严又陵**　即严复（1854—1921），字又陵、几道，福建侯官（今福州）人，清末学者、翻译家。早年曾往英国学习海军，回国后任北洋水师学堂总教习。后任京师大学堂编译书局总办、复旦公学校长、学部名词馆总纂等职。他曾译书介绍西方自然科学和人文科学思想，在当时中国知识界产生很大影响。撰有《严复集》，译著多收入《严译名著丛刊》。
　　② **《天演论》**　英国十九世纪思想家、博物学家赫胥黎所著《进化论与伦理学》一书的前两部分。《天演论》是严复的译名。因为严复的翻译有很大的意译成分，鲁迅这里称之为"做"。

因为无论如何，数目和材料的资格，总还存在。即使偶尔送进学堂，然而社会和家庭的习惯，尊长和伴侣的脾气，却多与教育反背，仍然使他与新时代不合。大了以后，幸而生存，也不过"仍旧贯如之何"[1]，照例是制造孩子的家伙，不是"人"的父亲，他生了孩子，便仍然不是"人"的萌芽。

最看不起女人的奥国人华宁该尔（Otto Weininger）[2] 曾把女人分成两大类：一是"母妇"，一是"娼妇"。照这分法，男人便也可以分作"父男"和"嫖男"两类了。但这父男一类，却又可以分成两种：其一是孩子之父，其一是"人"之父。第一种只会生，不会教，还带点嫖男的气息。第二种是生了孩子，还要想怎样教育，才能使这生下来的孩子，将来成一个完全的人。

前清末年，某省初开师范学堂的时候，有一位老先生听了，很为诧异，便发愤说："师何以还须受教，如此看来，还该有父范学堂了！"这位老先生，便以为父的资格，只要能生。能生这件事，自然便会，何须受教呢。却不知中国现在，正须父范学堂；这位先生便须编入初等第一年级。

因为我们中国所多的是孩子之父，所以以后是只要"人"之父！

（原刊 1918 年 9 月 15 日《新青年》第 5 卷第 3 号，后收入《热风》）

---

① **"仍旧贯如之何"** 语出《论语·先进》："闵子骞曰：'仍旧贯，如之何？何必改作？'"
② **华宁该尔** 今译魏宁格（1880—1903），奥地利哲学家。他在自己唯一的著作《性和性格》中以所谓"阳性元素""阴性元素"一类概念，分析人类种族与性别，并以此贬低女性。

随感录·三十三

　　现在有一班好讲鬼话的人，最恨科学，因为科学能教道理明白，能教人思路清楚，不许鬼混，所以自然而然的成了讲鬼话的人的对头。于是讲鬼话的人，便须想一个方法排除他。

　　其中最巧妙的是捣乱。先把科学东扯西拉，羼进鬼话，弄得是非不明，连科学也带了妖气：例如一位大官①做的卫生哲学，里面说——

> 吾人初生之一点，实自脐始，故人之根本在脐。……故脐下腹部最为重要，道书所以称之曰丹田。

用植物来比人，根须是胃，脐却只是一个蒂，离了便罢，有什么重要。但这还不过比喻奇怪罢了，尤其可怕的是——

> 精神能影响于血液，昔日德国科布博士发明霍乱（虎列拉）病菌，有某某二博士反对之，取其所培养之病菌，一口吞入，而竟不病。

据我所晓得的，是Koch②博士发见（查出了前人未知的事物叫发见，创出了前人未知的器具和方法才叫发明）了真虎列拉菌；别人也发

---

　　①　**一位大官**　指当时任北洋政府教育部参事的蒋维乔。1918年2月，蒋维乔曾在北京大学发起静坐会，并作提倡"静坐"的演讲。1918年1月23—25日《北京大学日刊》转载《教育公报》所刊蒋维乔的另一篇演讲词《卫生哲学》。鲁迅下文引述的两段话即出自那篇演讲词。蒋维乔（1873—1958），字竹庄，江苏武进人，现代教育家。1912年起任教育部秘书长、参事，曾协助蔡元培制定教育法令。1917年后潜心佛学。以后在上海光华大学等校任教。

　　②　**Koch**　今译科赫（1843—1910），德国细菌学家。1876年在对炭疽菌的研究中首次证明了某种微生物与相应疾病的因果关系。后在埃及、印度等地发现霍乱病的病原和传播途径。1905年因对结核病的研究而获诺贝尔奖奖金。

见了一种，Koch 说他不是，把他的菌吞了，后来没有病，便证明了那人所发见的，的确不是病菌。如今颠倒转来，当作"精神能改造肉体"的例证，岂不危险已极么？

捣乱得更凶的，是一位神童做的《三千大千世界图说》①。他拿了儒，道士，和尚，耶教的糟粕，乱作一团，又密密的插入鬼话。他说能看见天上地下的情形，他看见的"地球星"，虽与我们所晓得的无甚出入，一到别的星系，可是五花八门了。因为他有天眼通②，所以本领在科学家之上。他先说道——

> 今科学家之发明，欲观天文则用天文镜……然犹不能持此以观天堂地狱也。究之学问之道如大海然，万不可入海饮一滴水，即自足也。

他虽然也分不出发见和发明的不同，论学问却颇有理。但学问的大海，究竟怎样情形呢？他说——

> 赤精天……有毒火坑，以水晶盖压之。若遇某星球将坏之时，即去某星球之水晶盖，则毒火大发，焚毁民物。

> 众星……大约分为三种，曰恒星，行星，流星。……据西学家言，恒星有三十五千万，以小子视之，不下七千万万也。……行星共计一百千万大系。……流星之多，倍于行星。……其绕日者，约三十三年一周，每秒能行六十五里。
>
> 日面纯为大火。……因其热力极大，人不能生，故太阳星君居焉。

其余怪话还多；但讲天堂的远不及六朝方士的《十洲记》③，讲地狱

---

① 《三千大千世界图说》　1916 年出版的一部歪曲近代科学、宣扬天道观的荒诞著作。该书假托一位名叫江希张的孩童所撰，当时舆论界有人将江希张吹捧为"神童"。

② 天眼通　佛教所说五眼之一，即天趣之眼，能透视六道、远近、上下、前后、内外及未来等。

③ 《十洲记》　即《海内十洲记》。旧题汉东方朔撰，一卷。《四库全书总目提要》称："盖六朝词人所依托……诸家著录或入地理，循名责实，未见其然，今与《山海经》同退置小说家焉。"

的也不过钞袭《玉历钞传》①。这神童算是糟了！另外还有感慨的话，说科学害了人。上面一篇"嗣汉六十二代天师正一真人张元旭"的序文，尤为单刀直入，明明白白道出——

> 自拳匪假托鬼神，致招联军之祸，几至国亡种灭，识者痛心疾首，固已极矣。又适值欧化东渐，专讲物质文明之秋，遂本科学家世界无帝神管辖，人身无魂魄轮回之说，奉为国是，俾播印于人人脑髓中，自是而人心之敬畏绝矣。敬畏绝而道德无根柢以发生矣！放僻邪侈，肆无忌惮，争权夺利，日相战杀，其祸将有甚于拳匪者！……

这简直说是万恶都由科学，道德全靠鬼话；而且与其科学，不如拳匪了。从前的排斥外来学术和思想，大抵专靠皇帝；自六朝至唐宋，凡攻击佛教的人，往往说他不拜君父，近乎造反。现在没有皇帝了，却寻出一个"道德"的大帽子，看他何等利害。不提防想不到的一本绍兴《教育杂志》里面，也有一篇仿古先生的《教育偏重科学无甯偏重道德》（甯字原文如此，疑是避讳②）的论文，他说——

> 西人以数百年科学之心力，仅酿成此次之大战争。……科学云乎哉？多见其为残贼人道矣！

> 偏重于科学，则相尚于知能；偏重于道德，则相尚于欺伪。相尚于欺伪，则祸止于欺伪，相尚于知能，则欺伪莫由得而明矣！

虽然不说鬼神为道德根本，至于向科学宣告死刑，却居然两教同心了。所以拳匪的传单上，明白写着——

> 孔圣人
> 张天师 傅言由山东来，赶紧急傅，并无虚言！

---

① 《玉历钞传》 即《玉历至宝钞传》。据称宋代道士所撰。描述所谓阴间活动的迷信读物。

② 避讳 旧时凡与皇帝或尊长名讳相同的字，在书写中须改用他字或改变笔画，此谓"避讳"。清宣宗（道光）名旻宁，其"宁"字改写为"甯"，是一种避讳办法。

（傅字原文如此，疑傳字之误。）

照他们看来，这般可恨可恶的科学世界，怎样挽救呢？《灵学杂志》① 内俞复②先生答吴稚晖③先生书里说过："鬼神之说不张，国家之命遂促！"可知最好是张鬼神之说了。鬼神为道德根本，也与张天师和仿古先生的意见毫不冲突。可惜近来北京乩坛，又印出一本《感显利冥录》，内有前任北京城隍白知和谛闲法师的问答——

> 师云：发愿一事，的确要紧。……此次由南方来，闻某处有济公临坛，所说之话，殊难相信。济祖是阿罗汉，见思惑已尽，断不为此。……不知某会临坛者，是济祖否？请示。
>
> 乩云：承谕发愿……谨记斯言。某处坛，灵鬼附之耳。须知灵鬼，即魔道也。知此后当发愿驱除此等之鬼。

"师云"的发愿，城隍竟不能懂；却先与某会力争正统。照此看来，国家之命未延，鬼兵先要打仗；道德仍无根柢，科学也还该活命了。

其实中国自所谓维新以来，何尝真有科学。现在儒道诸公，却径把历史上一味捣鬼不治人事的恶果，都移到科学身上，也不问什么叫道德，怎样是科学，只是信口开河，造谣生事；使国人格外惑乱，社会上罩满了妖气。以上所引的话，不过随手拈出的几点黑影；此外自大埠以至僻地，还不知有多少奇谈。但即此几条，已足可推测我们周围的空气，以及将来的情形，如何黑暗可怕了。

据我看来，要救治这"几至国亡种灭"的中国，那种"孔圣人张天师传言由山东来"的方法，是全不对症的，只有这鬼话的对头的科学！——不是皮毛的真正科学！——这是什么缘故呢？陈正敏《遯斋闲览》④ 有一段故事（未见原书，据《本草纲目》⑤ 所引写出，但

---

① 《灵学杂志》 应作《灵学丛志》。上海灵学会编印，1918 年 1 月创办。

② 俞复 江苏无锡人。辛亥革命后曾任无锡民政长，后在上海组织灵学会，设盛德坛扶乩。他的《答吴稚晖书》发表在《灵学丛志》第 1 卷第 1 期。

③ 吴稚晖（1865—1953） 名敬恒，字稚晖，江苏武进人，国民党元老。早年参加同盟会。办过报纸，曾译书介绍西方近代科学思想。1924 年为历届国民党中央监察委员。1927 年参与蒋介石"清党"活动。1949 年去台湾。著作编为《吴稚晖先生全集》。

④ 《遯斋闲览》 宋陈正敏撰，14 卷。笔记小说。原书已佚，今本自《说郛》中辑出。按：说郛本题范正敏撰。

⑤ 《本草纲目》 明李时珍撰，52 卷。中医药物学著作。

这也全是道士所编造的谣言，并非事实，现在只当他比喻用）说得
好——

　　　杨劬中年得异疾；每发语，腹中有小声应之，久渐声大。
有道士见之，曰：此应声虫也！但读《本草》取不应者治之。
读至雷丸，不应，遂顿服数粒而愈。

　　关于吞食病菌的事，我上文所说的大概也是错的，但现在手头
无书可查。也许是 Koch 博士发见了虎列拉菌时，Pfeffer[①] 博士以为
不是真病菌，当面吞下去了，后来病得几乎要死。总之，无论如何，
这一案决不能作"精神能改造肉体"的例证。一九二五年九月二十
四日补记。

　　（原刊 1918 年 10 月 15 日《新青年》第 5 卷第 4 号，后收入
《热风》）

---

① **Pfeffer**　今译普费弗尔（1845—1920），德国植物学家。因研究渗透压而被誉为
植物生理学创始人。著有《细胞力学研究：渗透作用》等。

随感录·三十五

从清朝末年，直到现在，常常听人说"保存国粹"这一句话。

前清末年说这话的人，大约有两种：一是爱国志士，一是出洋游历的大官。他们在这题目的背后，各各藏着别的意思。志士说保存国粹，是光复旧物的意思；大官说保存国粹，是教留学生不要去剪辫子的意思。

现在成了民国了。以上所说的两个问题，已经完全消灭。所以我不能知道现在说这话的是那一流人，这话的背后藏着什么意思了。

可是保存国粹的正面意思，我也不懂。

什么叫"国粹"？照字面看来，必是一国独有，他国所无的事物了。换一句话，便是特别的东西。但特别未必定是好，何以应该保存？

譬如一个人，脸上长了一个瘤，额上肿出一颗疮，的确是与众不同，显出他特别的样子，可以算他的"粹"。然而据我看来，还不如将这"粹"割去了，同别人一样的好。

倘说：中国的国粹，特别而且好；又何以现在糟到如此情形，新派摇头，旧派也叹气。

倘说：这便是不能保存国粹的缘故，开了海禁的缘故，所以必须保存。但海禁未开以前，全国都是"国粹"，理应好了；何以春秋战国五胡十六国闹个不休，古人也都叹气。

倘说：这是不学成汤文武周公的缘故；何以真正成汤文武周公时代，① 也先有桀纣暴虐②，后有殷顽作乱③；后来仍旧弄出春秋战

---

① **成汤文武周公** 商周时期的几位圣明之主。成汤，商朝第一位君王。文，即周文王。姬姓，名昌，原为商朝诸侯，封西伯。曾反对商纣暴虐，为周朝的建立奠定了基础，死后追尊文王。武，即周武王。文王之子，名发，周朝的建立者。周公，名旦，周文王之子，武王之弟。武王死后，因成王年幼，乃摄政当国。相传曾制定周之礼乐典章制度。

② **桀纣暴虐** 桀，夏朝最后一位君王。纣，商朝最后一位君王。桀、纣均好酒淫乐，为政暴虐。

③ **殷顽作乱** 殷顽，指不奉周朝之命的殷商遗民。周武王灭商后，封商纣之子武庚为诸侯，以续商祀。武王死后，周公辅政。武庚起兵作乱，周公率师亲征，得以平息。

国五胡十六国闹个不休，古人也都叹气。

我有一位朋友说得好："要我们保存国粹，也须国粹能保存我们。"

保存我们，的确是第一义。只要问他有无保存我们的力量，不管他是否国粹。

（原刊 1918 年 10 月 15 日《新青年》第 5 卷第 5 号，后收入《热风》）

随感录·三十六

现在许多人有大恐惧；我也有大恐惧。

许多人所怕的，是"中国人"这名目要消灭；我所怕的，是中国人要从"世界人"中挤出。

我以为"中国人"这名目，决不会消灭；只要人种还在，总是中国人。譬如埃及犹太人①，无论他们还有"国粹"没有，现在总叫他埃及犹太人，未尝改了称呼。可见保存名目，全不必劳力费心。

但是想在现今的世界上，协同生长，挣一地位，即须有相当的进步的智识，道德，品格，思想，才能够站得住脚：这事极须劳力费心。而"国粹"多的国民，尤为劳力费心，因为他的"粹"太多。粹太多，便太特别。太特别，便难与种种人协同生长，挣得地位。

有人说："我们要特别生长；不然，何以为中国人！"

于是乎要从"世界人"中挤出。

于是乎中国人失了世界，却暂时仍要在这世界上住！——这便是我的大恐惧。

（原刊 1918 年 11 月 15 日《新青年》第 5 卷第 5 号，后收入《热风》）

---

① **埃及犹太人** 据《旧约》记载，犹太人最初来自中亚美索不达米亚，后移居迦南（巴勒斯坦）。约公元前 18 世纪时，因迦南发生饥荒，犹太人迁徙埃及，故有埃及犹太人之称。在埃及法老拉美西斯二世时期（约前 1290—前 1250），犹太人被排斥、压制。犹太先知摩西带领整个民族迁出埃及，往迦南建国。后至公元 70 年，罗马帝国东征，迫使犹太人流散到世界各处。

随感录·三十七[*]

近来很有许多人，在那里竭力提倡打拳。记得先前也曾有过一回，但那时提倡的，是满清王公大臣^①，现在却是民国的教育家，位分略有不同。至于他们的宗旨，是一是二，局外人便不得而知。

现在那班教育家，把"九天玄女传与轩辕黄帝，轩辕黄帝传与尼姑"的老方法，改称"新武术"，又是"中国式体操"，叫青年去练习。^② 听说其中好处甚多，重要的举出两种来，是：

一，用在体育上。据说中国人学了外国体操，不见效验；所以须改习本国式体操（即打拳）才行。依我想来：两手拿着外国铜锤或木棍，把手脚左伸右伸的，大约于筋肉发达上，也该有点"效验"。无如竟不见效验！那自然只好改途去练"武松脱铐"那些把戏了。这或者因为中国人生理上与外国人不同的缘故。

二，用在军事上。中国人会打拳，外国人不会打拳：有一天见面对打，中国人得胜，是不消说的了。即使不把外国人"板油扯下"，只消一阵"乌龙扫地"，也便一齐扫倒，从此不能爬起。无如现在打仗，总用枪炮。枪炮这件东西，中国虽然"古时也已有过"，可是此刻没有了。藤牌操法，又不练习，怎能御得枪炮？我想（他们不曾说明，这是我的"管窥蠡测"）：打拳打下去，总可达到"枪

　＊ 周作人在 1936 年 11 月 16 日出版的《宇宙风》第 29 期发表《关于鲁迅》一文，其中说到，五四时期鲁迅"所作随感录大抵署名'唐俟'，我也有几篇是用这个署名的，都登在《新青年》上，后来这些随感编入《热风》，我的几篇也收在内，特别是三十七八、四十二三皆是"。周作人此说目前尚无其他资料可以佐证，录以备考。

　① **满清王公大臣**　指曾任总理衙门大臣的端郡王载漪、协办大学士刚毅、宗室载澜等人。他们迷信拳能御火器，曾以提倡练拳联络义和团等民间武术帮会，试图对付在华的外国势力。

　② 1918 年，全国教育联合会第四次会议和全国中小学校长会议通过"推广新武术"的决议，将之列入中学以上学校的体操课程，并同意采用当时济南镇守使马良撰写的《新武术初级拳脚科》为教科书。

炮打不进"的程度（即内功?）。这件事从前已经试过一次，在一千九百年。可惜那一回真是名誉的完全失败了。① 且看这一回如何。

（原刊 1918 年 11 月 15 日《新青年》第 5 卷第 5 号，后收入《热风》）

　　① 指 1900 年义和团的拳术败于八国联军的枪炮。

随感录·三十八

　　中国人向来有点自大。——只可惜没有"个人的自大"，都是"合群的爱国的自大"。这便是文化竞争失败之后，不能再见振拔改进的原因。

　　"个人的自大"，就是独异，是对庸众宣战。除精神病学上的夸大狂外，这种自大的人，大抵有几分天才，——照 Nordau① 等说，也可说就是几分狂气。他们必定自己觉得思想见识高出庸众之上，又为庸众所不懂，所以愤世疾俗，渐渐变成厌世家，或"国民之敌"②。但一切新思想，多从他们出来，政治上宗教上道德上的改革，也从他们发端。所以多有这"个人的自大"的国民，真是多福气！多幸运！

　　"合群的自大"，"爱国的自大"，是党同伐异，是对少数的天才宣战；——至于对别国文明宣战，却尚在其次。他们自己毫无特别才能，可以夸示于人，所以把这国拿来做个影子；他们把国里的习惯制度抬得很高，赞美的了不得；他们的国粹，既然这样有荣光，他们自然也有荣光了！倘若遇见攻击，他们也不必自去应战，因为这种蹲在影子里张目摇舌的人，数目极多，只须用 mob③ 的长技，一阵乱噪，便可制胜。胜了，我是一群中的人，自然也胜了；若败了时，一群中有许多人，未必是我受亏：大凡聚众滋事时，多具这

---

　　① **Nordau**　今译诺尔道（1849—1923），出生于匈牙利的犹太医生，犹太复国主义活动家。作为犹太复国主义领袖西奥多·赫茨尔的副手，担任过犹太复国运动大会副主席。

　　② **"国民之敌"**　这里指那种热心社会事业而又被公众误认为包藏祸心的人物，其称出自挪威剧作家易卜生的剧本《国民之敌》（一译《人民公敌》）。该剧主人公斯多克芒是一个温泉浴场的医生，因发现浴场矿泉含有传染病菌，建议对浴场加以改建，可是当地政府和公众却担心经济利益受损而竭力反对，以致将斯多克芒革职，宣布他为"国民之敌"。

　　③ **mob**　英语：群氓、乌合之众。

种心理，也就是他们的心理。他们举动，看似猛烈，其实却很卑怯。至于所生结果，则复古，尊王，扶清灭洋等等，已领教得多了。所以多有这"合群的爱国的自大"的国民，真是可哀，真是不幸！

不幸中国偏只多这一种自大：古人所作所说的事，没一件不好，遵行还怕不及，怎敢说到改革？这种爱国的自大家的意见，虽各派略有不同，根柢总是一致，计算起来，可分作下列五种：

甲云："中国地大物博，开化最早；道德天下第一。"这是完全自负。

乙云："外国物质文明虽高，中国精神文明更好。"丙云："外国的东西，中国都已有过；某种科学，即某子所说的云云"，这两种都是"古今中外派"的支流；依据张之洞①的格言，以"中学为体西学为用"的人物。

丁云："外国也有叫化子，——（或云）也有草舍，——娼妓，——臭虫。"这是消极的反抗。

戊云："中国便是野蛮的好。"又云："你说中国思想昏乱，那正是我民族所造成的事业的结晶。从祖先昏乱起，直要昏乱到子孙；从过去昏乱起，直要昏乱到未来。……（我们是四万万人，）你能把我们灭绝么？"②这比"丁"更进一层，不去拖人下水，反以自己的丑恶骄人；至于口气的强硬，却很有《水浒传》中牛二③的态度。

五种之中，甲乙丙丁的话，虽然已很荒谬，但同戊比较，尚觉情有可原，因为他们还有一点好胜心存在。譬如衰败人家的子弟，看见别家兴旺，多说大话，摆出大家架子；或寻求人家一点破绽，聊给自己解嘲。这虽然极是可笑，但比那一种掉了鼻子，还说是祖传老病，夸示于众的人，总要算略高一步了。

戊派的爱国论最晚出，我听了也最寒心；这不但因其居心可怕，

---

① 张之洞（1837—1909）字孝达，号香涛，直隶南皮（今属河北）人，清末大臣。同治进士，历任四川学政、两广总督、湖广总督、军机大臣等职。数十年间，于各任内广设武备，倡办实业，汲引西方工业技术。曾主持筹办汉阳铁厂、芦汉铁路、粤汉铁路，并开设多所新式学堂，因而被视为洋务派领袖人物。他在《劝学篇》一书中提出"中学为体，西学为用"，成为近代中国思想界一个争论不休的话题。

② 这里是套用学者任鸿隽的言论。当时，钱玄同等人认为，改造中国旧文化须首先废灭汉字。任鸿隽为反驳此说，在给胡适的信中故以偏颇姿态宣称：中国的昏乱根源不仅在于文字，而且存在于所有中国人的心脑中，所以"若要中国好，除非使中国人种先行灭绝"。此信发表于1918年8月15日《新青年》第5卷第2号。

③ 牛二 《水浒传》中的一个市井无赖。

实因他所说的更为实在的缘故。昏乱的祖先，养出昏乱的子孙，正是遗传的定理。民族根性造成之后，无论好坏，改变都不容易的。法国 G. Le Bon① 著《民族进化的心理》中，说及此事道（原文已忘，今但举其大意）——"我们一举一动，虽似自主，其实多受死鬼的牵制。将我们一代的人，和先前几百代的鬼比较起来，数目上就万不能敌了。"我们几百代的祖先里面，昏乱的人，定然不少：有讲道学的儒生，也有讲阴阳五行的道士，有静坐炼丹的仙人，也有打脸打把子②的戏子。所以我们现在虽想好好做"人"，难保血管里的昏乱分子不来作怪，我们也不由自主，一变而为研究丹田脸谱的人物：这真是大可寒心的事。但我总希望这昏乱思想遗传的祸害，不至于有梅毒那样猛烈，竟至百无一免。即使同梅毒一样，现在发明了六百零六③，肉体上的病，既可医治；我希望也有一种七百零七的药，可以医治思想上的病。这药原来也已发明，就是"科学"一味。只希望那班精神上掉了鼻子的朋友，不要又打着"祖传老病"的旗号来反对吃药，中国的昏乱病，便也总有全愈的一天。祖先的势力虽大，但如从现代起，立意改变：扫除了昏乱的心思，和助成昏乱的物事（儒道两派的文书），再用了对症的药，即使不能立刻奏效，也可把那病毒略略廓淡。如此几代之后待我们成了祖先的时候，就可以分得昏乱祖先的若干势力，那时便有转机，Le Bon 所说的事，也不足怕了。

以上是我对于"不长进的民族"的疗救方法；至于"灭绝"一条，那是全不成话，可不必说。"灭绝"这两个可怕的字，岂是我们人类应说的？只有张献忠这等人曾有如此主张，至今为人类唾骂；而且于实际上发生出什么效验呢？但我有一句话，要劝戊派诸公。"灭绝"这句话，只能吓人，却不能吓倒自然。他是毫无情面：他看见有自向灭绝这条路走的民族，便请他们灭绝，毫不客气。我们自己想活，也希望别人都活；不忍说他人的灭绝，又怕他们自己走到

---

① **G. Le Bon**　今译居古斯塔夫·勒宠（1841—1931），法国社会心理学家。著有《民族心理学》（一译《民族进化的心理》）、《群众心理学》等。

② **打脸打把子**　打脸，指传统戏曲按照脸谱勾画花脸的化妆术。打把子，指传统戏曲中的武打动作。

③ **六百零六**　即六○六，亦称洒尔佛散（德文 salvarsan 的音译）、胂凡纳明（英文 arsphenamine 的音译），一种抗梅毒药。六○六这一名称得自该药试验阶段获得的第六○六号化合物。

灭绝的路上，把我们带累了也灭绝，所以在此着急。倘使不改现状，反能兴旺，能得真实自由的幸福生活，那就是做野蛮也很好。——但可有人敢答应说"是"么？

（原刊 1918 年 11 月 15 日《新青年》第 5 卷第 5 号，后收入《热风》）

随感录·三十九

　　《新青年》的五卷四号，隐然是一本戏剧改良号，我是门外汉，开口不得；但见《再论戏剧改良》① 这一篇中，有"中国人说到理想，便含着轻薄的意味，觉得理想即是妄想，理想家即是妄人"一段话，却令我发生了追忆，不免又要说几句空谈。

　　据我的经验，这理想价值的跌落，只是近五年以来的事。民国以前，还未如此，许多国民，也肯认理想家是引路的人。到了民国元年前后，理论上的事情，著著实现，于是理想派——深浅真伪现在姑且弗论——也格外举起头来。一方面却有旧官僚的攘夺政权，以及遗老受冷不过②，豫备下山，都痛恨这一类理想派，说什么闻所未闻的学理法理，横亘在前，不能大踏步摇摆。于是沉思三日三夜，竟想出了一种兵器，有了这利器，才将"理"字排行的元恶大憝，一律肃清。这利器的大名，便叫"经验"。现在又添上一个雅号，便是高雅之至的"事实"。

　　经验从那里得来，便是从清朝得来的。经验提高了他的喉咙含含糊糊说，"狗有狗道理，鬼有鬼道理，中国与众不同，也自有中国道理。道理各各不同，一味理想，殊堪痛恨"。这时候，正是上下一心理财强种的时候，而且带着理字的，又大半是洋货，爱国之士，义当排斥。所以一转眼便跌了价值；一转眼便遭了嘲骂；又一转眼，便连他的影子，也同拳民时代的教民③一般，竟犯了与众共弃的大罪了。

---

　　① 《再论戏剧改良》　傅斯年的文章。傅斯年当时是北京大学新潮社成员，《新潮》杂志主编。

　　② 民国初年，政出多门，一些晚清旧臣时常插手其间，甚至左右大局。如：1912年，熊希龄、张謇、梁启超等拥护袁世凯出任临时大总统；后来袁世凯复辟帝制，又有杨度、劳乃宣、梁士诒等为之鼓吹；1917年，张勋、康有为等策动清废帝溥仪复辟；等等。

　　③ **教民**　这里指信奉天主教和基督教的中国人。在义和团（即"拳民"）抵御外侮时期，那些与洋人沾边的教民也受到打击。

但我们应该明白，人格的平等，也是一种外来的旧理想；现在"经验"既已登坛，自然株连着化为妄想，理合不分首从，全踏在朝靴底下，以符列祖列宗的成规。这一踏不觉过了四五年，经验家虽然也增加了四五岁，与素未经验的生物学学理——死——渐渐接近，但这与众不同的中国，却依然不是理想的住家。一大批踏在朝靴底下的学习诸公，早经竭力大叫，说他也得了经验了。

　　但我们应该明白，从前的经验，是从皇帝脚底下学得；现在与将来的经验，是从皇帝的奴才的脚底下学得。奴才的数目多，心传①的经验家也愈多。待到经验家二世的全盛时代，那便是理想单被轻薄，理想家单当妄人，还要算是幸福侥幸了。

　　现在的社会，分不清理想与妄想的区别。再过几时，还要分不清"做不到"与"不肯做到"的区别，要将扫除庭园与劈开地球混作一谈。理想家说，这花园有秽气，须得扫除，——到那时候，说这宗话的人，也要算在理想党里，——他却说道，他们从来在此小便，如何扫除？万万不能，也断乎不可！

　　那时候，只要从来如此，便是宝贝。即使无名肿毒，倘若生在中国人身上，也便"红肿之处，艳若桃花；溃烂之时，美如乳酪"。国粹所在，妙不可言。那些理想学理法理，既是洋货，自然完全不在话下了。

　　但最奇怪的，是七年②十月下半，忽有许多经验家，理想经验双全家，经验理想未定家，都说公理战胜了强权③；还向公理颂扬了一番，客气了一顿。这事不但溢出了经验的范围，而且又添上一个理字排行的厌物。将来如何收场，我是毫无经验，不敢妄谈。经验诸公，想也未曾经验，开口不得。

　　没有法，只好在此提出，请教受人轻薄的理想家了。

　　（原刊 1919 年 1 月 15 日《新青年》第 6 卷第 1 号，后收入《热风》）

────────────

　　① **心传**　佛教禅宗用语。指不立文字，不依经卷，以心传心，自悟自解。
　　② **七年**　指民国七年，亦即 1918 年。
　　③ **公理战胜了强权**　当时正值第一次世界大战结束，以英、美、法为首的协约国战胜了德、奥一方的同盟国，舆论称"公理战胜了强权"。中国在战争后期加入协约国一方（北洋政府于 1917 年 8 月正式宣告与德、奥处于战争地位），这时候许多人也以胜利者的姿态憧憬未来，幻想战后中国的国际地位能得以提高。

随感录·四十

　　终日在家里坐，至多也不过看见窗外四角形惨黄色的天，还有什么感？只有几封信，说道，"久违芝宇，时切葭思①；"有几个客，说道，"今天天气很好"：都是祖传老店的文字语言。写的说的，既然有口无心，看的听的，也便毫无所感了。

　　有一首诗，从一位不相识的少年寄来，却对于我有意义。——

爱　　情

　　　我是一个可怜的中国人。爱情！我不知道你是什么。

　　　我有父母，教我育我，待我很好；我待他们，也还不差。我有兄弟姊妹，幼时共我玩耍，长来同我切磋，待我很好；我待他们，也还不差。但是没有人曾经"爱"过我，我也不曾"爱"过他。

　　　我年十九，父母给我讨老婆。于今数年，我们两个，也还和睦。可是这婚姻，是全凭别人主张，别人撮合：把他们一日戏言，当我们百年的盟约。仿佛两个牲口听着主人的命令："咄，你们好好的住在一块儿罢！"

　　　爱情！可怜我不知道你是什么！

　　诗的好歹，意思的深浅，姑且勿论；但我说，这是血的蒸气，醒过来的人的真声音。

　　爱情是什么东西？我也不知道。中国的男女大抵一对或一群——一男多女——的住着，不知道有谁知道。

　　但从前没有听到苦闷的叫声。即使苦闷，一叫便错；少的老的，一齐摇头，一齐痛骂。

---

　　① "久违芝宇，时切葭思"　旧时书信中的客套语。意思是，久未见面，时刻想念。

然而无爱情结婚的恶结果，却连续不断的进行。形式上的夫妇，既然都全不相关，少的另去姘人宿娼，老的再来买妾：麻痹了良心，各有妙法。所以直到现在，不成问题。但也曾造出一个"妒"字，略表他们曾经苦心经营的痕迹。

可是东方发白，人类向各民族所要的是"人"，——自然也是"人之子"——我们所有的是单是人之子，是儿媳妇与儿媳之夫，不能献出于人类之前。

可是魔鬼手上，终有漏光的处所，掩不住光明：人之子醒了；他知道了人类间应有爱情；知道了从前一班少的老的所犯的罪恶；于是起了苦闷，张口发出这叫声。

但在女性一方面，本来也没有罪，现在是做了旧习惯的牺牲。我们既然自觉着人类的道德，良心上不肯犯他们少的老的的罪，又不能责备异性，也只好陪着做一世牺牲，完结了四千年的旧账。

做一世牺牲，是万分可怕的事；但血液究竟干净，声音究竟醒而且真。

我们能够大叫，是黄莺便黄莺般叫；是鸱鸮便鸱鸮般叫。我们不必学那才从私窝子①里跨出脚，便说"中国道德第一"的人的声音。

我们还要叫出没有爱的悲哀，叫出无所可爱的悲哀。……我们要叫到旧账勾消的时候。

旧账如何勾消？我说，"完全解放了我们的孩子！"

（原刊 1919 年 1 月 15 日《新青年》第 6 卷第 1 号，后收入《热风》）

---

① 私窝子　私娼的处所。

随感录·四十一

从一封匿名信里看见一句话，是"数麻石片"（原注江苏方言），大约是没有本领便不必提倡改革，不如去数石片的好的意思。因此又记起了本志通信栏内所载四川方言的"洗煤炭"①。想来别省方言中，相类的话还多；守着这专劝人自暴自弃的格言的人，也怕并不少。

凡中国人说一句话，做一件事，倘与传来的积习有若干抵触，须一个斤斗便告成功，才有立足的处所；而且被恭维得烙铁一般热。否则免不了标新立异的罪名，不许说话；或者竟成了大逆不道，为天地所不容。这一种人，从前本可以夷到九族，连累邻居；现在却不过是几封匿名信罢了。但意志略略薄弱的人便不免因此萎缩，不知不觉的也入了"数麻石片"党。

所以现在的中国，社会上毫无改革，学术上没有发明，美术上也没有创作；至于多人继续的研究，前仆后继的探险，那更不必提了。国人的事业，大抵是专谋时式的成功的经营，以及对于一切的冷笑。

但冷笑的人，虽然反对改革，却又未必有保守的能力：即如文字一面，白话固然看不上眼，古文也不甚提得起笔。照他的学说，本该去"数麻石片"了；他却又不然，只是莫名其妙的冷笑。

中国的人，大抵在如此空气里成功，在如此空气里萎缩腐败，以至老死。

我想，人猿同源的学说，大约可以毫无疑义了。但我不懂，何

---

① "洗煤炭" 任鸿隽在给胡适的一封信中说："《新青年》一面讲改良文字，一面讲废灭汉字，是否自相矛盾？既要废灭不用，又用力去改良不用的物件。我们四川有句俗语说：'你要没事做，不如洗煤炭去罢。'"此信发表于 1918 年 8 月 15 日《新青年》第 5 卷第 2 号。

以从前的古猴子，不都努力变人，却到现在还留着子孙，变把戏给人看。还是那时竟没有一匹想站起来学说人话呢？还是虽然有了几匹，却终被猴子社会攻击他标新立异，都咬死了；所以终于不能进化呢？

尼采式的超人，虽然太觉渺茫，但就世界现有人种的事实看来，却可以确信将来总有尤为高尚尤近圆满的人类出现。到那时候，类人猿上面，怕要添出"类猿人"这一个名词。

所以我时常害怕，原中国青年都摆脱冷气，只是向上走，不必听自暴自弃者流的话。能做事的做事，能发声的发声。有一分热，发一分光，就令萤火一般，也可以在黑暗里发一点光，不必等候炬火。

此后如竟没有炬火：我便是唯一的光。倘若有了炬火，出了太阳，我们自然心悦诚服的消失，不但毫无不平，而且还要随喜①赞美这炬火或太阳；因为他照了人类，连我都在内。

我又愿中国青年都只是向上走，不必理会这冷笑和暗箭。尼采说：

> 真的，人是一个浊流。应该是海了，能容这浊流使他干净。
> 咄，我教你们超人：这便是海，在他这里，能容下你们的大侮蔑。（《札拉图如是说》的《序言》第三节）

纵令不过一洼浅水，也可以学学大海；横竖都是水，可以相通。几粒石子，任他们暗地里掷来；几滴秽水，任他们从背后泼来就是了。

这还算不到"大侮蔑"——因为大侮蔑也须有胆力。

（原刊 1919 年 1 月 15 日《新青年》第 6 卷第 1 号，后收入《热风》）

---

① **随喜** 佛家语。原意是随从他人行善，并为他人获得善果而欣喜。

随感录·四十二

　　听得朋友说，杭州英国教会里的一个医生，在一本医书上做一篇序，称中国人为土人；我当初颇不舒服，子细再想，现在也只好忍受了。土人一字，本来只说生在本地的人，没有什么恶意。后来因其所指，多系野蛮民族，所以加添了一种新意义，仿佛成了野蛮人的代名词。他们以此称中国人，原不免有侮辱的意思；但我们现在，却除承受这个名号以外，实是别无方法。因为这类是非，都凭事实，并非单用口舌可以争得的。试看中国的社会里，吃人，劫掠，残杀，人身卖买，生殖器崇拜，灵学，一夫多妻，凡有所谓国粹，没一件不与蛮人的文化（？）恰合。拖大辫，吸鸦片，也正与土人的奇形怪状的编发及吃印度麻①一样。至于缠足，更要算在土人的装饰法中，第一等的新发明了。他们也喜欢在肉体上做出种种装饰：剜空了耳朵嵌上木塞；下唇剜开一个大孔，插上一支兽骨，像鸟嘴一般；面上雕出兰花；背上刺出燕子；女人胸前做成许多圆的长的疙瘩。可是他们还能走路，还能做事；他们终是未达一间②，想不到缠足这好法子。……世上有如此不知肉体上的苦痛的女人，以及如此以残酷为乐，丑恶为美的男子，真是奇事怪事。

　　自大与好古，也是土人的一个特性。英国人乔治葛来③任纽西兰总督的时候，做了一部《多岛海神话》，序里说他著书的目的，并非全为学术，大半是政治上的手段。他说，纽西兰土人是不能同他说

---

　　① **印度麻**　即印度大麻。大麻科作物，一年生草本。其提取物可制致幻药和镇静药，亦被视为毒品。

　　② **未达一间**　指二者距离很接近，但还差一点。汉扬雄《法言·问神》："昔乎，仲尼潜心于文王矣，达之；颜渊亦潜心于仲尼矣，未达一间耳。"

　　③ **乔治葛来**　今译乔治·格雷（Sir George Grey，1812—1898），19世纪英国殖民地的行政长官。曾任南澳大利亚、新西兰（即下文提到的纽西兰）总督，1877—1879年任新西兰总理。

理的。只要从他们的神话的历史里，抽出一条相类的事来做一个例，讲给酋长祭师们听，一说便成了。譬如要造一条铁路，倘若对他们说这事如何有益，他们决不肯听；我们如果根据神话，说从前某某大仙，曾推着独轮车在虹霓上走，现在要仿他造一条路，那便无所不可了。（原文已经忘却，以上所说只是大意）中国十三经二十五史，正是酋长祭师们一心崇奉的治国平天下的谱，此后凡与土人有交涉的"西哲"，倘能人手一编，便助成了我们的"东学西渐"①，很使土人高兴；但不知那译本的序上写些什么呢？

（原刊 1919 年 1 月 15 日《新青年》第 6 卷第 1 号，后收入《热风》）

---

① **"东学西渐"** 日本汉学家槐南陈人在 1909 年发表题为《东学西渐》的文章，其中报道伦敦书肆有售中国经史典籍，据此认为东方文化已进入西方社会，而为之欣喜。此文曾由上海《神州日报》译载，一时颇有影响。

随感录·四十三

进步的美术家，——这是我对于中国美术界的要求。

美术家固然须有精熟的技工，但尤须有进步的思想与高尚的人格。他的制作，表面上是一张画或一个雕像，其实是他的思想与人格的表现。令我们看了，不但欢喜赏玩，尤能发生感动，造成精神上的影响。

我们所要求的美术家，是能引路的先觉，不是"公民团"① 的首领。我们所要求的美术品，是表记中国民族知能最高点的标本，不是水平线以下的思想的平均分数。

近来看见上海什么报的增刊《泼克》② 上，有几张讽刺画。他的画法，倒也模仿西洋；可是我很疑惑，何以思想如此顽固，人格如此卑劣，竟同没有教育的孩子只会在好好的白粉墙上写几个"某某是我而子"一样。可怜外国事物，一到中国，便如落在黑色染缸里似的，无不失了颜色。美术也是其一：学了体格还未匀称的裸体画，便画猥亵画；学了明暗还未分明的静物画，只能画招牌。皮毛改新，心思仍旧，结果便是如此。至于讽刺画之变为人身攻击的器具，更是无足深怪了。

说起讽刺画，不禁想到美国画家勃拉特来（L. D. Bradley）③ 了。他专画讽刺画，关于欧战的画，尤为有名；只可惜前年死掉了。我见过他一张《秋收时之月》（《The Harvest Moon》）的画。上面是一个形如骷髅的月亮，照着荒田；田里一排一排的都是兵的死尸。唉

① "公民团" 1913 年 10 月 6 日，当时的国会举行总统选举，袁世凯指使军警组织大批流氓打手，以"公民团"名义包围国会驻地，胁迫国会议员投票选举他为中华民国总统。又，当时国会议员中，被袁世凯用金钱收买者，称"公民党"。

② 《泼克》 当时上海《时事新报》的星期图画增刊。"泼克"，英语 Puck 的音译，即英格兰民间传说中的顽皮小妖。

③ 勃拉特来 未详。

唉，这才算得真的进步的美术家的讽刺画。我希望将来中国也能有一日，出这样一个进步的讽刺画家。

（原刊 1919 年 1 月 15 日《新青年》第 6 卷第 1 号，后收入《热风》）

随感录·四十六

民国八年正月间，我在朋友家里见到上海一种什么报的星期增刊讽刺画①，正是开宗明义第一回；画着几方小图，大意是骂主张废汉文的人的；说是给外国医生换上外国狗的心了，所以读罗马字时，全是外国狗叫。但在小图的上面，又有两个双钩大字"泼克"，似乎便是这增刊的名目；可是全不像中国话。我因此很觉这美术家可怜：他——对于个人的人身攻击姑且不论——学了外国画，来骂外国话，然而所用的名目又仍然是外国话。讽刺画本可以针砭社会的锢疾；现在施针砭的人的眼光，在一方尺大的纸片上，尚且看不分明，怎能指出确当的方向，引导社会呢？

这几天又见到一张所谓《泼克》，是骂提倡新文艺的人了。大旨是说凡所崇拜的，都是外国的偶像。我因此愈觉这美术家可怜：他学了画，而且画了"泼克"，竟还未知道外国画也是文艺之一。他对于自己的本业，尚且罩在黑坛子里，摸不清楚，怎能有优美的创作，贡献于社会呢？

但"外国偶像"四个字，却亏他想了出来。

不论中外，诚然都有偶像。但外国是破坏偶像的人多；那影响所及，便成功了宗教改革，法国革命。旧像愈摧破，人类便愈进步；所以现在才有比利时的义战②，与人道的光明。那达尔文易卜生托尔斯泰尼采诸人，便都是近来偶像破坏的大人物。

在这一流偶像破坏者，《泼克》却完全无用；因为他们都有确固不拔的自信，所以决不理会偶像保护者的嘲骂。易卜生说：

---

① 指上海《时事新报》星期图画增刊《泼克》。

② **比利时的义战** 第一次世界大战时，比利时原为中立国，后因拒绝德军假道进攻法国，而被迫参战。当时英、法等协约国称之为"义战"。

我告诉你们，是这个——世界上最强壮有力的人，就是那孤立的人。（见《国民之敌》）

但也不理会偶像保护者的恭维。尼采说：

　　他们又拿着称赞，围住你嗡嗡的叫：他们的称赞是厚脸皮。他们要接近你的皮肤和你的血。（《札拉图如是说》第二卷《市场之蝇》）

　　这样，才是创作者。——我辈即使才力不及，不能创作，也该当学习；即使所崇拜的仍然是新偶像，也总比中国陈旧的好。与其崇拜孔丘关羽①，还不如崇拜达尔文易卜生；与其牺牲于瘟将军五道神②，还不如牺牲于 Apollo③。

　　（原刊 1918 年 2 月 15 日《新青年》第 6 卷第 2 号，后收入《热风》）

---

　　① **崇拜孔丘关羽**　自汉代以来，历代王朝尊崇孔子，唐开元二十七年追谥孔子为"文宣王"，宋代则尊为"玄圣文宣王"，元代又封为"大成至圣文宣王"，明清则称"至圣先师"；各地均建文庙奉祀。宋徽宗时又尊崇关羽，追封"忠惠公""武安王"，元代加封"显灵威勇英济王"；明万历二十二年从道士张通元请进爵为帝，修庙专祀；万历四十二年又劫封"三界伏魔大帝神威远镇天尊关圣帝君"，以后各地亦建关帝庙。

　　② **瘟将军五道神**　均为旧时民间奉祀的神祇，分别执掌瘟疫和灾祸。

　　③ **Apollo**　今译阿波罗，古希腊神话中的太阳神。

随感录·四十七

　　有人做了一块象牙片，半寸方，看去也没有什么；用显微镜一照，却看见刻着一篇行书的《兰亭序》①。我想：显微镜的所以制造，本为看那些极细微的自然物的；现在既用人工，何妨便刻在一块半尺方的象牙板上，一目了然，省却用显微镜的工夫呢？

　　张三李四是同时人。张三记了古典来做古文；李四又记了古典，去读张三做的古文。我想：古典是古人的时事，要晓得那时的事，所以免不了翻着古典；现在两位既然同时，何妨老实说出，一目了然，省却你也记古典，我也记古典的工夫呢？

　　内行的人说：什么话！这是本领，是学问！

　　我想，幸而中国人中，有这一类本领学问的人还不多。倘若谁也弄这玄虚：农夫送来了一粒粉，用显微镜照了，却是一碗饭；水夫挑来用水湿过的土，想喝茶的又须挤出湿土里的水：那可真要支撑不住了。

　　（原刊 1919 年 2 月 15 日《新青年》第 6 卷第 2 号，后收入《热风》）

---

　　① 《兰亭序》　即《兰亭集序》，东晋王羲之的行书法帖。据传原本为唐太宗所得，死后随葬。有唐人摹本存世。

随感录·四十八

　　中国人对于异族，历来只有两样称呼：一样是禽兽，一样是圣上。从没有称他朋友，说他也同我们一样的。

　　古书里的弱水①，竟是骗了我们：闻所未闻的外国人到了；交手几回，渐知道"子曰诗云"似乎无用，于是乎要维新。

　　维新以后，中国富强了，用这学来的新，打出外来的新，关上大门，再来守旧。

　　可惜维新单是皮毛，关门也不过一梦。外国的新事理，却愈来愈多，愈优胜，"子曰诗云"也愈挤愈苦，愈看愈无用。于是从那两样旧称呼以外，别想了一样新号："西哲"，或曰"西儒"。

　　他们的称号虽然新了，我们的意见却照旧。因为"西哲"的本领虽然要学，"子曰诗云"也更要昌明。换几句话，便是学了外国本领，保存中国旧习。本领要新，思想要旧。要新本领旧思想的新人物，驼了旧本领旧思想的旧人物，请他发挥多年经验的老本领。一言以蔽之：前几年谓之"中学为体，西学为用"，这几年谓之"因时制宜，折衷至当"。

　　其实世界上决没有这样如意的事。即使一头牛，连生命都牺牲了，尚且祀了孔便不能耕田，吃了肉便不能榨乳。何况一个人先须自己活着，又要驼了前辈先生活着；活着的时候，又须恭听前辈先生的折衷：早上打拱，晚上握手；上午"声光化电"，下午"子曰诗云"呢？

　　社会上最迷信鬼神的人，尚且只能在赛会②这一日抬一回神舆。

―――――――――――――

　　① 弱水　中国古代传说中把不便通航的水道称为弱水，意谓水弱不能载舟。《尚书·禹贡》《山海经·西山经》《史记·大宛传》《汉书·地理志》等书中均有对弱水的记载。

　　② 赛会　旧时民间酬神祈福的祭典活动。一般以仪仗开路，在鼓乐和杂戏演出中迎神出庙，周游邑巷。故又称迎神赛会。

不知那些学"声光化电"的"新进英贤",能否驼着山野隐逸,海滨遗老,折衷一世?

"西哲"易卜生盖以为不能,以为不可。所以借了 Brand① 的嘴说:"All or nothing!"

（原刊 1919 年 2 月 15 日《新青年》第 6 卷第 2 号,后收入《热风》）

---

① **Brand** 译名勃兰特,易卜生剧作《勃兰特》中的人物。下文引述的一句台词"All or nothing",即英语"不能完全,宁可不要"的意思。

随感录·四十九

　　凡有高等动物，倘没有遇着意外的变故，总是从幼到壮，从壮到老，从老到死。

　　我们从幼到壮，既然毫不为奇的过去了；自此以后，自然也该毫不为奇的过去。

　　可惜有一种人，从幼到壮，居然也毫不为奇的过去了；从壮到老，便有点古怪；从老到死，却更奇想天开，要占尽了少年的道路，吸尽了少年的空气。

　　少年在这时候，只能先行萎黄，且待将来老了，神经血管一切变质以后，再来活动。所以社会上的状态，先是"少年老成"；直待弯腰曲背时期，才更加"逸兴遄飞"①，似乎从此以后，才上了做人的路。

　　可是究竟也不能自忘其老；所以想求神仙。大约别的都可以老，只有自己不肯老的人物，总该推中国老先生算一甲一名②。

　　万一当真成了神仙，那便永远请他主持，不必再有后进，原也是极好的事。可惜他又究竟不成，终于个个死去，只留下造成的老天地，教少年驼着吃苦。

　　这真是生物界的怪现象！

　　我想种族的延长，——便是生命的连续，——的确是生物界事业里的一大部分。何以要延长呢？不消说是想进化了。但进化的途中总须新陈代谢。所以新的应该欢天喜地的向前走去，这便是壮，旧的也应该欢天喜地的向前走去，这便是死；各各如此走去，便是进化的路。

———————

　　① "逸兴遄飞"　语出唐王勃《滕王阁序》。
　　② 一甲一名　旧时科举考试进士科及第的第一名，也即"状元"。明清制例，会试中试的贡士须再进行殿试，以定甲第。一甲三名共分三甲。

老的让开道，催促着，奖励着，让他们走去。路上有深渊，便用那个死填平了，让他们走去。

少的感谢他们填了深渊，给自己走去；老的也感谢他们从我填平的深渊上走去。——远了远了。

明白这事，便从幼到壮到老到死，都欢欢喜喜的过去；而且一步一步，多是超过祖先的新人。

这是生物界正当开阔的路！人类的祖先，都已这样做了。

（原刊 1919 年 2 月 15 日《新青年》第 6 卷第 2 号，后收入《热风》）

随感录·五十三

上海盛德坛扶乩①，由"孟圣"主坛；在北京便有城隍白知降坛，说他是"邪鬼"。盛德坛后来却又有什么真人下降，谕别人不得擅自扶乩。

北京议员王讷②提议推行新武术，以"强国强种"；中华武士会③便率领了一班天罡拳阴截腿之流，大分冤单，说他"抑制暴弃祖性相传之国粹"。

绿帜社④提倡"爱世语"⑤，专门崇拜"柴圣"，说别种国际语（如 Ido⑥ 等）是冒牌的。

上海有一种单行的《泼克》⑦，又有一种报上增刊的《泼克》；后来增刊《泼克》登广告声明要将送错的单行《泼克》的信件撕破。

上海有许多"美术家"；其中的一个美术家，不知如何散了伙，便在《泼克》上大骂别的美术家"盲目盲心"，不知道新艺术真艺术。

以上五种同业的内讧，究竟是什么原因，局外人本来不得而知。但总觉现在时势不很太平，无论新的旧的，都各各起哄：扶乩打拳那些鬼画符的东西，倒也罢了；学几句世界语，画几笔花，也是高雅的事，难道也要同行嫉妒，必须声明鱼目混珠，雷击火焚么？

我对于那"美术家"的内讧又格外失望。我于美术虽然全是门外汉，但很望中国有新兴美术出现。现在上海那班美术家所做的，

---

① **扶乩** 又称"扶箕""扶鸾"，旧时道士的一种迷信法术，佯作鬼神凭身，在沙盘或纸帛上作字，用以"请神问事"。

② **王讷** 山东安丘人，北洋时期曾任国会众议院议员。

③ **中华武士会** 当时的一个武术组织。

④ **绿帜社** 一个以传播世界语为宗旨的团体。

⑤ **"爱世语"** 即世界语（Esperanto），波兰学者柴门霍夫于 1887 年创造的一种国际辅助语。下文提到的"柴圣"，即柴门霍夫。

⑥ **Ido** 国际辅助语的一种。

⑦ **单行的《泼克》** 指《上海泼克》画刊，沈泊尘编。它跟《时事新报》增刊《泼克》不是同一种出版物。

是否算得美术，原是难说；但他们既然自称美术家，即使幼稚，也可以希望长成：所以我期望有个美术家的幼虫，不要是似是而非的木叶蝶①。如今见了他们两方面的成绩，不免令我对于中国美术前途发生一种怀疑。

画《泼克》的美术家说他们盲目盲心，所研究的只是十九世纪的美术，不晓得有新艺术真艺术。我看这些美术家的作品，不是剥制的鹿，便是畸形的美人，的确不甚高明，恐怕连十"八"世纪，也未必有这类绘画：说到底，只好算是中国的所谓美术罢了。但那一位画《泼克》的美术家的批评，却又不甚可解：研究十九世纪的美术，何以便是盲目盲心？十九世纪以后的新艺术真艺术，又是怎样？我听人说：后期印象派（Postimpressionism）②的绘画，在今日总还不算十分陈旧；其中的大人物如 Cézanne 与 Van Gogh 等，也是十九世纪后半的人，最迟的到一九〇六年也故去了。二十世纪才是十九年初头，好像还没有新派兴起。立方派（Cubism）③ 未来派（Futurism）④ 的主张，虽然新奇，却尚未能确立基础；而且在中国，又怕未必能够理解。在那《泼克》上面，也未见有这一派的绘画；不知那《泼克》美术家的所谓新艺术真艺术，究竟是指着什么？现在的中国美术家诚然心盲目盲，但其弊却不在单研究十九世纪的美术，——因为据我看来，他们并不研究什么世纪的美术，——所以那《泼克》美术家的话，实在令人难解。

《泼克》美术家满口说新艺术真艺术，想必自己懂得这新艺术真艺术的了。但我看他所画的讽刺画，多是攻击新文艺新思想的。——这是二十世纪的美术么？这是新艺术真艺术么？

（原刊 1919 年 3 月 15 日《新青年》第 6 卷第 3 号，后收入《热风》）

---

① **木叶蝶**　蝶的一种。两翅合拢时看起来酷似枯叶，故名。

② **后期印象派**　19 世纪末形成于欧洲的画派。认为绘画的目的在于探索形、色、节奏和空间。下文的 Cézanne，即塞尚（1839—1906），法国画家；Van Gogh 即梵高（1853—1890），荷兰画家。二人均为后期印象派代表人物。

③ **立方派**　即立体派，或称立体主义，20 世纪初在法国出现的一种绘画风格。主张以几何图形的变化作为造型艺术的基本表达方式。

④ **未来派**　即未来主义，20 世纪初形成于意大利的艺术思潮，主要表现在诗歌和绘画领域。提倡在作品中反映机械文明时代的速度和运动。

随感录·五十四

中国社会上的状态，简直是将几十世纪缩在一时：自油松片以至电灯，自独轮车以至飞机，自镖枪以至机关炮，自不许"妄谈法理"① 以至护法②，自"食肉寝皮"③ 的吃人思想以至人道主义，自迎尸拜蛇以至美育代宗教④，都摩肩挨背的存在。

这许多事物挤在一处，正如我辈约了燧人氏以前的古人，拼开饭店一般，即使竭力调和，也只能煮个半熟；伙计们既不会同心，生意也自然不能兴旺，——店铺总要倒闭。

黄郛⑤氏做的《欧战之教训与中国之将来》中，有一段话，说得很透澈：

> 七年以来，朝野有识之士，每腐心于政教之改良，不注意于习俗之转移；庸讵知旧染不去，新运不生：事理如此，无可勉强者也。外人之评我者，谓中国人有一种先天的保守性，即或迫于时势，各种制度有改革之必要时，而彼之所谓改革者，决不将旧日制度完全废止，乃在旧制度之上，更添加一层新制

---

① **"妄谈法理"** 袁世凯任大总统时搞独裁专制，一部分国会议员试图以《中华民国临时约法》对其有所约束，被他斥为"妄谈法理"。后来袁世凯干脆下令解散国会并废止《临时约法》。

② **护法** 即护法运动。1917 年 7 月至 1918 年 4 月间，孙中山联合各界人士为维护《临时约法》和恢复国会而掀起的政治斗争。

③ **"食肉寝皮"** 语出《左传·襄公二十一年》。晋大夫州绰曾在战场上俘获齐将殖绰、郭最，后州绰投奔齐国，在齐庄公面前贬斥二人，曰："臣为隶新，然二子者，譬于禽兽，臣食其肉而寝处其皮矣。"

④ **美育代宗教** 这是当时北京大学校长蔡元培提出的主张。蔡元培曾著《以美育代宗教说》一文，发表于 1917 年 8 月《新青年》杂志第 3 卷第 6 号。

⑤ **黄郛**（1880—1936） 字膺白，浙江杭县（今余杭）人。早年加入同盟会，参加辛亥革命，后投靠研究系。曾任北洋政府外交总长、代国务总理。1928 年后任南京国民政府外交部长。著有《欧战之教训与中国之将来》等。

度。试览前清之兵制变迁史，可以知吾言之不谬焉。最初命八旗兵驻防各地，以充守备之任；及年月既久，旗兵已腐败不堪用，洪秀全起，不得已，征募湘淮两军以应急：从此旗兵绿营，并肩存在，遂变成二重兵制。甲午战后，知绿营兵力又不可恃，乃复编练新式军队：于是并前二者而变成三重兵制矣。今旗兵虽已消灭，而变面换形之绿营，依然存在，总是二重兵制也。从可知吾国人之无澈底改革能力，实属不可掩之事实。他若贺阳历新年者，复贺阴历新年；奉民国正朔者，仍存宣统年号。一察社会各方面，盖无往而非二重制。即今日政局之所以不宁，是非之所以无定者，简括言之，实亦不过一种"二重思想"在其间作祟而已。

此外如既许信仰自由，却又特别尊孔；既自命"胜朝遗老"①，却又在民国拿钱；既说是应该革新，却又主张复古：四面八方几乎都是二三重以至多重的事物，每重又各各自相矛盾。一切人便都在这矛盾中间，互相抱怨着过活，谁也没有好处。

要想进步，要想太平，总得连根的拔去了"二重思想"。因为世界虽然不小，但彷徨的人种，是终竟寻不出位置的。

（原刊 1919 年 3 月 15 日《新青年》第 6 卷第 3 号，后收入《热风》）

---

① "胜朝遗老" 胜朝，即前朝。这里指清朝遗老。

五十六 "来了"

近来时常听得人说，"过激主义①来了"；报纸上也时常写着，"过激主义来了"。

于是有几文钱的人，很不高兴。官员也着忙，要防华工，要留心俄国人；连警察厅也向所属发出了严查"有无过激党设立机关"的公事。②

着忙是无怪的，严查也无怪的；但先要问：什么是过激主义呢？

这是他们没有说明，我也无从知道，我虽然不知道，却敢说一句话："过激主义"不会来，不必怕他；只有"来了"是要来的，应该怕的。

我们中国人，决不能被洋货的什么主义引动，有抹杀他扑灭他的力量。军国民主义么，我们何尝会同别人打仗；无抵抗主义么，我们却是主战参战的；自由主义么，我们连发表思想都要犯罪，讲几句话也为难；人道主义么，我们人身还可以买卖呢。

所以无论什么主义，全扰乱不了中国；从古到今的扰乱，也不听说因为什么主义。试举目前的例，便如陕西学界的布告③，湖南灾民的布告④，何等可怕，与比利时公布的德兵苛酷情形，俄国别党宣布的列宁政府残暴情形，比较起来，他们简直是太平天下了。德国还说是军国主义，列宁不消说还是过激主义哩！

---

① "过激主义" 当时对布尔什维克主义的一种指称，常见诸报端。如，1919 年 1 月 15 日《时事新报》发表张东荪《世界公同之问题》一文，其中就专门谈到"过激主义来了"的问题，并称"吾知过激主义不来中国则已，来则必无法救药矣"。

② 当时北洋政府为防止侨居俄国的华工回国传播革命思想，下令东北、蒙古、新疆等边境地区官员对入境华工严加检查。

③ 陕西学界的布告 指 1919 年 3 月陕西旅京学生团出版的油印文件《秦劫痛语》。该件揭露和控诉了陕西督军陈树藩部属残杀当地人民的暴行。

④ 湖南灾民的布告 指 1919 年 1 月湖南各界人士发布的《湘民血泪》文告。该件揭露和控诉了湖南督军张敬尧纵兵杀戮百姓的罪孽。

这便是"来了"来了。来的如果是主义，主义达了还会罢；倘若单是"来了"，他便来不完，来不尽，来的怎样也不可知。

民国成立的时候，我住在一个小县城里，早已挂过白旗。有一日，忽然见许多男女，纷纷乱逃：城里的逃到乡下，乡下的逃进城里。问他们什么事，他们答道，"他们说要来了。"

可见大家都单怕"来了"，同我一样。那时还只有"多数主义"①，没有"过激主义"哩。

（原刊 1919 年 5 月《新青年》第 6 卷第 5 号，后收入《热风》）

---

① **"多数主义"** 这里所说的"多数"是指一般民众，与俄文"布尔什维克"一词的"多数"不是一个意思。

五十七　现在的屠杀者

高雅的人说，"白话鄙俚浅陋，不值识者一哂之者也"。

中国不识字的人，单会讲话，"鄙俚浅陋"，不必说了。"因为自己不通，所以提倡白话，以自文其陋"如我辈的人，正是"鄙俚浅陋"，也不在话下了。最可叹的是几位雅人，也还不能如《镜花缘》①里说的君子国的酒保一般，满口"酒要一壶乎，两壶乎，菜要一碟乎，两碟乎"的终日高雅，却只能在呻吟古文时，显出高古品格；一到讲话，便依然是"鄙俚浅陋"的白话了。四万万中国人嘴里发出来的声音，竟至总共"不值一哂"，真是可怜煞人。

做了人类想成仙；生在地上要上天；明明是现代人，吸着现在的空气，却偏要勒派朽腐的名教，僵死的语言，侮蔑尽现在，这都是"现在的屠杀者"。杀了"现在"，也便杀了"将来"。——将来是子孙的时代。

（原刊 1919 年 5 月《新青年》第 6 卷第 5 号，后收入《热风》）

---

① 《镜花缘》　清李汝珍撰，一百回。章回小说。鲁迅《中国小说史略》称之"博物多识之作"。按：此句中提到的"君子国"应为"淑士国"。

五十八　人心很古

慷慨激昂的人说，"世道浇漓，人心不古，国粹将亡，此吾所为仰天扼腕切齿三叹息者也！"

我初听这话，也曾大吃一惊；后来翻翻旧书，偶然看见《史记》《赵世家》①里面记着公子成反对主父改胡服②的一段话：

> 臣闻中国者，盖聪明徇智之所居也，万物财用之所聚也，贤圣之所教也，仁义之所施也，《诗》《书》礼乐之所用也，异敏技能之所试也，远方之所观赴也，蛮夷之所义行也；今王舍此而袭远方之服，变古之教，易古之道，逆人之心，而怫学者，离中国，故臣愿王图之也。

这不是与现在阻抑革新的人的话，丝毫无异么？后来又在《北史》③里看见记周静帝的司马后的话：

> 后性尤妒忌，后宫莫敢进御。尉迟迥女孙有美色，先在宫中，帝于仁寿宫见而悦之，因得幸。后伺帝听朝，阴杀之。上大怒，单骑从苑中出，不由径路，入山谷间三十余里；高颍杨素等追及，扣马谏，帝太息曰，"吾贵为天子，不得自由"。

---

① 《史记》《赵世家》　《史记》，汉司马迁撰，130卷。中国第一部纪传体通史，记载自黄帝至汉武帝时期共约三千年的历史事况。其纪事体例分为本纪、表、书、世家、列传等，这里举到的《赵世家》是《史记》中的一篇，主要记述战国时期赵国的世系及历史。

② 胡服　指便于骑射的匈奴服装。战国时，赵武灵王推行军事改革，改穿胡服是一项重要措施。此事曾遭公子成的谏阻。主父，即赵武灵王。

③ 《北史》　唐李延寿撰，100卷。纪传体的断代史，记述北朝北魏（包括东魏、西魏）、北齐、北周、隋233年（386—618）历史。以下引文应是隋文帝与独孤皇后之事，见《北史》卷十四《后妃·传下》。

这又不是与现在信口主张自由和反对自由的人，对于自由所下的解释，丝毫无异么？别的例证，想必还多，我见闻狭隘，不能多举了。但即此看来，已可见虽然经过了这许多年，意见还是一样。现在的人心，实在古得很呢。

中国人倘能努力再古一点，也未必不能有古到三皇五帝①以前的希望，可惜时时遇着新潮流新空气激荡着，没有工夫了。

在现存的旧民族中，最合中国式理想的，总要推锡兰岛的 Vedda 族②。他们和外界毫无交涉，也不受别民族的影响，还是原始的状态，真不愧所谓"羲皇上人"③。

但听说他们人口年年减少，现在快要没有了：这实在是一件万分可惜的事。

（原刊 1919 年 5 月《新青年》第 6 卷第 5 号，后收入《热风》）

---

① **三皇五帝** 相传上古时期的帝王。按《尚书·大传》的说法，三皇为伏羲、神农、燧人；按《史记·五帝本纪》的说法，五帝为黄帝、颛顼、帝喾、尧、舜。

② **Vedda 族** 今译维达族，锡兰岛（今斯里兰卡）上的土著民族。现已被僧伽罗人同化。

③ **"羲皇上人"** 指上古伏羲氏（羲皇）时代以前的生民。

五十九 "圣武"

我前回已经说过"什么主义都与中国无干"的话了；今天忽然又有些意见，便再写在下面：

我想，我们中国本不是发生新主义的地方，也没有容纳新主义的处所，即使偶然有些外来思想，也立刻变了颜色，而且许多论者反要以此自豪。我们只要留心译本上的序跋，以及各样对于外国事情的批评议论，便能发见我们和别人的思想中间，的确还隔着几重铁壁。他们是说家庭问题的，我们却以为他鼓吹打仗；他们是写社会缺点的，我们却说他讲笑话；他们以为好的，我们说来却是坏的。若再留心看看别国的国民性格，国民文学，再翻一本文人的评传，便更能明白别国著作里写出的性情，作者的思想，几乎全不是中国所有。所以不会了解，不会同情，不会感应；甚至彼我间的是非爱憎，也免不了得到一个相反的结果。

新主义宣传者是放火人么，也须别人有精神的燃料，才会着火；是弹琴人么，别人的心上也须有弦索，才会出声；是发声器么，别人也必须是发声器，才会共鸣。中国人都有些不很像，所以不会相干。

几位读者怕要生气，说，"中国时常有将性命去殉他主义的人，中华民国以来，也因为主义上死了多少烈士，你何以一笔抹杀？吓！"这话也是真的。我们从旧的外来思想说罢，六朝的确有许多焚身的和尚①，唐朝也有过砍下臂膊布施无赖的和尚②；从新的说罢，自然也有过几个人的。然而与中国历史，仍不相干。因为历史结帐，不能像数学一般精密，写下许多小数，却只能学粗人算帐的四舍五入法门，记一笔整数。

---

① 据南朝梁慧皎《高僧传》记载，六朝焚身的和尚有法羽、慧绍、慧益、僧瑜、僧庆、法光、昙弘等人。

② 事见唐代道宣《续高僧传》卷三十九《普圆传》。

中国历史的整数里面，实在没有什么思想主义在内。这整数只是两种物质，——是刀与火，"来了"便是他的总名。

火从北来便逃向南，刀从前来便退向后，一大堆流水帐簿，只有这一个模型。倘嫌"来了"的名称不很庄严，"刀与火"也触目，我们也可以别想花样，奉献一个谥法，称作"圣武"①，便好看了。

古时候，秦始皇帝②很阔气，刘邦③和项羽④都看见了；邦说，"嗟乎！大丈夫当如此也！"羽说，"彼可取而代也！"羽要"取"什么呢？便是取邦所说的"如此"。"如此"的程度，虽有不同，可是谁也想取；被取的是"彼"，取的是"丈夫"。所有"彼"与"丈夫"的心中，便都是这"圣武"的产生所，受纳所。

何谓"如此"？说起来话长；简单地说，便只是纯粹兽性方面的欲望的满足——威福，子女，玉帛，——罢了。然而在一切大小丈夫，却要算最高理想（？）了。我怕现在的人，还被这理想支配着。

大丈夫"如此"之后，欲望没有衰，身体却疲敝了；而且觉得暗中有一个黑影——死——到了身边。于是无法，只好求神仙。这在中国，也要算最高理想了。我怕现在的人，也还被这理想支配着。

求了一通神仙，终于没有见，忽然有些疑惑了。于是要造坟，来保存死尸，想用自己的尸体，永远占据着一块地面。这在中国，也要算一种没奈何的最高理想了。我怕现在的人，也还被这理想支配着。

现在的外来思想，无论如何，总不免有些自由平等的气息，互助共存的气息，在我们这单有"我"，单想"取彼"，单要由我喝尽了一切空间时间的酒的思想界上，实没有插足的余地。

因此，只须防那"来了"便够了。看看别国，抗拒这"来了"的便是有主义的人民。他们因为所信的主义，牺牲了别的一切，用

---

① **"圣武"** 古时文人对皇朝武功的颂词。

② **秦始皇帝**（前259—前210） 嬴姓，名政。战国末期秦国的国君，秦王朝的建立者。先后灭六国，建立了中国历史上第一个统一的中央集权国家。

③ **刘邦**（前256或前247—前195） 即汉高祖。字季，沛县（今属江苏）人。初为泗水亭长，秦二世元年（前209）陈胜起义，即起兵响应，后与项羽等各路义军合力灭秦。秦亡后，与项羽展开历时五年的楚汉战争，最后打败项羽，建立汉王朝。下文所引刘邦的话，见《史记·高祖本纪》。

④ **项羽**（前232—前202） 名籍，字羽，下相（今江苏宿迁西南）人。楚国贵族后裔。秦二世元年起兵反秦，秦亡后自立为西楚霸王。后于楚汉战争中被刘邦所灭。下文所引项羽的话，见《史记·项羽本纪》。

骨肉碰钝了锋刃，血液浇灭了烟焰。在刀光火色衰微中，看出一种薄明的天色，便是新世纪的曙光。

曙光在头上，不抬起头，便永远只能看见物质的闪光。

（原刊 1919 年 5 月《新青年》第 6 卷第 5 号，后收入《热风》）

六十一　不满

　　欧战才了的时候，中国很抱着许多希望，因此现在也发出许多悲观绝望的声音，说"世界上没有人道"，"人道这句话是骗人的"。有几位评论家，还引用了他们外国论者自己责备自己的文字，来证明所谓文明人者，比野蛮尤其野蛮。

　　这诚然是痛快淋漓的话，但要问：照我们的意见，怎样才算有人道呢？那答话，想来大约是"收回治外法权①，收回租界，退还庚子赔款②……"现在都很渺茫，实在不合人道。

　　但又要问：我们中国的人道怎么样？那答话，想来只能"……"。对于人道只能"……"的人的头上，决不会掉下人道来。因为人道是要各人竭力挣来，培植，保养的，不是别人布施，捐助的。

　　其实近于真正的人道，说的人还不很多，并且说了还要犯罪。若论皮毛，却总算略有进步了。这回虽然是一场恶战，也居然没有"食肉寝皮"，没有"夷其社稷"③，而且新兴了十八个小国④。就是

---

　　① **治外法权**　原指外交官不受驻在国法律管辖的特权，亦称"治外法权"，这是国际通则。但这里所说的"治外法权"，是指"领事裁判权"，即把外交官享受的特权扩大到全部侨民，这是一种侵犯驻在国主权的行为。鸦片战争前后，英、美、法、俄、日等国通过与清王朝签订的不平等条约，在中国获得这种特权。

　　② **庚子赔款**　清光绪二十六年（1900，农历庚子年），八国联军攻占北京。翌年强迫清政府签订《辛丑条约》，其中规定偿付各国赔款四亿五千万银两，年息四厘，分三十九年还清，本息共计九亿八千二百多万银两，史称"庚子赔款"或"庚款"。宣统元年（1909），美国为缓和对华关系，决定退还"庚款"的大部分，改充中国留美学生的费用。后来英、日、法等国亦效仿此例。第一次世界大战后，中国停止对战败国德、奥两国支付赔款。十月革命后，苏俄政府于1920年宣布终止对俄赔款。但截止1938年，"庚款"实际赔付已达六亿五千二百多万银两，折合当时银元近十亿元。

　　③ **"夷其社稷"**　社稷，土谷之神。古代帝王、诸侯立国，皆设社稷坛蝉；灭人之国，必夷除其社稷。社庙和宗庙都是国家政权的标志。《国语·周语下》："夷其宗庙，而火焚其彝器。"

　　④　第一次世界大战期间至战后，一些原由德、奥、俄及奥斯曼帝国控制的民族纷纷独立，获得重建或新建自己国家的机会。这些新兴的国家有波兰、立陶宛、爱沙尼亚、拉脱维亚、芬兰、匈牙利、塞尔维亚—克罗地亚—斯洛文尼亚王国、阿塞拜疆、亚美尼亚等。

德国对待比国，都说残暴绝伦，但看比国的公布，也只是囚徒不给饮食，村长挨了打骂，平民送上战线之类。这些事情，在我们中国自己对自己也常有，算得什么希奇？

人类尚未长成，人道自然也尚未长成，但总在那里发荣滋长。我们如果问问良心，觉得一样滋长，便什么都不必忧愁；将来总要走同一的路。看罢，他们是战胜军国主义的，他们的评论家还是自己责备自己，有许多不满。不满是向上的车轮，能够载着不自满的人类，向人道前进。

多有不自满的人的种族，永远前进，永远有希望。

多有只知责人不知反省的人的种族，祸哉祸哉！

（原刊 1919 年 11 月 1 日《新青年》第 6 卷第 6 号，后收入《热风》）

六十二　恨恨而死

古来很有几位恨恨而死的人物。他们一面说些"怀才不遇""天道宁论"① 的话，一面有钱的便狂嫖滥赌，没钱的便喝几十碗酒，——因为不平的缘故，于是后来就恨恨而死了。

我们应该趁他们活着的时候问他：诸公！您知道北京离昆仑山几里，弱水②去黄河几丈么？火药除了做鞭爆，罗盘除了看风水，还有什么用处么？棉花是红的还是白的？谷子是长在树上，还是长在草上？桑间濮上③如何情形，自由恋爱怎样态度？您在半夜里可忽然觉得有些羞，清早上可居然有点悔么？四斤的担，您能挑么？三里的道，您能跑么？

他们如果细细的想，慢慢的悔了，这便很有些希望。万一越发不平，越发愤怒，那便"爱莫能助"。——于是他们终于恨恨而死了。

中国现在的人心中，不平和愤恨的分子太多了。不平还是改造的引线，但必须先改造了自己，再改造社会，改造世界；万不可单是不平。至于愤恨，却几乎全无用处。

愤恨只是恨恨而死的根苗，古人有过许多，我们不要蹈他们的覆辙。

我们更不要借了"天下无公理，无人道"这些话，遮盖自暴自弃的行为，自称"恨人"，一副恨恨而死的脸孔，其实并不恨恨而死。

（原刊 1919 年 11 月 1 日《新青年》第 6 卷第 6 号，后收入《热风》）

---

① **"天道宁论"** 语出梁朝江淹《恨赋》："人生到此，天道宁论。"

② **弱水** 参见本书《随感录·四十八》"弱水"注条。又，古代地理书上亦指额济纳河，该河流经甘肃西北部和内蒙古西部。

③ **桑间濮上** 春秋时卫国的地方。《汉书·地理志下》："卫地……有桑间濮上之阻，男女亦亟聚会，声色生焉，故俗称郑卫之音。"后以桑间濮上指男女幽会之处。

六十三 "与幼者"

做了《我们现在怎样做父亲》的后两日，在有岛武郎①《著作集》里看到《与幼者》这一篇小说，觉得很有许多好的话。

时间不住的移过去。你们的父亲的我，到那时候，怎样映在你们（眼）里，那是不能想像的了。大约像我在现在，嗤笑可怜那过去的时代一般，你们也要嗤笑可怜我的古老的心思，也未可知的。我为你们计，但愿这样子。你们若不是毫不客气的拿我做一个踏脚，超越了我，向着高的远的地方进去，那便是错的。

人间很寂寞。我单能这样说了就算么？你们和我，像尝过血的兽一样，尝过爱了。去罢，为要将我的周围从寂寞中救出，竭力做事罢。我爱过你们，而且永远爱着。这并不是说，要从你们受父亲的报酬，我对于"教我学会了爱你们的你们"的要求，只是受取我的感谢罢了……像吃尽了亲的死尸，贮着力量的小狮子一样，刚强勇猛，舍了我，踏到人生上去就是了。

我的一生就令怎样失败，怎样胜不了诱惑；但无论如何，使你们从我的足迹上寻不出不纯的东西的事，是要做的，是一定做的。你们该从我的倒毙的所在，跨出新的脚步去。但那里走，怎么走的事，你们也可以从我的足迹上探索出来。

幼者呵！将又不幸又幸福的你们的父母的祝福，浸在胸中，上人生的旅路罢。前途很远，也很暗。然而不要怕。不怕的人的面前才有路。

走罢！勇猛着！幼者呵！

---

① 有岛武郎（1878—1923） 日本作家。鲁迅曾翻译他的小说《与幼者》（鲁迅译题作《与幼小者》）、《阿末之死》和一些杂文、论文等。

有岛氏是白桦派①，是一个觉醒的，所以有这等话；但里面也免不了带些眷恋凄怆的气息。

这也是时代的关系。将来便不特没有解放的话，并且不起解放的心，更没有什么眷恋和凄怆；只有爱依然存在。——但是对于一切幼者的爱。

（原刊 1919 年 11 月 1 日《新青年》第 6 卷第 6 号，后收入《热风》）

---

① **白桦派**　日本近代文学流派，以创办《白桦》杂志（1910—1923）而得名。代表作家除有岛武郎外，还有武者小路实笃、志贺直哉等。该派主张个性解放，倡导新理想主义和人道主义。

六十四　有无相通

南北的官僚虽然打仗，南北的人民却很要好，一心一意的在那里"有无相通"。

北方人可怜南方人太文弱，便教给他们许多拳脚：什么"八卦拳""太极拳"，什么"洪家""侠家"，什么"阴截腿""抱桩腿""谭腿""戳脚"，什么"新武术""旧武术"，什么"实为尽美尽善之体育"，"强国保种尽在于斯"。

南方人也可怜北方人太简单了，便送上许多文章：什么"……梦""……魂""……痕""……影""……泪"，什么"外史""趣史""秽史""秘史"，什么"黑幕""现形"，什么"淌牌""吊膀""拆白"①，什么"噫嘻卿卿我我""呜呼燕燕莺莺""吁嗟风风雨雨"，"耐阿是勒浪勠面孔哉！"②

直隶山东的侠客们，勇士们呵！诸公有这许多筋力，大可以做一点神圣的劳作；江苏浙江湖南的才子们，名士们呵！诸公有这许多文才，大可以译几叶有用的新书。我们改良点自己，保全些别人；想些互助的方法，收了互害的局面罢！

（原刊 1919 年 11 月 1 日《新青年》第 6 卷第 6 号，后收入《热风》）

---

① **"淌牌""吊膀""拆白"** "淌牌"，又作"淌排"，即私娼；"吊膀"，指男女调情；"拆白"，指设置圈套诱骗钱财，一般以异性为诱饵。这些俚语均为旧上海的流氓切口。

② **"耐阿是勒浪勠面孔哉！"** 苏州方言，意为"你是不是在不要脸呢！"这是吴语小说中妓女打情骂俏的话。

六十五 暴君的臣民

从前看见清朝几件重案的记载，"臣工"① 拟罪很严重，"圣上"常常减轻，便心里想：大约因为要博仁厚的美名，所以玩这些花样罢了。后来细想，殊不尽然。

暴君治下的臣民，大抵比暴君更暴；暴君的暴政，时常还不能餍足暴君治下的臣民的欲望。

中国不要提了罢。在外国举一个例：小事件则如 Gogol 的剧本《按察使》②，众人都禁止他，俄皇却准开演；大事件则如巡抚想放耶稣，众人却要求将他钉上十字架。③

暴君的臣民，只愿暴政暴在他人的头上，他却看着高兴，拿"残酷"做娱乐，拿"他人的苦"做赏玩，做慰安。

自己的本领只是"幸免"。

从"幸免"里又选出牺牲，供给暴君治下的臣民的渴血的欲望，但谁也不明白。死的说"阿呀"，活的高兴着。

（原刊 1919 年 11 月 1 日《新青年》第 6 卷第 6 号，后收入《热风》）

---

① **"臣工"** 群臣百官。《诗·周颂·臣工》："嗟嗟臣工，敬尔在公。"

② **《按察使》** 今译《钦差大臣》，果戈理所著剧本。Gogol，即果戈理（Н. В. Гоголь，1809—1852），俄国作家。著有小说《死魂灵》、剧本《钦差大臣》等。

③ 据《新约全书》福音书记载，耶稣进耶路撒冷传道，因门徒犹大叛卖，被众祭司和民间的长老扭送至罗马帝国驻犹太巡抚彼拉多处。彼拉多无意治罪，但在祭司长和长老们的挑唆下，众人强烈要求将耶稣钉十字架。彼拉多只得按众人意旨办理。

六十六　生命的路

想到人类的灭亡是一件大寂寞大悲哀的事；然而若干人们的灭亡，却并非寂寞悲哀的事。

生命的路是进步的，总是沿着无限的精神三角形的斜面向上走，什么都阻止他不得。

自然赋与人们的不调和还很多，人们自己萎缩堕落退步的也还很多，然而生命决不因此回头。无论什么黑暗来防范思潮，什么悲惨来袭击社会，什么罪恶来亵渎人道，人类的渴仰完全的潜力，总是踏了这些铁蒺藜向前进。

生命不怕死，在死的面前笑着跳着，跨过了灭亡的人们向前进。

什么是路？就是从没路的地方践踏出来的，从只有荆棘的地方开辟出来的。

以前早有路了，以后也该永远有路。

人类总不会寂寞，因为生命是进步的，是乐天的。

昨天，我对我的朋友 L① 说，"一个人死了，在死者自身和他的眷属是悲惨的事，但在一村一镇的人看起来不算什么；就是一省一国一种……"

L 很不高兴，说，"这是 Natur（自然）的话，不是人们的话。你应该小心些。"

我想，他的话也不错。

（原刊 1919 年 11 月 1 日《新青年》，后收入《热风》）

---

① **L**　本文原发表时，此处和下文的"L"均作"鲁迅"。

事实胜于雄辩

西哲说：事实胜于雄辩。我当初很以为然，现在才知道在我们中国，是不适用的。

去年我在青云阁的一个铺子里买过一双鞋，今年破了，又到原铺子去照样的买一双。

一个胖伙计，拿出一双鞋来，那鞋头又尖又浅了。

我将一只旧式的和一只新式的都排在柜上说道：

"这不一样……"

"一样，没有错。"

"这……"

"一样，您瞧!"

我于是买了尖头鞋走了。

我顺便有一句话奉告我们中国的某爱国大家，您说，攻击本国的缺点，是拾某国人的唾余的，试在中国上，加上我们二字，看看通不通。

现在我敬谨加上了，看过了，然而通的。

您瞧!

十一月四日

（原刊 1921 年 11 月 4 日《晨报副刊》，后收入《热风》）

估《学衡》

我在二月四日的《晨报副刊》① 上看见式芬②先生的杂感，很诧异天下竟有这样拘迂的老先生，竟不知世故到这地步，还来同《学衡》③ 诸公谈学理。夫所谓《学衡》者，据我看来，实不过聚在"聚宝之门"④ 左近的几个假古董所放的假毫光；虽然自称为"衡"，而本身的称星尚且未曾钉好，更何论于他所衡的轻重的是非。所以，决用不着较准，只要估一估就明白了。

《弁言》⑤ 说，"籀绎之作必趋雅音以崇文"，"籀绎"如此，述作可知。夫文者，即使不能"载道"，却也应该"达意"，而不幸诸公虽然张皇国学，笔下却未免欠亨，不能自了，何以"衡"人。这实在是一个大缺点。看罢，诸公怎么说：

《弁言》云，"杂志迻例弁以宣言"，按宣言即布告，而弁者，周人戴在头上的瓜皮小帽一般的帽子，明明是顶上的东西，所以

---

① 《晨报副刊》 北京《晨报》的文化副刊，1921 年 10 月 12 日创刊。初由孙伏园主编，鲁迅、周作人等都有作品发表于此。1925—1926 年，由徐志摩主编。由于人事更替，撰稿人变动很大，内容与风格亦与前期不同。后至 1928 年 6 月 5 日停刊。

② 式芬 周作人的笔名。这里所说"式芬先生的杂感"，指他在 1922 年 2 月 4 日《晨报副刊》发表的《〈评尝试集〉匡谬》。该文反驳了胡先骕对胡适《尝试集》的批评。

③ 《学衡》 文化、学术月刊。吴宓主编，中华书局出版。1921 年 11 月在南京创办，次年 1 月出版第 1 期，1933 年 7 月停刊，共出 79 期。发起人和主要撰稿人有梅光迪、胡先骕、刘伯明、马承堃、邵祖平、吴宓等。该刊标榜"论究学术，阐求真理，昌明国粹，融化新知"，所发表的文章均用文言文，是"五习"以后新传统主义的文化阵地。

④ "聚宝之门" 聚宝门是旧时南京城门之一，这里指南京。学衡派的主要成员当时多在南京东南大学任教。"聚宝之门"，是鲁迅戏拟《学衡》撰稿人滥用文言虚词的笔调，下文的"英吉之利""睹史之陀""宁古之塔"亦同。

⑤ 《弁言》 指《学衡》创刊号上的发刊词。下文所举《评提倡新文化者》（梅光迪）、《中国提倡社会主义之商榷》（萧纯锦）、《国学撼谭》（马承堃）、《记白鹿洞谈虎》《渔丈人行》（邵祖平）等，均载该刊创刊号；《浙江采集植物游记》（胡先骕）断续载于该刊 1922 年各期。

“弁言”就是序，异于“杂志迻例”的宣言，并为一谈，太汗漫了。《评提倡新文化者》文中说，“或操笔以待。每一新书出版。必为之序。以尽其领袖后进之责。顾亭林[①]曰。人之患在好为人序。其此之谓乎。故语彼等以学问之标准与良知。犹语商贾以道德。娼妓以贞操也。”原来做一篇序“以尽其领袖后进之责”，便有这样的大罪案。然而诸公又何以也“突而弁兮”[②] 的“言”了起来呢？照前文推论，那便是我的质问，却正是“语商贾以道德。娼妓以贞操也”了。

《中国提倡社会主义之商榷》中说，“凡理想学说之发生。皆有其历史上之背影。决非悬空虚构。造乌托之邦。作无病之呻者也”。查“英吉之利”的摩耳[③]，并未做Pia of Uto，虽曰之乎者也，欲罢不能，但别寻古典，也非难事，又何必当中加楦呢。于古未闻“睹史之陀”，在今不云“宁古之塔”，奇句如此，真可谓“有病之呻”了。

《国学摭谭》中说，“虽三皇寥廓而无极。五帝搢绅先生难言之”。人而能“寥廓”，已属奇闻，而第二句尤为费解，不知是三皇之事，五帝和搢绅先生皆难言之，抑是五帝之事，搢绅先生也难言之呢？推度情理，当从后说，然而太史公[④]所谓“搢绅先生难言之”者，乃指“百家言黄帝”而并不指五帝，所以翻开《史记》，便是赫然的一篇《五帝本纪》，又何尝“难言之”。难道太史公在汉朝，竟应该算是下等社会中人么？

《记白鹿洞谈虎》中说，“诸父老能健谈。谈多称虎。当其摹示抉噬之状。闻者鲜不色变。退而记之。亦资诙噱之类也。”姑不论其“能”“健”“谈”“称”，床上安床，“抉噬之状”，终于未记，而“变色”的事，但“资诙噱”，也可谓太远于事情。倘使但“资诙

---

① **顾亭林** 即顾炎武（1613—1682），初名绛，字宁人，号亭林，江苏昆山人，明末清初学者。早年参加抗清活动，后游历北方。于经史百家、音韵训诂皆有专攻，是开清代朴学风气的人物。撰有《日知录》《肇域志》《音学五书》等。下句所引“人之患在好为人序”，见《日知录》卷十九“书不当两序”条。

② **“突而弁兮”** 语出《诗·齐风·甫田》：“未几见兮，突而弁兮。”鲁迅此处引用“突而弁兮”，有一语双关之意。弁，冠冕，又引申为书前的序言之类。

③ **摩耳** 今译莫尔（1478—1535），英国作家，空想社会主义创始人之一。著有《乌托邦》一书。“乌托邦”是英语Utopia的音译，意为理想国。下句中“Pia of Uto”，是鲁迅戏拟“乌托之邦”一语而生造的英语短语，所以后文批评说“何必当中加楦”。

④ **太史公** 即司马迁（前145或前135—？），字子长，夏阳（今陕西韩城南）人，汉代史官。早年游历各地。后任郎中、太史令，参与制定“太初历”。天汉三年（前98），因替投降匈奴的李陵辩解，入狱，受腐刑。出狱后任中书令，发愤著《史记》。此句所引“搢绅先生难言之”，见《史记·五帝本纪》。搢绅，原作“荐绅”。

嗦"，则先前的闻而色变者，简直是呆子了。记又云，"伥者。新鬼而膏虎牙者也"。刚做新鬼，便"膏虎牙"，实在可悯。那么，虎不但食人，而且也食鬼了。这是古来未知的新发见。

《渔丈人行》的起首道："楚王无道杀伍奢。覆巢之下无完家。"这"无完家"虽比"无完卵"新奇，但未免颇有语病。假如"家"就是鸟巢，那便犯了复，而且"之下"二字没有着落，倘说是人家，则掉下来的鸟巢未免太沉重了。除了大鹏金翅鸟（出《说岳全传》），断没有这样的大巢，能够压破彼等的房子。倘说是因为押韵，不得不然，那我敢说：这是"挂脚韵"①。押韵至于如此，则翻开《诗韵合璧》②的"六麻"来，写道"无完蛇""无完瓜""无完叉"，都无所不可的。

还有《浙江采集植物游记》，连题目都不通了。采集有所务，并非漫游，所以古人作记，务与游不并举，地与游才相连。匡庐③峨眉，山也，则曰纪游，采硫访碑，务也，则曰日记。虽说采集时候，也兼游览，但这应该包举在主要的事务里，一列举便不"古"了。例如这记中也说起吃饭睡觉的事，而题目不可作《浙江采集植物游食眠记》。

以上不过随手拾来的事，毛举起来，更要费笔费墨费时费力，犯不上，中止了。因此诸公的说理，便没有指正的必要，文且未亨，理将安托，穷乡僻壤的中学生的成绩，恐怕也不至于此的了。

总之，诸公掊击新文化而张皇旧学问，倘不自相矛盾，倒也不失其为一种主张。可惜的是于旧学并无门径，并主张也还不配。倘使字句未通的人也算是国粹的知己，则国粹更要惭惶煞人！"衡"了一顿，仅仅"衡"出了自己的铢两来，于新文化无伤，于国粹也差得远。

我所佩服诸公的只有一点，是这种东西也居然会有发表的勇气。

（原刊 1922 年 2 月 9 日《晨报副刊》，后收入《热风》）

---

　　①　**"挂脚韵"**　旧体诗一般都在句末押韵，称为"韵脚"。倘不顾诗句的意思，仅为押韵而硬凑韵脚，则被讥为"挂脚韵"。

　　②　**《诗韵合璧》**　清汤文璐编，五卷。系根据《诗韵珠玑》《渔古轩诗韵》二书统辑而成，便于初学者检韵及寻探典故。这里说的"六麻"，即诗韵下平声的第六个韵目，下文的"蛇""瓜""叉"等字均属此韵目。

　　③　**匡庐**　即庐山。

"以震其艰深"

上海租界上的"国学家"，以为做白话文的大抵是青年，总该没有看过古董书的，于是乎用了所谓"国学"来吓呼他们。

《时报》上载着一篇署名"涵秋"① 的《文字感想》，其中有一段说：

> 新学家薄国学为不足道故为钩辀格磔之文以震其艰深也一读之欲呕再读之昏昏睡去矣

领教。我先前只以为"钩辀格磔"② 是古人用他来形容鹧鸪的啼声，并无别的深意思；亏得这《文字感想》，才明白这是怪鹧鸪啼得"艰深"了，以此责备他的。但无论如何，"艰深"却不能令人"欲呕"，闻鹧鸪啼而呕者，世固无之，即以文章论，"粤若稽古"③，注释纷纭，"绛即东雍"④，圈点不断，这总该可以算是艰深的了，可是也从未听说，有人因此反胃。呕吐的原因决不在乎别人文章的"艰深"，是在乎自己的身体里的，大约因为"国学"积蓄得太多，笔不及写，所以涌出来了罢。

"以震其艰深也"的"震"字，从国学的门外汉看来也不通，但也许是为手民⑤所误的，因为排字印报也是新学，或者也不免要

---

① **"涵秋"** 即李涵秋（1873—1924），字应漳，别署心香阁主人，江苏江都人，近代小说家。鸳鸯蝴蝶派代表作家之一。著有《广陵潮》等。这里提到的《文字感想》，见1922 年 9 月 14 日上海《时报》附刊《小时报》。

② **"钩辀格磔"** 见《本草纲目》卷四十八《禽部》集解。

③ **"粤若稽古"** 粤，通"曰"。《尚书·尧典》："曰若稽古帝尧。"此语汉代以来训释纷纭，莫衷一是。唐孔颖达注："若顺稽考也。能顺考古道而行之者帝尧。"

④ **"绛即东雍"** 语出唐樊宗师《绛守居园池记》，原句为："绛即东雍为守理所。"有人断作"绛即东雍，为守理所"，也有人断为"绛，即东雍为守理所"。

⑤ **手民** 旧指印刷厂的排字工人。

"以震其艰深"。

否则，如此"国学"，虽不艰深，却是恶作，真是"一读之欲呕"，再读之必呕矣。

国学国学，新学家既"薄为不足道"，国学家又道而不能亨，你真要道尽途穷了！

九月二十日

（原刊 1922 年 9 月 20 日《晨报副刊》，后收入《热风》）

所谓"国学"

现在暴发的"国学家"之所谓"国学"是什么？

一是商人遗老们翻印了几十部旧书赚钱，二是洋场上的文豪又做了几篇鸳鸯蝴蝶体①小说出版。

商人遗老们的印书是书籍的古董化，其置重不在书籍而在古董。遗老有钱，或者也不过聊以自娱罢了，而商人便大吹大擂的借此获利。还有茶商盐贩，本来是不齿于"士类"的，现在也趁着新旧纷扰的时候，借刻书为名，想挨进遗老遗少的"士林"里去。他们所刻的书都无民国年月，辨不出是元版是清版，都是古董性质，至少每本两三元，绵连，锦帙②，古色古香，学生们是买不起的。这就是他们之所谓"国学"。

然而巧妙的商人可也决不肯放过学生们的钱的，便用坏纸恶墨别印什么"菁华"什么"大全"之类来搜括。定价并不大，但和纸墨一比较却是大价了。至于这些"国学"书的校勘，新学家不行，当然是出于上海的所谓"国学家"的了，然而错字迭出，破句连篇（用的并不是新式圈点），简直是拿少年来开玩笑。这是他们之所谓"国学"。

洋场上的往古所谓文豪，"卿卿我我""蝴蝶鸳鸯"诚然做过一小堆，可是自有洋场以来，从没有人称这些文章（？）为国学，他们

---

① **鸳鸯蝴蝶体**　这一名称是周作人在 1918 年 4 月 19 日所作题为《日本近三十年小说之发达》的演讲中首先提出的，指清末民初兴起的一种描写才子佳人乃至嫖客妓女的言情、狎邪小说。这一体小说早期多用文言写作，常有"卅六鸳鸯同命鸟，一双蝴蝶可怜虫"一类滥调，所以被冠以"鸳鸯蝴蝶"之名。该派早期代表作家有徐枕亚、吴双热、李定夷等。后期鸳鸯蝴蝶派作家多用白话写作，但他们多半不承认自己是鸳鸯蝴蝶派，后来另有一说为"民国旧派小说"。

② **绵连，锦帙**　绵连，即连史纸，一种传统手工纸，旧时常用于印刷书籍。锦帙，用锦缎装裱的书函。

自己也并不以"国学家"自命的。现在不知何以，忽而奇想天开，也学了盐贩茶商，要凭空挨进"国学家"队里去了。然而事实很可惨，他们之所谓国学，是"拆白之事各处皆有而以上海一隅为最甚（中略）余于课余之暇不惜浪费笔墨编纂事实作一篇小说以饷阅者想亦阅者所乐闻也"。（原本每句都密圈，今从略，以省排工，阅者谅之。）

"国学"乃如此而已乎？

试去翻一翻历史里的儒林和文苑传罢，可有一个将旧书当古董的鸿儒，可有一个以拆白饷阅者的文士？

倘说，从今年起，这些就是"国学"，那又是"新"例了。你们不是讲"国学"的么？

（原刊 1922 年 10 月 4 日《晨报副刊》，后收入《热风》）

儿歌的"反动"

一　儿歌　　　　　胡怀琛①

"月亮！月亮！

还有半个那里去了？"

"被人家偷去了。"

"偷去做甚么？"

"当镜子照。"

二　反动歌　　　　　小孩子

天上半个月亮，

我道是"破镜飞上天"，

原来却是被人偷下地了。

有趣呀，有趣呀，成了镜子了！

可是我见过圆的方的长方的八角六角

　　的菱花式的宝相花式②的镜子矣，

没有见过半月形的镜子也。

我于是乎很不有趣也！

　　谨案小孩子略受新潮，辄敢妄行诘难，人心不古，良足慨然！然拜读原诗，亦存小失，倘能改第二句为"两半个都那里去了"，即成全璧矣。胡先生夙擅改削③，当不以鄙言为河汉也。夏历中秋前五

------

① **胡怀琛**（1886—1938）　字寄尘，别号秋山，安徽泾县人，近代诗人、学者。清末参加南社，辛亥革命后与柳亚子在上海主持《警报》《太平洋报》笔政。后为商务印书馆编辑、沪江大学教授。著有《中国文学史概要》《胡怀琛诗歌丛稿》等。

② **宝相花式**　中国传统工艺纹饰，兴起于唐代。常用于铜镜、织锦及建筑装饰等。

③ **胡先生夙擅改削**　胡怀琛曾将胡适《尝试集》中的诗作改动后发表，意在讥嘲当时的白话诗。

日，某生者①谨注。

十月九日

（原刊 1922 年 10 月 9 日《晨报副刊》，后收入《热风》）

---

① **某生者** 鲁迅这里署名"某生者"，带有调侃鸳鸯蝴蝶派作家的意思，因为该派作家多有以某某生作笔名的，如"娑婆生"（毕倚虹）、"天虚我生"（陈蝶仙）、"海上漱石生"（孙玉声）等等。

儿歌的「反动」

"一是之学说"

我从《学灯》① 上看见驳吴宓②君《新文化运动之反应》这一篇文章之后，才去寻《中华新报》③ 来看他的原文。

那是一篇浩浩洋洋的长文，该有一万多字罢，——而且还有作者吴宓君的照相。记者又在论前介绍说，"泾阳吴宓君美国哈佛大学硕士现为国立东南大学西洋文学教授君既精通西方文学得其神髓而国学复涵养甚深近主撰学衡杂志以提倡实学为任时论崇之"。

但这篇大文的内容是很简单的。说大意，就是新文化本也可以提倡的，但提倡者"当思以博大之眼光。宽宏之态度。肆力学术。深窥精研。观其全体。而贯通澈悟。然后平情衡理。执中驭物。造成一是之学说。融合中西之精华。以为一国一时之用"。而可恨"近年有所谓新文化运动者。本其偏激之主张。佐以宣传之良法。……加之喜新盲从者之多"。便忽而声势浩大起来。殊不知"物极必反。理有固然"。于是"近顷于新文化运动怀疑而批评之书报渐多"了。这就谓之"新文化运动之反应"。然而"又所谓反应者非反抗之谓……读者幸勿因吾论列于此。而遂疑其为不赞成新文化者"云。

反应的书报一共举了七种，大体上都是"执中驭物"，宣传"正轨"的新文化的。现在我也来介绍一回：一《民心周报》④，二《经世报》⑤，

---

① 《学灯》 上海《时事新报》副刊，1918 年 3 月 4 日创刊。此句提到驳吴宓的文章，指署名"甫生"的《驳〈新文化运动之反应〉》一文，见 1922 年 10 月 20 日《学灯》。

② 吴宓（1894—1978） 字雨僧，陕西泾阳人，现代学者。早年留学美国。曾任东南大学教授、清华大学国学研究院主任等。是《学衡》的编辑者和主要撰稿人之一。

③ 《中华新报》 1915 年 10 月 10 日在上海创刊，日报。唐绍仪等创办，初以"联络同志，拥护共和"为号召。1916 年 11 月政学会在北京成立，转为该会机关报。1926 年夏停刊。吴宓的《新文化运动之反应》见该报 1922 年 10 月 10 日增刊。

④ 《民心周报》 1919 年在上海创刊，民心周报社主办。

⑤ 《经世报》 1917 年在北京创刊。初为日报，1922 年改为月刊。

三《亚洲学术杂志》①，四《史地学报》②，五《文哲学报》③，六《学衡》，七《湘君》④。

此外便是吴君对于这七种书报的"平情衡理"的批评（？）了。例如《民心周报》，"自发刊以至停版。除小说及一二来稿外。全用文言。不用所谓新式标点。即此一端。在新潮方盛之时。亦可谓砥柱中流矣"。至于《湘君》之用白话及标点，却又别有道理，那是"《学衡》本事理之真。故拒斥粗劣白话及英文标点。《湘君》求文艺之美。故兼用通妥白话及新式标点"的。总而言之，主张偏激，连标点也就偏激，那白话自然更不"通妥"了。即如我的白话，离通妥就很远；而我的标点则是"英文标点"⑤。

但最"贯通澈悟"的是拉《经世报》来做"反应"，当《经世报》出版的时候，还没有"万恶孝为先"的谣言⑥，而他们却早已发过许多崇圣的高论，可惜现在从日报变了月刊，实在有些萎缩现象了。至于"其于君臣之伦。另下新解"，"《亚洲学术杂志》议其牵强附会。必以君为帝王"，实在并不错，这才可以算得"新文化之反应"，而吴君又以为"则过矣"，那可是自己"则过矣"了。因为时代的关系，那时的君，当然是帝王而不是大总统。又如民国以前的议论，也因为时代的关系，自然多含革命的精神，《国粹学报》⑦便是其一，而吴君却怪他谈学术而兼涉革命，也就是过于"融合"了时间的先后的原因。

此外还有一个太没见识处，就是遗漏了《长青》⑧，《红》⑨，

---

① 《亚洲学术杂志》 1922 年在上海创刊，月刊。上海亚洲学术研究工作会主办。

② 《史地学报》 1921 年在南京创刊，季刊。南京高等师范学校史地研究会主办。

③ 《文哲学报》 1922 年在南京创刊，季刊。南京高等师范学校文学哲学研究会主办。

④ 《湘君》 1922 年在长沙创刊，季刊。长沙明德学校湘君社主办。

⑤ 英文标点 这里指国际通行的标点符号，当时亦称"新式标点"。吴宓不赞成用新式标点，故讥为"英文标点"。

⑥ 上海《中华新报》曾发表文章，声称陈独秀到处鼓吹"万恶孝为先"。陈独秀于 1921 年 4 月《新青年》第 8 卷第 6 号上特地申明他没有说过这类话。

⑦ 《国粹学报》 清光绪三十一年（1905）在上海创刊，月刊。邓实主编，主要撰稿人有章炳麟、陈去病等。以"保种，爱国，存学"为宗旨，阐发学术传统，宣传反清思想。辛亥革命后停刊，共出 82 期。

⑧ 《长青》 1922 年 9 月在上海创刊，周刊。青社主办，包天笑、胡怀琛编辑。1922年 10 月停刊。《长青》和下文提到的《红》《快活》《礼拜六》都是鸳鸯蝴蝶派文人经常发表作品的刊物。

⑨ 《红》 即《红杂志》。1922 年 8 月在上海创刊，周刊。严独鹤、施济群编辑，世界书局发行。1924 年 7 月出至 100 期后，改名《红玫瑰》，继续出刊。

『一是之学说』

《快活》^①，《礼拜六》^② 等近顷风起云涌的书报，这些实在都是"新文化运动的反应"，而且说"通妥白话"的。

十一月三日

（原刊 1922 年 11 月 3 日《晨报副刊》，后收入《热风》）

---

① 《快活》 1922 年 1 月在上海创刊，旬刊。李涵秋、张云石编辑，世界书局发行。1922 年 12 月停刊，共出 36 期。

② 《礼拜六》 1914 年 6 月在上海创刊，周刊。初由王钝根、孙剑秋编辑，1916 年 4 月出至 100 期停刊。后于 1921 年 3 月复刊，先后由王钝根、周瘦鹃编辑，1923 年 4 月出满 100 期又停刊。

不懂的音译

一

凡有一件事，总是永远缠夹不清的，大约莫过于在我们中国了。

翻外国人的姓名用音译，原是一件极正当，极平常的事，倘不是毫无常识的人们，似乎决不至于还会说费话。然而在上海报（我记不清楚什么报了，总之不是《新申报》便是《时报》）上，却又有伏在暗地里掷石子的人来嘲笑了。他说，做新文学家的秘诀，其一是要用些"屠介纳夫""郭歌里"①之类使人不懂的字样的。

凡有旧来音译的名目：靴，狮子，葡萄，萝卜，佛，伊犁等……都毫不为奇的使用，而独独对于几个新译字来作怪；若是明知的，便可笑；倘不，更可怜。

其实是，现在的许多翻译者，比起往古的翻译家来，已经含有加倍的顽固性的了。例如南北朝人译印度的人名：阿难陀，实叉难陀，鸠摩罗什婆②……决不肯附会成中国的人名模样，所以我们到了现在，还可以依了他们的译例推出原音来。不料直到光绪末年，在留学生的书报上，说是外国出了一个"柯伯坚"③，倘使粗粗一看，

---

① "屠介纳夫""郭歌里"　今译屠格涅夫（И. С. Тургенев，1818—1883）、果戈（Н. В. Гоголъ，1809—1852），均为俄国作家。前者代表作有小说《猎人笔记》《贵族之家》《父与子》等，后者著有剧本《钦差大臣》，小说《狂人日记》《死魂灵》等。

② 阿难陀，实叉难陀，鸠摩罗什婆　佛教人名。阿难陀，佛祖释迦牟尼的堂弟，其十大弟子之一，古印度迦毗罗卫国（今尼泊尔境内）人。中国禅宗认为他是传承佛法的第二代祖师。实叉难陀（652—710），又称施乞叉难陀，于阗（今新疆和田一带）人，唐代佛经翻译家。曾译《华严经》《大乘入楞伽经》等。鸠摩罗什婆（344—413），即鸠摩罗什，略称罗什。原籍印度，生于西域龟兹国（今新疆库车），后秦僧人、佛经翻译家。后秦弘始三年（401）至长安，主持译场。译出佛经74部384卷，有《摩诃般若波罗蜜经》《妙法莲华经》等。

③ "柯伯坚"　今译克鲁泡特金（П. А. Кропоткин，1842—1921），俄国思想家，无政府主义者。下文 Kropotkin 是其姓氏的拉丁拼写。"柯伯坚"这个译名出自中国留法学生主办的《新世纪》周刊（1909年3月6日出版的第87号）。

大约总不免要疑心他是柯府上的老爷柯仲软的令兄的罢，但幸而还有照相在，可知道并不如此，其实是俄国的 Kropotkin。那书上又有一个"陶斯道"①，我已经记不清是 Dostoievski 呢，还是 Tolstoi 了。

这"屠介纳夫"和"郭歌里"，虽然古雅赶不上"柯伯坚"，但于外国人的氏姓上定要加一个《百家姓》里所有的字，却几乎成了现在译界的常习，比起六朝和尚②来，已可谓很"安本分"的了。然而竟还有人从暗中来掷石子，装鬼脸，难道真所谓"人心不古"么？

我想，现在的翻译家倒大可以学学"古之和尚"，凡有人名地名，什么音便怎么译，不但用不着白费心思去嵌镶，而且还须去改正。即如"柯伯坚"，现在虽然改译"苦鲁巴金"了，但第一音既然是 K 不是 Ku，我们便该将"苦"改作"克"，因为 K 和 Ku 的分别，在中国字音上是办得到的。

而中国却是更没有注意到，所以去年 Kropotkin 死去的消息传来的时候，上海《时报》便用日俄战争时旅顺败将 Kuropatkin③ 的照相，把这位无治主义④老英雄的面目来顶替了。

十一月四日

二

自命为"国学家"的对于译音也加以嘲笑，确可以算得一种古今的奇闻；但这不特显示他的昏愚，实在也足以看出他的悲惨。

倘如他的尊意，则怎么办呢？我想，这只有三条计。上策是凡有外国的事物都不谈；中策是凡有外国人都称之为洋鬼子，例如屠介纳夫的《猎人日记》，郭歌里的《巡按使》，都题为"洋鬼子著"；下策是，只好将外国人名改为王羲之唐伯虎黄三太⑤之类，例如进化

---

① **"陶斯道"** 这个译名亦见《新世纪》周刊。该刊 1908 年 11 月 14 日出版的第 73 号和同年 12 月 5 日出版的第 76 号译载丘克朔夫《我良心上喜欢如爱》一文，提到俄国作家"陶斯道"。下句中的拉丁译名 Dostoievski，今译陀思妥耶夫斯基；Tolstoi，今译托尔斯泰。

② **六朝和尚** 指佛经翻译家道安（314—385）、鸠摩罗什等。

③ **Kuropatkin** 今译库罗帕特金（1848—1921），俄国将军，曾任陆军部长。

④ **无治主义** 即无政府主义。

⑤ **王羲之唐伯虎黄三太** 这些都是旧时妇孺皆知的名字。王羲之，东晋书法家，羲之乃本名。唐伯虎，明代文人、画家，名寅，字伯虎，民间多称"唐伯虎"；黄三太，清代小说《彭公案》中的人物。

论是唐伯虎提倡的，相对论是王羲之发明的，而发见美洲的则为黄三太。

倘不能，则为自命为国学家所不懂的新的音译语，可是要侵入真的国学的地域里来了。

中国有一部《流沙坠简》①，印了将有十年了。要谈国学，那才可以算一种研究国学的书。开首有一篇长序，是王国维②先生做的，要谈国学，他才可以算一个研究国学的人物。而他的序文中有一段说，"案古简所出为地凡三（中略）其三则和阗东北之尼雅城及马咱托拉拔拉滑史德三地也"。

这些译音，并不比"屠介纳夫"之类更古雅，更易懂。然而何以非用不可呢？就因为有三处地方，是这样的称呼；即使上海的国学家怎样冷笑，他们也仍然还是这样的称呼。当假的国学家正在打牌喝酒，真的国学家正在稳坐高斋读古书的时候，沙士比亚③的同乡斯坦因博士却已经在甘肃新疆这些地方的沙碛里，将汉晋简牍掘去了；不但掘去，而且做出书来了。所以真要研究国学，便不能不翻回来；因为真要研究，所以也就不能行我的三策：或绝口不提，或但云"得于华夏"，或改为"获之于春申浦畔"了。

而且不特这一事。此外如真要研究元朝的历史，便不能不懂"屠介纳夫"的国文，因为单用些"鸳鸯""蝴蝶"这些字样，实在是不够敷衍的。所以中国的国学不发达则已，万一发达起来，则敢请恕我直言，可是断不是洋场上的自命为国学家"所能厕足其间者也"的了。

但我于序文里所谓三处中的"马咱托拉拔拉滑史德"，起初却实在不知道怎样断句，读下去才明白二是"马咱托拉"，三是"拔拉滑史德"。

---

① 《流沙坠简》 罗振玉、王国维撰，三册。1914年出版，1934年校正重印。书中对敦煌等地发掘的汉晋简牍、帛书等作了详尽考释。这些简牍、帛书由英籍英匈牙利人斯坦因盗运到西方，后来法国人沙畹将这些东西影印成书，《流沙坠简》即据其图片进行研究。

② 王国维（1877—1927） 字静安，号观堂，浙江海宁人，近代学者。清光绪末年，任学部图书局编纂、京师大学堂教习。后为清华国学研究院教授。撰有《观堂集林》《宋元戏曲史》等。

③ 沙士比亚 今译莎士比亚（Shakespeare，1564—1616），英国作家。他的戏剧创作被认为是欧洲文艺复兴时期最重要的文学成就。著有《哈姆雷特》《奥赛罗》《李尔王》《麦克白》等。

所以要清清楚楚的讲国学，也仍然须嵌外国字，须用新式的标点的。

十一月六日

（原刊 1922 年 11 月 4 日、6 日《晨报副刊》，后收入《热风》）

对于批评家的希望

前两三年的书报上，关于文艺的大抵只有几篇创作（姑且这样说）和翻译，于是读者颇有批评家出现的要求，现在批评家已经出现了，而且日见其多了。

以文艺如此幼稚的时候，而批评家还要发掘美点，想扇起文艺的火焰来，那好意实在很可感。即不然，或则叹息现代作品的浅薄，那是望著作家更其深，或则叹息现代作品之没有血泪，那是怕著作界复归于轻佻。虽然似乎微辞过多，其实却是对于文艺的热烈的好意，那也实在是很可感谢的。

独有靠了一两本"西方"的旧批评论，或则捞一点头脑板滞的先生们的唾余，或则仗着中国固有的什么天经地义之类的，也到文坛上来践踏，则我以为委实太滥用了批评的权威。试将粗浅的事来比罢：譬如厨子做菜，有人品评他坏，他固不应该将厨刀铁釜交给批评者，说道你试来做一碗好的看：但他却可以有几条希望，就是望吃菜的没有"嗜痂之癖"①，没有喝醉了酒，没有害着热病，舌苔厚到二三分。

我对于文艺批评家的希望却还要小。我不敢望他们于解剖裁判别人的作品之前，先将自己的精神来解剖裁判一回，看本身有无浅薄卑劣荒谬之处，因为这事情是颇不容易的。我所希望的不过愿其有一点常识，例如知道裸体画和春画的区别，接吻和性交的区别，尸体解剖和戮尸的区别，出洋留学和"放诸四夷"②的区别，笋和竹的区别，猫和老虎的区别，老虎和番菜馆的区别……更进一步，

---

① **"嗜痂之癖"** 指怪癖的嗜好。《宋书·刘穆之传》："（刘）邕所至嗜食疮痂，以为味似鳆鱼。尝诣孟灵休，灵休先患灸疮，疮痂落床上，因取食之。灵休大惊。答曰：'性之所嗜。'灵休疮痂未落者，悉褫取以饴邕。"

② **"放诸四夷"** 语出《礼记·大学》："唯仁人放流之，迸诸四夷，不与同中国。"夷，古称化外之地。

则批评以英美的老先生学说为主，自然是悉听尊便的，但尤希望知道世界上不止英美两国；看不起托尔斯泰，自然也自由的，但尤希望先调查一点他的行实，真看过几本他所做的书。

　　还有几位批评家，当批评译本的时候，往往诋为不足齿数的劳力，而怪他何不去创作。创作之可尊，想来翻译家该是知道的，然而他竟止于翻译者，一定因为他只能翻译，或者偏爱翻译的缘故。所以批评家若不就事论事，而说些应当去如此如彼，是溢出于事权以外的事，因为这类言语，是商量教训而不是批评。现在还将厨子来比，则吃菜的只要说出品味如何就尽够，若于此之外，又怪他何以不去做裁缝或造房子，那是无论怎样的呆厨子，也难免要说这位客官是痰迷心窍的了。

十一月九日

（原刊 1922 年 11 月 9 日《晨报副刊》，后收入《热风》）

反对"含泪"的批评家

现在对于文艺的批评日见其多了，是好现象；然而批评日见其怪了，是坏现象，愈多反而愈坏。

我看了很觉得不以为然的是胡梦华①君对于汪静之②君《蕙的风》的批评，尤其觉得非常不以为然的是胡君答复章鸿熙③君的信。

一、胡君因为《蕙的风》里有一句"一步一回头瞟我意中人"，便科以和《金瓶梅》④一样的罪：这是锻炼周纳⑤的。《金瓶梅》卷首诚然有"意中人"三个字，但不能因为有三个字相同，便说这书和那书是一模样。例如胡君要青年去忏悔，而《金瓶梅》也明明说是一部"改过的书"，若因为这一点意思偶合，而说胡君的主张也等于《金瓶梅》，我实在没有这样的粗心和大胆。我以为中国之所谓道德家的神经，自古以来，未免过敏而又过敏了，看见一句"意中人"，便即想到《金瓶梅》，看见一个"瞟"字，便即穿凿到别的事情上去。然而一切青年的心，却未必都如此不净；倘竟如此不净，

---

① **胡梦华** 当时南京东南大学学生。曾撰文批评汪静之的诗集《蕙的风》，称其中一些爱情诗"有不道德的嫌疑"。其文《读了〈蕙的风〉以后》，发表于 1922 年 10 月 24 日《时事新报·学灯》。

② **汪静之**（1902—1996） 安徽绩溪人，现代作家。曾与冯雪峰等结成湖畔诗社。著有诗集《蕙的风》《湖畔》（与冯雪峰等合著）等。

③ **章鸿熙** 即章衣萍（1903—1946），原名鸿熙，安徽绩溪人，现代作家。曾为《语丝》撰稿。著有小说《古庙集》、散文《樱花集》等。他针对胡梦华以道德问题向汪静之问罪之事，撰写《〈蕙的风〉与道德问题》一文，进行反驳，该文发于 1922 年 10 月 30 日《民国日报》副刊《觉悟》。胡梦华为此又写了《悲哀的青年——答章鸿熙》一文，同年 11 月 3 日亦发表于《觉悟》。此即鲁迅所说的"胡君答复章鸿熙的信"。

④ **《金瓶梅》** 兰陵笑笑生撰，一百回。明代万历间刊行的章回小说。以《水浒》中的西门庆为线索，描摹人情世相，间杂因果报应，故鲁迅在《中国小说史略》中将之归入"人情小说"一类。由于该书有不少淫秽描写，历来有批评家予以责难。

⑤ **锻炼周纳** 罗织罪名。语出《汉书·路温舒传》："上奏畏却，则锻练而周内之。"练，通鍊（炼）；内，犹纳。

则即使"授受不亲"①，后来也就会"瞟"，以至于瞟以上的等等事，那时便是一部《礼记》②，也即等于《金瓶梅》了，又何有于《蕙的风》？

二、胡君因为诗里有"一个和尚悔出家"的话，便说是诬蔑了普天下和尚，而且大呼释迦牟尼佛：这是近于宗教家而且援引多数来恫吓，失了批评的态度的。其实一个和尚悔出家，并不是怪事，若普天下的和尚没有一个悔出家的，那倒是大怪事。中国岂不是常有酒肉和尚，还俗和尚么？非"悔出家"而何？倘说那些是坏和尚，则那诗里的便是坏和尚之一，又何至诬蔑了普天下的和尚呢？这正如胡君说一本诗集是不道德，并不算诬蔑了普天下的诗人。至于释迦牟尼，可更与文艺界"风马牛"③了，据他老先生的教训，则做诗便犯了"绮语戒"④，无论道德或不道德，都不免受些孽报，可怕得很的！

三、胡君说汪君的诗比不上歌德和雪利⑤，我以为是对的。但后来又说，"论到人格，歌德一生而十九娶，为世诟病，正无可讳。然而歌德所以垂世不朽者，乃五十岁以后忏悔的歌德，我们也知道么？"这可奇特了。雪利我不知道，若歌德即 Goethe，则我敢替他呼几句冤，就是他并没有"一生而十九娶"，并没有"为世诟病"，并没有"五十岁以后忏悔"。而且对于胡君所说的"自'耳食'之风盛，歌德，雪利之真人格遂不为国人所知，无识者流，更妄相援引，可悲亦复可笑！"这一段话，也要请收回一些去。

我不知道汪君可曾过了五十岁，倘没有，则即使用了胡君的论调来裁判，似乎也还不妨做"一步一回头瞟我意中人"的诗，因为以歌德为例，也还没有到"忏悔"的时候。

临末，则我对于胡君的"悲哀的青年，我对于他们只有不可思议的眼泪！""我还想多写几句，我对于悲哀的青年底不可思议的泪

① **"授受不亲"** 语出《孟子·离娄上》："男女授受不亲，礼也。"授受，犹交结。
② **《礼记》** 儒家经典之一，辑纂秦汉以前礼仪著作。传为西汉戴圣编纂，49 篇。
③ **"风马牛"** 喻彼此不相干。语出《左传·僖公四年》："（齐侯）遂伐楚。楚子使与师言：'君处北海，寡人处南海，唯是风马牛不相及也。'"
④ **"绮语戒"** 绮语，原指藻饰或不实之词，后亦称描摹叙记男女私情的诗文文字，均为佛家所戒。
⑤ **雪利** 今译雪莱（P. B. Shelley，1792—1822）英国诗人。因参加爱尔兰民族独立运动，反对英国政府，宣扬革命，争取婚姻自由而屡遭迫害，后在海上遇难丧生。他的《西风颂》《云雀颂》等著名诗篇，在"五四"时被介绍进来，颇有影响。

已盈眶了。"这一类话，实在不明白"其意何居"。批评文艺，万不能以眼泪的多少来定是非。文艺界可以收到创作家的眼泪，而沾了批评家的眼泪却是污点。胡君的眼泪的确洒得非其地，非其时，未免万分可惜了。

　　起稿已完，才看见《青光》① 上的一段文章，说近人用先生和君，含有尊敬和小觑的差别意见。我在这文章里正用君，但初意却不过贪图少写一个字，并非有什么《春秋》笔法②。现在声明于此，却反而多写了许多字了。

十一月十七日

（原刊 1922 年 11 月 17 日《晨报副刊》，后收入《热风》）

---

　　① 《青光》 上海《时事新报》附刊之一。此句所说"一段文章"，指署名"一夫"的《君与先生》，载于 1922 年 11 月 11 日《青光》。
　　② 《春秋》笔法 古人认为孔子修《春秋》，"以一字为褒贬"（杜预《左传序》），含有"微言大义"（《汉书·艺文志》），后因称文笔曲折而意含褒贬的文字为"春秋笔法"。

即小见大

北京大学的反对讲义收费风潮①，芒硝火焰似的起来，又芒硝火焰似的消灭了，其间就是开除了一个学生冯省三。

这事很奇特，一回风潮的起灭，竟只关于一个人。倘使诚然如此，则一个人的魄力何其太大，而许多人的魄力又何其太无呢。

现在讲义费已经取消，学生是得胜了，然而并没有听得有谁为那做了这次的牺牲者祝福。

即小见大，我于是竟悟出一件长久不解的事来，就是：三贝子花园里面，有谋刺良弼②和袁世凯而死的四烈士坟③，其中有三块墓碑，何以直到民国十一年还没有人去刻一个字。

凡有牺牲在祭坛前沥血之后，所留给大家的，实在只有"散胙"④ 这一件事了。

十一月十八日

（原刊 1922 年 11 月 18 日《晨报副刊》，后收入《热风》）

---

① **北京大学的反对讲义收费风潮** 1922 年 10 月，北京大学部分学生反对征收讲义费，与校方交涉，因起风潮。学校当局为此以评议会名义开除了法文预科班学生冯省三，同时向学生做出让步。其实冯省三并非这次学潮的发动者，他只是风潮发生后随众加入的许多学生之一。

② **良弼**（1877—1912） 爱新觉罗氏，字赉臣，满洲镶黄旗人，清末武臣。曾任陆军部军学司司长、禁军协统等。武昌首义后，参与组织宗社党，反对南北议和与清帝逊位。未久被革命党人彭家珍炸死。

③ **四烈士坟** 辛亥革命时期，革命党人杨禹昌、张先培、黄之萌三人行炸袁世凯，未遂被杀；彭家珍行炸良弼，功成身亡。民国初年四位烈士被合葬于北京西直门外三贝子花园（后作万牲园，即今北京动物园）。其中杨、张、黄三位烈士墓前均立无字碑。下文所说"何以直到民国十一年还没有人去刻一个字"，是指他们当初的义举已渐为世人淡忘。

④ **"散胙"** 旧时祭祀事毕散发的供品。

望勿"纠正"

汪原放①君已经成了古人了，他的标点和校正小说，虽然不免小谬误，但大体是有功于作者和读者的。谁料流弊却无穷，一班效颦的便随手拉一部书，你也标点，我也标点，你也作序，我也作序，他也校改，这也校改，又不肯好好的做，结果只是糟蹋了书。

《花月痕》②本不必当作宝贝书，但有人要标点付印，自然是各随各便。这书最初是木刻的，后有排印本；最后是石印，错字很多，现在通行的多是这一种。至于新标点本，则陶乐勤③君序云，"本书所取的原本，虽属佳品，可是错误尚多。余虽都加以纠正，然失检之处，势必难免。……"我只有错字很多的石印本，偶然对比了第二十五回中的三四叶，便觉得还是石印本好，因为陶君于石印本的错字多未纠正，而石印本的不错字儿却多纠歪了。

"钗黛直是个子虚乌有，算不得什么。……"

这"直是个"就是"简直是一个"之意，而纠正本却改作"真是个"，便和原意很不相同了。

"秋痕头上包着绉帕……突见痴珠，便含笑低声说道，'我料得你挨不上十天，其实何苦呢?'"

"……痴珠笑道，'往后再商量罢。'……"

他们俩虽然都沦落，但其时却没有什么大悲哀，所以还都笑。而纠正本却将两个"笑"字都改成"哭"字了。教他们一见就哭，看眼泪似乎太不值钱，况且"含哭"也不成话。

我因此想到一种要求，就是印书本是美事，但若自己于意义不

---

① **汪原放**（1897—1980）安徽绩溪人，现代出版家。1913 年入上海亚东图书馆，1920 年起从事《水浒》等古典小说整理、标点工作。他整理、标点的小说多由亚东图书馆出版。

② **《花月痕》** 清魏秀仁（子安）撰，五十二回。狎邪小说。

③ **陶乐勤** 曾标点《花月痕》，1923 年由上海梁溪图书馆出版。

甚了然时，不可便以为是错的，而奋然"加以纠正"，不如"过而存之"，或者倒是并不错。

我因此又起了一个疑问，就是有些人攻击译本小说"看不懂"，但他们看中国人自作的旧小说，当真看得懂么？

一月二十八日

这一篇短文发表之后，曾记得有一回遇见胡适之①先生，谈到汪先生的事，知道他很康健。胡先生还以为我那"成了古人"云云，是说他做过许多工作，已足以表见于世的意思。这实在使我"诚惶诚恐"，因为我本意实不如此，直白地说，就是说已经"死掉了"。可是直到那时候，我才知这先前所听到的竟是一种毫无根据的谣言。现在我在此敬向汪先生谢我的粗疏之罪，并且将旧文的第一句订正，改为："汪原放君未经成了古人了，"一九二五年九月二十四日，身热头痛之际，书。

（原刊 1924 年 1 月 28 日《晨报副刊》，后收入《热风》）

---

① **胡适之** 即胡适（1891—1962），字适之，安徽绩溪人，现代作家、学者。早年留学美国，回国后任北京大学教授，五四时期参加《新青年》编辑工作，推动新文化运动。后热心整理国故，主张"好人政治"。曾任中国公学校长、北京大学校长。抗战期间出任国民政府驻美国大使，1958 年后任台湾"中央研究院"院长。著有《尝试集》《胡适文存》等。

《华盖集》中的杂文

题　记

　　在一年的尽头的深夜中，整理了这一年所写的杂感，竟比收在《热风》里的整四年中所写的还要多。意见大部分还是那样，而态度却没有那么质直了，措辞也时常弯弯曲曲，议论又往往执滞在几件小事情上，很足以贻笑于大方之家①。然而那又有什么法子呢。我今年偏遇到这些小事情，而偏有执滞于小事情的脾气。

　　我知道伟大的人物能洞见三世②，观照一切，历大苦恼，尝大欢喜，发大慈悲。但我又知道这必须深入山林，坐古树下，静观默想，得天眼通，离人间愈远遥，而知人间也愈深，愈广；于是凡有言说，也愈高，愈大；于是而为天人师③。我幼时虽曾梦想飞空，但至今还在地上，救小创伤尚且来不及，那有余暇使心开意豁，立论都公允妥洽，平正通达，像"正人君子"④一般；正如沾水小蜂，只在泥土上爬来爬去，万不敢比附洋楼中的通人⑤，但也自有悲苦愤激，决非洋楼中的通人所能领会。

　　这病痛的根柢就在我活在人间，又是一个常人，能够交着"华盖运"。

---

　　① **大方之家**　指博学或精业之人。《庄子·秋水》："吾长见笑于大方之家。"

　　② **三世**　佛教以过去、现在、未来为三世，又作三生，即前生，今生，来生。《集异门论》卷三："三世者，谓过去世，未来世，现在世。"本句中"伟大的人物"，应指佛祖释迦牟尼。

　　③ **天人师**　佛祖十号之一，以其为天界与人间之师。《五灯会元》卷一："佛于二月八日明星出时成道，号天人师。"

　　④ **"正人君子"**　对陈源（西滢）和"现代评论派"一些人的反嘲。鲁迅和陈源等人的论战因1925年北京女子师范大学风潮而引发，当时陈源在《现代评论》发表的"闲话"栏目中对鲁迅支持学生运动的立场屡以抨击，其言论有利于当局平息事态，被一家拥护北洋政府的报纸誉为"正人君子"。

　　⑤ **通人**　指学识渊博的人。《史记·田敬仲完世家》太史公曰："《易》之为术，幽明远矣，非通人达才孰能注意焉！"这里也是对陈源等人的反讽。当时北洋政府教育总长章士钊曾撰文称赞陈源为"当今通品"。

我平生没有学过算命，不过听老年人说，人是有时要交"华盖运"的。这"华盖"在他们口头上大概已经讹作"镬盖"了，现在加以订正。所以，这运，在和尚是好运：顶有华盖，自然是成佛作祖之兆。但俗人可不行，华盖在上，就要给罩住了，只好碰钉子。我今年开手作杂感时，就碰了两个大钉子：一是为了《咬文嚼字》，一是为了《青年必读书》。署名和匿名的豪杰之士的骂信，收了一大捆，至今还塞在书架下。此后又突然遇见了一些所谓学者，文士，正人，君子等等，据说都是讲公话，谈公理，而且深不以"党同伐异"为然的。可惜我和他们太不同了，所以也就被他们伐了几下，——但这自然是为"公理"①之故，和我的"党同伐异"不同。这样，一直到现下还没有完结，只好"以待来年"②。

　　也有人劝我不要做这样的短评。那好意，我是很感激的，而且也并非不知道创作之可贵。然而要做这样的东西的时候，恐怕也还要做这样的东西，我以为如果艺术之宫里有这么麻烦的禁令，倒不如不进去；还是站在沙漠上，看看飞沙走石，乐则大笑，悲则大叫，愤则大骂，即使被沙砾打得遍身粗糙，头破血流，而时时抚摩自己的凝血，觉得若有花纹，也未必不及跟着中国的文士们去陪莎士比亚吃黄油面包之有趣。

　　然而只恨我的眼界小，单是中国，这一年的大事件也可以算是很多的了，我竟往往没有论及，似乎无所感触。我早就很希望中国的青年站出来，对于中国的社会，文明，都毫无忌惮地加以批评，因此曾编印《莽原周刊》③，作为发言之地，可惜来说话的竟很少。在别的刊物上，倒大抵是对于反抗者的打击，这实在是使我怕敢想下去的。

　　现在是一年的尽头的深夜，深得这夜将尽了，我的生命，至少是一部分的生命，已经耗费在写这些无聊的东西中，而我所获得的，乃是我自己的灵魂的荒凉和粗糙。但是我并不惧惮这些，也不想遮盖这些，而且实在有些爱他们了，因为这是我转辗而生活于风沙中

---

　　① "公理"　暗指陈源、王世杰、燕树棠等人发起成立的"教育界公理维持会"。1925 年 12 月 14 日，为反对女师大复校，力挺章士钊开办"国立女子大学"，陈源等人组织这个维持会，以维护"公理"的名义欲将女师大学生运动置于非法地位。
　　② "以待来年"　《孟子·滕文公下》："今兹未能，请轻之；以待来年，然后已。"
　　③ 《莽原周刊》　鲁迅编辑的文艺刊物，1925 年 4 月 24 日创刊于北京。同年 11 月休刊，共出 32 期。

的瘢痕。凡有自己也觉得在风沙中转辗而生活着的，会知道这意思。

我编《热风》时，除遗漏的之外，又删去了好几篇。这一回却小有不同了，一时的杂感一类的东西，几乎都在这里面。

一九二五年十二月三十一日之夜，记于绿林书屋①东壁下。

（未另刊行，直接收《华盖集》）

---

① **绿林书屋** 绿林，西汉末年至王莽当政间，王匡、王凤等聚兵绿林（今湖北当阳东北）山中，与朝廷作对。后以绿林泛指结伙山林反抗官府或打家劫舍的武装团伙，旧时官方语汇中被称为"强盗"或"匪"，至近世则有"农民起义军"之说。鲁迅因支持女师大学生运动，反对章士钊的镇压手段，被官方和"现代评论派"的一些人称为"土匪""学匪"，故将自己的书房戏称为"绿林书屋"。

咬文嚼字(一至二)

一

　　以摆脱传统思想的束缚而来主张男女平等的男人，却偏喜欢用轻靓艳丽字样来译外国女人的姓氏：加些草头，女旁，丝旁。不是"思黛儿"。就是"雪琳娜"。西洋和我们虽然远哉遥遥，但姓氏并无男女之别，却和中国一样的，——除掉斯拉夫民族在语尾上略有区别之外。所以如果我们周家的姑娘不另姓绸，陈府上的太太也不另姓蔯，则欧文的小姐正无须改作妪纹，对于托尔斯泰夫人也不必格外费心，特别写成妥嬭丝苔也。

　　以摆脱传统思想的束缚而来介绍世界文学的文人，却偏喜欢使外国人姓中国姓：Gogol 姓郭；Wilde 姓王；D'Annunzio 姓段，一姓唐；Holz 姓何；Gorky 姓高；Galsworthy 也姓高，假使他谈到 Gorky，大概是称他"吾家 rky"的了。我真万料不到一本《百家姓》，到现在还有这般伟力。

一月八日

二

　　古时候，咱们学化学，在书上很看见许多"金"旁和非"金"旁的古怪字，据说是原质①名目，偏旁是表明"金属"或"非金属"的，那一边大概是译音。但是，鏭，锶，锡，错，矽，连化学先生也讲得很费力，总须附加道："这回是熟悉的悉。这回是休息的息了。这回是常见的锡。"而学生们为要记得符号，仍须另外记住腊丁②字。现在渐渐译起有机化学来，因此这类怪字就更多了，也更难

---

　　①　**原质**　即化学元素。

　　②　**腊丁**　今作"拉丁"。

了，几个字拼合起来，像贴在商人帐桌面前的将"黄金萬两"拼成一个的怪字一样。中国的化学家多能兼做新仓颉①。我想，倘若就用原文，省下造字的功夫来，一定于本职的化学上更其大有成绩，因为中国人的聪明是决不在白种人之下的。

在北京常看见各样好地名：辟才胡同，乃兹府，丞相胡同，协资庙，高义伯胡同，贵人关。但探起底细来，据说原是劈柴胡同，奶子府，绳匠胡同，蝎子庙，狗尾巴胡同，鬼门关。字面虽然改了，涵义还依旧。这很使我失望；否则，我将鼓吹改奴隶二字为"弩理"，或是"努礼"，使大家可以永远放心打盹儿，不必再愁什么了。但好在似乎也并没有什么人愁着，爆竹毕毕剥剥地都祀过财神了。

　　　　　　　　　　　　　　　　　　　二月十日

（原刊 1925 年 1 月 11 日／2 月 12 日《京报副刊》，后收入《华盖集》）

---

① **仓颉**　又作"苍颉"，相传是汉字的创造者。

青年必读书

——应《京报副刊》①的征求

青 年 必读书	从来没有留心过， 所以现在说不出。

附
 	
注
	但我要趁这机会，略说自己的经验，以供若干读者的参考——
	
	  我看中国书时，总觉得就沉静下去，与实人生离开；读外国书——但除了印度——时，往往就与人生接触，想做点事。
	
	  中国书虽有劝人入世的话，也多是僵尸的乐观；外国书即使是颓唐和厌世的，但却是活人的颓唐和厌世。
	
	  我以为要少——或者竟不——看中国书，多看外国书。
	
	  少看中国书，其结果不过不能作文而已。但现在的青年最要紧的是"行"，不是"言"。只要是活人，不能作文算什么大不了的事。
	
	（二月十日。）

（原刊 1925 年 2 月 21 日《京报副刊》，后收入《华盖集》）

----

① **《京报副刊》** 《京报》发行的几种文艺副刊之一，1924 年 2 月创办，孙伏园编辑。《京报》是当时北京深具知识界背景的主流报纸，由邵飘萍（振青）于 1918 年 10 月创办。《京报副刊》曾于 1925 年 1 月间刊登启事，征求"青年受读书"和"青年必读书"各 10 部的书目。其后一项邀请一些名人开书目，鲁迅也在被邀之列。

忽然想到(一至四)

一

做《内经》①的不知道究竟是谁。对于人的肌肉，他确是看过，但似乎单是剥了皮略略一观，没有细考校，所以乱成一片，说是凡有肌肉都发源于手指和足趾。宋的《洗冤录》②说人骨，竟至于谓男女骨数不同；老仵作之谈，也有不少胡说。然而直到现在，前者还是医家的宝典，后者还是检验的南针：这可以算得天下奇事之一。

牙痛在中国不知发端于何人？相传古人壮健，尧舜时代盖未必有；现在假定为起于二千年前罢。我幼时曾经牙痛，历试诸方，只有用细辛③者稍有效，但也不过麻痹片刻，不是对症药。至于拔牙的所谓"离骨散"，乃是理想之谈，实际上并没有。西法的牙医一到，这才根本解决了；但在中国人手里一再传，又每每只学得镶补而忘了去腐杀菌，仍复渐渐地靠不住起来。牙痛了二千年，敷敷衍衍的不想一个好方法，别人想出来了，却又不肯好好地学：这大约也可以算得天下奇事之二罢。

康圣人④主张跪拜，以为"否则要此膝何用"。走时的腿的动作，固然不易于看得分明，但忘记了坐在椅上时候的膝的曲直，则不可谓非圣人之疏于格物⑤也。身中间脖颈最细，古人则于此斫之，

---

① 《内经》 即《黄帝内经》，现存最早的中医典籍之一。战国时期医家据上古三代和当时的医学资料纂辑而成，又分为《素问》《灵枢》二书。

② 《洗冤录》 即《洗冤集录》，宋人宋慈撰。此书被认为是世界上最早的法医学著作。

③ 细辛 一种中草药。

④ 康圣人 指康有为（1858—1927），清末改良派领袖、经学家。字广厦，号长素，广东南海人。光绪进士，授工部主事。1898年（光绪二十四年）在总理衙门章京上行走，上疏鼓吹变法，促成"百日维新"。戊戌政变时流亡国外。后组织保皇会、孔教会，鼓吹君主立宪。1917年参与张勋复辟活动。撰有《新学伪经考》《孔子改制考》《大同书》等。

⑤ 格物 推究自然事物的原理。

臀肉最肥，古人则于此打之，其格物都比康圣人精到，后人之爱不忍释，实非无因。所以僻县尚打小板子，去年北京戒严时亦尝恢复杀头，虽延国粹于一脉乎，而亦不可谓非天下奇事之三也！

一月十五日

二

校着《苦闷的象征》① 的排印样本时，想到一些琐事——

我于书的形式上有一种偏见，就是在书的开头和每个题目前后，总喜欢留些空白，所以付印的时候，一定明白地注明。但待排出寄来，却大抵一篇一篇挤得很紧，并不依所注的办。查看别的书，也一样，多是行行挤得极紧的。

较好的中国书和西洋书，每本前后总有一两张空白的副页，上下的天地头也很宽。而近来中国的排印的新书则大抵没有副页，天地头又都很短，想要写上一点意见或别的什么，也无地可容，翻开书来，满本是密密层层的黑字；加以油臭扑鼻，使人发生一种压迫和窘促之感，不特很少"读书之乐"，且觉得仿佛人生已没有"余裕"，"不留余地"了。

或者也许以这样的为质朴罢。但质朴是开始的"陋"，精力弥满，不惜物力的。现在的却是复归于陋，而质朴的精神已失，所以只能算窳败，算堕落，也就是常谈之所谓"因陋就简"。在这样"不留余地"空气的围绕里，人们的精神大抵要被挤小的。

外国的平易地讲述学术文艺的书，往往夹杂些闲话或笑谈，使文章增添活气，读者感到格外的兴趣，不易于疲倦。但中国的有些译本，却将这些删去，单留下艰难的讲学语，使他复近于教科书。这正如折花者，除尽枝叶，单留花朵，折花固然是折花，然而花枝的活气却灭尽了。人们到了失去余裕心，或不自觉地满抱了不留余地心时，这民族的将来恐怕就可虑。上述的那两样，固然是比牛毛还细小的事，但究竟是时代精神表现之一端，所以也可以类推到别样。例如现在器具之轻薄草率（世间误以为灵便），建筑之偷工减料，办事之敷衍一时，不要"好看"，不想"持久"，就都是出于同

① 《苦闷的象征》 日本学者厨川白村写的文艺心理学著作。鲁迅曾将此书译为中文，1924 年由北京新潮社出版。

一病源的。即再用这来类推更大的事，我以为也行。

一月十七日

三

我想，我的神经也许有些瞀乱了。否则，那就可怕。

我觉得仿佛久没有所谓中华民国。

我觉得革命以前，我是做奴隶；革命以后不多久，就受了奴隶的骗，变成他们的奴隶了。

我觉得有许多民国国民而是民国的敌人。

我觉得有许多民国国民很像住在德法等国里的犹太人，他们的意中别有一个国度。

我觉得许多烈士的血都被人们踏灭了，然而又不是故意的。

我觉得什么都要从新做过。

退一万步说罢，我希望有人好好地做一部民国的建国史给少年看，因为我觉得民国的来源，实在已经失传了，虽然还只有十四年！

二月十二日

四

先前，听到二十四史①不过是"相斫书"，是"独夫的家谱"一类的话，便以为诚然。后来自己看起来，明白了：何尝如此。

历史上都写着中国的灵魂，指示着将来的命运，只因为涂饰太厚，废话太多，所以很不容易察出底细来。正如通过密叶投射在莓苔上面的月光，只看见点点的碎影。但如看野史和杂记，可更容易了然了，因为他们究竟不必太摆史官的架子。

秦汉远了，和现在的情形相差已多，且不道。元人著作寥寥。至于唐宋明的杂史之类，则现在多有。试将记五代，南宋，明末的事情的，和现今的状况一比较，就当惊心动魄于何其相似之甚，仿

---

① 二十四史　指清代乾隆时"钦定"为"正史"的从《史记》到《明史》的二十四部史书。所谓"相斫书"和"独夫的家谱"，是对二十四史的两种嘲讽的说法。前者指二十四史多记载互相杀戮之事；后者指其中以帝王世系为主线的史实记述，有如介绍帝王家谱。

佛时间的流驶，独与我们中国无关。现在的中华民国也还是五代，是宋末，是明季。

以明末例现在，则中国的情形还可以更腐败，更破烂，更凶酷，更残虐，现在还不算达到极点。但明末的腐败破烂也还未达到极点，因为李自成，张献忠闹起来了。而张李的凶酷残虐也还未达到极点，因为满洲兵进来了。

难道所谓国民性者，真是这样地难于改变的么？倘如此，将来的命运便大略可想了，也还是一句烂熟的话：古已有之。

伶俐人实在伶俐，所以，决不攻难古人，摇动古例的。古人做过的事，无论什么，今人也都会做出来。而辩护古人，也就是辩护自己。况且我们是神州华胄，敢不"绳其祖武"① 么？

幸而谁也不敢十分决定说：国民性是决不会改变的。在这"不可知"中，虽可有破例——即其情形为从来所未有——的灭亡的恐怖，也可以有破例的复生的希望，这或者可作改革者的一点慰藉罢。

但这一点慰藉，也会勾消在许多自诩古文明者流的笔上，淹死在许多诬告新文明者流的嘴上，扑灭在许多假冒新文明者流的言动上，因为相似的老例，也是"古已有之"的。

其实这些人是一类，都是伶俐人，也都明白，中国虽完，自己的精神是不会苦的，——因为都能变出合式的态度来。倘有不信，请看清朝的汉人所做的颂扬武功的文章去，开口"大兵"，闭口"我军"，你能料得到被这"大兵""我军"所败的就是汉人的么？你将以为汉人带了兵将别的一种什么野蛮腐败民族歼灭了。

然而这一流人是永远胜利的，大约也将永久存在。在中国，惟他们最适于生存，而他们生存着的时候，中国便永远免不掉反复着先前的运命。

"地大物博，人口众多"，用了这许多好材料，难道竟不过老是演一出轮回把戏而已么？

二月十六日

（原刊 1925 年 1 月 17 日／1 月 20 日／2 月 14 日／2 月 20 日《京报副刊》，后收入《华盖集》）

---

① **"绳其祖武"** 继续先人的足迹、事业。绳，继续；武，足迹。

论辩的魂灵

　　二十年前到黑市，买得一张符，名叫"鬼画符"①。虽然不过一团糟，但帖在壁上看起来，却随时显出各样的文字，是处世的宝训，立身的金箴。今年又到黑市去，又买得一张符，也是"鬼画符"。但帖了起来看，也还是那一张，并不见什么增补和修改。今夜看出来的大题目是"论辩的魂灵"；细注道："祖传老年中年青年'逻辑'扶乩灭洋必胜妙法太上老君急急如律令敕"②。今谨摘录数条，以公同好——

　　"洋奴会说洋话。你主张读洋书，就是洋奴，人格破产了！受人格破产的洋奴崇拜的洋书，其价值从可知矣！但我读洋文是学校的课程，是政府的功令，反对者，即反对政府也。无父无君之无政府党，人人得而诛之。"

　　"你说中国不好。你是外国人么？为什么不到外国去？可惜外国人看你不起……"

　　"你说甲生疮。甲是中国人，你就是说中国人生疮了。既然中国人生疮，你是中国人，就是你也生疮了。你既然也生疮，你就和甲一样。而你只说甲生疮，则竟无自知之明，你的话还有什么价值？倘你没有生疮，是说诳也。卖国贼是说诳的，所以你是卖国贼。我骂卖国贼，所以我是爱国者。爱国者的话是最有价值的，所以我的话是不错的，我的话既然不错，你就是卖国贼无疑了！"

　　"自由结婚未免太过激了。其实，我也并非老顽固，中国提倡女学的还是我第一个。但他们却太趋极端了，太趋极端，即有亡国之

---

　　① **"鬼画符"**　旧时道士写在纸或布上的秘文，据说能驱鬼祛灾，称作"符箓"或"符"，因字迹屈曲如篆籀、星雷之文，莫辨其义，民间多称"鬼画符"。

　　② **急急如律令敕**　道教符咒末尾常用此语，含有"如同法令，须即刻执行"之意。

祸，所以气得我偏要说'男女授受不亲'。况且，凡事不可过激；过激派都主张共妻主义的。乙赞成自由结婚，不就是主张共妻主义么？他既然主张共妻主义，就应该先将他的妻拿出来给我们'共'。"

"丙讲革命是为的要图利：不为图利，为什么要讲革命？我亲眼看见他三千七百九十一箱半的现金抬进门。你说不然，反对我么？那么，你就是他的同党。呜呼，党同伐异之风，于今为烈，提倡欧化者不得辞其咎矣！"

"丁牺牲了性命，乃是闹得一塌糊涂，活不下去了的缘故。现在妄称志士，诸君切勿为其所愚。况且，中国不是更坏了么？"

"戊能算什么英雄呢？听说，一声爆竹，他也会吃惊。还怕爆竹，能听枪炮声么？怕听枪炮声，打起仗来不要逃跑么？打起仗来就逃跑的反称英雄，所以中国糟透了。"

"你自以为是'人'，我却以为非也。我是畜类，现在我就叫你爹爹。你既然是畜类的爹爹，当然也就是畜类了。"

"勿用惊叹符号，这是足以亡国的。但我所用的几个在例外。"

中庸太太提起笔来，取精神文明精髓，作明哲保身大吉大利格言二句云：

中学为体西学用，
不薄今人爱古人。①

（原刊 1925 年 3 月 9 日《语丝》周刊第 17 期，后收入《华盖集》）

---

① **中学为体西学用，不薄今人爱古人。**　前句套用清人张之洞《劝学篇》"中学为体西学为用"的说法，后句引自杜甫《戏为六绝句》之五。

牺牲谟*
——"鬼画符"失敬失敬章第十三

"阿呀阿呀，失敬失敬！原来我们还是同志。我开初疑心你是一个乞丐，心里想：好好的一个汉子，又不衰老，又非残疾，为什么不去做工，读书的？所以就不免露出'责备贤者'① 的神色来，请你不要见气，我们的心实在太坦白了，什么也藏不住，哈哈！可是，同志，你也似乎太……

"哦哦！你什么都牺牲了？可敬可敬！我最佩服的就是什么都牺牲，为同胞，为国家。我向来一心要做的也就是这件事。你不要看得我外观阔绰，我为的是要到各处去宣传。社会还太势利，如果像你似的只剩一条破裤，谁肯来相信你呢？所以我只得打扮起来，宁可人们说闲话，我自己总是问心无愧。正如'禹入裸国亦裸而游'②③ 一样，要改良社会，不得不然，别人那里会懂得我们的苦心孤诣。但是，朋友，你怎么竟奄奄一息到这地步了？

"哦哦！已经九天没有吃饭?! 这真是清高得很哪！我只好五体投地。看你虽然怕要支持不下去，但是——你在历史上一定成名，可贺之至哪！现在什么'欧化''美化'的邪说横行，人们的眼睛只看见物质，所缺的就是你老兄似的模范人物。你瞧，最高学府的教员们，也居然一面教书，一面要起钱来④，他们只知道物质，中了

---

* **谟** 谋画。《尚书》有《大禹谟》《皋陶谟》二篇，本题由此套用而来，意思是"为牺牲者所作的谋画"，含讽意。

① **"责备贤者"** 《新唐书·太宗本纪》："……然《春秋》之法，常责备于贤者，是以后世君子之欲成人之美者，莫不叹息于斯焉。"批评史家对贤者求全责备之意。

② **"禹入裸国亦裸而游"** 《吕氏春秋·慎大览》："禹之裸国，裸入衣出，因也。"喻因时因势而行事。

③ 指当时北京公教人员索薪事件。北洋政府时期，因内战连年不断，政府财政窘困，常拖欠公务人员和国立院校教员的薪水。

④ 指当时北京公教人员索薪事件。北洋政府时期，因内战连年不断，政府财政窘困，常拖欠公务人员和国立院校教员的薪水。

物质的毒了。难得你老兄以身作则，给他们一个好榜样看，这于世道人心，一定大有裨益的。你想，现在不是还嚷着什么教育普及么？教育普及起来，要有多少教员；如果都像他们似的定要吃饭，在这四郊多垒①时候，那里来这许多饭？像你这样清高，真是浊世中独一无二的中流砥柱：可敬可敬！你读过书没有？如果读过书，我正要创办一个大学，就请你当教务长去。其实你只要读过'四书'就好，加以这样品格，已经很够做'莘莘学子'的表率了。

"不行？没有力气？可惜可惜！足见一面为社会做牺牲，一面也该自己讲讲卫生。你于卫生可惜太不讲究了。你不要以为我的胖头胖脸是因为享用好，我其实是专靠卫生，尤其得益的是精神修养，'君子忧道不忧贫'②呀！但是，我的同志，你什么都牺牲完了，究竟也大可佩服，可惜你还剩一条裤，将来在历史上也许要留下一点白璧微瑕……

"哦哦，是的。我知道，你不说也明白：你自然连这裤子也不要，你何至于这样地不彻底；那自然，你不过还没有牺牲的机会罢了。敝人向来最赞成一切牺牲，也最乐于'成人之美'，况且我们是同志，我当然应该给你想一个完全办法，因为一个人最紧要的是'晚节'，一不小心，可就前功尽弃了！

"机会凑得真好：舍间一个小鸦头，正缺一条裤……朋友，你不要这么看我，我是最反对人身买卖的，这是最不人道的事。但是，那女人是在大旱灾时候留下的，那时我不要，她的父母就会把她卖到妓院里去。你想，这何等可怜。我留下她，正为的讲人道。况且那也不算什么人身买卖，不过我给了她父母几文，她的父母就把自己的女儿留在我家里就是了。我当初原想将她当作自己的女儿看，不，简直当作姊妹，同胞看；可恨我的贱内是旧式，说不通。你要知道旧式的女人顽固起来，真是无法可想的，我现在正在另外想点法子……

"但是，那娃儿已经多天没有裤子了，她是灾民的女儿。我料你一定肯帮助的。我们都是'贫民之友'呵。况且你做完了这一件事情之后，就是全始全终；我保你将来铜像巍巍，高入云表，呵，一切贫民都鞠躬致敬……

---

① **四郊多垒**　指战乱不断。垒，防御工事。《礼记·曲礼上》："四郊多垒，此卿大夫之辱也。"

　② **"君子忧道不忧贫"**　语出《论语·卫灵公》。

"对了，我知道你一定肯，你不说我也明白。但你此刻且不要脱下来。我不能拿了走，我这副打扮，如果手上拿一条破裤子，别人见了就要诧异，于我们的牺牲主义的宣传会有妨碍的。现在的社会还太胡涂，——你想，教员还要吃饭，——那里能懂得我们这纯洁的精神呢，一定要误解的。一经误解，社会恐怕要更加自私自利起来，你的工作也就'非徒无益而又害之'① 了，朋友。

　　"你还能勉强走几步罢？不能？这可叫人有点为难了，——那么，你该还能爬？好极了！那么，你就爬过去。你趁你还能爬的时候赶紧爬去，万不要'功亏一篑'。但你须用趾尖爬，膝髁不要太用力；裤子擦着沙石，就要更破烂，不但可怜的灾民的女儿受不着实惠，并且连你的精神都白扔了。先行脱下了也不妥当，一则太不雅观，二则恐怕巡警要干涉，还是穿着爬的好。我的朋友，我们不是外人，肯给你上当的么？舍间离这里也并不远，你向东，转北，向南，看路北有两株大槐树的红漆门就是。你一爬到，就脱下来，对号房说：这是老爷叫我送来的，交给太太收下。你一见号房，应该赶快说，否则也许将你当作一个讨饭的，会打你。唉唉，近来讨饭的太多了，他们不去做工，不去读书，单知道要饭。所以我的号房就借痛打这方法，给他们一个教训，使他们知道做乞丐是要给人痛打的，还不如去做工读书好……

　　"你就么？好好！但千万不要忘记：交代清楚了就爬开，不要停在我的屋界内。你已经九天没有吃东西了，万一出了什么事故，免不了要给我许多麻烦，我就要减少许多宝贵的光阴，不能为社会服务。我想，我们不是外人，你也决不愿意给自己的同志许多麻烦的，我这话也不过姑且说说。

　　"你就去罢！好，就去！本来我也可以叫一辆人力车送你去，但我知道用人代牛马来拉人，你一定不赞成的，这事多么不人道！我去了。你就动身罢。你不要这么萎靡不振，爬呀！朋友！我的同志，你快爬呀，向东呀！……"

　　（原刊 1925 年 3 月 16 日《语丝》周期第 18 期，后收入《华盖集》）

---

　　① **"非徒无益而又害之"**　《孟子·公孙丑上》："助之长者，揠苗者也，非徒无益而又害之。"

夏 三 虫

夏天近了，将有三虫：蚤，蚊，蝇。

假如有谁提出一个问题，问我三者之中，最爱什么，而且非爱一个不可，又不准像"青年必读书"那样的缴白卷的。我便只得回答道：跳蚤。

跳蚤的来吮血，虽然可恶，而一声不响地就是一口，何等直截爽快。蚊子便不然了，一针叮进皮肤，自然还可以算得有点彻底的，但当未叮之前，要哼哼地发一篇大议论，却使人觉得讨厌。如果所哼的是在说明人血应该给它充饥的理由，那可更其讨厌了，幸而我不懂。

野雀野鹿，一落在人手中，总时时刻刻想要逃走。其实，在山林间，上有鹰鹯，下有虎狼，何尝比在人手里安全。为什么当初不逃到人类中来，现在却要逃到鹰鹯虎狼间去？或者，鹰鹯虎狼之于它们，正如跳蚤之于我们罢。肚子饿了，抓着就是一口，决不谈道理，弄玄虚。被吃者也无须在被吃之前，先承认自己之理应被吃，心悦诚服，誓死不二。人类，可是也颇擅长于哼哼的了，害中取小，它们的避之惟恐不速，正是绝顶聪明。

苍蝇嗡嗡地闹了大半天，停下来也不过舐一点油汗，倘有伤痕或疮疖，自然更占一些便宜；无论怎么好的，美的，干净的东西，又总喜欢一律拉上一点蝇矢。但因为只舐一点油汗，只添一点腌臜，在麻木的人们还没有切肤之痛，所以也就将它放过了。中国人还不很知道它能够传播病菌，捕蝇运动大概不见得兴盛。它们的运命是长久的；还要更繁殖。

但它在好的，美的，干净的东西上拉了蝇矢之后，似乎还不至于欣欣然反过来嘲笑这东西的不洁：总要算还有一点道德的。

古今君子，每以禽兽斥人，殊不知便是昆虫，值得师法的地方也多着哪。

四月四日

（原刊 1925 年 4 月 7 日《民众文艺周刊》第 16 号，后收入《华盖集》）

忽然想到（五至六）

五

我生得太早一点，连康有为们"公车上书"① 的时候，已经颇有些年纪了。政变之后，有族中的所谓长辈也者教诲我，说：康有为是想篡位，所以他的名字叫有为；有者，"富有天下"，为者，"贵为天子"也。非图谋不轨而何？我想：诚然。可恶得很！

长辈的训诲于我是这样的有力，所以我也很遵从读书人家的家教。屏息低头，毫不敢轻举妄动。两眼下视黄泉，看天就是傲慢，满脸装出死相，说笑就是放肆。我自然以为极应该的，但有时心里也发生一点反抗。心的反抗，那时还不算什么犯罪，似乎诛心之律，倒不及现在之严。

但这心的反抗，也还是大人们引坏的，因为他们自己就常常随便大说大笑，而单是禁止孩子。黔首②们看见秦始皇那么阔气，捣乱的项羽道："彼可取而代也！"没出息的刘邦却说："大丈夫不当如是耶？"我是没出息的一流，因为羡慕他们的随意说笑，就很希望赶忙变成大人，——虽然此外也还有别种的原因。

大丈夫不当如是耶，在我，无非只想不再装死而已，欲望也并不甚奢。

现在，可喜我已经大了，这大概是谁也不能否认的罢，无论用了怎样古怪的"逻辑"。

我于是就抛了死相，放心说笑起来，而不意立刻又碰了正经人的钉子：说是使他们"失望"了。我自然是知道的，先前是老人们的世界，现在是少年们的世界了；但竟不料治世的人们虽异，而其

---

① "公车上书" 甲午战争失败后，清政府被迫与日本签订丧权辱国的《马关条约》，遭到国内各界反对。1895 年秋，正在北京参加会试的康有为联合各省举人 1300 余人，上书光绪皇帝，要求"拒和，迁都，变法"，史称"公车上书"。"公车"，原为汉代地方衙署派出载送士人入京的马车，后世举人入京会试也用此作称。

② 黔首 秦代指老百姓。《史记。秦始皇本纪》："更名民曰'黔首'。"

禁止说笑也则同。那么，我的死相也还得装下去，装下去，"死而后已"，岂不痛哉！

我于是又恨我生得太迟一点。何不早二十年，赶上那大人还准说笑的时候？真是"我生不辰"①，正当可诅咒的时候，活在可诅咒的地方了。

约翰弥耳②说：专制使人们变成冷嘲。我们却天下太平，连冷嘲也没有。我想：暴君的专制使人们变成冷嘲，愚民的专制使人们变成死相。大家渐渐死下去，而自己反以为卫道有效，这才渐近于正经的活人。

世上如果还有真要活下去的人们，就先该敢说，敢笑，敢哭，敢怒，敢骂，敢打，在这可诅咒的地方击退了可诅咒的时代！

四月十四日

六

外国的考古学者们联翩而至了。③

久矣夫，中国的学者们也早已口口声声的叫着"保古！保古！保古！……"

但是不能革新的人种，也不能保古的。

所以，外国的考古学者们便联翩而至了。

长城久成废物，弱水也似乎不过是理想上的东西。老大的国民尽钻在僵硬的传统里，不肯变革，衰朽到毫无精力了，还要自相残杀。于是外面的生力军很容易地进来了，真是"匪今斯今，振古如兹"④。至于他们的历史，那自然都没我们的那么古。

可是我们的古也就难保，因为土地先已危险而不安全。土地给了别人，则"国宝"虽多，我觉得实在也无处陈列。

但保古家还在痛骂革新，力保旧物地干：用玻璃板印些宋版书，

---

① "我生不辰" 生不逢时之意。《诗经·大雅·桑柔》："我生不辰，逢天僤怒。"

② 约翰弥耳 今译约翰·穆勒（J. S. Mill, 1806—1873），英国哲学家、经济学家，著有《逻辑体系》（旧译《穆勒名学》）、《自由论》（旧译《群己权界论》）等。其著作由严复译介传入中国，在近代知识界产生重大影响。

③ 指英国人斯坦因、法国人伯希和等外国考古学家盗运中国文物之事。自19世纪末开始，新疆和阗、甘肃敦煌等地相继发现大量古代文物，一些外国考古学者便组织人员从事盗运，这种活动一直持续到20世纪20年代。

④ "匪今斯今，振古如兹" 意为：不但如今，自古以来就是这样。语出《诗经·周颂·载芟》。

每部定价几十几百元;"涅槃①! 涅槃! 涅槃!"佛自汉时已入中国,其古色古香为何如哉! 买集些旧书和金石,是劬古②爱国之士,略的考证,赶印目录,就升为学者或高人。而外国人所得的古董,却每从高人的高尚的袖底里共清风一同流出。即不然,归安陆氏的皕宋③,潍县陈氏的十钟④,其子孙尚能世守否?

现在,外国的考古学者们便联翩而至了。

他们活有余力,则以考古,但考古尚可,帮同保古就更可怕了。有些外人,很希望中国永是一个大古董以供他们的赏鉴,这虽然可恶,却还不奇,因为他们究竟是外人。而中国竟也有自己还不够,并且要率领了少年,赤子,共成一个大古董以供他们的赏鉴者,则真不知是生着怎样的心肝。

中国废止读经了,教会学校不是还请腐儒做先生,教学生读"四书"么? 民国废去跪拜了,犹太学校⑤不是偏请遗老做先生,要学生磕头拜寿么? 外国人办给中国人看的报纸,不是最反对五四以来的小改革么? 而外国总主笔治下的中国小主笔,则倒是崇拜道学,保存国粹的!

但是,无论如何,不革新,是生存也为难的,而况保古。现状就是铁证,比保古家的万言书有力得多。

我们目下的当务之急,是:一要生存,二要温饱,三要发展。苟有阻碍这前途者,无论是古是今,是人是鬼,是《三坟》《五典》⑥,百宋千元⑦,天球河图⑧,金人玉佛,祖传丸散,秘制膏丹,

---

① **涅槃** 佛家语。原指佛和高僧的死亡。佛家把这种死亡理解为超升和解脱。

② **劬古** 勤勉地钻研古代学问。

③ **归安陆氏的皕宋** 即清末藏书家陆心源的藏书楼,因其藏有宋版书约二百种,故取名"皕宋楼"。陆心源是浙江归安(今吴兴)人,这里称之"归安陆氏"。他死后,大部分收藏被他的儿子卖给日本人了。

④ **潍县陈氏的十钟** 清代文物收藏家陈介祺藏有古代乐钟十口,他的书斋取名"十钟山房"。他是山东潍县(今潍坊)人,这里称之"潍县陈氏"。那十口乐钟在他死后被后裔卖给日本人了。

⑤ **犹太学校** 指上海的仓圣明智大学及附属中小学校,是犹太富商哈同 1915 年创办的。哈同曾聘请王国维教学生读经习礼。

⑥ **《三坟》《五典》** 相传是三皇五帝时的遗书。今不可考。

⑦ **百宋千元** 指清乾隆、嘉庆时的藏书家黄丕烈和吴骞的藏书。据说,黄丕烈有宋版书一百部,吴骞有元版书一千部。这里举"百宋千元"是泛指中国古书。

⑧ **天球河图** 天球指古代的一种美玉,河图相传为伏。羲时龙马从黄河驮出的图册,二者都是传说中的祥瑞之物。

全都踏倒他。

　　保古家大概总读过古书，"林回弃千金之璧，负赤子而趋"①，该不能说是禽兽行为罢。那么，弃赤子而抱千金之璧的是什么？

四月十八日

　　（原刊 1925 年 4 月 18 日/4 月 22 日《京报副刊》，后收入《华盖集》）

---

　　① **"林回弃千金之璧，负赤子而趋"**　语出《庄子·山木》。是说古代一个逃亡者（林回）宁愿舍弃价值千金的玉璧，也要背着婴儿赶路。

杂　感

人们有泪，比动物进化，但即此有泪，也就是不进化，正如已经只有盲肠，比鸟类进化，而究竟还有盲肠，终不能很算进化一样。凡这些，不但是无用的赘物，还要使其人达到无谓的灭亡。

现今的人们还以眼泪赠答，并且以这为最上的赠品，因为他此外一无所有。无泪的人则以血赠答，但又各各拒绝别人的血。

人大抵不愿意爱人下泪。但临死之际，可能也不愿意爱人为你下泪么？无泪的人无论何时，都不愿意爱人下泪，并且连血也不要：他拒绝一切为他的哭泣和灭亡。

人被杀于万众聚观之中，比被杀在"人不知鬼不觉"的地方快活，因为他可以妄想，博得观众中的或人的眼泪。但是，无泪的人无论被杀在什么所在，于他并无不同。

杀了无泪的人，一定连血也不见。爱人不觉他被杀之惨，仇人也终于得不到杀他之乐：这是他的报恩和复仇。

死于敌手的锋刃，不足悲苦；死于不知何来的暗器，却是悲苦。但最悲苦的是死于慈母或爱人误进的毒药，战友乱发的流弹，病菌的并无恶意的侵入，不是我自己制定的死刑。

仰慕往古的，回往古去罢！想出世的，快出世罢！想上天的，快上天罢！灵魂要离开肉体的，赶快离开罢！现在的地上，应该是执着现在，执着地上的人们居住的。

但厌恶现世的人们还住着。这都是现世的仇仇，他们一日存在，现世即一日不能得救。

先前，也曾有些愿意活在现世而不得的人们，沉默过了，呻吟过了，叹息过了，哭泣过了，哀求过了，但仍然愿意活在现世而不得，因为他们忘却了愤怒。

勇者愤怒，抽刃向更强者；怯者愤怒，却抽刃向更弱者。不可救药的民族中，一定有许多英雄，专向孩子们瞪眼。这些屠头们！

孩子们在瞪眼中长大了，又向别的孩子们瞪眼，并且想：他们一生都过在愤怒中。因为愤怒只是如此，所以他们要愤怒一生，——而且还要愤怒二世，三世，四世，以至末世。

无论爱什么，——饭，异性，国，民族，人类等等，——只有纠缠如毒蛇，执着如怨鬼，二六时中①，没有已时者有望。但太觉疲劳时，也无妨休息一会罢；但休息之后，就再来一回罢，而且两回，三回……血书，章程，请愿，讲学，哭，电报，开会，挽联，演说，神经衰弱，则一切无用。

血书所能挣来的是什么？不过就是你的一张血书，况且并不好看。至于神经衰弱，其实倒是自己生了病，你不要再当作宝贝了，我的可敬爱而讨厌的朋友呀！

我们听到呻吟，叹息，哭泣，哀求，无须吃惊。见了酷烈的沉默，就应该留心了；见有什么像毒蛇似的在尸林中蜿蜒，怨鬼似的在黑暗中奔驰，就更应该留心了：这在豫告"真的愤怒"将要到来。那时候，仰慕往古的就要回往古去了，想出世的要出世去了，想上天的要上天了，灵魂要离开肉体的就要离开了！……

五月五日

（原刊 1925 年 5 月 8 日《莽原》周刊第 3 期）

① 二六时中　即一昼夜的十二个时辰。

北京通信

蕴儒，培良①两兄：

    昨天收到两份《豫报》②，使我非常快活，尤其是见了那《副刊》。因为它那蓬勃的朝气，实在是在我先前的预想以上。你想：从有着很古的历史的中州③，传来了青年的声音，仿佛在预告这古国将要复活，这是一件如何可喜的事呢？

    倘使我有这力量，我自然极愿意有所贡献于河南的青年。但不幸我竟力不从心，因为我自己也正站在歧路上，——或者，说得较有希望些：站在十字路口。站在歧路上是几乎难于举足，站在十字路口，是可走的道路很多。我自己，是什么也不怕的，生命是我自己的东西，所以我不妨大步走去，向着我自以为可以走去的路；即使前面是深渊，荆棘，狭谷，火坑，都由我自己负责。然而向青年说话可就难了，如果盲人瞎马，引入危途，我就该得谋杀许多人命的罪孽。

    所以，我终于还不想劝青年一同走我所走的路；我们的年龄，境遇，都不相同，思想的归宿大概总不能一致的罢。但倘若一定要问我青年应当向怎样的目标，那么，我只可以说出我为别人设计的话，就是：一要生存，二要温饱，三要发展。有敢来阻碍这三事者，无论是谁，我们都反抗他，扑灭他！

    可是还得附加几句话以免误解，就是：我之所谓生存，并不是苟活；所谓温饱，并不是奢侈；所谓发展，也不是放纵。

    中国古来，一向是最注重于生存的，什么"知命者不立于岩墙

---

    ① **蕴儒，培良**　即吕琦、向培良。吕琦是鲁迅在北京世界语专门学校任教时的学生，向培良是狂飙社成员，当时二人在开封编辑《豫报副刊》。

    ② **《豫报》**　当时在河南开封新创办的一份日报。

    ③ **中州**　指河南。上古时天下分为九州，河南是古代豫州的地方，居九州中央，又称中州。

之下"①啊，什么"千金之子坐不垂堂"②啊，什么"身体发肤受之父母不敢毁伤"③啊，竟有父母愿意儿子吸鸦片的，一吸，他就不至于到外面去，有倾家荡产之虞了。可是这一流人家，家业也决不能长保，因为这是苟活。苟活就是活不下去的初步，所以到后来，他就活不下去了。意图生存，而太卑怯，结果就得死亡，以中国古训中教人苟活的格言如此之多，而中国人偏多死亡，外族偏多侵入，结果适得其反，可见我们蔑弃古训，是刻不容缓的了。这实在是无可奈何，因为我们要生活，而且不是苟活的缘故。

中国人虽然想了各种苟活的理想乡，可惜终于没有实现。但我却替他们发见了，你们大概知道的罢，就是北京的第一监狱。这监狱在宣武门外的空地里，不怕邻家的火灾；每日两餐，不虑冻馁；起居有定，不会伤生；构造坚固，不会倒塌；禁卒管着，不会再犯罪；强盗是决不会来抢的。住在里面，何等安全，真真是"千金之子坐不垂堂"了。但阙少的就有一件事：自由。

古训所教的就是这样的生活法，教人不要动。不动，失错当然就较少了，但不活的岩石泥沙，失错不是更少么？我以为人类为向上，即发展起见，应该活动，活动而有若干失错，也不要紧。惟独半死半生的苟活，是全盘失错的。因为他挂了生活的招牌，其实却引人到死路上去！

我想，我们总得将青年从牢狱里引出来，路上的危险，当然是有的，但这是求生的偶然的危险，无从逃避。想逃避，就须度那古人所希求的第一监狱式生活了，可是真在第一监狱里的犯人，都想早些释放，虽然外面并不比狱里安全。

北京暖和起来了；我的院子里种了几株丁香，活了；还有两株榆叶梅，至今还未发芽，不知道他是否活着。

昨天闹了一个小乱子④，许多学生被打伤了；听说还有死的，我

① "知命者不立于岩墙之下" 《孟子·尽心上》："莫非命也，顺受其正；是故知命者不立乎岩墙之下。"岩墙，此指危墙。

② "千金之子坐不垂堂" 《史记·袁盎晁错列传》："臣闻千金之子坐不垂堂，百金之子不骑衡，圣主不乘危而徼幸。"垂堂，厅堂的边垂，"坐不垂堂"，恐檐瓦坠落伤己。

③ "身体发肤受之父母不敢毁伤" 《孝经·开宗明义章》："身体发肤，受之父母，不敢毁伤，孝之始也。"

④ 1925年5月7日，北京各校为纪念国耻日（1915年5月7日，日本政府向袁世凯发出最后通牒，强迫中国政府承认丧权辱国的"二十一条"），同时追悼孙中山，举行集会、游行。结果遭到军警镇压，多人受伤和被捕。

不知道确否。其实，只要听他们开会，结果不过是开会而已，因为加了强力的迫压，遂闹出开会以上的事来。俄国的革命，不就是从这样的路径出发的么？

夜深了，就此搁笔，后来再谈罢。

鲁迅。五月八日夜

（原刊 1925 年 5 月 14 日《豫报副刊》，后收入《华盖集》）

北京通信

导　师[*]

　　近来很通行说青年；开口青年，闭口也是青年。但青年又何能一概而论？有醒着的，有睡着的，有昏着的，有躺着的，有玩着的，此外还多。但是，自然也有要前进的。

　　要前进的青年们大抵想寻求一个导师。然而我敢说：他们将永远寻不到。寻不到倒是运气；自知的谢不敏，自许的果真识路么？凡自以为识路者，总过了"而立"之年，灰色可掬了，老态可掬了，圆稳而已，自己却误以为识路。假如真识路，自己就早进向他的目标，何至于还在做导师。说佛法的和尚，卖仙药的道士，将来都与白骨是"一丘之貉"，人们现在却向他听生西^①的大法，求上升^②的真传，岂不可笑！

　　但是我并非敢将这些人一切抹杀；和他们随便谈谈，是可以的。说话的也不过能说话，弄笔的也不过能弄笔；别人如果希望他打拳，则是自己错。他如是能打拳，早已打拳了，但那时，别人大概又要希望他翻筋斗。

　　有些青年似乎也觉悟了，我记得《京报副刊》征求青年必读书时，曾有一位发过牢骚，终于说：只有自己可靠！我现在还想斗胆转一句，虽然有些杀风景，就是：自己也未必可靠的。

　　我们都不大有记性。这也无怪，人生苦痛的事太多了，尤其是在中国。记性好的，大概都被厚重的苦痛压死了；只有记性坏的，适者生存，还能欣然活着。但我们究竟还有一点记忆，回想起来，怎样的"今是昨非"呵，怎样的"口是心非"呵，怎样的"今日之

***

　　[*]　本文原发表时为《编完写起》的第一、二段，作者编《华盖集》时作为独立的一篇列入，易名本题。

　　①　生西　佛教语，往生西方，终于成佛。

　　②　上升　道教语，服食仙药，飞升成仙。

我与昨日之我战"① 呵。我们还没有正在饿得要死时于无人处见别人的饭，正在穷得要死时于无人处见别人的钱，正在性欲旺盛时遇见异性，而且很美的。我想，大话不宜讲得太早，否则，倘有记性，将来想到时会脸红。

或者还是知道自己之不甚可靠者，倒较为可靠罢。

青年又何须寻那挂着金字招牌的导师呢？不如寻朋友，联合起来，同向着似乎可以生存的方向走。你们所多的是生力，遇见深林，可以辟成平地的，遇见旷野，可以栽种树木的，遇见沙漠，可以开掘井泉的。问什么荆棘塞途的老路，寻什么乌烟瘴气的鸟导师！②

五月十一日

（原刊 1925 年 5 月 15 日《莽原》周刊第 4 期，后收入《华盖集》）

---

① **"今日之我与昨日之我战"**　这是梁启超的说法。原话是："不惜以今日之我，难昔日之我。"见《清代学术概论》。

② **乌烟瘴气的鸟导师**　鲁迅后来在给读者白波的通信（题为《田园思想》，载 1925 年 6 月 12 日《莽原》周刊第 8 期，收《集外集》）中有如下说明："我们憎恶的所谓'导师'，是自以为有正路，有捷径，而其实却是劝人不走的人。倘有领人向前者，只要自己愿意，自然也不妨追踪而往；但这样的前锋，怕中国现在还找不到罢。所以我想，与其找胡涂导师，倒不如自己走，可以省却寻觅的工夫，横竖他也什么都不知道。至于我那遇见森林，可以辟成平地……这些话，不过是比方，犹言可以用自力克服一切困难，并非真劝人都到山里去。"

导
师

151

长　城[*]

伟大的长城！

这工程，虽在地图上也还有它的小像，凡是世界上稍有知识的人们，大概都知道的罢。

其实，从来不过徒然役死许多工人而已，胡人何尝挡得住。现在不过一种古迹了，但一时也不会灭尽，或者还要保存它。

我总觉得周围有长城围绕。这长城的构成材料，是旧有的古砖和补添的新砖。两种东西联为一气造成了城壁，将人们包围。

何时才不给长城添新砖呢？

这伟大而可诅咒的长城！

五月十一日

（原刊 1925 年 5 月 15 日《莽原》周刊第 4 期，后收入《华盖集》）

---

[*] 本文原发表时为《编完写起》的第四段。作者编《华盖集》时作为独立的一篇列入，易名本题。

忽然想到(七至九)

七

大约是送报人忙不过来了，昨天不见报，今天才给补到，但是奇怪，正张上已经剪去了两小块；幸而副刊是完全的。那上面有一篇武者君的《温良》①，又使我记起往事，我记得确曾用了这样一个糖衣的毒刺赠送过我的同学们。现在武者君也在大道上发见了两样东西了：凶兽和羊。但我以为这不过发见了一部分，因为大道上的东西还没有这样简单，还得附加一句，是：凶兽样的羊，羊样的凶兽。

他们是羊，同时也是凶兽；但遇见比他更凶的凶兽时便现羊样，遇见比他更弱的羊时便现凶兽样，因此，武者君误认为两样东西了。

我还记得第一次五四以后，军警们很客气地只用枪托，乱打那手无寸铁的教员和学生，威武到很像一队铁骑在苗田上驰骋；学生们则惊叫奔避，正如遇见虎狼的羊群。但是，当学生们成了大群，袭击他们的敌人时，不是遇见孩子也要推他摔几个觔斗么？在学校里，不是还唾骂敌人的儿子，使他非逃回家去不可？这和古代暴君的灭族的意见，有什么区分！

我还记得中国的女人是怎样被压制，有时简直比羊而不如。现在托了洋鬼子学说的福，似乎有些解放了。但她一得到可以逞威的地位如校长之类，不就雇用了"掠袖擦掌"的打手似的男人，来威吓毫无武力的同性的学生们么？② 不是利用了外面正有别的学潮的时候，和一些狐群狗党趁势来开除她私意所不喜的学生们么？而几个在"男尊女卑"的社会生长的男人们，此时却在异性的饭碗化身的

---

① **武者君的《温良》** 当时发表在《京报副刊》上的一篇文章，其中举发鲁迅在课堂上批评学生一味埋头读书，过于温良驯顺的话，称鲁迅的话是"蜜"中有"毒"。

② 这里指当时北京女子师范大学校长杨荫榆。参见本书《论"费厄泼赖"应该缓行》一文"杨荫榆"注条。

面前摇尾，简直并羊而不如。羊，诚然的弱的，但还不至于如此，我敢给我所敬爱的羊们保证！

但是，在黄金世界还未到来之前，人们恐怕总不免同时含有这两种性质，只看发现时候的情形怎样，就显出勇敢和卑怯的大区别来。可惜中国人但对于羊显凶兽相，而对于凶兽则显羊相，所以即使显着凶兽相，也还是卑怯的国民。这样下去，一定要完结的。

我想，要中国得救，也不必添什么东西进去，只要青年们将这两种性质的古传用法，反过来一用就够了：对手如凶兽时就如凶兽，对手如羊时就如羊！那么，无论什么魔鬼，就都只能回到他自己的地狱里去。

五月十日

八

五月十二日《京报》的"显微镜"① 下有这样的一条——

> 某学究见某报上载教育总长"章士钉"五七呈文②，慨然曰："名字怪僻如此，非圣人之徒也，岂能为吾侪卫古文之道者乎！"

因此想起中国有几个字，不但在白话文中，就是在文言文中也几乎不用。其一是这误印为"钉"的"钊"字，还有一个是"淦"字，大概只在人名里还有留遗。我手头没有《说文解字》③，钊字的解释完全不记得了，淦则仿佛是船底漏水的意思。我们现在要叙述船漏水，无论用怎样古奥的文章，大概总不至于说"淦矣"了罢，所以除了印张国淦，孙嘉淦或新淦县的新闻之外，这一粒铅字简直是废物。

至于"钊"，则化而为"钉"还不过一个小笑话；听说竟有人因此受害。曹锟④做总统的时代（那时这样写法就要犯罪），要办李

---

① **"显微镜"** 指《京报》的一个栏目。
② **五七呈文** 章士钊向国务总理段祺瑞报告 5 月 7 日学生集会、游行情况的文件。参见本书《北京通信》一文有关注条。
③ **《说文解字》** 文字学书，东汉许慎撰。
④ **曹锟**（1862—1938） 字仲珊，直隶天津（今天津）人，直系军阀首领。1923 提 10 月，以贿赂国会议员当选为中华民国总统。次年 11 月在冯玉祥武力迫使下退位。

大钊①先生，国务会议席上一个阁员说："只要看他的名字，就知道不是一个安分的人。什么名字不好取，他偏要叫李大钊?!"于是乎办定了，因为这位"大剑"先生已经用名字自己证实，是"大刀王五"②一流人。

我在N的学堂③做学生的时候，也曾经因这"钊"字碰过几个小钉子，但自然因为我自己不"安分"。一个新的职员到校了，势派非常之大，学者似的，很傲然。可惜他不幸遇见了一个同学叫"沈钊"的，就倒了楣，因为他叫他"沈钧"，以表白自己的不识字。于是我们一见面就讥笑他，就叫他为"沈钧"，并且由讥笑而至于相骂。两天之内，我和十多个同学就迭连记了两小过两大过，再记一小过，就要开除了。但开除在我们那个学校里并不算什么大事件，大堂上还有军令，可以将学生杀头的。做那里的校长这才威风呢，——但那时的名目却叫作"总办"的，资格又须是候补道④。

假使那时也像现在似的专用高压手段，我们大概是早经"正法"，我也不会还有什么"忽然想到"的了。我不知怎的近来很有"怀古"的倾向，例如这回因为一个字，就会露出遗老似的"缅怀古昔"的口吻来。

五月十三日

九

记得有人说过，回忆多的人们是没出息的了，因为他眷念从前，难望再有勇猛的进取；但也有说回忆是最为可喜的。前一说忘却了谁的话，后一说大概是A. France⑤罢，——都由他。可是他们的话

---

① **李大钊**（1889—1927） 字守常，河北乐亭人，中国共产党的创始人之一。五四时期曾参加《新青年》杂志编辑工作，任北京大学教授。

② **"大刀王五"** 即王正谊（? —1900），字子斌，直隶（今河北）人，清末著名镖客：平生急公好义，锄强扶弱，与谭嗣同交谊颇深，支持变法维新。1900年参加反对八国联军的斗争，不久被捕遇害。

③ **N的学堂** N指南京，这里所说的学堂指清末开设的江南水师学堂和江南陆师学堂附设矿务学堂。鲁迅1898年夏至1902年初曾在这两所学堂读书。

④ **候补道** 清代的一种候补官衔，如有道缺出缺，可授实职。道员，正四品衔，为省以下、府州以上的行政长官。

⑤ **A. France** 今译法朗士（1844—1924），法国作家。著有长篇小说《黛依丝》《企鹅岛》《众神渴了》等，1921年获诺贝尔文学奖。

也都有些道理，整理起来，研究起来，一定可以消费许多功夫；但这都听凭学者们去干去，我不想来加入这一类高尚事业了，怕的是毫无结果之前，已经"寿终正寝"。（是否真是寿终，真在正寝，自然是没有把握的，但此刻不妨写得好看一点。）我能谢绝研究文艺的酒筵，能远避开除学生的饭局，然而阎罗大王的请帖，大概是终于没法"谨谢"的，无论你怎样摆架子。好，现在是并非眷念过去，而是遥想将来了，可是一样的没出息。管他娘的，写下去——

不动笔是为要保持自己的身分①，我近来才知道；可是动笔的九成九是为自己来辩护，则早就知道的了，至少，我自己就这样。所以，现在要写出来的，也不过是为自己的一封信——

ＦＤ君：

记得一年或两年之前，蒙你赐书，指摘我在《阿Q正传》中写捉拿一个无聊的阿Q而用机关枪，是太远于事理。我当时没有答复你，一则你信上不写住址，二则阿Q已经捉过，我不能再邀你去看热闹，共同证实了。

但我前几天看报章，便又记起了你。报上有一则新闻，大意是学生要到执政府去请愿，而执政府已于事前得知，东门上添了军队，西门上还摆起两架机关枪，学生不得入，终于无结果而散云。你如果还在北京，何妨远远地——愈远愈好——去望一望呢，倘使真有两架，那么，我就"振振有辞"了。

夫学生的游行和请愿，由来久矣。他们都是"郁郁乎文哉"②，不但绝无炸弹和手枪，并且连九节钢鞭，三尖两刃刀也没有，更何况丈八蛇矛和青龙掩月刀乎？至多，"怀中一纸书"而已，所以向来就没有闹过乱子的历史。现在可是已经架起机关枪来了，而且有两架！

但阿Q的事件却大得多了，他确曾上城偷过东西，未庄也确已出了抢案。那时又还是民国元年，那些官吏，办事自然比现在更离奇。先生！你想：这是十三年前的事呵。那时的事，我以为即使在《阿Q正传》中再给添上一混成旅和八尊过山炮，也不至于"言过

---

① **不动笔是为要保持自己的身分**　这是陈源（西滢）的话，见1925年5月15日《京报副刊》陈西滢致孙伏园信。鲁迅这里是用来做反语。

② **"郁郁乎文哉"**　语出《论语·八佾》篇。原意是赞叹周代礼仪制度丰富而完备，而后来常用以表示文质彬彬的意思。

其实"的罢。

请先生不要用普通的眼光看中国。我的一个朋友从印度回来，说，那地方真古怪，每当自己走过恒河边，就觉得还要防被捉去杀掉而祭天。我在中国也时时起这一类的恐惧。普通认为 romantic①的，在中国是平常事；机关枪不装在土谷祠②外，还装到那里去呢？

一九二五年五月十四日，鲁迅上

（原刊 1925 年 5 月 12 日/5 月 18 日/5 月 19 日《京报副刊》，后收入《华盖集》）

---

① **romantic** 英语，浪漫的。音译作"罗曼蒂克"。
② **土谷祠** 鲁迅小说《阿 Q 正传》中阿 Q 栖身的土地庙。

并非闲话（一）

凡事无论大小，只要和自己有些相干，便不免格外警觉。即如这一回女子师范大学的风潮，我因为在那里担任一点钟功课，也就感到震动，而且就发了几句感慨，登在五月十二的《京报副刊》上。自然，自己也明知道违了"和光同尘"① 的古训了，但我就是这样，并不想以骑墙或阴柔来买人尊敬。三四天之后，忽然接到一本《现代评论》十五期，很觉得有些稀奇。这一期是新印的，第一页上目录已经整齐（初版字有参差处），就证明着至少是再版。我想：为什么这一期特别卖的多，送的多呢，莫非内容改变了么？翻开初版来，校勘下去，都一样；不过末叶的金城银行的广告已经杳然，所以一篇《女师大的学潮》就赤条条地露出。我不是也发过议论的么？自然要看一看，原来是赞成杨荫榆校长的，和我的论调正相反。做的人是"一个女读者"。

中国原是玩意儿最多的地方，近来又刚闹过什么"琴心是否女士"② 问题，我于是心血来潮，忽而想：又捣什么鬼，装什么佯了？但我即刻不再想下去，因为接着就起了别一个念头，想到近来有些人，凡是自己善于在暗中播弄鼓动的，一看见别人明白质直的言动，便往往反噬他是播弄和鼓动，是某党，是某系；正如偷汉的女人的丈夫，总愿意说世人全是忘八，和他相同，他心里才觉舒畅。这种思想是卑劣的；我太多心了，人们也何至于一定用裙子来做军旗。我就将我的念头打断了。

---

① "和光同尘" 语出《老子》。指与世俗混同而不立异的处世态度。

② "琴心是否女士" 1925 年初，有人在报上揭发北大学生欧阳兰所作剧本与诗歌抄袭外国作家作品；又有一署名"琴心"者一再作文为欧阳兰辩护。有人怀疑"琴心"即欧阳兰本人，提出"琴心是否女士"的疑问。最后查明"琴心"是欧阳兰的女友、北师大学生夏雪纹的别号，但署名"琴心"的文章是欧阳兰自己做的。

此后，风潮还是拖延着，而且展开来，于是有七个教员的宣言①发表，也登在五月二十七日的《京报》上，其中的一个是我。

这回的反响快透了，三十日发行（其实是二十九日已经发卖）的《现代评论》上，西滢先生②就在《闲话》的第一段中特地评论。但是，据说宣言是"《闲话》正要付印的时候"才在报上见到的，所以前半只论学潮，和宣言无涉。后来又做了三大段，大约是见了宣言之后，这才文思泉涌的罢，可是《闲话》付印的时间，大概总该颇有些耽误了。但后做而移在前面，也未可知。那么，足见这是一段要紧的"闲话"。

《闲话》中说，"以前我们常常听说女师大的风潮，有在北京教育界占最大势力的某籍某系的人在暗中鼓动，可是我们总不敢相信。"所以他只在宣言中摘出"最精彩的几句"，加上圈子，评为"未免偏袒一方"；而且因为"流言更加传布得厉害"，遂觉"可惜"，但他说"还是不信我们平素所很尊敬的人会暗中挑剔风潮"。这些话我觉得确有些超妙的识见。例如"流言"本是畜类的武器，鬼蜮的手段，实在应该不信它。又如一查籍贯，则即使装作公平，也容易启人疑窦，总不如"不敢相信"的好，否则同籍的人固然惮于在一张纸上宣言，而别一某籍的人也不便在暗中给同籍的人帮忙③了。这些"流言"和"听说"，当然都只配当作狗屁！

但是，西滢先生因为"未免偏袒一方"而遂叹为"可惜"，仍是引用"流言"，我却以为是"可惜"的事。清朝的县官坐堂，往往两造各责小板五百完案，"偏袒"之嫌是没有了，可是终于不免为胡涂虫。假使一个人还有是非之心，倒不如直说的好；否则，虽然吞吞吐吐，明眼人也会看出他暗中"偏袒"那一方，所表白的不过是自己的阴险和卑劣。宣言中所谓"若离若合，殊有混淆黑白之嫌"者，似乎也就是为此辈的手段写照。而且所谓"挑剔风潮"的"流

---

① **七个教员的宣言** 指马裕藻、沈尹默、周树人（鲁迅）、李泰棻、钱玄同、沈兼士、周作人七人署名的《对于北京女子师范大学风潮宣言》，系鲁迅起草。这份宣言就女师大校长杨荫榆开除学生自治会成员一事，为学生伸张正义。

② **西滢先生** 即陈源（1896—1970），西滢是笔名。当时任北京大学教授，主编《现代评论》周刊，这里提到的"《闲话》"是他在《现代评论》开设的一个随笔栏目。

③ **在暗中给同籍的人帮忙** 指陈源暗中给杨荫榆帮忙，他们都是江苏无锡人，即所谓"同籍"。而"某籍某系"这种说法先是陈源用来指斥鲁迅等发表宣言的七位教员。因为七人中，除李泰棻外，其余各位均为浙江籍而又同为北京大学国文系教员。

言"，说不定就是这些伏在暗中，轻易不大露面的东西所制造的，但我自然也"没有调查详细的事实，不大知道"。可惜的是西滢先生虽说"还是不信"，却已为我辈"可惜"，足见流言之易于惑人，无怪常有人用作武器。但在我，却直到看见这《闲话》之后，才知道西滢先生们原来"常常"听到这样的流言，并且和我偶尔听到的都不对。可见流言也有种种，某种流言，大抵是奔凑到某种耳朵，写出在某种笔下的。

但在《闲话》的前半，即西滢先生还未在报上看见七个教员的宣言之前，已经比学校为"臭毛厕"，主张"人人都有扫除的义务"了。为什么呢？一者报上两个相反的启事已经发现；二者学生把守校门；三者有"校长不能在学校开会，不得不借邻近的饭店招集教员开会的奇闻"。但这所述的"臭毛厕"的情形还得修改些，因为层次有点颠倒。据宣言说，则"饭店开会"，乃在"把守校门"之前，大约西滢先生觉得不"最精彩"，所以没有摘录，或者已经写好，所以不及摘录的罢。现在我来补摘几句，并且也加些圈子，聊以效颦——

> ……迨五月七日校内讲演时，学生劝校长杨荫榆先生退席后，杨先生乃于饭店召集校员若干燕饮，继即以评议会名义，将学生自治会职员六人揭示开除，由是全校哗然，有坚拒杨先生长校之事变。……

《闲话》里的和这事实的颠倒，从神经过敏的看起来，或者也可以认为"偏袒"的表现；但我在这里并非举证，不过聊作插话而已。其实，"偏袒"两字，因我适值选得不大堂皇，所以使人厌观，倘用别的字，便会大大的两样。况且，即使是自以为公平的批评家，"偏袒"也在所不免的，譬如和校长同籍贯，或是好朋友，或是换帖兄弟，或是叨过酒饭，每不免于不知不觉间有所"偏袒"。这也算人情之常，不足深怪；但当侃侃而谈之际，那自然也许流露出来。然而也没有什么要紧，局外人那里会知道这许多底细呢，无伤大体的。

但是学校的变成"臭毛厕"，却究竟在"饭店招集教员"之后，酒醉饭饱，毛厕当然合用了。西滢先生希望"教育当局"打扫，我以为在打扫之前，还须先封饭店，否则醉饱之后，总要拉矢，毛厕即永远需用，怎么打扫得干净？而且，还未打扫之前，不是已经有了"流言"了么？流言之力，是能使粪便增光，蛆虫成圣的，打扫夫又怎么动手？姑无论现在有无打扫夫。

至于"万不可再敷衍下去"，那可实在是斩钉截铁的办法。正应该这样办。但是，世上虽然有斩钉截铁的办法，却很少见有敢负责任的宣言。所多的是自在黑幕中，偏说不知道；替暴君奔走，却以局外人自居；满肚子怀着鬼胎，而装出公允的笑脸；有谁明说出自己所观察的是非来的，他便用了"流言"来作不负责任的武器：这种蛆虫充满的"臭毛厕"，是难于打扫干净的。丢尽"教育界的面目"的丑态，现在和将来还多着哩！

五月三十日

（原刊 1925 年 6 月 1 日《京报副刊》，后收入《华盖集》）

我的"籍"和"系"

  虽然因为我劝过人少——或者竟不——读中国书，曾蒙一位不相识的青年先生赐信要我搬出中国去，但是我终于没有走。而且我究竟是中国人，读过中国书的，因此也颇知道些处世的妙法。譬如，假使要掉文袋，可以说说"桃红柳绿"，这些事是大家早已公认的，谁也不会说你错。如果论史，就赞几句孔明，骂一通秦桧①，这些是非也早经论定，学述一回决没有什么差池；况且秦太师的党羽现已半个无存，也可保毫无危险。至于近事呢，勿谈为佳，否则连你的籍贯也许会使你由可"尊敬"而变为"可惜"的。

  我记得宋朝是不许南人做宰相的②，那是他们的"祖制"，只可惜终于不能坚持。至于"某籍"人说不得话，却是我近来的新发见。也还是女师大的风潮，我说了几句话。但我先要声明，我既然说过，颇知道些处世的妙法，为什么又去说话呢？那是，因为，我是见过清末捣乱的人，没有生长在太平盛世，所以纵使颇有些涵养工夫，有时也不免要开口，客气地说，就是大不"安分"的。于是乎我说话了，不料陈西滢先生早已常常听到一种"流言"，那大致是"女师大的风潮，有北京教育界占最大势力的某籍某系的人在暗中鼓动"。现在我一说话，恰巧化"暗"为"明"，就使这常常听到流言的西滢先生代为"可惜"，虽然他存心忠厚，"自然还是不信平素所很尊

---

  ① 秦桧（1090—1155）字会之，宋江宁（今南京）人，政和进士。南宋绍兴间两任宰相，曾陷害抗金名将岳飞，阻挠收复中原失地。

  ② **宋朝是不许南人做宰相的** 此说见于宋不著撰人《道山清话》，据云："太祖（赵匡胤）尝有言，不用南人为相。《实录》《国史》皆载，陶谷《开基万年录》《开宝史谱》言之甚详，皆言太祖亲写'南人不得坐吾此堂'，刻石政事堂上。或云自王文穆大拜后，吏辈故坏壁，因移石于他处，后遂不知所在。"其中提到的"王文穆"即王钦若（死后谥"文穆"），真宗大中祥符五年（1012）任同平章事（宰相）。王钦若是临江军新喻（今江西新余）人，其出任宰相已打破"不用南人为相"的规矩。

敬的人会暗中挑剔风潮"；无奈"流言"却"更加传布得厉害了"，这怎不使人"怀疑"呢？自然是难怪的。

我确有一个"籍"，也是各人各有一个的籍，不足为奇。但我是什么"系"呢？自己想想，既非"研究系"①，也非"交通系"②，真不知怎么一回事。只好再精查，细想；终于也明白了，现在写它出来，庶几乎免得又有"流言"，以为我是黑籍的政客。

因为应付某国某君③的嘱托，我正写了一点自己的履历，第一句是"我于一八八一年生在浙江省绍兴府城里一家姓周的家里"，这里就说明了我的"籍"。但自从到了"可惜"的地位之后，我便又在末尾添上一句道，"近几年我又兼做北京大学，师范大学，女子师范大学的国文系讲师"，这大概就是我的"系"了。我真不料我竟成了这样的一个"系"。

我常常要"挑剔"文字是确的，至于"挑剔风潮"这一种连字面都不通的阴谋，我至今还不知道是怎样的做法。何以一有流言，我就得沉默，否则立刻犯了嫌疑，至于使和我毫不相干的人如西滢先生者也来代为"可惜"呢？那么，如果流言说我正在钻营，我就得自己锁在房里了；如果流言说我想做皇帝，我就得连忙自称奴才了。然而古人却确是这样做过了，还留下些什么"空穴来风，桐乳来巢"④的鬼格言。可惜我总不耐烦敬步后尘；不得已，我只好对于无论是谁，先奉还他无端送给我的"尊敬"。

其实，现今的将"尊敬"来布施和拜领的人们，也就都是上了古人的当。我们的乏的古人想了几千年，得到一个制驭别人的巧法：可压服的将他压服，否则将他抬高。而抬高也就是一种压服的手段，

---

① **"研究系"** 即 1916 年成立的"宪法研究会"，北洋时期政府和议会中的主要派系之一。该系首脑人物有梁启超、汤化龙、林长民、刘崇佑等。他们企图推动制宪，以改良政治，而实际上依附于北洋军阀势力。

② **"交通系"** 前身为 1913 年袁世凯授意成立的"公民党"，后演化为丰盛俱乐部（因设在北京丰盛胡同而得名），也是北洋时期政府和议会中的主要派系。该系首脑梁士诒是交通银行总经理，长期任职财政、交通部门，故丰盛俱乐部时称交通系。

③ **某国某君** 指苏联汉学家王希礼，原名华西里耶夫（Ъ. А. Василъев，? —1937）。鲁迅小说《阿Q正传》最早的俄文版翻译者。

④ **"空穴来风，桐乳来巢"** 《文选》卷十三宋玉《风赋》："枳句来巢，空穴来风。"李善注引《庄子》佚文："空阅来风，桐乳致巢。"原意是，洞开的门户难免有风袭来，挂着籽粒的桐叶（或是弯曲的枳树）容易招来鸟儿筑巢。这里的意思是，流言总会乘隙而入。

常常微微示意说，你应该这样，倘不，我要将你摔下来了。求人尊敬的可怜虫于是默默地坐着；但偶然也放开喉咙道“有利必有弊呀！”“彼亦一是非，此亦一是非①呀！”“猗欤休哉②呀！”听众遂亦同声赞叹道，“对呀对呀，可敬极了呀！”这样的互相敷衍下去，自己以为有趣。

从此这一个办法便成为八面锋③，杀掉了许多乏人和白痴，但是穿了圣贤的衣冠入殓。可怜他们竟不知道自己将褒贬他的人们的身价估得太大了，反至于连自己的原价也一同失掉。

人类是进化的，现在的人心，当然比古人的高洁；但是“尊敬”的流毒，却还不下于流言，尤其是有谁装腔作势，要来将这撒去时，更足使乏人和白痴惶恐。我本来也无可尊敬；也不愿受人尊敬，免得不如人意的时候，又被人摔下来。更明白地说罢：我所憎恶的太多了，应该自己也得到憎恶，这才还有点像活在人间；如果收得的乃是相反的布施，于我倒是一个冷嘲，使我对于自己也要大加侮蔑；如果收得的是吞吞吐吐的不知道算什么，则使我感到将要呕哕似的恶心。然而无论如何，“流言”总不能吓哑我的嘴……

六月二日晨

（原刊 1925 年 6 月 5 日《莽原》周刊第 7 期，后收入《华盖集》）

---

① **“彼亦一是非，此亦一是非”** 谓事物无一定标准，语出《庄子·齐物论》。
② **“猗欤休哉”** 叹美之词。
③ **八面锋** 刀锋面面俱到，无往而不利。

咬文嚼字(三)

三

自从世界上产生了"须知学校犹家庭"的名论之后，颇使我觉得惊奇，想考查这家庭的组织。后来，幸而在《国立北京女子师范大学校长杨荫榆对于暴烈学生之感言》中，发见了"与此曹子勃谿①相向"这一句话，才算得到一点头绪：校长和学生的关系是"犹"之"妇姑"。于是据此推断，以为教员都是杂凑在杨府上的西宾②，将这结论在《语丝》上发表。"可惜"！昨天偶然在《晨报》上拜读"该校哲教系教员兼代主任汪懋祖③以彼之意见书投寄本报"的话，这才知道我又错了，原来都是弟兄，而且现正"相煎益急"，像曹操的儿子阿丕和阿植④似的。

但是，尚希原谅，我于引用的原文上都不加圈了。只因为我不想圈，并非文章坏。

据考据家说，这曹子建的《七步诗》⑤是假的。但也没有什么大相干，姑且利用它来活剥一首，替豆其申冤：

煮豆燃豆其，其在釜下泣——
我烬你熟了，正好办教席！

六月五日

（原刊 1925 年 6 月 7 日《京报副刊》，后收入《华盖集》）

---

① **勃谿** 即"妇姑勃谿"，指婆媳吵架。《庄子·外物》："室无空虚，则妇姑勃谿。"

② **西宾** 亦作"西席"，旧时对家塾教师或幕友的尊称。

③ **汪懋祖**（1891—1949） 江苏吴县人，当时是女师大的教员。杨荫榆镇压学生事件中，他是参与者。

④ **阿丕和阿植** 阿丕，即曹丕（187—226），字子桓，曹操次子。建安二十五年（220）废汉献帝，建立曹魏王朝，称魏文帝。阿植，即曹植（192—232），字子建，曹操第三子。以诗才著称，曾封陈王。

⑤ **《七步诗》** 据传曹子建（植）所作《七步诗》："煮豆燃豆其，豆在釜中泣。本是同根生，相煎何太急。"

忽然想到(十至十一)

十

无论是谁,只要站在"辩诬"的地位的,无论辩白与否,都已经是屈辱。更何况受了实际的大损害之后,还得来辩诬。

我们的市民被上海租界的英国巡捕击杀了,[①] 我们并不还击,却先来赶紧洗刷牺牲者的罪名[②]。说道我们并非"赤化",因为没有受别国的煽动;说道我们并非"暴徒",因为都是空手,没有兵器的。我不解为什么中国人如果真使中国赤化,真在中国暴动,就得听英捕来处死刑?记得新希腊人也曾用兵器对付过国内的土耳其人[③],却并不被称为暴徒;俄国确已赤化多年了,也没有得到别国开枪的惩罚。而独有中国人,则市民被杀之后,还要皇皇然辩诬,张着含冤的眼睛,向世界搜求公道。

其实,这原由是很容易了然的,就因为我们并非暴徒,并未赤化的缘故。

因此我们就觉得含冤,大叫着伪文明的破产。可是文明是向来如此的,并非到现在才将假面具揭下来。只因为这样的损害,以前是别民族所受,我们不知道,或者是我们原已屡次受过,现在都已忘却罢了。公道和武力合为一体的文明,世界上本未出现,那萌芽或者只在几个先驱者和几群被迫压民族的脑中。但是,当自己有了

---

① 指五卅惨案。1925 年 5 月 15 日,上海日商内外棉纱厂第七厂日本资方人员枪杀工人顾正红,激起各界公愤。5 月 30 日,数千学生上街声援工人,在英租界举行反帝示威活动,被租界当局逮捕一百多人。随后万余市民闻讯赶到南京路捕房,要求释放被捕学生,遭英国巡警枪击,死伤数十人。

② 指当时《京报》主笔邵飘萍于 1925 年 6 月 5 日《京报》发表的两篇关于五卅惨案的文章。作者在《我国人一致愤慨的情形之下,愿英日两国政府勿自蹈瓜分中国之嫌》一文中论说中国并未"赤化",在《外国绅士暴徒》一文中分辩学生并非"暴徒"。

③ 指 1821 年希腊人民反对土耳其统治的民族独立运动。

力量的时候，却往往离而为二了。

但英国究竟有真的文明人存在。今天，我们已经看见各国无党派智识阶级劳动者所组织的国际工人后援会，大表同情于中国的《致中国国民宣言》① 了。列名的人，英国就有培那特萧（Bernard Shaw）②，中国的留心世界文学的人大抵知道他的名字；法国则巴尔布斯（Henri Barbusse）③，中国也曾译过他的作品。他的母亲却是英国人；或者说，因此他也富有实行的质素，法国作家所常有的享乐的气息，在他的作品中是丝毫也没有的。现在都出而为中国鸣不平了，所以我觉得英国人的品性，我们可学的地方还多着，——但自然除了捕头，商人，和看见学生的游行而在屋顶拍手嘲笑的娘儿们。

我并非说我们应该做"爱敌若友"的人，不过说我们目下委实并没有认谁作敌。近来的文字中，虽然偶有"认清敌人"这些话，那是行文过火的毛病。倘有敌人，我们就早该抽刃而起，要求"以血偿血"了。而现在我们所要求的是什么呢？辩诬之后，不过想得点轻微的补偿；那办法虽说有十几条④，总而言之，单是"不相往来"，成为"路人"而已。虽是对于本来极密的友人，怕也不过如此罢。

然而将实话说出来，就是：因为公道和实力还没有合为一体，而我们只抓得了公道，所以满眼是友人，即使他加了任意的杀戮。

如果我们永远只有公道，就得永远着力于辩诬，终身空忙碌。这几天有些纸贴在墙上，仿佛叫人勿看《顺天时报》⑤ 似的。我从来就不大看这报，但也并非"排外"，实在因为它的好恶，每每和我的很不同。然而也间有很确，为中国人自己不肯说的话。大概两三年前，正值一种爱国运动的时候罢，偶见一篇它的社论，大意说，一国当衰弊之际，总有两种意见不同的人。一是民气论者，侧重国民的气概，一是民力论者，专重国民的实力。前者多则国家终亦渐

① 《致中国国民宣言》 1925 年 6 月 6 日，国际工人后援会为五卅惨案从柏林发来声援中国国民的宣言。

② 培那特萧 今译萧伯纳（1856—1950），英国剧作家、社会活动家。著有剧本《华伦夫人的职业》《巴巴拉少校》等，1925 年获诺贝尔文学奖。

③ 巴尔布斯 今译巴比塞（1873—1935），法国作家、社会活动家。著有长篇小说《火线》《光明》等。

④ 指五卅惨案后上海工商学联合会提出的对外谈判条款。

⑤ 《顺天时报》 原名《燕京时报》，日本侨民在北京出版的中文报纸，由日本财阀和外务省赞助。1901 年创刊，1905 年改名《顺天时报》。民国后该报支持亲日军阀。

弱，后者多则将强。我想，这是很不错的；而且我们应该时时记得的。

可惜中国历来就独多民气论者，到现在还如此。如果长此不改，"再而衰，三而竭"①，将来会连辩诬的精力也没有了。所以在不得已而空手鼓舞民气时，尤必须同时设法增长国民的实力，还要永远这样的干下去。

因此，中国青年负担的烦重，就数倍于别国的青年了。因为我们的古人将心力大抵用到玄虚漂渺平稳圆滑上去了，便将艰难切实的事情留下，都待后人来补做，要一人兼做两三人，四五人，十百人的工作，现在可正到了试练的时候了。对手又是坚强的英人，正是他山的好石②，大可以借此来磨练。假定现今觉悟的青年的平均年龄为二十，又假定照中国人易于衰老的计算，至少也还可以共同抗拒，改革，奋斗三十年。不够，就再一代，二代……这样的数目，从个体看来，仿佛是可怕的，但倘若这一点就怕，便无药可救，只好甘心灭亡。因为在民族的历史上，这不过是一个极短时期，此外实没有更快的捷径。我们更无须迟疑，只是试练自己，自求生存，对谁也不怀恶意的干下去。

但足以破灭这运动的持续的危机，在目下就有三样：一是日夜偏注于表面的宣传，鄙弃他事；二是对同类太操切，稍有不合，便呼之为国贼，为洋奴；三是有许多巧人，反利用机会，来猎取自己目前的利益。

六月十一日

十一

1　急不择言

"急不择言"的病源，并不在没有想的工夫，而在有工夫的时候没有想。

上海的英国捕头残杀市民之后，我们就大惊愤，大嚷道：伪文

---

① **"再而衰，三而竭"** 《左传·庄公十年》："夫战，勇气也。一鼓作气，再而衰，三而竭。"

② **他山的好石** 《诗经·小雅·鹤鸣》："他山之石，可以为错。"按，错，厝的假借字，刻玉的硬质石。

《华盖集》中的杂文

168

明人的真面目显露了！那么，足见以前还以为他们有些真文明。然而中国有枪阶级的焚掠平民，屠杀平民，却向来不很有人抗议。莫非因为动手的是"国货"，所以连残杀也得欢迎；还是我们原是真野蛮，所以自己杀几个自家人就不足为奇呢？

自家相杀和为异族所杀当然有些不同。譬如一个人，自己打自己的嘴巴，心平气和，被别人打了，就非常气忿。但一个人而至于乏到自己打嘴巴，也就很难免为别人所打，如果世界上"打"的事实还没有消除。

我们确有点慌乱了，反基督教的叫喊①的尾声还在，而许多人已颇佩服那教士的对于上海事件的公证②；并且还有去向罗马教皇诉苦③的。一流血，风气就会这样的转变。

2　一致对外

甲："喂，乙先生！你怎么趁我忙乱的时候，又将我的东西拿走了？现在拿出来，还我罢！"

乙："我们要一致对外！这样危急时候，你还只记得自己的东西么？亡国奴！"

3　"同胞同胞！"

我愿意自首我的罪名：这回除硬派的不算外，我也另捐了极少的几个钱，可是本意并不在以此救国，倒是为了看见那些老实的学生们热心奔走得可感，不好意思给他们碰钉子。

学生们在演讲的时候常常说，"同胞，同胞！……"但你们可知道你们所有的是怎样的"同胞"，这些"同胞"是怎样的心么？

不知道的。即如我的心，在自己说出之前，募捐的人们大概就不知道。

我的近邻有几个小学生，常常用几张小纸片，写些幼稚的宣传文，用他们弱小的腕，来贴在电杆或墙壁上。待到第二天，我每见多被撕掉了。虽然不知道撕的是谁，但未必是英国人或日本人罢。

"同胞，同胞！……"学生们说。

────────────

① **反基督教的叫喊**　当时北京有一个名为"非基督教大同盟"的组织，1925年4月3日《京报》发表该组织的宣言，称其宗旨为"反对基督教及其在华之一切侵略活动"。

② **对于上海事件的公证**　五卅惨案后，有些在华外国教士发表同情中国工人、学生的言论，被人视为道义上的"公证"。

③ **去向罗马教皇诉苦**　当时北京大学某些教授致电罗马教皇，就五卅惨案请求教皇出面"主持正义"。

我敢于说，中国人中，仇视那真诚的青年的眼光，有的比英国或日本人还凶险。为"排货"①复仇的，倒不一定是外国人！

要中国好起来，还得做别样的工作。

这回在北京的演讲和募捐之后，学生们和社会上各色人物接触的机会已经很不少了，我希望有若干留心各方面的人，将所见，所受，所感的都写出来，无论是好的，坏的，像样的，丢脸的，可耻的，可悲的，全给它发表，给大家看看我们究竟有着怎样的"同胞"。

明白以后，这才可以计画别样的工作。

而且也无须掩饰。即使所发见的并无所谓同胞，也可以从头创造的；即使所发见的不过完全黑暗，也可以和黑暗战斗的。

而且也无须掩饰了，外国人的知道我们，常比我们自己知道得更清楚。试举一个极近便的例，则中国人自编的《北京指南》，还是日本人做的《北京》精确！

4 断指和晕倒

又是砍下指头，又是当场晕倒。②

断指是极小部分的自杀，晕倒是极暂时中的死亡。我希望这样的教育不普及；从此以后，不再有这样的现象。

5 文学家有什么用？③

因为沪案发生以后，没有一个文学家出来"狂喊"，就有人发了疑问了，曰："文学家究竟有什么用处？"

今敢敬谨答曰：文学家除了诌几句所谓诗文之外，实在毫无用处。

中国现下的所谓文学家又作别论；即使是真的文学大家，然而却不是"诗文大全"，每一个题目一定有一篇文章，每一回案件一定有一通狂喊。他会在万籁无声时大呼，也会在金鼓喧阗中沉默。Leonardo da Vinci④非常敏感，但为要研究人的临死时的恐怖苦闷的表情，却去看杀头。中国的文学家固然并未狂喊，却还不至于如此冷

---

① **"排货"** 指抵制英国货和日本货。

② 1925 年 6 月 10 日，北京民众在天安门集会纪念五卅惨案，据当时报纸载称，现场有人演说时以利刃断指书写血字，还有人当场晕倒。

③ **"文学家究竟有什么用处？"** 1925 年 6 月 17 日出版的《妇女周刊》第 27 号刊登署名畹兰的《文学家究竟有什么用处》一文，指责文学家在五卅惨案后无人"出来狂喊"。按：畹兰即当时北京大学学生欧阳兰，下文提到的《血花缤纷》就是他为悲悼惨案牺牲者写的诗歌，发表于 6 月 12 日出版的《猛进》周刊第 15 期。

④ **Leonardo da Vinci** 今译莱奥纳多·达·芬奇（1452—1519），意大利文艺复兴时期的画家、雕塑家、科学家。

静。况且有一首《血花缤纷》，不是早经发表了么？虽然还没有得到是否"狂喊"的定评。

文学家也许应该狂喊了。查老例，做事的总不如做文的有名。所以，即使上海和汉口的牺牲者[①]的姓名早已忘得干干净净，诗文却往往更久地存在，或者还要感动别人，启发后人。

这倒是文学家的用处。血的牺牲者倘要讲用处，或者还不如做文学家。

6 "到民间去"[②]

但是，好许多青年要回去了。

从近时的言论上看来，旧家庭仿佛是一个可怕的吞噬青年的新生命的妖怪，不过在事实上，却似乎还不失为到底可爱的东西，比无论什么都富于摄引力。儿时的钓游之地，当然很使人怀念的，何况在和大都会隔绝的城乡中，更可以暂息大半年来努力向上的疲劳呢。

更何况这也可以算是"到民间去"。

但从此也可以知道：我们的"民间"怎样；青年单独到民间时，自己的力量和心情，较之在北京一同大叫这一个标语时又怎样？

将这经历牢牢记住，倘将来从民间来，在北京再遇到一同大叫这一个标语的时候，回忆起来，就知道自己是在说真还是撒谎。

那么，就许有若干人要沉默，沉默而苦痛，然而新的生命就会在这苦痛的沉默里萌芽。

7 魂灵的断头台

近年以来，每个夏季，大抵是有枪阶级的打架季节[③]，也是青年们的魂灵的断头台。

到暑假，毕业的都走散了，升学的还未进来，其余的也大半回到家乡去。各样同盟于是暂别，喊声于是低微，运动于是销沉，刊物于是中辍。好像炎热的巨刃从天而降，将神经中枢突然斩断，使这首都忽而成为尸骸。但独有狐鬼却仍在死尸上往来，从从容容地

---

① 汉口的牺牲者　1925年6月11日，湖北督军萧耀南为阻止汉口群众声援上海工人、学生，下令解散学生团体，并枪杀学生数人。同日，驻汉口的英国海军陆战队也向当地工人开枪，造成多人死伤。

② "到民间去"　原为19世纪俄国民粹派的口号。俄国民粹派号召青年知识分子深入民间，发动民众反对沙皇政府。"五四"以后，这个口号在中国知识界颇为流行。

③ "有枪阶级的打架季节"　指当时各系军阀之间的内战。

竖起它占领一切的大势。

待到秋高气爽时节，青年们又聚集了，但不少是已经新陈代谢。他们在未曾领略过的首善之区①的使人健忘的空气中，又开始了新的生活，正如毕业的人们在去年秋天曾经开始过的新的生活一般。

于是一切古董和废物，就都使人觉得永远新鲜；自然也就觉不出周围是进步还是退步，自然也就分不出遇见的是鬼还是人。不幸而又有事变起来，也只得还在这样的世上，这样的人间，仍旧"同胞同胞"的叫喊。

8　还是一无所有

中国的精神文明，早被枪炮打败了，经过了许多经验，已经要证明所有的还是一无所有。讳言这"一无所有"，自然可以聊以自慰；倘更铺排得好听一点，还可以寒天烘火炉一样，使人舒服得要打盹儿。但那报应是永远无药可医，一切牺牲全都白费，因为在大家打着盹儿的时候，狐鬼反将牺牲吃尽，更加肥胖了。

大概，人必须从此有记性，观四向而呼八方，将先前一切自欺欺人的希望之谈全都扫除，将无论是谁的自欺欺人的假面全都撕掉，将无论是谁的自欺欺人的手段全都排斥，总而言之，就是将华夏传统的所有小巧的玩艺儿全都放掉，倒去屈尊学学枪击我们的洋鬼子，这才可望有新的希望的萌芽。

六月十八日

[原刊 1925 年 6 月 16 日《民众文艺周刊》第 24 号/6 月 23 日《民众周刊》(《民众文艺周刊》改名) 第 25 号，后收入《华盖集》]

① **首善之区**　指首都。北洋政府时期首都在北京。

补 白

一

"公理战胜"的牌坊①，立在法国巴黎的公园里不知怎样，立在中国北京的中央公园里可实在有些希奇，——但这是现在的话。当时，市民和学生也曾游行欢呼过。

我们那时的所以入战胜之林者，因为曾经送去过很多的工人；大家也常常自夸工人在欧战的劳绩。现在不大有人提起了，战胜也忘却了，而且实际上是战败了。②

现在的强弱之分固然在有无枪炮，但尤其是在拿枪炮的人。假使这国民是卑怯的，即纵有枪炮，也只能杀戮无枪炮者，倘敌手也有，胜败便在不可知之数了。这时候才见真强弱。

我们弓箭是能自己制造的，然而败于金，败于元，败于清。记得宋人的一部杂记里记有市井间的谐谑，将金人和宋人的事物来比较③。

---

① **"公理战胜"的牌坊**　1918年第一次世界大战结束后，作为战胜国的协约国各国都在各自首都立碑纪念。中国北洋政府因战争后期加入协约国一方，也便以战胜国自居，在北京中央公园（今中山公园）内建立纪念牌坊，上镌"公理战胜"四字。

② 第一次世界大战后，协约国各国于1919年在巴黎举行"和平会议"，重新确认各国势力范围。操纵会议的英、法、美等国无视中国主权，同意让日本继承战前德国在山东享有的特权。这里所说"实际上是战败了"，即指巴黎和会对中国主权的侵辱。当时因迫于国内五四运动爆发的紧急局势，出席会议的中国代表团没有在和约上签字。

③ **将金人和宋人的事物来比较**　后文引述的市井谐谑见宋人张知甫《张氏可书》，原文是："金人用兵所至，每以敲棒击人脑而毙。绍兴间有伶人作杂戏云：'若要胜彼金人，须是我中国一件件相敌乃可，如金国有粘罕，我国有韩少保；金国有柳叶枪，我国有凤凰弓；金国有凿子箭，我国有锁子甲；金国有敲棒，我国有天灵盖。'人皆笑之。"此事见于多种宋人笔记，鲁迅谓"四太子"与"岳少保"乃同一说法的不同"版本"。按，粘罕，又译粘没喝，即完颜宗翰（1080—1137），金与宋作战时为西路军统帅，宋靖康间俘徽、钦二帝。韩少保，即韩世忠（1089—1151），抗金名将，曾以水师八千抵拒金兵十万渡江，相持四十余日。四太子，即完颜宗弼（？—1148），本名斡啜，又作兀术，金太祖阿骨打第四子，骁勇善战，攻宋时为副帅。岳少保，即岳飞（1103—1142），抗金名将，他与韩世忠都曾加"少保"之衔（地位略似副宰相），故民间以此相称。

譬如问金人有箭，宋有什么？则答道，"有锁子甲"。又问金有四太子，宋有何人？则答道，"有岳少保"。临末问，金人有狼牙棒（打人脑袋的武器），宋有什么？却答道，"有天灵盖"！

自宋以来，我们终于只有天灵盖而已，现在又发现了一种"民气"，更加玄虚飘渺了。

但不以实力为根本的民气，结果也只能以固有而不假外求的天灵盖自豪，也就是以自暴自弃当作得胜。我近来也颇觉"心上有杞天之虑"①，怕中国更要复古了。瓜皮帽，长衫，双梁鞋，打拱作揖，大红名片，水烟筒，或者都要成为爱国的标征，因为这些都可以不费力气而拿出来，和天灵盖不相上下的。（但大红名片也许不用，以避"赤化"之嫌。）

然而我并不说中国人顽固，因为我相信，鸦片和扑克是不会在排斥之列的。况且爱国之士不是已经说过，马将牌已在西洋盛行，给我们复了仇么？

爱国之士又说，中国人是爱和平的。但我殊不解既爱和平，何以国内连年打仗？或者这话应该修正：中国人对外国人是爱和平的。

我们仔细查察自己，不再说诳的时候应该到来了，一到不再自欺欺人的时候，也就是到了看见希望的萌芽的时候。

我不以为自承无力，是比自夸爱和平更其耻辱。

六月二十三日

二

先前以"士人""上等人"自居的，现在大可以改称"平民"了罢；在实际上，也确有许多人已经如此。彼一时，此一时，清朝该去考秀才，捐监生②，现在就只得进学校。"平民"这一个徽号现已日见其时式，地位也高起来了，以此自居，大概总可以从别人得

---

① **"心上有杞天之虑"** 这是反用杨荫榆《对于暴烈学生之感言》（1925 年 5 月 20 日《晨报》）一文中的病语。"杞天之虑"本拟化用成语"杞人忧天"，但"杞天"一说本身就不通。

② **监生** 国子监生员的简称。国子监是古代中央最高学府，清代乾隆以后可以捐资取得监生资格。

到和先前对于"上等人"一样的尊敬，时势虽然变迁，老地位是不会失掉的。倘遇见这样的平民，必须恭维他，至少也得点头拱手陪笑唯诺，像先前下等人的对于贵人一般。否则，你就会得到罪名，曰："骄傲"，或"贵族的"。因为他已经是平民了。见平民而不格外趋奉，非骄傲而何？

清的末年，社会上大抵恶革命党如蛇蝎，南京政府①一成立，漂亮的士绅和商人看见似乎革命党的人，便亲密的说道："我们本来都是'草字头'②，一路的呵。"

徐锡麟③刺杀恩铭之后，大捕党人，陶成章④君是其中之一，罪状曰："著《中国权力史》，学日本催眠术。"（何以学催眠术就有罪，殊觉费解。）于是连他在家的父亲也大受痛苦；待到革命兴旺，这才被尊称为"老太爷"；有人给"孙少爷"去说媒。可惜陶君不久就遭人暗杀了，神主入祠的时候，捧香恭送的士绅和商人尚有五六百。直到袁世凯打倒二次革命之后，这才冷落起来。

谁说中国人不善于改变呢？每一新的事物进来，起初虽然排斥，但看到有些可靠，就自然会改变。不过并非将自己变得合于新事物，乃是将新事物变得合于自己而已。

佛教初来时便大被排斥，一到理学先生谈禅，和尚做诗的时候，"三教同源"⑤的机运就成熟了。听说现在悟善社⑥里的神主已经有了五块，孔子，老子，释迦牟尼，耶稣基督，谟哈默德⑦。

中国老例，凡要排斥异己的时候，常给对手起一个诨名，——或谓之"绰号"。这也是明清以来讼师的老手段；假如要控告张三李

---

① **南京政府**　指辛亥革命后于 1912 年 1 月 1 日在南京成立的中华民国临时政府。

② **"草字头"**　指革命党。因"革"与"草"二字起头相似，故有此隐语。

③ **徐锡麟**（1873—1907）　浙江绍兴人，清末革命家，光复会重要成员。1907 年与秋瑾相约于皖、浙两省同时起义。7 月 6 日在安庆枪杀安徽巡抚恩铭，率属下巡警学堂学生攻占军械所，与清军激战后被俘，当日即遭杀害。

④ **陶成章**（1873—1912）　浙江绍兴人，清末革命家，光复会首领之一。辛亥革命时期组织上海及江浙各地光复军起义。1912 年 1 月，因光复会与同盟会的矛盾激化，被同盟会方面的沪军都督陈其美派人暗杀于上海广慈医院。著有《中国民族权力消长史》《浙案纪略》等。

⑤ **"三教同源"**　三教指儒、释、道。"三教同源"是调和儒学与佛教、道教的一种说法。

⑥ **悟善社**　清末民初由秘密教门演变而来的道会门组织，主要从事扶乩、占卜等迷信活动。

⑦ **谟哈默德**　今译穆罕默德（约 570—632），伊斯兰教创始人。

四，倘只说姓名，本很平常，现在却道"六臂太岁张三"，"白额虎李四"，则先不问事迹，县官只见绰号，就觉得他们是恶棍了。

月球只一面对着太阳，那一面我们永远不得见。歌颂中国文明的也惟以光明的示人，隐匿了黑的一面。譬如说到家族亲旧，书上就有许多好看的形容词：慈呀，爱呀，悌呀……又有许多好看的古典：五世同堂呀，礼门呀，义宗呀……至于诨名，却藏在活人的心中，隐僻的书上。最简单的打官司教科书《萧曹遗笔》①里就有着不少惯用的恶谥，现在钞一点在这里，省得自己做文章——

亲戚类

　　孽亲　枭亲　兽亲　鳄亲　虎亲　歪亲

尊长类

　　鳄伯　虎伯（叔同）　孽兄　毒兄　虎兄

卑幼类

　　悖男　恶侄　孽侄　悖孙　虎孙　枭甥

　　孽甥　悖妾　泼媳　枭弟　恶婿　凶奴

其中没有父母，那是例不能控告的，因为历朝大抵"以孝治天下"②。

这一种手段也不独讼师有。民国元年章太炎③先生在北京，好发议论，而且毫无顾忌地褒贬。常常被贬的一群人于是给他起了一个绰号，曰"章疯子"。其人既是疯子，议论当然是疯话，没有价值的了，但每有言论，也仍在他们的报章上登出来，不过题目特别，道：《章疯子大发其疯》。有一回，他可是骂到他们的反对党头上去了。那怎么办呢？第二天报上登出来的时候，那题目是：《章疯子居然不疯》。

往日看《鬼谷子》④，觉得其中的谋略也没有什么出奇，独有《飞箝》中的"可箝而从，可箝而横……可引而反，可引而覆。虽覆

---

① 《萧曹遗笔》 裒集讼词的类书，清代竹林浪叟辑。因假托汉代萧何、曹参所撰，故名"萧曹遗笔"。

② "以孝治天下" 语出《孝经·孝治章》。

③ 章太炎 即章炳麟（1869—1936），字枚叔，号太炎，浙江余杭人，近代学者、思想家。早年参加反清活动，辛亥革命后政治态度多有变化。著有《訄书》等。

④ 《鬼谷子》 旧题周楚鬼谷子撰，实系后人伪托。按：鬼谷子相传为战国时楚人，隐居鬼谷，因以自号，长于纵横捭阖之术。

《华盖集》中的杂文

能复，不失其度"这一段里的一句"虽覆能复"很有些可怕。但这一种手段，我们在社会上是时常遇见的。

《鬼谷子》自然是伪书，决非苏秦，张仪①的老师所作；但作者也决不是"小人"，倒是一个老实人。宋的来鹄②已经说，"捭阖飞箝，今之常态，不读鬼谷子书者，皆得自然符契也。"人们常用，不以为奇，作者知道了一点，便笔之于书，当作秘诀，可见禀性纯厚，不但手段，便是心里的机诈也并不多。如果是大富翁，他肯将十元钞票嵌在镜屏里当宝贝么？

鬼谷子所以究竟不是阴谋家，否则，他还该说得吞吞吐吐些；或者自己不说，而钩出别人来说；或者并不必钩出别人来说，而自己永远阔不可言。这末后的妙法，知者不言，书上也未见，所以我不知道，倘若知道，就不至于老在灯下编《莽原》，做《补白》了。

但各种小纵横，我们总常要身受，或者目睹。夏天的忽而甲乙相打；忽而甲乙相亲，同去打丙；忽而甲丙相合，又同去打乙，忽而甲丙又互打起来，就都是这"覆""复"作用；化数百元钱，请一回酒，许多人立刻变了色彩，也还是这顽意儿。然而真如来鹄所说，现在的人们是已经"是乃天授，非人力也"③的；倘使要看了《鬼谷子》才能，就如拿着文法书去和外国人谈天一样，一定要碰壁。

七月一日

三

离五卅事件的发生已有四十天，北京的情形就像五月二十九日

---

① **苏秦，张仪** 战国时纵横家。苏秦（？—前284），燕昭王时助燕攻齐，后入齐，游说齐、赵、楚、魏、韩等国合纵攻秦。张仪（？—前309），魏人，先游说于楚，后入秦，惠文王时为秦相，采用连横策略说服各国归顺秦国。《史记》苏秦、张仪二传称，两人都是鬼谷子的学生。

② **来鹄** 唐朝人，这里称宋人有误。其人事略不详。本文所引来鹄的话，见宋人晁公武《郡斋读书志》"纵横家类·鬼谷子"条。

③ **"是乃天授，非人力也"** 这是汉代韩信与刘邦讨论率军才能时说的话。《史记·淮阴侯列传》："信曰：'陛下不能将兵，而善将将，此乃信之所以为陛下禽也。且陛下所谓天授，非人力也。'"

一样。聪明的批评家大概快要提出照例的"五分钟热度"① 说来了罢,虽然也有过例外:曾将汤尔和②先生的大门"打得擂鼓一般,足有十五分钟之久"。(见六月二十三日《晨报》)有些学生们也常常引这"五分热"说自诮,仿佛早经觉到了似的。

但是,中国的老先生们——连二十岁上下的老先生们都算在内——不知怎的总有一种矛盾的意见,就是将女人孩子看得太低,同时又看得太高。妇孺是上不了场面的;然而一面又拜才女,捧神童,甚至于还想借此结识一个阔亲家,使自己也连类飞黄腾达。什么木兰从军,缇萦救父③,更其津津乐道,以显示自己倒是一个死不挣气的瘟虫。对于学生也是一样,既要他们"莫谈国事",又要他们独退番兵,退不了,就冷笑他们无用。

倘在教育普及的国度里,国民十之九是学生;但在中国,自然还是一个特别种类。虽是特别种类,却究竟是"束发小生"④,所以当然不会有三头六臂的大神力。他们所能做的,也无非是演讲,游行,宣传之类,正如火花一样,在民众的心头点火,引起他们的光焰来,使国势有一点转机。倘若民众并没有可燃性,则火花只能将自身烧完,正如在马路上焚纸人轿马,暂时引得几个人闲看,而终于毫不相干,那热闹至多也不过如"打门"之久。谁也不动,难道"小生"们真能自己来打枪铸炮,造兵舰,糊飞机,活擒番将,平定番邦么?所以这"五分热"是地方病,不是学生病。这已不是学生的耻辱,而是全国民的耻辱了;倘在别的有活力,有生气的国度里,现象该不至于如此的。外人不足责,而本国的别的灰冷的民众,有权者,袖手旁观者,也都于事后来嘲笑,实在是无耻而且昏庸!

但是,别有所图的聪明人又作别论,便是真诚的学生们,我以为自身却有一个颇大的错误,就是正如旁观者所希望或冷笑的一样:

---

① **"五分钟热度"** 这是梁启超批评北京学生纪念国耻活动的话。见他于 1925 年 5 月 7 日《晨报》发表的《第十度的"五七"》一文。

② **汤尔和**(1878—1940) 曾任北洋政府教育总长、内务总长、财政总长等职。抗战时期附逆,任伪华北政务委员会常务委员、教育总署督办。五卅事件后,他在《晨报》发表《不善导的忠告》一文,批评学生运动,其中提到募捐的学生曾往他家擂门"足有十五分钟之久"。

③ **缇萦救父** 缇萦,汉代淳于意(仓公)的幼女,因父亲获罪,上书文帝,愿为官婢以代父赎罪。事见《史记·扁鹊仓公列传》。

④ **"束发小生"** 旧戏文中形容书生年轻而未阅世的话。这是章士钊对当时参加政治活动的学生的蔑语,犹言"毛孩子"。

开首太自以为有非常的神力，有如意的成功。幻想飞得太高，堕在现实上的时候，伤就格外沉重了；力气用得太骤，歇下来的时候，身体就难于动弹了。为一般计，或者不如知道自己所有的不过是"人力"，倒较为切实可靠罢。

现在，从读书以至"寻异性朋友讲情话"，似乎都为有些有志者所诟病了。但我想，责人太严，也正是"五分热"的一个病源。譬如自己要择定一种口号——例如不买英日货——来履行，与其不饮不食的履行七日或痛哭流涕的履行一月，倒不如也看书也履行至五年，或者也看戏也履行至十年，或者也寻异性朋友也履行至五十年，或者也讲情话也履行至一百年。记得韩非子①曾经教人以竞马的要妙，其一是"不耻最后"。即使慢，驰而不息，纵令落后，纵令失败，但一定可以达到他所向的目标。

七月八日

（原刊 1925 年 6 月 26 日／7 月 3 日／7 月 10 日《莽原》第 10 期／第 11 期／第 12 期，后收入《华盖集》）

补白

---

① **韩非子** 即韩非（前 280—前 233），战国时韩国人，法家代表人物之一。其著作有《韩非子》存世。

答 K S 君

KS 兄：

我很感谢你的殷勤的慰问，但对于你所愤慨的两点和几句结论，我却并不谓然，现在略说我的意见——

第一，章士钊①将我免职，我倒并没有你似的觉得诧异，他那对于学校的手段，我也并没有你似的觉得诧异，因为我本就没有预期章士钊能做出比现在更好的事情来。我们看历史，能够据过去以推知未来，看一个人的已往的经历，也有一样的效用。你先有了一种无端的迷信，将章士钊当作学者或智识阶级的领袖看，于是从他的行为上感到失望，发生不平，其实是作茧自缚；他这人本来就只能这样，有着更好的期望倒是你自己的误谬。使我较为感到有趣的倒是几个向来称为学者或教授的人们，居然也渐次吞吞吐吐地来说微温话了，什么"政潮"咧，"党"咧，仿佛他们都是上帝一样，超然象外，十分公平似的。谁知道人世上并没有这样一道矮墙，骑着而又两脚踏地，左右稳妥，所以即使吞吞吐吐，也还是将自己的魂灵枭首通衢，挂出了原想竭力隐瞒的丑态。丑态，我说，倒还没有什么丢人，丑态而蒙着公正的皮，这才催人呕吐。但终于使我觉得有趣的是蒙着公正的皮的丑态，又自己开出帐来发表了。仿佛世界上还有光明，所以即便费尽心机，结果仍然是一个瞒不住。

第二，你这样注意于《甲寅周刊》②，也使我莫明其妙。《甲寅》

---

① **章士钊**（1881—1973） 字行严，笔名孤桐，湖南长沙人。早年曾参加反清活动，主编《苏报》。"五四"时期，反对新文化运动，提倡尊孔读经。1924—1926 年，任段祺瑞执政府司法总长兼教育总长。因鲁迅支持女师大学生运动，章士钊于 1925 年 8 月 12 日呈请段祺瑞罢免鲁迅所任教育部佥事职务。

② **《甲寅周刊》** 章士钊出任教育总长后主编的杂志。1925 年 7 月至 1927 年 2 月，共出版 45 期。

第一次出版时，我想，大约章士钊还不过熟读了几十篇唐宋八大家①文，所以模仿吞剥，看去还近于清通。至于这一回，却大大地退步了，关于内容的事且不说，即以文章论，就比先前不通得多，连成语也用不清楚，如"每下愈况"②之类。尤其害事的是他似乎后来又念了几篇骈文，没有融化，而急于拌撺③，所以弄得文字庞杂，有如泥浆混着沙砾一样。即如他那《停办北京女子师范大学呈文》④中有云，"钊念儿女乃家家所有良用痛心为政而人人悦之亦无是理"，旁加密圈，想是得意之笔了。但比起何栻⑤《齐姜醉遣晋公子赋》的"公子固翩翩绝世未免有情少年而碌碌因人安能成事"来，就显得字句和声调都怎样陋弱可哂。何栻比他高明得多，尚且不能入作者之林，章士钊的文章更于何处讨生活呢？况且，前载公文，接着就是通信，精神虽然是自己广告性的半官报，形式却成了公报尺牍合璧了，我中国自有文字以来，实在没有过这样滑稽体式的著作。这种东西，用处只有一种，就是可以借此看看社会的暗角落里，有着怎样灰色的人们，以为现在是攀附显现的时候了，也都吞吞吐吐的来开口。至于别的用处，我委实至今还想不出来。倘说这是复古运动的代表，那可是只见得复古派的可怜，不过以此当作讣闻，公布文言文的气绝罢了。

所以，即使真如你所说，将有文言白话之争，我以为也该是争的终结，而非争的开头，因为《甲寅》不足称为敌手，也无所谓战

---

① **唐宋八大家** 唐宋两代八位古文大家，即唐代韩愈、柳宗元，宋代欧阳修、苏洵、苏轼、苏辙、王安石和曾巩。明代茅坤辑选他们的文章编为《唐宋八大家文钞》，因有此称。

② **"每下愈况"** 语出《庄子·知北游》。原义是屠夫检验生猪膘情，顺股腿往下踩，愈接近脚胫，其肥瘦之状益显（因脚胫是难肥之处，若此处有肉，猪身必肥）。比喻愈是从低微处推求，愈能见出事物的真实状况。章士钊在《甲寅》周刊第1卷第3号发表的《孤桐杂记》称："尝论明清相嬗，士气骤衰……民国承清，每况愈下。"用作"每况愈下"，与原义迥异。按："每况愈下"现已通用，指情况愈来愈坏。其实，章士钊的用法，前人已有先例。如宋胡仔《苕溪渔隐丛话》后集卷二十六，批评《后山诗话》所谓"退之以文为诗，子瞻以诗为词"一语，曰："是何每况愈下，盖其谬耳。"又，清黄宗羲《外舅广西按察使六桐叶公改葬墓志铭》："自公云亡，每况愈下。"

③ **拌撺** 摘撺。比喻割裂文义、乱引词句等。撺，扯的异体字。

④ **《停办北京女子师范大学呈文》** 此文刊于1925年8月8日出版的《甲寅》周刊第1卷第4号。

⑤ **何栻**（1816—1872） 字廉防，号悔庵，江苏江阴人。清道光进士，曾任吉安府知府。著有《悔余庵诗稿》《悔余庵文稿》等。这里提到的《齐姜醉遣晋公子赋》收于《悔余庵文稿》。

斗。倘要开头，他们还得有一个更通古学，更长古文的人，才能胜对垒之任，单是现在似的每周印一回公牍和游谈的堆积，纸张虽白，圈点虽多，是毫无用处的。

鲁迅。八月二十日

（原刊 1925 年 8 月 28 日《莽原》周刊第 19 期，后收入《华盖集》）

"碰壁"之余

　　女师大事件在北京似乎竟颇算一个问题，号称"大报"如所谓《现代评论》者，居然也"评论"了好几次。据我所记得的，是先有"一个女读者"的一封信，无名小婥①，不在话下。此后是两个作者的"评论"了：陈西滢先生在《闲话》之间评为"臭毛厕"，李仲揆②先生的《在女师大观剧的经验》里则比作戏场。我很吃惊于同是人，而眼光竟有这么不同；但究竟同是人，所以意见也不无符合之点：都不将学校看作学校。这一点，也可以包括杨荫榆女士的"学校犹家庭"和段祺瑞③执政的"先父兄之教"。

　　陈西滢先生是"久已夫非一日矣"④ 的《闲话》作家，那大名我在报纸的广告上早经看熟了，然而大概还是一位高人，所以遇有不合自意的，便一气呵成屎橛，而世界上蛆虫也委实太多。至于李仲揆先生其人也者，我在《女师风潮纪事》⑤ 上才识大名，是八月一日拥杨荫榆女士攻入学校的三勇士之一；到现在，却又知道他还是一位达人了，庸人以为学潮的，到他眼睛里就等于"观剧"：这是何等逍遥自在。

　　据文章上说，这位李仲揆先生是和杨女士"不过见面两次"，但

---

　　① **婥**　作者自造的字，指女性的"卒"。

　　② **李仲揆**　即李四光（188—1971），字仲揆，湖北黄冈人，地质学家。当时任北京大学教授。这里提到的《在女师大观剧的经验》，刊于 1925 年 8 月 22 日出版的《现代评论》第 2 卷第 37 期。

　　③ **段祺瑞**（1865—1936）　字芝泉，安徽合肥人，北洋军阀皖系首领。早年随袁世凯创建北洋军，曾任北京政府陆军总长、参谋总长、国务总理。1924 年第二次直奉战争后由各派军阀推举为北京临时政府执政，1926 年因屠杀北京集会请愿的群众，造成"三一八"惨案，被冯玉祥驱逐下台。

　　④ **"久已夫非一日矣"**　这里是故用旧时常见的文言滥调。

　　⑤ **《女师风潮纪事》**　署名晚愚的文章。连载于 1925 年 8 月 19 日和 8 月 26 日出版的《妇女周刊》第 36 期、第 37 期。

却被用电话邀去看"名振一时的文明新戏"去了，幸而李先生自有脚踏车，否则，还要用汽车来迎接哩。我真自恨福薄，一直活到现在，寿命已不可谓不长，而从没有遇见过一个不大认识的女士来邀"观剧"；对于女师大的事说了几句话，尚且因为不过是教一两点功课的讲师，"碰壁之后"，还很恭听了些高仁山①先生在《晨报》上所发表的伟论。真的，世界上实在又有各式各样的运气，各式各样的嘴，各式各样的眼睛。

接着又是西滢先生的《闲话》："现在一部分报纸的篇幅，几乎全让女师风潮占去了。现在大部分爱国运动的青年的时间，也几乎全让女师风潮占去了。……女师风潮实在是了不得的大事情，实在有了不得的大意义。"临末还有颇为俏皮的结论道："外国人说，中国人是重男轻女的。我看不见得吧。"

我看也未必一定"见得"。正如人们有各式各样的眼睛一样，也有各式各样的心思，手段。便是外国人的尊重一切女性的事，倘使好讲冷话的人说起来，也许以为意在于一个女性。然而侮蔑若干女性的事，有时也就可以说意在于一个女性。偏执的弗罗特②先生宣传了"精神分析"之后，许多正人君子的外套都被撕碎了。但撕下了正人君子的外套的也不一定就是"小人"，只要并非自以为还钻在外套里的不显本相的脚色。

我看也未必一定"见得"。中国人是"圣之时者也"③教徒，况且活在二十世纪了，有华道理，有洋道理，轻重当然是都随意而无不合于道的：重男轻女也行，重女轻男也行，为了一个女性而重一切女性或轻若干女性也行，为了一个男人而轻若干女性或男性也行……所可惜的是自从西滢先生看出底细之后，除了哑吧或半阴阳，就都坠入弗罗特先生所掘的陷坑里去了。

自己坠下去的是自作自受，可恨者乃是还要带累超然似的局外人。例如女师大——对不起，又是女师大——风潮，从有些眼睛看

---

① 高仁山（1894—1928） 江苏江阴人，当时任北京大学教授。他在1925年5月31日《晨报》发表《大家不管的女师大》一文，其中提出"不要让教一点两点钟兼任教员来干涉学校的事情"。

② 弗罗特 今译弗洛伊德（Sigmund Freud，1856—1939），奥地利心理学家。著有《释梦》《精神分析引论》等。

③ "圣之时者也" 《孟子·万章下》："孔子，圣之时者也。"谓孔子是圣人之中识时务者。

来，原是不值得提起的，但因为竟占去了许多可贵的东西，如"报纸的篇幅""青年的时间"之类，所以，连《现代评论》的"篇幅"和西滢先生的时间也被拖累着占去一点了，而尤其罪大恶极的是触犯了什么"重男轻女"重女轻男这些大秘密。倘不是西滢先生首先想到，提出，大概是要被含胡过去了的。

我看，奥国的学者实在有些偏激，弗罗特就是其一，他的分析精神，竟一律看待，不让谁站在超人间的上帝的地位上。还有那短命的 Otto Weininger①，他的痛骂女人，不但不管她是校长，学生，同乡，亲戚，爱人，自己的太太，太太的同乡，简直连自己的妈都骂在内。这实在和弗罗特说一样，都使人难于利用。不知道咱们的教授或学者们，可有方法补救没有？但是，我要先报告一个好消息：Weininger 早用手枪自杀了。这已经有刘百昭率领打手痛打女师大——对不起，又是女师大——的"毛丫头"一般"痛快"，他的话也就大可置之不理了罢。

还有一个好消息。"毛丫头"打出之后，张崧年②先生引"罗素之所信"道，"因世人之愚，许多问题或终于不免只有武力可以解决也！"（《京副》二五〇号）又据杨荫榆女士，章士钊总长者流之所说，则捣乱的"毛丫头"是极少数，可见中国的聪明人还多着哩，这是大可以乐观的。

忽而想谈谈我自己的事了。

我今年已经有两次被封为"学者"，而发表之后，也就即刻取消。第一次是我主张中国的青年应当多看外国书，少看，或者竟不看中国书的时候，便有论客以为素称学者的鲁迅不该如此，而现在竟至如此，则不但决非学者，而且还有洋奴的嫌疑。第二次就是这回金事免职之后，我在《莽原》上发表了答 KS 君信，论及章士钊的脚色和文章的时候，又有论客以为因失了"区区金事"而反对章士钊，确是气量狭小，没有"学者的态度"；而且，岂但没有"学者的态度"而已哉，还有"人格卑污"的嫌疑云。

其实，没有"学者的态度"，那就不是学者喽，而有些人偏要硬

① **Otto Weininger**　今译魏宁格。参见本书《随感录·二十五》"华宁该尔"注条。
② **张崧年**　当时北洋政府教育部的编译员。他在 1925 年 8 月 26 日《京报副刊》发表通信，支持当局对女师大问题的解决办法。

派我做学者。至于何时封赠，何时考定，却连我自己也一点不知道。待到他们在报上说出我是学者，我自己也借此知道了原来我是学者的时候，则已经同时发表了我的罪状，接着就将这体面名称革掉了，虽然总该还要恢复，以便第三次的借口。

据我想来，佥事——文士诗人往往误作签事，今据官书正定——这一个官儿倒也并不算怎样"区区"，只要看我免职之后，就颇有些人在那里钻谋补缺，便是一个老大的证据。至于又有些人以为无足重轻者，大约自己现在还不过做几句"说不出"的诗文，所以不知不觉地就来"慷他人之慨"了罢，因为人的将来是想不到的。然而，惭愧我还不是"臣罪当诛兮天王圣明"式的理想奴才，所以竟不能"尽如人意"，已经在平政院①对章士钊提起诉讼了。

提起诉讼之后，我只在答 KS 君信里论及一回章士钊，但听说已经要"人格卑污"了。然而别一论客却道是并不大骂，所以鲁迅究竟不足取。我所经验的事委实有点希奇，每有"碰壁"一类的事故，平时回护我的大抵愿我设法应付，甚至于暂图苟全。平时憎恶我的却总希望我做一个完人，即使敌手用了卑劣的流言和阴谋，也应该正襟危坐，毫无愤怨，默默地吃苦；或则戟指嚼舌，喷血而亡。为什么呢？自然是专为顾全我的人格起见喽。

够了，我其实又何尝"碰壁"，至多也不过遇见了"鬼打墙"罢了。

九月十五日

（原刊 1925 年 9 月 21 日《语丝》周刊第 45 期，后收入《华盖集》）

① **平政院** 北洋政府的行政诉讼机构。

并非闲话(二)

　　向来听说中国人具有大国民的大度，现在看看，也未必然。但是我们要说得好，那么，就说好清净，有志气罢。所以总愿意自己是第一，是唯一，不爱见别的东西共存。行了几年白话，弄古文的人们讨厌了；做了一点新诗，吟古诗的人们憎恶了；做了几首小诗，做长诗的人们生气了；出了几种定期刊物，连别的出定期刊物的人们也来诅咒了：太多，太坏，只好做将来被淘汰的资料。

　　中国有些地方还在"溺女"，就因为豫料她们将来总是没出息的。可惜下手的人们总没有好眼力，否则并以施之男孩，可以减少许多单会消耗食粮的废料。

　　但是，歌颂"淘汰"别人的人也应该先行自省，看可有怎样不灭的东西在里面，否则，即使不肯自杀，似乎至少也得自己打几个嘴巴。然而人是总是自以为是的，这也许正是逃避被淘汰的一条路。相传曾经有一个人，一向就以"万物不得其所"为宗旨的，平生只有一个大愿，就是愿中国人都死完，但要留下他自己，还有一个女人和一个卖食物的。现在不知道他怎样，久没有听到消息了，那默默无闻的原因，或者就因为中国人还没有死完的缘故罢。

　　据说，张歆海①先生看见两个美国兵打了中国的车夫和巡警，于是三四十个人，后来就有百余人，都跟在他们后面喊"打！打！"，美国兵却终于安然的走到东交民巷口了，还回头"笑着嚷道：'来呀！来呀！'说也奇怪，这喊打的百余人不到两分钟便居然没有影踪了！"

---

　　① 张歆海（1898—1972） 浙江海盐人，外交家。当时是清华大学英文教授，后任上海光华大学副校长，1928年后进入外交界，国民政府时期曾出任驻葡萄牙、捷克、波兰等国公使。这里所说他看见美国兵打中国车夫和巡警的事，据陈西滢《闲话》里的叙述。见1925年8月29日出版的《现代评论》第2卷第38期。

西滢先生于是在《闲话》中斥之曰："打！打！宣战！宣战！这样的中国人，呸！"

这样的中国人真应该受"呸！"他们为什么不打的呢，虽然打了也许又有人来说是"拳匪"①。但人们那里顾忌得许多，终于不打，"怯"是无疑的。他们所有的不是拳头么？

但不知道他们可曾等候美国兵走进了东交民巷之后，远远地吐了唾沫？《现代评论》上没有记载，或者虽然"怯"，还不至于"卑劣"到那样罢。

然而美国兵终于走进东交民巷口了，毫无损伤，还笑嚷着"来呀来呀"哩！你们还不怕么？你们还敢说"打！打！宣战！宣战！"么？这百余人，就证明着中国人该被打而不作声！

"这样的中国人，呸！呸！！！"

更可悲观的是现在"造谣者的卑鄙龌龊更远过于章炳麟"，真如《闲话》所说，而且只能"匿名的在报上放一两枝冷箭"。而且如果"你代被群众专制所压迫者说了几句公平话，那么你不是与那人有'密切的关系'便是吃了他或她的酒饭。在这样的社会里，一个报不顾利害的专论是非，自然免不了诽谤丛生，谣诼蜂起。"这确是近来的实情。即如女师大风潮，西滢先生就听到关于我们的"流言"，而我竟不知道是怎样的"流言"，是那几个"卑鄙龌龊更远过于章炳麟"者所造。还有女生的罪状，已见于章士钊的呈文，而那些作为根据的"流言"，也不知道是那几个"卑鄙龌龊"且至于远不如畜类者所造。但是学生却都被打出了，其时还有人在酒席上得意。——但这自然也是"谣诼"。

可是我倒也并不很以"流言"为奇，如果要造，就听凭他们去造去。好在中国现在还不到"群众专制"的时候，即使有几十个人，只要"无权势"者②叫一大群警察，雇些女流氓，一打，就打散了，正无须乎我来为"被压迫者"说什么"公平话"。即使说，人们也未必尽相信，因为"在这样的社会里"，有些"公平话"总还不免是"他或她的酒饭"填出来的。不过事过境迁，"酒饭"已经消化，

---

① **"拳匪"** 旧时对义和团的蔑称。

② **"无权势"者** 指章士钊。当时北京大学议决脱离教育部，学校评议会中有人建议今后直接从财政部领取经费。陈西滢认为，这是摆脱"无权势"者（指教育总长章士钊）而去巴结"有权势"者（指财政总长等）。见1925年9月12日出版的《现代评论》第2卷第40期的《闲话》。

吸收，只剩下似乎毫无缘故的"公平话"罢了。倘使连酒饭也失了效力，我想，中国也还要光明些。

但是，这也不足为奇的。不是上帝，那里能够超然世外，真下公平的批评。人自以为"公平"的时候，就已经有些醉意了。世间都以"党同伐异"为非，可是谁也不做"党异伐同"的事。现在，除了疯子，倘使有谁要来接吻，人大约总不至于倒给她一个嘴巴的罢。

九月十九日

（原刊 1925 年 9 月 25 日《猛进》周刊第 30 期，后收入《华盖集》）

十四年*的“读经”

　　自从章士钊主张读经①以来，论坛上又很出现了一些论议，如谓经不必尊，读经乃是开倒车之类。我以为这都是多事的，因为民国十四年的“读经”，也如民国前四年，四年，或将来的二十四年一样，主张者的意思，大抵并不如反对者所想像的那么一回事。

　　尊孔，崇儒，专经，复古，由来已经很久了。皇帝和大臣们，向来总要取其一端，或者“以孝治天下”，或者“以忠诏天下”，而且又“以贞节励天下”。但是，二十四史不现在么？其中有多少孝子，忠臣，节妇和烈女？自然，或者是多到历史上装不下去了；那么，去翻专夸本地人物的府县志书去。我可以说，可惜男的孝子和忠臣也不多的，只有节烈的妇女的名册却大抵有一大卷以至几卷。孔子之徒的经，真不知读到那里去了；倒是不识字的妇女们能实践。还有，欧战时候的参战，我们不是常常自负的么？但可曾用《论语》②感化过德国兵，用《易经》③咒翻了潜水艇呢？儒者们引为劳绩的，倒是那大抵目不识丁的华工！

　　所以要中国好，或者倒不如不识字罢，一识字，就有近乎读经的病根了。“瞰亡往拜”④“出疆载质”⑤的最巧玩艺儿，经上都有，

---

　　* **十四年**　指民国十四年，也即 1925 年。

　　①　**章士钊主张读经**　1925 年 11 月 2 日，章士钊主持教育部部务会议议决，全国小学自初小四年级起开始读经，每周课一小时，至高小毕业止。

　　②　**《论语》**　儒家经典之一，辑录孔子言行思想的著作。孔子弟子及其后学辑纂，20 篇。

　　③　**《易经》**　即《周易》，儒家经典之一，产生于殷周时期的卜筮、义理之书。

　　④　**“瞰亡往拜”**　《论语·阳货》：“阳货欲见孔子，孔子不见，归孔子豚。孔子时其亡也，而往拜之。”是说阳货想要孔子来见他，孔子不去，他便派人给孔子送去一头乳猪，好让孔子来拜谢自己。孔子探听他不在家时，便去拜访他。《孟子·滕文公下》叙述此节谓：“阳货瞰孔子之亡也，而馈孔子蒸豚；孔子亦瞰其亡也，而往拜之。”

　　⑤　**“出疆载质”**　《孟子·滕文公下》：“孔子三月无君，则皇皇如也，出疆必载质。”意思是，孔子要是三个月没有君主任用他，就焦躁不安，一定会带着礼物到别的诸侯国去投奔新君。质，同“贽”“挚”，古人初见时馈赠的礼品。

我读熟过的。只有几个胡涂透顶的笨牛，真会诚心诚意地来主张读经。而且这样的脚色，也不消和他们讨论。他们虽说什么经，什么古，实在不过是空嚷嚷。问他们经可是要读到像颜回①，子思②，孟轲③，朱熹④，秦桧（他是状元），王守仁⑤，徐世昌⑥，曹锟；古可是要复到像清（即所谓"本朝"⑦），元，金，唐，汉，禹汤文武周公，无怀氏，葛天氏?⑧他们其实都没有定见。他们也知不清颜回以至曹锟为人怎样，"本朝"以至葛天氏情形如何；不过像苍蝇们失掉了垃圾堆，自不免嗡嗡地叫。况且既然是诚心诚意主张读经的笨牛，则决无钻营，取巧，献媚的手段可知，一定不会阔气；他的主张，自然也决不会发生什么效力的。

至于现在的能以他的主张，引起若干议论的，则大概是阔人。阔人决不是笨牛，否则，他早已伏处牖下，老死田间了。现在岂不是正值"人心不古"的时候么？则其所以得阔之道，居然可知。他们的主张，其实并非那些笨牛一般的真主张，是所谓别有用意；反对者们以为他真相信读经可以救国，真是"谬以千里"了！

我总相信现在的阔人都是聪明人；反过来说，就是倘使老实，必不能阔是也。至于所挂的招牌是佛学，是孔道，那倒没有什么关系。总而言之，是读经已经读过了，很悟到一点玩意儿，这种玩意儿，是孔二先生的先生老聃的大著作⑨里就有的，此后的书本子里还

---

① 颜回（前521—前490）　字子渊，亦称颜渊，春秋末鲁国人。孔子的弟子。

② 子思（约前483—前402）　名伋，战国初鲁国人。孔子的孙子，相传受业于曾参。《汉书·艺文志》著录《子思》23篇，已佚。《礼记》中的《中庸》《表记》等篇据说是他的著作。

③ 孟轲（约前372—前289）　即孟子，名轲，字子舆，战国时邹（今山东邹城东南）人。曾受业子思门下，孔子之后儒家最重要的代表人物。与弟子万章等撰述《孟子》一书。

④ 朱熹（1130—1200）　字元晦，号晦庵，宋徽州婺源（今属江西）人，理学家。曾任秘阁修撰等职，撰有《四书章句集注》《周易本义》《诗集传》《楚辞集注》等。

⑤ 王守仁（1472—1529）　字伯安，世称阳明先生，明浙江余姚人，理学家。弘治进士，官至南京兵部尚书。撰有《传习录》《大学问》等，其全部著作由门人辑成《王文成公全书》。

⑥ 徐世昌（1855—1939）　字卜五，号菊人，直隶天津（今天津）人，近代政客。清末任军机大臣、内阁协理大臣，民国初年曾任国务卿，1918—1922年任中华民国总统。

⑦ "本朝"　民国初年，一些遗老仍称前清为"本朝"。

⑧ 无怀氏，葛天氏　无怀氏见《管子·封禅》，葛天氏见《吕氏春秋·古乐》，均为传说中上古时代的帝王。

⑨ 老聃的大著作　即《老子》（《道德经》），老聃即道家创始人老子。

十四年的「读经」

随时可得。所以他们都比不识字的节妇，烈女，华工聪明；甚而至于比真要读经的笨牛还聪明。何也？曰："学而优则仕"① 故也。倘若"学"而不"优"，则以笨牛没世，其读经的主张，也不为世间所知。

孔子岂不是"圣之时者也"么，而况"之徒"呢？现在是主张"读经"的时候了。武则天②做皇帝，谁敢说"男尊女卑"？多数主义③虽然现称过激派，如果在列宁治下，则共产之合于葛天氏，一定可以考据出来的。但幸而现在英国和日本的力量还不弱，所以，主张亲俄者，是被卢布换去了良心。

我看不见读经之徒的良心怎样，但我觉得他们大抵是聪明人，而这聪明，就是从读经和古文得来的。我们这曾经文明过而后来奉迎过蒙古人满洲人大驾了的国度里，古书实在太多，倘不是笨牛，读一点就可以知道，怎样敷衍，偷生，献媚，弄权，自私，然而能够假借大义，窃取美名。再进一步，并可以悟出中国人是健忘的，无论怎样言行不符，名实不副，前后矛盾，撒谎造谣，蝇营狗苟，都不要紧，经过若干时候，自然被忘得干干净净；只要留下一点卫道模样的文字，将来仍不失为"正人君子"。况且即使将来没有"正人君子"之称，于目下的实利又何损哉？

这一类的主张读经者，是明知道读经不足以救国的，也不希望人们都读成他自己那样的；但是，要些把戏，将人们作笨牛看则有之，"读经"不过是这一回要把戏偶尔用到的工具。抗议的诸公倘若不明乎此，还要正经老实地来评道理，谈利害，那我可不再客气，也要将你们归入诚心诚意主张读经的笨牛类里去了。

以这样文不对题的话来解释"俨乎其然"的主张，我自己也知道有不恭之嫌，然而我又自信我的话，因为我也是从"读经"得来的。我几乎读过十三经④。

衰老的国度大概就免不了这类现象。这正如人体一样，年事老

---

① **"学而优则仕"** 语出《论语·子张》。

② **武则天**（624—705） 唐并州文水（今属山西）人，原为高宗（李治）皇后，高宗死后临朝称制。天授元年（690），改唐为周，自立为皇帝。

③ **多数主义** 这里指布尔什维克主义。布尔什维克是俄语 Ъолъшевик 的音译，意为"多数派"。

④ **十三经** 通指十三部儒家经典，即《诗》《书》《易》《周礼》《礼记》《仪礼》《公羊传》《穀梁传》《左传》《孝经》《论语》《尔雅》《孟子》。

了，废料愈积愈多，组织间又沉积下矿质，使组织变硬，易就于灭亡。一面，则原是养卫人体的游走细胞（Wanderzelle）渐次变性，只顾自己，只要组织间有小洞，它便钻，蚕食各组织，使组织耗损，易就于灭亡。俄国有名的医学者梅契尼珂夫（Elias Metschnikov）[①]特地给他别立了一个名目：大嚼细胞（Fresserzelle）。据说，必须扑灭了这些，人体才免于老衰；要扑灭这些，则须每日服用一种酸性剂。他自己就实行着。

古国的灭亡，就因为大部分的组织被太多的古习惯教养得硬化了，不再能够转移，来适应新环境。若干分子又被太多的坏经验教养得聪明了，于是变性，知道在硬化的社会里，不妨妄行。单是妄行的是可与论议的，故意妄行的却无须再与谈理。惟一的疗救，是在另开药方：酸性剂，或者简直是强酸剂。

不提防临末又提到了一个俄国人，怕又有人要疑心我收到卢布了罢。我现在郑重声明：我没有收过一张纸卢布。因为俄国还未赤化之前，他已经死掉了，是生了别的急病，和他那正在实验的药的有效与否这问题无干。

十一月十八日

（原刊 1925 年 11 月 27 日《猛进》周刊第 39 期，后收入《华盖集》）

---

① **梅契尼珂夫**（1845—1916）　俄国生物学家，吞噬细胞和噬菌作用的发现者，免疫学创始人之一。1908 年与埃利希共获诺贝尔生理学或医学奖。著有《传染病的免疫问题》《炎症的比较病理学演讲集》等。

评心雕龙

甲　A-a-a-ch①！

乙　你搬到外国去！并且带了你的家眷！你可是黄帝子孙？中国话里叹声尽多，你为什么要说洋话？敝人是不怕的，敢说：要你搬到外国去！②

丙　他是在骂中国，奚落中国人，替某国间接宣传咱们中国的坏处。他的表兄的侄子的太太就是某国人。

丁　中国话里这样的叹声倒也有的，他不过是自然地喊。但这就证明了他是一个死尸！现在应该用表现法；除了表现地喊，一切声音都不算声音。这"A-a-a"倒也有一点成功了，但那"ch"就没有味。——自然，我的话也许是错的；但至少我今天相信我的话并不错。

戊　那么，就须说"嗟"，用这样"引车卖浆者流"的话，是要使自己的身分成为下等的。况且现在正要读经了……

己　胡说！说"唉"也行。但可恨他竟说过好几回，将"唉"都"垄断"了去，使我们没有来说的余地了。

庚　曰"唉"乎？予蔑闻之。何也？噫嘻吗呢为之障也③。

辛　然哉！故予素主张而文言者也。

壬　嗟夫！余曩者之曾为白话，盖痰迷心窍者也，而今悔之矣。

---

①　**A-a-a-ch**　即 Ach，德语感叹词，读如"啊嘿"。

②　这是署名"瞎嘴"的读者 1925 年 3 月 5 日致作者信中的话。针对鲁迅《青年必读书》中"多看外国书"一说，这位读者表示了颇带讽意的反面意见："我诚恳的希望：一、鲁迅先生是感觉现在青年最要紧的是'行'，不是'言'，所以敢请你出来作我们一般可怜的青年的领袖先搬到外国（连家眷）去，然后我要做个摇旗呐喊的小卒。二、鲁迅先生搬家到外国后，我们大家都应马上搬去。"

③　**噫嘻吗呢为之障也**　"噫嘻吗呢"均为当时白话文常用的感叹词，章士钊在《孤桐杂记》中借此贬斥白话文，认为这些感叹词造成了阅读障碍。章文见 1925 年 7 月 25 日出版的《甲寅周刊》第 1 卷第 2 号。

癸　他说"吓"么？这是人格已经破产了！我本就看不起他，正如他的看不起我。现在因为受了庚先生几句抢白，便"吓"起来；非人格破产是甚么？我并非赞成庚先生，我也批评过他的。可是他不配"吓"庚先生。我就是爱说公道话。

子　但他是说"嗳"。

丑　你是他一党！否则，何以替他来辩？我们是青年，我们就有这个脾气，心爱吹毛求疵。他说"吓"或说"嗳"，我固然没有听到；但即使他说的真是"嗳"，又何损于癸君的批评的价值呢？可是你既然是他的一党，那么，你就也人格破产了！

寅　不要破口就骂。满口谩骂，不成其为批评，Gentleman① 决不如此。至于说批评全不能骂，那也不然。应该估定他的错处，给以相当的骂，像塾师打学生的手心一样，要公平。骂人，自然也许要得到回报的，可是我们也须有这一点不怕事的胆量：批评本来是"精神的冒险"呀！

卯　这确是一条熹微翠朴的硬汉！王九妈妈的崚嶒小提囊，杜鹃叫道"行不得也哥哥"儿。潸然"哀哈"之蓝缕的蒺藜，劣马样儿。这口风一滑溜，凡有绯刚的评论都要逼得翘辫儿了。②

辰　并不是这么一回事。他是窃取着外国人的声音，翻译着。喂！你为什么不去创作？

巳　那么，他就犯了罪了！研究起来，字典上只有"Ach"，没有什么"A-a-a-ch"。我实在料不到他竟这样杜撰。所以我说：你们都得买一本字典③，坐在书房里看看，这才免得为这类脚色所欺。

午　他不再往下说，他的话流产了。

未　夫今之青年何其多流产也，岂非因为急于出风头之故么？所以我奉劝今之青年，安分守己，切莫动弹，庶几可以免于流产……

申　夫今之青年何其多误译也，还不是因为不买字典之故么？且夫……

酉　这实在"唉"得不行！中国之所以这样"世风日下"，就是他说了"唉"的缘故。但是诸位在这里，我不妨明说，三十年前，

---

①　**Gentleman**　英语：绅士。

②　这一节是对徐志摩翻译波德莱尔《死尸》一诗的译序的戏谑化模仿。

③　**你们都得买一本字典**　这是胡适告诫青年学生的话。胡适 1925 年 5 月 2 日在《现代评论》第 1 卷第 21 期发表《胡说（一）》，指出王统照所译朗弗罗《克司台凯莱的盲女》一诗多有谬误，是因为翻译时不查字典的缘故。

我也曾经"唉"过的，我何尝是木石，我实在是开风气之先。后来我觉得流弊太多了，便绝口不谈此事，并且深恶而痛绝之。并且到了今年，深悟读经之可以救国，并且深信白话文之应该废除。但是我并不说中国应该守旧……

  戌 我也并且到了今年，深信读经之可以救国……

  亥 并且深信白话文之应当废除……

十一月十八日

（原刊 1925 年 11 月 27 日《莽原》周期第 32 期，后收入《华盖集》）

这个与那个

一　读经与读史

　　一个阔人①说要读经，嗡的一阵一群狭人也说要读经。岂但"读"而已矣哉，据说还可以"救国"哩。"学而时习之，不亦说乎?"那也许是确凿的罢，然而甲午战败了，——为什么独独要说"甲午"呢，是因为其时还在开学校，废读经②以前。

　　我以为伏案还未功深的朋友，现在正不必埋头来哼线装书。倘其咿唔日久，对于旧书有些上瘾了，那么，倒不如去读史，尤其是宋朝明朝史，而且尤须是野史；或者看杂说。

　　现在中西的学者们，几乎一听到"钦定四库全书"③ 这名目就魂不附体，膝弯总要软下来似的。其实呢，书的原式是改变了，错字是加添了，甚至于连文章都删改了，最便当的是《琳琅秘室丛书》④ 中的两种《茅亭客话》⑤，一是宋本，一是四库本，一比较就知道。"官修"而加以"钦定"的正史也一样，不但本纪咧，列传咧，要摆"史架子"；里面也不敢说什么。据说，字里行间是也含着什么褒贬的，但谁有这么多的心眼儿来猜闷壶卢。至今还道"将平

生事迹宣付国史馆立传"，还是算了罢。

野史和杂说自然也免不了有讹传，挟恩怨，但看往事却可以较分明，因为它究竟不像正史那样地装腔作势。看宋事，《三朝北盟汇编》① 已经变成古董，太贵了，新排印的《宋人说部丛书》② 却还便宜。明事呢，《野获编》③ 原也好，但也化为古董了，每部数十元；易于入手的是《明季南北略》④，《明季稗史汇编》⑤，以及新近集印的《痛史》⑥。

史书本来是过去的陈帐簿，和急进的猛士不相干。但先前说过，倘若还不能忘情于咿唔，倒也可以翻翻，知道我们现在的情形，和那时的何其神似，而现在的昏妄举动，胡涂思想，那时也早已有过，并且都闹糟了。

试到中央公园去，大概总可以遇见祖母带着她孙女儿在玩的。这位祖母的模样，就预示着那娃儿的将来。所以倘有谁要预知令夫人后日的丰姿，也只要看丈母。不同是当然要有些不同的，但总归相去不远。我们查帐的用处就在此。

但我并不说古来如此，现在遂无可为，劝人们对于"过去"生敬畏心，以为它已经铸定了我们的运命。Le Bon⑦ 先生说，死人之力比生人大，诚然也有一理的，然而人类究竟进化着。又据章士钊总长说，则美国的什么地方已在禁讲进化论了，这实在是吓死我也，然而禁只管禁，进却总要进的。

总之：读史，就愈可以觉悟中国改革之不可缓了。虽是国民性，要改革也得改革，否则，杂史杂说上所写的就是前车。一改革，就无须怕孙女儿总要像点祖母那些事，譬如祖母的脚是三角形，步履维艰的，小姑娘的却是天足，能飞跑；丈母老太太出过天花，脸上有些缺点的，令夫人却种的是牛痘，所以细皮白肉：这

---

① 《三朝北盟汇编》 专叙宋金交涉之事的史书，凡250卷，宋代徐梦梓撰。
② 《宋人说部丛书》 指商务印书馆据涵芬楼藏本印行的宋代笔记小说，计20余种。
③ 《野获编》 即《万历野获编》，明代沈德符撰。记叙明万历以前的朝廷典章制度及官场佚事等。
④ 《明季南北略》 即《名季南略》和《明季北略》，明末清初人计六奇撰。二书记叙明万历至南明永历时期朝野变迁情况。
⑤ 《明季稗史汇编》 清代留云居士辑。汇刊稗史16种，均记叙明末遗事。
⑥ 《痛史》 近人乐天居士辑。收明末清初野史20余种。按：同书名者另有清人吴沃尧所著历史小说，这里当指前者。
⑦ **Le Bon** 今译勒朋（1841—1931），法国医生和社会心理学家。

也就大差其远了。

十二月八日

二　捧与挖

中国的人们，遇见带有会使自己不安的朕兆的人物，向来就用两样法：将他压下去，或者将他捧起来。

压下去就用旧习惯和旧道德，或者凭官力，所以孤独的精神的战士，虽然为民众战斗，却往往反为这"所为"而灭亡。到这样，他们这才安心了。压不下时，则于是乎捧，以为抬之使高，餍之使足，便可以于己稍稍无害，得以安心。

伶俐的人们，自然也有谋利而捧的，如捧阔老，捧戏子，捧总长之类；但在一般粗人，——就是未尝"读经"的，则凡有捧的行为的"动机"，大概是不过想免害。即以所奉祀的神道而论，也大抵是凶恶的，火神瘟神不待言，连财神也是蛇呀刺猬呀似的骇人的畜类；观音菩萨倒还可爱，然而那是从印度输入的，并非我们的"国粹"。要而言之：凡有被捧者，十之九不是好东西。

既然十之九不是好东西，则被捧而后，那结果便自然和捧者的希望适得其反了。不但能使不安，还能使他们很不安，因为人心本来不易餍足。然而人们终于至今没有悟，还以捧为苟安之一道。

记得有一部讲笑话的书，名目忘记了，也许是《笑林广记》①罢，说，当一个知县的寿辰，因为他是子年生，属鼠的，属员们便集资铸了一个金老鼠去作贺礼。知县收受之后，另寻了机会对大众说道：明年又恰巧是贱内的整寿；她比我小一岁，是属牛的。其实，如果大家先不送金老鼠，他决不敢想金牛。一送开手，可就难于收拾了，无论金牛无力致送，即使送了，怕他的姨太太也会属象。象不在十二生肖之内，似乎不近情理罢，但这是我替他设想的法子罢了，知县当然别有我们所莫测高深的妙法在。

民元革命时候，我在 S 城，来了一个都督②。他虽然也出身绿林

---

① 《笑林广记》　清代坊间刊行明人冯梦龙所编《广笑府》更易的书名。

② 来了一个都督　指王金发（1882—1915），名逸，浙江嵊县（今嵊州）人，光复会成员。辛亥革命时期，他率光复军进入绍兴，自任绍兴军政分府都督。他曾为洪门平阳党首领，故下文戏称他"出身绿林大学"。

大学，未尝"读经"（？），但倒是还算顾大局，听舆论的，可是自绅士以至于庶民，又用了祖传的捧法群起而捧之了。这个拜会，那个恭维，今天送衣料，明天送翅席，捧得他连自己也忘其所以，结果是渐渐变成老官僚一样，动手刮地皮。

最奇怪的是北几省的河道，竟捧得河身比屋顶高得多了。当初自然是防其溃决，所以壅上一点土；殊不料愈壅愈高，一旦溃决，那祸害就更大。于是就"抢堤"咧，"护堤"咧，"严防决堤"咧，花色繁多，大家吃苦。如果当初见河水泛滥，不去增堤，却去挖底，我以为决不至于这样。

有贪图金牛者，不但金老鼠，便是死老鼠也不给。那么，此辈也就连生日都未必做了。单是省却拜寿，已经是一件大快事。

中国人的自讨苦吃的根苗在于捧，"自求多福"之道却在于挖。其实，劳力之量是差不多的，但从惰性太多的人们看来，却以为还是捧省力。

十二月十日

三　最先与最后

《韩非子》说赛马的妙法，在于"不为最先，不耻最后"。这虽是从我们这样外行的人看起来，也觉得很有理。因为假若一开首便拼命奔驰，则马力易竭。但那第一句是只适用于赛马的，不幸中国人却奉为人的处世金鍼了。

中国人不但"不为戎首"①，"不为祸始"，甚至于"不为福先"②。所以凡事都不容易有改革；前驱和闯将，大抵是谁也怕得做。然而人性岂真能如道家所说的那样恬淡；欲得的却多。既然不敢径取，就只好用阴谋和手段。以此，人们也就日见其卑怯了，既是"不为最先"，自然也不敢"不耻最后"，所以虽是一大堆群众，略见危机，便"纷纷作鸟兽散"了。如果偶有几个不肯退转，因而受害的，公论家便异口同声，称之曰傻子。对于"鍥而不舍"的人们也一样。

---

① **"不为戎首"** 《礼记·檀弓》："毋为戎首，不亦善乎？"戎首，兵戎之首。
② **"不为祸始"，甚至于"不为福先"** 《庄子·刻意》："不为福先，不为祸始。感而后应，迫而后动，不得已而后起。"

我有时也偶尔去看看学校的运动会。这种竞争，本来不像两敌国的开战，挟有仇隙的，然而也会因了竞争而骂，或者竟打起来。但这些事又作别论。竞走的时候，大抵是最快的三四个人一到决胜点，其余的便松懈了，有几个还至于失了跑完预定的圈数的勇气，中途挤入看客的群集中；或者佯为跌倒，使红十字队用担架将他抬走。假若偶有虽然落后，却尽跑，尽跑的人，大家就嗤笑他。大概是因为他太不聪明，"不耻最后"的缘故罢。

所以中国一向就少有失败的英雄，少有韧性的反抗，少有敢单身鏖战的武人，少有敢抚哭叛徒的吊客；见胜兆则纷纷聚集，见败兆则纷纷逃亡。战具比我们精利的欧美人，战具未必比我们精利的匈奴蒙古满洲人，都如入无人之境。"土崩瓦解"这四个字，真是形容得有自知之明。

多有"不耻最后"的人的民族，无论什么事，怕总不会一下子就"土崩瓦解"的，我每看运动会时，常常这样想：优胜者固然可敬，但那虽然落后而仍非跑至终点不止的竞技者，和见了这样竞技者而肃然不笑的看客，乃正是中国将来的脊梁。

四　流产与断种

近来对于青年的创作，忽然降下一个"流产"的恶谥，哄然应和的就有一大群。我现在相信，发明这话的是没有什么恶意的，不过偶尔说一说；应和的也是情有可原的，因为世事本来大概就这样。

我独不解中国人何以于旧状况那么心平气和，于较新的机运就这么疾首蹙额；于已成之局那么委曲求全，于初兴之事就这么求全责备？

智识高超而眼光远大的先生们开导我们：生下来的倘不是圣贤，豪杰，天才，就不要生；写出来的倘不是不朽之作，就不要写；改革的事倘不是一下子就变成极乐世界，或者，至少能给我（！）有更多的好处，就万万不要动！……

那么，他是保守派么？据说：并不然的。他正是革命家。惟独他有公平，正当，稳健，圆满，平和，毫无流弊的改革法；现下正在研究室里研究着哩，——只是还没有研究好。

什么时候研究好呢？答曰：没有准儿。

孩子初学步的第一步，在成人看来，的确是幼稚，危险，不成样子，或者简直是可笑的。但无论怎样的愚妇人，却总以恳切的希望的心，看他跨出这第一步去，决不会因为他的走法幼稚，怕要阻碍阔人的路线而"逼死"他；也决不至于将他禁在床上，使他躺着研究到能够飞跑时再下地。因为她知道：假如这么办，即使长到一百岁也还是不会走路的。

古来就这样，所谓读书人，对于后起者却反而专用彰明较著的或改头换面的禁锢。近来自然客气些，有谁出来，大抵会遇见学士文人们挡驾：且住，请坐。接着是谈道理了：调查，研究，推敲，修养……结果是老死在原地方。否则，便得到"捣乱"的称号。我也曾有如现在的青年一样，向已死和未死的导师们问过应走的路。他们都说：不可向东，或西，或南，或北。但不说应该向东，或西，或南，或北。我终于发见他们心底里的蕴蓄了：不过是一个"不走"而已。

坐着而等待平安，等待前进，倘能，那自然是很好的，但可虑的是老死而所等待的却终于不至；不生育，不流产而等待一个英伟的宁馨儿①，那自然也很可喜的，但可虑的是终于什么也没有。

倘以为与其所得的不是出类拔萃的婴儿，不如断种，那就无话可说。但如果我们永远要听见人类的足音，则我以为流产究竟比不生产还有望，因为这已经明明白白地证明着能够生产的了。

十二月二十日

（原刊 1925 年 12 月 10 日、12 日、22 日《国民新报副刊》，后收入《华盖集》）

---

① **宁馨儿** 本是晋宋时代的俗语，犹如"这样的孩子"，后多用于褒义。宁，这样；馨，语助词。

并非闲话(三)

西滢先生这回是义形于色，在《现代评论》四十八期的《闲话》里很为被书贾擅自选印作品，因而受了物质上损害的作者抱不平。而且贱名也忝列于作者之列：惶恐透了。吃饭之后，写一点自己的所感罢。至于捏笔的"动机"，那可大概是"不纯洁"的。记得幼小时候住在故乡，每看见绅士将一点骗人的自以为所谓恩惠，颁给下等人，而下等人不大感谢时，则斥之曰"不识抬举！"我的父祖是读书的，总该可以算得士流了，但不幸从我起，不知怎的就有了下等脾气，不但恩惠，连吊慰都不很愿意受，老实说罢：我总疑心是假的。这种疑心，大约就是"不识抬举"的根苗，或者还要使写出来的东西"不纯洁"。

我何尝有什么白刃在前，烈火在后，还是钉住书桌，非写不可的"创作冲动"；虽然明知道这种冲动是纯洁，高尚，可贵的，然而其如没有何。前几天早晨，被一个朋友怒视了两眼，倒觉得脸有点热，心有点酸，颇近乎有什么冲动了，但后来被深秋的寒风一吹拂，脸上的温度便复原，——没有创作。至于已经印过的那些，那是被挤出来的。这"挤"字是挤牛乳之"挤"；这"挤牛乳"是专来说明"挤"字的，并非故意将我的作品比作牛乳，希冀装在玻璃瓶里，送进什么"艺术之宫"。倘用现在突然流行起来了的论调，将青年的急于发表未熟的作品称为"流产"，则我的便是"打胎"；或者简直不是胎，是狸猫充太子①。所以一写完，便完事，管他妈的，书贾怎么偷，文士怎么说，都不再来提心吊胆。但是，如果有我所相信的人愿意看，称赞好，我终于是欢喜的。后来也集印了，为的是还想

---

① **狸猫充太子**　民间所传一则北宋宫闱秘事：宋真宗二妃同怀身孕，刘妃为争立皇后，在李妃分娩时，密使太监用一只剥皮狸猫将婴儿换下。这个故事在清代石玉崑所撰公案小说《三侠五义》中有完整叙述，亦见诸某些旧戏、弹词和评话。

卖几文钱，老实说。

那么，我在写的时候没有虔敬的心么？答曰：有罢。即使没有这种冠冕堂皇的心，也决不故意要些油腔滑调。被挤着，还能嬉皮笑脸，游戏三昧么？倘能，那简直是神仙了。我并没有在吕纯阳①祖师门下投诚过。

但写出以后，却也不很爱惜羽毛，有所谓"敝帚自珍"的意思，因为，已经说过，其时已经是"便完事，管他妈的"了。谁有心肠来管这些无聊的后事呢？所以虽然有什么选家在那里放出他那伟大的眼光，选印我的作品，我也照例给他一个不管。其实，要管也无从管起的。我曾经替人代理过一回收版税的译本，打听得卖完之后，向书店去要钱，回信却道，旧经理人已经辞职回家了，你向他要去罢；我们可是不知道。这书店在上海，我怎能趁了火车去向他坐索，或者打官司？但我对于这等选本，私心却也有"窃以为不然"的几点，一是原本上的错字，虽然一见就明知道是错的，他也照样错下去；二是他们每要发几句伟论，例如什么主义啊，什么意思啊之类，大抵是我自己倒觉得并不这样的事。自然，批评是"精神底冒险"，批评家的精神总比作者会先一步的，但在他们的所谓死尸上，我却分明听到心搏，这真是到死也说不到一块儿。此外，倒也没有什么大怨气了。

这虽然似乎是东方文明式的大度，但其实倒怕是因为我不靠卖文营生。在中国，骈文寿序的定价往往还是每篇一百两，然而白话不值钱；翻译呢，听说是自己不能创作而嫉妒别人去创作的坏心肠人所提倡的，将来文坛一进步，当然更要一文不值。我所写出来的东西，当初虽然很碰过许多大钉子，现在的时价是每千字一至二三元，但是不很有这样好主顾，常常只好尽些不知何自而来的义务。有些人以为我不但用了这些稿费或版税造屋，买米，而且还靠它吸烟卷，吃果糖，殊不知那些款子是另外骗来的；我实在不很擅长于先装鬼脸去吓书坊老板，然后和他接洽。我想，中国最不值钱的是工人的体力了，其次是咱们的所谓文章，只有伶俐最值钱。倘真要直直落落，借文字谋生，则据我的经验，卖来卖去，来回至少一个

---

① **吕纯阳** 即吕洞宾，名喦，号纯阳子，相传为唐代道士。北宋以后的民间传说中，他是神仙人物，为"八仙"之一。元代以后的全真道（道教两大派之一）奉为北五祖之一，通称"吕祖"。

月，多则一年余，待款子寄到时，作者不但已经饿死，倘在夏天，连筋肉也都烂尽了，那里还有吃饭的肚子。

所以我总用别的道儿谋生；至于所谓文章也者，不挤，便不做。挤了才有，则和什么高超的"烟士披离纯"① 呀，"创作感兴"呀之类不大有关系，也就可想而知。倘说我假如不必用别的道儿谋生，则心志一专，就会有"烟士披离纯"等类，而产生较伟大的作品，至少，也可以免于献出剥皮的狸猫罢，那可是也未必。三家村的冬烘先生，一年到头，一早到夜教村童，不但毫不"时时想政治活动"，简直并不很"干着种种无聊的事"，但是他们似乎并没有《教育学概论》或"高头讲章"的待定稿，藏之名山。而马克思的《资本论》，陀思妥夫斯奇的《罪与罚》等，都不是啜末加加啡②，吸埃及烟卷之后所写的。除非章士钊总长治下的"有些天才"的编译馆③人员，以及讨得官僚津贴或银行广告费的"大报"作者，于谋成事遂，睡足饭饱之余，三月炼字，半年锻句，将来会做出超伦轶群的古奥漂亮作品。总之，在我，是肚子一饱，应酬一少，便要心平气和，关起门来，什么也不写了；即使还写，也许不过是温暾之谈，两可之论，也即所谓执中之说，公允之言，其实等于不写而已。

所以上海的小书贾化作蚊子，吸我的一点血，自然是给我物质上的损害无疑，而我却还没有什么大怨气，因为我知道他们是蚊子，大家也都知道他们是蚊子。我一生中，给我大的损害的并非书贾，并非兵匪，更不是旗帜鲜明的小人：乃是所谓"流言"。即如今年，就有什么"鼓动学潮"呀，"谋做校长"呀，"打落门牙"④ 呀这些话。有一回，竟连现在为我的著作权受损失抱不平的西滢先生也要相信了，也就在《现代评论》（第二十五期）的照例的《闲话》上发表出来；它的效力就可想。譬如一个女学生，与其被若干卑劣阴险的文人学士们暗地里散布些关于品行的谣言，倒不如被土匪抢去

---

① **"烟士披离纯"** 英语 Inspiration 的音译：灵感。

② **末加加啡** 今译穆哈咖啡（mokhn），一种优质阿拉伯咖啡。因著名的咖啡出口港市穆哈（Mokhn 属阿拉伯也门共和国）而得名。

③ **编译馆** 即当时的国立编译馆。1925 年 10 月由章士钊创建。

④ **"打落门牙"** 1925 年 10 月 26 日，北京各校和民众团体在天安门召开"国民关税自主大会"，抗议段祺瑞政府在关税自主权问题上向西方妥协，因遭武装军警镇压，受伤十余人，多人被捕。第二天，《社会日报》报道说，鲁迅也参加了集会游行，且"齿受伤，脱落门牙二"。其实鲁迅并未参加那日的活动。

一条红围巾——物质。但这种"流言"，造的是一个人还是多数人？姓甚，名谁？我总是查不出；后来，因为没有多工夫，也就不再去查考了，仅为便于述说起见，就总称之曰畜生。

虽然分了类，但不幸这些畜生就杂在人们里，而一样是人头，实际上仍然无从辨别。所以我就多疑，不大要听人们的说话；又因为无话可说，自己也就不大愿意做文章。有时候，甚至于连真的义形于色的公话也会觉得古怪，珍奇，于是乎而下等脾气的"不识抬举"遂告成功，或者会终于不可救药。

平心想起来，所谓"选家"这一流人物，虽然因为容易联想到明季的制艺①的选家的缘故，似乎使人厌闻，但现在倒是应该有几个。这两三年来，无名作家何尝没有胜于较有名的作者的作品，只是谁也不去理会他，一任他自生自灭。去年，我曾向ＤＦ先生②提议过，以为该有人搜罗了各处的各种定期刊行物，仔细评量，选印几本小说集，来绍介于世间；至于已有专集者，则一概不收，"再拜而送之大门之外"。但这话也不过终于是空话，当时既无定局，后来也大家走散了。我又不能做这事业，因为我是偏心的。评是非时我总觉得我的熟人对，读作品是异己者的手腕大概不高明。在我的心里似乎是没有所谓"公平"，在别人里我也没有看见过，然而还疑心什么地方也许有，因此就不敢做那两样东西了：法官，批评家。

现在还没有专门的选家时，这事批评家也做得，因为批评家的职务不但是剪除恶草，还得灌溉佳花，——佳花的苗。譬如菊花如果是佳花，则他的原种不过是黄色的细碎的野菊，俗名"满天星"的就是。但是，或者是文坛上真没有较好的作品之故罢，也许是一做批评家，眼界便极高卓，所以我只见到对于青年作家的迎头痛击，冷笑，抹杀，却很少见诱掖奖劝的意思的批评。有一种所谓"文士"而又似批评家的，则专是一个人的御前侍卫，托尔斯泰呀，托她斯泰呀，指东画西的，就只为一人做屏风。其甚者竟至于一面暗护此人，一面又中伤他人，却又不明明白白地举出姓名和实证来，但用了含沙射影的口气，使那人不知道说着自己，却又另用口头宣传以

---

① **制艺** 亦称制义，古代应试所作的文章。明代以后通行八股文。

② **ＤＦ先生** 指郁达夫（1896—1945），名文，字达夫，浙江富阳人，现代作家。早年留学日本，与郭沫若、成仿吾等发起成立创造社。著有小说集《沉沦》、散文集《屐痕处处》等。

补笔墨所不及，使别人可以疑心到那人身上去。这不但对于文字，就是女人们的名誉，我今年也看见有用了这畜生道的方法来毁坏的。古人常说"鬼蜮技俩"，其实世间何尝真有鬼蜮，那所指点的，不过是这类东西罢了。这类东西当然不在话下，就是只做侍卫的，也不配评选一言半语，因为这种工作，做的人自以为不偏而其实是偏的也可以，自以为公平而其实不公平也可以，但总不可"别有用心"于其间的。

书贾也像别的商人一样，惟利是图；他的出版或发议论的"动机"，谁也知道他"不纯洁"，决不至于和大学教授的来等量齐观的。但他们除惟利是图之外，别的倒未必有什么用意，这就是使我反而放心的地方。自然，倘是向来没有受过更奇特而阴毒的暗箭的福人，那当然即此一点也要感到痛苦。

这也算一篇作品罢，但还是挤出来的，并非围炉煮茗时中的闲话，临了，便回上去填作题目，纪实也。

十一月二十二日

（原刊 1925 年 12 月 7 日《语丝》周刊第 56 期，后收入《华盖集》）

并非闲话（三）

我观北大

因为北大学生会的紧急征发，我于是总得对于本校的二十七周年纪念来说几句话。

据一位教授的名论，则"教一两点钟的讲师"是不配与闻校事的，而我正是教一点钟的讲师。但这些名论，只好请恕我置之不理；——如其不恕，那么，也就算了，人那里顾得这些事。

我向来也不专以北大教员自居，因为另外还与几个学校有关系。然而不知怎的，——也许是含有神妙的用意的罢，今年忽而颇有些人指我为北大派。我虽然不知道北大可真有特别的派，但也就以此自居了。北大派么？就是北大派！怎么样呢？

但是，有些流言家幸勿误会我的意思，以为谣我怎样，我便怎样的。我的办法也并不一律。譬如前次的游行，报上谣我被打落了两个门牙，我可决不肯具呈警厅，吁请补派军警，来将我的门牙从新打落。我之照着谣言做去，是以专检自己所愿意者为限的。

我觉得北大也并不坏。如果真有所谓派，那么，被派进这派里去，也还是也就算了。理由在下面：

既然是二十七周年，则本校的萌芽，自然是发于前清的①，但我并民国初年的情形也不知道。惟据近七八年的事实看来，第一，北大是常为新的，改进的运动的先锋，要使中国向着好的，往上的道路走。虽然很中了许多暗箭，背了许多谣言；教授和学生也都逐年地有些改换了，而那向上的精神还是始终一贯，不见得弛懈。自然，偶尔也免不了有些很想勒转马头的，可是这也无伤大体，"万众一心"，原不过是书本子上的冠冕话。

第二，北大是常与黑暗势力抗战的，即使只有自己。自从章士

---

① **本校的萌芽，自然是发于前清的**　北京大学的前身是晚清政府于 1898 年设立的京师大学堂，1912 年改为现名。

钊提了"整顿学风"的招牌来"作之师"①，并且分送金款②以来，北大却还是给他一个依照彭允彝③的待遇。现在章士钊虽然还伏在暗地里做总长④，本相却已显露了；而北大的校格也就愈明白。那时固然也曾显出一角灰色，但其无伤大体，也和第一条所说相同。

我不是公论家，有上帝一般决算功过的能力。仅据我所感得的说，则北大究竟还是活的，而且还在生长的。凡活的而且在生长者，总有着希望的前途。

今天所想到的就是这一点。但如果北大到二十八周年而仍不为章士钊者流所谋害，又要出纪念刊，我却要预先声明：不来多话了。一则，命题作文，实在苦不过；二则，说起来大约还是这些话。

十二月十三日

（原刊 1925 年 12 月 17 日《北大学生会周刊》创刊号，后收入《华盖集》）

---

① **"作之师"** 《尚书·泰誓上》："天佑下民，作之君，作之师，惟其克相上帝，宠绥四方。"

② **金款** 指当时法国退还的部分庚子赔款余额，约 1040 万元。因为法郎纸币贬值，法方强迫中方按金法郎计算赔款数额，所以退还的赔款余额亦称"金款"。退还的这笔款子，除垫付北洋政府的军政开支外，拨出一百五十万元作为教育经费。当时任教育总长的章士钊决定用这些钱清理八所国立大学的积欠，"分送金款"即指此事。

③ **彭允彝**（1878—？） 字静仁，湖南湘潭人。辛亥革命后曾任参议院议员，1922 年 11 月任教育总长。1923 年 1 月，由于干涉司法引起知识界普遍愤慨，北大校长蔡元培为抗议此事辞职而去，北大亦一度与教育部脱离关系。同年 9 月，他不得不辞去教育总长一职。1925 年，北大为反对章士钊，再度宣布与教育部脱离关系，所以这里说是"依照彭允彝的待遇"。

④ **暗地里做总长** 1925 年 11 月 28 日，北京民众在举行"关税自主大会"后，分赴段祺瑞内阁各总长住宅示威，章士钊见势即逃往天津。但他并未下台，仍在暗中主持教育部政务。

碎　话

　　如果只有自己，那是都可以的：今日之我与昨日之我战也好，今日这么说明日那么说也好。但最好是在自己的脑里想，在自己的宅子里说；或者和情人谈谈也不妨，横竖她总能以"阿呀"表示其佩服，而没有第三者与闻其事。只是，假使不自珍惜，陆续发表出来，以"领袖""正人君子"自居，而称这些为"思想"或"公论"之类，却难免有多少老实人遭殃。自然，凡有神妙的变迁，原是反足以见学者文人们进步之神速的；况且文坛上本来就"只许州官放火不准百姓点灯"，既不幸而为庸人，则给天才做一点牺牲，也正是应尽的义务。谁叫你不能研究或创作的呢？亦惟有活该吃苦而已矣！

　　然而，这是天才，或者是天才的奴才的崇论宏议。从庸人一方面看起来，却不免觉得此说虽合乎理而反乎情；因为"蝼蚁尚且贪生"，也还是古之明训。所以虽然是庸人，总还想活几天，乐一点。无奈爱管闲事是他们吃苦的根苗，坐在家里好好的，却偏要出来寻导师，听公论了。学者文人们正在一日千变地进步，大家跟在他后面；他走的是小弯，你走的是大弯，他在圆心里转，你却必得在圆周上转，汗流浃背而终于不知所以，那自然是不待数计龟卜而后知的。

　　什么事情都要干，干，干！那当然是名言，但是倘有傻子真去买了手枪，就必要深悔前非，更进而悟到救国必先求学[①]。这当然也是名言，何用多说呢，就遵谕钻进研究室去。待到有一天，你发见

---

　　① 这一段里提到的"干，干，干！"和"救国必先求学"的"名言"，是胡适在不同时期写下的文字。前者是他在《四烈士冢上的没字碑歌》一诗中歌颂暴力行动的用语（见 1921 年 6 月《新青年》第 9 卷第 2 号），后者是《爱国运动与求学》一文中规劝学生回到课堂的话（见 1925 年 9 月 5 日《现代评论》第 2 卷第 39 期）。

了一颗新彗星①，或者知道了刘歆并非刘向的儿子②之后，跳出来救国时，先觉者可是"杳如黄鹤"了，寻来寻去，也许会在戏园子里发见。你不要再菲薄那"小东人嗯嗯！哪，唉唉唉！"③罢：这是艺术。听说"人类不仅是理智的动物"，必须"种种方面有充分发达的人，才可以算完人"呀，学者之在戏园，乃是"在感情方面求种种的美"。④"束发小生"变成先生，从研究室里钻出，救国的资格也许有一点了，却不料还是一个精神上种种方面没有充分发达的畸形物，真是可怜可怜。

那么，立刻看夜戏，去求种种的美去，怎么样？谁知道呢。也许学者已经出戏园，学说也跟着长进（俗称改变，非也）了。

叔本华先生以厌世名一时，近来中国的绅士们却独独赏识了他的《妇人论》⑤。的确，他的骂女人虽然还合绅士们的脾胃，但别的话却实在很有些和我们不相宜的。即如《读书和书籍》那一篇里，就说，"我们读着的时候，别人却替我们想。我们不过反复了这人的心的过程。……然而本来底地说起来，则读书时，我们的脑已非自己的活动地。这是别人的思想的战场了。"但是我们的学者文人们却正需要这样的战场——未经老练的青年的脑髓。但也并非在这上面和别的强敌战斗，乃是今日之我打昨日之我，"道义"之手批"公理"之颊——说得俗一点：自己打嘴巴。作了这样的战场者，怎么还能明白是怎么一回事。

这一月来，不知怎的又有几个学者文人或批评家亡魂失魄了，仿佛他们在上月底才从娘胎钻出，毫不知道民国十四年十二月以前的事似的。女师大学生一归她们被占的本校，就有人引以为例，说张胡子或李胡子可以"派兵送一二百学生占据了二三千学生的

---

① **发见了一颗新彗星**　胡适在《论国故学》一文中说："发明一个字的古义，与发行一颗恒星，都是一大功绩。"（见《胡适文存》二集卷二）

② **或者知道了刘歆并非刘向的儿子**　这是讽刺那些挖空心思在常识问题上发微抉隐的考据家。刘向（约前77—前6）、刘歆（？—23）父子均为西汉经学家、目录学家。

③ **"小东人嗯嗯！哪，唉唉唉！"**　这是京剧《三娘教子》中家仆薛保的一句唱词。"小东人"即剧中的小主人薛倚。

④　这是陈西滢《闲话》中的说法，见1925年5月30日出版的《现代评论》第1卷第25期。

⑤　**《妇人论》**　叔本华关于女性问题的论文。1925年10月14日、15日《晨报副刊》发表张慰慈的译文（题名《妇女论》），同时还配有徐志摩的评介文章《叔本华与叔本华的〈妇女论〉》。

北大"①。如果这样，北大学生确应该群起而将女师大扑灭，以免张胡或李胡援例，确保母校的安全。但我记得北大刚举行过二十七周年纪念，那建立的历史，是并非由章士钊将张胡或李胡将要率领的二百学生拖出，然后改立北大，招生三千，以掩人耳目的。这样的比附，简直是在青年的脑上打滚。夏间，则也可以称为"挑剔风潮"。但也许批评界有时也是"只许州官放火不准百姓点灯"，正如天才之在文坛一样的。

学者文人们最好是有这样的一个特权，月月，时时，自己和自己战，——即自己打嘴巴。免得庸人不知，以常人为例，误以为连一点"闲话"也讲不清楚。

十二月二十二日

（原刊 1926 年 1 月 8 日《猛进》周刊第 44 期，后收入《华盖集》）

---

① **"派兵送一二百学生占据了二三千学生的北大"** 指陈西滢对女师大学生返校一事的指责。1925 年 8 月，女师大被强令停办后，章士钊在该校原址另办女子大学。同年 11 月末章士钊逃往天津，女师大学生返回原校上课，引起纠纷。陈西滢在《闲话》中将此事喻为军阀派兵送一二百外校学生去占据北大（见 1925 年 12 月 19 日《现代评论》第 3 卷第 54 期）。

"公理"的把戏

自从去年春间，北京女子师范大学有了反对校长杨荫榆事件以来，于是而有该校长在太平湖饭店①请客之后，任意将学生自治会员六人除名的事；有引警察及打手蜂拥入校的事；迨教育总长章士钊复出，遂有非法解散学校的事；有司长刘百昭雇用流氓女丐殴曳学生出校，禁之补习所空屋中的事；有手忙脚乱，急挂女子大学招牌以掩天下耳目的事；有胡敦复②之趁火打劫，攫取女大校长饭碗，助章士钊欺罔世人的事。女师大的许多教职员，——我敢特地声明：并不是全体！——本极以章杨的措置为非，复痛学生之无辜受戮，无端失学，而校务维持会③之组织，遂愈加严固。我先是该校的一个讲师，于黑暗残虐情形，多曾目睹；后是该会的一个委员，待到女师大在宗帽胡同自赁校舍，而章士钊尚且百端迫压的苦痛，也大抵亲历的。当章氏势焰熏天时，我也曾环顾这首善之区，寻求所谓"公理""道义"之类而不得；而现在突起之所谓"教育界名流"者，那时则鸦雀无声；甚且捧献肉麻透顶的呈文④，以歌颂功德。但这一点，我自然也判不定是因为畏章氏有嗾使兵警痛打之威呢，还

---

① 应为西安饭店。1925年5月7日，杨荫榆在西安饭店召集若干教员宴饮，席间商议平息学潮事宜。作者此处记叙有误，在《华盖集·后记》中作了更正。

② **胡敦复**（1886—1978） 名炳生，字敦复，江苏无锡人，教育家、数学家。早年留学美国，1912年在上海创办大同学院（后改名大同大学）。五卅惨案后，他严禁学生上街游行，并将该校管束学生的有关文告寄交《甲寅周刊》发表，颇得章士钊赏识。后来教育部解散女师大，成立女子大学时，便委任胡敦复担任校长。

③ **校务维持会** 女师大被解散期间，该校师生推举若干人员组成校务维持会，负责护校及内外联络事务。鲁迅是这个维持会的委员。

④ **肉麻透顶的呈文** 指当时北京朝阳大学、民国大学、中国大学、华北大学和平民大学等五所私立大学联名给段祺瑞政府的呈文。由于呈文竭力抨击女师大学生运动和北大脱离教育部之事，迎合当局旨意，后来段祺瑞内阁会议决定从法国退还的庚款余额（即"金款"）中拨出三十多万元给这五所大学。

是贪图分润金款之利，抑或真以他为"公理"或"道义"等类的具象的化身？但是，从章氏逃走，女师大复校以后，所谓"公理"等件，我却忽而间接地从女子大学在撷英馆宴请"北京教育界名流及女大学生家长"的席上找到了。

据十二月十六日的《北京晚报》说，则有些"名流"即于十四日晚六时在那个撷英番菜馆开会。请吃饭的，去吃饭的，在中国一天不知道有多多少少，本不与我相干，虽然也令我记起杨荫榆也爱在太平湖饭店请人吃饭的旧事。但使我留心的是，从这饭局里产生了"教育界公理维持会"，从这会又变出"国立女子大学后援会"，从这会又发出"致国立各校教职员联席会议函"，声势浩大，据说是"而于该校附和暴徒，自堕人格之教职员，即不能投畀豺虎，亦宜屏诸席外，勿与为伍"云。他们之所谓"暴徒"，盖即刘百昭之所谓"土匪"，官僚名流，口吻如一，从局外人看来，不过煞是可笑而已。而我是女师大维持会员之一，又是女师大教员，人格所关，当然有抗议的权利。岂但抗议？"投虎""割席"，"名流"的熏灼之状，竟至于斯，则虽报以恶声，亦不为过。但也无须如此，只要看一看这些"名流"究竟是什么东西，就尽够了。报上和函上有名单：

除了万里鸣是太平湖饭店掌柜，以及董子鹤辈为我所不知道的不计外，陶昌善①是农大教务长，教长兼农大校长章士钊的替身；石志泉②是法大教务长；查良钊③是师大教务长；李顺卿④，王桐龄⑤是师大教授；萧友梅⑥是前女师大而今女大教员；蹇华芬是前女师大而

---

① **陶昌善**（1879—?）　字俊人，浙江嘉兴人，农学家。早年留学日本，回国后于南京临时政府、北洋政府农林部门任职，又为农商部秘书兼北京农业大学教务长，后入南京国民政府财政部门。

② **石志泉**（1885—1960）　字友儒，湖北孝感人，法学家。曾任北京大学讲师、政法大学教务长。后任南京国民政府司法行政部次长。

③ **查良钊**（1896—1982）　字勉仲，浙江海宁人，教育家。曾任北京师范大学教务长、河南大学校长。抗战时为西南联大教授，后任台湾大学训导长。

④ **李顺卿**（1892—1969）　字翰臣，山东海阳人，林学家。早年留学美国，回国后任北京农业大学教授、北京师范大学生物系主任、安徽大学校长等职。

⑤ **王桐龄**（1878—1953）　字峄山，河北任丘人，历史学家。早年留学日本，曾任北洋政府教育部参事秘书、北京师范大学教授。

⑥ **萧友梅**（1884—1940）　字雪朋，广东香山（今中山）人，音乐教育家。早年留学日本、德国，1920年回国，先后担任几所学校音乐系主任等职，1927年在上海创建国立音乐专科学校。

今女大学生；马寅初①是北大讲师，又是中国银行的什么，也许是
"总司库"，这些名目我记不清楚了；燕树棠②，白鹏飞③，陈源即做
《闲话》的西滢，丁燮林④即做过《一只马蜂》的西林，周鲠生⑤即
周览，皮宗石⑥，高一涵⑦，李仲揆即李四光曾有一篇杨荫榆要用汽
车迎他"观剧"的作品登在《现代评论》上的，都是北大教授，又
大抵原住在东吉祥胡同，又大抵是先前反对北大对章士钊独立的人
物，所以当章士钊炙手可热之际，《大同晚报》曾称他们为"东吉祥
派的正人君子"，虽然他们那时并没有开什么"公理"会。但他们的
住址，今年新印的《北大职员录》上可很有些函胡了，我所依据的
是民国十一年的本子。

　　日本人学了中国人口气的《顺天时报》，即大表同情于女子大
学，据说多人的意见，以为女师大教员多系北大兼任，有附属于北
大之嫌。亏它征得这么多人的意见。然而从上列的名单看来，那观
察是错的。女师大向来少有专任教员，正是杨荫榆的狡计，这样，
则校长即可以独揽大权；当我们说话时，高仁山即以讲师不宜与闻
校事来箝制我辈之口。况且女师大也决不因为中有北大教员，即精
神上附属于北大，便是北大教授，正不乏有当学生反对杨荫榆的时

---

　　① 　**马寅初**（1882—1982） 又名元善，浙江嵊县（今嵊州）人，经济学家、教育家。
早年留学美国，回国后任教于北京大学等校。20 世纪 50 年代曾任浙江大学、北京大学
校长。
　　② 　**燕树棠**（1891—1984） 字召亭。河北定县人，法学家。早年留学美国，曾任清
华大学讲师、北京大学教授、西南联合大学法律学系主任，国民政府检察院监察委员、司
法院大法官等职。
　　③ 　**白鹏飞**（1889—1948） 字经天，广西桂林人，教育家。早年留学日本，回国后
在广东、上海、北京多所大学任教。
　　④ 　**丁燮林** 即丁西林（1893—1974），原名燮林，字巽甫，笔名西林，江苏泰兴人，
物理学家、剧作家。早年留学英国，回国后任北京大学物理系主任，后为中央研究院物理
所所长。1923 年创作独幕剧《一只马蜂》，颇受好评，此后又写了《压迫》《妙峰山》等
作品。中华人民共和国成立后曾任文化部副部长。
　　⑤ 　**周鲠生**（1889—1971） 原名周览，湖南长沙人，法学家、教育家。曾留学日、
英、法等国，1924 年回国，任商务印书馆总编辑。后为北京大学教授兼政治系主任、武汉
大学校长等。
　　⑥ 　**皮宗石**（1887—1976） 字皓白，湖南长沙人，经济学家、教育家。早年留学日
本，曾任北京大学教授、湖南大学校长。
　　⑦ 　**高一涵**（1884—1968） 安徽六安人，政治学者与社会活动家。早年留学日本，
曾任北京大学、武汉大学教授。五四时期参与《新青年》编辑工作，后与胡适同编《每
周评论》《努力周报》等。

候，即协力来歼灭她们的人。即如八月七日的《大同晚报》，就有"某当局……谓北大教授中，如东吉祥派之正人君子，亦主张解散"等语。《顺天时报》的记者倘竟不知，可谓昏瞆，倘使知道而故意淆乱黑白，那就有挑拨对于北大怀着恶感的人物，将那恶感蔓延于女师大之嫌，居心可谓卑劣。但我们国内战争，尚且常有日本浪人从中作祟，使良民愈陷于水深火热之中，更何况一校女生和几个教员之被诬蔑。我们也只得自责国人之不争气，竟任这样的报纸跳梁！

北大教授王世杰在撷英馆席上演说，即云"本人决不主张北大少数人与女师大合作"，就可以证明我前言的不诬。至又谓"照北大校章教职员不得兼他机关主要任务然而现今北大教授在女师大兼充主任者已有五人实属违法应加以否认云云"，则颇有语病。北大教授兼国立京师图书馆副馆长月薪至少五六百元的李四光，不也是正在坐中"维持公理"，而且演说的么？使之何以为情？李教授兼副馆长的演说辞，报上却不载；但我想，大概是不赞成这个办法的。

北大教授燕树棠谓女大学生极可佩服，而对于"形同土匪破坏女大的人应以道德上之否认加之"，则竟连所谓女大教务长萧纯锦的自辩女大当日所埋伏者是听差而非流氓的启事也没有见，却已一口咬定，嘴上忽然跑出一个"道德"来了。那么，对于形同鬼蜮破坏女师大的人，应以什么上之否认加之呢？

"公理"实在是不容易谈，不但在一个维持会上，就要自相矛盾，有时竟至于会用了"道义"上之手，自批"公理"上之脸的嘴巴。西滢是曾在《现代评论》（三十八）的《闲话》里冷嘲过援助女师大的人们的："外国人说，中国人是重男轻女的。我看不见得吧。"现在却签名于什么公理会上了，似乎性情或体质有点改变。而且曾经感慨过："你代被群众专制所压迫者说了几句公平话，那么你不是与那人有'密切的关系'便是吃了他或她的酒饭。"（《现代》四十）然而现在的公理什么会上的言论和发表的文章上，却口口声声，侧重多数了；似乎主张又颇有些参差，只有"吃饭"的一件事还始终如一。在《现代评论》（五十三）上，自诩是"所有的批评都本于学理和事实，绝不肆口嫚骂"，而忘却了自己曾称女师大为"臭毛厕"，并且署名于要将人"投畀豺虎"的信尾曰：陈源。陈源不就是西滢？半年的事，几个的人，就这么矛盾支离，实在可以使人悯笑。但他们究竟是聪明的，大约不独觉得"公理"歪邪，而且连自己们的"公理维持会"也很有些歪邪了罢，所以突然一变而为"女子大学后援会"了，这是的确的，后援，就是站在背后的援助。

但是十八日《晨报》上所载该后援会开会的记事，却连发言的人的名姓也没有了，一律叫作"某君"。莫非后来连对于自己的姓名也觉得可羞，真是"内愧于心"了？还是将人"投畀豺虎"之后，豫备归过于"某君"，免得自己负责任，受报复呢？虽然报复的事，并为"正人君子"们所反对，但究竟还不如先使人不知道"后援"者为谁的稳当，所以即使为着"道义"，而坦白的态度，也仍为他们所不取罢。因为明白地站出来，就有些"形同土匪"或"暴徒"，怕要失了专在背后，用暗箭的聪明人的人格。

其实，撷英馆里和后援会中所啸聚的一彪人马，也不过是各处流来的杂人，正如我一样，到北京来骗一口饭，岂但"投畀豺虎"，简直是已经"投畀有北"①的了。这算得什么呢？以人论，我与王桐龄，李顺卿虽曾在西安点首谈话，却并不当作朋侪；与陈源虽尝在给泰戈尔祝寿的戏台前一握手，而早已视为异类，又何至于会有和他们连席之意？而况于不知什么东西的杂人等辈也哉！以事论，则现在的教育界中实无豺虎，但有些城狐社鼠之流，那是当然不能免的。不幸十余年来，早见得不少了；我之所以对于有些人的口头的鸟"公理"而不敬者，即大抵由于此。

十二月十八日

（原刊 1925 年 12 月 24 日《国民新报副刊》，后收入《华盖集》）

---

① "投畀有北"　《诗经·小雅·巷伯》："取彼潜人，投畀豺虎，豺虎不食，投畀有北。"有北，古人所谓"太阴之乡"，北方不毛之地。

这回是"多数"的把戏

　　《现代评论》五五期《闲话》的末一段是根据了女大学生的宣言①，说女师大学生只有二十个，别的都已进了女大，就深悔从前受了"某种报纸的催眠"。幸而见了宣言，这才省悟过来了，于是发问道："要是二百人（按据云这是未解散前的数目）中有一百九十九人入了女大便怎样？要是二百人都入了女大便怎样？难道女师大校务维持会招了几个新生也去恢复么？我们不免要奇怪那维持会维持的究竟是谁呢？他们的目的究竟是什么呢？"

　　这当然要为夏间并不维持女师大而现在则出而维持"公理"的陈源教授所不解的。我虽然是女师大维持会的一个委员，但也知道别一种可解的办法——

　　二十人都往多的一边跑，维持会早该趋奉章士钊！

　　我也是"四五十岁的人爱说四五岁的孩子话"②，而且爱学奴才话的，所以所说的也许是笑话。但是既经说开，索性再说几句罢：要是二百人中有二百另一人入了女大便怎样？要是维持会员也都入了女大便怎样？要是一百九十九人入了女大，而剩下的一个人偏不要维持便怎样？……

　　我想这些妙问，大概是无人能答的。这实在问得太离奇，虽是四五岁的孩子也不至于此，——我们不要小觑了孩子。人也许能受"某种报纸的催眠"，但也因人而异，"某君"只限于"某种"；即如我，就决不受《现代评论》或"女大学生某次宣言"的催眠。假如，倘使我看了《闲话》之后，便抚心自问："要是二百人中有一百

　　① **女大学生的宣言**　即下文说的《女大学生二次宣言》。1925 年 11 月末，女师大复校，因原址已被女子大学占用，两校学生发生纷争。女子大学学生发表宣言，根据原女师大多数学生已转入女大的既成事实，力阻女师大迁回原址。
　　② **"四五十岁的人爱说四五岁的孩子话"**　陈西滢《闲话》中的话，见 1925 年 12 月 19 日《现代评论》第 3 卷第 54 期。

九十九人入了女大便怎样？……维持会维持的究竟是谁呢？……"
那可真要连自己也奇怪起来，立刻对章士钊的木主^①肃然起敬了。但
幸而连陈源教授所据为典要的《女大学生二次宣言》也还说有二十
人，所以我也正不必有什么"杞天之虑"。

记得"公理"时代（可惜这黄金时代竟消失得那么快），不是
有人说解散女师大的是章士钊，女大乃另外设立，所以石驸马大街
的校址是不该归还的么？自然，或者也可以这样说。但我却没有被
其催眠，反觉得这道理比满洲人所说的"亡明者闯贼也，我大清天
下，乃得之于闯贼，非取之于明"的话还可笑。从表面上看起来，
满人的话，倒还算顺理成章，不过也只能骗顺民，不能骗遗民和逆
民，因为他们知道此中的底细。我不聪明，本也很可以相信的，然
而竟不被骗者，因为幸而目睹了十四年前的革命，自己又是中国人。

然而"要是"女师大学生竟一百九十九人都入了女大，又怎样
呢？其实，"要是"章士钊再做半年总长，或者他的走狗们作起崇
来，宗帽胡同的学生纵不至于"都入了女大"，但可以被迫胁到只剩
一个或不剩一个，也正是意中事。陈源教授毕竟是"通品"，虽是理
想也未始没有实现的可能。那么，怎么办呢？我想，维持。那么，
"目的究竟是什么呢？"我想，就用一句《闲话》来答复："代被群
众专制所压迫者说几句公平话"。

可惜正如"公理"的忽隐忽现一样，"少数"的时价也四季不同
的。杨荫榆时候多数不该"压迫"少数，现在是少数应该服从多数
了。你说多数是不错的么，可是俄国的多数主义现在也还叫作过激党，
为大英，大日本和咱们中华民国的绅士们所"深恶而痛绝之"。这真
要令我莫名其妙。或者"暴民"是虽然多数，也得算作例外的罢。

"要是"帝国主义者抢去了中国的大部分，只剩了一二省，我们
便怎样？别的都归了强国了，少数的土地，还要维持么?！明亡以
后，一点土地也没有了，却还有窜身海外，志在恢复的人。凡这些，
从现在的"通品"看来，大约都是谬种，应该派"在德国手格盗匪
数人"^②，立功海外的英雄刘百昭去剿灭他们的罢。

---

　　① **木主**　写有死者姓名作祀神位的木牌。此喻章士钊虽已卸去教育总长职位，却
仍然"阴魂不散"。
　　② **"在德国手格盗匪数人"**　刘百昭在给章士钊的一份呈文中，叙述往女师大校址筹
建女子大学与该校师生发生冲突的情形，其中有"本人稍娴武术，在德时曾徒手格退盗贼
多人"等语。

这回是『多数』的把戏

"要是"真如陈源教授所言，女师大学生只有二十了呢？但是究竟还有二十人。这足可使在章士钊门下暗作走狗而脸皮还不十分厚的教授文人学者们愧死！

十二月二十八日

（原刊 1925 年 12 月 31 日《国民新报副刊》，1926 年 1 月 4 日《女师大周刊》第 116 期转载，后收入《华盖集》）

后　记

本书中至少有两处，还得稍加说明——

一，徐旭生①先生第一次回信中所引的话，是出于ＺＭ君②登在《京报副刊》（十四年三月八日）上的一篇文章的。其时我正因为回答"青年必读书"，说"不能作文算什么大不了的事"，很受着几位青年的攻击。ZM君便发表了我在讲堂上口说的话，大约意在申明我的意思，给我解围。现在就钞一点在下面——

> 读了许多名人学者给我们开的必读书目，引起不少的感想；但最打动我的是鲁迅先生的两句附注……因这几句话，又想起他所讲的一段笑话来。他似乎这样说：
>
> "讲话和写文章，似乎都是失败者的征象。正在和运命恶战的人，顾不到这些；真有实力的胜利者也多不做声。譬如鹰攫兔子，叫喊的是兔子不是鹰；猫捕老鼠，啼呼的是老鼠不是猫……又好像楚霸王……追奔逐北的时候，他并不说什么；等到摆出诗人面孔，饮酒唱歌，那已经是兵败势穷，死日临头了。最近像吴佩孚③名士的'登彼西山，赋彼其诗'，齐燮元④先生

---

①　**徐旭生**（1888—1976）　原名炳昶，字旭生，笔名虚生，河南唐河人，历史学家、考古学家。早年留学法国，曾任北京大学教授兼教务长、北京师范大学校长、北平研究院史学研究会研究员等职。中华人民共和国成立后任中国科学院考古研究所研究员。

②　**Ｚ Ｍ 君**　当时北京师范大学一名学生，原名不详。他那篇文章题为《鲁迅先生的笑话》。

③　**吴佩孚**（1874—1939）　字子玉，山东蓬莱人，直系军阀首领。曾任两湖巡阅使和直鲁豫三省巡阅使，1923年镇压京汉铁路工人大罢工，造成"二七"惨案。1926年春，与奉系张作霖联合进攻冯玉祥的国民军，一度占据北京。次年，他的部队被北伐军击溃，宣布退出政界。"七七"事变后拒绝附逆，被日伪残害至死。他是清末秀才，喜欢吟诗作赋。

④　**齐燮元**（1879—1946）　字抚万，河北宁河人，直系军阀要人。曾任苏浙皖巡阅使、淞沪护军使。"七七"事变后投敌，出任伪华北治安总署督办、绥靖军总司令等职，抗战胜利后因汉奸罪被枪决。

的'放下枪枝，拿起笔干'，更是明显的例了。"

二，近几年来，常听到人们说学生嚣张，不单是老先生，连刚出学校而做了小官或教员的也往往这么说。但我却并不觉得这样。记得革命以前，社会上自然还不如现在似的憎恶学生，学生也没有目下一般驯顺，单是态度，就显得桀傲，在人丛中一望可知。现在却差远了，大抵长袍大袖，温文尔雅，正如一个古之读书人。我也就在一个大学的讲堂上提起过，临末还说：其实，现在的学生是驯良的，或者竟可以说是太驯良了……武者君登在《京报副刊》（约十四年五月初）上的一篇《温良》中，所引的就是我那时所说的这几句话。我因此又写了《忽然想到》第七篇，其中所举的例，一是前几年被称为"卖国贼"者的子弟曾大受同学唾骂，二是当时女子师范大学的学生正被同性的校长使男职员威胁。我的对于女师大风潮说话，这是第一回，过了十天，就"碰壁"；又过了十天，陈源教授就在《现代评论》上发表"流言"，过了半年，据《晨报副刊》（十五年一月三十日）所发表的陈源教授给徐志摩①"诗哲"的信，则"捏造事实传布流言"的倒是我了。真是世事白云苍狗②，不禁感慨系之矣！

又，我在《"公理"的把戏》中说杨荫榆女士"在太平湖饭店请客之后，任意将学生自治会员六人除名"，那地点是错误的，后来知道那时的请客是西长安街的西安饭店。等到五月二十一日即我们"碰壁"的那天，这才换了地方，"由校特请全体主任专任教员评议会会员在太平湖饭店开校务紧急会议，解决种种重要问题。"请客的饭馆是那一个，和紧要关键原没有什么大相干，但从"所有的批评都本于学理和事实"的所谓"文士"学者之流看来，也许又是"捏造事实"，而且因此就证明了凡我所说，无一句真话，甚或至于连杨荫榆女士也本无其人，都是我凭空结撰的了。这于我是很不好的，所以赶紧订正于此，庶几"收

---

① **徐志摩**（1897—1931） 名章垿，字志摩，浙江海宁人，现代诗人。曾留学美国、英国，回国后进入北京"研究系"一脉文化圈。任北京大学教授，编辑《晨报副刊》，组织新月俱乐部，1927年在上海与胡适、梁实秋等创办新月书店、《新月》月刊。著有《志摩的诗》《猛虎集》等。

② **白云苍狗** 比喻世事变幻无常。唐杜甫《可叹》："天上浮云如白衣，斯须改变如苍狗。"

之桑榆"① 云。

一九二六年二月十五日校毕记。仍在绿林书屋之东壁下。

---

① **"收之桑榆"** 指得到了补偿。《后汉书·冯异传》："始虽垂翅回谿，终能奋翼黾池。可谓失之东隅，收之桑榆。"桑榆，夕阳余晖照射之处。

《华盖集续编》中的杂文

小　引

　　还不满一整年，所写的杂感的分量，已有去年一年的那么多了。秋来住在海边，目前只见云水，听到的多是风涛声，几乎和社会隔绝。如果环境没有改变，大概今年不见得再有什么废话了罢。灯下无事，便将旧稿编集起来；还豫备付印，以供给要看我的杂感的主顾们。

　　这里面所讲的仍然并没有宇宙的奥义和人生的真谛。不过是，将我所遇到的，所想到的，所要说的，一任它怎样浅薄，怎样偏激，有时便都用笔写了下来。说得自夸一点，就如悲喜时节的歌哭一般，那时无非借此来释愤抒情，现在更不想和谁去抢夺所谓公理或正义。你要那样，我偏要这样是有的；偏不遵命，偏不磕头是有的；偏要在庄严高尚的假面上拨它一拨也是有的，此外却毫无什么大举。名副其实，"杂感"而已。

　　从一月以来的，大略都在内了；只删去了一篇①。那是因为其中开列着许多人，未曾，也不易遍征同意，所以不好擅自发表。

　　书名呢？年月是改了，情形却依旧，就还叫《华盖集》。然而年月究竟是改了，因此只得添上两个字："续编"。

　　一九二六年十月十四日，鲁迅记于厦门。

　　（原刊 1926 年 11 月 16 日《语丝》周刊第 104 期，后收入《华盖集续编》）

---

① 即《大衍发微》，后作为附录收入《而已集》。

杂论管闲事·做学问·灰色等

1

　　听说从今年起，陈源（即西滢）教授要不管闲事了；这豫言就见于《现代评论》五十六期的《闲话》里。惭愧我没有拜读这一期，因此也不知其详。要是确的呢，那么，除了用那照例的客套说声"可惜"之外，真的倒实在很诧异自己之胡涂：年纪这么大了，竟不知道阳历的十二月三十一日和一月一日之交在别人是可以发生这样的大变动。我近来对于年关颇有些神经过钝了，全不觉得怎样。其实，倘要觉得罢，可是也不胜其觉。大家挂上五色旗①，大街上搭起几坐彩坊，中间还有四个字道："普天同庆"，据说这算是过年。大家关了门，贴上门神，爆竹毕剥砰的放起来，据说这也是过年。要是言行真跟着过年为转移，怕要转移不迭，势必至于成为转圈子。所以，神经过钝虽然有落伍之虑，但有弊必有利，却也很占一点小小的便宜的。

　　但是，还有些事我终于想不明白：即如天下有闲事，有人管闲事之类。我现在觉得世上是仿佛没有所谓闲事的，有人来管，便都和自己有点关系；即便是爱人类，也因为自己是人。假使我们知道了火星里张龙和赵虎打架，便即大有作为，请酒开会，维持张龙，或否认赵虎，那自然是颇近于管闲事了。然而火星上事，既然能够"知道"，则至少必须已经可以通信，关系也密切起来，算不得闲事了。因为既能通信，也许将来就能交通，他们终于会在我们的头顶上打架。至于咱们地球之上，即无论那一处，事事都和我们相关，然而竟不管者，或因不知道，或因管不着，非以其"闲"也。譬如英国有刘千昭雇了爱尔兰老妈子在伦敦拉出女生，在我们是闲事似

---

　　① **五色旗**　1927 年以前中华民国的国旗。旗上横列红、黄、蓝、白、黑五色，故称五色旗。

的罢，其实并不，也会影响到我们这里来。留学生不是多多，多多了么？倘有合宜之处，就要引以为例，正如在文学上的引用什么莎士比亚呀，塞文狄斯①呀，芮恩施②呀一般。

（不对，错了。芮恩施是美国的驻华公使，不是文学家。我大约因为在讲什么文艺学术的一篇论文上见过他的名字，所以一不小心便带出来了。合即订正于此，尚希读者谅之。）

即使是动物，也怎能和我们不相干？青蝇的脚上有一个霍乱菌，蚊子的唾沫里有两个疟疾菌，就说不定会钻进谁的血里去。管到"邻猫生子"，很有人以为笑谈，其实却正与自己大有相关。譬如我的院子里，现在就有四匹邻猫常常吵架了，倘使这些太太们之一又诞育四匹，则三四月后，我就得常听到八匹猫们常常吵闹，比现在加倍地心烦。

所以我就有了一种偏见，以为天下本无所谓闲事，只因为没有这许多遍管的精神和力量，于是便只好抓一点来管。为什么独抓这一点呢？自然是最和自己相关的，大则因为同是人类，或是同类，同志；小则，因为是同学，亲戚，同乡，——至少，也大概叨光过什么，虽然自己的显在意识上并不了然，或者其实了然，而故意装痴作傻。

但陈源教授据说是去年却管了闲事了，要是我上文所说的并不错，那就确是一个超人。今年不问世事，也委实是可惜之至，真是斯人不管，"如苍生何"③了。幸而阴历的过年又快到了，除夕的亥时一过，也许又可望心回意转的罢。

2

昨天下午我从沙滩④回家的时候，知道大琦君⑤来访过我了。这

---

① **塞文狄斯** 今译塞万提斯（M. de Cervantes，1547—1616），西班牙作家，欧洲文艺复兴时期代表人物。著有长篇小说《堂·吉诃德》等。

② **芮恩施**（P. S. Reinsch，1869—1923） 美国外交官。1913—1919年任美国驻华公使，离任后受聘为北洋政府法律顾问。著有《一个美国外交官在中国》等。

③ **"如苍生何"** 南朝宋刘义庆《世说新语·排调》："卿（按：指谢安）屡违朝旨，高卧东山，诸人每与言：'安石（按：谢安字）不肯出，将如苍生何？'"

④ **沙滩** 北京地名，当时北京大学第一院所在地。下文的南池子也是北京地名。

⑤ **大琦君** 即王品青（？—1927），原名贵珍，字品青，河南济源人，中学教员。北京大学物理系毕业，当时在北京孔德学校任教，《语丝》撰稿人之一。1924年曾促成鲁迅往西安讲学。

使我很高兴，因为我是猜想他进了病院的了，现在知道并没有。而尤其使我高兴的是他还留赠我一本《现代评论增刊》，只要一看见封面上画着的一枝细长的蜡烛，便明白这是光明之象，更何况还有许多名人学者的著作，更何况其中还有陈源教授的一篇《做学问的工具》呢？这是正论，至少可以赛过"闲话"的；至少，是我觉得赛过"闲话"，因为它给了我许多东西。

我现在才知道南池子的"政治学会图书馆"去年"因为时局的关系，借书的成绩长进了三至七倍"了，但他"家翰笙"①却还"用'平时不烧香，临时抱佛脚'十个字形容当今学术界大部分的状况"。这很改正了我许多误解。我先已说过，现在的留学生是多多，多多了，但我总疑心他们大部分是在外国租了房子，关起门来燉牛肉吃的，而且在东京实在也看见过。那时我想：燉牛肉吃，在中国就可以，何必路远迢迢，跑到外国来呢？虽然外国讲究畜牧，或者肉里面的寄生虫可以少些，但燉烂了，即使多也就没有关系。所以，我看见回国的学者，头两年穿洋服，后来穿皮袍，昂头而走的，总疑心他是在外国亲手燉过几年牛肉的人物，而且即使有了什么事，连"佛脚"也未必肯抱的。现在知道并不然，至少是"留学欧美归国的人"并不然。但可惜中国的图书馆里的书太少了，据说北京"三十多个大学，不论国立私立，还不及我们私人的书多"云。这"我们"里面，据说第一要数"溥仪②先生的教师庄士敦③先生"，第二大概是"孤桐先生"即章士钊，因为在德国柏林时候，陈源教授就亲眼看见他两间屋里"几乎满床满架满桌满地，都是关于社会主义的德文书"。现在呢，想来一定是更多的了。这真教我欣羡佩服。记得自己留学时候，官费每月三十六元，支付衣食学费之外，简直没有赢余，混了几年，所有的书连一壁也遮不满，而且还是杂书，并非专而又专，如"都是关于社会主义的德文书"之类。

但是很可惜，据说当民众"再毁"这位"孤桐先生"的"寒家"时，"好像他们夫妇两位的藏书都散失了"。想那时一定是拉了几十车，向各处走散，可惜我没有去看，否则倒也是一个壮观。

---

① 他"家翰笙" 指陈翰生（1897—2004），江苏无锡人，社会学家。早年留学美国，回国后曾任北京大学教授。陈西滢与其同姓又同乡，在一篇文章里称之"'吾家'翰生"。

② 溥仪（1906—1967） 即清朝最后一位皇帝，年号宣统。1911 年辛亥革命后退位。

③ 庄士敦（Sir Reginal Fleming Johnston，1874—1938） 英国政府殖民部派往中国的官员，曾任溥仪的英文教师。

所以"暴民"之为"正人君子"所深恶痛绝，也实在有理由，即如这回之"散失"了"孤桐先生"夫妇的藏书，其加于中国的损失，就在毁坏了三十多个国立及私立大学的图书馆之上。和这一比较，刘百昭司长的失少了家藏的公款八千元，要算小事件了，但我们所引为遗憾的是偏是章士钊刘百昭有这么多的储藏，而这些储藏偏又全都遭了劫。

　　在幼小时候曾有一个老于世故的长辈告诫过我：你不要和没出息的担子或摊子为难，他会自己摔了，却诬赖你，说不清，也赔不完。这话于我似乎到现在还有影响，我新年去逛火神庙的庙会时，总不敢挤近玉器摊去，即使它不过摆着寥寥的几件。怕的是一不小心，将它碰倒了，或者摔碎了一两件，就要变成宝贝，一辈子赔不完，那罪孽之重，会在毁坏一坐博物馆之上。而且推而广之，连热闹场中也不大去了，那一回的示威运动时，虽有"打落门牙"的"流言"，其实却躺在家里，托福无恙。但那两屋子"关于社会主义的德文书"以及其他从"孤桐先生"府上陆续散出的壮观，却也因此"交臂失之"了。这实在也就是所谓"有一利必有一弊"，无法两全的。

　　现在是收藏洋书之富，私人要数庄士敦先生，公团要推"政治学会图书馆"了，只可惜一个是外国人，一个是靠着美国公使芮恩施竭力提倡出来的。"北京国立图书馆"将要扩张，实在是再好没有的事，但听说所依靠的还是美国退还的赔款①，常年经费又不过三万元，每月二千余。要用美国的赔款，也是非同小可的事，第一，馆长就必须学贯中西，世界闻名的学者。据说，这自然只有梁启超②先生了，但可惜西学不大贯，所以配上一个北大教授李四光先生做副馆长，凑成一个中外兼通的完人。然而两位的薪水每月就要一千多，所以此后也似乎不大能够多买书籍。这也就是所谓"有利必有弊"

　　① **美国退还的赔款**　指1901年《辛丑条约》规定的"庚子赔款"（参见本书《不满》一文"庚子赔款"注条）中尚未付给美国的部分。美国于1908年将赔款中的一部分退还中国，后于1924年又将余款全数退还。按两国政府间协定，退还的庚款用于资助文化、教育等事业。

　　② **梁启超**（1873—1929）　字卓如，号任公，又号饮冰室主人，广东新会人，近代思想家、学者。清末追随康有为从事维新变法，1898年参与百日维新。辛亥革命后，组织进步党，后于1916年组织宪法研究会。北洋政府时期出任司法总长、财政总长。晚年退出政界，任清华研究院导师。新文化运动时期，曾倡导文体改革的诗界革命和小说界革命。一生所著甚丰，辑为《饮冰室合集》。

罢，想到这里，我们就更不能不痛切地感到"孤桐先生"独力购置的几房子好书惨遭散失之可惜了。

总之，在近几年中，是未必能有较好的"做学问的工具"的，学者要用功，只好是自己买书读，但又没有钱。听说"孤桐先生"倒是想到了这一节，曾经发表过文章，然而下台了，很可惜。学者们另外还有什么法子呢，自然"也难怪他们除了说说'闲话'便没有什么可干"，虽然北京三十多个大学还不及他们"私人的书多"。为什么呢？要知道做学问不是容易事，"也许一个小小的题目得参考百十种书"，连"孤桐先生"的藏书也未必够用。陈源教授就举着一个例："就以'四书'来说"罢，"不研究汉宋明清许多儒家的注疏理论，'四书'的真正意义是不易领会的。短短的一部'四书'，如果细细的研究起来，就得用得了几百几千种参考书"。

这就足见"学问之道，浩如烟海"了，那"短短的一部'四书'"，我是读过的，至于汉人的"四书"注疏或理论，却连听也没有听到过。陈源教授所推许为"那样提倡风雅的封藩大臣"之一张之洞先生在做给"束发小生"们看的《书目答问》①上曾经说："'四书'，南宋以后之名。"我向来就相信他的话，此后翻翻《汉书艺文志》，《隋书经籍志》之类，也只有"五经"，"六经"，"七经"，"六艺"②，却没有"四书"，更何况汉人所做的注疏和理论。但我所参考的，自然不过是通常书，北京大学的图书馆里就有，见闻寡陋，也未可知，然而也只得这样就算了，因为即使要"抱"，却连"佛脚"都没有。由此想来，那能"抱佛脚"的，肯"抱佛脚"的，的确还是真正的福人，真正的学者了。他"家翰笙"还慨乎言之，大约是"《春秋》责备贤者"之意罢。

完

现在不高兴写下去了，只好就此完结。总之：将《现代评论增刊》略翻一遍，就觉得五光十色，正如看见有一回广告上所开列的作者的名单。例如李仲揆教授的《生命的研究》呀，胡适教授的

---

① 《书目答问》 书目提要。清末张之洞任四川学政时，委托缪荃孙为成都尊经书院学生所开的阅读书目，其中列举历代书籍二千余种。

② "五经"，"六经"，"七经"，"六艺" "五经"指《诗》《书》《礼》《易》《春秋》，"六经"是"五经"之外加上《乐经》，"七经"是"五经"之外加上《论语》《孝经》。"六艺"亦指"六经"。

《译诗三首》呀，徐志摩先生的译诗一首呀，西林氏的《压迫》呀，陶孟和①教授的要到二○二五年才发表而必须我们的玄孙才能全部拜读的大著作的一部分呀……但是，翻下去时，不知怎的我的眼睛却看见灰色了，于是乎抛开。

现在的小学生就能玩七色板，将七种颜色涂在圆板上，停着的时候，是好看的，一转，便变成灰色，——本该是白色的罢，可是涂得不得法，变成灰色了。收罗许多著名学者的大著作的大报，自然是光怪陆离，但也是转不得，转一周，就不免要显出灰色来，虽然也许这倒正是它的特色。

一月三日

（原刊 1926 年 1 月 18 日《语丝》周刊第 62 期，后收入《华盖集续编》）

---

① 陶孟和（1888—1960） 名履恭，字孟和，天津人，社会学家。当时任北京大学教授。他在 1926 年 1 月 1 日出版的《现代评论·第一周年纪念增刊》上发表《现代教育界的特色》一文，题下自注："这时候要到 2025 年才可以发表——假使当时的状况允许——的一部著作里的几节。"

有趣的消息

　　虽说北京像一片大沙漠，青年们却还向这里跑；老年们也不大走，即或有到别处去走一趟的，不久就转回来了，仿佛倒是北京还很有什么可以留恋。厌世诗人的怨人生，真是"感慨系之矣"，然而他总活着；连祖述释迦牟尼先生的哲人勖本华尔①也不免暗地里吃一种医治什么病症的药，不肯轻易"涅槃"②。俗语说："好死不如恶活"，这当然不过是俗人的俗见罢了，可是文人学者之流也何尝不这样。所不同的，只是他总有一面辞严义正的军旗，还有一条尤其义正辞严的逃路。真的，倘不这样，人生可真要无聊透顶，无话可说了。

　　北京就是一天一天地百物昂贵起来；自己的"区区金事"③，又因为"妄有主张"，被章士钊先生革掉了。向来所遭遇的呢，借了安特来夫④的话来说，是"没有花，没有诗"，就只有百物昂贵。然而也还是"妄有主张"，没法回头；倘使有一个妹子，如《晨报副刊》上所艳称的"闲话先生"的家事似的，叫道："阿哥！"那声音正如"银铃之响于幽谷"，向我求告，"你不要再做文章得罪人家了，好不好？"我也许可以借此拨转马头，躲到别墅里去研究汉朝人所做的"四书"注疏和理论去。然而，惜哉，没有这样的好妹子；"女婴之

---

footnote
　　① **勖本华尔**　今译叔本华（Schopenhauer，1788—1860），德国哲学家。他的哲学思想中有接受印度佛教的成分。

　　② **"涅槃"**　佛家语，谓脱离一切烦恼，进入自由无碍的境界。僧人死亦称"涅槃"，故往往被借用为死亡之义。

　　③ **"区区金事"**　金事，北洋时期中央官署中荐任级官员。鲁迅在 1912 年 8 月被任命为教育部金事，1925 年 8 月因支持女师大学生运动被章士钊非法免职。鲁迅为此曾向平政院（行政诉讼机构）提出起诉。当时有人认为，鲁迅反对章士钊是因为失去了"区区金事"，乃有失学者风度。

　　④ **安特来夫**　今译安德烈耶夫（Л. Н. Андреев，1871—1919），俄国作家。十月革命后流亡国外。著有小说《七个被绞死的人》《红笑》等，下文所引"没有花，没有诗"一语出自《红笑》。

《华盖集续编》中的杂文

婵媛兮，申申其詈予，曰：鲧婞直以亡身兮，终然殀乎羽之野。"连有一个那样凶姊姊的幸福也不及屈灵均①。我的终于"妄有主张"，或者也许是无可推托之故罢。然而这关系非同小可，将来怕要遭殃了，因为我知道，得罪人是要得到报应的。

话要回到释迦先生的教训去了，据说：活在人间，还不如下地狱的稳妥。做人有"作"就是动作（＝造孽），下地狱却只有"报"（＝报应）了；所以生活是下地狱的原因，而下地狱倒是出地狱的起点。这样说来，实在令人有些想做和尚，但这自然也只限于"有根"②（据说，这是"一句天津话"）的大人物，我却不大相信这一类鬼画符。活在沙漠似的北京城里，枯燥当然是枯燥的，但偶然看看世态，除了百物昂贵之外，究竟还是五花八门，创造艺术的也有，制造流言的也有，肉麻的也有，有趣的也有……这大概就是北京之所以为北京的缘故，也就是人们总还要奔凑聚集的缘故。可惜的是只有一些小玩意，老实一点的朋友就难于给自己竖起一杆辞严义正的军旗来。

我一向以为下地狱的事，待死后再对付，只有目前的生活的枯燥是最可怕的，于是便不免于有时得罪人。有时则寻些小玩意儿来开开笑口，但这也就是得罪人。得罪人当然要受报，那也只好准备着，因为寻些小玩意儿来开开笑口的是更不能竖起辞严义正的军旗来的。其实，这里也何尝没有国家大事的消息呢，"关外战事不日将发生"呀，"国军一致拥段"哪，有些报纸上都用了头号字煌煌地排印着，可以刺得人们头昏，但于我却都没有什么鸟趣味。人的眼界之狭是不大有药可救的，我近来觉得有趣的倒要算看见那在德国手格盗匪若干人，在北京率领三河县老妈子③一大队的武士刘百昭校长居然做骈文，大有偃武修文之意了；而且"百昭海邦求学，教部备员，多艺之誉愧不如人，审美之情差堪自信"，还是一位文武全才，

───────────────

① **屈灵均**　即屈原（约前340—约前278），名平，字原，又字灵均，战国时楚国诗人。楚怀王时为左徒、三闾大夫，顷襄王时遭谗毁流放，后闻郢都被秦军攻陷，自沉汨罗江。存世作品有《离骚》《九歌》《九章》等。上文所引"女嬃之婵媛兮"等句，见《离骚》一诗。女嬃，据说是屈原的姐姐。

② **"有根"**　根，佛家语，"能生"的意思。这里是徐志摩褒扬陈西滢的话，见其《"闲话"引出来的闲话》一文。

③ **三河县老妈子**　指女佣。当时在北京做女佣的外地妇女多为河北三河县人，故有此泛称。刘百昭奉章士钊命令接收女师大时，雇用女佣、女丐和流氓等百余人将女师大学生殴拽出校。

我先前实在没有料想到。① 第二，就是去年肯管闲事的"学者"，今年不管闲事了，在年底结清帐目的办法，原来不止是掌柜之于流水簿，也可以适用于"正人君子"的行为的。或者，"阿哥！"这一声叫，正在中华民国十四年十二月卅一日的夜间十二点钟罢。

但是，这些趣味，刹那间也即消失了，就是我自己的思想的变动，也诚然是可恨。我想，照着境遇，思想言行当然要迁移，一迁移，当然会有所以迁移的道理。况且世界上的国庆很不少，古今中外名流尤其多，他们的军旗，是全都早经竖定了的。前人之勤，后人之乐，要做事的时候可以援引孔丘墨翟，不做事的时候另外有老聃，要被杀的时候我是关龙逄②，要杀人的时候他是少正卯③，有些力气的时候看看达尔文赫胥黎的书，要人帮忙就有克鲁巴金④的《互助论》，勃朗宁夫妇⑤岂不是讲恋爱的模范么，勖本华尔和尼采又是咒诅女人的名人……归根结蒂，如果杨荫榆或章士钊可以比附到犹太人特莱孚斯⑥去，则他的篾片就可以等于左拉⑦等辈了。这个时候，可怜的左拉要被中国人背出来；幸而杨荫榆或章士钊是否等于特莱孚斯，也还是一个大疑问。

然而事情还没有这么简单，中国的坏人（如水平线下的文人和学棍学匪之类），似乎将来要大吃其苦了，虽然也许要在身后，像下地狱一般。但是，深谋远虑的人，总还以从此小心，不要多说为稳妥。你以为"闲话先生"真是不管闲事了么？并不然的。据说他是

---

① 上文引语是刘百昭为《艺专旬刊》所作《发刊词》中的句子。

② **关龙逄** 夏桀的臣子，因谏阻桀作酒池被杀。

③ **少正卯**（？—前498） 春秋时鲁国大夫。传说他聚徒讲学，使得"孔子之门三盈三虚"（《论衡·讲瑞》）。孔子任鲁国司寇时，将他杀了。

④ **克鲁巴金** 今译克鲁泡特金（П. А. Кропоткин，1842—1921），俄国无政府主义思想家。

⑤ **勃朗宁夫妇** 即罗伯特·勃朗宁（Robert Browning，1812—1889）和伊丽莎白·芭蕾特·勃朗宁（Elizabeth Barrett Browning，1806—1861），均为英国诗人。

⑥ **特莱孚斯** 今译德雷福斯（A. Dreyfus，1859—1935），法国军官。1894 年法国军事当局诬告他出卖国防机密给德国，法庭判处终身苦役。后来事实证明此案冤屈，当局却拒绝重新审理，由此引起各界人士的愤慨。在公众舆论压力下，当局于 1899 年宣告德雷福斯无罪，后于 1906 年恢复了他的职务。

⑦ **左拉**（Emile Zola，1840—1902） 法国作家。著有长篇小说《萌芽》《娜娜》《小酒店》等。在德雷福斯案件甄别过程中，左拉曾激烈抨击当局违反法律和人权的行为，发表致法国总统佛尔的公开信《我控诉》。结果自己被判一年徒刑，被迫流亡英国。这里提到的"篾片"一词，是帮衬的意思，旧时亦指充当豪门清客、幕僚的帮闲文人。

要"到那天这班出锋头的人们脱尽了锐气的日子，我们这位闲话先生正在从容的从事他那'完工的拂拭'（The finishing touch），笑吟吟的擎着他那枝从铁杠磨成的绣针，讽刺我们情急是多么不经济的一个态度，反面说只有无限的耐心才是天才唯一的凭证"。（《晨报副刊》一四二三）

后出者胜于前者，本是天下的平常事情，但除了堕落的民族。即以衣服而论，也是由裸体而用会阴带或围裙，于是有衣裳，衮冕。我们将来的天才却特异的，别人系了围裙狂跳时，他却躲在绣房里刺绣，——不，磨绣针。待到别人的围裙全数破旧，他却穿了绣花衫子站出来了。大家只好说道"阿！"可怜的性急的野蛮人，竟连围裙也不知道换一条，怪不得锐气终于脱尽；脱尽犹可，还要看那"笑吟吟"的"讽刺"的"天才"脸哩，这实在是对于灵魂的鞭责，虽说还在辽远的将来。

还有更可怕的，是我们风闻二〇二五年一到，陶孟和教授要发表一部著作。内容如何，只有百年后的我们的曾孙或玄孙们知道罢了，但幸而在《现代评论增刊》上提前发表了几节，所以我们竟还能"管中窥豹"似的，略见这一部新书的大概。那是讲"现代教育界的特色"的，连教员的"兼课"之多也说在内。他问："我的议论太悲观，太刻薄，太荒诞吗？我深愿受这个批评，假使事实可以证明。"这些批评我们且俟之百年之后，虽然那时也许无从知道事实；典籍呢，大概也只有"笑吟吟的"佳作留传。要是当真这样，那大半是"英雄所见略同"的，后人总不至于以为刻薄罢。但我们也难于悬揣，不过就今论今，似乎颇有些"孔子作《春秋》，而乱臣贼子惧"之意了。人们不逢如此盛事者，盖已将二千四百年云。

总之：百年以内，将有陈源教授的许多（？）书，百年以后，将有陶孟和教授的一部书出现。内容虽然不知道怎样，但据目下所走漏的风声看起来，大概总是讽刺"那班出锋头的人们"，或"驰驱九城"的教授的。

我常常感叹，印度小乘教的方法何等厉害：它立了地狱之说，借着和尚，尼姑，念佛老妪的嘴来宣扬，恐吓异端，使心志不坚定者害怕。那诀窍是在说报应并非眼前，却在将来百年之后，至少也须到锐气脱尽之时。这时候你已经不能动弹了，只好听别人摆布，流下鬼泪，深悔生前之妄出锋头；而且这时候，这才认识阎罗大王的尊严和伟大。

这些信仰，也许是迷信罢，但神道设教，于"挽世道而正人心"的事，或者也还是不无裨益。况且，未能将坏人"投畀豺虎"于生前，当然也只好口诛笔伐之于身后，孔子一车两马，倦游各国以还，抽出钢笔来作《春秋》，盖亦此志也。

但是，时代迁流了，到现在，我以为这些老玩意，也只好骗骗极端老实人。连闹这些玩意儿的人们自己尚且未必信，更何况所谓坏人们。得罪人要受报应，平平常常，并不见得怎样奇特，有时说些宛转的话，是姑且客气客气的，何尝想借此免于下地狱。这是无法可想的，在我们不从容的人们的世界中，实在没有那许多工夫来摆臭绅士的臭架子了，要做就做，与其说明年喝酒，不如立刻喝水；待廿一世纪的剖拨戮尸，倒不如马上就给他一个嘴巴。至于将来，自有后起的人们，决不是现在人即将来所谓古人的世界，如果还是现在的世界，中国就会完！

一月十四日

（原刊 1926 年 1 月 19 日《国民新报副刊》，后收入《华盖集续编》）

学界的三魂

　　从《京报副刊》上知道有一种叫《国魂》①的期刊，曾有一篇文章说章士钊固然不好，然而反对章士钊的"学匪"们也应该打倒。我不知道大意是否真如我所记得？但这也没有什么关系，因为不过引起我想到一个题目，和那原文是不相干的。意思是，中国旧说，本以为人有三魂六魄，或云七魄；国魂也该这样。而这三魂之中，似乎一是"官魂"，一是"匪魂"，还有一个是什么呢？也许是"民魂"罢，我不很能够决定。又因为我的见闻很偏隘，所以未敢悉指中国全社会，只好缩而小之曰"学界"。

　　中国人的官瘾实在深，汉重孝廉②而有埋儿③刻木，宋重理学④而有高帽破靴，清重帖括⑤而有"且夫""然则"。总而言之：那魂灵就在做官，——行官势，摆官腔，打官话。顶着一个皇帝做傀儡，得罪了官就是得罪了皇帝，于是那些人就得了雅号曰"匪徒"。学界的打官话是始于去年，凡反对章士钊的都得了"土匪"，"学匪"，"学棍"的称号，但仍然不知道从谁的口中说出，所以还不外乎一种

---

　　① 《国魂》　国家主义团体联合会在北京出版的一份刊物。初为旬刊，后改为周刊。该刊1925年12月30日出版的第9期发表姜华的《学匪与学阀》，攻讦马裕藻（女师大"七教员宣言"署名者之一）为"学匪"。随后《京报副刊》于1926年1月10日发表周作人（署名何曾亮）的《国魂之学匪观》一文，与姜华的文章展开辩论。鲁迅本文是对周作人文章的声援，这是周氏兄弟失和以后的一次重要合作。

　　② 孝廉　汉代选拔官吏的科目之一。由各郡国从所属吏民中荐举"孝子"和"廉士"。

　　③ 埋儿　刻木指《孝子图》中郭巨埋儿和《搜神记》中丁兰刻木故事。郭巨、丁兰都是古代为人称道的"孝子"。相传，郭巨为供养母亲，要将亲生儿子埋葬；丁兰刻木作亡母人像，侍奉如生。二者俱因孝道得其"善报"。

　　④ 理学　宋代以后儒家哲学思想的泛称。汉儒古文经学派侧重于名物训诂，而宋儒则以阐释义理、兼谈性命为主，故有此称。理学始创于北宋周敦颐、邵雍、张载、程颐等人，后至南宋中期由朱熹集大成者。

　　⑤ 帖括　指科举应试文章，清代为八股文。这里所说的"高帽破鞋"，指宋代理学家的服饰，带有自我标榜意味。

"流言"。

　　但这也足见去年学界之糟了，竟破天荒的有了学匪。以大点的国事来比罢，太平盛世，是没有匪的；待到群盗如毛时，看旧史，一定是外戚，宦官，奸臣，小人当国，即使大打一通官话，那结果也还是"呜呼哀哉"。当这"呜呼哀哉"之前，小民便大抵相率而为盗，所以我相信源增先生①的话："表面上看只是些土匪与强盗，其实是农民革命军。"（《国民新报副刊》四三）那么，社会不是改进了么？并不，我虽然也是被谥为"土匪"之一，却并不想为老前辈们饰非掩过。农民是不来夺取政权的，源增先生又道："任三五热心家将皇帝推倒，自己过皇帝瘾去。"但这时候，匪便被称为帝，除遗老外，文人学者却都来恭维，又称反对他的为匪了。

　　所以中国的国魂里大概总有这两种魂：官魂和匪魂。这也并非硬要将我辈的魂挤进国魂里去，贪图与教授名流的魂为伍，只因为事实仿佛是这样。社会诸色人等，爱看《双官诰》②，也爱看《四杰村》③，望偏安巴蜀的刘玄德成功，也愿意打家劫舍的宋公明得法；至少，是受了官的恩惠时候则艳羡官僚，受了官的剥削时候便同情匪类。但这也是人情之常；倘使连这一点反抗心都没有，岂不就成为万劫不复的奴才了？

　　然而国情不同，国魂也就两样。记得在日本留学时候，有些同学问我在中国最有大利的买卖是什么，我答道："造反。"他们便大骇怪。在万世一系的国度是，那时听到皇帝可以一脚踢落，就如我们听说父母可以一棒打杀一般。为一部分士女所心悦诚服的李景林④先生，可就深知此意了，要是报纸上所传非虚。今天的《京报》即载着他对某外交官的谈话道："予预计于旧历正月间，当能与君在天津晤谈；若天津攻击竟至失败，则拟俟三四月间卷土重来，若再失败，则暂投土匪，徐养兵力，以待时机"云。但他所希望的不是做皇帝，那大概是因为中华民国之故罢。

　　所谓学界，是一种发生较新的阶级，本该可以有将旧魂灵略加涤洗之望了，但听到"学官"的官话，和"学匪"的新名，则似乎

---

　　①　**源增先生**　即谷源增，当时北京大学法文系学生。以下引文见他翻译的《帝国主义与帝国主义国家的工人阶级》一文的译后记，发表于1926年1月20日《国民新报副刊》。

　　②　**《双官诰》**　京剧剧目。由明代杨善之所著同名传奇改编而来。

　　③　**《四杰村》**　京剧剧目。故事出自清代无名氏著小说《绿牡丹》。

　　④　**李景林**（1885—1932）　奉系军阀将领。曾任直隶军务督办，直鲁联军副总司令。

还走着旧道路。那末，当然也得打倒的。这来打倒他的是"民魂"，是国魂的第三种。先前不很发扬，所以一闹之后，终不自取政权，而只"任三五热心家将皇帝推倒，自己过皇帝瘾去"了。

惟有民魂是值得宝贵的，惟有他发扬起来，中国才有真进步。但是，当此连学界也倒走旧路的时候，怎能轻易地发挥得出来呢？在乌烟瘴气之中，有官之所谓"匪"和民之所谓匪；有官之所谓"民"和民之所谓民；有官以为"匪"而其实是真的国民，有官以为"民"而其实是衙役和马弁。所以貌似"民魂"的，有时仍不免为"官魂"，这是鉴别魂灵者所应该十分注意的。

话又说远了，回到本题去。去年，自从章士钊提了"整顿学风"的招牌，上了教育总长的大任之后，学界里就官气弥漫，顺我者"通"，逆我者"匪"，官腔官话的余气，至今还没有完。但学界却也幸而因此分清了颜色；只是代表官魂的还不是章士钊，因为上头还有"减膳"执政①在，他至多不过做了一个官魄；现在是在天津"徐养兵力，以待时机"了。我不看《甲寅》，不知道说些什么话：官话呢，匪话呢，民话呢，衙役马弁话呢？……

一月二十四日

（原刊 1926 年 2 月 1 日《语丝》周刊第 64 期，后收入《华盖集续编》）

附　记

今天到东城去教书，在新潮社看见陈源教授的信，在北京大学门口看见《现代评论》，那《闲话》里正议论着章士钊的《甲寅》，说"也渐渐的有了生气了。可见做时事文章的人官实在是做不得的……自然有些'土匪'不妨同时做官僚……"这么一来，我上文的"逆我者'匪'"，"官腔官话的余气"云云，就又有了"放冷箭"的嫌疑了。现在特地声明：我原先是不过就一般而言，如果陈教授觉得痛了，那是中了流弹。要我在"至今还没有完"之后，加一句

---

① **"减膳"执政**　指段祺瑞。减膳，本指吃素或减少肴品，古代皇帝在发生天灾或天象变异时，往往采用减膳的形式表示"引咎自责"。自 1925 年下半年以来，段祺瑞政府在民众抗议、军阀乱内、财政困难等多方矛盾夹攻下，已难以支持。面临日渐高涨的要求段祺瑞下野的呼声，他在一些文告和讲话中做过"引咎自责"的姿态。所以，这里称他为"减膳"执政。

"如陈源等辈就是"，自然也可以。至于"顺我者'通'"的通字，却是此刻所改的，那根据就在章士钊之曾称陈源为"通品"。别人的褒奖，本不应拿来讥笑本人，然而陈源现就用着"土匪"的字样。有一回的《闲话》（《现代评论》五十）道："我们中国的批评家实在太宏博了。他们……在地上找寻窃贼，以致整本本的剽窃，他们倒往往视而不见。要举个例吗？还是不说吧，我实在不敢再开罪'思想界的权威'。"按照他这回的慷慨激昂例，如果要免于"卑劣"且有"半分人气"，是早应该说明谁是土匪，积案怎样，谁是剽窃，证据如何的。现在倘有记得那括弧中的"思想界的权威"六字，即曾见于《民报副刊》广告上的我的姓名之上，就知道这位陈源教授的"人气"有几多。

从此，我就以别人所说的"东吉祥派""正人君子""通品"等字样，加于陈源之上了，这回是用了一个"通"字；我要"以眼还眼以牙还牙"，或者以半牙，以两牙还一牙，因为我是人，难于上帝似的铢两悉称。如果我没有做，那是我的无力，并非我大度，宽恕了加害于我的敌人。还有，有些下贱东西，每以秽物掷人，以为人必不屑较，一计较，倒是你自己失了人格。我可要照样的掷过去，要是他掷来。但对于没有这样举动的人，我却不肯先动手；而且也以文字为限，"捏造事实"和"散布'流言'"的鬼蜮的长技，自信至今还不屑为。在马弁们的眼里虽然是"土匪"然而"盗亦有道"的。记起一件别的事来了。前几天九校"索薪"的时候，我也当作一个代表，因此很会见了几个前"公理维持会"即"女大后援会"中人。幸而他们倒并不将我捆送三贝子花园或运入深山，"投界豺虎"，也没有实行"割席"，将板凳锯开。终于"学官""学匪"，都化为"学丐"，同聚一堂，大讨其欠账，——自然是讨不来。记得有一个洋鬼子说过：中国先是官国，后来是土匪国，将来是乞丐国。单就学界而论，似乎很有点上这轨道了。想来一定有些人要后悔，去年竟抱了"有奶不是娘"主义，来反对章士钊的罢。

一月二十五日东壁灯下写

古书与白话

记得提倡白话那时，受了许多谣诼诬谤，而白话终于没有跌倒的时候，就有些人改口说：然而不读古书，白话是做不好的。我们自然应该曲谅这些保古家的苦心，但也不能不悯笑他们这祖传的成法。凡有读过一点古书的人都有这一种老手段：新起的思想，就是"异端"，必须歼灭的，待到它奋斗之后，自己站住了，这才寻出它原来与"圣教同源"；外来的事物，都要"用夷变夏"，必须排除的，但待到这"夷"入主中夏，却考订出来了，原来连这"夷"也还是黄帝的子孙。这岂非出人意料之外的事呢？无论什么，在我们的"古"里竟无不包函了！

用老手段的自然不会长进，到现在仍是说非"读破几百卷书者"即做不出好白话文，于是硬拉吴稚晖先生为例。可是竟又会有"肉麻当有趣"，述说得津津有味的，天下事真是千奇百怪。其实吴先生的"用讲话体为文"，既"其貌"也何尝与"黄口小儿所作若同"。不是"纵笔所之，辄万数千言"么？其中自然有古典，为"黄口小儿"所不知，尤有新典，为"束发小生"所不晓。清光绪末，我初到日本东京时，这位吴稚晖先生已在和公使蔡钧大战了①，其战史就有这么长，则见闻之多，自然非现在的"黄口小儿"所能企及。所以他的遣辞用典，有许多地方是惟独熟于大小故事的人物才能够了然，从青年看来，第一是惊异于那文辞的滂沛。这或者就是名流学

---

① **吴稚晖先生已在和公使蔡钧大战了** 1902 年夏，江苏省自费留学生钮瑗等九人申请入日本成城学校（陆军士官预备学校），由于当时驻日公使蔡钧拒绝保送，吴稚晖、孙揆均等 26 名留日学生曾往使馆请愿。蔡钧请日本警方拘捕吴、孙二人。在押往警署途中，吴稚晖跃入城壕自沉，遇救。随后事态扩大，留日学生举行集会，声讨蔡钧。一部分留日学生愤而归国，少数激烈分子酝酿组织团体。这是中国留日学生集体政治行动的开端。蔡钧（生卒年不详），字和甫，清末浙江仁和（今杭州）人。曾任苏松太道，光绪二十七年（1901）任出使日本大臣，在任时电请清廷停派留日学生。

者们所认为长处的罢，但是，那生命却不在于此。甚至于竟和名流学者们所拉拢恭维的相反，而在自己并不故意显出长处，也无法灭去名流学者们的所谓长处；只将所说所写，作为改革道中的桥梁，或者竟并不想到作为改革道中的桥梁。

愈是无聊赖，没出息的脚色，愈想长寿，想不朽，愈喜欢多照自己的照相，愈要占据别人的心，愈善于摆臭架子。但是，似乎"下意识"里，究竟也觉得自己之无聊的罢，便只好将还未朽尽的"古"一口咬住，希图做着肠子里的寄生虫，一同传世；或者在白话文之类里找出一点古气，反过来替古董增加宠荣。如果"不朽之大业"不过这样，那未免太可怜了罢。而且，到了二九二五年，"黄口小儿"们还要看什么《甲寅》之流，也未免过于可惨罢，即使它"自从孤桐先生下台之后……也渐渐的有了生气了"。

菲薄古书者，惟读过古书者最有力，这是的确的。因为他洞知弊病，能"以子之矛攻子之盾"，正如要说明吸雅片的弊害，大概惟吸过雅片者最为深知，最为痛切一般。但即使"束发小生"，也何至于说，要做戒绝雅片的文章，也得先吸尽几百两雅片才好呢。

古文已经死掉了；白话文还是改革道上的桥梁，因为人类还在进化。便是文章，也未必独有万古不磨的典则。虽然据说美国的某处已经禁讲进化论了[1]，但在实际上，恐怕也终于没有效的。

一月二十五日

（原刊 1926 年 2 月 2 日《国民新报副刊》，后收入《华盖集续编》）

---

[1] 美国的某处已经禁讲进化论了　指斯科普斯审判案（Scopes Trial）。1925 年 7 月美国田纳西州代顿镇中学教员斯科普斯（John Thomas Scopes）因讲授进化论而被控违反州法律，罚款 100 美元。斯科普斯上诉后免于罚款，但罪名成立。田纳西州高等法院裁定，该州禁止宣传任何与《圣经》相悖理论的法律规定并不违宪。这项法律直至 1967 年才被废除。

一点比喻

在我的故乡不大通行吃羊肉，阖城里，每天大约不过杀几匹山羊。北京真是人海，情形可大不相同了，单是羊肉铺就触目皆是。雪白的群羊也常常满街走，但都是胡羊，在我们那里称绵羊的。山羊很少见；听说这在北京却颇名贵了，因为比胡羊聪明，能够率领羊群，悉依它的进止，所以畜牧家虽然偶而养几匹，却只用作胡羊们的领导，并不杀掉它。

这样的山羊我只见过一回，确是走在一群胡羊的前面，脖子上还挂着一个小铃铎，作为智识阶级的徽章。通常，领的赶的却多是牧人，胡羊们便成了一长串，挨挨挤挤，浩浩荡荡，凝着柔顺有余的眼色，跟定他匆匆地竞奔它们的前程。我看见这种认真的忙迫的情形时，心里总想开口向它们发一句愚不可及的疑问——

"往那里去?!"

人群中也很有这样的山羊，能领了群众稳妥平静地走去，直到他们应该走到的所在。袁世凯①明白一点这种事，可惜用得不大巧，大概因为他是不很读书的，所以也就难于熟悉运用那些的奥妙。后来的武人可更蠢了，只会自己乱打乱割，乱得哀号之声，洋洋盈耳，结果是除了残虐百姓之外，还加上轻视学问，荒废教育的恶名。然而"经一事，长一智"，二十世纪已过了四分之一，脖子上挂着小铃铎的聪明人是总要交到红运的，虽然现在表面上还不免有些小挫折。

那时候，人们，尤其是青年，就都循规蹈矩，既不嚣张，也不

---

① 袁世凯（1859—1916） 字慰庭，河南项城人，近代军阀、政客。清末为直隶总督兼北洋大臣、军机大臣，武昌起义后被清廷任命为内阁总理大臣。转而胁迫清帝退位，在外国势力扶持下，窃取临时大总统职位。一九一六年一月复辟帝制，自命"洪宪"皇帝。同年六月面对护国运动的严正讨伐，死于焦虑之中。

浮动，一心向着"正路"前进了，只要没有人问——

"往那里去?!"

君子若曰："羊总是羊，不成了一长串顺从地走，还有什么别的法子呢？君不见夫猪乎？拖延着，逃着，喊着，奔突着，终于也还是被捉到非去不可的地方去，那些暴动，不过是空费力气而已矣。"

这是说：虽死也应该如羊，使天下太平，彼此省力。

这计划当然是很妥帖，大可佩服的。然而，君不见夫野猪乎？它以两个牙，使老猎人也不免于退避。这牙，只要猪脱出了牧豕奴所造的猪圈，走入山野，不久就会长出来。

Schopenhauer① 先生曾将绅士们比作豪猪，我想，这实在有些失体统。但在他，自然是并没有什么别的恶意的，不过拉扯来作一个比喻。《Parerga und Paralipomena》② 里有着这样意思的话：有一群豪猪，在冬天想用了大家的体温来御寒冷，紧靠起来了，但它们彼此即刻又觉得刺的疼痛，于是乎又离开。然而温暖的必要，再使它们靠近时，却又吃了照样的苦。但它们在这两种困难中，终于发现了彼此之间的适宜的间隔，以这距离，它们能够过得最平安。人们因为社交的要求，聚在一处，又因为各有可厌的许多性质和难堪的缺陷，再使他们分离。他们最后所发现的距离，——使他们得以聚在一处的中庸的距离，就是"礼让"和"上流的风习"。有不守这距离的，在英国就这样叫，"Keep your distance!"③

但即使这样叫，恐怕也只能在豪猪和豪猪之间才有效力罢，因为它们彼此的守着距离，原因是在于痛而不在于叫的。假使豪猪们中夹着一个别的，并没有刺，则无论怎么叫，它们总还是挤过来。孔子说：礼不下庶人④。照现在的情形看，该是并非庶人不得接近豪猪，却是豪猪可以任意刺着庶人而取得温暖。受伤是当然要受伤的，但这也只能怪你自己独独没有刺，不足以让他守定适当的距离。孔子又说：刑不上大夫。这就又难怪人们的要做绅士。

这些豪猪们，自然也可以用牙角或棍棒来抵御的，但至少必须

---

① **Schopenhauer** 今译叔本华。

② 《**Parerga und Paralipomena**》 即《副业与补遗》，叔本华的一本随笔集。

③ **"Keep your distance!"** 英语："保持你的距离!"

④ **礼不下庶人** 此句与下文刑不上大夫，均见《礼记·曲礼》。

拼出背一条豪猪社会所制定的罪名："下流"或"无礼"。

一月二十五日

（原刊 1926 年 2 月 25 日《莽原》第 4 期，后收入《华盖集续编》）

不是信

　　一个朋友忽然寄给我一张《晨报副刊》，我就觉得有些特别，因为他是知道我懒得看这种东西的。但既然特别寄来了，姑且看题目罢：《关于下面一束通信告读者们》。署名是：志摩。哈哈，这是寄来和我开玩笑的，我想；赶紧翻转，便是几封信，这寄那，那寄这，看了几行，才知道似乎还是什么"闲话……闲话"问题①。这问题我仅知道一点儿，就是曾在新潮社②看见陈源教授即西滢先生的信③，说及我"捏造的事实，传布的'流言'，本来已经说不胜说"。不禁好笑；人就苦于不能将自己的灵魂砍成酱，因此能有记忆，也因此而有感慨或滑稽。记得首先根据了"流言"，来判决杨荫榆事件即女师大风潮的，正是这位西滢先生，那大文便登在去年五月三十日发行的《现代评论》上。我不该生长"某籍"又在"某系"教书，所以也被归入"暗中挑剔风潮"者之列，虽然他说还不相信，不过觉得可惜。在这里声明一句罢，以免读者的误解："某系"云者，大约是指国文系，不是说研究系。那时我见了"流言"字样，曾经很愤然，立刻加以驳正，虽然也很自愧没有"十年读书十年养

---

　　① "闲话"问题　指 1926 年 1 月 9 日，陈西滢在《现代评论》第 57 期上发表的《闲话》引出的一桩公案。先是徐志摩在 1 月 13 日《晨报副刊》发表《"闲话"引出来的闲话》，对陈文大加赞扬。由于其文内陈西滢"忠贞"于女性，周作人便在 1 月 20 日《晨报副刊》撰文《闲话的闲话之闲话》，揭露了私下听到的有关陈西滢出言侮辱女学生的传闻。随后，1 月 30 日主持《晨报副刊》的徐志摩在《关于下面一束通信告读者们》的按语下，发表了陈西滢的《闲话的闲话之闲话引出的几封信》。其中致岂明（周作人）信中称对方捏造事实，还带有"先生兄弟两位"的语称，这就把鲁迅也扯进来了。

　　② 新潮社　五四时期北京大学的一个文化社团。由傅斯年、罗家伦等人发起，于 1918 年 10 月成立。该社鼓吹"伦理革命"和"文学革命"，出版《新潮》杂志和《新潮丛书》。鲁迅、李大钊、陈独秀等曾对该社活动予以支持。

　　③ 西滢先生的信　指陈西滢给岂明（周作人）的信。

气的工夫"①。不料过了半年，这些"流言"却变成由我传布的了，自造自己的"流言"，这真是自己掘坑埋自己，不必说聪明人，便是傻子也想不通。倘说这回的所谓"流言"，并非关于"某籍其系"的，乃是关于不信"流言"的陈源教授的了，则我实在不知道陈教授有怎样的被捏造的事实和流言在社会上传布。说起来惭愧煞人，我不赴宴会，很少往来，也不奔走，也不结什么文艺学术的社团，实在最不合式于做捏造事实和传布流言的枢纽。只是弄弄笔墨是在所不免的，但也不肯以流言为根据，故意给它传布开来，虽然偶有些"耳食之言"，又大抵是无关大体的事；要是错了，即使月久年深，也决不惜追加订正，例如对于汪原放先生"已作古人"一案②，其间竟隔了几乎有两年。——但这自然是只对于看过《热风》的读者说的。

这几天，我的"捏……言"罪案，仿佛只等于昙花一现了，《一束通信》的主要部分中，似乎也承情没有将我"流"进去，不过在后屁股的《西滢致志摩》是附带的对我的专论，虽然并非一案，却因为亲属关系而灭族，或文字狱的株连一般。灭族呀，株连呀，又有点"刑名师爷"③口吻了，其实这是事实，法家不过给他起了一个名，所谓"正人君子"是不肯说的，虽然不妨这样做。此外如甲对乙先用流言，后来却说乙制造流言这一类事，"刑名师爷"的笔下就简括到只有两个字："反噬"。呜呼，这实在形容得痛快淋漓。然而古语说，"察见渊鱼者不祥"④，所以"刑名师爷"总没有好结果，这是我早经知道的。

我猜想那位寄给我《晨报副刊》的朋友的意思了：来刺激我，讥讽我，通知我的，还是要我也说几句话呢？终于不得而知。好，好在现在正须还笔债，就用这一点事来搪塞一通罢，说话最方便的

---

① **"十年读书十年养气的工夫"** 这是李四光1926年2月1日在《晨报副刊》发表的致徐志摩信中的话。原话是："我听说鲁迅先生是当代比较有希望的文士……暗中希望有一天他自己查清事实（按：指李四光担任京师图书馆副馆长一职的月薪问题），知道天下人不尽像鲁迅先生的镜子里照出来的模样。到哪个时候，也许这个小小的动机，可以促使鲁迅先生作十年读书，十年养气的工夫。也许中国因此可以产生一个真正的文士。"

② **汪原放先生"已作古人"一案** 见本书《望勿"纠正"》一文篇末附记。

③ **"刑名师爷"** 即清代官署中承办刑事判牍的幕僚。这类幕僚中，绍兴人较多，因有"绍兴师爷"之称。陈西滢在致徐志摩的信中称鲁迅"是做了十几年官的刑名师爷"。

④ **"察见渊鱼者不祥"** 《列子·说符篇》："周谚有言：察见渊鱼者不祥，智料隐匿者有殃。"意谓了解内情太多容易惹祸上身。

题目是《鲁迅致□□》，既非根据学理和事实的论文，也不是"笑吟吟"的天才的讽刺，不过是私人通信而已，自己何尝愿意发表；无论怎么说，粪坑也好，毛厕也好，决定与"人气"无关。即不然，也是因为生气发热被别人逼成的，正如别的副刊将被《晨报副刊》"逼死"①一样。我的镜子真可恨，照出来的总是要使陈源教授呕吐的东西，但若以赵子昂②——"是不是他？"——画马为例，自然恐怕正是我自己。自己是没有什么要紧的，不过总得替□□想一想。现在不是要谈到《西滢致志摩》么，那可是极其危险的事，一不小心就要跌入"泥潭中"，遇到"悻悻的狗"③，暂时再也看不见"笑吟吟"。至少，一关涉陈源两个字，你总不免要被公理家认为"某籍"，"某系"，"某党"，"喽罗"，"重女轻男"……等；而且还得小心记住，倘有人说过他是文士，是法兰斯④，你便万不可再用"文士"或"法兰斯"字样，否则，——自然，当然又有"某籍"……等等的嫌疑了，我何必如此陷害无辜，《鲁迅致□□》决计不用，所以一直写到这里，还没有题目，且待写下去看罢。

我先前不是刚说我没有"捏造事实"么？那封信里举的却有。说是我说他"同杨荫榆女士有亲戚朋友的关系，并且吃了她许多的酒饭"了，其实都不对。杨荫榆女士的善于请酒，我说过的，或者别人也说过，并且偶见于新闻上。现在的有些公论家，自以为中立，其实却偏，或者和事主倒有亲戚，朋友，同学，同乡……等等关系，甚至于叨光了酒饭，我也说过的。这不是明明白白的么，报社收津贴，连同业中也互讦过，但大家仍都自称为公论。至于陈教授和杨

---

① **被《晨报副刊》"逼死"** 指陈西滢的一句戏言。1925年10月1日，徐志摩接手主编《晨报副刊》，当天在报上发表《我为什么来办我想怎么办》一文，其中提到陈西滢对他办副刊有一个俏皮说法，即"第一步逼死别家的副刊，第二步掐死自己的副刊，从此人类可永免副刊的灾殃。"

② **赵子昂** 赵孟頫（1254—1322），字子昂，宋元之际湖州（今属浙江）人，书画家。宋宗室，入元，官至翰林学士承旨。其书法世称"赵体"，又擅画人物、鞍马等。关于他画马的故事，清代吴升《大观录》记王穉登题赵孟頫《浴马图卷》："（赵孟頫）尝据床学马滚尘状，管夫人自牖中窥之，政见一匹滚尘马。"

③ **"悻悻的狗"** 陈西滢致徐志摩信中说："说起画像，忽然想起了本月二十三日《京报副刊》里林玉堂先生画的《鲁迅先生打叭儿狗图》。……你看他面上八字胡，头上皮帽，身上厚厚的一件大氅，很可以表出一个官僚的神情来。不过林先生的打叭儿狗的想象好像差一点。我以为最好的想象是鲁迅先生张着嘴立在泥潭中，后面立着一群悻悻的狗。"

④ **法兰斯** 今译法朗士（Anatole France，1844—1924），法国作家、社会活动家。著有长篇小说《企鹅岛》《众神渴了》等，1921年获诺贝尔文学奖。

女士是亲戚而且吃了酒饭，那是陈教授自己连结起来的，我没有说曾经吃酒饭，也不能保证未曾吃酒饭，没有说他们是亲戚，也不能保证他们不是亲戚，大概不过是同乡罢，但只要不是"某籍"，同乡有什么要紧呢。绍兴有"刑名师爷"，绍兴人便都是"刑名师爷"的例，是只适用于绍兴的人们的。

我有时泛论一般现状，而无意中触着了别人的伤疤，实在是非常抱歉的事。但这也是没法补救，除非我真去读书养气，一共廿年，被人们骗得老死牖下；或者自己甘心倒掉；或者遭了阴谋。即如上文虽然说明了他们是亲戚并不是我说的话，但因为列举的名词太多了，"同乡"两字，也足以招人"生气"，只要看自己愤然于"流言"中的"某籍"两字，就可想而知。照此看来，这一回的说"叭儿狗"（《莽原半月刊》第一期），怕又有人猜想我是指着他自己，在那里"悻悻"了。其实我不过是泛论，说社会上有神似这个东西的人，因此多说些它的主人：阔人，太监，太太，小姐。本以为这足见我是泛论了，名人们现在那里还有肯跟太监的呢，但是有些人怕仍要忽略了这一层，各各认定了其中的主人之一，而以"叭儿狗"自命。时势实在艰难，我似乎只有专讲上帝，才可以免于危险，而这事又非我所长。但是，倘使所有的只是暴戾之气，还是让它尽量发出来罢，"一群悻悻的狗"，在后面也好，在对面也好。我也知道将什么之气都放在心里，脸上笔下却全都"笑吟吟"，是极其好看的；可是掘不得，小小的挖一个洞，便什么之气都出来了。但其实这倒是真面目。

第二种罪案是"近一些的一个例"，陈教授曾"泛论图书馆的重要"，"说孤桐先生在他未下台以前发表的两篇文章里，这一层'他似乎没看到'。"我却轻轻地改为"听说孤桐先生倒是想到了这一节，曾经发表过文章，然而下台了，很可惜"了。而且还问道："你看见吗，那刀笔吏①的笔尖？""刀笔吏"是不会有漏洞的，我却与陈教授的原文不合，所以成了罪案，或者也就不成其为"刀笔吏"了罢。《现代评论》早已不见，全文无从查考，现在就据这一回的话，敬谨改正，为"据说孤桐先生在未下台以前发表的文章里竟也没想到；现在又下了台，目前无法补救了，很可惜"罢。这里附带地声明，

---

① **刀笔吏** 古时称办理案牍文书的低级吏员，后喻指讼师。陈西滢在给徐志摩的信中称鲁迅为"刀笔吏"。

我的文字中，大概是用别人的原文用引号，举大意用"据说"，述听来的类似"流言"的用"听说"，和《晨报》大将文例不相同。

第三种罪案是关于我说"北大教授兼京师图书馆副馆长月薪至少五六百元的李四光"的事，据说已告了一年的假，假期内不支薪，副馆长的月薪又不过二百五十元。别一张《晨副》上又有本人的声明，话也差不多，不过说月薪确有五百元，只是他"只拿二百五十元"，其余的"捐予图书馆购买某种书籍"了。此外还给我许多忠告，这使我非常感谢，但愿意奉还"文士"的称号，我是不属于这一类的。只是我以为告假和辞职不同，无论支薪与否，教授也仍然是教授，这是不待"刀笔吏"才能知道的。至于图书馆的月薪，我确信李教授（或副馆长）现在每月"只拿二百五十元"的现钱，是美国那面的；中国这面的一半，真说不定要拖欠到什么时候才有。但欠帐究竟也是钱，别人的兼差，大抵多是欠帐，连一半现钱也没有，可是早成了有些论客的口实了，虽然其缺点是在不肯及早捐出去。我想，如果此后每月必发，而以学校欠薪作比例，中国的一半是明年的正月间会有的，倘以教育部欠俸作比例，则须十七年正月间才有，那时购买书籍来，我一定就更正，只要我还在做"官僚"，因为这容易得知，我也自信还有这样的记性，不至于今年忘了去年事。但是，倘若又被章士钊们革掉，那就莫明其妙，更正的事也只好作罢了。可是我所说的职衔和钱数，在今日却是事实。

第四种的罪案是……陈源教授说，"好了，不举例了。"为什么呢？大约是因为"本来已经说不胜说"，或者是在矫正"打笔墨官司的时候，谁写得多，骂得下流，捏造得新奇就是谁的理由大"的恶习之故罢，所以就用三个例来概其全般，正如中国戏上用四个兵卒来象征十万大军一样。此后，就可以结束，漫骂——"正人君子"一定另有名称，但我不知道，只好暂用这加于"下流"人等的行为上的话——了。原文很可以做"正人君子"的真相的标本，删之可惜，扯下来粘在后面罢——

有人同我说，鲁迅先生缺乏的是一面大镜子，所以永远见不到他的尊容。我说他说错了。鲁迅先生的所以这样，正因为他有了一面大镜子。你听见过赵子昂——是不是他？——画马的故事罢？他要画一个姿势，就对镜伏地做出那个姿势来。鲁迅先生的文章也是对了他的大镜子写的，没有一句骂人的话不能应用在他自己的身上。要是你不信，我可以同你打一个赌。

这一段意思很了然，犹言我写马则自己就是马，写狗自己就是狗，说别人的缺点就是自己的缺点，写法兰斯自己就是法兰斯，说"臭毛厕"自己就是臭毛厕，说别人和杨荫榆女士同乡，就是自己和她同乡。赵子昂也实在可笑，要画马，看看真马就够了，何必定作畜生的姿势；他终于还是人，并不沦入马类，总算是侥幸的。不过赵子昂也是"某籍"，所以这也许还是一种"流言"，或自造，或那时的"正人君子"所造都说不定。这只能看作一种无稽之谈。倘若陈源教授似的信以为真，自己也照样做，则写法兰斯的时候坐下做一个法姿势，讲"孤桐先生"的时候立起作一个孤姿势，倒还堂哉皇哉；可是讲"粪车"①也就得伏地变成粪车，说"毛厕"即须翻身充当便所，未免连臭架子也有些失掉罢，虽然肚子里本来满是这样的货色。

> 不是有一次一个报馆访员称我们为"文士"吗？鲁迅先生为了那名字几乎笑掉了牙。可是后来某报天天鼓吹他是"思想界的权威者"②他倒又不笑了。
> 他没有一篇文章里不放几枝冷箭，但是他自己常常的说人"放冷箭"，并且说"放冷箭"是卑劣的行为。
> 他常常"散布流言"和"捏造事实"，如上面举出来的几个例，但是他自己又常常的骂人"散布流言""捏造事实"，并且承认那样是"下流"。
> 他常常的无故骂人，要是那人生气，他就说人家没有"幽默"。可是要是有人侵犯了他一言半语，他就跳到半天空，骂得你体无完肤——还不肯罢休。

这是根据了三条例和一个赵子昂故事的结论。其实是称别个为"文士"我也笑，称我为"思想界的权威者"我也笑，但牙却并非

---

① **"粪车"** 指陈西滢的一个说法。陈西滢在给徐志摩的信中说，他发表的那几封信，是半年来"被人攻击的一点回响"，他又描述了自己忍耐的状况——"譬如在一条又长又狭的胡同里，你的车跟着一辆粪车慢慢的走，你虽然掩住了口鼻，还少不得心中要作呕……我现在的情景正是这样。"

② **"思想界的权威者"** 当时《民报》在《京报》《晨报》上刊登广告中对鲁迅的誉词。

不是信

"笑掉"，据说是"打掉"的，这较可以使他们快意些。至于"思想界的权威者"等等，我连夜梦里也没有想做过，无奈我和"鼓吹"的人不相识，无从劝止他，不像唱双簧的朋友，可以彼此心照；况且自然会有"文士"来骂倒，更无须自己费力。我也不想借这些头衔去发财发福，有了它于实利上是并无什么好处的。我也曾反对过将自己的小说采入教科书，怕的是教错了青年，记得曾在报上发表；不过这本不是对上流人说的，他们当然不知道。冷箭呢，先是不肯的，后来也放过几枝，但总是对于先"放冷箭"用"流言"的如陈源教授之辈，"请君入瓮"，也给他尝尝这滋味。不过虽然对于他们，也还是明说的时候多，例如《语丝》上的《音乐》就说明是指徐志摩先生，《我的籍和系》和《并非闲话》也分明对西滢即陈源教授而发；此后也还要射，并无悔祸之心。至于署名，则去年以来只用一个，就是陈教授之所谓"鲁迅，即教育部佥事周树人"就是。但在下半年，应将"教育部佥事"五字删去，因为被"孤桐先生"所革；今年却又变了"暂署佥事"① 了，还未去做，然而豫备去做的，目的是在弄几文俸钱，因为我祖宗没有遗产，老婆没有奁田，文章又不值钱，只好以此暂且糊口。还有一个小目的，是在对于以我去年的免官为"痛快"者，给他一个不舒服，使他恨得扒耳搔腮，忍不住露出本相。至于"流言"，则先已说过，正是陈源教授首先发明的专卖品，独有他听到过许多；在我呢，心术是看不见的东西，且勿说，我的躲在家里的生活即不利于作"捏……言"的枢纽。剩下的只有"幽默"问题了，我又没有说过这些话，也没有主张过"幽默"，也许将这两字连写，今天还算第一回。我对人是"骂人"，人对我是"侵犯了一言半语"，这真使我记起我的同乡"刑名师爷"来，而且还是弄着不正经的"出重出轻"的玩意儿的时候。这样看来，一面镜子确是该有的，无论生在那一县。还有罪状哩——

　　　　他常常挖苦别人家抄袭。有一个学生钞了沫若② 的几句诗，

　　① **"暂署佥事"**　1926 年 1 月 17 日，教育部决定恢复鲁迅佥事一职，因当时上报北洋政府的命令尚未发布，故有"暂署佥事"一说。

　　② **沫若**　即郭沫若（1892—1978），字鼎堂，四川乐山人，现代作家、历史学家、古文字学家。著有诗集《女神》、剧本《屈原》《虎符》等。1921 年与郁达夫、成仿吾等组织创造社。

他老先生骂得刻骨镂心的痛快，可是他自己的《中国小说史略》①，却就是根据日本人盐谷温②的《支那文学概论讲话》里面的"小说"一部分。其实拿人家的著述做你自己的蓝本，本可以原谅，只要你在书中有那样的声明，可是鲁迅先生就没有那样的声明。在我们看来，你自己做了不正当的事也就罢了，何苦再去挖苦一个可怜的学生，可是他还尽量的把人家刻薄。"窃钩者诛，窃国者侯"，本是自古已有的道理。

这"流言"早听到过了；后来见于《闲话》，说是"整大本的摽窃"，但不直指我，而同时有些人的口头上，却相传是指我的《中国小说史略》。我相信陈源教授是一定会干这样勾当的。但他既不指名，我也就只回敬他一通骂街，这可实在不止"侵犯了他一言半语"。这回说出来了；我的"以小人之心"也没有猜错了"君子之腹"。但那罪名却改为"做你自己的蓝本"了，比先前轻得多，仿佛比自谦为"一言半语"的"冷箭"钝了一点似的。盐谷氏的书，确是我的参考书之一，我的《小说史略》二十八篇的第二篇，是根据它的，还有论《红楼梦》的几点和一张《贾氏系图》，也是根据它的，但不过是大意，次序和意见就很不同。其他二十六篇，我都有我独立的准备，证据是和他的所说还时常相反。例如现有的汉人小说，他以为真，我以为假；唐人小说的分类他据森槐南③，我却用我法。六朝小说他据《汉魏丛书》④，我据别本及自己的辑本，这工夫曾经费去两年多，稿本有十册在这里⑤；唐人小说他据谬误最多的《唐人说荟》⑥，我

---

① 《中国小说史略》　鲁迅关于中国小说史的学术专著。1923 年由新潮社印行上卷，次年印行下卷。1925 年修订后合为一册，由北新书局印行。

② 盐谷温（1878—1962）　日本汉学家。曾为东京帝国大学（今东京大学）教授，著有《支那文学概论讲话》等。

③ 森槐南（1863—1911）　日本汉学家、汉诗人。曾任教于东京帝国大学（今东京大学），著有《杜诗讲义》《中国诗学概说》等。

④ 《汉魏丛书》　一套收辑古经逸史、稗官野乘的丛书，凡 100 种。明代嘉靖时何镗辑。原稿未刻，万历以后有人选刻一部分，至清代乾隆时王谟重加编次，增刻至 96 种，题名《增刻汉魏丛书》。

⑤ 稿本有十册在这里　指鲁迅辑录的《古小说钩沉》。系从古代类书和其他著作中钩稽而来，收先秦迄隋散佚小说 36 种。

⑥ 《唐人说荟》　小说笔记丛书，一名《唐代丛书》。清代陈世熙编。其收集唐人传奇和笔记数量虽多，但未加审订，或擅改篇名，或妄题作者，甚或以宋人小说误作唐人传奇，错讹甚多。且所收传奇、笔记多系节录，并非全本。

是用《太平广记》①的，此外还一本一本搜起来……其余分量，取舍，考证的不同，尤难枚举。自然，大致是不能不同的，例如他说汉后有唐，唐后有宋，我也这样说，因为都以中国史实为"蓝本"。我无法"捏造得新奇"，虽然塞文狄斯的事实②和"四书"合成的时代也不妨创造。但我的意见，却以为似乎不可，因为历史和诗歌小说是两样的。诗歌小说虽有人说同是天才即不妨所见略同，所作相像，但我以为究竟也以独创为贵；历史则是纪事，固然不当偷成书，但也不必全两样。说诗歌小说相类不妨，历史有几点近似便是"摽窃"，那是"正人君子"的特别意见，只在以"一言半语""侵犯""鲁迅先生"时才适用的。好在盐谷氏的书听说（！）已有人译成（？）中文，两书的异点如何，怎样"整大本的摽窃"，还是做"蓝本"，不久（？）就可以明白了。在这以前，我以为恐怕连陈源教授自己也不知道这些底细，因为不过是听来的"耳食之言"。不知道对不对？（盐谷教授的《支那文学概论讲话》的译本，今年夏天看见了，将五百余页的原书，译成了薄薄的一本，那小说一部份，和我的也无从对比了。广告上却道"选译"。措辞实在聪明得很。十月十四日补记。）

但我还要对于"一个学生钞了沫若的几句诗"这事说几句话；"骂得刻骨镂心的痛快"的，似乎并不是我。因为我于诗向不留心，所以也没有看过"沫若的诗"，因此即更不知道别人的是否钞袭。陈源教授的那些话，说得坏一点，就是"捏造事实"，故意挑拨别人对我的恶感，真可以说发挥着他的真本领。说得客气一点呢，他自说写这信时是在"发热"，那一定是热度太高，发了昏，忘记装腔了，不幸显出本相；并且因为自己爬着，所以觉得我"跳到半天空"，自己抓破了皮肤或者一向就破着，却以为被我"骂"破了。——但是，我在有意或无意中碰破了一角纸糊绅士服，那也许倒是有的；此后

---

① 《太平广记》 类书，实际上也是一部小说总集。北宋李昉等奉敕纂辑。采录汉至宋初小说、笔记、稗史 470 余种，保存了大量古小说资料。

② 塞文狄斯的事实 塞文狄斯，今译塞万提斯。陈西滢在《现代评论》第 48 期（1925 年 11 月 7 日）的《闲话》里提到："有人游历西班牙，他的引导指了一个乞丐似的老人说，那就是写 Don Quixote 的 Cervantes（按：写《堂·吉诃德》的塞万提斯）。听者惊诧道：塞文狄斯么？怎样你们的政府让他这样的穷困？引导者道：要是政府养了他，他就不写 Don Quixote 那样的作品了。"这个故事见出自英国作家华兹所著《塞万提斯评传》一书。陈西滢显然没有看过那本书，可能是听人转述了其中一些内容，而将有些事实弄错了。如，其文中提到的那个外国旅游者并未跟塞万提斯见过面。

也保不定。彼此迎面而来，总不免要挤擦，碰磕，也并非"还不肯罢休"。

绅士的跳踉丑态，实在特别好看，因为历来隐藏蕴蓄着，所以一来就比下等人更浓厚。因这一回的放泄，我才悟到陈源教授大概是以为揭发叔华女士①的剽窃小说图画的文章，也是我做的，所以早就将"大盗"两字挂在"冷箭"上，射向"思想界的权威者"。殊不知这也不是我做的，我并不看这些小说。"琵亚词侣"②的画，我是爱看的，但是没有书，直到那"剽窃"问题发生后，才刺激我去买了一本 Art of A. Beardsley③ 来，化钱一元七。可怜教授的心目中所看见的并不是我的影，叫跳竟都白费了。遇见的"粪车"，也是境由心造的，正是自己脑子里的货色，要吐的唾沫，还是静静的咽下去罢。

太费纸张了，虽然我不至于娇贵到会发热，但也得赶紧的收梢。然而还得粘上一段大罪状——

> 据他自己的自传，他从民国元年便做了教育部的官，从没脱离过。所以袁世凯称帝，他在教育部，曹锟贿选，他在教育部，"代表无耻的彭允彝"做总长，他也在教育部，甚而至于"代表无耻的章士钊"免了他的职后，他还大嚷"佥事这一个官儿倒也并不算怎样的'区区'"，怎样有人在那里钻谋补他的缺，怎样以为无足轻重的人是"慷他人之概"，如是如是，这样这样……这像"青年叛徒的领袖"吗？

> 其实一个人做官也不大要紧，做了官再装出这样的面孔来可叫人有些恶心吧了。

> 现在又有人送他"土匪"的名号了。好一个"土匪"。

---

① **叔华女士** 即凌叔华（1904—1990），广东番禺人，现代作家。著有小说集《花之寺》《女人》等。当时有人指认她的小说《花之寺》系抄袭俄国作家契诃夫的《在消夏别墅》（见晨牧《零零碎碎》，1925 年 11 月 14 日《京报副刊》）；又有人揭发她在《晨报副刊》发表的人物画像系剽窃英国画家比亚兹莱的作品（见重余《似曾相识的〈晨报副刊〉篇首图案》，1925 年 10 月 8 日《京报副刊》）。本文前述"有人说同是天才即不妨所见略同，所作想像"，指陈西滢在《现代评论》第 50 期的《闲话》里为凌叔华所受此类责难作的辩解。当时，陈西滢与凌叔华正在热恋之中，后来结为夫妻。

② **"琵亚词侣"** 今译比亚兹莱（1872—1898），英国画家。曾为许多文学名著创作插图。

③ **Art of A. Beardsley** 《比亚兹莱画集》。

不是信

苦心孤诣给我加了上去的"土匪"的恶名，这一回忽又否认了，可见唾沫还是静静的咽下去好，免得后来自己舐回去。但是，"文士"别有慧心，那里会给我便宜呢，自然即代以自"袁世凯称帝"以来的罪恶，仿佛"称帝""贿选"那类事，我既在教育部，即等于全由我一手包办似的。这是真的，从那时以来，我确没有带兵独立过，但我也没有冷笑云南起义①，也没有希望国民军②失败；对于教育部，其实是脱离过两回，一是张勋复辟时，一就是章士钊长部时，前一回以教授的一点才力自然不知道，后一回却忘却得有些离奇。我向来就"装出这样的面孔"，不但毫不顾忌陈源教授可"有些恶心"，对于"孤桐先生"也一样。要在我的面孔上寻出些有趣来，本来是没头脑的妄想，还是去看别的面孔罢。

　　这类误解似乎不止陈源教授，有些人也往往如此，以为教员清高，官僚是卑下的。真所谓"得意忘形"，"官僚官僚"的骂着。可悲的就在此，现在的骂官僚的人里面，到外国去炸大③过一回而且做教员的就很多：所谓"钻谋补他的缺"的也就是这一流，那时我说"佥事这一个官儿倒也并不算怎样的'区区'"，就为此人的乘机想做官而发，刺他一针，聊且快意，不提防竟又被陈教授"刻骨镂心"的记住了，也许又疑心我向他在"放冷箭"了罢。

　　我并非因为自己是官僚，定要上侪于清高的教授之列，官僚的高下也因人而异，如所谓"孤桐先生"，做官时办《甲寅》，佩服的人就很多，下台之后，听说更有生气了。而我"下台"时所做的文章，岂不是不但并不更有生气，还招了陈源教授的一顿"教训"，而且罪孽深重，延祸"面孔"了么？这是以文才和面孔言；至于从别一方面看，则官僚与教授就有"一丘之貉"之叹，这就是说：钱的来源。国家行政机关的事务官所得的所谓俸钱，国立学校的教授所得的所谓薪水，还不是同一来源，出于国库的么？在曹锟政府下做

---

　　① **云南起义**　反对袁世凯复辟帝制的护国运动的主要事件。1915 年 12 月 12 日，袁世凯发布接受帝位申令。原云南都督蔡锷和国民党人李烈钧等联络云南督军唐继尧，于 25 日通电反袁，宣布云南独立，组建护国军，很快得到全国各省响应。袁世凯被迫于 1916 年 3 月 22 日宣布取消帝制。

　　② **国民军**　冯玉祥的部队。冯玉祥原属北洋直系军阀，1924 年联合胡景翼、孙岳发动"北京政变"，囚禁贿选总统曹锟，并将所部军队改组为"中华民国国民军"。

　　③ **炸大**　喻指当时留学生出国"镀金"后身价陡增。刘半农在《奉答陈通伯先生兼答 SSS 君及其前辈》（1926 年 2 月 1 日《语丝》第 34 期）一文中引吴稚晖的话说："留学生好比是面筋，到西洋那大油锅里去一泡，马上就蓬蓬勃勃涨得其大无外。"

国立学校的教员，和做官的没有大区别。难道教员的是捐给了学校，所以特别清高了？袁世凯称帝时代，陈源教授或者还在外国的研究室里，是到了曹锟贿选前后才做教授的，比我到北京迟得多，福气也比我好得多。曹锟贿选，他做教授，"代表无耻的彭允彝做总长"，他做教授，"甚而至于'代表无耻的章士钊'做总长"，他自然做教授，我可是被革掉了，甚而至于待到那"甚而至于'代表无耻的章士钊'"不做总长了，他自然还做教授，归国以来，一帆风顺，一个小钉子也没有碰。这当然是因为有适宜的面孔，不"叫人有些恶心"之故喽。看他脸上既无我一样的可厌的"八字胡子"，也可以说没有"官僚的神情"，所以对于他的面孔，却连我也并没有什么大"恶心"，而且仿佛还觉得有趣。这一类的面孔，只要再白胖一点，也许在中国就不可多得了。

不免招我说几句费话的不过是他对镜装成的姿势和"爆发"出来的蕴蓄，但又即刻掩了起来，关上大门，据说"大约不再打这样的笔墨官司"了。前面的香车既经杳然，我且不做叫门的事，因为这些时候所遇到的大概不过几个家丁；而且已是往"国立北京女子师范大学复校纪念会"的时候了，就这样的算收束。

二月一日

（原刊 1926 年 2 月 8 日《语丝》周刊第 65 期，后收入《华盖集续编》）

不是信

我还不能"带住"

　　一月三十日《晨报副刊》上满载着一些东西，现在有人称它为"攻周专号"，真是些有趣的玩意儿，倒可以看见绅士的本色。不知怎的，今天的《晨副》忽然将这事结束，照例用通信，李四光教授开场白，徐志摩"诗哲"接后段，一唱一和，说道"带住！让我们对着混斗的双方猛喝一声，带住！"了。还"声明一句，本刊此后不登载对人攻击的文字"云。

　　他们的什么"闲话……闲话"问题，本与我没有什么鸟相干，"带住"也好，放开也好，拉拢也好，自然大可以随便玩把戏。但是，前几天不是因为"令兄"关系，连我的"面孔"都攻击过了么？我本没有去"混斗"，倒是株连了我。现在我还没有怎样开口呢，怎么忽然又要"带住"了？从绅士们看来，这自然不过是"侵犯"了我"一言半语"，正无须"跳到半天空"，然而我其实也并没有"跳到半天空"，只是还不能这样地谨听指挥，你要"带住"了，我也就"带住"。

　　对不起，那些文字我无心细看，"诗哲"所说的要点，似乎是这样闹下去，要失了大学教授的体统，丢了"负有指导青年重责的前辈"的丑，使学生不相信，青年不耐烦了。可怜可怜，有臭赶紧遮起来。"负有指导青年重责的前辈"，有这么多的丑可丢，有那么多的丑怕丢么？用绅士服将"丑"层层包裹，装着好面孔，就是教授，就是青年的导师么？中国的青年不要高帽皮袍，装腔作势的导师；要并无伪饰，——倘没有，也得少有伪饰的导师。倘有戴着假面，以导师自居的，就得叫他除下来，否则，便将它撕下来，互相撕下来。撕得鲜血淋漓，臭架子打得粉碎，然后可以谈后话。这时候，即使只值半文钱，却是真价值；即使丑得要使人"恶心"，却是真面目。略一揭开，便又赶忙装进缎子盒里去，虽然可以使人疑是钻石，也可以猜作粪土，纵使外面满贴着好招牌，法兰斯呀，萧伯讷呀……

毫不中用的！

李四光教授先劝我"十年读书十年养气"。还一句绅士话罢：盛意可感。书是读过的，不止十年，气也养过的，不到十年，可是读也读不好，养也养不好。我是李教授所早认为应当"投畀豺虎"者之一，此时本已不必温言劝谕，说什么"弄到人家无故受累"，难道真以为自己是"公理"的化身，判我以这样巨罚之后，还要我叩谢天恩么？还有，李教授以为我"东方文学家的风味，似乎格外的充足……所以总要写到露骨到底，才尽他的兴会。"我自己的意见却绝不同。我正因为生在东方，而且生在中国，所以"中庸""稳妥"的余毒，还沦肌浃髓，比起法国的勃罗亚①——他简直称大报的记者为"蛆虫"——来，真是"小巫见大巫"，使我自惭究竟不及白人之毒辣勇猛。即以李教授的事为例罢：一，因为我知道李教授是科学家，不很"打笔墨官司"的，所以只要可以不提，便不提；只因为要回敬贵会友②一杯酒，这才说出"兼差"的事来。二，关于兼差和薪水一节，已在《语丝》（六五）上答复了，但也还没有"写到露骨到底"。

我自己也知道，在中国，我的笔要算较为尖刻的，说话有时也不留情面。但我又知道人们怎样地用了公理正义的美名，正人君子的徽号，温良敦厚的假脸，流言公论的武器，吞吐曲折的文字，行私利己，使无刀无笔的弱者不得喘息。倘使我没有这笔，也就是被欺侮到赴诉无门的一个；我觉悟了，所以要常用，尤其是用于使麒麟皮下露出马脚。万一那些虚伪者居然觉得一点痛苦，有些省悟，知道技俩也有穷时，少装些假面目，则用了陈源教授的话来说，就是一个"教训"。只要谁露出真价值来，即使只值半文，我决不敢轻

---

① **勃罗亚** 今译布洛瓦（Léon Bloy，1846—1917），法国作家、论辩家。其著作集中宣传人可以从痛苦与贫困中求得圣灵的救赎而领悟宇宙的玄机，常撰文抨击政界和文坛人物。著有小说《绝望》《贫妇》等。

② **贵会友** 指王世杰（1891—1981），字雪艇，湖北崇阳人，法学家。当时北京大学法律系教授，后进入政界，先后出任国民政府教育部长、国民党中央宣传部部长、国民政府外交部部长等职。他是《现代评论》创办人之一，也是1925年12月成立的"教育界公理维持会"（后改名"国立女子大学后援会"）的成员。他曾借北大教授在女师大兼职一事（按：北洋政府教育部曾规定国立大学教员不得跨校兼职，但事实上这一规定并未认真执行），抨击那些支持女师大学生运动的教员。对此，鲁迅在《"公理"的把戏》一文中指出，同为"教育界公理维持会"成员的李四光是北大教授兼京师图书馆副馆长，亦属"兼差"。

薄半句。但是，想用了串戏的方法来哄骗，那是不行的；我知道的，不和你们来敷衍。

"诗哲"为援助陈源教授起见，似乎引过罗曼罗兰①的话，大意是各人的身上都有鬼，但人却只知道打别人身上的鬼。没有细看，说不清了，要是差不多，那就是一并承认了陈源教授的身上也有鬼，李四光教授自然也难逃。他们先前是自以为没有鬼的。假使真知道了自己身上也有鬼，"带住"的事可就容易办了。只要不再串戏，不再摆臭架子，忘却了你们的教授的头衔，且不做指导青年的前辈，将你们的"公理"的旗插到"粪车"上去，将你们的绅士衣装抛到"臭毛厕"里去，除下假面具，赤条条地站出来说几句真话就够了！

二月三日

（原刊 1926 年 2 月 7 日《京报副刊》，后收入《华盖集续编》）

---

① **罗曼罗兰**（Romain Rolland，1866—1944） 今译罗曼·罗兰，法国作家。著有长篇小说《约翰·克利斯朵夫》《欣悦的灵魂》等，1915 年获诺贝尔文学奖。

无花的蔷薇

1

又是 Schopenhauer① 先生的话——

"无刺的蔷薇是没有的。——然而没有蔷薇的刺却很多。"

题目改变了一点，较为好看了。

"无花的蔷薇"也还是爱好看。

2

去年，不知怎的这位勖本华尔先生忽然合于我们国度里的绅士们的脾胃了，便拉扯了他的一点《女人论》；我也就夹七夹八地来称引了好几回，可惜都是刺，失了蔷薇，实在大煞风景，对不起绅士们。

记得幼小时候看过一出戏，名目忘却了，一家正在结婚，而勾魂的无常鬼已到，夹在婚仪中间，一同拜堂，一同进房，一同坐床……实在大煞风景，我希望我还不至于这样。

3

有人说我是"放冷箭者"②。

我对于"放冷箭"的解释，颇有些和他们一流不同，是说有人受伤，而不知这箭从什么地方射出。所谓"流言"者，庶几近之。但是我，却明明站在这里。

但是我，有时虽射而不说明靶子是谁，这是因为初无"与众共

---

① **Schopenhauer** 今译叔本华（本文译作勖本华尔）。以下引文出自他的《比喻、隐喻和寓言》。

② **"放冷箭者"** 这是陈西滢的说法。他在 1926 年 1 月 30 日《晨报副刊》发表的致徐志摩的信中指责鲁迅说"他没有一篇文章里不放几枝冷箭"。

弃"之心，只要该靶子独自知道，知道有了洞，再不要面皮鼓得急绷绷，我的事就完了。

4

蔡孑民①先生一到上海，《晨报》就据国闻社电报郑重地发表他的谈话，而且加以按语，以为"当为历年潜心研究与冷眼观察之结果，大足诏示国人，且为知识阶级所注意也。"

我很疑心那是胡适之先生的谈话，国闻社的电码有些错误了。

5

豫言者，即先觉，每为故国所不容，也每受同时人的迫害，大人物也时常这样。他要得人们的恭维赞叹时，必须死掉，或者沉默，或者不在面前。

总而言之，第一要难于质证。

如果孔丘，释迦，耶稣基督还活着，那些教徒难免要恐慌。对于他们的行为，真不知道教主先生要怎样慨叹。

所以，如果活着，只得迫害他。

待到伟大的人物成为化石，人们都称他伟人时，他已经变了傀儡了。

有一流人之所谓伟大与渺小，是指他可给自己利用的效果的大小而言。

6

法国罗曼罗兰先生今年满六十岁了。晨报社为此征文，徐志摩先生于介绍之余，发感慨道："……但如其有人拿一些时行的口号，什么打倒帝国主义等等，或是分裂与猜忌的现象，去报告罗兰先生说这是新中国，我再也不能预料他的感想了。"②（《晨副》一二九九）

他住得远，我们一时无从质证，莫非从"诗哲"的眼光看来，

---

① **蔡孑民** 即蔡元培（1868—1940），字鹤卿，号孑民，近代教育家。五四时期任北京大学校长，是新文化运动的有力支持者。

② 引自徐志摩在 1925 年 10 月 31 日《晨报副刊》发表的《罗曼罗兰》一文。该文后收入他的散文集《巴黎的鳞爪》（1927 年 8 月新月书店出版）。

罗兰先生的意思，是以为新中国应该欢迎帝国主义的么？

"诗哲"又到西湖看梅花去了，一时也无从质证。不知孤山的古梅，著花也未，可也在那里反对中国人"打倒帝国主义"？

7

志摩先生曰："我很少夸奖人的。但西滢就他学法朗士的文章说，我敢说，已经当得起一句天津话：'有根'了。"而且"像西滢这样，在我看来，才当得起'学者'的名词"。（《晨副》一四二三）

西滢教授曰："中国的新文学运动，方在萌芽，可是稍有贡献的人，如胡适之，徐志摩，郭沫若，郁达夫，丁西林，周氏兄弟等等都是曾经研究过他国文学的人。尤其是志摩他非但在思想方面，就是在体制方面，他的诗及散文，都已经有一种中国文学里从来不曾有过的风格。"①（《现代》六三）

虽然抄得麻烦，但中国现今"有根"的"学者"和"尤其"的思想家及文人，总算已经互相选出了。

8

志摩先生曰："鲁迅先生的作品，说来大不敬得很，我拜读过很少，就只《呐喊》集里两三篇小说，以及新近因为有人尊他是中国的尼采他的《热风》集里的几页。他平常零星的东西，我即使看也等于白看，没有看进去或是没有看懂。"②（《晨副》一四三三）

西滢教授曰："鲁迅先生一下笔就构陷人家的罪状。……可是他的文章，我看过了就放进了应该去的地方——说句体己话，我觉得它们就不应该从那里出来——手边却没有。"③（同上）

虽然抄得麻烦，但我总算已经被中国现在"有根"的"学者"和"尤其"的思想家及文人协力踏倒了。

9

但我愿奉还"曾经研究过他国文学"的荣名。"周氏兄弟"之

---

① 引自陈西滢在 1926 年 2 月 20 日《现代评论》第 3 卷第 63 期发表的《闲话》。

② 引自徐志摩在 1926 年 1 月 30 日《晨报副刊》发表的《关于下面一束通信告读者们》。

③ 引自陈西滢在 1926 年 1 月 30《晨报副刊》发表的致徐志摩的信。

一，一定又是我了。我何尝研究过什么呢，做学生时候看几本外国小说和文人传记，就能算"研究过他国文学"么？

该教授——恕我打一句"官话"——说过，我笑别人称他们为"文士"，而不笑"某报天天鼓吹"我是"思想界的权威者"。现在不了，不但笑，简直唾弃它。

10

其实呢，被毁则报，被誉则默，正是人情之常。谁能说人的左颊既受爱人接吻而不作一声，就得援此为例，必须默默地将右颊给仇人咬一口呢？

我这回的竟不要那些西滢教授所颁赏陪衬的荣名，"说句体己话"罢，实在是不得已。我的同乡不是有"刑名师爷"的么？他们都知道，有些东西，为要显示他伤害你的时候的公正，在不相干的地方就称赞你几句，似乎有赏有罚，使别人看去，很像无私……

"带住！"又要"构陷人家的罪状"了。只是这一点，就已经够使人"即使看也等于白看"，或者"看过了就放进了应该去的地方"了。

二月二十七日

（原刊 1926 年 3 月 8 日《语丝》周刊第 69 期，后收入《华盖集续编》）

无花的蔷薇之二

1

英国勃尔根①贵族曰："中国学生只知阅英文报纸，而忘却孔子之教。英国之大敌，即此种极力诅咒帝国而幸灾乐祸之学生。……中国为过激党之最好活动场……"（一九二五年六月三十日伦敦路透电。）

南京通信云："基督教城中会堂聘金大教授某神学博士讲演，中有谓孔子乃耶稣之信徒，因孔子吃睡时皆祷告上帝。当有听众……质问何所据而云然；博士语塞。时乃有教徒数人，突紧闭大门，声言'发问者，乃苏俄卢布买收来者'。当呼警捕之。……"（三月十一日《国民公报》。）

苏俄的神通真是广大，竟能买收叔梁纥②，使生孔子于耶稣之前，则"忘却孔子之教"和"质问何所据而云然"者，当然都受着卢布的驱使无疑了。

2

西滢教授曰："听说在'联合战线'中，关于我的流言特别多，并且据说我一个人每月可以领到三千元。'流言'是在口上流的，在纸上到也不大见。"（《现代》六十五。）

该教授去年是只听到关于别人的流言的，却由他在纸上发表；据说今年却听到关于自己的流言了，也由他在纸上发表。"一个人每月可以领到三千元"，实在特别荒唐，可见关于自己的"流言"都不可信。但我以为关于别人的似乎倒是近理者居多。

---

① **勃尔根** 当时英国政府的印度事务大臣。
② **叔梁纥** 孔子的父亲。孔子生于公元前551年，比耶稣诞生早五百多年。

3

据说"孤桐先生"下台之后，他的什么《甲寅》居然渐渐的有了活气了。可见官是做不得的。

然而他又做了临时执政府秘书长了，不知《甲寅》可仍然还有活气？如果还有，官也还是做得的……

4

已不是写什么"无花的蔷薇"的时候了。

虽然写的多是刺，也还要些和平的心。

现在，听说北京城中，已经施行了大杀戮①了。当我写出上面这些无聊的文字的时候，正是许多青年受弹饮刃的时候。呜呼，人和人的魂灵，是不相通的。

5

中华民国十五年三月十八日，段祺瑞政府使卫兵用步枪大刀，在国务院门前包围虐杀徒手请愿，意在援助外交之青年男女，至数百人之多。还要下令，诬之曰"暴徒"！

如此残虐险狠的行为，不但在禽兽中所未曾见，便是在人类中也极少有的，除却俄皇尼古拉二世使可萨克兵击杀民众的事②，仅有一点相像。

6

中国只任虎狼侵食，谁也不管。管的只有几个年青的学生，他们本应该安心读书的，而时局漂摇得他们安心不下。假如当局者稍有良心，应如何反躬自责，激发一点天良？

然而竟将他们虐杀了！

---

① **大杀戮** 指"三一八"惨案。3 月 18 日早晨鲁迅已知道上午将有群众去执政府请愿。下午，女师大学生许羡苏到鲁迅的西三条寓所，报告了卫队开枪屠杀群众，刘和珍等遇害的噩耗。鲁迅闻后中断了以上第三节写作。

② **俄皇尼古拉二世使可萨克兵击杀民众的事** 1905 年 1 月 22 日（俄历 1 月 9 日），俄国沙皇尼古拉二世命令士兵向到冬宫请愿的工人群众开枪，一千多人被击毙，两千多人受伤，史称"流血的星期日"。

7

假如这样的青年一杀就完，要知道屠杀者也决不是胜利者。

中国要和爱国者的灭亡一同灭亡。屠杀者虽然因为积有金资，可以比较长久地养育子孙，然而必至的结果是一定要到的。"子孙绳绳"① 又何足喜呢？灭亡自然较迟，但他们要住最不适于居住的不毛之地，要做最深的矿洞的矿工，要操最下贱的生业……

8

如果中国还不至于灭亡，则已往的史实示教过我们，将来的事便要大出于屠杀者的意料之外——

这不是一件事的结束，是一件事的开头。

墨写的谎说，决掩不住血写的事实。

血债必须用同物偿还。拖欠得愈久，就要付更大的利息！

9

以上都是空话。笔写的，有什么相干？

实弹打出来的却是青年的血。血不但不掩于墨写的谎语，不醉于墨写的挽歌；威力也压它不住，因为它已经骗不过，打不死了。

三月十八日，民国以来最黑暗的一天，写。

（原刊 1926 年 3 月 29 日《语丝》周刊第 72 期，后收入《华盖集续编》）

---

① **"子孙绳绳"** 《诗经·大雅·抑》："子孙绳绳，万民靡不承。"绳绳，承续，绵延不绝。

无花的蔷薇之二

"死地"

　　从一般人，尤其是久受异族及其奴仆鹰犬的蹂躏的中国人看来，杀人者常是胜利者，被杀者常是劣败者。而眼前的事实也确是这样。

　　三月十八日段政府惨杀徒手请愿的市民和学生的事，本已言语道断①，只使我们觉得所住的并非人间。但北京的所谓言论界，总算还有评论，虽然纸笔喉舌，不能使洒满府前的青年的热血逆流入体，仍复苏生转来。无非空口的呼号，和被杀的事实一同逐渐冷落。

　　但各种评论中，我觉得有一些比刀枪更可以惊心动魄者在。这就是几个论客，以为学生们本不应当自蹈死地，前去送死的。倘以为徒手请愿是送死，本国的政府门前是死地，那就中国人真将死无葬身之所，除非是心悦诚服地充当奴子，"没齿而无怨言"②。不过我还不知道中国人的大多数人的意见究竟如何。假使也这样，则岂但执政府前，便是全中国，也无一处不是死地了。

　　人们的苦痛是不容易相通的。因为不易相通，杀人者便以杀人为唯一要道，甚至于还当作快乐。然而也因为不容易相通，所以杀人者所显示的"死之恐怖"，仍然不能够儆戒后来，使人民永远变作牛马。历史上所记的关于改革的事，总是先仆后继者，大部分自然是由于公义，但人们的未经"死之恐怖"，即不容易为"死之恐怖"所慑，我以为也是一个很大的原因。

　　但我却恳切地希望："请愿"的事，从此可以停止了。倘用了这许多血，竟换得一个这样的觉悟和决心，而且永远纪念着，则似乎还不算是很大的折本。

　　世界的进步，当然大抵是从流血得来。但这和血的数量，是没

---

　　①　**言语道断**　佛家语。原意即无上妙谛，非言语所能表达，这里表示悲愤到无话可说。

　　②　**"没齿而无怨言"**　《论语·宪问》："饭疏食，没齿无怨言。"没齿，终其一生。

有关系的，因为世上也尽有流血很多，而民族反而渐就灭亡的先例。即如这一回，以这许多生命的损失，仅博得"自蹈死地"的批判，便已将一部分人心的机微示给我们，知道在中国的死地是极其广博。

现在恰有一本罗曼罗兰的《Le Jeu de L'Amour et de La Mort》[①]在我面前，其中说：加尔是主张人类为进步计，即不妨有少许污点，万不得已，也不妨有一点罪恶的；但他们却不愿意杀库尔跋齐，因为共和国不喜欢在臂膊上抱着他的死尸，因为这过于沉重。

会觉得死尸的沉重，不愿抱持的民族里，先烈的"死"是后人的"生"的唯一的灵药，但倘在不再觉得沉重的民族里，却不过是压得一同沦灭的东西。

中国的有志于改革的青年，是知道死尸的沉重的，所以总是"请愿"。殊不知别有不觉得死尸的沉重的人们在，而且一并屠杀了"知道死尸的沉重"的心。

死地确乎已在前面。为中国计，觉悟的青年应该不肯轻死了罢。

三月二十五日

（原刊 1926 年 3 月 30 日《国民新报副刊》，后收入《华盖集续编》）

---

① 《Le Jeu de L'Amour et de La Mort》 即《爱与死的搏斗》，罗曼罗兰（今译作罗曼·罗兰）所著反映法国大革命的剧本。其中有这样一个情节：议员库尔跋齐触犯了共和国法律，应处死刑；这时，他的朋友政治委员会委员加尔在罗伯斯庇尔的默许下给他送来了冒名的护照，劝他立即带着妻子逃走。鲁迅这里所用"共和国不喜欢在胳膊上抱着他的死尸……"一语，是加尔的一段台词。

可惨与可笑

　　三月十八日的惨杀事件，在事后看来，分明是政府布成的罗网，纯洁的青年们竟不幸而陷下去了，死伤至于三百多人。这罗网之所以布成，其关键就全在于"流言"的奏了功效。

　　这是中国的老例，读书人的心里大抵含着杀机，对于异己者总给他安排下一点可死之道。就我所眼见的而论，凡阴谋家攻击别一派，光绪年间用"康党"，宣统年间用"革党"，民二①以后用"乱党"，现在自然要用"共产党"了。其实，去年有些"正人君子"们称别人为"学棍""学匪"的时候，就有杀机存在，因为这类诨号，和"臭绅士""文士"之类不同，在"棍""匪"字里，就藏着可死之道的。但这也许是"刀笔吏"式的深文周纳。

　　去年，为"整顿学风"计，大传播学风怎样不良的流言，学匪怎样可恶的流言，居然很奏了效。今年，为"整顿学风"计，又大传播共产党怎样活动，怎样可恶的流言，又居然很奏了效。于是便将请愿者作共产党论，三百多人死伤了，如果有一个所谓共产党的首领死在里面，就更足以证明这请愿就是"暴动"。

　　可惜竟没有。这该不是共产党了罢。据说也还是的，但他们全都逃跑了，所以更可恶。而这请愿也还是暴动，做证据的有一根木棍，两支手枪，三瓶煤油。姑勿论这些是否群众所携去的东西；即使真是，而死伤三百多人所携的武器竟不过这一点，这是怎样可怜的暴动呵！

　　但次日，徐谦，李大钊，李煜瀛，易培基，顾兆熊的通缉令②发

———

① 民二　指民国二年，即 1913 年。当时孙中山领导国民党人发起讨袁战争（二次革命），被袁世凯称作"乱党"。

② 徐谦，李大钊，李煜瀛，易培基，顾兆雄的通缉令　徐谦（1871—1940），字季龙，安徽歙县人，法学家，当时是国民党中央执行委员、北京分部主任。李大钊（1889—1927），字守常，河北乐亭人，中国共产党创始人之一，当时是北京大学教授。（转下页）

表了。因为他们"啸聚群众",像去年女子师范大学生的"啸聚男生"（章士钊解散女子师范大学呈文语）一样，"啸聚"了带着一根木棍，两支手枪，三瓶煤油的群众。以这样的群众来颠覆政府，当然要死伤三百多人；而徐谦们以人命为儿戏到这地步，那当然应该负杀人之罪了；而况自己又不到场，或者全都逃跑了呢？

以上是政治上的事，我其实不很了然。但从别一方面看来，所谓"严拿"者，似乎倒是赶走；所谓"严拿"暴徒者，似乎不过是赶走北京中法大学校长兼清室善后委员会①委员长（李），中俄大学校长（徐），北京大学教授（李大钊），北京大学教务长（顾），女子师范大学校长（易）；其中的三个又是俄款委员会②委员：一共空出九个"优美的差缺"也。

同日就又有一种谣言，便是说还要通缉五十多人；但那姓名的一部分，却至今日才见于《京报》。③这种计画，在目下的段祺瑞政府的秘书长章士钊之流的脑子里，是确实会有的。国事犯多至五十余人，也是中华民国的一个壮观；而且大概多是教员罢，倘使一同放下五十多个"优美的差缺"，逃出北京，在别的地方开起一个学校来，倒也是中华民国的一件趣事。

那学校的名称，就应该叫作"啸聚"学校。

三月二十六日

（原刊1926年3月28日《京报副刊》，后收入《华盖集续编》）

（接上页）李煜瀛（1881—1973），字石曾，河北高阳人，教育家、外交家，曾任北京大学教授、中法大学校长，当时是国民党中央监察委员。易培基（1880—1937），字寅村，湖南长沙人，教育家，曾任北洋政府教育总长、北京女子师范大学校长、故宫博物院院长等职。顾兆雄，即顾孟余（1888—1972），原名兆雄，字孟余，河北宛平（今属北京）人，经济学家、教育家，当时任北京大学经济系主任、教务长，1926年以后是国民党中央执行委员会常务委员。以上五人，因在"三一八"惨案中支持爱国学生，被段祺瑞政府下令通缉。

① 清室善后委员会　1924年11月5日，冯玉祥逐清废帝溥仪出宫，随后北洋政府设立一个专门委员会办理清室善后事务并负责接手故宫文物。

② 俄款委员会　即俄国退还庚子赔款委员会。根据1924年5月中苏两国政府签订的《中俄协定》，苏俄退还中国庚子赔款中尚未付给的部分，用于中国教育事业。为此，由中苏两国联合组成一个专门委员会，负责有关事宜。李煜瀛、徐谦、顾兆雄三人均为这个委员会的委员。

③ 据1926年3月26日《京报》披露："该项通缉令所罗织之罪犯闻竟有50人之多，如……周树人（即鲁迅）、许寿裳、马裕藻……等，均包括在内。"鲁迅在友人敦促下，当时离开寓所，暂到西城锦坊街96号莽原社避难。本文即在避难处撰笔。

空　谈

一

请愿的事，我一向就不以为然的，但并非因为怕有三月十八日那样的惨杀。那样的惨杀，我实在没有梦想到，虽然我向来常以"刀笔吏"的意思来窥测我们中国人。我只知道他们麻木，没有良心，不足与言，而况是请愿，而况又是徒手，却没有料到有这么阴毒与凶残。能逆料的，大概只有段祺瑞，贾德耀①，章士钊和他们的同类罢。四十七个男女青年的生命，完全是被骗去的，简直是诱杀。

有些东西——我称之为什么呢，我想不出——说：群众领袖应负道义上的责任。这些东西仿佛就承认了对徒手群众应该开枪，执政府前原是"死地"，死者就如自投罗网一般。群众领袖本没有和段祺瑞等辈心心相印，也未曾互相沟通，怎么能够料到这阴险的辣手。这样的辣手，只要略有人气者，是万万豫想不到的。

我以为倘要锻炼②群众领袖的错处，只有两点：一是还以请愿为有用；二是将对手看得太好了。

二

但以上也仍然是事后的话。我想，当这事实没有发生以前，恐怕谁也不会料到要演这般的惨剧，至多，也不过获得照例的徒劳罢了。只有有学问的聪明人能够先料到，承认凡请愿就是送死。

陈源教授的《闲话》说："我们要是劝告女志士们，以后少加入群众运动，她们一定要说我们轻视她们，所以我们也不敢来多嘴。

---

① **贾德耀**（生卒年未详）　字昆庭，安徽合肥人。日本士官学校毕业，曾任保定军校校长、北洋政府陆军总长。1926年春，任段祺瑞执政府总理，是"三一八"惨案元凶之一。

② **锻炼**　这里指陷人于罪。

可是对于未成年的男女孩童，我们不能不希望他们以后不再参加任何运动。"（《现代评论》六十八）为什么呢？因为参加各种运动，是甚至像这次一样，要"冒枪林弹雨的险，受践踏死伤之苦"的。

这次用了四十七条性命，只购得一种见识：本国的执政府前是"枪林弹雨"的地方，要去送死，应该待到成年，出于自愿的才是。

我以为"女志士"和"未成年的男女孩童"，参加学校运动会，大概倒还不至于有很大的危险的。至于"枪林弹雨"中的请愿，则虽是成年的男志士们，也应该切切记住，从此罢休！

看现在竟如何。不过多了几篇诗文，多了若干谈助。几个名人和什么当局者在接洽葬地①，由大请愿改为小请愿了。埋葬自然是最妥当的收场。然而很奇怪，仿佛这四十七个死者，是因为怕老来死后无处埋葬，特来挣一点官地似的。万生园多么近，而四烈士坟前还有三块墓碑不镌一字，更何况僻远如圆明园。

死者倘不埋在活人的心中，那就真真死掉了。

三

改革自然常不免于流血，但流血非即等于改革。血的应用，正如金钱一般，吝啬固然是不行的，浪费也大大的失算。我对于这回的牺牲者，非常觉得哀伤。

但愿这样的请愿，从此停止就好。

请愿虽然是无论那一国度里常有的事，不至于死的事，但我们已经知道中国是例外，除非你能将"枪林弹雨"消除。正规的战法，也必须对手是英雄才适用。汉末总算还是人心很古的时候罢，恕我引一个小说上的典故：许褚②赤体上阵，也就很中了好几箭。而金圣叹③还笑他道："谁叫你赤膊？"

至于现在似的发明了许多火器的时代，交兵就都用壕堑战。这并非吝惜生命，乃是不肯虚掷生命，因为战士的生命是宝贵的。在

---

① **几个名人和什么当局者在接洽葬地** 1926 年 3 月 27 日，北京一些团体、学校与被难者家属召开联席会议。民国大学校长雷殷提出公葬地点以圆明园为宜，并说已与内务总长屈映光接洽，得到允诺云云。

② **许褚** 《三国演义》中曹操手下的一员猛将。

③ **金圣叹**（1608—1661） 名人瑞，吴县（今苏州）人，字圣叹，明末清初文人。曾批注《水浒》《西厢记》等书。这里引述对许褚的评语见清人毛宗岗《三国演义》评本。因毛本假托"圣叹外书"之名，过去人们习惯上也称金圣叹评本。

战士不多的地方，这生命就愈宝贵。所谓宝贵者，并非"珍藏于家"，乃是要以小本钱换得极大的利息，至少，也必须卖买相当。以血的洪流淹死一个敌人，以同胞的尸体填满一个缺陷，已经是陈腐的话了。从最新的战术的眼光看起来，这是多么大的损失。

这回死者的遗给后来的功德，是在撕去了许多东西的人相，露出那出于意料之外的阴毒的心，教给继续战斗者以别种方法的战斗。

四月二日

（原刊 1926 年 4 月 10 日《国民新报副刊》，后收入《华盖集续编》）

如此"讨赤"[*]

京津间许多次大小战争，战死了不知多少人，为"讨赤"也；执政府前开排枪，打死请愿者四十七，伤百余，通缉"率领暴徒"之徐谦等人五，为"讨赤"也；奉天①飞机三临北京之空中，掷下炸弹，杀两妇人，伤一小黄狗，为"讨赤"也。

京津间战死之兵士和北京中被炸死之两妇人和被炸伤之一小黄狗，是否即"赤"，尚无"明令"，下民不得而知。至于府前枪杀之四十七人，则第一"明令"已云有"误伤"矣；京师地方检察厅公函又云"此次集会请愿宗旨尚属正当，又无不正之行为"矣；而国务院会议又将"从优拟恤"矣。然则徐谦们所率领的"暴徒"那里去了呢？他们都有符咒，能避枪炮的么？

总而言之："讨"则"讨"矣了，而"赤"安在呢？

而"赤"安在，姑且勿论。归根结蒂，"烈士"落葬，徐谦们逃亡，两个俄款委员会委员出缺②。六日《京报》云："昨日九校③教职员联席会议代表在法政大学开会，查良钊主席，先报告前日因俄款委员会改组事，与教长胡仁源接洽之情形；次某代表发言，略云，政府此次拟以外教财三部事务官接充委员，同人应绝对反对，并非反对该项人员人格，实因俄款数目甚大，中国教育界仰赖甚深……"

又有一条新闻，题目是："五私大④亦注意俄款委员会"云。

---

* **"讨赤"** 1926 年春，奉系军阀李景林、张宗昌所部直鲁联军对冯玉祥的国民军进行讨伐。因奉系认为冯玉祥已经"赤化"，故称这种军事行动为"讨赤"。

① **奉天** 辽宁省的旧称。这里指奉系军阀。

② **两个俄款委员会委员出缺** 当时"出缺"的俄款委员会委员应为三人。参见本书《可惨与可笑》一文有关注条。

③ **九校** 指当时北京的九所国立大学，即北京大学、北京师范大学、北京女子师范大学、女子大学、工业大学、农业大学、医科大学、法政大学、艺术专门学校。

④ **五私大** 指当时北京的五所私立大学，即朝阳大学、民国大学、中国大学、平民大学、华北大学。

四十七人之死，有功于"中国教育界"良非浅尠也。"从优拟恤"，谁曰不宜!？而今而后，庶几"中国教育界"中，不至于再称异己者为"卢布党"欤?

四月六日

（原刊 1926 年 4 月 10 日《京报副刊》，后收入《华盖集续编》）

无花的蔷薇之三

1

积在天津的纸张运不到北京，连印书也颇受战争的影响，我的旧杂感的结集《华盖集》付印两月了，排校还不到一半。可惜先登了一个预告，以致引出陈源教授的"反广告"来——

"我不能因为我不尊敬鲁迅先生的人格，就不说他的小说好，我也不能因为佩服他的小说，就称赞他其余的文章。我觉得他的杂感，除了《热风》中二三篇外，实在没有一读之价值。"（《现代评论》七十一，《闲话》。）

这多么公平！原来我也是"今不如古"了；《华盖集》的销路，比起《热风》来，恐怕要较为悲观。而且，我的作小说，竟不料是和"人格"无关的。"非人格"的一种文字，像新闻记事一般的，倒会使教授"佩服"，中国又仿佛日见其光怪陆离了似的，然则"实在没有一读之价值"的杂感，也许还要存在罢。

2

做那有名的小说《Don Quijote》① 的 M. de Cervantes 先生，穷则有之，说他像叫化子，可不过是一种特别流行于中国学者间的流言。他说 Don Quijote 看游侠小说看疯了，便自己去做侠客，打不平。他的亲人知道是书籍作的怪，就请了间壁的理发匠来检查；理发匠选出几部好的留下来，其余的便都烧掉了。

大概是烧掉的罢，记不清楚了；也忘了是多少种。想来，那些入选的"好书"的作家们，当时看了这小说里的书单，怕总免不了要面红耳赤地苦笑的罢。

中国虽然似乎日见其光怪陆离了。然而，乌乎哀哉！我们连

---

① 《Don Quijote》 今译《堂·吉诃德》。M. de Cervantes 今译塞万提斯。

"苦笑"也得不到。

3

有人从外省寄快信来问我平安否。他不熟于北京的情形，上了流言的当了。

北京的流言报，是从袁世凯称帝，张勋复辟，章士钊"整顿学风"以还，一脉相传，历来如此的。现在自然也如此。

第一步曰：某方要封闭某校，捕拿某人某人了。这是造给某校某人看，恐吓恐吓的。

第二步曰：某校已空虚，某人已逃走了。这是造给某方看，煽动煽动的。

又一步曰：某方已搜检甲校，将搜检乙校了。这是恐吓乙校，煽动某方的。

"平生不作亏心事，夜半敲门不吃惊。"乙校不自心虚，怎能给恐吓呢？然而，少安毋躁罢。还有一步曰：乙校昨夜通宵达旦，将赤化书籍完全焚烧矣。

于是甲校更正，说并未搜检；乙校更正，说并无此项书籍云。

4

于是连卫道的新闻记者，圆稳的大学校长也住进六国饭店，讲公理的大报也摘去招牌，学校的号房也不卖《现代评论》：大有"火炎昆冈，玉石俱焚"① 之概了。

其实是不至于此的，我想。不过，谣言这东西，却确是造谣者本心所希望的事实，我们可以借此看看一部分人的思想和行为。

5

中华民国九年七月直皖战争② 开手；八月，皖军溃灭，徐树铮③

---

① **"火炎昆冈，玉石俱焚"** 语出《尚书·胤征》。意为一切同归于尽。

② **直皖战争** 指1920年7月北洋军阀直皖两系为争夺中央政权的一场战争。战事在北京附近的涿县、高碑店、琉璃河、杨村一带展开，不几日皖军全线溃败。皖系首领段祺瑞通电辞去内阁总理一职。

③ **徐树铮**（1880—1925） 字又铮，江苏萧县人，皖系政客。曾任段祺瑞内阁秘书长、陆军部次长等职。他是皖系"安福国会"操办者之一。1920年直皖战争皖系失败后，被指为"十大祸魁"之首，遭到通缉。后图谋东山再起，1925年被冯玉祥派枪手刺杀于廊坊车站。

等九人避入日本公使馆。这时还点缀着一点小玩意,是有一些正人君子——不是现在的一些正人君子——去游说直派武人,请他杀戮改革论者了。终于没有结果;便是这事也早从人们的记忆上消去。但试去翻那年八月的《北京日报》,还可以看见一个大广告,里面是什么大英雄得胜之后,必须廓清邪说,诛戮异端等类古色古香的名言。

那广告是有署名的,在此也无须提出。但是,较之现在专躲在暗中的流言家,却又不免令人有"今不如古"之感了。我想,百年前比现在好,千年前比百年前好,万年前比千年前好……特别在中国或者是确凿的。

<h1 style="text-align:center">6</h1>

在报章的角落里常看见对青年们的谆谆的教诫:敬惜字纸咧;留心国学咧;伊卜生①这样,罗曼罗兰那样咧。时候和文字是两样了,但含义却使我觉得很耳熟:正如我年幼时所听过的耆宿的教诫一般。

这可仿佛是"今不如古"的反证了。但是,世事都有例外,对于上一节所说的事,这也算作一个例外罢。

五月六日

(原刊 1926 年 5 月 17 日《语丝》周刊第 79 期,后收入《华盖集续编》)

无花的蔷薇之三

---

① **伊卜生** 今译易卜生(H. Ibsen, 1828—1906),挪威剧作家。著有《玩偶之家》《国民公敌》等。

新的蔷薇

因为《语丝》在形式上要改成中本了①，我也不想再用老题目，所以破格地奋发，要写出"新的蔷薇"来。

——这回可要开花了？

——嗡嗡，——不见得罢。

我早有点知道：我是大概以自己为主的。所谈的道理是"我以为"的道理，所记的情状是我所见的情状。听说一月以前，杏花和碧桃都开过了。我没有见，我就不以为有杏花和碧桃。

——然而那些东西是存在的。——学者们怕要说。

——好！那么，由它去罢。——这是我敬谨回禀学者们的话。

有些讲"公理"的，说我的杂感没有一看的价值。那是一定的。其实，他来看我的杂感，先就自己失了魂了，——假如也有魂。我的话倘会合于讲"公理"者的胃口，我不也成了"公理维持会"会员了么？我不也成了他，和其余的一切会员了么？我的话不就等于他们的话了么？许多人和许多话不就等于一个人和一番话了么？

公理是只有一个的。然而听说这早被他们拿去了，所以我已经一无所有。

这回"北京城内的外国旗"，大约特别地多罢，竟使学者为之愤慨："……至于东交民巷界线以外，无论中国人外国人，那就不能借插用外国国旗，以为保护生命财产的护符。"②

---

① 指《语丝》周刊自第 81 期起由原来的 16 开本改为 20 开本。当时习惯上 16 开本称"大本"，20 开本称"中本"。

② 见《现代评论》第 3 卷第 74 期（1926 年 5 月 8 日）《北京城内的外国旗》一文。作者燕树棠（署名"召"）。

这是的确的。"保护生命财产的护符"，我们自有"法律"在。

如果还不放心呢，那么，就用一种更稳妥的旗子：红卍字旗①。介乎中外之间，超于"无耻"和有耻之外，——确是好旗子！

从清末以来，"莫谈国事"的条子帖在酒楼饭馆里，至今还没有跟着辫子取消。所以，有些时候，难煞了执笔的人。

但这时却可以看见一种有趣的东西，是：希望别人以文字得祸的人所做的文字。

聪明人的谈吐也日见其聪明了。说三月十八日被害的学生是值得同情的，因为她本不愿去而受了教职员的怂恿。② 说"那些直接或间接用苏俄的金钱的人"是情有可原的，因为"他们自己可以挨饿，老婆子女却不能不吃饭呵！"③

推开了甲而陷没了乙，原谅了情而坐实了罪；尤其是他们的行动和主张，都见得一钱不值了。

然而听说赵子昂的画马，却又是镜中照出来的自己的形相哩。

因为"老婆子女却不能不吃饭"，于是自然要发生"节育问题"了。但是先前山格夫人④来华的时候，"有些志士"却又大发牢骚，说她要使中国人灭种。

独身主义现今尚为许多人所反对，节育也行不通。为赤贫的绅士计，目前最好的方法，我以为莫如弄一个有钱的女人做老婆。

我索性完全传授了这个秘决罢：口头上，可必须说是为了"爱"。

"苏俄的金钱"十万元，这回竟弄得教育部和教育界发生纠葛

---

① **红卍字旗** 即红卍字会的会旗。红卍字会是当时中华红十字会总会会长王芝祥组织的一个慈善团体。

② 见陈西滢在《现代评论》第 3 卷第 68 期发表的《闲话》。该文称女师大学生杨德群（"三一八"惨案死难者之一）本不愿参加那天的游行，是教职员勉强她去的。这与事实不符。

③ 见陈西滢在《现代评论》第 3 卷第 74 期发表的《闲话》。

④ **山格夫人** 今译桑格夫人（M. Sanger，1883—1966），美国节制生育运动的创导者。当时是美国节制生育联合会会长，后任国际节制生育委员会主席。

了，因为大家都要一点。①

这也许还是因为"老婆子女"之故罢。但这批卢布和那批卢布却不一样的。这是归还的庚子赔款；是拳匪"扶清灭洋"，各国联军入京的余泽。

那年代很容易记：十九世纪末，一九〇〇年。二十六年之后，我们却"间接"用了拳匪的金钱来给"老婆子女"吃饭；如果大师兄②有灵，必将爽然若失者欤。

还有，各国用到中国来做"文化事业"的，也是这一笔款……

五月二十三日

（原刊 1926 年 5 月 31 日《语丝》周刊第 81 期，后收入《华盖集续编》）

---

① 1926 年 5 月间，北洋政府教育部向俄国退还庚子赔款委员会借拨十万元，拟作预算内拨款分配给北京各国立大学、公立中小学及教育部机关。但北京大学等九所国立大学反对这一分配方案，认为此款只能用于国立大学及专门学校。

② **大师兄** 义和团的基层首领。

再来一次

去年编定《热风》时，还有绅士们所谓"存心忠厚"之意，很删削了好几篇。但有一篇，却原想编进去的，因为失掉了稿子，便只好从缺。现在居然寻出来了；待《热风》再版时，添上这篇，登一个广告，使迷信我的文字的读者们再买一本，于我倒不无裨益。但是，算了罢，这实在不很有趣。不如再登一次，将来收入杂感第三集，也就算作补遗罢。

这是关于章士钊先生的——

两个桃子杀了三个读书人

章行严先生在上海批评他之所谓"新文化"说，"二桃杀三士"怎样好，"两个桃子杀了三个读书人"便怎样坏，而归结到新文化之"是亦不可以已乎？"

是亦大可以已者也！"二桃杀三士"并非僻典，旧文化书中常见的。但既然是"谁能为此谋？相国齐晏子。"我们便看看《晏子春秋》^①罢。

《晏子春秋》现有上海石印本，容易入手的了，这古典就在该石印本的卷二之内。大意是"公孙接田开疆古冶子事景公，以勇力搏虎闻，晏子过而趋，三子者不起，"于是晏老先生以为无礼，和景公说，要除去他们了。那方法是请景公使人送他们两个桃子，说道，"你三位就照着功劳吃桃罢。"呵，这可就闹起来了：

> 公孙接仰天而叹曰，"晏子，智人也，夫使公之计吾功者，

---

① 《晏子春秋》 旧题春秋齐晏婴撰，实系后人依托并采撷晏子言行而作。晏子（？—前500），名婴，春秋时齐国大夫。

不受桃，是无勇也。士众而桃寡，何不计功而食桃矣？接一搏猏而再搏虎，若接之功，可以食桃而无与人同矣。"援桃而起。

田开疆曰，"吾仗兵而却三军者再。若开疆之功，可以食桃而无与人同矣。"援桃而起。

古冶子曰，"吾尝从君济于河，鼋衔左骖以入砥柱之流。当是时也，冶少不能游，潜行逆流百步，顺流九里，得鼋杀之，左操骖尾，右挈鼋头，鹤跃而出。津人皆曰，河伯也；若冶视之，则大鼋之首。若冶之功，可以食桃而无与人同矣！二子何不反桃？"抽剑而起。

钞书太讨厌。总而言之，后来那二士自愧功不如古冶子，自杀了；古冶子不愿独生，也自杀了：于是乎就成了"二桃杀三士"。

我们虽然不知道这三士于旧文化有无心得，但既然书上说是"以勇力闻"，便不能说他们是"读书人"。倘使《梁父吟》① 说是"二桃杀三勇士"，自然更可了然，可惜那是五言诗，不能增字，所以不得不作"二桃杀三士"，于是也就害了章行严先生解作"两个桃子杀了三个读书人"。

旧文化也实在太难解，古典也诚然太难记，而那两个旧桃子也未免太作怪：不但那时使三个读书人因此送命，到现在还使一个读书人因此出丑，"是亦不可以已乎"！

去年，因为"每下愈况"问题，我曾经很受了些自以为公平的青年的教训，说是因为他革去了我的"签事"②，我便那么奚落他。现在我在此只得特别声明：这还是一九二三年九月所作，登在《晨报副刊》上的。那时的《晨报副刊》，编辑尚不是陪过泰戈尔先生的"诗哲"，也还未负有逼死别人，掐死自己的使命，所以间或也登一点我似的俗人的文章；而我那时和这位后来称为"孤桐先生"的，也毫无"睚眦之怨"③。那"动机"，大概不过是想给白话的流行帮

---

① 《梁父吟》 亦作《梁甫吟》，乐府楚调曲名。今所传古辞，写齐相晏婴以二桃杀三士，传为诸葛亮所作。

② "签事" 应为"佥事"，鲁迅曾任教育部佥事。"签事"是当时有些人文章里的错别字。

③ "睚眦之怨" 指小怨小忿。《史记·范雎蔡泽列传》："一饭之德必偿，睚眦之怨必报。"

点忙。

在这样"祸从口出"之秋，给自己也辩护得周到一点罢。或者将曰，且夫这次来补遗，却有"打落水狗"之嫌，"动机"就很"不纯洁"了。然而我以为也并不。自然，和不多时以前，士钊秘长运筹帷幄，假公济私，谋杀学生，通缉异己之际，"正人君子"时而相帮讥笑着被缉诸人的逃亡，时而"孤桐先生""孤桐先生"叫得热刺刺地的时候一比较，目下诚不免有落寞之感。但据我看来，他其实并未落水，不过"安住"在租界里而已①：北京依旧是他所豢养过的东西在张牙舞爪，他所勾结着的报馆在颠倒是非，他所栽培成的女校在兴风作浪：依然是他的世界。

在"桃子"上给一下小打击，岂遂可与"打落水狗"同日而语哉?!

但不知怎的，这位"孤桐先生"竟在《甲寅》上辩起来了，以为这不过是小事。这是真的，不过是小事。弄错一点，又何伤乎？即使不知道晏子，不知道齐国，于中国也无损。农民谁懂得《梁父吟》呢，农业也仍然可以救国的②。但我以为攻击白话的豪举，可也大可以不必了；将白话来代文言，即使有点不妥，反正也不过是小事情。

我虽然未曾在"孤桐先生"门下钻，没有看见满桌满床满地的什么德文书的荣幸，但偶然见到他所发表的"文言"，知道他于法律的不可恃，道德习惯的并非一成不变，文字语言的必有变迁，其实倒是懂得的。懂得而照直说出来的，便成为改革者；懂得而不说，反要利用以欺瞒别人的，便成为"孤桐先生"及其"之流"。他的保护文言，内骨子也不过是这样。

如果我的检验是确的，那么，"孤桐先生"大概也就染了《闲话》所谓"有些志士"的通病，为"老婆子女"所累了，此后似乎应该另买几本德文书，来讲究"节育"。

五月二十四日

（原刊 1926 年 6 月 10 日《莽原》第 11 期，后收入《华盖集续编》）

---

① 1926 年 4 月 20 日，冯玉祥武力迫使段祺瑞下台，章士钊闻讯后即逃往天津租界。

② **农业也仍然可以救国的** 指章士钊关于"农业立国"的言论。《甲寅》周刊第 1 卷第 26 号（1926 年 1 月 9 日）曾发表章士钊《农国辨》一文。

为半农题记《何典》[*]后,作

还是两三年前,偶然在光绪五年(1879)印的《申报馆书目续集》上看见《何典》题要,这样说:

> 《何典》十回。是书为过路人编定,缠夹二先生评,而太平客人为之序。书中引用诸人,有曰活鬼者,有曰穷鬼者,有曰活死人者,有曰臭花娘者,有曰畔房小姐者:阅之已堪喷饭。况阅其所记,无一非三家村俗语;无中生有,忙里偷闲。其言,则鬼话也;其人,则鬼名也;其事,则开鬼心,扮鬼脸,钓鬼火,做鬼戏,搭鬼棚也。语曰,"出于何典"? 而今而后,有人以俗语为文者,曰"出于《何典》"而已矣。

疑其颇别致,于是留心访求,但不得;常维钧^①多识旧书肆中人,因托他搜寻,仍不得。今年半农^②告我已在厂甸庙市中无意得之,且将校点付印;听了甚喜。此后半农便将校样陆续寄来,并且说希望我做一篇短序,他知道我是至多也只能做短序的。然而我还很踌躇,我总觉得没有这种本领。我以为许多事是做的人必须有这一门特长的,这才做得好。譬如,标点只能让汪原放,做序只能推胡适之,

---

*《何典》 章回小说,旧题过路人编定,实为清代张南庄著。该书用苏南、上海一带方言俗谚写成,语多油滑。清光绪四年(1878)曾由上海申报馆印行。1926年,刘半农将此书标点重印,鲁迅为作题记。

① **常维钧**(1894—?) 名惠,字维钧,河北宛平(今属北京)人,民俗学家。北京大学法文系毕业,曾任北大《歌谣》周刊编辑。

② **半农** 即刘半农(1891—1934),名复,字半农,江苏江阴人,现代作家、语言学家。曾任北京大学教授、北平女子大学文理学院院长等职。著有《半农杂文》《扬鞭集》《瓦釜集》等。

出版只能由亚东图书馆①；刘半农，李小峰②，我，皆非其选也。然而我却决定要写几句。为什么呢？只因为我终于决定要写几句了。

还未开手，而躬逢战争，在炮声和流言当中，很不宁帖，没有执笔的心思。夹着是得知又有文士之徒在什么报上骂半农了，说《何典》广告③怎样不高尚，不料大学教授而竟堕落至于斯。这颇使我凄然，因为由此记起了别的事，而且也以为"不料大学教授而竟堕落至于斯"。从此一见《何典》，便感到苦痛，再也说不出一句话。

是的，大学教授要堕落下去。无论高的或矮的，白的或黑的，或灰的。不过有些是别人谓之堕落，而我谓之困苦。我所谓困苦之一端，便是失了身分。我曾经做过《论"他妈的！"》早有青年道德家乌烟瘴气地浩叹过了，还讲身分么？但是也还有些讲身分。我虽然"深恶而痛绝之"于那些戴着面具的绅士，却究竟不是"学匪"世家；见了所谓"正人君子"固然决定摇头，但和歪人奴子相处恐怕也未必融洽。用了无差别的眼光看，大学教授做一个滑稽的，或者甚而至于夸张的广告何足为奇？就是做一个满嘴"他妈的"的广告也何足为奇？然而呀，这里用得着然而了，我是究竟生在十九世纪的，又做过几年官，和所谓"孤桐先生"同部，官——上等人——气骤不易退，所以有时也觉得教授最相宜的也还是上讲台。又要然而了，然而必须有够活的薪水，兼差倒可以。这主张在教育界大概现在已经有一致赞成之望，去年在什么公理会上一致攻击兼差的公理维持家，今年也颇有一声不响地去兼差的了，不过"大报"上决不会登出来，自己自然更未必做广告。

半农到德法研究了音韵好几年，我虽然不懂他所做的法文书，只知道里面很夹些中国字和高高低低的曲线，但总而言之，书籍具

---

① **亚东图书馆** 汪孟邹于1913年在上海创建的出版社，它的前身是芜湖科学图书社。"五四"时期因大量出版新文学作家著作和新式标点的古典小说而名噪一时。

② **李小峰**（1897—1971） 名荣第，字小峰，江苏江阴人，出版家。北京大学哲学系毕业，为新潮社和语丝社成员。1924年与孙伏园等创办《语丝》周刊，次年开设北新书局，主要出版鲁迅、郁达夫等新文学作家著作。

③ **《何典》广告** 载于《语丝》第70—75期。前三期只刊登"放屁放屁，真正岂有此理"数语，未提《何典》书名。从第73期（1926年4月5日）起，广告开头才是"吴稚晖先生的老师《何典》出版预告"，其中引用吴稚晖的一段话："我止读他（按：指《何典》）开头两句……从此便打破了要做那阳湖派古文家的迷梦，说话自由自在得多。不曾屈我做那野蛮文学家，乃我生平之幸。他那开头两句，便是'放屁放屁，真正岂有此理'。用这种精神，才得言论的真自由，享言论的真幸福。"

在，势必有人懂得。所以他的正业，我以为也还是将这些曲线教给学生们。可是北京大学快要关门大吉了①；他兼差又没有。那么，即使我是怎样的十足上等人，也不能反对他印卖书。既要印卖，自然想多销，既想多销，自然要做广告，既做广告，自然要说好。难道有自己印了书，却发广告说这书很无聊，请列位不必看的么？说我的杂感无一读之价值的广告，那是西滢（即陈源）做的。——顺便在此给自己登一个广告罢：陈源何以给我登这样的反广告的呢，只要一看我的《华盖集》就明白。主顾诸公，看呀！快看呀！每本大洋六角，北新书局发行。

想起来已经有二十多年了，以革命为事的陶焕卿②，穷得不堪，在上海自称会稽先生，教人催眠术以糊口。有一天他问我，可有什么药能使人一嗅便睡去的呢？我明知道他怕施术不验，求助于药物了。其实呢，在大众中试验催眠，本来是不容易成功的。我又不知道他所寻求的妙药，爱莫能助。两三月后，报章上就有投书（也许是广告）出现，说会稽先生不懂催眠术，以此欺人。清政府却比这干鸟人灵敏得多，所以通缉他的时候，有一联对句道："著《中国权力史》，学日本催眠术。"

《何典》快要出版了，短序也已经迫近交卷的时候。夜雨潇潇地下着，提起笔，忽而又想到用麻绳做腰带的困苦的陶焕卿，还夹杂些和《何典》不相干的思想。但序文已经迫近了交卷的时候，只得写出来，而且还要印上去。我并非将半农比附"乱党"，——现在的中华民国虽由革命造成，但许多中华民国国民，都仍以那时的革命者为乱党，是明明白白的，——不过说，在此时，使我回忆从前，念及几个朋友，并感到自己的依然无力而已。

但短序总算已经写成，虽然不像东西，却究竟结束了一件事。我还将此时的别的心情写下，并且发表出去，也作为《何典》的广告。

五月二十五日之夜，碰着东壁下，书。

（原刊 1926 年 6 月 7 日《语丝》周刊第 82 期，后收入《华盖集续编》）

———————

① **北京大学快要关门大吉了** 指当时北京大学因经费不足，拟提前举行学年考试，以便早日放假。

② **陶焕卿** 即陶成章。参见本书《补白》一文"陶成章"注条。

马上日记

豫　序

在日记还未写上一字之前，先做序文，谓之豫序。

我本来每天写日记，是写给自己看的；大约天地间写着这样日记的人们很不少。假使写的人成了名人，死了之后便也会印出；看的人也格外有趣味，因为他写的时候不像做《内感篇》外冒篇①似的须摆空架子，所以反而可以看出真的面目来。我想，这是日记的正宗嫡派。

我的日记却不是那样。写的是信札往来，银钱收付，无所谓面目，更无所谓真假。例如：二月二日晴，得 A 信；B 来。三月三日雨，收 C 校薪水 X 元，复 D 信。一行满了，然而还有事，因为纸张也颇可惜，便将后来的事写入前一天的空白中。总而言之：是不很可靠的。但我以为 B 来是在二月一，或者二月二，其实不甚有关系，即便不写也无妨；而实际上，不写的时候也常有。我的目的，只在记上谁有来信，以便答复，或者何时答复过，尤其是学校的薪水，收到何年何月的几成几了，零零星星，总是记不清楚，必须有一笔帐，以便检查，庶几乎两不含胡，我也知道自己有多少债放在外面，万一将来收清之后，要成为怎样的一个小富翁。此外呢，什么野心也没有了。

吾乡的李慈铭②先生，是就以日记为著述的，上自朝章，中至学问，下迄相骂，都记录在那里面。果然，现在已有人将那手迹用石印印出了，每部五十元，在这样的年头，不必说学生，就是先生也

---

① 《内感篇》外冒篇　段祺瑞曾作《二感篇》，分《内感》与《外感》两篇，1925年 11 月 14 日刊于《甲寅》周刊第 1 卷第 18 号。这里的"外冒篇"是嘲拟段祺瑞的用法。

② 李慈铭（1830—1894）　号莼客，浙江会稽（今绍兴）人，清末官僚、学者。所著《越缦堂日记》识见颇广，名重一时。

无从买起。那日记上就记着，当他每装成一函的时候，早就有人借来借去的传钞了，正不必老远的等待"身后"。这虽然不像日记的正派，但若有志在立言，意存褒贬，欲人知而又畏人知的，却不妨模仿着试试。什么做了一点白话，便说是要在一百年后发表的书里面的一篇，真是其蠢臭为不可及也。

我这回的日记，却不是那样的"有厚望焉"的，也不是原先的很简单的，现在还没有，想要写起来。四五天以前看见半农，说是要编《世界日报》的副刊去，你得寄一点稿。那自然是可以的喽。然而稿子呢？这可着实为难。看副刊的大抵是学生，都是过来人，做过什么"学而时习之不亦说乎论"或"人心不古议"的，一定知道做文章是怎样的味道。有人说我是"文学家"，其实并不是的，不要相信他们的话，那证据，就是我也最怕做文章。

然而既然答应了，总得想点法。想来想去，觉得感想倒偶尔也有一点的，平时接着一懒，便搁下，忘掉了。如果马上写出，恐怕倒也是杂感一类的东西。于是乎我就决计：一想到，就马上写下来，马上寄出去，算作我的画到簿。因为这是开首就准备给第三者看的，所以恐怕也未必很有真面目，至少，不利于己的事，现在总还要藏起来。愿读者先明白这一点。

如果写不出，或者不能写了，马上就收场。所以这日记要有多么长，现在一点不知道。

一九二六年六月二十五日，记于东壁下。

六月二十五日

晴。

生病。——今天还写这个，仿佛有点多事似的。因为这是十天以前的事，现在倒已经可以算得好起来了。不过余波还没有完，所以也只好将这作为开宗明义章第一。谨案才子立言，总须大嚷三大苦难：一曰穷，二曰病，三曰社会迫害我。那结果，便是失掉了爱人；若用专门名词，则谓之失恋。我的开宗明义虽然近似第二大苦难，实际上却不然，倒是因为端午节前收了几文稿费，吃东西吃坏了，从此就不消化，胃痛。我的胃的八字不见佳，向来就担不起福泽的。也很想看医生。中医，虽然有人说是玄妙无究，内科尤为独步，我可总是不相信。西医呢，有名的看资贵，事情忙，诊视也潦草，无名的自然便宜些，然而我总还有些踌蹰。事情既然到了这样，当然只好听凭敝胃隐隐地痛着了。

自从西医割掉了梁启超的一个腰子以后，责难之声就风起云涌了，连对于腰子不很有研究的文学家①也都"仗义执言"。同时，"中医了不得论"也就应运而起；腰子有病，何不服黄蓍欤？什么有病，何不吃鹿茸欤？但西医的病院里确也常有死尸抬出。我曾经忠告过 G 先生：你要开医院，万不可收留些看来无法挽回的病人；治好了走出，没有人知道，死掉了抬出，就哄动一时了，尤其是死掉的如果是"名流"。我的本意是在设法推行新医学，但 G 先生却似乎以为我良心坏。这也未始不可以那么想，——由他去罢。

但据我看来，实行我所说的方法的医院可很有，只是他们的本意却并不在要使新医学通行。新的本国的西医又大抵模模胡胡，一出手便先学了中医一样的江湖诀，和水的龙胆丁几两日份八角；漱口的淡硼酸水每瓶一元。至于诊断学呢，我似的门外汉可不得而知。总之，西方的医学在中国还未萌芽，便已近于腐败。我虽然只相信西医，近来也颇有些望而却步了。

前几天和季茀②谈起这些事，并且说，我的病，只要有熟人开一个方就好，用不着向什么博士化冤钱。第二天，他就给我请了正在继续研究的 Dr. H. ③ 来了。开了一个方，自然要用稀盐酸，还有两样这里无须说；我所最感谢的是又加些 Sirup Simpel④ 使我喝得甜甜的，不为难。向药房去配药，可又成为问题了，因为药房也不免有模模胡胡的，他所没有的药品，也许就替换，或者竟删除。结果是托 Fraeulein H. ⑤ 远远地跑到较大的药房去。

这样一办，加上车钱，也还要比医院的药价便宜到四分之三。

胃酸得了外来的生力军，强盛起来，一瓶药还未喝完，痛就停止了。我决定多喝它几天。但是，第二瓶却奇怪，同一的药房，同

① 对于腰子不很有研究的文学家　指徐志摩、陈西滢等。1926 年 3 月，梁启超因尿血症在北京协和医院诊治，由于医生误诊，割去右肾并未解决问题，甚而连病源也未查清。当时徐志摩、陈西滢等都为此写过文章，对西医表示失望。
② 季茀　即许寿裳（1882—1948），字季弗，浙江绍兴人，教育家。鲁迅留学日本弘文学院时的同学，以后又在教育部、北京女子师范大学、中山大学等处同事多年，鲁迅相交几十年的老友。
③ Dr. H.　即许世瑾（1903—?），字诗芹，一作诗堇，浙江绍兴人，医生。1923 年毕业于北京医学专门学校，后任上海市卫生局科员。他是许寿裳的长兄许寿昌的儿子。
④ Sirup Simpel　德语：纯糖浆。
⑤ Fraeulein H.　德语：H 女士。即许广平。

一的药方，药味可是不同一了；不像前一回的甜，也不酸。我检查我自己，并不发热，舌苔也不厚，这分明是药水有些蹊跷。喝了两回，坏处倒也没有；幸而不是急病，不大要紧，便照例将它喝完。去买第三瓶时，却附带了严重的质问；那回答是：也许糖分少了一点罢。这意思就是说紧要的药品没有错。中国的事情真是稀奇，糖分少一点，不但不甜，连酸也不酸了，的确是"特别国情"。

现在多攻击大医院对于病人的冷漠，我想，这些医院，将病人当作研究品，大概是有的，还有在院里的"高等华人"，将病人看作下等研究品，大概也是有的。不愿意的，只好上私人所开的医院去，可是诊金药价都很贵。请熟人开了方去买药呢，药水也会先后不同起来。

这是人的问题。做事不切实，便什么都可疑。吕端①大事不胡涂，犹言小事不妨胡涂点，这自然很足以显示我们中国人的雅量，然而我的胃痛却因此延长了。在宇宙的森罗万象中，我的胃痛当然不过是小事，或者简直不算事。

质问之后的第三瓶药水，药味就同第一瓶一样了。先前的闷胡卢，到此就很容易打破，就是那第二瓶里，是只有一日分的药，却加了两日分的水的，所以药味比正当的要薄一半。

虽然连吃药也那么蹭蹬，病却也居然好起来了。病略见好，H就攻击我头发长，说为什么不赶快去剪发。

这种攻击是听惯的，照例"着毋庸议"。但也不想用功，只是清理抽屉。翻翻废纸，其中有一束纸条，是前几年钞写的；这很使我觉得自己也日懒一日了，现在早不想做这类事。那时大概是想要做一篇攻击近时印书，胡乱标点之谬的文章的，废纸中就钞有很奇妙的例子。要塞进字纸篓里时，觉得有几条总还是爱不忍释，现在钞几条在这里，马上印出，以便"有目共赏"罢。其余的便作为换取火柴之助——

　　　　国朝陈锡路黄嬭余话云。唐傅奕考覈道经众本。有项羽妾。本齐武平五年彭城人。开项羽妾冢。得之。（上海进步书局石印本《茶香室丛钞》卷四第二叶。）

---

　　① **吕端**（935—1000）　字易直，宋幽州安次（今属河北）人，宋太宗时曾为宰相。太宗对他有一句评语是"小事糊涂，大事不糊涂"。

国朝欧阳泉点勘记云。欧阳修醉翁亭。记让泉也。本集及滁州石刻。并同诸选本。作酿泉。误也。（同上卷八第七叶。）

　　袁石公典试秦中。后颇自悔。其少作诗文。皆粹然一出于正。（上海士林精舍石印本《书影》卷一第四叶。）

　　考……顺治中，秀水又有一陈忱……著诚斋诗集，不出户庭，录读史随笔，同姓名录诸书。（上海亚东图书馆排印本《水浒续集两种序》第七叶。）①

　　标点古文，确是一种小小的难事，往往无从下笔；有许多处，我常疑心即使请作者自己来标点，怕也不免于迟疑。但上列的几条，却还不至于那么无从索解。末两条的意义尤显豁，而标点也弄得更聪明。

六月二十六日

　　晴。

　　上午，得霁野②从他家乡寄来的信，话并不多，说家里有病人，别的一切人也都在毫无防备的将被疾病袭击的恐怖中；末尾还有几句感慨。

　　午后，织芳从河南来，谈了几句，匆匆忙忙地就走了，放下两个包，说这是"方糖"③，送你吃的，怕不见得好。织芳这一回有点发胖，又这么忙，又穿着方马褂，我恐怕他将要做官了。

　　打开包来看时，何尝是"方"的，却是圆圆的小薄片，黄棕色。吃起来又凉又细腻，确是好东西。但我不明白织芳为什么叫它"方糖"？但这也就可以作为他将要做官的一证。

---

　　①　以上各条引文，正读如下：

　　国朝陈锡路《黄嬭余话》云：唐傅奕考覈道经众本，有项羽妾本。齐武平五年，彭城人开项羽妾冢，得之。

　　国朝欧阳泉《点勘记》云：欧阳修《醉翁亭记》"让泉也"，本集及滁州石刻并同。诸选本作"酿泉"，误也。

　　袁石公典试秦中后，颇自悔其少作；诗文皆粹然一出于正。

　　考……顺治中，秀水又有一陈忱……著《诚斋诗集》《不出户庭录》《读史随笔》《同姓名录》诸书。

　　②　**霁野**　即李霁野（1904—1997），原名继业，笔名霁野，安徽霍丘人，现代作家、翻译家。未名社成员。著有小说集《影》、散文《回忆鲁迅先生》等；译有小说《被侮辱与被损害的》（陀思妥耶夫斯基）等。

　　③　**"方糖"**　其实是霜糖，河南开封附近各县的一种土特产。"霜"字在当地口音中读如"方"。

景宋①说这是河南一处什么地方的名产，是用柿霜做成的；性凉，如果嘴角上生些小疮之类，用这一搽，便会好。怪不得有这么细腻，原来是凭了造化的妙手，用柿皮来滤过的。可惜到他说明的时候，我已经吃了一大半了。连忙将所余的收起，豫备将来嘴角上生疮的时候，好用这来搽。

夜间，又将藏着的柿霜糖吃了一大半，因为我忽而又以为嘴角上生疮的时候究竟不很多，还不如现在趁新鲜吃一点。不料一吃，就又吃了一大半了。

六月二十八日

晴，大风。

上午出门，主意是在买药，看见满街挂着五色国旗；军警林立。走到丰盛胡同中段，被军警驱入一条小胡同中。少顷，看见大路上黄尘滚滚，一辆摩托车②驰过；少顷，又是一辆；少顷，又是一辆；又是一辆；又是一辆……车中人看不分明，但见金边帽。车边上挂着兵，有的背着扎红绸的板刀；小胡同中人都肃然有敬畏之意。又少顷，摩托车没有了，我们渐渐溜出，军警也不作声。

溜到西单牌楼大街，也是满街挂着五色国旗，军警林立。一群破衣孩子，各各拿着一把小纸片，叫道：欢迎吴玉帅③号外呀！一个来叫我买，我没有买。

将近宣武门口，一个黄色制服，汗流满面的汉子从外面走进来，忽而大声道：草你妈！许多人都对他看，但他走过去了，许多人也就不看了。走进宣武门城洞下，又是一个破衣孩子拿着一把小纸片，但却默默地将一张塞给我，接来一看，是石印的李国恒先生的传单，内中大意，是说他的多年痔疮，已蒙一个国手叫作什么先生的医好了。

到了目的地的药房时，外面正有一群人围着看两个人的口角；一柄浅蓝色的旧洋伞正挡住药房门。我推那洋伞时，斤量很不轻；终于伞底下回过一个头来，问我"干什么？"我答说进去买药。他不

---

① **景宋** 即许广平（1898—1968），号景宋，广东番禺人，现代作家、妇女活动家。1922 年入北京女子高等师范学校（1924 年改为女子师范大学）国文系，在校期间参加学生运动，并结识鲁迅。1927 年与鲁迅结婚。著有《两地书》（与鲁迅合著）、《欣慰的纪念》《鲁迅回忆录》等。

② **摩托车** 这里指小轿车。

③ **吴玉帅** 即吴佩孚。参见本书《华盖集·后记》"吴佩孚"注条。

作声，又回头去看口角去了，洋伞的位置依旧。我只好下了十二分的决心，猛力冲锋；一冲，可就冲进去了。

药房里只有帐桌上坐着一个外国人，其余的店伙都是年青的同胞，服饰干净漂亮。不知怎地，我忽而觉得十年以后，他们便都要变为高等华人，而自己却现在就有下等人之感。于是乎恭恭敬敬地将药方和瓶子捧呈给一位分开头发的同胞。

"八毛五分。"他接了，一面走，一面说。

"喂！"我实在耐不住，下等脾气又发作了。药价八毛，瓶子钱照例五分，我是知道的。现在自己带了瓶子，怎么还要付五分钱呢？这一个"喂"字的功用就和国骂的"他妈的"相同，其中含有这么多的意义。

"八毛！"他也立刻懂得，将五分钱让去，真是"从善如流"，有正人君子的风度。

我付了八毛钱，等候一会，药就拿出来了。我想，对付这一种同胞，有时是不宜于太客气的。于是打开瓶塞，当面尝了一尝。

"没有错的。"他很聪明，知道我不信任他。

"唔。"我点头表示赞成。其实是，还是不对，我的味觉不至于很麻木，这回觉得太酸了一点了，他连量杯也懒得用，那稀盐酸分明已经过量。然而这于我倒毫无妨碍的，我可以每回少喝些，或者对上水，多喝它几回。所以说"唔"；"唔"者，介乎两可之间，莫明其真意之所在之答话也。

"回见回见！"我取了瓶子，走着说。

"回见。不喝水么？"

"不喝了。回见。"

我们究竟是礼教之邦的国民，归根结蒂，还是礼让。让出了玻璃门之后，在大毒日头底下的尘土中趱行，行到东长安街左近，又是军警林立。我正想横穿过去，一个巡警伸手拦住道：不成！我说只要走十几步，到对面就好了。他的回答仍然是：不成！那结果，是从别的道路绕。

绕到 L 君①的寓所前，便打门，打出一个小使来，说 L 君出去了，须得午饭时候才回家。我说，也快到这个时候了，我在这里等一等罢。他说：不成！你贵姓呀？这使我很狼狈，路既这么远，走

---

① **L 君** 即刘半农。

路又这么难，白走一遭，实在有些可惜。我想了十秒钟，便从衣袋里挖出一张名片来，叫他进去禀告太太，说有这么一个人，要在这里等一等，可以不？约有半刻钟，他出来了，结果是：也不成！先生要三点钟才回来哩，你三点钟再来罢。

又想了十秒钟，只好决计去访C君①，仍在大毒日头底下的尘土中趑行，这回总算一路无阻，到了。打门一问，来开门的答道：去看一看可在家。我想：这一次是大有希望了。果然，即刻领我进客厅，C君也跑出来。我首先就要求他请我吃午饭。于是请我吃面包，还有葡萄酒；主人自己却吃面。那结果是一盘面包被我吃得精光，虽然另有奶油，可是四碟菜也所余无几了。

吃饱了就讲闲话，直到五点钟。

客厅外是很大的一块空地方，种着许多树。一株频果树下常有孩子们徘徊；C君说，那是在等候频果落下来的；因为有定律：谁拾得就归谁所有。我很笑孩子们耐心，肯做这样的迂远事。然而奇怪，到我辞别出去时，我看见三个孩子手里已经各有一个频果了。

回家看日报，上面说："……吴在长辛店留宿一宵。除上述原因外，尚有一事，系吴由保定启程后，张其锽②曾为吴卜一课，谓二十八日入京大利，必可平定西北。二十七日入京欠佳。吴颇以为然。此亦吴氏迟一日入京之由来也。"因此又想起我今天"不成"了大半天，运气殊属欠佳，不如也卜一课，以觇晚上的休咎罢。但我不明卜法，又无筮龟，实在无从措手。后来发明了一种新法，就是随便拉过一本书来，闭了眼睛，翻开，用手指指下去，然后张开眼，看指着的两句，就算是卜辞。

用的是《陶渊明集》，如法泡制，那两句是："寄意一言外，兹契谁能别。"详了一会，竟不知道是怎么一回事。

（原刊1926年7月5日/7月8日/7月10日/7月12日《世界日报副刊》，后收入《华盖集续编》）

① C君 即齐宗颐（1881—1965），字寿山，河北高阳人，教育家。早年留学德国，北洋时期曾任教育部佥事、视学。1925年鲁迅被章士钊非法免职时，他与许寿裳发表《反对教育总长章士钊宣言》，"三一八"惨案期间曾帮助鲁迅避难。

② 张其锽（1877—1927）字子武，号无竟，广西临桂（今桂林）人，清末民初官僚、学者。民国初年任约法会议议员、国务院高等顾问，后为吴佩孚部秘书长、广西省省长。著有《墨经通解》等。

《华盖集续编》中的杂文

马上支日记

前几天会见小峰，谈到自己要在半农所编的副刊上投点稿，那名目是《马上日记》。小峰怃然曰，回忆归在《旧事重提》① 中，目下的杂感就写进这日记里面去……意思之间，似乎是说：你在《语丝》上做什么呢？——但这也许是我自己的疑心病。我那时可暗暗地想：生长在敢于吃河豚的地方的人，怎么也会这样拘泥？政党会设支部，银行会开支店，我就不会写支日记的么？因为《语丝》上须投稿，而这暗想马上就实行了，于是乎作支日记。

六月二十九日

晴。

早晨被一个小蝇子在脸上爬来爬去爬醒，赶开，又来；赶开，又来；而且一定要在脸上的一定的地方爬。打了一回，打它不死，只得改变方针：自己起来。

记得前年夏天路过 S 州②，那客店里的蝇群却着实使人惊心动魄。饭菜搬来时，它们先追逐着赏鉴；夜间就停得满屋，我们就枕，必须慢慢地，小心地放下头去，倘若猛然一躺，惊动了它们，便轰的一声，飞得你头昏眼花，一败涂地。到黎明，青年们所希望的黎明，那自然就照例地到你脸上来爬来爬去了。但我经过街上，看见一个孩子睡着，五六个蝇子在他脸上爬，他却睡得甜甜的，连皮肤也不牵动一下。在中国过活，这样的训练和涵养工夫是万不可少的。与其鼓吹什么"捕蝇"，倒不如练习这一种本领来得切实。

---

① 《旧事重提》 鲁迅散文集《朝花夕拾》各篇最初在《莽原》半月刊上发表时所拟总题。

② S 州 指河南陕州。1924 年夏，鲁迅曾应陕西教育厅和西北大学邀请到西安讲学，往返都经过那里。

什么事都不想做。不知道是胃病没有全好呢，还是缺少了睡眠时间。仍旧懒懒地翻翻废纸，又看见几条《茶香室丛钞》① 式的东西。已经团入字纸篓里的了，又觉得"弃之不甘"，挑一点关于《水浒传》的，移录在这里罢——

　　宋洪迈②《夷坚甲志》十四云："绍兴二十五年，吴傅朋说除守安丰军，自番阳遣一卒往呼吏士，行至舒州境，见村民穰穰，十百相聚，因弛担观之。其人曰，吾村有妇人为虎衔去，其夫不胜愤，独携刀往探虎穴，移时不反，今谋往救也。久之，民负死妻归，云，初寻迹至穴，虎牝牡皆不在，有二子戏岩窦下，即杀之，而隐其中以俟。少顷，望牝者衔一人至，倒身入穴，不知人藏其中也。吾急持尾，断其一足。虎弃所衔人，踉跄而窜；徐出视之，果吾妻也，死矣。虎曳足行数十步，堕洞中。吾复入窦伺，牡者俄咆跃而至，亦以尾先入，又如前法杀之。妻冤已报，无憾矣。乃邀邻里往视，舁四虎以归，分烹之。"案《水浒传》叙李逵沂岭杀四虎事，情状极相类，疑即本此等传说作之。《夷坚甲志》成于乾道初（1165），此条题云《舒民杀四虎》。

　　宋庄季裕③《鸡肋编》中云："浙人以鸭儿为大讳。北人但知鸭羹虽甚热，亦无气。后至南方，乃始知鸭若只一雄，则虽合而无卵，须二三始有子，其以为讳者，盖为是耳，不在于无气也。"案《水浒传》叙郓哥向武大索麦稃，"武大道：'我屋里又不养鹅鸭，那里有这麦稃？'郓哥道：'你说没麦稃，怎地栈得肥瞳瞳地，便颠倒提起你来也不妨，煮你在锅里也没气？'武大道：'含鸟猢狲！倒骂得我好。我的老婆又不偷汉子，我如何是鸭？'……"鸭必多雄始孕，盖宋时浙中俗说，今已不知。然由此可知《水浒传》确为旧本，其著者则浙人；虽庄季裕，亦仅知鸭羹无气而已。《鸡肋编》有绍兴三年（1133）序，去

────────

　① 《茶香室丛钞》　笔记。清代俞樾撰。
　② 洪迈（1123—1202）　字景庐，号容斋，宋饶州鄱阳（今江西波阳）人。绍兴十五年（1145）中博学宏词科，官至端明殿学士。撰有《容斋随笔》《夷坚志》等。这里提到的《夷坚甲志》为《夷坚志》的一部分，《夷坚志》系博采宋代异闻杂录的笔记小说集。
　③ 庄季裕　即庄绰（生卒年未详），字季裕，宋太原清源（今山西清徐）人。其由北宋入南宋，曾摄襄阳尉等地方吏职。《鸡肋编》是他所撰笔记。

今已将八百年。

元陈泰①《所安遗集》《江南曲序》云："余童草时，闻长老言宋江事，未究其详。至治癸亥秋九月十六日，过梁山泊，舟遥见一峰，嵯峨雄跨，问之篙师，曰，此安山也，昔宋江事处，绝湖为池，阔九十里，皆蕖荷菱芡，相传以为宋妻所植。宋之为人，勇悍狂侠，其党如宋者三十六人。至今山下有分赃台，置石座三十六所，俗所谓'去时三十六，归时十八双'，意者其自誓之辞也。始予过此，荷花弥望，今无复存者，惟残香相送耳。因记王荆公诗云：'三十六陂春水，白头想见江南。'味其词，作《江南曲》以叙游历，且以慰宋妻种荷之意云。（原注：曲因蠹损无存。）"案宋江有妻在梁山泺中，且植芰荷，仅见于此；而谓江勇悍狂侠，亦与今所传性格绝殊，知《水浒》故事，宋元来异说多矣。泰字志同，号所安，茶陵人，延祐甲寅（1314），以《天马赋》中省试第十二名，会试赐乙卯科张起岩榜进士第，由翰林庶吉士改授龙南令，卒官。至曾孙朴，始集其遗文为一卷。成化丁未，来孙②铨等又并补遗重刊之。《江南曲》即在补遗中，而失其诗。近《涵芬楼秘笈》③第十集收金侃④手写本，则并序失之矣。"舟遥见一峰"及"昔宋江事处"二句，当有脱误，未见别本，无以正之。

七月一日

晴。

上午，空六⑤来谈；全谈些报纸上所载的事，真伪莫辨。许多工夫之后，他走了，他所谈的我几乎都忘记了，等于不谈。只记得一件：据说吴佩孚大帅在一处宴会的席上发表，查得赤化的始祖乃是

---

① 陈泰（生卒年未详） 字志同，号所安，元茶陵（今属湖南）人。曾做过龙泉主簿一类小官，善诗文。其存世作品主要在《所安遗集》中。

② 来孙 即六世孙。

③ 《涵芬楼秘笈》 商务印书馆于 1916—1921 年影印的一套古籍丛刊。涵芬楼为商务印书馆当时存放善本图书的藏书楼，后毁于日寇战火。

④ 金侃（？—1703） 字亦陶，号立庵，吴县（今苏州）人，清代书画家、藏书家。

⑤ 空六 即陈廷璠（1897—?），字空六，一字空三，又字崑山，陕西户县人，教育家。1922 年北京大学哲学系毕业，次年与人合办北京世界语专门学校。后任暨南大学、中山大学等校教授。著有《俄国史》等。

蚩尤①，因为"蚩""赤"同音，所以蚩尤即"赤尤"，"赤尤"者，就是"赤化之尤"的意思；说毕，合座为之"欢然"云。

太阳很烈，几盆小草花的叶子有些垂下来了，浇了一点水。田妈忠告我：浇花的时候是每天必须一定的，不能乱；一乱，就有害。我觉得有理，便踌躇起来；但又想，没有人在一定的时候来浇花，我又没有一定的浇花的时候，如果遵照她的学说，那些小花可只好晒死罢了。即使乱浇，总胜于不浇；即使有害，总胜于晒死罢。便继续浇下去，但心里自然也不大踊跃。下午，叶子都直起来了，似乎不甚有害，这才放了心。

灯下太热，夜间便在暗中呆坐着，凉风微动，不觉也有些"欢然"。人倘能够"超然象外"，看看报章，倒也是一种清福。我对于报章，向来就不是博览家，然而这半年来，已经很遇见了些铭心绝品。远之，则如段祺瑞执政的《二感篇》，张之江②督办的《整顿学风电》，陈源教授的《闲话》；近之，则如丁文江③督办（？）的自称"书呆子"演说，胡适之博士的英国庚款答问④，牛荣声⑤先生的"开倒车"论（见《现代评论》七十八期），孙传芳⑥督军的与刘海粟⑦先生论美术书。但这些比起赤化源流考来，却又相去不可以道里

---

① **蚩尤** 古代神话传说中东方九黎族首领。与黄帝大战于涿鹿，兵败自戮。

② **张之江**（1882—1966） 字紫珉，号保罗，又号天行，河北盐山人，国民军将领。当时任西北边防督办兼国民军联军总司令，他于1926年3月6日致电段祺瑞和国务总理贾德耀，提出"整顿学风"，对学生运动乃至男女合校制度均予抨击。1927年后脱离军界，任国民政府委员，中央国术馆馆长，抗战时一度为李宗仁的第五战区顾问。

③ **丁文江**（1887—1936） 字在君，江苏泰兴人，地质学家、社会活动家。早年留学日本、英国，民国初年创办地质调查所，1922年参与发起中国地质学会。曾与胡适等创办《努力周刊》，与张君劢进行科学与玄学论战。1926年4月，大军阀孙传芳任命他为淞沪商埠督办公署总办。他在到职演说中说："鄙人为一书呆子，一大傻子，决不以做官而改变其面目。"

④ **胡适之博士的英国庚款答问** 指1926年6月19日复旦通讯社记者就英国退还庚款用途一题对胡适进行的采访。胡适是中英庚款委员会中方委员。当时《晨报》报道，胡适在那次采访中表示对委员会商定的庚款用途"甚觉满意"。

⑤ **牛荣声** 事略未详。这里所说的"开倒车"论，见1926年6月5日《现代评论》第3卷第78期。

⑥ **孙传芳**（1885—1935） 字馨远，山东历城人，北洋直系军阀首领。曾任闽浙巡阅使，1925年占据苏、皖、浙、闽、赣等省，自称五省联军总司令。1926年，他下令禁止上海美术专门学校在教学中采用裸体模特儿，并为此函该校校长刘海粟。

⑦ **刘海粟**（1896—1994） 字季芳，江苏武进人，现代画家。早年创办上海美术专门学校，在国内率先采用裸体模特儿进行美术教学。

《华盖集续编》中的杂文

计。今年春天，张之江督办明明有电报来赞成枪毙赤化嫌疑的学生，而弄到底自己还是逃不出赤化。这很使我莫明其妙；现在既知道蚩尤是赤化的祖师，那疑团可就冰释了。蚩尤曾打炎帝，炎帝也是"赤魁"。炎者，火德也，火色赤；帝不就是首领么？所以三一八惨案，即等于以赤讨赤，无论那一面，都还是逃不脱赤化的名称。

这样巧妙的考证天地间委实不很多，只记得先前在日本东京时，看见《读卖新闻》上逐日登载着一种大著作，其中有黄帝即亚伯拉罕①的考据。大意是日本称油为"阿蒲拉"（Abura），油的颜色大概是黄的，所以"亚伯拉"就是"黄"。至于"帝"，是与"罕"形近，还是与"可汗"音近呢，我现在可记不真确了，总之：阿伯拉罕即油帝，油帝就是黄帝而已。篇名和作者，现在也都忘却，只记得后来还印成一本书，而且还只是上卷。但这考据究竟还过于弯曲，不深究也好。

七月二日

晴。

午后，在前门外买药后，绕到东单牌楼的东亚公司闲看。这虽然不过是带便贩卖一点日本书，可是关于研究中国的就已经不少。因为或种限制，只买了一本安冈秀夫②所作的《从小说看来的支那民族性》就走了，是薄薄的一本书，用大红深黄做装饰的，价一元二角。

傍晚坐在灯下，就看看那本书，他所引用的小说有三十四种，但其中也有其实并非小说和分一部为几种的。蚊子来叮了好几口，虽然似乎不过一两个，但是坐不住了，点起蚊烟香来，这才总算渐渐太平下去。

安冈氏虽然很客气，在绪言上说，"这样的也不仅只支那人，便是在日本，怕也有难于漏网的。"但是，"一测那程度的高下和范围的广狭，则即使夸称为支那的民族性，也毫无应该顾忌的处所，"所以从支那人的我看来，的确不免汗流浃背。只要看目录就明白了：一，总说；二，过度置重于体面和仪容；三，安运命而肯罢休；四，

---

① **亚伯拉罕**（Abraham） 希伯来人的祖先，《圣经·旧约》中的人物。

② **安冈秀夫** 事略未详。其著《从小说看来的支那民族性》，1924 年 4 月东京聚芳阁出版。

能耐能忍；五，乏同情心多残忍性；六，个人主义和事大主义；七，过度的俭省和不正的贪财；八，泥虚礼而尚虚文；九，迷信深；十，耽享乐而淫风炽盛。

他似乎很相信 Smith① 的《Chinese Characteristies》，常常引为典据。这书在他们，二十年前就有译本，叫作《支那人气质》；但是支那人的我们却不大有人留心它。第一章就是 Smith 说，以为支那人是颇有点做戏气味的民族，精神略有亢奋，就成了戏子样，一字一句，一举手一投足，都装模装样，出于本心的分量，倒还是撑场面的分量多。这就是因为太重体面了，总想将自己的体面弄得十足，所以敢于做出这样的言语动作来。总而言之，支那人的重要的国民性所成的复合关键，便是这"体面"。

我们试来博观和内省，便可以知道这话并不过于刻毒。相传为戏台上的好对联，是"戏场小天地，天地大戏场"。大家本来看得一切事不过是一出戏，有谁认真的，就是蠢物。但这也并非专由积极的体面，心有不平而怯于报复，也便以万事是戏的思想了之。万事既然是戏，则不平也非真，而不报也非怯了。所以即使路见不平，不能拔刀相助，也还不失其为一个老牌的正人君子。

我所遇见的外国人，不知道可是受了 Smith 的影响，还是自己实验出来的，就很有几个留心研究着中国人之所谓"体面"或"面子"。但我觉得，他们实在是已经早有心得，而且应用了，倘若更加精深圆熟起来，则不但外交上一定胜利，还要取得上等"支那人"的好感情。这时须连"支那人"三个字也不说，代以"华人"，因为这也是关于"华人"的体面的。

我还记得民国初年到北京时，邮局门口的扁额是写着"邮政局"的，后来外人不干涉中国内政的叫声高起来，不知道是偶然还是什么，不几天，都一律改了"邮务局"了。外国人管理一点邮"务"，实在和内"政"不相干，这一出戏就一直唱到现在。

向来，我总不相信国粹家道德家之类的痛哭流涕是真心，即使眼角上确有珠泪横流，也须检查他手巾上可浸着辣椒水或生姜汁。什么保存国故，什么振兴道德，什么维持公理，什么整顿学风……

---

① **Smith** 今译史密斯（1845—1932），美国传教士，曾长期居留中国。其著《Chinese Characteristics》，鲁迅文中提到的译本叫《支那人气质》，为日文译本，1896 年东京博文馆出版。

心里可真是这样想？一做戏，则前台的架子，总与在后台的面目不相同。但看客虽然明知是戏，只要做得像，也仍然能够为它悲喜，于是这出戏就做下去了；有谁来揭穿的，他们反以为扫兴。

中国人先前听到俄国的"虚无党"三个字，便吓得屁滚尿流，不下于现在之所谓"赤化"。其实是何尝有这么一个"党"；只是"虚无主义者"或"虚无思想者"却是有的，是都介涅夫（I. Turgeniev）①给创立出来的名目，指不信神，不信宗教，否定一切传统和权威，要复归那出于自由意志的生活的人物而言。但是，这样的人物，从中国人看来也就已经可恶了。然而看看中国的一些人，至少是上等人，他们的对于神，宗教，传统的权威，是"信"和"从"呢，还是"怕"和"利用"？只要看他们的善于变化，毫无特操，是什么也不信从的，但总要摆出和内心两样的架子来。要寻虚无党，在中国实在很不少；和俄国的不同的处所，只在他们这么想，便这么说，这么做，我们的却虽然这么想，却是那么说，在后台这么做，到前台又那么做……将这种特别人物，另称为"做戏的虚无党"或"体面的虚无党"以示区别罢，虽然这个形容词和下面的名词万万联不起来。

夜，寄品青②信，托他向孔德学校去代借《闾邱辨囿》③。

夜半，在决计睡觉之前，从日历上将今天的一张撕去，下面这一张是红印的。我想，明天还是星期六，怎么便用红字了呢？仔细看时，有两行小字道："马厂誓师再造共和纪念"④。我又想，明天可挂国旗呢？……于是，不想什么，睡下了。

七月三日

晴。

热极，上半天玩，下半天睡觉。

---

① **都介涅夫** 今译屠格涅夫。他在长篇小说《父与子》中创造了巴扎洛夫这一虚无主义者的典型形象。参见本书《不懂的音译》一文"'屠介纳夫''郭歌里'"注条。

② **品青** 即王品青。参见本书《杂论管闲事·做学问·灰色等》一文"大琦君"注条。

③ 《闾邱辨囿》 丛书。清代顾嗣立辑，凡十种。

④ **"马厂誓师再造共和纪念"** 1917 年 7 月 1 日，张勋拥清末代皇帝溥仪复辟。3日，段祺瑞在天津附近的马厂召集军事会议，组成讨逆军。次日，部队誓师出发，向北京发起攻击。讨逆胜利后，北洋政府规定每年的 7 月 3 日为"马厂誓师再造共和纪念日"。

晚饭后在院子里乘凉，忽而记起万牲园，因此说：那地方在夏天倒也很可看，可惜现在进不去了。田妈就谈到那管门的两个长人，说最长的一个是她的邻居，现在已经被美国人雇去，往美国了，薪水每月有一千元。

这话给了我一个很大的启示。我先前看见《现代评论》上保举十一种好著作，杨振声先生的小说《玉君》即是其中的一种，理由之一是因为做得"长"。我于这理由一向总有些隔膜，到七月三日即"马厂誓师再造共和纪念"的晚上这才明白了："长"，是确有价值的。《现代评论》的以"学理和事实"并重自许，确也说得出，做得到。

今天到我的睡觉时为止，似乎并没有挂国旗，后半夜补挂与否，我不知道。

七月四日

晴。

早晨，仍然被一个蝇子在脸上爬来爬去爬醒，仍然赶不走，仍然只得自己起来。品青的回信来了，说孔德学校没有《间邱辨囿》。

也还是因为那一本《从小说看来的支那民族性》。因为那里面讲到中国的肴馔，所以也就想查一查中国的肴馔。我于此道向来不留心，所见过的旧记，只有《礼记》里的所谓"八珍"①，《酉阳杂俎》② 里的一张御赐菜帐和袁枚③名士的《随园食单》。元朝有和斯辉④的《饮馔正要》，只站在旧书店头翻了一翻，大概是元版的，所以买不起。唐朝的呢，有杨煜⑤的《膳夫经手录》，就收在《间邱辨囿》中。现在这书既然借不到，只好拉倒了。

---

① "八珍" 古代八种烹饪法，谓：淳熬、淳毋、炮豚、捣珍、渍、为熬、糁、肝膋。见《礼记·内则》。

② 《酉阳杂俎》 笔记小说。唐代段成式撰。唐人笔记中较为重要的一种。

③ 袁枚（1716—1798） 字子才，号随园老人，钱塘（今杭州）人，清代诗人。曾任江宁等地知县。著有《小仓山房集》《随园诗话》《子不语》等。这里提到的《随园食单》是他记录的一部食谱。

④ 和斯辉 即忽思慧（生卒年未详），元回回人。延祐间任饮膳太医，天历三年（1330）编成《饮膳正要》三卷，记述元代饮食及植物栽培事况。这里所举《饮馔正要》，与《饮膳正要》应是同一种书。

⑤ 杨煜 《新唐书·艺文志》著录作阳晔，唐代士人，曾任巢县县令。所撰《膳夫经手录》是关于饮食烹饪的书。

近年尝听到本国人和外国人颂扬中国菜，说是怎样可口，怎样卫生，世界上第一，宇宙间第 n。但我实在不知道怎样的是中国菜。我们有几处是嚼葱蒜和杂合面饼，有几处是用醋，辣椒，腌菜下饭；还有许多人是只能舐黑盐，还有许多人是连黑盐也没得舐。中外人士以为可口，卫生，第一而第 n 的，当然不是这些；应该是阔人，上等人所吃的肴馔。但我总觉得不能因为他们这么吃，便将中国菜考列一等，正如去年虽然出了两三位"高等华人"，而别的人们也还是"下等"的一般。

安冈氏的论中国菜，所引据的是威廉士①的《中国》（《Middle Kingdom by Williams》），在最末《耽享乐而淫风炽盛》这一篇中。其中有这么一段——

> 这好色的国民，便在寻求食物的原料时，也大概以所想像的性欲底效能为目的。从国外输入的特殊产物的最多数，就是认为含有这种效能的东西。……在大宴会中，许多菜单的最大部分，即是想像为含有或种特殊的强壮剂底性质的奇妙的原料所做。……

我自己想，我对于外国人的指摘本国的缺失，是不很发生反感的，但看到这里却不能不失笑。筵席上的中国菜诚然大抵浓厚，然而并非国民的常食；中国的阔人诚然很多淫昏，但还不至于将肴馔和壮阳药并合。"纣虽不善，不如是之甚也。"② 研究中国的外国人，想得太深，感得太敏，便常常得到这样——比"支那人"更有性底敏感——的结果。

安冈氏又自己说——

> 笋和支那人的关系，也与虾正相同。彼国人的嗜笋，可谓在日本人以上。虽然是可笑的话，也许是因为那挺然翘然的姿势，引起想像来的罢。

————————————

① **威廉士** 中文名卫三畏（Samnel Wells Williams，1812—1884），美国基督教新教公理会传教士。1883 年来华传教，长期在中国居留。1855—1876 年任美国驻华公使馆参赞。1887 年回国任耶鲁大学教授。这里提到的《中国》一书，另译《中国总论》。

② **"纣虽不善，不如是之甚也"** 《论语·子张》："纣之不善，不如是之甚也。"纣，商代最后一位君王。

会稽至今多竹。竹，古人是很宝贵的，所以曾有"会稽竹箭"的话。然而宝贵它的原因是在可以做箭，用于战斗，并非因为它"挺然翘然"像男根。多竹，即多笋；因为多，那价钱就和北京的白菜差不多。我在故乡，就吃了十多年笋，现在回想，自省，无论如何，总是丝毫也寻不出吃笋时，爱它"挺然翘然"的思想的影子来。因为姿势而想像它的效能的东西是有一种的，就是肉苁蓉①，然而那是药，不是菜。总之，笋虽然常见于南边的竹林中和食桌上，正如街头的电干和屋里的柱子一般，虽"挺然翘然"，和色欲的大小大概是没有什么关系的。

然而洗刷了这一点，并不足证明中国人是正经的国民。要得结论，还很费周折罢。可是中国人偏不肯研究自己。安冈氏又说，"去今十余年前，有……称为《留东外史》②这一种不知作者的小说，似乎是记事实，大概是以恶意地描写日本人的性底不道德为目的的。然而通读全篇，较之攻击日本人，倒是不识不知地将支那留学生的不品行，特地费了力招供出来的地方更其多，是滑稽的事。"这是真的，要证明中国人的不正经，倒在自以为正经地禁止男女同学，禁止模特儿这些事件上。

我没有恭逢过奉陪"大宴会"的光荣，只是经历了几回中宴会，吃些燕窝鱼翅。现在回想，宴中宴后，倒也并不特别发生好色之心。但至今觉得奇怪的，是在燉，蒸，煨的烂熟的肴馔中间，夹着一盘活活的醉虾。据安冈氏说，虾也是与性欲有关系的；不但从他，我在中国也听到过这类话。然而我所以为奇怪的，是在这两极端的错杂，宛如文明烂熟的社会里，忽然分明现出茹毛饮血的蛮风来。而这蛮风，又并非将由蛮野进向文明，乃是已由文明落向蛮野，假如比前者为白纸，将由此开始写字，则后者便是涂满了字的黑纸罢。一面制礼作乐，尊孔读经，"四千年声明文物之邦"，真是火候恰到好处了，而一面又坦然地放火杀人，奸淫掳掠，做着虽蛮人对于同族也还不肯做的事……全个中国，就是这样的一席大宴会！

我以为中国人的食物，应该去掉煮得烂熟，萎靡不振的；也去

---

① **肉苁蓉**　列当科植物，多年生寄生草本。中医以茎入药，能补肾壮阳。

② **《留东外史》**　狎邪小说，平江不肖生（向恺然）著。叙说清末中国留学生在日本寻觅艳遇、狎妓等故事。该书分正续两集，1916—1922 年出版。

掉全生，或全活的。应该吃些虽然熟，然而还有些生的带着鲜血的肉类……

正午，照例要吃午饭了，讨论中止。菜是：干菜，已不"挺然翘然"的笋干，粉丝，腌菜。对于绍兴，陈源教授所憎恶的是"师爷"和"刀笔吏的笔尖"，我所憎恶的是饭菜。《嘉泰会稽志》①已在石印了，但还未出版，我将来很想查一查，究竟绍兴遇着过多少回大饥馑，竟这样地吓怕了居民，仿佛明天便要到世界末日似的，专喜欢储藏干物品。有菜，就晒干；有鱼，也晒干；有豆，又晒干；有笋，又晒得它不像样；菱角是以富于水分，肉嫩而脆为特色的，也还要将它风干……听说探险北极的人，因为只吃罐头食物，得不到新东西，常常要生坏血病；倘若绍兴人肯带了干菜之类去探险，恐怕可以走得更远一点罢。

晚，得乔峰②信并丛芜③所译的布宁④的短篇《轻微的欷歔》稿，在上海的一个书店里默默地躺了半年，这回总算设法讨回来了。

中国人总不肯研究自己。从小说来看民族性，也就是一个好题目。此外，则道士思想（不是道教，是方士）与历史上大事件的关系，在现今社会上的势力；孔教徒怎样使"圣道"变得和自己的无所不为相宜；战国游士说动人主的所谓"利""害"是怎样的，和现今的政客有无不同；中国从古到今有多少文字狱；历来"流言"的制造散布法和效验等等……可以研究的新方面实在多。

七月五日

晴。

晨，景宋将《小说旧闻钞》⑤的一部分理清送来。自己再看了一遍，到下午才毕，寄给小峰付印。天气实在热得可以。

---

① 《嘉泰会稽志》 地方志。宋代施宿撰。

② 乔峰 即周建人（1888—1984），字乔峰，浙江绍兴人，生物学家。鲁迅的三弟。早年为商务印书馆编辑。著有《回忆鲁迅》《论优生学与种族歧视》等。

③ 丛芜 即韦丛芜（1905—1978），原名崇武，安徽霍丘人，现代作家、翻译家。燕京大学毕业，未名社成员。著有《君山》等，译有陀思妥耶夫斯基《罪与罚》《穷人》《卡拉玛卓夫兄弟》等。

④ 布宁 又译蒲宁（И. А. Ъунин，1870—1953），俄国作家。十月革命后侨居国外。著有小说《兄弟》《旧金山来的绅士》等。1933 年获诺贝尔文学奖。

⑤ 《小说旧闻钞》 鲁迅辑录的一部小说史料集。北新书局 1926 年 8 月出版，后收入 1938 年版《鲁迅全集》。

觉得疲劳。晚上，眼睛怕见灯光，熄了灯躺着，仿佛在享福。听得有人打门，连忙出去开，却是谁也没有，跨出门去根究，一个小孩子已在暗中逃远了。

关了门，回来，又躺下，又仿佛在享福。一个行人唱着戏文走过去，余音袅袅，道，"咿，咿，咿！"不知怎地忽然想起今天校过的《小说旧闻钞》里的强汝询①老先生的议论来。这位先生的书斋就叫作求有益斋，则在那斋中写出来的文章的内容，也就可想而知。他自己说，诚不解一个人何以无聊到要做小说，看小说。但于古小说的判决却从宽，因为他古，而且昔人已经著录了。

憎恶小说的也不只是这位强先生，诸如此类的高论，随在可以闻见。但我们国民的学问，大多数却实在靠着小说，甚至于还靠着从小说编出来的戏文。虽是崇奉关岳②的大人先生们，倘问他心目中的这两位"武圣"的仪表，怕总不免是细着眼睛的红脸大汉和五绺长须的白面书生，或者还穿着绣金的缎甲，脊梁上还插着四张尖角旗。

近来确是上下同心，提倡着忠孝节义了，新年到庙市上去看年画，便可以看见许多新制的关于这类美德的图。然而所画的古人，却没有一个不是老生，小生，老旦，小旦，末，外，花旦……

七月六日

晴。

午后，到前门外去买药。配好之后，付过钱，就站在柜台前喝了一回份。其理由有三：一，已经停了一天了，应该早喝；二，尝尝味道，是否不错的；三，天气太热，实在有点口渴了。

不料有一个买客却看得奇怪起来。我不解这有什么可以奇怪的；然而他竟奇怪起来了，悄悄地向店伙道：

"那是戒烟药水罢？"

"不是的！"店伙替我维持名誉。

"这是戒大烟的罢？"他于是直接地问我了。

我觉得倘不将这药认作"戒烟药水"，他大概是死不瞑目的。人

---

① 强汝询（1824—1894）　字菉叔，江苏溧阳人，清咸丰举人。著有《求益斋文集》。

② 崇奉关岳　旧时关羽和岳飞作为忠义之臣被官方和民间广泛奉祀，许多地方设有专门的祠堂供人拜祭。1914 年，袁世凯政府曾颁令以关岳合祀。

生几何，何必固执，我便似点非点的将头一动，同时请出我那"介乎两可之间"的好回答来：

"唔唔……"

这既不伤店伙的好意，又可以聊慰他热烈的期望，该是一帖妙药。果然，从此万籁无声，天下太平，我在安静中塞好瓶塞，走到街上了。

到中央公园，径向约定的一个僻静处所，寿山①已先到，略一休息，便开手对译《小约翰》②。这是一本好书，然而得来却是偶然的事。大约二十年前，我在日本东京的旧书店头买到几十本旧的德文文学杂志，内中有着这书的绍介和作者的评传，因为那时刚译成德文。觉得有趣，便托丸善书店去买来了；想译，没有这力。后来也常常想到，但总为别的事情岔开；直到去年，才决计在暑假中将它译好，并且登出广告去，而不料那一暑假过得比别的时候还艰难。今年又记得起来，翻检一过，疑难之处很不少，还是没有这力。问寿山可肯同译，他答应了，于是开手；并且约定，必须在这暑假期中译完。

晚上回家，吃了一点饭，就坐在院子里乘凉。田妈告诉我，今天下午，斜对门的谁家的婆婆和儿媳大吵了一通嘴。据她看来，婆婆自然有些错，但究竟是儿媳妇太不合道理了。问我的意思，以为何如。我先就没有听清吵嘴的是谁家，也不知道是怎样的两个婆媳，更没有听到她们的来言去语，明白她们的旧恨新仇。现在要我加以裁判，委实有点不敢自信，况且我又向来并不是批评家。我于是只得说：这事我无从断定。

但是这句话的结果很坏。在昏暗中，虽然看不见脸色，耳朵中却听到：一切声音都寂然了。静，沉闷的静；后来还有人站起，走开。

我也无聊地慢慢地站起，走进自己的屋子里，点了灯，躺在床上看晚报；看了几行，又无聊起来了，便碰到东壁下去写日记，就是这《马上支日记》。

院子里又渐渐地有了谈笑声，谈论声。

---

① **寿山** 即齐宗颐。参见《马上日记》一文"C君"注条。

② **《小约翰》** 长篇童话。荷兰作家凡·蔼覃（Frederik Van Eeden）著。鲁迅与齐寿山的译本于 1928 年 1 月由未名社出版。

今天的运气似乎很不佳：路人冤我喝"戒烟药水"，田妈说我……她怎么说，我不知道。但愿从明天起，不再这样。

（原刊 1926 年 7 月 12 日 / 7 月 26 日 / 8 月 2 日 / 8 月 16 日《语丝》周刊第 87、89、90、92 期，后收入《华盖集续编》）

马上日记之二

七月七日

晴。每日的阴晴，实在写得自己也有些不耐烦了，从此想不写。好在北京的天气，大概总是晴的时候多；如果是梅雨期内，那就上午晴，午后阴，下午大雨一阵，听到泥墙倒塌声。不写也罢，又好在我这日记，将来决不会有气象学家拿去做参考资料的。

上午访素园①，谈谈闲天，他说俄国有名的文学者毕力涅克（Boris Piliniak）②上月已经到过北京，现在是走了。

我单知道他曾到日本，却不知道他也到中国来。

这两年中，就我所听到的而言，有名的文学家来到中国的有四个。第一个自然是那最有名的泰戈尔即"竺震旦"③，可惜被戴印度帽子的震旦人弄得一榻胡涂，终于莫名其妙而去；后来病倒在意大利，还电召震旦"诗哲"前往，然而也不知道"后事如何"。现在听说又有人要将甘地④扛到中国来了，这坚苦卓绝的伟人，只在印度能生，在英国治下的印度能活的伟人，又要在震旦印下他伟大的足

---

① **素园** 即韦素园（1902—1932），原名崇文，又名漱园，安徽霍丘人，现代作家、翻译家。韦丛芜兄。早年在北京俄文法政专门学校学习，曾为《莽原》半月刊责任编辑，主持过未名社社务。著有散文《西山随笔》等，译有果戈里《外套》、俄国小说集《最后的光芒》等。

② **毕力涅克** 今译皮利尼亚克（Ъ. А. Пилвняк，1894—1938），本姓伏加乌，苏联/俄罗斯作家。著有小说《荒年》《不灭的月亮的故事》《红木》等。1928 年发表的《不灭的月亮的故事》因影射伏龙芝元帅医疗事故问题，曾遭苏联官方批判，次年在柏林出版《红木》又惹祸上身。1937 年斯大林肃反期间，以"间谍罪"被捕，被秘密处死。后于20 世纪 60 年代恢复名誉。

③ **泰戈尔即"竺震旦"** 泰戈尔（R. Tagore，1861—1941），印度诗人、小说家。著有《吉檀迦利》《新月集》《沉船》等。1913 年获诺贝尔文学奖。1924 年曾来中国讲学。"竺震旦"一名，是他来中国时梁启超（一说徐志摩）给他取的中文名字。

④ **甘地**（M. Gandhi，1869—1948） 印度政治家、民族独立运动领袖。曾提出"非暴力抵抗"的斗争口号，倡导社会改良及妇女解放。著有自传《我体验真理的故事》等。

迹。但当他精光的脚还未踏着华土时，恐怕乌云已在出岫了。

其次是西班牙的伊本纳兹（Blasco Ibáñez）①，中国倒也早有人绍介过；但他当欧战时，是高唱人类爱和世界主义的，从今年全国教育联合会②的议案看来，他实在很不适宜于中国，当然谁也不理他，因为我们的教育家要提倡民族主义了。

还有两个都是俄国人。一个是斯吉泰烈支（Skitalez）③，一个就是毕力涅克。两个都是假名字。斯吉泰烈支是流亡在外的。毕力涅克却是苏联的作家，但据他自传，从革命的第一年起，就为着买面包粉忙了一年多。以后，便做小说，还吸过鱼油，这种生活，在中国大概便是整日叫穷的文学家也未必梦想到。

他的名字，任国桢④君辑译的《苏俄的文艺论战》里是出现过的，作品的译本却一点也没有。日本有一本《伊凡和马理》（《Ivan and Maria》），格式很特别，单是这一点，在中国的眼睛——中庸的眼睛——里就看不惯。文法有些欧化，有些人尚且如同眼睛里著了玻璃粉，何况体式更奇于欧化。悄悄地自来自去，实在要算是造化的。

还有，在中国，姓名仅仅一见于《苏俄的文艺论战》里的里培进司基（U. Libedinsky）⑤，日本却也有他的小说译出了，名曰《一周间》。他们的介绍之速而且多实在可骇。我们的武人以他们的武人为祖师，我们的文人却毫不学他们文人的榜样，这就可预卜中国将

---

① **伊本纳兹** 今译伊巴涅斯（1867—1928），西班牙作家、政治家。他是西班牙共和党领袖之一，1898—1909 年任国会议员。1923 年后，西班牙实行里维拉的军事独裁，他被迫侨居法国。著有长篇小说《茅屋》《大教堂》等。

② **全国教育联合会** 全称"全国省教育会联合会"，1915 年成立的全国性教育团体。由各省教育会和特别行政区教育会推派代表组成。该会每年聚会一次，其第六届至第八届代表大会（1920—1922 年）提议并通过的《学制系统草案》，对 1922 年北洋政府颁布壬戌学制起到极大作用。这里提到的议案，指 1925 年 10 月在长沙举行的该会第十一届代表大会通过的《教育宜注意民族主义案》。该会 1926 年以后停止活动。

③ **斯吉泰烈支**（С. Г. Скиталец，1868—1941） 俄国作家。十月革命时流亡国外，1930 年回国。著有小说《契尔诺夫一家》等。

④ **任国桢**（1898—1931） 字子卿，辽宁安东（今丹东）人，中共地下党员、翻译家。1924 年北京大学俄文系毕业，五四时期为苏联塔斯社、《真理报》撰稿，1925 年加入中国共产党。后任哈尔滨市委书记、北平市委书记、河北省委驻山西特派员，1931 年在太原被捕遇害。译有《苏联的文艺论战》等。

⑤ **里培进司基** 今译李别进斯基（Ю. Н. Либединский，1898—1959），苏联/俄罗斯作家。早年在红军部队中从事宣传工作，20 世纪 20 年代为"拉普"（俄罗斯无产阶级作家联合会）领导成员之一。著有小说《政委们》《前夜》等。

来一定比日本太平。

但据《伊凡和马理》的译者尾濑敬止[1]氏说，则作者的意思，是以为"频果的花，在旧院落中也开放，大地存在间，总是开放"的。那么，他还是不免于念旧。然而他眼见，身历了革命了，知道这里面有破坏，有流血，有矛盾，但也并非无创造，所以他决没有绝望之心。这正是革命时代的活着的人的心。诗人勃洛克（Alexander Block）[2]也如此。他们自然是苏联的诗人，但若用了纯马克斯流的眼光来批评，当然也还是很有可议的处所。不过我觉得托罗兹基（Trotsky）[3]的文艺批评，倒还不至于如此森严。

可惜我还没看过他们最新的作者的作品《一周间》。

革命时代总要有许多文艺家萎黄，有许多文艺家向新的山崩地塌般的大波冲进去，乃仍被吞没，或者受伤。被吞没的消灭了；受伤的生活着，开拓着自己的生活，唱着苦痛和愉悦之歌。待到这些逝去了，于是现出一个较新的新时代，产出更新的文艺来。

中国自民元革命以来，所谓文艺家，没有萎黄的，也没有受伤的，自然更没有消灭，也没有苦痛和愉悦之歌。这就是因为没有新的山崩地塌般的大波，也就是因为没有革命。

七月八日

上午，往伊东医士寓去补牙，等在客厅里，有些无聊。四壁只挂着一幅织出的画和两副对，一副是江朝宗[4]的，一副是王芝祥[5]的。署名之下，各有两颗印，一颗是姓名，一颗是头衔；江的是

---

① **尾濑敬止**（1889—1952） 日本记者、翻译家。曾任《朝日新闻》《俄罗斯新闻》记者。

② **勃洛克**（А. А. Ълок，1880—1921） 俄国诗人。著有《祖国》《俄罗斯颂》《十二个》等。1926 年胡敩将他的代表作《十二个》译成中文，鲁迅为作后记。

③ **托罗兹基** 今译托洛茨基（Л. Д. Тродкий，1879—1940），早年投身俄国工人运动，十月革命期间为布尔什维克党中央领导成员，后任外交人民委员、革命军事委员会主席等职。1927 年被指控组织"托洛茨基一季诺维耶夫反党联盟"，因开除出党，1929 年被驱逐出境，1940 年在墨西哥被暗杀。著有《文学与革命》《我的生平》等。

④ **江朝宗**（1864—1943） 字宇澄，安徽旌德人，近代政客、汉奸。1917 年曾一度代理国务总理，参与张勋复辟活动。1925 年任临时参政院参政。抗战时附逆，任伪北平治安维持会长、伪北平市长等职。

⑤ **王芝祥**（1858—1930） 字铁珊，京兆通县（今属北京）人，近代政客。清末曾任广西按察使、布政使等职，辛亥革命后一度任广西副都督。后任侨务局总裁、中华红十字总会会长。

马上日记之二

315

"迪威将军"，王的是"佛门弟子"。

午后，密斯高来，适值毫无点心，只得将宝藏着的搽嘴角生疮有效的柿霜糖装在碟子里拿出去。我时常有点心，有客来便请他吃点心；最初是"密斯"和"密斯得"① 一视同仁，但密斯得有时委实利害，往往吃得很彻底，一个不留，我自己倒反有"向隅"② 之感。如果想吃，又须出去买来。于是很有戒心了，只得改变方针，有万不得已时，则以落花生代之。这一著很有效，总是吃得不多，既然吃不多，我便开始敦劝了，有时竟劝得怕吃落花生如织芳之流，至于因此逡巡逃走。从去年夏天发明了这一种花生政策以后，至今还在继续厉行。但密斯们却不在此限，她们的胃似乎比他们要小五分之四，或者消化力要弱到十分之八，很小的一个点心，也大抵要留下一半，倘是一片糖，就剩下一角。拿出来陈列片时，吃去一点，于我的损失是极微的，"何必改作"？

密斯高是很少来的客人，有点难于执行花生政策。恰巧又没有别的点心，只好献出柿霜糖去了。这是远道携来的名糖，当然可以见得郑重。

我想，这糖不大普通，应该先说明来源和功用。但是，密斯高却已经一目了然了。她说：这是出在河南汜水县的；用柿霜做成。颜色最好是深黄；倘是淡黄，那便不是纯柿霜。这很凉，如果嘴角这些地方生疮的时候，便含着，使它渐渐从嘴角流出，疮就好了。

她比我耳食所得的知道得更清楚，我只好不作声，而且这时才记起她是河南人。请河南人吃几片柿霜糖，正如请我喝一小杯黄酒一样，真可谓"其愚不可及也"。

茭白的心里有黑点的，我们那里称为灰茭，虽是乡下人也不愿意吃，北京却用在大酒席上。卷心白菜在北京论斤论车地卖，一到南边，便根上系着绳，倒挂在水果铺子的门前了，买时论两，或者半株，用处是放在阔气的火锅中，或者给鱼翅垫底。但假如有谁在北京特地请我吃灰茭，或北京人到南边时请他吃煮白菜，则即使不至于称为"笨伯"，也未免有些乖张罢。

---

① **"密斯"和"密斯得"** "密斯"，英语 Miss 的音译，即"小姐"；"密斯得"，英语 Mister 的音译，即"先生"。

② **"向隅"** 汉代刘向《说苑·贵德》："今有满堂饮酒者，有一人独索然向隅而泣，则一堂之人皆不乐矣。"后喻指惠不及众或孤独失意。

但密斯高居然吃了一片，也许是聊以敷衍主人的面子的。到晚上我空口坐着，想：这应该请河南以外的别省人吃的，一面想，一面吃，不料这样就吃完了。

凡物总是以希为贵。假如在欧美留学，毕业论文最好是讲李太白，杨朱①，张三；研究萧伯讷，威尔士②就不大妥当，何况但丁之类。《但丁传》的作者跋忒莱尔（A. J. Butler）③ 就说关于但丁的文献实在看不完。待到回了中国，可就可以讲讲萧伯讷，威尔士，甚而至于莎士比亚了。何年何月自己曾在曼殊斐儿④墓前痛哭，何月何日何时曾在何处和法兰斯⑤点头，他还拍着自己的肩头说道：你将来要有些像我的！至于"四书""五经"之类，在本地似乎究以少谈为是。虽然夹些"流言"在内，也未必便于"学理和事实"有妨。

（原刊 1926 年 7 月 19 日/7 月 23 日《世界日报副刊》，后收入《华盖集续编》）

---

① **杨朱** 又称杨子，战国时魏国人，古代思想家。主张"贵己"、"重生"，对当时社会影响很大。其言论、事略见诸《庄子》《列子》《孟子》《淮南子》等书。

② **威尔士** 今译威尔斯（H. G. Wells，1866—1946），英国作家、历史学家。著有小说《时间机器》《隐身人》及历史著作《世界史纲》等。

③ **跋忒莱尔** 今译巴特勒（1844—1910），英国作家、但丁研究者。著有《但丁及其时代》等，并将但丁的《神曲》译成英文。

④ **曼殊斐儿** 今译曼斯菲尔德（K. Mansfield，1888—1923），英国女作家。著有小说《幸福》《园会》等。这里所说"何年何月自己曾去曼殊斐儿墓前痛哭"，指徐志摩。徐 1925 年春夏访问欧洲期间，曾往巴黎郊外枫丹白露曼斯菲尔德墓地拜谒。

⑤ **法兰斯** 即法朗士。见本书《不是信》一文"法兰斯"注条。

《而已集》中的杂文

题　辞

这半年我又看见了许多血和许多泪，
然而我只有杂感而已。

泪揩了，血消了；
屠伯们逍遥复逍遥，
用钢刀的，用软刀的。
然而我只有"杂感"而已。

连"杂感"也被"放进了应该去的地方"时，
我于是只有"而已"而已！

以上的八句话，是在一九二六年十月十四夜里，编完那年那时为止的杂感集后，写在末尾的，现在便取来作为一九二七年的杂感集的题辞。

一九二八年十月三十日，鲁迅校讫记。

（本篇最初收入《华盖集续编》，是作者编写该书时所作）

黄花节[*]的杂感

黄花节将近了，必须做一点所谓文章。但对于这一个题目的文章，教我做起来，实在近于先前的在考场里"对空策"①。因为，——说出来自己也惭愧，——黄花节这三个字，我自然明白它是什么意思的；然而战死在黄花冈头的战士们呢，不但姓名，连人数也不知道。

为寻些材料，好发议论起见，只得查《辞源》。书里面有是有的，可不过是：

> 黄花冈。地名，在广东省城北门外白云山之麓。清宣统三年三月二十九日，革命党数十人，攻袭督署，不成而死，丛葬于此。

轻描淡写，和我所知道的差不多，于我并不能有所裨益。

我又愿意知道一点十七年前的三月二十九日的情形，但一时也找不到目击耳闻的耆老。从别的地方——如北京，南京，我的故乡——的例子推想起来，当时大概有若干人痛惜，若干人快意，若干人没有什么意见，若干人当作酒后茶余的谈助的罢。接着便将被人们忘却。久受压制的人们，被压制时只能忍苦，幸而解放了便只知道作乐，悲壮剧是不能久留在记忆里的。

但是三月二十九日的事却特别，当时虽然失败，十月就是武昌起义，第二年，中华民国便出现了。于是这些失败的战士，当时也就

---

* **黄花节** 中华民国成立后，订公历 3 月 29 日为革命先烈纪念日，以纪念清宣统三年 3 月 29 日（夏历）同盟会武装起义中死难的烈士。因有 72 位烈士遗体葬于广州市郊黄花冈，这一纪念日又称黄花节。

① **"对空策"** 指旧时科举考试中空发议论的命题作文。

成为革命成功的先驱，悲壮剧刚要收场，又添上一个团圆剧的结束。这于我们是很可庆幸的，我想，在纪念黄花节的时候便可以看出。

我还没有亲自遇见过黄花节的纪念，因为久在北方。不过，中山先生①的纪念日却遇见过了：在学校里，晚上来看演剧的特别多，连凳子也踏破了几条，非常热闹。用这例子来推断，那么，黄花节也一定该是极其热闹的罢。

当三月十二日那天的晚上，我在热闹场中，便深深地更感得革命家的伟大。我想，恋爱成功的时候，一个爱人死掉了，只能给生存的那一个以悲哀。然而革命成功的时候，革命家死掉了，却能每年给生存的大家以热闹，甚而至于欢欣鼓舞。惟独革命家，无论他生或死，都能给大家以幸福。同是爱，结果却有这样地不同，正无怪现在的青年，很有许多感到恋爱和革命的冲突的苦闷。

以上的所谓"革命成功"，是指暂时的事而言；其实是"革命尚未成功"②的。革命无止境，倘使世上真有什么"止于至善"③，这人间世便同时变了凝固的东西了。不过，中国经了许多战士的精神和血肉的培养，却的确长出了一点先前所没有的幸福的花果来，也还有逐渐生长的希望。倘若不像有，那是因为继续培养的人们少，而赏玩，攀折这花，摘食这果实的人们倒是太多的缘故。

我并非说，大家都须天天去痛哭流涕，以凭吊先烈的"在天之灵"，一年中有一天记起他们也就可以了。但就广东的现在而论，我却觉得大家对于节日的办法，还须改良一点。黄花节很热闹，热闹一天自然也好；热闹得疲劳了，回去就好好地睡一觉。然而第二天，元气恢复了，就该加工做一天自己该做的工作。这当然是劳苦的，但总比枪弹从致命的地方穿过去要好得远；何况这也算是在培养幸福的花果，为着后来的人们呢。

三月二十四日夜

（原刊 1927 年 3 月 29 日广州中山大学《政治训育》第 7 期"黄花节特号"，后收入《而已集》）

---

① **中山先生** 即孙中山（1866—1925），名文，字逸仙，广东香山（今中山）人。我国伟大的革命先驱者。辛亥革命后曾任中华民国临时大总统。他的纪念日指他逝世的 3 月 12 日。

② **"革命尚未成功"** 孙中山遗嘱中有"革命尚未成功，同志仍须努力"的话。

③ **"止于至善"** 意谓抵达善境之后应固守不移。《大学》："止者，必至于是而不迁之意。至善，则事理当然之极也。言明明德、新民，皆当止于至善之地而不迁。"

略论中国人的脸

  大约人们一遇到不大看惯的东西，总不免以为他古怪。我还记得初看见西洋人的时候，就觉得他脸太白，头发太黄，眼珠太淡，鼻梁太高。虽然不能明明白白地说出理由来，但总而言之：相貌不应该如此；至于对于中国人的脸，是毫无异议；即使有好丑之别，然而都不错的。

  我们的古人，倒似乎并不放松自己中国人的相貌。周的孟轲就用眸子来判胸中的正不正①，汉朝还有《相人》② 二十四卷。后来闹这玩艺儿的尤其多；分起来，可以说有两派罢：一是从脸上看出他的智愚贤不肖；一是从脸上看出他过去，现在和将来的荣枯。于是天下纷纷，从此多事，许多人就都战战兢兢地研究自己的脸。我想，镜子的发明，恐怕这些人和小姐们是大有功劳的。不过近来前一派已经不大有人讲究，在北京上海这些地方捣鬼的都只是后一派了。

  我一向只留心西洋人。留心的结果，又觉得他们的皮肤未免太粗；毫毛有白色的，也不好。皮上常有红点，即因为颜色太白之故，倒不如我们之黄。尤其不好的是红鼻子，有时简直像是将要熔化的蜡烛油，仿佛就要滴下来，使人看得栗栗危惧，也不及黄色人种的较为隐晦，也见得较为安全。总而言之：相貌还是不应该如此的。

  后来，我看见西洋人所画的中国人，才知道他们对于我们的相貌也很不敬。那似乎是《天方夜谈》③ 或者《安兑生童话》④ 中的插画，现在不很记得清楚了。头上戴着拖花翎的红缨帽，一条辫子在

---

  ① **用眸子来判胸中的正不正** 《孟子·离娄上》："孟子曰：'存乎人者，莫良于眸子。眸子不能掩其恶。胸中正，则眸子瞭焉；胸中不正，则眸子眊焉。'"

  ② **《相人》** 今佚。《汉书·艺文志》著录，列"形法家"之属。

  ③ **《天方夜谈》** 又作《天方夜谭》，原名《一千零一夜》，阿拉伯民间故事集。

  ④ **《安兑生童话》** 即《安徒生童话》。安徒生（H. C. Andersen，1805—1875），丹麦作家。

空中飞扬，朝靴的粉底非常之厚。但这些都是满洲人连累我们的。独有两眼歪斜，张嘴露齿，却是我们自己本来的相貌。不过我那时想，其实并不尽然，外国人特地要奚落我们，所以格外形容得过度了。

但此后对于中国一部分人们的相貌，我也逐渐感到一种不满，就是他们每看见不常见的事件或华丽的女人，听到有些醉心的说话的时候，下巴总要慢慢挂下，将嘴张了开来。这实在不大雅观；仿佛精神上缺少着一样什么机件。据研究人体的学者们说，一头附着在上颚骨上，那一头附着在下颚骨上的"咬筋"，力量是非常之大的。我们幼小时候想吃核桃，必须放在门缝里将它的壳夹碎。但在成人，只要牙齿好，那咬筋一收缩，便能咬碎一个核桃。有着这么大的力量的筋，有时竟不能收住一个并不沉重的自己的下巴，虽然正在看得出神的时候，倒也情有可原，但我总以为究竟不是十分体面的事。

日本的长谷川如是闲①是善于做讽刺文字的。去年我见过他的一本随笔集，叫作《猫·狗·人》；其中有一篇就说到中国人的脸。大意是初见中国人，即令人感到较之日本人或西洋人，脸上总欠缺着一点什么。久而久之，看惯了，便觉得这样已经尽够，并不缺少东西；倒是看得西洋人之流的脸上，多余着一点什么。这多余着的东西，他就给它一个不大高妙的名目：兽性。中国人的脸上没有这个，是人，则加上多余的东西，即成了下列的算式：

人 + 兽性 = 西洋人

他借了称赞中国人，贬斥西洋人，来讥刺日本人的目的，这样就达到了，自然不必再说这兽性的不见于中国人的脸上，是本来没有的呢，还是现在已经消除。如果是后来消除的，那么，是渐渐净尽而只剩了人性的呢，还是不过渐渐成了驯顺。野牛成为家牛，野猪成为猪，狼成为狗，野性是消失了，但只足使牧人喜欢，于本身并无好处。人不过是人，不再夹杂着别的东西，当然再好没有了。倘不得已，我以为还不如带些兽性，如果合于下列的算式倒是不很有趣的：

略论中国人的脸

人＋家畜性＝某一种人

　　中国人的脸上真可有兽性的记号的疑案，暂且中止讨论罢。我只要说近来却在中国人所理想的古今人的脸上，看见了两种多余。一到广州，我觉得比我所从来的厦门丰富得多的，是电影，而且大半是"国片"，有古装的，有时装的。因为电影是"艺术"，所以电影艺术家便将这两种多余加上去了。

　　古装的电影也可以说是好看，那好看不下于看戏；至少，决不至于有大锣大鼓将人的耳朵震聋。在"银幕"上，则有身穿不知何时何代的衣服的人物，缓慢地动作；脸正如古人一般死，因为要显得活，便只好加上些旧式戏子的昏庸。

　　时装人物的脸，只要见过清朝光绪年间上海的吴友如①的《画报》的，便会觉得神态非常相像。《画报》所画的大抵不是流氓拆梢，便是妓女吃醋，所以脸相都狡猾。这精神似乎至今不变，国产影片中的人物，虽是作者以为善人杰士者，眉宇间也总带些上海洋场式的狡猾。可见不如此，是连善人杰士也做不成的。

　　听说，国产影片之所以多，是因为华侨欢迎，能够获利，每一新片到，老的便带了孩子去指点给他们看道："看哪，我们的祖国的人们是这样的。"在广州似乎也受欢迎，日夜四场，我常见看客坐得满满。

　　广州现在也如上海一样，正在这样地修养他们的趣味。可惜电影一开演，电灯一定熄灭，我不能看见人们的下巴。

　　　　　　　　　　　　　　　　　　　　　　　　　四月六日

（原刊 1927 年 11 月 25 日《莽原》半月刊第 2 卷第 21、22 期合刊，后收入《而已集》）

---

　　① 吴友如（？—1893） 名猷，又作嘉猷，字友如，江苏元和（今苏州）人，清末画家。善绘人物、世相。光绪十年（1884）应聘主绘《点石斋画报》，写风俗时事，图画入妙。

答有恒先生[*]

有恒先生：

　　你的许多话，今天在《北新》^①上看见了。我感谢你对于我的希望和好意，这是我看得出来的。现在我想简略地奉答几句，并以寄和你意见相仿的诸位。

　　我很闲，决不至于连写字工夫都没有。但我的不发议论，是很久了，还是去年夏天决定的，我豫定的沉默期间是两年。我看得时光不大重要，有时往往将它当作儿戏。

　　但现在沉默的原因，却不是先前决定的原因，因为我离开厦门的时候，思想已经有些改变。这种变迁的径路，说起来太烦，姑且略掉罢，我希望自己将来或者会发表。单就近时而言，则大原因之一，是：我恐怖了。而且这种恐怖，我觉得从来没有经验过。

　　我至今还没有将这"恐怖"仔细分析。姑且说一两种我自己已经诊察明白的，则：

　　一，我的一种妄想破灭了。我至今为止，时时有一种乐观，以为压迫，杀戮青年的，大概是老人。这种老人渐渐死去，中国总可比较地有生气。现在我知道不然了，杀戮青年的，似乎倒大概是青年，而且对于别个的不能再造的生命和青春，更无顾惜。如果对于动物，也要算"暴殄天物"。我尤其怕看的是胜利者的得意之笔："用斧劈死"呀……"乱枪刺死"呀……我其实并不是急进的改革论者，我没有反对过死刑。但对于凌迟和灭族，我曾表示过十分的憎恶和悲痛，我以为二十世纪的人群中是不应该有的。斧劈枪

　　* **有恒先生**　即时有恒（1905—1982），江苏铜山人，教师、藏书家。他在 1927 年 8 月 16 日《北新》周刊第 43/44 期（合刊）发表杂感《这时节》，希望鲁迅对当时局势发表一些看法，鲁迅为此写了这篇文章，作为答复。后来他经胡也频介绍加入左联。

　　① 《北新》　北新书局出版的综合性杂志。当时为周刊，1927 年 11 月以后改为半月刊。

刺，自然不说是凌迟，但我们不能用一粒子弹打在他后脑上么？结果是一样的，对方的死亡。但事实是事实，血的游戏已经开头，而角色又是青年，并且有得意之色。我现在已经看不见这出戏的收场。

二，我发现了我自己是一个……是什么呢？我一时定不出名目来。我曾经说过：中国历来是排着吃人的筵宴，有吃的，有被吃的。被吃的也曾吃人，正吃的也会被吃。但我现在发现了，我自己也帮助着排筵宴。先生，你是看我的作品的，我现在发一个问题：看了之后，使你麻木，还是使你清楚；使你昏沉，还是使你活泼？倘所觉的是后者，那我的自己裁判，便证实大半了。中国的筵席上有一种"醉虾"，虾越鲜活，吃的人便越高兴，越畅快。我就是做这醉虾的帮手，弄清了老实而不幸的青年的脑子和弄敏了他的感觉，使他万一遭灾时来尝加倍的苦痛，同时给憎恶他的人们赏玩这较灵的苦痛，得到格外的享乐。我有一种设想，以为无论讨赤军，讨革军，倘捕到敌党的有智识的如学生之类，一定特别加刑，甚于对工人或其他无智识者。为什么呢，因为他可以看见更锐敏微细的痛苦的表情，得到特别的愉快。倘我的假设是不错的，那么，我的自己裁判，便完全证实了。

所以，我终于觉得无话可说。

倘若再和陈源教授之流开玩笑罢，那是容易的，我昨天就写了一点。然而无聊，我觉得他们不成什么问题。他们其实至多也不过吃半只虾或呷几口醉虾的醋。况且听说他们已经别离了最佩服的"孤桐先生"，而到青天白日旗下来革命了。我想，只要青天白日旗插远去，恐怕"孤桐先生"也会来革命的。不成问题了，都革命了，浩浩荡荡。

问题倒在我自己的落伍。还有一点小事情。就是，我先前的弄"刀笔"的罚，现在似乎降下来了。种牡丹者得花，种蒺藜者得刺，这是应该的，我毫无怨恨。但不平的是这罚仿佛太重一点，还有悲哀的是带累了几个同事和学生。

他们什么罪孽呢，就因为常常和我往来，并不说我坏。凡如此的，现在就要被称为"鲁迅党"或"语丝派"，这是"研究系"和"现代派"① 宣传的一个大成功。所以近一年来，鲁迅已以被"投诸

---

① **现代派** 这里指现代评论派，即经常给《现代评论》撰稿的一班人。

四裔"①为原则了。不说不知道，我在厦门的时候，后来是被搬在一所四无邻居的大洋楼上了，陪我的都是书，深夜还听到楼下野兽"唔唔"地叫。但我是不怕冷静的，况且还有学生来谈谈。然而来了第二下的打击：三个椅子要搬去两个，说是什么先生的少爷已到，要去用了。这时我实在很气愤，便问他：倘若他的孙少爷也到，我就得坐在楼板上么？不行！没有搬去，然而来了第三下的打击，一个教授微笑道：又发名士脾气了。厦门的天条，似乎是名士才能有多于一个的椅子的。"又"者，所以形容我常发名士脾气也，《春秋》笔法，先生，你大概明白的罢。还有第四下的打击，那是我临走的时候了，有人说我之所以走，一因为没有酒喝，二因为看见别人的家眷来了，心里不舒服。这还是根据那一次的"名士脾气"的。

　　这不过随便想到一件小事。但，即此一端，你也就可以原谅我吓得不敢开口之情有可原了罢。我知道你是不希望我做醉虾的。我再斗下去，也许会"身心交病"。然而"身心交病"，又会被人嘲笑的。自然，这些都不要紧。但我何苦呢，做醉虾？

　　不过我这回最侥幸的是终于没有被做成为共产党。曾经有一位青年，想以独秀②办《新青年》，而我在那里做过文章这一件事，来证成我是共产党。但即被别一位青年推翻了，他知道那时连独秀也还未讲共产。退一步，"亲共派"罢，终于也没有弄成功。倘我一出中山大学即离广州，我想，是要被排进去的；但我不走，所以报上"逃走了""到汉口去了"的闹了一通之后，倒也没有事了。天下究竟还有光明，没有人说我有"分身法"。现在是，似乎没有什么头衔了，但据"现代派"说，我是"语丝派的首领"。这和生命大约并无什么直接关系，或者倒不大要紧的，只要他们没有第二下。倘如"主角"唐有壬③似的又说什么"墨斯科的命令"，那可就又有些不

---

　　① **"投诸四裔"** 放逐四方荒蛮之地。见《左传·文公十八年》："投诸四裔，以御螭魅。"

　　② **独秀** 即陈独秀（1880—1942），字仲甫，安徽怀宁人，中共早期领导人、学者。曾为北京大学教授，五四时期创办《新青年》杂志。1921 年中国共产党成立时任总书记，后于 1929 年被开除出党。

　　③ **唐有壬**（1894—1935） 湖南浏阳人，政客、学者。早年留学日本，回国后在北京法政大学、北京大学等校任教，为《现代评论》撰稿人之一。20 世纪 30 年代初进入政界，曾任国民政府外交部常任次长。后因亲日嫌疑被人刺杀。这里所说的"墨（莫）斯科的命令"，指他于 1926 年 5 月 18 日在上海《晶报》发表的信中，针对有人说《现代评论》收受段祺瑞政府津贴一事，声辩这是来自莫斯科的"谣言"。

妙了。

笔一滑，话说远了，赶紧回到"落伍"问题去。我想，先生，你大约看见的，我曾经叹息中国没有敢"抚哭叛徒的吊客"。而今何如？你也看见，在这半年中，我何尝说过一句话？虽然我曾在讲堂上公表过我的意思，虽然我的文章那时也无处发表，虽然我是早已不说话，但这都不足以作我的辩解。总而言之，现在倘再发那些四平八稳的"救救孩子"似的议论，连我自己听去，也觉得空空洞洞了。

还有，我先前的攻击社会，其实也是无聊的。社会没有知道我在攻击，倘一知道，我早已死无葬身之所了。试一攻击社会的一分子的陈源之类，看如何？而况四万万也哉？我之得以偷生者，因为他们大多数不识字，不知道，并且我的话也无效力，如一箭之入大海。否则，几条杂感，就可以送命的。民众的罚恶之心，并不下于学者和军阀。近来我悟到凡带一点改革性的主张，倘于社会无涉，才可以作为"废话"而存留，万一见效，提倡者即大概不免吃苦或杀身之祸。古今中外，其揆一也。即如目前的事，吴稚晖先生不也有一种主义的么？而他不但不被普天同愤，且可以大呼"打倒……严办"者，即因为赤党要实行共产主义于二十年之后，而他的主义却须数百年之后或者才行，由此观之，近于废话故也。人那有遥管十余代以后的灰孙子时代的世界的闲情别致也哉？

话已经说得不少，我想收梢了。我感于先生的毫无冷笑和恶意的态度，所以也诚实的奉答，自然，一半也借此发些牢骚。但我要声明，上面的说话中，我并不含有谦虚，我知道我自己，我解剖自己并不比解剖别人留情面。好几个满肚子恶意的所谓批评家，竭力搜索，都寻不出我的真症候。所以我这回自己说一点，当然不过一部分，有许多还是隐藏着的。

我觉得我也许从此不再有什么话要说，恐怖一去，来的是什么呢，我还不得而知，恐怕不见得是好东西罢。但我也在救助我自己，还是老法子：一是麻痹，二是忘却。一面挣扎着，还想从以后淡下去的"淡淡的血痕中"看见一点东西，誊在纸片上。

鲁迅。九，四

（原刊 1927 年 10 月 1 日《北新》周刊第 49、50 期合刊，后收入《而已集》）

反"漫谈"

我一向对于《语丝》没有恭维过，今天熬不住要说几句了：的确可爱。真是《语丝》之所以为《语丝》。

像我似的"世故的老人"① 是已经不行，有时不敢说，有时不愿说，有时不肯说，有时以为无须说。有此工夫，不如吃点心。但《语丝》上却总有人出来发迂论，如《教育漫谈》②，对教育当局去谈教育，即其一也。

"不可与言而与之言"③，即是"知其不可为而为之"④，一定要有这种人，世界才不寂寞。这一点，我是佩服的。但也许因为"世故"作怪罢，不知怎地佩服中总带一些腹诽，还夹几分伤惨。徐先生⑤是我的熟人，所以再三思维，终于决定贡献一点意见。这一种学识，乃是我身做十多年官僚，目睹一打以上总长，这才陆续地获得，轻易是不肯说的。

对"教育当局"谈教育的根本误点，是在将这四个字的力点看错了：以为他要来办"教育"。其实不然，大抵是来做"当局"的。

这可以用过去的事实证明。因为重在"当局"，所以——

---

① **"世故的老人"** 高长虹指责鲁迅颓唐的一个说法，见其发表于《狂飙》周刊第 5 期（1926 年 11 月）《一九二五年北京出版界形势指掌图》一文。高长虹，当时的文学青年，曾组织狂飙社。

② **《教育漫谈》** 应作《教育漫语》，徐祖正在《语丝》周刊第 144、145 两期（1927 年 8 月 13 日、8 月 20 日）发表的一篇文章。1927 年 8 月，把持北洋政府的奉系军阀张作霖为加强对教育界的控制，强行将北京九所国立大学和专门学校合并为"京师大学"，引起教育界人士不满。徐祖正此文是对这件事发表的议论。

③ **"不可与言而与之言"** 见《论语·卫灵公》。

④ **"知其不可为而为之"** 见《论语·宪问》。

⑤ **徐先生** 即徐祖正（1895—1978），字耀辰，江苏昆山人，现代作家、学者。早年留学日本，1924 年起任北京大学东方文学系教授，后任清华大学、燕京大学等校教授。曾与周作人等创办《骆驼》《骆驼草》等杂志。著有小说《兰生弟的日记》、剧本《生日的礼物》等。

一　学校的会计员，可以做教育总长。

二　教育总长，可以忽而化为内务总长。

三　司法，海军总长，可以兼任教育总长。

曾经有一位总长，听说，他的出来就职，是因为某公司要来立案，表决时可以多一个赞成者，所以再作冯妇①的。但也有人来和他谈教育。我有时真想将这老实人一把抓出来，即刻勒令他回家陪太太喝茶去。

所以：教育当局，十之九是意在"当局"，但有些是意并不在"当局"。

这时候，也许有人要问：那么，他为什么有举动呢？

我于是勃然大怒道：这就是他在"当局"呀！说得露骨一点，就是"做官"！不然，为什么叫"做"？

我得到这一种彻底的学识，也不是容易事，所以难免有一点学者的高傲态度，请徐先生恕之。以下是略述我所以得到这学识的历史——

我所目睹的一打以上的总长之中，有两位是喜欢属员上条陈的。于是听话的属员，便纷纷大上其条陈。久而久之，全如石沉大海。我那时还没有现在这么聪明，心里疑惑：莫非这许多条陈一无可取，还是他没有工夫看呢？但回想起来，我"上去"（这是专门术语，小官进去见大官也）的时候，确是常见他正在危坐看条陈；谈话之间，也常听到"我还要看条陈去"，"我昨天晚上看条陈"等类的话。那究竟是怎么一回事呢？

有一天，我正从他的条陈桌旁走开，跨出门槛，不知怎的忽蒙圣灵启示，恍然大悟了——

哦！原来他的"做官课程表"上，有一项是"看条陈"的。因为要"看"，所以要"条陈"。为什么要"看条陈"？就是"做官"之一部分。如此而已。还有另外的奢望，是我自己的胡涂！

"于我来了一道光"，从此以后，我自己觉得颇聪明，近于老官僚了。后来终于被"孤桐先生"革掉，那是另外一回事。

————————

① 冯妇　古人名。《孟子·尽心下》："晋人有冯妇者，善搏虎，卒为善士。则之野，有众逐虎，虎负嵎，莫之敢撄；望见冯妇，趋而迎之。冯妇攘臂下车，众皆悦之；其为士者笑之。"东汉赵岐注："其士之党笑其不知止也。"（《孟子章句》）。后人称重操旧业者为"冯妇"。

"看条陈"和"办教育"，事同一例，都应该只照字面解，倘再有以上或更深的希望或要求，不是书呆子，就是不安分。

我还要附加一句警告：倘遇漂亮点的当局，恐怕连"看漫谈"也可以算作他的一种"做"——其名曰"留心教育"——但和"教育"还是没有关系的。

九月四日

（原刊 1927 年 10 月 8 日《语丝》周刊第 152 期，后收入《而已集》）

忧"天乳"

　　《顺天时报》载北京辟才胡同女附中主任欧阳晓澜女士不许剪发之女生报考，致此等人多有望洋兴叹之概云云。是的，情形总要到如此，她不能别的了。但天足的女生尚可投考，我以为还有光明。不过也太嫌"新"一点。

　　男男女女，要吃这前世冤家的头发的苦，是只要看明末以来的陈迹便知道的。我在清末因为没有辫子，曾吃了许多苦，所以我不赞成女子剪发。北京的辫子，是奉了袁世凯的命令而剪的，但并非单纯的命令，后面大约还有刀。否则，恐怕现在满城还拖着。女子剪发也一样，总得有一个皇帝（或者别的名称也可以），下令大家都剪才行。自然，虽然如此，有许多还是不高兴的，但不敢不剪。一年半载，也就忘其所以了；两年以后，便可以到大家以为女人不该有长头发的世界。这时长发女生，即有"望洋兴叹"之忧。倘只一部分人说些理由，想改变一点，那是历来没有成功过。

　　但现在的有力者，也有主张女子剪发的，可惜据地不坚。同是一处地方，甲来乙走，丙来甲走，甲要短，丙要长，长者剪，短了杀。这几年似乎是青年遭劫时期，尤其是女性。报载有一处是鼓吹剪发的，后来别一军攻入了，遇到剪发女子，即慢慢拔去头发，还割去两乳……这一种刑罚，可以证明男子短发，已为全国所公认。只是女人不准学。去其两乳，即所以使其更像男子而警其妄学男子也。以此例之，欧阳晓澜女士盖尚非甚严欤？

　　今年广州在禁女学生束胸，违者罚洋五十元。报章称之曰"天乳运动"[1]。有人以不得樊增祥[2]作命令为憾。公文上不见"鸡

---

　　[1]　**"天乳运动"**　1927 年 7 月，广东省政府根据代理民政厅长朱家骅的一项议案，通过禁止女子束胸的法规："限三个月内所有全省女子，一律停止束胸……倘逾限仍有束胸，一经查确，即处以五十元以上之罚金，如犯者年在二十岁以下，则罚其家长。"（见 1927年 7 月 8 日广州《国民新闻》）当时媒体称为"天乳运动"。

　　[2]　**樊增祥**（1846—1931）　号樊山，湖北恩施人，近代官僚、文人。清光绪进士，曾任江宁布政使、护理两江总督。其诗词骈文好用艳词，为人讥诟。有《樊山全集》存世。

头肉"① 等字样，盖殊不足以餍文人学士之心。此外是报上的俏皮文章，滑稽议论。我想，如此而已，而已终古。

我曾经也有过"杞天之虑"，以为将来中国的学生出身的女性，恐怕要失去哺乳的能力，家家须雇乳娘。但仅只攻击束胸是无效的。第一，要改良社会思想，对于乳房较为大方；第二，要改良衣装，将上衣系进裙里去。旗袍和中国的短衣，都不适于乳的解放，因为其时即胸部以下掀起，不便，也不好看的。

还有一个大问题，是会不会乳大忽而算作犯罪，无处投考？我们中国在中华民国未成立以前，是只有"不齿于四民之列"② 者，才不准考试的。据理而言，女子断发既以失男女之别，有罪，则天乳更以加男女之别，当有功。但天下有许多事情，是全不能以口舌争的。总要上谕，或者指挥刀。

否则，已经有了"短发犯"了，此外还要增加"天乳犯"，或者也许还有"天足犯"。呜呼，女性身上的花样也特别多，而人生亦从此多苦矣。

我们如果不谈什么革新，进化之类，而专为安全着想，我以为女学生的身体最好是长发，束胸，半放脚（缠过而又放之，一名文明脚）。因为我从北而南，所经过的地方，招牌旗帜，尽管不同，而对于这样的女人，却从不闻有一处仇视她的。

九月四日

（原刊 1927 年 10 月 8 日《语丝》周刊第 152 期，后收入《而已集》）

---

① **"鸡头肉"** 古代文人形容女乳的艳词。

② **"不齿于四民之列"** 旧时称士、农、工、商为"四民"，"四民"之外，如"堕民"、"乐籍"、戏子、差役等，均受世俗歧视，并不准参加科举考试。

革"首领"

这两年来，我在北京被"正人君子"杀退，逃到海边；之后，又被"学者"之流杀退，逃到另外一个海边；之后，又被"学者"之流杀退，逃到一间西晒的楼上，满身痱子，有如荔支，兢兢业业，一声不响，以为可以免于罪戾了罢。阿呀，还是不行。一个学者①要九月间到广州来，一面做教授，一面和我打官司，还豫先叫我不要走，在这里"以俟开审"哩。

以为在五色旗下，在青天白日旗下，一样是华盖罩命②，晦气临头罢，却又不尽然。不知怎地，于不知不觉之中，竟在"文艺界"里高升了。谓予不信，有陈源教授即西滢的《闲话》广告为证，节抄无趣，剪而贴之——

> 徐丹甫③先生在《学灯》④里说："北京究是新文学的策源地，根深蒂固，隐隐然执全国文艺界的牛耳。"究竟什么是北京文艺界？质言之，前一两年的北京文艺界，便是现代派和语丝派交战的场所。鲁迅先生（语丝派首领）所仗的大义，他的战

---

① **一个学者** 指顾颉刚，当时中山大学文学院院长傅斯年请顾颉刚来做教授。是年7月，顾在汉口《中央日报·副刊》上看到鲁迅致编者孙伏园信中称他"反对民党"，即致函鲁迅，提出要打官司："诚恐此中是非，非笔墨口舌所可明了，拟于九月中旬回粤后，提起诉讼，听候法律解决。"并要鲁迅"暂勿离粤，以俟开审"。顾颉刚（1893—1980），原名诵坤，字诚吾，笔名颉刚，江苏吴县人，历史学家。1920年北京大学毕业，曾为新潮社和文学研究会成员。历任北京大学、厦门大学、中山大学、燕京大学教授。著有《古史辨》等。

② **华盖罩命** 指交"华盖运"，处处碰钉子。本书《〈华盖集〉题记》一文有说明。

③ **徐丹甫** 梁实秋的笔名。梁实秋（1902—1987），原名治华，字实秋，浙江杭县（今杭州）人，现代作家、翻译家。早年留学美国，回国后在东南大学、暨南大学、青岛大学等校任教。抗战时为国民参政会参政，1949年后去台湾。著有《文学的纪律》《浪漫的与古典的》等，译有《莎士比亚全集》等。

④ **《学灯》** 上海《时事新报》副刊。1918年3月4日创刊，初为周刊，后改为月刊。

《而已集》中的杂文

略，读过《华盖集》的人，想必已经认识了。但是现代派的义旗，和它的主将——西滢先生的战略，我们还没有明了。现在我们特地和西滢先生商量，把《闲话》选集起来，印成专书，留心文艺界掌故的人，想必都以先睹为快。

可是单把《闲话》当作掌故又错了。想——

欣赏西滢先生的文笔的，

研究西滢先生的思想的，

想认识这位文艺批评界的权威的——

尤其不可不读《闲话》！

这很像"诗哲"徐志摩先生的，至少，是"诗哲"之流的"文笔"，所以如此飘飘然，连我看了也几乎想要去买一本。但，只是想到自己，却又迟疑了。两三个年头，不算太长久。被"正人君子"指为"学匪"，还要"投界豺虎"，我是记得的。做了一点杂感，有时涉及这位西滢先生，我也记得的。这些东西，"诗哲"是看也不看，西滢先生是即刻叫它"到应该去的地方去"，我也记得的。后来终于出了一本《华盖集》，也是实情。然而我竟不知道有一个"北京文艺界"，并且我还做了"语丝派首领"，仗着"大义"在这"文艺界"上和"现代派主将"交战。虽然这"北京文艺界"已被徐丹甫先生在《学灯》上指定，隐隐然不可动摇了，而我对于自己的被说得有声有色的战绩，却还是莫名其妙，像着了狐狸精的迷似的。

现代派的文艺，我一向没有留心，《华盖集》里从何提起。只有某女士窃取"琵亚词侣"的画①的时候，《语丝》上（也许是《京报副刊》上）有人说过几句话，后来看"现代派"的口风，仿佛以为这话是我写的。我现在郑重声明：那不是我。我自从被杨荫榆女士杀败之后，即对于一切女士都不敢开罪，因为我已经知道得罪女士，很容易引起"男士"的义侠之心，弄得要被"通辑"都说不定的，便不再开口。所以我和现代派的文艺，丝毫无关。

但终于交了好运了，升为"首领"，而且据说是曾和现代派的"主将"在"北京文艺界"上交过战了。好不堂哉皇哉。本来在房里面有喜色，默认不辞，倒也有些阔气的。但因为我近来被人随手

① 某女士窃取"琵亚词侣"的画　指凌叔华盗用比亚兹莱画作在《晨报副刊》发表一事。参见本书《不是信》一文及"叔华女士""琵亚词侣"注条。

抑扬，忽而"权威"，忽而不准做"权威"，只准做"前驱"；忽而又改为"青年指导者"；甲说是"青年叛徒的领袖"罢，乙又来冷笑道："哼哼哼。"自己一动不动，故我依然，姓名却已经经历了几回升沉冷暖。人们随意说说，将我当作一种材料，倒也罢了，最可怕的是广告底恭维和广告底嘲骂。简直是膏药摊上挂着的死蛇皮一般。所以这回虽然蒙现代派追封，但对于这"首领"的荣名，还只得再来公开辞退。不过也不见得回回如此，因为我没有这许多闲工夫。

背后插着"义旗"的"主将"出马，对手当然以阔一点的为是。我们在什么演义上时常看见："来将通名！我的宝刀不斩无名之将！"主将要来"交战"而将我升为"首领"，大概也是"不得已也"的。但我并不然，没有这些大架子，无论吧儿狗，无论臭茅厕，都会唾过几口吐沫去，不必定要脊梁上插着五张尖角旗（义旗？）的"主将"出台，才动我的"刀笔"。假如有谁看见我攻击茅厕的文字，便以为也是我的劲敌，自恨于它的气味还未明了，再要去嗅一嗅，那是我不负责任的。恐怕有人以这广告为例，所以附带声明，以免拖累。

至于西滢先生的"文笔"，"思想"，"文艺批评界的权威"，那当然必须"欣赏"，"研究"而且"认识"的。只可惜要"欣赏"……这些，现在还只有一本《闲话》。但我以为咱们的"主将"的一切"文艺"中，最好的倒是登在《晨报副刊》上的，给志摩先生的大半痛骂鲁迅的那一封信。那是发热的时候所写，所以已经脱掉了绅士的黑洋服，真相跃如了。而且和《闲话》比较起来，简直是两样态度，证明着两者之中，有一种是虚伪。这也是要"研究"……西滢先生的"文笔"等等的好东西。

然而虽然是这一封信之中，也还须分别观之。例如："志摩……前面是遥遥茫茫荫在薄雾的里面的目的地"之类。据我看来，其实并无这样的"目的地"，倘有，却不怎么"遥遥茫茫"。这是因为热度还不很高的缘故，倘使发到九十度左右，我想，那便可望连这些"遥遥茫茫"都一扫而光，近于纯粹了。

九月九日，广州

（原刊 1927 年 10 月 15 日《语丝》周刊第 153 集，后收入《而已集》）

《而已集》中的杂文

谈"激烈"

带了书籍杂志过"香江",有被视为"危险文字"而尝"铁窗斧铖风味"之险,我在《略谈香港》里已经说过了。但因为不知道怎样的是"危险文字",所以时常耿耿于心。为什么呢?倒也并非如上海保安会所言,怕"中国元气太损",乃是自私自利,怕自己也许要经过香港,须得留神些。

今年似乎是青年特别容易死掉的年头。"千里不同风,百里不同俗。"这里以为平常的,那边就算过激,滚油煎指头。今天正是正当的,明天就变犯罪,藤条打屁股。倘是年青人,初从乡间来,一定要被煎得莫明其妙,以为现在是时行这样的制度了罢。至于我呢,前年已经四十五岁了,而且早已"身心交病",似乎无须这么宝贵生命,思患豫防。但这是别人的意见,若夫我自己,还是不愿意吃苦的。敢乞"新时代的青年"们鉴原为幸。

所以,留神而又留神。果然,"天助自助者",今天竟在《循环日报》①上遇到一点参考资料了。事情是一个广州执信学校的学生,路过(!)香港,"在尖沙嘴码头,被一五七号华差截搜行李,在其木杠(谨案:箱也)之内,搜获激烈文字书籍七本。计开:执信学校印行之《宣传大纲》六本,又《侵夺中国史》一本。此种激烈文字,业经华民署翻译员择译完竣,昨日午乃解由连司提讯,控以怀有激烈文字书籍之罪。……"抄报太麻烦,说个大略罢,是:"择译"时期,押银五百元出外;后来因为被告供称书系朋友托带,所以"姑判从轻罚银二十五元,书籍没收焚毁"云。

执信学校是广州的平正的学校,既是"清党"之后,则《宣传大纲》不外三民主义可知,但一到"尖沙嘴",可就"激烈"了;可怕。惟独对于友邦,竟敢用"侵夺"字样,则确也未免"激烈"

---

① 《循环日报》 清末翻译家王韬1874年在香港创办的中文报纸。

一点，因为忘了他们正在替我们"保存国粹"之恩故也。但"侵夺"上也许还有字，记者不敢写出来。

我曾经提起过几回元朝，今夜思之，还不很确。元朝之于中文书籍，未尝如此留心。这一著倒要推清朝做模范。他不但兴过几回"文字狱"①，大杀叛徒，且于宋朝人所做的"激烈文字"，也曾细心加以删改。同胞之热心"复古"及友邦之赞助"复古"者，似当奉为师法者也。

清朝人改宋人书，我曾经举出过《茅亭客话》。但这书在《琳琅秘室丛书》里，现在时价每部要四十元，倘非小阔人，那能得之哉？近来却另有一部了，是商务印书馆印的《鸡肋编》，宋庄季裕著，每本只要五角，我们可以看见清朝的文澜阁本②和元钞本有如何不同。今摘数条如下：

> 燕地……女子……冬月以栝蒌涂面……至春暖方涤去，久不为风日所侵，故洁白如玉也。今使中国妇女，尽污于殊俗，汉唐和亲之计，盖未为屈也。"（清人将"今使中国"以下二十二字，改作"其异于南方如此"七字。）
>
> 自古兵乱，郡邑被焚毁者有之，虽盗贼残暴，必赖室庐以处，故须有存者。靖康之后，金虏侵凌中国，露居异俗，凡所经过，尽皆焚爇。如曲阜先圣旧宅，自鲁共王之后，但有增葺。莽卓巢温之徒，犹假崇儒，未尝敢犯。至金寇，遂为烟尘。指其像而诟曰"尔是言夷狄之有君者！"中原之祸，自书契以来，未之有也。（清朝的改本，可大不同了，是"孔子宅在今僊源故鲁城中归德门内阙里之中。……遭汉中微，盗贼奔突，自西京未央建章之殿，皆见隳坏，而灵光岿然独存。今其遗址，不复可见。而先圣旧宅，近日亦遭兵爇之厄，可叹也夫。"）

---

① **文字狱**　旧时统治者以搜寻所谓违碍文字，罗织罪名，禁锢文人思想的一种手段。汉代杨恽以《报孙会宗书》罹罪即为先例，至清代更大行其道，康熙、雍正、乾隆三朝为钳制反动言论，文字狱尤为酷烈，往往株连家族亲友。

② **文澜阁本**　出自四库全书的一种版本。清修四库全书缮写七部，分藏北京宫中文渊阁、圆明园文源阁、承德避暑山庄文津阁、扬州文汇阁、镇江文宗阁、杭州文澜阁。所称文澜阁本，即以该处所藏四库书目为底本刊刻或排印的本子。四库全书修纂过程中为避开"悖逆""违碍"之处，对许多书的内容作了删改，此为学者所诟病。

抄书也太麻烦，还是不抄下去了。但我们看第二条，就很可以悟出上海保安会所切望的"循规蹈矩"之道。即：原文带些愤激，是"激烈"，改本不过"可叹也夫"，是"循规蹈矩"的。何以故呢？愤激便有揭竿而起的可能，而"可叹也夫"则瘟头瘟脑，即使全国一同叹气，其结果也不过是叹气，于"治安"毫无妨碍的。

但我还要给青年们一个警告：勿以为我们以后只做"可叹也夫"的文章，便可以安全了。新例我还未研究好，单看清朝的老例，则准其叹气，乃是对于古人的优待，不适用于今人的。因为奴才都叹气，虽无大害，主人看了究竟不舒服。必须要如罗素[1]所称赞的杭州的轿夫一样，常是笑嘻嘻。

但我还要给自己解释几句：我虽然对于"笑嘻嘻"仿佛有点微词，但我并非意在鼓吹"阶级斗争"，因为我知道我的这一篇，杭州轿夫是不会看见的。况且"讨赤"诸君子，都不肯笑嘻嘻的去抬轿，足见以抬轿为苦境，也不独"乱党"为然。而况我的议论，其实也不过"可叹也夫"乎哉！

现在的书籍往往"激烈"，古人的书籍也不免有违碍之处。那么，为中国"保存国粹"者，怎么办呢？我还不大明白。仅知道澳门是正在"征诗"，共收卷七千八百五十六本，经"江霞公太史[2]（孔殷）评阅"，取录二百名。第一名的诗是：

南中多乐日高会。。。良时厚意愿得常。。。
陵松万章发文彩。。。百年贵寿齐辉光。。。

这是从香港报上照抄下来的，一连三圈，也原本如此，我想大概是密圈之意。这诗大约还有一种"格"，如"嵌字格"[3] 之类，但我是外行，只好不谈。所给我益处的，是我居然从此悟出了将来的

---

[1] **罗素**（B. Russell，1872—1970） 英国哲学家、逻辑学家，20 世纪分析哲学的代表人物。主要著作有《西方哲学史》《数学原理》等。他也是一位散文家，获 1950 年诺贝尔文学奖。曾于 1920 年来中国讲学，回国后写了《中国问题》一书，这里提到的对中国轿夫的印象见于该书。

[2] **江霞公太史** 即江孔殷（生卒年未详），字少荃，号霞公，广东南海人。清光绪进士，曾任广东清乡总办。辛亥革命后沦为幕客。

[3] **"嵌字格"** 旧时做诗或对联，将选定的专名或成语按规则嵌入各句中叫"嵌字格"。

"国粹"，当以诗词骈文为正宗。史学等等，恐怕未必发达。即要研究，也必先由老师宿儒，先加一番改定工夫。唯独诗词骈文，可以少有流弊。故骈文入神的饶汉祥①一死，日本人也不禁为之慨叹，而"狂徒"又须挨骂了。

日本人拜服骈文于北京，"金制军""整理国故"于香港，其爱护中国，恐其沦亡，可谓至矣。然而裁厘加税②，大家都不赞成者何哉？盖厘金乃国粹，而关税非国粹也。"可叹也夫"！

今是中秋，璧月澄澈，叹气既完，还不想睡。重吟"征诗"，莫名其妙，稿有余纸，因录"江霞公太史"评语，俾读者咸知好处，但圈点是我僭加的——

> 以谢启为题，寥寥二十八字。既用古诗十九首中字，复嵌全限内字。首二句是赋，三句是兴，末句是兴而比。步骤井然，举重若轻，绝不吃力。虚室生白，吉祥止止。洵属巧中生巧，难上加难。至其胎息之高古，意义之纯粹，格调之老苍，非寝馈汉魏古诗有年，未易臻斯境界。

九月十一日，广州

（原刊 1927 年 10 月 8 日《语丝》周刊第 152 期，后收入《而已集》）

---

① **饶汉祥**（1884—1927）　字宓僧，湖北广济人，官僚文人。民国初年至 20 世纪 20 年代初两度出任黎元洪的秘书长，并任侨务局总裁。好作骈文，所撰通电文告一律用骈文骊句。

② **裁厘加税**　1925 年 10 月，段祺瑞政府邀请美、英、日、法、意等国在北京举行讨论中国税则问题的"关税特别会议"，通过了以裁厘为条件的关税自主方案，但西方列强不同意中方提出的税率标准，没有达成实质性协议。后因段祺瑞政府垮台，此事不了了之。厘金作为一种额外的商业税，自清咸丰三年（1853）开始实施，初定值百抽一（百分之一为厘，故称厘金），后来税率有很大变动。这种税收政策因对政府财政有利，民国以后仍延续下来，至 1931 年才开始废止。

扣丝杂感

以下这些话，是因为见了《语丝》（一四七期）的《随感录》（二八）而写的。①

这半年来，凡我所看的期刊，除《北新》外，没有一种完全的：《莽原》，《新生》②，《沉钟》③。甚至于日本文的《斯文》④，里面所讲的都是汉学，末尾附有《西游记传奇》⑤，我想和演义来比较一下，所以很切用，但第二本即缺少，第四本起便杳然了。至于《语丝》，我所没有收到的统共有六期，后来多从市上的书铺里补得，惟有一二六和一四三终于买不到，至今还不知道内容究竟是怎样。

这些收不到的期刊，是遗失，还是没收的呢？我以为两者都有。没收的地方，是北京，天津，还是上海，广州呢？我以为大约也各处都有。至于没收的缘故，那可是不得而知了。

我所确切知道的，有这样几件事。是《莽原》也被扣留过一期，不过这还可以说，因为里面有俄国作品的翻译。那时只要一个"俄"字，已够惊心动魄，自然无暇顾及时代和内容。但韦丛芜的《君山》⑥，也被扣留。这一本诗，不但说不到"赤"，并且也说不到"白"，正和作者的年纪一样，是"青"的，而竟被禁锢在邮局里。

---

① 指《语丝》第 147 期（1927 年 9 月 3 日）"随感录"栏内岂明（周作人）的文章《光荣》。该文披露，自《语丝》第 141 期刊载一篇指斥吴稚晖提议"清党"的文章后，《语丝》在南方国民党控制地区都被扣押。

② 《新生》 北京大学新生社主办的文艺周刊。1919 年 12 月创刊。

③ 《沉钟》 沉钟社主办的文艺刊物。1925 年 10 月在北京创刊，初为周刊，后改为半月刊。

④ 《斯文》 日本出版的汉学杂志，月刊。1919 年在东京创刊。

⑤ 《西游记传奇》 应作《西游记杂剧》，题元吴昌龄撰，实为元末明初杨讷所作。原书国内亡佚已久，1926 年日本发现明刊杨东来评本。

⑥ 《君山》 韦丛芜所作长诗。1927 年未名社出版。

黎锦明①先生早有来信，说送我《烈火集》，一本是托书局寄的，怕他们忘记，自己又寄了一本。但至今已将半年，一本也没有到。我想，十之九都被没收了，因为火色既"赤"，而况又"烈"乎，当然通不过的。

《语丝》一三二期寄到我这里的时候是出版后约六星期，封皮上写着两个绿色大字道："扣留"，另外还有检查机关的印记和封条。打开看时，里面是《猩猩人的创世记》，《无题》，《寂寞札记》，《撒园荽》，《苏曼殊及其友人》，都不像会犯禁。我便看《来函照登》，是讲"情死""情杀"的，不要紧，目下还不管这些事。只有《闲话拾遗》了。这一期特别少，共只两条。一是讲日本的，大约也还不至于犯禁。一是说来信告诉"清党"的残暴手段的，《语丝》此刻不想登。莫非因为这一条么？但不登何以又不行吧？莫明其妙。然而何以"扣留"而又放行了呢？也莫明其妙。

这莫明其妙的根源，我以为在于检查的人员。

中国近来一有事，首先就检查邮电。这检查的人员，有的是团长或区长，关于论文诗歌之类，我觉得我们不必和他多谈。但即使是读书人，其实还是一样的说不明白，尤其是在所谓革命的地方。直截痛快的革命训练弄惯了，将所有革命精神提起，如油的浮在水面一般，然而顾不及增加营养。所以，先前是刊物的封面上画一个工人，手捏铁铲或鹤嘴锹，文中有"革命！革命！""打倒！打倒！"者，一帆风顺，算是好的。现在是要画一个少年军人拿旗骑在马上，里面"严办！严办！"这才庶几免于罪戾。至于什么"讽刺"，"幽默"，"反语"，"闲谈"等类，实在还是格不相入。从格不相入，而成为视之懵然，结果即不免有些弄得乱七八糟，谁也莫明其妙。

还有一层，是终日检查刊物，不久就会头昏眼花，于是讨厌，于是生气，于是觉得刊物大抵可恶——尤其是不容易了然的——而非严办不可。我记得书籍不切边，我也是作俑者之一，当时实在是没有什么恶意的。后来看见方传宗先生的通信（见本《丝》一二九），竟说得要毛边装订的人有如此可恶，不觉满肚子冤屈。但仔细一想，方先生似乎是图书馆员，那么，要他老是裁那并不感到兴趣

① 黎锦明（1905— ）字君亮，湖南湘潭人，现代作家。当时是广东海丰中学教员，后于河北大学、湖南大学等校任教。著有小说《烈火》《尘影》等。鲁迅曾为《尘影》作序。这里所说《烈火集》，指小说集《烈火》，1926 年开明书店出版。

的毛边书，终于不免生气而大骂毛边党，正是毫不足怪的事。检查员也同此例，久而久之，就要发火，开初或者看得详细点，但后来总不免《烈火集》也可怕，《君山》也可疑，——只剩了一条最稳当的路：扣留。

两个月前罢，看见报上记着某邮局因为扣下的刊物太多，无处存放了，一律焚毁。我那时实在感到心痛，仿佛内中很有几本是我的东西似的。鸣呼哀哉！我的《烈火集》呵。我的《西游记传奇》呵。我的……

附带还要说几句关于毛边的牢骚。我先前在北京参与印书的时候，自己暗暗地定下了三样无关紧要的小改革，来试一试。一，是首页的书名和著者的题字，打破对称式；二，是每篇的第一行之前，留下几行空白；三，就是毛边。现在的结果，第一件已经有恢复香炉烛台式的了；第二件有时无论怎样叮嘱，而临印的时候，工人终于将第一行的字移到纸边，用"迅雷不及掩耳的手段"，使你无可挽救；第三件被攻击最早，不久我便有条件的降伏了。与李老板[1]约：别的不管，只是我的译著，必须坚持毛边到底！但是，今竟如何？老板送给我的五部或十部，至今还确是毛边。不过在书铺里，我却发见了毫无"毛"气，四面光滑的《彷徨》之类。归根结蒂，他们都将彻底的胜利。所以说我想改革社会，或者和改革社会有关，那是完全冤枉的，我早已瘟头瘟脑，躺在板床上吸烟卷——彩凤牌——了。

言归正传。刊物的暂时要碰钉子，也不但遇到检查员，我恐怕便是读书的青年，也还是一样。先已说过，革命地方的文字，是要直截痛快，"革命！革命！"的，这才是"革命文学"。我曾经看见一种期刊上登载一篇文章，后有作者的附白，说这一篇没有谈及革命，对不起读者，对不起对不起。但自从"清党"以后，这"直截痛快"以外，却又增添了一种神经过敏。"命"自然还是要革的，然而又不宜太革，太革便近于过激，过激便近于共产党，变了"反革命"了。所以现在的"革命文学"，是在顽固这一种反革命和共产党这一种反革命之间。

于是又发生了问题，便是"革命文学"站在这两种危险物之间，如何保持她的纯正——正宗。这势必至于必须防止近于赤化的思想和文字，以及将来有趋于赤化之虑的思想和文字。例如，攻击礼教

---

① **李老板**　即北新书局的李小峰。

和白话，即有趋于赤化之忧。因为共产派无视一切旧物，而白话则始于《新青年》，而《新青年》乃独秀所办。今天看见北京教育部禁止白话①的消息，我逆料《语丝》必将有几句感慨，但我实在是无动于中。我觉得连思想文字，也到处都将窒息，几句白话黑话，已经没有什么大关系了。

那么，谈谈风月，讲讲女人，怎样呢？也不行。这是"不革命"。"不革命"虽然无罪，然而是不对的！

现在在南边，只剩了一条"革命文学"的独木小桥，所以外来的许多刊物，便通不过，扑通！扑通！都掉下去了。

但这直捷痛快和神经过敏的状态，其实大半也还是视指挥刀的指挥而转移的。而此时刀尖的挥动，还是横七竖八。方向有个一定之后，或者可以好些罢。然而也不过是"好些"，内中的骨子，恐怕还不外乎窒息，因为这是先天性的遗传。

先前偶然看见一种报上骂郁达夫先生，说他《洪水》②上的一篇文章，是不怀好意，恭维汉口。我就去买《洪水》来看，则无非说旧式的崇拜一个英雄，已和现代潮流不合，倒也看不出什么恶意来。这就证明着眼光的钝锐，我和现在的青年文学家已很不同了。所以《语丝》的莫明其妙的失踪，大约也许只是我们自己莫明其妙，而上面的检查员云云，倒是假设的恕词。

至于一四五期以后，这里是全都收到的，大约惟在上海者被押。假如真的被押，我却以为大约也与吴老先生③无关。"打倒……打倒……严办……严办……"，固然是他老先生亲笔的话，未免有些责任，但有许多动作却并非他的手脚了。在中国，凡是猛人（这是广州常用的话，其中可以包括名人，能人，阔人三种），都有这种的运命。

无论是何等样人，一成为猛人，则不问其"猛"之大小，我觉得他的身边便总有几个包围的人们，围得水泄不透。那结果，在内，是使该猛人逐渐变成昏庸，有近乎傀儡的趋势。在外，是使别人所看见的并非该猛人的本相，而是经过了包围者的曲折而显现的幻形。

---

① **北京教育部禁止白话**　1927 年 9 月 8 日，北洋政府（奉系安国军政府）教育部发布禁止白话文令，规定"所有国文一课，无论编纂何项讲义及课本均不准再用白话文体，以昭划一而重国学"。

② **《洪水》**　创造社主办的文艺刊物。1924 年创刊于上海，初为周刊，后改为半月刊。

③ **吴老先生**　指吴稚晖。

至于幻得怎样，则当视包围者是三棱镜呢，还是凸面或凹面而异。假如我们能有一种机会，偶然走到一个猛人的近旁，便可以看见这时包围者的脸面和言动，和对付别的人们的时候有怎样地不同。我们在外面看见一个猛人的亲信，谬妄骄恣，很容易以为该猛人所爱的是这样的人物。殊不知其实是大谬不然的。猛人所看见的他是娇嫩老实，非常可爱，简直说话会口吃，谈天要脸红。老实说一句罢，虽是"世故的老人"如不佞者，有时从旁看来也觉得倒也并不坏。

但同时也就发生了胡乱的矫诏和过度的巴结，而晦气的人物呀，刊物呀，植物呀，矿物呀，则于是乎遭灾。但猛人大抵是不知道的。凡知道一点北京掌故的，该还记得袁世凯做皇帝时候的事罢。要看日报，包围者连报纸都会特印了给他看，民意全部拥戴，舆论一致赞成。直要待到蔡松坡①云南起义，这才阿呀一声，连一连吃了二十多个馒头都自己不知道。但这一出戏也就闭幕，袁公的龙驭上宾于天了。

包围者便离开了这一株已倒的大树，去寻求别一个新猛人。

我曾经想做过一篇《包围新论》，先述包围之方法，次论中国之所以永是走老路，原因即在包围，因为猛人虽有起仆兴亡，而包围者永是这一伙。次更论猛人倘能脱离包围，中国就有五成得救。结末是包围脱离法。——然而终于想不出好的方法来，所以这新论也还没有敢动笔。

爱国志士和革命青年幸勿以我为懒于筹画，只开目录而没有文章。我思索是也在思索的，曾经想到了两样法子，但反复一想，都无用。一，是猛人自己出去看看外面的情形，不要先"清道"。然而虽不"清道"，大家一遇猛人，大抵也会先就改变了本然的情形，再也看不出真模样。二，是广接各样的人物，不为一定的若干人所包围。然而久而久之，也终于有一群制胜，而这最后胜利者的包围力则最强大，归根结蒂，也还是古已有之的运命：龙驭上宾于天。

世事也还是像螺旋。但《语丝》今年特别碰钉子于南方，仿佛得了新境遇，这又是什么缘故呢？这一点，我自以为是容易解答的。

---

① **蔡松坡** 即蔡锷（1882—1916），字松坡，湖南邵阳人，近代军事家。武昌起义后，在云南起兵响应，举为云南军政府都督。1913 年被袁世凯调至北京，暗加监视。1915年 11 月，见袁世凯意欲复辟帝制，潜赴昆明组织护国军，通电讨袁。袁死后，任四川督军兼署省长。

"革命尚未成功"，是这里常见的标语。但由我看来，这仿佛已经成了一句谦虚话，在后方的一大部分的人们的心里，是"革命已经成功"或"将近成功"了。既然已经成功或将近成功，自己又是革命家，也就是中国的主人翁，则对于一切，当然有管理的权利和义务。刊物虽小事，自然也在看管之列。有近于赤化之虑者无论矣，而要说不吉利语，即可以说是颇有近于"反革命"的气息了，至少，也很令人不欢。而《语丝》，是每有不肯凑趣的坏脾气的，则其不免于有时失踪也，盖犹其小焉者耳。

九月十五日

　　（原刊 1927 年 10 月 22 日《语丝》周刊第 154 期，后收入《而已集》）

"公理"之所在

在广州的一个"学者"说，"鲁迅的话已经说完，《语丝》不必看了。"这是真的，我的话已经说完，去年说的，今年还适用，恐怕明年也还适用。但我诚恳地希望他不至于适用到十年二十年之后。倘这样，中国可就要完了，虽然我倒可以自慢。

公理和正义都被"正人君子"拿去了，所以我已经一无所有。这是我去年说过的话，而今年确也还是如此。然而我虽然一无所有，寻求是还在寻求的，正如每个穷光杭，大抵不会忘记银钱一样。

话也还没有说完。今年，我竟发见了公理之所在了。或者不能说发见，只可以说证实。北京中央公园里不是有一座白石牌坊，上面刻着四个大字道，"公理战胜"么？——Yes①，就是这个。

这四个字的意思是"有公理者战胜"，也就是"战胜者有公理"。

段执政有卫兵，"孤桐先生"秉政，开枪打败了请愿的学生，胜矣。于是东吉祥胡同的"正人君子"们的"公理"也蓬蓬勃勃。慨自执政退隐，"孤桐先生""下野"之后，——呜呼，公理亦从而零落矣。那里去了呢？枪炮战胜了投壶②，阿！有了，在南边了。于是乎南下，南下，南下……

于是乎"正人君子"们又和久违的"公理"相见了。

《现代评论》的一千元津贴事件③，我一向没有插过嘴，而"主将"也将我拉在里面，乱骂一通，——大约以为我是"首领"之故罢。横竖说也被骂，不说也被骂，我就回敬一杯，问问你们所自称为"现代派"者，今年可曾幡然变计，另外运动，收受了新的战胜

---

① **Yes** 英语：是。

② **枪炮战胜了投壶** 指国民革命军北伐战胜了军阀孙传芳。孙于1926年8月6日在南京举行投壶仪典。投壶，古代宴会上的一种娱乐，把箭投入壶中论定胜负，输者喝酒。

③ **《现代评论》的一千元津贴事件** 《现代评论》创办时，曾通过章士钊接受段祺瑞政府的一千元津贴。

者的津贴没有?

还有一问,是:"公理"几块钱一斤?

(原刊 1927 年 10 月 22 日《语丝》周刊第 154 期,后收入《而已集》)

可 恶 罪

这是一种新的"世故"。

我以为法律上的许多罪名，都是花言巧语，只消以一语包括之，曰：可恶罪。

譬如，有人觉得一个人可恶，要给他吃点苦罢，就有这样的法子。倘在广州而又是"清党"之前，则可以暗暗地宣传他是无政府主义者。那么，共产青年自然会说他"反革命"，有罪。若在"清党"之后呢，要说他是 CP① 或 CY②，没有证据，则可以指为"亲共派"。那么，清党委员会③自然会说他"反革命"，有罪。再不得已，则只好寻些别的事由，诉诸法律了。但这比较地麻烦。

我先前总以为人是有罪，所以枪毙或坐监的。现在才知道其中的许多，是先因为被人认为"可恶"，这才终于犯了罪。

许多罪人，应该称为"可恶的人"。

九，十四

（原刊 1927 年 10 月 22 日《语丝》周刊第 154 期，后收入《而已集》）

---

① **CP** 共产党的英文名称 Communist Party 的缩写。

② **CY** 共产主义青年团的英文名称 Communist Youth 的缩写。

③ **清党委员会** 蒋介石发动"四一二"政变以后，于同年 5 月 5 日，由国民党中央执行委员会常务委员会及各部部长联席会议决定，成立由邓泽如等七人组成的中央清党委员会，查肃在国民党内从事工作的共产党人和国民党左派人士。该委员会于 5 月 17 日正式成立，随后各省也成立了其下属机构。

"意表之外"*

有恒先生在《北新周刊》上诧异我为什么不说话，我已经去信公开答复了。还有一层没有说。这也是一种新的"世故"。

我的杂感常不免于骂。但今年发见了，我的骂对于被骂者是大抵有利的。

拿来做广告，显而易见，不消说了。还有：

1，天下以我为可恶者多，所以有一个被我所骂的人要去运动一个以我为可恶的人，只要摊出我的杂感来，便可以做他们的"兰谱"①，"相视而笑，莫逆于心"②了。"咱们一伙儿"。

2，假如有一个人在办一件事，自然是不会好的。但我一开口，他却可以归罪于我了。譬如办学校罢，教员请不到，便说：这是鲁迅说了坏话的缘故；学生闹一点小乱子罢，又是鲁迅说了坏话的缘故。他倒干干净净。

我又不学耶稣③，何苦替别人来背十字架呢？

但"江山好改，本性难移"，也许后来还要开开口。可是定了"新法"了，除原先说过的"主将"之类以外，新的都不再说出他的真姓名，只叫"一个人"，"某学者"，"某教授"，"某君"。这么一来，他利用的时候便至少总得费点力，先须加说明。

你以为"骂"决非好东西罢，于有些人还是有利的。人类究竟是可怕的东西。就是能够咬死人的毒蛇，商人们也会将它浸在酒里，什么"三蛇酒"，"五蛇酒"，去卖钱。

---

* **"意表之外"** 这是一种不规范的文言用法，当时反对白话文的人写文章爱用此类酸腐的语措，鲁迅用作此文标题有调侃之意。

① **"兰谱"** 即金兰谱。旧时人们结为拜把兄弟互换的谱帖。

② **"相视而笑，莫逆于心"** 语出《庄子·大宗师》。

③ **耶稣**（Jesus，约前6—30） 基督教的创始人，拿撒勒人。他被钉上十字架的事，见《圣经·新约全书》。

这种办法实在比"交战"厉害得多，能使我不敢写杂感。但再来一回罢，写"不敢写杂感"的杂感。

（原刊 1927 年 10 月 22 日《语丝》周刊第 154 期，后收入《而已集》）

新时代的放债法[*]

还有一种新的"世故"。

先前，我总以为做债主的人是一定要有钱的，近来才知道无须。在"新时代"里，有一种精神的资本家。

你倘说中国像沙漠罢，这资本家便乘机而至了，自称是喷泉。你说社会冷酷罢，他便自说是热；你说周围黑暗罢，他便自说是太阳。

阿！世界上冠冕堂皇的招牌，都被拿去了。岂但拿去而已哉。他还润泽，温暖，照临了你。因为他是喷泉，热，太阳呵！

这是一宗恩典。

不但此也哩。你如有一点产业，那是他赏赐你的。为什么呢？因为倘若他一提倡共产，你的产业便要充公了，但他没有提倡，所以你能有现在的产业。那自然是他赏赐你的。

你如有一个爱人，也是他赏赐你的。为什么呢？因为他是天才而且革命家，许多女性都渴仰到五体投地。他只要说一声"来！"便都飞奔过去了，你的当然也在内。但他不说"来！"所以你得有现在的爱人。那自然也是他赏赐你的。

这又是一宗恩典。

还不但此也哩！他到你那里来的时候，还每回带来一担同情！一百回就是一百担——你如果不知道，那就因为你没有精神的眼睛——经过一年，利上加利，就是二三百担……

阿阿！这又是一宗大恩典。

于是乎是算帐了。不得了，这么雄厚的资本，还不够买一个灵魂么？但革命家是客气的，无非要你报答一点，供其使用——其实

---

*　本文原在《语丝》周刊发表时题为《"新时代"的避债法》，收入《而已集》时改为现名。

也不算使用，不过是"帮忙"而已。

倘不如命地"帮忙"，当然，罪大恶极了。先将忘恩负义之罪，布告于天下。而且不但此也，还有许多罪恶，写在账簿上哩，一旦发布，你便要"身败名裂"了。想不"身败名裂"么，只有一条路，就是赶快来"帮忙"以赎罪。

然而我不幸竟看见了"新时代的新青年"的身边藏着这许多账簿，而他们自己对于"身败名裂"又怀着这样天大的恐慌。

于是乎又得新"世故"：关上门，塞好酒瓶，捏紧皮夹。这倒于我很保存了一些润泽，光和热——我是只看见物质的。

九，十四

（原刊 1927 年 10 月 22 日《语丝》周刊第 154 期，后收入《而已集》）

小 杂 感

蜜蜂的刺，一用即丧失了它自己的生命；犬儒①的刺，一用则苟延了他自己的生命。

他们就是如此不同。

约翰穆勒②说：专制使人们变成冷嘲。

而他竟不知道共和使人们变成沉默。

要上战场，莫如做军医；要革命，莫如走后方；要杀人，莫如做刽子手。既英雄，又稳当。

与名流学者谈，对于他之所讲，当装作偶有不懂之处。太不懂被看轻，太懂了被厌恶。偶有不懂之处，彼此最为合宜。

世间大抵只知道指挥刀所以指挥武士，而不想到也可以指挥文人。

又是演讲录③，又是演讲录。

但可惜都没有讲明他何以和先前大两样了；也没有讲明他演讲时，自己是否真相信自己的话。

阔的聪明人种种譬如昨日死④。

---

① **犬儒** 原指古希腊昔尼克学派（Cynicism）的哲学家。这派学者衣食简陋，当时人讥之为"犬"。他们睥睨世俗，自命不凡，以冷嘲热讽的态度看待一切。故以后在西方各国语言中，"犬儒"一词（如英文 Cynic，德文 Zyniker，法文 Cynique）也泛指具有这类特点的人。
② **约翰穆勒** 见本书《忽然想到（五至六）》"约翰弥尔"注条。
③ 指当时各地书局纷纷出版发售蒋介石、汪精卫、吴稚晖、戴季陶等国民党要人的演讲集。
④ **阔的聪明人种种譬如昨日死** 1927年8月18日，广州《国民日报》就汪精卫发动"七一五"事变后的局势发表社论称："以前种种，譬如昨日死；以后种种，譬如今日；今后所应负之责任益大且难，这真要我们真诚的不妥协的非投机的同志不念既往而真正联合。"

不阔的傻子种种实在昨日死。

曾经阔气的要复古，正在阔气的要保持现状，未曾阔气的要革新。大抵如是。大抵！

他们之所谓复古，是回到他们所记得的若干年前，并非虞夏商周。

女人的天性中有母性，有女儿性；无妻性。
妻性是逼成的，只是母性和女儿性的混合。

防被欺。
自称盗贼的无须防，得其反倒是好人；自称正人君子的必须防，得其反则是盗贼。

楼下一个男人病得要死，那间壁的一家唱着留声机；对面是弄孩子。楼上有两人狂笑；还有打牌声。河中的船上有女人哭着她死去的母亲。
人类的悲欢并不相通，我只觉得他们吵闹。

每一个破衣服人走过，叭儿狗就叫起来，其实并非都是狗主人的意旨或使嗾。
叭儿狗往往比它的主人更严厉。

恐怕有一天总要不准穿破布衫，否则便是共产党。

革命，反革命，不革命。
革命的被杀于反革命的。反革命的被杀于革命的。不革命的或当作革命的而被杀于反革命的，或当作反革命的而被杀于革命的，或并不当作什么而被杀于革命的或反革命的。
革命，革革命，革革革命，革革……

人感到寂寞时，会创作；一感到干净时，即无创作，他已经一无所爱。
创作总根于爱。

杨朱无书①。

创作虽说抒写自己的心，但总愿意有人看。

创作是有社会性的。

但有时只要有一个人看便满足：好友，爱人。

人往往憎和尚，憎尼姑，憎回教徒，憎耶教徒，而不憎道士。

懂得此理者，懂得中国大半。

要自杀的人，也会怕大海的汪洋，怕夏天死尸的易烂。

但遇到澄静的清池，凉爽的秋夜，他往往也自杀了。②

凡为当局所"诛"者皆有"罪"。

刘邦除秦苛暴，"与父老约，法三章耳。"③

而后来仍有族诛，仍禁挟书，还是秦法。

法三章者，话一句耳。

一见短袖子，立刻想到白臂膊，立刻想到全裸体，立刻想到生殖器，立刻想到性交，立刻想到杂交，立刻想到私生子。

中国人的想像惟在这一层能够如此跃进。

九月二十四日

（原刊 1927 年 12 月 17 日《语丝》周刊第 4 卷第 1 期，后收入《而已集》）

---

① **杨朱无书** 杨朱没有存世的著作，其言论散见于《孟子》《庄子》《韩非子》《吕氏春秋》等书中。《列子》中编入的《杨朱篇》，一般认为是伪书。

② 指民国以来惊惑于社会变动而殉清自杀的几位著名人物。如 1918 年 11 月，梁巨川投北京积水潭自杀；1927 年 6 月，王国维投北京颐和园昆明湖自杀。

③ **"与父老约，法三章耳"** 公元前 206 年，刘邦率兵入咸阳，与当地父老约法三章：

"杀人者死，伤人及盗抵罪。"并宣布废除秦的苛酷法律等。事见《史记·高祖本纪》。

革命文学

今年在南方，听得大家叫"革命"，正如去年在北方，听得大家叫"讨赤"的一样盛大。

而这"革命"还侵入文艺界里了。

最近，广州的日报上还有一篇文章指示我们，叫我们应该以四位革命文学家为师法：意大利的唐南遮①，德国的霍普德曼②，西班牙的伊本纳兹③，中国的吴稚晖。

两位帝国主义者，一位本国政府的叛徒，一位国民党救护的发起者④，都应该作为革命文学的师法，于是革命文学便莫名其妙了，因为这实在是至难之业。

于是不得已，世间往往误以两种文学为革命文学：一是在一方的指挥刀的掩护之下，斥骂他的敌手的；一是纸面上写着许多"打，打"，"杀，杀"，或"血，血"的。

如果这是"革命文学"，则做"革命文学家"，实在是最痛快而安全的事。

从指挥刀下骂出去，从裁判席上骂下去，从官营的报上骂开去，真是伟哉一世之雄，妙在被骂者不敢开口。而又有人说，这不敢开

---

① **唐南遮** 今译邓南遮（C. D'Annunzio，1863—1938），意大利作家、军人、政客。著有小说《佩斯卡拉的故事》、诗集《新歌》等。第一次世界大战中从军征战，曾率敢死队占领意大利与南斯拉夫之间有争议的阜姆城，制造了轰动一时的"阜姆事件"。其创作中也愈益表现出赞美战争的狂热思想。晚年政治上更投向法西斯主义，成为墨索里尼的密友。

② **霍普德曼** 译豪普特曼（G. Hauptmann，1862—1946），德国剧作家。著有《日出之前》《织工》等剧作。1912 年获诺贝尔文学奖。第一次世界大战期间拥护本国政府的战争立场，希特勒上台后隐居不出。

③ **伊本纳兹** 今译伊巴涅斯，见本书《马上日记之二》"伊本纳兹"注条。

④ **一位国民党救护的发起者** 指吴稚晖。他曾于 1927 年 4 月 2 日向国民党中央监察委员会提出处置各地共产党人的咨文并获通过。

口，又何其怯也？对手无"杀身成仁"之勇，是第二条罪状，斯愈足以显革命文学家之英雄。所可惜者只在这文学并非对于强暴者的革命，而是对于失败者的革命。

唐朝人早就知道，穷措大想做富贵诗，多用些"金""玉""锦""绮"字面，自以为豪华，而不知适见其寒蠢。真会写富贵景象的，有道："笙歌归院落，灯火下楼台"①，全不用那些字。"打，打"，"杀，杀"，听去诚然是英勇的，但不过是一面鼓。即使是鼙鼓，倘若前面无敌军，后面无我军，终于不过是一面鼓而已。

我以为根本问题是在作者可是一个"革命人"，倘是的，则无论写的是什么事件，用的是什么材料，即都是"革命文学"。从喷泉里出来的都是水，从血管里出来的都是血。"赋得革命，五言八韵"，是只能骗骗盲试官的。

但"革命人"就希有。俄国十月革命时，确曾有许多文人愿为革命尽力。但事实的狂风，终于转得他们手足无措。显明的例是诗人叶遂宁②的自杀，还有小说家梭波里③，他最后的话是："活不下去了！"

在革命时代有大叫"活不下去了"的勇气，才可以做革命文学。

叶遂宁和梭波里终于不是革命文学家。为什么呢，因为俄国是实在在革命。革命文学家风起云涌的所在，其实是并没有革命的。

（原刊 1927 年 10 月 21 日《民众旬刊》第 5 期，后收入《而已集》）

---

① **"笙歌归院落，灯火下楼台"** 见唐人白居易《宴散》一诗。

② **叶遂宁** 今译叶赛宁（C. A. Есенин，1895—1925），苏联诗人。著有《苏维埃俄罗斯》《波斯组诗》等。1925 年因患抑郁症自杀。

③ **梭波里**（AMCоболв，1888—1926） 苏联作家。著有长篇小说《尘土》等。1926 年自杀。

卢梭*和胃口

做过《民约论》的卢梭，自从他还未死掉的时候起，便受人们的责备和迫害，直到现在，责备终于没有完。连在和"民约"没有什么关系的中华民国，也难免这一幕了。

例如商务印书馆出版的《爱弥尔》① 中文译本的序文上，就说

> ……本书的第五编即女子教育，他的主张非但不彻底，而且不承认女子的人格，与前四编的尊重人类相矛盾。……所以在今日看来，他对于人类正当的主张，可说只树得一半……

然而复旦大学出版的《复旦旬刊》创刊号上梁实秋②教授的意思，却"稍微有点不同"了。其实岂但"稍微"而已耶，乃是"卢梭论教育，无一是处，唯其论女子教育，的确精当。"因为那是"根据于男女的性质与体格的差别而来"③ 的。而近代生物学和心理学研究的结果，又证明着天下没有两个人是无差别。怎样的人就该施以怎样的教育。所以，梁先生说——

> 我觉得"人"字根本的该从字典里永远注销，或由政府下

---

* **卢梭**（J. J. Rousseau，1712—1778） 出生瑞士的法国启蒙思想家、哲学家、作家。曾因发表《社会契约论》（旧译《民约论》）、《爱弥儿》遭到迫害，他主张人生而自由、平等的思想和社会契约说在很大程度上影响了法国大革命。另著有论著《论人类不平等的起源和基础》、自传《忏悔录》、小说《新爱洛绮丝》等。

① **《爱弥尔》** 今译《爱弥儿》，卢梭 1762 年出版的教育小说。因其所概括的政治原则触怒当局，被法国议会查禁。这里提到的商务印书馆的译本系 1923 年 6 月出版，序文为译者魏肇基所作。

② **梁实秋** 见本书《革"首领"》一文"徐丹甫"注条。这里提到他在《复旦旬刊》创刊号上的文章即《卢梭论女子教育》。

③ 卢梭在《论人类不平等的起源和基础》中提出的一个说法，指基于自然条件——由年龄、健康、体力、智慧或心灵的性质不同而产生的人与人之间的不平等。

令永禁行使。因为"人"字的意义太糊涂了。聪明绝顶的人，我们叫他做人，蠢笨如牛的人，也一样的叫做人，弱不禁风的女子，叫做人，粗横强大的男人，也叫做人，人里面的三流九等，无一非人。近代的德谟克拉西的思想，平等的观念，其起源即由于不承认人类的差别。近代所谓的男女平等运动，其起源即由于不承认男女的差别。人格是一个抽象名词，是一个人的身心各方面的特点的总和。人的身心各方面的特点既有差别，实即人格上亦有差别。所谓侮辱人格的，即是不承认一个人特有的人格，卢梭承认女子有女子的人格，所以卢梭正是尊重女子的人格。抹杀女子所特有之特性者，才是侮辱女子人格。①

于是势必至于得到这样的结论——

……正当的女子教育应该是使女子成为完全的女子。

那么，所谓正当的教育者，也应该是使"弱不禁风"者，成为完全的"弱不禁风"，"蠢笨如牛"者，成为完全的"蠢笨如牛"，这才免于侮辱各人——此字在未经从字典里永远注销，政府下令永禁行使之前，暂且使用——的人格了。卢梭《爱弥尔》前四编的主张不这样，其"无一是处"，于是可以算无疑。

但这所谓"无一是处"者，也只是对于"聪明绝顶的人"而言；在"蠢笨如牛的人"，却是"正当"的教育。因为看了这样的议论，可以使他更渐近于完全"蠢笨如牛"。这也就是尊重他的人格。

然而这种议论还是不会完结的。为什么呢？一者，因为即使知道说"自然的不平等"，而不容易明白真"自然"和"因积渐的人为而似自然"之分。二者，因为凡有学说，往往"合吾人之胃口者则容纳之，且从而宣扬之"也。

上海一隅，前二年大谈亚诺德②，今年大谈白璧德③，恐怕也就

---

① 这也是梁实秋《卢梭论女子教育》中的话。

② **亚诺德** 今译阿诺德（M. Arnold, 1822—1888），英国诗人、批评家。著有诗歌《吉卜赛学者》《迢尔西斯》，论著《批评论文集》《文化与无政府主义》等。

③ **白璧德**（I. Babbitt, 1865—1933） 一译巴比特，美国教育家、文学批评家。长期任哈佛大学教授，是美国新人文主义学派代表人物之一。著有《卢梭和浪漫主义》《新拉奥孔》等。他是梁实秋在美国留学时的导师。

《而已集》中的杂文

是胃口之故罢。

许多问题大抵发生于"胃口"，胃口的差别，也正如"人"字一样的——其实这两字也应该呈请政府"下令永禁行使"。我且抄一段同是美国的 Upton Sinclair[①] 的，以尊重另一种人格罢——

无论在那一个卢梭的批评家，都有首先应该解决的唯一的问题。为什么你和他吵闹的？要为他的到达点的那自由，平等，调协开路么？还是因为畏惧卢梭所发向世界上的新思想和新感情的激流呢？使对于他取了为父之劳的个人主义运动的全体怀疑，将我们带到子女服从父母，奴隶服从主人，妻子服从丈夫，臣民服从教皇和皇帝，大学生毫不发生疑问，而佩服教授的讲义的善良的古代去，乃是你的目的么？

阿巏夫人曰："最后的一句，好像是对于白璧德教授的一箭似的。"

"奇怪呀，"她的丈夫说。"斯人也而有斯姓也……那一定是上帝的审判了。"

不知道和原意可有错误，因为我是从日本文重译的。书的原名是《Mammonart》[②]，在 California 的 pasadena[③] 作者自己出版，胃口相近的人们自己弄来看去罢。Mammon 是希腊神话里的财神，art 谁都知道是艺术。可以译作"财神艺术"罢。日本的译名是"拜金艺术"，也行。因为这一个字是作者生造的，政府既没有下令颁行，字典里也大概未曾注入，所以姑且在这里加一点解释。

十二，二一。

（原刊 1927 年 1 月 7 日《语丝》周刊第 4 卷第 4 期，后收入《而已集》）

---

① **Upton Sinclair** 今译厄普顿·辛克莱（1878—1968），美国作家、社会批评家。曾以个人稿费为基金创建"赫利康家庭公社"，进行社会改革试验。著有长篇小说《屠宰场》《石炭王》等，社会研究著作《贿赂》《拜金艺术》等。

② 《Mammonart》 即《拜金艺术》。上述引文中的阿巏是该书中一个原始时代的艺术家。

③ **California 的 Pasadena** 美国地名，即加利福尼亚州的帕萨迪纳城。

文学和出汗

上海的教授对人讲文学，以为文学当描写永远不变的人性，否则便不久长。① 例如英国，莎士比亚和别的一两个人所写的是永久不变的人性，所以至今流传，其余的不这样，就都消灭了云。

这真是所谓"你不说我倒还明白，你越说我越胡涂"了。英国有许多先前的文章不流传，我想，这是总会有的，但竟没有想到它们的消灭，乃因为不写永久不变的人性。现在既然知道了这一层，却更不解它们既已消灭，现在的教授何从看见，却居然断定它们所写的都不是永久不变的人性了。

只要流传的便是好文学，只要消灭的便是坏文学；抢得天下的便是王，抢不到天下的便是贼。莫非中国式的历史论，也将沟通了中国人的文学论欤？

而且，人性是永久不变的么？

类人猿，类猿人，原人，古人，今人，未来的人……如果生物真会进化，人性就不能永久不变。不说类猿人，就是原人的脾气，我们大约就很难猜得着的，则我们的脾气，恐怕未来的人也未必会明白。要写永久不变的人性，实在难哪。

譬如出汗罢，我想，似乎于古有之，于今也有，将来一定暂时也还有，该可以算得较为"永久不变的人性"了。然而"弱不禁风"的小姐出的是香汗，"蠢笨如牛"的工人出的是臭汗。不知道倘要做长留世上的文字，要充长留世上的文学家，是描写香汗好呢，还是描写臭汗好？这问题倘不先行解决，则在将来文学史上的位置，委实是"岌岌乎殆哉"②。

---

① 指梁实秋 1926 年 10 月 27—28 日在《晨报副刊》发表的《文学批评辨》一文中的观点。

② **"岌岌乎殆哉"** 《孟子·万章上》中引用孔子的话："天下殆哉，岌岌乎！"指情势可危。

听说，例如英国，那小说，先前是大抵写给太太小姐们看的，其中自然是香汗多；到十九世纪后半，受了俄国文学的影响，就很有些臭汗气了。那一种的命长，现在似乎还在不可知之数。

在中国，从道士听论道，从批评家听谈文，都令人毛孔痉挛，汗不敢出①。然而这也许倒是中国的"永久不变的人性"罢。

二七，一二，二三

（原刊 1928 年 1 月 14 日《语丝》周刊第 4 卷第 5 期，后收入《而已集》）

---

① **汗不敢出**　《世说新语·言语》："战战傈傈，汗不敢出。"钟会初见魏文帝时的答言。

文艺和革命

欢喜维持文艺的人们，每在革命地方，便爱说"文艺是革命的先驱"。

我觉得这很可疑。或者外国是如此的罢；中国自有其特别国情，应该在例外。现在妄加编排，以质同志——

1. 革命军。先要有军，才能革命，凡已经革命的地方，都是军队先到的：这是先驱。大军官们也许到得迟一点，但自然也是先驱，无须多说。

（这之前，有时恐怕也有青年潜入宣传，工人起来暗助，但这些人们大抵已经死掉，或则无从查考了，置之不论。）

2. 人民代表。军官们一到，便有人民代表群集车站欢迎，手执国旗，嘴喊口号，"革命空气，非常浓厚"：这是第二先驱。

3. 文学家。于是什么革命文学，民众文学，同情文学，飞腾文学都出来了，伟大光明的名称的期刊也出来了，来指导青年的：这是——可惜得很，但也不要紧——第三先驱。

外国是革命军兴以前，就有被迫出国的卢梭，流放极边的珂罗连珂①……

好了。倘若硬要乐观，也可以了。因为我们常听到所谓文学家将要出国的消息，看见新闻上的记载，广告；看见诗；看见文。虽然尚未动身，却也给我们一种"将来学成归国，了不得呀！"的豫感，——希望是谁都愿意有的。

十二月二十四夜零点一分五秒

（原刊 1928 年 1 月 28 日《语丝》周刊第 4 卷第 7 期，后收入《而已集》）

---

① **珂罗连珂** 今译柯罗连科（В. Г. Короленко，1853—1921），俄国作家。著有小说《盲音乐家》《哑口无言》，自传《我的同时代人的一生》等。因参加革命活动，曾被沙皇政府流放西伯利亚。

拟 豫 言

——一九二九年出现的琐事

有公民某甲上书，请每县各设大学一所，添设监狱两所。被斥。

有公民某乙上书，请将共产主义者之产业作为公产，女眷作为公妻，以惩一儆百。半年不批。某乙忿而反革命，被好友告发，逃入租界。

有大批名人学者及文艺家，从外洋回国，于外洋一切政俗学术文艺，皆已比本国者更为深通，受有学位。但其尤为高超者未入学校。

科学，文艺，军事，经济的连合战线告成。

正月初一，上海有许多新的期刊出版，本子最长大者，为——

> 文艺又复兴。文艺真正老复兴。宇宙。其大无外。至高无上。太太阳。光明之极。白热以上。新新生命。新新新生命。同情。正义。义旗。刹那。飞狮。地震。阿呀。真真美善。……等等。

同日，美国富豪们联名电贺北京检煤渣老婆子等，称为"同志"①，无从投递，次日退回。

正月初三，哲学与小说同时灭亡。

有提倡"一我主义"者，几被查禁。后来查得议论并不新异，着无庸议，听其自然。

有公民某丙著论，谓当"以党治国"②，即被批评家们痛驳，谓

---

① **美国富豪们联名电贺北京检煤渣老婆子等，称为"同志"** 胡适曾在一篇文章里举例说，中国的穷人如拾煤渣的老太婆也和美国的富人一样崇拜金钱（据 1927 年 11 月《语丝》周刊第一五六期《随看录三》）。

② **"以党治国"** 蒋介石在"四一二"政变后提出的独裁口号。1924 年 4 月 30 日，蒋介石发表《告全国民众书》，其中声称"我国民党是负责的政党"，"我们是主张'以党治国'为救中国的唯一出路"等等。

"久已如此，而还要多说，实属不明大势，昏愦胡涂"。

谣传有男女青年四万一千九百二十六人失踪。

蒙古亲近赤俄，公决革出五族，以侨华白俄补缺，仍为"五族共和"，各界提灯庆祝。

《小说月报》出"列入世界文学两周年纪念"号，定购全年者，各送优待券一张，购书照定价八五折。

《古今史疑大全》① 出版，有名人学者往来信札函件批语颂辞共二千五百余封，编者自传二百五十余叶，广告登在《艺术界》，谓所费邮票，即已不赀，其价值可想。

美国开演《玉堂春》② 影片，白璧德教授评为决非卢梭所及。

有中国的法斯德③挑同情一担，访郭沫若，见郭穷极，失望而去。

有在朝者数人下野；有在野者多人下坑。

绑票公司股票涨至三倍半。

女界恐乳大或有被割之险④，仍旧束胸，家长多被罚洋五十元，国帑更裕。

有博士讲"经济学精义"⑤，只用两句，云："铜板换角子，角子换大洋。"全世界敬服。

有革命文学家将马克思学说推翻，这只用一句，云："什么马克斯牛克斯。"⑥ 全世界敬服，犹太人大惭。

新诗"雇人哭丧假哼哼体"流行。

茶店，浴堂，麻花摊，皆寄售《现代评论》。⑦

---

① 《古今史疑大全》 影射历史学家顾颉刚的《古史辨》而虚拟的书名。1926 年 6 月，顾颉刚出版了《古史辨》第一册，内收他和胡适等人讨论中国古史问题的来往书札；书前有一篇长达百余页的自序，详述其身世、求学过程及治学心得等，类如自传。

② 《玉堂春》 明人冯梦龙辑纂的话本小说《警世通言》中的一篇故事，原名《玉堂春落难逢夫》，曾被改编为弹词、京剧、评剧、电影等。

③ 法斯德 今译浮士德，即歌德的诗剧《浮士德》中的主人公。原为欧洲传说中的一个冒险人物。

④ 女界恐乳大或有被割之险 此段指广东省政府 1927 年决议推行的《禁止女子束胸案》一事。

⑤ 有博士讲"经济学精义" 此段指马寅初 1926 年 10 月在厦门大学的演讲。

⑥ "什么马克斯牛克斯" 这是吴稚晖在 1927 年 5—7 月致汪精卫的两封信中都提到的话。

⑦ 茶店，浴堂，麻花摊，皆寄售《现代评论》 《现代评论》为扩大销路，曾在国内外设置代售点一百多处，其中有百货店、药店、实业公司等。

赤贼完全消灭，安那其主义将于四百九十八年后实行。①

（原刊 1928 年 1 月 28 日《语丝》周刊第 4 卷第 7 期，后收入《而已集》）

---

① 吴稚晖在 1926 年 2 月致邵飘萍的信中说过："赤化就是所谓共产，这实在是三百年以后的事；犹之乎还有比他更进步的，叫做无政府，他更是三千年以后的事。"文中的安那其主义，即无政府主义，英语 Anarchism 的音译。

《三闲集》中的杂文

序　言

　　我的第四本杂感《而已集》的出版，算起来已在四年之前了。去年春天，就有朋友催促我编集此后的杂感。看看近几年的出版界，创作和翻译，或大题目的长论文，是还不能说它寥落的，但短短的批评，纵意而谈，就是所谓"杂感"者，却确乎很少见。我一时也说不出这所以然的原因。

　　但粗粗一想，恐怕这"杂感"两个字，就使志趣高超的作者厌恶，避之惟恐不远了。有些人们，每当意在奚落我的时候，就往往称我为"杂感家"①，以显出在高等文人的眼中的鄙视，便是一个证据。还有，我想，有名的作家虽然未必不改换姓名，写过这一类文字，但或者不过图报私怨，再提恐或玷其令名，或者别有深心，揭穿反有妨于战斗，因此就大抵任其消灭了。

　　"杂感"之于我，有些人固然看作"死症"，我自己确也因此很吃过一点苦，但编集是还想编集的。只因为翻阅刊物，剪帖成书，也是一件颇觉麻烦的事，因此拖延了大半年，终于没有动过手。一月二十八日之夜，上海打起仗来了，越打越凶，终于使我们只好单身出走，书报留在火线下，一任它烧得精光，我也可以靠这"火的洗礼"之灵，洗掉了"不满于现状"的"杂感家"这一个恶谥。殊不料三月底重回旧寓，书报却丝毫也没有损，于是就东翻西觅，开手编辑起来了，好像大病新愈的人，偏比平时更要照照自己的瘦削的脸，摩摩枯皱的皮肤似的。

　　我先编集一九二八至二九年的文字，篇数少得很，但除了五六回在北平上海的讲演，原就没有记录外，别的也仿佛并无散失。我记得起来了，这两年正是我极少写稿，没处投稿的时期。我是在二

---

　　① **"不满于现状的"的"杂感家"**　这是梁实秋的说法，见他于1929年10月出版的《新月》月刊第2卷第8期发表的广《"不满于现状"，便怎样呢?》。

七年被血吓得目瞪口呆，离开广东的①，那些吞吞吐吐，没有胆子直说的话，都载在《而已集》里。但我到了上海，却遇见文豪们的笔尖的围剿了，创造社②，太阳社③，"正人君子"们的新月社④中人，都说我不好，连并不标榜文派的现在多升为作家或教授的先生们，那时的文字里，也得时常暗暗地奚落我几句，以表示他们的高明。我当初还不过是"有闲即是有钱"，"封建余孽"或"没落者"，后来竟被判为主张杀青年的棒喝主义者了。这时候，有一个从广东自云避祸逃来，而寄住在我的寓里的廖君⑤，也终于忿忿的对我说道："我的朋友都看不起我，不和我来往了，说我和这样的人住在一处。"

那时候，我是成了"这样的人"的。自己编着的《语丝》，实乃无权，不单是有所顾忌（详见卷末《我和〈语丝〉的始终》），至于别处，则我的文章一向是被"挤"才有的，而目下正在"剿"，我投进去干什么呢。所以只写了很少的一点东西。

现在我将那时所做的文字的错的和至今还有可取之处的，都收

---

① **我是在二七年被血吓得目瞪口呆，离开广东的** 1927 年蒋介石在上海发动"四一二"政变后，国民党右派即在广东策应，由李济深、古应芬、钱大钧等五人组成特别委员会，于 4 月 15 日宣布戒严。出动军警查封工会、农会、学生会、妇女会等二百多个团体，搜捕共产党人和工人、学生活动分子五千余人，枪杀一百多人。史称"四一五事变"或"四一五清党"。当时鲁迅在中山大学任教，为营救被捕学生向校方交涉，被拒绝后愤而辞去教职，是年 9 月离开广州去上海。

② **创造社** 1921 年在日本东京成立的新文学团体，主要成员有郭沫若、郁达夫、张资平、田汉、成仿吾、郑伯奇等，当时多为中国留日学生，后相继回国参加新文学运动。曾主办《创造季刊》《创造月刊》《洪水》等刊物，并出版《创造丛书》。1928 年，创造社和太阳社曾与鲁迅就革命文学问题发生论争。

③ **太阳社** 1927 年在上海成立的新文学团体，主要成员有蒋光慈、钱杏邨、孟超等。曾主办《太阳月刊》《时代文艺》等，并出版《太阳社丛书》。1929 年秋，为筹备中国左翼作家联盟，该社自行解散。

④ **新月社** 1923 年在北京成立的一个沙龙性质的文化团体，以俱乐部的联谊方式开展活动，由诗人徐志摩主持其事。但在这个团体中，徐志摩是一个无足轻重的人物。因为"新月"的成员多属《现代评论》周围的"现代评论派"，如胡适、陈源（西滢）等，他们更关注政治、教育和文化建设一类比较现实的问题，像新月社组织的演剧、诵诗一类只能视为休闲活动。这一阶段，新月社成员的创作与言论主要刊于《晨报副刊》和《现代评论》。1927 年以后，这些人大多迁居上海，成立了新月书店，翌年出版《新月》月刊。这时虽然没有"新月社"之名，却更具实体性质，而胡适等人的政治诉愿与徐志摩的文学追求则似乎取得了一种平衡。加之罗隆基、梁实秋等人也在这时候加入进来，"现代评论派"的宪政理念终于在《新月》月刊"借壳上市"。在文学上，其时有方玮德、陈梦家等新锐诗人涌现，有人把上海阶段称之为"后期新月派"。

⑤ **廖君** 即廖立峨（？—1962），又名立莪，广东兴宁人。原为鲁迅在厦门大学的学生，1927 年随同鲁迅到广州，转入中山大学外语系。1928 年到上海，一度借住鲁迅家里。

纳在这一本里。至于对手的文字呢，《鲁迅论》和《中国文艺论战》[①]中虽然也有一些，但那都是峨冠博带的礼堂上的阳面的大文，并不足以窥见全体，我想另外搜集也是"杂感"一流的作品，编成一本，谓之《围剿集》。如果和我的这一本对比起来，不但可以增加读者的趣味，也更能明白别一面的，即阴面的战法的五花八门。这些方法一时恐怕不会失传，去年的"左翼作家都为了卢布"说，就是老谱里面的一着。自问和文艺有些关系的青年，仿照固然可以不必，但也不妨知道知道的。

其实呢，我自己省察，无论在小说中，在短评中，并无主张将青年来"杀，杀，杀"的痕迹，也没有怀着这样的心思。我一向是相信进化论的，总以为将来必胜于过去，青年必胜于老人，对于青年，我敬重之不暇，往往给我十刀，我只还他一箭。然而后来我明白我倒是错了。这并非唯物史观的理论或革命文艺的作品蛊惑我的，我在广东，就目睹了同是青年，而分成两大阵营，或则投书告密，或则助官捕人的事实！我的思路因此轰毁，后来便时常用了怀疑的眼光去看青年，不再无条件的敬畏了。然而此后也还为初初上阵的青年们呐喊几声，不过也没有什么大帮助。

这集子里所有的，大概是两年中所作的全部，只有书籍的序引，却只将觉得还有几句话可供参考之作，选录了几篇。当翻检书报时，一九二七年所写而没有编在《而已集》里的东西，也忽然发现了一点，我想，大约《夜记》是因为原想另成一书，讲演和通信是因为浅薄或不关紧要，所以那时不收在内的。

但现在又将这编在前面，作为《而已集》的补遗了。我另有了一样想头，以为只要看一篇讲演和通信中所引的文章，便足可明白那时香港的面目。我去讲演，一共两回，第一天是《老调子已经唱完》，现在寻不到底稿了，第二天便是这《无声的中国》，粗浅平庸到这地步，而竟至于惊为"邪说"，禁止在报上登载的。是这样的香港。但现在是这样的香港几乎要遍中国了。

我有一件事要感谢创造社的，是他们"挤"我看了几种科学底文艺论，明白了先前的文学史家们说了一大堆，还是纠缠不清的疑

---

① 《鲁迅论》和《中国文艺论战》 均由李何林编辑、上海北新书局印行。前者收入关于鲁迅及其作品评论，出版于1930年3月；后者收入1928年参与革命文学论争的各方文章，出版于1929年10月。

问。并且因此译了一本蒲力汗诺夫①的《艺术论》，以救正我——还因我而及于别人——的只信进化论的偏颇。但是，我将编《中国小说史略》时所集的材料，印为《小说旧闻钞》②，以省青年的检查之力，而成仿吾③以无产阶级之名，指为"有闲"，而且"有闲"还至于有三个，却是至今还不能完全忘却的。我以为无产阶级是不会有这样锻炼周纳法的，他们没有学过"刀笔"。编成而名之曰《三闲集》，尚以射仿吾也。

一九三二年四月二十四日之夜，编讫并记。

（未另刊行，直接收入《三闲集》）

---

① **蒲力汗诺夫** 今译普列汉诺夫（Г. В. Плеханов，1856—1918），俄国早期马克思主义理论家、文艺批评家。1883 年组织俄国第一个马克思主义团体"劳动解放社"，后为孟什维克领袖。著有《论一元论历史观的发展》《论个人在历史上的作用问题》《艺术论》（又名《没有地址的信》）等。

② **《小说旧闻钞》** 鲁迅辑校的小说史料集。1926 年 8 月由北新书局出版。

③ **成仿吾**（1897—1984） 原名灏，笔名仿吾，湖南新化人，现代作家。早年留学日本，与郭沫若、郁达夫等组织创造社。回国后投身革命，曾任黄埔军校教官，后为中共干部。1927 年 1 月，他在《洪水》第 3 卷第 25 期发表《完成我们的文学革命》一文，指责鲁迅从事中国古代小说研究，认为鲁迅这项工作是"以趣味为中心的生活基调，它所暗示着的是一种在小天地中自己骗自己的自足，它所矜持着的是闲暇，闲暇，第三个闲暇"。

匪笔三篇

今之"正人君子",论事有时喜欢讲"动机"。案动机,我自己知道,绍介这三篇文章是未免有些有伤忠厚的。旅资将尽,非逐食不可了,许多人已知道我将于八月中走出广州。七月末就收到了一封所谓"学者"的信①,说我的文字得罪了他,"拟于九月中回粤后提起诉讼,听候法律解决"。且叫我"暂勿离粤,以俟开审"。命令被告枵腹恭候于异地,以俟自己雍容布置,慢慢开审,真是霸道得可观。第二天偶在报纸上看见飞天虎寄亚妙信,有"提防剑仔②"的话,不知怎地忽而欣然独笑,还想到别的两篇东西,要执绍介之劳了。这种拉扯牵连,若即若离的思想,自己也觉得近乎刻薄,——但是,由它去罢,好在"开审"时总会结帐的。

在我的估计上,这类文章的价值却并不在文人学者的名文之下。先前也曾收集,得了五六篇,后来只在北京的《平民周刊》③上发表过一篇模范监狱里的一个囚人的自序,其余的呢,我跑出北京以后,不知怎样了,现在却还想搜集。要夸大地说起来,则此类文章,于学术上也未始无用;我记得 Lombroso④ 所做的一本书——大约是《天才与狂人》,请读者恕我手头无书,不能指实——后面,就附有许多疯子的作品。然而这种金字招牌,我辈却无须挂起来。

这回姑且将现成的三篇介绍,都是从香港《循环日报》上采取

① **一封所谓"学者"的信**　指顾颉刚的信,见本书《革"首领"》一文"一个学者"注条。

② **剑仔**　粤语:匕首。

③ **《平民周刊》**　即《民众文艺周刊》,《京报》的文艺副刊之一。

④ **Lombroso**　今译龙勃罗梭(1836—1909),意大利犯罪学家、精神病学家,刑事人类学派的创始人。曾任帕维亚大学、都灵大学教授和精神病院院长。著有《犯罪人论》《天才与堕落》(即本文所举《天才与狂人》)等。

的。以其都不是韵文，所以取阮氏《文笔对》①之说，名之曰：笔。倘有好事之徒，寄我材料，无任欢迎。但此后拟不限有韵无韵，并且廓大范围，并收土匪，骗子，犯人，疯子等等的创作。但经文人润色，或拟作赝作者不收。

其实，古如陈涉帛书②，米巫题字③，近如义和团传单④，同善社⑤乩笔，也都是这一流。我想，凡见于古书的，也都可以抄出来编为一集，和现在的来比照，看思想手段，有什么不同。

来件想托北新书局代收，当择尤发表，——但这是我倘不忙于"以俟开审"或下了牢监的话。否则，自己的文章也就是材料，不必旁搜博采了。

闲话休题，言归正传：

一　撕票布告　　　　　　潘平

广州佛山缸瓦栏维新码头发现烂艇一艘，有水浸淹其中，用蓑衣覆盖男子尸身一具，露出手足，旁有粗碗一只，白旗一面，书明云云。由六区水警，将该尸艇移泊西医院附近。验得该尸颈旁有一枪孔，直贯其鼻，显系生前轰毙。查死者年约三十岁，乃穿短线衫裤，剪平头装者。

南海紫洞潘平布告。

为布告事：昨四月念六日，在禄步共掳得乡人十余名，困留月余，并望赎音。兹提出禄步笋洞沙乡，姓许名进洪一名，枪毙示众，以儆其余。四方君子，特字周知，切勿视财如命！此布。（据七月十三日《循环报》。）

---

① 《文笔对》　清代阮福所作的一篇关于文体的策论。阮福认为，"有情辞声韵者为文"，"直言无文采者为笔"。

② 陈涉帛书　秦末农民起义者陈涉（胜）起事前，使人用红笔在帛上写"陈胜王"三字，藏在鱼腹中；后昭示于人，有天授王权之意。

③ 米巫题字　东汉五斗米教道人画的符箓，似字非字。道徒用以祭祷、禳灾、治病。

④ 义和团传单　清末义和团散发的宣传品，多借助神灵的名义来号召群众。

⑤ 同善社　四川人彭汝尊于民国初年建立的一个民间邪教组织，以扶乩、坐功等方式诱惑信众。北洋政府时期吸收许多军政要人和地方豪绅入社，势力颇大。抗战期间曾勾结伪满政府和日本特务机构，在湖北、安徽、贵州等地举行暴乱。1949 年后被取缔。

二　致信女某书　　　金吊桶

广西梧州洞天酒店相命家金吊桶，原名黄卓生，新会人，日前有行骗陈社恩，黄心，黄作梁夫妇银钱单据，为警备司令部将其捕获，又搜获一封固之信，内空白信笺一张，以火烘之，发现字迹如下：

今日民国十六年五月二十九日，吕纯阳先师下降，查明汝信女系广西人。汝今生为人，心善清洁，今天上玉皇赐横财四千五百两银过你，汝信享福养儿育女。但此财分作八回中足，今年七月尾只中白鸽票七百五十元左右。老来结局有个子，第三位有官星发达，有官太做。但汝终身要派大三房妾伴，不能坐正位。今生条命极好。汝前世犯了白虎五鬼天狗星，若想得横财旺子，要用六元六毫交与金吊桶先生代汝解除，方得平安无事。若不信解除，汝条命得来十分无夫福无子福，有子死子，有夫死夫。但见字要求先生共汝解去此凶星为要可也。汝想得财得子者，为夫福者，有夫权者，要求先生共汝行礼，交合阴阳一二回，方可平安。如有不顺从先生者，汝条命冇好处，无安乐也。……（据七月二十六日《循环报》。）

三　诘妙嫦书　　　飞天虎

香港永乐街如意茶楼女招待妙嫦，年仅双十，寓永吉街三十号二楼。七月二十九日晚十一时许，散工之后，偕同女侍三数人归家，道经大道中永吉街口，遇大汉三四人，要截于途，诘妙嫦曰："汝其为妙玲乎？嫦不敢答，闪避而行。讵大汉不使去，逞凶殴之，凡两拳，且曰：汝虽不语，固认识汝之面目者也！嫦被殴，大哭不已，归家后，以为大汉等所殴者为妙玲，故尚自怨无辜被辱，不料翌早复接恐吓信一通，按址由邮局投至，遂知昨晚之被殴，确为寻己，乃将事密报侦探，并告以所疑之人，务使就捕雪恨云。

亚妙女招待看！启者：久在如意茶楼，用诸多好言，殴辱我兄弟，及用滚水来陆之兄弟，灵端相劝，置之不理，与续大发雌雄，反口相齿，亦所谓恶不甚言矣。昨晚在此二人殴打已捶，亦非介意，不过小小之用。刻下限你一星期内答复，妥讲此事，若有无答复，早夜出入，提防剑仔，决列对待，及难保性命之虞，勿怪书不在先，至于死地之险也。诸多未及，难解了言，顺候，此询危险。七月初一晚，卅六友飞天虎谨。(据八月一日《循环报》。)

（原刊 1927 年 9 月 10 日《语丝》周刊第 148 集，后收入《三闲集》）

某笔两篇

　　昨天又得幸逢了两种奇特的广告，仍敢执绍介之劳。标点是我所加的，以醒眉目。该称什么笔呢，想了两天两夜，没有好结果。姑且称为"某笔"，以俟博雅君子教正。这回的"动机"比较地近于纯正，除希望"有目共赏"外，似乎并不含有其他的副作用了。但又发生了一种妄想。记得前清时，曾有一种专选各种报上较好的论说的，叫作《选报》①。现在如有好事之徒，也还可以办这一类的刊物。每省须有访员数人，专收该地报上奇特的社论，记事，文艺，广告等等，汇刊成册，公之于世。则其显示各种"社会相"也，一定比游记之类要深切得多。不知ＣＦ男士②以为何如？一九二七年九月二十二日午饭之前。

其　一

　　熊仲卿榜名文蔚。历任民国县长，所长，处长，局长，厅长。通儒，显宦，兼作良医，尤擅女科。住本港跑马地黄泥涌道门牌五十五号一楼中医熊寓，每日下午应诊及出诊。电话总局五二七零。

　　（右一则见九月二十一日香港《循环日报》。）

　　谨案：以吾所闻，向来或称世医，以其数代为医也；或称儒医，以其曾做八股也；或称官医，以其亦为官家所雇也；或称御医，以其曾经走进（？）太医院③也。若夫"县长，所长，处长，局长，厅

---

　　①　《选报》　清末维新派人士蒋观云主编的文摘性杂志，光绪二十八年（1902）在上海创办。
　　②　ＣＦ男士　指北新书局的李小峰。
　　③　太医院　古代宫廷医疗机构。

长。通儒，显宦"，而又"兼作良医"，则诚旷古未有者矣。而五"长"做全，尤为难得云。

其 二

征求父母广告余现已授中等教育有年，品行端正，纯无嗜好。因不幸父母相继逝世，余独取家资，来学广州。自思自觉单身儿子，有非常之寂寞。于是自愿甘心为人儿子。并自愿倾家产而从四方人事而无儿子者。有相当之家庭，且欲儿子者，请来函报告（家庭状况经济地位若何），并写明通讯地址。俟我回复，方接洽面商。阅报诸君而能介绍我好事成功者，应以百金敬酬。不成功者，当有谢谢。申一〇六

通讯处　广东省立第一中学校余希成具。

（右一则见同日广州《民国日报》。）

谨案：我辈生当浇漓之世，于"征求伴侣"等类广告，早经司空见惯，不以为奇。昔读茅泮林所辑《古孝子传》①，见有三男皆无母，乃共迎养一不相干之老妪，当作母亲一事，颇以为奇。然那时孝廉方正②，可以做官，故尚能疑为别有作用也。而此广告则挟家资以求亲，悬百金而待荐，雒诵之余，乌能不欣人心之复返于淳古，表而出之，以为留心世道者告，而为打爹骂娘者劝哉？特未知阅报诸君，可知广州有欲儿子者否？要知道倘为介绍，即使好事不成，亦有"谢谢"者也。

（原刊 1927 年 11 月 26 日《语丝》周刊第 156 期，后收入《三闲集》）

---

① 《古孝子传》　清代茅泮林从类书中辑录的古代孝子故事。

② 孝廉方正　古代举荐人才的一种途径。汉代有"孝廉"和"贤良方正"两科，清代合为"孝廉方正科"。

“醉眼”中的朦胧

　　旧历和新历的今年似乎于上海的文艺家们特别有着刺激力，接连的两个新正一过，期刊便纷纷而出了。他们大抵将全力用尽在伟大或尊严的名目上，不惜将内容压杀。连产生了不止一年的刊物，也显出拼命的挣扎和突变来。作者呢，有几个是初见的名字，有许多却还是看熟的，虽然有时觉得有些生疏，但那是因为停笔了一年半载的缘故。他们先前在做什么，为什么今年一齐动笔了？说起来怕话长。要而言之，就因为先前可以不动笔，现在却只好来动笔，仍如旧日的无聊的文人，文人的无聊一模一样。这是有意识或无意识地，大家都有些自觉的，所以总要向读者声明“将来”：不是“出国”，“进研究室”，便是“取得民众”。功业不在目前，一旦回国，出室，得民之后，那可是非同小可了。自然，倘有远识的人，小心的人，怕事的人，投机的人，最好是此刻豫致“革命的敬礼”。一到将来，就要“悔之晚矣”了。

　　然而各种刊物，无论措辞怎样不同，都有一个共通之点，就是：有些朦胧。这朦胧的发祥地，由我看来，——虽然是冯乃超①的所谓“醉眼陶然”② ——也还在那有人爱，也有人憎的官僚和军阀。和他

---

① 冯乃超 (1901—1983)　原名子韬，笔名乃超，广东南海人（生于日本），现代作家、翻译家。早年就读于日本东京帝国大学，1927 年弃学回国，参加创造社，在上海艺术大学、中华艺术大学等校任教。后为左联党团书记。著有诗集《红纱灯》、小说《傀儡美人》等，译有芥川龙之介《河童》等。

② “醉眼陶然”　指冯乃超在 1928 年 1 月《文化批判》创刊号发表《艺术与社会生活》一文中对鲁迅的讥评，文中说：“鲁迅这位老先生”，“常从幽暗的酒家的楼头，醉眼陶然地眺望窗外的人生，世人称许他的好处，只是圆熟的手法一点，然而，他不常追怀过去的昔日，追悼没落的封建情绪，结局他反映的只是社会变革期中的落伍者的悲哀，无聊赖地跟他弟弟说几句人道主义的美丽的说话。”另外，创造社成员叶灵凤作过一幅鲁迅躲在酒坛后面的漫画，寓指鲁迅“酗酒”而成为“社会变革期中的落伍者”。当时创造社一些成员对鲁迅的认识大抵如此。

们已有瓜葛，或想有瓜葛的，笔下便往往笑迷迷，向大家表示和气，然而有远见，梦中又害怕铁锤和镰刀，因此也不敢分明恭维现在的主子，于是在这里留着一点朦胧。和他们瓜葛已断，或则并无瓜葛，走向大众去的，本可以毫无顾忌地说话了，但笔下即使雄纠纠，对大家显英雄，会忘却了他们的指挥刀的傻子是究竟不多的，这里也就留着一点朦胧。于是想要朦胧而终于透漏色彩的，想显色彩而终于不免朦胧的，便都在同地同时出现了。

其实朦胧也不关怎样紧要。便在最革命的国度里，文艺方面也何尝不带些朦胧。然而革命者决不怕批判自己，他知道得很清楚，他们敢于明言。惟有中国特别，知道跟着人称托尔斯泰为"卑汙的说教人"① 了，而对于中国"目前的情状"，却只觉得在"事实上，社会各方面亦正受着乌云密布的势力的支配"，连他的"剥去政府的暴力，裁判行政的喜剧的假面"的勇气的几分之一也没有；知道人道主义不彻底了，但当"杀人如草不闻声"的时候，连人道主义式的抗争也没有。剥去和抗争，也不过是"咬文嚼字"，并非"直接行动"②。我并不希望做文章的人去直接行动，我知道做文章的人是大概只能做文章的。

可惜略迟了一点，创造社前年招股本，去年请律师，今年才揭起"革命文学"的旗子，复活的批评家成仿吾总算离开守护"艺术之宫"的职掌，要去"获得大众"，并且给革命文学家"保障最后的胜利"了。这飞跃也可以说是必然的。弄文艺的人们大抵敏感，时时也感到，而且防着自己的没落，如漂浮在大海里一般，拼命向各处抓攫。二十世纪以来的表现主义③，踏踏主义④，什么什么主义的此兴彼衰，便是这透露的消息。现在则已是大时代，动摇的时代，

---

① **"卑汙的说教人"** 冯乃超在《艺术与社会生活》一文中称俄国作家托尔斯泰是"卑汙的说教人"，后文中引述关于中国"目前的情状"的一些话，也出自同一篇文章。

② **"直接行动"** 指真枪实刀的对敌斗争。这是创造社成员李初梨在《怎样地建设革命文学》一文中对革命文学进行辩说时区别文字工作的一个说法，见 1928 年 2 月出版的《文化批判》第 2 号。

③ **表现主义**（Expressionism） 20 世纪西方艺术和文学流派之一。强调主观感受，多以夸张的形体、色彩或语言为表现手段，在绘画、音乐、诗歌、戏剧等门类中均有重大影响。1900—1935 年流行于德国、奥地利、俄国及北欧诸国。

④ **踏踏主义** 即达达主义（Dada），20 世纪西方艺术和文学流派之一。反对传统的艺术规则，注重即兴创作，追求怪诞的、超现实的艺术效果。20 世纪初流行于法国、德国、瑞士等国。

转换的时代，中国以外，阶级的对立大抵已经十分锐利化，农工大众日日显得着重，倘要将自己从没落救出，当然应该向他们去了。何况"呜呼！小资产阶级原有两个灵魂。……"虽然也可以向资产阶级去，但也能够向无产阶级去的呢。

这类事情，中国还在萌芽，所以见得新奇，须做《从文学革命到革命文学》那样的大题目，但在工业发达，贫富悬隔的国度里，却已是平常的事情。或者因为看准了将来的天下，是劳动者的天下，跑过去了；或者因为倘帮强者，宁帮弱者，跑过去了；或者两样都有，错综地作用着，跑过去了。也可以说，或者因为恐怖，或者因为良心。成仿吾教人克服小资产阶级根性，拉"大众"来作"给与"和"维持"的材料，文章完了，却正留下一个不小的问题：

倘若难于"保障最后的胜利"，你去不去呢？

这实在还不如在成仿吾的祝贺之下，也从今年产生的《文化批判》①上的李初梨②的文章，索性主张无产阶级文学，但无须无产者自己来写；无论出身是什么阶级，无论所处是什么环境，只要"以无产阶级的意识，产生出来的一种的斗争的文学"就是，直截爽快得多了。但他一看见"以趣味为中心"的可恶的"语丝派"的人名就不免曲折，仍旧"要问甘人③君，鲁迅是第几阶级的人？"

我的阶级已由成仿吾判定："他们所矜持的是'闲暇，闲暇，第三个闲暇'；他们是代表着有闲的资产阶级，或者睡在鼓里的小资产阶级。……如果北京的乌烟瘴气不用十万两无烟火药炸开的时候，他们也许永远这样过活的罢。"

我们的批判者才将创造社的功业写出，加以"否定的否定"，要去"获得大众"的时候，便已梦想"十万两无烟火药"，并且似乎要将我挤进"资产阶级"去（因为"有闲就是有钱"云），我倒颇也觉得危险了。后来看见李初梨说："我以为一个作家，不管他是第

---

① 《文化批判》 创造社主办的理论性月刊，1928 年 1 月在上海创刊，仅出五期。

② 李初梨（1900—1994） 四川江津人，文艺批评家。创造社成员，后为中共干部。这里提到的文章指《怎样地建设革命文学》。

③ 甘人 未详。《北新》半月刊第 2 卷第 1 号（1927 年 11 月）曾发表署名甘人的《中国新文学的将来与其自己的认识》一文，其中称鲁迅为"我们时代的作者"。李初梨在《怎样地建设革命文学》一文中反诘道："我们要问甘人君，鲁迅究竟是第几阶级的人，他写的又是第几阶级的文学？……'我们的时代'，又是第几阶级的时代？"

「醉眼」中的朦胧

一第二……第百第千阶级的人，他都可以参加无产阶级文学运动；不过我们先要审察他们的动机。……"这才有些放心，但可虑的是对于我仍然要问阶级。"有闲便是有钱"；倘使无钱，该是第四阶级①，可以"参加无产阶级文学运动"了罢，但我知道那时又要问"动机"。总之，最要紧是"获得无产阶级的阶级意识"，——这回可不能只是"获得大众"便算完事了。横竖缠不清，最好还是让李初梨去"由艺术的武器到武器的艺术"，让成仿吾去坐在半租界里积蓄"十万两无烟火药"，我自己是照旧讲"趣味"。

那成仿吾的"闲暇，闲暇，第三个闲暇"的切齿之声，在我是觉得有趣的。因为我记得曾有人批评我的小说，说是"第一个是冷静，第二个是冷静，第三个还是冷静"②，"冷静"并不算好批判，但不知怎地竟像一板斧劈着了这位革命的批评家的记忆中枢似的，从此"闲暇"也有三个了。倘有四个，连《小说旧闻钞》也不写，或者只有两个，见得比较地忙，也许可以不至于被"奥伏赫变"③（"除掉"的意思，Aufheben 的创造派的译音，但我不解何以要译得这么难写，在第四阶级，一定比照描一个原文难）罢，所可惜的是偏偏是三个。但先前所定的不"努力表现自己"之罪④，大约总该也和成仿吾的"否定的否定"，一同勾消了。

创造派"为革命而文学"，所以仍旧要文学，文学是现在最紧要的一点，因为将"由艺术的武器，到武器的艺术"，一到"武器的艺术"的时候，便正如"由批判的武器，到用武器的批判"⑤的时候一般，世界上有先例，"徘徊者变成同意者，反对者变成徘徊者"了。

但即刻又有一点不小的问题：为什么不就到"武器的艺术"呢？

---

① **第四阶级** 指无产阶级。西方历史学家曾将法国大革命时期的社会分为三个阶级（亦译作"等级"）：第一阶级，国王；第二阶级，僧侣和贵族；第三阶级，包括资产阶级在内的平民阶级。后来随着工人运动的兴起，无产阶级又被称为第四阶级。

② **"第一个是冷静，第二个是冷静，第三个还是冷静"** 指张定璜在《鲁迅先生》一文中对鲁迅创作的评析，该文刊于 1927 年 1 月出版的《现代评论》第 1 卷第 7 期、第 8 期。

③ **"奥伏赫变"** 德语 Aufheben 的音译，今译作"扬弃"。

④ **不"努力表现自己"之罪** 指成仿吾在《〈呐喊〉的评论》一文中对鲁迅的批评。文中认为鲁迅小说可分为"再现的"和"表现的"两类，其中"再现的"即不努力表现自我的作品，是"庸俗"的。该文刊于 1924 年 1 月出版的《创造季刊》第 2 卷第 2 期。

⑤ **"批判的武器"和"武器的批判"** 见马克思《〈黑格尔法哲学批判〉导言》。

这也很像"有产者差来的苏秦的游说"①。但当现在"无产者未曾从有产者意识解放以前",这问题是总须起来的,不尽是资产阶级的退兵或反攻的毒计。因为这极彻底而勇猛的主张,同时即含有可疑的萌芽了。那解答只好是这样:

因为那边正有"武器的艺术",所以这边只能"艺术的武器"。

这艺术的武器,实在不过是不得已,是从无抵抗的幻影脱出,坠入纸战斗的新梦里去了。但革命的艺术家,也只能以此维持自己的勇气,他只能这样。倘他牺牲了他的艺术,去使理论成为事实,就要怕不成其为革命的艺术家。因此必然的应该坐在无产阶级的阵营中,等待"武器的铁和火"出现。这出现之际,同时拿出"武器的艺术"来。倘那时铁和火的革命者已有一个"闲暇",能静听他们自叙的功勋,那也就成为一样的战士了。最后的胜利。然而文艺是还是批判不清的,因为社会有许多层,有先进国的史实在;要取目前的例,则《文化批判》已经拖住 Upton Sinclair②,《创造月刊》③也背了 Vigny④ 在"开步走"⑤ 了。

倘使那时不说"不革命便是反革命",革命的迟滞是"语丝派"之所为,给人家扫地也还可以得到半块面包吃,我便将于八时间工作之暇,坐在黑房里,续钞我的《小说旧闻钞》,有几国的文艺也还是要谈的,因为我喜欢。所怕的只是成仿吾们真像符拉特弥尔·伊力支⑥一般,居然"获得大众";那么,他们大约更要飞跃又飞跃,连我也会升到贵族或皇帝阶级里,至少也总得充军到北极圈内去了。译著的书都禁止,自然不待言。

不远总有一个大时代要到来。现在创造派的革命文学家和无产阶级作家虽然不得已而玩着"艺术的武器",而有着"武器的艺术"

① **"有产者差来的苏秦的游说"** 这一句和下一句引号中的话都是李初梨《怎样地建设革命文学》一文中的说法。

② **Upton Sinclair** 今译厄普顿·辛克莱,见本书《卢梭和胃口》一文"Upton Sinclair"注条。

③ **《创造月刊》** 创造社的机关刊物。初为季刊,1922 年 5 月在上海创办。1923 年 5 月至 1924 年 5 月间改为周刊,后恢复季刊,出至 1924 年 11 月停刊。1926 年 3 月,改为月刊在上海复刊。郁达夫、成仿吾主编。后于 1928 年底停刊。

④ **Vigny** 今译维尼(1797—1863),法国诗人。著有诗歌《摩西》《洪水》等。《创造月刊》曾连载穆木天介绍维尼的长篇论文《维尼及其诗歌》。

⑤ **"开步走"** 成仿吾《从文学革命到革命文学》一文中鼓动性的言辞。

⑥ **符拉特弥尔,伊力支** 即列宁。列宁全名今译为弗拉基米尔·伊里奇·列宁。

『醉眼』中的朦胧

的非革命武学家也玩起这玩意儿来了，有几种笑迷迷的期刊便是这。他们自己也不大相信手里的"武器的艺术"了罢。那么，这一种最高的艺术——"武器的艺术"现在究竟落在谁的手里了呢？只要寻得到，便知道中国的最近的将来。

二月二十三日，上海

（原刊 1928 年 3 月 12 日《语丝》第 4 卷第 11 期，后收入《三闲集》）

扁

中国文艺界上可怕的现象，是在尽先输入名词，而并不绍介这名词的函义。

于是各各以意为之。看见作品上多讲自己，便称之为表现主义；多讲别人，是写实主义；见女郎小腿肚作诗，是浪漫主义；见女郎小腿肚不准作诗，是古典主义；天上掉下一颗头，头上站着一头牛，爱呀，海中央的青霹雳呀……是未来主义……等等。

还要由此生出议论来。这个主义好，那个主义坏……等等。

乡间一向有一个笑谈：两位近视眼要比眼力，无可质证，便约定到关帝庙去看这一天新挂的扁额。他们都先从漆匠探得字句。但因为探来的详略不同，只知道大字的那一个便不服，争执起来了，说看见小字的人是说谎的。又无可质证，只好一同探问一个过路的人。那人望了一望，回答道："什么也没有。扁还没有挂哩。"

我想，在文艺批评上要比眼力，也总得先有那块扁额挂起来才行。空空洞洞的争，实在只有两面自己心里明白。

四月十日

（原刊 1928 年 4 月 23 日《语丝》第 4 卷第 17 期，后收入《三闲集》）

路

又记起了 Gogol① 做的《巡按使》的故事。

中国也译出过的。一个乡间忽然纷传皇帝使者要来私访了，官员们都很恐怖，在客栈里寻到一个疑似的人，便硬拉来奉承了一通。等到奉承十足之后，那人跑了，而听说使者真到了，全台演了一个哑口无言剧收场。

上海的文界今年是恭迎无产阶级文学使者，沸沸扬扬，说是要来了。问问黄包车夫，车夫说并未派遣。这车夫的本阶级意识形态不行，早被别阶级弄歪曲了罢。另外有人把握着，但不一定是工人。于是只好在大屋子里寻，在客店里寻，在洋人家里寻，在书铺子里寻，在咖啡馆里寻……

文艺家的眼光要超时代，所以到否虽不可知，也须先行拥彗清道，或者伛偻奉迎。于是做人便难起来，口头不说"无产"便是"非革命"，还好；"非革命"即是"反革命"，可就险了。这真要没有出路。

现在的人间也还是"大王好见，小鬼难当"的处所。出路是有的。何以无呢？只因多鬼祟，他们将一切路都要糟蹋了。这些都不要，才是出路。自己坦坦白白，声明了因为没法子，只好暂在炮屁股上挂一挂招牌，倒也是出路的萌芽。

"地火在地下运行，奔突；熔岩一旦喷出，将烧尽一切野草，以及乔木，于是并且无可朽腐。

"但我坦然，欣然。我将大笑，我将歌唱。"（《野草》序）

还只说说，而革命文学家似乎不敢看见了，如果因此觉得没有了出路，那可实在是很可怜，令我也有些不忍再动笔了。

四月十日

（原刊 1928 年 4 月 23 日《语丝》第 4 卷第 17 期，后收入《三闲集》）

---

① **Gogol** 今译果戈理，见本书《六十五　暴君的臣民》一文"《按察使》"注条。

头

三月二十五日的《申报》① 上有一篇梁实秋教授的《关于卢骚②》，以为引辛克来儿的话来攻击白璧德，是"借刀杀人"，"不一定是好方法"。至于他之攻击卢骚，理由之二，则在"卢骚个人不道德的行为，已然成为一般浪漫文人行为之标类的代表，对于卢骚的道德的攻击，可以说即是给一般浪漫的人的行为的攻击。……"

那么，这虽然并非"借刀杀人"，却成了"借头示众"了。假使他没有成为"一般浪漫文人行为之标类的代表"，就不至于路远迢迢，将他的头挂给中国人看。一般浪漫文人，总算害了遥拜的祖师，给了他一个死后也不安静。他现在所受的罚，是因为影响罪，不是本罪了，可叹也夫！

以上的话不大"谨饬"，因为梁教授不过要笔伐，并未说须挂卢骚的头，说到挂头，是我看了今天《申报》上载湖南共产党郭亮③ "伏诛"后，将他的头挂来挂去，"遍历长岳"④，偶然拉扯上去的。可惜湖南当局，竟没有写了列宁（或者溯而上之，到马克斯；或者更溯而上之，到黑格尔等等）的道德上的罪状，一同张贴，以正其影响之罪也。湖南似乎太缺少批评家。

记得《三国志演义》⑤记袁术（？）死后，后人有诗叹道："长揖横刀出，将军盖代雄，头颅行万里，失计杀田丰。"当三个有闲之

---

① 《申报》 在上海出版的一份日报。1872 年 4 月 30 日创刊，1949 年 5 月 26 日停刊。
② 卢骚 今译卢梭，见本书《卢梭和胃口》一文"卢梭"注条。
③ 郭亮（1901—1928） 湖南长沙人，中国共产党党员，湖南工人运动领导人之一。历任湖南省总工会委员长、中共湖南省委书记、湘鄂赣边区特委书记。1928 年 3 月 27 日在湖南岳阳被国民党逮捕，同月 29 日在长沙就义。
④ "遍历长岳" 长指长沙，岳指旧岳州，即洞庭湖东、南北岸各县。
⑤ 《三国志演义》 即《三国演义》，讲史小说，元末明初罗贯中作。下文袁术应为袁绍。后引五言诗为清代王士禛所作《咏史小乐府·杀田丰》。

暇，也活剥一首来吊卢骚："脱帽怀铅①出，先生盖代穷。头颅行万里，失计造儿童②。"

四月十日

（原刊1928年4月23日《语丝》第4卷第17期，后收入《三闲集》）

---

① **怀铅** 携带书写工具。铅，指铅粉笔，古代书写工具。

② **失计造儿童** 卢梭著有教育小说《爱弥儿》，叙及自己的教育思想，梁实秋曾批评说："卢梭论教育，无一是处，唯其论女子教育，的确精当。"此句针对梁实秋之论。

太平歌诀

四月六日的《申报》上有这样的一段记事：

> 南京市近日忽发现一种无稽谣传，谓总理墓①行将工竣，石匠有摄收幼童灵魂，以合龙口之举。市民以讹传讹，自相惊扰，因而家家幼童，左肩各悬红布一方，上书歌诀四句，借避危险。其歌诀约有三种：（一）人来叫我魂，自叫自当承。叫人叫不着，自己顶石坟。（二）石叫石和尚，自叫自承当。急早回家转，免去顶坟坛。（三）你造中山墓，与我何相干？一叫魂不去，再叫自承当。（后略）

这三首中的无论哪一首，虽只寥寥二十字，但将市民的见解：对于革命政府的关系，对于革命者的感情，都已经写得淋漓尽致。虽有善于暴露社会黑暗面的文学家，恐怕也难有做到这么简明深切的了。"叫人叫不着，自己顶石坟"。则竟包括了许多革命者的传记和一部中国革命的历史。

看看有些人们的文字，似乎硬要说现在是"黎明之前"。然而市民是这样的市民，黎明也好，黄昏也好，革命者们总不能不背着这一伙市民进行。鸡肋②，弃之不甘，食之无味，就要这样地牵缠下去。五十一百年后能否就有出路，是毫无把握的。

---

① **总理墓**　即南京中山陵。1925 年 3 月 12 日，孙中山在北京病逝，遗体暂厝北京碧云寺内。孙中山曾嘱言辞世后愿"归葬紫金山"。1926 年 6 月，在南京钟山第二峰茅山南麓开工修建陵墓，至 1929 年春完工。

② **鸡肋**　《三国志·魏书·武帝纪一》："（建安二十四年）三月，王自长安出斜谷，军遮要以临汉中，遂至阳平。备因险拒守。"裴松之注引《九州春秋》曰："时王欲还，出令曰'鸡肋'，官属不知所谓。主簿杨便自严装，人惊问修：'何以知之?'修曰：'夫鸡肋，弃之如可惜，食之无所得，以比汉中，知王欲还也。'"

近来的革命文学家往往特别畏惧黑暗，掩藏黑暗，但市民却毫不客气，自己表现了。那小巧的机灵和这厚重的麻木相撞，便使革命文学家不敢正视社会现象，变成婆婆妈妈，欢迎喜鹊，憎厌枭鸣，只检一点吉祥之兆来陶醉自己，于是就算超出了时代。

恭喜的英雄，你前去罢，被遗弃了的现实的现代，在后面恭送你的行旌。

但其实还是同在。你不过闭了眼睛。不过眼睛一闭，"顶石坟"却可以不至于了，这就是你的"最后的胜利"。

四月十日

（原刊 1928 年 4 月 30 日《语丝》第 4 卷第 18 期，后收入《三闲集》）

我的态度气量和年纪

　　英勇的刊物是层出不穷，"文艺的分野"上的确热闹起来了。日报广告上的《战线》① 这名目就惹人注意，一看便知道其中都是战士。承蒙一个朋友寄给我三本，才得看见了一点枪烟，并且明白弱水②做的《谈中国现在的文学界》里的有一粒弹子，是瞄准着我的。为什么呢？因为先是《"醉眼"中的朦胧》做错了。据说错处有三：一是态度，二是气量，三是年纪。复述易于失真，还是将这粒子弹移置在下面罢：

　　　　鲁迅那篇，不敬得很，态度太不兴了。我们从他先后的论战上看来，不能不说他的量气太窄了。最先（据所知）他和西滢战，继和长虹战，我们一方面觉得正直是在他这面，一方面又觉得辞锋太有点尖酸刻薄，现在又和创造社战，辞锋仍是尖酸，正直却不一定落在他这面。是的，仿吾和初梨两人对他的批评是可以有反驳的地方，但这应庄严出之，因为他们所走的方向不能算不对，冷嘲热刺，只有对于冥顽不灵者为必要，因为是不可理喻。对于热烈猛进的绝对不合用这种态度。他那种态度，虽然在他自己亦许觉得骂得痛快，但那种口吻，适足表出"老头子"的确不行吧了。好吧，这事本该是没有勉强的必要和可能，让各人走各人的路去好了。我们不禁想起了五四时的林琴南③先生了！

---

　　① 《战线》　文艺周刊。1928 年 4 月在上海创刊，出至五期后停刊。
　　② 弱水　即潘梓年（1893—1972），笔名弱水，江苏宜兴人，哲学家。1923 年北京大学毕业，当时在中共领导的上海文委和互济总会工作。曾主编《北新》《洪荒》等刊物。
　　③ 林琴南　即林纾（1852—1924），字琴南，号畏庐，福建闽县（今闽侯）人，近代文学家、翻译家。清光绪举人，早年参加维新运动，曾为京师大学堂教习。五四时期反对以白话文为先导的新文化运动。著有《畏庐文集》《畏庐诗存》等。曾借别人口述，用文言翻译外国小说 170 余种，在当时影响很大。

这一段虽然并不涉及是非，只在态度，量气，口吻上，断定这"老头子的确不行"，从此又自然而然地抹杀我那篇文字，但粗粗一看，却很像第三者从旁的批评。从我看来，"尖酸刻薄"之处也不少，作者大概是青年，不会有"老头子"气的，这恐怕因为我"冥顽不灵"，不得已而用之的罢，或者便是自己不觉得。不过我要指摘，这位隐姓埋名的弱水先生，其实是创造社那一面的。我并非说，这些战士，大概是创造社里常见他的脚踪，或在艺术大学①里兼有一只饭碗，不过指明他们是相同的气类。因此，所谓《战线》，也仍不过是创造社的战线。所以我和西滢长虹战，他虽然看见正直，却一声不响，今和创造社战，便只看见尖酸，忽然显战士身而出现了。其实所断定的先两回的我的"正直"，也还是死了已经两千多年了的老头子老聃先师的"将欲取之必先与之"的战略，我并不感服这类的公评。陈西滢也知道这种战法的，他因为要打倒我的短评，便称赞我的小说，以见他之公正。

即使真以为先两回是正直在我这面的罢，也还是因为这位弱水先生是不和他们同系，同社，同派，同流……从他们那一面看来，事情就两样了。我"和西滢战"了以后，现代系的唐有壬曾说《语丝》的言论，是受了墨斯科的命令；"和长虹战"了以后，狂飙派的常燕生②曾说《狂飙》的停版，也许因为我的阴谋。但除了我们两方以外，恐怕不大有人注意或记得了罢。事不干己，是很容易滑过去的。

这次对于创造社，是的，"不敬得很"，未免有些不"庄严"；即使在我以为是直道而行，他们也仍可认为"尖酸刻薄"。于是"论战"便变成"态度战"，"量气战"，"年龄战"了。但成仿吾辈的对我的"态度"，战士们虽然不屑留心到，在我本身是明白的。我有兄弟，自以为算不得就是我"不可理喻"，而这位批评家于《呐喊》出版时，即加以讥刺道："这回由令弟编了出来，真是

---

① **艺术大学** 即上海艺术大学。由原东方绘画学校与上海艺术专科师范学校在1924—1925年合并而成，其校长周勤豪与创造社过从甚密，延聘该社成员任教，除美术科目外，又增设文学、社会科学等系科。

② **常燕生**（1898—1947） 山西榆次人，诗人、社会活动家。狂飙社成员。早年就读于北京高等师范学校，曾在燕京大学、大夏大学等校任教，并以青年党身份参政，活跃于学界与政界。著有《岭上白云斋诗存》《国家主义运动史》《生物史观与社会》等。

好看得多了。"① 这传统直到五年之后，再见于冯乃超的论文，说是"无聊赖地跟他弟弟说几句人道主义的美丽的说话"。我的主张如何且不论，即使相同，何以说话相同便是"无聊赖地"？莫非一有"弟弟"，就必须反对，一个讲革命，一个即该讲保皇，一个学地理，一个就得学天文么？还有，我合印一年的杂感为《华盖集》，另印先前所钞的小说史料为《小说旧闻钞》，是并不相干的。这位成仿吾先生却加以编排道："我们的鲁迅先生坐在华盖之下正在抄他的'小说旧闻'。"这使李初梨很高兴，今年又抄在《文化批判》里，还乐得不可开交道，"他（成仿吾）这段文章，比'趣味文学'还更有趣些"。但是还不够，他们因为我生在绍兴，绍兴出酒，便说"醉眼陶然"；因为我年纪比他们大了，便说"老生"，还要加注道："若许我用文学的表现。"而这一个"老"的错处，还给《战线》上的弱水先生作为"的确不行"的根源。我自信对于创造社，还不至于用了他们的籍贯，家族，年纪，来作奚落的资料，不过今年偶然做了一篇文章，其中第一次指摘了他们文字里的矛盾和笑话而已。但是"态度"问题来了，"量气"问题也来了，连战士也以为尖酸刻薄。莫非必须我学革命文学家所指为"卑污"的托尔斯泰，毫无抵抗，或者上一呈文："小资产阶级或有产阶级臣鲁迅诚惶诚恐谨呈革命的'印贴利更追亚②'老爷麾下"，这才不至于"的确不行"么？

至于我是"老头子"，却的确是我的不行。"和长虹战"的时候，他也曾指出我这一条大错处，此外还嘲笑我的生病。而且也是真的，我的确生过病，这回弱水这一位"小头子"对于这一节没有话说，可见有些青年究竟还怀着纯朴的心，很是厚道。所以他将"冷嘲热刺"的用途，也瓜分开来，给"热烈猛进的"制定了优待条件。可惜我生得太早，已经不属于那一类，不能享受同等待遇了。但幸而我年青时没有真上战线去，受过创伤，倘使身上有了残疾，那就又添一件话柄，现在真不知道要受多少奚落哩。这是"不革命"的好处，应该感谢自己的。

其实这回的不行，还只是我不行，无关年纪的。托尔斯泰，克

① **"这回由令弟编了出来，真是好看得多了"** 成仿吾《〈呐喊〉的评论》中的话，见 1924 年 1 月出版的《创造季刊》第 2 卷第 2 期。

② **印贴利更追亚** 英语 intellectual 的音译，即知识分子。

罗颇特庚①，马克斯，虽然言行有"卑污"与否之分，但毕竟都苦斗了一生，我看看他们的照相，全有大胡子。因为我一个而抹杀一切"老头子"，大约是不算公允的。然而中国呢，自然不免又有些特别，不行的多。少年尚且老成，老年当然成老。林琴南先生是确乎应该想起来的，他后来真是暮年景象，因为反对白话，不能论战，便从横道儿来做一篇影射小说②，使一个武人痛打改革者，——说得"美丽"一点，就是神往于"武器的文艺"了。旧的和新的，往往有极其相同之点——如：个人主义者和社会主义者往往都反对资产阶级，保守者和改革者往往都主张为人生的艺术，都讳言黑暗，棒喝主义者和共产主义者都厌恶人道主义等——林琴南先生的事也正是一个证明。至于所以不行之故，其关键就全在他生得更早，不知道这一阶级将被"奥服赫变"，及早变计，于是归根结蒂，分明现出 Fascist③ 本相了。但我以为"老头子"如此，是不足虑的，他总比青年先死。林琴南先生就早已死去了。可怕的是将为将来柱石的青年，还象他的东拉西扯。

又来说话，量气又太小了，再说下去，就要更小，"正直"岂但"不一定"在这一面呢，还要一定不在这一面。而且所说的又都是自己的事，并非"大贫"④ 的民众……但是，即使所讲的只是个人的事，有些人固然只看见个人，有些人却也看见背景或环境。例如《鲁迅在广东》⑤ 这一本书，今年战士们忽以为编者和被编者希图不朽，于是看得"烦躁"，也给了一点对于"冥顽不灵"的冷嘲。我却以为这太偏于唯心论了，无所谓不朽，不朽又干吗，这是现代人大抵知道的。所以会有这一本书，其实不过是要黑字印在白纸上，订成一本，作商品出售罢了。无论是怎样泡制法，所谓"鲁迅"也者，往往不过是充当了一种的材料。这种方法，便是"所走的方向不能算不对"的创造社也在所不免的。托

---

① **克罗颇特庚** 今译克鲁泡特金，见本书《不懂的音译》一文"柯伯坚"注条。

② **一篇影射小说** 指《荆生》，原刊 1919 年 2 月 17 日上海《新申报》。

③ **Fascist** 即法西斯，或译法西斯蒂。

④ **"大贫"** 原为孙中山的一个说法，《三民主义·民生主义》："中国人通通是贫，并没有大富，只有大贫小贫的分别。"弱水在《谈中国现在的文学界》一文说："中国虽说只有大贫小贫，没有悬殊的阶级，但小贫虽没有小到够得上人家资本家阶级的资格，大贫大到够得上人家无产阶级的资格而有余！"

⑤ **《鲁迅在广东》** 钟敬文编。辑录鲁迅在广东期间报刊上有关他的报道文章，并附鲁迅若干杂文和演讲记录。

罗兹基①虽然已经"没落",但他曾说,不含利害关系的文章,当在将来另一制度的社会里。我以为他这话却还是对的。

四月二十日

(原刊 1928 年 5 月 7 日《语丝》第 4 卷第 19 期,后收入《三闲集》)

---

① **托罗兹基** 今译托洛茨基,见本书《马上日记之二》"托罗兹基"注条。

革命咖啡店[*]

革命咖啡店的革命底广告式文字①，昨天在报章上看到了，仗着第四个"有闲"，先抄一段在下面：

> ……但是读者们，我却发现了这样一家我们所理想的乐园，我一共去了两次，我在那里遇见了我们今日文艺界上的名人，龚冰庐②，鲁迅，郁达夫等。并且认识了孟超③，潘汉年④，叶灵凤等，他们有的在那里高谈着他们的主张，有的在那里默默沉思，我在那里领会到不少教益呢。……

遥想洋楼高耸，前临阔街，门口是晶光闪灼的玻璃招牌，楼上是"我们今日文艺界上的名人"，或则高谈，或则沉思，面前是一大杯热气蒸腾的无产阶级咖啡，远处是许许多多"龌龊的农工大众"，他们喝着，想着，谈着，指导着，获得着，那是，倒也实在是"理想的乐园"。

何况既喝咖啡，又领"教益"呢？上海滩上，一举两得的买卖本来多。大如弄几本杂志，便算革命；小如买多少钱书籍，即赠送真丝光袜或请吃冰淇淋——虽然我至今还猜不透那些惠顾的人们，究竟是意在看书呢，还是要穿丝光袜。至于咖啡店，先前只听说不

---

* 本文最初在《语丝》发表时，排在郁达夫《革命广告》一文之后，题《鲁迅附记》，收入《三闲集》时改为现名。

① **广告式文字** 指 1928 年 8 月 8 日《申报》发表的《"上海咖啡"》。作者署名慎之。

② **龚冰庐**（1908—1945） 江苏崇明（今属上海）人，现代作家。后期创造社成员。著有小说集《炭矿夫》等。

③ **孟超**（1902—1976） 原名宪棨，山东诸城人，现代作家。太阳社发起人之一。著有话剧《铁蹄下》《淮上曲》，昆曲《李慧娘》等。

④ **潘汉年**（1906—1977） 江苏宜兴人，现代作家、中共高级干部。创造社成员，20 世纪 30 年代左翼文艺运动的组织者和领导者之一。曾主编《幻洲》周刊等刊物。著有小说集《离婚》《牺牲者》等，政论《全面抗战论》。中华人民共和国成立后曾任上海市委副书记、副市长等职，1955 年因反革命冤案被逮捕，以"内奸罪"判刑。后彻底平反。

过可以兼看舞女，使女，"以饱眼福"罢了。谁料这回竟是"名人"，给人"教益"，还演"高谈""沉思"种种好玩的把戏，那简直是现实的乐园了。

但我又有几句声明——

就是：这样的咖啡店里，我没有上去过，那一位作者所"遇见"的，又是别一人。因为：一，我是不喝咖啡的，我总觉得这是洋大人所喝的东西（但这也许是我的"时代错误"），不喜欢，还是绿茶好。二，我要抄"小说旧闻"之类，无暇享受这样乐园的清福。三，这样的乐园，我是不敢上去的，革命文学家，要年青貌美，齿白唇红，如潘汉年叶灵凤①辈，这才是天生的文豪，乐园的材料；如我者，在《战线》上就宣布过一条"满口黄牙"的罪状，到那里去高谈，岂不亵渎了"无产阶级文学"么？还有四，则即使我要上去，也怕走不到，至多，只能在店后门远处彷徨彷徨，嗅嗅咖啡渣的气息罢了。你看这里面不很有些在前线的文豪么，我却是"落伍者"，决不会坐在一屋子里的。

以上都是真话。叶灵凤革命艺术家曾经画过我的像②，说是躲在酒坛的后面，这事的然否我不谈。现在所要声明的，只是这乐园中我没有去，也不想去，并非躲在咖啡杯后面在骗人。

杭州另外有一个鲁迅③时，我登了一篇启事，"革命文学家"就挖苦了。但现在仍要自己出手来做一回，一者因为我不是咖啡，不愿意在革命店里做装点；二是我没有创造社那么阔，有一点事就一个律师，两个律师。

八月十日

（原刊 1928 年 8 月 13 日《语丝》第 4 卷第 33 期，后收入《三闲集》）

---

① **叶灵凤**（1904—1975） 原名韫璞，江苏南京人，现代作家。创造社成员，曾主编《洪水》《戈壁》等刊物。著有小说集《菊子夫人》、长篇小说《红的天使》及散文随笔集多种。

② **叶灵凤革命艺术家曾经画过我的像** 这幅画刊于 1928 年 5 月出版的《戈壁》第 1 卷第 2 期，参见本书《"醉眼"中的朦胧》一文"醉眼陶然"注条及文中插图。

③ 1928 年初，有人冒名鲁迅在杭州招摇撞骗，鲁迅得知后于同年 4 月 2 日出版的《语丝》第 4 卷第 14 期刊登《在上海的鲁迅启事》，以澄清事实。随后，潘汉年于同年 4 月 22 日出版的《战线》周刊第 1 卷第 4 期发表《假鲁迅与真鲁迅》一文，认为鲁迅此举有自我标榜之意，是要让人"认清本店老牌，只此一家，并无分出"。

"革命军马前卒"和"落伍者"

西湖博览会①上要设先烈博物馆了，在征求遗物。这是不可少的盛举，没有先烈，现在还拖着辫子也说不定的，更那能如此自在。

但所征求的，末后又有"落伍者的丑史"，却有些古怪了。仿佛要令人于饮水思源以后，再喝一口脏水，历亲芳烈之余，添嗅一下臭气似的。

而所征求的"落伍者的丑史"的目录中，又有"邹容②的事实"，那可更加有些古怪了。如果印本没有错而邹容不是别一人，那么，据我所知道，大概是这样的：

他在满清时，做了一本《革命军》，鼓吹排满，所以自署曰"革命军马前卒邹容"。后来从日本回国，在上海被捕，死在西牢③里了，其时盖在一九二年。自然，他所主张的不过是民族革命，未曾想到共和，自然更不知道三民主义④，当然也不知道共产主义。但这是大家应该原谅他的，因为他死得太早了，他死了的明年，同盟会⑤才成立。

---

① 西湖博览会　1929 年 6 月间在杭州举办的一次国际博览会。

② 邹容（1885—1905）　原名绍陶，字慰丹，四川巴县人，清末革命家。1903 年著《革命军》一书，宣传反清革命。是年 6 月，清政府勾结上海公共租界工部局，制造"苏报案"，逮捕反清人士章炳麟（太炎）等；邹容出于义愤而自动投案，被英租界公审公廨判刑二年。1905 年 4 月 3 日死于狱中。

③ 西牢　即租界设立的监狱。

④ 自然更不知道三民主义　三民主义的提出在邹容入狱之后。1905 年，孙中山在《〈民报〉发刊词》中首阐"民族、民权、民生"三个主义，提出了中国近代资产阶级民主革命的原则和纲领。后于 1924 年，在《中国国民党第一次全国代表大会宣言》中又重新阐释三民主义，加入了"联俄、联共、扶助农工"三大政策。

⑤ 同盟会　即中国同盟会。1905 年 8 月在日本东京成立，以推翻清朝政府，建立民国为基本政纲，孙中山、黄兴等为主要领导人。从 1906 年开始在国内连续策动武装起义，至 1911 年 10 月举行武昌起义，以辛亥革命结束了中国数千年来的皇权统治。1912 年 8 月改组为国民党。

《三闲集》中的杂文

听说中山先生的自叙上就提起他的，开目录的诸公，何妨于公余之暇，去查一查呢？

后烈实在前进得快，二十五年前的事，就已经茫然了，可谓美史也已。

二月十七日

（原刊 1929 年 3 月 18 日《语丝》第 5 卷第 2 期，后收入《三闲集》）

"皇汉医学"

革命成功①之后，"国术""国技""国花""国医"闹得乌烟瘴气之时，日本人汤本求真②做的《皇汉医学》译本也将乘时出版了。广告上这样说——

> 日医汤本求真氏于明治三十四年卒业金泽医学专门学校后应世多年觉中西医术各有所长短非比较同异舍短取长不可爱发愤学汉医历十八年之久汇集吾国历来诸家医书及彼邦人士研究汉医药心得之作著"皇汉医学"一书引用书目多至一百余种旁求博考洵大观也……

我们"皇汉"人实在有些怪脾气的：外国人论及我们缺点的不欲闻，说好处就相信，讲科学者不大提，有几个说神见鬼的便绍介。这也正是同例，金泽医学专门学校卒业者何止数千人，做西洋医学的也有十几位了，然而我们偏偏刮目于可入《无双谱》③的汤本先生的《皇汉医学》。

小朋友梵儿④在日本东京，化了四角钱在地摊上买到一部冈千仞⑤

---

① **革命成功** 指北伐成功，结束了军阀割据的局面。1928 年南京政府的国民革命军攻占了北京、天津，张学良宣布东北易帜（即归顺南京政府，由北洋政府的五色旗改挂国民政府的青天白日旗），至此中国南北实现了形式上的统一。

② **汤本求真**（1867—1941） 日本汉医学家。著有《皇汉医学》《日医应用汉方释义》等。《皇汉医学》一书曾由中华书局于 1930 年出版中译本，周子叙译。

③ **《无双谱》** 清代金古良编绘的一部人物图谱。选入汉代至宋代各类人物 40 人，每人画像一帧，并附诗一首。

④ **梵儿** 即李秉中（？—1940），字庸倩，四川彭山人，军人。早年就读北京大学，曾入黄埔军校，后去苏联、日本学习陆军。1932 年回国，在国民党军事机关任职。

⑤ **冈千仞**（1838—1914） 日本人。清末曾来中国旅游，以在中国南北各地的见闻写成《观光纪游》一书，于 1885 年出版。

作的《观光纪游》，是明治十七年（一八八四）来游中国的日记。他看过之后，在书头卷尾写了几句牢骚话，寄给我了。来得正好，钞一段在下面：

> 二十三日，梦香竹孙来访。……梦香盛称多纪氏①医书。余曰，"敝邦西洋医学盛开，无复手多纪氏书者，故贩原板上海书肆，无用陈余之刍狗②也。"曰，"多纪氏书，发仲景氏③微旨，他年日人必悔此事。"曰，"敝邦医术大开，译书续出，十年之后，中人争购敝邦译书，亦不可知。"梦香默然。余因以为合信氏医书（案：盖指《全体新论》④），刻于宁波，宁波距此咫尺，而梦香满口称多纪氏，无一语及合信氏者，何故也？……（卷三《苏杭日记》下二页。）

冈氏于此等处似乎终于不明白。这是"四千余年古国古"的人民的"收买废铜烂铁"脾气，所以文人则"盛称多纪氏"，武人便大买旧炮和废枪，给给外国"无用陈余之刍狗"有一条出路。

冈氏距明治维新⑤后不久，还有改革的英气，所以他的日记里常有好意的苦言。革命底批评家或云与其看世纪末的烦琐隐晦没奈何之言，不如上观任何民族开国时文字，证以此事，是颇有一理的。

七月二十八日

（原刊 1929 年 8 月 5 日《语丝》第 5 卷第 22 期，后收入《三闲集》）

---

① **多纪氏** 即多纪蓝溪（1731—1801），日本名医。

② **刍狗** 刍草狗畜，喻贱物。一说古代祭祀所用茅草扎成的狗，祭后则弃置。《老子》："天地不仁，以万物为刍狗；圣人不仁，以百姓为刍狗。"

③ **仲景氏** 即张仲景（生卒年未详），名机，字仲景，南阳郡（治今河南南阳）人，东汉医学家。著有《伤寒杂病论》，原书已佚，经后人收集整理，辑为《伤寒论》《金匮要略》二书。

④ **《全体新论》** 英国人合信在中国编写的生理学著作。有陈修堂译本，1851 年由广东金利埠惠爱医局印行。

⑤ **明治维新** 日本明治年间（1868—1912）发生的社会改良运动，由此结束了德川幕府的封建统治，使日本社会逐渐走上了资本主义的轨道。

《吾国征俄战史之一页》

　　大家都说要打俄国①，或者"愿为前驱"，或者"愿作后盾"，连中国文学所赖以不坠的新月书店，也登广告出卖关于俄国的书籍两种，则举国之同仇敌忾也可知矣。自然，大势如此，执笔者也应当做点应时的东西，庶几不至于落伍。我于是在七月廿六日《新闻报》的《快活林》里，遇见一篇题作《吾国征俄战史之一页》的叙述详细而昏不可当的文章，可惜限于篇幅，只能摘抄：

> ……乃尝读史至元成吉思汗②。起自蒙古。入主中夏。开国以后。奄有钦察阿速诸部③。命速不台④征蔑里吉⑤。复引兵绕宽田吉思海⑥。转战至太和岭⑦。洎太宗七年。又命速不台为前

---

　　①　**大家都说要打俄国**　指当时"中东路事件"引发的反苏舆论。中东路即沙俄在我国东北境内修筑的满洲里至绥芬河和哈尔滨至大连的两条成丁字形连接的铁路干线，由中俄共同投资，1903 年竣工通车。1924 年中苏政府间协定，该铁路由两国共管。1929 年 7 月，南京国民政府欲收回路权，命令东北地方当局驱逐苏方铁路员工，强行接管中东路。7 月 18 日，苏联宣布与中国断绝邦交。7 月 20 日，苏军分兵从满洲里、绥芬河等处向中国军队发起攻击，占领多处中国边境重镇。在鲁迅撰写此文的第二天，即 7 月 29 日，国民党上海市党部组织了有五十万人参加的反苏市民大会。随后，8 月 3 日北平也举行了反苏集会。国民政府在军事失利的情况下，指示东北地方当局与苏方谈判，是年 12 月达成《伯力会议协定书》，约定恢复冲突以前的状况，苏军撤回己方境内。但在国民政府时期路权问题始终未能解决。

　　②　**成吉思汗**（1162—1227）　名铁木真，蒙古族领袖。13 世纪统一蒙古各部落，建立蒙古汗国，称成吉思汗。后被尊为元太祖。

　　③　**钦察阿速诸部**　指里海以北钦察旧地和古代阿塞拜疆的一部分。其地域包括多瑙河下游以东至南俄及中亚的很大一部分。

　　④　**速不台**（1176—1248）　蒙古汗国大将。成吉思汗十一年（1216）率兵征服蔑儿乞；十六年（1221）与哲别西征钦察部，深入斡罗思。后于窝阔台汗五年（1233）破汴京（今河南开封），尽俘金诸王、宗室、妃嫔。

　　⑤　**蔑里吉**　通作蔑儿乞，辽金时色楞格河流域的一个游牧部落。

　　⑥　**宽田吉思海**　今译里海。

　　⑦　**太和岭**　即高加索。

驱。随诸王拔都①。皇子贵由②。皇侄哥③等伐西域。十年乃大举征俄。直逼耶烈赞城④。而陷莫斯科。太祖长子术赤⑤遂于其地即汗位。可谓破前古未有之纪载矣。夫一代之英主。开创之际。战胜攻取。用其兵威。不难统一区宇。史册所叙。纵极铺张。要不过禹域以内。讫无西至流沙。举朔北辽绝之地而空之。不特唯是。犹复鼓其余勇。进逼欧洲内地。而有欧亚混一之势者。谓非吾国战史上最有光彩最有荣誉之一页得乎……

那结论是：

　　……质言之。元时之兵锋。不仅足以扼欧亚之吭。而有席卷包举之气象。有足以壮吾国后人之勇气者。固自有在。余故备述之。以告应付时局而固边围者。

　　这只有这作者"清癯"先生是蒙古人，倒还说得过去。否则，成吉思汗"入主中夏"，术赤在墨斯科"即汗位"，那时咱们中俄两国的境遇正一样，就是都被蒙古人征服的。为什么中国人现在竟来硬霸"元人"为自己的先人，仿佛满脸光彩似的，去骄傲同受压迫的斯拉夫种的呢？
　　倘照这样的论法，俄国人就也可以作"吾国征华史之一页"，说他们在元代奄有中国的版图。
　　倘照这样的论法，则即使俄人此刻"入主中夏"，也就有"欧亚混一之势"，"有足以壮吾国后人"之后人"之勇气者"矣。
　　嗟乎，赤俄未征，白痴已出，殊"非吾国战史上最有光彩最有荣誉之一页"也！

七月二十八日

（原刊 1929 年 8 月 5 日《语丝》第 5 卷第 22 期，后收入《三闲集》）

---

　　①　**拔都**（1209—1256）　蒙古汗国大将，钦察汗国（亦称"金帐汗国"）的建立者。成吉思汗之孙，术赤次子。
　　②　**贵由**（1206—1248）　蒙古汗国大将。元太宗窝阔台的长子，后被尊为元定宗。
　　③　**哥**　即蒙哥（1208—1259），蒙古大汗，1251—1259 年在位。成吉思汗之孙，拖雷长子。后被尊为元宪宗。
　　④　**耶烈赞城**　今译梁赞，俄罗斯城市。
　　⑤　**术赤**（1177—1225）　蒙古汗国大将。成吉思汗长子。

流氓的变迁

孔墨都不满于现状，要加以改革，但那第一步，是在说动人主，而那用以压服人主的家伙，则都是"天"。

孔子之徒为儒，墨子之徒为侠。"儒者，柔也"①，当然不会危险的。惟侠老实，所以墨者的末流，至于以"死"为终极的目的。到后来，真老实的逐渐死完，止留下取巧的侠，汉的大侠，就已和公侯权贵相馈赠，以备危急时来作护符之用了。

司马迁说："儒以文乱法，而侠以武犯禁"②，"乱"之和"犯"，决不是"叛"，不过闹点小乱子而已，而况有权贵如"五侯"③ 者在。

"侠"字渐消，强盗起了，但也是侠之流，他们的旗帜是"替天行道"。他们所反对的是奸臣，不是天子，他们所打劫的是平民，不是将相。李逵劫法场时，抡起板斧来排头砍去，而所砍的是看客。一部《水浒》④，说得很分明：因为不反对天子，所以大军一到，便受招安，替国家打别的强盗——不"替天行道"的强盗去了。终于是奴才。

满洲入关，中国渐被压服了，连有"侠气"的人，也不敢再起盗心，不敢指斥奸臣，不敢直接为天子效力，于是跟一个好官员或钦差大臣，给他保镖，替他捕盗，一部《施公案》⑤，也说得很分明，还有《彭公案》⑥，《七侠五义》⑦ 之流，至今没有穷尽。他们出

---

① **"儒者，柔也"** 许慎《说文解字》："儒，柔也，术士之称。"
② **"儒以文乱法，而侠以武犯禁"** 原出《韩非子·五蠹》，司马迁《史记·游侠列传》开篇即引用此句。
③ **"五侯"** 指西汉外戚王谭、王逢时、王根、王立、王商五兄弟。汉成帝河平二年（前27），他们五人同日封侯，当时人称"五侯"。
④ **《水浒》** 即《水浒传》，讲史小说，元末明初施耐庵作。
⑤ **《施公案》** 清代公案小说，著者不详。写施仕伦、黄天霸办案的故事。
⑥ **《彭公案》** 清代公案小说，署贪梦道人作。写江湖侠客为三河知县彭鹏办案的故事。
⑦ **《七侠五义》** 清代侠义小说，俞樾据石玉昆《三侠五义》修订而成。前半部写包公（拯）审案，后半部写江湖侠客之事。

身清白，连先前也并尤坏处，虽在钦差之下，究居平民之上，对一方面固然必须听命，对别方面还是大可逞雄，安全之度增多了，奴性也跟着加足。

然而为盗要被官兵所打，捕盗也要被强盗所打，要十分安全的侠客，是觉得都不妥当的，于是有流氓。和尚喝酒他来打，男女通奸他来捉，私娼私贩他来凌辱，为的是维持风化；乡下人不懂租界章程他来欺侮，为的是看不起无知；剪发女人他来嘲骂，社会改革者他来憎恶，为的是宝爱秩序。但后面是传统的靠山，对手又都非浩荡的强敌，他就在其间横行过去。现在的小说，还没有写出这一种典型的书，惟《九尾龟》① 中的章秋谷，以为他给妓女吃苦，是因为她要敲人们竹杠，所以给以惩罚之类的叙述，约略近之。

由现状再降下去，大概这一流人将成为文艺书中的主角了，我在等候"革命文学家"张资平② "氏"的近作。

（原刊 1930 年 1 月 1 日《萌芽月刊》第 1 卷第 1 期，后收入《三闲集》）

---

① 《九尾龟》 近代狎邪小说，张春帆（漱六山房）作。
② 张资平（1893—1959） 原名星仪，广东梅县（今梅州）人，现代作家。早年留学日本，参与组建创造社。回国后曾在武昌师范大学、第四中山大学、大夏大学等校任教。抗战时期附逆，出任伪职。著有小说《冲积期化石》《飞絮》等数十种。

新月社批评家的任务

　　新月社中的批评家，是很憎恶嘲骂的，但只嘲骂一种人，是做嘲骂文章者。新月社中的批评家，是很不以不满于现状的人为然的，但只不满于一种现状，是现在竟有不满于现状者。

　　这大约就是"即以其人之道，还治其人之身"①，挥泪以维持治安的意思。譬如，杀人，是不行的。但杀掉"杀人犯"的人，虽然同是杀人，又谁能说他错？打人，也不行的。但大老爷要打斗殴犯人的屁股时，皂隶来一五一十的打，难道也算犯罪么？新月社批评家虽然也有嘲骂，也有不满，而独能超然于嘲骂和不满的罪恶之外者，我以为就是这一个道理。

　　但老例，刽子手和皂隶既然做了这样维持治安的任务，在社会上自然要得到几分的敬畏，甚至于还不妨随意说几句话，在小百姓面前显显威风，只要不大妨害治安，长官向来也就装作不知道了。

　　现在新月社的批评家这样尽力地维持了治安，所要的却不过是"思想自由"②，想想而已，决不实现的思想。而不料遇到了别一种

---

　　① **"即以其人之道，还治其人之身"**　宋朱熹《中庸章句》："君子之治人也，即以其人之道，还治其人之身。其人能改，即止不治。"

　　② **"思想自由"**　指新月派和研究系一脉"自由知识分子"的政治文化理念。1929年6—12月，《新月》杂志先后发表胡适的《知难，行亦不易》《新文化运动与国民党》，罗隆基的《论人权》《我们要什么样的政治制度》等文，呼吁当局推行宪政，改革行政程序等。像这样一种知识分子参政议政的意愿，在当时独裁政治的权力框架内不可能得以实现，所以鲁迅说这只是"想想而已，决不实现的思想"。另外，以民主政体的程序手段来解决当时的社会矛盾的思路，实际上也否定了国民大众以其他方式为自身权利进行抗争的合法性，客观上起到替当局"维持治安"的作用。

维持治安法①，竟连想也不准想了。从此以后，恐怕要不满于两种现状了罢。

（原刊 1930 年 1 月 1 日《萌芽月刊》第 1 卷第 1 期，后收入《三闲集》）

---

① **别一种维持治安法** 在胡适和新月派鼓吹宪政的同时，国民党当局加强了言论控制，《新月》杂志一度被当局收缴，当时担任中国公学校长的胡适也受到国民政府教育部的警告。

书籍和财色

今年在上海所见，专以小孩子为对手的糖担，十有九带了赌博性了，用一个铜元，经一种手续，可有得到一个铜元以上的糖的希望。但专以学生为对手的书店，所给的希望却更其大，更其多——因为那对手是学生的缘故。

书籍用实价，废去"码洋"的陋习，是始于北京的新潮社——北新书局的，后来上海也多仿行，盖那时改革潮流正盛，以为买卖两方面，都是志在改进的人（书店之以介绍文化者自居，至今还时见于广告上），正不必先定虚价，再打折扣，玩些互相欺骗的把戏。然而将麻雀牌送给世界，且以此自豪的人民，对于这样简捷了当，没有意外之利的办法，是终于耐不下去的。于是老病出现了，先是小试其技：送画片。继而打折扣，自九折以至对折，但自然又不是旧法，因为总有一个定期和原因，或者因为学校开学，或者因为本店开张一年半的纪念之类。花色一点的还有赠丝袜，请吃冰淇淋，附送一只锦盒，内藏十件宝贝，价值不资。更加见得切实，然而确是惊人的，是定一年报或买几本书，便有得到"劝学奖金"一百元或"留学经费"二千元的希望。洋场上的"轮盘赌"，付给赢家的钱，最多也不过每一元付了三十六元，真不如买书，那"希望"之大，远甚远甚。

我们的古人有言，"书中自有黄金屋"，现在渐在实现了。但后一句，"书中自有颜如玉"呢？

日报所附送的画报上，不知为了什么缘故而登载的什么"女校高材生"和什么"女士在树下读书"的照相之类，且作别论，则买书一元，赠送裸体画片的勾当，是应该举为带着"颜如玉"气味的一例的了。在医学上，"妇人科"虽然设有专科，但在文艺上，"女作家"分为一类却未免滥用了体质的差别，令人觉得有些特别的。

但最露骨的是张竞生①博士所开的"美的书店"，曾经对面呆站着两个年青脸白的女店员，给买主可以问她"《第三种水》出了没有？"等类，一举两得，有玉有书。可惜"美的书店"竟遭禁止。张博士也改弦易辙，去译《卢骚忏悔录》②，此道遂有中衰之叹了。

书籍的销路如果再消沉下去，我想，最好是用女店员卖女作家的作品及照片，仍然抽彩，给买主又有得到"劝学"，"留学"的款子的希望。

（原刊 1930 年 2 月 1 日《萌芽月刊》第 1 卷第 2 期，后收入《三闲集》）

---

① 张竞生（1888—1970） 原名公室，广东饶平人，教育家。早年参加辛亥革命，后留学法国，回国回任北京大学哲学系教授，曾公开讲授性学知识。1927 年和褚松雪在上海开办美的书店，发售性学书籍，后被当局查封。1929 年再赴法国，专攻卢梭。20 世纪 30 年代回国，在家乡办学。著有《美的社会组织法》《浪漫派概论》等，译有《歌德自传》《忏悔录》等。

② 《卢骚忏悔录》 即法国思想家卢梭所著自传体小说《忏悔录》。

《二心集》中的杂文

序　言

　　这里是一九三〇年与三一年两年间的杂文的结集。

　　当三〇年的时候，期刊已渐渐的少见，有些是不能按期出版了，大约是受了逐日加紧的压迫。《语丝》和《奔流》，则常遭邮局的扣留，地方的禁止，到底也还是敷延不下去。那时我能投稿的，就只剩了一个《萌芽》①，而出到五期，也被禁止了，接着是出了一本《新地》。所以在这一年内，我只做了收在集内的不到十篇的短评。

　　此外还曾经在学校里演讲过两三回，那时无人记录，讲了些什么，此刻连自己也记不清楚了。只记得在有一个大学里演讲的题目，是《象牙塔和蜗牛庐》。大意是说，象牙塔里的文艺，将来决不会出现于中国，因为环境并不相同，这里是连摆这"象牙之塔"的处所也已经没有了；不久可以出现的，恐怕至多只有几个"蜗牛庐"②。蜗牛庐者，是三国时所谓"隐逸"的焦先曾经居住的那样的草窠，大约和现在江北穷人手搭的草棚相仿，不过还要小，光光的伏在那里面，少出，少动，无衣，无食，无言。因为那时是军阀混战，任意杀掠的时候，心里不以为然的人，只有这样才可以苟延他的残喘。但蜗牛界里那里会有文艺呢，所以这样下去，中国的没有文艺，是一定的。这样的话，真可谓已经大有蜗牛气味的了，不料不久就有一位勇敢的青年在政府机关的上海《民国日报》上给我批评，说我的那些话使他非常看不起，因为我没有敢讲共产党的话的勇气。谨案在"清党"以后的党国里，讲共产主义是算犯大罪的，捕杀的网罗，张遍了全中国，而不讲，却又

---

　　① 《萌芽》　文艺月刊，1930 年 1 月在上海创刊，鲁迅、冯雪峰编辑。出至第 5 期被当局查禁，随后改为《新地月刊》，仅出一期。

　　② "蜗牛庐"　《三国志·魏书·管宁传》裴松之注："时有隐者焦先，河东人也。《魏略》曰：'……自作一瓜牛庐，净扫其中，营木为床，布草蓐其上。'"按：瓜牛，即蜗牛。

为党国的忠勇青年所鄙视。这实在只好变了真的蜗牛,才有"庶几得免于罪戾"①的幸福了。

而这时左翼作家拿着苏联的卢布之说,在所谓"大报"和小报上,一面又纷纷的宣传起来,新月社的批评家也从旁很卖了些力气。有些报纸,还拾了先前的创造社派的几个人的投稿于小报上的话,讥笑我为"投降",有一种报则载起《文坛贰臣传》②来,第一个就是我,——但后来好像并不再做下去了。

卢布之谣,我是听惯了的。大约六七年前,《语丝》在北京说了几句涉及陈源教授和别的"正人君子"们的话的时候,上海的《晶报》上就发表过"现代评论社主角"唐有壬先生的信札,说是我们的言动,都由于墨斯科的命令。这又正是祖传的老谱,宋末有所谓"通虏",清初又有所谓"通海"③,向来就用了这类的口实,害过许多人们的。所以含血喷人,已成了中国士君子的常经,实在不单是他们的识见,只能够见到世上一切都靠金钱的势力。至于"贰臣"之说,却是很有些意思的,我试一反省,觉得对于时事,即使未尝动笔,有时也不免于腹诽,"臣罪当诛兮天皇圣明"④,腹诽就决不是忠臣的行径。但御用文学家的给了我这个徽号,也可见他们的"文坛"上是有皇帝的了。

去年偶然看见了几篇梅林格(Franz Mehring)⑤的论文,大意说,在坏了下去的旧社会里,倘有人怀一点不同的意见,有一点携贰的心思,是一定要大吃其苦的。而攻击陷害得最凶的,则是这人的同阶级的人物。他们以为这是最可恶的叛逆,比异阶级的奴隶造反还可恶,所以一定要除掉他。我才知道中外古今,无不如此,真是读书可以养气,竟没有先前那样"不满于现状"了,并且仿《三闲集》之例而变其意,拾来做了这一本书的名目。然而这并非在证明我是无产者。一阶级里,临末也常常会自己互相闹起来的,就是

---

① **"庶几得免于罪戾"** 《左传·文公十八年》:"于舜之功,二十之一也,庶几免于戾乎!"按:戾,罪也。

② **《文坛贰臣传》** 指1930年5月7日《国民日报》所刊署名男儿的《文坛上的贰臣传——一、鲁迅》一文。该文称"鲁迅被共产党屈服"云云。

③ **宋末有所谓"通虏",清初又有所谓"通海"** "通虏""通海"都指通敌,宋人将辽、金、西夏、蒙古等称作"虏",清初的"海"指在台湾坚持反清复明的郑成功。

④ **"臣罪当诛兮天皇圣明"** 见唐代韩愈诗《拘幽操——文王羑里作》。

⑤ **梅林格** 今译梅林(1846—1919),德国社会民主党人,记者、历史学家。曾主编党报《莱比锡人民报》,著有《德国社会民主党史》《马克思传》等。

《诗经》①里说过的那"兄弟阋于墙",——但后来却未必"外御其侮"。例如同是军阀,就总在整年的大家相打,难道有一面是无产阶级么?而且我时时说些自己的事情,怎样地在"碰壁",怎样地在做蜗牛,好像全世界的苦恼,萃于一身,在替大众受罪似的:也正是中产的智识阶级分子的坏脾气。只是原先是憎恶这熟识的本阶级,毫不可惜它的溃灭,后来又由于事实的教训,以为惟新兴的无产者才有将来,却是的确的。

自从一九三一年二月起,我写了较上年更多的文章,但因为揭载的刊物有些不同,文字必得和它们相称,就很少做《热风》那样简短的东西了;而且看看对于我的批评文字,得了一种经验,好像评论做得太简括,是极容易招得无意的误解,或有意的曲解似的。又,此后也不想再编《坟》那样的论文集,和《壁下译丛》那样的译文集,这回就连较长的东西也收在这里面,译文则选了一篇《现代电影与有产阶级》附在末尾,因为电影之在中国,虽然早已风行,但这样扼要的论文却还少见,留心世事的人们,实在很有一读的必要的。还有通信,如果只有一面,读者也往往很不容易了然,所以将紧要一点的几封来信,也擅自一并编进去了。

一九三二年四月三十日之夜,编讫并记。

---

① 《诗经》 中国最早的一部诗歌总集,分为风、雅、颂三个部分,共收诗305篇,为西周初年到春秋中叶五百年间的民间歌谣和庙堂乐章。此处引述"兄弟阋于墙,外御其侮"句,见《诗经·小雅·常棣》。侮,原作"务",侮的假借字。

习惯与改革

体质和精神都已硬化了的人民，对于极小的一点改革，也无不加以阻挠，表面上好像恐怕于自己不便，其实是恐怕于自己不利，但所设的口实，却往往见得极其公正而且堂皇。

今年的禁用阴历①，原也是琐碎的，无关大体的事，但商家当然叫苦连天了。不特此也，连上海的无业游民，公司雇员，竟也常常慨然长叹，或者说这很不便于农家的耕种，或者说这很不便于海船的候潮。他们居然因此念起久不相干的乡下的农夫，海上的舟子来。这真像煞有些博爱。

一到阴历的十二月二十三，爆竹就到处毕毕剥剥。我问一家的店伙："今年仍可以过旧历年，明年一准过新历年么？"那回答是："明年又是明年，要明年再看了。"他并不信明年非过阳历年不可。但日历上，却诚然删掉了阴历，只存节气。然而一面在报章上，则出现了《一百二十年阴阳合历》的广告。好，他们连曾孙玄孙时代的阴历，也已经给准备妥当了，一百二十年！

梁实秋先生们虽然很讨厌多数，但多数的力量是伟大，要紧的，有志于改革者倘不深知民众的心，设法利导，改进，则无论怎样的高文宏议，浪漫古典②，都和他们无干，仅止于几个人在书房中互相叹赏，得些自己满足。假如竟有"好人政府"③，出令改革乎，不多

---

① **禁用阴历**　1929 年 10 月 7 日，南京国民政府发布通令，规定："凡商家账目，民间契纸及一切签据，自十九年（按：即 1930 年）一月一日起一律适用国历，如附阴历，法律即不生效。"

② **高文宏议，浪漫古典**　指梁实秋的论文集《浪漫的与古典的》，1927 年由新月书店出版。

③ **"好人政府"**　亦称"好人内阁"。1922 年 5 月，胡适、蔡元培、王宠惠、罗文干、汤尔和、陶行知、王伯秋、梁漱溟、李大钊、陶孟和、朱经农、张慰慈、高一涵、徐宝璜、王激、丁文江等十六位教育界和社会知名人士联名发表题为《我们的政治主张》的宣言，提出组成"好人政府"的政治改革目标。同年 9 月，北洋政府改组内阁，（转下页）

久，就早被他们拉回旧道上去了。

真实的革命者，自有独到的见解，例如乌略诺夫①先生，他是将"风俗"和"习惯"，都包括在"文化"之内的，并且以为改革这些，很为困难。我想，但倘不将这些改革，则这革命即等于无成，如沙上建塔，顷刻倒坏。中国最初的排满革命，所以易得响应者，因为口号是"光复旧物"，就是"复古"，易于取得保守的人民同意的缘故。但到后来，竟没有历史上定例的开国之初的盛世，只枉然失了一条辫子，就很为大家所不满了。

以后较新的改革，就著著失败，改革一两，反动十斤，例如上述的一年日历上不准注阴历，却来了阴阳合历一百二十年。

这种合历，欢迎的人们一定是很多的，因为这是风俗和习惯所拥护，所以也有风俗和习惯的后援。别的事也如此，倘不深入民众的大层中，于他们的风俗习惯，加以研究，解剖，分别好坏，立存废的标准，而于存于废，都慎选施行的方法，则无论怎样的改革，都将为习惯的岩石所压碎，或者只在表面上浮游一些时。

现在已不是在书斋中，捧书本高谈宗教，法律，文艺，美术……等等的时候了，即使要谈论这些，也必须先知道习惯和风俗，而且有正视这些的黑暗面的勇猛和毅力。因为倘不看清，就无从改革。仅大叫未来的光明，其实是欺骗怠慢的自己和怠慢的听众的。

（原刊 1930 年 3 月 1 日《萌芽月刊》第 1 卷第 3 期，后收入《二心集》）

（接上页）以王宠惠为国务总理，汤尔和、罗文干为内阁部长。这届政府被人称为"好人政府"。但由于政府实权仍掌握在直系军阀手里，所谓"好人政府"根本无所作为，同年 11 月即宣告解散。

　　① **乌略诺夫**　今译乌里扬诺夫，列宁的原姓。

非革命的急进革命论者

倘说，凡大队的革命军，必须一切战士的意识，都十分正确，分明，这才是真的革命军，否则不值一哂。这言论，初看固然是很正当，彻底似的，然而这是不可能的难题，是空洞的高谈，是毒害革命的甜药。

譬如在帝国主义的主宰之下，必不容训练大众个个有了"人类之爱"，然后笑嘻嘻地拱手变为"大同世界"一样，在革命者们所反抗的势力之下，也决不容用言论或行动，使大多数人统得到正确的意识。所以每一革命部队的突起，战士大抵不过是反抗现状这一种意思，大略相同，终极目的是极为歧异的。或者为社会，或者为小集团，或者为一个爱人，或者为自己，或者简直为了自杀。然而革命军仍然能够前行。因为在进军的途中，对于敌人，个人主义者所发的子弹，和集团主义者所发的子弹是一样地能够制其死命；任何战士死伤之际，便要减少些军中的战斗力，也两者相等的。但自然，因为终极目的的不同，在行进时，也时时有人退伍，有人落荒，有人颓唐，有人叛变，然而只要无碍于进行，则愈到后来，这队伍也就愈成为纯粹，精锐的队伍了。

我先前为叶永蓁①君的《小小十年》作序，以为已经为社会尽了些力量，便是这意思。书中的主角，究竟上过前线，当过哨兵（虽然连放枪的方法也未曾被教），比起单是抱膝哀歌，握笔愤叹的文豪们来，实在也切实得远了。倘若要现在的战士都是意识正确，而且坚于钢铁之战士，不但是乌托邦的空想，也是出于情理之外的苛求。

但后来在《申报》上，却看见了更严厉，更彻底的批评，因为

---

① **叶永蓁**（1908—1976） 原名会西，浙江乐清人，军人、作家。1927 年黄埔军校第五期毕业，参加过北伐战争，后于国民党军队任职，抗战时为炮兵团团长。1949 年去台湾，后擢升"国军"五十四军副军长，退役后为台湾"交通部"电信总局顾问。早年所著《小小十年》是反映大革命生活的自传体长篇小说，鲁迅作序，1929 年 9 月由上海春潮书局出版。另著有散文《浮生集》等。

书中的主角的从军，动机是为了自己，所以深加不满。《申报》是最求和平，最不鼓动革命的报纸，初看仿佛是很不相称似的，我在这里要指出貌似彻底的革命者，而其实是极不革命或有害革命的个人主义的论客来，使那批评的灵魂和报纸的躯壳正相适合。

其一是颓废者，因为自己没有一定的理想和无力，便流落而求刹那的享乐；一定的享乐，又使他发生厌倦，则时时寻求新刺戟，而这刺戟又须利害，这才感到畅快。革命便也是那颓废者的新刺戟之一，正如饕餮者餍足了肥甘，味厌了，胃弱了，便要吃胡椒和辣椒之类，使额上出一点小汗，才能送下半碗饭去一般。他于革命文艺，就要彻底的，完全的革命文艺，一有时代的缺陷的反映，就使他颦眉，以为不值一哂。和事实离开是不妨的，只要一个爽快。法国的波特莱尔①，谁都知道是颓废的诗人，然而他欢迎革命，待到革命要妨害他的颓废生活的时候，他才憎恶革命了。所以革命前夜的纸张上的革命家，而且是极彻底，极激烈的革命家，临革命时，便能够撕掉他先前的假面，——不自觉的假面。这种史例，是也应该献给一碰小钉子，一有小地位（或小款子），便东窜东京，西走巴黎的成仿吾那样"革命文学家"的。

其一，我还定不出他的名目。要之，是毫无定见，因而觉得世上没有一件对，自己没有一件不对，归根结蒂，还是现状最好的人们。他现为批评家而说话的时候，就随便捞到一种东西以驳诘相反的东西。要驳互助说②时用争存说，驳争存说③时用互助说；反对和平论时用阶级争斗说，反对斗争时就主张人类之爱。论敌是唯心论者呢，他的立场是唯物论，待到和唯物论者相辩难，他却又化为唯心论者了。要之，是用英尺来量俄里，又用法尺来量密达，而发见无一相合的人。因为别的一切，无一相合，于是永远觉得自己是"允执厥中"④，永远得到自己满足。从这些人们的批评的指示，则

---

① **波特莱尔**（Chades Baudelaire，1821—1867） 今译作波德莱尔，法国诗人、散文家、批评家。著有诗集《恶之花》、散文集《巴黎的忧郁》等。

② **互助说** 俄国无政府主义者克鲁泡特金提出的社会改良学说。强调生物界及人类的不同群体或个体间的互相依存关系，认为应以互助的办法解决社会矛盾。

③ **争存说** 即达尔文进化论所阐述的生存竞争学说。认为优胜劣败，适者生存，是生物进化的基本规律。

④ **"允执厥中"** 允正均衡之意。《尚书·虞书·大禹谟》："人心惟危，道心惟微，惟精惟一，允执厥中。"

只要不完全，有缺陷，就不行。但现在的人，的事，那里会有十分完全，并无缺陷的呢，为万全计，就只好毫不动弹。然而这毫不动弹，却也就是一个大错。总之，做人之道，是非常之烦难了，至于做革命家，那当然更不必说。

《申报》的批评家对于《小小十年》虽然要求彻底的革命的主角，但于社会科学的翻译，是加以刻毒的冷嘲的，所以那灵魂是后一流，而略带一些颓废者的对于人生的无聊，想吃些辣椒来开开胃的气味。

（原刊 1930 年 3 月 1 日《萌芽月刊》第 1 卷第 3 期，后收入《二心集》）

我们要批评家

看大概的情形（我们这里得不到确凿的统计），从去年以来，挂着"革命的"的招牌的创作小说的读者已经减少，出版界的趋势，已在转向社会科学了。这不能不说是好现象。最初，青年的读者迷于广告式批评的符咒，以为读了"革命的"创作，便有出路，自己和社会，都可以得救，于是随手拈来，大口吞下，不料许多许多是并不是滋养品，是新袋子里的酸酒，红纸包里的烂肉，那结果，是吃得胸口痒痒的，好像要呕吐。

得了这一种苦楚的教训之后，转而去求医于根本的，切实的社会科学，自然，是一个正当的前进。

然而，大部分是因为市场的需要，社会科学的译著又蜂起云涌了，较为可看的和很要不得的都杂陈在书摊上，开始寻求正确的知识的读者们已经在惶惑。然而新的批评家不开口，类似批评家之流便趁势一笔抹杀："阿狗阿猫"。

到这里，我们所需要的，就只得还是几个坚实的，明白的，真懂得社会科学及其文艺理论的批评家。

批评家的发生，在中国已经好久了。每一个文学团体中，大抵总有一套文学的人物。至少，是一个诗人，一个小说家，还有一个尽职于宣传本团体的光荣和功绩的批评家。这些团体，都说是志在改革，向旧的堡垒取攻势的，然而还在中途，就在旧的堡垒之下纷纷自己扭打起来，扭得大家乏力了，这才放开了手，因为不过是"扭"而已矣，所以大创是没有的，仅仅喘着气。一面喘着气，一面各自以为胜利，唱着凯歌。旧堡垒上简直无须守兵，只要袖手俯首，看这些新的敌人自己所唱的喜剧就够。他无声，但他胜利了。

这两年中，虽然没有极出色的创作，然而据我所见，印成本子的，如李守章①的《跋涉的人们》，台静农②的《地之子》，叶永蓁的《小小十年》前半部，柔石③的《二月》及《旧时代之死》，魏金枝④的《七封信的自传》，刘一梦⑤的《失业以后》，总还是优秀之作。可惜我们的有名的批评家，梁实秋先生还在和陈西滢相呼应，这里可以不提；成仿吾先生是怀念了创造社过去的光荣之后，摇身一变而成为"石厚生"⑥，接着又流星似的消失了；钱杏邨⑦先生近来又只在《拓荒者》上，搀着藏原惟人⑧，一段又一段的，在和茅盾⑨扭结。每一个文学团体以外的作品，在这样忙碌或萧闲的战场，便都被"打发"或默杀了。

这回的读书界的趋向社会科学，是一个好的，正当的转机，不惟有益于别方面，即对于文艺，也可催促它向正确，前进的路。但

---

① **李守章** 即李俊民（1905—1993），名守章，字俊民，江苏南通人，现代作家。曾为北方左联秘书长。《跋涉的人们》是他的短篇小说集，1929 年由北新书局出版，曾遭国民党当局查禁。

② **台静农**（1903—1990） 字伯简，安徽霍丘人，现代作家、学者。早年毕业于北京大学，未名社成员。曾任辅仁大学、山东大学、厦门大学教授，抗战胜利后任台湾大学中文系主任。《地之子》是他的短篇小说集，1928 年由未名社出版。另著有小说集《建塔者》等。

③ **柔石**（1902—1931） 原名平福（又作复），浙江宁海人，现代作家。1928 年曾一度协助鲁迅编辑《语丝》周刊。1930 年参加自由运动大同盟，为发起人之一，同年加入中国共产党。左联成立时被选为执行委员。1931 年在上海被捕，就义于龙华。《二月》和《旧时代之死》是他创作的两部中长篇小说，1929 年分别由春潮书局和北新书局出版。

④ **魏金枝**（1900—1972） 原名义云，浙江嵊县（今嵊州）人，现代作家。早年为中学教员，1930 年加入左联。《七封信的自传》是他创作的短篇小说集，1928 年由上海人间书店出版。

⑤ **刘一梦**（1906—1931） 原名增容，笔名一梦，山东沂水人，现代作家。太阳社成员。曾就读于北京大学、上海大学，后从事中共地下工作，1931 年在山东被捕，被韩复榘杀害。《失业以后》是他创作的短篇小说集，1929 年由上海泰东书局出版。

⑥ **"石厚生"** 成仿吾的笔名。

⑦ **钱杏邨** 即阿英（1900—1977），原名德富，又名杏邨，安徽芜湖人，现代作家。太阳社发起人之一，曾任左联常委、左翼文化总同盟常委兼宣传部部长。著有小说集《义冢》、话剧《群莺乱飞》《李闯王》等。

⑧ **藏原惟人**（1902—1991） 日本文艺批评家、政治家。曾为日共中央政治委员。著有《文学艺术论》《到新写实主义之路》等。钱杏邨当时在太阳社的机关刊物《拓荒者》第一期发表《中国新兴文学中的几个具体的问题》一文，反复引证藏原惟人关于"普罗文学"的一些说法，批评茅盾的创作和理论观点。

⑨ **茅盾**（1896—1981） 原名沈德鸿，字雁冰，现代作家。1921 年与郑振铎、叶圣陶等发起文学研究会，大革命时期曾投身政治活动。著有长篇小说《子夜》，短篇小说《林家铺子》《春蚕》《秋收》等。

在出品的杂乱和旁观者的冷笑中，是极容易雕谢的，所以现在所首先需要的，也还是——

几个坚实的，明白的，真懂得社会科学及其文艺理论的批评家。

（原刊 1930 年 4 月 1 日《萌芽月刊》第 1 卷第 4 期，后收入《二心集》）

我们要批评家

"好政府主义"

　　梁实秋先生这回在《新月》的"零星"上，也赞成"不满于现状"了，但他以为"现在有智识的人（尤其是夙来有'前驱者''权威''先进'的徽号的人），他们的责任不仅仅是冷讥热嘲地发表一点'不满于现状'的杂感而已，他们应该更进一步的诚诚垦垦地去求一个积极医治'现状'的药方"。

　　为什么呢？因为有病就须下药，"三民主义是一副药，——梁先生说，——共产主义也是一副药，国家主义①也是一副药，无政府主义也是一副药，好政府主义也是一副药"，现在你"把所有的药方都褒贬得一文不值，都挖苦得不留余地……这可是什么心理呢？"

　　这种心理，实在是应该责难的。但在实际上，我却还未曾见过这样的杂感，譬如说，同一作者，而以为三民主义者是违背了英美的自由，共产主义者又收受了俄国的卢布，国家主义太狭，无政府主义又太空……所以梁先生的"零星"，是将他所见的杂感的罪状夸大了。

　　其实是，指摘一种主义的理由的缺点，或因此而生的弊病，虽是并非某一主义者，原也无所不可的。有如被压榨得痛了，就要叫喊，原不必在想出更好的主义之前，就定要咬住牙关。但自然，能有更好的主张，便更成一个样子。

　　不过我以为梁先生所谦逊地放在末尾的"好政府主义"，却还得更谦逊地放在例外的，因为自三民主义以至无政府主义，无论它性质的寒温如何，所开的究竟还是药名，如石膏，肉桂之类，——至

---

　　① **国家主义**　指以曾琦为党魁的中国青年党提出的"国家至上"的政治理念。当时，该党既反对国民党的"党治"，也反对共产党的武装斗争，故有"第三党"之称。抗战胜利后，提出"国民党还政于民，共产党还军于国"的口号。后与国民党妥协，与民社党一起参加国民政府。

于服后的利弊，那是另一个问题。独有"好政府主义"这"一副药"，他在药方上所开的却不是药名，而是"好药料"三个大字，以及一些唠唠叨叨的名医架子的"主张"。不错，谁也不能说医病应该用坏药料，但这张药方，是不必医生才配摇头，谁也会将他"褒贬得一文不值"（"褒"是"称赞"之意，用在这里，不但"不通"，也证明了不识"褒"字，但这是梁先生的原文，所以姑仍其旧）的。

倘这医生羞恼成怒，喝道"你嘲笑我的好药料主义，就开出你的药方来！"那就更是大可笑的"现状"之一，即使并不根据什么主义，也会生出杂感来的。杂感之无穷无尽，正因为这样的"现状"太多的缘故。

一九三○，四，十七

（原刊 1930 年 5 月《萌芽月刊》第 1 卷第 5 期，后收入《二心集》）

"丧家的""资本家的乏走狗"

　　梁实秋先生为了《拓荒者》① 上称他为"资本家的走狗"②，就做了一篇自云"我不生气"的文章③。先据《拓荒者》第二期第六七二页上的定义④，"觉得我自己便有点像是无产阶级里的一个"之后，再下"走狗"的定义，为"大凡做走狗的都是想讨主子的欢心因而得到一点恩惠"，于是又因而发生疑问道——

　　　　《拓荒者》说我是资本家的走狗，是那一个资本家，还是所有的资本家？我还不知道我的主子是谁，我若知道，我一定要带着几分杂志去到主子面前表功，或者还许得到几个金镑或卢布的赏赉呢。……我只知道不断的劳动下去，便可以赚到钱来维持生计，至于如何可以做走狗，如何可以到资本家的帐房去领金镑，如何可以到××党去领卢布，这一套本领，我可怎么能知道呢？……

　　这正是"资本家的走狗"的活写真。凡走狗，虽或为一个资本家所豢养，其实是属于所有的资本家的，所以它遇见所有的阔人都驯良，遇见所有的穷人都狂吠。不知道谁是它的主子，正是它遇见所有阔人都驯良的原因，也就是属于所有的资本家的证据。即使无人豢养，饿的精瘦，变成野狗了，但还是遇见所有的阔人都驯良，

---

　　① 《拓荒者》 文艺月刊，1930 年 1 月在上海创刊，蒋光慈编辑。同年 3 月，左联成立后即为其机关刊物。5 月，出至第 4、5 期合刊被当局查禁。
　　② "资本家的走狗" 这是冯乃超在《阶级社会的艺术》一文中抨击梁实秋的用语，见 1930 年 2 月出版的《拓荒者》第 2 期。
　　③ 自云"我不生气"的文章 即《"资本家的走狗"》一文，1929 年 11 月发表于《新月》第 2 卷第 9 期。以下所引梁实秋的一段文字见于该文。
　　④ 《拓荒者》第二期第六七二页上的定义 指冯乃超文章里引述恩格斯《共产主义原理》里"第二个问题：什么是无产阶级？"

遇见所有的穷人都狂吠的，不过这时它就愈不明白谁是主子了。

梁先生既然自叙他怎样辛苦，好像"无产阶级"（即梁先生先前之所谓"劣败者"），又不知道"主子是谁"，那是属于后一类的了，为确当计，还得添几个字，称为"丧家的""资本家的走狗"。

然而这名目还有些缺点。梁先生究竟是有智识的教授，所以和平常的不同。他终于不讲"文学是有阶级性的吗？"了，在《答鲁迅先生》① 那一篇里，很巧妙地插进电杆上写"武装保护苏联"，敲碎报馆玻璃那些句子去，在上文所引的一段里又写出"到××党去领卢布"字样来，那故意暗藏的两个×，是令人立刻可以悟出的"共产"这两字，指示着凡主张"文学有阶级性"，得罪了梁先生的人，都是在做"拥护苏联"，或"去领卢布"的勾当，和段祺瑞的卫兵枪杀学生，《晨报》却道学生为了几个卢布送命，自由大同盟② 上有我的名字，《革命日报》③ 的通信上便说为"金光灿烂的卢布所买收"，都是同一手段。在梁先生，也许以为给主子嗅出匪类（"学匪"），也就是一种"批评"，然而这职业，比起"刽子手"来，也就更加下贱了。

我还记得，"国共合作"时代，通信和演说，称赞苏联，是极时髦的，现在可不同了，报章所载，则电杆上写字和"××党"，捕房正在捉得非常起劲，那么，为将自己的论敌指为"拥护苏联"或"××党"，自然也就髦得合时，或者还许会得到主子的"一点恩惠"了。但倘说梁先生意在要得"恩惠"或"金镑"，是冤枉的，决没有这回事，不过想借此助一臂之力，以济其"文艺批评"之穷罢了。所以从"文艺批评"方面看来，就还得在"走狗"之上，加上一个形容字："乏"。

一九三〇，四，十九

（原刊 1930 年 5 月 1 日《萌芽月刊》第 1 卷第 5 期，后收入《二心集》）

---

① 《答鲁迅先生》 梁实秋的这篇文章与《"资本家的走狗"》一同刊于《新月》第 2 卷第 9 期。

② 自由大同盟 即中国自由运动大同盟，1930 年 2 月 13 日，由鲁迅、郁达夫、柔石等作家和文化界人士发起成立的社会团体。以争取言论、出版、结社、集会自由，反对国民党专制独裁为宗旨。当时发表了《中国自由运动大同盟宣言》，并出版《自由运动》杂志。

③ 《革命日报》 国民党汪精卫改组派主办的报纸，1929 年底在上海创刊。

『丧家的』『资本家的乏走狗』

沉滓的泛起

日本占据了东三省以后的在上海一带的表示，报章上叫作"国难声中"。在这"国难声中"，恰如用棍子搅了一下停滞多年的池塘，各种古的沉滓，新的沉滓，就都翻着筋斗漂上来，在水面上转一个身，来趁势显示自己的存在了。

自信现在可以说能打仗的，是要操练久不想起的洋枪了，但也有现在也不想说去打仗的，那就照欧洲大战时候的德意志帝国的例，来"头脑动员"，以尽"国民一份子"的义务。有的去查《唐书》①，说日本古名"倭奴"；有的去翻字典，说倭是矮小之意；有的记得了文天祥②，岳飞，林则徐③，——但自然，更积极的是新的文艺界。

先说一点另外的事罢，这叫作"和平声中"。在这样的声中，是"胡展堂④先生"到了上海，据说还告诫青年，教他们要养"力"勿使"气"。灵药就有了。第二天在报上便见广告道："胡汉民先生说，对日外交，应确定一坚强之原则，并劝勉青年须养力，毋泄气，养力就是强身，泄气就是悲观，要强身祛悲观，须先心花怒放，大笑一次。"但这样的宝贝是什么呢？是美国的一张旧影片，将探险滑稽化以博小市民一笑的《两亲家游非洲》。

---

① **《唐书》** 应指《旧唐书》。《唐书》是其本称，五代后晋官修史籍，二十四史之一。后来为了区别于北宋欧阳修、宋祁等人编撰的《新唐书》，通作《旧唐书》。此处提到日本古名"倭奴"一说，见《唐书·东夷传》。

② **文天祥**（1236—1283） 字宋瑞，号文山，吉州庐陵（今江西吉安）人，南宋大臣。宝祐四年（1256）进士第一，官至右丞相兼枢密使。在抗击元军的战斗中失败被俘，坚拒元人诱降，后从容就义。存世著作有《文山先生全集》。

③ **林则徐**（1780—1850） 字元抚，福建侯官（今福州）人，清代大臣。嘉庆进士，曾任湖广总督、两广总督。道光十九年（1839）受命钦差大臣至广州查禁鸦片，有虎门销烟之举。鸦片战争中率军民抗击英军，鼓舞国人。后受诬戍伊犁。有《林则徐集》存世。

④ **胡展堂** 即胡汉民（1879—1936），原名衍鸿，字展堂，广东番禺人，近代政客。早年参加同盟会，辛亥革命后任孙中山临时大总统府秘书长。北伐时期曾代行大元帅职，主持广州国民政府。1926年任国民党中央执行委员会常委。1927年参与"四一二"政变，力主"清党"。

至于真的"国难声中的兴奋剂"呢，那是"爱国歌舞表演"，自己说，"是民族性的活跃，是歌舞界的精髓，促进同胞的努力，达到最后的胜利"的。倘有知道这立奏奇功的大明星是谁么？曰：王人美①，薛玲仙②，黎莉莉③。

　　然而终于"上海文艺界大团结"了。《草野》④（六卷七号）上记着盛况道："上海文艺界同人，平时很少联络，在严重时期，除各个参加其他团体的工作外，复由谢六逸⑤，朱应鹏⑥，徐蔚南⑦三人发起……集会讨论。在十月六日下午三点钟，已陆续到了东亚食堂……略进茶点，即开始讨论，颇多发挥……最后定名为上海文艺界救国会⑧"云。

　　"发挥"我们还无从知道，仅据眼前的方法看起来，是先看《两亲家游非洲》以养力，又看"爱国的歌舞表演"以兴奋，更看《日本小品文选》⑨和《艺术三家言》⑩并且略进茶点而发挥。那么，中

---

　　①　**王人美**（1914—1987）　原名庶熙，湖南长沙人，电影女明星。1928年开始演艺生涯，初以歌舞出名。1932年出演电影《野玫瑰》主角，进入联华影业公司。后又主演《渔光曲》《风云儿女》等。

　　②　**薛玲仙**（生卒年未详）　上个世纪二三十年代歌舞明星和电影演员。与王人美、黎莉莉、胡笳同出黎锦晖主办的中华歌舞专修学校，当时并称"歌舞四大天王"。曾出演电影《通天河》《粉红色的梦》等。

　　③　**黎莉莉**（1905—2005）　原名钱蓁蓁，中共地下情报员钱壮飞的女儿，因被黎锦晖认为干女儿改姓黎，浙江吴兴（今湖州）人，歌舞及电影明星。曾主演《大路》《狼山喋血记》《塞上风云》等影片。

　　④　**《草野》**　文学刊物，1929年在上海创刊，初为半月刊，后改周刊。王铁华、汤增敡主编。

　　⑤　**谢六逸**（1896—1945）　名光燊，字六逸，贵州贵阳人，现代作家、编辑家。早年留学日本，回国后任商务印书馆编辑。文学研究会成员。1926年任复旦大学文学系和新闻系主任，抗战时期在贵阳任第二联合大学文学院院长。著有《水沫集》《茶话集》《新闻学概论》等。

　　⑥　**朱应鹏**（1895—？）　字北海，浙江杭县（今杭州）人，官僚、学者。曾任国民党上海特别市党部执行委员、上海市党部监察委员、中国公学秘书长兼总务长。《前锋》月刊主笔，"民族主义文学运动"发起人之一。

　　⑦　**徐蔚南**（1902—1952）　原名毓麟，笔名蔚南，江苏吴江（一作吴县）人，现代作家、翻译家。早年留学日本，曾为世界书局编辑，后为浙江大学、上海艺术学院等校教授。著有小说集《奔波》、散文集《春之花》，译有《女优泰绮思》等。

　　⑧　**上海文艺界救国会**　1931年10月成立的社会团体，参加者多为"民族主义文学派"成员。

　　⑨　**《日本小品文选》**　即《近代日本小品文选》，谢六逸选译，1929年上海大江书铺出版。

　　⑩　**《艺术三家言》**　傅彦长、朱应鹏、张若谷合著，1927年上海良友图书公司出版。

沉滓的泛起

433

国就得救了。

不成。这恐怕不必文学青年，就是文学小囡囡，也未必会相信。没有法子，只得再加上两个另外的好消息，就是目前的爱国文艺家所主宰的《申报》所发表出来的——

十月五日的《自由谈》里叶华女士云："无办法之国民，如何有有办法之政府。国联绝望矣。……际兹一发千钧，全国国民宜各立所志，各尽所能，各抒所见，余也不才，谨以战犬问题商诸国人。……各犬中，要以德国警犬最称职，余极主张吾国可选择是犬作战……"

同月二十五日也是《自由谈》里"苏民自汉口寄"云："日者寓书沪友王子仲良，间及余之病状，而以不能投身义勇军为憾。王子……竟以灵药一裹见寄，云为培生制药公司所出益金草，功能治肺痨咳血，可一试之。……余立行试服，则咳果止，兼旬而后，体气渐复，因念……一旦国家有事，吾必身列戎行，一展平生之壮志，灭此朝食，行有日矣。……"

那是连病夫也立刻可以当兵，警犬也将帮同爱国，在爱国文艺家的指导之下，真是大可乐观，要"灭此朝食"① 了。只可惜不必是文学青年，就是文学小囡囡，也会觉得逐段看去，即使不称为"广告"的，也都不过是出卖旧货的新广告，要趁"国难声中"或"和平声中"将利益更多的榨到自己的手里的。

因为要这样，所以都得在这个时候，趁势在表面来泛一下，明星也有，文艺家也有，警犬也有，药也有……也因为趁势，泛起来就格外省力。但因为泛起来的是沉滓，沉滓又究竟不过是沉滓，所以因此一泛，他们的本相倒越加分明，而最后的运命，也还是仍旧沉下去。

十月二十九日

（原刊 1931 年 12 月 11 日《十字街头》第 1 期，后收入《二心集》）

---

① **"灭此朝食"** 表示消灭敌人的急切心情。《左传·成公二年》："余姑翦灭此而朝食。"是齐顷公激励将士的话，叫大家灭敌后回来吃早饭。

以脚报国

今年八月三十一日《申报》的《自由谈》里，又看见了署名"寄萍"的《杨缦华女士游欧杂感》，其中的一段，我觉得很有趣，就照抄在下面：

> ……有一天我们到比利时一个乡村里去。许多女人争着来看我的脚。我伸起脚来给伊们看。才平服伊们好奇的疑窦。一位女人说。"我们也向来不曾见过中国人。但从小就听说中国人是有尾巴的（即辫发）。都要讨姨太太的。女人都是小脚。跑起路来一摇一摆的。如今才明白这话不确实。请原谅我们的错念。"还有一人自以为熟悉东亚情形的。带着讥笑的态度说。"中国的军阀如何专横。到处闹的是兵匪。人民过着地狱的生活。"这种似是而非的话。说了一大堆。我说"此种传说。全无根据。"同行的某君。也报以很滑稽的话。"我看你们那里会知道立国数千年的大中华民国。等我们革命成功之后。简直要把显微镜来照你们比利时呢。"就此一笑而散。

我们的杨女士虽然用她的尊脚征服了比利时女人，为国增光，但也有两点"错念"。其一，是我们中国人的确有过尾巴（即辫发）的，缠过小脚的，讨过姨太太的，虽现在也在讨。其二，是杨女士的脚不能代表一切中国女人的脚，正如留学的女生不能代表一切中国的女性一般。留学生大多数是家里有钱，或由政府派遣，为的是将来给家族或国家增光，贫穷和受不到教育的女人怎么能同日而语。所以，虽在现在，其实是缠着小脚，"跑起路来一摇一摆的"女人还不少。

至于困苦，那是用不着多谈，只要看同一的《申报》上，记载着多少"呼吁和平"的文电，多少募集急赈的广告，多少兵变和绑票的记事，留学外国的少爷小姐们虽然相隔太远，可以说不知道，但既然能想到用显微镜，难道就不能想到用望远镜吗？况且又何必用望远镜呢，同一的《杨缦华女士游欧杂感》里就又说：

> ……据说使领馆的穷困。不自今日始。不过近几年来。有每况愈下之势。譬如逢到我国国庆或是重大纪念日。照例须招待外宾。举行盛典。意思是庆祝国运方兴。兼之联络各友邦的感情。以前使领馆必备盛宴。款待上宾。到了去年。为馆费支绌。改行茶会。以目前的形势推测。将后恐怕连茶会都开不成呢。在国际上最讲究体面的。要算日本国。他们政府行政费的预算。宁可特别节省。惟独于驻外使领馆的经费。十分充足。单就这一点来比较。我们已相形见拙了。

使馆和领事馆是代表本国，如杨女士所说，要"庆祝国运方兴"的，而竟有"每况愈下之势"，孟子曰，"百姓不足，君孰与足？"① 则人民的过着什么生活，也就可想而知了。然而小国比利时的女人们究竟是单纯的，终于请求了原谅，假使她们真"知道立国数千年的大中华民国"的国民，往往有自欺欺人的不治之症，那可真是没有面子了。

假如这样，又怎么办呢？我想，也还是"就此一笑而散"罢。

（原刊 1931 年 10 月 20 日《北斗》第 1 卷第 2 期，后收入《二心集》）

---

① **"百姓不足，君孰与足？"** 语出《论语·颜渊》："百姓足，君孰与不足？百姓不足，君孰与足？"是孔子的弟子有若回答鲁哀公的话。此处作"孟子曰"，有误。

唐朝的钉梢

　　上海的摩登少爷要勾搭摩登小姐，首先第一步，是追随不舍，术语谓之"钉梢"。"钉"者，坚附而不可拔也，"梢"者，末也，后也，译成文言，大约可以说是"追踪"。据钉梢专家说，那第二步便是"扳谈"；即使骂，也就大有希望，因为一骂便可有言语来往，所以也就是"扳谈"的开头。我一向以为这是现在的洋场上才有的，今看《花间集》①，乃知道唐朝就已经有了这样的事，那里面有张泌②的《浣溪纱》调十首，其九云：

　　　　晚逐香车入凤城，东风斜揭绣帘轻，慢回娇眼笑盈盈。消息未通何计是，便须伴醉且随行，依稀闻道"太狂生"③。

　　这分明和现代的钉梢法是一致的。倘要译成白话诗，大概可以是这样：

　　　　夜赶洋车路上飞，
　　东风吹起印度绸衫子，显出腿儿肥，
　　乱丢俏眼笑迷迷。
　　　　难以扳谈有什么法子呢？
　　只能带着油腔滑调且钉梢，
　　好像听得骂道"杀千刀！"

---

　　① 《花间集》　晚唐、五代十八家词总集，后蜀赵崇祚编。凡十卷，收词五百首。
　　② 张泌（生卒年不详）　一作张佖，字子澄，淮南（今江苏扬州）人，五代诗人。仕于南唐，有诗词存世，见《全唐诗》《花间集》。
　　③ "太狂生"　意即太轻狂。生，系语助词。

但恐怕在古书上，更早的也还能够发见，我极希望博学者见教，因为这是对于研究"钉梢史"的人，极有用处的。

（原刊 1931 年 10 月 20 日《北斗》第 1 卷第 2 期，后收入《二心集》）

新的"女将"

在上海制图版，比别处便当，也似乎好些，所以日报的星期附录画报呀，书店的什么什么月刊画报呀，也出得比别处起劲。这些画报上，除了一排一排的坐着大人先生们的什么什么会开会或闭会的纪念照片而外，还一定要有"女士"。

"女士"的尊容，为什么要绍介于社会的呢？我们只要看那说明，就可以明白了。例如：

"A女士，B女校皇后，性喜音乐。"

"C女士，D女校高材生，爱养叭儿狗。"

"E女士，F大学肄业，为G先生之第五女公子。"

再看装束：春天都是时装，紧身窄袖；到夏天，将裤脚和袖子都撤掉了，坐在海边，叫作"海水浴"，天气正热，那原是应该的；入秋，天气凉了，不料日本兵恰恰侵入了东三省，于是画报上就出现了白长衫的看护服，或托枪的戎装的女士们。

这是可以使读者喜欢的，因为富于戏剧性。中国本来喜欢玩把戏，乡下的戏台上，往往挂着一副对子，一面是"戏场小天地"，一面是"天地大戏场"。做起戏来，因为是乡下，还没有《乾隆帝下江南》之类，所以往往是《双阳公主追狄》，《薛仁贵招亲》，其中的女战士，看客称之为"女将"。她头插雉尾，手执双刀（或两端都有枪尖的长枪），一出台，看客就看得更起劲。明知不过是做做戏的，然而看得更起劲了。

练了多年的军人，一声鼓响，突然都变了无抵抗主义者。于是远路的文人学士，便大谈什么"乞丐杀敌"，"屠夫成仁"，"奇女子救国"一流的传奇式古典，想一声锣响，出于意料之外的人物来"为国增光"。而同时，画报上也就出现了这些传奇的插画。但还没有提起剑仙的一道白光，总算还是切实的。

但愿不要误解。我并不是说，"女士"们都得在绣房里关起来；

我不过说，雄兵解甲而密斯托枪，是富于戏剧性的而已。

还有事实可以证明。一，谁也没有看见过日本的"惩膺中国军"的看护队的照片；二，日本军里是没有女将的。然而确已动手了。这是因为日本人是做事是做事，做戏是做戏，决不混合起来的缘故。

（原刊 1931 年 11 月 20 日《北斗》第 1 卷第 3 期，后收入《二心集》）

宣传与做戏

　　就是那刚刚说过的日本人，他们做文章论及中国的国民性的时候，内中往往有一条叫作"善于宣传"。看他的说明，这"宣传"两字却又不像是平常的"Propaganda①"，而是"对外说谎"的意思。

　　这宗话，影子是有一点的。譬如罢，教育经费用光了，却还要开几个学堂，装装门面；全国的人们十之九不识字，然而总得请几位博士，使他对西洋人去讲中国的精神文明；至今还是随便拷问，随便杀头，一面却总支撑维持着几个洋式的"模范监狱"，给外国人看看。还有，离前敌很远的将军，他偏要大打电报，说要"为国前驱"。连体操班也不愿意上的学生少爷，他偏要穿上军装，说是"灭此朝食"。

　　不过，这些究竟还有一点影子；究竟还有几个学堂，几个博士，几个模范监狱，几个通电，几套军装。所以说是"说谎"，是不对的。这就是我之所谓"做戏"。

　　但这普遍的做戏，却比真的做戏还要坏。真的做戏，是只有一时；戏子做完戏，也就恢复为平常状态的。杨小楼②做《单刀赴会》，梅兰芳③做《黛玉葬花》，只有在戏台上的时候是关云长，是林黛玉，下台就成了普通人，所以并没有大弊。倘使他们扮演一回之后，就永远提着青龙偃月刀或锄头，以关老爷，林妹妹自命，怪声怪气，唱来唱去，那就实在只好算是发热昏了。

　　不幸因为是"天地大戏场"，可以普遍的做戏者，就很难有下台的时候，例如杨缦华女士用自己的天足，踢破小国比利时女人的

---

　　①　**Propaganda**　英语：宣传。
　　②　**杨小楼**（1877—1937）　原名嘉训，艺名小楼，安徽石埭（今石台）人，京剧名角。擅武生、老生，以"武戏文唱"著称。《单刀赴会》是三国戏，其代表剧目之一。
　　③　**梅兰芳**（1894—1961）　名澜，字畹华，江苏泰州人，京剧名角。饰演旦角，对京剧艺术有多方面的革新和创造。《黛玉葬花》取材于《红楼梦》，其自创剧目之一。

"中国女人缠足说"，为面子起见，用权术来解围，这还可以说是很该原谅的。但我以为应该这样就拉倒。现在回到寓里，做成文章，这就是进了后台还不肯放下青龙偃月刀；而且又将那文章送到中国的《申报》上来发表，则简直是提着青龙偃月刀一路唱回自己的家里来了。难道作者真已忘记了中国女人曾经缠脚，至今也还有正在缠脚的么？还是以为中国人都已经自己催眠，觉得全国女人都已穿了高跟皮鞋了呢？

这不过是一个例子罢了，相像的还多得很，但恐怕不久天也就要亮了。

（原刊 1931 年 11 月 20 日《北斗》第 1 卷第 3 期，后收入《二心集》）

知难行难

中国向来的老例，做皇帝做牢靠和做倒霉的时候，总要和文人学士扳一下子相好。做牢靠的时候是"偃武修文"，粉饰粉饰；做倒霉的时候是又以为他们真有"治国平天下"的大道，再问问看，要说得直白一点，就是见于《红楼梦》上的所谓"病笃乱投医"了。

当"宣统皇帝"逊位逊到坐得无聊的时候，我们的胡适之博士曾经尽过这样的任务。[①]

见过以后，也奇怪，人们不知怎的先问他们怎样的称呼，博士曰：

"他叫我先生，我叫他皇上。"

那时似乎并不谈什么国家大计，因为这"皇上"后来不过做了几首打油白话诗，终于无聊，而且还落得一个赶出金銮殿。现在可要阔了，听说想到东三省再去做皇帝呢。[②] 而在上海，又以"蒋召见胡适之丁文江"闻：

> 南京专电：丁文江，胡适，来京谒蒋，此来系奉蒋召，对大局有所垂询。……（十月十四日《申报》。）

现在没有人问他怎样的称呼。

为什么呢？因为是知道的，这回是"我称他主席……"！

---

① 清宣统皇帝溥仪自辛亥革命后逊位，据当时订立的优待清室条件，仍留居故宫（后于1924年被冯玉祥驱逐出宫）1922年5月30日，溥仪邀请胡适进宫叙谈。胡适为此写过《宣统与胡适》一文，刊于同年7月出版的《努力周报》第12期。

② 1931年"九一八"事变后，日本政府筹划伪"满洲国"傀儡政权，将溥仪送到东北。翌年3月，伪"满洲国"成立，溥仪即任"执政"，后于1934年3月改称"康德皇帝"。

安徽大学校长刘文典①教授，因为不称"主席"而关了好多天，好容易才交保出外，老同乡，旧同事，博士②当然是知道的，所以，"我称他主席"！

也没有人问他"垂询"些什么。

为什么呢？因为这也是知道的，是"大局"。而且这"大局"也并无"国民党专政"和"英国式自由"的争论的麻烦，也没有"知难行易"和"知易行难"的争论③的麻烦，所以，博士就出来了。

"新月派"的罗隆基④博士曰："根本改组政府……容纳全国各项人才代表各种政见的政府……政治的意见，是可以牺牲的，是应该牺牲的。"（《沈阳事件》。）

代表各种政见的人才，组成政府，又牺牲掉政治的意见，这种"政府"实在是神妙极了。但"知难行易"竟"垂询"于"知难，行亦不易"，倒也是一个先兆。

（原刊 1931 年 12 月 11 日《十字街头》第 1 期，后收入《二心集》）

---

　　① **刘文典**（1889—1950）　原名文骢，字叔雅，安徽合肥人，学者、社会活动家。早年留学日本，加入同盟会，辛亥革命后曾任孙中山秘书处秘书。后为北京大学、清华大学教授，1927 年任安徽大学校长。1928 年 11 月，因该校学潮被蒋介石召见时，称蒋"先生"而不称"主席"，被斥为"治校不严"，当场拘押。著有《淮南鸿烈集解》《庄子补正》等。

　　② **博士**　指胡适。胡与刘文典同为安徽人，又曾同在北京大学执教，所以这里称之"老同乡，旧同事"。

　　③ **"知难行易"和"知易行难"的争论**　"知难行易"是孙中山在《孙文学说》一文中提出的命题，认为在历史变革的进程中理解行动的意义要比行动本身难得多，故以强调领袖与政党的先导作用。蒋介石后来利用此说的片面性，推行独裁统治。而胡适、罗隆基等"自由主义"知识分子则希望早日结束"训政"时期，进入"宪政"阶段。胡适本人于 1929 年 6 月出版的《新月》，第 2 卷第 4 号发表《知难，行亦不易》一文，对"知难行易"一说提出批评，认为不应以民众的"知难"为借口阻碍宪政进程，而让"行易"作为一班不学无术的政客军人的护身符。胡适的理想是以经过现代学术训练的人来实施"专家政治"，这跟当时国民党的政治纲领构成难以调和的矛盾。

　　④ **罗隆基**（1898—1965）　字努生，江西安福人，政治学家、社会活动家。早年留学美国，获哲学博士学位，又赴英国访学。回国后任中国公学、光华大学；等校教授。1931 年与张君劢等组织再生社（翌年改组为中国国家社会党）。曾为《新月》月刊主编、北平《晨报》社社长。后于 1941 年参与组织中国民主同盟。

几条"顺"的翻译

在这一个多年之中，拼死命攻击"硬译"的名人，已经有了三代：首先是祖师梁实秋教授，其次是徒弟赵景深①教授，最近就来了徒孙杨晋豪②大学生。但这三代之中，却要算赵教授的主张最为明白而且彻底了，那精义是——

　　与其信而不顺，不如顺而不信。

这一条格言虽然有些希奇古怪，但对于读者是有效力的。因为"信而不顺"的译文，一看便觉得费力，要借书来休养精神的读者，自然就会佩服赵景深教授的格言。至于"顺而不信"的译文，却是倘不对照原文，就连那"不信"在什么地方都不知道。然而用原文来对照的读者，中国有几个呢。这时候，必须读者比译者知道得更多一点，才可以看出其中的错误，明白那"不信"的所在。否则，就只好胡里胡涂的装进脑子里去了。

　　我对于科学是知道得很少的，也没有什么外国书，只好看看译本，但近来往往遇见疑难的地方。随便举几个例子罢。《万有文库》③ 里的

---

① **赵景深**（1902—1985）　字旭初，四川宜宾人，学者、戏曲史家。文学研究会成员。曾为开明书店编辑、北新书局总编。1930 年起任复旦大学教授。著有《宋元戏文本事》《小说戏曲新考》等，译有《安徒生童话集》《柴霍甫短篇小说集》等。

② **杨晋豪**（1910—1993）　字寿清，江苏奉贤（今属上海）人，图书编辑。当时是南京中央大学政治系学生，文学青年。1933 年起任北新书局编辑，主编《出版消息》半月刊、《小学生》半月刊，20 世纪 30 年代曾连续四年编辑《中国文艺年鉴》。著有《中国出版简史》等。1931 年 9 月，他在《社会教育》第 2 卷第 22 期发表《从"翻译论战"说开去》一文，认为当时译介的一些理论著作存在译笔"生硬"的问题，进而提出，"翻译要'信'是不成问题的，而第一要件是要'达'！"

③ **《万有文库》**　商务印书馆 1929 年开始出版的一套综合性丛书，收入各类著译两千余种。

周太玄①先生的《生物学浅说》里，有这样的一句——

　　最近如尼尔及厄尔两氏之对于麦……

　　据我所知道，在瑞典有一个生物学名家 Nilsson-Ehle② 是考验小麦的遗传的，但他是一个人而兼两姓，应该译作"尼尔生厄尔"才对。现在称为"两氏"，又加了"及"，顺是顺的，却很使我疑心是别的两位了。不过这是小问题，虽然，要讲生物学，连这些小节也不应该忽略，但我们姑且模模胡胡罢。

　　今年的三月号《小说月报》上冯厚生先生译的《老人》里，又有这样的一句——

　　他由伤寒病变为流行性的感冒（Influenza）的重病……

　　这也是很"顺"的，但据我所知道，流行性感冒并不比伤寒重，而且一个是呼吸系病，一个是消化系病，无论你怎样"变"，也"变"不过去的。须是"伤风"或"中寒"，这才变得过去。但小说不比《生物学浅说》，我们也姑且模模胡胡罢。这回另外来看一个奇特的实验。

　　这一种实验，是出在何定杰及张志耀两位合译的美国 Conklin③ 所作的《遗传与环境》里面的。那译文是——

　　……他们先取出兔眼睛内髓质之晶体，注射于家禽，等到家禽眼中生成一种"代晶质"，足以透视这种外来的蛋白质精以后，再取出家禽之血清，而注射于受孕之雌兔。雌兔经此番注

------

① **周太玄**（1895—1968）　原名焯，后改名无，字太玄，四川新都人，生物学家、社会活动家。早年毕业于中国公学，五四时期曾参与发起成立"少年中国学会"。后留学法国，在腔肠动物研究方面颇有成绩。20 世纪 30 年代初回国，任四川大学教授。中华人民共和国成立后为中国科学院常务委员会委员。著有《动物心理学》《生物学浅说》等，译有《达尔文以后生物学上诸大问题》等。

② **Nilsson-Ehle**　瑞典遗传学家，1908—1911 年在六倍体小麦的田间实验中，首次证实了孟德尔关于连续变异的遗传理论。

③ **Conklin**　今译康克林（1863—1952），美国生物学家。长期从事动物胚胎学研究，曾任普林斯顿大学教授。这里提到的《遗传与环境》，全称为《人类发育过程中的遗传与环境》；另著有《生物适应问题》等。

射，每不能堪，多遭死亡，但是他们的眼睛或晶体并不见有若何之伤害，并且他们卵巢内所蓄之卵，亦不见有什么特别之伤害，因为就他们以后所生的小兔看来，并没有生而具残缺不全之眼者。

这一段文章，也好像是颇"顺"，可以懂得的。但仔细一想，却不免不懂起来了。一，"髓质之晶体"是什么？因为水晶体是没有髓质皮质之分的。二，"代晶质"又是什么？三，"透视外来的蛋白质"又是怎么一回事？我没有原文能对，实在苦恼得很，想来想去，才以为恐怕是应该改译为这样的——

他们先取兔眼内的制成浆状（以便注射）的水晶体，注射于家禽，等到家禽感应了这外来的蛋白质（即浆状的水晶体）而生"抗晶质"（即抵抗这浆状水晶体的物质）。然后再取其血清，而注射于怀孕之雌兔。……

以上不过随手引来的几个例，此外情随事迁，忘却了的还不少，有许多为我所不知道的，那自然就都溜过去，或者照样错误地装在我的脑里了。但即此几个例子，我们就已经可以决定，译得"信而不顺"的至多不过看不懂，想一想也许能懂，译得"顺而不信"的却令人迷误，怎样想也不会懂，如果好像已经懂得，那么你正是入了迷途了。

（原刊 1931 年 12 月 20 日《北斗》第 1 卷第 4 期，后收入《二心集》）

几条『顺』的翻译

风马牛*

　　主张"顺而不信"译法的大将赵景深先生，近来却并没有译什么大作，他大抵只在《小说月报》上，将"国外文坛消息"，来介绍给我们。这自然是很可感谢的。那些消息，是译来的呢，还是介绍者自去打听来，研究来的？我们无从捉摸。即使是译来的罢，但大抵没有说明出处，我们也无从考查。自然，在主张"顺而不信"译法的赵先生，这是都不必注意的，如果有些"不信"，倒正是贯彻了宗旨。

　　然而，疑难之处，我却还是遇到的。

　　在二月号的《小说月报》里，赵先生将"新群众作家近讯"告诉我们，其一道："格罗泼①已将马戏的图画故事《Alay Oop》② 脱稿。"这是极"顺"的，但待到看见了这本图画，却不尽是马戏。借得英文字典来，将书名下面注着的两行英文③ "Lifeand Love Among the Acrobats Told Entirely in pictures" 查了一通，才知道原来并不是"马戏"的故事，而是"做马戏的戏子们"的故事。这么一说，自然，有些"不顺"了。但内容既然是这样的，另外也没有法子想。必须是"马戏子"，这才会有"Love"。

---

　　* **风马牛**　喻事物不同，不能扯到一起。语出《左传·僖公四年》："君处北海，寡人处南海，唯是风马牛不相及也。"按：畜类发情时雌雄相诱相逐谓之"风"，马牛不同类，故不相及。

　　① **格罗泼**　今译格罗珀（William Gropper，1897—1977），美国漫画家、油画家。早年在纽约为报纸作漫画。曾去莫斯科为苏联《真理报》工作，回国后任美国共产党的《工人日报》漫画编辑。其 20 世纪 30 年代的作品主要反映社会底层生活。

　　② **《Alay Oop》**　书名的英语为吆喝牲口的象声词。

　　③ **两行英文**　以下英文意为："马戏演员的生活和爱情的图画故事"。其中 Love 一词即"爱情"。

《小说月报》到了十一月号，赵先生又告诉了我们"塞意斯①完成四部曲"，而且"连最后的一册《半人半牛怪》（Der Zentaur）也已于今年出版"了。这一下"Der②"，就令人眼睛发白，因为这是茄门话③，就是想查字典，除了同济学校④也几乎无处可借，那里还敢发生什么贰心。然而那下面的一个名词，却不写尚可，一写倒成了疑难杂症。这字大约是源于希腊的，英文字典上也就有，我们还常常看见用它做画材的图画，上半身是人，下半身却是马，不是牛。牛马同是哺乳动物，为了要"顺"，固然混用一回也不关紧要，但究竟马是奇蹄类，牛是偶蹄类，有些不同，还是分别了好，不必"出到最后的一册"的时候，偏来"牛"一下子的。

"牛"了一下之后，使我联想起赵先生的有名的"牛奶路"⑤来了。这很像是直译或"硬译"，其实却不然，也是无缘无故的"牛"了进去的。这故事无须查字典，在图画上也能看见。却说希腊神话里的大神宙斯是一位很有些喜欢女人的神，他有一回到人间去，和某女士生了一个男孩子。物必有偶，宙斯太太却偏又是一个很有些嫉妒心的女神。她一知道，拍桌打凳的（？）大怒了一通之后，便将那孩子取到天上，要看机会将他害死。然而孩子是天真的，他满不知道，有一回，碰着了宙太太的乳头，便一吸，太太大吃一惊，将他一推，跌落到人间，不但没有被害，后来还成了英雄。但宙太太的乳汁，却因此一吸，喷了出来，飞散天空，成为银河，也就是"牛奶路"，——不，其实是"神奶路"。但白种人是一切"奶"都叫"Milk"的，我们看惯了罐头牛奶上的文字，有时就不免于误译，是的，这也是无足怪的事。

但以对于翻译大有主张的名人，而遇马发昏，爱牛成性，有些"牛头不对马嘴"的翻译，却也可当作一点谈助。——不过当作别人的一点谈助，并且借此知道一点希腊神话而已，于赵先生的"与其

---

① **塞意斯** 应译塞斯（Frank Thiess，1890—1977），德国作家。赵景深在《小说月报》"国外文坛消息"栏介绍他的四部曲，书名分别译作：《离开了乐园》《世界之门》《健身》和《半人半牛怪》。这些作品总题为"青年四部曲"，1924—1931年出版。

② **Der** 德语，阳性名词的冠词。

③ **茄门话** 旧时上海话对德语的俚称。茄门，German的音译，通译日耳曼。

④ **同济学校** 德国人1907年在上海开办的学校，原名同济德文医学校。1917年由中国政府接办，改为同济德文医工大学。1927年更名同济大学。

⑤ **"牛奶路"** 英语Milk way（银河）的误译，这里指赵景深1922年据英文本转译契诃夫小说《樊凯》（今译《万卡》）出现的错误。

风马牛

信而不顺，不如顺而不信"的格言，却还是毫无损害的。这叫作"乱译万岁！"

（原刊 1931 年 12 月 20 日《北斗》第 1 卷第 4 期，后收入《二心集》）

再来一条"顺"的翻译

这"顺"的翻译出现的时候，是很久远了；而且是大文学家和大翻译理论家，谁都不屑注意的。但因为偶然在我所搜集的"顺译模范文大成"稿本里，翻到了这一条，所以就再来一下子。

却说这一条，是出在中华民国十九年八月三日的《时报》①里的，在头号字的《针穿两手……》这一个题目之下，做着这样的文章：

> 被共党捉去以钱赎出由长沙逃出之中国商人，与从者二名，于昨日避难到汉，彼等主仆，均鲜血淋漓，语其友人曰，长沙有为共党作侦探者，故多数之资产阶级，于廿九日晨被捕，予等系于廿八夜捕去者，即以针穿手，以秤秤之，言时出其两手，解布以示其所穿之穴，尚鲜血淋漓。……（汉口二日电通电）

这自然是"顺"的，虽然略一留心，即容或会有多少可疑之点。譬如罢，其一，主人是资产阶级，当然要"鲜血淋漓"的了，二仆大概总是穷人，为什么也要一同"鲜血淋漓"的呢？其二，"以针穿手，以秤秤之"干什么，莫非要照斤两来定罪名么？但是，虽然如此，文章也还是"顺"的，因为在社会上，本来说得共党的行为是古里古怪；况且只要看过《玉历钞传》，就都知道十殿阎王的某一殿里，有用天秤来秤犯人的办法，所以"以秤秤之"，也还是毫不足奇。只有秤的时候，不用称钩而用"针"，却似乎有些特别罢了。

幸而，我在同日的一种日本文报纸《上海日报》②上，也偶然

① 《时报》 1904 年在上海创刊的日报，初由清末改良派人士狄葆贤（楚青）主办，1921 年 10 月改由黄承恩（伯惠）接办。

② 《上海日报》 1904 年 7 月日本人在上海创办的日文报纸，初为《上海新报》周刊，1905 年 3 月改为日报。

见到了电通社①的同一的电报，这才明白《时报》是因为译者不拘拘于"硬译"，而又要"顺"，所以有些不"信"了。倘若译得"信而不顺"一点，大略是应该这样的：

> ……彼等主仆，将为恐怖和鲜血所渲染之经验谈，语该地之中国人曰，共产军中，有熟悉长沙之情形者……予等系于廿八日之半夜被捕，拉去之时，则在腕上刺孔，穿以铁丝，数人或数十人为一串。言时即以包着沁血之布片之手示之……

这才分明知道，"鲜血淋漓"的并非"彼等主仆"，乃是他们的"经验谈"，两位仆人，手上实在并没有一个洞。穿手的东西，日本文虽然写作"针金"，但译起来须是"铁丝"，不是"针"，针是做衣服的。至于"以秤秤之"，却连影子也没有。

我们的"友邦"好友，顶喜欢宣传中国的古怪事情，尤其是"共党"的；四年以前，将"裸体游行"②说得像煞有介事，于是中国人也跟着叫了好几个月。其实是，警察用铁丝穿了殖民地的革命党的手，一串一串的牵去，是所谓"文明"国民的行为，中国人还没有知道这方法，铁丝也不是农业社会的产品。从唐到宋，因为迷信，对于"妖人"虽然曾有用铁索穿了锁骨，以防变化的法子，但久已不用，知道的人也几乎没有了。文明国人将自己们所用的文明方法，硬栽到中国来，不料中国人却还没有这样文明，连上海的翻译家也不懂，偏不用铁丝来穿，就只照阎罗殿上的办法，"秤"了一下完事。

造谣的和帮助造谣的，一下子都显出本相来了。

（原刊 1932 年 1 月 20 日《北斗》第 2 卷第 1 期，后收入《二心集》）

---

① **电通社** 全称"日本电报通讯社"。1901 年在东京创办，1920 年后在上海设立分社。

② **"裸体游行"** 1927 年 4 月 12 日，北京《顺天时报》（日本人主办的中文报纸）曾报道武汉女子裸体游行的消息。

中华民国的新"堂·吉诃德"们

十六世纪末尾的时候，西班牙的文人西万提斯①做了一大部小说叫作《堂。吉诃德》，说这位吉先生，看武侠小说看呆了，硬要去学古代的游侠，穿一身破甲，骑一匹瘦马，带一个跟丁，游来游去，想斩妖服怪，除暴安良。谁知当时已不是那么古气盎然的时候了，因此只落得闹了许多笑话，吃了许多苦头，终于上个大当，受了重伤，狼狈回来，死在家里，临死才知道自己不过一个平常人，并不是什么大侠客。

这一个古典，去年在中国曾经很被引用了一回，受到这个谥法的名人，似乎还有点很不高兴的样子。其实是，这种书呆子，乃是西班牙书呆子，向来爱讲"中庸"的中国，是不会有的。西班牙人讲恋爱，就天天到女人窗下去唱歌，信旧教，就烧杀异端，一革命，就捣烂教堂，踢出皇帝。然而我们中国的文人学子，不是总说女人先来引诱他，诸教同源，保存庙产，宣统在革命之后，还许他许多年在宫里做皇帝吗？

记得先前的报章上，发表过几个店家的小伙计，看剑侠小说入了迷，忽然要到武当山②去学道的事，这倒很和"堂·吉诃德"相像的。但此后便看不见一点后文，不知道是也做出了许多奇迹，还是不久就又回到家里去了？以"中庸"的老例推测起来，大约以回了家为合式。

这以后的中国式的"堂·吉诃德"的出现，是"青年援马团"③。

---

① **西万提斯** 今译塞万提斯，见本书《杂论管闲事·做学问·灰色等》一文"塞文狄斯"注条。

② **武当山** 在湖北省西北部。著名的道教圣地，又是武当派拳术的发源地。

③ **"青年援马团"** 1931 年 11 月间日本侵略军进攻龙江（今黑龙江省的一部分）等地，黑龙江省代主席马占山率部奋勇抵抗，得到全国各界支持。当时，上海有人组织了"青年援马团"，招募志愿者，声称往东北投身马占山的抗日活动。但如鲁迅文中援引《申报·自由谈》文章揭示的情况，此事弄成了带有某种娱乐成分的真人秀，当时倘有电视跟踪报道恐不至于草草收场。

不是兵，他们偏要上战场；政府要诉诸国联①，他们偏要自己动手；政府不准去，他们偏要去；中国现在总算有一点铁路了，他们偏要一步一步的走过去；北方是冷的，他们偏只穿件夹袄；打仗的时候，兵器是顶要紧的，他们偏只着重精神。这一切等等，确是十分"堂·吉诃德"的了。然而究竟是中国的"堂·吉诃德"，所以他只一个，他们是一团；送他的是嘲笑，送他们的是欢呼；迎他的是诧异，而迎他们的也是欢呼；他驻扎在深山中，他们驻扎在真菇镇②；他在磨坊里打风磨，他们在常州玩梳篦，又见美女，何幸如之（见十二月《申报》《自由谈》）。其苦乐之不同，有如此者，呜呼！

　　不错，中外古今的小说太多了，里面有"舆榇"③，有"截指"④，有"哭秦庭"⑤，有"对天立誓"。耳濡目染，诚然也不免来抬棺材，砍指头，哭孙陵，宣誓出发的。然而五四运动时胡适之博士讲文学革命的时候，就已经要"不用古典"，现在在行为上，似乎更可以不用了。

　　讲二十世纪战事的小说，旧一点的有雷马克⑥的《西线无战事》，棱⑦的《战争》，新一点的有绥拉菲摩维支⑧的《铁流》，法捷

---

　　① **国联**　全称国际联盟（League of Nations），第一次世界大战后由战胜方的协约国倡议成立的国际合作组织，建立于1920年。其宗旨是防止世界性的军事冲突，而仲裁国际争端则是它的基本任务。但"九一八"事变之后，国联非但未能阻止日本向中国扩张，反倒偏袒日方。对于意大利侵占阿比西尼亚，国联束手无策；对于希特勒德国撕毁凡尔赛和约，更显得无能为力。因之，第二次世界大战之前它已名誉扫地，战时停止活动。1946年联合国建立，取代了国联。

　　② **真茹镇**　即今真如镇。旧为上海郊区集镇，现为普陀区属镇，在沪宁铁路线上，距市中心不足十公里。

　　③ **"舆榇"**　用车马载着空棺材去打仗，表示决一死战。

　　④ **"截指"**　砍下手指，表示不怕牺牲。

　　⑤ **"哭秦庭"**　春秋时伍子胥率吴国军队攻破楚国都城时，楚国大臣申包胥到秦国去求助；初遭拒绝，申包胥哭了七天七夜，终于感动秦哀公，发兵救援。事见《史记·伍子胥列传》。

　　⑥ **雷马克**（E. M. Remarque，1896—1970）　德国作家。1933年纳粹上台后被褫夺国籍，流亡国外，后入美国籍。《西线无战事》是他以第一次世界大战为题材的长篇小说，具有强烈的反战色彩。另著有小说《凯旋门》《里斯本之夜》等。

　　⑦ **棱**　今译雷恩（Ludwig Renn，1889—1979），德国作家。早年从军，参加过第一次世界大战。20世纪20年代末加入德国共产党，西班牙内战期间作为志愿者参战，担任一支国际纵队的参谋长。《战争》是他的处女作，描写第一次世界大战的长篇小说。另著有《战争》的续集《战后》等。

　　⑧ **绥拉菲摩维支**　今译绥拉菲莫维奇（А. С. Серафимович，1863—1949），苏联作家。《铁流》是他以苏联国内战争为背景的长篇小说，另著有《草原上的城市》等。

耶夫①的《毁灭》，里面都没有这样的"青年团"，所以他们都实在打了仗。

（原刊 1932 年 1 月 20 日《北斗》第 2 卷第 1 期，后收入《二心集》）

---

① **法捷耶夫**（А. А. Фадеев，1901—1956） 苏联作家、社会活动家。曾任苏共中央委员，长期主管苏联作家协会。《毁灭》是他反映苏联国内战争的长篇小说，另著有小说《最后一个乌兑格人》《青年近卫军》等。

"智识劳动者"万岁

　　"劳动者"这句话成了"罪人"的代名词，已经足足四年了。压迫罢，谁也不响；杀戮罢，谁也不响；文学上一提起这句话，就有许多"文人学士"和"正人君子"来笑骂，接着又有许多他们的徒子徒孙来笑骂。劳动者呀劳动者，真要永世不得翻身了。

　　不料竟又有人记得你起来。

　　不料帝国主义老爷们还嫌党国屠杀得不赶快，竟来亲自动手了，炸的炸，轰的轰。称"人民"为"反动分子"，是党国的拿手戏，而不料帝国主义老爷也有这妙法，竟称不抵抗的顺从的党国官军为"贼匪"，大加以"膺惩"！冤乎枉哉，这真有些"顺""逆"不分，玉石俱焚之慨了！

　　于是又记得了劳动者。

　　于是久不听到了的"亲爱的劳动者呀！"的亲热喊声，也在文章上看见了；久不看见了的"智识劳动者"的奇妙官衔，也在报章上发见了，还因为"感于有联络的必要"，组织了"协会"①，举了干事樊仲云②，汪馥泉③呀这许多新任"智识劳动者"先生们。

　　有什么"智识"？有什么"劳动"？"联络"了干什么？"必要"

---

　　① **"协会"**　指"智识劳动者协会"，1931年12月20日成立于上海。

　　② **樊仲云**（1899—?）　字得一，浙江嵊县（今嵊州）人，学者、官僚。曾为商务印书馆编辑，抗战前为复旦大学、光华大学等校教授。抗战时堕为汉奸，任汪伪国民党中央执行委员、教育部政务次长兼中央大学校长。著有《唯物史观的文学论》《东西学者之中国革命论》等，译有《简明世界史》《现代欧洲政治经济》等。

　　③ **汪馥泉**（1899—1959）　字浚，浙江余杭人，学者、编辑、翻译家。早年留学日本，回国后在上海从事翻译与编辑工作，1928年与陈望道合办大江书铺。20世纪30年代初在中国公学、复旦大学任教。抗战初即投身文艺界救亡活动，曾为《救亡日报》编委，后在敌伪《新中国报》任"学艺"版主编。其参与敌伪文化活动一段经历，未见有明确结论。著有《文章概论》等，译有本间久雄《新文学概论》、青木正儿《中国文学思想史纲》、王尔德《狱中记》（后二种与张闻天合译）等。

《二心集》中的杂文

在那里？这些这些，暂且不谈罢，没有"智识"的体力劳动者，也管不着的。

"亲爱的劳动者"呀！你们再替这些高贵的"智识劳动者"起来干一回罢！给他们仍旧可以坐在房里"劳动"他们那高贵的"智识"。即使失败，失败的也不过是"体力"，"智识"还在着的！

"智识"劳动者万岁！

（原刊 1932 年 1 月 5 日《十字街头》第 3 期，后收入《二心集》）

"友邦惊诧"论

只要略有知觉的人就都知道：这回学生的请愿①，是因为日本占据了辽吉，南京政府束手无策，单会去哀求国联，而国联却正和日本是一伙。读书呀，读书呀，不错，学生是应该读书的，但一面也要大人老爷们不至于葬送土地，这才能够安心读书。报上不是说过，东北大学逃散，冯庸大学②逃散，日本兵看见学生模样的就枪毙吗？放下书包来请愿，真是已经可怜之至。不道国民党政府却在十二月十八日通电各地军政当局文里，又加上他们"捣毁机关，阻断交通，殴伤中委，拦劫汽车，横击路人及公务人员，私逮刑讯，社会秩序，悉被破坏"的罪名，而且指出结果，说是"友邦人士，莫名惊诧，长此以往，国将不国"了！

好个"友邦人士"！日本帝国主义的兵队强占了辽吉，炮轰机关，他们不惊诧；阻断铁路，追炸客车，捕禁官吏，枪毙人民，他们不惊诧。中国国民党治下的连年内战，空前水灾，卖儿救穷，砍头示众，秘密杀戮，电刑逼供，他们也不惊诧。在学生的请愿中有一点纷扰，他们就惊诧了！

好个国民党政府的"友邦人士"！是些什么东西！

即使所举的罪状是真的罢，但这些事情，是无论那一个"友邦"也都有的，他们的维持他们的"秩序"的监狱，就撕掉了他们的

---

① **这回学生的请愿** 1931 年"九一八"事变后，日本军队迅速侵占我国东北。国民党和南京国民政府采取不抵抗政策，激起全国各界人士抗议浪潮。是年 12 月 17 日，北平、天津、上海、武汉、广州、安庆、苏州、济南等地学生代表和南京学生三万余人，联合向国民政府请愿，要求当局出兵抗日。当日游行队伍行至《中央日报》社附近的珍珠桥时，遭到大批武装军警镇压。有三十多名学生被打死，一百余人受伤，另有一百余人被逮捕。史称"珍珠桥惨案"。

② **冯庸大学** 东北军将领冯庸在沈阳创办的一所大学，1927 年成立，1931 年"九一八"事变后停办。冯庸（1901—1981），曾任东北军少将司令官。"九一八"事变后拒绝日本关东军诱迫，后组织义勇军并参加"一·二八"淞沪抗战。

"文明"的面具。摆什么"惊诧"的臭脸孔呢？

可是"友邦人士"一惊诧，我们的国府就怕了，"长此以往，国将不国"了，好像失了东三省，党国倒愈像一个国，失了东三省谁也不响，党国倒愈像一个国，失了东三省只有几个学生上几篇"呈文"，党国倒愈像一个国，可以博得"友邦人士"的夸奖，永远"国"下去一样。

几句电文，说得明白极了：怎样的党国，怎样的"友邦"。"友邦"要我们人民身受宰割，寂然无声，略有"越轨"，便加屠戮；党国是要我们遵从这"友邦人士"的希望，否则，他就要"通电各地军政当局"，"即予紧急处置，不得于事后借口无法劝阻，敷衍塞责"了！

因为"友邦人士"是知道的：日兵"无法劝阻"，学生们怎会"无法劝阻"？每月一千八百万的军费，四百万的政费，作什么用的呀，"军政当局"呀？

　　写此文后刚一天，就见二十一日《申报》登载南京专电云："考试院部员张以宽，盛传前日为学生架去重伤。兹据张自述，当时因车夫误会，为群众引至中大①，旋出校回寓，并无受伤之事。至行政院某秘书被拉到中大，亦当时出来，更无失踪之事。"而"教育消息"栏内，又记本埠一小部分学校赴京请愿学生死伤的确数，则云："中公②死二人，伤三十人，复旦③伤二人，复旦附中伤十人，东亚④失踪一人（系女性），上中⑤失踪一人，伤三人，文生氏⑥死一人，伤五人……"可见学生并未如国府通电所说，将"社会秩序，破坏无余"，而国府则不但依然能够镇压，而且依然能够诬陷，杀戮。"友邦人士"，从此可以不必"惊诧莫名"，只请放心来瓜分就是了。

（原刊 1931 年 12 月 25 日《十字街头》第 2 期，后收入《二心集》）

---

① **中大**　即南京中央大学。
② **中公**　即中国公学。
③ **复旦**　即复旦大学。
④ **东亚**　即上海东亚体育专科学校。
⑤ **上中**　即上海中学。
⑥ **文生氏**　即上海文生氏高等英文学校。

《南腔北调集》中的杂文

题　记

　　一两年前，上海有一位文学家，现在是好像不在这里了，那时候，却常常拉别人为材料，来写她的所谓"素描"。我也没有被赦免。据说，我极喜欢演说，但讲话的时候是口吃的，至于用语，则是南腔北调①。前两点我很惊奇，后一点可是十分佩服了。真的，我不会说绵软的苏白，不会打响亮的京腔，不入调，不入流，实在是南腔北调。而且近几年来，这缺点还有开拓到文字上去的趋势；《语丝》早经停刊，没有了任意说话的地方，打杂的笔墨，是也得给各个编辑者设身处地地想一想的，于是文章也就不能划一不二，可说之处说一点，不能说之处便罢休。即使在电影上，不也有时看得见黑奴怒形于色的时候，一有同是黑奴而手里拿着皮鞭的走过来，便赶紧低下头去么？我也毫不强横。

　　一俯一仰，居然又到年底，邻近有几家放鞭爆，原来一过夜，就要"天增岁月人增寿"了。静着没事，有意无意的翻出这两年所作的杂文稿子来，排了一下，看看已经足够印成一本，同时记得了那上面所说的"素描"里的话，便名之曰《南腔北调集》，准备和还未成书的将来的《五讲三嘘集》② 配对。我在私塾里读书时，对

---

　　①　**南腔北调**　1931 年 1 月，《出版消息》半月刊第 4 期发表署名美子的《作家素描（八）·鲁迅》，其中写道："鲁迅很喜欢演说，只是有些口吃，并且是'南腔北调'，然而这是促成他深刻而又滑稽的条件之一。"

　　②　**《五讲三嘘集》**　1933 年 12 月 3 日，创造社作家杨邨人在致鲁迅的公开信中提到一则坊间传闻，说鲁迅将出版一本名为《北平五讲与上海三嘘》的书，其中将梁实秋、张若谷和他同列为所"嘘"的对象，由此向鲁迅发出质问。同月 28 日，鲁迅写了《答杨邨人先生公开信的公开信》一文，先解释"嘘"的来由，"这事情是有的，但和新闻上所载的有些两样。那时是在一个饭店里，大家闲谈，谈到有几个人的文章，我确曾说：这些都只要以一嘘了之，不值得反驳。这几个人们中，先生也在内。……"其后说到书的事情，"至于所谓《北平五讲与上海三嘘》，其实是至今没有写，听说北平有一本《五讲》出版，那可并不是我做的，我也没有见过那一本书。不过既然闹了风潮，将来索性写一点也难说，如果写起来，我想名为《五讲三嘘集》，但后一半也未必正是报上所说的三位。"这本书后来没有写。

过对，这积习至今没有洗干净，题目上有时就玩些什么《偶成》，《漫与》，《作文秘诀》，《捣鬼心传》，这回却闹到书名上来了。这是不足为训的。

其次，就自己想：今年印过一本《伪自由书》，如果这也付印，那明年就又有一本了。于是自己觉得笑了一笑。这笑，是有些恶意的，因为我这时想到了梁实秋先生，他在北方一面做教授，一面编副刊，一位喽罗儿①就在那副刊上说我和美国的门肯（H. L. Mencken）②相像，因为每年都要出一本书。每年出一本书就会像每年也出一本书的门肯，那么，吃大菜而做教授，真可以等于美国的白璧德③了。低能好像是也可以传授似的。但梁教授极不愿意因他而牵连白璧德，是据说小人的造谣；不过门肯却正是和白璧德相反的人，以我比彼，虽出自徒孙之口，骨子里却还是白老夫子的鬼魂在作怪。指头一拨，君子就翻一个筋斗，我觉得我到底也还有手腕和眼睛。

不过这是小事情。举其大者，则一看去年一月八日所写的《"非所计也"》，就好像着了鬼迷，做了恶梦，胡里胡涂，不久就整两年。怪事随时袭来，我们也随时忘却，倘不重温这些杂感，连我自己做过短评的人，也毫不记得了。一年要出一本书，确也可以使学者们摇头的，然而只有这一本，虽然浅薄，却还借此存留一点遗闻逸事，以中国之大，世变之亟，恐怕也未必就算太多了罢。

两年来所作的杂文，除登在《自由谈》④上者外，几乎都在这里面；书的序跋，却只选了自以为还有几句可取的几篇。曾经登载

---

① **一位喽罗儿** 指天津《益世报·文学周刊》上发表文章时署名梅僧的作者；该刊1933年7月出版的第31期有他写的《鲁迅与 H. L. Mencken》一文，以不屑的口气将鲁迅比之美国左翼评论家门肯。

② **门肯**（1880—1956） 美国评论家、新闻记者。曾任《巴尔的摩先驱报》记者，1914—1923年参与主编对美国文学发展最具影响的《时髦人物》杂志。他以文学批评和杂文随笔引介文坛新人，抨击美国社会时弊。他在1919—1927年所写的评论和随笔集为六卷册的《偏见集》，另著有《美国语言》《幸福时光》等。

③ **白璧德**（Irving Babbit，1865—1933） 美国评论家、学者，"新人文主义"文学批评运动的领袖人物。哈佛大学教授，梁实秋留美时曾在其门下。在美国20世纪20年代的文学论争中，他一直是门肯的对立面。著有《卢梭和浪漫主义》《民主与领导》等。

④ **《自由谈》** 《申报》的副刊之一，1911年8月24日创办。鲁迅1933年1月起应新任主编黎烈文恳约，连续为该刊撰稿。在该刊发表的文章后来编成《伪自由书》《准风月谈》两书，前者收当年1—5月的文章，后者收6—11月的文章。

这些的刊物，是《十字街头》①，《文学月报》②，《北斗》③，《现代》④，《涛声》⑤，《论语》⑥，《申报月刊》⑦，《文学》⑧ 等，当时是大抵用了别的笔名投稿的；但有一篇没有发表过。

一九三三年十二月三十一日之夜，于上海寓斋记。

---

　　① 《十字街头》　以杂文为主的小报型文学刊物，1931 年 12 月在上海创刊。左联主办，鲁迅题写刊头，亦为主要撰稿人。第 1、2 期为半月刊，第 3 期改为旬刊，1932 年 1 月出至第 3 期被当局查禁。

　　② 《文学月报》　左联主办的刊物，光华书局出版。1932 年 6 月在上海创办，同年 12 月出至第 1 卷第 5、6 期合刊后遭当局查禁。初由姚蓬子编辑，第 3 期改由周起应编辑。

　　③ 《北斗》　左联主办的文艺月刊，1931 年 9 月在上海创办，1932 年 7 月出至第 2 卷第 3、4 期合刊后停刊。丁玲主编。

　　④ 《现代》　文艺月刊，1932 年 5 月在上海创办，现代书局出版。初由施蛰存编，第 3 卷第 1 期后与杜衡合编。1935 年 3 月改为综合性月刊，汪馥泉编辑，同年 5 月出至第 6 卷第 4 期停刊。

　　⑤ 《涛声》　杂文、小品文周刊。1931 年 8 月在上海创办，1933 年 11 月出至第 2 卷第 46 期停刊。听涛社主办，曹聚仁主编，群众图书公司发行。

　　⑥ 《论语》　以时论、小品文和漫画为主的半月刊。1932 年 9 月在上海创办；1937 年 8 月出至第 177 期终刊。上海时代书店出版，先后由林语堂、陶亢德、郁达夫、邵洵美主编。

　　⑦ 《申报月刊》　以时政为主的综合性刊物，上海申报馆出版。1932 年 7 月创办，1935 年 12 月出至第 4 卷第 12 期停刊。俞颂华、凌其翰、黄幼雄等编。

　　⑧ 《文学》　大型文艺月刊，上海生活书店出版。1933 年 7 月在上海创办，1937 年 11 月出至第 9 卷第 4 号因上海沦陷停刊。傅东华、郑振铎、王统照编辑。

"非所计也"

　　新年第一回的《申报》（一月七日）用"要电"告诉我们："闻陈（外交总长印友仁）① 与芳泽友谊甚深，外交界观察，芳泽②回国任日外长，东省交涉可望以陈之私人感情，得一较好之解决云。"

　　中国的外交界看惯了在中国什么都是"私人感情"，这样的"观察"，原也无足怪的。但从这一个"观察"中，又可以"观察"出"私人感情"在政府里之重要。

　　然而同日的《申报》上，又用"要电"告诉了我们："锦州三日失守，连山绥中续告陷落，日陆战队到山海关在车站悬日旗……"

　　而同日的《申报》上，又用"要闻"告诉我们"陈友仁对东省问题宣言"云："……前日已命令张学良③固守锦州，积极抵抗，今后仍坚持此旨，决不稍变，即不幸而挫败，非所计也。……"

　　然则"友谊"和"私人感情"，好象也如"国联"以及"公理"，"正义"之类一样的无效，"暴日"似乎不象中国，专讲这些

---

　　① **陈（外交总长印友仁）**　即陈友仁（1875—1944），西名 Eugene Chen，广东顺德人，生于特里尼达圣费尔南多，政治家、外交家。早年留学英国，曾于伦敦和西印度群岛任律师。辛亥革命后回国，任北京政府交通部法律顾问，主编英文《京报》。1917 年参加护法运动，1922—1925 年任孙中山外事顾问。北伐时期先后任广东国民政府和武汉国民政府外交部部长。1931 年"九一八"事变后任南京国民政府外交部部长，翌年因力主对日绝交未被采纳而辞职。至 1941 年太平洋战争爆发后，拒绝参加汪伪政权，被日本占领军拘禁。这里括号中，在名字前加一"印"字，是旧时官场书札中的习惯用法，以示敬重。

　　② **芳泽**　即芳泽谦吉（1874—1965），1923—1929 年任日本驻华公使，后任驻法公使。1932 年 1—5 月任日本外务大臣。后被敕选为贵族院议员。

　　③ **张学良**（1901—2001）　字汉卿，号毅庵，辽宁海城人，政治家、军事家。奉系首领张作霖之子。1928 年张作霖死后，被奉系元老推为东北保安司令，随后宣布东北易帜（归化南京国民政府）。1930 年任国民政府海陆空军副司令。"九一八"事变后，奉蒋介石"绝对不抵抗"电令放弃东北，率部退入关内。后于 1936 年 12 月 12 日与杨虎城发动"西安事变"，逼蒋抗日。在护送蒋介石回南京后即被拘押，此后至 1988 年的半个多世纪里一直被软禁。

的，这真只得"不幸而挫败，非所计也"了。

也许爱国志士，又要上京请愿了罢。当然，"爱国热忱"，是"殊堪嘉许"的，但第一自然要不"越轨"，第二还是自己想一想，和内政部长卫戍司令诸大人"友谊"怎样，"私人感情"又怎样。倘不"甚深"，据内政界观察，是不但难"得一较好之解决"，而且——请恕我直言——恐怕仍旧要有人"自行失足落水淹死"① 的。

所以未去之前，最好是拟一宣言，结末道："即不幸而'自行失足落水淹死'，非所计也！"然而又要觉悟这说的是真话。

　　　　　　　　　　　　　　　　　　　　一月八日

（原刊 1932 年 1 月 5 日《十字街头》第 3 期，后收入《南腔北调集》）

---

① "自行失足落水淹死"　1931 年 12 月 17 日南京"珍珠桥惨案"后，当局谎称部分被害学生是"自行失足落水淹死"的。参见本书《"友邦惊诧"论》一文"这回学生的请愿"注条。

我们不再受骗了

帝国主义是一定要进攻苏联的。苏联愈弄得好，它们愈急于要进攻，因为它们愈要趋于灭亡。

我们被帝国主义及其侍从们真是骗得长久了。十月革命之后，它们总是说苏联怎么穷下去，怎么凶恶，怎么破坏文化。但现在的事实怎样？小麦和煤油的输出，不是使世界吃惊了么？正面之敌的实业党①的首领，不是也只判了十年的监禁么？列宁格勒，墨斯科的图书馆和博物馆，不是都没有被炸掉么？文学家如绥拉菲摩维支，法捷耶夫，革拉特珂夫②，绥甫林娜③，唆罗诃夫④等，不是西欧东亚，无不赞美他们的作品么？关于艺术的事我不大知道，但据乌曼斯基（K. Umansky）⑤ 说，一九一九年中，在墨斯科的展览会就有二十次，列宁格勒两次（《Neue Kunst in Russland》），则现在的旺盛，更是可想而知了。

然而谣言家是极无耻而且巧妙的，一到事实证明了他的话是撒谎时，他就躲下，另外又来一批。

新近我看见一本小册子，是说美国的财政有复兴的希望的，序上说，苏联的购领物品，必须排成长串，现在也无异于从前，仿佛

---

① 实业党　亦作"工业党"。指 20 世纪 30 年代初，苏联工程技术界一些被定罪为"反革命集团"的知识分子。1930 年 11 月 25 日至 12 月 7 日在对"工业党"案的审判中，莫斯科工艺研究所所长拉姆津被指控为这个组织的主要首领。此案有许多未详之处，鲁迅当时得到的信息亦未确实。

② 革拉特珂夫（Ф. В. Гладков，1883—1958）　苏联作家。曾任高尔基文学院院长。著有《水泥》（旧译《士敏土》）《动力》等。

③ 绥甫林娜　今译谢夫林娜（Л. Н. Сейфуллина，1889—1954），苏联作家。著有短篇小说《罪犯》《财产》《丹娘》等。

④ 唆罗诃夫　今译肖洛霍夫（М. А. Шолохов，1905—1984），苏联作家。著有长篇小说《静静的顿河》《被开垦的处女地》等。1965 年获诺贝尔文学奖。

⑤ 乌曼斯基　当时苏联人民外交委员会新闻司司长。后文括号中的《Neue Kunst in Russland》，是乌曼斯基所著《俄国的新艺术》的英译书名。

他很为排成长串的人们抱不平，发慈悲一样。

这一事，我是相信的，因为苏联内是正在建设的途中，外是受着帝国主义的压迫，许多物品，当然不能充足。但我们也听到别国的失业者，排着长串向饥寒进行；中国的人民，在内战，在外侮，在水灾，在榨取的大罗网之下，排着长串而进向死亡去。

然而帝国主义及其奴才们，还来对我们说苏联怎么不好，好像它倒愿意苏联一下子就变成天堂，人们个个享福。现在竟这样子，它失望了，不舒服了。——这真是恶鬼的眼泪。

一睁开眼，就露出恶鬼的本相来的，——它要去惩办了。

它一面去惩办，一面来诓骗。正义，人道，公理之类的话，又要满天飞舞了。但我们记得，欧洲大战时候，飞舞过一回的，骗得我们的许多苦工，到前线去替它们死，接着是在北京的中央公园里竖了一块无耻的，愚不可及的"公理战胜"的牌坊（但后来又改掉了）。现在怎样？"公理"在那里？这事还不过十六年，我们记得的。

帝国主义和我们，除了它的奴才之外，那一样利害不和我们正相反？我们的痈疽，是它们的宝贝，那么，它们的敌人，当然是我们的朋友了。它们自身正在崩溃下去，无法支持，为挽救自己的末运，便憎恶苏联的向上。谣诼，诅咒，怨恨，无所不至，没有效，终于只得准备动手去打了，一定要灭掉它才睡得着。但我们干什么呢？我们还会再被骗么？

"苏联是无产阶级专政的，智识阶级就要饿死。"——一位有名的记者曾经这样警告我。是的，这倒恐怕要使我也有些睡不着了。但无产阶级专政，不是为了将来的无阶级社会么？只要你不去谋害它，自然成功就早，阶级的消灭也就早，那时就谁也不会"饿死"了。不消说，排长串是一时难免的，但到底会快起来。

帝国主义的奴才们要去打，自己（！）跟着它的主人去打去就是。我们人民和它们是利害完全相反的。我们反对进攻苏联。我们倒要打倒进攻苏联的恶鬼，无论它说着怎样甜腻的话头，装着怎样公正的面孔。

这才也是我们自己的生路！

五月六日

（原刊 1932 年 5 月 20 日《北斗》第 2 卷第 2 期，后收入《南腔北调集》）

论"第三种人"

这三年来，关于文艺上的论争是沉寂的，除了在指挥刀的保护之下，挂着"左翼"的招牌，在马克斯主义里发见了文艺自由论，列宁主义里找到了杀尽共匪说的论客的"理论"之外，几乎没有人能够开口，然而，倘是"为文艺而文艺"的文艺，却还是"自由"的，因为他决没有收了卢布的嫌疑。但在"第三种人"，就是"死抱住文学不放的人"，又不免有一种苦痛的豫感：左翼文坛要说他是"资产阶级的走狗"。

代表了这一种"第三种人"来鸣不平的，是《现代》杂志第三和第六期上的苏汶①先生的文章（我在这里先应该声明：我为便利起见，暂且用了"代表"，"第三种人"这些字眼，虽然明知道苏汶先生的"作家之群"，是也如拒绝"或者"，"多少"，"影响"这一类不十分决定的字眼一样，不要固定的名称的，因为名称一固定，也就不自由了）。他以为左翼的批评家，动不动就说作家是"资产阶级的走狗"，甚至于将中立者认为非中立，而一非中立，便有认为"资产阶级的走狗"的可能，号称"左翼作家"者既然"左而不作"，"第三种人"又要作而不敢，于是文坛上便没有东西了。然而文艺据说至少有一部分是超出于阶级斗争之外的，为将来的，就是"第三种人"所抱住的真的，永久的文艺。——但可惜，被左翼理论家弄得不敢作了，因为作家在未作之前，就有了被骂的豫感。

我相信这种豫感是会有的，而以"第三种人"自命的作家，也

---

① **苏汶** 即杜衡（1907—1964），原名戴克崇，浙江杭县（今杭州）人，现代作家。1929 年与戴望舒创办《璎珞旬刊》，后又创办《无轨列车》月刊。1932 年参与编辑《现代》月刊。著有长篇小说《再亮些》、短篇小说集《石榴花》等。1932 年 7 月，他在《现代》第 3 期发表《关于"文新"与胡秋原的文艺论辩》一文，自称超然于左右纷争的"第三种人"。同年 10 月，又在《现代》第 6 期发表《"第三种人"的出路》一文，进而展开与左翼作家的论战。本文引述他的言论均出自这两篇文章。

愈加容易有。我也相信作者所说，现在很有懂得理论，而感情难变的作家。然而感情不变，则懂得理论的度数，就不免和感情已变或略变者有些不同，而看法也就因此两样。苏汶先生的看法，由我看来，是并不正确的。

自然，自从有了左翼文坛以来，理论家曾经犯过错误，作家之中，也不但如苏汶先生所说，有"左而不作"的，并且还有由左而右，甚至于化为民族主义文学的小卒，书坊的老板，敌党的探子的，然而这些讨厌左翼文坛了的文学家所遗下的左翼文坛，却依然存在，不但存在，还在发展，克服自己的坏处，向文艺这神圣之地进军。苏汶先生问过：克服了三年，还没有克服好么？回答是：是的，还要克服下去，三十年也说不定。然而一面克服着，一面进军着，不会做待到克服完成，然后行进那样的傻事的。但是，苏汶先生说过"笑话"：左翼作家在从资本家取得稿费；现在我来说一句真话，是左翼作家还在受封建的资本主义的社会的法律的压迫，禁锢，杀戮。所以左翼刊物，全被摧残，现在非常寥寥，即偶有发表，批评作品的也绝少，而偶有批评作品的，也并未动不动便指作家为"资产阶级的走狗"，而且不要"同路人"。左翼作家并不是从天上掉下来的神兵，或国外杀进来的仇敌，他不但要那同走几步的"同路人"，还要招致那站在路旁看看的看客也一同前进。

但现在要问：左翼文坛现在因为受着压迫，不能发表很多的批评，倘一旦有了发表的可能，不至于动不动就指"第三种人"为"资产阶级的走狗"么？我想，倘若左翼批评家没有宣誓不说，又只从坏处着想，那是有这可能的，也可以想得比这还要坏。不过我以为这种豫测，实在和想到地球也许有破裂之一日，而先行自杀一样，大可以不必的。

然而苏汶先生的"第三种人"，却据说是为了这未来的恐怖而"搁笔"了。未曾身历，仅仅因为心造的幻影而搁笔，"死抱住文学不放"的作者的拥抱力，又何其弱呢？两个爱人，有因为豫防将来的社会上的斥责而不敢拥抱的么？

其实，这"第三种人"的"搁笔"，原因并不在左翼批评的严酷。真实原因的所在，是在做不成这样的"第三种人"，做不成这样的人，也就没有了第三种笔，搁与不搁，还谈不到。

生在有阶级的社会里而要做超阶级的作家，生在战斗的时代而要离开战斗而独立，生在现在而要做给与将来的作品，这样的人，实在也是一个心造的幻影，在现实世界上是没有的。要做这样的人，恰如用自己的手拔着头发，要离开地球一样，他离不开，焦躁着，然而并非因为有人摇了摇头，使他不敢拔了的缘故。

所以虽是"第三种人"，却还是一定超不出阶级的，苏汶先生就先在豫料阶级的批评了，作品里又岂能摆脱阶级的利害；也一定离不开战斗的，苏汶先生就先以"第三种人"之名提出抗争了，虽然"抗争"之名又为作者所不愿受；而且也跳不过现在的，他在创作超阶级的，为将来的作品之前，先就留心于左翼的批判了。

这确是一种苦境。但这苦境，是因为幻影不能成为实有而来的。即使没有左翼文坛作梗，也不会有这"第三种人"，何况作品。但苏汶先生却又心造了一个横暴的左翼文坛的幻影，将"第三种人"的幻影不能出现，以至将来的文艺不能发生的罪孽，都推给它了。

左翼作家诚然是不高超的，连环图画，唱本，然而也不到苏汶先生所断定那样的没出息。左翼也要托尔斯泰，弗罗培尔①。但不要"努力去创造一些属于将来（因为他们现在是不要的）的东西"的托尔斯泰和弗罗培尔。他们两个，都是为现在而写的，将来是现在的将来，于现在有意义，才于将来会有意义。尤其是托尔斯泰，他写些小故事给农民看，也不自命为"第三种人"，当时资产阶级的多少攻击，终于不能使他"搁笔"。左翼虽然诚如苏汶先生所说，不至于蠢到不知道"连环图画是产生不出托尔斯泰，产生不出弗罗培尔来"，但却以为可以产出密开朗该罗②，达文希③那样伟大的画手。而且我相信，从唱本说书里是可以产生托尔斯泰，弗罗培尔的。现在提起密开朗该罗们的画来，谁也没有非议了，但实际上，那不是宗教的宣传画，《旧约》④的连环图画么？而且是为了那时的"现在"的。

总括起来说，苏汶先生是主张"第三种人"与其欺骗，与其做冒牌货，倒还不如努力去创作，这是极不错的。

---

① **弗罗培尔** 今译福楼拜（G. Flaubert，1821—1880），法国作家。著有长篇小说《包法利夫人》《情感教育》等。

② **密开朗该罗** 今译米开朗基罗（B. Michelangelo，1475—1564），意大利文艺复兴时期画家、雕塑家。

③ **达文希** 今译达·芬奇（Da Vinci，1452—1519），意大利文艺复兴时期画家、科学家。

④ **《旧约》** 即《旧约全书》。《圣经》的前一部分，后一部分为《新约全书》。

"定要有自信的勇气，才会有工作的勇气！"这尤其是对的。

然而苏汶先生又说，许多大大小小的"第三种人"们，却又因为豫感了不祥之兆——左翼理论家的批评而"搁笔"了！"怎么办呢"？

十月十日

（原刊 1932 年 11 月 1 日《现代》第 2 卷第 1 期，后收入《南腔北调集》）

"连环图画"辩护

　　我自己曾经有过这样一个小小的经验。有一天，在一处筵席上，我随便的说：用活动电影来教学生，一定比教员的讲义好，将来恐怕要变成这样的。话还没有说完，就埋葬在一阵哄笑里了。

　　自然，这话里，是埋伏着许多问题的，例如，首先第一，是用的是怎样的电影，倘用美国式的发财结婚故事的影片，那当然不行。但在我自己，却的确另外听过采用影片的细菌学讲义，见过全部照相，只有几句说明的植物学书。所以我深信不但生物学，就是历史地理，也可以这样办。

　　然而许多人的随便的哄笑，是一枝白粉笔，它能够将粉涂在对手的鼻子上，使他的话好像小丑的打诨。

　　前几天，我在《现代》上看见苏汶先生的文章，他以中立的文艺论者的立场，将"连环图画"一笔抹杀了。自然，那不过是随便提起的，并非讨论绘画的专门文字，然而在青年艺术学徒的心中，也许是一个重要的问题，所以我再来说几句。

　　我们看惯了绘画史的插图上，没有"连环图画"，名人的作品的展览会上，不是"罗马夕照"，就是"西湖晚凉"，便以为那是一种下等物事，不足以登"大雅之堂"的。但若走进意大利的教皇宫①——我没有游历意大利的幸福，所走进的自然只是纸上的教皇宫——去，就能看见凡有伟大的壁画，几乎都是《旧约》，《耶稣传》，《圣者传》的连环图画，艺术史家截取其中的一段，印在书上，题之曰《亚当的创造》②，《最后之晚餐》③，读者就不觉得这是下等，这在宣

---

　　① **意大利的教皇宫**　指梵蒂冈宫，在意大利罗马城西北的梵蒂冈高地上，天主教教皇的宫廷。

　　② **《亚当的创造》**　取材《旧约·创世记》上帝造人故事的绘画。欧洲中世纪以来，这一题材的作品很多，其中最著名的是米开朗基罗在罗马西斯廷教堂所作的穹顶壁画的一部分。

　　③ **《最后之晚餐》**　取材《新约·马太福音》耶稣殉难前与十二门徒共进晚餐的绘画。在同题作品中，以达·芬奇在米兰圣玛利亚·格拉契教堂所作的壁画最为出色。

传了，然而那原画，却明明是宣传的连环图画。

在东方也一样。印度的阿强陀石窟①，经英国人摹印了壁画以后，在艺术史上发光了；中国的《孔子圣迹图》②，只要是明版的，也早为收藏家所宝重。这两样，一是佛陀的本生③，一是孔子的事迹，明明是连环图画，而且是宣传。

书籍的插画，原意是在装饰书籍，增加读者的兴趣的，但那力量，能补助文字之所不及，所以也是一种宣传画。这种画的幅数极多的时候，即能只靠图像，悟到文字的内容，和文字一分开，也就成了独立的连环图画。最显著的例子是法国的陀莱（Gustave Doré）④，他是插图版画的名家，最有名的是《神曲》，《失乐园》，《吉诃德先生》，还有《十字军记》的插画，德国都有单印本（前二种在日本也有印本），只靠略解，即可以知道本书的梗概。然而有谁说陀莱不是艺术家呢？

宋人的《唐风图》⑤和《耕织图》⑥，现在还可找到印本和石刻；至于仇英⑦的《飞燕外传图》和《会真记图》，则翻印本就在文明书局⑧发卖的。凡这些，也都是当时和现在的艺术品。

自十九世纪后半以来，版画复兴了，许多作家，往往喜欢刻印

---

① **阿强陀石窟**　今译阿旃陀石窟，在印度西南部奥兰加巴德东北文达雅山。石窟中有佛教徒开凿的佛殿、佛房 29 洞，保存着许多描绘佛教故事的壁画。

② **《孔子圣迹图》**　描绘孔子生平事迹的连环图画。明代有木刻本多种。另，山东曲阜孔庙保存的明万历年间的石刻《圣迹图》120 幅，亦有拓印画卷行世。

③ **佛陀的本生**　佛陀，梵语 Buddha 的音译，也作"浮屠""浮图"等，意为"觉者"，是佛教徒对释迦牟尼的尊称。本生，梵语 Jātaka（阇陀伽）的意译，或译"本起""本缘"，十二经部之一，是佛叙说自己过去行菩萨道、利生受苦的故事。

④ **陀莱**　今译多雷（Gustave Doré，1832—1883），法国插图画家。1848—1851 年为《笑》周刊绘制石版画。后从事木刻插图，雇用四十多名木刻工人，出版过九十多种插图书籍，最精致的版本有《拉伯雷作品》、巴尔扎克《短篇诙谐小说集》《圣经》和但丁《地狱篇》等。

⑤ **《唐风图》**　南宋画家马和之所作《诗经》图卷之一。宋高宗、孝宗每写《诗经》，命马和之补图。存世有《唐风图》《豳风图》《小雅·鹿鸣之什》《周颂》《鲁颂》等图。

⑥ **《耕织图》**　南宋画家刘松年所作人物图卷。

⑦ **仇英**（约1506—约1555）　字实夫，号十洲，明苏州太仓（今属江苏）人，画家。擅青绿山水、仕女、花鸟等。与沈周、文徵明、唐寅并称"明四家"。这里所说《飞燕外传》指旧题汉代伶玄所撰传奇小说，写赵飞燕姐妹宫廷生活；《会真记》即唐代元稹所作传奇小说，写崔莺莺与张生儿女情事。

⑧ **文明书局**　俞复、廉泉 1902 年在上海创办的出版社，是中国最早的商营教科书出版机构。1904 年始办彩色石印。后于 1932 年底并入中华书局。

『连环图画』辩护

一些以几幅画汇成一帖的"连作"（Blattfolge）。这些连作，也有并非一个事件的。现在为青年的艺术学徒计，我想写出几个版画史上已经有了地位的作家和有连续事实的作品在下面：

首先应该举出来的是德国的珂勒惠支（Käthe Kollwitz）① 夫人。她除了为霍普德曼②的《织匠》（Die Weber）而刻的六幅版画外，还有三种，有题目，无说明——

一，《农民斗争》（Bauernkrieg），金属版七幅；

二，《战争》（Der Krieg），木刻七幅；

三，《无产者》（Proletariat），木刻三幅。

以《士敏土》的版画，为中国所知道的梅斐尔德（Carl Meffert）③，是一个新进的青年作家，他曾为德译本斐格纳尔④的《猎俄皇记》（Die Jagd nach Zaren von Wera Figner）刻过五幅木版图，又有两种连作——

一，《你的姊妹》（Deine Schwester），木刻七幅，题诗一幅；

二，《养护的门徒》（原名未详），木刻十三幅。

比国有一个麦绥莱勒（Frans Masereel）⑤，是欧洲大战时候，像罗曼罗兰一样，因为非战而逃出过外国的。他的作品最多，都是一本书，只有书名，连小题目也没有。现在德国印出了普及版（Bei Kurt Wolff, München），每本三马克半，容易到手了。我所见过的是这几种——

一，《理想》（Die Idee），木刻八十三幅；

二，《我的祷告》（Mein Stundenbuch），木刻一百六十五幅；

三，《没字的故事》（Geschichte ohne Worte），木刻六十幅；

四，《太阳》（Die Sonne），木刻六十三幅；

五，《工作》（Das Werk），木刻，幅数失记；

六，《一个人的受难》（Die passion eines Menschen），木刻二十

---

① 珂勒惠支（Käthe Kollwitz, 1867—1945） 德国版画家。1936 年，鲁迅以"三闲书屋"名义出版《凯绥·珂勒惠支版画选集》。

② 霍普德曼 今译豪普特曼，见本书《革命文学》一文"霍普德曼"注条。

③ 梅斐尔德（Carl Meffert, 1903—1988） 德国版画家。1930 年，鲁迅以"三闲书屋"名义出版《梅斐尔德木刻士敏土之图》，并为作序。

④ 斐格纳尔 今译妃格念尔（В. Н. Фигнер, 1852—1942），俄国民粹派女革命家。《猎俄皇记》是她关于 1881 年 3 月民粹派行刺沙皇亚历山大二世的回忆录。

⑤ 麦绥莱勒（Frans Masereel, 1889—1972） 比利时版画家。

五幅。

美国作家的作品，我曾见过希该尔①木刻的《巴黎公社》(The Paris Commune, A Story in Pictures by William Siegel)，是纽约的约翰李特社 (John Reed Club) 出版的。还有一本石版的格罗沛尔 (W. Gropper)② 所画的书，据赵景深教授说，是"马戏的故事"，另译起来，恐怕要"信而不顺"，只好将原名照抄在下面——

《Alay-OoP》(Life and Love Among the Acrobats.)

英国的作家我不大知道，因为那作品定价贵。但曾经有一本小书，只有十五幅木刻和不到二百字的说明，作者是有名的吉宾斯 (Robert Gibbings)③，限印五百部，英国绅士是死也不肯重印的，现在恐怕已将绝版，每本要数十元了罢。那书是——

《第七人》(The Tth Man)。

以上，我的意思是总算举出事实，证明了连环图画不但可以成为艺术，并且已经坐在"艺术之宫"的里面了。至于这也和其他的文艺一样，要有好的内容和技术，那是不消说得的。

我并不劝青年的艺术学徒蔑弃大幅的油画或水彩画，但是希望一样看重并且努力于连环图画和书报的插图；自然应该研究欧洲名家的作品，但也更注意于中国旧书上的绣像和画本，以及新的单张的花纸。这些研究和由此而来的创作，自然没有现在的所谓大作家的受着有些人们的照例的叹赏，然而我敢相信：对于这，大众是要看的，大众是感激的！

十月二十五日

（原刊 1932 年 11 月 15 日《文学月报》第 4 号，后收入《南腔北调集》）

---

① **希该尔** 未详。
② **格罗沛尔** 今译格罗珀，见本书《风马牛》一文"格罗泼"注条。
③ **吉宾斯**（R. Gibbings，1889—1958） 英国版画家。

听 说 梦

做梦，是自由的，说梦，就不自由。做梦，是做真梦的，说梦，就难免说谎。

大年初一，就得到一本《东方杂志》①新年特大号，临末有"新年的梦想"，问的是"梦想中的未来中国"和"个人生活"，答的有一百四十多人。记者的苦心，我是明白的，想必以为言论不自由，不如来说梦，而且与其说所谓真话之假，不如来谈谈梦话之真，我高兴的翻了一下，知道记者先生却大大的失败了。

当我还未得到这本特大号之前，就遇到过一位投稿者，他比我先看见印本，自说他的答案已被资本家删改了，他所说的梦其实并不如此。这可见资本家虽然还没法禁止人们做梦，而说了出来，倘为权力所及，却要干涉的，决不给你自由。这一点，已是记者的大失败。

但我们且不去管这改梦案子，只来看写着的梦境罢，诚如记者所说，来答复的几乎全部是智识分子。首先，是谁也觉得生活不安定，其次，是许多人梦想着将来的好社会，"各尽所能"呀，"大同世界"呀，很有些"越轨"气息了（末三句是我添的，记者并没有说）。

但他后来就有点"痴"起来，他不知从那里拾来了一种学说，将一百多个梦分为两大类，说那些梦想好社会的都是"载道"之梦，是"异端"，正宗的梦应该是"言志"的，硬把"志"弄成一个空洞无物的东西。然而，孔子曰，"盍各言尔志"②，而终于赞成曾点

---

① 《东方杂志》 综合性刊物。1904 年 3 月在上海创刊，由商务印书馆出版。初为月刊，自 1920 年起改为半月刊，后于 1948 年 12 月停刊。

② "盍各言尔志" 让各自说说自己的志向。语出《论语·公冶长》："颜渊、季路侍。子曰：'盍各言尔志？'"又，《论语·先进》："子路、曾皙（点）、冉有、公西华侍坐。……子曰：'何伤乎，亦各言其志也。'（曾点）曰：'莫（暮）春者，春服既成，冠者五六人，童子六七人，浴乎沂，风乎舞雩，咏而归。'夫子喟然叹曰：'吾与点也。'"

者，就因为其"志"合于孔子之"道"的缘故也。

其实是记者的所以为"载道"的梦，那里面少得很。文章是醒着的时候写的，问题又近于"心理测验"，遂致对答者不能不做出各各适宜于目下自己的职业，地位，身分的梦来（已被删改者自然不在此例），即使看去好像怎样"载道"，但为将来的好社会"宣传"的意思，是没有的。所以，虽然梦"大家有饭吃"者有人，梦"无阶级社会"者有人，梦"大同世界"者有人，而很少有人梦见建设这样社会以前的阶级斗争，白色恐怖，轰炸，虐杀，鼻子里灌辣椒水，电刑……倘不梦见这些，好社会是不会来的，无论怎么写得光明，终究是一个梦，空头的梦，说了出来，也无非教人都进这空头的梦境里面去。

然而要实现这"梦"境的人们是有的，他们不是说，而是做，梦着将来，而致力于达到这一种将来的现在。因为有这事实，这才使许多智识分子不能不说好像"载道"的梦，但其实并非"载道"，乃是给"道"载了一下，倘要简洁，应该说是"道载"的。

为什么会给"道载"呢？曰：为目前和将来的吃饭问题而已。

我们还受着旧思想的束缚，一说到吃，就觉得近乎鄙俗。但我是毫没有轻视对答者诸公的意思的。《东方杂志》记者在《读后感》里，也曾引佛洛伊特的意见，以为"正宗"的梦，是"表现各人的心底的秘密而不带着社会作用的"。但佛洛伊特以被压抑为梦的根柢——人为什么被压抑的呢？这就和社会制度，习惯之类连结了起来，单是做梦不打紧，一说，一问，一分析，可就不妥当了。记者没有想到这一层，于是就一头撞在资本家的朱笔上。但引"压抑说"来释梦，我想，大家必已经不以为忤了罢。

不过，佛洛伊特恐怕是有几文钱，吃得饱饱的罢，所以没有感到吃饭之难，只注意于性欲。有许多人正和他在同一境遇上，就也轰然的拍起手来。诚然，他也告诉过我们，女儿多爱父亲，儿子多爱母亲，即因为异性的缘故。然而婴孩出生不多久，无论男女，就尖起嘴唇，将头转来转去。莫非它想和异性接吻么？不，谁都知道：是要吃东西！

食欲的根柢，实在比性欲还要深，在目下开口爱人，闭口情书，并不以为肉麻的时候，我们也大可以不必讳言要吃饭。因为是醒着做的梦，所以不免有些不真，因为题目究竟是"梦想"，而且如记者先生所说，我们是"物质的需要远过于精神的追求"了，所以乘着

Censors①（也引用佛洛伊特语）的监护好像解除了之际，便公开了一部分。其实也是在"梦中贴标语，喊口号"，不过不是积极的罢了，而且有些也许倒和表面的"标语"正相反。

时代是这么变化，饭碗是这样艰难，想想现在和将来，有些人也只能如此说梦，同是小资产阶级（虽然也有人定我为"封建余孽"或"土著资产阶级"，但我自己姑且定为属于这阶级），很能够彼此心照，然而也无须秘而不宣的。

至于另有些梦为隐士，梦为渔樵，和本相全不相同的名人，其实也只是豫感饭碗之脆，而却想将吃饭范围扩大起来，从朝廷而至园林，由洋场及于山泽，比上面说过的那些志向要大得远，不过这里不来多说了。

一月一日

（原刊 1933 年 4 月 15 日《文学杂志》第 1 号，后收入《南腔北调集》）

_____

① **Censors** 英语，原指新闻检查，弗洛伊特《精神分析引论》一书中用以表示"梦的检查作用"。

论"赴难"和"逃难"[*]

——寄《涛声》编辑的一封信

编辑先生：

　　我常常看《涛声》，也常常叫"快哉！"但这回见了周木斋①先生那篇《骂人与自骂》，其中说北平的大学生"即使不能赴难，最低最低的限度也应不逃难"，而致慨于五四运动时代式锋芒之销尽，却使我如骨鲠在喉，不能不说几句话。因为我是和周先生的主张正相反，以为"倘不能赴难，就应该逃难"，属于"逃难党"的。

　　周先生在文章的末尾，"疑心是北京改为北平的应验"，我想，一半是对的。那时的北京，还挂着"共和"的假面，学生嚷嚷还不妨事；那时的执政，是昨天上海市十八团体为他开了"上海各界欢迎段公芝老大会"的段祺瑞先生，他虽然是武人，却还没有看过《莫索理尼传》。然而，你瞧，来了呀。有一回，对着请愿的学生毕毕剥剥的开枪了，兵们最爱瞄准的是女学生，这用精神分析学来解释，是说得过去的，尤其是剪发的女学生，这用整顿风俗的学说来解说，也是说得过去的。总之是死了一些"莘莘学子"。然而还可以开追悼会；还可以游行过执政府之门，大叫"打倒段祺瑞"。为什么呢？因为这时又还挂着"共和"的假面。然而，你瞧，又来了呀。

　　＊　本文 1933 年 2 月 11 日在《涛声》第 2 卷第 5 期发表时题为《三十六计走为上计》，收入《南腔北调集》时改为现名。

　　①　**周木斋**（1910—1941）　名朴，号树榆，笔名木斋，江苏武进（今常州）人，现代作家、编辑。当时任上海大东书局编辑，后于 1934 年主编《大晚报》副刊《火炬》。抗战时期曾参加上海文化界救亡工作。著有杂文集《消长集》等。这里提到的《骂人与自骂》一文，刊于 1933 年 1 月 21 日出版的《涛声》第 2 卷第 4 期。其中说，"最近日军侵占榆关，北平的大学生竟至要求提前放假，所愿未遂，于是纷纷自动离校。敌人未到，闻风逃逸，这是绝顶离奇的了。……即使不能赴难，最低最低的限度也不应逃难。"又说，"写到这里，陡然的想起五四运动时期北京学生的锋芒，转眼之间，学风民气，两俱丕变，我要疑心是'北京'改为'北平'的应验了。"

现为党国大教授的陈源先生，在《现代评论》上哀悼死掉的学生，说可惜他们为几个卢布送了性命；《语丝》反对了几句，现为党国要人的唐有壬先生在《晶报》上发表一封信，说这些言动是受墨斯科的命令的。这实在已经有了北平气味了。

后来，北伐成功了，北京属于党国，学生们就都到了进研究室的时代，五四式是不对了。为什么呢？因为这是很容易为"反动派"所利用的。为了矫正这种坏脾气，我们的政府，军人，学者，文豪，警察，侦探，实在费了不少的苦心。用浩谕，用刀枪，用书报，用煅炼，用逮捕，用拷问，直到去年请愿之徒，死的都是"自行失足落水"，连追悼会也不开的时候为止，这才显出了新教育的效果。

倘使日本人不再攻榆关，我想，天下是太平了的，"必先安内而后可以攘外"①。但可恨的是外患来得太快一点，太繁一点，日本人太不为中国诸公设想之故也，而且也因此引起了周先生的责难。

看周先生的主张，似乎最好是"赴难"。不过，这是难的。倘使早先有了组织，经过训练，前线的军人力战之后，人员缺少了，副司令②下令召集，那自然应该去的。无奈去年的事实，则连火车也不能白坐，而况平日所学的又是债权论，土耳其文学史，最小公倍数之类。去打日本，一定打不过的。大学生们曾经和中国的兵警打过架，但是"自行失足落水"了，现在中国的兵警尚且不抵抗，大学生能抵抗么？我们虽然也看见过许多慷慨激昂的诗，什么用死尸堵住敌人的炮口呀，用热血胶住倭奴的刀枪呀，但是，先生，这是"诗"呵！事实并不这样的，死得比蚂蚁还不如，炮口也堵不住，刀枪也胶不住。孔子曰："以不教民战，是谓弃之。"③ 我并不全拜服孔老夫子，不过觉得这话是对的，我也正是反对大学生"赴难"的一个。

那么，"不逃难"怎样呢？我也是完全反对。自然，现在是"敌人未到"的，但假使一到，大学生们将赤手空拳，骂贼而死呢，还是躲在屋里，以图幸免呢？我想，还是前一着堂皇些，将来也可以有一本烈士传。不过于大局依然无补，无论是一个或十万个，至多，

《南腔北调集》中的杂文

① **"必先安内而后可以攘外"** 这是蒋介石在 1935 年 11 月 30 日为国民政府外交部部长顾维钧宣誓就职会题写的"训词"，此后即成为国民党消极抗战，热衷打内战的政策依据。

② **副司令** 指张学良。见本书《"非所计也"》一文"张学良"注条。

③ **"以不教民战，是谓弃之"** 语出《论语·子路》。

也只能又向"国联"报告一声罢了。去年十九路军①的某某英雄怎样杀敌，大家说得眉飞色舞，因此忘却了全线退出一百里的大事情，可是中国其实还是输了的。而况大学生们连武器也没有。现在中国的新闻上大登"满洲国"②的虐政，说是不准私藏军器，但我们大中华民国人民来藏一件护身的东西试试看，也会家破人亡，——先生，这是很容易"为反动派所利用"的呵。

施以狮虎式的教育，他们就能用爪牙，施以牛羊式的教育，他们到万分危急时还会用一对可怜的角。然而我们所施的是什么式的教育呢，连小小的角也不能有，则大难临头，惟有兔子似的逃跑而已。自然，就是逃也不见得安稳，谁都说不出那里是安稳之处来，因为到处繁殖了猎狗，诗曰："趯趯毚兔，遇犬获之。"③，此之谓也。然则三十六计，固仍以"走"为上计耳。

总之，我的意见是：我们不可看得大学生太高，也不可责备他们太重，中国是不能专靠大学生的；大学生逃了之后，却应该想想此后怎样才可以不至于单是逃，脱出诗境，踏上实地去。

但不知先生以为何如？能给在《涛声》上发表，以备一说否？谨听裁择，并请文安。

罗怃④顿首、一月二十八夜。

再：顷闻十来天之前，北平有学生五十多人因开会被捕，可见不逃的还有，然而罪名是"借口抗日，意图反动"，又可见虽"敌人未到"，也大以"逃难"为是也。

二十九日补记

（原刊 1933 年 2 月 11 日《涛声》第 2 卷第 5 期，后收入《南腔北调集》）

---

① **十九路军** 即 1932 年"一·二八"事变时驻守上海，参加淞沪抗战的那支部队。总指挥蒋光鼐，副总指挥兼军长蔡廷锴。

② **"满洲国"** 日本侵占我国东北后扶植的傀儡政权。1932 年 3 月 9 日正式成立，清废帝溥仪就任"执政"。后于 1934 年 1 月改执政政体为君主立宪制，溥仪则成为"皇帝"。

③ **"趯趯毚兔，遇犬获之"** 蹦蹦跳跳的狡兔，遇到猎犬就被逮住。语出《诗·小雅·巧言》。

④ **罗怃** 鲁迅的笔名之一。

学生和玉佛

一月二十八日《申报》号外载二十七日北平专电曰："故宫古物即起运①，北宁平汉两路②已奉令备车，团城白玉佛③亦将南运。"

二十九日号外又载二十八日中央社电传教育部电平各大学，略曰："据各报载榆关告紧之际，北平各大学中颇有逃考及提前放假等情，均经调查确实。查大学生为国民中坚份子，讵容妄自惊扰，败坏校规，学校当局迄无呈报，迹近宽纵，亦属非是。仰该校等迅将学生逃考及提前放假情形，详报核办，并将下学期上课日期，并报为要。"

三十日，"堕落文人"周动轩④先生见之，有诗叹曰：

> 寂寞空城在，仓皇古董迁，
> 头儿夸大口，面子靠中坚。
> 惊扰讵云妄？奔逃只自怜：
> 所嗟非玉佛，不值一文钱。

（原刊 1933 年 2 月 16 日《论语》第 11 期，后收入《南腔北调集》）

---

① **故宫古物即起运**　1933 年初，日本军队进攻热河，危及北平，当局下令将故宫的部分珍贵文物转移到南京等地。

② **北宁平汉两路**　指北平至南京和北平至汉口两条铁路。

③ **团城白玉佛**　北京北海公园团城承光殿内的一尊佛像，由整块的白玉石雕成。

④ **"堕落文人"周动轩**　鲁迅发表此文时署名动轩，以"堕落文人"自称是对某些国民党政客的回应。1930 年 2 月，国民党浙江省党部"呈请"国民党中央通缉鲁迅，诬为"堕落文人"。

谁的矛盾

萧（George Bernard Shaw）① 并不在周游世界，是在历览世界上新闻记者们的嘴脸，应世界上新闻记者们的口试，——然而落了第。

他不愿意受欢迎，见新闻记者，却偏要欢迎他，访问他，访问之后，却又都多少讲些俏皮话。

他躲来躲去，却偏要寻来寻去，寻到之后，大做一通文章，却偏要说他自己善于登广告。

他不高兴说话，偏要同他去说话，他不多谈，偏要拉他来多谈，谈得多了，报上又不敢照样登载了，却又怪他多说话。

他说的是真话，偏要说他是在说笑话，对他哈哈的笑，还要怪他自己倒不笑。

他说的是直话，偏要说他是讽刺，对他哈哈的笑，还要怪他自以为聪明。

他本不是讽刺家，偏要说他是讽刺家，而又看不起讽刺家，而又用了无聊的讽刺想来讽刺他一下。

他本不是百科全书，偏要当他百科全书，问长问短，问天问地，听了回答，又鸣不平，好像自己原来比他还明白。

他本是来玩玩的，偏要逼他讲道理，讲了几句，听的又不高兴了，说他是来"宣传赤化"了。

有的看不起他，因为他不是一个马克思主义文学者，然而倘是马克思主义文学者，看不起他的人可就不要看他了。

有的看不起他，因为他不去做工人，然而倘若做工人，就不会到上海，看不起他的人可就看不见他了。

---

① **萧** 即萧伯纳（George Bernard Shaw，1856—1950），英国剧作家、社会活动家。著有剧本《华伦夫人的职业》《巴巴拉少校》《真相毕露》等。1925 年获诺贝尔文学奖。1933 年乘船周游世界，2 月 12 日到香港，17 日到上海。

有的又看不起他，因为他不是实行的革命者，然而倘是实行者，就会和牛兰①一同关在牢监里，看不起他的人可就不愿提他了。

他有钱，他偏讲社会主义，他偏不去做工，他偏来游历，他偏到上海，他偏讲革命，他偏谈苏联，他偏不给人们舒服……

于是乎可恶。

身子长也可恶，年纪大也可恶，须发白也可恶，不爱欢迎也可恶，逃避访问也可恶，连和夫人的感情好也可恶。

然而他走了，这一位被人们公认为"矛盾"的萧。

然而我想，还是熬一下子，姑且将这样的萧，当作现在的世界的文豪罢，唠唠叨叨，鬼鬼祟祟，是打不倒文豪的，而且为给大家可以唠叨起见，也还是有他在着的好。

因为矛盾的萧没落时，或萧的矛盾解决时，也便是社会的矛盾解决的时候，那可不是玩意儿也。

二月十九夜

（原刊 1933 年 3 月 1 日《论语》第 12 期，后收入《南腔北调集》）

---

① 牛兰（Noulen） 即保罗·鲁埃格（Paul Ruegg，1898—?），瑞士人，一说波兰人或乌克兰人，共产国际特工人员。1930 年任国际工会组织"泛太平洋产业同盟"驻上海办事处秘书，化名牛兰。1931 年 6 月 15 日与夫人同被上海公共租界当局逮捕，8 月 30 日引渡给国民政府，羁押于苏州监狱。翌年 5 月，宋庆龄发表宣言要求释放牛兰夫妇；7 月，宋庆龄、蔡元培、杨杏佛等组织营救活动，并联名具保出狱就医，未果。8 月 19 日，牛兰夫妇被判无期徒刑。后于 1937 年抗战爆发后出狱。

由中国女人的脚，推定中国人之非中庸，又由此推定孔夫子有胃病

——"学匪"派考古学之一[*]

古之儒者不作兴谈女人，但有时总喜欢谈到女人。例如"缠足"罢，从明朝到清朝的带些考据气息的著作中，往往有一篇关于这事起源的迟早的文章。为什么要考究这样下等事呢，现在不说他也罢，总而言之，是可以分为两大派的，一派说起源早，一派说起源迟。说早的一派，看他的语气，是赞成缠足的，事情愈古愈好，所以他一定要考出连孟子的母亲，也是小脚妇人的证据来。说迟的一派却相反，他不大恭维缠足，据说，至早，亦不过起于宋朝的末年。

其实，宋末，也可以算得古的了。不过不缠之足，样子却还要古，学者应该"贵古而贱今"，斥缠足者，爱古也。但也有先怀了反对缠足的成见，假造证据的，例如前明才子杨升庵①先生，他甚至于替汉朝人做《杂事秘辛》，来证明那时的脚是"底平趾敛"。

于是又有人将这用作缠足起源之古的材料，说既然"趾敛"，可见是缠的了。但这是自甘于低能之谈，这里不加评论。

照我的意见来说，则以上两大派的话，是都错，也都对的。现在是古董出现的多了，我们不但能看见汉唐的图画，也可以看到晋唐古坟里发掘出来的泥人儿。那些东西上所表现的女人的脚上，有圆头履，有方头履，可见是不缠足的。古人比今人聪明，她决不至于缠小脚而穿大鞋子，里面塞些棉花，使自己走得一步一拐。

---

  * **"学匪"** 1925 年鲁迅与现代评论派的论争中，曾被指称为"学匪"，参见本书《学界的三魂》一文。

① **杨升庵**（1488—1559） 名慎，字用修，号升庵，明四川新都人，文学家。正德进士，嘉靖初曾任经筵讲官，后因大礼案充军云南永昌卫（今属大理）。其游历颇广，著述甚丰，有《升庵合集》存世。这里提到的《杂事秘辛》，旧题无名氏撰，是他伪托东汉人撰著的笔记小说。

但是，汉朝就确已有一种"利屣"，头是尖尖的，平常大约未必穿罢，舞的时候，却非此不可。不但走着爽利，"潭腿"①似的踢开去之际，也不至于为裙子所碍，甚至于踢下裙子来。那时太太们固然也未始不舞，但舞的究以倡女为多，所以倡伎就大抵穿着"利屣"，穿得久了，也免不了要"趾敛"的。然而伎女的装束，是闺秀们的大成至圣先师，这在现在还是如此，常穿利屣，即等于现在之穿高跟皮鞋，可以俨然居炎汉②"摩登女郎"之列，于是乎虽是名门淑女，脚尖也就不免尖了起来。先是倡伎尖，后是摩登女郎尖，再后是大家闺秀尖，最后才是"小家碧玉"一齐尖，待到这些"碧玉"们成了祖母时，就入于利屣制度统一脚坛的时代了。

　　当民国初年，"不佞"③观光北京的时候，听人说，北京女人看男人是否漂亮（自按：盖即今之所谓"摩登"也）的时候，是从脚起，上看到头的。所以男人的鞋袜，也得留心，脚样更不消说，当然要弄得齐齐整整，这就是天下之所以有"包脚布"的原因。仓颉造字，我们是知道的，谁造这布的呢，却还没有研究出。但至少是"古已有之"，唐朝张鷟④作的《朝野佥载》罢，他说武后朝有一位某男士，将脚裹得窄窄的，人们见了都发笑。可见盛唐之世，就已有了这一种玩意儿，不过还不是很极端，或者还没有很普及。然而好像终于普及了。由宋至清，绵绵不绝，民元革命以后，革了与否，我不知道，因为我是专攻考"古"学的。

　　然而奇怪得很，不知道怎的（自按：此处似略失学者态度），女士们之对于脚，尖还不够，并且勒令它"小"起来了，最高模范，还竟至于以三寸为度。这么一来，可以不必兼买利屣和方头履两种，从经济的观点来看，是不算坏的，可是从卫生的观点来看，却未免有些"过火"，换一句话，就是"走了极端"了。

　　我中华民族虽然常常的自命为爱"中庸"，行"中庸"的人民，其实是颇不免于过激的。譬如对于敌人罢，有时是压服不够，还要

　　①　"潭腿"　武术的一种套路。相传五代后期山东临清龙潭寺僧人昆仑大师所创。

　　②　炎汉　即汉朝。古代阴阳家以金木水火土五行（亦称五德）相生相克的关系来印证王朝兴替，汉朝被归入火德，故有"炎汉"之称。

　　③　"不佞"　旧时常作自称的谦词。

　　④　张鷟（约658—约730）　字文成，号浮休子，唐深州陆泽（今属河北深县）人，文学家。肃宗上元进士，宦途不畅。才思敏捷，名重一时。有判牍《龙筋凤髓判》、笔记《朝野佥载》等存世。以下所举武后朝某男士事未见《朝野佥载》一书，恐引述有误。

"除恶务尽"，杀掉不够，还要"食肉寝皮"。但有时候，却又谦虚到"侵略者要进来，让他们进来。也许他们会杀了十万中国人。不要紧，中国人有的是，我们再有人上去"。这真教人会猜不出是真痴还是假呆。而女人的脚尤其是一个铁证，不小则已，小则必求其三寸，宁可走不成路，摆摆摇摇。慨自辫子肃清以后，缠足本已一同解放的了，老新党的母亲们，鉴于自己在皮鞋里塞棉花之麻烦，一时也确给她的女儿留了天足。然而我们中华民族是究竟有些"极端"的，不多久，老病复发，有些女士们已在别想花样，用一枝细黑柱子将脚跟支起，叫它离开地球。她到底非要她的脚变把戏不可。由过去以测将来，则四朝（假如仍旧有朝代的话）之后，全国女人的脚趾都和小腿成一直线，是可以有八九成把握的。

然则圣人为什么大呼"中庸"呢？曰：这正因为大家并不中庸的缘故。人必有所缺，这才想起他所需。穷教员养不活老婆了，于是觉到女子自食其力说之合理，并且附带地向男女平权论点头；富翁胖到要发哮喘病了，才去打高而富球，从此主张运动的紧要。我们平时，是决不记得自己有一个头，或一个肚子，应该加以优待的，然而一旦头痛肚泻，这才记起了他们，并且大有休息要紧，饮食小心的议论。倘有谁听了这些议论之后，便贸贸然决定这议论者为卫生家，可就失之十丈，差以亿里了。

倒相反，他是不卫生家，议论卫生，正是他向来的不卫生的结果的表现。孔子曰，"不得中行而与之，必也狂狷乎，狂者进取，狷者有所不为也！"[1] 以孔子交游之广，事实上没法子只好寻狂狷相与，这便是他在理想上之所以哼着"中庸，中庸"的原因。

以上的推定假使没有错，那么，我们就可以进而推定孔子晚年，是生了胃病的了。"割不正不食"[2]，这是他老先生的古板规矩，但"食不厌精，脍不厌细"的条令却有些稀奇。他并非百万富翁或能收许多版税的文学家，想不至于这么奢侈的，除了只为卫生，意在容易消化之外，别无解法。况且"不撤姜食"，又简直是省不掉暖胃药

---

① **"不得中行而与之，必也狂狷乎，狂者进取，狷者有所不为也！"** 语出《论语·子路》。意思是说，如果没有中正守道的人做朋友，那就只能找狂者与狷者与自己同行，一者锐意进取，一者洁身自好。其内在含义是，不妨参照两种背道而驰的生命形态来定位"中庸"之道。

② **"割不正不食"** 此语及下文"食不厌精，脍不厌细""不撤姜食"等语，均出《论语·乡党》。按："割不正"指未按正常规程宰杀牲畜。

由中国女人的脚，推定中国人之非中庸，又由此推定孔夫子有胃病

了。何必如此独厚于胃，念念不忘呢？曰，以其有胃病之故也。

倘说：坐在家里，不大走动的人们很容易生胃病，孔子周游列国①，运动王公，该可以不生病证的了。那就是犯了知今而不知古的错误。盖当时花旗白面②，尚未输入，土磨麦粉，多含灰沙，所以分量较今面为重；国道尚未修成，泥路甚多凹凸，孔子如果肯走，那是不大要紧的，而不幸他偏有一车两马。胃里袋着沉重的面食，坐在车子里走着七高八低的道路，一颠一顿，一掀一坠，胃就被坠得大起来，消化力随之减少，时时作痛；每餐非吃"生姜"不可了。所以那病的名目，该是"胃扩张"；那时候，则是"晚年"，约在周敬王十年以后。

以上的推定，虽然简略，却都是"读书得间"的成功。但若急于近功，妄加猜测，即很容易陷于"多疑"的谬误。例如罢，二月十四日《申报》载南京专电云："中执委会令各级党部及人民团体制'忠孝仁爱信义和平'匾额，悬挂礼堂中央，以资启迪。"看了之后，切不可便推定为各要人讥大家为"忘八"③；三月一日《大晚报》④载新闻云："孙总理夫人宋庆龄女士自归国寓沪后，关于政治方面，不闻不问，惟对社会团体之组织非常热心。据本报记者所得报告，前日有人由邮政局致宋女士之索诈信□（自按：原缺）件，业经本市当局派驻邮局检查处检查员查获，当将索诈信截留，转辗呈报市府。"看了之后，也切不可便推定虽为总理夫人宋女士的信件，也常在邮局被当局派员所检查。

盖虽"学匪派考古学"，亦当不离于"学"，而以"考古"为限的。

三月四日夜

（原刊 1933 年 3 月 16 日《论语》第 13 期，后收入《南腔北调集》）

---

① **孔子周游列国**　孔子因鲁定公荒政，曾离开鲁国，游历宋、卫、陈、蔡、齐、楚等国，试图说服那些诸侯行其"仁政"。他在各国遭际相殊，虽然也有像卫灵公那样对他礼遇有加的国君，但那些诸侯都没有给他参政议政的机会。

② **花旗白面**　即美国进口的面粉。花旗，俗指美国。

③ **"忘八"**　即无耻。旧时以"孝、悌、忠、信、礼、义、廉、耻"八字为伦理要义，按文人打诨的说法，"忘八"即是"无耻"的谐语。

④ **《大晚报》**　1932 年 2 月 12 日由媒体实业家张竹平在上海创办，1935 年出售给国民党要人孔祥熙。1949 年 5 月 25 日停刊。

谈金圣叹

讲起清朝的文字狱来，也有人拉上金圣叹，其实是很不合适的。他的"哭庙"①，用近事来比例，和前年《新月》上的引据三民主义以自辩，并无不同，但不特捞不到教授而且至于杀头，则是因为他早被官绅们认为坏货了的缘故。就事论事，倒是冤枉的。

清中叶以后的他的名声，也有些冤枉。他抬起小说传奇来，和《左传》《杜诗》并列，实不过拾了袁宏道②辈的唾余；而且经他一批，原作的诚实之处，往往化为笑谈，布局行文，也都被硬拖到八股的作法上。这余荫，就使有一批人，堕入了对于《红楼梦》之类，总在寻求伏线，挑剔破绽的泥塘。

自称得到古本，乱改《西厢》③字句的案子且不说罢，单是截去《水浒》的后小半④，梦想有一个"嵇叔夜"来杀尽宋江们，也就昏庸得可以。虽说因为痛恨流寇的缘故，但他是究竟近于官绅的，

---

① **"哭庙"** 关于金圣叹"哭庙"一案，说法不一。据清代王应奎《柳南随笔》卷三："……时顺治十八年也。初，大行皇帝遗诏至苏，巡抚以下大临府治。诸生从而讦吴县令不法事，巡抚朱国治方晤令，于是诸生被系者五人。翌日，诸生群哭于文庙，复逮系至十三人，俱骇大不敬，而圣叹与焉。当是时，海寇入犯江南，衣冠陷贼者，坐反叛，兴大狱，廷议遣大臣即讯，并治诸生。及狱具，圣叹与十七人俱傅会逆案坐斩，家产籍没入官。闻圣叹将死，大叹诧曰：'断头，至痛也，籍家，至惨也。而圣叹以不意得之，大奇！'于是一笑受刑。其妻若子，亦遭戍边塞云。"

② **袁宏道**（1568—1610） 字中郎，明湖广公安（今属湖北）人，文学家。万历进士，官吏部郎中。与兄宗道、弟中道并称"三袁"，为"公安派"创始者，有《袁中郎全集》传世。

③ **《西厢》** 通称《西厢记》，全名为《崔莺莺待月西厢记》，元代王实甫所作杂剧。金圣叹批注《西厢》有许多随意篡改之处。

④ **截去《水浒》的后小半** 《水浒》原先的版本以百回本和百二十回本为主，都以宋江征方腊后受朝廷招安为结穴。金圣叹假托"古本"，将《水浒》删改为七十回本，即删去第七十一回后边的章回，以卢俊义梦中梁山泊好汉尽被杀绝煞尾，并将第一回改为楔子。

他到底想不到小百姓的对于流寇，只痛恨着一半：不在于"寇"，而在于"流"。

百姓固然怕流寇，也很怕"流官"。记得民元革命以后，我在故乡，不知怎地县知事常常掉换了。每一掉换，农民们便愁苦着相告道："怎么好呢？又换了一只空肚鸭来了！"他们虽然至今不知道"欲壑难填"的古训，却很明白"成则为王，败则为贼"的成语，贼者，流着之王，王者，不流之贼也，要说得简单一点，那就是"坐寇"。中国百姓一向自称"蚁民"，现在为便于譬喻起见，姑升为牛羊，铁骑一过，茹毛饮血，蹄骨狼藉，倘可避免，他们自然是总想避免的，但如果肯放任他们自啮野草，苟延残喘，挤出乳来将这些"坐寇"喂得饱饱的，后来能够比较的不复狼吞虎咽，则他们就以为如天之福。所区别的只在"流"与"坐"，却并不在"寇"与"王"。试翻明末的野史，就知道北京民心的不安，在李自成入京的时候，是不及他出京之际的利害的。

宋江据有山寨，虽打家劫舍，而劫富济贫，金圣叹却道应该在童贯高俅辈的爪牙之前，一个个俯首受缚，他们想不懂。所以《水浒传》纵然成了断尾巴蜻蜓，乡下人却还要看《武松独手擒方腊》这些戏。

不过这还是先前的事，现在似乎又有了新的经验了。听说四川有一只民谣，大略是"贼来如梳，兵来如篦，官来如剃"的意思。汽车飞艇①，价值既远过于大轿马车，租界和外国银行，也是海通以来新添的物事，不但剃尽毛发，就是刮尽筋肉，也永远填不满的。正无怪小百姓将"坐寇"之可怕，放在"流寇"之上了。

事实既然教给了这些，仅存的路，就当然使他们想到了自己的力量。

五月三十一日

（原刊 1933 年 7 月 1 日《文学》第 1 卷第 1 号，后收入《南腔北调集》）

---

　　① **飞艇**　当时飞机的一种叫法。

又论"第三种人"

　　戴望舒①先生远远的从法国给我们一封通信，叙述着法国 A. E. A. R.（革命文艺家协会）得了纪德②的参加，在三月二十一日召集大会，猛烈的反抗德国法西斯谛的情形，并且绍介了纪德的演说，发表在六月号的《现代》上。法国的文艺家，这样的仗义执言的举动是常有的：较远，则如左拉为德来孚斯打不平，法朗士当左拉改葬时候的讲演；较近，则有罗曼罗兰的反对战争。但这回更使我感到真切的欢欣，因为问题是当前的问题，而我也正是憎恶法西斯谛的一个。不过戴先生在报告这事实的同时，一并指明了中国左翼作家的"愚蒙"和像军阀一般的横暴，我却还想来说几句话。但希望不要误会，以为意在辩解，希图中国也从所谓"第三种人"得到对于德国的被压迫者一般的声援，——并不是的。中国的焚禁书报，封闭书店，囚杀作者，实在还远在德国的白色恐怖以前，而且也得到过世界的革命的文艺家的抗议③了。我现在要说的，不过那通信里的必须指出的几点。

　　那通信叙述过纪德的加入反抗运动之后，说道——

　　　　在法国文坛中，我们可以说纪德是"第三种人"……自从他在一八九一年……起，一直到现在为止，他始终是一个忠实

---

　　① **戴望舒**（1905—1950）　原名朝寀，笔名望舒，浙江杭县（今杭州）人，现代作家、翻译家。早年就读于震旦大学、上海大学，1932—1935 年去法国留学。曾参加左联，与施蛰存合编过多种刊物，抗战时在香港从事抗敌宣传工作。后任上海暨南大学、上海音乐专科学校教授。著有诗集《灾难的岁月》《望舒草》等，译有罗马诗人沃维提乌思的《爱经》、法国作家夏多布里昂的小说《少女之誓》等。

　　② **纪德**（A. Gide，1869—1951）　法国作家。著有长篇小说《窄门》《伪币制造者》等。1947 年获诺贝尔文学奖。

　　③ **世界的革命的文艺家的抗议**　指 1931 年苏联作家法捷耶夫、法国作家巴比塞等为国民党政府杀害柔石等中国作家一事发表的声明。

于他的艺术的人。然而，忠实于自己的艺术的作者，不一定就是资产阶级的"帮闲者"，法国的革命作家没有这种愚蒙的见解（或者不如说是精明的策略），因此，在热烈的欢迎之中，纪德便在群众之间发言了。

这就是说："忠实于自己的艺术的作者"，就是"第三种人"，而中国的革命作家，却"愚蒙"到指这种人为全是"资产阶级的帮闲者"，现在已经由纪德证实，是"不一定"的了。

这里有两个问题应该解答。

第一，是中国的左翼理论家是否真指"忠实于自己的艺术的作者"为全是"资产阶级的帮闲者"？据我所知道，却并不然。左翼理论家无论如何"愚蒙"，还不至于不明白"为艺术的艺术"在发生时，是对于一种社会的成规的革命，但待到新兴的战斗的艺术出现之际，还拿着这老招牌来明明暗暗阻碍他的发展，那就成为反动，且不只是"资产阶级的帮闲者"了。至于"忠实于自己的艺术的作者"，却并未视同一律。因为不问那一阶级的作家，都有一个"自己"，这"自己"，就都是他本阶级的一分子，忠实于他自己的艺术的人，也就是忠实于他本阶级的作者，在资产阶级如此，在无产阶级也如此。这是极显明粗浅的事实，左翼理论家也不会不明白的。但这位——戴先生用"忠实于自己的艺术"来和"为艺术的艺术"掉了一个包，可真显得左翼理论家的"愚蒙"透顶了。

第二，是纪德是否真是中国所谓的"第三种人"？我没有读过纪德的书，对于作品，没有加以批评的资格。但我相信：创作和演说，形式虽然不同，所含的思想是决不会两样的。我可以引出戴先生所绍介的演说里的两段来——

> 有人会对我说："在苏联也是这样的。"那是可能的事；但是目的却是完全两样的，而且，为了要建设一个新社会起见，为了把发言权给与那些一向做着受压迫者，一向没有发言权的人们起见，不得已的矫枉过正也是免不掉的事。
>
> 我为什么并怎样会在这里赞同我在那边所反对的事呢？那就是因为我在德国的恐怖政策中，见到了最可叹最可憎的过去底再演，在苏联的社会创设中，我却见到一个未来的无限的允约。

这说得清清楚楚，虽是同一手段，而他却因目的之不同而分为赞成或反抗。苏联十月革命后，侧重艺术的"绥拉比翁的兄弟们"①这团体，也被称为"同路人"，但他们却并没有这么积极。中国关于"第三种人"的文字，今年已经汇印了一本专书②，我们可以查一查，凡自称为"第三种人"的言论，可有丝毫近似这样的意见的么？倘其没有，则我敢决定地说，"不可以说纪德是'第三种人'"。

然而正如我说纪德不像中国的"第三种人"一样，戴望舒先生也觉得中国的左翼作家和法国的大有贤愚之别了。他在参加大会，为德国的左翼艺术家同伸义愤之后，就又想起了中国左翼作家的愚蠢横暴的行为。于是他临末禁不住感慨——

> 我不知道我国对于德国法西斯谛的暴行有没有什么表示。正如我们的军阀一样，我们的文艺者也是勇于内战的。在法国的革命作家们和纪德携手的时候，我们的左翼作家想必还在把所谓"第三种人"当作唯一的敌手吧！

这里无须解答，因为事实具在：我们这里也曾经有一点表示③，但因为和在法国两样，所以情形也不同；刊物上也久不见什么"把所谓'第三种人'当作唯一的敌手"的文章，不再内战，没有军阀气味了。戴先生的豫料，是落了空的。

然而中国的左翼作家，这就和戴先生意中的法国左翼作家一样贤明了么？我以为并不这样，而且也不应该这样的。如果声音还没有全被削除的时候，对于"第三种人"的讨论，还极有从新提起和展开的必要。戴先生看出了法国革命作家们的隐衷，觉得在这危急时，和"第三种人"携手，也许是"精明的策略"。但我以为单靠"策略"，是没有用的，有真切的见解，才有精明的行为，只要看纪

---

① **"绥拉比翁的兄弟们"** 今译"谢拉皮翁兄弟"，1921 年在苏联彼得格勒（今俄罗斯圣彼得堡）成立的文学团体。他们推崇艺术至上，主张作家不问政治。这个团体后于 1924 年解散。按："谢拉皮翁"原是德国作家霍夫曼的一部小说集的书名，因书中专述艺术家的故事，故被这个团体用以命名。

② **今年已经汇印了一本专书** 指《文艺自由论辩集》。苏汶编，上海现代书局 1933 年 3 月出版。

③ **我们这里也曾经有一点表示** 指 1933 年 5 月 13 日，宋庆龄、鲁迅、杨杏佛等到上海德国领事馆递交《为德国法西斯压迫民权摧残文化的抗议书》。次日，《申报》发表了这份抗议书。

德的讲演，就知道他并不超然于政治之外，决不能贸贸然称之为
"第三种人"，加以欢迎，是不必别具隐衷的。不过在中国的所谓
"第三种人"，却还复杂得很。

　　所谓"第三种人"，原意只是说：站在甲乙对立或相斗之外的
人。但在实际上，是不能有的。人体有胖和瘦，在理论上，是该能
有不胖不瘦的第三种人的，然而事实上却并没有，一加比较，非近
于胖，就近于瘦。文艺上的"第三种人"也一样，即使好像不偏不
倚罢，其实是总有些偏向的，平时有意的或无意的遮掩起来，而一
遇切要的事故，它便会分明的显现。如纪德，他就显出左向来了；
别的人，也能从几句话里，分明的显出。所以在这混杂的一群中，
有的能和革命前进，共鸣；有的也能乘机将革命中伤，软化，曲解。
左翼理论家是有着加以分析的任务的。

　　如果这就等于"军阀"的内战，那么，左翼理论家就必须更加
继续这内战，而将营垒分清，拔去了从背后射来的毒箭！

六月四日

（原刊 1933 年 7 月 1 日《文学》第 1 卷第 1 号，后收入《南腔
北调集》）

经　　验

古人所传授下来的经验，有些实在是极可宝贵的，因为它曾经费去许多牺牲，而留给后人很大的益处。

偶然翻翻《本草纲目》①，不禁想起了这一点。这一部书，是很普通的书，但里面却含有丰富的宝藏。自然，捕风捉影的记载，也是在所不免的，然而大部分的药品的功用，却由历久的经验，这才能够知道到这程度，而尤其惊人的是关于毒药的叙述。我们一向喜欢恭维古圣人，以为药物是由一个神农皇帝②独自尝出来的，他曾经一天遇到过七十二毒，但都有解法，没有毒死。这种传说，现在不能主宰人心了。人们大抵已经知道一切文物，都是历来的无名氏所逐渐的造成。建筑，烹饪，渔猎，耕种，无不如此；医药也如此。这么一想，这事情可就大起来了：大约古人一有病，最初只好这样尝一点，那样尝一点，吃了毒的就死，吃了不相干的就无效，有的竟吃到了对证的就好起来，于是知道这是对于某一种病痛的药。这样地累积下去，乃有草创的纪录，后来渐成为庞大的书，如《本草纲目》就是。而且这书中的所记，又不独是中国的，还有阿剌伯人的经验，有印度人的经验，则先前所用的牺牲之大，更可想而知了。

然而也有经过许多人经验之后，倒给了后人坏影响的，如俗语说"各人自扫门前雪，莫管他家瓦上霜"的便是其一。救急扶伤，一不小心，向来就很容易被人所诬陷，而还有一种坏经验的结果的歌诀，是"衙门八字开，有理无钱莫进来"，于是人们就只要事不干己，还是远远的站开干净。我想，人们在社会里，当初是并不这样

---

① 《本草纲目》　中药学书，明李时珍撰。凡 52 卷，著录药物 1892 种。

② 神农皇帝　传说中上古时期农、商、医药之神。其"尝百草"，一日遇 72 毒的故事见《淮南子·修务训》，曰："……于是神农乃始教民播种五谷，相土地宜，燥湿肥境高下，尝百草之滋味，水泉之甘苦，令民知所避就。当此之时，一日而遇七十毒。"

彼此漠不相关的，但因豺狼当道，事实上因此出过许多牺牲，后来就自然的都走到这条道路上去了。所以，在中国，尤其是在都市里，倘使路上有暴病倒地，或翻车摔伤的人，路人围观或甚至于高兴的人尽有，肯伸手来扶助一下的人却是极少的。这便是牺牲所换来的坏处。

　　总之，经验的所得的结果无论好坏，都要很大的牺牲，虽是小事情，也免不掉要付惊人的代价。例如近来有些看报的人，对于什么宣言，通电，讲演，谈话之类，无论它怎样骈四俪六，崇论宏议，也不去注意了，甚而还至于不但不注意，看了倒不过做做嬉笑的资料。这那里有"始制文字，乃服衣裳"① 一样重要呢，然而这一点点结果，却是牺牲了一大片地面，和许多人的生命财产换来的。生命，那当然是别人的生命，倘是自己，就得不着这经验了。所以一切经验，是只有活人才能有的，我的决不上别人讥刺我怕死② ，就去自杀或拼命的当，而必须写出这一点来，就为此。而且这也是小小的经验的结果。

六月十二日

（原刊 1933 年 7 月 15 日《申报月刊》第 2 卷第 7 号，后收入《南腔北调集》）

---

　　① **"始制文字，乃服衣裳"**　旧时幼学读物《千字文》中叙说上古文明发展的一句话。
　　② **别人讥刺我怕死**　指梁实秋《鲁迅与牛》一文中诋鲁迅的说法，其称鲁迅"领衔发起"自由运动大同盟，鼓噪工人上街游行集会，自己却是"不卖肉主义"（即不肯受皮肉之苦）。该文刊于《新月》第 2 卷第 11 期。

谚　语

　　粗略的一想，谚语固然好像一时代一国民的意思的结晶，但其实，却不过是一部分的人们的意思。现在就以"各人自扫门前雪，莫管他家瓦上霜"来做例子罢，这乃是被压迫者们的格言，教人要奉公，纳税，输捐，安分，不可怠慢，不可不平，尤其是不要管闲事；而压迫者是不算在内的。

　　专制者的反面就是奴才，有权时无所不为，失势时即奴性十足。孙皓①是特等的暴君，但降晋之后，简直像一个帮闲；宋徽宗②在位时，不可一世，而被掳后偏会含垢忍辱。做主子时以一切别人为奴才，则有了主子，一定以奴才自命：这是天经地义，无可动摇的。

　　所以被压制时，信奉着"各人自扫门前雪，莫管他家瓦上霜"的格言的人物，一旦得势，足以凌人的时候，他的行为就截然不同，变为"各人不扫门前雪，却管他家瓦上霜"了。

　　二十年来，我们常常看见：武将原是练兵打仗的，且不问他这兵是用以安内或攘外，总之他的"门前雪"是治军，然而他偏来干涉教育，主持道德；教育家原是办学的，无论他成绩如何，总之他的"门前雪"是学务，然而他偏去膜拜"活佛"，绍介国医。小百姓随军充伕，童子军沿门募款。头儿胡行于上，蚁民乱碰于下，结果是各人的门前都不成样，各家的瓦上也一团糟。

　　女人露出了臂膊和小腿，好像竟打动了贤人们的心，我记得曾有许多人絮絮叨叨，主张禁止过，后来也确有明文禁止了。不料到得今年，却又"衣服蔽体已足，何必前拖后曳，消耗布匹……顾念

---

①　**孙皓**（242—283）　三国时吴国最后一位皇帝。公元264—280年在位，后降晋。

②　**宋徽宗**　即赵佶（1082—1135），北宋皇帝、书画家。宣和七年（1125），金兵南下，传位于太子赵桓（钦宗），自称太上皇。靖康二年（1127）被金人俘虏北去，后死于五国城（今黑龙江依兰）。

时艰，后患何堪设想"起来，四川的营山县长于是就令公安局派队——剪掉行人的长衣的下截。长衣原是累赘的东西，但以为不穿长衣，或剪去下截，即于"时艰"有补，却是一种特别的经济学。《汉书》上有一句云，"口含天宪"①，此之谓也。

某一种人，一定只有这某一种人的思想和眼光，不能越出他本阶级之外。说起来，好像又在提倡什么犯讳的阶级了，然而事实是如此的。谣谚并非全国民的意思，就为了这缘故。古之秀才，自以为无所不晓，于是有"秀才不出门，而知天下事"这自负的漫天大谎，小百姓信以为真，也就渐渐的成了谚语，流行开来。其实是"秀才虽出门，不知天下事"的。秀才只有秀才头脑和秀才眼睛，对于天下事，那里看得分明，想得清楚。清末，因为想"维新"，常派些"人才"出洋去考察，我们现在看看他们的笔记罢，他们最以为奇的是什么馆里的蜡人能够和活人对面下棋。南海圣人康有为，佼佼者也，他周游十一国，一直到得巴尔干，这才悟出外国之所以常有"弑君"之故来了，曰：因为宫墙太矮的缘故。

六月十三日

（原刊 1933 年 7 月 15 日《申报月刊》第 2 卷第 7 号，后收入《南腔北调集》）

---

① **"口含天宪"** 语出《后汉书·朱穆传》："当今中官近习，窃持国柄，手握王爵，口含天宪，运赏则使饿隶富于季孙，呼嚧则令伊、颜化为桀、跖。""天宪"即王法，此语意即刑戮出于统治者之口。

大家降一级试试看

　　《文学》第一期的《〈图书评论〉所评文学书部分的清算》[①]，是很有趣味，很有意义的一篇账。这《图书评论》[②]不但是"我们唯一的批评杂志"，也是我们的教授和学者们所组成的唯一的联军。然而文学部分中，关于译注本的批评却占了大半，这除掉那《清算》里所指出的各种之外，实在也还有一个切要的原因，就是在我们学术界文艺界作工的人员，大抵都比他的实力凭空跳高一级。

　　校对员一面要通晓排版的格式，一面要多认识字，然而看现在的出版物，"己"与"已"，"戮"与"戳"，"剌"与"刺"，在很多的眼睛里是没有区别的。版式原是排字工人的事情，因为他不管，就压在校对员的肩膀上，如果他再不管，那就成为和大家不相干。作文的人首先也要认识字，但在文章上，往往以"战慄"为"战慄"，以"已竟"为"已经"；"非常顽艳"是因妒杀人的情形；"年已鼎盛"的意思，是说这人已有六十多岁了。至于译注的书，那自然，不是"硬译"，就是误译，为了训斥与指正，竟占去了九本《图书评论》中文学部分的书数的一半，就是一个不可动摇的证明。

　　这些错误的书的出现，当然大抵是因为看准了社会上的需要，匆匆的来投机，但一面也实在为了胜任的人，不肯自贬声价，来做这用力多而获利少的工作的缘故。否则，这些译注者是只配埋首大学，去谨听教授们的指示的。只因为能够不至于误译的人们洁身远去，出版界上空荡荡了，遂使小兵也来挂着帅印，辱没了翻译的天下。

　　但是，胜任的译注家那里去了呢？那不消说，他也跳了一级，

---

　　① 《〈图书评论〉所评文学书部分的清算》　傅东华的文章。

　　② 《图书评论》　1932 年 9 月创刊的书评月刊，南京图书评论社出版。刘英士编辑。

做了教授，成为学者了。"世无英雄，遂使竖子成名"①，于是只配做学生的胚子，就乘着空虚，托庇变了译注者。而事同一律，只配做个译注者的胚子，却踞着高座，昂然说法了。杜威②教授有他的实验主义，白璧德教授有他的人文主义，从他们那里零零碎碎贩运一点回来的就变了中国的呵斥八极的学者，不也是一个不可动摇的证明么？

　　要澄清中国的翻译界，最好是大家都降下一级去，虽然那时候是否真是都能胜任愉快，也还是一个没有把握的问题。

七月七日

　　（原刊 1933 年 8 月 15 日《申报月刊》第 2 卷第 8 号，后收入《南腔北调集》）

---

　　① **"世无英雄，遂使竖子成名"**　语出《晋书·阮籍传》："（籍）尝登广武，观楚汉战处，叹曰：'时无英雄，使竖子成名！'"
　　② **杜威**（John Dewey，1859—1952）　美国哲学家、教育家。曾任芝加哥大学和哥伦比亚大学教授、美国哲学学会会长，是美国实用主义哲学主要代表人物。著有《哲学的改造》《自然和经验》等。1919—1921 年、1931 年两度来中国讲学，他是胡适在美国留学时的导师。

沙

　　近来的读书人，常常叹中国人好像一盘散沙，无法可想，将倒楣的责任，归之于大家。其实这是冤枉了大部分中国人的。小民虽然不学，见事也许不明，但知道关于本身利害时，何尝不会团结。先前有跪香①，民变，造反；现在也还有请愿之类。他们的像沙，是被统治者"治"成功的，用文言来说，就是"治绩"。

　　那么，中国就没有沙么？有是有的，但并非小民，而是大小统治者。

　　人们又常常说："升官发财。"其实这两件事是不并列的，其所以要升官，只因为要发财，升官不过是一种发财的门径。所以官僚虽然依靠朝廷，却并不忠于朝廷，吏役虽然依靠衙署，却并不爱护衙署，头领下一个清廉的命令，小喽罗是决不听的，对付的方法有"蒙蔽"。他们都是自私自利的沙，可以肥己时就肥己，而且每一粒都是皇帝，可以称尊处就称尊。有些人译俄皇为"沙皇"，移赠此辈，倒是极确切的尊号。财何从来？是从小民身上刮下来的。小民倘能团结，发财就烦难，那么，当然应该想尽方法，使他们变成散沙才好。以沙皇治小民，于是全中国就成为"一盘散沙"了。

　　然而沙漠以外，还有团结的人们在，他们"如入无人之境"的走进来了。这就是沙漠上的大事变。当这时候，古人曾有两句极切贴的比喻，叫作"君子为猿鹤，小人为虫沙"②。那些君子们，不是象白鹤的腾空，就如猢狲的上树，"树倒猢狲散"，另外还有树，他们决不会吃苦。剩在地下的，便是小民的蝼蚁和泥沙，要践踏杀戮

---

　　① **跪香**　旧时老百姓向官府鸣冤、告状的一种方式，即手持燃香，跪于衙署门前或街头。

　　② **"君子为猿鹤，小人为虫沙"**　《太平御览》卷九一六引佚本《抱朴子》："周穆王南征，一军尽化，君子为猿为鹤，小人为虫为沙。"

都可以，他们对沙皇尚且不敌，怎能敌得过沙皇的胜者呢？

然而当这时候，偏又有人摇笔鼓舌，向着小民提出严重的质问道："国民将何以自处"呢，"问国民将何以善其后"呢？忽然记得了"国民"，别的什么都不说，只又要他们来填亏空，不是等于向着缚了手脚的人，要求他去捕盗么？

但这正是沙皇治绩的后盾，是猿鸣鹤唳的尾声，称尊肥己之余，必然到来的末一着。

七月十二日

（原刊 1933 年 8 月 15 日《申报月刊》第 2 卷第 8 号，后收入《南腔北调集》）

祝《涛声》

　　《涛声》的寿命有这么长，想起来实在有点奇怪的。

　　大前年和前年，所谓作家也者，还有什么什么会，标榜着什么什么文学，到去年就渺渺茫茫了，今年是大抵化名办小报，卖消息；消息那里有这么多呢，于是造谣言。先前的所谓作家还会联成黑幕小说，现在是联也不会联了，零零碎碎的塞进读者的脑里去，使消息和秘闻之类成为他们的全部大学问。这功绩的褒奖是稿费之外，还有消息奖，"挂羊头卖狗肉"也成了过去的事，现在是在"卖人肉"了。

　　于是不"卖人肉"的刊物及其作者们，便成为被卖的货色。这也是无足奇的，中国是农业国，而麦子却要向美国定购，独有出卖小孩，只要几百钱一斤，则古文明国中的文艺家，当然只好卖血，尼采说过："我爱血写的书"①呀。然而《涛声》尚存，这就是我所谓"想起来实在有点奇怪"。

　　这是一种幸运，也是一个缺点。看现在的景况，凡有敕准或默许其存在的，倒往往会被一部分人们摇头。有人批评过我，说，只要看鲁迅至今还活着，就足见不是一个什么好人。这是真的，自民元革命以至现在，好人真不知道被害死了多少了，不过谁也没有记一篇准账。这事实又教坏了我，因为我知道即使死掉，也不过给他们大卖消息，大造谣言，说我的被杀，其实是为了金钱或女人关系。所以，名列于该杀之林②则可，悬梁服毒，是不来的。

　　《涛声》上常有赤膊打仗，拼死拼活的文章，这脾气和我很相反，并不是幸存的原因。我想，那幸运而且也是缺点之处，是在总

---

　　① **"我爱血写的书"** 尼采在《查拉图斯特拉如是说》中说："在一切著作中，吾所爱者，唯用血写之著作。"

　　② **名列于该杀之林** 指被当局列入黑名单。1933 年 1 月，鲁迅参加中国民权保障同盟，被推举为执行委员，已为当局所忌。同年 6 月，民权保障同盟副会长杨杏佛遭暗杀，鲁迅也处于危险之中。

喜欢引古证今，带些学究气。中国人虽然自夸"四千余年古国古"，可是十分健忘的，连民族主义文学家，也会认成吉斯汗为老祖宗，则不宜与之谈古也可见。上海的市侩们更不需要这些，他们感到兴趣的只是今天开奖，邻右争风；眼光远大的也不过要知道名公如何游山，阔人和谁要好之类；高尚的就看什么学界琐闻，文坛消息。总之，是已将生命割得零零碎碎了。

这可以使《涛声》的销路不见得好，然而一面也使《涛声》长寿。文人学士是清高的，他们现在也更加聪明，不再恭维自己的主子，来着痕迹了。他们只是排好暗箭，拿定粪帚，监督着应该俯伏着的奴隶们，看有谁抬起头来的，就射过去，洒过去，结果也许会终于使这人被绑架或被暗杀，由此使民国的国民一律"平等"。《涛声》在销路上的不大出头，也正给它逃了暂时的性命，不过，也还是很难说，因为"不测之威"，也是古来就有的。

我是爱看《涛声》的，并且以为这样也就好。然而看近来，不谈政治呀，仍谈政治呀，似乎更加不大安分起来，则我的那些忠告，对于"乌鸦为记"的刊物①，恐怕也不见得有效。

那么，"祝"也还是"白祝"，我也只好看一张，算一张了。昔人诗曰，"丧乱死多门"②，信夫！

八月六日。

十一月二十五日的《涛声》上，果然发出《休刊辞》来，开首道："十一月二十日下午，本刊奉令缴还登记证，'民亦劳止，汔可小康'③。我们准备休息一些时了……"这真是康有为所说似的"不幸而吾言中"，岂不奇而不奇也哉。

十二月三十一夜，补记。④

（原刊 1933 年 8 月 19 日《涛声》第 2 卷第 31 期，后收入《南腔北调集》）

---

① **"乌鸦为记"的刊物**　指《涛声》。该刊自第 1 卷第 21 期起在刊头印有乌鸦的标志。
② **"丧乱死多门"**　杜甫《白马》诗："丧乱死多门，呜呼涕如霰。"
③ **"民亦劳止，汔可小康"**　语出《诗·大雅·民劳》。汔，庶几，几近。
④ 这段附记是此文编入《南腔北调集》时所加。

上海的少女

在上海生活，穿时髦衣服的比土气的便宜。如果一身旧衣服，公共电车的车掌会不照你的话停车，公园看守会格外认真的检查入门券，大宅子或大客寓的门丁会不许你走正门。所以，有些人宁可居斗室，喂臭虫，一条洋服裤子却每晚必须压在枕头下，使两面裤腿上的折痕天天有棱角。

然而更便宜的是时髦的女人。这在商店里最看得出：挑选不完，决断不下，店员也还是很能忍耐的。不过时间太长，就须有一种必要的条件，是带着一点风骚，能受几句调笑。否则，也会终于引出普通的白眼来。

惯在上海生活了的女性，早已分明地自觉着这种自己所具的光荣，同时也明白着这种光荣中所含的危险。所以凡有时髦女子所表现的神气，是在招摇，也在固守，在罗致，也在抵御，像一切异性的亲人，也像一切异性的敌人，她在喜欢，也正在恼怒。这神气也传染了未成年的少女，我们有时会看见她们在店铺里购买东西，侧着头，佯嗔薄怒，如临大敌。自然，店员们是能像对于成年的女性一样，加以调笑的，而她也早明白着这调笑的意义。总之：她们大抵早熟了。

然而我们在日报上，确也常常看见诱拐女孩，甚而至于凌辱少女的新闻。

不但是《西游记》里的魔王，吃人的时候必须童男和童女而已，在人类中的富户豪家，也一向以童女为侍奉，纵欲，鸣高，寻仙，采补的材料，恰如食品的餍足了普通的肥甘，就想乳猪芽茶一样。现在这现象并且已经见于商人和工人里面了，但这乃是人们的生活不能顺遂的结果，应该以饥民的掘食草根树皮为比例，和富户豪家的纵恣的变态是不可同日而语的。

但是，要而言之，中国是连少女也进了险境了。

这险境，更使她们早熟起来，精神已是成人，肢体却还是孩子。俄国的作家梭罗古勃①曾经写过这一种类型的少女，说是还是小孩子，而眼睛却已经长大了。然而我们中国的作家是另有一种称赞的写法的：所谓"娇小玲珑"者就是。

八月十二日

（原刊 1933 年 9 月 15 日《申报月刊》第 2 卷第 9 号，后收入《南腔北调集》）

---

① **梭罗古勃**　今译索洛古勃（Ф. К. Сологуб，1863—1927），俄国作家。象征主义文学代表之一。著有长篇小说《噩梦》《卑鄙的魔鬼》等。

上海的儿童

上海越界筑路①的北四川路一带，因为打仗，去年冷落了大半年，今年依然热闹了，店铺从法租界搬回，电影院早经开始，公园左近也常见携手同行的爱侣，这是去年夏天所没有的。

倘若走进住家的弄堂里去，就看见便溺器，吃食担，苍蝇成群的在飞，孩子成队的在闹，有剧烈的捣乱，有发达的骂詈，真是一个乱烘烘的小世界。但一到大路上，映进眼帘来的却只是轩昂活泼地玩着走着的外国孩子，中国的儿童几乎看不见了。但也并非没有，只因为衣裤郎当，精神萎靡，被别人压得像影子一样，不能醒目了。

中国中流的家庭，教孩子大抵只有两种法。其一，是任其跋扈，一点也不管，骂人固可，打人亦无不可，在门内或门前是暴主，是霸王，但到外面，便如失了网的蜘蛛一般，立刻毫无能力。其二，是终日给以冷遇或呵斥，甚而至于打扑，使他畏葸退缩，仿佛一个奴才，一个傀儡，然而父母却美其名曰"听话"，自以为是教育的成功，待到放他到外面来，则如暂出樊笼的小禽，他决不会飞鸣，也不会跳跃。

现在总算中国也有印给儿童看的画本了，其中的主角自然是儿童，然而画中人物，大抵倘不是带着横暴冥顽的气味，甚而至于流氓模样的，过度的恶作剧的顽童，就是钩头耸背，低眉顺眼，一副死板板的脸相的所谓"好孩子"。这虽然由于画家本领的欠缺，但也是取儿童为范本的，而从此又以作供给儿童仿效的范本。我们试一看别国的儿童画罢，英国沉着，德国粗豪，俄国雄厚，法国漂亮，日本聪明，都没有一点中国似的衰惫的气象。观民风是不但可以由诗文，也可以由图画，而且可以由不为人们所重的儿童画的。

顽劣，钝滞，都足以使人没落，灭亡。童年的情形，便是将来的命运。我们的新人物，讲恋爱，讲小家庭，讲自立，讲享乐了，但很少有人为儿女提出家庭教育的问题，学校教育的问题，社会改革的问题。先前的人，只知道"为儿孙作马牛"，固然是错误的，但只顾现在，不想将来，"任儿孙作马牛"，却不能不说是一个更大的错误。

八月十二日

（原刊 1933 年 9 月 15 日《申报月刊》第 2 卷第 9 号，后收入《南腔北调集》）

"论语一年"
——借此又谈萧伯纳

　　说是《论语》办到一年了，语堂先生①命令我做文章。这实在好像出了"学而一章"②的题目，叫我做一篇白话八股一样。没有法，我只好做开去。

　　老实说罢，他所提倡的东西，我是常常反对的。先前，是对于"费厄泼赖"，现在呢，就是"幽默"。我不爱"幽默"，并且以为这是只有爱开圆桌会议的国民③才闹得出来的玩意儿，在中国，却连意译也办不到。我们有唐伯虎④，有徐文长⑤；还有最有名的金圣叹，"杀头，至痛也，而圣叹以无意得之，大奇！"虽然不知道这是真话，是笑话；是事实，还是谣言。但总之：一来，是声明了圣叹并非反抗的叛徒；二来，是将屠户的凶残，使大家化为一笑，收场大吉。我们只有这样的东西，和"幽默"是并无什么瓜葛的。

　　况且作者姓氏一大篇⑥，动手者寥寥无几，乃是中国的古礼。在这种礼制之下，要每月说出两本"幽默"来，倒未免有些"幽默"的气息。这气息令人悲观，加以不爱，就使我不大热心于《论语》了。

---

　　① **语堂先生**　即林语堂，当时主编《论语》半月刊。

　　② **"学而一章"**　即《论语·学而》中"学而时习之，不亦说也"一章。旧时科举考试多以四书五经章句命题。

　　③ **爱开圆桌会议的国民**　指英国人。英国亚瑟王传奇中，骑士们为显示身份与权利平等，采用圆桌会议的形式议事决策，这对于近世的宪政议程似有某种启示。

　　④ **唐伯虎**　即唐寅（1470—1523），字伯虎，号六如居士，明苏州吴县人，文学家、书画家。弘治乡试解元，未入仕途。以风流、谐谑闻世，民间有许多关于他的传说。其诗文有《六如居士全集》存世。

　　⑤ **徐文长**　即徐渭（1521—1593），字文长，号青藤山人等，明浙江山阴（今绍兴）人，文学家、书画家。初为诸生，科举屡败，嘉靖末年入浙闽总督胡宗宪幕府。其性狷介，一生颇坎坷，而民间关于他的传说多偏于滑稽、搞笑一路。撰有《徐文长集》《南词叙录》及杂剧《四声猿》等。

　　⑥ **作者姓氏一大篇**　《论语》自第 5 期起，卷首印有"长期撰稿员"二十余人。

然而,《萧的专号》① 是好的。

它发表了别处不肯发表的文章,揭穿了别处故意颠倒的谈话,至今还使名士不平,小官怀恨,连吃饭睡觉的时候都会记得起来。憎恶之久,憎恶者之多,就是效力之大的证据。

莎士比亚虽然是"剧圣",我们不大有人提起他。五四时代绍介了一个易卜生,名声倒还好,今年绍介了一个萧可就糟了,至今还有人肚子在发胀。

为了他笑嘻嘻,辨不出是冷笑,是恶笑,是嘻笑么?并不是的。为了他笑中有刺,刺着了别人的病痛么?也不全是的。列维它夫②说得很分明:就因为易卜生是伟大的疑问号(?),而萧是伟大的感叹号(!)的缘故。

他们的看客,不消说,是绅士淑女们居多。绅士淑女们是顶爱面子的人种。易卜生虽然使他们登场,虽然也揭发一点隐蔽,但并不加上结论,却从容的说道"想一想罢,这到底是些什么呢?"绅士淑女们的尊严,确也有一些动摇了,但究竟还留着摇摇摆摆的退走,回家去想的余裕,也就保存了面子。至于回家之后,想了也未,想得怎样,那就不成什么问题,所以他被绍介进中国来,四平八稳,反对的比赞成的少。萧可不这样了,他使他们登场,撕掉了假面具,阔衣装,终于拉住耳朵,指给大家道,"看哪,这是蛆虫!"连磋商的工夫,掩饰的法子也不给人有一点。这时候,能笑的就只有并无他所指摘的病痛的下等人了。在这一点上,萧是和下等人相近的,而也就和上等人相远。

这怎么办呢?仍然有一定的古法在。就是:大家沸沸扬扬的嚷起来,说他有钱,说他装假,说他"名流",说他"狡猾",至少是和自己们差不多,或者还要坏。自己是生活在小茅厕里的,他却从大茅厕里爬出,也是一只蛆虫,绍介者胡涂,称赞的可恶。然而,我想,假使萧也是一只蛆虫,却还是一只伟大的蛆虫,正如可以同有许多感叹号,而惟独他是"伟大的感叹号"一样。譬如有一堆蛆虫在这里罢,一律即即足足,自以为是绅士淑女,文人学士,名宦高人,互相点头,雍容揖让,天下太平,那就是全体没有什么高下,

---

① 《萧的专号》 指 1933 年 3 月 1 日《论语》第 12 期《萧伯纳游华专号》。

② 列维它夫(М. Ю. Левидов,1891—1942) 苏联作家。这里引述他对易卜生和萧伯纳所作的比较,见《萧伯纳的戏剧》一文。

都是平常的蛆虫。但是，如果有一只蓦地跳了出来，大喝一声道："这些其实都是蛆虫！"那么，——自然，它也是从茅厕里爬出来的，然而我们非认它为特别的伟大的蛆虫则不可。

蛆虫也有大小，有好坏的。

生物在进化，被达尔文揭发了，使我们知道了我们的远祖和猴子是亲戚。然而那时的绅士们的方法，和现在是一模一样的：他们大家倒叫达尔文为猴子的子孙。罗广廷①博士在广东中山大学的"生物自然发生"的实验尚未成功，我们姑且承认人类是猴子的亲戚罢，虽然并不十分体面。但这同是猴子的亲戚中，达尔文又不能不说是伟大的了。那理由很简单而且平常，就因为他以猴子亲戚的家世，却并不忌讳，指出了人们是猴子的亲戚来。

猴子的亲戚也有大小，有好坏的。

但达尔文善于研究，却不善于骂人，所以被绅士们嘲笑了小半世。给他来斗争的是自称为"达尔文的咬狗"的赫胥黎②，他以渊博的学识，警辟的文章，东冲西突，攻陷了自以为亚当和夏娃③的子孙们的最后的堡垒。现在是指人为狗，变成摩登了，也算是一句恶骂。但是，便是狗罢，也不能一例而论的，有的食肉，有的拉橇，有的为军队探敌，有的帮警署捉人，有的在张园④赛跑，有的跟化子要饭。将给阔人开心的吧儿和在雪地里救人的猛犬一比较，何如？如赫胥黎，就是一匹有功人世的好狗。

狗也有大小，有好坏的。

但要明白，首先就要辨别。"幽默处俏皮与正经之间"（语堂语）。不知俏皮与正经之辨，怎么会知道这"之间"？我们虽挂孔子的门徒招牌，却是庄生⑤的私淑弟子。"彼亦一是非，此亦一是非"，

---

① **罗广廷**（生卒年未详） 广西合浦人，生物学家。早年留学法国，20世纪30年代任中山大学教授。曾质疑达尔文进化论，试以实验证明"生物自然发生论"。按：尽管法国科学家巴斯德在1861年以后的多次实验中证明生物不可能"自然发生"，但很长时间内这个问题上仍存在某些争议。

② **赫胥黎**（T. H. Huxley, 1825—1895） 英国博物学家。在达尔文发表《物种起源》一书后，他竭力支持和宣传生物进化论，曾与宗教势力进行激烈斗争。著有《人类在自然界的地位》、《进化论与伦理学》（旧译《天演论》）等。

③ **亚当和夏娃** 《圣经·创世记》中上帝创造的人类始祖。

④ **张园** 旧时上海一处公共游览场所。原为无锡张氏私人花园，故名。

⑤ **庄生** 即庄子。以下三处引文，前二处见《庄子·齐物论》，后一处见《庄子·应帝王》。

是与非不想辨；"不知周之梦为蝴蝶欤，蝴蝶之梦为周欤？"梦与觉也分不清。生活要混沌。如果凿起七窍来呢？庄子曰："七日而混沌死。"

这如何容得感叹号？

而且也容不得笑。私塾的先生，一向就不许孩子愤怒，悲哀，也不许高兴。皇帝不肯笑，奴隶是不准笑的。他们会笑，就怕他们也会哭，会怒，会闹起来。更何况坐着有版税可抽，而一年之中，竟"只闻其骚音怨音以及刻薄刁毒之音"呢？

这可见"幽默"在中国是不会有的。

这也可见我对于《论语》的悲观，正非神经过敏。有版税的尚且如此，还能希望那些炸弹满空，河水漫野之处的人们来说"幽默"么？恐怕连"骚音怨音"也不会有，"盛世元音"自然更其谈不到。将来圆桌会议上也许有人列席，然而是客人，主宾之间，用不着"幽默"。甘地①一回一回的不肯吃饭，而主人所办的报章上，已有说应该给他鞭子的了。

这可见在印度也没有"幽默"。

最猛烈的鞭挞了那主人们的是萧伯纳，而我们中国的有些绅士淑女们可又憎恶他了，这真是伯纳"以无意得之，大奇！"然而也正是办起《孝经》来的好文字："此士大夫之考也。"

《中庸》②《大学》③ 都已新出，《孝经》④ 是一定就要出来的；不过另外还要有《左传》⑤。在这样的年头，《论语》那里会办得好；二十五本，已经要算是"不亦乐乎"的了。

八月二十三日

（原刊 1933 年 9 月 16 日《论语》第 25 期，后收入《南腔北调集》）

---

① **甘地**（1869—1948） 印度政治家、民族独立运动领袖。曾提出"非暴力抵抗"口号，以"不合作运动"与英国殖民政府展开斗争。著有自传《我体验真理的故事》等。

② **《中庸》** 儒家经典之一，传为孔子的孙子子思所作。原为《礼记》中的一篇，南宋朱熹把它跟《大学》《论语》《孟子》合编为"四书"。1933 年 3 月，徐心芹等用此作刊名在上海创办《中庸》半月刊。

③ **《大学》** 儒家经典之一，传为曾参及其门人所作。原为《礼记》中的一篇，宋代以前已有单篇行世。1933 年 8 月，林可众等用此作刊名在上海创办《大学》月刊。

④ **《孝经》** 儒家经典之一，孔子后学所撰。

⑤ **《左传》** 又称《左氏春秋》，传为春秋时鲁国人左丘明所撰，系自鲁隐公元年（前 722）至悼公四年（前 464）的编年史。与《公羊传》《穀梁传》并称"春秋三传"。

小品文的危机

　　仿佛记得一两月之前，曾在一种日报上见到记载着一个人的死去的文章，说他是收集"小摆设"的名人，临末还有依稀的感喟，以为此人一死，"小摆设"的收集者在中国怕要绝迹了。

　　但可惜我那时不很留心，竟忘记了那日报和那收集家的名字。

　　现在的新的青年恐怕也大抵不知道什么是"小摆设"了。但如果他出身旧家，先前曾有玩弄翰墨的人，则只要不很破落，未将觉得没用的东西卖给旧货担，就也许还能在尘封的废物之中，寻出一个小小的镜屏，玲珑剔透的石块，竹根刻成的人像，古玉雕出的动物，锈得发绿的铜铸的三脚癞虾蟆：这就是所谓"小摆设"。先前，它们陈列在书房里的时候，是各有其雅号的，譬如那三脚癞虾蟆，应该称为"蟾蜍砚滴"之类，最末的收集家一定都知道，现在呢，可要和它的光荣一同消失了。

　　那些物品，自然决不是穷人的东西，但也不是达官富翁家的陈设，他们所要的，是珠玉扎成的盆景，五彩绘画的磁瓶。那只是所谓士大夫的"清玩"。在外，至少必须有几十亩膏腴的田地，在家，必须有几间幽雅的书斋；就是流寓上海，也一定得生活较为安闲，在客栈里有一间长包的房子，书桌一顶，烟榻一张，瘾足心闲，摩挲赏鉴。然而这境地，现在却已经被世界的险恶的潮流冲得七颠八倒，像狂涛中的小船似的了。

　　然而就是在所谓"太平盛世"罢，这"小摆设"原也不是什么重要的物品。在方寸的象牙版上刻一篇《兰亭序》，至今还有"艺术品"之称，但倘将这挂在万里长城的墙头，或供在云冈①的丈八佛像的足下，它就渺小得看不见了，即使热心者竭力指点，也不过令观

---

　　① 云冈　指云冈石窟，在山西大同。创建于北魏中期，现存石窟53处，造像51000余尊。

者生一种滑稽之感。何况在风沙扑面，狼虎成群的时候，谁还有这许多闲工夫，来赏玩琥珀扇坠，翡翠戒指呢。他们即使要悦目，所要的也是耸立于风沙中的大建筑，要坚固而伟大，不必怎样精；即使要满意，所要的也是匕首和投枪，要锋利而切实，用不着什么雅。

美术上的"小摆设"的要求，这幻梦是已经破掉了，那日报上的文章的作者，就直觉的地知道。然而对于文学上的"小摆设"——"小品文"的要求，却正在越加旺盛起来，要求者以为可以靠着低诉或微吟，将粗犷的人心，磨得渐渐的平滑。这就是想别人一心看着《六朝文絜》①，而忘记了自己是抱在黄河决口之后，淹得仅仅露出水面的树梢头。

但这时却只用得着挣扎和战斗。

而小品文的生存，也只仗着挣扎和战斗的。晋朝的清言②，早和它的朝代一同消歇了。唐末诗风衰落，而小品放了光辉。但罗隐③的《谗书》，几乎全部是抗争和愤激之谈；皮日休④和陆龟蒙⑤自以为隐士，别人也称之为隐士，而看他们在《皮子文薮》和《笠泽丛书》中的小品文，并没有忘记天下，正是一榻胡涂的泥塘里的光彩和锋铓。明末的小品虽然比较的颓放，却并非全是吟风弄月，其中有不平，有讽刺，有攻击，有破坏。这种作风，也触着了满洲君臣的心病，费去许多助虐的武将的刀锋，帮闲的文臣的笔锋，直到乾隆年间，这才压制下去了。以后呢，就来了"小摆设"。

"小摆设"当然不会有大发展。到五四运动的时候，才又来了一个展开，散文小品的成功，几乎在小说戏曲和诗歌之上。这之中，自然含着挣扎和战斗，但因为常常取法于英国的随笔（Essay），所以也带一点幽默和雍容；写法也有漂亮和缜密的，这是为了对于旧文学的示威，在表示旧文学之自以为特长者，白话文学也并非做不到。以后的路，本来明明是更分明的挣扎和战斗，因为这原是萌芽

---

① 《六朝文絜》 六朝骈体文总集，清代许梿编选。
② 清言 亦称"清谈"或"玄言"，魏晋士人中一种摒弃世务，专谈玄理的风气。
③ 罗隐（833—909） 字昭谏，唐余杭（今杭州）人，文学家。早年屡试不第，后入镇海军节度使钱镠幕府。有诗集《甲乙集》、文集《谗书》等存世，清人辑有《罗昭谏集》。
④ 皮日休（约834—约883） 字逸少，又字袭美，唐襄阳人，文学家。咸通进士，曾任太常博士。后入黄巢义军，为翰林学士。诗文与陆龟蒙齐名，人称"皮陆"。有《皮子文薮》存世。
⑤ 陆龟蒙（？—约881） 字鲁望，自号天随子，唐长洲（今江苏吴县）人。曾任苏、湖二郡从事，后隐居松江甫里。撰有《甫里集》《吴兴实录》《笠泽丛书》等。

于"文学革命"以至"思想革命"的。但现在的趋势,却在特别提倡那和旧文章相合之点,雍容,漂亮,缜密,就是要它成为"小摆设",供雅人的摩挲,并且想青年摩挲了这"小摆设",由粗暴而变为风雅了。

然而现在已经更没有书桌;雅片虽然已经公卖,烟具是禁止的,吸起来还是十分不容易。想在战地或灾区里的人们来鉴赏罢——谁都知道是更奇怪的幻梦。这种小品,上海虽正在盛行,茶话酒谈,遍满小报的摊子上,但其实是正如烟花女子,已经不能在弄堂里拉扯她的生意,只好涂脂抹粉,在夜里蹩到马路上来了。

小品文就这样的走到了危机。但我所谓危机,也如医学上的所谓"极期"(Krisis)一般,是生死的分歧,能一直得到死亡,也能由此至于恢复。麻醉性的作品,是将与麻醉者和被麻醉者同归于尽的。生存的小品文,必须是匕首,是投枪,能和读者一同杀出一条生存的血路的东西;但自然,它也能给人愉快和休息,然而这并不是"小摆设",更不是抚慰和麻痹,它给人的愉快和休息是休养,是劳作和战斗之前的准备。

八月二十七日

(原刊 1933 年 10 月 1 日《现代》第 3 卷第 6 期,后收入《南腔北调集》)

九一八

阴天，晌午大风雨。看晚报，已有纪念这纪念日的文章，用风雨作材料了。明天的日报上，必更有千篇一律的作品。空言不如事实，且看看那些记事罢——

戴季陶讲如何救国　（中央社）

南京十八日——国府十八日晨举行纪念周，到林森戴季陶陈绍宽朱家骅吕超魏怀暨国府职员等四百余人，林主席领导行礼，继戴讲"如何救国"，略谓本日系九一八两周年纪念，吾人于沉痛之余，应想法达到救国目的，救国之道甚多，如道德救国，教育救国，实业救国等，最近又有所谓航空运动及节约运动，前者之动机在于国防与交通上建设，此后吾人应从根本上设法增强国力，不应只知向外国购买飞机，至于节约运动须一面消极的节省消费，一面积极的将金钱用于生产方面。在此国家危急之秋，吾人应该各就自己的职务上尽力量，根据总理的一贯政策，来做整个三民主义的实施。

吴敬恒讲纪念意义　（中央社）

南京十八日——中央十八日晨八时举行九一八二周年纪念大会，到中委汪兆铭陈果夫邵元冲陈公博朱培德贺耀祖王祺等暨中央工作人员共六百余人，汪主席，由吴敬恒演讲以精诚团结充实国力，为纪念九一八之意义，阐扬甚多，并指正爱国之道，词甚警惕，至九时始散。

汉口静默停止娱乐　（日联社）

汉口十八日——汉口九一八纪念日华街各户均揭半旗，省市两党部上午十时举行纪念会，各戏院酒馆等一律停业，上午十一时全市人民默祷五分钟。

广州禁止民众游行 （路透社）

广州十八日——各公署与公共团体今晨均举行九一八国耻纪念，中山纪念堂晨间行纪念礼，演说者均抨击日本对华之侵略，全城汽笛均大鸣，以警告民众，且有飞机于行礼时散发传单，惟民众大游行，为当局所禁，未能实现。

东京纪念祭及犬马 （日联社）

东京十八日——东京本日举行九一八纪念日，下午一时在日比谷公会堂举行阵亡军人遗族慰安会，筑地本愿寺举行军马军犬军鸽等之慰灵祭，在乡军人于下午六时开大会，靖国神社举行阵亡军人追悼会。

但在上海怎样呢？先看租界——

雨丝风片倍觉消沉

今日之全市，既因雨丝风片之侵袭，愁云惨雾之笼罩，更显黯淡之象。但驾车遍游全市，则殊难得见九一八特殊点缀，似较诸去年今日，稍觉消沉，但此非中国民众之已渐趋于麻木，或者为中国民众已觉悟于过去标语口号之不足恃，只有埋头苦做之一道乎？所以今日之南市闸北以及租界区域，情形异常平安，道途之间，除警务当局多派警探在冲要之区，严密戒备外，简直无甚可以纪述者。

以上是见于《大美晚报》①的，很为中国人祝福。至华界情状，却须看《大晚报》的记载了——

———————————

　① 《大美晚报》　美国侨民在上海出版的报纸。1929 年 4 月创刊时仅出英文版，原名 *The Shanghai Evening Post*，后与《文汇报》（*Shanghai Mereury*）合并，改名 *The Shanghai Evening Post and Mercury*。1933 年 1 月增出中文版。1949 年 6 月停刊。

今日九一八
华界戒备
公安局据密报防反动

今日为"九一八"，日本侵占东北国难二周纪念，市公安局长文鸿恩，昨据密报，有反动分子，拟借国难纪念为由秘密召集无知工人，乘机开会，企图煽惑捣乱秩序等语，文局长核报后，即训令各区所队，仍照去年"九一八"实施特别戒备办法，除通告该局各科处于今晨十时许，在局长办公厅前召集全体职员，及警察总队第三中队警士，举行"九一八"国难纪念，同时并行纪念周外，并饬督察长李光曾派全体督察员，男女检查员，分赴中华路，民国路，方浜路，南阳桥，唐家湾，斜桥等处，会同各区所警士，在各要隘街衢，及华租界接壤之处，自上午八时至十一时半，中午十一时半至三时，下午三时至六时半，分三班轮流检查行人。南市大吉路公共体育场，沪西曹家渡三角场，闸北谭子湾等处，均派大批巡逻警士，禁止集会游行。制造局路之西，徐家汇区域内主要街道，尤宜特别注意，如遇发生事故，不能制止者，即向丽园路报告市保安处第二团长处置，凡工厂林立处所，加派双岗驻守，红色车巡队，沿城环行驶巡，形势非常壮严。该局侦缉队长卢英，饬侦缉领班陈光炎，陈才福，唐炳祥，夏品山，各率侦缉员，分头密赴曹家渡，白利南路，胶州路及南市公共体育场等处，严密暗探反动分子行动，以资防范，而遏乱萌。公共租界暨法租界两警务处，亦派中西探员出发搜查，以防反动云。

"红色车"是囚车，中国人可坐，然而从中国人看来，却觉得"形势非常壮严"云。记得前两天（十六日）出版的《生活》[①] 所载的《两年的教训》里，有一段说——

第二，我们明白谁是友谁是仇了。希特勒在德国民族社会

---

① 《生活》 综合性周刊，1925 年在上海创刊，中华职业教育社主办。初由黄炎培主编，1926 年 10 月起由邹韬奋主编。1933 年 12 月被当局密令停刊。

党大会中说："德国的仇敌，不在国外，而在国内。"北平整委会主席黄郛说："和共抗日之说，实为谬论；剿共和外方为救时救党上策。"我们却要说"民族的仇敌，不仅是帝国主义，而是出卖民族利益的帝国主义走狗们。"民族反帝的真正障碍在那里，还有比这过去两年的事实指示得更明白吗？

现在再来一个切实的注脚：分明的铁证还有上海华界的"红色车"！是一天里的大教训！

年年的这样的情状，都被时光所埋没了，今夜作此，算是纪念文，倘中国人而终不至被害尽杀绝，则以贻我们的后来者。

是夜，记

（原未发表，直接收入《南腔北调集》）

九一八

偶　成

九月二十日的《申报》上，有一则嘉善地方的新闻，摘录起来，就是——

> 本县大窑乡沈和声与子林生，被著匪石塘小弟绑架而去，勒索三万元。沈姓家以中人之产，迁延未决。讵料该帮股匪乃将沈和声父子及苏境方面绑来肉票，在丁棚北，北荡滩地方，大施酷刑。法以布条遍贴背上，另用生漆涂敷，俟其稍干，将布之一端，连皮揭起，则痛彻心肺，哀号呼救，惨不忍闻。时为该处居民目睹，恻然心伤，尽将惨状报告沈姓，速即往赎，否则恐无生还。帮匪手段之酷，洵属骇闻。

“酷刑”的记载，在各地方的报纸上是时时可以看到的，但我们只在看见时觉得“酷”，不久就忘记了，而实在也真是记不胜记。然而酷刑的方法，却决不是突然就会发明，一定都有它的师承或祖传，例如这石塘小弟所采用的，便是一个古法，见于士大夫未必肯看，而下等人却大抵知道的《说岳全传》① 一名《精忠传》上，是秦桧要岳飞自认“汉奸”，逼供之际所用的方法，但使用的材料，却是麻条和鱼鳔。我以为生漆之说，是未必的确的，因为这东西很不容易干燥。

“酷刑”的发明和改良者，倒是虎吏和暴君，这是他们唯一的事业，而且也有工夫来考究。这是所以威民，也所以除奸的，然而《老子》② 说得好，“为之斗斛以量之，则并与斗斛而窃之……”有

---

① 《说岳全传》 全称《精忠演义说本岳王全传》，讲史小说，清代钱彩作。叙说南宋岳飞抗金故事。秦桧用麻条、鱼鳔为刑具逼供之事，见该书第六十回。

② 《老子》 据以下引文，此处应作《庄子》。“为之斗斛以量之，则并与斗斛而窃之。”见《庄子·胠箧》。意思是说，圣人制造斗斛作为量具，却连斗斛也被盗跖窃去了，喻指统治者治民之术总是被反抗者反治其身。

被刑的资格的也就来玩一个"剪窃"。张献忠的剥人皮，不是一种骇闻么？但他之前已有一位剥了"逆臣"景清的皮的永乐皇帝①在。

奴隶们受惯了"酷刑"的教育，他只知道对人应该用酷刑。

但是，对于酷刑的效果的意见，主人和奴隶们是不一样的。主人及其帮闲们，多是智识者，他能推测，知道酷刑施之于敌对，能够给与怎样的痛苦，所以他会精心结撰，进步起来。奴才们却一定是愚人，他不能"推己及人"，更不能推想一下，就"感同身受"。只要他有权，会采用成法自然也难说，然而他的主意，是没有智识者所测度的那么惨厉的。绥拉菲摩维支在《铁流》里，写农民杀掉了一个贵人的小女儿，那母亲哭得很凄惨，他却诧异道，哭什么呢，我们死掉多少小孩子，一点也没哭过。他不是残酷，他一向不知道人命会这么宝贵，他觉得奇怪了。

奴隶们受惯了猪狗的待遇，他只知道人们无异于猪狗。

用奴隶或半奴隶的幸福者，向来只怕"奴隶造反"，真是无怪的。

要防"奴隶造反"，就更加用"酷刑"，而"酷刑"却因此更到了末路。在现代，枪毙是早已不足为奇了，枭首陈尸，也只能博得民众暂时的鉴赏，而抢劫，绑架，作乱的还是不减少，并且连绑匪也对于别人用起酷刑来了。酷的教育，使人们见酷而不再觉其酷，例如无端杀死几个民众，先前是大家就会嚷起来的，现在却只如见了日常茶饭事。人民真被治得好像厚皮的，没有感觉的癞象一样了，但正因为成了癞皮，所以又会踏着残酷前进，这也是虎吏和暴君所不及料，而即使料及，也还是毫无办法的。

九月二十日

（原刊 1933 年 10 月 15 日《申报月刊》第 2 卷第 10 号，后收入《南腔北调集》）

---

① **永乐皇帝** 即明成祖朱棣（1360—1424）。他是明太祖朱元璋第四子，原封燕王。朱元璋死后传位皇太孙朱允炆（即建文帝），被朱棣起兵推翻。朱棣即位后改年号永乐。他曾毫不留情地镇压那些不肯归顺的建文帝旧臣《明史纪事本末》卷十八"壬午殉难"记述其残害左金都御史景清事略，谓"抉其齿。且抉且骂，含血直喷御袍。乃命剥其皮，草楦之，械系长安门，碎磔其骨肉"。

漫　　与

　　地质学上的古生代的秋天，我们不大明白了，至于现在，却总是相差无几。假使前年是肃杀的秋天，今年就成了凄凉的秋天，那么，地球的年龄，怕比天文学家所豫测的最短的数目还要短得多多罢。但人事却转变得真快，在这转变中的人，尤其是诗人，就感到了不同的秋，将这感觉，用悲壮的，或凄惋的句子，传给一切平常人，使彼此可以应付过去，而天地间也常有新诗存在。

　　前年实在好像是一个悲壮的秋天，市民捐钱，青年拼命，笳鼓的声音也从诗人的笔下涌出，仿佛真要"投笔从戎"似的。然而诗人的感觉是锐敏的，他未始不知道国民的赤手空拳，所以只好赞美大家的殉难，因此在悲壮里面，便埋伏着一点空虚。我所记得的，是邵冠华①先生的《醒起来罢同胞》（《民国日报》所载）里的一段——

> 同胞，醒起来罢，
> 踢开了弱者的心，
> 踢开了弱者的脑，
> 看，看，看，
> 看同胞们的血喷出来了，
> 看同胞们的肉割开来了，
> 看同胞们的尸体挂起来了。

　　鼓鼙之声要在前线，当进军的时候，是"作气"的，但尚且要"再而衰，三而竭"②，倘在并无进军的准备的处所，那就完全是

---

　　① **邵冠华**（生卒年未详）　江苏宜兴人，20世纪30年代初"民族诗派"诗人。著有诗集《都市的夜》《秋天集》等。

　　② **"再而衰，三而竭"**　《左传·庄公十年》："一鼓作气，再而衰，三而竭。"

"散气"的灵丹了，倒使别人的紧张的心情，由此转成弛缓。所以我曾比之于"嚎丧"，是送死的妙诀，是丧礼的收场，从此使生人又可以在别一境界中，安心乐意的活下去。历来的文章中，化"敌"为"皇"，称"逆"为"我朝"，这样的悲壮的文章就是其间的"蝴蝶铰"①，但自然，作手是不必同出于一人的。然而从诗人看来，据说这些话乃是一种"狂吠"②。

不过事实真也比评论更其不留情面，仅在这短短的两年中，昔之义军，已名"匪徒"，而有些"抗日英雄"，却早已侨寓姑苏了，而且连捐款也发生了问题③。九一八的纪念日，则华界但有囚车随着武装巡捕梭巡，这囚车并非"意图"拘禁敌人或汉奸，而是专为"意图乘机捣乱"的"反动分子"所豫设的宝座。天气也真是阴惨，狂风骤雨，报上说是"飓风"，是天地在为中国饮泣，然而在天地之间——人间，这一日却"平安"的过去了。

于是就成了虽然有些惨淡，却很"平安"的秋天，正是一个丧家届了除服之期的景象。但这景象，却又与诗人非常适合的，我在《醒起来罢同胞》的同一作家的《秋的黄昏》（九月二十五日《时事新报》所载）里，听到了幽咽而舒服的声调——

> 我到了秋天便会伤感；到了秋天的黄昏，便会流泪，我已很感觉到我的伤感是受着秋风的波动而兴奋地展开，同时自己又像会发现自己的环境是最适合于秋天，细细地抚摩着秋天在自然里发出的音波，我知道我的命运使我成为秋天的人。……

钉梢，现在中国所流行的，是无赖子对于摩登女郎，和侦探对于革命青年的钉梢，而对于文人学士们，却还很少见。假使追踪几月或几年试试罢，就会看见许多怎样的情随事迁，到底头头是道的诗人。

---

① **"蝴蝶绞"** 蝴蝶状的绞链，多用做旧式箱柜等家具的锁攀。这里喻为某种连接物。

② **"狂吠"** 指邵冠华《鲁迅的狂吠》一文，见 1933 年 9 月 1 日出版的《新时代》月刊第 5 卷第 3 期。该文抨击鲁迅对"民族主义文学"的批评。

③ **连捐款也发生了问题** 1933 年 6 月，马占山在上海对外界宣称，他在东北抗日期间，收到的内地捐款仅 170 多万元。这与人们估算的二千万元相去甚远，引起舆论界关注。当时有关部门方面曾进行清查，却并无结果。

一个活人，当然是总想活下去的，就是真正老牌的奴隶，也还在打熬着要活下去。然而自己明知道是奴隶，打熬着，并且不平着，挣扎着，一面"意图"挣脱以至实行挣脱的，即使暂时失败，还是套上了镣铐罢，他却不过是单单的奴隶。如果从奴隶生活中寻出"美"来，赞叹，抚摩，陶醉，那可简直是万劫不复的奴才了，他使自己和别人永远安住于这生活。就因为奴群中有这一点差别，所以使社会有平安和不安的差别，而在文学上，就分明的显现了麻醉的和战斗的的不同。

九月二十七日

（原刊 1933 年 10 月 15 日《申报月刊》第 2 卷第 10 号，后收入《南腔北调集》）

世故三昧

　　人世间真是难处的地方，说一个人"不通世故"，固然不是好话，但说他"深于世故"也不是好话。"世故"似乎也像"革命之不可不革，而亦不可太革"一样，不可不通，而亦不可太通的。

　　然而据我的经验，得到"深于世故"的恶谥者，却还是因为"不通世故"的缘故。

　　现在我假设以这样的话，来劝导青年人——

　　"如果你遇见社会上有不平事，万不可挺身而出，讲公道话，否则，事情倒会移到你头上来，甚至于会被指作反动分子的。如果你遇见有人被冤枉，被诬陷的，即使明知道他是好人，也万不可挺身而出，去给他解释或分辩，否则，你就会被人说是他的亲戚，或得了他的贿赂；倘使那是女人，就要被疑为她的情人的；如果他较有名，那便是党羽。例如我自己罢，给一个毫不相干的女士①做了一篇信札集的序，人们就说她是我的小姨；绍介一点科学的文艺理论，人们就说得了苏联的卢布。亲戚和金钱，在目下的中国，关系也真是大，事实给与了教训，人们看惯了，以为人人都脱不了这关系，原也无足深怪的。

　　"然而，有些人其实也并不真相信，只是说着玩玩，有趣有趣的。即使有人为了谣言，弄得凌迟碎剐，像明末的郑鄤②那样了，和自己也并不相干，总不如有趣的紧要。这时你如果去辨正，那就是使大家扫兴，结果还是你自己倒楣。我也有一个经验，那是十多年前，我在教育部里做"官僚"③，常听得同事说，某女学校的学生，

---

　　① 　一个毫不相干的女士　指金淑姿。1932 年 7 月 20 日，鲁迅受人所托给她的遗书集写了一篇序文，即收入《集外集》的《〈淑姿的信〉序》。

　　② 　郑鄤　明代天启间进士，崇祯时温体仁诬告他杖母不孝，被凌迟处死。

　　③ 　我在教育部里做"官僚"　指民国初年鲁迅在北洋政府教育部任佥事，曾被陈西滢称作"官僚"。

是可以叫出来嫖的①，连机关的地址门牌，也说得明明白白。有一回我偶然走过这条街，一个人对于坏事情，是记性好一点的，我记起来了，便留心着那门牌，但这一号；却是一块小空地，有一口大井，一间很破烂的小屋，是几个山东人住着卖水的地方，决计做不了别用。待到他们又在谈着这事的时候，我便说出我的所见来，而不料大家竟笑容尽敛，不欢而散了，此后不和我谈天者两三月。我事后才悟到打断了他们的兴致，是不应该的。

"所以，你最好是莫问是非曲直，一味附和着大家；但更好是不开口；而在更好之上的是连脸上也不显出心里的是非的模样来……"

这是处世法的精义，只要黄河不流到脚下，炸弹不落在身边，可以保管一世没有挫折的。但我恐怕青年人未必以我的话为然；便是中年，老年人，也许要以为我是在教坏了他们的子弟。呜呼，那么，一片苦心，竟是白费了。

然而倘说中国现在正如唐虞盛世，却又未免是"世故"之谈。耳闻目睹的不算，单是看看报章，也就可以知道社会上有多少不平，人们有多少冤抑。但对于这些事，除了有时或有同业，同乡，同族的人们来说几句呼吁的话之外，利害无关的人的义愤的声音，我们是很少听到的。这很分明，是大家不开口；或者以为和自己不相干；或者连"以为和自己不相干"的意思也全没有。"世故"深到不自觉其"深于世故"，这才真是"深于世故"的了。这是中国处世法的精义中的精义。

而且，对于看了我的劝导青年人的话，心以为非的人物，我还有一下反攻在这里。他是以我为狡猾的。但是，我的话里，一面固然显示着我的狡猾，而且无能，但一面也显示着社会的黑暗。他单责个人，正是最稳妥的办法，倘使兼责社会，可就得站出去战斗了。责人的"深于世故"而避开了"世"不谈，这是更"深于世故"的玩艺，倘若自己不觉得，那就更深更深了，离三昧②境盖不远矣。

---

① **常听得同事说，某女校的学生，是可以叫来嫖的**　据说这是 1925 年女师大风潮时陈西滢私下的议论。1926 年初，周作人在《晨报副刊》发表的《闲话的闲话之闲话》一文作了披露，而陈西滢则予否认。鲁迅这里暗指此事，但故意把时间和人事背景都挪动了。

② **三昧**　佛家语，梵文音译。意为"定""正定"等，即排除一切杂念，使心神平静。《智度论》卷七："善心一处不动，是名三昧。"

不过凡事一说，即落言筌①，不再能得三昧。说"世故三昧"者，即非"世故三昧"。三昧真谛，在行而不言；我现在一说"行而不言"，却又失了真谛，离三昧境盖益远矣。

一切善知识②，心知其意可也，唵③！

十月十三日

（原刊 1933 年 11 月 15 日《申报月刊》第 2 卷第 11 号，后收入《南腔北调集》）

---

① **言筌**　指言词上留下的痕迹。《庄子·外物》："筌者所以在鱼，得鱼而忘筌。……言者所以在意，得意而忘言。"按：筌，鱼笱（捕鱼的竹具）。

② **善知识**　佛家语，指了悟一切知识，把握真谛。《释氏要览》引《摩诃般若经》："能说空、无相、无作、无生、无灭法及一切种智，令人心入欢喜信乐，是名善知识。"

③ **唵**　佛经梵咒中的发语词，为婀、乌、莽三字合成。婀字是菩提心义，乌字是报身义，莽字是化身义。

谣言世家

双十佳节，有一位文学家大名汤增敕①先生的，在《时事新报》上给我们讲光复时候的杭州的故事。他说那时杭州杀掉许多驻防的旗人，辨别的方法，是因为旗人叫"九"为"钩"的，所以要他说"九百九十九"，一露马脚，刀就砍下去了。

这固然是颇武勇，也颇有趣的。但是，可惜是谣言。

中国人里，杭州人是比较的文弱的人。当钱大王②治世的时候，人民被刮得衣裤全无，只用一片瓦掩着下部，然而还要追捐，除被打得麂一般叫之外，并无贰话。不过这出于宋人的笔记，是谣言也说不定的。但宋明的末代皇帝，带着没落的阔人，和暮气一同滔滔的逃到杭州来，却是事实，苟延残喘，要大家有刚决的气魄，难不难。到现在，西子湖边还多是摇摇摆摆的雅人；连流氓也少有浙东似的"白刀子进红刀子出"的打架。自然，倘有军阀做着后盾，那是也会格外的撒泼的，不过当时实在并无敢于杀人的风气，也没有乐于杀人的人们。我们只要看举了老成持重的汤蛰仙③先生做都督，就可以知道是不会流血的了。

不过战事是有的。革命军围住旗营，开枪打进去，里面也有时

---

① **汤增敕**（1908—?） 又名振扬，浙江吴兴人，现代作家。曾与人组织草野社、狮吼社，1929 年出版《草野》半月刊（后改周刊），鼓吹"民族主义文学"。抗战前后任暨南大学、复旦大学教授，上海民光中学校长。著有诗集《独唱》、散文集《上海之春》和论著《社会学概论》《写景文作法》等。

② **钱大王** 即钱镠（852—932），字具美，五代时杭州临安人，吴越国的建立者。唐末从石镜镇将董昌镇压黄巢义军，任镇海节度使。后击败董昌，平定两浙十三州。五代后梁开平元年（907）封吴越王，在位 25 年。

③ **汤蛰仙** 即汤寿潜（1857—1917），原名震，字蛰仙，浙江山阴（今绍兴）人，清末立宪派人士。光绪进士，曾入张之洞幕府，后总理沪杭铁路，又为浙江咨议局议长。1907 年秋瑾事件中，怂恿浙江巡抚张曾扬痛下杀手。辛亥杭州新军起义，被举为军政府都督。后与张謇等组织统一党，任参事。著有《危言》《尔雅小辨》等。

打出来。然而围得并不紧，我有一个熟人，白天在外面逛，晚上却自进旗营睡觉去了。

虽然如此，驻防军也终于被击溃，旗人降服了，房屋被充公是有的，却并没有杀戮。口粮当然取消，各人自寻生计，开初倒还好，后来就遭灾。

怎么会遭灾的呢？就是发生了谣言。

杭州的旗人一向优游于西子湖边，秀气所钟，是聪明的，他们知道没有了粮，只好做生意，于是卖糕的也有，卖小菜的也有。杭州人是客气的，并不歧视，生意也还不坏。然而祖传的谣言起来了，说是旗人所卖的东西，里面都藏着毒药。这一下子就使汉人避之惟恐不远，但倒是怕旗人来毒自己，并不是自己想去害旗人。结果是他们所卖的糕饼小菜，毫无生意，只得在路边出卖那些不能下毒的家具。家具一完，途穷路绝，就一败涂地了。这是杭州驻防旗人的收场。

笑里可以有刀，自称酷爱和平的人民，也会有杀人不见血的武器，那就是造谣言。但一面害人，一面也害己，弄得彼此懵懵懂懂。古时候无须提起了，即在近五十年来，甲午战败，就说是李鸿章[①]害的，因为他儿子是日本的驸马，骂了他小半世；庚子拳变[②]，又说洋鬼子是挖眼睛的，因为造药水，就乱杀了一大通。下毒学说起于辛亥光复之际的杭州，而复活于近来排日的时候。我还记得每有一回谣言，就总有谁被诬为下毒的奸细，给谁平白打死了。

谣言世家的子弟，是以谣言杀人，也以谣言被杀的。

至于用数目来辨别汉满之法，我在杭州倒听说是出于湖北的荆州的，就是要他们数一二三四，数到"六"字，读作上声，便杀却。但杭州离荆州太远了，这还是一种谣言也难说。

我有时也不大能够分清那句是谣言，那句是真话了。

十月十三日

（原刊 1933 年 11 月 15 日《申报月刊》第 2 卷第 11 号，后收入《南腔北调集》）

---

① **李鸿章**（1823—1901）　字少荃，安徽合肥人，清末大臣，洋务派首领。道光进士，累任两江总督、湖广总督、直隶总督兼北洋大臣、总理各国事务衙门大臣等。甲午战争中避战求和，导致失败，与日本签订丧权辱国的《马关条约》。他的侄子李经方娶一日本女子为妾，外界曾误传为他是李鸿章的儿子。

② **庚子拳变**　指清光绪二十六年（1900，农历庚子年）京畿地区的义和团运动。

关于妇女解放

　　孔子曰："唯女子与小人为难养也，近之则不逊，远之则怨。"①
女子与小人归在一类里，但不知道是否也包括了他的母亲。后来的
道学先生们，对于母亲，表面上总算是敬重的了，然而虽然如此，
中国的为母的女性，还受着自己儿子以外的一切男性的轻蔑。

　　辛亥革命后，为了参政权，有名的沈佩贞②女士曾经一脚踢倒过
议院门口的守卫。不过我很疑心那是他自己跌倒的，假使我们男人
去踢罢，他一定会还踢你几脚。这是做女子便宜的地方。还有，现
在有些太太们，可以和阔男人并肩而立，在码头或会场上照一个照
相；或者当汽船飞机开始行动之前，到前面去敲碎一个酒瓶③（这或
者非小姐不可也说不定，我不知道那详细）了，也还是做女子的便
宜的地方。此外，又新有了各样的职业，除女工，为的是她们工钱
低，又听话，因此为厂主所乐用的不算外，别的就大抵只因为是女
子，所以一面虽然被称为"花瓶"，一面也常有"一切招待，全用女
子"的光荣的广告。男子倘要这么突然的飞黄腾达，单靠原来的男
性是不行的，他至少非变狗不可。

　　这是五四运动后，提倡了妇女解放以来的成绩。不过我们还常
常听到职业妇女的痛苦的呻吟，评论家的对于新式女子的讥笑。她
们从闺阁走出，到了社会上，其实是又成为给大家开玩笑，发议论
的新资料了。

　　这是因为她们虽然到了社会上，还是靠着别人的"养"；要别人

　　①　"唯女子与小人为难养也，近之则不逊，远之则怨。"　见《论语·阳货》。
　　②　沈佩贞（生卒年未详）　浙江杭州人，近代女权活动家。早年留学日本，辛亥革
命时期参加女子参政同盟会，在上海（一说湖南）组织"女子尚武会"，率队出征北伐，
南北议和后作罢。后投靠袁世凯，人称"洪宪女臣"。
　　③　敲碎一个酒瓶　指西方传入的"掷瓶礼"。在某些庆典活动中，将系有彩带的香
槟酒掷碎，以示祝贺。

"养"，就得听人的唠叨，甚而至于侮辱。我们看看孔夫子的唠叨，就知道他是为了要"养"而"难"，"近之""远之"都不十分妥帖的缘故。这也是现在的男子汉大丈夫的一般的叹息。也是女子的一般的苦痛。在没有消灭"养"和"被养"的界限以前，这叹息和苦痛是永远不会消灭的。

这并未改革的社会里，一切单独的新花样，都不过一块招牌，实际上和先前并无两样。拿一匹小鸟关在笼中，或给站在竿子上，地位好象改变了，其实还只是一样的在给别人做玩意，一饮一啄，都听命于别人。俗语说："受人一饭，听人使唤"，就是这。所以一切女子，倘不得到和男子同等的经济权，我以为所有好名目，就都是空话。自然，在生理和心理上，男女是有差别的；即在同性中，彼此也都不免有些差别，然而地位却应该同等。必须地位同等之后，才会有真的女人和男人，才会消失了叹息和苦痛。

在真的解放之前，是战斗。但我并非说，女人应该和男人一样的拿枪，或者只给自己的孩子吸一只奶，而使男子去负担那一半。我只以为应该不自苟安于目前暂时的位置，而不断的为解放思想，经济等等而战斗。解放了社会，也就解放了自己。但自然，单为了现存的惟妇女所独有的桎梏而斗争，也还是必要的。

我没有研究过妇女问题，倘使必须我说几句，就只有这一点空话。

十月二十一日

（原刊未详，后收入《南腔北调集》）

火

普洛美修斯偷火给人类，总算是犯了天条，贬入地狱。但是，钻木取火的燧人氏①却似乎没有犯窃盗罪，没有破坏神圣的私有财产——那时候，树木还是无主的公物。然而燧人氏也被忘却了，到如今只见中国人供火神菩萨②，不见供燧人氏的。

火神菩萨只管放火，不管点灯。凡是火着就有他的份。因此，大家把他供养起来，希望他少作恶。然而如果他不作恶，他还受得着供养么，你想？

点灯太平凡了。从古至今，没有听到过点灯出名的名人，虽然人类从燧人氏那里学会了点火已经有五六千年的时间。放火就不然。秦始皇放了一把火③——烧了书没有烧人；项羽入关又放了一把火④——烧的是阿房宫不是民房（？——待考）……罗马的一个什么皇帝⑤却放火烧百姓了；中世纪正教的僧侣就会把异教徒当柴火烧，间或还灌上油。这些都是一世之雄。现代的希特拉就是活证人⑥。如何能不供养起来。何况现今是进化时代，火神菩萨也代代跨灶⑦的。

譬如说罢，没有电灯的地方，小百姓不顾什么国货年，人人都

---

① **燧人氏**　中国传说中的上古帝王，发明钻木取火的人。

② **火神菩萨**　中国传说中司掌火的神祇，有祝融、回禄等。

③ **秦始皇放了一把火**　指公元前 213 年，秦始皇采纳丞相李斯建议，下令焚书之事。

④ **项羽入关又放了一把火**　指公元前 206 年，项羽攻占秦国都城咸阳时，纵火焚烧阿房宫事。

⑤ **罗马的一个什么皇帝**　即古罗马皇帝尼禄（Nero，37—68），相传曾于公元 64 年放火烧掉了整个罗马城。

⑥ **希特拉就是活证人**　指 1933 年 2 月 27 日，希特勒为嫁祸德国共产党人制造的"国会纵火案"。

⑦ **跨灶**　马的前蹄下有个隙口，称"灶门"，快马奔跑时，后蹄蹄印踏在前蹄蹄印之前，叫"跨灶"。旧时多以此比喻后人胜过前人。

要买点洋货的煤油，晚上就点起来：那么幽黯的黄澄澄的光线映在纸窗上，多不大方！不准！不准这么点灯！你们如果要光明的话，非得禁止这样"浪费"煤油不可。煤油应当扛到田地里去，灌进喷筒，呼啦呼啦的喷起来……一场大火，几十里路的延烧过去，稻禾，树木，房舍——尤其是草棚——一会儿都变成飞灰了，还不够，就有燃烧弹，硫磺弹，从飞机上面扔下来，像上海一二八的大火似的，够烧几天几晚。那才是伟大的光明呵。

　　火神菩萨的威风是这样的。可是说起来，他又不承认：火神菩萨据说原是保佑小民的，至于火灾，却要怪小民自不小心，或是为非作歹，纵火抢掠。

　　谁知道呢？历代放火的名人总是这样说，却未必总有人信。

　　我们只看见点灯是平凡的，放火是雄壮的，所以点灯就被禁止，放火就受供养。你不见海京伯马戏团①么：宰了耕牛喂老虎，原是这年头的"时代精神"。

十一月二日

（原刊 1933 年 12 月 15 日《申报月刊》第 2 卷第 12 号，后收入《南腔北调集》）

---

　　① **海京伯马戏团**　德国驯兽师哈根贝克（Carl Hagenbeck，1844—1913）创办的马戏团，1933 年 10 月曾来上海作巡回演出。

论翻印木刻

　　麦绥莱勒的连环图画四种①出版并不久，日报上已有了种种的批评，这是向来的美术书出版后未能遇到的盛况，可见读书界对于这书，是十分注意的。但议论的要点，和去年已不同：去年还是连环图画是否可算美术的问题，现在却已经到了看懂这些图画的难易了。

　　出版界的进行可没有评论界的快。其实，麦绥莱勒的木刻的翻印，是还在证明连环图画确可以成为艺术这一点的。现在的社会上，有种种读者层，出版物自然也就有种种，这四种是供给智识者层的图画。然而为什么有许多地方很难懂得呢？我以为是由于经历之不同。同是中国人，倘使曾经见过飞机救国或"下蛋"，则在图上看见这东西，即刻就懂，但若历来未尝躬逢这些盛典的人，恐怕只能看作风筝或蜻蜓罢了。

　　有一种自称"中国文艺年鉴社"，而实是匿名者们所编的《中国文艺年鉴》② 在它的所谓"鸟瞰"中，曾经说我所发表的《连环图画辩护》虽将连环图画的艺术价值告诉了苏汶先生，但"无意中却把要是德国板画那类艺术作品搬到中国来，是否能为一般大众所理解，即是否还成其为大众艺术的问题忽略了过去，而且这种解答是对大众化的正题没有直接意义的"。这真是倘不是能编《中国文艺年鉴》的选家，就不至于说出口来的聪明话，因为我本也"不"在讨论将"德国板画搬到中国来，是否为一般大众所理解"；所辩护的只是连环图画可以成为艺术，使青年艺术学徒不被曲说所迷，敢于创作，并且逐渐产生大众化的作品而已。假使我真如那编者所希望，

---

　　① 　**麦绥莱勒的连环图画四种**　指 1933 年 9 月上海良友图书印刷公司出版的麦绥莱勒的四种连环版画作品，即《一个人的受难》《光明的追求》《我的忏悔》和《没有字的故事》。

　　② 　《中国文艺年鉴》　指 1932 年的那一卷，上海现代书局出版，杜衡、施蛰存编选。

"有意的"来说德国板画是否就是中国的大众艺术，这可至少也得归入"低能"一类里去了。

但是，假使一定要问："要是德国板画那类艺术作品搬到中国来，是否能为一般大众所理解"呢？那么，我也可以回答：假使不是立方派，未来派等等的古怪作品，大概该能够理解一点。所理解的可以比看一本《中国文艺年鉴》多，也不至于比看一本《西湖十景》少。风俗习惯，彼此不同，有些当然是莫明其妙的，但这是人物，这是屋宇，这是树木，却能够懂得，到过上海的，也就懂得画里的电灯，电车，工厂。尤其合式的是所画的是故事，易于讲通，易于记得。古之雅人，曾谓妇人俗子，看画必问这是什么故事，大可笑。中国的雅俗之分就在此：雅人往往说不出他以为好的画的内容来，俗人却非问内容不可。从这一点看，连环图画是宜于俗人的，但我在《连环图画辩护》中，已经证明了它是艺术，伤害了雅人的高超了。

然而，虽然只对于智识者，我以为绍介了麦绥莱勒的作品也还是不够的。同是木刻，也有刻法之不同，有思想之不同，有加字的，有无字的，总得翻印好几种，才可以窥见现代外国连环图画的大概。而翻印木刻画，也较易近真，有益于观者。我常常想，最不幸的是在中国的青年艺术学徒了，学外国文学可看原书，学西洋画却总看不到原画。自然，翻板是有的，但是，将一大幅壁画缩成明信片那么大，怎能看出真相？大小是很有关系的，假使我们将象缩小如猪，老虎缩小如鼠，怎么还会令人觉得原先那种气魄呢。木刻却小品居多，所以翻刻起来，还不至于大相远。

但这还仅就绍介给一般智识者的读者层而言，倘为艺术学徒设想，锌板的翻印也还不够。太细的线，锌板上是容易消失的，即使是粗线，也能因强水浸蚀的久暂而不同，少浸太粗，久浸就太细，中国还很少制板适得其宜的名工。要认真，就只好来用玻璃板，我翻印的《士敏土之图》[①] 二百五十本，在中国便是首先的试验。施蛰存先生在《大晚报》附刊的《火炬》上说："说不定他是像鲁迅先生印珂罗版本木刻图一样的是私人精印本，属于罕见书之列"，就是在讥笑这一件事。我还亲自听到过一位青年在这"罕见书"边说，

---

① 《士敏土之图》 即《梅斐尔德木刻士敏土之图》，参见本书《"连环图画"辩护》一文"梅斐尔德"注条。

写着只印二百五十部，是骗人的，一定印的很多，印多报少，不过想抬高那书价。

他们自己没有做过"私人精印本"的可笑事，这些笑骂是都无足怪的。我只因为想供给艺术学徒以较可靠的木刻翻本，就用原画来制玻璃版，但制这版，是每制一回只能印三百幅的，多印即须另制，假如每制一幅则只印一张或多至三百张，制印费都是三元，印三百以上到六百张即需六元，九百张九元，外加纸张费。倘在大书局，大官厅，即使印一万二千本原也容易办，然而我不过一个"私人"；并非繁销书，而竟来"精印"，那当然不免为财力所限，只好单印一板了。但幸而还好，印本已经将完，可知还有人看见；至于为一般的读者，则早已用锌板复制，插在译本《士敏土》里面了，然而编辑兼批评家却不屑道。

人不严肃起来，连指导青年也可以当作开玩笑，但仅印十来幅图，认真地想过几回的人却也有的，不过自己不多说。我这回写了出来，是在向青年艺术学徒说明珂罗板一板只印三百部，是制板上普通的事，并非故意要造"罕见书"，并且希望有更多好事的"私人"，不为不负责任的话所欺，大家都来制造"精印本"。

十一月六日

（原刊 1933 年 11 月 25 日《涛声》第 2 卷第 46 期，后收入《南腔北调集》）

作文秘诀

现在竟还有人写信来问我作文的秘诀。

我们常常听到：拳师教徒弟是留一手的，怕他学全了就要打死自己，好让他称雄。在实际上，这样的事情也并非全没有，逢蒙杀羿①就是一个前例。逢蒙远了，而这种古气是没有消尽的，还加上了后来的"状元瘾"，科举虽然久废，至今总还要争"唯一"，争"最先"。遇到有"状元瘾"的人们，做教师就危险，拳棒教完，往往免不了被打倒，而这位新拳师来教徒弟时，却以他的先生和自己为前车之鉴，就一定留一手，甚而至于三四手，于是拳术也就"一代不如一代"了。

还有，做医生的有秘方，做厨子的有秘法，开点心铺子的有秘传，为了保全自家的衣食，听说这还只授儿妇，不教女儿，以免流传到别人家里去。"秘"是中国非常普遍的东西，连关于国家大事的会议，也总是"内容非常秘密"，大家不知道。但是，作文却好像偏偏并无秘诀，假使有，每个作家一定是传给子孙的了，然而祖传的作家很少见。自然，作家的孩子们，从小看惯书籍纸笔，眼格也许比较的可以大一点罢，不过不见得就会做。目下的刊物上，虽然常见什么"父子作家""夫妇作家"的名称，仿佛真能从遗嘱或情书中，密授一些什么秘诀一样，其实乃是肉麻当有趣，妄将做官的关系，用到作文上去了。

那么，作文真就毫无秘诀么？却也并不。我曾经讲过几句做古文的秘诀，是要通篇都有来历，而非古人的成文；也就是通篇是自己做的，而又全非自己所做，个人其实并没有说什么；也就是"事出有因"，而又"查无实据"。到这样，便"庶几乎免于大过也矣"了。简而言之，实不过要做得"今天天气，哈哈哈……"而已。

---

① **逢蒙杀羿**　传说逢蒙向羿学习射箭，把羿的本事都学到手了，心想天下只有羿比自己强，于是把羿杀死了。典出《孟子·离娄下》。

这是说内容。至于修辞，也有一点秘诀：一要蒙胧，二要难懂。那方法，是：缩短句子，多用难字。譬如罢，作文论秦朝事，写一句"秦始皇乃始烧书"，是不算好文章的，必须翻译一下，使它不容易一目了然才好。这时就用得着《尔雅》①，《文选》② 了，其实是只要不给别人知道，查查《康熙字典》③ 也不妨的。动手来改，成为"始皇始焚书"，就有些"古"起来，到得改成"政俶燔典"，那就简直有了班马④气，虽然跟着也令人不大看得懂。但是这样的做成一篇以至一部，是可以被称为"学者"的，我想了半天，只做得一句，所以只配在杂志上投稿。

我们的古之文学大师，就常常玩着这一手。班固⑤先生的"紫色鼃声，余分闰位"⑥，就将四句长句，缩成八字的；扬雄⑦先生的"蠢迪检柙"⑧，就将"动由规矩"这四个平常字，翻成难字的。《绿野仙踪》⑨ 记塾师咏"花"，有句云："媳钗俏矣儿书废，哥罐闻焉嫂棒伤。"自说意思，是儿妇折花为钗，虽然俏丽，但恐儿子因而废读；下联较费解，是他的哥哥折了花来，没有花瓶，就插在瓦罐里，以嗅花香，他嫂嫂为防微杜渐起见，竟用棒子连花和罐一起打坏了。这算是对于冬烘先生的嘲笑。然而他的作法，其实是和扬班并无不合的，错只在他不用古典而用新典。这一个所谓"错"，就使《文

---

① 《尔雅》 我国最早的一部训释词义的专著，儒家典籍"十三经"之一。大约成书于西汉初年。

② 《文选》 从先秦至齐梁间各体文章总集，凡60卷。南朝梁昭明太子萧统选编。

③ 《康熙字典》 清代官修的字典，张玉书、陈廷敬等编纂。根据《字汇》《正字通》二书增订而成，体例亦相沿用。共分12集，收字四万七千余。康熙五十五年（1716）刊行。

④ 班马 指汉代文学家班固和司马迁。

⑤ 班固（32—92） 字孟坚，东汉扶风安陵（今陕西咸阳）人，史学家、文学家。曾为兰台令史、典校秘书。以二十余年独力修撰《汉书》，开创了"包举一代"的断代史著述体例。另撰有《两都赋》《白虎通义》等。

⑥ "紫色鼃声，余分闰位" 《汉书·王莽传赞》对王莽篡位一事的评说。意谓：王莽那个皇帝位置就像是杂色、邪音、来路不正；亦如岁月所余之时置为闰月，只能说是一个不正统的帝位。按：紫色，古人认为是间色，亦即杂色；鼃声，淫邪之声；闰位，非正统的帝位。

⑦ 扬雄（前53—18） 一作杨雄，字子云，西汉蜀郡成都（今属四川）人，文学家。成帝时为给事黄门郎，王莽时校书天禄阁。擅辞赋，有《甘泉》《羽猎》诸篇。后转向经学，作《法言》《太玄》。

⑧ "蠢迪检柙" 见扬雄《法言序》。晋人李轨注："蠢，动也；迪，道也；检柙，犹隐括也。言君子举动则当蹈规矩。"

⑨ 《绿野仙踪》 神怪小说，清代李百川著。

选》之类在遗老遗少们的心眼里保住了威灵。

做得蒙胧，这便是所谓"好"么？答曰：也不尽然，其实是不过掩了丑。但是，"知耻近乎勇"①，掩了丑，也就仿佛近乎好了。摩登女郎披下头发，中年妇人罩上面纱，就都是蒙胧术。人类学家解释衣服的起源有三说：一说是因为男女知道了性的羞耻心，用这来遮羞；一说却以为倒是用这来刺激；还有一种是说因为老弱男女，身体衰瘦，露着不好看，盖上一些东西，借此掩掩丑的。从修辞学的立场上看起来，我赞成后一说。现在还常有骈四俪六，典丽堂皇的祭文，挽联，宣言，通电，我们倘去查字典，翻类书，剥去它外面的装饰，翻成白话文，试看那剩下的是怎样的东西呵!?

不懂当然也好的。好在那里呢？即好在"不懂"中。但所虑的是好到令人不能说好丑，所以还不如做得它"难懂"：有一点懂，而下一番苦功之后，所懂的也比较的多起来。我们是向来很有崇拜"难"的脾气的，每餐吃三碗饭，谁也不以为奇，有人每餐要吃十八碗，就郑重其事的写在笔记上；用手穿针没有人看，用脚穿针就可以搭帐篷卖钱；一幅画片，平淡无奇，装在匣子里，挖一个洞，化为西洋镜，人们就张着嘴热心的要看了。况且同是一事，费了苦功而达到的，也比并不费力而达到的的可贵。譬如到什么庙里去烧香罢，到山上的，比到平地上的可贵；三步一拜才到庙里的庙，和坐了轿子一径抬到的庙，即使同是这庙，在到达者的心里的可贵的程度是大有高下的。作文之贵乎难懂，就是要使读者三步一拜，这才能够达到一点目的的妙法。

写到这里，成了所讲的不但只是做古文的秘诀，而且是做骗人的古文的秘诀了。但我想，做白话文也没有什么大两样，因为它也可以夹些僻字，加上蒙胧或难懂，来施展那变戏法的障眼的手巾的。倘要反一调，就是"白描"。

"白描"却并没有秘诀。如果要说有，也不过是和障眼法反一调：有真意，去粉饰，少做作，勿卖弄而已。

十一月十日

（原刊 1933 年 12 月 15 日《申报月刊》第 2 卷第 12 号，后收入《南腔北调集》）

---

① "知耻近乎勇" 语出《礼记·中庸》。

捣鬼心传

　　中国人又很有些喜欢奇形怪状，鬼鬼祟祟的脾气，爱看古树发光比大麦开花的多，其实大麦开花他向来也没有看见过。于是怪胎畸形，就成为报章的好资料，替代了生物学的常识的位置了。最近在广告上所见的，有像所谓两头蛇似的两头四手的胎儿，还有从小肚上生出一只脚来的三脚汉子。固然，人有怪胎，也有畸形，然而造化的本领是有限的，他无论怎么怪，怎么畸，总有一个限制：孪儿可以连背，连腹，连臀，连胁，或竟骈头，却不会将头生在屁股上；形可以骈拇，枝指，缺肢，多乳，却不会两脚之外添出一只脚来，好像"买两送一"的买卖。天实在不及人之能捣鬼。

　　但是，人的捣鬼，虽胜于天，而实际上本领也有限。因为捣鬼精义，在切忌发挥，亦即必须含蓄。盖一加发挥，能使所捣之鬼分明，同时也生限制，故不如含蓄之深远，而影响却又因而模胡了。"有一利必有一弊"，我之所谓"有限"者以此。

　　清朝人的笔记里，常说罗两峰①的《鬼趣图》，真写得鬼气拂拂；后来那图由文明书局印出来了，却不过一个奇瘦，一个矮胖，一个臃肿的模样，并不见得怎样的出奇，还不如只看笔记有趣。小说上的描摹鬼相，虽然竭立，也都不足以惊人，我觉得最可怕的还是晋人所记的脸无五官，浑沦如鸡蛋的山中厉鬼。因为五官不过是五官，纵使苦心经营，要它凶恶，总也逃不出五官的范围，现在使它浑沦得莫名其妙，读者也就怕得莫名其妙了。然而其"弊"也，是印象的模胡。不过较之写些"青面獠牙"，"口鼻流血"的笨伯，自然聪明得远。

　　中华民国人的宣布罪状大抵是十条，然而结果大抵是无效。古

────────────

　　① **罗两峰**　即罗聘（1733—1799），字遁夫，号两峰，清扬州人，画家。金农入室弟子，"扬州八怪"之一。所作《鬼趣图》，别出心裁，颇负盛名。

来尽多坏人，十条不过如此，想引人的注意以至活动是决不会的。骆宾王①作《讨武曌檄》，那"入宫见嫉，蛾眉不肯让人，掩袖工谗，狐媚偏能惑主"这几句，恐怕是很费点心机的了，但相传武后看到这里，不过微微一笑。是的，如此而已，又怎么样呢？声罪致讨的明文，那力量往往远不如交头接耳的密语，因为一是分明，一是莫测的。我想假使当时骆宾王站在大众之前，只是攒眉摇头，连称"坏极坏极"，却不说出其所谓坏的实例，恐怕那效力会在文章之上的罢。"狂飙文豪"高长虹②攻击我时，说道劣迹多端，倘一发表，便即身败名裂，而终于并不发表，是深得捣鬼正脉的；但也竟无大效者，则与广泛俱来的"模胡"之弊为之也。

明白了这两例，便知道治国平天下之法，在告诉大家以有法，而不可明白切实的说出何法来。因为一说出，即有言，一有言，便可与行相对照，所以不如示之以不测。不测的威棱使人萎伤，不测的妙法使人希望——饥荒时生病，打仗时做诗，虽若与治国平天下不相干，但在莫明其妙中，却能令人疑为跟着自有治国平天下的妙法在——然而其"弊"也，却还是照例的也能在模胡中疑心到所谓妙法，其实不过是毫无方法而已。

捣鬼有术，也有效，然而有限，所以以此成大事者，古来无有。

十一月二十二日

（原刊 1934 年 1 月 15 日《申报月刊》第 3 卷第 1 号，后收入《南腔北调集》）

---

① **骆宾王**（约 640—约 684）　唐婺州义乌（今属浙江）人，诗人。"初唐四杰"之一。曾为长安主簿，入为侍御史，后贬临海丞。随徐敬业在扬州反武则天，作《讨武曌檄》，一时传诵。有《骆临海集》存世。

② **高长虹**（1898—1949）　名仰愈，笔名长虹，山西盂县人，现代作家。曾组织"狂飙社"，编辑《狂飙》周刊。抗战后赴延安，任陕甘宁边区文协副主席。1946 年往东北解放区。著有《闪光》《献给自然的女儿》等。

家庭为中国之基本

中国的自己能酿酒，比自己来种鸦片早，但我们现在只听说许多人躺着吞云吐雾，却很少见有人像外国水兵似的满街发酒疯。唐宋的踢球，久已失传，一般的娱乐是躲在家里彻夜叉麻雀。从这两点看起来，我们在从露天下渐渐的躲进家里去，是无疑的。古之上海文人，已尝慨乎言之，曾出一联，索人属对，道："三鸟害人鸦雀鸽"，"鸽"是彩票，雅号奖券，那时却称为"白鸽票"的。但我不知道后来有人对出了没有。

不过我们也并非满足于现状，是身处斗室之中，神驰宇宙之外，抽鸦片者享乐着幻境，叉麻雀者心仪于好牌。檐下放起爆竹，是在将月亮从天狗嘴里救出；剑仙坐在书斋里，哼的一声，一道白光，千万里外的敌人可被杀掉了，不过飞剑还是回家，钻进原先的鼻孔去，因为下次还要用。这叫做千变万化，不离其宗。所以学校是从家庭里拉出子弟来，教成社会人才的地方，而一闹到不可开交的时候，还是"交家长严加管束"云。

"骨肉归于土，命也；若夫魂气，则无不之也，无不之也！"①一个人变了鬼，该可以随便一点了罢，而活人仍要烧一所纸房子，请他住进去，阔气的还有打牌桌，鸦片盘。成仙，这变化是很大的，但是刘太太偏舍不得老家，定要运动到"拔宅飞升"②，连鸡犬都带了上去而后已，好依然的管家务，饲狗，喂鸡。

我们的古今人，对于现状，实在也愿意有变化，承认其变化的。变鬼无法，成仙更佳，然而对于老家，却总是死也不肯放。我想，

---

① **"骨肉归于土，命也；若夫魂气，则无不之也，无不之也！"** 见《礼记·檀弓下》。原文是："骨肉归复于土，命也；若魂气则无不之也，无不之也。"

② **"拔宅飞升"** 又作"拔宅升天"。相传东晋许真君在蜀地做官，因见晋室纷乱，弃官东归；其学道有术，乃于孝武帝太康二年八月一日，在洪州西山"举家四十二口，拔宅上升而去"。见《太平广记》卷十四引《十二真君传·许真君》。

火药只做爆竹，指南针只看坟山，恐怕那原因就在此。

现在是火药蜕化为轰炸弹，烧夷弹，装在飞机上面了，我们却只能坐在家里等他落下来。自然，坐飞机的人是颇有了的，但他那里是远征呢，他为的是可以快点回到家里去。

家是我们的生处，也是我们的死所。

十二月十六日

（原刊 1934 年 1 月 15 日《申报月刊》第 3 卷第 1 号，后收入《南腔北调集》）

《伪自由书》中的杂文

前　记

　　这一本小书里的，是从本年一月底起至五月中旬为止的寄给《申报》上的《自由谈》的杂感。

　　我到上海以后，日报是看的，却从来没有投过稿，也没有想到过，并且也没有注意过日报的文艺栏，所以也不知道《申报》在什么时候开始有了《自由谈》，《自由谈》里是怎样的文字。大约是去年的年底罢，偶然遇见郁达夫先生，他告诉我说，《自由谈》的编辑新换了黎烈文①先生了，但他才从法国回来，人地生疏，怕一时集不起稿子，要我去投几回稿。我就漫应之曰：那是可以的。

　　对于达夫先生的嘱咐，我是常常"漫应之曰：那是可以的"的。直白的说罢，我一向很回避创造社里的人物。这也不只因为历来特别的攻击我，甚而至于施行人身攻击的缘故，大半倒在他们的一副"创造"脸。虽然他们之中，后来有的化为隐士，有的化为富翁，有的化为实践的革命者，有的也化为奸细，而在"创造"这一面大纛之下的时候，却总是神气十足，好像连出汗打嚏，也全是"创造"似的。我和达夫先生见面得最早，脸上也看不出那么一种创造气，所以相遇之际，就随便谈谈；对于文学的意见，我们恐怕是不能一致的罢，然而所谈的大抵是空话。但这样的就熟识了，我有时要求他写一篇文章②，他一定如约寄来，则他希望我做一点东西，我当然

---

　　①　**黎烈文**（1904—1972）　湖南湘潭人，现代作家、翻译家、编辑。1922 年进商务印书馆，后留学日本、法国。1932 年归国，旋任《申报·自由谈》主编，锐意改革版面，使《自由谈》成为自由争鸣的园地。1934 年 5 月被迫辞职。翌年与鲁迅等组织译文会，出版"译文丛书"。1936 年主编《中流》杂志。抗战时一度在福建从事文化教育工作，后于 1946 年去台湾，任台湾大学外系教授。著有小说集《舟中》、散文集《崇高的母性》等，译有《红萝卜须》《企鹅岛》等。

　　②　**一篇文章**　指黎烈文的《写给一个在另一世界的人》。刊于 1933 年 1 月 25 日《申报·自由谈》，后收入他的散文集《崇高的母性》。

应该漫应曰可以。但应而至于"漫",我已经懒散得多了。

　　但从此我就看看《自由谈》,不过仍然没有投稿。不久,听到了一个传闻,说《自由谈》的编辑者为了忙于事务,连他夫人的临蓐也不暇照管,送在医院里,她独自死掉了。几天之后,我偶然在《自由谈》里看见一篇文章,其中说的是每日使婴儿看看遗照,给他知道曾有这样一个孕育了他的母亲。我立刻省悟了这就是黎烈文先生的作品,拿起笔,想做一篇反对的文章,因为我向来的意见,是以为倘有慈母,或是幸福,然若生而失母,却也并非完全的不幸,他也许倒成为更加勇猛,更无挂碍的男儿的。但是也没有竟做,改为给《自由谈》的投稿了,这就是这本书里的第一篇《崇实》;又因为我旧日的笔名有时不能通用,便改题了"何家干",有时也用"干"或"丁萌"。

　　这些短评,有的由于个人的感触,有的则出于时事的刺戟,但意思都极平常,说话也往往很晦涩,我知道《自由谈》并非同人杂志,"自由"更当然不过是一句反话,我决不想在这上面去弛骋的。我之所以投稿,一是为了朋友的交情,一则在给寂寞者以呐喊,也还是由于自己的老脾气。然而我的坏处,是在论时事不留面子,砭锢弊常取类型,而后者尤与时宜不合。盖写类型者,于坏处,恰如病理学上的图,假如是疮疽,则这图便是一切某疮某疽的标本,或和某甲的疮有些相像,或和某乙的疽有点相同。而见者不察,以为所画的只是他某甲的疮,无端侮辱,于是就必欲制你画者的死命了。例如我先前的论叭儿狗,原也泛无实指,都是自觉其有叭儿性的人们自来承认的。这要制死命的方法,是不论文章的是非,而先问作者是那一个;也就是别的不管,只要向作者施行人身攻击了。自然,其中也并不全是含愤的病人,有的倒是代打不平的侠客。总之,这种战术,是陈源教授的"鲁迅即教育部佥事周树人"开其端,事隔十年,大家早经忘却了,这回是王平陵①先生告发于前,周木斋先生揭露于后,都是做着关于作者本身的文章,或则牵连而至于左翼文学者。此外为我所看见的还有好几篇,也都附在我的本文之后,以

────────────

　　① 王平陵(1898—1964)　原名仰嵩,江苏溧阳人,现代作家。1924年主编《时事新报·学灯》,后任暨南大学教授。1930年与傅彦长等倡议"民族主义文学",与鲁迅、瞿秋白等发生论战。抗战时在重庆任《扫荡报》编辑。1949年去台湾,后为台湾政工干校教授。著有散文集《新狂飙时代》、长篇小说《茫茫夜》、论著《美学纲要》等。

见上海有些所谓文学家的笔战，是怎样的东西，和我的短评本身，有什么关系。但另有几篇，是因为我的感想由此而起，特地并存以便读者的参考的。

我的投稿，平均每月八九篇，但到五月初，竟接连的不能发表了，我想，这是因为其时讳言时事而我的文字却常不免涉及时事的缘故。这禁止的是官方检查员，还是报馆总编辑呢，我不知道，也无须知道。现在便将那些都归在这一本里，其实是我所指摘，现在都已由事实来证明的了，我那时不过说得略早几天而已。是为序。

一九三三年七月十九夜，于上海寓庐，鲁迅记。

（未另刊行，直接收入《伪自由书》）

观　斗

我们中国人总喜欢说自己爱和平，但其实，是爱斗争的，爱看别的东西斗争，也爱看自己们斗争。

最普通的是斗鸡，斗蟋蟀，南方有斗黄头鸟，斗画眉鸟，北方有斗鹌鹑，一群闲人们围着呆看，还因此睹输赢。古时候有斗鱼，现在变把戏的会使跳蚤打架。看今年的《东方杂志》，才知道金华又有斗牛，不过和西班牙却两样的，西班牙是人和牛斗，我们是使牛和牛斗。

任他们斗争着，自己不与斗，只是看。

军阀们只管自己斗争着，人民不与闻，只是看。

然而军阀们也不是自己亲身在斗争，是使兵士们相斗争，所以频年恶战，而头儿个个终于是好好的，忽而误会消释了，忽而杯酒言欢了，忽而共同御侮了，忽而立誓报国了，忽而……不消说，忽而自然不免又打起来了。

然而人民一任他们玩把戏，只是看。

但我们的斗士，只有对于外敌却是两样的：近的，是"不抵抗"，远的，是"负弩前驱"① 云。

"不抵抗"在字面上已经说得明明白白。"负弩前驱"呢，弩机的制度早已失传了，必须待考古学家研究出来，制造起来，然后能够负，然后能够前驱。

还是留着国产的兵士和现买的军火，自己斗争下去罢。中国的

---

① **"负弩前驱"** 当时一些军界人物通电中常用的词语，表示随时听命开赴前线，其实是望文生义的用法。这种身背弓矢为先导的姿态，是古时郊迎的一种仪礼。如，《史记·司马相如列传》："至蜀，蜀太守以下郊迎，县令负弩矢先驱。"又，《魏公子列传》："赵王及平原君自迎公子于界，平原君负韛矢为公子先引。"（按：韛为盛弩矢的器具）

人口多得很，暂时总有一些孑遗在看着的。但自然，倘要这样，则对于外敌，就一定非"爱和平"不可。

一月二十四日

（原刊 1933 年 1 月 31 日《申报·自由谈》，后收入《伪自由书》）

观
斗

逃的辩护[*]

古时候，做女人大晦气，一举一动，都是错的，这个也骂，那个也骂。现在这晦气落在学生头上了，进也挨骂，退也挨骂。

我们还记得，自前年冬天以来，学生是怎么闹的，有的要南来，有的要北上，南来北上，都不给开车。待到到得首都，顿首请愿，却不料"为反动派所利用"，许多头都恰巧"碰"在刺刀和枪柄上，有的竟"自行失足落水"而死了。

验尸之后，报告书上说道，"身上五色"。我实在不懂。

谁发一句质问，谁提一句抗议呢？有些人还笑骂他们。

还要开除，还要告诉家长，还要劝进研究室。一年以来，好了，总算安静了。但不料榆关^①失了守，上海还远，北平却不行了，因为连研究室也有了危险。住在上海的人们想必记得的，去年二月^②的暨南大学，劳动大学，同济大学……，研究室里还坐得什么？

北平的大学生是知道的，并且有记性，这回不再用头来"碰"刺刀和枪柄了，也不再想"自行失足落水"，弄得"身上五色"了，却发明了一种新方法，是：大家走散，各自回家。

这正是这几年来的教育显了成效。

然而又有人来骂了。童子军^③还在烈士们的挽联上，说他们"遗

---

* 本文 1933 年 1 月 24 日在《申报·自由谈》发表时题为《"逃"的合理化》，收入《伪自由书》时改为现名。

① **榆关** 即山海关。1933 年 1 月 3 日被日本军队攻陷。

② **去年二月** 指 1932 年 "一·二八"事变后日军在上海闸北与中国守军交战的日子，当时炮火殃及战场附近的暨南大学、劳动大学、同济南大学等校房舍。

③ **童子军** 辛亥革命时期仿照国际上的童子军建立的少年儿童军事教育组织，起初在武汉一地，以后逐渐发展到全国各地。南京国民政府时期，由复兴社插手，组建为全国性团体。名义上归教育部主管，并在初中增设童子军课程。这里所说的挽联，指 1933 年 1 月 22 日在北平举行的追悼山海关阵亡将士大会上，以童子军名义送的挽联，曰："将士饮弹杀敌，烈于千古；学生罢考潜逃，臭及万年。"

臭万年"。

但我们想一想罢：不是连语言历史研究所①里的没有性命的古董都在搬家了么？不是学生都不能每人有一架自备的飞机么？能用本国的刺刀和枪柄"碰"得瘟头瘟脑，躲进研究室里去的，倒能并不瘟头瘟脑，不被外国的飞机大炮，炸出研究所外去么？

阿弥陀佛！

一月二十四日

（原刊 1933 年 1 月 30 日《申报·自由谈》，后收入《伪自由书》）

---

① **语言历史研究所**　应为历史语言研究所，属中央研究院，当时设在北平。1933 年初，日本军队进攻热河，危及北平，该所于 1 月 21 日将一部分珍贵文物和古籍善本转移到南京。

崇　实

事实常没有字面这么好看。

例如这《自由谈》，其实是不自由的，现在叫作《自由谈》，总算我们是这么自由地在这里谈着。

又例如这回北平的迁移古物和不准大学生逃难①，发令的有道理，批评的也有道理，不过这都是些字面，并不是精髓。

倘说，因为古物古得很，有一无二，所以是宝贝，应该赶快搬走的罢。这诚然也说得通的。但我们也没有两个北平，而且那地方也比一切现存的古物还要古。禹是一条虫②，那时的话我们且不谈罢，至于商周时代，这地方却确是已经有了的。为什么倒撇下不管，单搬古物呢？说一句老实话，那就是并非因为古物的"古"，倒是为了它在失掉北平之后，还可以随身带着，随时卖出铜钱来。

大学生虽然是"中坚分子"，然而没有市价，假使欧美的市场上值到五百美金一名口，也一定会装了箱子，用专车和古物一同运出北平，在租界上外国银行的保险柜子里藏起来的。

但大学生却多而新，惜哉！

费话不如少说，只剥崔颢③《黄鹤楼》诗以吊之，曰——

阔人已骑文化去，此地空余文化城。

---

① **不准大学生逃难**　1933 年 1 月 28 日，南京国民政府教育部电令北平各大学："据各报载榆关告紧之际，北平各大学中颇有逃考及提前放假等情……查大学生为国民中坚分子，讵容妄自惊扰，败坏校规；学校当局迄无呈报，迹近宽纵，亦属非是。"

② **禹是一条虫**　这是历史学家顾颉刚从文字训释中得出的推论，见《古史辨》（第一册）。

③ **崔颢**（？—754）　唐汴州（今河南开封）人，诗人。开元进士，曾为太仆寺丞、司勋员外郎。其《黄鹤楼》诗相传为李白所倾服，原文为："昔人已乘黄鹤去，此地空余黄鹤楼。黄鹤一去不复返，白云千载空悠悠。晴川历历汉阳树，芳草萋萋鹦鹉洲。日暮乡关何处是，烟波江上使人愁。"

文化一去不复返，古城千载冷清清。
专车队队前门站，晦气重重大学生。
日薄榆关何处抗，烟花场上没人惊。

一月三十一日

（原刊 1933 年 2 月 6 日《申报·自由谈》，后收入《伪自由书》）

电的利弊

日本幕府时代①，曾大杀基督教徒，刑罚很凶，但不准发表，世无知者。到近几年，乃出版当时的文献不少。曾见《切利支丹殉教记》②，其中记有拷问教徒的情形，或牵到温泉旁边，用热汤浇身；或周围生火，慢慢的烤炙，这本是"火刑"，但主管者却将火移远，改死刑为虐杀了。

中国还有更残酷的。唐人说部中曾有记载，一县官拷问犯人，四周用火遥焙，口渴，就给他喝酱醋，这是比日本更进一步的办法。现在官厅拷问嫌疑犯，有用辣椒煎汁灌入鼻孔去的，似乎就是唐朝遗下的方法，或则是古今英雄，所见略同。曾见一个因在反省院里的青年的信，说先前身受此刑，苦痛不堪，辣汁流入肺脏及心，已成不治之症，即释放亦不免于死云云。此人是陆军学生，不明内脏构造，其实倒挂灌鼻，可以由气管流入肺中，引起致死之症，却不能进入心中，大约当时因在苦楚中，知觉瞀乱，遂疑为已到心脏了。

但现在之所谓文明人所造的刑具，残酷又超出于此种方法万万。上海有电刑，一上，即遍身痛楚欲裂，遂昏去，少顷又醒，则又受刑。闻曾有连受七八次者，即幸而免死，亦从此牙齿皆摇动，神经亦变钝，不能复原。前年纪念爱迪生③，许多人赞颂电报电话之有利于人，却没有想到同是一电，而有人得到这样的大害，福人用电气疗病，美容，而被压迫者却以此受苦，丧命也。

外国用火药制造子弹御敌，中国却用它做爆竹敬神；外国用罗

① **幕府时代** 日本历史上政令出自将军幕府，而天皇形同虚设的时代，先后经历过镰仓幕府（1192—1333）、室町幕府（1338—1573）、江户幕府（1603—1867）三个时期。

② **《切利支丹殉教记》** 一本记述日本基督教徒遭受迫害情况的书，日本松崎实著，1922年出版。"切利支丹"是基督教和基督教徒的日文译名。

③ **爱迪生**（T. A. Edison，1847—1931） 美国发明家。他是电灯、电话、留声机等电器的发明者。

盘针航海，中国却用它看风水；外国用鸦片医病，中国却拿来当饭吃。同是一种东西，而中外用法之不同有如此，盖不但电气而已。

一月三十一日

（原刊 1933 年 2 月 16 日《申报·自由谈》，后收入《伪自由书》）

航空救国三愿

现在各色的人们大喊着各种的救国，好象大家突然爱国了似的。其实不然，本来就是这样，在这样地救国的，不过现在喊了出来罢了。

所以银行家说贮蓄救国，卖稿子的说文学救国，画画儿的说艺术救国，爱跳舞的说寓救国于娱乐之中，还有，据烟草公司说，则就是吸吸马占山①将军牌香烟，也未始非救国之一道云。

这各种救国，是像先前原已实行过来一样，此后也要实行下去的，决不至于五分钟。

只有航空救国②较为别致，是应该刮目相看的，那将来也很难预测，原因是在主张的人们自己大概不是飞行家。

那么，我们不妨预先说出一点愿望来。

看过去年此时的上海报的人们恐怕还记得，苏州不是有一队飞机来打仗的么？后来别的都在中途"迷失"了，只剩下领队的洋烈士③的那一架，双拳不敌四手，终于给日本飞机打落，累得他母亲从

---

① **马占山**（1885—1950） 字秀芳，吉林怀德人，东北军将领。"九一八"事变后任黑龙江省代理省主席兼东北边防军驻省副司令，率部抗击日军侵略。一时为舆论所推崇。1932 年 4 月组织东北抗日救国联合军，自任总司令。当时，上海福昌烟草公司推出以他的名字为品牌的香烟，并在报纸上刊登广告，称"凡我大中华爱国同胞应一致改吸马占山将军牌香烟"。

② **航空救国** 1933 年初，国民党中央在纪念"一·二八"事变一周年之际，举办航空救国宣传周，在南京、上海等地号召民众募捐飞机。并组织中国航空协会（筹备时名为"中华航空救国协会"）、全国航空建设协会等，动员各界人士入会纳款。后又发行航空奖券，强行募捐。

③ **洋烈士** 即美国飞行员罗伯特·肖特（Robert Short，1904—1932）。曾为美国陆军航空队飞行员，当时受雇于美国盖尔公司，为美方售华战机执行试飞任务。1932 年 2 月22 日，驾机由上海飞往南京，途经苏州上空时与六架日军战机相遇，他击落一架敌机后被其他敌机击落。同年 4 月，肖特的母亲伊丽莎白和弟弟埃德华来华参加葬礼，上海各界为肖特举行了隆重的公葬仪式。

美洲路远迢迢的跑来，痛哭一场，带几个花圈而去。听说广州也有一队出发的，闺秀们还将诗词绣在小衫上，赠战士以壮行色。然而，可惜得很，好像至今还没有到。

所以我们应该在防空队成立之前，陈明两种愿望——

一，路要认清；

二，飞得快些。

还有更要紧的一层，是我们正由"不抵抗"以至"长期抵抗"而入于"心理抵抗"的时候，实际上恐怕一时未必和外国打仗，那时战士技痒了，而又苦于英雄无用武之地，不知道会不会炸弹倒落到手无寸铁的人民头上来的？

所以还得战战兢兢的陈明一种愿望，是——

三，莫杀人民！

二月三日

（原刊 1933 年 2 月 5 日《申报·自由谈》，后收入《伪自由书》）

不通两种

　　人们每当批评文章的时候，凡是国文教员式的人，大概是着眼于"通"或"不通"，《中学生》① 杂志上还为此设立了病院。然而做中国文其实是很不容易"通"的，高手如太史公司马迁，倘将他的文章推敲起来，无论从文字，文法，修辞的任何一种立场去看，都可以发见"不通"的处所。

　　不过现在不说这些；要说的只是在笼统的一句"不通"之中，还可由原因而分为几种。大概的说，就是：有作者本来还没有通的，也有本可以通，而因了种种关系，不敢通，或不愿通的。

　　例如去年十月三十一日《大晚报》的记载"江都清赋风潮"，在《乡民二度兴波作浪》这一个巧妙的题目之下，述陈友亮之死云：

　　　　陈友亮见官方军警中，有携手枪之刘金发，竟欲夺刘之手枪，当被子弹出膛，饮弹而毙，警察队亦开空枪一排，乡民始后退。……

　　"军警"上面不必加上"官方"二字之类的费话，这里也且不说。最古怪的是子弹竟被写得好像活物，会自己飞出膛来似的。但因此而累得下文的"亦"字不通了。必须将上文改作"当被击毙"，才妥。倘要保存上文，则将末两句改为"警察队空枪亦一齐发声，乡民始后退"，这才铢两悉称，和军警都毫无关系。——虽然文理总未免有点希奇。

　　现在，这样的希奇文章，常常在刊物上出现。不过其实也并非作者的不通，大抵倒是恐怕"不准通"，因而先就"不敢通"了的缘故。头等聪明人不谈这些，就成了"为艺术的艺术"家；次等聪

---

　　① 《中学生》 以中学生为对象的综合性刊物。1930 年 1 月在上海创刊，开明书店出版，夏丏尊、叶圣陶主编。这里所说的"病院"，指该刊"文章病院"一栏。

明人竭力用种种法，来粉饰这不通，就成了"民族主义文学"① 者，但两者是都属于自己"不愿通"，即"不肯通"这一类里的。

二月三日

（原刊 1933 年 2 月 11 日《申报·自由谈》，后收入《伪自由书》）

【通论的拆通】：

官话而已

这位王平陵先生我不知道是真名还是笔名？但看他投稿的地方②，立论的腔调，就明白是属于"官方"的。一提起笔，就向上司下属，控告了两个人，真是十足的官家派势。

说话弯曲不得，也是十足的官话。植物被压在石头底下，只好弯曲的生长，这时俨然自傲的是石头。什么"听说"，什么"如果"，说得好不自在。听了谁说？如果不"如果"呢？"对苏联当局摇尾求媚的献词"是那些篇，"倦舞意懒，乘着雪亮的汽车，奔赴预定的香巢"的"所谓革命作家"是那些人呀？是的，曾经有人当开学之际，命大学生全体起立，向着鲍罗廷③一鞠躬，拜得他莫名其妙；也曾经有人做过《孙中山与列宁》④，说得他们俩真好像没有什

---

① **"民族主义文学"** 20 世纪 30 年代初的一种文学思潮。1930 年 6 月，王平陵、朱应鹏、傅彦长、范争波、黄震遐等人组织六一社，发表《民族主义文艺运动宣言》，强调文学的民族性，反对普罗文学和文学创作中的阶级理念。

② **他投稿的地方** 本文为反驳王平陵《"最通的"文艺》一文而作，王的文章于 1933 年 2 月 20 日发表在《武汉日报》的《文艺周刊》上。《武汉日报》系国民党中央直属党报，1929 年 6 月 10 日创刊于汉口，由湖北省党部的《湖北民国日报》改组而成。

③ **鲍罗廷**（М. М. Бородин，1884—1951） 苏联政治家。1923 年来中国，任共产国际驻华代表，苏联驻广东革命政府代表，被孙中山聘为国民党政治顾问。1924 年 1 月参加国民党第一次全国代表大会，协助起草大会宣言并帮助孙中山筹组黄埔军校。1927 年离开中国。这里提到有人命大学生起立向鲍罗廷鞠躬，是指国民党要人戴季陶。"四一二"政变前，戴季陶在公开场合屡称"国共合作""联俄联共"，1926 年 10 月在他就任广州中山大学委员会委员长的典礼上，带领师生向莅场的鲍罗廷行鞠躬礼。

④ **做过《孙中山与列宁》** 指甘乃光（1897—1956），字自明，广西岑溪人，政客、学者。早年曾为黄埔军校英文秘书兼政治教官，1927 年以前已进入国民党高层，1931 年以后为国民党历届中央执行委员会委员。后任外交部政务次长、行政院秘书长等。著有《先秦经济思想史》《孙文主义大纲》等，译有《美国政治史》《英国劳动真相》等。《孙中山与列宁》是他的讲演集，1926 年由广州中山大学政治训育部出版，当时他兼任该部副主任。

不通两种

么两样；至于聚敛享乐的人们之多，更是社会上大家周知的事实，但可惜那都并不是我们。平陵先生的"听说"和"如果"，都成了无的放矢，含血喷人了。

于是乎还要说到"文化的本身"上。试想就是几个弄弄笔墨的青年，就要遇到监禁，枪毙，失踪的灾殃，我做了六篇"不到五百字"的短评，便立刻招来了"听说"和"如果"的官话，叫作"先生们"，大有一网打尽之概。则做"基本的工夫"者，现在舍官许的"第三种人"和"民族主义文艺者"之外还能靠谁呢？"唉！"

然而他们是做不出来的。现在只有我的"装腔作势，吞吞吐吐"的文章，倒正是这社会的产物。而平陵先生又责为"不革命"，好像他乃是真正老牌革命党，这可真是奇怪了。——但真正老牌的官话也正是这样的。

七月十九日

赌　咒

"天诛地灭，男盗女娼"——是中国人赌咒的经典，几乎像诗云子曰一样。现在的宣誓，"誓杀敌，誓死抵抗，誓……"似乎不用这种成语了。

但是，赌咒的实质还是一样，总之是信不得。他明知道天不见得来诛他，地也不见得来灭他，现在连人参都"科学化地"含起电气来了①，难道"天地"还不科学么！至于男盗和女娼，那是非但无害，而且有益：男盗——可以多刮几层地皮，女娼——可以多弄几个"裙带官儿"的位置。

我的老朋友说：你这个"盗"和"娼"的解释都不是古义。我回答说——你知道现在是什么时代！现在是盗也摩登，娼也摩登，所以赌咒也摩登，变成宣誓了。

二月九日

（原刊 1933 年 2 月 14 日《申报·自由谈》，后收入《伪自由书》）

---

①　**现在连人参都"科学化地"含起电气来了**　指当时商家鼓噪的名为"含电人参胶"的虚假保健品。1932 年底，上海佛慈大药厂在报上刊登"含电人参胶"的广告，称该品"补充电气于体内"，能供给"人生命原动力之活电子"云云。

战略关系

首都《救国日报》^① 上有句名言：

> 浸使为战略关系，须暂时放弃北平，以便引敌深入……应严厉责成张学良，以武力制止反对运动，虽流血亦所不辞。（见《上海日报》二月九日转载。）

虽流血亦所不辞！勇敢哉战略大家也！

血的确流过不少，正在流的更不少，将要流的还不知道有多多少少。这都是反对运动者的血。为着什么？为着战略关系。

战略家在去年上海打仗^②的时候，曾经说："为战略关系，退守第二道防线"，这样就退兵；过了两天又说，为战略关系，"如日军不向我军射击，则我军不得开枪，着士兵一体遵照"，这样就停战。此后，"第二道防线"消失，上海和议开始，谈判，签字，完结。那时候，大概为着战略关系也曾经见过血；这是军机大事，小民不得而知，——至于亲自流过血的虽然知道，他们又已经没有了舌头。究竟那时候的敌人为什么没有"被诱深入"？

现在我们知道了：那次敌人所以没有"被诱深入"者，决不是当时战略家的手段太不高明，也不是完全由于反对运动者的血流得"太少"，而另外还有个原因：原来英国从中调停——暗地里和日本有了谅解，说是日本呀，你们的军队暂时退出上海，我们英国更进

---

① 《救国日报》 1932 年 8 月 16 日在南京创刊，创办人龚德柏自任社长兼总编。1937 年抗战爆发后停刊。后于 1945 年 10 月 10 日复刊，至 1949 年 4 月终刊。

② 去年上海打仗 指"一·二八沪战"。1932 年 1 月 28 日，日本军队进犯上海闸北，遭到十九路军顽强抵抗。战事延续二月之久，日军伤亡一万余人。后由于国民党政府采取不抵抗政策，十九路军后援无继，终于失利。5 月间，在英、美、法等国干预下，南京国民政府与日方签订《淞沪停战协定》，将十九路军撤离上海，调往福建"剿共"。

一步来帮你的忙，使满洲国不至于被国联否认，——这就是现在国联的什么什么草案①，什么什么委员的态度②。这其实是说，你不要在这里深入，——这里是有赃大家分，——你先到北方去深入再说。深入还是要深入，不过地点暂时不同。

因此，"诱敌深入北平"的战略目前就需要了。流血自然又要多流几次。

其实，现在一切准备停当，行都陪都③色色俱全，文化古物，和大学生，也已经各自乔迁。无论是黄面孔，白面孔，新大陆，旧大陆的敌人，无论这些敌人要深入到什么地方，都请深入罢。至于怕有什么反对运动，那我们的战略家："虽流血亦所不辞"！放心，放心。

二月九日

（原刊 1933 年 2 月 13 日《申报·自由谈》，后收入《伪自由书》）

---

① **什么什么草案** 指"国联十九国委员令"。1932 年 3 月 11 日，国联特别大会决议设立十九国委员会审议中日冲突问题。该委员会由美、法、比、荷、瑞士等国组成。同年 12 月该委员会提出解决"中日争端"决议草案修正案，并于 1933 年 2 月 24 日经国联大会通过。这份决议由于根据李顿调查团的报告书起草，其中有默认伪满洲国的条款。

② **什么什么委员的态度** 指英国外交大臣约翰·西蒙在国联十九国委员会上的发言。西蒙出于绥靖主义立场，对日本侵华持姑息态度。

③ **行都陪都** 1932 年"一·二八"事变后，南京国民政府仓皇迁都洛阳。3 月间，在洛阳举行的国民党四届二中全会通过决议，定洛阳为行都，西安为陪都。同年 12 月，国民政府由洛阳迁回南京。

颂　萧

萧伯纳未到中国之前，《大晚报》希望日本在华北的军事行动会因此而暂行停止，呼之曰"和平老翁"。

萧伯纳既到香港之后，各报由"路透电"① 译出他对青年们的谈话，题之曰"宣传共产"。

萧伯纳"语路透访员曰，君甚不像华人，萧并以中国报界中人全无一人访之为异，问曰，彼等其幼稚至于未识余乎？"（十一日路透电）

我们其实是老练的，我们很知道香港总督的德政，上海工部局② 的章程，要人的谁和谁是亲友，谁和谁是仇雠，谁的太太的生日是那一天，爱吃的是什么。但对于萧，——惜哉，就是作品的译本也只有三四种。

所以我们不能识他在欧洲大战以前和以后的思想，也不能深识他游历苏联以后的思想。但只就十四日香港"路透电"所传，在香港大学对学生说的"如汝在二十岁时不为赤色革命家，则在五十岁时将成不可能之僵石，汝欲在二十岁时成一赤色革命家，则汝可得在四十岁时不致落伍之机会"的话，就知道他的伟大。

但我所谓伟大的，并不在他要令人成为赤色革命家，因为我们有"特别国情"，不必赤色，只要汝今天成为革命家，明天汝就失掉了性命，无从到四十岁。我所谓伟大的，是他竟替我们二十岁的青年，想到了四五十岁的时候，而且并不离开了现在。

阔人们会搬财产进外国银行，坐飞机离开中国地面，或者是想

① **"路透电"** 路透通讯社的电讯。路透社 1850 年创办于德国亚琛，1851 年迁英国伦敦，后来成为英国最大的通讯社。创办人为犹太人路透（P. J. Reuter）。

② **工部局** 上海英美租界（亦称公共租界）的行政和司法机构，并拥有自己的军队和警察（名为"万国商团"和"巡捕"），清咸丰四年（1854）开始设立，至 1929 年中国政府收回租界后取消。

到明天的罢；"政如飘风，民如野鹿"①，穷人们可简直连明天也不能想了，况且也不准想，不敢想。

又何况二十年，三十年之后呢？这问题极平常，然而是伟大的。

此之所以为萧伯纳！

二月十五日

（原刊 1933 年 2 月 17 日《申报·自由谈》，后收入《伪自由书》）

【也不佩服大主笔】：

前文的案语　　　　　乐雯

这种"不凡"的议论的要点是：（一）尖刻的冷箭，"令受者难堪，听者痛快"，不过是取得"伟大"的秘诀；（二）这秘诀还在于"借主义，成大名，挂羊头，卖狗肉的戏法"；（三）照《大晚报》的意见，似乎应当为着自己的"主义"——高唱"神武的大文"，"张开血盆似的大口"去吃人，虽在二十岁就落伍，就变为僵石，亦所不惜；（四）如果萧伯纳不赞成这种"主义"，就不应当坐安乐椅，不应当有家财，赞成了那种主义，当然又当别论。

可惜，这世界的崩溃，偏偏已经到了这步田地：——小资产的知识阶层分化出一些爱光明不肯落伍的人，他们向着革命的道路上开步走。他们利用自己的种种可能，诚恳的赞助革命的前进。他们在以前，也许客观上是资本主义社会关系的拥护者。但是，他们偏要变成资产阶级的"叛徒"。而叛徒常常比敌人更可恶。

卑劣的资产阶级心理，以为给了你"百万家财"，给了你世界的大名，你还要背叛，你还有什么不满意，"实属可恶之至"。这自然是"借主义，成大名"了。对于这种卑劣的市侩，每一件事情一定有一种物质上的荣华富贵的目的。这是道地的"唯物主义"——名利主义。萧伯纳不在这种卑劣心理的意料之中，所以可恶之至。

而《大晚报》还推论到一般的时代风尚，推论到中国也有"坐

---

① "政如飘风，民如野鹿"　意为上头的政令飘忽不定，下边老百姓只能各行其是。上句自《老子》二十三章"飘风不终朝"化出，下句见《庄子·天地》："上如标枝，民如野鹿。"

在安乐椅里发着尖刺的冷箭来宣传什么什么主义的，不须先生指教"。这当然中外相同的道理，不必重新解释了。可惜的是：独有那吃人的"主义"，虽然借用了好久，然而还是不能够"成大名"，呜呼！

至于可恶可怪的萧，——他的伟大，却没有因为这些人"受着难堪"，就缩小了些。所以像中国历代的离经叛道的文人似的，活该被皇帝判决"抄没家财"。

《萧伯纳在上海》

对于战争的祈祷

——读书心得

热河的战争①开始了。

三月一日——上海战争的结束的"纪念日",也快到了。"民族英雄"②的肖像一次又一次的印刷着,出卖着;而小兵们的血,伤痕,热烈的心,还要被人糟蹋多少时候?回忆里的炮声和几千里外的炮声,都使得我们带着无可如何的苦笑,去翻开一本无聊的,但是,倒也很有几句"警句"的闲书。这警句是:

"喂,排长,我们到底上那里去哟?"——其中的一个问。

"走吧。我也不晓得。"

"丢那妈,死光就算了,走什么!"

"不要吵,服从命令!"

"丢那妈的命令!"

然而丢那妈归丢那妈,命令还是命令,走也当然还是走。四点钟的时候,中山路复归于沉寂,风和叶儿沙沙的响,月亮躲在青灰色的云海里,睡着,依旧不管人类的事。

这样,十九路军就向西退去。

（黄震遐③:《大上海的毁灭》。)

---

① **热河的战争** 即 1933 年 2 月日本军队侵犯热河的战事。热河,当时的省名,辖今河北省东北部、辽宁省西南部和内蒙古自治区东南部。1956 年撤销,分别并入上述三省区。

② **"民族英雄"** 指率部抵抗日本侵略军的马占山、蒋光鼐、蔡廷锴等将领。

③ **黄震遐**（1907—1974） 广东南海人,现代作家、记者。1932 年"一・二八沪战"时报道战地新闻而知名,其小说《大上海的毁灭》亦取材于当时淞沪战场。"民族主义文学"骨干人物之一。抗战时一度为《新疆日报》社长。1949 年到香港,任《香港时报》主笔。另著有小说《陇海线上》等。

什么时候"丢那妈"和"命令"不是这样各归各，那就得救了。不然呢？还有"警句"可以回答这个问题：

> 十九路军打，是告诉我们说，除掉空说以外，还有些事好做！
> 十九路军胜利，只能增加我们苟且，偷安与骄傲的迷梦！
> 十九路军死，是警告我们活得可怜，无趣！
> 十九路军失败，才告诉我们非努力，还是做奴隶的好！
>
> （见同书。）

这是警告我们，非革命，则一切战争，命里注定的必然要失败。现在，主战是人人都会的了——这是一二八的十九路军的经验：打是一定要打的，然而切不可打胜，而打死也不好，不多不少刚刚适宜的办法是失败。"民族英雄"对于战争的祈祷是这样的。而战争又的确是他们在指挥着，这指挥权是不肯让给别人的。战争，禁得起主持的人预定着打败仗的计画么？好像戏台上的花脸和白脸打仗，谁输谁赢是早就在后台约定了的。呜呼，我们的"民族英雄"！

二月二十五日

（原刊 1933 年 2 月 28 日《申报·自由谈》，后收入《伪自由书》）

从讽刺到幽默

讽刺家，是危险的。

假使他所讽刺的是不识字者，被杀戮者，被囚禁者，被压迫者罢，那很好，正可给读他文章的所谓有教育的智识者嘻嘻一笑，更觉得自己的勇敢和高明。然而现今的讽刺家之所以为讽刺家，却正在讽刺这一流所谓有教育的智识者社会。

因为所讽刺的是这一流社会，其中的各分子便各各觉得好像刺着了自己，就一个个的暗暗的迎出来，又用了他们的讽刺，想来刺死这讽刺者。

最先是说他冷嘲，渐渐的又七嘴八舌的说他谩骂，俏皮话，刻毒，可恶，学匪，绍兴师爷，等等，等等。然而讽刺社会的讽刺，却往往仍然会"悠久得惊人"的，即使捧出了做过和尚的洋人或专办了小报来打击，也还是没有效，这怎不气死人也么哥①呢！

枢纽是在这里：他所讽刺的是社会，社会不变，这讽刺就跟着存在，而你所刺的是他个人，他的讽刺倘存在，你的讽刺就落空了。

所以，要打倒这样的可恶的讽刺家，只好来改变社会。

然而社会讽刺家究竟是危险的，尤其是在有些"文学家"明明暗暗的成了"王之爪牙"② 的时代。人们谁高兴做"文字狱"中的主角呢，但倘不死绝，肚子里总还有半口闷气，要借着笑的幌子，哈哈的吐他出来。笑笑既不至于得罪别人，现在的法律上也尚无国民必须哭丧着脸的规定，并非"非法"，盖可断言的。

我想：这便是去年以来，文字上流行了"幽默"的原因，但其中单是"为笑笑而笑笑"的自然也不少。

---

① **也么哥** 亦作"也波哥"，元曲中常用的衬词，无实义。

② **"王之爪牙"** 语出《诗经。小雅·祈父》："祈父，予王之爪牙。"

然而这情形恐怕是过不长久的，"幽默"既非国产①，中国人也不是长于"幽默"的人民，而现在又实在是难以幽默的时候。于是虽幽默也就免不了改变样子了，非倾于对社会的讽刺，即堕入传统的"说笑话"和"讨便宜"。

三月二日

（原刊 1933 年 3 月 7 日《申报·自由谈》，后收入《伪自由书》）

---

① **"幽默"既非国产** "幽默"一词是林语堂对英文 humour 的音译，出自他于 1924 年 5 月发表的《征译散文并提倡"幽默"》一文。

从幽默到正经

"幽默"一倾于讽刺,失了它的本领且不说,最可怕的是有些人又要来"讽刺",来陷害了,倘若堕于"说笑话",则寿命是可以较为长远,流年也大致顺利的,但愈堕愈近于国货,终将成为洋式徐文长。当提倡国货声中,广告上已有中国的"自造舶来品",便是一个证据。

而况我实在恐怕法律上不久也就要有规定国民必须哭丧着脸的明文了。笑笑,原也不能算"非法"的。但不幸东省沦陷,举国骚然,爱国之士竭力搜索失地的原因,结果发见了其一是在青年的爱玩乐,学跳舞。当北海上正在嘻嘻哈哈的溜冰的时候,一个大炸弹抛下来,虽然没有伤人,冰却已经炸了一个大窟窿,不能溜之大吉了。

又不幸而榆关失守,热河吃紧了,有名的文人学士,也就更加吃紧起来,做挽歌的也有,做战歌的也有,讲文德的也有,骂人固然可恶,俏皮也不文明,要大家做正经文章,装正经脸孔,以补"不抵抗主义"之不足。

但人类究竟不能这么沉静,当大敌压境之际,手无寸铁,杀不得敌人,而心里却总是愤怒的,于是他就不免寻求敌人的替代。这时候,笑嘻嘻的可就遭殃了,因为他这时便被叫作:"陈叔宝[①]全无心肝"。所以知机的人,必须也和大家一样哭丧着脸,以免于难。"聪明人不吃眼前亏",亦古贤之遗教也,然而这时也就"幽默"归天,"正经"统一了剩下的全中国。

明白这一节,我们就知道先前为什么无论贞女与淫女,见人时都得不笑不言;现在为什么送葬的女人,无论悲哀与否,在路上定

---

① **陈叔宝**（553—604） 即陈后主,南朝陈的皇帝。陈亡于隋,后主被俘,表示"愿得一官号",隋文帝说"叔宝全无心肝"。

要放声大叫。

这就是"正经"。说出来么，那就是"刻毒"。

三月二日

（原刊 1933 年 3 月 8 日《申报·自由谈》，后收入《伪自由书》）

文学上的折扣

有一种无聊小报，以登载诬蔑一部分人的小说自鸣得意，连姓名也都给以影射的，忽然对于投稿，说是"如含攻讦个人或团体性质者恕不揭载"了，便不禁想到了一些事——

凡我所遇见的研究中国文学的外国人中，往往不满于中国文章之夸大。这真是虽然研究中国文学，恐怕到死也还不会懂得中国文学的外国人。倘是我们中国人，则只要看过几百篇文章，见过十来个所谓"文学家"的行径，又不是刚刚"从民间来"的老实青年，就决不会上当。因为我们惯熟了，恰如钱店伙计的看见钞票一般，知道什么是通行的，什么是该打折扣的，什么是废票，简直要不得。

譬如说罢，称赞贵相是"两耳垂肩"①，这时我们便至少将他打一个对折，觉得比通常也许大一点，可是决不相信他的耳朵像猪猡一样。说愁是"白发三千丈"②，这时我们便至少将他打一个二万扣，以为也许有七八尺，但决不相信它会盘在顶上像一个大草囤。这种尺寸，虽然有些模胡，不过总不至于相差太远。反之，我们也能将少的增多，无的化有，例如戏台上走出四个拿刀的瘦伶仃的小戏子，我们就知道这是十万精兵；刊物上登载一篇俨乎其然的像煞有介事的文章，我们就知道字里行间还有看不见的鬼把戏。

又反之，我们并且能将有的化无，例如什么"枕戈待旦"呀，"卧薪尝胆"呀，"尽忠报国"呀，我们也就即刻会看成白纸，恰如还未定影的照片，遇到了日光一般。

---

① **"两耳垂肩"** 历史小说《三国演义》描写刘备相貌，有"两耳垂肩，双手过膝"之说。

② **"白发三千丈"** 李白《秋浦歌》第十五首有"白发三千丈，缘愁似箇长"句。

但这些文章，我们有时也还看。苏东坡①贬黄州时，无聊之至，有客来，便要他谈鬼。客说没有。东坡道："你姑且胡说一通罢。"我们的看，也不过这意思。但又可知道社会上有这样的东西，是费去了多少无聊的眼力。人们往往以为打牌，跳舞有害，实则这种文章的害还要大，因为一不小心，就会给它教成后天的低能儿的。

　　《颂》诗早已拍马②，《春秋》已经隐瞒③，战国时谈士蜂起，不是以危言耸听，就是以美词动听，于是夸大，装腔，撒谎，层出不穷。现在的文人虽然改著了洋服，而骨髓里却还埋着老祖宗，所以必须取消或折扣，这才显出几分真实。

　　"文学家"倘不用事实来证明他已经改变了他的夸大，装腔，撒谎……的老脾气，则即使对天立誓，说是从此要十分正经，否则天诛地灭，也还是徒劳的。因为我们也早已看惯了许多家都钉着"假冒王麻子④灭门三代"的金漆牌子的了，又何况他连小尾巴也还在摇摇摇呢。

三月十二日

　　（原刊 1933 年 3 月 15 日《申报·自由谈》，后收入《伪自由书》）

---

　　① **苏东坡**　即苏轼（1037—1101），字子瞻，号东坡居士，宋眉州眉山（今属四川）人，文学家。嘉祐进士，历知密、徐、湖、杭等州郡，入为翰林学士。宦途坎坷，屡遭贬谪。诗词、文章、书画俱称大家，有《东坡七集》《东坡乐府》等存世。他要客人谈鬼之事，见宋人叶梦得《石林避暑录话》卷一："子瞻在黄州及岭表，每旦起，不招客相与语，则必出而访客。所与游者亦不尽择，各随其人高下，谈谐放荡，不复为畛畦。有不能谈者，则强之使说鬼，或辞无有，则曰'姑妄言之'，于是闻者无不绝倒，皆尽欢而去。"
　　② **《颂》诗早已拍马**　《颂》即《诗经》中的《周颂》《鲁颂》和《商颂》，多为祭祖酬神之作，充满歌功颂德之词。
　　③ **《春秋》已经隐瞒**　《春秋》是孔子根据鲁国史官的记事而修纂的编年史，据说孔子的编纂方针是："为尊者讳耻，为贤者讳过，为亲者讳疾。"
　　④ **王麻子**　过去北京享有盛誉的老牌刀剪店铺。

"光明所到……"

　　中国监狱里的拷打，是公然的秘密。上月里，民权保障同盟①曾经提起了这问题。

　　但外国人办的《字林西报》②就揭载了二月十五日的《北京通信》，详述胡适博士曾经亲自看过几个监狱，"很亲爱的"告诉这位记者，说"据他的慎重调查，实在不能得最轻微的证据……他们很容易和犯人谈话，有一次胡适博士还能够用英国话和他们会谈。监狱的情形，他（胡适博士——干注③）说，是不能满意的，但是，虽然他们很自由的（哦，很自由的——干注）诉说待遇的恶劣侮辱，然而关于严刑拷打，他们却连一点儿暗示也没有。……"

　　我虽然没有随从这回的"慎重调查"的光荣，但在十年以前，是参观过北京的模范监狱的。虽是模范监狱，而访问犯人，谈话却很不"自由"，中隔一窗，彼此相距约三尺，旁边站一狱卒，时间既有限制，谈话也不准用暗号，更何况外国话。

　　而这回胡适博士却"能够用英国话和他们会谈"，真是特别之极了。莫非中国的监狱竟已经改良到这地步，"自由"到这地步；还是狱卒给"英国话"吓倒了，以为胡适博士是李顿爵士④的同乡，很

---

　　①　**民权保障同盟**　即中国民权保障同盟，由宋庆龄、蔡元培、鲁迅、杨铨等发起成立的社会团体，1932年12月29日成立于上海，翌年1月又分别成立上海和北平分会。曾为争取集会、结社、言论、出版自由，救援政治犯做过大量工作。

　　②　**《字林西报》**　即 The North-China Dairy News 的中文习称，英国人在上海办的英文日报。1864年7月1日重组《北华捷报》（The North-China Herald）而来，英商奚安门创办并为首任主编。1866年交由字林洋行出版，1882年增设中文版《字林沪报》（《字林西报》通常亦指中文版）。后于1951年3月31日停刊。该报自称其报道方针"公正而不中立"。

　　③　**干注**　本文原发表时署名何家干。"干"是这一笔名的略称。

　　④　**李顿爵士**（V. A. Lytton，1876—1947）　英国贵族、外交家。出生于印度，其父李顿伯爵时为印度总督。早年在英国求学，后于海军部任职。1922—1927年任英国驻孟加拉总督，1931年12月率国际联盟调查团（世称"李顿调查团"）来中国调查"九一八"事变真相及中日争端问题。他提交的调查报告中虽有制裁日本的建议，但其中主张对中国东北实行国际共管下的地方自治，实际上是将伪"满洲国"作为既成事实加以默认。

有来历的缘故呢?

幸而我这回看见了《招商局三大案》① 上的胡适博士的题辞:

"公开检举,是打倒黑暗政治的唯一武器,光明所到,黑暗自消。"(原无新式标点,这是我僭加的——干注。)

我于是大彻大悟。监狱里是不准用外国话和犯人会谈的,但胡适博士一到,就开了特例,因为他能够"公开检举",他能够和外国人"很亲爱的"谈话,他就是"光明",所以"光明"所到,"黑暗"就"自消"了。他于是向外国人"公开检举"了民权保障同盟,"黑暗"倒在这一面。

但不知这位"光明"回府以后,监狱里可从此也永远允许别人用"英国话"和犯人会谈否?

如果不准,那就是"光明一去,黑暗又来"了也。

而这位"光明"又因为大学和庚款委员会②的事务忙,不能常跑到"黑暗"里面去,在第二次"慎重调查"监狱之前,犯人们恐怕未必有"很自由的"再说"英国话"的幸福了罢。呜呼,光明只跟着"光明"走,监狱里的光明世界真是暂时得很!

但是,这是怨不了谁的,他们千不该万不该是自己犯了"法"。"好人"③ 就决不至于犯"法"。倘有不信,看这"光明"!

三月十五日

(原刊 1933 年 3 月 22 日《申报·自由谈》,后收入《伪自由书》)

---

① 《招商局三大案》 揭露轮船招商局三桩舞弊案的纪实性作品。李孤帆著,上海现代书局 1932 年 2 月出版。

② 庚款委员会 这里指中英庚款委员会和中华教育文化基金董事会(后者是中美两国为管理美国退还庚款而成立的常设机构)。胡适是这两个机构的中方成员。

③ "好人" 指胡适等人所称应承担改造中国政治使命的"优秀分子"。参见本书《习惯与改革》一文"好人政府"注条。

止哭文学

前三年，"民族主义文学"家敲着大锣大鼓的时候，曾经有一篇《黄人之血》① 说明了最高的愿望是在追随成吉思皇帝的孙子拔都元帅之后，去剿灭"斡罗斯"。斡罗斯者，今之苏俄也。那时就有人指出，说是现在的拔都的大军，就是日本的军马，而在"西征"之前，尚须先将中国征服，给变成从军的奴才。

当自己们被征服时，除了极少数人以外，是很痛苦的。这实例，就如东三省的沦亡，上海的爆击②，凡是活着的人们，毫无悲愤的怕是很少很少罢。但这悲愤，于将来的"西征"是大有妨碍的。于是来了一部《大上海的毁灭》，用数目字告诉读者以中国的武力，决定不如日本，给大家平平心；而且以为活着不如死亡（"十九路军死，是警告我们活得可怜，无趣！"），但胜利又不如败退（"十九路军胜利，只能增加我们苟且，偷安与骄傲的迷梦！"）。总之，战死是好的，但战败尤其好，上海之役，正是中国的完全的成功。

现在第二步开始了。据中央社消息，则日本已有与满洲国签订一种"中华联邦帝国密约"之阴谋。那方案的第一条是："现在世界只有两种国家，一种系资本主义，英，美，日，意，法，一种系共产主义，苏俄。现在要抵制苏俄，非中日联合起来……不能成功"云（详见三月十九日《申报》）。

要"联合起来"了。这回是中日两国的完全的成功，是从"大上海的毁灭"走到"黄人之血"路上去的第二步。

固然，有些地方正在爆击，上海却自从遭到爆击之后，已经有了一年多，但有些人民不悟"西征"的必然的步法，竟似乎还没有完全忘掉前年的悲愤。这悲愤，和目前的"联合"就大有妨碍的。

---

① 《黄人之血》　黄震遐所著诗剧，原刊1931年4月出版的《前锋月刊》第1卷第7期。

② 　爆击　日语：轰炸。

在这景况中，应运而生的是给人们一点爽利和慰安，好像"辣椒和橄榄"①的文学。这也许正是一服苦闷的对症药罢。为什么呢？就因为是"辣椒虽辣，辣不死人，橄榄虽苦，苦中有味"的。明乎此，也就知道苦力为什么吸鸦片。

而且不独无声的苦闷而已，还据说辣椒是连"讨厌的哭声"也可以停止的。王慈先生在《提倡辣椒救国》这一篇名文里告诉我们说：

> ……还有北方人自小在母亲怀里，大哭的时候，倘使母亲拿一只辣茄子给小儿咬，很灵验的可以立止大哭……
>
> 现在的中国，仿佛是一个在大哭时的北方婴孩，倘使要制止他讨厌的哭声，只要多多的给辣茄子他咬。（《大晚报》副刊第十二号）

辣椒可以止小儿的大哭，真是空前绝后的奇闻，倘是真的，中国人可实在是一种与众不同的特别"民族"了。然而也很分明的看见了这种"文学"的企图，是在给人一辣而不死，"制止他讨厌的哭声"，静候着拔都元帅。

不过，这是无效的，远不如哭则"格杀勿论"的灵验。此后要防的是"道路以目"②了，我们等待着遮眼文学罢。

三月二十日

（原刊 1933 年 3 月 24 日《申报·自由谈》，后收入《伪自由书》）

【但到底是不行的】：

这叫作愈出愈奇

斯德丁③实在不可以代表整个的日耳曼的，北方也实在不可以代

---

① **"辣椒和橄榄"** 《大晚报》的一个副刊，应作"辣椒与橄榄"。下文所引"辣椒虽辣"数语，见 1933 年 3 月 12 日那一期编者写的《我们的格言》。

② **"道路以目"** 《国语·周语》："国人莫敢言，道路以目。"是说周厉王时，老百姓慑于暴政，路上相遇，不敢交谈，只好以目示意。

③ **斯德丁**（Stettin） 即今波兰港口城市什切青（Szczecin）。18 世纪以前属波兰，1720 年并入普鲁士，由德国统治，直至第二次世界大战后归还波兰。

表全中国。然而北方的孩子不能用辣椒止哭，却是事实，也实在没有法子想。

吸鸦片的父母生育出来的婴孩，也有烟瘾，是的确的。然而嗜辣椒的父母生育出来的婴孩，却没有辣椒瘾，和嗜醋者的孩子，没有醋瘾相同。这也是事实，无论谁都没有法子想。

凡事实，靠发少爷脾气是还是改不过来的。格里莱阿①说地球在回旋，教徒要烧死他，他怕死，将主张取消了。但地球仍然在回旋。为什么呢？就因为地球是实在在回旋的缘故。

所以，即使我不反对，倘将辣椒塞在哭着的北方（！）孩子的嘴里，他不但不止，还要哭得更加利害的。

七月十九日

---

① **格里莱阿** 今译伽利略（Galileo，1564—1642），意大利天文学家、物理学家。1632 年发表《关于两种世界体系的对话》，证实和阐明了哥白尼的地动说（亦即"日心说"），因而开罪教会，翌年被罗马教廷宗教裁判所判处八年监禁。

"人话"

记得荷兰的作家望蔼覃（F. van Eeden）① ——可惜他去年死掉了——所做的童话《小约翰》里，记着小约翰听两种菌类相争论，从旁批评了一句"你们俩都是有毒的"，菌们便惊喊道："你是人么？这是人话呵！"

从菌类的立场看起来，的确应该惊喊的。人类因为要吃它们，才首先注意于有毒或无毒，但在菌们自己，这却完全没有关系，完全不成问题。

虽是意在给人科学知识的书籍或文章，为要讲得有趣，也往往太说些"人话"。这毛病，是连法布耳（J. H. Fabre）② 做的大名鼎鼎的《昆虫记》（Souvenirs Entomologiques），也是在所不免的。随手抄撮的东西不必说了。近来在杂志上偶然看见一篇教青年以生物学上的知识的文章，内有这样的叙述——

> 鸟粪蜘蛛……形体既似鸟粪，又能伏着不动，自己假做鸟粪的样子。

> 动物界中，要残食自己亲丈夫的很多，但最有名的，要算前面所说的蜘蛛和现今要说的螳螂了。……

这也未免太说了"人话"。鸟粪蜘蛛只是形体原像鸟粪，性又不大走动罢了，并非它故意装作鸟粪模样，意在欺骗小虫豸。螳螂界

---

① **望蔼覃** 今译凡·蔼覃（P. van Eeden，1860—1932），荷兰作家、医生。著有长篇童话《小约翰》、小说《死亡之渊》等。鲁迅与齐寿山曾于1926年将《小约翰》译出，1928年1月由未名社出版。

② **法布耳**（J. H. Fabre，1823—1915） 法国昆虫学家、科普作家。他的《昆虫记》共有十卷，1879年开始出版，至1910年出齐。

中也尚无五伦①之说，它在交尾中吃掉雄的，只是肚子饿了，在吃东西，何尝知道这东西就是自己的家主公。但经用"人话"一写，一个就成了阴谋害命的凶犯，一个是谋死亲夫的毒妇了。实则都是冤枉的。

"人话"之中，又有各种的"人话"：有英人话，有华人话。华人话中又有各种：有"高等华人话"，有"下等华人话"。浙西有一个讥笑乡下女人之无知的笑话——

"是大热天的正午，一个农妇做事做得正苦，忽而叹道：'皇后娘娘真不知道多么快活。这时还不是在床上睡午觉，醒过来的时候，就叫道：太监，拿个柿饼来！'"

然而这并不是"下等华人话"，倒是高等华人意中的"下等华人话"，所以其实是"高等华人话"。在下等华人自己，那时也许未必这么说，即使这么说，也并不以为笑话的。

再说下去，就要引起阶级文学的麻烦来了，"带住"。

现在很有些人做书，格式是写给青年或少年的信。自然，说的一定是"人话"了。但不知道是那一种"人话"？为什么不写给年龄更大的人们？年龄大了就不屑教诲么？还是青年和少年比较的纯厚，容易诓骗呢？

三月二十一日

（原刊 1933 年 3 月 28 日《申报·自由谈》，后收入《伪自由书》）

---

① **五伦** 亦作"五常"，封建礼教称君臣、父子、兄弟、夫妇、朋友之间的五种关系。《孟子·滕文公上》："使契为司徒，教以人伦：父子有亲，君臣有义，夫妇有别，长幼有叙，朋友有信。"

文人无文

　　在一种姓"大"的报的副刊①上，有一位"姓张的"② 在"要求中国有为的青年，切勿借了'文人无行'的幌子，犯着可诟病的恶癖。"这实在是对透了的。但那"无行"的界说，可又严紧透顶了。据说："所谓无行，并不一定是指不规则或不道德的行为，凡一切不近人情的恶劣行为，也都包括在内。"

　　接着就举了一些日本文人的"恶癖"的例子，来作中国的有为的青年的殷鉴，一条是"宫地嘉六③爱用指爪搔头发"，还有一条是"金子洋文④喜舐嘴唇"。

　　自然，嘴唇干和头皮痒，古今的圣贤都不称它为美德，但好像也没有斥为恶德的。不料一到中国上海的现在，爱搔喜舐，即使是自己的嘴唇和头发罢，也成了"不近人情的恶劣行为"了。如果不舒服，也只好熬着。要做有为的青年或文人，真是一天一天的艰难起来了。

　　但中国文人的"恶癖"，其实并不在这些，只要他写得出文章来，或搔或舐，都不关紧要，"不近人情"的并不是"文人无行"，而是"文人无文"。

　　我们在两三年前，就看见刊物上说某诗人到西湖吟诗去了，某

---

　　① **一种姓"大"的报的副刊**　指《大晚报》副刊《辣椒与橄榄》。
　　② **一位"姓张的"**　指张若谷（1905—1960），原名天松，江苏南汇（今属上海）人，现代作家。曾在上海艺术大学、震旦大学任教，又为《中美日报》副刊编辑。著有《都会交响曲》《文学生活》等。这里引述他的言论出自《恶癖》一文，见1933年3月9日《大晚报·辣椒与橄榄》。
　　③ **宫地嘉六**（1884—1958）　日本作家。工人出身，曾参与工人运动。著有小说《奇迹》《一个工匠的手记》等。
　　④ **金子洋文**（1894—1985）　日本作家。曾参与创办《播种人》《文艺战线》等刊物，是日本无产阶级文艺联盟（简称"普罗艺"）的重要成员。1927年参加工农艺术家联盟（简称"劳艺"）。著有小说集《地狱》、剧本《洗衣老板与诗人》等。

文豪在做五十万字的小说了，但直到现在，除了并未豫告的一部《子夜》① 而外，别的大作都没有出现。

拾些琐事，做本随笔的是有的；改首古文，算是自作的是有的。讲一通昏话，称为评论；编几张期刊，暗捧自己的是有的。收罗猥谈，写成下作；聚集旧文，印作评传的是有的。甚至于翻些外国文坛消息，就成为世界文学史家；凑一本文学家辞典，连自己也塞在里面，就成为世界的文人的也有。然而，现在到底也都是中国的金字招牌的"文人"。

文人不免无文，武人也一样不武。说是"枕戈待旦"的，到夜还没有动身，说是"誓死抵抗"的，看见一百多个敌兵就逃走了。只是通电宣言之类，却大做其骈体，"文"得异乎寻常。"偃武修文"②，古有明训，文星③全照到营子里去了。于是我们的"文人"，就只好不舐嘴唇，不搔头发，揣摩人情，单落得一个"有行"完事。

三月二十八日

（原刊 1933 年 4 月 4 日《申报·自由谈》，后收入《伪自由书》）

【乘凉】：

两误一不同

这位木斋先生对我有两种误解，和我的意见有一点不同。

第一是关于"文"的界说。我的这篇杂感，是由《大晚报》副刊上的《恶癖》而来的，而那篇中所举的文人，都是小说作者。这事木斋先生明明知道，现在混而言之者，大约因为作文要紧，顾不及这些了罢，《第四种人》这题目，也实在时新得很。

第二是要我下"罪己诏"④。我现在作一个无聊的声明：何家干诚然就是鲁迅，但并没有做皇帝。不过好在这样误解的人们也并

---

① 《子夜》 茅盾所著长篇小说，1933 年 1 月上海开明书店出版。

② "偃武修文" 语出《尚书·周书·武成》："王来自商，至于丰。乃偃武修文，归马于华阳之山，放牛于桃林之野，示天下弗服。"

③ 文星 即文曲星，又称文昌星。传说中主宰文运的星宿。

④ "罪己诏" 古代皇帝遇到天灾或危难事件时，往往下诏自责，以收拾民心，这种诏书称"罪己诏"，取《左传·庄公十一年》所载"禹汤罪己"之意。

不多。

意见不同之点，是：凡有所指责时，木斋先生以自己包括在内为"风凉话"；我以自己不包括在内为"风凉话"，如身居上海，而责北平的学生应该赴难，至少是不逃难之类。

但由这一篇文章，我可实在得了很大的益处。就是：凡有指摘社会全体的症结的文字，论者往往谓之"骂人"。先前我是很以为奇的。至今才知道一部分人们的意见，是认为这类文章，决不含自己在内，因为如果兼包自己，是应该自下罪己诏的，现在没有诏书而有攻击，足见所指责的全是别人了，于是乎谓之"骂"。且从而群起而骂之，使其人背着一切所指摘的症结，沉入深渊，而天下于是乎太平。

七月十九日

现 代 史

从我有记忆的时候起，直到现在，凡我所曾经到过的地方，在空地上，常常看见有"变把戏"的，也叫作"变戏法"的。

这变戏法的，大概只有两种——

一种，是教一个猴子戴起假面，穿上衣服，耍一通刀枪；骑了羊跑几圈。还有一匹用稀粥养活，已经瘦得皮包骨头的狗熊玩一些把戏。末后是向大家要钱。

一种，是将一块石头放在空盒子里，用手巾左盖右盖，变出一只白鸽来；还有将纸塞在嘴巴里，点上火，从嘴角鼻孔里冒出烟焰。其次是向大家要钱。要了钱之后，一个人嫌少，装腔作势的不肯变了，一个人来劝他，对大家说再五个。果然有人抛钱了，于是再四个，三个……

抛足之后，戏法就又开了场。这回是将一个孩子装进小口的坛子里面去，只见一条小辫子，要他再出来，又要钱。收足之后，不知怎么一来，大人用尖刀将孩子刺死了，盖上被单，直挺挺躺着，要他活过来，又要钱。

"在家靠父母，出家靠朋友……Huazaa①！ Huazaa！"变戏法的装出撒钱的手势，严肃而悲哀的说。

别的孩子，如果走近去想仔细的看，他是要骂的；再不听，他就会打。

果然有许多人 Huazaa 了。待到数目和预料的差不多，他们就捡起钱来，收拾家伙，死孩子也自己爬起来，一同走掉了。

看客们也就呆头呆脑的走散。

这空地上，暂时是沉寂了。过了些时，就又来这一套。俗语说，"戏法人人会变，各有巧妙不同。"其实是许多年间，总是这一套，

---

① **Huazaa** 用拉丁字母拼写的象声词，即撒钱的"哗嚓"声。

也总有人看，总有人 Huazaa，不过其间必须经过沉寂的几日。

我的话说完了，意思也浅得很，不过说大家 Huazaa Huazaa 一通之后，又要静几天了，然后再来这一套。

到这里我才记得写错了题目，这真是成了"不死不活"的东西。

四月一日

（原刊 1933 年 4 月 8 日《申报·自由谈》，后收入《伪自由书》）

推 背 图

我这里所用的"推背"的意思，是说：从反面来推测未来的情形。

上月的《自由谈》里，就有一篇《正面文章反看法》[1]，这是令人毛骨悚然的文字。因为得到这一个结论的时候，先前一定经过许多苦楚的经验，见过许多可怜的牺牲。本草家[2]提起笔来，写道：砒霜，大毒。字不过四个，但他却确切知道了这东西曾经毒死过若干性命的了。

里巷间有一个笑话：某甲将银子三十两埋在地里面，怕人知道，就在上面竖一块木板，写道："此地无银三十两。"隔壁的阿二因此却将这掘去了，也怕人发觉，就在木板的那一面添上一句道，"隔壁阿二勿曾偷。"这就是在教人"正面文章反看法"。

但我们日日所见的文章，却不能这么简单。有明说要做，其实不做的；有明说不做，其实要做的；有明说做这样，其实做那样的；有其实自己要这么做，倒说别人要这么做的；有一声不响，而其实倒做了的。然而也有说这样，竟这样的。难就在这地方。

例如近几天报章上记载着的要闻罢：

一，××军在××血战，杀敌××××人。

二，××谈话：决不与日本直接交涉，仍然不改初衷，抵抗到底。

三，芳泽[3]来华，据云系私人事件。

---

① 《正面文章反看法》 陈子展的文章，刊于 1933 年 3 月 13 日《申报·自由谈》。文中对当局的一些救国口号作了合乎事实的反面解释。

② 本草家 即中医。旧时中药统称本草。

③ 芳泽 即芳泽谦吉（1874—1965），日本外交官。在华多年，早年任日本驻厦门、上海等地副领事。1912 年为驻汉口总领事，1923 年任驻中国公使。后任日本驻法国大使。1932 年国联讨论中日争端时，为日本首席代表。1932 年在其岳父犬养毅内阁中出任外务大臣，旋辞职。1952 年任驻台湾"大使"。

四，共党联日，该伪中央已派干部××赴日接洽。

五，××××……

倘使都当反面文章看，可就太骇人了。但报上也有"莫干山路草棚船百余只大火"，"××××廉价只有四天了"等大概无须"推背"的记载，于是乎我们就又胡涂起来。

听说，《推背图》① 本是灵验的，某朝某帝怕他淆惑人心，就添了些假造的在里面，因此弄得不能豫知了，必待事实证明之后，人们这才恍然大悟。

我们也只好等着看事实，幸而大概是不很久的，总出不了今年。

四月二日

（原刊 1933 年 4 月 6 日《申报·自由谈》，后收入《伪自由书》）

---

① 《推背图》 一部妄诞预测后世兴亡变乱的图册，相传唐贞观中李淳风、袁天罡撰。凡六十图像，以卦分系之。

《杀错了人》异议

看了曹聚仁[①]先生的一篇《杀错了人》,觉得很痛快,但往回一想,又觉得有些还不免是愤激之谈了,所以想提出几句异议——

袁世凯在辛亥革命之后,大杀党人,从袁世凯那方面看来,是一点没有杀错的,因为他正是一个假革命的反革命者。

错的是革命者受了骗,以为他真是一个筋斗,从北洋大臣变了革命家了,于是引为同调,流了大家的血,将他浮上总统的宝位去。到二次革命时,表面上好像他又是一个筋斗,从"国民公仆"变了吸血魔王似的。其实不然,他不过又显了本相。

于是杀,杀,杀。北京城里,连饭店客栈中,都满布了侦探;还有"军政执法处",只见受了嫌疑而被捕的青年送进去,却从不见他们活着走出来;还有,《政府公报》上,是天天看见党人脱党的广告,说是先前为友人所拉,误入该党,现在自知迷谬,从此脱离,要洗心革面的做好人了。

不久就证明了袁世凯杀人的没有杀错,他要做皇帝了。

这事情,一转眼竟已经是二十年,现在二十来岁的青年,那时还在吸奶,时光是多么飞快呵。

但是,袁世凯自己要做皇帝,为什么留下他真正对头的旧皇帝呢?这无须多议论,只要看现在的军阀混战就知道。他们打得你死我活,好像不共戴天似的,但到后来,只要一个"下野"了,也就会客客气气的,然而对于革命者呢,即使没有打过仗,也决不肯放

---

① **曹聚仁**(1900—1972) 字挺岫,浙江浦江人,现代作家、记者。20 世纪 20 年代任暨南大学、复旦大学等校教职。1932 年创办《涛声》周刊,任主编。抗战时任中央通讯社战地记者,曾采访上海"八一三"战事、台儿庄战事和皖南事变等重大事件。1941年,应蒋经国之邀赴赣南主持《正气日报》。1950 年移居香港。著有《国故学大纲》《鲁迅评传》及战地通讯集《大江南线》等。这里所举《杀错了人》一文,刊于 1933 年 4 月10 日《申报·自由谈》。

过一个。他们知道得很清楚。

所以我想，中国革命的闹成这模样，并不是因为他们"杀错了人"，倒是因为我们看错了人。

临末，对于"多杀中年以上的人"的主张，我也有一点异议，但因为自己早在"中年以上"了，为避免嫌疑起见，只将眼睛看着地面罢。

四月十日

记得原稿在"客客气气的"之下，尚有"说不定在出洋的时候，还要大开欢送会"这类意思的句子，后被删去了。

四月十二日记

（原刊 1933 年 4 月 12 日《申报·自由谈》，后收入《伪自由书》）

中国人的生命圈

　　"蝼蚁尚知贪生"，中国百姓向来自称"蚁民"，我为暂时保全自己的生命计，时常留心着比较安全的处所，除英雄豪杰之外，想必不至于讥笑我的罢。

　　不过，我对于正面的记载，是不大相信的，往往用一种另外的看法。例如罢，报上说，北平正在设备防空，我见了并不觉得可靠；但一看见载着古物的南运，却立刻感到古城的危机，并且由这古物的行踪，推测中国乐土的所在。

　　现在，一批一批的古物，都集中到上海来了，可见最安全的地方，到底也还是上海的租界上。

　　然而，房租是一定要贵起来的了。

　　这在"蚁民"，也是一个大打击，所以还得想想另外的地方。

　　想来想去，想到了一个"生命圈"。这就是说，既非"腹地"，也非"边疆"，是介乎两者之间，正如一个环子，一个圈子的所在，在这里倒或者也可以"苟延性命于×世"① 的。

　　"边疆"上是飞机抛炸弹。据日本报，说是在剿灭"兵匪"；据中国报，说是屠戮了人民，村落市廛，一片瓦砾。"腹地"里也是飞机抛炸弹。据上海报，说是在剿灭"共匪"，他们被炸得一塌胡涂；"共匪"的报上怎么说呢，我们可不知道。但总而言之，边疆上是炸，炸，炸；腹地里也是炸，炸，炸。虽然一面是别人炸，一面是自己炸，炸手不同，而被炸则一。只有在这两者之间的，只要炸弹不要误行落下来，倒还有可免"血肉横飞"的希望，所以我名之曰"中国人的生命圈"。

　　再从外面炸进来，这"生命圈"便收缩而为"生命线"；再炸

---

　　① **"苟全性命于×世"**　诸葛亮《前出师表》："臣本布衣，躬耕于南阳。苟全性命于乱世，不求闻达于诸侯。"这里"×"是故意省略的"乱"字。

进来，大家便都逃进那炸好了的"腹地"里面去，这"生命圈"便完结而为"生命〇"①。

其实，这预感是大家都有的，只要看这一年来，文章上不大见有"我中国地大物博，人口众多"的套话了，便是一个证据。而有一位先生，还在演说上自己说中国人是"弱小民族"哩。

但这一番话，阔人们是不以为然的，因为他们不但有飞机，还有他们的"外国"！

四月十日

（原刊 1933 年 4 月 14 日《申报·自由谈》，后收入《伪自由书》）

---

① "生命〇" 意为没有存身之处。"〇"即"零"。

"以夷制夷"*

我还记得，当去年中国有许多人，一味哭诉国联的时候，日本的报纸上往往加以讥笑，说这是中国祖传的"以夷制夷"的老手段。粗粗一看，也仿佛有些像的，但是，其实不然。那时的中国的许多人，的确将国联看作"青天大老爷"，心里何尝还有一点儿"夷"字的影子。

倒相反，"青天大老爷"们却常常用着"以华制华"的方法的。

例如罢，他们所深恶的反帝国主义的"犯人"，他们自己倒是不做恶人的，只是松松爽爽的送给华人，叫你自己去杀去。他们所痛恨的腹地的"共匪"，他们自己是并不明白表示意见的，只将飞机炸弹卖给华人，叫你自己去炸去。对付下等华人的有黄帝子孙的巡捕和西崽，对付智识阶级的有高等华人的学者和博士。

我们自夸了许多日子的"大刀队"，好像是无法制伏的了，然而四月十五日的《××报》上，有一个用头号字印《我斩敌二百》的题目。粗粗一看，是要令人觉得胜利的，但我们再来看一看本文罢——

（本报今日北平电）昨日喜峰口右翼，仍在滦阳城以东各地，演争夺站。敌出现大刀队千名，系新开到者，与我大刀队对抗。其刀特长，敌使用不灵活。我军挥刀砍抹，敌招架不及，连刀带臂，被我砍落者纵横满地，我军伤亡亦达二百余。……

那么，这其实是"敌斩我军二百"了，中国的文字，真是像

---

* **"以夷制夷"** 夷，古时称化外之邦，近世又指外国。"以夷制夷"是清人的说法，过去叫"以夷伐夷"或"以夷攻夷"，是汉族统治者对付少数民族的手段。如，《后汉书·邓训传》："议者咸以羌胡相攻，县官之利，以夷伐夷，不宜禁护。"清季国势已衰，面对西方列强的坚船利炮提不起"伐"和"攻"了，唯求利用列强之间的矛盾互相钳而"制"之。

"国步"① 一样，正在一天一天的艰难起来。但我要指出来的却并不在此。

我要指出来的是"大刀队"乃中国人自夸已久的特长，日本人虽有击剑，大刀却非素习。现在可是"出现"了，这不必迟疑，就可决定是满洲的军队。满洲从明末以来。每年即大有直隶山东人迁居，数代之后，成为土著，则虽是满洲军队，而大多数实为华人，也决无疑义。现在已经各用了特长的大刀，在滦东相杀起来，一面是"连刀带臂，纵横满地"，一面是"伤亡亦达二百余"，开演了极显著的"以华制华"的一幕了。

至于中国的所谓手段，由我看来，有是也应该说有的，但决非"以夷制夷"，倒是想"以夷制华"。然而"夷"又那有这么愚笨呢，却先来一套"以华制华"给你看。

这例子常见于中国的历史上，后来的史官为新朝作颂，称此辈的行为曰："为王前驱"②！

> 近来的战报是极可诧异的，如同日同报记冷口失守云："十日以后，冷口方面之战，非常激烈，华军……顽强抵抗，故继续未曾有之大激战"，但由宫崎部队以十余兵士，作成人梯，前仆后继，"卒越过长城，因此宫崎部队牺牲二十三名之多云"。越过一个险要，而日军只死了二十三人，但已云"之多"，又称为"未曾有之大激战"，也未免有些费解。所以大刀队之战，也许并不如我所猜测。但既经写出，就姑且留下以备一说罢。

四月十七日

（原刊 1933 年 4 月 21 日《申报·自由谈》，后收入《伪自由书》）

【跳踉】：

"以华制华" 　　　李家作

报纸不可不看。在报上不但可以看到虔修功德如念念阿弥陀佛，

---

① **"国步"** 国家的命运。《诗经·大雅·桑柔》："于乎有哀，国步斯频。"
② **"为王前驱"** 《诗经·卫风·伯兮》："伯兮朅兮，邦之桀兮。伯也执殳，为王前驱。"按：前驱，原指在战车旁保护统帅的侍卫，后衍化为冲锋陷阵之义。

选拔国士如征求飞檐走壁之类的"善"文，还可以随时长许多见识。譬如说杀人，以前只知道有斫头绞颈子，现在却知道还有吃人肉，而且还有"以夷制夷"，"以华制华"等等的分别。经明眼人一说，是越想越觉得不错的。

尤其是"以华制华"，那样的手段真是越想越觉得多的。原因是人太多了，华对华并不会亲热；而且为了自身的利害要坐大交椅，当然非解决别人不可。所以那"制"是，无论如何要"制"的。假如因为制人而能得到好处，或是因为制人而能讨得上头的欢心，那自然更其起劲。这心理，夷人就很善于利用，从侵略土地到卖卖肥皂，都是用的这"华人"善于"制华"的美点。然而，华人对华人，其实也很会利用这种方法，而且非常巧妙。双方不必明言，彼此心照，各得其所；旁人看来，不露痕迹。据说那被利用的人便是哈吧狗，即走狗。但细细甄别起来，倒并不只是哈吧狗一种，另外还有一种是警犬。

做哈吧狗与做警犬，当然都是"以华制华"，但其中也不无分别。哈吧狗只能听主人吩咐，向仇人摇摇尾，狂吠几声。他知道他是什么样的身分。警犬则不然：老于世故者往往如此。他只认定自己是一个好汉，是一个权威，是一个执大义以绳天下者。在那门庭间的方寸之地上，只有他可以彷徨彷徨，呐喊呐喊。他的威风没有人敢冒犯，和哈吧狗比较起来，哈吧狗真是浅薄得可怜。但何以也是"以华制华"呢？那是因为虽然老于世故，也不免露出破绽。破绽是：他俨若嫉恶如仇，平时蹲在地上冷眼旁观，一看到有类乎"可杀"的情形时，就踪身向前，猛咬一口；可是，他决不是乱咬，他早已看得分明，凡在他寄身的地段上（他当然不能不有一个寄身的地方），他决不伤害，有了也只当不看见，以免引起"不便"。他咬，是咬圈子外头的，尤其是，圈子外头最碍眼的仇人。这便是勇，这便是执大义，同时，既可显出自己的权威，又可博得主人底欢心：因为，他所咬的，往往会是他和他东家的共同的敌人。主人对于他所痛恨，自己是并不明白表示意见的，只给你一些供养和地位，叫你自己去咬去。因此有接二连三的奋勇，和吹毛求疵的找机会，旁观者不免有点不明白，觉得这仇太深，却不知道这正是老于世故者的做人之道，所谓向恶社会"搏战""周旋"是也。那样的用心，真是很苦！

所可哀者，为了要挣扎在替天行道的大旗之下，竟然不惜受员外府君之类的供奉，把那旗子斜插在庄院的门楼边，暂且作个"江湖一应水碗不得骚扰"的招贴纸儿。也可见得做中国人的不容易，和"以华制华"的效劳，虽贤者亦不免焉。

——二二，四，二一。

四月二十二日，《大晚报》副刊《火炬》。

【摇摆】：

过而能改　　　　　　　傅红蓼

孔老夫子，在从前教训着那么许多门生说："过而能改，善莫大焉！"意思是错误人人都有，只要能够回头。我觉得孔老夫子这句话尚有未尽意处，譬如说："过而能改，善莫大焉"之后，再加上一句："知过不改，罪孽深重"，那便觉得天衣无缝了。

譬如说现在前线打得落花流水的时候，而有人觉得这种为国牺牲是残酷，是无聊，便主张不要打，而且更主张不要讲和，只说索性藏起头来，等个五十年。俗谚常有"十年生聚，十年教训"，看起来五十年的教训，大概什么都够了。凡事有了错误，才有教训，可见中国人尚还有些救药，国事弄得乌烟瘴气到如此，居然大家都恍然大觉大悟自己内部组织的三大不健全，更而发现武器的不充足。眼前须要几十个年头，来作准备。言至此，吾人对于热河一直到滦东的失守，似乎应当有些感到失得不大冤枉。因为吾党（借用）建基以至于今日，由军事而至于宪政，尚还没有人肯认过错，则现在失掉几个国土，使一些负有自信天才的国家栋梁学贯中西的名儒，居然都肯认错，所谓"过而能改，善莫大焉"，塞翁失马，又安知非福的聊以自慰，也只得闭着眼睛喊两声了，不过假使今后"知过尚不能改，罪孽的深重"，比写在讣文上，大概也更要来得使人注目了。

譬如再说，四月二十二日本刊上李家作的"以华制华"里说的警犬。警犬咬人，是蹲在地上冷眼傍观，等到有可杀的时候，便一跃上前，猛咬一口，不过，有的时候那警犬被人们提起棍子，向着当头一棒，也会把专门咬人的警犬，打得藏起头来，伸出舌头在暗地里发急。这种发急，大概便又是所谓"过"了。因为警犬虽然野性，但有时被棍子当头一击，也会被打出自己的错误来的，于是

"过而能改"的警犬，在暗地里发急时，自又便会想忏悔，假使是不大晓得改过的警犬，在暗地发急之余，还想乘机再试，这种犬，大概是"罪孽深重"的了。

中国人只晓得说过而能改，善莫大焉，可惜都忘记了底下那一句。

四月二十六日，《大晚报》副刊《火炬》

【只要几句】：

案　语① 　　　　家　干

以上两篇，是一星期之内，登在《大晚报》附刊《火炬》上的文章，为了我的那篇《"以夷制夷"》而发的，揭开了"以华制华"的黑幕，他们竟有如此的深恶痛嫉，莫非真是太伤了此辈的心么？

但是，不尽然的。大半倒因为我引以为例的《××报》其实是《大晚报》，所以使他们有这样的跳踉和摇摆。然耐无论怎样的跳踉和摇摆，所引的记事具在，旧的《大晚报》也具在，终究挣不脱这一个本已扣得紧紧的笼头。

此外也无须多话了，只要转载了这两篇，就已经由他们自己十足的说明了《火炬》的光明，露出了他们真实的嘴脸。

七月十九日

「以夷制夷」

① 此篇系鲁迅编定《伪自由谈》时所写，原题《案语》，现在的篇名系编者所拟。　　601

言论自由的界限

看《红楼梦》，觉得贾府上是言论颇不自由的地方。焦大以奴才的身分，仗着酒醉，从主子骂起，直到别的一切奴才，说只有两个石狮子干静。结果怎样呢？结果是主子深恶，奴才痛嫉，给他塞了一嘴马粪。

其实是，焦大的骂，并非要打倒贾府，倒是要贾府好，不过说主奴如此，贾府就要弄不下去罢了。然而得到的报酬是马粪。所以这焦大，实在是贾府的屈原①，假使他能做文章，我想，恐怕也会有一篇《离骚》之类。

三年前的新月社诸君子，不幸和焦大有了相类的境遇。他们引经据典，对于党国有了一点微词，虽然引的大抵是英国经典，但何尝有丝毫不利于党国的恶意，不过说："老爷，人家的衣服多么干净，您老人家的可有些儿脏，应该洗它一洗"罢了。不料"荃不察余之中情兮"②，来了一嘴的马粪：国报同声致讨，连《新月》杂志也遭殃。但新月社究竟是文人学士的团体，这时就也来了一大堆引据三民主义，辨明心迹的"离骚经"。现在好了，吐出马粪，换塞甜头，有的顾问，有的教授，有的秘书，有的大学院长，言论自由，《新月》也满是所谓"为文艺的文艺"了。

这就是文人学士究竟比不识字的奴才聪明，党国究竟比贾府高明，现在究竟比乾隆时候光明：三民主义。

然而竟还有人在嚷着要求言论自由。世界上没有这许多甜头，我想，该是明白的罢，这误解，大约是在没有悟到现在的言论自由，

---

① **屈原**（约前340—约前278）　名平，字原，又字灵均，战国时楚国大夫、诗人。楚怀王时为左徒、三闾大夫，顷襄王时遭谗毁流放，后闻郢都被秦军攻陷，自沉汨罗江。存世作品有《离骚》《九歌》《九章》等。

② **"荃不察余之中情兮"**　屈原《离骚》中的句子。

只以能够表示主人的宽宏大度的说些"老爷，你的衣服……"为限，而还想说开去。

　　这是断乎不行的。前一种，是和《新月》受难时代不同，现在好像已有的了，这《自由谈》也就是一个证据，虽然有时还有几位拿着马粪，前来探头探脑的英雄。至于想说开去，那就足以破坏言论自由的保障。要知道现在虽比先前光明，但也比先前利害，一说开去，是连性命都要送掉的。即使有了言论自由的明令，也千万大意不得。这我是亲眼见过好几回的，非"卖老"也，不自觉其做奴才之君子，幸想一想而垂鉴焉。

　　　　　　　　　　　　　　　　　　　　　　四月十七日

　　（原刊 1933 年 4 月 22 日《申报·自由谈》，后收入《伪自由书》）

言论自由的界限

文章与题目

　　一个题目，做来做去，文章是要做完的，如果再要出新花样，那就使人会觉得不是人话。然而只要一步一步的做下去，每天又有帮闲的敲边鼓，给人们听惯了，就不但做得出，而且也行得通。

　　譬如近来最主要的题目，是"安内与攘外"罢，做的也着实不少了。有说安内必先攘外的，有说安内同时攘外的，有说不攘外无以安内的，有说攘外即所以安内的，有说安内即所以攘外的，有说安内急于攘外的。

　　做到这里，文章似乎已经无可翻腾了，看起来，大约总可以算是做到了绝顶。

　　所以再要出新花样，就使人会觉得不是人话，用现在最流行的谥法来说，就是大有"汉奸"的嫌疑。为什么呢？就因为新花样的文章，只剩了"安内而不必攘外"，"不如迎外以安内"，"外就是内，本无可攘"这三种了。

　　这三种意思，做起文章来，虽然实在希奇，但事实却有的，而且不必远征晋宋，只要看看明朝就够。满洲人早在窥伺了，国内却是草菅民命，杀戮清流，做了第一种。李自成进北京了，阔人们不甘给奴子做皇帝，索性请"大清兵"来打掉他，做了第二种。至于第三种，我没有看过《清史》①，不得而知，但据老例，则应说是爱新觉罗②氏之先，原是轩辕黄帝③第几子之苗裔，遯于朔方，厚泽深仁，遂有天下，总而言之，咱们原是一家子云。

　　后来的史论家，自然是力斥其非的，就是现在的名人，也正痛

---

　　① 《清史》　指《清史稿》。近人赵尔巽主编，修于1914—1927年。纂修人员有缪荃孙、夏孙桐、柯劭态、张尔田等。该书实未定稿，故名《清史稿》。

　　② 爱新觉罗　清朝皇室的姓氏。

　　③ 轩辕皇帝　即黄帝，传说中汉民族的始祖。

恨流寇。但这是后来和现在的话，当时可不然，鹰犬塞途，干儿当道，魏忠贤①不是活着就配享了孔庙么？他们那种办法，那时都有人来说得头头是道的。

前清末年，满人出死力以镇压革命，有"宁赠友邦，不给家奴"②的口号，汉人一知道，更恨得切齿。其实汉人何尝不如此？吴三桂③之请清兵入关，便是一想到自身的利害，即"人同此心"的实例了。……

四月二十九日

附记：
原题是《安内与攘外》。

五月五日

（原刊 1933 年 5 月 5 日《申报·自由谈》，后收入《伪自由书》）

---

① **魏忠贤**（1568—1627） 明泰昌、天启年间专权的宦官。任司礼秉笔太监，兼掌东厂。曾勾结熹宗乳母客氏，专断国政，大兴冤狱，杀东林党人。

② **"宁赠友邦，不给家奴"** 梁启超《戊戌政变记》中记述晚清大臣刚毅的话。刚毅（1834—1900），满洲镶蓝旗人，曾任军机大臣。

③ **吴三桂**（1612—1678） 字长白，明清之际扬州高邮（今属江苏）人。明末辽东总兵，驻防山海关。后降清，引清兵入关，封平西王。清康熙十二年（1673）在云南举兵叛乱，自称周王，后又称帝。死后其部为清所灭。

新　药

　　说起来就记得，诚然，自从九一八以后，再没有听到吴稚老①的妙语了，相传是生了病。现在刚从南昌专电②中，飞出一点声音来，却连改头换面的，也是自从九一八以后，就再没有一丝声息的民族主义文学者们，也来加以冷冷的讪笑。

　　为什么呢？为了九一八。

　　想起来就记得，吴稚老的笔和舌，是尽过很大的任务的，清末的时候，五四的时候，北伐的时候，清党的时候，清党以后的还是闹不清白的时候。然而他现在一开口，却连躲躲闪闪的人物儿也来冷笑了。九一八以来的飞机，真也炸着了这党国的元老吴先生，或者是，炸大了一些躲躲闪闪的人物儿的小胆子。

　　九一八以后，情形就有这么不同了。

　　旧书里有过这么一个寓言，某朝某帝的时候，宫女们多数生了病，总是医不好。最后来了一个名医，开出神方道：壮汉若干名。皇帝没办法，只得照他办。若干天之后，自去察看时，宫女们果然个个神采焕发了，却另有许多瘦得不像人样的男人，拜伏在地上。皇帝吃了一惊，问这是什么呢？宫女们就嗫嚅的答道：是药渣③。

　　照前几天报上的情形看起来，吴先生仿佛就如药渣一样，也许连狗子都要加以践踏了。然而他是聪明的，又很恬谈，决不至于不顾自己，给人家熬尽了汁水。不过因为九一八以后，情形已经不同，要有一种新药出卖是真的，对于他的冷笑，其实也就是新药的作用。

　　这种新药的性味，是要很激烈，而和平。譬之文章，则须先讲

---

　　① **吴稚老**　即吴稚晖。见本书《随感录·三十三》"吴稚晖"注条。

　　② **南昌专电**　指 1933 年 4 月 29 日《申报》刊登的"南昌专电"。其中报道吴稚晖在南昌对新闻界阐述当局抗日方针的谈话。随后，有人在《大晚报》上发表文章对吴稚晖的言论加以嘲笑。

606

　　③ **药渣**　见清代褚人获《坚瓠丙集》"药渣"条。

烈士的殉国，再叙美人的殉情；一面赞希特勒的组阁，一面颂苏联的成功；军歌唱后，来了恋歌；道德谈完，就讲妓院；因国耻日而悲杨柳，逢五一节而忆蔷薇；攻击主人的敌手，也似乎不满于它自己的主人……总而言之，先前所用的是单方，此后出卖的却是复药了。

复药虽然好像万应，但也常无一效的，医不好病，即毒不死人。不过对于误服这药的病人，却能够使他不再寻求良药，拖重了病症而至于胡里胡涂的死亡。

四月二十九日

（原刊 1933 年 5 月 7 日《申报·自由谈》，后收入《伪自由书》）

新
药

"多难之月"

前月底的报章上，多说五月是"多难之月"。这名目，以前是没有见过的。现在这"多难之月"已经临头了。从经过了的日子来想一想，不错，五一是"劳动节"，可以说很有些"多难"；五三是济南惨案①纪念日，也当然属于"多难"之一的。但五四是新文化运动的发扬，五五是革命政府②成立的佳日，为什么都包括在"难"字堆里的呢？这可真有点儿希奇古怪！

不过只要将这"难"字，不作国民"受难"的"难"字解，而作令人"为难"的"难"字解，则一切困难，可就涣然冰释了。

时势也真改变得飞快，古之佳节，后来自不免化为难关。先前的开会，是听大众在空地上开的，现在却要防人"乘机捣乱"了，所以只得函请代表，齐集洋楼，还要由军警维持秩序。先前的要人，虽然出来要"清道"（俗名"净街"），但还是走在地上的，现在却更要防人"谋为不轨"了，必得坐着飞机，须到出洋的时候，才能放心送给朋友。③ 名人逛一趟古董店，先前也不算奇事情的，现在却"微服""微服"的嚷得人耳聋，只好或登名山，或入古庙，比较的免掉大惊小怪。总而言之，可靠的国之柱石，已经多在半空中，最低限度也上了高楼峻岭了，地上就只留着些可疑的百姓，实做了"下民"，且又民匪难分，一有庆吊，总不免"假名滋扰"。向来虽

---

① **济南惨案** 亦称"五三惨案"，即1928年5月3日日本军队在济南屠杀中国军民的事件。1928年春，国民革命军在英、美等国支持下，北伐征讨张作霖，取得鲁南战役胜利。日本为阻止英美势力向北发展，借口保护侨民，于4月下旬出兵济南，5月3日向中国军队大举进攻。因蒋介石命令部队不准抵抗，日军在济南肆意烧杀掳掠。国民政府特派交涉员蔡公时被毒打、割耳挖目后与其随员17人惨遭杀害，中国军民死伤近八千人。

② **革命政府** 指1921年5月5日在广州成立的中华民国政府。孙中山任非常大总统。这是孙中山为反对北洋军阀把持的北京政府而再度采取的护法行动。

③ 指张学良1933年4月辞职赴欧考察前，将两架福特飞机分赠蒋介石和宋子文。

靠"华洋两方当局，先事严防"，没有闹过什么大乱子，然而总比平时费力的，这就令人为难，而五月也成了"多难之月"，纪念的是好是坏，日子的为戚为喜，都不在话下。

但愿世界上大事件不要增加起来；但愿中国里惨案不要再有；但愿也不再有什么政府成立；但愿也不再有伟人的生日和忌日增添。否则，日积月累，不久就会成个"多难之年"，不但华洋当局，老是为难，连我们走在地面上的小百姓，也只好永远身带"嫌疑"，奉陪戒严，呜呼哀哉，不能喘气了。

五月五日

（原刊 1933 年 5 月 8 日《申报·自由谈》，后收入《伪自由书》）

「多难之月」

不负责任的坦克车

　　新近报上说，江西人第一次看了坦克车。自然，江西人的眼福很好。然而也有人惴惴然，唯恐又要掏腰包，报效坦克捐。我倒记起了另外一件事：

　　有一个自称姓"张"的①说过，"我是拥护言论不自由者……唯其言论不自由，才有好文章做出来，所谓冷嘲，讽刺，幽默和其他形形色色，不敢负言论责任的文体，在压迫钳制之下，都应运产生出来了。"这所谓不负责任的文体，不知道比坦克车怎样？

　　讽刺等类为什么是不负责任，我可不知道。然而听人议论"风凉话"怎么不行，"冷箭"怎么射死了天才，倒也多年了。既然多年，似乎就很有道理。大致是骂人不敢冲好汉，胆小。其实，躲在厚厚的铁板——坦克车里面，砰砰碰碰的轰炸，是着实痛快得多，虽然也似乎并不胆大。

　　高等人向来就善于躲在厚厚的东西后面来杀人的。古时候有厚厚的城墙，为的要防备盗匪和流寇。现在就有钢马甲，铁甲车，坦克车。就是保障"国民"和私产的法律，也总是厚厚的一大本。甚至于自天子以至卿大夫的棺材，也比庶民的要厚些。至于脸皮的厚，也是合于古礼的。

　　独有下等人要这么自卫一下，就要受到"不负责任"等类的嘲笑：

　　"你敢出来！出来！躲在背后说风凉话不算好汉！"

　　但是，如果你上了他的当，真的赤膊奔上前阵，像许褚②似的充好汉，那他那边立刻就会给你一枪，老实不客气，然而，再学着金

---

　　① **自称姓"张"的**　指张若谷。这里引述的话见他于 1933 年 3 月 3 日《大晚报·辣椒与橄榄》发表的《拥护》一文。

　　② **许褚**　《三国演义》中曹操手下的一员猛将。

《伪自由书》中的杂文

圣叹批《三国演义》的笔法①，骂一声"谁叫你赤膊的"——活该。总之，死活都有罪。足见做人实在很难，而做坦克车要容易得多。

五月六日

（原刊 1933 年 5 月 9 日《申报·自由谈》，后收入《伪自由书》）

---

① **金圣叹批《三国演义》的笔法** 　这里引述对许褚的评语见清人毛宗岗改校的《三国演义》评本。因金圣叹批注《水浒》《西厢记》等书影响很大，毛本《三国演义》便以"圣叹外书"之名行世，书中既有假托的金圣叹的序文，其评语也摹仿金圣叹的笔法，过去人们多误认为是金圣叹所作。

从盛宣怀说到有理的压迫[*]

　　盛氏的祖宗积德很厚，他们的子孙就举行了两次"收复失地"的盛典：一次还是在袁世凯的国民政府治下，一次就在当今国民政府治下了。

　　民元的时候，说盛宣怀是第一名的卖国贼，将他的家产没收了。不久，似乎是二次革命之后，就发还了。那是没有什么奇怪的，因为袁世凯是"物伤其类"，他自己也是卖国贼。不是年年都在纪念五七和五九①么？袁世凯签订过二十一条，卖国是有真凭实据的。

　　最近又在报上发见这么一段消息，大致是说："盛氏家产早已奉命归还，如苏州之留园，江阴无锡之典当等，正在办理发还手续。"这却叫我吃了一惊。打听起来，说是民国十六年国民革命军初到沪宁的时候，又没收了一次盛氏家产：那次的罪名大概是"土豪劣绅"。绅而至于"劣"，再加上卖国的旧罪，自然又该没收了。可是为什么又发还了呢？

　　第一，不应当疑心现在有卖国贼，因为并无真凭实据——现在的人早就誓不签订辱国条约②，他们不比盛宣怀和袁世凯。第二，现

---

　　* **盛宣怀**（1844—1916）　字杏荪，号愚斋，江苏武进（今常州）人，近代官僚资本家。清末曾办轮船招商局、电报局、上海机器织布局、汉冶萍公司等。1911年（宣统三年）任邮传部尚书，与四国银团（英、美、德、法四国在华银行的联合机构）签订湖广铁路借款合同，丧失川汉、粤汉铁路自主权，激起保路运动。辛亥革命后，遭国民政府通缉，一度流亡日本。

　　① **五七和五九**　1915年初，日本政府向袁世凯提出企图使中国成为其独占殖民地的"二十一条"要求。经双方数月秘密谈判后，日于5月7日发出最后通牒，限中于48小时内接受其条款。袁世凯政府于5月9日做出答复，除个别条款"容后商量"外，其余全部接受。后国内各界强烈反对，"二十一条"未能生效。舆论界曾以每年的5月7日和9日为国耻日。

　　② **誓不签订辱国条约**　1931年9月29日，蒋介石接见各地来南京请愿的学生代表时声称："国民政府决非军阀时代之卖国政府……决不签订任何辱国丧权条约。"

在正在募航空捐，足见政府财政并不宽裕。那末，为什么呢？

学理上研究的结果是——压迫本来有两种：一种是有理的，而且永久有理的，一种是无理的。有理的，就像逼小百姓还高利贷，交田租之类；这种压迫的"理"写在布告上："借债还钱本中外所同之定理，租田纳税乃千古不易之成规。"无理的，就是没收盛宣怀的家产等等了；这种"压迫"巨绅的手法，在当时也许有理，现在早已变成无理的了。

初初看见报上登载的《五一告工友书》①上说："反抗本国资本家无理的压迫"，我也是吃了一惊的。这不是提倡阶级斗争么？后来想想也就明白了。这是说，无理的压迫要反对，有理的不在此例。至于怎样有理，看下去就懂得了，下文是说："必须克苦耐劳，加紧生产……尤应共体时艰，力谋劳资间之真诚合作，消弭劳资间之一切纠纷。"还有说"中国工人没有外国工人那么苦"等等的。

我心上想，幸而没有大惊小怪地叫起来，天下的事情总是有道理的，一切压迫也是如此。何况对付盛宣怀等的理由虽然很少，而对付工人总不会没有的。

五月六日

（原刊 1933 年 5 月 10 日《申报·自由谈》，后收入《伪自由书》）

---

① 《五一告工友书》 指国民党当局操纵的上海市总工会于 1933 年五一节发布的《告全市工友书》。

王　化

中国的王化现在真是"光被四表格于上下"① 的了。

溥仪的弟媳妇跟着一位厨司务，卷了三万多元逃走了。于是中国的法庭把她辑获归案，判定"交还夫家管束"。满洲国虽然"伪"，夫权是不"伪"的。

新疆的回民闹乱子②，于是派出宣慰使。

蒙古的王公流离失所了，于是特别组织"蒙古王公救济委员会"③。

对于西藏的怀柔，是请班禅喇嘛④诵经念咒。

而最宽仁的王化政策，要算广西对付瑶民的办法⑤。据《大晚报》载，这种"宽仁政策"是在三万瑶民之中杀死三千人，派了三架飞机到瑶洞里去"下蛋"，使他们"惊诧为天神天将而不战自降"。事后，还要挑选瑶民代表到外埠来观光，叫他们看看上国⑥的文化，例如马路上，红头阿三⑦的威武之类。

---

①　**"光被四表格于上下"**　语出《尚书·虞书·尧典》，意为光芒照耀上下四方。

②　**新疆的回民闹乱子**　指1931年初的哈密事变和1933年4月的新疆政变。

③　**"蒙古王公救济委员会"**　1933年4月5日《申报》"北平电讯"报道：北平政务委员会四日举行常委会，讨论设立"蒙古救济委员会"，救济"九一八"事变后流落到北平等地的蒙古王公、士绅及学生等。

④　**班禅喇嘛**　与达赖喇嘛并属藏传佛教格鲁派（黄教）两大宗教领袖。这里指班禅九世（1883—1937），本名曲吉尼玛，藏族，西藏塔布人。1888年（清光绪十四年）经金瓶掣签确认为九世班禅，1892年在扎什伦布寺举行坐床典礼。1923年，因受西藏亲英势力迫害逃至内地。1931年被国民政府封为"护国宣化广慈大师"。1937年，返藏途中在青海结古寺圆寂。

⑤　**广西对付瑶民的办法**　1933年2月，广西兴安、全县、灌阳、龙胜等县瑶民为反对官绅地主的剥削压迫，同时举行武装起义，参与者达数万之众，波及包括湖南江华等地在内的十几个县。2月22日，广西省政府及第四集团军派出第十九师一个整师的兵力前往镇压，同时又以所谓"宣传教育"方法号召瑶民"归化"。

⑥　**上国**　春秋时，地处中原的齐、晋等国为上国，对于边蛮之地的吴、楚诸国自有一种文化优越感。

⑦　**红头阿三**　旧时上海人对公共租界内印度巡捕的俗称，因其头裹红布包巾而得名。

《伪自由书》中的杂文

而红头阿三说的是：勿要哗啦哗啦！

这些久已归化的"夷狄"，近来总是"哗啦哗啦"，原因是都有些怨了。王化盛行的时候，"东面而征西夷怨，南面而征北狄怨。"①这原是当然的道理。

不过我们还是东奔西走，南征北剿，决不偷懒。虽然劳苦些，但"精神上的胜利"是属于我们的。

等到"伪"满的夫权保障了，蒙古的王公救济了，喇嘛的经咒念完了，回民真的安慰了，瑶民"不战自降"了。还有什么事可以做呢？自然只有修文德以服"远人"②的日本了。这时候，我们印度阿三式的责任算是尽到了。

呜呼，草野小民，生逢盛世，唯有遴听欢呼，闻风鼓舞而已！③

五月七日

这篇被新闻检查处抽掉了，没有登出。幸而既非瑶民，又居租界，得免于国货的飞机来"下蛋"，然而"勿要哗啦哗啦"却是一律的，所以连"欢呼"也不许，——然而惟有一声不响，装死救国而已！

十五夜记

（原刊 1933 年 6 月 1 日《论语》半月刊第 18 期，后收入《伪自由书》）

---

① **"东面而征西夷怨，南面而征北狄怨"** 原出《尚书·商书·仲虺之诰》："东征，西夷怨；南征，北狄怨。"此处所引见《孟子·梁惠王下》，亦见《滕文公下》。

② **"远人"** 原指外人，后亦指异邦之人。《左传·定公元年》："周巩简公弃其子弟而好用远人。"晋杜预注："远人，异族也。"

③ 这四句是孙中山《上李鸿章书》中的句子，写于 1894 年。

天上地下

中国现在有两种炸，一种是炸进去，一种是炸进来。

炸进去之一例曰："日内除飞机往匪区轰炸外，无战事，三四两队，七日晨迄申，更番成队飞宜黄以西崇仁以南①掷百二十磅弹两三百枚，凡匪足资屏蔽处炸毁几平，使匪无从休养。……"（五月十日《申报》南昌专电）

炸进来之一例曰："今晨六时，敌机炸蓟县，死民十余，又密云今遭敌轰四次，每次二架，投弹盈百，损害正详查中。……"（同日《大晚报》北平电）

应了这运会而生的，是上海小学生的买飞机②，和北平小学生的挖地洞③。

这也是对于"非安内无以攘外"或"安内急于攘外"的题目，做出来的两股好文章。

住在租界里的人们是有福的。但试闭目一想，想得广大一些，就会觉得内是官兵在天上，"共匪"和"匪化"了的百姓在地下，外是敌军在天上，没有"匪化"了的百姓在地下。"损害正详查中"，而太平之区，却造起了宝塔④。释迦⑤出世，一手指天，一手指地曰："天上地下，惟我独尊！"此之谓也。

但又试闭目一想，想得久远一些，可就遇着难题目了。假如炸

---

① 宜黄以西崇仁以南　即当时中央苏区的一部分。宜黄、崇仁，江西省的两个县。

② 上海小学生的买飞机　1933年5月12日，上海市市长吴铁城下令全市童子军总动员，即日起连续三日上街劝拉市民认捐"航空救国"基金。

③ 北平小学生的挖地洞　1933年5月初，日军飞机时临北平上空，一些小学校长呼吁各校每日上午停课挖防空洞。

④ 造起了宝塔　指当时戴季陶邀集广州中山大学在南京师生手抄孙中山著作，仿照佛门藏经之例，在中山陵附近建塔收藏。

⑤ 释迦　即释迦牟尼（约前565—前486），佛教创始人。

进去慢，炸进来快，两种飞机遇着了，又怎么办呢？停止了"安内"，回转头来"迎头痛击"呢，还是仍然只管自己炸进去，一任他跟着炸进来，一前一后，同炸"匪区"，待到炸清了，然后再"攘"他们出去呢？……

不过这只是讲笑话，事实是决不会弄到这地步的。即使弄到这地步，也没有什么难解决：外洋养病，名山拜佛，这就完结了。

五月十六日

记得末尾的三句，原稿是："外洋养病，背脊生疮，名山上拜佛，小便里有糖，这就完结了。"

十九夜补记

（原刊 1933 年 5 月 19 日《申报·自由谈》，后收入《伪自由书》）

保　留

这几天的报章告诉我们：新任政务整理委员会委员长黄郛①的专车一到天津，即有十七岁的青年刘庚生②掷一炸弹，犯人当场捕获，据供系受日人指使，遂于次日绑赴新站外枭首示众云。

清朝的变成民国，虽然已经二十二年，但宪法草案的民族民权两篇，日前这才草成，尚未颁布。上月杭州曾将西湖抢犯③当众斩决，据说奔往赏鉴者有"万人空巷"之概。可见这虽与"民权篇"第一项的"提高民族地位"稍有出入，却很合于"民族篇"第二项的"发扬民族精神"。南北统一，业已八年，天津也来挂一颗小小的头颅，以示全国一致，原也不必大惊小怪的。

其次，是中国虽说"惟女子与小人为难养也"，但一有事故，除三老通电④，二老宣言⑤，九四老人⑥题字之外，总有许多"童子爱

---

① **黄郛**（1880—1936）　字膺白，号昭甫，浙江绍兴人，近代政客。早年留学日本，加入同盟会。辛亥革命时在上海协助陈其美。后转向研究系，曾任北洋政府外交部长、代理国务总理。北伐时投靠蒋介石，"四一二"政变后任上海特别市市长。1928年任南京国民政府外交部长，因亲日活动遭舆论谴责，不久下台。1933年5月又被蒋介石启用，任行政院驻北平政务整理委员会委员长。

② **刘庚生**　应为刘魁生（1917—1933），山东曹州（今曹县）人，清洁工人。1933年5月17日，当黄郛乘坐的列车被人投掷炸弹时，他正好路过铁道，即被诬为刺客而遭捕杀。"刘庚生"系当时"路透电"的音译之讹。

③ **西湖抢犯**　1933年4月24日《申报》报道："二十三日下午二时，西湖三潭印月有沪来游客骆王氏遇匪谭景轩，出手抢劫其金镯，女呼救，匪开枪，将事主击毙，得赃而逃。旋在苏堤为警捕获，讯供不讳，当晚押赴湖滨运动场斩决，观者万人。"

④ **三老通电**　指马良、章炳麟、沈恩孚三人于1933年4月1日通电全国，指斥国民党政府对日本侵略所采取的不抵抗政策。马良（1840—1939），字相伯，江苏丹徒（今镇江）人，神学家、教育家。青年时从事宗教职业，后任驻日本公使馆参赞、驻神户领事。回国后创办震旦学院。辛亥革命后任南京府尹，一度代理北京大学校长。章炳麟，即章太炎，见本书《补白》"章太炎"注条。沈恩孚（1864—1944），字信卿，江苏吴县（今苏州）人，教育家。清末举人，早年创办江苏学务总会。辛亥革命后，曾任江苏省公署秘书长。1913年后弃政，创办中华职业教育社。

⑤ **二老宣言**　指马良、章炳麟于1933年2—4月三次联名发表宣言或通电，驳斥日本政府侵华言论。

⑥ **九四老人**　即马良。1933年虚龄94岁，给人题字常署"九四老人"。

国"，"佳人从军"的美谈，使壮年男儿索然无色。我们的民族，好像往往是"小时了了，大未必佳"①，到得老年，才又脱尽暮气，据讣文，死的就更其了不得。则十七岁的少年而来投掷炸弹，也不是出于情理之外的。

但我要保留的，是"据供系受日人指使"这一节，因为这就是所谓卖国。二十来年，国难不息，而被大众公认为卖国者，一向全是三十以上的人，虽然他们后来依然逍遥自在。至于少年和儿童，则拼命的使尽他们稚弱的心力和体力，携着竹筒或扑满②，奔走于风沙泥泞中，想于中国有些微的裨益者，真不知有若干次数了。虽然因为他们无先见之明，这些用汗血求来的金钱，大抵反以供虎狼的一舐，然而爱国之心是真诚的，卖国的事是向来没有的。

不料这一次却破例了，但我希望我们将加给他的罪名暂时保留，再来看一看事实，这事实不必待至三年，也不必待至五十年，在那挂着的头颅还未烂掉之前，就要明白了：谁是卖国者③。

从我们的儿童和少年的头颅上，洗去喷来的狗血罢！

五月十七日

这一篇和以后的三篇，都没有能够登出。

七月十九日

（原刊未出，直接收入《伪自由书》）

---

① "小时了了，大未必佳"　语出《世说新语·言语》。

② 竹筒和扑满　储钱的器具。这里指学生上街征募之事。

③ 谁是卖国者　鲁迅写这篇文章之后14天，即5月31日，黄郛根据蒋介石的指示，派熊斌为首席代表与日本侵华关东军副参谋长冈村宁次在塘沽日军运输派出所进行会谈，签订了卖国的《塘沽协定》。实际承认日本对长城及山海关以北的控制权，并划长城以南二十余县为不设防地区。

保留

"有名无实"的反驳

新近的《战区见闻记》有这么一段记载:

> 记者适遇一排长,甫由前线调防于此,彼云,我军前在石门寨,海阳镇,秦皇岛,牛头关,柳江等处所做阵地及掩蔽部……化洋三四十万元,木材重价尚不在内……艰难缔造,原期死守,不幸冷口失陷,一令传出,即行后退,血汗金钱所合并成立之阵地,多未重用,弃若敝屣,至堪痛心;不抵抗将军①下台,上峰易人,我士兵莫不额手相庆……结果心与愿背。不幸生为中国人! 尤不幸生为有名无实之抗日军人! (五月十七日《申报》特约通信。)

这排长的天真,正好证明未经"教训"的愚劣人民,不足与言政治。第一,他以为不抵抗将军下台,"不抵抗"就一定跟着下台了。这是不懂逻辑:将军是一个人,而不抵抗是一种主义,人可以下台,主义却可以仍旧留在台上的。第二,他以为化了三四十万大洋建筑了防御工程,就一定要死守的了(总算还好,他没有想到进攻)。这是不懂策略:防御工程原是建筑给老百姓看看的,并不是教你死守的阵地,真正的策略却是"诱敌深入"。第三,他虽然奉令后退,却敢于"痛心"。这是不懂哲学:他的心非得治一治不可!第四,他"额手称庆",实在高兴得太快了。这是不懂命理:中国人生成是苦命的。如此痴呆的排长,难怪他连叫两个"不幸",居然自己承认是"有名无实的抗日军人"。其实究竟是谁"有名无实",他是始终没有懂得的。

---

① **不抵抗将军** 指张学良。1931 年"九一八"事变时,张学良奉蒋介石"绝对抱不抵抗主义"的命令,放弃东北,时人称之"不抵抗将军"。

至于比排长更下等的小兵，那不用说，他们只会"打开天窗说亮话，咱们弟兄，处于今日局势，若非对外，鲜有不哗变者"（同上通信）。这还成话么？古人说，"无敌国外患者，国恒亡。"① 以前我总不大懂得这是什么意思：既然连敌国都没有了，我们的国还会亡给谁呢？现在照这兵士的话就明白了，国是可以亡给"哗变者"的。

结论：要不亡国，必须多找些"敌国外患"来，更必须多多"教训"那些痛心的愚劣人民，使他们变成"有名无实"。

五月十八日

（原未刊出，后收入《伪自由书》）

---

① "无敌国外患者，国恒亡。" 《孟子·告子下》："入则无法家拂士，出则无敌国外患者，国恒亡。"

不求甚解

　　文章一定要有注解，尤其是世界要人的文章。有些文学家自己做的文章还要自己来注解，觉得很麻烦。至于世界要人就不然，他们有的是秘书，或是私淑弟子，替他们来做注解的工作。然而另外有一种文章，却是注释不得的。

　　譬如说，世界第一要人美国总统发表了"和平"宣言①，据说是要禁止各国军队越出国境。但是，注释家立刻就说："至于美国之驻兵于中国，则为条约所许。故不在罗斯福总统所提议之禁止内"②（十六日路透社华盛顿电）。再看罗氏的原文："世界各国应参加一庄严而确切之不侵犯公约，及重行庄严声明其限制及减少军备之义务，并在签约各国能忠实履行其义务时，各自承允不派遣任何性质之武装军队越出国境。"要是认真注解起来，这其实是说：凡是不"确切"，不"庄严"，并不"自己承允"的国家，尽可以派遣任何性质的军队越出国境。至少，中国人且慢高兴，照这样解释，日本军队的越出国境，理由还是十足的；何况连美国自己驻在中国的军队，也早已声明是"不在此例"了。可是，这种认真的注释是叫人扫兴的。

　　再则，像"誓不签订辱国条约"一句经文，也早已有了不少传注。传曰："对日妥协，现在无人敢言，亦无人敢行。"这里，主要的是一个"敢"字。但是：签订条约有敢与不敢的分别，这是拿笔杆的人的事，而拿枪杆的人却用不着研究敢与不敢的为难问题——缩短防线，诱敌深入之类的策略是用不着签订的。就是拿笔杆的人也不至于只会签字，假使这样，未免太低能。所以又有一说，谓之

---

　　①　"和平"宣言　指 1933 年 5 月 16 日美国总统罗斯福发表的《吁请世界和平保障宣言书》。罗斯福在这份宣言中，呼吁各国政府削减军备，承诺本国军队不逾越国境。

　　②　这是黄郛 1933 年 5 月 17 日往北平赴任途中在天津对记者的谈话。

"一面交涉"。于是乎注疏就来了："以不承认为责任者之第三者，用不合理之方法，以口头交涉……清算无益之抗日。"这是日本电通社①的消息。这种泄漏天机的注解也是十分讨厌的，因此，这不会不是日本人的"造谣"。

总之，这类文章浑沌一体，最妙是不用注解，尤其是那种使人扫兴或讨厌的注解。

小时候读书讲到陶渊明的"好读书不求甚解"②，先生就给我讲了，他说："不求甚解"者，就是不去看注解，而只读本文的意思。注解虽有，确有人不愿意我们去看的。

五月十八日

（原未刊出，直接收入《伪自由书》）

---

① **日本电通社**　即日本电报通讯社。1901 年在东京创办，1936 年与新闻联合通讯社合并为同盟社。

② **"好读书不求甚解"**　晋人陶渊明《五柳先生传》："好读书不求甚解，每有会意，便欣然忘食。"

后　记

　　我向《自由谈》投稿的由来，《前记》里已经说过了。到这里，本文已完，而电灯尚明，蚊子暂静，便用剪刀和笔，再来保存些因为《自由谈》和我而起的琐闻，算是一点余兴。

　　只要一看就知道，在我的发表短评时中，攻击得最烈的是《大晚报》。这也并非和我前生有仇，是因为我引用了它的文字。但我也并非和它前生有仇，是因为我所看的只有《申报》和《大晚报》两种，而后者的文字往往颇觉新奇，值得引用，以消愁释闷。即如我的眼前，现在就有一张包了香烟来的三月三十日的旧《大晚报》在，其中有着这样的一段——

　　　浦东人杨江生，年已四十有一，貌既丑陋，人复贫穷，向为泥水匠，曾佣于苏州人盛宝山之泥水作场。盛有女名金弟，今方十五龄，而矮小异常，人亦猥琐。昨晚八时，杨在虹口天潼路与盛相遇，杨奸其女。经捕头向杨询问，杨毫不抵赖，承认自去年一二八以后，连续行奸十余次，当派探员将盛金弟送往医院，由医生验明确非处女，今晨解送第一特区地方法院，经刘毓桂推事提审，捕房律师王耀堂以被告诱未满十六岁之女子，虽其后数次皆系该女自往被告家相就，但按法亦应强奸罪论，应请讯究。旋传女父盛宝山讯问，据称初不知有此事，前晚因事责女后，女忽失踪，直到昨晨才归，严诘之下，女始谓留住被告家，并将被告诱奸经过说明，我方得悉，故将被告扭入捕房云。继由盛金弟陈述，与被告行奸，自去年二月至今，已有十余次，每次均系被告将我唤去，并着我不可对父母说知云。质之杨江生供，盛女向呼我为叔，纵欲奸犹不忍下手，故绝对无此事，所谓十余次者，系将盛女带出游玩之次数等语。刘推事以本案尚须调查，谕被告收押，改期再讯。

在记事里分明可见，盛对于杨，并未说有"伦常"关系，杨供女称之为"叔"，是中国的习惯，年长十年左右，往往称为叔伯的。然而《大晚报》用了怎样的题目呢？是四号和头号字的——

拦途扭往捕房控诉
干叔奸侄女
女自称被奸过十余次
男指系游玩并非风流

它在"叔"上添一"干"字，于是"女"就化为"侄女"，杨江生也因此成了"逆伦"或准"逆伦"的重犯了。中国之君子，叹人心之不古，憎匪人之逆伦，而惟恐人间没有逆伦的故事，偏要用笔辅张扬厉起来，以耸动低级趣味读者的眼目。杨江生是泥水匠，无从看见，见了也无从抗辩，只得一任他们的编排，然而社会批评者是有指斥的任务的。但还不到指斥，单单引用了几句奇文，他们便什么"员外"什么"警犬"①的狂噪起来，好像他们的一群倒是吸风饮露，带了自己的家私来给社会服务的志士。是的，社长我们是知道的，然而终于不知道谁是东家，就是究竟谁是"员外"，倘说既非商办，又非官办，则在报界里是很难得的。但这秘密，在这里不再研究它也好。

和《大晚报》不相上下，注意于《自由谈》的还有《社会新闻》②。但手段巧妙得远了，它不用不能通或不愿通的文章，而只驱使着真伪杂糅的记事。即如《自由谈》的改革的原因，虽然断不定所说是真是假，我倒还是从它那第二卷第十三期（二月七日出版）上看来的——

---

① **什么"员外"什么"警犬"** 1933年4月22日《大晚报》副刊《火炬》刊登署名李家作的文章《"以华制华"》，就鲁迅在《申报·自由谈》发表的《"以夷制夷"》一文对其兴师问罪，比之老于世故的"警犬"，称有"员外府君"（暗指《申报》老板史量才）为其撑腰云云。
② **《社会新闻》** 时事综合性刊物。1932年10月4日在上海创刊，费友文编辑，社会新闻社发行。初为三日刊，1935年7月改为十日刊，同年10月又改半月刊。1936年1月起更名为《中外问题》，后于1937年1月出至第17卷第6期停刊。

从《春秋》① 与《自由谈》说起

中国文坛，本无新旧之分，但到了五四运动那年，陈独秀在《新青年》上一声号炮，别树一帜，提倡文学革命，胡适之钱玄同刘半农等，在后摇旗呐喊。这时中国青年外感外侮的压迫，内受政治的刺激，失望与烦闷，为了要求光明的出路，各种新思潮，遂受青年热烈的拥护，使文学革命建了伟大的成功。从此之后，中国文坛新旧的界限，判若鸿沟；但旧文坛势力在社会上有悠久的历史，根深蒂固，一时不易动摇。那时旧文坛的机关杂志，是著名的《礼拜六》，几乎集了天下摇头摆尾的文人，于《礼拜六》一炉！至《礼拜六》所刊的文字，十九是卿卿我我，哀哀唧唧的小说，把民族性陶醉萎靡到极点了！此即所谓鸳鸯蝴蝶派的文字。其中如徐枕亚②吴双热③周瘦鹃④等，尤以善谈鸳鸯蝴蝶著名，周瘦鹃且为礼拜六派之健将。这时新文坛对于旧势力的大本营《礼拜六》，攻击颇力，卒以新兴势力，实力单薄，旧派有封建社会为背景，有恃无恐，两不相让，各行其是。此后新派如文学研究会，创造社等，陆续成立，人材渐众，势力渐厚，《礼拜六》应时势之推移，终至"寿终正寝"！惟礼拜六派之残余分子，迄今犹四出活动，无肃清之望，上海各大报中之文艺编辑，至今大都仍是所谓鸳鸯蝴蝶派所把持。可是只要放眼在最近的出版界中，新兴文艺出版数量的可惊，已有使旧势力不能抬头之势！礼拜六派文人之在今日，已不敢复以《礼拜六》的头衔以相召号，盖已至强弩之末的时期了！最近守旧的《申报》，忽将《自由谈》编辑礼拜六派的巨子周瘦鹃撤职，换了一个新派作家黎烈文，这对于旧势力当然是件非常的变动，遂形成了今日新旧文坛剧烈的冲突。周瘦鹃一方面策动各小报，对黎烈文作总攻击，我们只要看

---

① 《春秋》　《申报》1933 年 1 月 10 日增设的副刊，由周瘦鹃主编。此前周瘦鹃是《自由谈》的主编。

② 徐枕亚（1889—1937）　原名觉，字枕亚，江苏常熟人，民国小说家。南社成员。早年为小学教员，后到上海做报刊编辑，曾主编《小说丛报》等。著有《玉梨魂》《雪鸿泪史》等。

③ 吴双热（约 1889—？）　原名恤，笔名双热，江苏海虞（今常熟）人，民国小说家。曾与徐枕亚等创办《小说丛报》。著有《兰娘哀史》《无边风月传》等。

④ 周瘦鹃（1894—1968）　原名国贤，号瘦鹃，江苏吴县（今苏州）人，民国小说家。曾主编《申报》副刊、《礼拜六》周刊和《紫罗兰》等。著有《秋海棠》《孽海涛》等。

郑逸梅主编的《金刚钻》，主张周瘦鹃仍返《自由谈》原位，让黎烈文主编《春秋》，也足见旧派文人终不能忘情于已失的地盘。而另一方面周瘦鹃在自己编的《春秋》内说：各种副刊有各种副刊的特性，作河水不犯井水之论，也足见周瘦鹃犹惴惴于他现有地位的危殆。周同时还硬拉非苏州人的严独鹤①加入周所主持的纯苏州人的文艺团体"星社"②，以为拉拢而固地位之计。不图旧派势力的失败，竟以周启其端。据我所闻：周的不能安于其位，也有原因：他平日对于选稿方面，太刻薄而私心，只要是认识的人投去的稿，不看内容，见篇即登；同时无名小卒或为周所陌生的投稿者，则也不看内容，整堆的作为字纸篓的俘虏。因周所编的刊物，总是几个夹袋里的人物，私心自用，以致内容糟不可言！外界对他的攻击日甚，如许啸天③主编之《红叶》，也对周有数次剧烈的抨击，史量才④为了外界对他的不满，所以才把他撤去。那知这次史量才的一动，周竟作了导火线，造成了今日新旧两派短兵相接战斗愈烈的境界！以后想好戏还多，读者请拭目俟之。

[微知]

但到二卷廿一期（三月三日）上，就已大惊小怪起来，为"守旧文化的堡垒"的动摇惋惜——

左翼文化运动的抬头　　水　手

关于左翼文化运动，虽然受过各方面严厉的压迫，及其内

---

① **严独鹤**（1889—1968）　原名桢，字子材，笔名独鹤，浙江桐乡人，民国小说家。1914年起供职于《新闻报》，前后达30年，抗战时拒绝为日伪工作，辞去报社职务。曾主编《红》和《红玫瑰》等鸳蝴派杂志。著有《人海梦》《独鹤小说集》等。

② **"星社"**　1922年8月29日成立于苏州的鸳蝴派文人团体。最初仅赵眠云、范烟桥、郑逸梅等九名成员，至1932年该社纪念成立十周年时已有34人，其后增至百余人。抗战爆发后，人员星散，社团不复存在。

③ **许啸天**（1886—1948）　名家恩，字泽斋，号啸天，浙江上虞人，民国小说家。早年参加反清革命，致力戏剧运动。后倾心于历史小说，著有《唐宫二十朝演义》《清宫十三朝演义》《民国春秋》等。

④ **史量才**（1880—1934）　名家修，字量才，江苏青浦（今属上海）人，报界企业家。早年创办上海女子蚕桑学堂，并任《时报》主笔。1912年任《申报》总经理，1915年起独资经营《申报》。后购入《时报新报》和《新闻报》，成为当时国内最大的报业巨子。"九一八"事变后，主张团结抗日，接连抨击蒋介石对日妥协、加紧剿共的政策。1934年11月13日在沪杭公路上被暗杀。

部的分裂，但近来又似乎渐渐抬起头了。在上海，左翼文化在共产党"联络同路人"的路线之下，的确是较前稍有起色。在杂志方面，甚至连那些第一块老牌杂志，也左倾起来。胡愈之①主编的《东方杂志》，原是中国历史最久的杂志，也是最稳健不过的杂志，可是据王云五②老板的意见，胡愈之近来太左倾了，所以在愈之看过的样子，他必须再重看一遍。但虽然是经过王老板大刀阔斧的删段以后，《东方杂志》依然还嫌太左倾，于是胡愈之的饭碗不能不打破，而由李某③来接他的手了。又如《申报》的《自由谈》在礼拜六派的周某主编之时，陈腐到太不像样，但现在也在左联手中了。鲁迅与沈雁冰④，现在已成了《自由谈》的两大台柱了。《东方杂志》是属于商务印书馆的，《自由谈》是属于《申报》的，商务印书馆与申报馆，是两个守旧文化的堡垒，可是这两个堡垒，现在似乎是开始动摇了，其余自然是可想而知。此外，还有几个中级的新的书局，也完全在左翼作家手中，如郭沫若高语罕⑤丁晓先⑥与沈雁冰等，都各自

---

① **胡愈之**（1896—1986）　名学愚，字愈之，浙江上虞人，出版家、社会活动家。早年进商务印书馆做学徒，1920 年与郑振铎、沈雁冰等发起成立文学研究会。曾一度留学法国，回国后主编《东方杂志》，与邹韬奋共同主持《生活》周刊。抗战时辗转南洋从事抗敌宣传活动。

② **王云五**（1888—1979）　名之瑞，字云五，号岫庐，广东中山人，政客、学者、出版家。辛亥革命后为孙中山秘书，曾任北洋政府教育部司长及代理次长。1921 年任上海商务印书馆编译所所长，后为总编辑。1925 年发明四角号码检字法，编成《王云五大辞典》。抗战后重返政界，先后任经济部部长、国民政府委员兼行政院副院长、财政部部长等职。1949 年后去台湾。著有《岫庐文选》等。

③ **李某**　即李圣武（1899—?），山东泰安人，学者、政客。早年就读北京大学，毕业后赴日本、英国留学。曾任暨南大学、复旦大学教授，商务印书馆编辑。1933 年 3 月胡愈之被迫辞去《东方杂志》主编后，由他接任。后任《中央日报》主笔、国民政府行政院参事等职。七七事变后投靠汪伪政权，任汪伪政府司法行政部部长、教育部部长、外交部部长等。抗战胜利后，因汉奸罪被判除有期徒刑 12 年。

④ **沈雁冰**　即茅盾。见本书《我们要批评家》一文"茅盾"注条。

⑤ **高语罕**（1888—1948）　号一羽，安徽寿阳人，中共早期活动家、学者。1920 年加入社会主义青年团，后由李大钊介绍加入中国共产党。往安徽组织工人运动。1922 年留学德国，1925 年回国，曾任黄埔军校政治教官。1926 年以中共党员身份参加国民党第二次全国代表大会，被选为中央监察委员。在中共党内他追随陈独秀的政治立场，参与陈独秀等 81 人联名发表的《我们的政治意见书》，1929 年与陈独秀等人一起被开除出党。抗战时陪同陈独秀蛰居四川江津，合作翻译《大英百科全书》。著有《中国思想界的奥伏赫变》、长篇回忆录《九死一生记》等。

⑥ **丁晓先**（生卒年未详）　笔名韦息予，江苏苏州人，出版家。曾任商务印书馆和开明书店编辑。著有《中国近代史简编》等。

抓着了一个书局，而做其台柱，这些都是著名的红色人物，而书局老板现在竟靠他们吃饭了。

…………

过了三星期，便确指鲁迅与沈雁冰为《自由谈》的"台柱"（三月廿四日第二卷第廿八期）——

黎烈文未入文总

《申报·自由谈》编辑黎烈文，系留法学生，为一名不见于经传之新进作家。自彼接办《自由谈》后，《自由谈》之论调，为之一变，而执笔为文者，亦由星社《礼拜六》之旧式文人，易为左翼普罗作家。现《自由谈》资为台柱者，为鲁迅与沈雁冰两氏，鲁迅在《自由谈》上发表文稿尤多，署名为"何家干"。除鲁迅与沈雁冰外，其他作品，亦什九系左翼作家之作，如施蛰存曹聚仁李辉英[①]辈是。一般人以《自由谈》作文者均系中国左翼文化总同盟（简称文总），故疑黎氏本人，亦系文总中人，但黎氏对此，加以否认，谓彼并未加入文总，与以上诸人仅友谊关系云。　　　　　　　　　　　　[逸]

又过了一个多月，则发见这两人的"雄图"（五月六日第三卷第十二期）了——

鲁迅沈雁冰的雄图

自从鲁迅沈雁冰等以《申报·自由谈》为地盘，发抒阴阳怪气的论调后，居然又能吸引群众，取得满意的收获了。在鲁（？）沈的初衷，当然这是一种有作用的尝试，想复兴他们的文化运动。现在，听说已到组织团体的火候了。

参加这个运动的台柱，除他们二人外有郁达夫，郑振铎等，交换意见的结果，认为中国最早的文化运动，是以语丝社创造社及文学研究会为中心，而消散之后，语丝创造的人分化太大

---

　　①　**李辉英**（1911—1992）　原名连萃，吉林永吉人，现代作家。上世纪30年代初参加左联，抗战时在军中任文秘工作。后于长春大学、东北大学任教。50年代初移居香港。著有长篇小说《松花江上》、短篇小说集《夜袭》等。

了，惟有文学研究会的人大部分都还一致，——如王统照①叶绍钧②徐雉③之类。而沈雁冰及郑振铎，一向是文学研究派的主角，于是决定循此路线进行。最近，连田汉④都愿意率众归附，大概组会一事，已在必成，而且可以在这红五月中实现了。

[农]

这些记载，于编辑者黎烈文是并无损害的，但另有一种小报式的期刊所谓《微言》⑤，却在《文坛进行曲》里刊了这样的记事——

　　曹聚仁经黎烈文等绍介，已加入左联。（七月十五日，九期。）

这两种刊物立说的差异，由于私怨之有无，是可不言而喻的。但《微言》却更为巧妙：只要用寥寥十五字，便并陷两者，使都成为必被压迫或受难的人们。

到五月初，对于《自由谈》的压迫，逐日严紧起来了，我的投稿，后来就接连的不能发表。但我以为这并非因了《社会新闻》之类的告状，倒是因为这时正值禁谈时事，而我的短评却时有对于时局的愤言；也并非仅在压迫《自由谈》，这时的压迫，凡非官办的刊物，所受之度大概是一样的。但这时候，最适宜的文章是鸳鸯蝴蝶

---

　　① **王统照**（1897—1957）　字剑三，山东诸城人，现代作家。早年毕业于北京大学，1919 年参加五四运动，后与郑振铎、沈雁冰等发起成立文学研究会。1935 年主编《文学》月刊。后任教于暨南大学、山东大学，曾为开明书店编辑。著有长篇小说《山雨》《春花》等。

　　② **叶绍钧**　即叶圣陶（1894—1988），名绍钧，字圣陶，江苏苏州人，现代作家。1919 年加入新潮社，投身五四运动，后与郑振铎、沈雁冰等发起成立文学研究会。曾任商务印书馆编辑，1930 年起任开明书店编辑。"九一八"事变后参与发起组织文艺界反帝抗日大联盟。著有长篇小说《倪焕之》等。

　　③ **徐雉**（1899—1947）　笔名 Venk，浙江慈溪人，现代作家。文学研究会成员。毕业于东吴大学，曾在广州国民革命军任文职人员。大革命失败后到上海，从事小说创作。曾任《申报·业余周刊》编辑。抗战爆发后去延安，任边区文协创作组专业作家。著有短篇小说集《毁去的序文》《不识面的情人》等。

　　④ **田汉**（1898—1968）　字寿昌，湖南长沙人，现代作家。早年留学日本，回国后曾创办南国剧社，后加入左联。抗战时发起成立全国戏剧界协会，组织抗敌演出队辗转各地。著有剧作《获虎之夜》《关汉卿》等。

　　⑤ **《微言》**　综合性刊物，1933 年 5 月在上海创办。初为半周刊，1934 年 4 月 14 日出至第 2 卷第 1 期改为周刊。抗战前夕停刊。

的游泳和飞舞，而《自由谈》可就难了，到五月廿五日，终于刊出了这样的启事——

编 辑 室

这年头，说话难，摇笔杆尤难。这并不是说："祸福无门，惟人自召"，实在是"天下有道"，"庶人"相应"不议"。编者谨掬一瓣心香，吁请海内文豪，从兹多谈风月，少发牢骚，庶作者编者，两蒙其休。若必论长议短，妄谈大事，则塞之字籠既有所不忍，布之报端又有所不能，陷编者于两难之境，未免有失恕道。语云：识时务者为俊杰，编者敢以此为海内文豪告。区区苦衷，伏乞矜鉴！

编　者

这现象，好像很得了《社会新闻》群的满足了，在第三卷廿一期（六月三日）里的"文化秘闻"栏内，就有了如下的记载——

《自由谈》态度转变

《申报·自由谈》自黎烈文主编后，即吸收左翼作家鲁迅沈雁冰及乌鸦主义者曹聚仁等为基本人员，一时论调不三不四，大为读者所不满。且因嘲骂"礼拜五派"，而得罪张若谷等；抨击"取消式"之社会主义理论，而与严灵峰①等结怨；腰斩《时代与爱的歧途》②，又招张资平派之反感，计黎主编《自由谈》数月之结果，已形成一种壁垒，而此种壁垒，乃营业主义之《申报》所最忌者。又史老板在外间亦耳闻有种种不满之论

---

① **严灵峰**（1904—　）　学者、国民党军统特工。早年参加中共，留学苏联时加入托派组织。20 世纪 30 年代初与彭述之等创办《动力》杂志（后改名《读书杂志》）。1933 年 11 月陈铭枢、蔡廷锴等发动福建事变时，受托派组织派遣参加福建人民革命政府，为情报处副处长。翌年福建人民革命政府瓦解，被捕后"悔过自新"，加入军统。曾任军统局二处处长、闽北站站长。1946—1948 年任福州市市长。1949 年去台湾，为"国大"代表，辅仁大学教授。早年研究政治经济，有《中国经济问题之研究》等；晚年研究老庄及先秦诸子，有《老庄研究》《无求备斋诸子读记》等。

② **腰斩《时代与爱的歧途》**　即《申报·自由谈》"腰斩张资平"事件。《申报·自由谈》自 1932 年 12 月 1 日起连载张资平的长篇小说《时代与爱的歧途》，至翌年 4 月 22 日中途停载，《自由谈》发布启事称："近日时接读者来信，表：示倦意。本刊为尊重读者意见起见，自明日起将《时代与爱的歧途》停止刊载。"

调，乃特下警告，否则为此则惟有解约。最后结果伙计当然屈伏于老板，于是"老话"，"小旦收场"之类之文字，已不复见于近日矣。　　　　　　　　　　　　　　　　　　　　[闻]

　　而以前的五月十四日午后一时，还有了丁玲①和潘梓年的失踪的事，大家多猜测为遭了暗算，而这猜测也日益证实了。谣言也因此非常多，传说某某也将同遭暗算的也有，接到警告或恐吓信的也有。我没有接到什么信，只有一连五六日，有人打电话到内山书店②的支店去询问我的住址。我以为这些信件和电话，都不是实行暗算者们所做的，只不过几个所谓文人的鬼把戏，就是"文坛"上，自然也会有这样的人的。但倘有人怕麻烦，这小玩意是也能发生些效力，六月九日《自由谈》上《蘧庐絮语》③之后有一条下列的文章，我看便是那些鬼把戏的见效的证据了——

　　　　编者附告：昨得子展先生来信，现以全力从事某项著作，无暇旁骛，《蘧庐絮语》，就此完结。

　　终于，《大晚报》静观了月余，在六月十一的傍晚，从它那文艺附刊的《火炬》上发出毫光来了，它愤慨得很——

到底要不要自由　　　　法　鲁

　　　久不曾提起的"自由"这问题，近来又有人在那里大论特谈，因为国事总是热辣辣的不好惹，索性莫谈，死心再来谈"风月"，可是"风月"又谈得不称心，不免喉底里喃喃地漏出几声要"自由"，又觉得问题严重，喃嘟几句倒是可以，明言直语似有不便，于是正面问题不敢直接提起来论，大刀阔斧不

---

　　① 丁玲（1904—1986）　原名蒋玮，字冰之，湖南临澧人，现代作家。早年就读于上海女子平民学校、上海大学。1927 年开始从事创作，1931 年加入左联，主编《北斗》月刊。1936 年去延安。著有短篇小说《莎菲女士的日记》、长篇小说《太阳照在桑干河上》等。她和潘梓年失踪的事，指当时他们在上海一同被捕。
　　② 内山书店　日本人内山完造在上海经营的书店。内山完造（1885—1959），日本冈山县人，1913 年来上海，后开办书店，1927 年 10 月与鲁迅相识。以后两人多有交往。
　　③ 《蘧庐絮语》　陈子展在《申报·自由谈》上的专栏文章，共 40 篇，1933 年 2 月 11 日至 6 月 9 日连续刊载。

好当面幌起来，却弯弯曲曲，兜着圈子，叫人摸不着棱角，摸着正面，却要把它当做反面看，这原是看"幽默"文字的方法也。

心要自由，口又不明言，口不能代表心，可见这只口本身已经是不自由的了。因为不自由，所以才讽讽刺刺，一回儿"要自由"，一回儿又"不要自由"，过一回儿再"要不自由的自由"和"自由的不自由"，翻来复去，总叫头脑简单的人弄得"神经衰弱"，把捉不住中心。到底要不要自由呢？说清了，大家也好顺风转舵，免得闷在葫芦里，失掉听懂的自由。照我这个不是"雅人"的意思，还是粗粗直直地说："咱们要自由，不自由就来拼个你死我活！"

本来"自由"并不是个非常问题，给大家一谈，倒严重起来了。——问题到底是自己弄严重的，如再不使用大刀阔斧，将何以冲破这黑漆一团？细针短刺毕竟是雕虫小技，无助于大题，讥刺嘲讽更已属另一年代的老人所发的呓语。我们聪明的智识份子又何尝不知道讽刺在这时代已失去效力，但是要想弄起刀斧，却又觉左右挚肘，在这一年代，科学发明，刀斧自然不及枪炮；生贱于蚁，本不足惜，无奈我们无能的智识份子偏吝惜他的生命何！

这就是说，自由原不是什么稀罕的东西，给你一谈，倒谈得难能可贵起来了。你对于时局，本不该弯弯曲曲的讽刺。现在他对于讽刺者，是"粗粗直直地"要求你去死亡。作者是一位心直口快的人，现在被别人累得"要不要自由"也摸不着头脑了。

然而六月十八日晨八时十五分，是中国民权保障同盟的副会长杨杏佛①（铨）遭了暗杀。

这总算拼了个"你死我活"，法鲁先生不再在《火炬》上说亮话了。只有《社会新闻》，却在第四卷第一期（七月三日出）里，还描出左翼作家的懦怯来——

---

① **杨杏佛**（1893—1933） 名铨，字杏佛，江西清江人，社会活动家。早年留学美国，回国后任东南大学教授、中央研究院总干事等。1934 年 12 月在上海参与组织中国民权保障同盟，任执行委员兼总干事。1933 年 6 月 18 日在上海被暗杀。

左翼作家纷纷离沪

在五月，上海的左翼作家曾喧闹一时，好像什么都要染上红色，文艺界全归左翼。但在六月下旬，情势显然不同了，非左翼作家的反攻阵线布置完成，左翼的内部也起了分化，最近上海暗杀之风甚盛，文人的脑筋最敏锐，胆子最小而脚步最快，他们都以避暑为名离开了上海。据确讯，鲁迅赴青岛，沈雁冰在浦东乡间，郁达夫杭州，陈望道①回家乡，连蓬子②，白薇③之类的踪迹都看不见了。

[道]

西湖是诗人避暑之地，牯岭乃阔老消夏之区，神往尚且不敢，而况身游。杨杏佛一死，别人也不会突然怕热起来的。听说青岛也是好地方，但这是梁实秋教授传道的圣境，我连遥望一下的眼福也没有过。"道"先生有道，代我设想的恐怖，其实是不确的。否则，一群流氓，几枝手枪，真可以治国平天下了。

但是，嗅觉好像特别灵敏的《微言》，却在第九期（七月十五日出）上载着另一种消息——

自由的风月　　　　　顽　石

黎烈文主编之《自由谈》，自宣布"只谈风月，少发牢骚"以后，而新进作家所投真正谈风月之稿，仍拒登载，最近所载者非老作家化名之讽刺文章，即其刺探们无聊之考古。闻此次

---

① **陈望道**（1890—1977）　原名参一，浙江义乌人，学者、教育家。早年留学日本。1920 年参与创立上海共产主义小组，翻译出版《共产党宣言》。后任上海大学教务长。曾创办大江书铺、中华艺术大学。1934 年起参与发起大众语运动，主编《太白》半月刊。后任安徽大学、广西大学、复旦大学等校教授。著有《修辞学发凡》《陈望道文集》等。

② **蓬子**　即姚蓬子（1906—1969），原名方仁，字裸人，笔名蓬子，浙江诸暨人，现代作家。早年为中共党员，1930 年参加左联。1933 年被捕，次年自首出狱。曾在上海主编《文艺生活》月刊，开办作家书屋。抗战期间参加中华全国文艺界抗敌协会，与老舍合编《抗战文艺》，在国民政府军事委员会政治部文化工作委员会任职。著有《剪影集》《结婚集》等。

③ **白薇**（1894—1987）　原名黄彰，湖南资兴人，现代作家。早年留学日本，归国后在武昌中山大学任教，1927 年在北伐军武汉总政治部国际编辑局工作。大革命失败后去上海，曾在中国公学任教，加入创造社，后又加入左联和中国戏剧家联盟。抗战时曾为《新华日报》驻桂林特派记者。著有长篇小说《爱网》等。

辩论旧剧中的锣鼓问题，署名"罗复"者，即陈子展，"何如"者，即曾经被捕之黄素。此一笔糊涂官司，颇骗得稿费不少。

这虽然也是一种"牢骚"，但"真正谈风月"和"曾经被捕"等字样，我觉得是用得很有趣的。惜"化名"为"顽石"，灵气之不钟于鼻子若我辈者，竟莫辨其为"新进作家"抑"老作家"也。

《后记》本来也可以完结了，但还有应该提一下的，是所谓"腰斩张资平"案。

《自由谈》上原登着这位作者的小说，没有做完，就被停止了，有些小报上，便轰传为"腰斩张资平"。当时也许有和编辑者往复驳难的文章的，但我没留心，因此就没有收集。现在手头的只有《社会新闻》，第三卷十三期（五月九日出）里有一篇文章，据说是罪魁祸首又是我，如下——

张资平挤出《自由谈》　　　粹　公

今日的《自由谈》，是一块有为而为的地盘，是"乌鸦""阿Q"的播音台，当然用不着"三角四角恋爱"的张资平混迹其间，以至不得清一。

然而有人要问：为什么那个色欲狂的"迷羊"——郁达夫却能例外？他不是同张资平一样发源于创造吗？一样唱着"妹妹我爱你"吗？我可以告诉你，这的确是例外。因为郁达夫虽则是个色欲狂，但他能流入"左联"，认识"民权保障"的大人物，与今日《自由谈》的后台老板鲁（？）老夫子是同志，成为"乌鸦""阿Q"的伙伴了。

据《自由谈》主编人黎烈文开革张资平的理由，是读者对于《时代与爱的歧路》一文，发生了不满之感，因此中途腰斩，这当然是一种遁词。在肥胖得走油的申报馆老板，固然可以不惜几千块钱，买了十洋一千字的稿子去塞纸篓，但在靠卖文为活的张资平，却比宣布了死刑都可惨，他还得见见人呢！

而且《自由谈》的写稿，是在去年十一月，黎烈文请客席上，请他担任的，即使鲁（？）先生要扫清地盘，似乎也应当客气一些，而不能用此辣手。问题是这样的，鲁先生为了要复兴

后记

文艺（?）运动，当然第一步先须将一切的不同道者打倒，于是乃有批评曾今可①张若谷章衣萍②等为"礼拜五派"之举；张资平如若识相，自不难感觉到自己正酣卧在他们榻旁，而立刻滚蛋！无如十洋一千使他眷恋着，致触了这个大霉头。当然，打倒人是愈毒愈好，管他是死刑还是徒刑呢！

在张资平被挤出《自由谈》之后，以常情论，谁都咽不下这口冷水，不过张资平的阘懦是著名的，他为了老婆小孩子之故，是不能同他们斗争，而且也不敢同他们摆好了阵营的集团去斗争，于是，仅仅在《中华日报》的《小贡献》上，发了一条软弱无力的冷箭，以作遮羞。

现在什么事都没有了，《红萝卜须》已代了他的位置③，而沈雁冰新组成的文艺观摹团，将大批的移殖到《自由谈》来。

还有，是《自由谈》上曾经攻击过曾今可的"解放词"，据《社会新闻》第三卷廿二期（六月六日出）说，原来却又是我在闹的了，如下——

曾今可准备反攻

曾今可之为鲁迅等攻击也，实至体无完肤，固无时不想反攻，特以力薄能鲜，难于如愿耳！且知鲁迅等有左联作背景，人多手众，此呼彼应，非孤军抗战所能抵御，因亦着手拉拢，凡曾受鲁等侮辱者更所欢迎。近已拉得张资平，胡怀琛，张凤④，

---

① **曾今可**（1901—1971）　名国珍，字今可，江西泰和人，现代作家。中学时因参加五四运动被开除学籍，后投身北伐，任第五方面军总政治部秘书。1931 年在上海创办新时代书局，主编《新时代》月刊。后又主办《文艺座谈》半月刊和《文艺之友》周刊。抗战时为国民党军中文职官员。后去台湾，主编《正气月刊》《建国月刊》等官方刊物。著有长篇小说《诀绝之别》、短篇小说集《爱的逃避》等。后文提到他的"解放词"，是指他在《新时代》月刊上倡导以俗字俚语入词的游戏文字。

② **章衣萍**　见本书《反对"含泪"的批评家》一文"章鸿熙"注条。

③ **《红萝卜须》已代了他的位置**　《红萝卜须》，今译《胡萝卜须》（Poilde Carotte），法国作家儒勒·列纳尔（Jules Renard，1864—1910）所著儿童题材小说。《申报·自由谈》"腰斩"张资平的长篇小说连载后，用黎烈文所译《红萝卜须》填补版面。

④ **张凤**（1887—1966）　字天方，浙江嘉善人，学者。清末秀才，辛亥革命前入光复会。早年执教于浙江第一师范。20 世纪 20 年代初留学法国。1926 年任暨南大学教授、社会历史系主任。曾参与武进奄城和上海金山卫戚家墩古文化遗址调查。1939 年任浙西天目书院院长。曾主编《文史半月刊》。著有《图象文字名读例》《池上存稿集》等。

龙榆生①等十余人，组织一文艺漫谈会，假新时代书店为地盘，计划一专门对付左翼作家之半月刊，本月中旬即能出版。

[如]

那时我想，关于曾今可，我虽然没有写过专文，但在《曲的解放》里确曾涉及，也许可以称为"侮辱"罢；胡怀琛虽然和我不相干，《自由谈》上是嘲笑过他的"墨翟为印度人说"的。但张，龙两位是怎么的呢？彼此的关涉，在我的记忆上竟一点也没有。这事直到我看见二卷二十六期的《涛声》（七月八日出），疑团这才冰释了——

"文艺座谈"遥领记　　　聚　仁

《文艺座谈》者，曾词人之反攻机关报也，遥者远也，领者领情也，记者记不曾与座谈而遥领盛情之经过也。

解题既毕，乃述本事。

有一天，我到暨南去上课，休息室的台子上赫然一个请帖；展而恭读之，则《新时代月刊》之请帖也，小子何幸，乃得此请帖！折而藏之，以为传家之宝。

《新时代》请客而《文艺座谈》生焉，而反攻之阵线成焉。报章煌煌记载，有名将在焉。我前天碰到张凤老师，带便问一个口讯；他说："谁知道什么座谈不座谈呢？他早又没说，签个名，第二天，报上都说是发起人啦。"昨天遇到龙榆生先生，龙先生说："上海地方真不容易做人，他们再三叫我去谈谈，只吃了一些茶点，就算数了；我又出不起广告费。"我说："吃了他家的茶，自然是他家人啦！"

我幸而没有去吃茶，免于被强奸，遥领盛情，志此谢谢！

但这"文艺漫谈会"的机关杂志《文艺座谈》第一期，却已经罗列了十多位作家的名字，于七月一日出版了。其中的一篇是专为

---

① 龙榆生（1902—1966）　原名沐勋，字榆生，江西万载人，词人、学者。早年任厦门集美学校教员。1928年后，历任暨南大学、国立音乐专科学校、中山大学、复旦大学、中央大学等校教授。1933年在上海创办《词学季刊》。著有《中国韵文史》《词曲概论》等。

我而作的——

内山书店小坐记　　　　白羽遐

　　某天的下午，我同一个朋友在上海北四川路散步。走着走着，就走到北四川路底了。我提议到虹口公园去看看，我的朋友却说先到内山书店去看看有没有什么新书。我们就进了内山书店。

　　内山书店是日本浪人内山完造开的，他表面是开书店，实在差不多是替日本政府做侦探。他每次和中国人谈了点什么话，马上就报告日本领事馆。这也已经成了"公开的秘密"了，只要是略微和内山书店接近的人都知道。

　　我和我的朋友随便翻看着书报。内山看见我们就连忙跑过来和我们招呼，请我们坐下来，照例地闲谈。因为到内山书店来的中国人大多数是文人，内山也就知道点中国的文化。他常和中国人谈中国文化及中国社会的情形，却不大谈到中国的政治，自然是怕中国人对他怀疑。

　　"中国的事都要打折扣，文字也是一样。'白发三千丈'这就是一个天大的谎！这就得大打其折扣。中国的别的问题，也可以以此类推……哈哈！哈！"

　　内山的话我们听了并不觉得一点难为情，诗是不能用科学方法去批评的。内山不过是一个九州角落里的小商人，一个暗探，我们除了用微笑去回答之外，自然不会拿什么话语去向他声辩了。不久以前，在《自由谈》上看到何家干先生的一篇文字，就是内山所说的那些话。原来所谓"思想界的权威"，所谓"文坛老将"，连一点这样的文章都非"出自心裁"！

　　内山还和我们谈了好些，"航空救国"等问题都谈到，也有些是已由何家干先生抄去在《自由谈》发表过的。我们除了勉强敷衍他之外，不大讲什么话，不想理他。因为我们知道内山是个什么东西，而我们又没有请他救过命，保过险，以后也决不预备请他救命或保险。

　　我同我的朋友出了内山书店，又散步散到虹口公园去了。

　　不到一礼拜（七月六日），《社会新闻》（第四卷二期）就加以应援，并且廓大到"左联"去了。其中的"茅盾"，是本该写作

"鲁迅"的故意的错误，为的是令人不疑为出于同一人的手笔——

内山书店与左联

《文艺座谈》第一期上说，日本浪人内山完造在上海开书店，是侦探作用，这是确属的，而尤其与左联有缘。记得郭沫若由汉逃沪，即匿内山书店楼上，后又代为买船票渡日。茅盾在风声紧急时，亦以内山书店为惟一避难所。然则该书店之作用究何在者？盖中国之有共匪，日本之利也，所以日本杂志所载调查中国匪情文字，比中国自身所知者为多，而此类材料之获得，半由受过救命之恩之共党文艺份子所供给；半由共党自行送去，为张扬势力之用，而无聊文人为其收买甘愿为其刺探者亦大有人在。闻此种侦探机关，除内山以外，尚有日日新闻社，满铁调查所等，而著名侦探除内山完造外，亦有田中，小岛，中村等。

[新皖]

这两篇文章中，有两种新花样：一，先前的诬蔑者，都说左翼作家是受苏联的卢布的，现在则变了日本的间接侦探；二，先前的揭发者，说人抄袭是一定根据书本的，现在却可以从别人的嘴里听来，专凭他的耳朵了。至于内山书店，三年以来，我确是常去坐，检书谈话，比和上海的有些所谓文人相对还安心，因为我确信他做生意，是要赚钱的，却不做侦探；他卖书，是要赚钱的，却不卖人血：这一点，倒是凡有自以为人，而其实是狗也不如的文人们应该竭力学学的！

但也有人来抱不平了，七月五日的《自由谈》上，竟揭载了这样的一篇文字——

谈"文人无行"　　谷春帆①

虽说自己也忝列于所谓"文人"之"林"，但近来对于"文人无行"这句话，却颇表示几分同意，而对于"人心不古"，"世

---

① **谷春帆**（1900—1979）　又名春藩，号德全，江苏吴县（今苏州）人，邮政、金融专家。毕业于上海圣芳济书院，曾在河南、上海、南京、昆明等地邮政局任职。抗战时任上海市财政局局长、上海邮政总局副局长兼储金汇业局局长。中华人民共和国成立后曾任邮电部副部长、民革中央委员会委员。雅好诗词、杂文，著有《银行变迁与中国》《中国工业化通论》等。

风日下"的感喟，也不完全视为"道学先生"的偏激之言。实在，今日"人心"险毒得太令人可怕了，尤其是所谓"文人"，想得出，做得到，种种卑劣行为如阴谋中伤，造谣诬蔑，公开告密，卖友求荣，卖身投靠的勾当，举不胜举。而在另一方面自吹自擂，然以"天才"与"作家"自命，偷窃他人唾余，还沾沾自喜的种种怪象，也是"无丑不备有恶皆臻"，对着这些痛心的事实，我们还能够否认"文人无行"这句话的相当真实吗？（自然，我也并不是说凡文人皆无行。）我们能不兴起"世道人心"的感喟吗？

自然，我这样的感触并不是毫没来由的。举实事来说，过去有曾某其人者，硬以"管他娘"与"打打麻将"等屁话来实行其所谓"词的解放"，被人斥为"轻薄少年"与"色情狂的急色儿"，曾某却唠唠叨叨辩个不休，现在呢，新的事实又证明了曾某不仅是一个轻薄少年，而且是阴毒可憎的蛇蝎，他可以借崔万秋①的名字为自己吹牛（见二月崔在本报所登广告），甚至硬把日本一个打字女和一个中学教员派做"女诗人"和"大学教授"，把自己吹捧得无微不至；他可以用最卑劣的手段投稿于小报，指他的朋友为×××，并公布其住址，把朋友公开出卖（见第五号《中外书报新闻》②）。这样的大胆，这样的阴毒，这样的无聊，实在使我不能相信这是一个有廉耻有人格的"人"——尤其是"文人"，所能做出。然而曾某却真想得到，真做得出，我想任何人当不能不佩服曾某的大无畏的精神。

听说曾某年纪还不大，也并不是没有读书的机会，我想假如曾某能把那种吹牛拍马的精力和那种阴毒机巧的心思用到求实学一点上，所得不是要更多些吗？然而曾某却偏要日以吹拍为事，日以造谣中伤为事，这，一方面固愈足以显曾某之可怕，

---

① 崔万秋（1903—1982）　山东观城（今属河南范县）人，编辑、国民党政军统政工人员。早年留学日本，20世纪30年代初为《新时代》月刊编辑，后任上海《大晚报》副刊《火炬》主编。系国民党军统上海特区直属联络员，复兴社骨干。抗战时期在重庆主编《时事新报》副刊《青光》，任重庆国民政府外事局国际宣传处处长。抗战后在上海参与青年党党报《中华时报》事务，后任国民政府外交部驻日本代表。1949年去台湾。著有《上海岁月话江青》《日本见闻记》等。

② 《中外书报新闻》　新闻周刊。1933年6月在上海创刊，包可华编辑，中外出版公司发行。同年8月更名为《中外文化新闻》。

另一方面亦正见青年自误之可惜。

不过，话说回来，就是受过高等教育的也未必一定能束身自好，比如以专写三角恋爱小说出名，并发了财的张××，彼固动辄以日本某校出身自炫者，然而他最近也会在一些小报上泼辣叫嚣，完全一副满怀毒恨的"弃妇"的脸孔，他会阴谋中伤，造谣挑拨，他会硬派人像布哈林或列宁，简直想要置你于死地，其人格之卑污，手段之恶辣，可说空前绝后，这样看来，高等教育又有何用？还有新出版之某无聊刊物上有署名"白羽遐"者作《内山书店小坐记》一文，公然说某人常到内山书店，曾请内山书店救过命保过险。我想，这种公开告密的勾当，大概也就是一流人化名玩出的花样。

然而无论他们怎样造谣中伤，怎样阴谋陷害，明眼人一见便知，害人不着，不过徒然暴露他们自己的卑污与无人格而已。

但，我想，"有行"的"文人"，对于这班丑类，实在不应当像现在一样，始终置之不理，而应当振臂奋起，把它们驱逐于文坛以外，应当在污秽不堪的中国文坛，做一番扫除的工作！

于是祸水就又引到《自由谈》上去，在次日的《时事新报》上，便看见一则启事，是方寸大字的标名——

张资平启事

五月《申报·自由谈》之《谈"文人无行"》，后段大概是指我而说的。我是坐不改名，行不改姓的人，纵令有时用其他笔名，但所发表文字，均自负责，此须申明者一；白羽遐另有其人，至《内山小坐记》亦不见是怎样坏的作品，但非出我笔，我未便承认，此须申明者二；我所写文章均出自信，而发见关于政治上主张及国际情势之研究有错觉及乱视者，均不惜加以纠正。至于"造谣伪造信件及对于意见不同之人，任意加以诬毁"皆为我生平所反对，此须申明者三；我不单无资本家的出版者为我后援，又无姊妹嫁作大商人为妾，以谋得一编辑以自豪，更进而行其"诬毁造谣假造信件"等卑劣的行动。我连想发表些关于对政治对国际情势之见解，都无从发表，故凡容纳我的这类文章之刊物，我均愿意投稿。但对于该刊物之其他文字则不能负责，此须申明者四。今后凡有利用以资本家为背景之刊物对我诬毁者，我只视作狗吠，不再答复，特此申明。

这很明白，除我而外，大部分是对于《自由谈》编辑者黎烈文的。所以又次日的《时事新报》上，也登出相对的启事来——

黎烈文启事

烈文去岁游欧归来，客居沪上，因《申报》总理史量才先生系世交长辈，故常往访候，史先生以烈文未曾入过任何党派，且留欧时专治文学，故令加入申报馆编辑《自由谈》。不料近两月来，有三角恋爱小说商张资平，因烈文停登其长篇小说，怀恨入骨，常在各大小刊物，造谣诬蔑，挑拨陷害，无所不至，烈文因其手段与目的过于卑劣，明眼人一见自知，不值一辩，故至今绝未置答，但张氏昨日又在《青光》栏上登一启事，含沙射影，肆意诬毁，其中有"又无姊妹嫁作大商人为妾"一语，不知何指。张氏启事既系对《自由谈》而发，而烈文现为《自由谈》编辑人，自不得不有所表白，以释群疑。烈文只胞妹两人，长应元未嫁早死，次友元现在长沙某校读书，亦未嫁人，均未出过湖南一步。且据烈文所知，湘潭黎氏同族姊妹中不论亲疏远近，既无一人嫁人为妾，亦无一人得与"大商人"结婚，张某之言，或系一种由衷的遗憾（没有姊妹嫁作大商人为妾的遗憾），或另有所指，或系一种病的发作，有如疯犬之狂吠，则非烈文所知耳。

此后还有几个启事，避烦不再剪贴了。总之：较关紧要的问题，是"姊妹嫁作大商人为妾"者是谁？但这事须问"行不改名，坐不改姓"的好汉张资平本人才知道。

可是中国真也还有好事之徒，竟有人不怕中暑的跑到真茹的"望岁小农居"这洋楼底下去请教他了。《访问记》登在《中外书报新闻》的第七号（七月十五日出）上，下面是关于"为妾"问题等的一段——

（四）启事中的疑问

以上这些话还只是讲刊登及停载的经过，接着，我便请他解答启事中的几个疑问。

"对于你的启事中，有许多话，外人看了不明白，能不能让我问一问？"

"是那几句？"

"'姊妹嫁作商人妾'，这不知道有没有什么影射？"

"这是黎烈文他自己多心，我不过顺便在启事中，另外指一个人。"

"那个人是谁呢？"

"那不能公开。"自然他既然说了不能公开的话，也就不便追问了。

"还有一点，你所谓'想发表些关于对政治对国际情势之见解都无从发表'，这又何所指？"

"那是讲我在文艺以外的政治见解的东西，随笔一类的东西。"

"是不是像《新时代》上的《望岁小农居日记》一样的东西呢？"（参看《新时代》七月号）我插问。

"那是对于鲁迅的批评，我所说的是对政治的见解，《文艺座谈》上面有。"（参看《文艺座谈》一卷一期《从早上到下午》。）

"对于鲁迅的什么批评？"

"这是题外的事情了，我看关于这个，请你还是不发表好了。"

这真是"胸中不正，则眸子眊焉"[①]，寥寥几笔，就画出了这位文学家的嘴脸。《社会新闻》说他"阘懦"，固然意在博得社会上"济弱扶倾"的同情，不足置信，但启事上的自白，却也须照中国文学上的例子，大打折扣的（倘白羽遐先生在"某天"又到"内山书店小坐"，一定又会从老板口头听到），因为他自己在"行不改姓"之后，也就说"纵令有时用其他笔名"，虽然"但所发表文字，均自负责"，而无奈"还是不发表好了"何？但既然"还是不发表好了"，则关于我的一笔，我也就不再深论了。

一枝笔不能兼写两件事，以前我实在闲却了《文艺座谈》的座主，"解放词人"曾今可先生了。但写起来却又很简单，他除了"准备反攻"之外，只在玩"告密"的玩艺。

崔万秋先生和这位词人，原先是相识的，只为了一点小纠葛，他便匿名向小报投稿，诬陷老朋友去了。不幸原稿偏落在崔万秋先生

---

① "胸中不正，则眸子眊焉" 语出《孟子·离娄上》。按：眊，眼睛迷蒙无神。

的手里，制成铜版，在《中外书报新闻》（五号）上精印了出来——

崔万秋加入国家主义派

《大晚报》屁股编辑崔万秋自日回国，即住在愚园坊六十八号左舜生①家，旋即由左与王造时②介绍于《大晚报》工作。近为国家主义及广东方面宣传极力，夜则留连于舞场或八仙桥庄上云。

有罪案，有住址，逮捕起来是很容易的。而同时又诊出了一点小毛病，是这位词人曾经用了崔万秋的名字，自己大做了一通自己的诗的序③，而在自己所做的序里又大称赞了一通自己的诗。轻恙重症，同时夹攻，渐使这柔嫩的诗人兼词人站不住，他要下野了，而在《时事新报》（七月九日）上却又是一个启事，好像这时的文坛是入了"启事时代"似的——

曾今可启事

鄙人不日离沪旅行，且将脱离文字生活。以后对于别人对我造谣诬蔑，一概置之不理。这年头，只许强者打，不许弱者叫，我自然没什么话可说。我承认我是一个弱者，我无力反抗，我将在英雄们胜利的笑声中悄悄地离开这文坛。如果有人笑我

---

① **左舜生**（1893—1969） 原名学训，字舜生，湖南长沙人，报人、政客。五四时期加入少年中国学会，1920 年入中华书局，任编辑主任。1924 年 9 月与曾琦、李璜在上海创办宣传国家主义的《醒狮》周报，任总经理，翌年加入青年党，后任该党中央执行委员会委员长。抗战期间任国防参议院参议员、国民参政会参政员。抗战后在上海创办青年党党报《中华时报》，1947 年任国民政府农林部部长。1949 年去台湾，后至香港创办《自由阵线》。著有《中国近代史话初集》《梁启超生平及思想与著作》等。

② **王造时**（1903—1971） 原名雄生，江西安福人，学者、社会活动家。1925 年清华学校毕业后留学美国、英国，1930 年回国后任上海光华大学教授，为《新月》杂志同人。1933 年 1 月任民权保障同盟上海分会执行委员，后发起组织上海大学教授抗日救国会。1936 年任上海各界救国联合会常务委员，同年 11 月 23 日与沈钧儒等一起被国民政府逮捕（即"七君子事件"）。抗战爆发后获释。抗战期间任国民参政会参政员。著有《中国问题的分析》等。

③ **自己大做了一通自己的诗的序** 1932 年 2 月，曾今可在他自己开办的新时代书局出版自己的诗集《两颗星》，书前冒用崔万秋之名写了一篇吹捧自己的"代序"。同年 7 月 2 日，崔万秋在《大晚报》副刊《火炬》刊登启事，否认给《两颗星》作序一事。7 月 4 日，曾今可在《申报》刊登启事，辩称其序"乃摘录崔君的来信"云云。

是"懦夫"，我只当他是尊我为"英雄"。此启。

这就完了。但我以为文字是有趣的，结末两句，尤为出色。

我剪贴在上面的《谈"文人无行"》，其实就是这曾张两案的合论。但由我看来，这事件却还要坏一点，便也做了一点短评，投给《自由谈》。久而久之，不见登出，索回原稿，油墨手印满纸，这便是曾经排过，又被谁抽掉了的证据，可见纵"无姊妹嫁作大商人为妾"，"资本家的出版者"也还是为这一类名公"后援"的。但也许因为恐怕得罪名公，就会立刻给你戴上一顶红帽子，为性命计，不如不登的也难说。现在就抄在这里罢——

驳"文人无行"

"文人"这一块大招牌，是极容易骗人的。虽在现在，社会上的轻贱文人，实在还不如所谓"文人"的自轻自贱之甚。看见只要是"人"，就决不肯做的事情，论者还不过说他"无行"，解为"疯人"，恕其"可怜"。其实他们却原是贩子，也一向聪明绝顶，以前的种种，无非"生意经"，现在的种种，也并不是"无行"，倒是他要"改行"了。

生意的衰微使他要"改行"。虽是极低劣的三角恋爱小说，也可以卖掉一批的。我们在夜里走过马路边，常常会遇见小瘪三从暗中来，鬼鬼祟祟的问道："阿要春宫？阿要春宫？中国的，东洋的，西洋的，都有。阿要勿？"生意也并不清淡。上当的是初到上海的青年和乡下人。然而这至多也不过四五回，他们看过几套，就觉得讨厌，甚且要作呕了，无论你"中国的，东洋的，西洋的，都有"也无效。而且因时势的迁移，读书界也起了变化，一部份是不再要看这样的东西了；一部份是简直去跳舞，去嫖妓，因为所化的钱，比买手淫小说全集还便宜。这就使三角家之类觉得没落。我们不要以为造成了洋房，人就会满足的，每一个儿子，至少还得给他赚下十万块钱呢。

于是乎暴躁起来。然而三角上面，是没有出路了的。于是勾结一批同类，开茶会，办小报，造谣言，其甚者还竟至于卖朋友，好像他们的鸿篇巨制的不再有人赏识，只是因为有几个人用一手掩尽了天下人的眼目似的。但不要误解，以为他真在这样想。他是聪明绝顶，其实并不在这样想的，现在这副嘴脸，也还是一种"生意经"，用三角钻出来的活路。总而言之，就是现在只好经营这一种卖买，才又可以赚些钱。

譬如说罢，有些"第三种人"也曾做过"革命文学家"，借此开张书店，吞过郭沫若的许多版税，现在所住的洋房，有一部份怕还是郭沫若的血汗所装饰的。此刻那里还能做这样的生意呢？此刻要合伙攻击左翼，并且造谣陷害了知道他们的行为的人，自己才是一个干净刚直的作者，而况告密式的投稿，还可以大赚一注钱呢。

先前的手淫小说，还是下部的勾当，但此路已经不通，必须上进才是，而人们——尤其是他的旧相识——的头颅就危险了。这那里是单单的"无行"文人所能做得出来的？

上文所说，有几处自然好像带着了曾今可张资平这一流，但以前的"腰斩张资平"，却的确不是我的意见。这位作家的大作，我自己是不要看的，理由很简单：我脑子里不要三角四角的这许多角。倘有青年来问我可看与否，我是劝他不必看的，理由也很简单：他脑子里也不必有三角四角的那许多角。若夫他自在投稿取费，出版卖钱，即使他无须养活老婆儿子，我也满不管。理由也很简单：我是从不想到他那些三角四角的角不完的许多角的。

然而多角之辈，竟谓我策动"腰斩张资平"。既谓矣，我乃简直以 X 光照其五脏六腑了。

《后记》这回本来也真可以完结了，但且住，还有一点余兴的余兴。因为剪下的材料中，还留着一篇妙文，倘使任其散失，是极为可惜的，所以特地将它保存在这里。

这篇文章载在六月十七日《大晚报》的《火炬》里——

新儒林外史　　　　　　　柳　丝

第一回　揭旗扎空营　兴师布迷阵

却说卡尔①和伊理基②两人这日正在天堂以上讨论中国革命

---

① **卡尔**　即卡尔·马克思。卡尔是名字。

② **伊理基**　今译伊里奇，即弗拉基米尔·伊里奇·列宁（乌里扬诺夫）。伊里奇是父名。

问题，忽见下界中国文坛的大戈壁上面，杀气腾腾，尘沙弥漫，左翼防区里面，一位老将紧追一位小将，战鼓震天，喊声四起，忽然那位老将牙缝开处，吐出一道白雾，卡尔闻到气味立刻晕倒，伊理基拍案大怒道，"毒瓦斯，毒瓦斯!"扶着卡尔赶快走开去了。原来下界中国文坛的大戈壁上面，左翼防区里头，近来新扎一座空营，揭起小资产阶级革命文学之旗，无产阶级文艺营垒受了奸人挑拨，大兴问罪之师。这日大军压境，新扎空营的主将兼官佐又兼士兵杨邨人提起笔枪，跃马相迎，只见得战鼓震天，喊声四起，为首先锋杨刀跃马而来，乃老将鲁迅是也。那杨邨人打拱，叫声"老将军别来无恙?"老将鲁迅并不答话，跃马直冲扬刀便刺，那杨邨人笔枪挡住又道："老将有话好讲，何必动起干戈? 小将别树一帜，自扎空营，只因事起仓卒，未及呈请指挥，并非倒戈相向，实则独当一面，此心此志，天人共鉴。老将军试思左翼诸将，空言克服，骄盈自满，战术既不研究，武器又不制造。临阵则军容不整，出马则拖枪而逃，如果长此以往，何以维持威信? 老将军整顿纪纲之不暇，劳师远征，窃以为大大对不起革命群众的呵!"老将鲁迅又不答话，圆睁环眼，倒竖虎须，只见得从他的牙缝里头嘘出一道白雾，那小将杨邨人知道老将放出毒瓦斯，说的迟那时快，已经将防毒面具戴好了，正是：情感作用无理讲，是非不明只天知! 欲知老将究竟能不能将毒瓦斯闷死那小将，且待下回分解。

第二天就收到一封编辑者的信，大意说：兹署名有柳丝者（"先生读其文之内容或不难想像其为何人"），投一滑稽文稿，题为《新儒林外史》，但并无伤及个人名誉之事，业已决定为之发表，倘有反驳文章，亦可登载云云。使刊物暂时化为战场，热闹一通，是办报人的一种极普通办法，近来我更加"世故"，天气又这么热，当然不会去流汗同翻筋头的。况且"反驳"滑稽文章，也是一种少有的奇事，即使"伤及个人名誉事"，我也没有办法，除非我也作一部《旧儒林外史》，来辩明"卡尔和伊理基"的话的真假。但我并不是巫师，又怎么看得见"天堂"？"柳丝"是杨邨人先生还在做"无产阶级革命文学者"时候已经用起的笔名，这无须看内容就知道，而曾几何时，就在"小资产阶级革命文学"的旗子下做着这样的幻梦，将自己写成了这么一副形容了。时代的巨轮，真是能够这么冷酷地将人们辗碎的。但也幸而有这一辗，因为韩侍桁①先生倒因此从这位"小将"的腔子里看见了"良心"了。

这作品只是第一回，当然没有完，我虽然毫不想"反驳"，却也愿意看看这有"良心"的文学，不料从此就不见了，迄今已有月余，听不到"卡尔和伊理基"在"天堂"上和"老将""小将"在地狱里的消息。但据《社会新闻》（七月九日，四卷三期）说，则又是"左联"阻止的——

杨邨人转入 AB 团②

> 叛左联而写揭小资产战斗之旗的杨邨人，近已由汉来沪，闻寄居于 AB 团小卒徐翔之家，并已加入该团活动矣。前在《大晚报》署名柳丝所发表的《新封神榜》一文，即杨手笔，内对鲁迅大加讽刺，但未完即止，闻因受左联警告云。
>
> 〔预〕

左联会这么看重一篇"讽刺"的东西，而且仍会给"叛左联而写揭小资产战斗之旗的杨邨人"以"警告"，这才真是一件奇事。据有些人说，"第三种人"的"忠实于自己的艺术"，是已经因了左翼理论家的凶恶的批评而写不出来了，现在这"小资产战斗"的英雄，又因了左联的警告而不再"战斗"，我想，再过几时，则一切割地吞款，兵祸水灾，古物失踪，阔人生病，也要都成为左联之罪，尤其是鲁迅之罪了。

现在使我记起了蒋光慈③先生。

事情是早已过去，恐怕有四五年了，当蒋光慈先生组织太阳社，

---

① **韩侍桁**（1908—1987） 原名云浦，笔名侍桁，天津人，翻译家。早年留学日本，1930 年加入左联。曾任广东中山大学教授、中央通讯社编审。译有勃兰兑斯《十九世纪文学主潮》、霍桑《红字》等。

② **AB 团** 国民党右派于 1926 年年底成立的组织，以反对孙中山的三大政策、破坏国共合作为宗旨。AB 系 Anti-Bolshevik（反布尔什维克）一词的缩写。该组织于 1927 年初把持国民党江西省党部，但实际上存在时间很短，至当年 4 月间已瓦解。当时，报刊上 AB 团常作为右翼的代名词。

③ **蒋光慈**（1901—1931） 又名光赤，安徽霍丘人，现代作家。早年留学苏联，1927 年秋发起组织太阳社，后参与创建左联。曾主编《太阳月刊》《拓荒者》等文学刊物。著有诗集《新梦》、小说《少年飘泊者》《短裤党》等。

和创造社联盟，率领"小将"来围剿我的时候，他曾经做过一篇文章，其中有几句，大意是说，鲁迅向来未曾受人攻击，自以为不可一世，现在要给他知道知道了。其实这是错误的，我自作评论以来，即无时不受攻击，即如这三四月中，仅仅关于《自由谈》的，就已有这许多篇，而且我所收录的，还不过一部份。先前何尝不如此呢，但它们都与如驶的流光一同消逝，无踪无影，不再为别人所觉察罢了。这回趁几种刊物还在手头，便转载一部份到《后记》里，这其实也并非专为我自己，战斗正未有穷期，老谱将不断的袭用，对于别人的攻击，想来也还要用这一类的方法，但自然要改变了所攻击的人名。将来的战斗的青年，倘在类似的境遇中，能偶然看见这记录，我想是必能开颜一笑，更明白所谓敌人者是怎样的东西的。

所引的文字中，我以为很有些篇，倒是出于先前的"革命文学者"。但他们现在是另一个笔名，另一副嘴脸了。这也是必然的。革命文学者若不想以他的文学，助革命更加深化，展开，却借革命来推销他自己的"文学"，则革命高扬的时候，他正是狮子身中的害虫①，而革命一受难，就一定要发现以前的"良心"，或以"孝子"②之名，或以"人道"之名，或以"比正在受难的革命更加革命"之名，走出阵线之外，好则沉默，坏就成为叭儿的。这不是我的"毒瓦斯"，这是彼此看见的事实！

一九三三年七月二十日午，记

---

① **狮子身中的害虫** 佛经《莲华面经》中的譬喻，指僧人中破坏佛法者。
② **"孝子"** 指杨邨人。他在 1933 年 2 月出版的《读书杂志》第 3 卷第 1 期发表《离开政党生活的战壕》一文，称"父老家贫弟幼"，为顾及家人，自己只能脱离中国共产党了。

鲁迅

杂文全编

下册

王得后 编

李庆西 注

中国社会科学出版社

目 录

《准风月谈》中的杂文

目
录

2

《花边文学》中的杂文

《且介亭杂文末编》及其《附集》中的杂文

《集外集》中的杂文

《集外集拾遗》中的杂文

目 录

集外杂文

《准风月谈》中的杂文

前　记

　　自从中华民国建国二十有二年五月二十五日《自由谈》的编者刊出了"吁请海内文豪，从兹多谈风月"的启事以来，很使老牌风月文豪摇头晃脑的高兴了一大阵，讲冷话的也有，说俏皮话的也有，连只会做"文探"的叭儿们也翘起了它尊贵的尾巴。但有趣的是谈风云的人，风月也谈得，谈风月就谈风月罢，虽然仍旧不能正如尊意。

　　想从一个题目限制了作家，其实是不能够的。假如出一个"学而时习之"① 的试题，叫遗少和车夫来做八股，那做法就决定不一样。自然，车夫做的文章可以说是不通，是胡说，但这不通或胡说，就打破了遗少们的一统天下。古话里也有过：柳下惠看见糖水，说"可以养老"，盗跖见了，却道可以粘门闩。② 他们是弟兄，所见的又是同一的东西，想到的用法却有这么天差地远。"月白风清，如此良夜何？"③ 好的，风雅之至，举手赞成。但同是涉及风月的"月黑杀人夜，风高放火天"④ 呢，这不明明是一联古诗么？

　　我的谈风月也终于谈出了乱子来，不过也并非为了主张"杀人放火"。其实，以为"多谈风月"，就是"莫谈国事"的意思，是误解的。"漫谈国事"倒并不要紧，只是要"漫"，发出去的箭石，不要正中了有些人物的鼻梁，因为这是他的武器，也是他的幌子。

　　从六月起的投稿，我就用种种的笔名了，一面固然为了省事，一面也省得有人骂读者们不管文字，只看作者的署名。然而这么一来，却又使一些看文字不用视觉，专靠嗅觉的"文学家"疑神疑鬼，而他们的嗅觉又没有和全体一同进化，至于看见一个新的作家的名

---

　　① **"学而时习之"** 《论语·学而》："子曰：'学而时习之，不亦说乎！'"
　　② 关于柳下惠和盗跖见糖水一事，见《淮南子·说林训》："柳下惠见饴，曰可以养老；盗跖见饴，曰可以黏牡；见物同，而用之异。"按：牡，即门闩。
　　③ **"月白风清，如此良夜何？"** 语出宋代苏轼《后赤壁赋》。
　　④ **"月黑杀人夜，风高放火天"** 元代鞭然子《拊掌录》所记宋人酒令。

字，就疑心是我的化名，对我呜呜不已，有时简直连读者都被他们闹得莫名其妙了。现在就将当时所用的笔名，仍旧留在每篇之下，算是负着应负的责任。

还有一点和先前的编法不同的，是将刊登时被删改的文字大概补上去了，而且旁加黑点，以清眉目。这删改，是出于编辑或总编辑，还是出于官派的检查员的呢，现在已经无从辨别，但推想起来，改点句子，去些讳忌，文章却还能连接的处所，大约是出于编辑的，而胡乱删削，不管文气的接不接，语意的完不完的，便是钦定的文章。

日本的刊物，也有禁忌，但被删之处，是留着空白，或加虚线，使读者能够知道的。中国的检察官却不许留空白，必须接起来，于是读者就看不见检查删削的痕迹，一切含胡和恍忽之点，都归在作者身上了。这一种办法，是比日本大有进步的，我现在提出来，以存中国文网史上极有价值的故实。

去年的整半年中，随时写一点，居然在不知不觉中又成一本了。当然，这不过是一些拉杂的文章，为"文学家"所不屑道。然而这样的文字，现在却也并不多，而且"拾荒"的人们，也还能从中检出东西来，我因此相信这书的暂时的生存，并且作为集印的缘故。

一九三四年三月十日，于上海记。

推

两三月前，报上好像登过一条新闻，说有一个卖报的孩子，踏上电车的踏脚去取报钱，误踹住了一个下来的客人的衣角，那人大怒，用力一推，孩子跌入车下，电车又刚刚走动，一时停不住，把孩子碾死了。

推倒孩子的人，却早已不知所往。但衣角会被踹住，可见穿的是长衫，即使不是"高等华人"，总该是属于上等的。

我们在上海路上走，时常会遇见两种横冲直撞，对于对面或前面的行人，决不稍让的人物。一种是不用两手，却只将直直的长脚，如入无人之境似的踏过来，倘不让开，他就会踏在你的肚子或肩膀上。这是洋大人，都是"高等"的，没有华人那样上下的区别。一种就是弯上他两条臂膊，手掌向外，像蝎子的两个钳一样，一路推过去，不管被推的人是跌在泥塘或火坑里。这就是我们的同胞，然而"上等"的，他坐电车，要坐二等所改的三等车，他看报，要看专登黑幕的小报，他坐着看得咽唾沫，但一走动，又是推。

上车，进门，买票，寄信，他推；出门，下车，避祸，逃难，他又推。推得女人孩子都跟跟跄跄，跌倒了，他就从活人上踏过，跌死了，他就从死尸上踏过，走出外面，用舌头舔舔自己的厚嘴唇，什么也不觉得。旧历端午，在一家戏场里，因为一句失火的谣言，就又是推，把十多个力量未足的少年踏死了。死尸摆在空地上，据说去看的又有万余人，人山人海，又是推。

推了的结果，是嘻开嘴巴，说道："阿唷，好白相来希①呀！"

住在上海，想不遇到推与踏，是不能的，而且这推与踏也还要廓大开去。要推倒一切下等华人中的幼弱者，要踏倒一切下等华人。这时就只剩了高等华人颂祝着——

---

① **好白相来希** 上海方言：很好玩，很有趣。

"阿唷，真好白相来希呀。为保全文化起见，是虽然牺牲任何物质，也不应该顾惜的——这些物质有什么重要性呢!"

六月八日

（原刊 1933 年 6 月 11 日《申报·自由谈》，后收入《准风月谈》）

二丑艺术

浙东的有一处的戏班中，有一种脚色叫作"二花脸"，译得雅一点，那么，"二丑"就是。他和小丑的不同，是不扮横行无忌的花花公子，也不扮一味仗势的宰相家丁，他所扮演的是保护公子的拳师，或是趋奉公子的清客。总之：身分比小丑高，而性格却比小丑坏。

义仆是老生扮的，先以谏诤，终以殉主；恶仆是小丑扮的，只会作恶，到底灭亡。而二丑的本领却不同，他有点上等人模样，也懂些琴棋书画，也来得行令猜谜，但倚靠的是权门，凌蔑的是百姓，有谁被压迫了，他就来冷笑几声，畅快一下，有谁被陷害了，他又去吓唬一下，吆喝几声。不过他的态度又并不常常如此的，大抵一面又回过脸来，向台下的看客指出他公子的缺点，摇着头装起鬼脸道：你看这家伙，这回可要倒楣哩！

这最末的一手，是二丑的特色。因为他没有义仆的愚笨，也没有恶仆的简单，他是智识阶级。他明知道自己所靠的是冰山，一定不能长久，他将来还要到别家帮闲，所以当受着豢养，分着余炎的时候，也得装着和这贵公子并非一伙。

二丑们编出来的戏本上，当然没有这一种脚色的，他那里肯；小丑，即花花公子们编出来的戏本，也不会有，因为他们只看见一面，想不到的。这二花脸，乃是小百姓看透了这一种人，提出精华来，制定了的脚色。

世间只要有权门，一定有恶势力，有恶势力，就一定有二花脸，而且有二花脸艺术。我们只要取一种刊物，看他一个星期，就会发见他忽而怨恨春天，忽而颂扬战争，忽而译萧伯纳演说，忽而讲婚姻问题；但其间一定有时要慷慨激昂的表示对于国事的不满：这就是用出末一手来了。

这最末的一手，一面也在遮掩他并不是帮闲，然而小百姓是明白的，早已使他的类型在戏台上出现了。

六月十五日

（原刊 1933 年 6 月 18 日《申报·自由谈》，后收入《准风月谈》）

偶　成

　　善于治国平天下的人物，真能随处看出治国平天下的方法来，四川正有人以为长衣消耗布匹，派队剪除①；上海又有名公要来整顿茶馆②了，据说整顿之处，大略有三：一是注意卫生，二是制定时间，三是施行教育。

　　第一条当然是很好的；第二条，虽然上馆下馆，一一摇铃，好像学校里的上课，未免有些麻烦，但为了要喝茶，没有法，也不算坏。

　　最不容易是第三条。"愚民"的到茶馆来，是打听新闻，闲谈心曲之外，也来听听《包公案》③一类东西的，时代已远，真伪难明，那边妄言，这边妄听，所以他坐得下去。现在倘若改为"某公案"，就恐怕不相信，不要听；专讲敌人的秘史，黑幕罢，这边之所谓敌人，未必就是他们的敌人，所以也难免听得不大起劲。结果是茶馆主人遭殃，生意清淡了。

　　前清光绪初年，我乡有一班戏班，叫作"群玉班"，然而名实不符，戏做得非常坏，竟弄得没有人要看了。乡民的本领并不亚于大文豪，曾给他编过一支歌：

　　　　台上群玉班，
　　　　台下都走散。

---

　　①　指四川军阀杨森在当地推行的"短衣运动"。1933年6月1日出版的《论语》第18期刊载《杨森治下营山县长罗象翥禁穿长衫令》一文，其称："自四月十六日起，由公安部局派队，随带剪刀，于城厢内外梭巡，遇有玩视禁令，仍着长服者，立即执行剪衣，勿稍瞻徇。"

　　②　整顿茶馆　1933年6月11日《大晚报》刊载署名"蓼"的《改良坐茶馆》一文，建议当局加强茶馆管理，使之成为对公众"输以教育"的场所，文中并提出包括"规定坐茶馆的时间"一类具体措施。

　　③　《包公案》　又名《龙图公案》，明代公案小说。旧时在茶馆说书的艺人，多以明清小说中的公案、讲史一类作为脚本。

连忙关庙门，
两边墙壁都爬塌（平声），
连忙扯得牢，
只剩下一担馄饨担。

看客的取舍，是没法强制的，他若不要看，连拖也无益。即如有几种刊物，有钱有势，本可以风行天下的了，然而不但看客有限，连投稿也寥寥，总要隔两月才出一本。讽刺已是前世纪的老人的梦呓①，非讽刺的好文艺，好像也将是后世纪的青年的出产了。

六月十五日

（原刊 1933 年 6 月 18 日《申报·自由谈》，后收入《准风月谈》）

---

① **讽刺已是前世纪的老人的梦呓**　见《鲁迅杂文全编》（上册）《伪自由书·后记》所引法鲁《到底要不要自由》一文。

谈蝙蝠

人们对于夜里出来的动物，总不免有些讨厌他，大约因为他偏不睡觉，和自己的习惯不同，而且在昏夜的沉睡或"微行"① 中，怕他会窥见什么秘密罢。

蝙蝠虽然也是夜飞的动物，但在中国的名誉却还算好的。这也并非因为他吞食蚊虻，于人们有益，大半倒在他的名目，和"福"字同音。以这么一副尊容而能写入画图，实在就靠着名字起得好。还有，是中国人本来愿意自己能飞的，也设想过别的东西都能飞。道士要羽化，皇帝想飞升，有情的愿作比翼鸟儿，受苦的恨不得插翅飞去。想到老虎添翼，便毛骨耸然，然而青蚨② 飞来，则眉眼莞尔。至于墨子的飞鸢③ 终于失传，飞机非募款到外国去购买不可，则是因为太重了精神文明的缘故，势所必至，理有固然，毫不足怪的。但虽然不能够做，却能够想，所以见了老鼠似的东西生着翅子，倒也并不诧异，有名的文人还要收为诗料，诌出什么"黄昏到寺蝙蝠飞"那样的佳句来。

西洋人可就没有这么高情雅量，他们不喜欢蝙蝠。推源祸始，我想，恐怕是应该归罪于伊索④的。他的寓言里，说过鸟兽各开大会，蝙蝠到兽类里去，因为他有翅子，兽类不收，到鸟类里去，又因为他是四足，鸟类不纳，弄得他毫无立场，于是大家就讨厌这作为骑墙的象征的蝙蝠了。

---

① **"微行"** 佛家语，指微妙的运化。

② **青蚨** 传说中一种形似蝉的昆虫。因有"青蚨还钱"的说法，古人诗文中亦作钱的代称。

③ **墨子的飞鸢** 据《韩非子》《淮南子》等书记载，墨子曾用木料制作飞鸢，并进行飞行试验。近代有人援引这一资料，称墨子是发明飞机的鼻祖。

④ **伊索**（约前6世纪） 古希腊寓言作家。所编寓言经后人加工，以诗或散文形式行世，成为现今流传的《伊索寓言》。

中国近来拾一点洋古典，有时也奚落起蝙蝠来。但这种寓言，出于伊索，是可喜的，因为他的时代，动物学还幼稚得很。现在可不同了，鲸鱼属于什么类，蝙蝠属于什么类，就是小学生也都知道得清清楚楚。倘若还拾一些希腊古典，来作正经话讲，那就只足表示他的知识，还和伊索时候，各开大会的两类绅士淑女们相同。

大学教授梁实秋先生以为橡皮鞋是草鞋和皮鞋之间的东西，那知识也相仿，假使他生在希腊，位置是说不定会在伊索之下的，现在真可惜得很，生得太晚一点了。

六月十六日

（原刊 1933 年 6 月 25 日《申报·自由谈》，后收入《准风月谈》）

"抄靶子"

　　中国究竟是文明最古的地方，也是素重人道的国度，对于人，是一向非常重视的。至于偶有凌辱诛戮，那是因为这些东西并不是人的缘故。皇帝所诛者，"逆"也，官军所剿者，"匪"也，刽子手所杀者，"犯"也，满洲人"入主中夏"，不久也就染了这样的淳风，雍正皇帝①要除掉他的弟兄，就先行御赐改称为"阿其那"与"塞思黑"②，我不懂满洲话，译不明白，大约是"猪"和"狗"罢。黄巢③造反，以人为粮，但若说他吃人，是不对的，他所吃的物事，叫作"两脚羊"。

　　时候是二十世纪，地方是上海，虽然骨子里永是"素重人道"，但表面上当然会有些不同的。对于中国的有一部分并不是"人"的生物，洋大人如何赐谥，我不得而知，我仅知道洋大人的下属们所给与的名目。

　　假如你常在租界的路上走，有时总会遇见几个穿制服的同胞和一位异胞（也往往没有这一位），用手枪指住你，搜查全身和所拿的物件。倘是白种，是不会指住的；黄种呢，如果被指的说是日本人，就放下手枪，请他走过去；独有文明最古的黄帝子孙，可就"则不得免焉"了。这在香港，叫作"搜身"，倒也还不算很失了体统，然而上海则竟谓之"抄靶子"。

---

　　① **雍正皇帝**（1678—1735）　即清世宗，爱新觉罗·胤禛，康熙皇帝第四子，即位后改年号雍正。他以阴谋取得帝位，后采用高压手段对付与帝位有争的诸弟。

　　② **"阿其那"与"塞思黑"**　"阿其那"即康熙第八子允禩，康熙四十七年（1708）曾谋取储位；"塞思黑"即康熙第九子允禟，允禩谋储时最有力的支持者。雍正四年（1726），二人被黜宗削籍，改名为"阿其那""塞思黑"，意为狗与猪。

　　③ **黄巢**（？—884）　曹州冤句（今山东曹县）人，唐末农民军首领。《旧唐书·黄巢传》称其"俘人而食"，后文所谓"两脚羊"系南宋庄季裕《鸡肋编》里的说法。

抄者，搜也，靶子是该用枪打的东西，我从前年九月以来①，才知道这名目的的确。四万万靶子，都排在文明最古的地方，私心在侥幸的只是还没有被打着。洋大人的下属，实在给他的同胞们定了绝好的名称了。

然而我们这些"靶子"们，自己互相推举起来的时候却还要客气些。我不是"老上海"，不知道上海滩上先前的相骂，彼此是怎样赐谥的了。但看看记载，还不过是"曲辫子"②，"阿木林"③。"寿头码子"虽然已经是"猪"的隐语，然而究竟还是隐语，含有宁"雅"而不"达"的高谊。若夫现在，则只要被他认为对于他不大恭顺，他便圆睁了绽着红筋的两眼，挤尖喉咙，和口角的白沫同时喷出两个字来道：猪猡！

六月十六日

（原刊 1933 年 6 月 18 日《申报·自由谈》，后收入《准风月谈》）

---

① **前年九月以来**　指 1931 年"九一八"事变以来。
② **"曲辫子"**　上海方言：乡里乡气。
③ **"阿木林"**　上海方言：傻里傻气。

"吃白相饭"

要将上海的所谓"白相"，改作普通话，只好是"玩耍"；至于"吃白相饭"，那恐怕还是用文言译作"不务正业，游荡为生"，对于外乡人可以比较的明白些。

游荡可以为生，是很奇怪的。然而在上海问一个男人，或向一个女人问她的丈夫的职业的时候，有时会遇到极直截的回答道："吃白相饭的。"

听的也并不觉得奇怪，如同听到了说"教书"，"做工"一样。倘说是"没有什么职业"，他倒会有些不放心了。

"吃白相饭"在上海是这么一种光明正大的职业。

我们在上海的报章上所看见的，几乎常是这些人物的功绩；没有他们，本埠新闻是决不会热闹的。但功绩虽多，归纳起来也不过是三段，只因为未必全用在一件事情上，所以看起来好像五花八门了。

第一段是欺骗。见贪人就用利诱，见孤愤的就装同情，见倒霉的则装慷慨，但见慷慨的却又会装悲苦，结果是席卷了对手的东西。

第二段是威压。如果欺骗无效，或者被人看穿了，就脸孔一翻，化为威吓，或者说人无礼，或者诬人不端，或者赖人欠钱，或者并不说什么缘故，而这也谓之"讲道理"，结果还是席卷了对手的东西。

第三段是溜走。用了上面的一段或兼用了两段而成功了，就一溜烟走掉，再也寻不出踪迹来。失败了，也是一溜烟走掉，再也寻不出踪迹来。事情闹得大一点，则离开本埠，避过了风头再出来。

有这样的职业，明明白白，然而人们是不以为奇的。

"白相"可以吃饭，劳动的自然就要饿肚，明明白白，然而人们也不以为奇。

但"吃白相饭"朋友倒自有其可敬的地方，因为他还直直落落的告诉人们说，"吃白相饭的！"

六月二十六日

（原刊 1933 年 6 月 18 日《申报·自由谈》，后收入《准风月谈》）

华德保粹优劣论

希特拉①先生不许德国境内有别的党，连屈服了的国权党②也难以幸存，这似乎颇感动了我们的有些英雄们，已在称赞其"大刀阔斧"。但其实这不过是他老先生及其之流的一面。别一面，他们是也很细针密缕的。有歌为证：

> 跳蚤做了大官了，
> 带着一伙各处走。
> 皇后宫嫔都害怕，
> 谁也不敢来动手。
> 即使咬得发了痒罢，
> 要挤烂它也怎么能够。
> 嗳哈哈，嗳哈哈，哈哈，嗳哈哈！

这是大家知道的世界名曲《跳蚤歌》③ 的一节，可是在德国已

---

① **希特拉** 今译希特勒（Adolf Hitler，1889—1945），德国法西斯首领，纳粹战犯。1933 年 1 月任德国内阁总理，1934 年 8 月后自任元首。1936 年后与意大利、日本组成轴心国。1939 年 9 月命军队入侵波兰，挑起第二次世界大战。1941 年 6 月进攻苏联，同年12 月日本发动珍珠港事变后对美国宣战。从他上台后至战争期间，实行大规模种族灭绝政策，约有五百万犹太人被屠杀，其他死于战火的各国人民不可胜数。1942 年在北非阿莱曼和斯大林格勒相继遭受挫败，成为他走向失败的转折点。后于 1945 年苏联军队包围柏林时自杀。

② **国权党** 今译德国国家人民党（German National People's Party），魏玛共和国议会中右翼政党，代表沙文主义的政治诉求，主张恢复君主专制制度。在 1929—1930 年反对战争赔款的风潮中，它联合纳粹党组织公民投票，要求停止向第一次世界大战协约国支付战争赔款。1933 年 1 月希特勒当政后，该党参与组阁，在国会中支持希特勒。同年 6 月，纳粹完全掌握政权后，即取缔除本党以外的一切政党，国家人民党也被解散，党魁胡根贝格被迫辞去内阁经济与农业部长职务。

③ **《跳蚤歌》** 原为德国诗人歌德的诗剧《浮士德》中的一首讽刺诗，后由俄国作曲家穆索尔斯基谱成歌曲。

被禁止了。当然，这决不是为了尊敬跳蚤，乃是因为它讽刺大官；但也不是为了讽刺是"前世纪的老人的呓语"，却是为着这歌曲是"非德意志的"。华德大小英雄们，总不免偶有隔膜之处。

中华也是诞生细针密缕人物的所在，有时真能够想得入微，例如今年北平社会局呈请市政府查禁女人养雄犬文①云：

> ……查雌女雄犬相处，非仅有碍健康，更易发生无耻秽闻，揆之我国礼义之邦，亦为习俗所不许，谨特通令严禁，除门犬猎犬外，凡妇女带养之雄犬，斩之无赦，以为取缔。

两国的立脚点，是都在"国粹"的，但中华的气魄却较为宏大，因为德国不过大家不能唱那一出歌而已，而中华则不但"雌女"难以蓄犬，连"雄犬"也将砍头。这影响于叭儿狗，是很大的。由保存自己的本领，和应时势之需要，它必将变成"门犬猎犬"模样。

六月二十六日

（原刊 1933 年 7 月 2 日《申报·自由谈》，后收入《准风月谈》）

① **查禁女人养雄犬文** 以下引文见 1933 年 6 月 1 日出版的《论语》半月刊第 18 期。

华德焚书异同论

德国的希特拉先生们一烧书①，中国和日本的论者们都比之于秦始皇②。然而秦始皇实在冤枉得很，他的吃亏是在二世而亡，一班帮闲们都替新主子去讲他的坏话了。

不错，秦始皇烧过书，烧书是为了统一思想。但他没有烧掉农书和医书；他收罗许多别国的"客卿"③，并不专重"秦的思想"，倒是博采各种的思想的。秦人重小儿；始皇之母，赵女也，赵重妇人④，所以我们从"剧秦"⑤的遗文中，也看不见轻贱女人的痕迹。

希特拉先生们却不同了，他所烧的首先是"非德国思想"的书，没有容纳客卿的魄力；其次是关于性的书，这就是毁灭以科学来研究性道德的解放，结果必将使妇人和小儿沉沦在往古的地位，见不到光明。而可比于秦始皇的车同轨，书同文⑥……之类的大事业，他们一点也做不到。

---

① **烧书** 希特勒当政后，为"净化"德国人的思想，禁止一切不符合纳粹宣传口径的书刊出版发行，对公共图书馆已有的藏书也进行清查。从 1933 年 5 月开始，在柏林和其他城市组织希特勒青年团的学生焚烧所谓"不良"书籍。

② **秦始皇**（前 259—前 210） 即嬴政，战国时秦国国君。秦王政二十六年（前 221）统一中国，建立第一个中央集权的封建王朝。三十四年（前 213），为防范儒生"以古非今"，他听从丞相李斯建议实行焚书之策，将秦以前除农、医、卜筮之外其他书籍尽悉烧毁。事见《史记·秦始皇本纪》。

③ **"客卿"** 战国时，来自其他诸侯国的人在本国担任官职称"客卿"。如，秦始皇任用的丞相李斯是楚国人，国尉尉缭是魏国人。

④ "秦人重小儿""赵重妇人"之说见《史记·扁鹊仓公列传》。

⑤ **"剧秦"** 非常短促的秦朝。自秦始皇统一中国（前 221）至二世而亡（前 206），仅 15 年时间。汉代扬雄《剧秦美新》："二世而亡，何其剧与！"

⑥ **车同轨，书同文** 战国时各诸侯国制度不同，从车辆轨距到文字书写都各行其是，秦始皇平定六国后，对这些都厘定了官方标准，还统一了货币和度量衡。事见《史记·秦始皇本纪》。

阿剌伯人攻陷亚历山德府①的时候，就烧掉了那里的图书馆，那理论是：如果那些书籍所讲的道理，和《可兰经》②相同，则已有《可兰经》，无须留了；倘使不同，则是异端，不该留了。这才是希特拉先生们的嫡派祖师——虽然阿剌伯人也是"非德国的"——和秦的烧书，是不能比较的。

　　但是结果往往和英雄们的豫算不同。始皇想皇帝传至万世，而偏偏二世而亡，赦免了农书和医书，而秦以前的这一类书，现在却偏偏一部也不剩。希特拉先生一上台，烧书，打犹太人，不可一世，连这里的黄脸干儿们，也听得兴高彩烈，向被压迫者大加嘲笑，对讽刺文字放出讽刺的冷箭来——到底还明白的冷冷的讯问道：你们究竟要自由不要？不自由，无宁死。现在你们为什么不去拚死呢？

　　这回是不必二世，只有半年，希特拉先生的门徒们在奥国一被禁止③，连党徽也改成三色玫瑰了。最有趣的是因为不准叫口号，大家就以手遮嘴，用了"掩口式"。

　　这真是一个大讽刺。刺的是谁，不问也罢，但可见讽刺也还不是"梦呓"，质之黄脸干儿们，不知以为何如？

六月二十八日

（原刊 1933 年 7 月 11 日《申报·自由谈》，后收入《准风月谈》）

---

　　① **亚历山德府**　即亚历山大（Alexandria），埃及历史名城。位于尼罗河河口以西，濒临地中海。公元前 332 年马其顿国王亚历山大东征时所建，后为古埃及托勒密王朝都城。该城的亚历山大图书馆曾藏有大量古希腊典籍，大多毁于三世纪末叶奥勒利安统治时期发生的内战，其残剩部分公元 391 年毁于基督徒之手，一说公元 641 年阿拉伯人攻占该城时被毁。

　　② **《可兰经》**　今译《古兰经》。伊斯兰教经典，凡 30 卷。

　　③ **希特拉先生的门徒们在奥国一被禁止**　指 1933 年 6 月，奥地利政府为防止德国并吞奥地利，宣布解散本国的国家社会主义工人党（纳粹党）。

序的解放

　　一个人做一部书，"藏之名山，传之其人"①，是封建时代的事，早已过去了。现在是二十世纪过了三十三年，地方是上海的租界上，做买办立刻享荣华，当文学家怎不马上要名利，于是乎有术存焉。

　　那术，是自己先决定自己是文学家，并且有点儿遗产或津贴。接着就自开书店，自办杂志，自登文章，自做广告，自报消息，自想花样……然而不成，诗的解放②，先已有人，词的解放③，只好骗鸟，于是乎"序的解放"起矣。

　　夫序，原是古已有之，有别人做的，也有自己做的。但这未免太迁，不合于"新时代"的"文学家"的胃口。因为自序难于吹牛，而别人来做，也不见得定规拍马，那自然只好解放解放，即自己替别人来给自己的东西作序，术语曰"摘录来信"，真说得好像锦上添花。"好评一束"还须附在后头，代序却一开卷就看见一大番颂扬，仿佛名角一登场，满场就大喝一声采，何等有趣。倘是戏子，就得先买许多留声机，自己将"好"叫进去，待到上台时候，一面一齐开起来。

　　可是这样的玩意儿给人戳穿了又怎么办呢？也有术的。立刻装出"可怜"相，说自己既无党派，也不借主义，又没有帮口，"向来不敢狂妄"④，

---

　　①　**"藏之名山，传之其人"**　汉代司马迁《报任少卿书》："仆诚以著此书（按：指《史记》），藏诸名山，传之其人。"按：古人将自己的著作"藏诸名山"是觉得当世无人识之，以求传之后世圣贤，其悲凉无奈之中亦颇自负。

　　②　**诗的解放**　指五四时期胡适等人倡导的白话诗运动。

　　③　**词的解放**　指当时曾今可鼓吹的"解放词"。1933年2月，他以《新时代》月刊第4卷第1期推出"词的解放运动专号"，其中还有他自己填的油腔滑调的《画堂春》。

　　④　**"向来不敢狂妄"**　曾今可在1933年7月4日《申报》刊登的答复崔万秋的启事中说："鄙人既未有党派作护符，也不借主义为工具，更无集团的背景，向来不敢狂妄。"

毫没有"座谈"①时候的摇头摆尾的得意忘形的气味儿了，倒好像别人乃是反动派，杀人放火主义，青帮红帮，来欺侮了这位文弱而有天才的公子哥儿似的。

更有效的是说，他的被攻击，实乃因为"能力薄弱，无法满足朋友们之要求"。我们倘不知道这位"文学家"的性别，就会疑心到有许多有党派或帮口的人们，向他屡次的借钱，或向她使劲的求婚或什么，"无法满足"，遂受了冤枉的报复的。

但我希望我的话仍然无损于"新时代"的"文学家"，也"摘"出一条"好评"来，作为"代跋"罢：

> "藏之名山，传之其人"，早已过去了。二十世纪，有术存焉，词的解放，解放解放，锦上添花，何等有趣？可是别人乃是反动派，来欺侮这位文弱而有天才的公子，实乃因为"能力薄弱，无法满足朋友们的要求"，遂受了冤枉的报复的，无损于"新时代"的"文学家"也。

七月五日

（原刊 1933 年 7 月 7 日《申报·自由谈》，后收入《准风月谈》）

---

① **"座谈"** 指曾今可在 1933 年 6 月间邀请上海部分文化人举行的"文艺漫谈会"。参见《鲁迅杂文全编》（上册）《伪自由书·后记》一文及所引《曾今可准备反攻》《"文艺座谈"遥领记》等文。

别一个窃火者

火的来源，希腊人以为是普洛美修斯①从天上偷来的，因此触了大神宙斯之怒，将他锁在高山上，命一只大鹰天天来啄他的肉。

非洲的土人瓦仰安提族②也已经用火，但并不是由希腊人传授给他们的。他们另有一个窃火者。

这窃火者，人们不能知道他的姓名，或者早被忘却了。他从天上偷了火来，传给瓦仰安提族的祖先，因此触了大神大拉斯之怒，这一段，是和希腊古传相像的。但大拉斯的办法却两样了，并不是锁他在山巅，却秘密的将他锁在暗黑的地窖子里，不给一个人知道。派来的也不是大鹰，而是蚊子，跳蚤，臭虫，一面吸他的血，一面使他皮肤肿起来。这时还有蝇子们，是最善于寻觅创伤的脚色，嗡嗡的叫，拼命的吸吮，一面又拉许多蝇粪在他的皮肤上，来证明他是怎样地一个不干净的东西。

然而瓦仰安提族的人们，并不知道这一个故事。他们单知道火乃酋长的祖先所发明，给酋长作烧死异端和烧掉房屋之用的。

幸而现在交通发达了，非洲的蝇子也有些飞到中国来，我从它们的嗡嗡营营声中，听出了这一点点。

七月八日

（原刊 1933 年 7 月 9 日《申报·自由谈》，后收入《准风月谈》）

---

① **普洛美修斯** 今译普罗米修斯（Prometheus），希腊神话中造福人类的神，曾从天上盗火种带到人间。因此触怒主神宙斯，被锁在高加索山崖，每日遭神鹰啄食肝脏，夜间伤口愈合，天明神鹰复来。他宁受折磨，坚毅不屈，最后神鹰被赫拉克勒斯杀死，才得到解放。

② **瓦仰安提族** 即瓦尼扬韦齐人（Wanyamwezi），非洲坦桑尼亚西部操班图语的原住民。该族按母系血统传代，以祀奉祖先为主要宗教活动。

智识过剩

世界因为生产过剩，所以闹经济恐慌。虽然同时有三千万以上的工人挨饿，但是粮食过剩仍旧是"客观现在"，否则美国不会赊借麦粉①给我们，我们也不会"丰收成灾"②。

然而智识也会过剩的，智识过剩，恐慌就更大了。据说中国现行教育在乡间提倡愈甚，则农村之破产愈速③。这大概是智识的丰收成灾了。美国因为棉花贱，所以在铲棉田了。中国却应当铲智识。这是西洋传来的妙法。

西洋人是能干的。五六年前，德国就嚷着大学生太多了，一些政治家和教育家，大声疾呼的劝告青年不要进大学。现在德国是不但劝告，而且实行铲除智识了：例如放火烧毁一些书籍，叫作家把自己的文稿吞进肚子去，还有，就是把一群群的大学生关在营房里做苦工，这叫做"解决失业问题"。中国不是也嚷着文法科的大学生过剩④吗？其实何止文法科。就是中学生也太多了。要用"严厉的"会考制度⑤，

① **赊借麦粉** 1931 年长江流域发生特大水灾，国内粮食紧缺。当时出任全国水灾救灾委员会主席的国民政府财政部部长宋子文，于同年 9 月 25 日与美国联邦农业部签订借款进口美国小麦和面粉的合同。购入美麦 45 万吨，其中半数为面粉，共计 90 万美元。这笔债款原定自 1934 年起三年内分三次偿还，后作调整，于 1936 年与另一笔棉麦借款（1933）一并偿还。

② **"丰收成灾"** 1932 年长江流域各省粮食丰收，但因上年向美国借贷购入的小麦、面粉已陆续运到，致使邻近上海口岸的江浙两省谷价大跌。故有"丰收成灾"之说。

③ **中国现行教育在乡间提倡愈甚，则农村之破产愈速** 1933 年 7 月 11 日《申报》报道时任上海市市长吴铁城的谈话，称"现行教育制度不适合农村环境之需要"，"现行教育制度在乡间提倡愈甚，则农村之破产愈速"云云。

④ **文法科的大学生过剩** 1933 年 5 月 22 日《申报》报道，南京国民政府教育部下令各大学限制招收文法科学生，其中有称人文学科"人才过剩"等语。

⑤ **"会考制度"** 南京国民政府颁布的一种教育制度，1932 年开始实行。其规定：全国初中和高中学生届临毕业时，除校内毕业考试外，还须参加当地教育行政机关主持的统一考试。此即"会考"。

像铁扫帚似的——刷，刷，刷，把大多数的智识青年刷回"民间"去。

智识过剩何以会闹恐慌？中国不是百分之八九十的人还不识字吗？然而智识过剩始终是"客观现实"，而由此而来的恐慌，也是"客观现实"。智识太多了，不是心活，就是心软。心活就会胡思乱想，心软就不肯下辣手。结果，不是自己不镇静，就是妨害别人的镇静。于是灾祸就来了。所以智识非铲除不可。

然而单是铲除还是不够的。必须予以适合实用之教育，第一，是命理学——要乐天知命，命虽然苦，但还是应当乐。第二，是识相学——要"识相点"，知道点近代武器的利害。至少，这两种适合实用的学问是要赶快提倡的。提倡的方法很简单：——古代一个哲学家反驳唯心论，他说，你要是怀疑这碗麦饭的物质是否存在，那最好请你吃下去，看饱不饱。现在譬如说罢，要叫人懂得电学，最好是使他触电，看痛不痛；要叫人知道飞机等类的效用，最好是在他头上驾起飞机，掷下炸弹，看死不死……

有了这样的实用教育，智识就不过剩了。亚门！

七月十二日

（原刊 1933 年 7 月 16 日《申报·自由谈》，后收入《准风月谈》）

诗和豫言

豫言总是诗，而诗人大半是豫言家。然而豫言不过诗而已，诗却往往比豫言还灵。

例如辛亥革命的时候，忽然发现了：

> 手执钢刀九十九，杀尽胡儿方罢手。①

这几句《推背图》里的豫言，就不过是"诗"罢了。那时候，何尝只有九十九把钢刀？还是洋枪大炮来得厉害：该着洋枪大炮的后来毕竟占了上风，而只有钢刀的却吃了大亏。况且当时的"胡儿"，不但并未"杀尽"，而且还受了优待②，以至于现在还有"伪"溥仪出风头③的日子。所以当做豫言看，这几句歌诀其实并没有应验。——死板的照着这类豫言去干，往往要碰壁，好比前些时候，有人特别打了九十九把钢刀，去送给前线的战士，结果，只不过在古北口等处流流血，给人证明国难的不可抗性。——倒不如把这种豫言歌诀当做"诗"看，还可以"以意逆志，自谓得之"④。

至于诗里面，却的确有着极深刻的豫言。我们要找豫言，与其读《推背图》，不如读诗人的诗集。也许这个年头又是应当发现什么的时候了罢，居然找着了这么几句：

---

① **手执钢刀九十九，杀尽胡儿方罢手。** 旧时附于《推背图》书后《烧饼歌》的两句歌谣，传为明代刘基（伯温）所撰，辛亥革命时为革命党人传唱。

② **优待** 指辛亥革命后，南京临时政府与清廷议和代表商定有关清帝退位的优待条件，其中包括：一、清帝退位后尊号不变；二、清室岁用四百万银两由国民政府拨发；三、清帝退位后暂居宫禁，以后移居颐和园。

③ **"伪"溥仪出风头** 指 1932 年 3 月溥仪就任日本侵略者扶持下成立的伪满洲国"执政"一事。

④ **"以意逆志，自谓得之"** 《孟子·万章上》："以意逆志，是为得之。"以意逆志，指以自己的体会去推测作者的本意。按：逆，揣测之意。

此辈封狼从瘠狗，生平猎人如猎兽，

万人一怒不可回，会看太白悬其首。

（汪精卫①著《双照楼诗词稿》：译嚣俄之

《共和二年之战士》）

这怎么叫人不"拍案叫绝"呢？这里"封狼从瘠狗"，自己明明是畜类，却偏偏把人当做畜生看待：畜生打猎，而人反而被猎！"万人"的愤怒的确是不可挽回的了。嚣俄②这诗，是说的一七九三年（法国第一共和二年）的帝制党，他没有料到一百四十年之后还会有这样的应验。

汪先生译这几首诗的时候，不见得会想到二三十年之后中国已经是白话的世界。现在，懂得这种文言诗的人越发少了，这很可惜。然而豫言的妙处，正在似懂非懂之间，叫人在事情完全应验之后，方才"恍然大悟"。这所谓"天机不可泄漏也"。

七月二十日

（原刊 1933 年 7 月 23 日《申报·自由谈》，后收入《准风月谈》）

---

① **汪精卫**（1883—1944） 名兆铭，字季新，浙江山阴（今绍兴）人，近代政客、叛国者。早年留学日本，加入同盟会。辛亥革命后为袁世凯收买，袁失败后投奔孙中山，1924 年当选国民党中央执行委员。翌年代孙中山起草政治遗嘱，旋任广州国民政府主席。1927 年在武汉发动"七一五"政变。1932 年任国民政府行政院长，1937 年为国民党副总裁、中央政治委员会主席。自"九一八"事变后，一贯主张对日妥协。1938 年 12 月公然叛国投敌，1940 年在南京组建伪国民政府，任主席兼行政院长。其《双照楼诗词稿》，民信公司 1930 年 12 月出版。

② **嚣俄** 今译雨果（Victor Hugo，1802—1885），法国作家。著有长篇小说《巴黎圣母院》《悲惨世界》等。

"推"的余谈

　　看过了《第三种人的"推"》①，使我有所感：的确，现在"推"的工作已经加紧，范围也扩大了。三十年前，我也常坐长江轮船的统舱，却还没有这样的"推"得起劲。

　　那时候，船票自然是要买的，但无所谓"买铺位"，买的时候也有，然而是另外一回事。假如你怕占不到铺位，一早带着行李下船去罢，统舱里全是空铺，只有三五个人们。但要将行李搁下空铺去，可就窒碍难行了，这里一条扁担，那里一束绳子，这边一卷破席，那边一件背心，人们中就跑出一个人来说，这位置是他所占有的。但其时可以开会议，崇和平，买他下来，最高的价值大抵是八角。假如你是一位战斗的英雄，可就容易对付了，只要一声不响，坐在左近，待到铜锣一响，轮船将开，这些地盘主义者便抓了扁担破席之类，一溜烟都逃到岸上去，抛下了卖剩的空铺，一任你悠悠然搁上行李，打开睡觉了。倘或人浮于铺，没法容纳，我们就睡在铺旁，船尾，"第三种人"是不来"推"你的。只有歇在房舱门外的人们，当账房查票时却须到统舱里去避一避。

　　至于没有买票的人物，那是要被"推"无疑的。手续是没收物品之后，吊在桅杆或什么柱子上，作要打之状，但据我的目击，真打的时候是极少的，这样的到了最近的码头，便把他"推"上去。据茶房说，也可以"推"入货舱，运回他下船的原处，但他们不想这么做，因为"推"上最近的码头，他究竟走了一个码头，一个一个的"推"过去，虽然吃些苦，后来也就到了目的地了。

　　古之"第三种人"，好像比现在的仁善一些似的。

　　生活的压迫，令人烦冤，胡涂中看不清冤家，便以为家人路上，

---

　　① 《第三种人的"推"》 1933年7月24日《申报·自由谈》刊载的一篇文章，作者署名达伍。

在阻碍了他的路，于是乎"推"。这不但是保存自己，而且是憎恶别人了，这类人物一阔气，出来的时候是要"清道"的。

我并非眷恋过去，不过说，现在"推"的工作已经加紧，范围也扩大了罢了。但愿未来的阔人，不至于把我"推"上"反动"的码头去——则幸甚矣。

七月二十四日

（原刊 1933 年 7 月 27 日《申报·自由谈》，后收入《准风月谈》）

查旧帐

　　这几天，听涛社出了一本《肉食者言》①，是现在的在朝者，先前还是在野时候的言论，给大家"听其言而观其行"②，知道先后有怎样的不同。那同社出版的周刊《涛声》里，也常有同一意思的文字。

　　这是查旧帐，翻开帐簿，打起算盘，给一个结算，问一问前后不符，是怎么的，确也是一种切实分明，最令人腾挪不得的办法。然而这办法之在现在，可未免太"古道"了。

　　古人是怕查这种旧帐的，蜀的韦庄③穷困时，做过一篇慷慨激昂，文字较为通俗的《秦妇吟》，真弄得大家传诵，待到他显达之后，却不但不肯编入集中，连人家的钞本也想设法消灭了。当时不知道成绩如何，但看清朝末年，又从敦煌的山洞中掘出了这诗的钞本，就可见是白用心机了的，然而那苦心却也还可以想见。

　　不过这是古之名人。常人就不同了，他要抹杀旧帐，必须砍下脑袋，再行投胎。斩犯绑赴法场的时候，大叫道，"过了二十年，又是一条好汉！"为了另起炉灶，从新做人，非经过二十年不可，真是麻烦得很。

　　不过这是古今之常人。今之名人就又不同了，他要抹杀旧帐，从新做人，比起常人的方法来，迟速真有邮信和电报之别。不怕迟缓一点的，就出一回洋，造一个寺，生一场病，游几天山；要快，则开一次会，念一卷经，演说一通，宣言一下，或者睡一夜觉，做

---

　　①　《肉食者言》　应为《食肉者言》，马成章编，上海听涛社1933年7月出版。书中收录吴稚晖和"现代评论派"唐有壬、高一涵、周鲠生等人以前抨击北洋政府的文章十余篇。

　　②　"听其言而观其行"　语出《论语·公冶长》。

　　③　韦庄（约836—910）　字端己，长安杜陵（今陕西长安县）人，五代前蜀诗人、词人。有《浣花集》存世。

一首诗也可以；要更快，那就自打两个嘴巴，淌几滴眼泪，也照样能够另变一人，和"以前之我"绝无关系。净坛将军①摇身一变，化为鲫鱼，在女妖们的大腿间钻来钻去，作者或自以为写得出神入化，但从现在看起来，是连新奇气息也没有的。

如果这样变法，还觉得麻烦，那就白一白眼，反问道："这是我的帐?"如果还嫌麻烦，那就眼也不白，问也不问，而现在所流行的却大抵是后一法。

"古道"怎么能再行于今之世呢？竟还有人主张读经，真不知是什么意思？然而过了一夜，说不定会主张大家去当兵的，所以我现在经也没有买，恐怕明天兵也未必当。

七月二十五日

（原刊 1933 年 7 月 29 日《申报·自由谈》，后收入《准风月谈》）

---

① **净坛将军** 即小说《西游记》中的猪八戒。按：原书作净坛使者。

晨凉漫记

关于张献忠的传说，中国各处都有，可见是大家都很以他为奇特的，我先前也便是很以他为奇特的人们中的一个。

儿时见过一本书，叫作《无双谱》，是清初人之作，取历史上极特别无二的人物，各画一像，一面题些诗，但坏人好像是没有的。因此我后来想到可以择历来极其特别，而其实是代表着中国人性质之一种的人物，作一部中国的"人史"，如英国嘉勒尔①的《英雄及英雄崇拜》，美国亚懋生②的《伟人论》那样。惟须好坏俱有，有啮雪苦节的苏武③，舍身求法的玄奘④，有"鞠躬尽瘁，死而后已"的孔明⑤，但也有呆信古法，"死而后已"的王莽⑥，有半当真半取笑的变法的王安石⑦；

---

① **嘉勒尔** 今译卡莱尔（Thomas Carlyle，1795—1881），英国作家、历史学家。曾任爱丁堡大学校长。著有《法国革命史》《宪章运动》等。《英雄及英雄崇拜》，即《论英雄、英雄崇拜和历史上的英雄事迹》。

② **亚懋生** 今译爱默生（R. W. Emerson，1803—1882），美国作家、演说家。曾主编《日晷》杂志。著有《论文集》《人生的行为》等。其《伟人论》，一译《代表人物》，是 1845—1850 年间的论文集。

③ **苏武**（？—前 60） 字子卿，西汉杜陵（今陕西长安县）人。汉武帝天汉元年（前 100），出使匈奴被扣，威武不屈，持旌艰守 19 年。汉昭帝始元六年（前 81），因匈奴与汉和好，才被遣送回国。

④ **玄奘**（602—664） 本姓陈，名祎，洛阳缑氏（今河南偃师）人，唐代高僧、佛教学者、翻译家、旅行家。通称三藏法师，俗称"唐僧"。曾赴印度游学 17 年，与弟子翻译经卷 70 余部，另有《大唐西域记》传世。

⑤ **孔明** 即诸葛亮（181—234），字孔明，琅琊阳都（今山东沂南）人，三国时蜀相。有《诸葛亮集》存世。"鞠躬尽瘁，死而后已"一语见《后出师表》（"瘁"原作"力"），但《诸葛亮集》中原无此文，今传世文本系《汉晋春秋》辑自张俨《默记》。

⑥ **王莽**（前 45—23） 字巨君，汉魏郡元城（今河北大名）人，汉元帝皇后的侄子，以外戚掌握政权。初始元年（8）称帝，改国号新，进行复古改制，激发了社会矛盾。更始元年（23）在赤眉、绿林起义军打击下崩溃，他本人在绿林军攻入长安时被杀。

⑦ **王安石**（1021—1086） 字介甫，号半山，抚州临川（今江西抚州）人，北宋大臣、诗人。神宗熙宁二年（1069）被任为参知政事，次年拜相。既持权柄，即推行高调躁进的新法改革，所议贡举、青苗、均输、募役诸法，皆引发新党、旧党相啮恶斗，造成北宋政局长期动荡。其诗文俱佳，有《王文公集》等传世。

张献忠当然也在内。但现在是毫没有动笔的意思了。

《蜀碧》①一类的书，记张献忠杀人的事颇详细，但也颇散漫，令人看去仿佛他是像"为艺术而艺术"的一样，专在"为杀人而杀人"了。他其实是别有目的的。他开初并不很杀人，他何尝不想做皇帝。后来知道李自成进了北京，接着是清兵入关，自己只剩了没落这一条路，于是就开手杀，杀……他分明的感到，天下已没有自己的东西，现在是在毁坏别人的东西了，这和有些末代的风雅皇帝，在死前烧掉了祖宗或自己所搜集的书籍古董宝贝之类的心情，完全一样。他还有兵，而没有古董之类，所以就杀，杀，杀人，杀……

但他还要维持兵，这实在不过是维持杀。他杀得没有平民了，就派许多较为心腹的人到兵们中间去，设法窃听，偶有怨言，即跃出执之，戮其全家（他的兵像是有家眷的，也许就是掳来的妇女）。以杀治兵，用兵来杀，自己是完了，但要这样的达到一同灭亡的末路。我们对于别人的或公共的东西，不是也不很爱惜的么？

所以张献忠的举动，一看虽然似乎古怪，其实是极平常的。古怪的倒是那些被杀的人们，怎么会总是束手伸颈的等他杀，一定要清朝的肃王②来射死他，这才作为奴才而得救，而还说这是前定，就是所谓"吹箫不用竹，一箭贯当胸"③。但我想，这豫言诗是后人造出来的，我们不知道那时的人们真是怎么想。

七月二十八日

（原刊1933年8月1日《申报·自由谈》，后收入《准风月谈》）

---

① 《蜀碧》 清代彭遵泗撰。记述张献忠入蜀的残酷行径及其他佚事。
② 肃王 即豪格（1609—1648），清太宗皇太极的长子，封和硕肃亲王。顺治三年（1646），率兵进剿张献忠部。
③ "吹箫不用竹，一箭贯当胸" 《蜀碧》卷三所载预言张献忠之死的谶语。"吹箫不用竹"隐指肃王。

中国的奇想

外国人不知道中国，常说中国人是专重实际的。其实并不，我们中国人是最有奇想的人民。

无论古今，谁都知道，一个男人有许多女人，一味纵欲，后来是不但天天喝三鞭酒也无效，简直非"寿（？）终正寝"不可的。可是我们古人有一个大奇想，是靠了"御女"，反可以成仙，例子是彭祖①有多少女人而活到几百岁。这方法和炼金术一同流行过，古代书目上还剩着各种的书名。不过实际上大约还是到底不行罢，现在似乎再没有什么人们相信了，这对于喜欢渔色的英雄，真是不幸得很。

然而还有一种小奇想。那就是哼的一声，鼻孔里放出一道白光，无论路的远近，将仇人或敌人杀掉。白光可又回来了，摸不着是谁杀的，既然杀了人，又没有麻烦，多么舒适自在。这种本领，前年还有人想上武当山去寻求，直到去年，这才用大刀队来替代了这奇想的位置。现在是连大刀队的名声也寂寞了。对于爱国的英雄，也是十分不幸的。

然而我们新近又有了一个大奇想。那是一面救国，一面又可以发财②，虽然各种彩票，近似赌博，而发财也不过是"希望"。不过这两种已经关联起来了却是真的。固然，世界上也有靠聚赌抽头来维持的摩那科王国③，但就常理说，则赌博大概是小则败家，大则亡国；救国呢，却总不免有一点牺牲，至少，和发财之路总是相差很

---

① **彭祖** 传说中的人物，姓篯名铿，颛顼玄孙。生于夏代，至殷末已760多岁（一说800余岁）。旧时以彭祖为长寿的象征，古代房中书多讲到他"御女"之术。

② **一面救国，一面又可以发财** 指国民政府自1933年起发行的"航空公路建设奖券"，当时有报纸宣传购买奖券是"既爱国，又获奖"。

③ **摩那科王国** 今译摩纳哥公国（The Principality of Monaco），位于法国东南地中海之滨。该国的蒙特卡罗（Monte Carlo）是世界著名的赌城。

远的。然而发见了一致之点的是我们现在的中国，虽然还在试验的途中。

　　然而又还有一种小奇想。这回不用一道白光了，要用几回启事，几封匿名的信件，几篇化名的文章，使仇头落地，而血点一些也不会溅着自己的洋房和洋服。并且映带之下，使自己成名获利。这也还在试验的途中，不知道结果怎么样，但翻翻现成的文艺史，看不见半个这样的人物，那恐怕也还是枉用心机的。

　　狂赌救国，纵欲成仙，袖手杀敌，造谣买田，倘有人要编续《龙文鞭影》① 的，我以为不妨添上这四句。

八月四日

　　（原刊1933年8月6日《申报·自由谈》，后收入《准风月谈》）

---

　　① 　《龙文鞭影》　旧时书塾常用的儿童课本，明代萧良有编撰。其内容都是从古书上摘取的故事，行文作四字一句，每两句自成一联。

豪语的折扣

豪语的折扣其实也就是文学上的折扣，凡作者的自述，往往须打一个折扣，连自白其可怜和无用①也还是并非"不二价"的，更何况豪语。

仙才李太白②的善作豪语，可以不必说了；连留长了指甲，骨瘦如柴的鬼才李长吉③，也说"见买若耶溪水剑，明朝归去事猿公"起来，简直是毫不自量，想学刺客了。这应该折成零，证据是他到底并没有去。南宋时候，国步艰难，陆放翁④自然也是慷慨党中的一个，他有一回说："老子犹堪绝大漠，诸君何至泣新亭。"他其实是去不得的，也应该折成零。——但我手头无书，引诗或有错误，也先打一个折扣在这里。

其实，这故作豪语的脾气，正不独文人为然，常人或市侩，也非常发达。市上甲乙打架，输的大抵说："我认得你的！"这是说，他将如伍子胥⑤一般，誓必复仇的意思。不过总是不来的居多，倘是智识分子呢，也许另用一些阴谋，但在粗人，往往这就是斗争的结局，说的是有口无心，听的也不以为意，久成为打架收场的一种仪式了。

---

① **自白其可怜和无用** 指曾今可 1933 年 7 月 4 日在《申报》刊登答复崔万秋启事中的表白。

② **李太白** 即李白（701—762），字太白，祖籍陇西成纪（今甘肃秦安），出生于中亚碎叶（今吉尔吉斯斯坦境内），唐代诗人。有《李太白集》传世。

③ **李长吉** 即李贺（790—816），字长吉，福昌（今河南宜阳）人，唐代诗人。有《昌谷集》传世。这里所引诗见《南园十三首》（其七）。

④ **陆放翁** 即陆游（1125—1210），字务观，号放翁，山阴（今浙江绍兴）人，南宋诗人。有《剑南诗稿》《渭南文集》《老学庵笔记》等传世。这里所引诗句见《夜泊水村》。

⑤ **伍子胥**（？—前 484） 名员，春秋时吴国大夫。他本是楚国人，因楚平王杀了他的父亲伍奢、哥哥伍尚，逃到吴国。助阖闾夺取王位，又率师伐楚，攻破郢都，掘平王墓，鞭尸三百以报仇。

旧小说家也早已看穿了这局面，他写暗娼和别人相争，照例攻击过别人的偷汉之后，就自序道："老娘是指头上站得人，臂膊上跑得马……"① 底下怎样呢？他任别人去打折扣。他知道别人是决不那么胡涂，会十足相信的，但仍得这么说，恰如卖假药的，包纸上一定印着"存心欺世，雷殛火焚"一样，成为一种仪式了。

　　但因时势的不同，也有立刻自打折扣的。例如在广告上，我们有时会看见自说"我是坐不改名，行不改姓的人"，真要蓦地发生一种好像见了《七侠五义》中人物一般的敬意，但接着就是"纵令有时用其他笔名，但所发表文章，均自负责"，却身子一扭，土行孙②似的不见了。予岂好"用其他笔名"哉？予不得已也。上海原是中国的一部分，当然受着孔子的教化的。便是商家，柜内的"不二价"的金字招牌也时时和屋外"大廉价"的大旗互相辉映，不过他总有一个缘故：不是提倡国货，就是纪念开张。

　　所以，自打折扣，也还是没有打足的，凡"老上海"，必须再打它一下。

八月四日

（原刊 1933 年 8 月 8 日《申报·自由谈》，后收入《准风月谈》）

---

　　① **"老娘是指头上站得人，臂膊上跑得马……"** 这是小说《水浒传》里潘金莲说的话，见该书第二十四回《王婆贪贿说风情，郓哥不忿闹茶肆》。原文为："我是一个不带头巾的男子汉，叮叮当当响的婆娘，拳头上立得人，胳膊上走得马，人面上行得人！"

　　② **土行孙** 明代神魔小说《封神演义》中的人物，善"地行之术"。

踢

两月以前，曾经说过"推"，这回却又来了"踢"。

本月九日《申报》载六日晚间，有漆匠刘明山，杨阿坤，顾洪生三人在法租界黄浦滩太古码头纳凉，适另有数人在左近聚赌，由巡逻警察上前驱逐，而刘，顾两人，竟被俄捕①弄到水里去，刘明山竟淹死了。由俄捕说，自然是"自行失足落水"的。但据顾洪生供，却道："我与刘，杨三人，同至太古码头乘凉，刘坐铁凳下地板上……我立在旁边……俄捕来先踢刘一脚，刘已立起要避开，又被踢一脚，以致跌入浦中，我要拉救，已经不及，乃转身拉住俄捕，亦被用手一推，我亦跌下浦中，经人救起的。"推事②问："为什么要踢他?"答曰："不知。"

"推"还要抬一抬手，对付下等人是犯不着如此费事的，于是乎有"踢"。而上海也真有"踢"的专家，有印度巡捕，有安南③巡捕，现在还添了白俄巡捕，他们将沙皇时代对犹太人的手段，到我们这里来施展了。我们也真是善于"忍辱负重"的人民，只要不"落浦"，就大抵用一句滑稽化的话道："吃了一只外国火腿"，一笑了之。

苗民大败之后，都往山里跑，这是我们的先帝轩辕氏赶他的。南宋败残之余，就往海边跑，这据说也是我们的先帝成吉思汗赶他的，赶到临了，就是陆秀夫④背着小皇帝，跳进海里去。我们中国

---

① **俄捕**　即下文的"白俄巡捕"。旧时上海公共租界的警察称"巡捕"，通常都雇佣外籍人充任。

② **推事**　旧时法院中审理案子的吏员。

③ **安南**　越南的旧称。

④ **陆秀夫**（1236—1279）　字君实，楚州盐城（今属江苏）人，南宋大臣。景炎三年（1278）拥度宗八岁的儿子赵昺为帝，为左丞相，在厓山（在今广东新会南）坚持抗元。次年元兵攻破厓山，他背负赵昺投海而死。

人，原是古来就要"自行失足落水"的。

有些慷慨家说，世界上只有水和空气给与穷人。此说其实是不确的，穷人在实际上，那里能够得到和大家一样的水和空气。即使在码头上乘乘凉，也会无端被"踢"，送掉性命的：落浦。要救朋友，或拉住凶手罢，"也被用手一推"：也落浦。如果大家来相帮，那就有"反帝"的嫌疑了，"反帝"原未为中国所禁止的，然而要豫防"反动分子乘机捣乱"，所以结果还是免不了"踢"和"推"，也就是终于是落浦。

时代在进步，轮船飞机，随处皆是，假使南宋末代皇帝而生在今日，是决不至于落海的了，他可以跑到外国去，而小百姓以"落浦"代之。

这理由虽然简单，却也复杂，故漆匠顾洪生曰："不知。"

八月十日

（原刊 1933 年 8 月 13 日《申报·自由谈》，后收入《准风月谈》）

踢

"中国文坛的悲观"*

　　文雅书生中也真有特别善于下泪的人物，说是因为近来中国文坛的混乱，好像军阀割据，便不禁"呜呼"起来了，但尤其痛心诬陷。

　　其实是作文"藏之名山"的时代一去，而有一个"坛"，便不免有斗争，甚而至于谩骂，诬陷的。明末太远，不必提了；清朝的章实斋①和袁子才②，李莼客③和赵㧑叔④，就如水火之不可调和；再近些，则有《民报》和《新民丛报》之争⑤，《新青年》派和某某派

---

　　* 本文 1933 年 8 月 14 日发表于《申报·自由谈》时题为《悲观无用论》，收入《准风月谈》时改为现名。

　　① **章实斋**　即章学诚（1738—1801），字实斋，浙江会稽（今绍兴）人，清代学者。乾隆进士，官国子监典籍，后入湖广总督毕沅幕府。著有《文史通义》等，另编纂《史籍考》。

　　② **袁子才**　即袁枚（1716—1798），字子才，号随园老人，浙江钱塘（今杭州）人，清代诗人。乾隆进士，曾任江宁等地知县。著有《小仓山房集》《随园诗话》《子不语》等。因论诗张扬灵性及收纳女弟子等事端，为时人非议。章学诚《丙辰札记》抨击袁枚谓："近有浮薄不根之人，倡为才子佳人，名色标榜，声气蛊惑，士女尽决礼义之防。一时无识男妇，竞相趋附，轻于蛱蝶杨花，无复人禽之别。又有一种江湖笔墨，油口禅机，倡为三教同源，造为声色货利不害禅定之说。挈带不男不女一辈，干谒贵显，明邪倾僻，无所不为。而原其所始，不过为阿堵物。术干巧取，与山人奔走都市，同一俗品。"

　　③ **李莼客**　即李慈铭（1830—1894），字悉伯，号莼客，浙江会稽（今绍兴）人，清末官僚文人。光绪进士，官至山西道监察御史。著有《越缦堂日记》等。

　　④ **赵㧑叔**　即赵之谦（1829—1884），字㧑叔，浙江会稽（今绍兴）人，清末书画篆刻家。有《二金蝶堂印谱》《勇卢闲诘》等存世。李慈铭曾在《越缦堂日记》中贬斥赵之谦，有"亡赖险诈，素不知书"等语。

　　⑤ **《民报》和《新民丛报》之争**　《民报》，同盟会机关报，1905 年 11 月在日本东京创刊，初为月刊，后不定期出版；1908 年 10 月被日本当局查禁，后于 1910 年 2 月复刊，出两期后终刊。《新民丛报》，清末改良派刊物，梁启超主编；1902 年在日本横滨创刊，半月刊，1907 年冬停刊。《民报》与《新民丛报》曾就革命与保皇、民主立宪与君主立宪等问题展开全面论战。

之争①，也都非常猛烈。当初又何尝不使局外人摇头叹气呢，然而胜负一明，时代渐远，战血为雨露洗得干干净净，后人便以为先前的文坛是太平了。在外国也一样，我们现在大抵只知道嚣俄和霍普德曼是卓卓的文人，但当时他们的剧本开演的时候，就在戏场里捉人，打架，较详的文学史上，还载着打架之类的图。

　　所以，无论中外古今，文坛上是总归有些混乱，使文雅书生看得要"悲观"的。但也总归有许多所谓文人和文章也者一定灭亡，只有配存在者终于存在，以证明文坛也总归还是干净的处所。增加混乱的倒是有些悲观论者，不施考察，不加批判，但用"彼亦一是非，此亦一是非"②的论调，将一切作者，诋为"一丘之貉"。这样子，扰乱是永远不会收场的。然而世间却并不都这样，一定会有明明白白的是非之别，我们试想一想，林琴南攻击文学革命的小说，为时并不久，现在那里去了？

　　只有近来的诬陷，倒像是颇为出色的花样，但其实也并不比古时候更厉害，证据是清初大兴文字之狱的遗闻。况且闹这样玩意的，其实并不完全是文人，十中之九，乃是挂了招牌，而无货色，只好化为黑店，出卖人肉馒头的小盗；即使其中偶然有曾经弄过笔墨的人，然而这时却正是露出原形，在告白他自己的没落，文坛决不因此混乱，倒是反而越加清楚，越加分明起来了。

　　历史决不倒退，文坛是无须悲观的。悲观的由来，是在置身事外不辨是非，而偏要关心于文坛，或者竟是自己坐在没落的营盘里。

　　　　　　　　　　　　　　　　　　　　八月十日

（原刊 1933 年 8 月 14 日《申报·自由谈》，后收入《准风月谈》）

---

　　① 《新青年》派和某某派之争　　《新青年》，综合性月刊，陈独秀主编；1915 年 9 月在上海创刊，初名《青年杂志》，自第 2 期改名《新青年》，1922 年 7 月停刊。"《新青年》派"，指《新青年》主要编辑者和撰稿人陈独秀、钱玄同、刘半农、李大钊、鲁迅、胡适等，五四时期他们与林纾、刘师培等文化保守主义者展开激烈论辩。

　　② "彼亦一是非，此亦一是非"　　语出《庄子·齐物论》。

『中国文坛的悲观』

41

"揩油"

"揩油"，是说明着奴才的品行全部的。

这不是"取回扣"或"取佣钱"，因为这是一种秘密；但也不是偷窃，因为在原则上，所取的实在是微乎其微。因此也不能说是"分肥"；至多，或者可以谓之"舞弊"罢。然而这又是光明正大的"舞弊"，因为所取的是豪家，富翁，阔人，洋商的东西，而且所取又不过一点点，恰如从油水汪汪的处所，揩了一下，于人无损，于揩者却有益的，并且也不失为损富济贫的正道。设法向妇女调笑几句，或乘机摸一下，也谓之"揩油"，这虽然不及对于金钱的名正言顺，但无大损于被揩者则一也。

表现得最分明的是电车上的卖票人。纯熟之后，他一面留心着可揩的客人，一面留心着突来的查票，眼光都练得像老鼠和老鹰的混合物一样。付钱而不给票，客人本该索取的，然而很难索取，也很少见有人索取，因为他所揩的是洋商①的油，同是中国人，当然有帮忙的义务，一索取，就变成帮助洋商了。这时候，不但卖票人要报你憎恶的眼光，连同车的客人也往往不免显出以为你不识时务的脸色。

然而彼一时，此一时，如果三等客中有时偶缺一个铜元，你却只好在目的地以前下车，这时他就不肯通融，变成洋商的忠仆了。

在上海，如果同巡捕，门丁，西崽之类闲谈起来，他们大抵是憎恶洋鬼子的，他们多是爱国主义者。然而他们也像洋鬼子一样，看不起中国人，棍棒和拳头和轻蔑的眼光，专注在中国人的身上。

"揩油"的生活有福了。这手段将更加展开，这品格将变成高

---

① **洋商** 旧时上海租界内有轨电车分别由英商与法商投资建造，公共租界内为英商上海电车公司经营，法租界内由上海法商电车电灯公司经营。1908 年开通时，双方电车不能逾出各自的租界，1913 年后实行跨界运营。

尚，这行为将认为正当，这将算是国民的本领，和对于帝国主义的复仇。打开天窗说亮话，其实，所谓"高等华人"也者，也何尝逃得出这模子。

但是，也如"吃白相饭"朋友那样，卖票人是还有他的道德的。倘被查票人查出他收钱而不给票来了，他就默然认罚，决不说没有收过钱，将罪案推到客人身上去。

八月十四日

（原刊 1933 年 8 月 17 日《申报·自由谈》，后收入《准风月谈》）

我们怎样教育儿童的?

看见了讲到"孔乙己"①,就想起中国一向怎样教育儿童来。

现在自然是各式各样的教科书,但在村塾里也还有《三字经》和《百家姓》②。清朝末年,有些人读的是"天子重英豪,文章教尔曹,万般皆下品,惟有读书高"的《神童诗》③,夸着"读书人"的光荣;有些人读的是"混沌初开,乾坤始奠,轻清者上浮而为天,重浊者下凝而为地"的《幼学琼林》④,教着做古文的滥调。再上去我可不知道了,但听说,唐末宋初用过《太公家教》⑤,久已失传,后来才从敦煌石窟中发现,而在汉朝,是读《急就篇》⑥之类的。

就是所谓"教科书",在近三十年中,真不知变化了多少。忽而这么说,忽而那么说,今天是这样的宗旨,明天又是那样的主张,不加"教育"则已,一加"教育",就从学校里造成了许多矛盾冲突的人,而且因为旧的社会关系,一面也还是"混沌初开,乾坤始奠"的老古董。

中国要作家,要"文豪",但也要真正的学究。倘有人作一部历史,将中国历来教育儿童的方法,用书,作一个明确的记录,给人

---

① **"孔乙己"** 鲁迅小说《孔乙己》中的人物。1933 年 8 月 14 日《申报·自由谈》发表陈子展的文章《再谈孔乙己》,其中对旧时儿童描红册上"上大人,丘(孔)乙己,代三千,七十士"等语作了考证和诠释。

② **《三字经》和《百家姓》** 旧时书塾给幼童用的开蒙课本。前者据传南宋王应麟撰,后者不著撰人,一般认为是宋人所作。

③ **《神童诗》** 相传北宋汪洙作,旧时儿童蒙学读本。

④ **《幼学琼林》** 清代程允升撰。原名《幼学须知》,后经邹圣脉增补,改名《幼学琼林》。该书杂集自然、社会、历史、伦理等方面的知识典故,编为骈语,可为儿童诵记。

⑤ **《太公家教》** 撰者不详,旧时蒙学读本。此书唐宋时颇流行,后失传。清光绪末年在敦煌石窟中发现抄本,由罗振玉编入影印的《鸣沙石室古佚书》。

⑥ **《急就篇》** 一名《急就章》,西汉史游撰。该书大抵按姓名、衣服、饮食、器用等分类编成韵语,多为七字句,以教儿童识字。因首句有"急就"二字,故名《急就篇》。

明白我们的古人以至我们，是怎样的被熏陶下来的，则其功德，当不在禹（虽然他也许不过是一条虫）下①。

《自由谈》的投稿者，常有博古通今的人，我以为对于这工作，是很有胜任者在的。不知亦有有意于此者乎？现在提出这问题，盖亦知易行难，遂只得空口说白话，而望垦辟于健者也。

八月十四日

（原刊1933年8月18日《申报·自由谈》，后收入《准风月谈》）

---

① **其功德，当不在禹下**　唐代韩愈《与孟尚书书》："愈尝推尊孟氏（按：指孟子），以为功不在禹下者为此也。"

为翻译辩护

今年是围剿翻译的年头。

或曰"硬译",或曰"乱译",或曰"听说现在有许多翻译家……翻开第一行就译,对于原作的理解,更无从谈起",所以令人看得"不知所云"①。

这种现象,在翻译界确是不少的,那病根就在"抢先"。中国人原是喜欢"抢先"的人民,上落电车,买火车票,寄挂号信,都愿意是一到便是第一个。翻译者当然也逃不出这例子的。而书店和读者,实在也没有容纳同一原本的两种译本的雅量和物力,只要已有一种译稿,别一译本就没有书店肯接收出版了,据说是已经有了,怕再没有人要买。

举一个例在这里:现在已经成了古典的达尔文②的《物种由来》,日本有两种翻译本,先出的一种颇多错误,后出的一本是好的。中国只有一种马君武③博士的翻译,而他所根据的却是日本的坏译本,实有另译的必要。然而那里还会有书店肯出版呢?除非译者同时是富翁,他来自己印。不过如果是富翁,他就去打算盘,再也不来弄什么翻译了。

还有一层,是中国的流行,实在也过去得太快,一种学问或文

---

① "硬译""乱译"、令人看得"不知所云"等,是当时报纸上对一些翻译现象的批评。如《申报·自由谈》1933 年 7 月 31 日刊登林翼之《"翻译"与"编述"》,8 月 13 日又发表大圣《关于翻译的话》,都对当时出版的"大部分"译文表示不满。

② 达尔文(1809—1882) 英国生物学家,生物进化论的奠基人。著有《物种起源》(一译《物种由来》)等。

③ 马君武(1881—1940) 原名道凝,改名和,字君武,广西桂林人,教育家、社会活动家。早年参加同盟会,1906 年参与创办中国公学。辛亥革命后曾任国会参议员,1921 年任非常大总统府秘书长。1925 年任北洋政府司法总长、教育总长,后任广西大学等校校长。著有《马君武诗文集》等。他翻译的《物种起源》,中华书局 1920 年出版,是该书最早的中译本。

艺介绍进中国来，多则一年，少则半年，大抵就烟消火灭。靠翻译为生的翻译家，如果精心作意，推敲起来，则到他脱稿时，社会上早已无人过问。中国大嚷过托尔斯泰，屠格纳夫，后来又大嚷过辛克莱，但他们的选集却一部也没有。去年虽然还有以郭沫若先生的盛名，幸而出版的《战争与和平》，但恐怕仍不足以挽回读书和出版界的惰气，势必至于读者也厌倦，译者也厌倦，出版者也厌倦，归根结蒂是不会完结的。

翻译的不行，大半的责任固然该在翻译家，但读书界和出版界，尤其是批评家，也应该分负若干的责任。要救治这颓运，必须有正确的批评，指出坏的，奖励好的，倘没有，则较好的也可以。然而这怎么能呢；指摘坏翻译，对于无拳无勇的译者是不要紧的，倘若触犯了别有来历的人，他就会给你戴上一顶红帽子，简直要你的性命。这现象，就使批评家也不得不含胡了。

此外，现在最普通的对于翻译的不满，是说看了几十行也还是不能懂。但这是应该加以区别的。倘是康德①的《纯粹理性批评》那样的书，则即使德国人来看原文，他如果并非一个专家，也还是一时不能看懂。自然，"翻开第一行就译"的译者，是太不负责任了。然而漫无区别，要无论什么译本都翻开第一行就懂的读者，却也未免太不负责任了。

八月十四日

（原刊 1933 年 8 月 20 日《申报·自由谈》，后收入《准风月谈》）

---

① **康德**（1724—1804） 德国哲学家。著有《自然通史与天体论》《纯粹理性批判》《实践理性批判》《判断力批判》等。

爬 和 撞

从前梁实秋教授曾经说过：穷人总是要爬，往上爬，爬到富翁的地位。不但穷人，奴隶也是要爬的，有了爬得上的机会，连奴隶也会觉得自己是神仙，天下自然太平了①。

虽然爬得上的很少，然而个个以为这正是他自己。这样自然都安分的去耕田，种地，拣大粪或是坐冷板凳，克勤克俭，背着苦恼的命运，和自然奋斗着，拼命的爬，爬，爬。可是爬的人那么多，而路只有一条，十分拥挤。老实的照着章程规规矩矩的爬，大都是爬不上去的。聪明人就会推，把别人推开，推倒，踏在脚底下，踹着他们的肩膀和头顶，爬上去了。大多数人却还只是爬，认定自己的冤家并不在上面，而只在旁边——是那些一同在爬的人。他们大都忍耐着一切，两脚两手都着地，一步步的挨上去又挤下来，挤下来又挨上去，没有休止的。

然而爬的人太多，爬得上的太少，失望也会渐渐的侵蚀善良的人心，至少，也会发生跪着的革命。于是爬之外，又发明了撞。

这是明知道你太辛苦了，想从地上站起来，所以在你的背后猛然的叫一声：撞罢。一个个发麻的腿还在抖着，就撞过去。这比爬要轻松得多，手也不必用力，膝盖也不必移动，只要横着身子，晃一晃，就撞过去。撞得好就是五十万元大洋②，妻，财，子，禄都有了。撞不好，至多不过跌一交，倒在地下。那又算得什么呢，——他原本是伏在地上的，他仍旧可以爬。何况有些人不过撞着玩罢了，

---

① 这是扼述梁实秋《文学是有阶级性的吗？》一文的意思，其原文见 1929 年 9 月出版的《新月》月刊第 2 卷第 6、7 号合刊。

② **撞得好就是五十万元大洋** 当时发行的"航空公路建设奖券"头等奖为五十万元。

根本就不怕跌交的。

爬是自古有之。例如从童生到状元，从小瘪三到康白度①。撞却似乎是近代的发明。要考据起来，恐怕只有古时候"小姐抛彩球"有点像给人撞的办法。小姐的彩球将要抛下来的时候，——一个个想吃天鹅肉的男子汉仰着头，张着嘴，馋涎拖得几尺长……可惜，古人究竟呆笨，没有要这些男子汉拿出几个本钱来，否则，也一定可以收着几万万的。

爬得上的机会越少，愿意撞的人就越多，那些早已爬在上面的人们，就天天替你们制造撞的机会，叫你们化些小本钱，而豫约着你们名利双收的神仙生活。所以撞得好的机会，虽然比爬得上的还要少得多，而大家都愿意来试试的。这样，爬了来撞，撞不着再爬……鞠躬尽瘁，死而后已。

八月十六日

（原刊 1933 年 8 月 23 日《申报·自由谈》，后收入《准风月谈》）

---

① **康白度** 即买办，英语 comprador 的音译。

各种捐班

清朝的中叶，要做官可以捐，叫做"捐班"的便是这一伙。财主少爷吃得油头光脸，忽而忙了几天，头上就有一粒水晶顶①，有时还加上一枝蓝翎②，满口官话，说是"今天天气好"了。

到得民国，官总算说是没有了捐班，然而捐班之途，实际上倒是开展了起来，连"学士文人"也可以由此弄得到顶戴。开宗明义第一章，自然是要有钱。只要有钱，就什么都容易办了。譬如，要捐学者罢，那就收买一批古董，结识几个清客，并且雇几个工人，拓出古董上面的花纹和文字，用玻璃板③印成一部书，名之曰"什么集古录"或"什么考古录"。李富孙④做过一部《金石学录》，是专载研究金石的人们的，然而这倒成了"作俑"，使清客们可以一续再续，并且推而广之，连收藏古董，贩卖古董的少爷和商人，也都一榻括子⑤的收进去了，这就叫作"金石家"。

捐做"文学家"也用不着什么新花样。只要开一只书店，拉几个作家，雇一些帮闲，出一种小报，"今天天气好"是也须会说的，就写了出来，印了上去，交给报贩，不消一年半载，包管成功。但是，古董的花纹和文字的拓片是不能用的了，应该代以电影明星和摩登女子的照片，因为这才是新时代的美术。"爱美"的人物在中国还多得很，而"文学家"或"艺术家"也就这样的起来了。

捐官可以希望刮地皮，但捐学者文人也不会折本。印刷品固然

---

① **水晶顶** 清代官员礼帽上的顶珠，示五品衔。

② **蓝翎** 清代官员礼帽上的羽毛饰物。

③ **玻璃板** 亦称珂罗版（英语 Collotype 的音译），一种照相平版制版技术，可用于复制绘画、手迹、碑拓等。

④ **李富孙**（1764—1843） 字既方，号芗沚，浙江嘉兴人，清代学者。嘉庆拔贡。著有《校经庼全书》《金石学录》等。

⑤ **一榻括子** 上海方言：统统、全部的意思。

可以卖现钱，古董将来也会有洋鬼子肯出大价的。

这又叫作"名利双收"。不过先要能"投资"，所以平常人做不到，要不然，文人学士也就不大值钱了。

而现在还值钱，所以也还会有人忙着做人名辞典，造文艺史，出作家论，编自传。我想，倘作历史的著作，是应该像将文人分为罗曼派，古典派一样，另外分出一种"捐班"派来的，历史要"真"，招些忌恨也只好硬挺，是不是？

八月二十四日

（原刊 1933 年 8 月 26 日《申报·自由谈》，后收入《准风月谈》）

各种捐班

四库全书珍本

现在除兵争，政争等类之外，还有一种倘非闲人，就不大注意的影印《四库全书》中的"珍本"之争①。官商要照原式，及早印成，学界却以为库本有删改，有错误，如果有别本可得，就应该用别的"善本"来替代。

但是，学界的主张，是不会通过的，结果总非依照《钦定四库全书》不可。这理由很分明，就因为要赶快。四省不见，九岛出脱②，不说也罢，单是黄河的出轨③举动，也就令人觉得岌岌乎不可终日，要做生意就得赶快。况且"钦定"二字，至今也还有一点威光，"御医""贡缎"，就是与众不同的意思。便是早已共和了的法国，拿破仑④的藏书在拍卖场上还是比平民的藏书值钱；欧洲的有些

① **《四库全书》中的"珍本"之争** 《四库全书》，清乾隆时朝廷设馆纂修的大型丛书，收历代书籍3503种，分经、史、子、集四部，故名四库。全套丛书曾缮写七部，分藏北京宫中文渊阁、圆明园文源阁、承德避暑山庄文津阁、扬州文汇阁、镇江文宗阁、杭州文澜阁。后因兵燹祸乱，文宗、文汇、文源三阁被焚毁，其余四阁藏本亦有散失。1933年6月，南京国民政府教育部指令商务印书馆影印《四库全书》未刊本。但因清代文字禁忌，收入四库的许多书籍当初曾被编纂者抽毁或窜改，所以在选择何种本子作影印底本的问题上，各方人士发生争议。一些教育界、学术界人士和藏书家，如蔡元培、陈垣、刘复、傅增湘、李盛铎等主张采用收入四库以前的旧刻或旧抄善本。当时商务印书馆监理张元济则主张照文渊阁库本影印。由于教育部部长王世杰支持商务方面的意见，结果该馆仍照库本印行《四库全书珍本初集》。1934年至1935年间，陆续刊行231种。

② **四省不见，九岛出脱** 1931年"九一八"事变后，日本先后侵占我国东北辽宁、吉林、黑龙江、热河四省。而盘桓印度支那半岛的法国军队则趁火打劫，是年侵占了我国南沙群岛的九个岛屿。

③ **黄河的出轨** 指1933年7月黄河决口，造成河北、河南、山东、陕西、安徽以至江苏北部的特大水灾。

④ **拿破仑** 即拿破仑·波拿巴（Napoléon Bonaparte，1769—1821），法国资产阶级革命时期政治家、军事家。法兰西第一帝国皇帝。

著名的"支那学者"讲中国就会引用《钦定图书集成》①，这是中国的考据家所不肯玩的玩艺。但是，也可见印了"钦定"过的"珍本"，在外国，生意总可以比"善本"好一些。

即使在中国，恐怕生意也还是"珍本"好。因为这可以做摆饰，而"善本"却不过能合于实用。能买这样的书的，决非穷措大也可想，则买去之后，必将供在客厅上也亦可知。这类的买主，会买一个商周的古鼎，摆起来；不得已时，也许买一个假古鼎，摆起来；但他决不肯买一个砂锅或铁镬，摆在紫檀桌子上。因为他的目的是在"珍"而并不在"善"，更不在是否能合于实用的。

明末人好名，刻古书也是一种风气，然而往往自己看不懂，以为错字，随手乱改。不改尚可，一改，可就反而改错了，所以使后来的考据家为之摇头叹气，说是"明人好刻古书而古书亡"②。这回的《四库全书》中的"珍本"是影印的，决无改错的弊病，然而那原本就有无意的错字，有故意的删改，并且因为新本的流布，更能使善本湮没下去，将来的认真的读者如果偶尔得到这样的本子，恐怕总免不了要有摇头叹气第二回。

然而结果总非依照《钦定四库全书》不可。因为"将来"的事，和现在的官商是不相干了。

八月二十四日

（原刊 1933 年 8 月 31 日《申报·自由谈》，后收入《准风月谈》）

---

① 《钦定图书集成》 即《古今图书集成》，清康熙、雍正时陈梦雷、蒋廷锡等奉敕编纂的大型类书。雍正四年（1726）完成，次年用铜活字排印，仅印 64 部。

② "名人好刻古书而古书亡" 此语盖出清代藏书家陆心源《仪顾堂题跋》卷一。陆文辨述明人影写宋刊本《六经雅言图辨》自《艺圃折衷》改窜而来，而书贾又如何妄改撰者题著，乃谓："明人书帕本大抵如是，所谓刻书而书亡者也。"

新秋杂识

门外的有限的一方泥地上，有两队蚂蚁在打仗。

童话作家爱罗先珂①的名字，现在是已经从读者的记忆上渐渐淡下去了，此时我却记起了他的一种奇异的忧愁。他在北京时，曾经认真的告诉我说：我害怕，不知道将来会不会有人发明一种方法，只要怎么一来，就能使人们都成为打仗的机器的。

其实是这方法早经发明了，不过较为烦难，不能"怎么一来"就完事。我们只要看外国为儿童而作的书籍，玩具，常常以指教武器为大宗，就知道这正是制造打仗机器的设备，制造是必须从天真烂漫的孩子们入手的。

不但人们，连昆虫也知道。蚂蚁中有一种武士蚁，自己不造窠，不求食，一生的事业，是专在攻击别种蚂蚁，掠取幼虫，使成奴隶，给它服役的。但奇怪的是它决不掠取成虫，因为已经难施教化。它所掠取的一定只限于幼虫和蛹，使在盗窟里长大，毫不记得先前，永远是愚忠的奴隶，不但服役，每当武士蚁出去劫掠的时候，它还跟在一起，帮着搬运那些被侵略的同族的幼虫和蛹去了。

但在人类，却不能这么简单的造成一律。这就是人之所以为"万物之灵"。

然而制造者也决不放手。孩子长大，不但失掉天真，还变得呆头呆脑，是我们时时看见的。经济的凋敝，使出版界不肯印行大部的学术文艺书籍，不是教科书，便是儿童书，黄河决口似的向孩子们滚过去。但那里面讲的是什么呢？要将我们的孩子们造成什么东西呢？却还没有看见战斗的批评家论及，似乎已经不大有人注意将

① 爱罗先珂（В. Я. Ерошенко，1889—1952） 俄国盲诗人，童话作家。著有童话集《天明前之歌》《最后的叹息》等。1921—1923 年曾来中国讲学。鲁迅翻译过他的《桃色的云》《爱罗先珂童话集》等作品。

来了。

反战会议①的消息不很在日报上看到，可见打仗也还是中国人的嗜好，给它一个冷淡，正是违反了我们的嗜好的证明。自然，仗是要打的，跟着武士蚁去搬运败者的幼虫，也还不失为一种为奴的胜利。但是，人究竟是"万物之灵"，这样那里能就够。仗自然是要打的，要打掉制造打仗机器的蚁冢，打掉毒害小儿的药饵，打掉陷没将来的阴谋：这才是人的战士的任务。

八月二十八日

（原刊 1933 年 9 月 2 日《申报·自由谈》，后收入《准风月谈》）

---

① **反战会议** 即世界反对帝国主义战争委员会远东反战大会，1933 年 9 月 30 日在上海大连湾路秘密召开。与会者有上海工人、东北义勇军、平绥铁路工人、十九路军和苏区红军代表，还有国际反帝非战同盟有关人士，共 65 人。英国马莱爵士，法国作家和《人道报》主笔伐扬—古久里，中国宋庆龄等为会议主席团成员。会议推举毛泽东、朱德、片山潜、鲁迅、高尔基、巴比塞、台尔曼等为主席团名誉主席。会议通过了关于反对帝国主义战争及反法西斯蒂的决议和宣言。国民政府当局和上海法租界、公共租界当局都曾竭力阻挠这次会议，各省代表另有 60 余人因被逮捕或中途被阻而未能到会。

帮闲法发隐

吉开迦尔①是丹麦的忧郁的人，他的作品，总是带着悲愤。不过其中也有很有趣味的，我看见了这样的几句——

> 戏场里失了火。丑角站在戏台前，来通知了看客。大家以为这是丑角的笑话，喝采了。丑角又通知说是火灾。但大家越加哄笑，喝采了。我想，人世是要完结在当作笑话的开心的人们的大家欢迎之中的罢。

不过我的所以觉得有趣的，并不专在本文，是在由此想到了帮闲们的伎俩。帮闲，在忙的时候就是帮忙，倘若主子忙于行凶作恶，那自然也就是帮凶。但他的帮法，是在血案中而没有血迹，也没有血腥气的。

譬如罢，有一件事，是要紧的，大家原也觉得要紧，他就以丑角身份而出现了，将这件事变为滑稽，或者特别张扬了不关紧要之点，将人们的注意拉开去，这就是所谓"打诨"。如果是杀人，他就来讲当场的情形，侦探的努力；死的是女人呢，那就更好了，名之曰"艳尸"，或介绍她的日记。如果是暗杀，他就来讲死者的生前的故事，恋爱呀，遗闻呀……人们的热情原不是永不弛缓的，但加上些冷水，或者美其名曰清茶，自然就冷得更加迅速了，而这位打诨的脚色，却变成了文学者。

假如有一个人，认真的在告警，于凶手当然是有害的，只要大家还没有僵死。但这时他就又以丑角身份而出现了，仍用打诨，从

---

① **吉开迦尔** 今译克尔凯郭尔（S. A. Kierkegaard，1813—1855），丹麦哲学家。他认为哲学研究的不是客观存在，而是个人"存在"，哲学的任务在于回答"如何去生活"。他的思想后来成为存在主义哲学的理论根据之一。著有《非此即彼》《恐惧与战栗》等。

《准风月谈》中的杂文

旁装着鬼脸，使告警者在大家的眼里也化为丑角，使他的警告在大家的耳边都化为笑话。耸肩装穷，以表现对方之阔，卑躬叹气，以暗示对方之傲；使大家心里想：这告警者原来都是虚伪的。幸而帮闲们还多是男人，否则它简直会说告警者曾经怎样调戏它，当众罗列淫辞，然后作自杀以明耻之状也说不定。周围捣着鬼，无论如何严肃的说法也要减少力量的，而不利于凶手的事情却就在这疑心和笑声中完结了。它呢？这回它倒是道德家。

当没有这样的事件时，那就七日一报，十日一谈，收罗废料，装进读者的脑子里去，看过一年半载，就满脑都是某阔人如何摸牌，某明星如何打喷嚏的典故。开心是自然也开心的。但是，人世却也要完结在这些欢迎开心的开心的人们之中的罢。

八月二十八日

（原刊 1933 年 9 月 5 日《申报·自由谈》，后收入《准风月谈》）

帮闲法发隐

登龙术拾遗

章克标①先生做过一部《文坛登龙术》，因为是预约的，而自己总是悠悠忽忽，竟失去了拜诵的幸运，只在《论语》上见过广告，解题和后记。但是，这真不知是那里来的"烟士披里纯"②，解题的开头第一段，就有了绝妙的名文——

> 登龙是可以当作乘龙解的，于是登龙术便成了乘龙的技术，那是和骑马驾车相类似的东西了。但平常乘龙就是女婿的意思，文坛似非女性，也不致于会要招女婿，那么这样解释似乎也有引起别人误会的危险。……

确实，查看广告上的目录，并没有"做女婿"这一门，然而这却不能不说是"智者千虑"的一失，似乎该有一点增补才好，因为文坛虽然"不致于会要招女婿"，但女婿却是会要上文坛的。

术曰：要登文坛，须阔太太，遗产必需，官司莫怕。穷小子想爬上文坛去，有时虽然会侥幸，终究是很费力气的；做些随笔或茶话之类，或者也能够捞几文钱，但究竟随人俯仰。最好是有富岳家，有阔太太，用陪嫁钱，作文学资本，笑骂随他笑骂，恶作我自印之。"作品"一出，头衔自来，赘婿虽能被妇家所轻，但一登文坛，即声价十倍，太太也就高兴，不至于自打麻将，连眼梢也一动不动了，这就是"交相为用"。但其为文人也，又必须是唯美派，试

---

① 章克标（1900—2007）　浙江海宁人，现代作家。早年留学日本，攻读数学。20世纪20年代与滕固等创办狮吼社，标榜唯美文学。曾在立达学园、暨南大学教授数学，又任开明书店编辑。后助邵洵美开办金屋书店、时代图书公司。著有散文集《风凉话》等。这里提到的《文坛登龙术》，是他揭述当时文坛投机取巧行径的书。

② "烟士披里纯"　即灵感。英语 Inspiration 的音译。

看王尔德①遗照，盘花扭扣，镶牙手杖，何等漂亮，人见犹怜，而况令阃。可惜他的太太不行，以至滥交顽童，穷死异国，假如有钱，何至于此。所以倘欲登龙，也要乘龙，"书中自有黄金屋"，早成古话，现在是"金中自有文学家"当令了。

但也可以从文坛上去做女婿。其术是时时留心，寻一个家里有些钱，而自己能写几句"阿呀呀，我悲哀呀"的女士，做文章登报，尊之为"女诗人"②。待到看得她有了"知己之感"，就照电影上那样的屈一膝跪下，说道"我的生命呵，阿呀呀，我悲哀呀！"——则由登龙而乘龙，又由乘龙而更登龙，十分美满。然而富女诗人未必一定爱穷男文士，所以要有把握也很难，这一法，在这里只算是《登龙术拾遗》的附录，请勿轻用为幸。

八月二十八日

（原刊 1933 年 9 月 1 日《申报·自由谈》，后收入《准风月谈》）

---

① **王尔德**（Oscar Wilde，1854—1900）　爱尔兰作家，19 世纪末叶英国唯美主义运动倡导者。著有剧作《莎乐美》《德温米尔夫人的扇子》，小说《格雷的画像》等。下文所说"可惜他的太太不行，以至滥交顽童……"等语，是指其同性恋行为，为当时社会伦理所不容。

② **"女诗人"**　指当时上海大买办虞洽卿的孙女虞岫云。1930 年 1 月，她以虞琰为笔名在上海现代书局出版诗集《湖风》，即被报界追捧。其后，1932 年 8 月上海新时代书局出版《女朋友的诗》（云裳编），1934 年 1 月上海开华书店出版《女作家诗歌选》（张立英编），都收入了她的诗作。

由聋而哑

医生告诉我们：有许多哑子，是并非喉舌不能说话的，只因为从小就耳朵聋，听不见大人的言语，无可师法，就以为谁也不过张着口呜呜哑哑，他自然也只好呜呜哑哑了。所以勃兰兑斯[①]叹丹麦文学的衰微时，曾经说：文学的创作，几乎完全死灭了。人间的或社会的无论怎样的问题，都不能提起感兴，或则除在新闻和杂志之外。绝不能惹起一点论争。我们看不见强烈的独创的创作。加以对于获得外国的精神生活的事，现在几乎绝对的不加顾及。于是精神上的"聋"，那结果，就也招致了"哑"来。（《十九世纪文学主潮》第一卷自序）

这几句话，也可以移来批评中国的文艺界，这现象，并不能全归罪于压迫者的压迫，五四运动时代的启蒙运动者和以后的反对者，都应该分负责任的。前者急于事功，竟没有译出什么有价值的书籍来，后者则故意迁怒，至骂翻译者为媒婆[②]，有些青年更推波助澜，有一时期，还至于连人地名下注一原文，以便读者参考时，也就诋之曰"衒学"[③]。

今竟何如？三开间店面的书铺，四马路上还不算少，但那里面满架是薄薄的小本子，倘要寻一部巨册，真如披沙拣金之难。自然，生得又高又胖并不就是伟人，做得多而且繁也决不就是名著，而况还有"剪贴"。但是，小小的一本"什么ABC"[④]里，却也决不能包罗一切学术文艺的。一道浊流，固然不如一杯清水的干净而澄明，

---

① **勃兰兑斯**（George Brandes，1842—1927） 丹麦文学批评家。著有《十九世纪文学主潮》等。

② **骂翻译者为媒婆** 见 1921 年 2 月《民铎》杂志第 2 卷第 5 号所刊郭沫若致李石岑函，其谓："我觉得国内人士只注重媒婆，而不注重处子；只注重翻译，而不注重产生。"

③ **"衒学"** 卖弄学问。

④ **"什么ABC"** 指某一方面的入门书。

但蒸溜了浊流的一部分，却就有许多杯净水在。

因为多年买空卖空的结果，文界就荒凉了，文章的形式虽然比较的整齐起来，但战斗的精神却较前有退无进。文人虽因捐班或互捧，很快的成名，但为了出力的吹，壳子大了，里面反显得更加空洞。于是误认这空虚为寂寞，像煞有介事的说给读者们；其甚者还至于摆出他心的腐烂来，算是一种内面的宝贝。散文，在文苑中算是成功的，但试看今年的选本，便是前三名，也即令人有"豹不足，狗尾续"之感。用秕谷来养青年，是决不会壮大的，将来的成就，且要更渺小，那模样，可看尼采所描写的"末人"①。

但绍介国外思潮，翻译世界名作，凡是运输精神的粮食的航路，现在几乎都被聋哑的制造者们堵塞了，连洋人走狗，富户赘郎，也会来哼哼的冷笑一下。他们要掩住青年的耳朵，使之由聋而哑，枯涸渺小，成为"末人"，非弄到大家只能看富家儿和小瘪三所卖的春宫，不肯罢手。甘为泥土的作者和译者的奋斗，是已经到了万不可缓的时候了，这就是竭力运输些切实的精神的粮食，放在青年们的周围，一面将那些聋哑的制造者送回黑洞和朱门里面去。

八月二十九日

（原刊1933年9月8日《申报·自由谈》，后收入《准风月谈》）

---

① "末人"指平庸、渺小、无创造力的人。尼采在《查拉图斯特拉如是说·序言》里写道："……地也就小了，在这上面跳着末人，就是那做小了一切的。他的种族是跳蚤似的除灭不完；末人活得最长久。"（译文见《鲁迅译文集》第10卷）

新秋杂识（二）＊

八月三十日的夜里，远远近近，都突然劈劈拍拍起来，一时来不及细想，以为"抵抗"又开头了，不久就明白了那是放爆竹，这才定了心。接着又想：大约又是什么节气了罢？……待到第二天看报纸，才知道原来昨夜是月蚀，那些劈劈拍拍，就是我们的同胞，异胞（我们虽然大家自称为黄帝子孙，但蚩尤①的子孙想必也未尝死绝，所以谓之"异胞"）在示威，要将月亮从天狗嘴里救出。

再前几天，夜里也很热闹。街头巷尾，处处摆着桌子，上面有面食，西瓜；西瓜上面叮着苍蝇，青虫，蚊子之类，还有一桌和尚，口中念念有词："回猪猡普米呀吽！②唵呀吽！吽！！"这是在放焰口，施饿鬼。到了盂兰盆节③了，饿鬼和非饿鬼，都从阴间跑出，来看上海这大世面，善男信女们就在这时尽地主之谊，托和尚"唵呀吽"的弹出几粒白米去，请它们都饱饱的吃一通。

我是一个俗人，向来不大注意什么天上和阴间的，但每当这些时候，却也不能不感到我们的还在人间的同胞们和异胞们的思虑之高超和妥贴。别的不必说，就在这不到两整年中，大则四省，小则九岛，都已变了旗色了，不久还有八岛。不但救不胜救，即使想要救罢，一开口，说不定自己就危险（这两句，印后成了"于势也有所未能"）。所以最妥当是救月亮，那怕爆竹放得震天价响，天狗决不至于来咬，月亮里的酋长（假如有酋长的话）也不会出来禁止，

＊ 本文 1933 年 9 月 13 日发表于《申报·自由谈》时题为《秋夜漫谈》，收入《准风月谈》时改为现名。

① **蚩尤** 中国神话传说中东方九黎族首领。与黄帝大战于涿鹿，兵败被杀。

② **"回猪猡普米呀吽"** 梵语音译，《瑜伽集要焰口施食仪》中的咒文。"猪猡"原作"资啰"。按：吽，梵语咒词 Hum 的读音，读如"轰"。

③ **盂兰盆节** 夏历 7 月 15 日，佛教徒追荐亡灵举行仪式的节日。"盂兰盆"是梵文的音译，意为"救倒悬"。上文提到的"焰口"亦是佛教名词，原为印度传说中的饿鬼。

目为反动的。救人也一样，兵灾，旱灾，蝗灾，水灾……灾民们不计其数，幸而暂免于灾殃的小民，又怎么能有一个救法？那自然远不如救魂灵，事省功多，和大人先生的打醮造塔①同其功德。这就是所谓"人无远虑，必有近忧"②；而"君子务其大者远者"③，亦此之谓也。

而况"庖人虽不治庖，尸祝不越尊俎而代之"④，也是古圣贤的明训，国事有治国者在，小民是用不着吵闹的。不过历来的圣帝明王，可又并不卑视小民，倒给与了更高超的自由和权利，就是听你专门去救宇宙和魂灵。这是太平的根基，从古至今，相沿不废，将来想必也不至先便废。记得那是去年的事了，沪战初停，日兵渐渐的走上兵船和退进营房里面去，有一夜也是这么劈劈拍拍起来，时候还在"长期抵抗"⑤中，日本人又不明白我们的国粹，以为又是第几路军前来收复失地了，立刻放哨，出兵……乱烘烘的闹了一通，才知道我们是在救月亮，他们是在见鬼。"哦哦！成程（Naruhodo ＝原来如此)！"惊叹和佩服之余，于是恢复了平和的原状。今年呢，连哨也没有放，大约是已被中国的精神文明感化了。

现在的侵略者和压制者，还有像古代的暴君一样，竟连奴才们的发昏和做梦也不准的么？……

八月三十一日

（原刊 1933 年 9 月 13 日《申报·自由谈》，后收入《准风月谈》）

---

① **大人先生的打醮造塔** 指当时国民党要人戴季陶等人热衷于诵经礼佛一类仪式性活动，并将此作为影响国民精神素质的教化之门。打醮，即和尚、道士念经做法事；造塔，见《鲁迅杂文全编》（上册）《天上地下》一文"造起了宝塔"注条。

② **"人无远虑，必有近忧"** 孔子的话，见《论语·卫灵公》。

③ **"君子务其大者远者"** 《左传·襄公三十一年》："君子务知大者远者，小人务知小者近者。"

④ **"庖人虽不治庖，尸祝不越尊俎而代之"** 语出《庄子·逍遥游》。意思是厨子和司祭各司其职：如果厨子不打理好酒肉，司祭不至于把祭器扔在一边自己去厨房里忙乎。成语"越俎代庖"出此。

⑤ **"长期抵抗"** 1932 年"一·二八"事变后，南京国民政府仓皇迁都洛阳。3 月间，在洛阳举行国民党四届二中全会，通过《整理军事捍御外侮案》，确定"长期抵御日本侵略"的方针。会议宣言表示，中国抵抗日本之决心"历久而无间"。

男人的进化

　　说禽兽交合是恋爱未免有点亵渎。但是，禽兽也有性生活，那是不能否认的。它们在春情发动期，雌的和雄的碰在一起，难免"卿卿我我"的来一阵。固然，雌的有时候也会装腔做势，逃几步又回头看，还要叫几声，直到实行"同居之爱"为止。禽兽的种类虽然多，它们的"恋爱"方式虽然复杂，可是有一件事是没有疑问的：就是雄的不见得有什么特权。

　　人为万物之灵，首先就是男人的本领大。最初原是马马虎虎的，可是因为"知有母不知有父"的缘故，娘儿们曾经"统治"过一个时期，那时的祖老太太大概比后来的族长还要威风。后来不知怎的，女人就倒了霉：项颈上，手上，脚上，全都锁上了链条，扣上了圈儿，环儿，——虽则过了几千年这些圈儿环儿大都已经变成了金的银的，镶上了珍珠宝钻，然而这些项圈，镯子，戒指等等，到现在还是女奴的象征。既然女人成了奴隶，那就男人不必征求她的同意再去"爱"她了。古代部落之间的战争，结果俘虏会变成奴隶，女俘虏就会被强奸。那时候，大概春情发动期早就"取消"了，随时随地男主人都可以强奸女俘虏，女奴隶。现在强盗恶棍之流的不把女人当人，其实是大有酋长式武士道的遗风的。

　　但是，强奸的本领虽然已经是人比禽兽"进化"的一步，究竟还只是半开化。你想，女的哭哭啼啼，扭手扭脚，能有多大兴趣？自从金钱这宝贝出现之后，男人的进化就真的了不得了。天下的一切都可以买卖，性欲自然并非例外。男人化几个臭钱，就可以得到他在女人身上所要得到的东西。而且他可以给她说：我并非强奸你，这是你自愿的，你愿意拿几个钱，你就得如此这般，百依百顺，咱们是公平交易！蹂躏了她，还要她说一声"谢谢你，大少"。这是禽兽干得来的么？所以嫖妓是男人进化的颇高的阶段了。

　　同时，父母之命媒妁之言的旧式婚姻，却要比嫖妓更高明。这

《准风月谈》中的杂文

制度之下，男人得到永久的终身的活财产。当新妇被人放到新郎的床上的时候，她只有义务，她连讲价钱的自由也没有，何况恋爱。不管你爱不爱，在周公①孔圣人的名义之下，你得从一而终，你得守贞操。男人可以随时使用她，而她却要遵守圣贤的礼教，即使"只在心里动了恶念，也要算犯奸淫"②的。如果雄狗对雌狗用起这样巧妙而严厉的手段来，雌的一定要急得"跳墙"。然而人却只会跳井，当节妇，贞女，烈女去。礼教婚姻的进化意义，也就可想而知了。

至于男人会用"最科学的"学说，使得女人虽无礼教，也能心甘情愿地从一而终，而且深信性欲是"兽欲"，不应当作为恋爱的基本条件；因此发明"科学的贞操"，——那当然是文明进化的顶点了。

呜呼，人——男人——之所以异于禽兽者！

自注：这篇文章是卫道的文章。

九月三日

（原刊 1933 年 9 月 16 日《申报·自由谈》，后收入《准风月谈》）

---

① **周公** 西周初人。姬姓，名旦，周武王之弟。封邑在周（今陕西岐山、扶风间），故称周公。辅佐武王灭商，武王死后摄政当国，七年后还政于成王。曾制定周之礼乐典章制度，相传儒家经典之一的《仪礼》（《礼经》）亦周公所作，或说由孔子修订而成。《仪礼》中《士昏礼》一篇专讲婚礼和嫁娶后的各种规矩。

② **"只在心里动了恶念，也要算犯奸淫"** 基督教圣经《新约全书·马太福音》第五章："凡看见妇女就动淫念的，这人心里已经与她犯奸淫了。"

同意和解释

上司的行动不必征求下属的同意，这是天经地义。但是，有时候上司会对下属解释。

新进的世界闻人①说："原人时代就有威权，例如人对动物，一定强迫它们服从人的意志，而使它们抛弃自由生活，不必征求动物的同意。"这话说得透彻。不然，我们那里有牛肉吃，有马骑呢？人对人也是这样。

日本耶教会②主教最近宣言日本是圣经上说的天使："上帝要用日本征服向来屠杀犹太人的白人……以武力解放犹太人，实现《旧约》上的豫言。"这也显然不征求白人的同意的，正和屠杀犹太人的白人并未征求过犹太人的同意一样。日本的大人老爷在中国制造"国难"，也没有征求中国人民的同意。——至于有些地方的绅董，却去征求日本大人的同意，请他们来维持地方治安，那却又当别论。总之，要自由自在的吃牛肉，骑马等等，就必须宣布自己是上司，别人是下属；或是把人比做动物，或是把自己作为天使。

但是，这里最要紧的还是"武力"，并非理论。不论是社会学或是基督教的理论，都不能够产生什么威权。原人对于动物的威权，是产生于弓箭等类的发明的。至于理论，那不过是随后想出来的解释。这种解释的作用，在于制造自己威权的宗教上，哲学上，科学上，世界潮流上的根据，使得奴隶和牛马恍然大悟这世界的公律，而抛弃一切翻案的梦想。

当上司对于下属解释的时候，你做下属的切不可误解这是在征求你的同意，因为即使你绝对的不同意，他还是干他的。他自有他

---

① **新进的世界闻人**　指希特勒。此处引文出自希特勒1933年9月在纽伦堡纳粹党大会闭幕时发表的演说。

② **日本耶教会**　指日本基督教会。

的梦想，只要金银财宝和飞机大炮的力量还在他手里，他的梦想就会实现；而你的梦想却终于只是梦想，——万一实现了，他还说你抄袭他的动物主义的老文章呢。

据说现在的世界潮流，正是庞大权力的政府的出现，这是十九世纪人士所梦想不到的。意大利和德意志不用说了；就是英国的国民政府，"它的实权也完全属于保守党一党"。"美国新总统所取得的措置经济复兴的权力，比战争和戒严时期还要大得多"①。大家做动物，使上司不必征求什么同意，这正是世界的潮流。懿欤盛哉，这样的好榜样，那能不学？

不过，我这种解释还有点美中不足：中国自己的秦始皇帝焚书坑儒，中国自己的韩退之②等说："民不出米粟麻丝以事其上则诛"。这原是国货，何苦违背着民族主义，引用外国的学说和事实——长他人威风，灭自己志气呢？

九月三日

（原刊 1933 年 9 月 20 日《申报·自由谈》，后收入《准风月谈》）

---

① "美国新总统所取得的措置经济复兴的权力，比战争和戒严时期还要大得多" 这是当时国民政府财政部部长宋子文 1933 年 9 月 3 日在南京发表的谈话。"美国新总统"，指富兰克林·罗斯福（Franklin Roosevelt，1882—1945），美国第 32 位总统，连任三届，1933年开始他的第一个任期。所谓"措置经济复兴的权力"，是指罗斯福为克服经济大萧条而推行的"新政"。

② 韩退之 即韩愈（768—824），字退之，河阳（今河南孟县）人，唐代文学家。贞元进士，官至刑部侍郎、吏部侍郎。仕途上曾几遭贬谪。他与柳宗元同为唐代古文运动倡导者，旧时列"唐宋八大家"之首。有《昌黎先生集》存世。此处引言见《原道》一文。原文为："民不出粟米麻丝，作器皿，通货财，以事其上，则诛。"按：诛，处罚。《广韵·释诂》："诛，责也。"

文床秋梦

　　春梦是颠颠倒倒的。"夏夜梦"呢？看沙士比亚的剧本①，也还是颠颠倒倒。中国的秋梦，照例却应该"肃杀"，民国以前的死囚，就都是"秋后处决"的，这是顺天时。天教人这么着，人就不能不这么着。所谓"文人"当然也不至于例外，吃得饱饱的睡在床上，食物不能消化完，就做梦；而现在又是秋天，天就教他的梦威严起来了。

　　二卷三十一期（八月十二日出版）的《涛声》上，有一封自名为"林丁"先生的给编者的信，其中有一段说——

　　　　……之争，孰是孰非，殊非外人所能详道。然而彼此摧残，则在傍观人看来，却不能不承是整个文坛的不幸。……我以为各人均应先打屁股百下，以儆效尤，余事可一概不提。……

　　前两天，还有某小报上的不署名的社谈，它对于早些日子余赵的剪窃问题之争②，也非常气愤——

　　　　……假使我一朝大权在握，我一定把这般东西捉了来，判他们罚作苦工，读书十年；中国文坛，或尚有干净之一日。

　　张献忠自己要没落了，他的行动就不问"孰是孰非"，只是杀。

----

　　① 沙士比亚的剧本　指莎士比亚的喜剧《仲夏夜之梦》。
　　② 余赵的剪窃问题之争　1933年余慕陶在上海乐华公司出版《世界文学史》上中两册，赵景深等人即在《申报·自由谈》撰文指为剽窃之作，认为其中有些内容抄自他的《中国文学小史》和郑振铎的《文学大纲》。余慕陶（1903—？），字景渊，广东梅县（今梅州）人。曾在上海建设大学、艺术大学等校任教，另著有长篇小说《晚霞》，译有杰克·伦敦《野性之呼唤》等。

清朝的官员，对于原被两造①，不问青红皂白，各打屁股一百或五十的事，确也偶尔会有的，这是因为满洲还想要奴才，供搜刮，就是"林丁"先生的旧梦。某小报上的无名子先生可还要比较的文明，至少，它是已经知道了上海工部局"判罚"下等华人的方法的了。

但第一个问题是在怎样才能够"一朝大权在握"？文弱书生死样活气，怎么做得到权臣？先前，还可以希望招驸马，一下子就飞黄腾达，现在皇帝没有了，即使满脸涂着雪花膏，也永远遇不到公主的青睐；至多，只可以希图做一个富家的姑爷而已。而捐官的办法，又早经取消，对于"大权"，还是只能像狐狸的遇着高处的葡萄一样，仰着白鼻子看看。文坛的完整和干净，恐怕实在也到底很渺茫。

五四时候，曾经在出版界上发现了"文丐"，接着又发现了"文氓"，但这种威风凛凛的人物，却是我今年秋天在上海新发见的，无以名之，姑且称为"文官"罢。看文学史，文坛是常会有完整而干净的时候的，但谁曾见过这文坛的澄清，会和这类的"文官"们有丝毫关系的呢。

不过，梦是总可以做的，好在没有什么关系，而写出来也有趣。请安息罢，候补的少大人们！

九月五日

（原刊 1933 年 9 月 11 日《申报·自由谈》，后收入《准风月谈》）

文床秋梦

---

① **原被两造**　即原告和被告。两造：诉讼的当事人双方。

电影的教训

　　当我在家乡的村子里看中国旧戏的时候，是还未被教育成"读书人"的时候，小朋友大抵是农民。爱看的是翻筋斗，跳老虎，一把烟焰，现出一个妖精来；对于剧情，似乎都不大和我们有关系。大面和老生的争城夺地，小生和正旦的离合悲欢，全是他们的事，捏锄头柄人家的孩子，自己知道是决不会登坛拜将，或上京赴考的。但还记得有一出给了感动的戏，好像是叫作《斩木诚》①。一个大官蒙了不白之冤，非被杀不可了，他家里有一个老家丁，面貌非常相像，便代他去"伏法"。那悲状的动作和歌声，真打动了看客的心，使他们发见了自己的好模范。因为我的家乡的农人，农忙一过，有些是给大户去帮忙的。为要做得像，临刑时候，主母照例的必须去"抱头大哭"，然而被他踢开了，虽在此时，名分也得严守，这是忠仆，义士，好人。

　　但到我在上海看电影的时候，却早是成为"下等华人"的了，看楼上坐着白人和阔人，楼下排着中等和下等的"华胄"，银幕上现出白色兵们打仗，白色老爷发财，白色小姐结婚，白色英雄探险，令看客佩服，羡慕，恐怖，自己觉得做不到。但当白色英雄探险非洲时，却常有黑色的忠仆来给他开路，服役，拚命，替死，使主子安然的回家；待到他豫备第二次探险时，忠仆不可再得，便又记起了死者，脸色一沉，银幕上就现出一个他记忆上的黑色的面貌。黄脸的看客也大抵在微光中把脸色一沉：他们被感动了。

　　幸而国产电影也在挣扎起来，耸身一跳，上了高墙，举手一扬，掷出飞剑，不过这也和十九路军一同退出上海，现在是正在准备开

---

① 《斩木诚》　从清代李玉所作传奇《一捧雪》演化而来的剧目。木诚，原作莫诚，《一捧雪》主人公莫怀古的仆人。

映屠格纳夫的《春潮》① 和茅盾的《春蚕》② 了。当然，这是进步的。但这时候，却先来了一部竭力宣传的《瑶山艳史》③。

这部片子，主题是"开化瑶民"，机键是"招驸马"，令人记起《四郎探母》④ 以及《双阳公主追狄》⑤ 这些戏本来。中国的精神文明主宰全世界的伟论，近来不大听到了，要想去开化，自然只好退到苗瑶之类的里面去，而要成这种大事业，却首先须"结亲"，黄帝子孙，也和黑人一样，不能和欧亚大国的公主结亲，所以精神文明就无法传播。这是大家可以由此明白的。

九月七日

（原刊 1933 年 9 月 11 日《申报·自由谈》，后收入《准风月谈》）

---

① 《春潮》 根据俄国作家屠格涅夫所作中篇小说《春潮》改编的电影，蔡楚生编剧，郑应时导演，1933 年上海亨生影片公司拍摄。

② 《春蚕》 根据茅盾所作短篇小说《春蚕》改编的电影，夏衍编剧，程步高导演，1933 年上海明星影片公司拍摄。这是新文学作品第一次被搬上银幕。

③ 《瑶山艳史》 上海艺联影业公司 1932 年拍摄的一部影片，黄漪磋编剧，杨小仲导演。"艺联"是刘呐鸥出资成立的公司。该片曾获国民党中央党部嘉奖。

④ 《四郎探母》 京剧剧目。叙说杨家将杨四郎（延辉）被俘后改名换姓，招了驸马；听说母亲佘太君又统兵征辽，潜回宋营探母，又重返辽邦。

⑤ 《双阳公主追狄》 京剧剧目。叙说宋大将狄青西征，误入单单国，被诱与双阳公主成亲。后狄青逃出，双阳公主追来，得知实情后又将其放走。

关于翻译（上）

因为我的一篇短文，引出了穆木天①先生的《从〈为翻译辩护〉谈到楼②译〈二十世纪之欧洲文学〉》（九日《自由谈》所载），这在我，是很以为荣幸的，并且觉得凡所指摘，也恐怕都是实在的错误。但从那作者的案语里，我却又想起一个随便讲讲，也许并不是毫无意义的问题来了。那是这样的一段——

> 在一百九十九页，有"在这种小说之中，最近由学术院（译者：当系指著者所属的俄国共产主义学院）所选的鲁易倍尔德兰③的不朽的诸作，为最优秀"。在我以为此地所谓"Académie"者，当指法国翰林院。苏联虽称学艺发达之邦，但不会为帝国主义作家作选集罢？我不知为什么楼先生那样地滥下注解？

究竟是那一国的 Academia④ 呢？我不知道。自然，看作法国的

① **穆木天**（1900—1971） 原名敬熙，笔名穆木天，吉林伊通人，现代作家、翻译家。早年留学日本，攻读法国文学。回国后曾在中山大学、吉林大学任教。1931 年在上海参加左联，参与发起中国诗歌会。著有《旅心》《法国文学史》等，译有《巴尔扎克短篇集》等。

② **楼** 即楼适夷（1905—2001），原名锡椿，一名建南，浙江余姚人，现代作家、翻译家。早年在上海做学徒。1928 年入上海艺术大学，加入太阳社。次年留学日本，专攻俄罗斯文学。1931 年回国，加入左联，曾任左联党团成员。著有《挣扎》《活路》等，译有《在人间》《高尔基文艺书简集》等。这里提到他翻译的《二十世纪之欧洲文学》，系苏联弗里契原著，上海新生命书局 1933 年出版。

③ **鲁易倍尔德兰** 即路易斯·贝特朗（Louis Bertrand，1807—1841），法国作家。其散文诗《夜间的加斯帕》对波德莱尔、马拉美产生重大影响，成为象征派诗人灵感的源泉。

④ **Academia** 拉丁文：学院、科学院。这里指法兰西学院（Académie Française），旧译法国翰林院。

翰林院，是万分近理的，但我们也不能决定苏联的大学院①就"不会为帝国主义作家作选集"。倘在十年以前，是决定不会的，这不但为物力所限，也为了要保护革命的婴儿，不能将滋养的，无益的，有害的食品都漫无区别的乱放在他前面。现在却可以了，婴儿已经长大，而且强壮，聪明起来，即使将鸦片或吗啡给他看，也没有什么大危险，但不消说，一面也必须有先觉者来指示，说吸了就会上瘾，而上瘾之后，就成一个废物，或者还是社会上的害虫。

在事实上，我曾经见过苏联的 Academie 新译新印的阿剌伯的《一千一夜》②，意大利的《十日谈》③，还有西班牙的《吉诃德先生》④，英国的《鲁滨孙漂流记》⑤；在报章上，则记载过在为托尔斯泰印选集，为歌德编全集——更完全的全集。倍尔德兰不但是加特力教⑥的宣传者，而且是王朝主义的代言人，但比起十九世纪初德意志布尔乔亚⑦的文豪歌德来，那作品也不至于更加有害。所以我想，苏联来给他出一本选集，实在是很可能的。不过在这些书籍之前，想来一定有详序，加以仔细的分析和正确的批评。

凡作者，和读者因缘愈远的，那作品就于读者愈无害。古典的，反动的，观念形态已经很不相同的作品，大抵即不能打动新的青年的心（但自然也要有正确的指示），倒反可以从中学学描写的本领，作者的努力。恰如大块的砒霜，欣赏之余，所得的是知道它杀人的力量和结晶的模样：药物学和矿物学上的知识了。可怕的倒在用有限的砒霜，和在食物中间，使青年不知不觉的吞下去，例如似是而非的所谓"革命文学"，故作激烈的所谓"唯物史观的批评"，就是这一类。这倒是应该防备的。

我是主张青年也可以看看"帝国主义者"的作品的，这就是古语的所谓"知己知彼"。青年为了要看虎狼，赤手空拳的跑到深山里去固然是呆子，但因为虎狼可怕，连用铁栅围起来了的动物园里也不敢去，却也不能不说是一位可笑的愚人。有害的文学的铁栅是什

---

① **苏联的大学院**　即苏联科学院（Академия Наук СССР）。
② **《一千一夜》**　即《一千零一夜》，又译《天方夜谭》，阿拉伯民间故事集。
③ **《十日谈》**　意大利文艺复兴时期的短篇故事集，薄伽丘著。
④ **《吉诃德先生》**　今译《堂·吉诃德》，长篇小说，西班牙塞万提斯著。
⑤ **《鲁滨孙漂流记》**　长篇小说，英国笛福著。
⑥ **加特力教**　即天主教。拉丁文 Catholica 的音译。
⑦ **布尔乔亚**　即资产阶级。法文 Bourgeoisie 的音译。

么呢？批评家就是。

九月十一日

补记：这一篇没有能够刊出。

九月十五日
（收入《准风月谈》）

关于翻译（下）

　　但我在那《为翻译辩护》中，所希望于批评家的，实在有三点：一，指出坏的；二，奖励好的；三，倘没有，则较好的也可以。而穆木天先生所实做的是第一句。以后呢，可能有别的批评家来做其次的文章，想起来真是一个大疑问。

　　所以我要再来补充几句：倘连较好的也没有，则指出坏的译本之后，并且指明其中的那些地方还可以于读者有益处。

　　此后的译作界，恐怕是还要退步下去的。姑不论民穷财尽，即看地面和人口，四省是给日本拿去了，一大块在水淹，一大块在旱，一大块在打仗，只要略略一想，就知道读者是减少了许许多多了。因为销路的少，出版界就要更投机，欺骗，而拿笔的人也因此只好更投机，欺骗。即有不愿意欺骗的人，为生计所压迫，也总不免比较的粗制滥造，增出些先前所没有的缺点来。走过租界的住宅区邻近的马路，三间门面的水果店，晶莹的玻璃窗里是鲜红的苹果，通黄的香蕉，还有不知名的热带的果物。但略站一下就知道：这地方，中国人是很少进去的，买不起。我们大抵只好到同胞摆的水果摊上去，化几文钱买一个烂苹果。

　　苹果一烂，比别的水果更不好吃，但是也有人买的，不过我们另外还有一种相反的脾气：首饰要"足赤"，人物要"完人"。一有缺点，有时就全部都不要了。爱人身上生几个疮，固然不至于就请律师离婚，但对于作者，作品，译品，却总归比较的严紧，萧伯纳坐了大船，不好；巴比塞不算第一个作家，也不好；译者是"大学教授，下职官员"①，更不好。好的又不出来，怎么办呢？我想，还

---

　　① "大学教授，下职官员"　邵洵美在 1933 年 8 月 20 日出版的《十日谈》杂志第 2 期发表《文人无行》一文，其中说："大学教授，下职官员，当局欠薪，家有儿女老少，于是在公余之暇，只得把平时借以消遣的外国小说，译一两篇来换些稿费……"

是请批评家用吃烂苹果的方法，来救一救急罢。

我们先前的批评法，是说，这苹果有烂疤了，要不得，一下子抛掉。然而买者的金钱有限，岂不是大冤枉，而况此后还要穷下去。所以，此后似乎最好还是添几句，倘不是穿心烂，就说：这苹果有着烂疤了，然而这几处没有烂，还可以吃得。这么一办，译品的好坏是明白了，而读者的损失也可以小一点。

但这一类的批评，在中国还不大有，即以《自由谈》所登的批评为例，对于《二十世纪之欧洲文学》，就是专指烂疤的；记得先前有一篇批评邹韬奋①先生所编的《高尔基》的短文，除掉指出几个缺点之外，也没有别的话。前者我没有看过，说不出另外可有什么可取的地方，但后者却曾经翻过一遍，觉得除批评者所指摘的缺点之外，另有许多记载作者的勇敢的奋斗，胥吏的卑劣的阴谋，是很有益于青年作家的，但也因为有了烂疤，就被抛在筐子外面了。

所以，我又希望刻苦的批评家来做剜烂苹果的工作，这正如"拾荒"一样，是很辛苦的，但也必要，而且大家有益的。

九月十一日

（原刊 1933 年 9 月 14 日《申报·自由谈》，后收入《准风月谈》）

---

① **邹韬奋**（1895—1944）　原名恩润，江西余江人，政论作家、出版家。曾主编《生活》周刊，创办生活书店。著有《萍踪寄语》等。这里提到的《高尔基》一书，原名《革命文豪高尔基》，是他根据美国康恩所著《高尔基和他的俄国》编译的，上海生活书店 1933 年 7 月出版。

新秋杂识(三)

"秋来了!"

秋真是来了。晴的白天还好,夜里穿着洋布衫就觉得凉飕飕。报章上满是关于"秋"的大小文章:迎秋,悲秋,哀秋,责秋……等等。为了趋时,也想这么的做一点,然而总是做不出。我想,就是想要"悲秋"之类,恐怕也要福气的,实在令人羡慕得很。

记得幼小时,有父母爱护着我的时候,最有趣的是生点小毛病,大病却生不得,既痛苦,又危险的。生了小病,懒懒的躺在床上,有些悲凉,又有些娇气,小苦而微甜,实在好像秋的诗境。呜呼哀哉,自从流落江湖以来,灵感卷逃,连小病也不生了。偶然看看文学家的名文,说是秋花为之惨容,大海为之沉默云云,只是愈加感到自己的麻木。我就从来没有见过秋花为了我在悲哀,忽然变了颜色;只要有风,大海是总在呼啸的,不管我爱闹还是爱静。

冰莹女士①的佳作告诉我们:"晨是学科学的,但在这一刹那,完全忘掉了他的志趣,存在他脑海中的只有一个尽量地享受自然美景的目的。……"这也是一种福气。科学我学的很浅,只读过一本生物学教科书,但是,它那些教训,花是植物的生殖机关呀,虫鸣鸟唧,是在求偶呀之类,就完全忘不掉了。昨夜闲逛荒场,听到蟋蟀在野菊花下鸣叫,觉得好像是美景,诗兴勃发,就做了两句新诗——

---

① **冰莹女士** 即谢冰莹(1906—2000),原名鸣冈,字凤宝,湖南新化人,现代作家。早年入湖南省立第一女师,未毕业即投笔从戎,参加过北伐战争。1927年5月起在《中央日报》连载《从军日记》,引起轰动。后在上海艺术大学、北京女子师范大学求学,为北方左联发起人之一。"一·二八"沪战时参加战地救护,"七七"事变后从事妇女支前工作。曾主编《黄河》杂志。1948年赴台湾师范学院任教,后迁居美国。著有《女兵自传》等。这里引述的一段文字见《海滨之夜》,发表于1933年9月8日《申报·自由谈》。

> 野菊的生殖器下面，
> 蟋蟀在吊膀子。

写出来一看，虽然比粗人们所唱的俚歌要高雅一些，而对于新诗人的由"烟士披离纯"而来的诗，还是"相形见绌"。写得太科学。太真实，就不雅了，如果改作旧诗，也许不至于这样。生殖机关，用严又陵先生译法，可以谓之"性官"；"吊膀子"呢，我自己就不懂那语源，但据老于上海者说，这是因西洋人的男女挽臂同行而来的，引伸为诱惑或追求异性的意思。吊者，挂也，亦即相挟持。那么，我的诗就译出来了——

> 野菊性官下，
> 鸣蛩在悬肘。

虽然很有些费解，但似乎也雅得多，也就是好得多。人们不懂，所以雅，也就是所以好，现在也还是一个做文豪的秘诀呀。质之"新诗人"邵洵美①先生之流，不知以为如何？

九月十四日

（原刊 1933 年 9 月 17 日《申报·自由谈》，后收入《准风月谈》）

---

① **邵洵美**（1906—1968） 原名云龙，浙江余姚人，现代作家、翻译家、出版家。早年留学英国，又往法国学习绘画。1929 年在上海开办金屋书店，出版《金屋》月刊，提倡唯美主义创作。金屋书店停办后接办新月书店，出版《新月》月刊和《诗刊》。后又办时代图书公司，出版《论语》半月刊等。1933 年以后，主编《十日谈》《人言》等刊物。抗战期间，以其女友美国人项美丽名义编辑出版抗日宣传刊物《自由谭》。著有诗集《天堂与五月》《花一般的罪恶》等，译有《解放了的普罗米修斯》等。

礼

　　看报，是有益的，虽然有时也沉闷。例如罢，中国是世界上国耻纪念最多的国家，到这一天，报上照例得有几块记载，几篇文章。但这事真也闹得太重叠，太长久了，就很容易千篇一律，这一回可用，下一回也可用，去年用过了，明年也许还可用，只要没有新事情。即使有了，成文恐怕也仍然可以用，因为反正总只能说这几句话。所以倘不是健忘的人，就会觉得沉闷，看不出新的启示来。

　　然而我还是看。今天偶然看见北京追悼抗日英雄邓文①的记事，首先是报告，其次是演讲，最末，是"礼成，奏乐散会"。

　　我于是得了新的启示：凡纪念，"礼"而已矣。

　　中国原是"礼义之邦"，关于礼的书，就有三大部②，连在外国也译出了，我真特别佩服《仪礼》的翻译者。事君，现在可以不谈了；事亲，当然要尽孝，但殁后的办法，则已归入祭礼中，各有仪，就是现在的拜忌日，做阴寿之类。新的忌日添出来，旧的忌日就淡一点，"新鬼大，故鬼小"③ 也。我们的纪念日也是对于旧的几个比较的不起劲，而新的几个之归于淡漠，则只好以俟将来，和人家的拜忌辰是一样的。有人说，中国的国家以家族为基础，真是有识见。

---

　　① 邓文（1893—1933）　字宪章，辽宁梨树（今属吉林）人，东北军军官。"九一八"事变前为黑龙江驻军骑兵连长，1931 年 11 月参加马占山领导的江桥抗战，作战勇敢，被提拔为骑兵第四旅旅长。1932 年 4、5 月间，指挥松浦战役。同年 6 月，马占山将该部整编为黑龙江省抗日救国义勇军第一军，邓文任军长。后率部参加热河保卫战。1933年 5 月被冯玉祥委任抗日同盟军第五路军总指挥兼左路军副总指挥，同年 7 月 31 日，在张家口福寿街被人暗杀。

　　② 关于礼的书，就有三大部　指儒家十三经中的《周礼》《仪礼》《礼记》。

　　③ "新鬼大，故鬼小"　语出《左传·文公二年》。春秋时鲁文公祭祀太庙时，将自己父亲僖公的神主置于闵公之前，而依据礼制，即位在前的闵公应该排在前边。对于这种"逆祀"的安排，文公的解释是："吾见新鬼大，故鬼小。先大后小，顺也。"

中国又原是"礼让为国"①的，既有礼，就必能让，而愈能让，礼也就愈繁了。总之，这一节不说也罢。

古时候，或以黄老②治天下，或以孝治天下③。现在呢，恐怕是入于以礼治天下的时期了，明乎此，就知道责备民众的对于纪念日的淡漠是错的，《礼》曰："礼不下庶人"④；舍不得物质上的什么东西也是错的，孔子不云乎："赐也尔爱其羊，我爱其礼!"⑤

"非礼勿视，非礼勿听，非礼勿言，非礼勿动"⑥，静静的等着别人的"多行不义，必自毙"⑦，礼也。

九月二十日

（原刊 1933 年 9 月 22 日《申报·自由谈》，后收入《准风月谈》）

---

① **"礼让为国"**　《论语·里仁》："子曰：'能以礼让为国乎，何有？不能以礼让为国，如礼何？'"按："为国"，这里是立国、治国的意思；"何有"，不难之词；"如礼何"，那还要礼干什么呢。

② **黄老**　即黄帝和老聃。战国、汉初道家学派尊奉黄帝、老聃为先祖，法家的刑名法术之学与黄老"清净无为"的治术有关，故法家治国多以黄老之学相标榜。

③ **以孝治天下**　语出《孝经·孝治章》："明王之以孝治天下也如此。"按：明王，即圣明的帝王。

④ **"礼不下庶人"**　语出《礼记·曲礼》："礼不下庶人，刑不上大夫。"

⑤ **"赐也尔爱其羊，我爱其礼！"**　语出《论语·八佾》："子贡欲去告朔之饩羊。子曰：'赐也！尔爱其羊，我爱其礼。'"意思是，子贡（孔子弟子）想省去每月初一告祭祖庙时宰杀的活羊，孔子说你可惜那只羊，我却可惜那份礼仪。按：告朔，这里指祭庙，"朔"是每月的第一天；饩羊，活羊；赐，子贡名赐；爱，怜惜。

⑥ **"非礼勿视，非礼勿听，非礼勿言，非礼勿动"**　语出《论语·颜渊》。这是孔子对弟子颜渊的指教。

⑦ **"多行不义，必自毙"**　语出《左传·隐公元年》：郑庄公将京城（今河南荥阳东南）封给其弟共叔段，大夫祭仲认为那座城池太大，担心将来共叔段借势作乱；庄公则谓不必担心，曰："多行不义，必自毙，子姑待之。"按：毙，踣，犹言摔跟头。

打听印象

五四运动以后，好像中国人就发生了一种新脾气，是：倘有外国的名人或阔人新到，就喜欢打听他对于中国的印象。

罗素到中国讲学，急进的青年们开会欢宴，打听印象。罗素道："你们待我这么好，就是要说坏话，也不好说了。"急进的青年愤愤然，以为他滑头。

萧伯纳周游过中国，上海的记者群集访问，又打听印象。萧道："我有什么意见，与你们都不相干。假如我是个武人，杀死个十万条人命，你们才会尊重我的意见。"革命家和非革命家都愤愤然，以为他刻薄。

这回是瑞典的卡尔亲王①到上海了，记者先生也发表了他的印象："……足迹所经，均蒙当地官民殷勤招待，感激之余，异常愉快。今次游览观感所得，对于贵国政府及国民，有极度良好之印象，而永远不能磨灭者也。"这最稳妥，我想，是不至于招出什么是非来的。

其实是，罗萧两位，也还不算滑头和刻薄的，假如有这么一个外国人，遇见有人问他印象时，他先反问道："你先生对于自己中国的印象怎么样？"那可真是一篇难以下笔的文章。

我们是生长在中国的，倘有所感，自然不能算"印象"；但意见也好；而意见又怎么说呢？说我们像浑水里的鱼，活得胡里胡涂，莫名其妙罢，不像意见。说中国好得很罢，恐怕也难。这就是爱国者所悲痛的所谓"失掉了国民的自信"，然而实在也好像失掉了，向各人打听印象，就恰如求签问卜，自己心里先自狐疑着了的缘故。

---

① **卡尔亲王**（Carl Gustaf Oskar Fredrik Christian，1911—2003） 当时瑞典国王古斯塔夫五世的侄子。1933年作环球旅行，8月来中国。这里引述他对记者的谈话，见1933年9月20日《申报》。

我们里面，发表意见的固然也有的，但常见的是无拳无勇，未曾"杀死十万条人命"，倒是自称"小百姓"的人，所以那意见也无人"尊重"，也就是和大家"不相干"。至于有位有势的大人物，则在野时候，也许是很急进的罢，但现在呢，一声不响，中国"待我这么好，就是要说坏话，也不好说了"。看当时欢宴罗素，而愤愤于他那答话的由新潮社而发迹的诸公①的现在，实在令人觉得罗素并非滑头，倒是一个先知的讽刺家，将十年后的心思豫先说去了。

这是我的印象，也算一篇拟答案，是从外国人的嘴上抄来的。

九月二十日

（原刊 1933 年 9 月 24 日《申报·自由谈》，后收入《准风月谈》）

---

① **由新潮社而发迹的诸公**　指傅斯年、罗家伦等人。五四时期，他们在北京大学读书时加入新潮社，投身新文化运动。后来依附国民党，成为亦官亦学的人物，如傅斯年当时已是中央研究院历史语言所所长，罗家伦则任中央大学校长、国民党中央执行委员。

吃　教

　　达一①先生在《文统之梦》里，因刘勰②自谓梦随孔子，乃始论文，而后来做了和尚，遂讥其"贻羞往圣"。其实是中国自南北朝以来，凡有文人学士，道士和尚，大抵以"无特操"为特色的。晋以来的名流，每一个人总有三种小玩意，一是《论语》和《孝经》，二是《老子》，三是《维摩诘经》③，不但采作谈资，并且常常做一点注解。唐有三教辩论④，后来变成大家打诨；所谓名儒，做几篇伽蓝碑文也不算什么大事。宋儒道貌岸然，而窃取禅师的语录。清呢，去今不远，我们还可以知道儒者的相信《太上感应篇》和《文昌帝君阴骘文》⑤，并且会请和尚到家里来拜忏。

---

　　① **达一**　即陈子展（1898—1990），名炳堃，字子展，达一是他的笔名之一，湖南长沙人，学者。早年为湖南第一师范学校教员，因投身大革命被当局通缉。后避走上海，任南国艺术学院教授。1933 年起任复旦大学教授。著有《唐宋文学史》等。其《文统之梦》刊于 1933 年 9 月 27 日《申报·自由谈》。

　　② **刘勰**（约465—约532）　字彦和，南朝梁东莞莒县（今属山东）人，世居京口（今江苏镇江），文学家。早年依傍沙门。天监初入仕，官至东宫通事舍人，为昭明太子萧统所重。晚年于定林寺出家，改名慧地。其著《文心雕龙》为中国古典文学理论经典。

　　③ **《维摩诘经》**　全称《维摩诘所说经》，佛教经典。维摩诘，旧译净名、无垢，相传为古印度毗耶离城居士，曾与释迦牟尼的使者文殊师利等论辩大乘教义，宣扬在家修行同样可以"通达佛道"。故最受士大夫文人欢迎，南朝梁昭明太子萧统小字维摩，唐王维字摩诘，皆取此义。

　　④ **唐有三教辩论**　三教指儒、道、释（佛）。唐代的三教辩论又称"三教论衡"，高宗显庆年间就举行过"三教论衡"的宫廷论辩。但唐代官方意识形态似乎更倾向于三教同源，如武周圣历中张宗昌、李峤等奉敕纂修《三教珠英》，以后玄宗本人也先后"御注"三教中最基本的典籍《孝经》《道德经》和《金刚经》。这里所说"后来变成大家打诨"指咸通年间俳优在懿宗面前以"三教论衡"为话题作谐戏表演，事见《太平广记》卷二五二引《唐阙史·俳优人》。

　　⑤ **《太上感应篇》和《文昌帝君阴骘文》**　《太上感应篇》，旧传宋代李昌龄作；《文昌帝君阴骘文》，旧传晋代张亚子作。二者均为通俗性的道教经书，其中融合了儒教的伦理思想和佛教的因果报应之说。

耶稣教传入中国，教徒自以为信教，而教外的小百姓却都叫他们是"吃教"的。这两个字，真是提出了教徒的"精神"，也可以包括大多数的儒释道教之流的信者，也可以移用于许多"吃革命饭"的老英雄。

　　清朝人称八股文为"敲门砖"，因为得到功名，就如打开了门，砖即无用。近年则有杂志上的所谓"主张"①。《现代评论》之出盘，不是为了迫压，倒因为这派作者的飞腾；《新月》的冷落，是老社员都"爬"了上去，和月亮距离远起来了。这种东西，我们为要和"敲门砖"区别，称之为"上天梯"罢。

　　"教"之在中国，何尝不如此。讲革命，彼一时也；讲忠孝，又一时也；跟大拉嘛打圈子，又一时也；造塔藏主义，又一时也。有宜于专吃的时代，则指归应定于一尊，有宜合吃的时代，则诸教亦本非异致，不过一碟是全鸭，一碟是杂拌儿而已。刘勰亦然，盖仅由"不撤姜食"一变而为吃斋，于胃脏里的分量原无差别，何况以和尚而注《论语》《孝经》或《老子》，也还是不失为一种"天经地义"呢？

九月二十七日

　　（原刊 1933 年 9 月 29 日《申报·自由谈》，后收入《准风月谈》）

---

　　①　**杂志上的所谓"主张"**　指胡适等人 1922 年 5 月 14 日在《努力周报》第 2 号发表的《我们的政治主张》。该文首次提出"好人政府"的主张。

禁用和自造

据报上说，因为铅笔和墨水笔进口之多，有些地方已在禁用，改用毛笔了。

我们且不说飞机大炮，美棉美麦，都非国货之类的迂谈，单来说纸笔。

我们也不说写大字，画国画的名人，单来说真实的办事者。在这类人，毛笔却是很不便当的。砚和墨可以不带，改用墨汁罢，墨汁也何尝有国货，而且据我的经验，墨汁也并非可以常用的东西，写过几千字，毛笔便被胶得不能施展。倘若安砚磨墨，展纸舐笔，则即以学生的抄讲义而论，速度恐怕总要比用墨水笔减少三分之一，他只好不抄，或者要教员讲得慢，也就是大家的时间，被白费了三分之一了。

所谓"便当"，并不是偷懒，是说在同一时间内，可以由此做成较多的事情。这就是节省时间，也就是使一个人的有限的生命，更加有效，而也即等于延长了人的生命。古人说，"非人磨墨墨磨人"①，就在悲愤人生之消磨于纸墨中，而墨水笔之制成，是正可以弥这缺憾的。

但它的存在，却必须在宝贵时间，宝贵生命的地方。中国不然，这当然不会是国货。进出口货，中国是有了帐簿的了，人民的数目却还没有一本帐簿。一个人的生养教育，父母化去的是多少物力和气力呢。而青年男女，每每不知所终，谁也不加注意。区区时间，当然更不成什么问题了，能活着弄弄毛笔的，或者倒是幸福也难说。

和我们中国一样，一向用毛笔的，还有一个日本。然而在日本，毛笔几乎绝迹了，代用的是铅笔和墨水笔，连用这些笔的习字帖也

---

① **"非人磨墨墨磨人"** 苏轼《次韵答舒教授观余所藏墨》："非人磨墨墨磨人，瓶应未罄罍先耻。"

很多。为什么呢？就因为这便当，省时间。然而他们不怕"漏卮"①么？不，他们自己来制造，而且还要运到中国来。

优良而非国货的时候，中国禁用，日本仿造，这是两国截然不同的地方。

九月三十日

（原刊 1933 年 10 月 1 日《申报·自由谈》，后收入《准风月谈》）

① **"漏卮"** 酒器渗漏，这里喻指好处让外国人赚去。

看变戏法

我爱看"变戏法"。

他们是走江湖的，所以各处的戏法都一样。为了敛钱，一定有两种必要的东西：一只黑熊，一个小孩子。

黑熊饿得真瘦，几乎连动弹的力气也快没有了。自然，这是不能使它强壮的，因为一强壮，就不能驾驭。现在是半死不活，却还要用铁圈穿了鼻子，再用索子牵着做戏。有时给吃一点东西，是一小块水泡的馒头皮，但还将勺子擎得高高的，要它站起来，伸头张嘴，许多工夫才得落肚，而变戏法的则因此集了一些钱。

这熊的来源，中国没有人提到过。据西洋人的调查，说是从小时候，由山里捉来的；大的不能用，因为一大，就总改不了野性。但虽是小的，也还须"训练"，这"训练"的方法，是"打"和"饿"；而后来，则是因虐待而死亡。我以为这话是的确的，我们看它还在活着做戏的时候，就瘦得连熊气息也没有了，有些地方，竟称之为"狗熊"，其被蔑视至于如此。

孩子在场面上也要吃苦，或者大人踏在他肚子上，或者将他的两手扭过来，他就显出很苦楚，很为难，很吃重的相貌，要看客解救。六个，五个，再四个，三个……而变戏法的就又集了一些钱。

他自然也曾经训练过，这苦痛是装出来的，和大人串通的勾当，不过也无碍于赚钱。

下午敲锣开场，这样的做到夜，收场，看客走散，有化了钱的，有终于不化钱的。

每当收场，我一面走，一面想：两种生财家伙，一种是要被虐待至死的，再寻幼小的来；一种是大了之后，另寻一个小孩子和一只小熊，仍旧来变照样的戏法。

事情真是简单得很，想一下，就好像令人索然无味。然而我还是常常看。此外叫我看什么呢，诸君？

十月一日

（原刊 1933 年 10 月 4 日《申报·自由谈》，后收入《准风月谈》）

双十*怀古
——民国二二年看十九年秋

小　引

　　要做"双十"的循例的文章，首先必须找材料。找法有二，或从脑子里，或从书本中。我用的是后一法。但是，翻完"描写字典"，里面无之；觅遍"文章作法"，其中也没有。幸而"吉人自有天相"，竟在破纸堆里寻出一卷东西来，是中华民国十九年十月三日到十日的上海各种大报小报的拔萃。去今已经整整的三个年头了，剪贴着做什么用的呢，自己已经记不清；莫非就给我今天做材料的么，一定未必是。但是，"废物利用"——既经检出，就抄些目录在这里罢。不过为节省篇幅计，不再注明广告，记事，电报之分，也略去了报纸的名目，因为那些文字，大抵是各报都有的。

　　看了什么用呢？倒也说不出。倘若一定要我说，那就说是譬如看自己三年前的照相罢。

十月三日

　　　江湾赛马。
　　　中国红十字会筹募湖南辽西各省急振。
　　　中央军克陈留。
　　　辽宁方面筹组副司令部。
　　　礼县土匪屠城。
　　　六岁女孩受孕。
　　　辛博森伤势沉重。
　　　汪精卫到太原。

---

　　* 双十　即双十节，中华民国国庆节。1911 年 10 月 10 日武昌起义成功，建立中华民国。1912 年 9 月 28 日，临时参议院决定以 10 月 10 日为国庆节，俗称"双十节"。

卢兴邦接洽投诚。

加派师旅入赣剿共。

裁厘展至明年一月。

墨西哥拒侨胞，五十六名返国。

墨索里尼提倡艺术。

谭延闿轶事。

战士社代社员征婚。

十月四日

齐天大舞台始创杰构积极改进《西游记》，准中秋节开幕。

前进的，民族主义的，唯一的，文艺刊物《前锋月刊》创刊号准双十节出版。

空军将再炸邕。

剿匪声中一趣史。

十月五日

蒋主席电国府请大赦政治犯。

程艳秋登台盛况。

卫乐园之保证金。

十月六日

樊迪文讲演小记。

诸君阅至此，请虔颂南无阿弥陀佛……

大家错了，中秋是本月六日。

查封赵戴文财产问题。

鄂省党部祝贺克复许汴。

取缔民间妄用党国旗。

十月七日

响应政府之廉洁运动。

津浦全线将通车。

平津党部行将恢复。

法轮殴毙栈伙交涉。

王士珍举殡记。

冯阎部下全解体。

湖北来凤苗放双穗。

冤魂为厉，未婚夫索命。

鬼击人背。

十月八日

闽省战事仍烈。

八路军封锁柳州交通。

安德思考古队自蒙古返北平。

国货时装展览。

哄动南洋之萧信庵案。

学校当注重国文论。

追记郑州飞机劫。

谭宅挽联择尤录。

汪精卫突然失踪。

十月九日

西北军已解体。

外部发表英退庚款换文。

京卫戍部枪决人犯。

辛博森渐有起色。

国货时装展览。

上海空前未有之跳舞游艺大会。

十月十日

举国欢腾庆祝双十。

叛逆削平，全国欢祝国庆，蒋主席昨凯旋参与盛典。

津浦路暂仍分段通车。

首都枪决共犯九名。

林埭被匪洗劫。

老陈圩匪祸惨酷。

海盗骚扰丰利。

程艳秋庆祝国庆。

蒋丽霞不忘双十。

南昌市取缔赤足。

伤兵怒斥孙祖基。

今年之双十节，可欣可贺，尤甚从前。

结　　语

我也说"今年之双十节，可欣可贺，尤甚从前"罢。

十月一日

附记：这一篇没有能够刊出，大约是被谁抽去了的，盖双十盛典，"伤今"固难，"怀古"也不易了。

十月十三日

（原未刊出，后收入《准风月谈》）

重三感旧*

——一九三三年忆光绪朝末

我想赞美几句一些过去的人,这恐怕并不是"骸骨的迷恋"①。

所谓过去的人,是指光绪末年的所谓"新党",民国初年,就叫他们"老新党"。甲午战败②,他们自以为觉悟了,于是要"维新",便是三四十岁的中年人,也看《学算笔谈》③,看《化学鉴原》④;还要学英文,学日文,硬着舌头,怪声怪气的朗诵着,对人毫无愧色,那目的是要看"洋书",看洋书的缘故是要给中国图"富强",现在的旧书摊上,还偶有"富强丛书"⑤ 出现,就如目下的"描写字典""基本英语"一样,正是那时应运而生的东西。连八股出身的张之洞,他托缪荃孙⑥代做的《书目答问》也竭力添进各种译本去,可见这"维新"风潮之烈了。

然而现在是别一种现象了。有些新青年,境遇正和"老新党"

---

* 本文1933年10月6日刊于《申报·自由谈》时题为《感旧》,收入《准风月谈》时改为现名。

① **"骸骨的迷恋"** 这是叶圣陶批评文化守旧者的话,见1921年11月12日《时事新报·文学旬刊》第19期《骸骨的迷恋》一文。

② **甲午战败** 1894年(农历甲午年),日本侵略朝鲜而引发中日战争。次年2月,北洋舰队全军覆没,清政府被迫与日本签订了可耻的《马关条约》。

③ **《学算笔谈》** 清末华蘅芳所著算学丛书之一种,1885年刻印单行本。

④ **《化学鉴原》** 英国人韦而司所著化学课本,曾有江南制造局翻译馆译本。

⑤ **"富强丛书"** 即《西学富强丛书》,张荫桓编辑,鸿文书局1896年出版。丛书分算学、化学、电学、天文学等12类,收书70余种。

⑥ **缪荃孙**(1844—1919) 字炎之,又字筱珊,晚号艺风,江苏江阴人,清末藏书家、目录学家。早年曾入张之洞幕府,光绪二年进士,授翰林院编修。1894年辞官,赴南京钟山书院讲学。后主持江南图书馆,京师图书馆。晚年任清史馆总纂。著有《续碑传集》《艺风堂文集》等。据传,他任张之洞幕僚时曾为之代笔作《书目答问》。该书卷三"子部总目"中列入《代数术》(英国华里司撰,华蘅芳译)、《代微积拾级》(美国罗密士撰,李善兰译)等西洋数学著作。

相反，八股毒是丝毫没有染过的，出身又是学校，也并非国学的专家，但是，学起篆字来了，填起词来了，劝人看《庄子》《文选》了，信封也有自刻的印板了，新诗也写成方块了，除掉做新诗的嗜好之外，简直就如光绪初年的雅人一样，所不同者，缺少辫子和有时穿穿洋服而已。

近来有一句常谈，是"旧瓶不能装新酒"。这其实是不确的。旧瓶可以装新酒，新瓶也可以装旧酒，倘若不信，将一瓶五加皮和一瓶白兰地互换起来试试看，五加皮装在白兰地瓶子里，也还是五加皮。这一种简单的试验，不但明示着"五更调""攒十字"①的格调，也可以放进新的内容去，且又证实了新式青年的躯壳里，大可以埋伏下"桐城谬种"或"选学妖孽"②的喽罗。

"老新党"们的见识虽然浅陋，但是有一个目的：图富强。所以他们坚决，切实；学洋话虽然怪声怪气，但是有一个目的：求富强之术。所以他们认真，热心。待到排满学说播布开来，许多人就成为革命党了，还是因为要给中国图富强，而以为此事必自排满始。

排满久已成功，五四早经过去，于是篆字，词，《庄子》，《文选》，古式信封，方块新诗，现在是我们又有了新的企图，要以"古雅"立足于天地之间了。假使真能立足，那倒是给"生存竞争"添一条新例的。

十月一日

（原刊 1933 年 10 月 6 日《申报·自由谈》，后收入《准风月谈》）

---

① **"五更调""攒十字"** "五更调"又名"叹五更"，民间曲调名，敦煌曲子中已有。一般五叠，每叠十句四十八字。"攒十字"，民间曲调名，每句十字。

② **"桐城谬种"或"选学妖孽"** 这是五四新文化运动初期，提倡白话文的钱玄同抨击固守文言骈体的旧派文人的话。"桐城"指文学上的桐城派，主要有清代方苞、刘大櫆、姚鼐等人，因为他们都是安徽桐城人，故有此名。该派将《左传》《史记》等先秦两汉散文和唐宋古文家的作品奉为圭臬。"选学"指以《文选》为典范的习文之风。

"感旧"以后(上)

又不小心，感了一下子旧，就引出了一篇施蛰存①先生的《〈庄子〉与〈文选〉》来，以为我那些话，是为他而发的，但又希望并不是为他而发的。

我愿意有几句声明：那篇《感旧》，是并非为施先生而作的，然而可以有施先生在里面。

倘使专对个人而发的话，照现在的摩登文例，应该调查了对手的籍贯，出身，相貌，甚而至于他家乡有什么出产，他老子开过什么铺子，影射他几句才算合式。我的那一篇里可是毫没有这些的。内中所指，是一大队遗少群的风气，并不指定着谁和谁；但也因为所指的是一群，所以被触着的当然也不会少，即使不是整个，也是那里的一肢一节，即使并不永远属于那一队，但有时是属于那一队的。现在施先生自说了劝过青年去读《庄子》与《文选》，"为文学修养之助"，就自然和我所指摘的有点相关，但以为这文为他而作，却诚然是"神经过敏"，我实在并没有这意思。

不过这是在施先生没有说明他的意见之前的话，现在却连这"相关"也有些疏远了，因为我所指摘的，倒是比较顽固的遗少群，标准还要高一点。

现在看了施先生自己的解释，（一）才知道他当时的情形，是因为稿纸太小了，"倘再宽阔一点的话"，他"是想多写几部书进去的"；（二）才知道他先前的履历，是"从国文教员转到编杂志"，觉得"青年人的文章太拙直，字汇太少"了，所以推举了这两部古

---

① **施蛰存**（1905—2003） 原名德普，字安华，浙江杭州人，现代作家、学者。早年与戴望舒办水沫书店，编辑《无轨电车》杂志。1932—1934 年主编《现代》文学月刊。后于云南大学、厦门大学、沪江大学等校任教。著有小说《上元灯》《将军的头》等，另有《汉碑年表》等学术著述。这里提到的《〈庄子〉与〈文选〉》一文，刊于 1933 年 10月 8 日《申报·自由谈》。

书，使他们去学文法，寻字汇，"虽然其中有许多字是已死了的"，然而也只好去寻觅。我想，假如庄子生在今日，则被劈棺之后①，恐怕要劝一切有志于结婚的女子，都去看《烈女传》② 的罢。

还有一点另外的话——

（一）施先生说我用瓶和酒来比"文学修养"是不对的，但我并未这么比方过，我是说有些新青年可以有旧思想，有些旧形式也可以藏新内容。我也以为"新文学"和"旧文学"这中间不能有截然的分界，然而有蜕变，有比较的偏向，而且正因为不能以"何者为分界"，所以也没有了"第三种人"的立场。

（二）施先生说写篆字等类，都是个人的事情，只要不去勉强别人也做一样的事情就好，这似乎是很对的。然而中学生和投稿者，是他们自己个人的文章太拙直，字汇太少，却并没有勉强别人都去做字汇少而文法拙直的文章，施先生为什么竟大有所感，因此来劝"有志于文学的青年"该看《庄子》与《文选》了呢？做了考官，以词取士，施先生是不以为然的，但一做教员和编辑，却以《庄子》与《文选》劝青年，我真不懂这中间有怎样的分界。

（三）施先生还举出一个"鲁迅先生"来，好像他承接了庄子的新道统，一切文章，都是读《庄子》与《文选》读出来的一般。"我以为这也有点武断"的。他的文章中，诚然有许多字为《庄子》与《文选》中所有，例如"之乎者也"之类，但这些字眼，想来别的书上也不见得没有罢。再说得露骨一点，则从这样的书里去找活字汇，简直是胡涂虫，恐怕施先生自己也未必。

十月十二日

（原刊 1933 年 10 月 15 日《申报·自由谈》，后收入《准风月谈》）

---

① **假如庄子生在今日，则被劈棺之后** 指庄子死而复生的故事，见明代冯梦龙辑《警世通言》第 2 卷《庄子休鼓盆成大道》。

② **《烈女传》** 似指西汉刘向所撰《列女传》。该书分母仪、贤明、贞顺、节义等 7 门，共记 105 名妇女的故事。

"感旧"以后（下）

　　还得写一点。但得声明在先，这是由施蛰存先生的话所引起，却并非为他而作的。对于个人，我原稿上常是举出名字来，然而一到印出，却往往化为"某"字，或是一切阔人姓名，危险字样，生殖机关的俗语的共同符号"××"了。我希望这一篇中的有几个字，没有这样变化，以免误解。

　　我现在要说的是：说话难，不说亦不易。弄笔的人们，总要写文章，一写文章，就难免惹灾祸，黄河的水向薄弱的堤上攻，于是露臂膊的女人和写错字的青年，就成了嘲笑的对象了，他们也真是无拳无勇，只好忍受，恰如乡下人到上海租界，除了挤出被称为"阿木林"之外，没有办法一样。

　　然而有些是冤枉的，随手举一个例，就是登在《论语》二十六期上的刘半农先生"自注自批"的《桐花芝豆堂诗集》这打油诗。北京大学招考，他是阅卷官，从国文卷子上发见一个可笑的错字，就来做诗，那些人被挖苦得真是要钻地洞，那些刚毕业的中学生。自然，他是教授，凡所指摘，都不至于不对的，不过我以为有些却还可有磋商的余地。集中有一个"自注"道——

　　　　有写"倡明文化"者，余曰：倡即"娼"字，凡文化发达之处，娼妓必多，谓文化由娼妓而明，亦言之成理也。

　　娼妓的娼，我们现在是不写作"倡"的，但先前两字通用，大约刘先生引据的是古书。不过要引古书，我记得《诗经》里有一句"倡予和女"[①]，好像至今还没有人解作"自己也做了婊子来应和别

　　[①] **"倡予和女"** 《诗经·郑风·萚兮》："叔兮伯兮，倡予和女。"按：这里"倡"即唱字，"女"即汝字，指那些"叔兮伯兮"的男子。"倡予和女"是倒装用法，是予倡汝和的意思。

人"的意思。所以那一个错字，错而已矣，可笑可鄙却不属于它的。还有一句是——

　　幸"萌科学思想之芽"。

　　"萌"字和"芽"字旁边都加着一个夹圈，大约是指明着可笑之处在这里的罢，但我以为"萌芽"，"萌蘖"，固然是一个名词，而"萌动"，"萌发"，就成了动词，将"萌"字作动词用，似乎也并无错误。

　　五四运动时候，提倡（刘先生或者会解作"提起婊子"来的罢）白话的人们，写错几个字，用错几个古典，是不以为奇的，但因为有些反对者说提倡白话者都是不知古书，信口胡说的人，所以往往也做几句古文，以塞他们的嘴。但自然，因为从旧垒中来，积习太深，一时不能摆脱，因此带着古文气息的作者，也不能说是没有的。

　　当时的白话运动是胜利了，有些战士，还因此爬了上去，但也因为爬了上去，就不但不再为白话战斗，并且将它踏在脚下，拿出古字来嘲笑后进的青年了。因为还正在用古书古字来笑人，有些青年便又以看古书为必不可省的工夫，以常用文言的作者为应该模仿的格式，不再从新的道路上去企图发展，打出新的局面来了。

　　现在有两个人在这里：一个是中学生，文中写"留学生"为"流学生"，错了一个字；一个是大学教授，就得意洋洋的做了一首诗，曰："先生犯了弥天罪，罚往西洋把学流，应是九流加一等，面筋熬尽一锅油。"[①] 我们看罢，可笑是在那一面呢？

　　　　　　　　　　　　　　　　　　　　　　　　十月十二日

　　（原刊1933年10月16日《申报·自由谈》，后收入《准风月谈》）

----

　　① 此四句系刘半农《桐花芝豆堂诗集》中《阅卷杂诗》之二。该诗自注："古时候九流，最远不出国境，今流往外洋，是加一等治罪矣。昔吴稚老言：外国为大油锅，留学生为油面筋，谓其去时小而归来大也。据此，流学生不特流而已也，且入油锅地狱焉，阿要痛煞！"

黄　祸

现在的所谓"黄祸"，我们自己是在指黄河决口了，但三十年之前，并不如此。

那时是解作黄色人种将要席卷欧洲的意思的，有些英雄听到了这句话，恰如听得被白人恭维为"睡狮"一样，得意了好几年，准备着去做欧洲的主子。

不过"黄祸"这故事的来源，却又和我们所幻想的不同，是出于德皇威廉①的。他还画了一幅图，是一个罗马装束的武士，在抵御着由东方西来的一个人，但那人并不是孔子，倒是佛陀，中国人实在是空欢喜。所以我们一面在做"黄祸"的梦，而有一个人在德国治下的青岛②所见的现实，却是一个苦孩子弄脏了电柱，就被白色巡捕提着脚，像中国人的对付鸭子一样，倒提而去了。现在希特拉的排斥非日耳曼民族思想，方法是和德皇一样的。

德皇的所谓"黄祸"，我们现在是不再梦想了，连"睡狮"也不再提起，"地大物博，人口众多"，文章上也不很看见。倘是狮子，自夸怎样肥大是不妨事的，但如果是一口猪或一匹羊，肥大倒不是好兆头。我不知道我们自己觉得现在好像是什么了？

我们似乎不再想，也寻不出什么"象征"来，我们正在看海京伯的猛兽戏，赏鉴狮虎吃牛肉，听说每天要吃一只牛。我们佩服国联的制裁日本，我们也看不起国联的不能制裁日本；我们赞成军缩③的"保护和平"，我们也佩服希特拉的退出军缩；我们怕别国要以中

---

① **德皇威廉**　指德皇威廉二世（William Ⅱ，1859—1941），在位时推行侵略扩张政策，1897 年出兵强占中国胶州湾，1900 年出兵加入八国联军，攻占北京。1914 年挑起第一次世界大战。1918 年 11 月德国革命爆发后逃往荷兰。

② **德国治下的青岛**　青岛于 1897 年被德国强占，第一次世界大战期间又为日本占领，1922 年才由中国收回。

③ **军缩**　指 1932 年 2 月起在日内瓦举行的国际军缩（裁军）会议。

国作战场，我们也憎恶非战大会。我们似乎依然是"睡狮"。

"黄祸"可以一转而为"福"，醒了的狮子也会做戏的。当欧洲大战时。我们有替人拚命的工人，青岛被占了，我们有可以倒提的孩子。

但倘说，二十世纪的舞台上没有我们的份，是不合理的。

十月十七日

（原刊 1933 年 10 月 20 日《申报·自由谈》，后收入《准风月谈》）

冲

"推"和"踢"只能死伤一两个，倘要多，就非"冲"不可。

十三日的新闻上载着贵阳通信说，九一八纪念，各校学生集合游行，教育厅长谭星阁临事张皇，乃派兵分据街口，另以汽车多辆，向行列冲去，于是发生惨剧，死学生二人，伤四十余，其中以正谊小学学生为最多，年仅十龄上下耳。……

我先前只知道武将大抵通文，当"枕戈待旦"的时候，就会做骈体电报，这回才明白虽是文官，也有深谙韬略的了。田单①曾经用过火牛，现在代以汽车，也确是二十世纪。

"冲"是最爽利的战法，一队汽车，横冲直撞，使敌人死伤在车轮下，多么简截；"冲"也是最威武的行为，机关一扳，风驰电掣，使对手想回避也来不及，多么英雄。各国的兵警，喜欢用水龙冲，俄皇曾用哥萨克马队冲②，都是快举。各地租界上我们有时会看见外国兵的坦克车在出巡，这就是倘不恭顺，便要来冲的家伙。

汽车虽然并非冲锋的利器，但幸而敌人却是小学生，一匹疲驴，真上战场是万万不行的，不过在嫩草地上飞跑，骑士坐在上面暗呜叱咤，却还很能胜任愉快，虽然有些人见了，难免觉得滑稽。

十龄上下的孩子会造反，本来也难免觉得滑稽的。但我们中国是常出神童的地方，一岁能画，两岁能诗，七龄童做戏，十龄童从军，十几龄童做委员，原是常有的事实；连七八岁的女孩也会被凌辱，从别人看来，是等于"年方花信"的了。

况且"冲"的时候，倘使对面是能够有些抵抗的人，那就汽车

---

① **田单** 战国时齐国临淄（今山东淄博东北）人，齐国将军。曾用火牛阵击败入犯的燕国军队，收复70余城。后被齐襄王任为相国，封平安君。

② **俄皇曾用哥萨克马队冲** 指1905年1月22日（俄历1月9日），俄国沙皇尼古拉二世出动哥萨克马队镇压在冬宫广场上请愿的民众。

会弄得不爽利，冲者也就不英雄，所以敌人总须选得嫩弱。流氓欺乡下老，洋人打中国人，教育厅长冲小学生，都是善于克敌的豪杰。

　　"身当其冲"，先前好像不过一句空话，现在却应验了，这应验不但在成人，而且到了小孩子。"婴儿杀戮"算是一种罪恶，已经是过去的事，将乳儿抛上空中去，接以枪尖，不过看作一种玩把戏的日子，恐怕也就不远了罢。

十月十七日

　　（原刊 1933 年 10 月 22 日《申报·自由谈》，后收入《准风月谈》）

"滑稽"例解

研究世界文学的人告诉我们：法人善于机锋，俄人善于讽刺，英美人善于幽默。这大概是真确的，就都为社会状态所制限。慨自语堂大师振兴"幽默"以来，这名词是很通行了，但一普遍，也就伏着危机，正如军人自称佛子，高官忽挂念珠，而佛法就要涅槃一样。倘若油滑，轻薄，猥亵，都蒙"幽默"之号，则恰如"新戏"①之入"×世界"，必已成为"文明戏"也无疑。

这危险，就因为中国向来不大有幽默。只是滑稽是有的，但这和幽默还隔着一大段，日本人曾译"幽默"为"有情滑稽"，所以别于单单的"滑稽"，即为此。那么，在中国，只能寻得滑稽文章了？却又不。中国之自以为滑稽文章者，也还是油滑，轻薄，猥亵之谈，和真的滑稽有别。这"狸猫换太子"的关键，是在历来的自以为正经的言论和事实，大抵滑稽者多，人们看惯，渐渐以为平常，便将油滑之类，误认为滑稽了。

在中国要寻求滑稽，不可看所谓滑稽文，倒要看所谓正经事，但必须想一想。

这些名文是俯拾即是的，譬如报章上正正经经的题目，什么"中日交涉渐入佳境"呀，"中国到那里去"呀，就都是的，咀嚼起来，真如橄榄一样，很有些回味。

见于报章上的广告的，也有的是。我们知道有一种刊物，自说是"舆论界的新权威"②，"说出一般人所想说而没有说的话"，而一

---

① **"新戏"** 指话剧。我国早期话剧在 20 世纪初由日本新派剧的影响而产生，当时称"新戏"，又称"文明戏"。五四新文化运动后，欧洲戏剧传入我国，推动现代话剧兴起，1927 年正式定名为话剧。而"文明戏"之称则留给了在上海大世界那类游艺场上演的通俗搞笑的剧目。

② **"舆论界的新权威"** 这是邵洵美创办《十日谈》时为自己刊物所撰广告语，刊于 1933 年 8 月 10 日《申报》。后文"声明误会，表示歉意"之语，是因《十日谈》第 2 期短评冒渎《晶报》而遭致对方起诉，经律师调解后，《十日谈》于 1933 年 9 月 21 日在《申报》刊登向《晶报》致歉的启事。

面又在向别一种刊物"声明误会，表示歉意"，但又说是"按双方均为社会有声誉之刊物，自无互相攻讦之理"。"新权威"而善于"误会"，"误会"了而偏"有声誉"，"一般人所想说而没有说的话"却是误会和道歉：这要不笑，是必须不会思索的。

见于报章的短评上的，也有的是。例如九月间《自由谈》所载的《登龙术拾遗》上，以做富家女婿为"登龙"之一术，不久就招来了一篇反攻，那开首道："狐狸吃不到葡萄，说葡萄是酸的，自己娶不到富妻子，于是对于一切有富岳家的人发生了妒嫉，妒嫉的结果是攻击。"这也不能想一下。一想"的结果"，便分明是这位作者在表明他知道"富妻子"的味道是甜的了。

诸如此类的妙文，我们也尝见于冠冕堂皇的公文上：而且并非将它漫画化了的，却是它本身原来是漫画。《论语》一年中，我最爱看"古香斋"① 这一栏，如四川营山县长禁穿长衫令云："须知衣服蔽体已足，何必前拖后曳，消耗布匹？且国势衰弱……顾念时艰，后患何堪设想？"又如北平社会局禁女人养雄犬文云："查雌女雄犬相处，非仅有碍健康，更易发生无耻秽闻，揆之我国礼义之邦，亦为习俗所不许。谨特通令严禁……凡妇女带养之雄犬，斩之无赦，以为取缔！"这那里是滑稽作家所能凭空写得出来的？

不过"古香斋"里所收的妙文，往往还倾于奇诡，滑稽却不如平淡，惟其平淡，也就更加滑稽，在这一标准上，我推选"甜葡萄"说。

十月十九日

（原刊 1933 年 10 月 26 日《申报·自由谈》，后收入《准风月谈》）

① "古香斋"　《论语》半月刊的一个栏目，主要刊载各种离奇的社会新闻。

外国也有

凡中国所有的，外国也都有。

外国人说中国多臭虫，但西洋也有臭虫；日本人笑中国人好弄文字，但日本人也一样的弄文字。不抵抗的有甘地；禁打外人的有希特拉①；狄昆希②吸鸦片；陀思妥夫斯基赌得发昏。斯惠夫德③带枷，马克斯④反动。林白⑤大佐的儿子，就给绑匪绑去了。而裹脚和高跟鞋，相差也不见得有多么远。

只有外国人说我们不问公益，只知自利，爱金钱，却还是没法辩解。民国以来，有过许多总统和阔官了，下野之后，都是面团团的，或赋诗，或看戏，或念佛，吃着不尽，真也好像给批评者以证据。不料今天却被我发见了：外国也有的！

> 十七日哈伐那电——避居加拿大之古巴前总统麦查度……在古巴之产业，计值八百万美元，凡能对渠担保收回此项财产者，无论何人，渠愿与以援助。又一消息，谓古巴政府已对麦及其旧僚属三十八人下逮捕令，并扣押渠等之财产，其数达二

---

① **希特拉** 今译希特勒。据1933年8月21日《申报》报道：德国纳粹冲锋队殴打美国医生慕尔比希，希特勒出于外交考虑，派人往美国使馆道歉，并下令禁止冲锋队殴打外国侨民。

② **狄昆希** 今译德·昆西（T. De Quincey，1785—1859），英国作家、批评家。著有《一个吸鸦片者的自白》《英国邮车》等。

③ **斯惠夫德** 今译斯威夫特（Jonathan Swift，1667—1745），英国作家。著有《格列佛游记》等。这里提到的"带枷"一事，疑为另一英国作家笛福之误。笛福（Daniel Defoe，1660—1731）曾因讽刺教会被政府治罪，罚令在闹市带枷示众三日。

④ **马克斯** 今译马克思。

⑤ **林白**（Charles Lindbergh，1902—1974） 美国飞行员，陆军航空兵预备役上校（文内称"大佐"是套用日本军衔）。1927年5月20日首次驾机横渡大西洋，以33小时30分完成从纽约至巴黎的不着陆飞行，成为航空史上传奇人物。1932年3月，他的儿子在纽约被人绑架。

千五百万美元。……

以三十八人之多，而财产一共只有这区区二千五百万美元，手段虽不能谓之高，但有些近乎发财却总是确凿的，这已足为我们的"上峰"雪耻，不过我还希望他们在外国买有地皮，在外国银行里另有存款，那么，我们和外人折冲樽俎的时候，就更加振振有辞了。

假使世界上只有一家有臭虫，而遭别人指摘的时候，实在也不大舒服的，但捉起来却也真费事。况且北京有一种学说，说臭虫是捉不得的，越捉越多。即使捉尽了，又有什么价值呢，不过是一种消极的办法。最好还是希望别家也有臭虫，而竟发见了就更好。发见，这是积极的事业。哥伦布①与爱迪生，也不过有了发见或发明而已。

与其劳心劳力，不如玩跳舞，喝咖啡。外国也有的，巴黎就有许多跳舞场和咖啡店。

即使连中国都不见了，也何必大惊小怪呢，君不闻迦勒底②与马基顿③乎？——外国也有的！

十月十九日

（原刊 1933 年 10 月 23 日《申报·自由谈》，后收入《准风月谈》）

---

① **哥伦布**（Christopher Columbus，1451—1506） 意大利航海家、新大陆的发现者。曾率西班牙船队四次横渡大西洋，发现中美洲和南美洲大陆及许多岛屿。

② **迦勒底**（Chaldea） 亦称新巴比伦王国，在今伊拉克南部。公元前一世纪以前是古巴比伦王国的地盘，后被亚述人占领。公元前 626 年，当地首领那波帕拉萨建立了迦勒底王朝，其继任者尼布甲尼撒二世（前 605—前 562 在位）对巴比伦城进行大规模重建，使之成为当时世界上最大的城市。公元前 539 年为波斯人所灭。

③ **马基顿** 今译马其顿（Macedonia），巴尔干半岛的古代王国，在希腊以北。公元前四世纪成为希腊世界的霸主，当亚历山大三世（大帝）击败大流士统帅的波斯大军后，马其顿的疆域扩展到尼罗河和印度河畔。公元前二世纪被罗马帝国并吞。

扑　空

　　自从《自由谈》上发表了我的《感旧》和施蛰存先生的《〈庄子〉与〈文选〉》以后，《大晚报》的《火炬》便在征求展开的讨论。首先征到的是施先生的一封信，题目曰《推荐者的立场》，注云"《庄子》与《文选》的论争"。

　　但施先生又并不愿意"论争"，他以为两个人作战，正如弧光灯下的拳击手，无非给看客好玩。这是很聪明的见解，我赞成这一肢一节。不过更聪明的是施先生其实并非真没有动手，他在未说退场白之前，早已挥了几拳了。挥了之后，飘然远引，倒是最超脱的拳法。现在只剩下一个我了，却还得回一手，但对面没人也不要紧，我算是在打"逍遥游"①。

　　施先生一开首就说我加以"训诲"，而且派他为"遗少的一肢一节"。上一句是诬赖的，我的文章中，并未对于他个人有所劝告。至于指为"遗少的一肢一节"，却诚然有这意思，不过我的意思，是以为"遗少"也并非怎么很坏的人物。新文学和旧文学中间难有截然的分界，施先生是承认的，辛亥革命去今不过二十二年，则民国人中带些遗少气，遗老气，甚而至于封建气，也还不算甚么大怪事，更何况如施先生自己所说，"虽然不敢自认为遗少，但的确已消失了少年的活力"的呢，过去的余气当然要有的。但是，只要自己知道，别人也知道，能少传授一点，那就好了。

　　我早经声明，先前的文字是并非专为他个人而作的，而且自看了《〈庄子〉与〈文选〉》之后，则连这"一肢一节"也已经疏远。为什么呢，因为在推荐给青年的几部书目上，还题出着别一个极有意味的问题：其中有一种是《颜氏家训》②。这《家训》的作者，生

---

　　① "逍遥游"　《庄子》内篇有《逍遥游》一篇，这里是字面上的借用。

　　② 《颜氏家训》　北齐颜之推撰。颜之推（531—约590以后），字介，南北朝时琅琊临沂（今山东费县）人，文学家。南朝梁元帝时为散骑侍郎，西魏陷江陵时被俘。后于天保七年（556）投奔北齐，曾掌文林馆，迁黄门侍郎。齐亡入周，继入隋。

当乱世，由齐入隋，一直是胡势大张的时候，他在那书里，也谈古典，论文章，儒士似的，却又归心于佛，而对于子弟，则愿意他们学鲜卑语，弹琵琶，以服事贵人——胡人。这也是庚子义和拳败后的达官，富翁，巨商，士人的思想，自己念佛，子弟却学些"洋务"，使将来可以事人：便是现在，抱这样思想的人恐怕还不少。而这颜氏的渡世法，竟打动了施先生的心了，还推荐于青年，算是"道德修养"。他又举出自己在读的书籍，是一部英文书和一部佛经①，正为"鲜卑语"和《归心篇》②写照。只是现代变化急速，没有前人的悠闲，新旧之争，又正剧烈，一下子看不出什么头绪，他就也只好将先前两代的"道德"，并萃于一身了。假使青年，中年，老年，有着这颜氏式道德者多，则在中国社会上，实是一个严重的问题，有荡涤的必要。自然，这虽为书目所引起，问题是不专在个人的，这是时代思潮的一部。但因为连带提出，表面上似有太关涉了某一个人之观，我便不敢论及了，可以和他相关的只有"劝人看《庄子》《文选》了"八个字，对于个人，恐怕还不能算是不敬的。但待到看了《〈庄子〉与〈文选〉》，却实在生了一点不敬之心，因为他辩驳的话比我所豫料的还空虚，但仍给以正经的答复，那便是《感旧以后》（上）。

然而施先生的写在看了《感旧之后》（上）之后的那封信，却更加证明了他和我所谓"遗少"的疏远。他虽然口说不来拳击，那第一段却全是对我个人而发的。现在介绍一点在这里，并且加以注解。

施先生说："据我想起来，劝青年看新书自然比劝他们看旧书能够多获得一些群众。"这是说，劝青年看新书的，并非为了青年，倒是为自己要多获些群众。

施先生说："我想借贵报的一角篇幅，将……书目改一下：我想把《庄子》与《文选》改为鲁迅先生的《华盖集》正续编及《伪自由书》。我想，鲁迅先生为当代'文坛老将'，他的著作里是有着很广大的活字汇的，而且据丰之余③先生告诉我，鲁迅先生文章里的确

---

① **一部英文书和一部佛经**　施蛰存在《大晚报》"目下所读之书"征答栏内填了两本书，一是英国批评家理查兹（原译李却兹）的《文学批评原理》，一是《佛本行经》。

② **《归心篇》**　《颜氏家训》中的一篇。

③ **丰之余**　鲁迅发表此文和《重三感旧》《"感旧"以后》等篇所用的笔名。

也有一些从《庄子》与《文选》里出来的字眼，譬如'之乎者也'之类。这样，我想对于青年人的效果也是一样的。"这一大堆的话，是说，我之反对推荐《庄子》与《文选》，是因为恨他没有推荐《华盖集》正续编与《伪自由书》的缘故。

施先生说："本来我还想推荐一二部丰之余先生的著作，可惜坊间只有丰子恺①先生的书，而没有丰之余先生的书，说不定他是像鲁迅先生印珂罗版木刻图一样的是私人精印本，属于罕见书之列，我很惭愧我的孤陋寡闻，未能推荐矣。"这一段话，有些语无伦次了，好像是说：我之反对推荐《庄子》与《文选》，是因为恨他没有推荐我的书，然而我又并无书，然而恨他不推荐，可笑之至矣。

这是"从国文教师转到编杂志"，劝青年去看《庄子》与《文选》，《论语》，《孟子》，《颜氏家训》的施蛰存先生，看了我的《感旧以后》（上）一文后，"不想再写什么"而终于写出来了的文章，辞退做"拳击手"，而先行拳击别人的拳法。但他竟毫不提主张看《庄子》与《文选》的较坚实的理由，毫不指出我那《感旧》与《感旧以后》（上）两篇中间的错误，他只有无端的诬赖，自己的猜测，撒娇，装傻。几部古书的名目一撕下，"遗少"的肢节也就跟着渺渺茫茫，到底是现出本相：明明白白的变了"洋场恶少"了。

十月二十日

（原刊 1933 年 10 月 23 日/24 日《申报·自由谈》，后收入《准风月谈》）

[备考]：

《扑空》正误　　　　　　丰之余

前几天写《扑空》的时候，手头没有书，涉及《颜氏家训》之处，仅凭记忆，后来怕有错误，设法觅得原书来查了一查，发现对于颜之推的记述，是我弄错了。其《教子篇》云："齐朝有一士大

---

① **丰子恺**（1898—1975）　名润，浙江崇德（今属桐乡）人，现代作家、画家、教育家。20 世纪 20 年代在浙江上虞春晖中学、上海立达学园任教。抗战时任浙江大学、国立艺术专科学校（重庆）教授。著有《缘缘堂随笔》《教师日记》等，另出版绘画作品《子恺漫画》《护生画集》等。

夫，尝谓吾曰：我有一儿，年已十七，颇晓书疏，教其鲜卑语，及弹琵琶，稍欲通解，以此伏事公卿，无不宠爱，亦要事也。吾时俛而不答。异哉此人之教子也。若由此业，自致卿相，亦不愿汝曹为之。"

然则齐士的办法，是庚子以后官商士绅的办法，施蛰存先生却是合齐士与颜氏的两种典型为一体的，也是现在一部分的人们的办法，可改称为"北朝式道德"，也还是社会上的严重的问题。

对于颜氏，本应该十分抱歉的，但他早经死去了，谢罪与否都不相干，现在只在这里对于施先生和读者订正我的错误。

十月二十五日

答"兼示"

前几天写了一篇《扑空》之后，对于什么"《庄子》与《文选》"之类，本也不想再说了。第二天看见了《自由谈》上的施蛰存先生《致黎烈文先生书》，也是"兼示"我的，就再来说几句。因为施先生驳复我的三项，我觉得都不中肯——

（一）施先生说，既然"有些新青年可以有旧思想，有些旧形式也可以藏新内容"，则像他似的"遗少之群中的一肢一节"的旧思想也可以存而不论，而且写《庄子》那样的古文也不妨了。自然，倘要这样写，也可以说"不妨"的，宇宙决不会因此破灭。但我总以为现在的青年，大可以不必舍白话不写，却另去熟读了《庄子》，学了它那样的文法来写文章。至于存而不论，那固然也可以，然而论及又有何妨呢？施先生对于青年之文法拙直，字汇少，和我的《感旧》，不是就不肯"存而不论"么？

（二）施先生以为"以词取士"，和劝青年看《庄子》与《文选》有"强迫"与"贡献"之分，我的比例并不对。但我不知道施先生做国文教员的时候，对于学生的作文，是否以富有《庄子》文法与《文选》字汇者为佳文，转为编辑之后，也以这样的作品为上选？假使如此，则倘作"考官"，我看是要以《庄子》与《文选》取士的。

（三）施先生又举鲁迅的话，说他曾经说过：一，"少看中国书，其结果不过不能作文而已。"① 可见是承认了要能作文，该多看中国书；二，"……我以为倘要弄旧的呢，倒不如姑且靠着张之洞的《书目答问》去摸门径去。"就知道没有反对青年读古书过。这是施先生忽略了时候和环境。他说一条的那几句的时候，正是许多人大叫要作白话文，也非读古书不可之际，所以那几句是针对他们而发的，

---

① "少看中国书，其结果不过不能作文而已。" 见本书《青年必读书》一文。

犹言即使恰如他们所说，也不过不能作文，而去读古书，却比不能作文之害还大。至于二，则明明指定着研究旧文学的青年，和施先生的主张，涉及一般的大异。倘要弄中国上古文学史，我们不是还得看《易经》与《书经》①么？

其实，施先生说当他填写那书目的时候，并不如我所推测那样的严肃，我看这话倒是真实的。我们试想一想，假如真有这样的一个青年后学，奉命惟谨，下过一番苦功之后，用了《庄子》的文法，《文选》的语汇，来写发挥《论语》《孟子》和《颜氏家训》的道德的文章，"这岂不是太滑稽吗"？

然而我的那篇《怀旧》②是严肃的。我并非为要"多获群众"，也不是因为恨施先生没有推荐《华盖集》正续编及《伪自由书》；更不是别有"动机"，例如因为做学生时少得了分数，或投稿时被没收了稿子，现在就借此来报私怨。

十月二十一日

（原刊 1933 年 10 月 26 日《申报·自由谈》，后收入《准风月谈》）

---

① 《易经》与《书经》　《易经》，即《周易》，又指《周易》中与《传》相对而言的经文部分。儒家经典之一。《书经》，又名《尚书》，亦为儒家经典。

② 《怀旧》　应为《重三感旧》，或简作《感旧》。鲁迅别有一篇文言小说名为《怀旧》。

野兽训练法

　　最近还有极有益的讲演，是海京伯马戏团的经理施威德①在中华学艺社②的三楼上给我们讲"如何训练动物？"可惜我没福参加旁听，只在报上看见一点笔记。但在那里面，就已经够多着警辟的话了——

　　　　有人以为野兽可以用武力拳头去对付它，压迫它，那便错了，因为这是从前野蛮人对付野兽的办法，现在训练的方法，便不是这样。
　　　　现在我们所用的方法，是用爱的力量，获取它们对于人的信任，用爱的力量，温和的心情去感动它们。……

　　这一些话，虽然出自日耳曼人之口，但和我们圣贤的古训，也是十分相合的。用武力拳头去对付，就是所谓"霸道"。然而"以力服人者，非心服也"，所以文明人就得用"王道"，以取得"信任"："民无信不立"。
　　但是，有了"信任"以后，野兽可要变把戏了——

　　　　教练者在取得它们的信任以后，然后可以从事教练它们了：第一步，可以使它们认清坐的，站的位置；再可以使它们跳浜，站起来……

---

　　① 施威德（R. Sawade，1869—1947）　德国驯兽家。据 1933 年 10 月 27 日《申报》报道，当时在中华学艺社讲演者系海京伯马戏团的惠格纳。
　　② 中华学艺社　原名丙辰学社，中国留日学生陈启修、周昌寿、郑贞文等人 1916 年在东京发起成立的学术团体。1920 年前后迁至上海，1923 年改名中华学艺社。文中提到的讲演，于该社 1932 年 7 月在爱麦虞限路（今绍兴路）新建的会馆内举行。

训兽之法，通于牧民，所以我们的古之人，也称治民的大人物曰"牧"①。然而所"牧"者，牛羊也，比野兽怯弱，因此也就无须乎专靠"信任"，不妨兼用着拳头，这就是冠冕堂皇的"威信"。

　　由"威信"治成的动物，"跳浜，站起来"是不够的，结果非贡献毛角血肉不可，至少是天天挤出奶汁来——如牛奶，羊奶之流。

　　然而这是古法，我不觉得也可以包括现代。

　　施德威讲演之后，听说还有余兴，如"东方大乐"及"踢毽子"等，报上语焉不详，无从知道底细了，否则，我想，恐怕也很有意义。

十月二十七日

　　（原刊 1933 年 10 月 30 日《申报·自由谈》，后收入《准风月谈》）

① **"牧"** 或称牧夫，西周官名，诸侯之长。汉末一州的军政长官叫"州牧"。

反　刍

　　关于"《庄子》与《文选》"的议论，有些刊物上早不直接提起应否大家研究这问题，却拉到别的事情上去了。他们是在嘲笑那些反对《文选》的人们自己却曾做古文，看古书。

　　这真利害。大约就是所谓"以子之矛，攻子之盾"① 罢——对不起，"古书"又来了！

　　不进过牢狱的那里知道牢狱的真相。跟着阔人，或者自己原是阔人，先打电话，然后再去参观的，他只看见狱卒非常和气，犯人还可以用英语自由的谈话②。倘要知道得详细，那他一定是先前的狱卒，或者是释放的犯人。自然，他还有恶习，但他教人不要钻进牢狱去的忠告，去比什么名人说模范监狱的教育卫生，如何完备，比穷人的家里好得多等类的话，更其可信的。

　　然而自己沾了牢狱气，据说就不能说牢狱坏，狱卒或囚犯，都是坏人，坏人就不能有好话。只有好人说牢狱好，这才是好话。读过《文选》而说它无用，不如不读《文选》而说它有用的可听。反"反《文选》"的诸君子，自然多是读过的了，但未读的也有，举一个例在这里罢——"《庄子》我四年前虽曾读过，但那时还不能完全读懂……《文选》则我完全没有见过。"然而他结末说，"为了浴盘的水糟了，就连小宝宝也要倒掉，这意思是我们不敢赞同的。"（见《火炬》）他要保护水中的"小宝宝"，可是没有见过"浴盘的水"。

　　五四运动的时候，保护文言者是说凡做白话文的都会做文言文，所以古文也得读。现在保护古书者是说反对古书的也在看古书，做

---

　　① **"以子之矛，攻子之盾"**　语出《韩非子·难势》。原作"以子之矛，陷子之盾"。
　　② **犯人还可以用英语自由的谈话**　指胡适对几座监狱所作调查后向记者发表的观感。参见《鲁迅杂文全编》（上册）《"光明所到……"》一文。

文言，——可见主张的可笑。永远反刍，自己却不会呕吐，大约真是读透了《庄子》了。

十一月四日

（原刊 1933 年 11 月 7 日《申报·自由谈》，后收入《准风月谈》）

归　厚

　　在洋场上，用一瓶强水①去洒他所恨的女人，这事早经绝迹了。用些秽物去洒他所恨的律师，这风气只继续了两个月。最长久的是造了谣言去中伤他们所恨的文人，说这事已有了好几年，我想，是只会少不会多的。

　　洋场上原不少闲人，"吃白相饭"尚且可以过活，更何况有时打几圈马将。小妇人的喊喊喳喳，又何尝不可以消闲。我就是常看造谣专门杂志之一人，但看的并不是谣言，而是谣言作家的手段，看他有怎样出奇的幻想，怎样别致的描写，怎样险恶的构陷，怎样躲闪的原形。造谣，也要才能的，如果他造得妙，即使造的是我自己的谣言，恐怕我也会爱他的本领。

　　但可惜大抵没有这样的才能，作者在谣言文学上，也还是"滥竽充数"。这并非我个人的私见。讲什么文坛故事的小说不流行，什么外史也不再做下去②，可见是人们多已摇头了。讲来讲去总是这几套，纵使记性坏，多听了也会烦厌的。想继续，这时就得要才能；否则，台下走散，应该换一出戏来叫座。

　　譬如罢，先前演的是《杀子报》③罢，这回就须是《三娘教子》④，"老东人呀，唉，唉，唉！"

　　而文场实在也如戏场，果然已经渐渐的"民德归厚"了，有的

---

　　①　**强水**　即镪水，具有强腐蚀性的浓硝酸、浓盐酸等化学品的俗称。

　　②　**什么外史也不再做下去**　"外史"指杨邨人以笔名柳丝在《大晚报·火炬》上发表的诋诹鲁迅的《新儒林外史》，刊出第一回之后就没有下文了。

　　③　**《杀子报》**　京剧传统剧目。叙述寡妇徐氏为与和尚偷情，杀子后遭冤魂追索的故事。过去作为"淫戏"曾被国民党中央宣传部禁演，1949 年后也被中央人民政府文化部列入禁演剧目。

　　④　**《三娘教子》**　京剧传统剧目，根据明人《双官诰》传奇改编。叙写士人薛广之妾含辛教子之事，最后儿子得中状元，被诈传已死的薛广也获功名还家。

还至于自行声明，更换办事人，说是先前"揭载作家秘史，虽为文坛佳话，然亦有伤忠厚。以后本刊停登此项稿件。……以前言责……概不负责。"（见《微言》）为了"忠厚"而牺牲"佳话"，虽可惜，却也可敬的。

尤其可敬的是更换办事人。这并非敬他的"概不负责"，而是敬他的彻底。古时候虽有"放下屠刀，立地成佛"的人，但因为也有"放下官印，立地念佛"而终于又"放下念珠，立地做官"的人，这一种玩意儿，实在已不足以昭大信于天下：令人办事有点为难了。

不过，尤其为难的是忠厚文学远不如谣言文学之易于号召读者，所以须有才能更大的作家，如果一时不易搜求，那刊物就要减色。我想，还不如就用先前打诨的二丑挂了长须来唱老生戏，那么，暂时之间倒也特别而有趣的。

十一月四日

附记：这一篇没有能够发表。

次年六月十九日记

（原未刊出，后收入《准风月谈》）

难得糊涂

因为有人谈起写篆字，我倒记起郑板桥①有一块图章，刻着"难得糊涂"。那四个篆字刻得叉手叉脚的，颇能表现一点名士的牢骚气。足见刻图章写篆字也还反映着一定的风格，正像"玩"木刻之类，未必"只是个人的事情"："谬种"和"妖孽"就是写起篆字来，也带着些"妖谬"的。

然而风格和情绪，倾向之类，不但因人而异，而且因事而异，因时而异。郑板桥说"难得糊涂"，其实他还能够糊涂的。现在，到了"求仕不获无足悲，求隐而不得其地以审者，毋亦天下之至哀欤"②的时代，却实在求糊涂而不可得了。

糊涂主义，唯无是非观等等——本来是中国的高尚道德。你说他是解脱，达观罢，也未必。他其实在固执着，坚持着什么，例如道德上的正统，文学上的正宗之类。这终于说出来了：——道德要孔孟加上"佛家报应之说"（老庄另帐登记），而说别人"鄙薄"佛教影响就是"想为儒家争正统"，原来同善社的三教同源论早已是正统了。文学呢？要用生涩字，用词藻，秾纤的作品，而且是新文学的作品，虽则他"否认新文学和旧文学的分界"；而大众文学"固然赞成"，"但那是文学中的一个旁支"。③ 正统和正宗，是明显的。

对于人生的倦怠并不糊涂！活的生活已经那么"穷乏"，要请青年在"佛家报应之说"，在"《文选》，《庄子》，《论语》，《孟子》"

---

① **郑板桥**　即郑燮（1693—1765），字克柔，号板桥，江苏兴化人，清代书画家、文学家。乾隆进士，曾任范县、潍县知县。画坛"扬州八怪"之一。有《板桥全集》存世。

② 章太炎为吴宗慈纂辑的《庐山志》所作题辞，见1933年10月12日《申报·自由谈》。

③ 见施蛰存《突围》之四（答曹聚仁），原刊1933年10月30日《申报·自由谈》。其文称："我赞成大众文学，尽可能地以浅显的文字供给大众阅读，但那是文学中的一个旁支。"

里去求得修养。后来，修养又不见了，只剩得字汇。"自然景物，个人情感，宫室建筑……之类，还不妨从《文选》之类的书中去找来用。"① 从前严几道从甚么古书里——大概也是《庄子》罢——找着了"幺匿"② 两个字来译 Unit，又古雅，又音义双关的。但是后来通行的却是"单位"。严老先生的这类"字汇"很多，大抵无法复活转来。现在却有人以为"汉以后的词，秦以前的字，西方文化所带来的字和词，可以拼成功我们的光芒的新文学"③。这光芒要是只在字和词，那大概像古墓里的贵妇人似的，满身都是珠光宝气了。人生却不在拼凑，而在创造，几千百万的活人在创造。可恨的是人生那么骚扰忙乱，使一些人"不得其地以寶"，想要逃进字和词里去，以求"庶免是非"，然而又不可得。真要写篆字刻图章了！

十一月六日

（原刊 1933 年 11 月 24 日《申报·自由谈》，后收入《准风月谈》）

《准风月谈》中的杂文

---

① 见施蛰存《突围》之五（答致立），原刊 1933 年 10 月 31 日《申报·自由谈》。

② **"幺匿"** 严复（几道）翻译斯宾塞《群学肄言》时对英语 unit 一词采用的音义兼顾的译法。unit 一词，今译"个体""单位""单元"等。

③ 引语见施蛰存《突围》之四（答曹聚仁）。

古书中寻活字汇

古书中寻活字汇，是说得出，做不到的，他在那古书中，寻不出一个活字汇。

假如有"可看《文选》的青年"在这里，就是高中学生中的几个罢，他翻开《文选》来，一心要寻活字汇，当然明知道那里面有些字是已经死了的。然而他怎样分别那些字的死活呢？大概只能以自己的懂不懂为标准。但是，看了六臣注①之后才懂的字不能算，因为这原是死尸，由六臣背进他脑里，这才算是活人的，在他脑里即使复活了，在未"可看《文选》的青年"的眼前却还是死家伙。所以他必须看白文。

诚然，不看注，也有懂得的，这就是活字汇。然而他怎会先就懂得的呢？这一定是曾经在别的书上看见过，或是到现在还在应用的字汇，所以他懂得。那么，从一部《文选》里，又寻到了什么？

然而施先生说，要描写宫殿之类的时候有用处。这很不错，《文选》里有许多赋是讲到宫殿的，并且有什么殿的专赋。倘有青年要做汉晋的历史小说，描写那时的宫殿，找《文选》是极应该的，还非看"四史"《晋书》② 之类不可。然而所取的僻字也不过将死尸抬出来，说得神秘点便名之曰"复活"。如果要描写的是清故宫，那可和《文选》的瓜葛就极少了。

倘使连清故宫也不想描写，而豫备工夫却用得这么广泛，那实

---

① **六臣注** 唐高宗时李善因祸丢官，寓居民间，讲授《文选》为业，撰《文选注》六十卷。玄宗时吕廷济、刘良、张铣、吕向、李周翰五人共注《文选》，后人并李善所作注释，合为一书，称《六臣注文选》。

② **"四史"《晋书》** "四史"指《史记》《汉书》《后汉书》和《三国志》，是二十四史中叙史最靠前的四部，又称"前四史"。《晋书》是记载晋代历史的纪传体史书，在纪年上紧挨着前边的"四史"。

在是徒劳而仍不足。因为还有《易经》和《仪礼》①，里面的字汇，在描写周朝的卜课和婚丧大事时候是有用处的，也得作为"文学修养之根基"，这才更像"文学青年"的样子。

十一月六日

（原刊 1933 年 11 月 9 日《申报·自由谈》，后收入《准风月谈》）

① 《仪礼》 亦称《礼经》，儒家经典之一。

“商定”文豪

笔头也是尖的，也要钻。言路的窄，现在也正如活路一样，所以（以上十五字，刊出时作“别的地方钻不进”）只好对于文艺杂志广告的夸大，前去刺一下。

一看杂志的广告，作者就个个是文豪，中国文坛也真好像光焰万丈，但一面也招来了鼻孔里的哼哼声。然而，著作一世，藏之名山，以待考古团的掘出的作家，此刻早已没有了，连自作自刻，订成薄薄的一本，分送朋友的诗人，也已经不大遇得到。现在是前周作稿，次周登报，上月剪贴，下月出书，大抵仅仅为稿费。倘说，作者是饿着肚子，专心在为社会服务，恐怕说出来有点要脸红罢。就是笑人需要稿费的高士，他那一篇嘲笑的文章也还是不免要稿费。但自然，另有薪水，或者能靠女人奁资养活的文豪，都不属于这一类。

就大体而言，根子是在卖钱，所以上海的各式各样的文豪，由于“商定”，是“久已夫，已非一日矣”① 的了。

商家印好一种稿子后，倘那时封建得势，广告上就说作者是封建文豪，革命行时，便是革命文豪，于是封定了一批文豪们。别家的书也印出来了，另一种广告说那些作者并非真封建或真革命文豪，这边的才是真货色，于是又封定了一批文豪们。别一家又集印了各种广告的论战，一位作者加上些批评，另出了一位新文豪。

还有一法是结合一套脚色，要几个诗人，几个小说家，一个批评家，商量一下，立一个什么社，登起广告来，打倒彼文豪，抬出此文豪，结果也总可以封定一批文豪们，也是一种的“商定”。

就大体而言，根子是在卖钱，所以后来的书价，就不免指出文豪们的真价值，照价二折，五角一堆，也说不定的。不过有一种例

---

① “久已夫，已非一日矣” 这是戏用文言滥调的笔法。

外：虽然铺子出盘，作品贱卖，却并不是文豪们走了末路，那是他们已经"爬了上去"，进大学，进衙门，不要这踏脚凳了。

十一月七日

（原刊 1933 年 11 月 11 日《申报·自由谈》，后收入《准风月谈》）

青年与老子

听说，"慨自欧风东渐以来"①，中国的道德就变坏了，尤其是近时的青年，往往看不起老子。这恐怕真是一个大错误，因为我看了几个例子，觉得老子的对于青年，有时确也很有用处，很有益处，不仅足为"文学修养"之助的。

有一篇旧文章②——我忘记了出于什么书里的了——告诉我们，曾有一个道士，有长生不老之术，自说已经百余岁了，看去却"美如冠玉"，像二十左右一样。有一天，这位活神仙正在大宴阔客，突然来了一个须发都白的老头子，向他要钱用，他把他骂出去了。大家正惊疑间，那活神仙慨然的说道，"那是我的小儿，他不听我的话，不肯修道，现在你们看，不到六十，就老得那么不成样子了。"大家自然是很感动的，但到后来，终于知道了那人其实倒是道士的老子。

还有一篇新文章——杨某③的自白——却告诉我们，他是一个有志之士，学说是很正确的，不但讲空话，而且去实行，但待到看见有些地方的老头儿苦得不像样，就想起自己的老子来，即使他的理想实现了，也不能使他的父亲做老太爷，仍旧要吃苦。于是得到了更正确的学说，抛去原有的理想，改做孝子了。假使父母早死，学说那有这么圆满而堂皇呢？这不也就是老子对于青年的益处么？

那么，早已死了老子的青年不是就没有法子么？我以为不然，

---

① **"慨自欧风东渐以来"** 这是清末民初文人笔下常见的套语。"欧风东渐"指西方文化传入中国。

② **有一篇旧文章** 指《太平广记》卷二八九引《玉堂闲话》的一则故事，题《目老叟为小儿》。

③ **杨某** 即杨邨人。其"自白"一事见《鲁迅杂文全编》（上册）《伪自由书·后记》一文及"孝子"注条。

也有法子想。这还是要查旧书。另有一篇文章①——我也忘了出在什么书里的了——告诉我们，一个老女人在讨饭，忽然来了一位大阔人，说她是自己的久经失散了的母亲，她也将错就错，做了老太太。后来她的儿子要嫁女儿，和老太太同到首饰店去买金器，将老太太已经看中意的东西自己带去给太太看一看，一面请老太太还在拣——可是，他从此就不见了。

不过，这还是学那道士似的，必须实物时候的办法，如果单是做做自白之类，那是实在有无老子，倒并没有什么大关系的。先前有人提倡过"虚君共和"②，现在又何妨有"没亲孝子"？张宗昌③很尊孔，恐怕他府上也未必有"四书""五经"罢。

十一月七日

（原刊 1933 年 11 月 17 日《申报·自由谈》，后收入《准风月谈》）

---

① **另有一篇文章**　当指宋代陈世崇《随隐漫录》卷五"钱塘游手"条。

② **"虚君共和"**　即君主立宪政体。1918 年 1 月，康有为在上海《不忍》杂志第 9、10 期合刊发表《共和平议》《与徐太傅（徐世昌）书》等文，称中国因其特殊国情而不宜实行"民主共和"，而应实行"虚君共和"。

③ **张宗昌**（1881—1932）　字效坤，山东掖县人，北洋奉系军阀。1924 年任奉系宣抚军第一军军长，次年为山东军务督办。后与李景林组织直鲁联军，任总司令。1926 年任安国军副总司令，同年 8 月在北京杀害著名记者林白水等。1927 年镇压上海工人起义，后被北伐军击败，逃往大连。"九一八"事变后拒绝做汉奸，应张学良电召入关，在济南火车站被韩复榘派人刺杀。

后　记

　　这六十多篇杂文，是受了压迫之后，从去年六月起，另用各种的笔名，障住了编辑先生和检查老爷的眼睛，陆续在《自由谈》上发表的。不久就又蒙一些很有"灵感"的"文学家"吹嘘，有无法隐瞒之势，虽然他们的根据嗅觉的判断，有时也并不和事实相符。但不善于改悔的人，究竟也躲闪不到那里去，于是不及半年，就得着更厉害的压迫了，敷衍到十一月初，只好停笔，证明了我的笔墨，实在敌不过那些带着假面，从指挥刀下挺身而出的英雄。

　　不做文章，就整理旧稿，在年底里，粘成了一本书，将那时被人删削或不能发表的，也都添进去了，看起分量来，倒比这以前的《伪自由书》要多一点。今年三月间，才想付印，做了一篇序，慢慢的排，校，不觉又过了半年，回想离停笔的时候，已是一年有余了，时光真是飞快，但我所怕的，倒是我的杂文还好像说着现在或甚而至于明年。

　　记得《伪自由书》出版的时候，《社会新闻》曾经有过一篇批评，说我的所以印行那一本书的本意，完全是为了一条尾巴——《后记》。这其实是误解的。我的杂文，所写的常是一鼻，一嘴，一毛，但合起来，已几乎是或一形象的全体，不加什么原也过得去的了。但画上一条尾巴，却见得更加完全。所以我的要写后记，除了我是弄笔的人，总要动笔之外，只在要这一本书里所画的形象，更成为完全的一个具象，却不是"完全为了一条尾巴"。

　　内容也还和先前一样，批评些社会的现象，尤其是文坛的情形。因为笔名改得勤，开初倒还平安无事，然而"江山好改，秉性难移"，我知道自己终于不能安分守己。《序的解放》碰着了曾今可，《豪语的折扣》又触犯了张资平，此外在不知不觉之中得罪了一些别的什么伟人，我还自己不知道，但是，待到做了《各种捐班》和《登龙术拾遗》以后，这案件可就闹大了。

去年八月间，诗人邵洵美先生所经营的书店里，出了一种《十日谈》①，这位诗人在第二期（二十日出）上，飘飘然的论起"文人无行"来了，先分文人为五类，然后作结道——

除了上述五类外，当然还有许多其他的典型；但其所以为文人之故，总是因为没有饭吃，或是有了饭吃不饱。因为做文人不比做官或是做生意，究竟用不到多少本钱。一枝笔，一些墨，几张稿纸，便是你所要预备的一切。呒本钱生意，人人想做，所以文人便多了。此乃是没有职业才做文人的事实。

我们的文坛便是由这种文人组织成的。

因为他们是没有职业才做文人，因此他们的目的仍在职业而不在文人。他们借着文艺宴会的名义极力地拉拢大人物；借文艺杂志或是副刊的地盘，极力地为自己做广告：但求闻达，不顾羞耻。

谁知既为文人矣，便将被目为文人；既被目为文人矣，便再没有职业可得，这般东西便永远在文坛里胡闹。

文人的确穷的多，自从迫压言论和创作以来，有些作者也的确更没有饭吃了。而邵洵美先生是所谓"诗人"，又是有名的巨富"盛宫保"②的孙婿，将污秽泼在"这般东西"的头上，原也十分平常的。但我以为作文人究竟和"大出丧"有些不同，即使雇得一大群帮闲，开锣喝道，过后仍是一条空街，还不及"大出丧"的虽在数十年后，有时还有几个市侩传颂。穷极，文是不能工的，可是金银又并非文章的根苗，它最好还是买长江沿岸的田地。然而富家儿总不免常常误解，以为钱可使鬼，就也可以通文。使鬼，大概是确的，也许还可以通神，但通文却不成，诗人邵洵美先生本身的诗便是证据。我那两篇中的有一段，便是说明官可捐，文人不可捐，有裙带官儿，却没有裙带文人的。

---

① 《十日谈》 文艺旬刊，邵洵美等编辑。1933 年 8 月 10 日在上海创刊，1934 年 12 月停刊。

② "盛宫保" 即盛宣怀，见本书《从盛宣怀说到有理的压迫》一文"盛宣怀"注条。因清廷曾予赠授"太子少保"（正二品）的加衔，故有"宫保"之称。其孙女盛佩玉于 1927 年嫁与邵洵美。

然而，帮手立刻出现了，还出在堂堂的《中央日报》①（九月四日及六日）上——

女婿问题　　　　　　　如是

最近的《自由谈》上，有两篇文章都是谈到女婿的，一篇是孙用②的《满意和写不出》，一篇是苇索③的《登龙术拾遗》。后一篇九月一日刊出，前一篇则不在手头，刊出日期大约在八月下旬。

苇索先生说："文坛虽然不致于要招女婿，但女婿却是会要上文坛的。"后一句"女婿却是会要上文坛的"，立论十分牢靠，无瑕可击。我们的祖父是人家的女婿，我们的父亲也是人家的女婿，我们自己，也仍然不免是人家的女婿。比如今日在文坛上"北面"而坐的鲁迅茅盾之流，都是人家的女婿，所以"女婿会要上文坛的"是不成问题的，至于前一句"文坛虽然不致于要招女婿"，这句话就简直站不住了。我觉得文坛无时无刻不在招女婿，许多中国作家现在都变成了俄国的女婿了。

又说："有富岳家，有阔太太，用赔嫁钱，作文学资本……"能用妻子的赔嫁钱来作文学资本，我觉得这种人应该佩服，因为用妻子的钱来作文学资本，总比用妻子的钱来作其他一切不正当的事情好一些。况且凡事必须有资本，文学也不能例外，如没有钱，便无从付印刷费，则杂志及集子都出不成，所以要办书店，出杂志，都得是大家拿一些私蓄出来，妻子的钱自然也是私蓄之一。况且做一个富家的女婿并非罪恶，正如做一个报馆老板的亲戚之并非罪恶为一样，如其一个报馆老板的亲戚，回国后游荡无事，可以依靠亲戚的牌头，夺一个副刊来编编，则一个富家的女婿，因为兴趣所近，用些妻子的赔嫁钱来作文

---

① 《中央日报》　国民党中央机关报。1927年3月22日在武汉创刊，顾孟余任社长、陈启修任总编辑。同年9月15日停刊。1928年元旦在上海复刊，10月31日停刊迁南京。1929年2月1日在南京复刊。1932年后实行社长制，叶楚伧、程沧波、何浩若、陈博生、陶百川、胡建中等先后任社长。抗战期间累迁武汉、长沙、重庆等地出版。

② 孙用（1902—1983）　原名卜成中，笔名孙用，浙江杭州人，学者、编辑、翻译家。早年为邮局职员，后在中学任教。对鲁迅著作深有研究，曾参与《鲁迅全集》编辑、注释工作，撰有《〈鲁迅全集〉校读记》。译有《勇敢的约翰》《裴多菲诗选》等。

③ 苇索　鲁迅的笔名之一。

学资本，当然也无不可。

"女婿"的蔓延　　　　圣　闲

狐狸吃不到葡萄，说葡萄是酸的，自己娶不到富妻子，于是对于一切有富岳家的人发生了妒忌，妒忌的结果是攻击。

假如作了人家的女婿，是不是还可以做文人的呢？答案自然是属于正面的，正如前天如是先生在本园上他的一篇《女婿问题》里说过，今日在文坛上最有声色的鲁迅茅盾之流，一方面身为文人，一方面仍然不免是人家的女婿，不过既然做文人同时也可以做人家的女婿，则此女婿是应该属于穷岳家的呢，还是属于富岳家的呢？关于此层，似乎那些老牌作家，尚未出而主张，不知究竟应该"富倾"还是"穷倾"才对，可是《自由谈》之流的撰稿人，既经对于富岳家的女婿取攻击态度，则我们感到，好像至少做富岳家的女婿的似乎不该再跨上这个文坛了，"富岳家的女婿"和"文人"仿佛是冲突的，二者只可任择其一。

目下中国文坛似乎有这样一个现象，不必检查一个文人他本身在文坛上的努力的成绩，而唯斤斤于追究那个文人的家庭琐事，如是否有富妻子或穷妻子之类。要是你今天开了一家书店，则这家书店的本钱，是否出乎你妻子的赔嫁钱，也颇劳一些尖眼文人，来调查打听，以此或作攻击讥讽。

我想将来中国的文坛，一定还会进步到有下种情形：穿陈嘉庚①橡皮鞋者，方得上文坛，如穿皮鞋，便属贵族阶级，而入于被攻击之列了。

现在外国回来的留学生失业的多得很。回国以后编一个副刊也并非一件羞耻事情，编那个副刊，是否因亲戚关系，更不成问题，亲戚的作用，本来就在这种地方。自命以扫除文坛为己任的人，如其人家偶而提到一两句自己的不愿意听的话，便要成群结队的来反攻，大可不必。如其常常骂人家为狂吠的，

---

① 陈嘉庚（1874—1961）　别名甲庚，福建同安（今属厦门）人，企业家、社会活动家、华侨领袖。早年随父在新加坡经商，1904 年后自立门户，经营食品、橡胶等行业。曾创办集美学校、厦门大学等。1910 年加入同盟会，募捐支持革命。"九一八"事变后，在华侨中组织救亡筹赈活动。1949 年出席中国人民政治协商会议第一次全体会议，后任全国政协副主席、全国人大常委会委员等职。

则自己切不可也落入于狂吠之列。

这两位作者都是富家女婿崇拜家，但如是先生是凡庸的，背出了他的祖父，父亲，鲁迅，茅盾之后，结果不过说着"鲁迅拿卢布"那样的滥调；打诨的高手要推圣闲先生，他竟拉到我万想不到的诗人太太的味道上去了。戏剧上的二丑帮忙，倒使花花公子格外出丑，用的便是这样的说法，我后来也引在《"滑稽"例解》中。

但邵府上也有恶辣的谋士的。今年二月，我给日本的《改造》杂志做了三篇短论，是讥评中国，日本，满洲的。邵家将却以为"这回是得之矣"了。就在也是这甜葡萄棚里产生出来的《人言》（三月三日出）上，扮出一个译者和编者来，译者算是只译了其中的一篇《谈监狱》，投给了《人言》，并且前有"附白"，后有"识"——

谈 监 狱　　鲁　迅

（顷阅日文杂志《改造》[①] 三月号，见载有我们文坛老将鲁迅翁之杂文三篇，比较翁以中国文发表之短文，更见精彩，因迻译之，以寄《人言》[②]。惜译者未知迅翁寓所，问内山书店主人丸造氏，亦言未详，不能先将译稿就正于氏为憾。但请仍用翁的署名发表，以示尊重原作之意。——译者井上附白。）

人的确是由事实的启发而获得新的觉醒，并且事情也是因此而变革的。从宋代到清朝末年，很久长的时间中，专以代圣贤立言的"制艺"文章，选拔及登用人才。到同法国打了败仗，才知这方法的错误，于是派遣留学生到西洋，设立武器制造局，作为改正的手段。同日本又打了败仗之后，知道这还不毂，这一回是大大地设立新式的学校。于是学生们每天大闹风潮。清朝覆亡，国民党把握了政权之后，又明白了错误，而作为改正手段，是大造监狱。

国粹式的监狱，我们从古以来，各处早就有的，清朝末年

① **日文杂志《改造》**　日本改造社（出版社）主办的综合性月刊，1919 年 4 月在东京创刊，1955 年 2 月停刊。鲁迅给该刊写的三篇短论是《火》《王道》《监狱》，均发表在 1934 年 3 月出版的那一期上。后来收入《且介亭杂文》时，鲁迅将三篇短论合为一题，取名《关于中国的两三件事》。

② **《人言》**　周刊，1934 年 2 月在上海创刊，1936 年 6 月停刊。邵洵美、章克标主编，上海第一出版社发行。

也稍造了些西洋式的，就是所谓文明监狱。那是特地造来给旅行到中国来的外人看的，该与为同外人讲交际而派出去学习文明人的礼节的留学生属于同一种类。囚人却托庇了得着较好的待遇，也得洗澡，有得一定分量的食品吃，所以是很幸福的地方。而且在二三星期之前，政府因为要行仁政，便发布了囚人口粮不得刻扣的命令。此后当是益加幸福了。

至于旧式的监狱，像是取法于佛教的地狱，所以不但禁锢人犯，而且有要给他吃苦的责任。有时还有榨取人犯亲属的金钱使他们成为赤贫的职责。而且谁都以为这是当然的。倘使有不以为然的人，那即是帮助人犯，非受犯罪的嫌疑不可。但是文明程度很进步了，去年有官吏提倡，说人犯每年放归家中一次，给予解决性欲的机会，是很人道主义的说法。老实说：他不是他对于人犯的性欲特别同情，因为决不会实行的望头，所以特别高声说话，以见自己的是官吏。但舆论甚为沸腾起来。某批评家说，这样之后，大家见监狱将无畏惧，乐而赴之，大为为世道人心愤慨。受了圣贤之教，如此悠久，尚不像那个官吏那么狡猾，是很使人心安，但对于人犯不可不虐待的信念，却由此可见。

从另一方面想来，监狱也确有些像以安全第一为标语的人的理想乡。火灾少，盗贼不进来，土匪也决不来掠夺。即使有了战事，也没有以监狱为目标而来爆击的傻瓜，起了革命，只有释放人犯的例，没有屠杀的事。这回福建独立的时候，说释人犯出外之后，那些意见不同的却有了行踪不明的谣传，但这种例子是前所未见的。总之，不像是很坏的地方。只要能容许带家眷，那么即使现在不是水灾，饥荒，战争，恐怖的时代，请求去转居的人，也决不会没有。所以虐待是必要了吧。

牛兰夫妻以宣传赤化之故，收容于南京的监狱，行了三四次的绝食，什么效力也没有。这是因为他不了解中国的监狱精神之故。某官吏说他自己不要吃，同别人有什么关系，很讶奇这事。不但不关系于仁政，且节省伙食，反是监狱方面有利。甘地的把戏，倘使不选择地方，就归于失败。

但是，这样近于完美的监狱，还留着一个缺点，以前对于思想上的事情，太不留意了。为补这个缺点，近来新发明有一种"反省院"的特种监狱，而施行教育。我不曾到其中去反省过，所以不详细其中的事情，总之对于人犯时时讲授三民主义，使反省他们自己的错误。而且还要做出排击共产主义的论文。倘使不愿写或写不出则当然非终生反省下去不行，但做得不好，也得反省到死。在目下，进去的有，出来的也有，反省院还有新造的，总是进去的人多些。试验完毕而出来的良民也偶有会到的，可是大抵总是萎缩枯槁的样子，恐怕是在反省和毕业论文上面把心力用尽了。那是属于前途无望的。

（此外尚有《王道》及《火》二篇，如编者先生认为可用，当再译寄。——译者识。）

姓虽然冒充了日本人，译文却实在不高明，学力不过如邵家帮闲专家章克标先生的程度，但文字也原是无须译得认真的，因为要紧的是后面的算是编者的回答——

编者注：鲁迅先生的文章，最近是在查禁之列。此文译自日文，当可逃避军事裁判。但我们刊登此稿目的，与其说为了文章本身精美或其议论透彻；不如说举一个被本国迫逐而托庇于外人威权之下的论调的例子。鲁迅先生本来文章极好，强辞夺理亦能说得头头是道，但统观此文，则意气多于议论，捏造多于实证，若非译笔错误，则此种态度实为我所不取也。登此一篇，以见文化统制治下之呼声一般。《王道》与《火》两篇，不拟再登，转言译者，可勿寄来。

这编者的"托庇于外人威权之下"的话，是和译者的"问内山书店主人丸造氏"相应的；而且提出"军事裁判"来，也是作者极高的手笔，其中含着甚深的杀机。我见这富家儿的鹰犬，更深知明季的向权门卖身投靠之辈是怎样的阴险了。他们的主公邵诗人，在赞扬美国白诗人的文章中，贬落了黑诗人[1]，"相信这种诗是走不出美国的，至少走不出英国语的圈子。"（《现代》五卷六期）我在中

---

[1] **贬落了黑诗人**　黑诗人，即美国黑人诗人休斯（Langston Hughes，1902—1967），著有诗集《萎靡的布鲁斯》《梦乡人》等。1933年访问苏联，7月间返程途中来上海，当时《文学》社、《现代》杂志社、中外新闻社等为他联合举行招待会。后来邵洵美在《现代》杂志发表《现代美国诗坛概观》一文，对休斯多有贬语。

国的富贵人及其鹰犬的眼中，虽然也不下于黑奴，但我的声音却走出去了。这是最可痛恨的。但其实，黑人的诗也走出"英国语的圈子"去了。美国富翁和他的女婿及其鹰犬也是奈何它不得的。

但这种鹰犬的这面目，也不过以向"鲁迅先生的文章，最近是在查禁之列"的我而已，只要立刻能给一个嘴巴，他们就比吧儿狗还驯服。现在就引一个也曾在《"滑稽"例解》中提过，登在去年九月二十一日《申报》上的广告在这里罢——

十日谈向晶报声明误会表示歉意

敬启者十日谈第二期短评有朱霁青①亦将公布捐款一文后段提及晶报系属误会本刊措词不善致使晶报对邵洵美君提起刑事自诉按双方均为社会有声誉之刊物自无互相攻讦之理兹经章士钊江容平衡诸君诠释已得晶报完全谅解除由晶报自行撤回诉讼外特此登报声明表示歉意

"双方均为社会有声誉之刊物，自无互相攻讦之理"，此"理"极奇，大约是应该攻讦"最近是在查禁之列"的刊物的罢。金子做了骨髓，也还是站不直，在这里看见铁证了。

给"女婿问题"纸张费得太多了，跳到别一件，这就是"《庄子》和《文选》"。

这案件的往复的文字，已经收在本文里，不再多谈；别人的议论，也为了节省纸张，都不剪帖了。其时《十日谈》也大显手段，连漫画家都出了马，为了一幅陈静生先生的《鲁迅翁之笛》②，还在《涛声》上和曹聚仁先生惹起过一点辩论的小风波。但是辩论还没有完，《涛声》已被禁止了，福人总永远有福星照命……

然而时光是不留情面的，所谓"第三种人"，尤其是施蛰存和杜

---

① **朱霁青**（1882—1955） 原名国陛，字纪卿，奉天广宁（今辽宁北镇）人，军人、社会活动家。早年留学日本，加入同盟会。1915 年任中华革命军东北军师长。1926 年当选为国民党二大候补中央执行委员。"九一八"事变后，出关抗日，参与组建东北抗日救国军总监部。抗战胜利后，赴绥远经营垦区。1949 年去台湾，任"总统府国策顾问"。

② **《鲁迅翁之笛》** 一幅拿鲁迅开涮的漫画，署名静（陈静生），刊于 1933 年 10 月 20 日出版的《十日谈》第八期。画面上鲁迅吹笛，群鼠随行。曹聚仁曾撰《鲁迅翁之笛》一文提出批评，刊于同年 11 月 4 日出版的《涛声》第 2 卷第 34 期，漫画作者即于《十日谈》第 11 期发表《以不打官话为原则而致复涛声》作答。当月《涛声》被当局吊销登记证而被迫停刊，这场辩论至此不了了之。

衡即苏汶，到今年就各自露出他本来的嘴脸来了。

这回要提到末一篇，流弊是出在用新典。

听说，现在是连用古典有时也要被检查官禁止了，例如提起秦始皇，但去年还不妨，不过用新典总要闹些小乱子。我那最末的《青年与老子》，就因为碰着了杨邨人先生（虽然刊出的时候，那名字已给编辑先生删掉了），后来在《申报》本埠增刊的《谈言》（十一月二十四日）上引得一篇妙文的。不过颇难解，好像是在说我以孝子自居，却攻击他做孝子，既"投井"，又"下石"了。因为这是一篇我们的"改悔的革命家"的标本作品，弃之可惜，谨录全文，一面以见杨先生倒是现代"语录体"作家的先驱，也算是我的《后记》里的一点余兴罢——

聪明之道　　　　　邨　人

畴昔之夜，拜访世故老人于其庐：庐为三层之楼，面街而立，虽电车玲玲轧轧，汽车呜呜哑哑，市嚣扰人而不觉，俨然有如隐士，居处晏如，悟道深也。老人曰，"汝来何事？"对曰，"敢问聪明之道。"谈话有主题，遂成问答。

"难矣哉，聪明之道也！孔门贤人如颜回，举一隅以三隅反，孔子称其聪明过人，于今之世能举一隅以三隅反者尚非聪明之人，汝问聪明之道，其有意难余老瞆者耶？"

"不是不是，你老人家误会了我的问意了！我并非要请教关于思辨之术。我是生性拙直愚笨，处世无方，常常碰壁，敢问关于处世的聪明之道。"

"噫嘻，汝诚拙直愚笨也，又问处世之道！夫今之世，智者见智，仁者见仁，阶级不同，思想各异，父子兄弟夫妇姊妹因思想之各异，一家之内各有主张各有成见，虽属骨肉至亲，乖离冲突，背道而驰；古之所谓英雄豪杰，各事其君而为仇敌，今之所谓志士革命家，各为阶级反目无情，甚至只因立场之不同，骨肉至亲格杀无赦，投机取巧或能胜利于一时，终难立足于世界，聪明之道实则已穷，且唯既愚且鲁之徒方能享福无边也矣。……"

"老先生虽然说的头头是道，理由充足，可是，真的聪明之道就没有了吗？"

"然则仅有投机取巧之道也矣。试为汝言之：夫投机取巧之道要在乎滑头，而滑头已成为专门之学问，西欧学理分门别类有所谓科学哲学者，滑头之学问实可称为滑头学。滑头学如依大学教授之编讲义，大可分成若干章，每章分成若干节，每节分成若干项，引古据今，中西合璧，其理论之深奥有甚于哲学，其引证之广大举凡中外历史，物理化学，艺术文学，经商贸易之直，诱惑欺骗之术，概属必列，包罗万象，自大学预科以至大学四年级此一讲义仅能讲其千分之一，大学毕业各科及格，此滑头学则无论何种聪明绝顶之学生皆不能及格，且大学教授本人恐亦知其然不知其所以然，其难学也可想而知之矣。余处世数十年，头顶已秃，须发已白，阅历不为不广，教训不为不多，然而余着手编辑滑头学讲义，仅能编其第一章之第一节，第一节之第一项也。此第一章之第一节，第一节之第一项其纲目为'顺水行舟'，即人云亦云，亦即人之喜者喜之，人之恶者恶之是也，举一例言之，如人之恶者为孝子，所谓封建宗法社会之礼教遗孽之一，则汝虽曾经为父侍汤服药问医求卜出诸天性以事亲人，然论世之出诸天性以事亲人者则引'孝子'之名以责难之，惟求青年之鼓掌称快，勿管本心见解及自己行动之如何也。被责难者处于时势潮流之下，百辞莫辩，辩则反动更为证实，从此青年鸣鼓而攻，体无完肤，汝之胜利不但已操左券，且为青年奉为至圣大贤，小品之集有此一篇，风行海内洛阳纸贵，于是名利双收，富贵无边矣。其第一章之第一节，第一节之第二项为'投井下石'，余本亦知一二，然偶一忆及投井下石之人，殊觉头痛，实无心编之也。然而滑头学虽属聪明之道，实乃左道旁门。汝实不足学也。"

"老先生所言想亦很有道理，现在社会上将这种学问作敲门砖混饭吃的人实在不少，他们也实在到处逢源，名利双收，可是我是一个拙直愚笨的人，恐怕就要学也学不了吧？"

"呜呼汝求聪明之道，而不学之，虽属可取，然碰壁也宜矣！"

是夕问道于世故老人，归来依然故我，呜呼噫嘻！

但我们也不要一味赏鉴"呜呼噫嘻"，因为这之前，有些地方演了"全武行"。也还是剪报好，我在这里剪一点记的最为简单的——

艺华影片公司①被"影界铲共同志会"捣毁

昨晨九时许,艺华公司在沪西康脑脱路金司徒庙附近新建之摄影场内,忽来行动突兀之青年三人,向该公司门房伪称访客,一人正在持笔签名之际,另一人遂大呼一声,则预伏于外之暴徒七八人,一律身穿蓝布短衫裤,蜂拥夺门冲入,分投各办事室,肆行捣毁写字台玻璃窗以及椅凳各器具,然后又至室外,打毁自备汽车两辆,晒片机一具,摄影机一具,并散发白纸印刷之小传单,上书"民众起来一致剿灭共产党","打倒出卖民众的共产党","扑灭杀人放火的共产党"等等字样,同时又散发一种油印宣言,最后署名为"中国电影界铲共同志会"。约逾七分钟时,由一人狂吹警笛一声,众暴徒即集合列队而去,迨该管六区闻警派警士侦缉员等赶至,均已远扬无踪。该会且宣称昨晨之行动,目的仅在予该公司一警告,如该公司及其他公司不改变方针,今后当准备更激烈手段应付,联华,明星,天一等公司,本会亦已有严密之调查矣云云。

据各报所载该宣言之内容称,艺华公司系共党宣传机关,普罗文化同盟为造成电影界之赤化,以该公司为大本营,如出品《民族生存》等片,其内容为描写阶级斗争者,但以向南京检委会行贿,故得通过发行。又称该会现向教育部,内政部,中央党部及本市政府发出呈文,要求当局命令该公司,立即销毁业已摄成各片,自行改组公司,清除所有赤色份子,并对受贿之电影检委会之责任人员,予以惩处等语。

事后,公司坚称,实系被劫,并称已向曹家渡六区公安局报告。记者得讯,前往调查时,亦仅见该公司内部布置被毁无余,桌椅东倒西歪,零乱不堪,内幕究竟如何,想不日定能水落石出也。

十一月十三日,《大美晚报》。

---

① **艺华影片公司** 即艺华影业有限公司。1932 年 9 月,严春堂在上海投资创建。一年间摄成《肉搏》《民族生存》《中国海的怒涛》等片,成为左翼文艺工作者聚集之所。1933 年 11 月 12 日,被所谓"影界铲共同志会"的暴徒捣毁,此即捣毁艺华公司事件。1934 年 6 月恢复出片。1935 年下半年,黄嘉谟、刘呐鸥等人进入"艺华",以"软性电影"改变公司制片方针。后于 1941 年 12 月太平洋战争爆发后停业。

影界铲共会
警戒电影院
拒演田汉等之影片

自从艺华公司被击以后，上海电影界突然有了一番新的波动，从制片商已经牵涉到电影院，昨日本埠大小电影院同时接到署名上海影界铲共同志会之警告函件，请各院拒映田汉等编制导演主演之剧本，其原文云：

敝会激于爱护民族国家心切，并不忍电影界为共产党所利用，因有警告赤色电影大本营——艺华影片公司之行动，查贵院平日对于电影业，素所热心，为特严重警告，祈对于田汉（陈瑜），沈端先①（即蔡叔声，丁谦之），卜万苍②，胡萍③，金焰④等所导演，所编制，所主演之各项鼓吹阶级斗争贫富对立的反动电影，一律不予放映，否则必以暴力手段对付，如艺华公司一样，决不宽假，此告。上海影界铲共同志会。十一，十三。

十一月十六日，《大美晚报》。

但"铲共"又并不限于"影界"，出版界也同时遭到覆面英雄们的袭击了。又剪报——

---

① **沈端先** 即夏衍（1900—1995），原名沈端先，浙江杭州人，作家、中共干部。早年投身五四新文化运动，编辑《浙江新潮》。曾留学日本，参加日本工人运动和左翼文化活动，1927年被驱逐回国。同年加入中国共产党。20世纪30年代在上海从事左翼电影、戏剧活动，参与筹建左联，任左联执行委员。抗战时，主编《救亡日报》《新华日报》副刊等。抗战胜利后曾为中共香港工委委员、书记。著有报告文学《包身工》、剧本《上海屋檐下》等。此处括弧内"蔡叔声、丁谦之"二名均为夏衍所用过的笔名。

② **卜万苍**（1903—1974） 安徽天长人，电影导演。早年师从美国籍摄影师哥尔金学习摄影，1924年后任大中华、明星影片公司摄影师。1931年任联华影业公司导演，曾执导《三个摩登女性》，后在艺华影业公司导演《黄金时代》《凯歌》等片。1942年入中华联合制片有限公司，1948年后在香港从事电影工作。

③ **胡萍**（1913—1945） 湖南长沙人，电影演员。早年为咖啡店侍女，20世纪30年代初进入上海明星影片公司，参加左翼戏剧家联盟。自1931年起主演过《海上英雄》《国魂的复活》《战地历险记》《黄金时代》《夜半歌声》等影片。抗日战争爆发后息影回长沙，后参加郭沫若领导的国民政府军事委员会政治部三厅工作。

④ **金焰**（1910—1983） 原名德麟，朝鲜平壤人，生于汉城（今首尔），电影演员。早年就读于天津南开中学。1927年到上海，入民新影片公司任场记，后加入南国剧社。1929年因主演《风流剑客》而成名，1933年加入左翼剧联。曾主演《一剪梅》《三个摩登女性》《大路》《母性之光》等，有"电影皇帝"之誉。

今晨良友图书公司①

　突来一怪客

　　手持铁锤击碎玻璃窗

　　扬长而去捕房侦查中

　　▶……光华书局②请求保护

　　沪西康脑脱路艺华影片公司，昨晨九时许，忽被状似工人等数十名，闯入摄影场中，并大发各种传单，署名"中国电影界铲共同志会"等字样，事后扬长而去。不料一波未平，一波又起，今日上午十一时许，北四川路八百五十一号良友图书印刷公司，忽有一男子手持铁锤，至该公司门口，将铁锤击入该店门市大玻璃窗内，击成一洞。该男子见目的已达，立即逃避。该管虹口捕房据报告，立即派员前往调查一过，查得良友公司经售各种思想左倾之书籍，与捣毁艺华公司一案，不无关联。今日上午四马路光华书局据报后，惊骇异常，即自投该管中央捕房，请求设法保护，而免意外，惟至记者截稿时尚未闻发生意外之事云。

十一月十三日，《大晚报》。

捣毁中国论坛
印刷所已被捣毁
编辑间未受损失

　　承印美人伊罗生③编辑之《中国论坛报》勒佛尔印刷所，在虹口天潼路，昨晚有暴徒潜入，将印刷间捣毁，其编辑间则

---

①　**良友图书公司**　1925年7月成立于上海，伍联德集资创办，并任总经理。初以出版《良友》画报和印刷画册为主。1932年增设文艺书出版部，出版《中国新文学大系》《良友文学丛书》《一角丛书》等。抗战时迁桂林、重庆等地，后于1946年返沪后停业。

②　**光华书局**　1925年成立于上海，张静庐、沈松泉、卢芳等人投资创办。出版政治、文学读物，亦曾出版《洪水》《戈壁》《萌芽》《文学月报》《巴尔底山》等左翼文学社团的刊物。1935年5月因无力偿债被法院查封。

③　**伊罗生**　即哈罗德·罗伯特·伊赛克（H. R. Isaacs, 1910—1986），中文名伊罗生，美国记者、民权活动家。曾任上海《大美晚报》记者，1932年1月起主编《中国论坛》。是中国民权保障同盟七人临时中央执行委员会唯一的外籍人士（其他六人是宋庆龄、蔡元培、杨杏佛、林语堂、邹韬奋、胡愈之）。著有《中国革命的悲剧》等。

未受损失。

十一月十五日，《大美晚报》。

袭击神州国光社①
昨夕七时四人冲入总发行所
铁锤挥击打碎橱窗损失不大

　　河南路五马路口神州国光社总发行所，于昨晚七时，正欲打烊时，突有一身衣长袍之顾客入内，状欲购买书籍。不料在该客甫入门后，背后即有三人尾随而进。该长袍客回头见三人进来，遂即上前将该书局之左面走廊旁墙壁上所挂之电话机摘断。而同时三短衣者即实行捣毁，用铁锤乱挥，而长衣者亦加入动手，致将该店之左橱窗打碎，四人即扬长而逸。而该店时有三四伙友及学徒，亦惊不能作声。然长衣者方出门至相距不数十步之泗泾路口，为站岗巡捕所拘，盖此长衣客因打橱窗时玻璃倒下，伤及自己面部，流血不止，渠因痛而不能快行也。

　　该长衣者当即被拘入四马路中央巡捕房后，竭力否认参加捣毁，故巡捕已将此人释放矣。

十二月一日，《大美晚报》。

　　美国人办的报馆捣毁得最客气，武官们开的书店捣毁得最迟。"扬长而逸"，写得最有趣。

　　捣毁电影公司，是一面撒些宣言的，有几种报上登过全文；对于书店和报馆却好像并无议论，因为不见有什么记载。然而也有，是一种钢笔版蓝色印的警告，店名或馆名空着，各各填以墨笔，笔迹并不像读书人，下面是一长条紫色的木印。我幸而藏着原本，现

---

　　① **神州国光社** 1901年由黄宾虹、邓实在上海创办，初以珂罗版影印书画、碑帖为主。因经营不善，连年亏损，1928年十九路军将领陈铭枢出资盘下该社（以下"武官们开的书店"一语即指此），请黄居素任经理，王礼锡任总编辑。添置机器厂房，扩大业务范围，成立读书会和函授学校，并在北京、南京、汉口、广州等地设立分支机构。出版重点改为社会科学和文艺译著，创办《读书杂志》《文化杂志》《十月》《学术界》等刊物。所出《中国社会史论战》《中国内乱外祸历史丛书》等书颇有影响。1933年，因陈铭枢在福建反蒋，该社各地分店全部被查封，所出书刊被查禁。上海总店因处租界幸免于难，却已难以立足，遂另外申请成立"言行出版社"。1941年上海沦陷后，先后迁汉口、韶关。抗战胜利后迁回上海。

在订定标点，照样的抄录在这里——

敝会激于爱护民族国家心切，并不忍文化界与思想界为共党所利用，因有警告赤色电影大本营——艺华公司之行动。现为贯彻此项任务计，拟对于文化界来一清算，除对于良友图书公司给予一初步的警告外，于所有各书局各刊物均已有精密之调查。素知贵……对于文化事业，热心异人，为特严重警告，对于赤色作家所作文字，如鲁迅，茅盾，蓬子，沈端先，钱杏邨及其他赤色作家之作品，反动文字，以及反动剧评，苏联情况之介绍等，一律不得刊行，登载，发行。如有不遵，我们必以较对付艺华及良友公司更激烈更彻底的手段对付你们，决不宽假！此告
　　…………

上海影界铲共同志会十一，十三。

一个"志士"，纵使"对于文化事业，热心异人"，但若会在不知何时，飞来一个锤子，打破值银数百两的大玻璃；"如有不遵"，更会在不知何时，飞来一顶红帽子，送掉他比大玻璃更值钱的脑袋，那他当然是也许要灰心的。然则书店和报馆之有些为难，也就可想而知了。我既是被"扬长而去"的英雄们指定为"赤色作家"，还是莫害他人，放下笔，静静的看一会把戏罢，所以这一本里面的杂文，以十一月七日止，因为从七日到恭逢警告的那时候——十一月十三日，我也并没有写些什么的。

但是，经验使我知道，我在受着武力征伐的时候，是同时一定要得到文力征伐的。文人原多"烟士披离纯"，何况现在嗅觉又特别发达了，他们深知道要怎样"创作"才合式。这就到了我不批评社会，也不论人，而人论我的时期了。而我的工作是收材料。材料尽有，妙的却不多。纸墨更该爱惜，这里仅选了六篇。官办的《中央日报》讨伐得最早，真是得风气之先，不愧为"中央"；《时事新报》正当"全武行"全盛之际，最合时宜，却不免非常昏愦；《大晚报》和《大美晚报》起来得最晚，这是因为"商办"的缘故，聪明，所以小心，小心就不免迟钝，他刚才决计合伙来讨伐，却不料几天之后就要过年，明年是先行检查书报，以惠商民，另结新样的网，又是一个局面了。

后记

141

现在算是还没有过年，先来《中央日报》的两篇罢——

杂　感　　　　　　　洲

近来有许多杂志上都在提倡小文章。《申报月刊》《东方杂志》以及《现代》上，都有杂感随笔这一栏。好像一九三三真要变成一个小文章年头了。目下中国杂感家之多，远胜于昔，大概此亦鲁迅先生一人之功也。中国杂感家老牌，自然要推鲁迅。他的师爷笔法，冷辣辣的，有他人所不及的地方。《热风》，《华盖集》，《华盖续集》，去年则还出了什么三心《二心》之类。照他最近一年来"干"的成绩而言大概五心六心也是不免的。鲁迅先生久无创作出版了，除了译一些俄国黑面包之外，其余便是写杂感文章了。杂感文章，短短千言。自然可以一挥而就。则于抽卷烟之际，略转脑子，结果就是十元千字。大概写杂感文章，有一个不二法门。不是热骂，便是冷嘲。如能热骂后再带一句冷嘲或冷嘲里夹两句热骂，则更佳矣。

不过普通一些杂感，自然是冷嘲的多。如对于某事物有所不满，自然就不满（迅案：此字似有误）有冷嘲的文章出来。鲁迅先生对于这样也看不上眼，对于那样也看不上眼，所以对于这样又有感想，对于那样又有感想了。

我们村上有个老女人，丑而多怪。一天到晚专门爱说人家的短处，到了东村头摇了一下头，跑到了西村头叹了一口气。好像一切总不合她的胃。但是，你真的问她到底要怎样呢，她又说不出。我觉得她倒有些像鲁迅先生，一天到晚只是讽刺，只是冷嘲，只是不负责任的发一点杂感。当真你要问他究竟的主张，他又从来不给我们一个鲜明的回答。

十月三十一日，《中央日报》的《中央公园》。

文坛与擂台　　　　　　鸣　春

上海的文坛变成了擂台。鲁迅先生是这擂台上的霸王。鲁迅先生好像在自己的房间里带了一付透视一切的望远镜，如果发现文坛上那一个的言论与行为有些瑕疵，他马上横枪跃马，打得人家落花流水。因此，鲁迅先生就不得不花去可贵的时间，而去想如何锋利他的笔端，如何达到挖苦人的顶点，如何要打得人家永不得翻身。

关于这，我替鲁迅先生想想有些不大合算。鲁迅先生你先要认清了自己的地位，就是反对你的人，暗里总不敢否认你是中国顶出色的作家；既然你的言论，可以影响青年，那么你的言论就应该慎重。请你自己想想，在写《阿Q传》之后，有多少时间浪费在笔战上？而这种笔战，对一般青年发生了何种影响？

第一流的作家们既然常时混战，则一般文艺青年少不得在这战术上学许多乖，流弊所及，往往越淮北而变枳，批评人的人常离开被批评者的言论与思想，笔头一转而去骂人家的私事，说人家眼镜带得很难看，甚至说人家皮鞋前面破了个小洞；甚至血偾脉张要辱及家人的父母，甚至要丢下笔杆动拳头。我说，养成现在文坛上这种浮嚣，下流，粗暴等等的坏习气，像鲁迅先生这一般人多少总要负一点儿责任的。

其实，有许多笔战，是不需要的，譬如有人提倡词的解放，你就是不骂，不见得有人去跟他也填一首"管他娘"的词；有人提倡读《庄子》与《文选》，也不见得就是教青年去吃鸦片烟，你又何必咬紧牙根，横睁两眼，给人以难堪呢？

我记得一个精通中文的俄国文人 B. A. Vassiliev① 对鲁迅先生的《阿Q传》曾经下过这样的批评："鲁迅是反映中国大众的灵魂的作家，其幽默的风格，是使人流泪，故鲁迅不独为中国的作家，同时亦为世界的一员。"鲁迅先生，你现在亦垂垂老矣，你念起往日的光荣，当你现在阅历最多，观察最深，生活经验最丰富的时候，更应当如何去发奋多写几部比《阿Q传》更伟大的著作？伟大的著作，虽不能传之千年不朽，但是笔战的文章，一星期后也许人就要遗忘。青年人佩服一个伟大的文学家，实在更胜于佩服一个擂台上的霸主。我们读的是莎士比亚，托尔斯泰，哥德，这般人的文章，而并没有看到他们的"骂人文选"。

十一月十六日，《中央日报》的《中央公园》。

这两位，一位比我为老丑的女人，一位愿我有"伟大的著作"，

---

① **一个精通中文的俄国文人 B. A. Vassiliev** 指苏联汉学家王希礼。B. A. Vassiliev 是其原名华西里耶夫（Ъ. А. Васильев）的英文拼写。参见本书《我的"籍"和"系"》一文"某国某君"注条。

说法不同，目的却一致的，就是讨厌我"对于这样又有感想，对于那样又有感想"，于是而时时有"杂文"。这的确令人讨厌的，但因此也更见其要紧，因为"中国的大众的灵魂"，现在是反映在我的杂文里了。

洲先生刺我不给他们一个鲜明的主张，这用意，我是懂得的；但颇诧异鸣春先生的引了莎士比亚之流一大串。不知道为什么，近一年来，竟常常有人诱我去学托尔斯泰了，也许就因为"并没有看到他们的'骂人文选'"，给我一个好榜样。可是我看见过欧战时候他骂皇帝的信①，在中国，也要得到"养成现在文坛上这种浮嚣，下流，粗暴等等的坏习气"的罪名的。托尔斯泰学不到，学到了也难做人，他生存时，希腊教徒就年年诅咒他落地狱②。

中间就夹两篇《时事新报》上的文章——

略论告密　　　　陈　代

最怕而且最恨被告密的可说是鲁迅先生，就在《伪自由书》，"一名：《不三不四集》"的《前记》与《后记》里也常可看到他在注意到这一点。可是鲁迅先生所说的告密，并不是有人把他的住处，或者什么时候，他在什么地方，去密告巡捕房（或者什么要他的"密"的别的机关?）以致使他被捕的意思。他的意思，是有人把"因为"他"旧日的笔名有时不能通用，便改题了"的什么宣说出来，而使人知道"什么就是鲁迅"。

"这回，"鲁迅先生说，"是王平陵先生告发于前，周木斋先生揭露于后"；他却忘了说编者暗示于鲁迅先生尚未上场之先。因为在何家干先生和其他一位先生将上台的时候，编者先介绍说，这将上场的两位是文坛老将。于是人家便提起精神来等那两位文坛老将的上场。要是在异地，或者说换过一个局面，鲁迅先生是也许会说编者是在放冷箭的。

看到一个生疏的名字在什么附刊上出现，就想知道那个名字是真名呢，还是别的熟名字的又一笔名，想也是人情之常。

---

① **他骂皇帝的信**　指 1904 年日俄战争期间，托尔斯泰发表致俄国沙皇和日本天皇的公开信，谴责他们的战争罪恶。

② **希腊教徒就年年诅咒他落地狱**　托尔斯泰的创作和社会活动有悖于俄国官方和教会的意识形态准则，于 1901 年被俄国教会宣布为"邪教徒和叛教者"，后开除教籍。这里称"希腊教徒"是指俄罗斯人信奉的希腊正教。

即就鲁迅先生说，他看完了王平陵先生的《"最通的"文艺》，便禁不住问："这位王平陵先生我不知道是真名还是笔名?"要是他知道了那是谁的笔名的话，他也许会说出那就是谁来的。这不会是怎样的诬蔑，我相信，因为于他所知道的他不是在实说"柳丝是杨邨人先生……的笔名"，而表示着欺不了他?

还有，要是要告密，为什么一定要出之"公开的"形式?秘密的不是于告密者更为安全? 我有些怀疑告密者的聪敏，要是真有这样的告密者的话。

而在那些用这个那个笔名零星发表的文章，剪贴成集子的时候，作者便把这许多名字紧缩成一个。看来好像作者自己是他的最后的告密者。

十一月二十一日，《时事新报》的《青光》。

略论放暗箭　　　　　　陈　代

前日读了鲁迅先生的《伪自由书》的《前记》与《后记》，略论了告密的，现在读了唐弢①先生的《新脸谱》，止不住又要来略论放暗箭。

在《新脸谱》中，唐先生攻击的方面是很广的，而其一方是"放暗箭"。可是唐先生的文章又几乎全为"暗箭"所织成，虽然有许多箭标是看不大清楚的。

"说是受着潮流的影响，文舞台的戏儿一出出换了。脚色虽然依旧，而脸谱却是簇新的。"——是暗箭的第一条。虽说是暗箭，射倒射中了的。因为现在的确有许多文脚色，为要博看客的喝采起见，放着演惯的旧戏不演演新戏，嘴上还"说是受着潮流的影响"，以表示他的不落后。还有些甚至不要说脚色依旧，就是脸谱也并不簇新，只是换了一个新的题目，演的还是那旧的一套：如把《薛平贵西凉招亲》改题着《穆薛姻缘》之类，内容都一切依旧。

第二箭是——不，不能这样写下去，要这样写下去，是要

① **唐弢**（1913—1992）　原名端毅，字越臣，浙江镇海人，现代作家、学者。早年为邮局职工，自学成才，业余从事文学创作，1938年，参与《鲁迅全集》编校工作。曾编辑《文艺界丛刊》《周报》《文汇报·笔会》等。1949年后担任过上海市文化局和作家协会领导工作，1959年调任中国科学院文学研究所研究员。著有杂文集《推背集》《海天集》，论著《鲁迅的美学思想》等，主编《中国现代文学史》。

有很广博的识见的，因为那文章一句一箭，或者甚至一句数箭，看得人眼花头眩，竟无从把它把捉住，比读硬性的翻译还难懂得多。

可是唐先生自己似乎又并不满意这样的态度，不然为什么要骂人家"怪声怪气地吆喝，妞妞妮妮的挑战"？然而，在事实上，他是在"怪声怪气地吆喝，妞妞妮妮的挑战"。

或者说，他并不是在挑战，只是放放暗箭，因为"鏖战"，即使是"拉拉扯扯的"，究竟吃力，而且"败了""再来"的时候还得去"重画"脸谱。放暗箭多省事，躲在隐暗处，看到了什么可射的，便轻展弓弦，而箭就向前舒散地直飞。可是他又在骂放暗箭。

要自己先能放暗箭，然后才能骂人放。

十一月二十二日，《时事新报》的《青光》。

这位陈先生是讨伐军中的最低能的一位，他连自己后来的说明和别人豫先的揭发的区别都不知道。倘使我被谋害而终于不死，后来竟得"寿终×寝"，他是会说我自己乃是"最后的凶手"的。

他还问：要是要告密，为什么一定要出之"公开的"形式？答曰：这确是比较的难懂一点，但也就是因为要告得像个"文学家"的缘故呀，要不然，他就得下野，分明的排进探坛里去了。有意的和无意的区别，我是知道的。我所谓告密，是指着叭儿们，我看这"陈代"先生就正是其中的一匹。你想，消息不灵，不是反而不便当么？

第二篇恐怕只有他自己懂。我只懂得一点：他这回嗅得不对，误以唐弢先生为就是我了。采在这里，只不过充充自以为我的论敌的标本的一种而已。

其次是要剪一篇《大晚报》上的东西——

钱基博①之鲁迅论　　　　　戚　施

近人有哀集关于批评鲁迅之文字而为《鲁迅论》一书者，

---

① **钱基博**（1887—1957）　字子泉，号潜庐，江苏无锡人，学者。早年为中小学教员，20世纪20年代初曾为圣约翰大学、清华大学等校教授。后参与创办光华大学，任中文系主任及文学院长。著有《现代中国文学史》《版本通义》等。子锺书，有大名。

其中所收，类皆称颂鲁迅之辞，其实论鲁迅之文者，有毁有誉，毁誉互见，乃得其真。顷见钱基博氏所著《现代中国文学史》，长至三十万言，其论白话文学，不过一万余字，仅以胡适入选，而以鲁迅徐志摩附焉。于此诸人，大肆訾謷。迩来旧作文家，品藻文字，裁量人物，未有若钱氏之大胆者，而新人未尝注意及之。兹特介绍其"鲁迅论"于此，是亦文坛上之趣闻也。

钱氏之言曰，有摹仿欧文而谥之曰欧化的国语文学者，始倡于浙江周树人之译西洋小说，以顺文直译之为尚，斥意译之不忠实，而摹欧文以国语，比鹦鹉之学舌，托于象胥，斯为作俑。效颦者乃至造述抒志，亦竞欧化，《小说月报》，盛扬其焰。然而诘屈聱牙，过于周诰，学士费解，何论民众？上海曹慕管①笑之曰，吾侪生愿读欧文，不愿见此妙文也！比于时装妇人着高底西女式鞋，而跬步倾跌，益增丑态矣！崇效古人，斥曰奴性，摹仿外国，独非奴性耶。反唇之讥，或谑近虐！然始之创白话文以期言文一致，家喻户晓者，不以欧化的国语文学之兴而荒其志耶？斯则矛盾之说，无以自圆者矣，此于鲁迅之直译外国文学，及其文坛之影响，而加以訾謷者也。平心论之，鲁迅之译品，诚有难读之处，直译当否是一问题，欧化的国语文学又是一问题，借曰二者胥有未当，谁尸其咎，亦难言之也。钱先生而谓，鄙言为不然耶？

钱先生又曰，自胡适之创白话文学也，所持以号于天下者，曰平民文学也！非贵族文学也。一时景附以有大名者，周树人以小说著。树人颓废，不适于奋斗。树人所著，只有过去回忆，而不知建设将来，只见小己愤慨，而不图福利民众，若而人者，彼其心目，何尝有民众耶！钱先生因此而断之曰，周树人徐志摩为新文艺之右倾者。是则于鲁迅之创作亦加以訾謷，兼及其思想矣。至目鲁迅为右倾，亦可谓独具只眼，别有鉴裁者也！既不满意于郭沫若蒋光赤之左倾，又不满意于鲁迅徐志摩之右倾，而惟倾慕于所谓"让清"遗老之流风余韵，低徊感喟而不能自已，钱先生之志，皎然可睹矣。当今之世，左右做人难，

---

① **曹慕管**（生卒年未详） 教育家、商界活动家。曾任上海澄衷中学校长，20 世纪 20 年代为《学衡》撰稿人，1925 年出任上海总商会"市民提倡国华大会"主席和"五卅事件委员会"交际干事等。

是非无定质，亦于钱先生之论鲁迅见之也！

钱氏此书出版于本年九月，尚有上年十二月之跋记云。

十二月二十九日，《大晚报》的《火炬》。

这篇大文，除用戚施先生的话，赞为"独具只眼"之外，是不能有第二句的。真"评"得连我自己也不想再说什么话，"颓废"了。然而我觉得它很有趣，所以特别的保存起来，也是以备"鲁迅论"之一格。

最后是《大美晚报》，出台的又是曾经有过文字上的交涉的王平陵先生——

骂人与自供   王平陵

学问之事，很不容易说，一般通材硕儒每不屑与后生小子道长论短，有所述作，无不讥为"浅薄无聊"；同样，较有修养的年轻人，看着那般通材硕儒们言必称苏俄，文必宗普鲁，亦颇觉得如嚼青梅，齿颊间酸不可耐。

世界上无论什么纷争，都有停止的可能，惟有人类思想的冲突，因为多半是近于意气，断没有终止的时候的。有些人好像把毁谤人家故意找寻人家的错误当作是一种职业；而以直接否认一切就算是间接抬高自己的妙策了。至于自己究竟是什么东西，那只许他们自己知道，别人是不准过问的。其实，有时候这些人意在对人而发的阴险的暗示，倒并不适切；而正是他们自己的一篇不自觉的供状。

圣经里好像有这样一段传说：一群街头人捉着一个偷汉的淫妇，大家要把石块打死她。耶稣说："你们反省着！只有没有犯过罪的人，才配打死这个淫妇。"群众都羞愧地走开了。今之文坛，可不是这样？自己偷了汉，偏要指说人家是淫妇。如同鲁迅先生惯用的一句刻毒的评语，就就骂人是代表官方说话；我不知道他老先生是代表什么"方"说话！

本来，不想说话的人，是无话可说；有话要说；有话要说的人谁也不会想到是代表那一方。鲁迅先生常常"以己之心，度人之心"，未免"躬自薄而厚责于人"了。

像这样的情形，文坛有的是，何止是鲁迅先生。

十二月三十日，《大美晚报》的《火树》。

记得在《伪自由书》里，我曾指王先生的高论为属于"官方"，这回就是对此而发的，但意义却不大明白。由"自己偷了汉，偏要指说人家是淫妇"的话看起来，好像是说我倒是"官方"，而不知"有话要说的人谁也不会想到是代表那一方"的。所以如果想到了，那么，说人反动的，他自己正是反动，说人匪徒的，他自己正是匪徒……且住，又是"刻毒的评语"了，耶稣不说过"你们反省着"吗？——为消灾计，再添一条小尾：这坏习气只以文坛为限，与官方无干。

　　王平陵先生是电影检查会①的委员，我应该谨守小民的规矩。

　　真的且住。写的和剪贴的，也就是自己的和别人的。化了大半夜工夫，恐怕又有八九千字了。这一条尾巴又并不小。

　　时光，是一天天的过去了，大大小小的事情，也跟着过去，不久就在我们的记忆上消亡；而且都是分散的，就我自己而论，没有感到和没有知道的事情真不知有多少。但即此写了下来的几十篇，加以排比，又用《后记》来补叙些因此而生的纠纷，同时也照见了时事，格局虽小，不也描出了或一形象了么？——而现在又很少有肯低下他仰视莎士比亚，托尔斯泰的尊脸来，看看暗中，写它几句的作者。因此更使我要保存我的杂感，而且它也因此更能够生存，虽然又因此更招人憎恶，但又在围剿中更加生长起来了。呜呼，"世无英雄，遂使竖子成名"，这是为我自己和中国的文坛，都应该悲愤的。

　　文坛上的事件还多得很：献检查之秘计，施离析之奇策，起谣诼兮中权②，藏真实兮心曲，立降幡于往年，温故交于今日……然而都不是做这《准风月谈》时期以内的事，在这里也且不提及，或永不提及了。还是真的带住罢，写到我的背脊已经觉得有些痛楚的时候了！

　　一九三四年十月十六夜，鲁迅记于上海。

---

　　① **电影检查会**　指中央电影检查委员会。1930 年，南京国民政府颁布《电影检查法》。1932 年 3 月，国民政府内政部、教育部联合组成电影检查委员会，翌年 3 月更名为中央电影检查委员会，隶属行政院，由国民党中央宣传委员会指导。

　　② **中权**　指中枢、中心。《梁书·武帝纪》："宣赞中权，奉卫舆辇。"

《花边文学》中的杂文

序　言

　　我的常常写些短评，确是从投稿于《申报》的《自由谈》上开始的；集一九三三年之所作，就有了《伪自由书》和《准风月谈》两本。后来编辑者黎烈文先生真被挤轧得苦，到第二年，终于被挤出了，我本也可以就此搁笔，但为了赌气，却还是改些作法，换些笔名，托人抄写了去投稿，新任者①不能细辨，依然常常登了出来。一面又扩大了范围，给《中华日报》的副刊《动向》，小品文半月刊《太白》之类，也间或写几篇同样的文字。聚起一九三四年所写的这些东西来，就是这一本《花边文学》。

　　这一个名称，是和我在同一营垒里的青年战友②，换掉姓名挂在暗箭上射给我的。那立意非常巧妙：一，因为这类短评，在报上登出来的时候往往围绕一圈花边以示重要，使我的战友看得头疼；二，因为"花边"也是银元的别名，以见我的这些文章是为了稿费，其实并无足取。至于我们的意见不同之处，是我以为我们无须希望外国人待我们比鸡鸭优，他却以为应该待我们比鸡鸭优，我在替西洋人辩护，所以是"买办"。那文章就附在《倒提》之下，这里不必多说。此外，倒也并无什么可记之事。只为了一篇《玩笑只当它玩

---

　　① **新任者**　即张梓生（1892—1967），字君朔，浙江绍兴人，编辑。1922 年任商务印书馆《东方杂志》编辑，1932 年入申报馆编辑《申报年鉴》。1934 年 5 月，黎烈文迫于压力辞职后，他接手编辑《申报·自由谈》。著有《国难的二年》。他与鲁迅相识已久，1919 年鲁迅移家北京时曾将部分藏书存放其处，这里说"新任者不能细辨"，是打马虎眼的说法。

　　② **同一营垒里的青年战友**　指廖沫沙（1907—1990），原名家权，湖南长沙人，现代作家，中共干部。20 世纪 30 年代初在上海从事中共地下工作，参加左联。抗战时辗转长沙、桂林等地编辑《抗战日报》《救亡日报》等，又在香港创办《华商报》。著有《分阴集》《三家村札记》（与吴晗、邓拓合著）等。1934 年 7 月 3 日，他以林默为笔名在《大晚报·火炬》发表短评《论"花边文学"》，批评鲁迅《倒提》一文。

笑》，又曾引出过一封文公直①先生的来信，笔伐的更严重了，说我是"汉奸"，现在和我的复信都附在本文的下面。其余的一些鬼鬼祟祟，躲躲闪闪的攻击，离上举的两位还差得很远，这里都不转载了。

"花边文学"可也真不行。一九三四年不同一九三五年，今年是为了《闲话皇帝》事件②，官家的书报检查处③忽然不知所往，还革掉七位检查官，日报上被删之处，也好像可以留着空白（术语谓之"开天窗"）了。但那时可真厉害，这么说不可以，那么说又不成功，而且删掉的地方，还不许留下空隙，要接起来，使作者自己来负吞吞吐吐，不知所云的责任。在这种明诛暗杀之下，能够苟延残喘，和读者相见的，那么，非奴隶文章是什么呢？

我曾经和几个朋友闲谈。一个朋友说：现在的文章，是不会有骨气的了，譬如向一种日报上的副刊去投稿罢，副刊编辑先抽去几根骨头，总编辑又抽去几根骨头，检查官又抽去几根骨头，剩下来还有什么呢？我说：我是自己先抽去了几根骨头的，否则，连"剩下来"的也不剩。所以，那时发表出来的文字，有被抽四次的可能——现在有些人不在拚命表彰文天祥方孝孺④么，幸而他们是宋明人，如果活在现在，他们的言行是谁也无从知道的。

因此除了官准的有骨气的文章之外，读者也只能看看没有骨气

---

① **文公直**（1898—?）　号萍水若翁，江西萍乡人，军人、武侠小说家。早年加入同盟会，民初曾任军职，参加过"讨袁""护法"诸役。1922 年因故入狱，出狱后任《太平洋午报》编辑。著有《碧血丹心》三部曲等历史武侠小说，另编撰《最近三十年中国军事史》等书。

② **《闲话皇帝》事件**　又称《新生》事件。1935 年 5 月 4 日，上海《新生》周刊第 2 卷第 15 期刊登易水（艾寒松）写的《闲话皇帝》一文，其中泛论中外君主制度，提及日本天皇称"虽拥有皇帝的名儿，却没有皇帝的实权"，而"日本的军部、资产阶级，是日本的真正统治者"云云。日本驻沪总领事即以"侮辱天皇"为由向上海市政府提出抗议，无理要求禁止该刊发行，惩办该刊负责人，由市长出面道歉等。上海市政府屈辱地答应了日方全部要求。国民政府命上海公共租界中国法院检察官对该刊主编杜重远提起公诉。几经审理，7 月 9 日江苏高等法院二分院判决杜重远有期徒刑 1 年 2 个月，7 月 18 日，明令禁止《新生》发行。

③ **官家的书报检查处**　即中央图书杂志审查委员会。1934 年 6 月 6 日，国民党中央宣传部在上海设立的书刊检查机构，吴开先、潘公展、吴醒亚等任委员。1935 年 5 月发生《闲话皇帝》事件后，以"失责"之由被撤销。后于 1938 年 10 月在重庆重新成立同名机构。

④ **方孝孺**（1357—1402）　字希直，又字希古，浙江宁海人，明惠帝（建文）时任侍讲学士。燕王朱棣起兵攻入南京，自立为帝，命他起草诏书，不从，被杀，且灭十族（亲属九族及其门生）。

的文章。我生于清朝，原是奴隶出身，不同二十五岁以内的青年，一生下来就是中华民国的主子，然而他们不经世故，偶尔"忘其所以"也就大碰其钉子。我的投稿，目的是在发表的，当然不给它见得有骨气，所以被"花边"所装饰者，大约也确比青年作家的作品多，而且奇怪，被删掉的地方倒很少。一年之中，只有三篇，现在补全，仍用黑点为记。我看《论秦理斋夫人事》的末尾，是申报馆的总编辑删的，别的两篇，却是检查官删的：这里都显着他们不同的心思。

今年一年中，我所投稿的《自由谈》和《动向》，都停刊了；《太白》也不出了。我曾经想过：凡是我寄文稿的，只寄开初的一两期还不妨，假使接连不断，它就总归活不久。于是从今年起，我就不大做这样的短文，因为对于同人，是回避他背后的闷棍，对于自己，是不愿做开路的呆子，对于刊物，是希望它尽可能的长生。所以有人要我投稿，我特别敷延推宕，非"摆架子"也，是带些好意——然而有时也是恶意——的"世故"：这是要请索稿者原谅的。

一直到了今年下半年，这才看见了新闻记者的"保护正当舆论"的请愿和智识阶级的言论自由的要求。要过年了，我不知道结果怎么样。然而，即使从此文章都成了民众的喉舌，那代价也可谓大极了：是北五省的自治①。这恰如先前的不敢恳请"保护正当舆论"和要求言论自由的代价之大一样：是东三省的沦亡。不过这一次，换来的东西是光明的。然而，倘使万一不幸，后来又复换回了我做"花边文学"一样的时代，大家试来猜一猜那代价该是什么罢……

一九三五年十二月二十九之夜，鲁迅记。

---

① **北五省的自治**　1935 年 11 月，日本为吞并我国华北地区，策动汉奸进行所谓"华北五省自治运动"，并成立了"冀东防共自治政府"。北五省指当时的河北、山东、山西、察哈尔、绥远五省。

未来的光荣

现在几乎每年总有外国的文学家到中国来，一到中国，总惹出一点小乱子。前有萧伯纳，后有德哥派拉①；只有伐扬古久列②，大家不愿提，或者不能提。

德哥派拉不谈政治，本以为可以跳在是非圈外的了，不料因为恭维了食与色，又挣得"外国文氓"③的恶谥，让我们的论客，在这里议论纷纷。他大约就要做小说去了。

鼻子生得平而小，没有欧洲人那么高峻，那是没有法子的，然而倘使我们身边有几角钱，却一样的可以看电影。侦探片子演厌了，爱情片子烂熟了，战争片子看腻了，滑稽片子无聊了，于是乎有《人猿泰山》，有《兽林怪人》，有《斐洲探险》等等，要野兽和野蛮登场。然而在蛮地中，也还一定要穿插一点蛮婆子的蛮曲线。如果我们也还爱看，那就可见无论怎样奚落，也还是有些恋恋不舍的了，"性"之于市侩，是很要紧的。

文学在西欧，其碰壁和电影也并不两样；有些所谓文学家也者，也得找寻些奇特的（grotesque），色情的（erotic）东西，去给他们的主顾满足，因此就有探险式的旅行，目的倒并不在地主的打拱或请酒。然而倘遇呆问，则以笑话了之，他其实也知道不了这些，他也

---

① **德哥派拉**（M. Dekobra，1885—1973） 法国作家、记者。曾于1933年11月来华旅行。

② **伐扬古久列** 今译瓦扬—古久里（P. Vaillant-Couturier，1892—1937），法国作家、社会活动家。曾任法共中央委员、法共中央机关报《人道报》主编。1923年当选为国民议会议员。1933年9月作为共产国际代表来上海参加远东反战会议。著有散文集《士兵的战争》、自传体小说《童年》等。

③ **"外国文氓"** 德哥派拉在上海时，有记者提问"对日本侵略中国之感想如何"，其避而不答，却大谈中国饮食和女人。在他到北平后，《申报·北平特讯》（1933年12月11日）发表采访称："德氏来平，并未谈及文学，仅讥笑中国女子，中国女子认为德氏系一文氓而已。"

不必知道。德哥派拉不过是这些人们中的一人。

但中国人，在这类文学家的作品里，是要和各种所谓"土人"一同登场的，只要看报上所载的德哥派拉先生的路由单就知道——中国，南洋，南美。英，德之类太平常了。我们要觉悟着被描写，还要觉悟着被描写的光荣还要多起来，还要觉悟着将来会有人以有这样的事为有趣。

一月八日

（原刊 1934 年 1 月 11 日《申报·自由谈》，后收入《花边文学》）

未来的光荣

女人未必多说谎

侍桁先生在《谈说谎》里，以为说谎的原因之一是由于弱，那举证的事实，是："因此为什么女人讲谎话要比男人来得多。"

那并不一定是谎话，可是也不一定是事实。我们确也常常从男人们的嘴里，听说是女人讲谎话要比男人多，不过却也并无实证，也没有统计。叔本华先生痛骂女人，他死后，从他的书籍里发见了医梅毒的药方；还有一位奥国的青年学者①，我忘记了他的姓氏，做了一大本书，说女人和说谎是分不开的，然而他后来自杀了。我恐怕他自己正有神经病。

我想，与其说"女人讲谎话要比男人来得多"，不如说"女人被人指为'讲谎话要比男人来得多'的时候来得多"，但是，数目字的统计自然也没有。

譬如罢，关于杨妃②，禄山之乱③以后的文人就都撒着大谎，玄宗逍遥事外，倒说是许多坏事情都由她，敢说"不闻夏殷衰，中自诛褒妲"④ 的有几个。就是妲己，褒姒，也还不是一样的事？女人的替自己和男人伏罪，真是太长远了。

今年是"妇女国货年"⑤，振兴国货，也从妇女始。不久，是就

---

① **一位奥国的青年学者** 指奥地利心理学家魏宁格。见《鲁迅杂文全编》（上册）《随感录·二十五》"华宁该尔"注条。

② **杨妃** 即唐玄宗宠妃杨太真（719—756），小字玉环。

③ **禄山之乱** 即安史之乱。杨太真入宠唐玄宗后，其堂兄杨国忠专擅朝政。天宝十四年（755），范阳等三镇节度使安禄山及其部将史思明以诛杨国忠为名，起兵叛乱，次年攻破长安。玄宗在逃亡四川途中，为稳定军心，将杨贵妃缢死于马嵬坡。

④ **"不闻夏殷衰，中自诛褒妲"** 见杜甫《北征》诗。褒，即周幽王宠妃褒姒；妲，即殷纣王宠妃妲己。

⑤ **"妇女国货年"** 当时上海地方协会、市商会、中华职业教育社等社会团体将1933年定为"国货年"，1934年为"妇女国货年"，1935年为"学生国货年"。邀请工商界著名人士播音演讲，组织国货厂商游行、展览，劝导市民买国货，以示爱国。

要挨骂的，因为国货也未必因此有起色，然而一提倡，一责骂，男人们的责任也尽了。

　　记得某男士有为某女士鸣不平的诗道："君王城上竖降旗，妾在深宫那得知？二十万人齐解甲，更无一个是男儿！"①
快哉快哉！

一月八日

　　（原刊1934年1月12日《申报·自由谈》，后收入《花边文学》）

---

　　①　传五代后蜀后主孟昶的妃子花蕊夫人作。宋代陈师道《后山诗话》："费氏，蜀之青城人，以才色入蜀宫，后主嬖之，号花蕊夫人，效王建作宫词百首。国亡，入备后宫。太祖闻之，召使陈诗。诵其《亡国诗》云：'君王城上竖降旗，妾在深宫那得知。十四万人齐解甲，更无一个是男儿。'"

批评家的批评家

　　情势也转变得真快，去年以前，是批评家和非批评家都批评文学，自然，不满的居多，但说好的也有。去年以来，却变了文学家和非文学家都翻了一个身，转过来来批评批评家了。

　　这一回可是不大有人说好，最彻底的是不承认近来有真的批评家。即使承认，也大大的笑他们胡涂。为什么呢？因为他们往往用一个一定的圈子向作品上面套，合就好，不合就坏。

　　但是，我们曾经在文艺批评史上见过没有一定圈子的批评家吗？都有的，或者是美的圈，或者是真实的圈，或者是前进的圈。没有一定的圈子的批评家，那才是怪汉子呢。办杂志可以号称没有一定的圈子，而其实这正是圈子，是便于遮眼的变戏法的手巾。譬如一个编辑者是唯美主义者罢，他尽可以自说并无定见，单在书籍评论上，就足够玩把戏。倘是一种所谓"为艺术的艺术"的作品，合于自己的私意的，他就选登一篇赞成这种主义的批评，或读后感，捧着它上天；要不然，就用一篇假急进的好像非常革命的批评家的文章，捺它到地里去。读者这就被迷了眼。但在个人，如果还有一点记性，却不能这么两端的，他须有一定的圈子。我们不能责备他有圈子，我们只能批评他这圈子对不对。

　　然而批评家的批评家会引出张献忠考秀才①的古典来：先在两柱之间横系一条绳子，叫应考的走过去，太高的杀，太矮的也杀，于是杀光了蜀中的英才。这么一比，有定见的批评家即等于张献忠，真可以使读者发生满心的憎恨。但是，评文的圈，就是量人的绳吗？论文的合不合，就是量人的长短吗？引出这例子来的，是诬陷，更不是什么批评。

一月十七日

　　（原刊1934年1月21日《申报·自由谈》，后收入《花边文学》）

---

　　① **张献忠考秀才**　此事见清代彭遵泗《蜀碧》。

漫　骂

　　还有一种不满于批评家的批评，是说所谓批评家好"漫骂"，所以他的文字并不是批评。

　　这"漫骂"，有人写作"嫚骂"，也有人写作"谩骂"，我不知道是否是一样的函义。但这姑且不管它也好。现在要问的是怎样的是"漫骂"。

　　假如指着一个人，说道：这是婊子！如果她是良家，那就是漫骂；倘使她实在是做卖笑生涯的，就并不是漫骂，倒是说了真实。诗人没有捐班，富翁只会计较，因为事实是这样的，所以这是真话，即使称之为漫骂，诗人也还是捐不来，这是幻想碰在现实上的小钉子。

　　有钱不能就有文才，比"儿女成行"并不一定明白儿童的性质更明白。"儿女成行"只能证明他两口子的善于生，还会养，却并无妄谈儿童的权利。要谈，只不过不识羞。这好像是漫骂，然而并不是。倘说是的，就得承认世界上的儿童心理学家，都是最会生孩子的父母。

　　说儿童为了一点食物就会打起来，是冤枉儿童的，其实是漫骂。儿童的行为，出于天性，也因环境而改变，所以孔融①会让梨。打起来的，是家庭的影响，便是成人，不也有争家私，夺遗产的吗？孩子学了样了。

　　漫骂固然冤屈了许多好人，但含含胡胡的扑灭"漫骂"，却包庇了一切坏种。

一月十七日

　　（原刊 1934 年 1 月 22 日《申报·自由谈》，后收入《花边文学》）

---

　　① **孔融**（153—208）　字文举，鲁国（治今山东曲阜）人，东汉文学家。"建安七子"之一。作品有明人辑《孔北海集》。他让梨的故事，见《世说新语》南朝梁刘峻注引《融别传》："融四岁与兄食梨，辄小者。人问其故，答曰：'小儿法当取小者。'"

"京派"与"海派"

　　自从北平某先生①在某报上有扬"京派"而抑"海派"之言，颇引起了一番议论。最先是上海某先生②在某杂志上的不平，且引别一某先生的陈言，以为作者的籍贯，与作品并无关系，要给北平某先生一个打击。

　　其实，这是不足以服北平某先生之心的。所谓"京派"与"海派"，本不指作者的本籍而言，所指的乃是一群人所聚的地域，故"京派"非皆北平人，"海派"亦非皆上海人。梅兰芳博士，戏中之真正京派也，而其本贯，则为吴下。但是，籍贯之都鄙，固不能定本人之功罪，居处的文陋，却也影响于作家的神情，孟子曰："居移气，养移体"③，此之谓也。北京是明清的帝都，上海乃各国之租界，帝都多官，租界多商，所以文人之在京者近官，没海者近商，近官者在使官得名，近商者在使商获利，而自己也赖以糊口。要而言之，不过"京派"是官的帮闲，"海派"则是商的帮忙而已。但从官得食者其情状隐，对外尚能傲然，从商得食者其情状显，到处难于掩饰，于是忘其所以者，遂据以有清浊之分。而官之鄙商，固亦中国

---

　　① **北平某先生**　指沈从文（1902—1988），原名岳焕，湖南凤凰人，现代作家、学者。曾于中国公学、青岛大学任教，当时在北平编辑《大公报》副刊《文艺》（报社在天津，稿件编出后寄去）。1933 年 10 月 18 日，他在《大公报·文艺》第 9 期发表《文学者的态度》一文，指陈文坛上一种不良风气，即以"玩票""白相"的态度写作。文中说，这类人"在上海寄生于书店、报馆、官办杂志，在北平则寄生于大学、中学以及种种教育机关中"。

　　② **上海某先生**　指杜衡（苏汶）。1933 年 12 月，他在《现代》月刊第 4 卷第 2 期发表《文人在上海》一文，针对沈从文的《文学者的态度》，为上海文人进行辩护。其中提到，"仿佛记得鲁迅先生说过，连个人的极偶然而且往往不由自主的姓名和籍贯，都似乎也可以构成罪状而被人所讥笑、嘲讽"。

　　③ **居移气，养移体**　语出《孟子·尽心上》："孟子自范之齐，望见齐王之子，喟然叹曰：'居移气，养移体，大哉居乎！夫非尽人之子与？"

旧习，就更使"海派"在"京派"的眼中跌落了。

而北京学界，前此固亦有其光荣，这就是五四运动的策动。现在虽然还有历史上的光辉，但当时的战士，却"功成，名遂，身退"者有之，"身稳"者有之，"身升"者更有之，好好的一场恶斗，几乎令人有"若要官，杀人放火受招安"①之感。"昔人已乘黄鹤去，此地空余黄鹤楼"，前年大难临头，北平的学者们所想援以掩护自己的是古文化，而惟一大事，则是古物的南迁，这不是自己彻底的说明了北平所有的是什么了吗？

但北平究竟还有古物，且有古书，且有古都的人民。在北平的学者文人们，又大抵有着讲师或教授的本业，论理，研究或创作的环境，实在是比"海派"来得优越的，我希望着能够看见学术上，或文艺上的大著作。

一月三十日

（原刊 1934 年 2 月 3 日《申报·自由谈》，后收入《花边文学》）

---

① **"若要官，杀人放火受招安"**　宋代庄绰《鸡肋编》卷中："建炎后，俚语有见当时之事者，如：'仕途捷径无过贼，上将奇谋只是招。'又云：'欲得官，杀人放火受招安；欲得富，赶着行在卖酒醋。'"按：行在，指帝王所行之处，宋高宗南渡后建都临安，称临安为行在，以示不忘旧都汴梁。

北人与南人

　　这是看了"京派"与"海派"的议论之后，牵连想到的——

　　北人的卑视南人，已经是一种传统。这也并非因为风俗习惯的不同，我想，那大原因，是在历来的侵入者多从北方来，先征服中国之北部，又携了北人南征，所以南人在北人的眼中，也是被征服者。

　　二陆①入晋，北方人士在欢欣之中，分明带着轻薄，举证太烦，姑且不谈罢。容易看的是，羊衒之②的《洛阳伽蓝记》中，就常诋南人，并不视为同类。至于元，则人民截然分为四等③，一蒙古人，二色目人，三汉人即北人，第四等才是南人，因为他是最后投降的一伙。最后投降，从这边说，是矢尽援绝，这才罢战的南方之强④，从那边说，却是不识顺逆，久梗王师的贼。子遗⑤自然还是投降的，然而为奴隶的资格因此就最浅，因为浅，所以班次就最下，谁都不妨加以卑视了。到清朝，又重理了这一篇账，至今还流衍着余波；如果此后的历史是不再回旋的，那真不独是南人的如天之福。

　　当然，南人是有缺点的。权贵南迁⑥，就带了腐败颓废的风气来，北方倒反而干净。性情也不同，有缺点，也有特长，正如北人的兼具二者一样。据我所见，北人的优点是厚重，南人的优点是机

---

　　① **二陆**　指晋代陆机、陆云兄弟。陆氏原为江南士族，二陆祖父陆逊、父陆抗，皆三国时吴国名将。晋灭吴后，二陆兄弟同至晋都洛阳。

　　② **羊衒之**　应作杨衒之（生卒年未详），北魏北平（今河北满城）人，文学家。曾任期城郡太守。所著《洛阳伽蓝记》，追叙北魏盛时洛阳城内外佛寺兴盛景象及有关部门古迹等。

　　③ **人民截然分为四等**　元朝称本族诸姓为蒙古，称钦察、畏吾兀、唐古、回族诸族为色目，称高丽、女真、契丹及北方汉人为汉人，称南方汉人和其他少数民族为南人。可参见元代陶宗仪《南村辍耕录》卷一"氏族"条。

　　④ **南方之强**　语出《中庸》："子路问强。子曰：'南方之强与？北方之强与？……'"

　　⑤ **子遗**　指前朝遗民。《诗经·大雅·云汉》："周余黎民，靡有孑遗。"

　　⑥ **权贵南迁**　指历史上晋室迁都建康（今南京），宋室迁都临安（今杭州）。

灵。但厚重之弊也愚，机灵之弊也狡，所以某先生①曾经指出缺点道：北方人是"饱食终日，无所用心"；南方人是"群居终日，言不及义"。就有闲阶级而言，我以为大体是的确的。

缺点可以改正，优点可以相师。相书上有一条说，北人南相，南人北相者贵。我看这并不是妄语。北人南相者，是厚重而又机灵，南人北相者，不消说是机灵而又能厚重。昔人之所谓"贵"，不过是当时的成功，在现在，那就是做成有益的事业了。这是中国人的一种小小的自新之路。

不过做文章的是南人多，北方却受了影响。北京的报纸上，油嘴滑舌，吞吞吐吐，顾影自怜的文字不是比六七年前多了吗？这倘和北方固有的"贫嘴"一结婚，产生出来的一定是一种不祥的新劣种！

一月三十日

（原刊 1934 年 2 月 4 日《申报·自由谈》，后收入《花边文学》）

---

① **某先生** 指明末清初学者顾炎武。其《日知录》卷十三"南北学者之病"条谓："'饱食终日，无所用心，难矣哉'，今日北方之学者是也。'群居终日，言不及义，好行小慧，难矣哉'，今日南方之学者是也。"按："饱食终日""群居终日"二句，均为《论语》中的说法；"群居终日"意即整天混在一起。

《如此广州》读后感

前几天，《自由谈》上有一篇《如此广州》①，引据那边的报章，记店家做起玄坛②和李逵③的大像来，眼睛里嵌上电灯，以镇压对面的老虎招牌，真写得有声有色。自然，那目的，是在对于广州人的迷信，加以讥刺的。

广东人的迷信似乎确也很不小，走过上海五方杂处的衖堂，只要看毕毕剥剥在那里放鞭炮的，大门外的地上点着香烛的，十之九总是广东人，这很可以使新党叹气。然而广东人的迷信却迷信得认真，有魄力，即如那玄坛和李逵大像，恐怕就非百来块钱不办。汉求明珠，吴征大象，中原人历来总到广东去刮宝贝，好像到现在也还没有被刮穷，为了对付假老虎，也能出这许多力。要不然，那就是拚命，这却又可见那迷信之认真。

其实，中国人谁没有迷信，只是那迷信迷得没出息了，所以别人倒不注意。譬如罢，对面有了老虎招牌，大抵的店家，是总要不舒服的。不过，倘在江浙，恐怕就不肯这样的出死力来斗争，他们会只化一个铜元买一条红纸，写上"姜太公④在此百无禁忌"或"泰山石敢当"⑤，悄悄的贴起来，就如此的安身立命。迷信还是迷信，但迷得多少小家子相，毫无生气，奄奄一息，他连做《自由谈》的材料也不给你。

---

① 《如此广州》 1934 年 1 月 29 日《申报·自由谈》所载署名味荔的文章。

② 玄坛 即道教尊为"正一玄坛元帅"的财神赵公明。

③ 李逵 小说《水浒》中的人物，梁山泊一百零八将之一。

④ 姜太公 即姜子牙，明代神魔小说《封神演义》中的人物。民间有关他的传说很多，且以为他的名字能驱邪镇妖。按：这一人物是借历史上辅佐周武王灭商的吕尚塑造的。吕尚，姜姓，封于吕，一名望，字子牙。

⑤ "泰山石敢当" 旧时一些建筑物置有"镇邪"石碑，多镌刻"泰山石敢当"一类字样。"敢当"，所当无敌之意。

与其迷信，模胡不如认真。倘若相信鬼还要用钱，我赞成北宋人似的索性将铜钱埋到地里去，现在那么的烧几个纸锭，却已经不但是骗别人，骗自己，而且简直是骗鬼了。中国有许多事情都只剩下一个空名和假样，就为了不认真的缘故。

广州人的迷信，是不足为法的，但那认真，是可以取法，值得佩服的。

二月四日

（原刊 1934 年 2 月 7 日《申报·自由谈》，后收入《花边文学》）

过　年

今年上海的过旧年，比去年热闹。

文字上和口头上的称呼，往往有些不同：或者谓之"废历"①，轻之也；或者谓之"古历"，爱之也。但对于这"历"的待遇是一样的：结账，祀神，祭祖，放鞭炮，打马将，拜年，"恭喜发财"！

虽过年而不停刊的报章上，也已经有了感慨②；但是，感慨而已，到底胜不过事实。有些英雄的作家，也曾经叫人终年奋发，悲愤，纪念。但是，叫而已矣，到底也胜不过事实。中国的可哀的纪念太多了，这照例至少应该沉默；可喜的纪念也不算少，然而又怕有"反动分子乘机捣乱"，所以大家的高兴也不能发扬。几经防遏，几经淘汰，什么佳节都被绞死，于是就觉得只有这仅存残喘的"废历"或"古历"还是自家的东西，更加可爱了。那就格外的庆贺——这是不能以"封建的余意"一句话，轻轻了事的。

叫人整年的悲愤，劳作的英雄们，一定是自己毫不知道悲愤，劳作的人物。在实际上，悲愤者和劳作者，是时时需要休息和高兴的。古埃及的奴隶们，有时也会冷然一笑。这是蔑视一切的笑。不懂得这笑的意义者，只有主子和自安于奴才生活，而劳作较少，并且失了悲愤的奴才。

我不过旧历年已经二十三年了，这回却连放了三夜的花爆，使隔壁的外国人也"嘘"了起来：这却和花爆都成了我一年中仅有的高兴。

二月十五日

（原刊 1934 年 2 月 17 日《申报·自由谈》，后收入《花边文学》）

---

① **废历**　指阴历（亦称夏历）。1912 年 1 月 2 日，中华民国临时政府通令各省废除阴历，改用阳历。以后南京国民政府也发布过类似的政令。

② **有了感慨**　指 1934 年旧历除夕那天出版的《申报号外·本埠增刊》上，编辑在副刊按语中为不能放假休息而大发牢骚。

运　命

电影"《姊妹花》①中的穷老太婆对她的穷女儿说：'穷人终是穷人，你要忍耐些!'"宗汉先生②慨然指出，名之曰"穷人哲学"（见《大晚报》）。

自然，这是教人安贫的，那根据是"运命"。古今圣贤的主张此说者已经不在少数了，但是不安贫的穷人也"终是"很不少。"智者千虑，必有一失"，这里的"失"，是在非到盖棺之后，一个人的运命"终是"不可知。

豫言运命者也未必尝没有人，看相的，排八字的，到处都是。然而他们对于主顾，肯断定他穷到底的是很少的，即使有，大家的学说又不能相一致，甲说当穷，乙却说当富，这就使穷人不能确信他将来的一定的运命。

不信运命，就不能"安分"，穷人买奖券，便是一种"非分之想"。但这于国家，现在是不能说没有益处的。不过"有一利必有一弊"，运命既然不可知，穷人又何妨想做皇帝，这就使中国出现了《推背图》。据宋人说，五代时候，许多人都看了这图给自己的儿子取名字，希望应着将来的吉兆，直到宋太宗（?）抽乱了一百本，与别本一同流通，读者见次序多不相同，莫衷一是，这才不再珍藏了。

---

①　《姊妹花》　1933 年上海明星影片公司摄制的影片。郑正秋编剧、导演，胡蝶主演。当时在上海曾连映 60 余日，创上座率纪录。

②　宗汉先生　即邵宗汉（1907—1989），又名冢寒，江苏武进（今常州）人，记者、社会活动家、翻译家。早年为上海《大晚报》编辑。1937 年年底主编国际时事周刊《集纳》。同年 9 月与刘尊棋等在上海发起成立国际新闻供应社，任秘书长；11 月与范长江、恽逸群等发起成立中国青年新闻记者协会，任候补干事。1938 年去香港，为《星岛日报》主笔，后流亡南洋。抗战胜利后任香港《华商报》副总编辑。1949 年 9 月，作为中华全国新闻工作者协会筹备会的代表参加中国人民政治协商会议第一届全体会议，后任《光明日报》总编辑。译有斯诺《西行漫记》（与人合译）、赛珍珠《母亲》等。这里所谓"穷人哲学"一说，见他于 1934 年 2 月 20 日《大晚报·日日谈》发表的《穷人哲学》。

然而九一八那时，上海却还大卖着《推背图》的新印本。

"安贫"诚然是天下太平的要道，但倘使无法指定究竟的运命，总不能令人死心塌地。现在的优生学，本可以说是科学的了，中国也正有人提倡着，冀以济运命说之穷，而历史又偏偏不挣气，汉高祖的父亲并非皇帝，李白的儿子也不是诗人；还有立志传，絮絮叨叨的在对人讲西洋的谁以冒险成功，谁又以空手致富。

运命说之毫不足以治国平天下，是有明明白白的履历的。倘若还要用它来做工具，那中国的运命可真要"穷"极无聊了。

二月二十三日

（原刊 1934 年 2 月 26 日《申报·自由谈》，后收入《花边文学》）

大 小 骗

"文坛"上的丑事，这两年来真也揭发得不少了：剪贴，瞎抄，贩卖，假冒。不过不可究诘的事情还有，只因为我们看惯了，不再留心它。

名人的题签，虽然字不见得一定写的好，但只在表示这书的作者或出版者认识名人，和内容并无关系，是算不得骗人的。可疑的是"校阅"。校阅的脚色，自然是名人，学者，教授。然而这些先生们自己却并无关于这一门学问的著作。所以真的校阅了没有是一个问题；即使真的校阅了，那校阅是否真的可靠又是一个问题。但再加校阅，给以批评的文章，我们却很少见。

还有一种是"编辑"。这编辑者，也大抵是名人，因这名，就使读者觉得那书的可靠。但这是也很可疑的。如果那书上有些序跋，我们还可以由那文章，思想，断定它是否真是这人所编辑，但市上所陈列的书，常有翻开便是目录，叫你一点也摸不着头脑的。这怎么靠得住？至于大部的各门类的刊物的所谓"主编"，那是这位名人竟上至天空，下至地底，无不通晓了，"无为而无不为"①，倒使我们无须再加以揣测。

还有一种是"特约撰稿"。刊物初出，广告上往往开列一大批特约撰稿的名人，有时还用凸版印出作者亲笔的签名，以显示其真实。这并不可疑。然而过了一年半载，可就渐有破绽了，许多所谓特约撰稿者的东西一字也不见。是并没有约，还是约而不来呢，我们无从知道；但可见那些所谓亲笔签名，也许是从别处剪来，或者简直是假造的了。要是从投稿上取下来的。为什么见签名却不见稿呢？

这些名人在卖着他们的"名"，不知道可是领着"干薪"的？倘使领的，自然是同意的自卖，否则，可以说是被"盗卖"。"欺世

---

① "无为而无不为" 语出《老子》第48章。一作"无为无不为"。

盗名"者有之，盗卖名以欺世者又有之，世事也真是五花八门。然而受损失的却只有读者。

三月七日

（原刊 1934 年 3 月 28 日《申报·自由谈》，后收入《花边文学》）

"小童挡驾"

　　近五六年来的外国电影，是先给我们看了一通洋侠客的勇敢，于是而野蛮人的陋劣，又于是而洋小姐的曲线美。但是，眼界是要大起来的，终于几条腿不够了，于是一大丛；又不够了，于是赤条条。这就是"裸体运动大写真"①，虽然是正正堂堂的"人体美与健康美的表现"，然而又是"小童挡驾"的，他们不配看这些"美"。

　　为什么呢？宣传上有这样的文字——

　　"一个绝顶聪明的孩子说：她们怎不回过身子儿来呢？"

　　"一位十足严正的爸爸说：怪不得戏院对孩子们要挡驾了！"

　　这当然只是文学家虚拟的妙文，因为这影片是一开始就标榜着"小童挡驾"的，他们无从看见。但假使真给他们去看了，他们就会这样的质问吗？我想，也许会的。然而这质问的意思，恐怕和张生②唱的"哈，怎不回过脸儿来"完全两样，其实倒在电影中人的态度的不自然，使他觉得奇怪。中国的儿童也许比较的早熟，也许性感比较的敏，但总不至于比成年的他的"爸爸"，心地更不干净的。倘其如此，二十年后的中国社会，那可真真可怕了。但事实上大概决不至于此，所以那答话还不如改一下：

　　"因为要使我过不了瘾，可恶极了！"

　　不过肯这样说的"爸爸"恐怕也未必有。他总要"以己之心，度人之心"③，度了之后，便将这心硬塞在别人的腔子里，装作不是自己的，而说别人的心没有他的干净。裸体女人的都"不回过身子儿来"，其实是专为对付这一类人物的。她难道是白痴，连"爸

---

　　①　**"裸体运动大写真"**　1934年3月，上海的上海大戏院放映德、法、美等国裸体运动纪录片《回到自然》。电影广告上有"裸体运动大写真"等语。

　　②　**张生**　元代王实甫所作《西厢记》杂剧中的人物张君瑞（珙）。

　　③　**"以己之心，度人之心"**　《中庸》第13章"忠恕违道不远，施诸己而不愿，亦勿施于人"句下，朱熹注："……以己之心，度人之心，未尝不同，则道之不远于人者可见。"

爸"的眼色，比他孩子的更不规矩都不知道吗？

但是，中国社会还是"爸爸"类的社会，所以做起戏来，是"妈妈"类献身，"儿子"类受谤。即使到了紧要关头，也还是什么"木兰从军"①，"汪踦卫国"②，要推出"女人与小人"去搪塞的。"吾国民其何以善其后欤？"

四月五日

（原刊 1934 年 4 月 7 日《申报·自由谈》，后收入《花边文学》）

---

① **"木兰从军"** 指木兰女扮男装，代父从军的故事。见南北朝时北朝乐府诗《木兰诗》。

② **"汪踦卫国"** 春秋鲁哀公十一年（前484），齐国攻打鲁国，公叔禺人与邻居一个叫汪踦的孩童同赴战场，一齐阵亡。事见《礼记·檀弓》。

古人并不纯厚

　　老辈往往说：古人比今人纯厚，心好，寿长。我先前也有些相信，现在这信仰可是动摇了。达赖啦嘛①总该比平常人心好，虽然"不幸短命死矣"②，但广州开的耆英会③，却明明收集过一大批寿翁寿媪，活了一百零六岁的老太太还能穿针，有照片为证。

　　古今的心的好坏，较为难以比较，只好求教于诗文。古之诗人，是有名的"温柔敦厚"的，而有的竟说："时日曷丧，予及汝偕亡！"④ 你看够多么恶毒？更奇怪的是孔子"校阅"之后，竟没有删，还说什么"诗三百，一言以蔽之，曰：思无邪"⑤ 哩，好像圣人也并不以为可恶。

　　还有现存的最通行的《文选》，听说如果青年作家要丰富语汇，或描写建筑，是总得看它的，但我们倘一调查里面的作家，却至少有一半不得好死，当然，就因为心不好。经昭明太子一挑选，固然好像变成语汇祖师了，但在那时，恐怕还有个人的主张，偏激的文字。否则，这人是不传的，试翻唐以前的史上的文苑传，大抵是禀承意旨，草檄作颂的人，然而那些作者的文章，流传至今者偏偏少得很。

　　由此看来，翻印整部的古书，也就不无危险了。近来偶尔看见一部石印的《平斋文集》⑥，作者，宋人也，不可谓之不古，但其诗

---

　　① **达赖啦嘛**　指十三世达赖喇嘛土登嘉措（1876—1933），1933 年 12 月 17 日在拉萨圆寂。

　　② **"不幸短命死矣"**　语出《论语·雍也》。原是孔子与鲁哀公说起自己得意弟子颜回时的痛惜之语。

　　③ **耆英会**　1934 年 2 月 15 日，广州市政府为纪念新建市署落成，邀集全市 80 岁以上老人二百余人举行庆典活动。

　　④ **"时日曷丧，予及汝偕亡！"**　语出《尚书·商书·汤誓》。

　　⑤ **"诗三百，一言以蔽之，曰：思无邪"**　孔子的话，见《论语·为政》。

　　⑥ 《平斋文集》　宋代洪咨夔的诗文集。洪咨夔（1176—1236），宋临安于潜（今浙江临安）人，字舜俞，号平斋。嘉定进士，官翰林学士、知制诰。

就不可为训。如咏《狐鼠》云："狐鼠擅一窟，虎蛇行九逵，不论天有眼，但管地无皮……"又咏《荆公》①云："养就祸胎身始去，依然钟阜向人青。"那指斥当路的口气，就为今人所看不惯。"八大家"②中的欧阳修③，是不能算作偏激的文学家的罢，然而那《读李翱文》中却有云："呜呼，在位而不肯自忧，又禁它人使皆不得忧，可叹也夫！"也就悻悻得很。

但是，经后人一番选择，却就纯厚起来了。后人能使古人纯厚，则比古人更为纯厚也可见。清朝曾有钦定的《唐宋文醇》④和《唐宋诗醇》⑤，便是由皇帝将古人做得纯厚的好标本，不久也许会有人翻印，以"挽狂澜于既倒"⑥的。

四月十五日

（原刊 1934 年 4 月 26 日《中华日报·动向》，后收入《花边文学》）

---

① **荆公** 即王安石（1021—1086），字介甫，号半山，宋抚州临川（今江西抚州）人。庆历进士，官至宰相，封荆国公。有《临川集》等传世。

② **"八大家"** 即"唐宋八大家"，唐宋时期推动古文运动的八位代表人物：韩愈、柳宗元、欧阳修、苏洵、苏轼、苏辙、王安石、曾巩。明代茅坤曾选辑他们的作品，编为《唐宋八大家文钞》，故有此称。

③ **欧阳修**（1007—1072）字永叔，号醉翁、六一居士，宋吉州庐陵（今江西吉安）人。天圣进士，官至枢密副使、参知政事。有《欧阳文忠公集》《六一词》等。《读李翱文》见《欧阳文忠公集》卷七十三。李翱（772—841），字习之，唐陇西成纪（今甘肃秦安）人。贞元进士，官至山南东道节度使。曾从韩愈学古文，有《李文公集》传世。

④ **《唐宋文醇》** 文章总集。清乾隆皇帝命馆臣采选、编辑，又经其"御定"，收唐宋八大家及李翱、孙樵等十人文章，凡 58 卷。

⑤ **《唐宋诗醇》** 诗歌总集。清乾隆皇帝命馆臣采选、编辑，又经其"御定"，收唐宋诗人李白、杜甫、白居易、韩愈、苏轼、陆游六人诗作，凡 47 卷。

⑥ **"挽狂澜于既倒"** 语出唐代韩愈《进学解》："障百川而东之，回狂澜于既倒。"

法会和歌剧

  《时轮金刚法会募捐缘起》①中有这样的句子："古人一遇灾祲，上者罪己，下者修身……今则人心浸以衰矣，非仗佛力之加被，末由消除此浩劫。"恐怕现在也还有人记得的罢。这真说得令人觉得自己和别人都半文不值，治水除蝗，完全无益，倘要"或消自业，或淡他灾"，只好请班禅大师来求佛菩萨保佑了。

  坚信的人们一定是有的，要不然，怎么能募集一笔巨款。

  然而究竟好像是"人心浸以衰矣"了，中央社十七日杭州电云："时轮金刚法会将于本月二十八日在杭州启建，并决定邀梅兰芳，徐来②，胡蝶③，在会期内表演歌剧五天。"梵呗圆音，竟将为轻歌曼舞所"加被"，岂不出于意表也哉！

  盖闻昔者我佛说法，曾有天女散花④，现在杭州启会，我佛大概

---

  ① **《时轮金刚法会募捐缘起》** 见 1934 年 4 月 1 日出版的《论语》半月刊第 38 期。"时轮金刚法会"是佛教密宗的一种仪式。1934 年 3 月 11 日，国民政府考试院院长戴季陶、行政院秘书长褚民谊等发起组设"时轮金刚法会"，推举下野军阀段祺瑞为理事长，戴季陶、褚民谊、许静仁、鲁咏庵、王晓籁、王一亭为副理事长。请九世班禅额尔德尼·曲吉尼玛往杭州灵隐寺主持法会。此事得到各地军政首要黄郛、张群、张学良、朱绍良、马鸿逵、商震、韩复榘、熊式辉等人响应。蒋介石亦电嘱浙江省和杭州市政府予以招待。"法会"后于当年 4 月 28 日至 5 月 15 日在杭州举办。

  ② **徐来**（1909—1973） 原名小妹，又名洁凤，浙江绍兴人，电影演员。1927 年入黎锦晖主持的中华歌舞专修学校，毕业后为明月歌舞团演员。1933 年入明星影片公司，主演《残春》《华山艳史》等。1935 年演完《船家女》后息影。当时有"东方标准美人"之称。

  ③ **胡蝶**（1907—1989） 原名瑞华，广东鹤山人，电影演员。1925 年入洪深主持的中华电影学校，主演友联影片公司拍摄的《秋扇怨》。1926 年在天一影片公司主演《梁祝痛史》等，两年后入明星影片公司。此后先后主演《火烧红莲寺》《空谷兰》《歌女红牡丹》等。1935 年曾随中国电影代表团赴苏联参加国际影展。当时有"电影皇后"之称。

  ④ **天女散花** 佛经故事。《维摩诘所说经·观众生品》："时维摩诘室有一天女，见诸天人闻所说法，便现其身，即以天华散诸菩萨大弟子上。"戏曲文学家齐如山据此编写京剧脚本《天女散花》，成为梅兰芳的保留剧目。

未必亲临，则恭请梅郎权扮天女，自然尚无不可。但与摩登女郎们又有什么关系呢？莫非电影明星与标准美人唱起歌来，也可以"消除此浩劫"的么？

大约，人心快要"浸衰"之前，拜佛的人，就已经喜欢兼看玩艺了，款项有限，法会不大的时候，和尚们便自己来飞钹，唱歌，给善男子，善女人们满足，但也很使道学先生们摇头。班禅大师只"印可"① 开会而不唱《毛毛雨》②，原是很合佛旨的，可不料同时也唱起歌剧来了。

原人和现代人的心，也许很有些不同，倘相去不过几百年，那恐怕即使有些差异，也微乎其微的。赛会做戏文，香市看娇娇，正是"古已有之"的把戏。既积无量之福，又极视听之娱，现在未来，都有好处，这是向来兴行佛事的号召的力量。否则，黄胖和尚念经，参加者就未必踊跃，浩劫一定没有消除的希望了。

但这种安排，虽然出于婆心，却仍是"人心浸以衰矣"的征候。这能够令人怀疑：我们自己是不配"消除此浩劫"的了，但此后该靠班禅大师呢，还是梅兰芳博士，或是密斯徐来，密斯胡蝶呢？

四月二十日

（原刊 1934 年 5 月 20 日《中华日报·动向》，后收入《花边文学》）

---

① **"印可"** 佛家语：承认、许可。
② 《毛毛雨》 当时的一首流行歌曲。黎锦晖作。

洋服的没落

　　几十年来，我们常常恨着自己没有合意的衣服穿。清朝末年，带些革命色采的英雄不但恨辫子，也恨马褂和袍子，因为这是满洲服。一位老先生到日本去游历，看见那边的服装，高兴的了不得，做了一篇文章登在杂志上，叫作《不图今日重见汉官仪》①。他是赞成恢复古装的。

　　然而革命之后，采用的却是洋装，这是因为大家要维新，要便捷，要腰骨笔挺。少年英俊之徒，不但自己必洋装，还厌恶别人穿袍子。那时听说竟有人去责问樊山老人②，问他为什么要穿满洲的衣裳。樊山回问道："你穿的是那里的服饰呢？"少年答道："我穿的是外国服。"樊山道："我穿的也是外国服。"

　　这故事颇为传诵一时，给袍褂党扬眉吐气。不过其中是带一点反对革命的意味的，和近日的因为卫生，因为经济的大两样。后来，洋服终于和华人渐渐的反目了，不但袁世凯朝，就定袍子马褂为常礼服③，五四运动之后，北京大学要整饬校风，规定制服了，请学生们公议，那议决的也是：袍子和马褂！

　　这回的不取洋服的原因却正如林语堂先生所说，因其不合于卫生。④ 造化赋给我们的腰和脖子，本是可以弯曲的，弯腰曲背，在中国是一种常态，逆来尚须顺受，顺来自然更当顺受了。所以我们是最能研究人体，顺其自然而用之的人民。脖子最细，发明了砍头；膝关节能弯，发明了下跪；臀部多肉，又不致命，就发明了打屁股。

---

　　① 《不图今日重见汉官仪》 此文刊于 1903 年留日学生在东京办的《浙江潮》第 7 期。作者署名英伯。

　　② 樊山老人 即樊增祥。见《鲁迅杂文全编》（上册）《忧"天乳"》一文"樊增祥"注条。

　　③ 定袍子马褂为常礼服 1912 年 10 月，袁世凯政府下令，定长袍马褂为男子常礼服。

　　④ 见林语堂《论西装》一文。原刊 1934 年 4 月 16 日出版的《论语》半月刊第 39 期。

违反自然的洋服，于是便渐渐的自然的没落了。

这洋服的遗迹，现在已只残留在摩登男女的身上，恰如辫子小脚，不过偶然还见于顽固男女的身上一般。不料竟又来了一道催命符，是镪水悄悄从背后洒过来了①。

这怎么办呢？

恢复古制罢，自黄帝以至宋明的衣裳，一时实难以明白；学戏台上的装束罢，蟒袍玉带，粉底皂靴，坐了摩托车吃番菜，实在也不免有些滑稽。所以改来改去，大约总还是袍子马褂牢稳。虽然也是外国服，但恐怕是不会脱下的了——这实在有些稀奇。

四月二十一日

（原刊 1934 年 4 月 25 日《申报·自由谈》，后收入《花边文学》）

---

① **镪水悄悄从背后洒过来了** 1934 年 4 月 14 日《新生》周刊第 1 卷第 10 期报道："杭（州）市发见摩登破坏铁血团，以硝镪水毁人摩登衣服，并发警告服用洋货的摩登士女书。"当时北平、上海等地也发生过此类事件。

朋　友

我在小学的时候，看同学们变小戏法，"耳中听字"呀，"纸人出血"呀，很以为有趣。庙会时就有传授这些戏法的人，几枚铜元一件，学得来时，倒从此索然无味了。进中学是在城里，于是兴致勃勃的看大戏法，但后来有人告诉了我戏法的秘密，我就不再高兴走近圈子的旁边。去年到上海来，才又得到消遣无聊的处所，那便是看电影。

但不久就在书上看到一点电影片子的制造法，知道了看去好像千丈悬崖者，其实离地不过几尺，奇禽怪兽，无非是纸做的。这使我从此不很觉得电影的神奇，倒往往只留心它的破绽，自己也无聊起来，第三回失掉了消遣无聊的处所。有时候，还自悔去看那一本书，甚至于恨到那作者不该写出制造法来了。

暴露者揭发种种隐秘，自以为有益于人们，然而无聊的人，为消遣无聊计，是甘于受欺，并且安于自欺的，否则就更无聊赖。因为这，所以使戏法长存于天地之间，也所以使暴露幽暗不但为欺人者所深恶，亦且为被欺者所深恶。

暴露者只在有为的人们中有益，在无聊的人们中便要灭亡。自救之道，只在虽知一切隐私，却不动声色，帮同欺人，欺那自甘受欺的无聊的人们，任它无聊的戏法一套一套的，终于反反复复的变下去。周围是总有这些人会看的。

变戏法的时时拱手道："……出家靠朋友!"有几分就是对着明白戏法的底细者而发的，为的是要他不来戳穿西洋镜。

"朋友，以义合者也"①，但我们向来常常不作如此解。

四月二十二日

（原刊 1934 年 5 月 11 日《申报·自由谈》，后收入《花边文学》）

---

① **"朋友，以义合者也"**　《论语·乡党》："朋友死，无所归，曰'於我殯。'"句下，朱熹注谓："朋友以义合，死无所归，不得不殯。"

清明时节

　　清明时节，是扫墓的时节，有的要进关内来祭祖①，有的是到陕西去上坟②，或则激论沸天，或则欢声动地，真好像上坟可以亡国，也可以救国似的。

　　坟有这么大关系，那么，掘坟当然是要不得的了。③

　　元朝的国师八合思巴④罢，他就深相信掘坟的利害。他掘开宋陵，要把人骨和猪狗骨同埋在一起，以使宋室倒楣。后来幸而给一位义士盗走了，没有达到目的，然而宋朝还是亡。曹操⑤设了"摸金校尉"之类的职员，专门盗墓，他的儿子却做了皇帝，自己竟被谥为"武帝"，好不威风。这样看来，死人的安危，和生人的祸福，又仿佛没有关系似的。

　　相传曹操怕死后被人掘坟，造了七十二疑冢，令人无从下手。

---

　　①　**有的要进关内来祭祖**　指伪满洲国"皇帝"溥仪曾拟当年清明节入关祭扫清代皇陵，因舆论压力未能成行。

　　②　**有的是到陕西去上坟**　1934 年 4 月初，国民政府考试院院长戴季陶在西北考察期间，曾往陕西咸阳、兴平等地祭扫周文王、汉武帝陵墓。

　　③　1934 年 4 月 11 日，戴季陶在西安致电蒋介石、汪精卫及中央研究院院长蔡元培、教育部部长王世杰等，请通令全国禁止以任何理由发掘古墓，谓"纵寻取学术材料，亦一律依刑律专条严办"。4 月 14 日，蔡元培复电戴季陶，提出对学术团体的发掘活动"不宜泛加禁止"，认为发掘古墓对"恢复千年古史其用大矣"。

　　④　**八合思巴**　即八思巴（1235—1280），本名罗卓坚参，吐蕃萨斯迦（今西藏萨迦）人，西藏喇嘛教萨迦派首领。蒙古中统元年（1260）封为"国师"。至元元年（1264）领总制院事，管理全国佛教事宜和藏区行政事务。至元七年（1270）升号"帝师""大宝法王"。曾制蒙古新字（即八思巴文）。

　　⑤　**曹操**（155—220）　字孟德，小字阿瞒，沛国谯（今安徽亳县）人，汉魏之际军事豪强、三国魏的开创者。其子曹丕称帝后，追尊魏武帝。设"摸金校尉"一事，见汉末陈琳《为袁绍檄豫州》指斥曹操破梁孝王（汉文帝子）坟陵之事；"（曹）操帅将吏士，亲临发掘，破棺躶尸，掠取金宝，至令圣朝流涕，士民伤怀。操又特置发丘中郎将、摸金校尉，所过隳突，无骸不露。"

于是后之诗人曰:"遍掘七十二疑冢,必有一冢葬君尸。"① 于是后之论者又曰:阿瞒老奸巨猾,安知其尸实不在此七十二冢之内乎。真是没有法子想。

阿瞒虽是老奸巨猾,我想,疑冢之流倒未必安排的,不过古来的冢墓,却大抵被发掘者居多,冢中人的主名,的确者也很少,洛阳邙山②,清末掘墓者极多,虽在名公巨卿的墓中,所得也大抵是一块志石③和凌乱的陶器,大约并非原没有贵重的殉葬品,乃是早经有人掘过,拿走了,什么时候呢,无从知道。总之是葬后以至清末的偷掘那一天之间罢。

至于墓中人究竟是什么人,非掘后往往不知道。即使有相传的主名的,也大抵靠不住。中国人一向喜欢造些和大人物相关的名胜,石门有"子路止宿处"④,泰山上有"孔子小天下处"⑤;一个小山洞,是埋着大禹,几堆大土堆,便葬着文武和周公。

如果扫墓的确可以救国,那么,扫就要扫得真确,要扫文武周公的陵,不要扫着别人的土包子,还得查考自己是否周朝的子孙。于是乎要有考古的工作,就是掘开坟来,看看有无葬着文王武王周公旦的证据,如果有遗骨,还可照《洗冤录》的方法来滴血。但是,这又和扫墓救国说相反,很伤孝子顺孙的心了。不得已,就只好闭了眼睛,硬着头皮,乱拜一阵。

"非其鬼而祭之,谄也!"⑥ 单是扫墓救国术没有灵验,还不过是一个小笑话而已。

四月二十六日

(原刊 1934 年 5 月 24 日《中华日报·动向》,后收入《花边文学》)

---

① 此二句系宋代俞应符作,见元代陶宗仪《南村辍耕录》称二十六"疑冢"条。

② 邙山 在河南省西部。其东段靠近洛阳,称北邙山,多古代帝王陵墓。

③ 志石 旧时墓葬中镌有死者姓氏、事略的石刻。

④ "子路止宿处" 《论语·宪问》有"子路宿于石门"一句,《后汉书·张皓王龚传》注引郑玄《论语注》云:"石门,鲁城外门也。"

⑤ "孔子小天下处" 《孟子·尽心上》:"孔子登东山而小鲁,登泰山而小天下,故观于海者难为水,游于圣人之门者难为言。"后人据此于泰山立碑。

⑥ "非其鬼而祭之,谄也!" 语出《论语·为政》。"非其鬼",不是自己应该祭祀的鬼神。

小品文的生机

　　去年是"幽默"大走鸿运的时候，《论语》以外，也是开口幽默，闭口幽默，这人是幽默家，那人也是幽默家。不料今年就大塌其台，这不对，那又不对，一切罪恶，全归幽默。甚至于比之文场的丑脚。骂幽默竟好像是洗澡，只要来一下，自己就会干净似的了。

　　倘若真的是"天地大戏场"，那么，文场上当然也一定有丑脚——然而也一定有黑头。丑脚唱着丑脚戏，是很平常的，黑头改唱了丑脚戏，那就怪得很，但大戏场上却有时真会有这等事。这就使直心眼人跟着歪心眼人嘲骂，热情人愤怒，脆情人心酸。为的是唱得不内行，不招人笑吗？并不是的，他比真的丑脚还可笑。

　　那愤怒和心酸，为的是黑头改唱了丑脚之后，事情还没有完。串戏总得有几个脚色：生，旦，末，丑，净，还有黑头。要不然，这戏也唱不久。为了一种原因，黑头只得改唱丑脚的时候，照成例，是一定丑脚倒来改唱黑头的。不但唱工，单是黑头涎脸扮丑脚，丑脚挺胸学黑头，戏场上只见白鼻子的和黑脸孔的丑脚多起来，也就滑天下之大稽，然而，滑稽而已，并非幽默。或人曰："中国无幽默。"这正是一个注脚。

　　更可叹的是被谥为"幽默大师"的林先生，竟也在《自由谈》上引了古人之言，曰："夫饮酒猖狂，或沉寂无闻，亦不过洁身自好耳。今世癫鳖，欲使洁身自好者负亡国之罪，若然则'今日乌合，明日鸟散，今日倒戈，明日凭轼，今日为君子，明日为小人，今日为小人，明日复为君子'① 之辈可无罪。"虽引据仍不离乎小品，但去"幽默"或"闲适"之道远矣。这又是一个注脚。

──────────

① 引文见明代张萱《覆刘冲倩书》。

但林先生以为新近各报上之攻击《人间世》①，是系统的化名的把戏，却是错误的，证据是不同的论旨，不同的作风。其中固然有虽曾附骥，终未登龙的"名人"，或扮作黑头，而实是真正的丑脚的打诨，但也有热心人的谠论。世态是这么的纠纷，可见虽是小品，也正有待于分析和攻战的了，这或者倒是《人间世》的一线生机罢。

四月二十六日

　　（原刊 1934 年 4 月 30 日《申报·自由谈》，后收入《花边文学》）

---

　　①　《人间世》　杂文半月刊。1934 年 4 月 5 日在上海创刊，林语堂主编，上海良友图书印刷公司出版。该刊提倡"以自我为中心，以闲适为格调"。1935 年 12 月停刊，共出42 期。

刀"式"辩

本月六日的《动向》① 上，登有一篇阿芷②先生指明杨昌溪③先生的大作《鸭绿江畔》，是和法捷耶夫的《毁灭》相像的文章，其中还举着例证。这恐怕不能说是"英雄所见略同"罢。因为生吞活剥的模样，实在太明显了。

但是，生吞活剥也要有本领，杨先生似乎还差一点。例如《毁灭》的译本，开头是——

在阶石上锵锵地响着有了损伤的日本指挥刀，莱奋生走到后院去了……

而《鸭绿江畔》的开头是——

当金蕴声走进庭园的时候，他那损伤了的日本式的指挥刀在阶石上噼啪地响着。……

人名不同了，那是当然的；响声不同了，也没有什么关系，最特别的是他在"日本"之下，加了一个"式"字。这或者也难怪，不是日本人，怎么会挂"日本指挥刀"呢？一定是照日本式样，自

---

① 《动向》 《中华日报》副刊之一。《中华日报》系国民党汪精卫派的报纸，1932年4月在上海创刊，1945年9月终刊。

② 阿芷 即叶紫（1910—1939），原名余昭明，笔名阿芷等，湖南益阳人，现代作家。1926年在武汉军事学校三分校学习，大革命失败后流亡南京、上海等地。曾编辑《无名文艺》。著有小说集《丰收》《山村一夜》等。这里提到他在《动向》上发表的文章是《洋形式的窃取与洋内容的借用》。

③ 杨昌溪 其小说《鸭绿江畔》刊于1933年8月出版的《汗血月刊》第1卷第5期。曾与林疑今合译雷马克《西线归来》，另著有《雷马克评传》。其余未详。

己打造的了。

但是，我们再来想一想：莱奋生所带的是袭击队，自然是袭击敌人，但也夺取武器。自己的军器是不完备的，一有所得，便用起来。所以他所挂的正是"日本的指挥刀"，并不是"日本式"。

文学家看小说，并且豫备抄袭的，可谓关系密切的了，而尚且如此粗心，岂不可叹也夫！

五月七日

（原刊 1934 年 5 月 10 日《中华日报·动向》，后收入《花边文学》）

化名新法

杜衡和苏汶①先生在今年揭破了文坛上的两种秘密，也是坏风气：一种是批评家的圈子，一种是文人的化名。

但他还保留着没有说出的秘密——

圈子中还有一种书店编辑用的橡皮圈子，能大能小，能方能圆，只要是这一家书店出版的书籍，这边一套，"行"，那边一套，也"行"。

化名则不但可以变成别一个人，还可以化为一个"社"。这个"社"还能够选文，作论，说道只有某人的作品，"行"，某人的创作，也"行"。

例如"中国文艺年鉴社"②所编的《中国文艺年鉴》前面的"鸟瞰"。据它的"瞰"法，是：苏汶先生的议论，"行"，杜衡先生的创作，也"行"。

但我们在实际上再也寻不着这一个"社"。

查查这"年鉴"的总发行所：现代书局；看看《现代》杂志末一页上的编辑者：施蛰存，杜衡。

Oho！

孙行者神通广大，不单会变鸟兽虫鱼，也会变庙宇，眼睛变窗户，嘴巴变庙门，只有尾巴没处安放，就变了一枝旗竿，竖在庙后面。但那有只竖一枝旗竿的庙宇的呢？它的被二郎神看出来的破绽就在此。

"除了万不得已之外"，"我希望"一个文人也不要化为"社"，

---

① **杜衡和苏汶** 为同一人，即戴克崇。见本书《论"第三种人"》一文及"苏汶"注条。

② **"中国文艺年鉴社"** 1932年，现代书局曾借这个社名出版《中国文艺年鉴》。

倘使只为了自吹自捧，那真是"新近又有点卑劣了"①。

五月十日

（原刊 1934 年 5 月 13 日《中华日报·动向》，后收入《花边文学》）

---

① 此处引语均见苏汶《谈文人的假名》一文，该文刊于 1934 年 5 月《现代》月刊第 5 卷第 1 期。

读几本书

读死书会变成书呆子，甚至于成为书厨，早有人反对过了，时光不绝的进行，反读书的思潮也愈加彻底，于是有人来反对读任何一种书。他的根据是叔本华的老话，说是倘读别人的著作，不过是在自己的脑里给作者跑马。

这对于读死书的人们，确是一下当头棒，但为了与其探究，不如跳舞，或者空暴躁，瞎牢骚的天才起见，却也是一句值得绍介的金言。不过要明白：死抱住这句金言的天才，他的脑里却正被叔本华跑了一趟马，踏得一榻胡涂了。

现在是批评家在发牢骚，因为没有较好的作品；创作家也在发牢骚，因为没有正确的批评。张三说李四的作品是象征主义，于是李四也自以为是象征主义，读者当然更以为是象征主义。然而怎样是象征主义呢？向来就没有弄分明，只好就用李四的作品为证。所以中国之所谓象征主义，和别国之所谓 Symbolism 是不一样的，虽然前者其实是后者的译语，然而听说梅特林①是象征派的作家，于是李四就成为中国的梅特林了。此外中国的法朗士，中国的白璧德，中国的吉尔波丁②，中国的高尔基……还多得很。然而真的法朗士他们的作品的译本，在中国却少得很。莫非因为都有了"国货"的缘故吗？

在中国的文坛上，有几个国货文人的寿命也真太长；而洋货文

---

① **梅特林** 今译梅特林克（Maurice Maeterlinck，1862—1949），比利时作家，象征主义戏剧的代表人物。1911 年获诺贝尔文学奖。著有剧本《青鸟》等。

② **吉尔波丁**（В. Я. Кирпотин，1898—1979） 苏联文艺理论家。参加过国内战争。1925 年毕业于红色教授学院，曾任共产主义学院文学和语言研究所所长。1932—1936 年任联共（布）中央文学处处长和苏联作家协会筹备委员会书记。1956 年后在世界文学研究所从事研究工作。著有《俄国马克思列宁主义的思想先驱者》《萨尔蒂科夫—谢德林》《陀思妥耶夫斯基和别林斯基》等论著。

人的可也真太短，姓名刚刚记熟，据说是已经过去了。易卜生大有出全集之意，但至今不见第三本；柴霍甫①和莫泊桑②的选集，也似乎走了虎头蛇尾运。但在我们所深恶痛疾的日本，《吉诃德先生》和《一千一夜》是有全译的；沙士比亚，歌德……都有全集；托尔斯泰的有三种，陀思妥也夫斯基的有两种。

　　读死书是害己，一开口就害人；但不读书也并不见得好。至少，譬如要批评托尔斯泰，则他的作品是必得看几本的。自然，现在是国难时期，那有工夫译这些书，看这些书呢，但我所提议的是向着只在暴躁和牢骚的大人物，并非对于正在赴难或"卧薪尝胆"的英雄。因为有些人物，是即使不读书，也不过玩着，并不去赴难的。

五月十四日

　　（原刊 1934 年 5 月 18 日《申报·自由谈》，后收入《花边文学》）

---

　　① **柴霍甫**　今译契诃夫（А. П. Чехов，1860—1904），俄国作家。著有剧本《三姐妹》《樱桃园》和短篇小说《变色龙》《万卡》等。
　　② **莫泊桑**（Guy de Maupassant，1850—1893）　法国作家。著有长篇小说《一生》《漂亮朋友》，短篇小说《羊脂球》等。

一思而行

　　只要并不是靠这来解决国政，布置战争，在朋友之间，说几句幽默，彼此莞尔而笑，我看是无关大体的。就是革命专家，有时也要负手散步；理学先生①总不免有儿女，在证明着他并非日日夜夜，道貌永远的俨然。小品文大约在将来也还可以存在于文坛，只是以"闲适"为主，却稍嫌不够。

　　人间世事，恨和尚往往就恨袈裟。幽默和小品的开初，人们何尝有贰话。然而轰的一声，天下无不幽默和小品，幽默那有这许多，于是幽默就是滑稽，滑稽就是说笑话，说笑话就是讽刺，讽刺就是漫骂。油腔滑调，幽默也；"天朗气清"，小品也；看郑板桥《道情》一遍，谈幽默十天，买袁中郎尺牍半本，作小品一卷。有些人既有以此起家之势，势必有想反此以名世之人，于是轰然一声，天下又无不骂幽默和小品。其实，则趁队起哄之士，今年也和去年一样，数不在少的。

　　手拿黑漆皮灯笼，彼此都莫名其妙。总之，一个名词归化中国，不久就弄成一团糟。伟人，先前是算好称呼的，现在则受之者已等于被骂；学者和教授，前两三年还是干净的名称；自爱者闻文学家之称而逃，今年已经开始了第一步。但是，世界上真的没有实在的伟人，实在的学者和教授，实在的文学家吗？并不然，只有中国是例外。

　　假使有一个人，在路旁吐一口唾沫，自己蹲下去，看着，不久准可以围满一堆人；又假使又有一个人，无端大叫一声，拔步便跑，

①　**理学先生**　又称道学家。原指宋明时期对儒家哲学和伦理思想进行归纳、诠释的一些学者，创始人为北宋周敦颐、邵雍、张载、程颢、程颐等，至南宋朱熹为集大成者。后来，人们把那些固守"三纲五常"、满嘴"仁义道德"的读书人称为"道学家""理学先生"，带有贬义。

《花边文学》中的杂文

192

同时准可以大家都逃散。真不知是"何所闻而来，何所见而去"①，然而又心怀不满，骂他的莫名其妙的对象曰"妈的"！但是，那吐唾沫和大叫一声的人，归根结蒂还是大人物。当然，沉着切实的人们是有的。不过伟人等等之名之被尊视或鄙弃，大抵总只是做唾沫的替代品而已。

　　社会仗这添些热闹，是值得感谢的。但在乌合之前想一想，在云散之前也想一想，社会未必就冷静了，可是还要像样一点点。

五月十四日

　　（原刊 1934 年 5 月 17 日《申报·自由谈》，后收入《花边文学》）

---

　　① **"何所闻而来，何所见而去"** 《世说新语·简傲》记钟会拜访嵇康，而嵇康只管自己在砧上打铁，"旁若无人，移时不交一言。钟起去，康曰：'何所闻而来，何所见而去？'钟曰：'闻所闻而来，见所见而去。'"

推己及人

忘了几年以前了，有一位诗人开导我，说是愚众的舆论，能将天才骂死，例如英国的济慈①就是。我相信了。去年看见几位名作家的文章，说是批评家的漫骂，能将好作品骂得缩回去，使文坛荒凉冷落。自然，我也相信了。

我也是一个想做作家的人，而且觉得自己也确是一个作家，但还没有获得挨骂的资格，因为我未曾写过创作。并非缩回去，是还没有钻出来。这钻不出来的原因，我想是一定为了我的女人和两个孩子的吵闹，她们也如漫骂批评家一样，职务是在毁灭真天才，吓退好作品的。

幸喜今年正月，我的丈母要见见她的女儿了，她们三个就都回到乡下去。我真是耳目清静，猗欤休哉，到了产生伟大作品的时代。可是不幸得很，现在已是废历四月初，足足静了三个月了，还是一点也写不出什么来。假使有朋友问起我的成绩，叫我怎么回答呢？还能归罪于她们的吵闹吗？

于是乎我的信心有些动摇。

我疑心我本不会有什么好作品，和她们的吵闹与否无关。而且我又疑心到所谓名作家也未必会有什么好作品，和批评家的漫骂与否无涉。

不过，如果有人吵闹，有人漫骂，倒可以给作家的没有作品遮羞，说是本来是要有的，现在给他们闹坏了。他于是就像一个落难小生，纵使并无作品，也能从看客赢得一掬一掬的同情之泪。

假使世界上真有天才，那么，漫骂的批评，于他是有损的，能

---

① 济慈（John Keats，1795—1821） 英国诗人。著有《夜莺颂》《希腊古瓮颂》等。他的长诗《安迪米恩》1818 年出版后，曾遭到保守派杂志《黑木相思树》和《评论季刊》的恶毒抨击。

骂退他的作品，使他不成其为作家。然而所谓漫骂的批评，于庸才是有益的，能保持其为作家，不过据说是吓退了他的作品。

在这三足月里，我仅仅有了一点"烟士披离纯"，是套罗兰夫人①的腔调的："批评批评，世间多少作家，借汝之骂以存！"

五月十四日

（原刊 1934 年 5 月 18 日《中华日报·动向》，后收入《花边文学》）

---

① **罗兰夫人**（Jeanne-Marie Roland，1754—1793） 18 世纪法国大革命时，吉伦特派政府内政部长让—马里·罗兰之妻。因与雅各宾派领袖罗伯斯庇尔交恶，1793 年 5 月雅各宾派起义时被捕。同年 11 月上断头台时，她慨然而言："自由自由，天下古今几多之罪恶，假汝之名以行！"（梁启超《罗兰夫人传》中的译文）这句话竟成千古名言。

偶　感

　　还记得东三省沦亡，上海打仗的时候，在只闻炮声，不愁炮弹的马路上，处处卖着《推背图》，这可见人们早想归失败之故于前定了。三年以后，华北华南，同濒危急，而上海却出现了"碟仙"①。前者所关心的还是国运，后者却只在问试题，奖券，亡魂。着眼的大小，固已迥不相同，而名目则更加冠冕，因为这"灵乩"是中国的"留德学生白同君所发明"，合于"科学"的。

　　"科学救国"已经叫了近十年，谁都知道这是很对的，并非"跳舞救国""拜佛救国"之比。青年出国去学科学者有之，博士学了科学回国者有之。不料中国究竟自有其文明，与日本是两样的，科学不但并不足以补中国文化之不足，却更加证明了中国文化之高深。风水，是合于地理学的，门阀，是合于优生学的，炼丹，是合于化学的，放风筝，是合于卫生学的。"灵乩"的合于"科学"，亦不过其一而已。

　　五四时代，陈大齐②先生曾作论揭发过扶乩的骗人，隔了十六年，白同先生却用碟子证明了扶乩的合理，这真叫人从那里说起。

　　而且科学不但更加证明了中国文化的高深，还帮助了中国文化的光大。马将桌边，电灯替代了蜡烛，法会坛上，镁光照出了喇嘛，无线电播音所日日传播的，不往往是《狸猫换太子》，《玉堂春》，《谢谢毛毛雨》吗？

　　老子曰："为之斗斛以量之，则并与斗斛而窃之。"③ 罗兰夫人曰："自由自由，多少罪恶，假汝之名以行！"每一新制度，新学术，

---

　　① "碟仙" 当时出现的一种打着"科学"招牌的扶乩活动。
　　② 陈大齐（1887—1983） 字百年，浙江海盐人，哲学家。曾任北京大学教授、哲学系主任、教务长。1928年任北平大学院院长。后任国民政府考选委员会委员长、总统府国策顾问。1949年去台湾。著有《心理学大纲》《印度理则学》等。
　　③ "为之斗斛以量之，则并与斗斛而窃之。" 这是庄子的话，见《庄子·胠箧》。

新名词，传入中国，便如落在黑色染缸，立刻乌黑一团，化为济私助焰之具，科学，亦不过其一而已。

此弊不去，中国是无药可救的。

五月二十日

（原刊 1934 年 5 月 25 日《申报·自由谈》，后收入《花边文学》）

论秦理斋夫人事

　　这几年来，报章上常见有因经济的压迫，礼教的制裁而自杀的记事，但为了这些，便来开口或动笔的人是很少的。只有新近秦理斋夫人①及其子女一家四口的自杀，却起过不少的回声，后来还出了一个怀着这一段新闻记事的自杀者②，更可见其影响之大了。我想，这是因为人数多。单独的自杀，盖已不足以招大家的青睐了。

　　一切回声中，对于这自杀的主谋者——秦夫人，虽然也加以恕辞；但归结却无非是诛伐。因为——评论家说——社会虽然黑暗，但人生的第一责任是生存，倘自杀，便是失职，第二责任是受苦，倘自杀，便是偷安。进步的评论家则说人生是战斗，自杀者就是逃兵，虽死也不足以蔽其罪。这自然也说得下去的，然而未免太笼统。

　　人间有犯罪学者，一派说，由于环境；一派说，由于个人。现在盛行的是后一说，因为倘信前一派，则消灭罪犯，便得改造环境，事情就麻烦，可怕了。而秦夫人自杀的批判者，则是大抵属于后一派。

　　诚然，既然自杀了，这就证明了她是一个弱者。但是，怎么会弱的呢？要紧的是我们须看看她的尊翁的信札，为了要她回去，既耸之以两家的名声，又动之以亡人的乩语。我们还得看看她的令弟的挽联："妻殉夫，子殉母……"不是大有视为千古美谈之意吗？以生长及陶冶在这样的家庭中的人，又怎么能不成为弱者？我们固然未始不可责以奋斗，但黑暗的吞噬之力，往往胜于孤军，况且自杀

---

　　①　**秦理斋夫人**　即龚尹霞。其夫秦理斋系《申报》馆英文译员，1934 年 2 月间在上海病逝。此后，公婆一再催迫她随迁无锡婆家。她因子女就学等实际问题而未能从命，无奈之中于 5 月 5 日偕子女三人一同服毒自尽。此为当时上海一大社会新闻。
　　②　**怀着这一段新闻记事的自杀者**　即上海福华药房店员陈同福，他因经济困难于 1934 年 5 月 20 日自杀。据当时《申报》报道：在他自杀现场发现一份登载秦理斋夫人自杀消息的剪报。

的批判者未必就是战斗的应援者，当他人奋斗时，挣扎时，败绩时，也许倒是鸦雀无声了。穷乡僻壤或都会中，孤儿寡妇，贫女劳人之顺命而死，或虽然抗命，而终于不得不死者何限，但曾经上谁的口，动谁的心呢？真是"自经于沟渎而莫之知也^①"！

人固然应该生存，但为的是进化；也不妨受苦，但为的是解除将来的一切苦；更应该战斗，但为的是改革。责别人的自杀者，一面责人，一面正也应该向驱人于自杀之途的环境挑战，进攻。倘使对于黑暗的主力，不置一辞，不发一矢，而但向"弱者"唠叨不已，则纵使他如何义形于色，我也不能不说——我真也忍不住了——他其实乃是杀人者的帮凶而已。

五月二十四日

（原刊 1934 年 6 月 1 日《申报·自由谈》，后收入《花边文学》）

---

① "自经于沟渎而莫之知也"　语出《论语·宪问》。自经，即自缢。

"……""□□□□"论补

　　徐訏①先生在《人间世》上，发表了这样的题目的论。对于此道，我没有那么深造，但"愚者千虑，必有一得"，所以想来补一点，自然，浅薄是浅薄得多了。

　　"……"是洋货，五四运动之后这才输入的。先前林琴南先生译小说时，夹注着"此语未完"的，便是这东西的翻译。在洋书上，普通用六点，吝啬的却只用三点。然而中国是"地大物博"的，同化之际，就渐渐的长起来，九点，十二点，以至几十点；有一种大作家，则简直至少点上三四行，以见其中的奥义，无穷无尽，实在不可以言语形容。读者也大抵这样想，有敢说觉不出其中的奥义的罢，那便是低能儿。

　　然而归根结蒂，也好像终于是安徒生②童话里的"皇帝的新衣"，其实是一无所有；不过须是孩子，才会照实的大声说出来。孩子不会看文学家的"创作"，于是在中国就没有人来道破。但天气是要冷的，光着身子不能整年在路上走，到底也得躲进宫里去，连点几行的妙文，近来也不大看见了。

　　"□□"是国货，《穆天子传》③上就有这玩意儿，先生教我说：

---

　　① **徐訏**（1908—1980）　原名传琮，号伯訏，浙江慈溪人，现代作家。20世纪30年代曾在上海编辑《论语》《人间世》《宇宙风》等刊物。40年代初在中央大学任教，后一度担任《扫荡报》驻美国特派记者。1950年去香港。著有长篇小说《风萧萧》《江湖行》等。他的《"……""□□□□"论》一文，刊于1934年5月20日出版的《人间世》第4期。

　　② **安徒生**（Hans C. Andersen，1805—1875）　丹麦童话作家。著有童话《丑小鸭》《皇帝的新衣》《卖火柴的小女孩》等，凡160余篇。

　　③ **《穆天子传》**　西晋太康二年（281）从汲郡战国魏墓出土的竹简中发现的先秦古籍，经整理传世，主要记载周穆王西游事略。今传本六卷，其中脱文较多。

是阙文。这阙文也闹过事，曾有人说"口生垢，口戕口"① 的三个口字，也是阙文，又给谁大骂了一顿。不过先前是只见于古人的著作里的，无法可补，现在却见于今人的著作上了，欲补不能。到目前，则渐有代以"××"的趋势。这是从日本输入的。这东西多，对于这著作的内容，我们便预觉其激烈。但是，其实有时也并不然。胡乱×它几行，印了出来，固可使读者佩服作家之激烈，恨检查员之峻严，但送检之际，却又可使检查员爱他的顺从，许多话都不敢说，只×得这么起劲。一举两得，比点它几行更加巧妙了。中国正在排日，这一条锦囊妙计，或者不至于模仿的罢。

现在是什么东西都要用钱买，自然也就都可以卖钱。但连"没有东西"也可以卖钱，却未免有些出乎意表。不过，知道了这事以后，便明白造谣为业，在现在也还要算是"货真价实，童叟无欺"的生活了。

五月二十四日

（原刊 1934 年 5 月 26 日《申报·自由谈》，后收入《花边文学》）

---

① "口生垢，口戕口" 见《大戴礼记·武王践阼》。清代周亮工、钱陆灿认为，句中三处"口"字表示缺文的方空圈，不作口字解。但王应奎据所见宋版《大戴礼记》，口字并非方空圈，极辨其谬。见《柳南随笔》卷一。

谁在没落？

五月二十八日的《大晚报》告诉了我们一件文艺上的重要的新闻：

> 我国美术名家刘海粟徐悲鸿等，近在苏俄莫斯科举行中国书画展览会，深得彼邦人士极力赞美，揄扬我国之书画名作，切合苏俄正在盛行之象征主义作品。爰苏俄艺术界向分写实与象征两派，现写实主义已渐没落，而象征主义则经朝野一致提倡，引成欣欣向荣之概。自彼邦艺术家见我国之书画作品深合象征派后，即忆及中国戏剧亦必采取象征主义。因拟……邀中国戏曲名家梅兰芳等前往奏艺。此事已由俄方与中国驻俄大使馆接洽，同时苏俄驻华大使鲍格莫洛夫亦奉到训令，与我方商洽此事。……

这是一个喜讯，值得我们高兴的。但我们当欣喜于"发扬国光"之后，还应该沉静一下，想到以下的事实——

一，倘说：中国画和印象主义①有一脉相通，那倒还说得下去的，现在以为"切合苏俄正在盛行之象征主义"，却未免近于梦话。半枝紫藤，一株松树，一个老虎，几匹麻雀，有些确乎是不像真的，但那是因为画不像的缘故，何尝"象征"着别的什么呢？

二，苏俄的象征主义的没落，在十月革命时，以后便崛起了构成主义②，而此后又渐为写实主义所排去。所以倘说：构成主义已渐

---

① **印象主义**（Impressionism） 这里指绘画上的印象派，即 19 世纪后半期在法国兴起的一个绘画流派。代表人物有毕沙罗、马奈、德加、莫奈、雷诺阿等。

② **构成主义** 今译立体主义（Cubism），亦即绘画上的立体派，1907—1914 年由毕加索、布拉克等人创造的一种视觉艺术风格。

没落，而写实主义"引成欣欣向荣之概"，那是说得下去的。不然，便是梦话。苏俄文艺界上，象征主义的作品有些什么呀？

三，脸谱和手势，是代数①，何尝是象征。它除了白鼻梁表丑脚，花脸表强人，执鞭表骑马，推手表开门之外，那里还有什么说不出，做不出的深意义？

欧洲离我们也真远，我们对于那边的文艺情形也真的不大分明，但是，现在二十世纪已经度过了三分之一，粗浅的事是知道一点的了，这样的新闻倒令人觉得是"象征主义作品"，它象征着他们的艺术的消亡。

五月三十日

（原刊 1934 年 6 月 2 日《中华日报·动向》，后收入《花边文学》）

---

① **代数** 即代码（艺术符号）。

倒　　提

　　西洋的慈善家是怕看虐待动物的，倒提着鸡鸭走过租界就要办。所谓办，虽然也不过是罚钱，只要舍得出钱，也还可以倒提一下，然而究竟是办了。于是有几位华人便大鸣不平，以为西洋人优待动物，虐待华人，至于比不上鸡鸭。

　　这其实是误解了西洋人。他们鄙夷我们，是的确的，但并未放在动物之下。自然，鸡鸭这东西，无论如何，总不过送进厨房，做成大菜而已，即顺提也何补于归根结蒂的运命。然而它不能言语，不会抵抗，又何必加以无益的虐待呢？西洋人是什么都讲有益的。我们的古人，人民的"倒悬"① 之苦是想到的了，而且也实在形容得切帖，不过还没有察出鸡鸭的倒提之灾来，然而对于什么"生剖驴肉""活烤鹅掌"这些无聊的残虐，却早经在文章里加以攻击了。这种心思，是东西之所同具的。

　　但对于人的心思，却似乎有些不同。人能组织，能反抗，能为奴，也能为主，不肯努力，固然可以永沦为舆台②，自由解放，便能够获得彼此的平等，那运命是并不一定终于送进厨房，做成大菜的。愈下劣者，愈得主人的爱怜，所以西崽③打叭儿，则西崽被斥，平人忤西崽，则平人获咎，租界上并无禁止苛待华人的规律，正因为我们该自有力量，自有本领，和鸡鸭绝不相同的缘故。

　　然而我们从古典里，听熟了仁人义士，来解倒悬的胡说了，直

---

　　① **"倒悬"**　人被倒挂，喻处境困苦危急。《孟子·公孙丑上》："当今之时，万乘之国行仁政，民之悦之，犹解倒悬也。"

　　② **舆台**　古时人分十等，舆为第六等，台为第十等，后泛指"下等人"。《左传·昭公七年》："天有十日，人有十等。下所以事上，上所以共神也。故王臣公，公臣大夫，大夫臣士，士臣皁，皁臣舆，舆臣隶，隶臣僚，僚臣仆，仆臣台。"

　　③ **西崽**　旧时对服侍西洋人的中国男仆的蔑称，亦泛指在译外国公司里做事的中国人。

到现在，还不免总在想从天上或什么高处远处掉下一点恩典来，其甚者竟以为"莫作乱离人，宁为太平犬"，不妨变狗，而合群改革是不肯的。自叹不如租界的鸡鸭者，也正有这气味。

　　这类的人物一多，倒是大家要被倒悬的，而且虽在送往厨房的时候，也无人暂时解救。这就因为我们究竟是人，然而是没出息的人的缘故。

六月三日

　　（原刊 1934 年 6 月 28 日《申报·自由谈》，后收入《花边文学》）

倒
提

玩　具

今年是儿童年①。我记得的，所以时常看看造给儿童的玩具。

马路旁边的洋货店里挂着零星小物件，纸上标明，是从法国运来的，但我在日本的玩具店看见一样的货色，只是价钱更便宜。在担子上，在小摊上，都卖着渐吹渐大的橡皮泡，上面打着一个印子道："完全国货"，可见是中国自己制造的了。然而日本孩子玩着的橡皮泡上，也有同样的印子，那却应该是他们自己制造的。

大公司里则有武器的玩具：指挥刀，机关枪，坦克车……。然而，虽是有钱人家的小孩，拿着玩的也少见。公园里面，外国孩子聚沙成为圆堆，横插上两条短树干，这明明是在创造铁甲炮车了，而中国孩子是青白的，瘦瘦的脸，躲在大人的背后，羞怯的，惊异的看着，身上穿着一件斯文之极的长衫。

我们中国是大人用的玩具多：姨太太，雅片枪，麻雀牌，《毛毛雨》，科学灵乩，金刚法会，还有别的，忙个不了，没有工夫想到孩子身上去了。虽是儿童年，虽是前年身历了战祸，也没有因此给儿童创出一种纪念的小玩意，一切都是照样抄。然则明年不是儿童年了，那情形就可想。

但是，江北人②却是制造玩具的天才。他们用两个长短不同的竹筒，染成红绿，连作一排，筒内藏一个弹簧，旁边有一个把手，摇起来就格格的响。这就是机关枪！也是我所见的惟一的创作。我在租界边上买了一个，和孩子摇着在路上走，文明的西洋人和胜利的日本兵看见了，大抵投给我们一个鄙夷或悲悯的苦笑。

然而我们摇着在路上走，毫不愧恶，因为这是创作。前年以来，

① **儿童年**　当时上海市政府根据上海市儿童幸福委员会提议，定1934年为"儿童年"。
② **江北人**　上海本地人对苏北人带有歧视性的俗称。

《花边文学》中的杂文

206

很有些人骂着江北人①，好像非此不足以自显其高洁，现在沉默了，那高洁也就渺渺然，茫茫然。而江北人却创造了粗笨的机枪玩具，以坚强的自信和质朴的才能与文明的玩具争。他们，我以为是比从外国买了极新式的武器回来的人物，更其值得赞颂的，虽然也许又有人会因此给我一个鄙夷或悲悯的冷笑。

六月十一日

（原刊 1934 年 6 月 14 日《申报·自由谈》，后收入《花边文学》）

---

① **前年以来，很有些人骂着江北人**　1932 年"一·二八"沪战后，日本侵略军占领闸北，利用汉奸组织"上海北市地方人民维持会"把持地方事务。因该会头目胡立夫等多为苏北籍，本地人便往往迁怒于"江北人"。

玩具

零　食

　　出版界的现状，期刊多而专书少，使有心人发愁，小品多而大作少，又使有心人发愁。人而有心，真要"日坐愁城"了。

　　但是，这情形是由来已久的，现在不过略有变迁，更加显著而已。

　　上海的居民，原就喜欢吃零食。假使留心一听，则屋外叫卖零食者，总是"实繁有徒"①。桂花白糖伦教糕，猪油白糖莲心粥，虾肉馄饨面，芝麻香蕉，南洋芒果，西路（暹罗）蜜橘，瓜子大王，还有蜜饯，橄榄，等等。只要胃口好，可以从早晨直吃到半夜，但胃口不好也不坏，因为这又不比肥鱼大肉，分量原是很少的。那功效，据说，是在消闲之中，得养生之益，而且味道好。

　　前几年的出版物，是有"养生之道"的零食，或曰"入门"，或曰"ABC"，或曰"概论"，总之是薄薄的一本，只要化钱数角，费时半点钟，便能明白一种科学，或全盘文学，或一种外国文。意思就是说，只要吃一包五香瓜子，便能使这人发荣滋长，抵得吃五年饭。试了几年，功效不显，于是很有些灰心了。一试验，如果有名无实，是往往不免灰心的，例如现在已经很少有人修仙或炼金，而代以洗温泉和买奖券，便是试验无效的结果。于是放松了"养生"这一面，偏到"味道好"那一面去了。自然，零食也还是零食。上海的居民，和零食是死也分拆不开的。

　　于是而出现了小品，但也并不是新花样。当老九章②生意兴隆的

---

　　①　**"实繁有徒"**　还真有不少这样的人。《尚书·商书·仲虺之诰》："简贤附势，实繁有徒。"

　　②　**老九章**　即老九章绸缎庄。浙江慈溪人严信厚于清代同治年间在上海开设，店址最初在泗泾路，1914年迁至南京路。1934年2月13日，因亏累而宣告歇业。后又重组老九章公记绸缎庄。

时候，就有过《笔记小说大观》①之流，这是零食一大箱；待到老九章关门之后，自然也跟着成了一小撮。分量少了。为什么倒弄得闹闹嚷嚷，满城风雨的呢？我想，这是因为在担子上装起了篆字的和罗马字母合璧的年红电灯②的招牌。

然而，虽然仍旧是零食，上海居民的感应力却比先前敏捷了，否则又何至于闹嚷嚷。但这也许正因为神经衰弱的缘故。假使如此，那么，零食的前途倒是可虑的。

六月十一日

（原刊 1934 年 6 月 16 日《申报·自由谈》，后收入《花边文学》）

---

① 《笔记小说大观》 上海进步书局 1918 年前后陆续出版的一套笔记丛书。汇辑唐至清代稗史笔记，凡九辑，有数百种之多。

② 年红电灯 即霓虹灯。

"此生或彼生"

"此生或彼生"。

现在写出这样五个字来，问问读者：是什么意思？

倘使在《申报》上，见过汪懋祖①先生的文章，"……例如说'这一个学生或是那一个学生'，文言只须'此生或彼生'即已明了，其省力为何如？……"的，那就也许能够想到，这就是"这一个学生或是那一个学生"的意思。

否则，那回答恐怕就要迟疑。因为这五个字，至少还可以有两种解释：一，这一个秀才或是那一个秀才（生员）；二，这一世或是未来的别一世。

文言比起白话来，有时的确字数少，然而那意义也比较的含胡。我们看文言文，往往不但不能增益我们的智识，并且须仗我们已有的智识，给它注解，补足。待到翻成精密的白话之后，这才算是懂得了。如果一径就用白话，即使多写了几个字，但对于读者，"其省力为何如"？

我就用主张文言的汪懋祖先生所举的文言的例子，证明了文言的不中用了。

六月二十三日

（原刊 1934 年 6 月 30 日《中华日报·动向》，后收入《花边文学》）

---

① **汪懋祖**（1891—1949）　字典存，江苏苏州人，教育家。早年留学美国。1920 年起先后任北京师范大学、北京女子师范大学教授，1925 年女师大风潮中在《晨报》发表声明力挺杨荫榆。1926 年任东南大学教授。1927 年创办苏州中学，自任校长。1931 年任国民党中央政治学校教授。抗战时辗转云南各地办学，1942 年任西南联大教授。著有《教育学》《理想主义与教育》等。1934 年 6 月 21 日，他在《申报》发表《中小学文言运动》一文，提议中小学教育应采用文言文。同年 5 月，他还在南京《时代公论》周刊第 110 号发表《禁习文言与强令读经》一文，鼓吹文言，号召读经。是年 3 月底，国民党要人陈立夫出任"中国文化建设协会"理事长，倡言"发扬固有文化""文言复兴"之论。陈立夫当时兼管中央政治学校，汪懋祖作为该校教师已是吃透上头精神。

正是时候

"山梁雌雉，时哉时哉！"① 东西是自有其时候的。

圣经，佛典，受一部分人们的奚落已经十多年了，"觉今是而昨非"②，现在就是复兴的时候。关岳，是清朝屡经封赠的神明，被民元革命所闲却；从新记得，是袁世凯的晚年，但又和袁世凯一同盖了棺；而第二次从新记得，则是在现在。

这时候，当然要重文言，掉文袋，标雅致，看古书。

如果是小家子弟，则纵使外面怎样大风雨，也还要勇往直前，拼命挣扎的，因为他没有安稳的老巢可归，只得向前干。虽然成家立业之后，他也许修家谱，造祠堂，俨然以旧家子弟自居，但这究竟是后话。倘是旧家子弟呢，为了逞雄，好奇，趋时，吃饭，固然也未必不出门，然而只因为一点小成功，或者一点小挫折，都能够使他立刻退缩。这一缩而且缩得不小，简直退回家，更坏的是他的家乃是一所古老破烂的大宅子。

这大宅子里有仓中的旧货，有壁角的灰尘，一时实在搬不尽。倘有坐食的余闲，还可以东寻西觅，那就修破书，擦古瓶，读家谱，怀祖德，来消磨他若干岁月。如果是穷极无聊了，那就更要修破书，擦古瓶，读家谱，怀祖德，甚而至于翻肮脏的墙根，开空虚的抽屉，想发见连他自己也莫名其妙的宝贝，来救这无法可想的贫穷。这两种人，小康和贫乏，是不同的，悠闲和急迫，是不同的，因而收场的缓促，也不同的，但当这时候，却都正在古董中讨生活，所以那主张和行为，便无不同，而声势也好像见得浩大了。

---

① **"山梁雌雉，时哉时哉！"** 语出《论语·乡党》。孔子看见山梁上翔集的野鸡，发出慨叹的赞语。"时哉时哉"，得其时也。

② **"觉今是而昨非"** 语出晋代陶渊明《归去来兮辞》。"今是"指辞官归田，"昨非"指误入仕途。

于是就又影响了一部分的青年们，以为在古董中真可以寻出自己的救星。他看看小康者，是这么闲适，看看急迫者，是这么专精，这，就总应该有些道理。会有仿效的人，是当然的。然而，时光也绝不留情，他将终于得到一个空虚，急迫者是妄想，小康者是玩笑。主张者倘无特操，无灼见，则说古董应该供在香案上或掷在茅厕里，其实，都不过在尽一时的自欺欺人的任务，要寻前例，是随处皆是的。

六月二十三日

（原刊 1934 年 6 月 26 日《申报·自由谈》，后收入《花边文学》）

论重译

　　穆木天先生在二十一日的《火炬》上，反对作家的写无聊的游记之类，以为不如给中国介绍一点上起希腊罗马，下至现代的文学名作。我以为这是很切实的忠告。但他在十九日的《自由谈》上，却又反对间接翻译①，说"是一种滑头办法"，虽然还附有一些可恕的条件。这是和他后来的所说冲突的，也容易启人误会，所以我想说几句。

　　重译确是比直接译容易。首先，是原文的能令译者自惭不及，怕敢动笔的好处，先由原译者消去若干部分了。译文是大抵比不上原文的，就是将中国的粤语译为京语，或京语译成沪语，也很难恰如其分。在重译，便减少了对于原文的好处的踌躇。其次，是难解之处，忠实的译者往往会注解，可以一目了然，原书上倒未必有。但因此，也常有直接译错误，而间接译却不然的时候。

　　懂某一国文，最好是译某一国文学，这主张是断无错误的，但是，假使如此，中国也就难有上起希罗②，下至现代的文学名作的译本了。中国人所懂的外国文，恐怕是英文最多，日文次之，倘不重译，我们将只能看见许多英美和日本的文学作品，不但没有伊卜生③，没有伊本涅支④，连极通行的安徒生的童话，西万提司⑤的《吉诃德先生》，也无从看见了。这是何等可怜的眼界。自然，中国

---

　　①　**间接翻译**　本文又作"重译"，现在一般称为转译。
　　②　**希罗**　指古代希腊和罗马。
　　③　**伊卜生**　今译易卜生。
　　④　**伊本涅支**　今译布拉斯科·伊巴涅斯（Vicente Blasco lbáñez，1867—1928），西班牙作家、政治家。他是西班牙共和党领袖之一，1898—1909 年任国会议员。1923 年后，西班牙实行里维拉的军事独裁，他被迫侨居法国。著有长篇小说《茅屋》《大教堂》等。
　　⑤　**西万提司**　今译塞万提斯。

未必没有精通丹麦，诺威①，西班牙文字的人们，然而他们至今没有译，我们现在的所有，都是从英文重译的。连苏联的作品，也大抵是从英法文重译的。

所以我想，对于翻译，现在似乎暂不必有严峻的堡垒。最要紧的是要看译文的佳良与否，直接译或间接译，是不必置重的；是否投机，也不必推问的。深通原译文的趋时者的重译本，有时会比不甚懂原文的忠实者的直接译本好，日本改造社译的《高尔基全集》②，曾被有一些革命者斥责为投机，但革命者的译本出，却反而显出前一本的优良了。不过也还要附一个条件，并不很懂原译文的趋时者的速成译本，可实在是不可恕的。

待到将来各种名作有了直接译本，则重译本便是应该淘汰的时候，然而必须那译本比旧译本好，不能但以"直接翻译"当作护身的挡牌。

六月二十四日

（原刊 1934 年 6 月 27 日《申报·自由谈》，后收入《花边文学》）

---

① **诺威** 今译挪威。北欧国家。

② **日本改造社译的《高尔基全集》** 中村白叶等译，共 25 卷。1932 年出版。

再论重译

看到穆木天先生的《论重译及其他》下篇①的末尾，才知道是在释我的误会。我却觉得并无什么误会，不同之点，只在倒过了一个轻重，我主张首先要看成绩的好坏，而不管译文是直接或间接，以及译者是怎样的动机。

木天先生要译者"自知"，用自己的长处，译成"一劳永逸"的书。要不然，还是不动手的好。这就是说，与其来种荆棘，不如留下一片白地，让别的好园丁来种可以永久观赏的佳花。但是，"一劳永逸"的话，有是有的，而"一劳永逸"的事却极少，就文字而论，中国的这方块字便决非"一劳永逸"的符号。况且白地也决不能永久的保留，既有空地，便会生长荆棘或雀麦。最要紧的是有人来处理，或者培植，或者删除，使翻译界略免于芜杂。这就是批评。

然而我们向来看轻着翻译，尤其是重译。对于创作，批评家是总算时时开口的，一到翻译，则前几年还偶有专指误译的文章，近来就极其少见；对于重译的更少。但在工作上，批评翻译却比批评创作难，不但看原文须有译者以上的工力，对作品也须有译者以上的理解。如木天先生所说，重译有数种译本作参考，这在译者是极为便利的，因为甲译本可疑时，能够参看乙译本。直接译就不然了，一有不懂的地方，便无法可想，因为世界上是没有用了不同的文章，来写两部意义句句相同的作品的作者的。重译的书之多，这也许是一种原因，说偷懒也行，但大约也还是语学的力量不足的缘故。遇到这种参酌各本而成的译本，批评就更为难了，至少也得能

看各种原译本。如陈源译的《父与子》①，鲁迅译的《毁灭》②，就都属于这一类的。

我以为翻译的路要放宽，批评的工作要着重。倘只是立论极严，想使译者自己慎重，倒会得到相反的结果，要好的慎重了，乱译者却还是乱译，这时恶译本就会比稍好的译本多。

临末还有几句不大紧要的话。木天先生因为怀疑重译，见了德译本之后，连他自己所译的《塔什干》③，也定为法文原译是删节本了。其实是不然的。德译本虽然厚，但那是两部小说合订在一起的，后面的大半，就是绥拉菲摩维支的《铁流》。所以我们所有的汉译《塔什干》，也并不是节本。

七月三日

（原刊 1934 年 7 月 7 日《申报·自由谈》，后收入《花边文学》）

---

① **陈源译的《父与子》**　即 1930 年商务印书馆出版的俄国作家屠格涅夫所著《父与子》，陈源据英译本和法译本转译。

② **鲁迅译的《毁灭》**　即 1930 年大江书铺出版的苏联作家法捷耶夫所著《毁灭》，鲁迅据日译本转译，并参考德译本和英译本。

③ **他自己所译的《塔什干》**　即 1930 年北新书局出版的苏联作家涅维洛夫所著《丰饶的塔什干》，穆木天据法译本转译。他在 1934 年 6 月 30 日《申报·自由谈》发表的《论重译及其他》（上篇）中推测法译本不是全译本，因为他后来见到的德译本"比法译本分量多过几乎有一倍"。

"彻底"的底子

现在对于一个人的立论，如果说它是"高超"，恐怕有些要招论者的反感了，但若说它是"彻底"，是"非常前进"，却似乎还没有什么。

现在也正是"彻底"的，"非常前进"的议论，替代了"高超"的时光。

文艺本来都有一个对象的界限。譬如文学，原是以懂得文字的读者为对象的，懂得文字的多少有不同，文章当然要有深浅。而主张用字要平常，作文要明白，自然也还是作者的本分。然而这时"彻底"论者站出来了，他却说中国有许多文盲，问你怎么办？这实在是对于文学家的当头一棍，只好立刻闷死给他看。

不过还可以另外请一枝救兵来，也就是辩解。因为文盲是已经在文学作用的范围之外的了，这时只好请画家，演剧家，电影作家出马，给他看文字以外的形象的东西。然而这还不足以塞"彻底"论者的嘴的，他就说文盲中还有色盲，有瞎子，问你怎么办？于是艺术家们也遭了当头一棍，只好立刻闷死给他看。

那么，作为最后的挣扎，说是对于色盲瞎子之类，须用讲演，唱歌，说书罢。说是也说得过去的。然而他就要问你：莫非你忘记了中国还有聋子吗？

又是当头一棍，闷死，都闷死了。

于是"彻底"论者就得到了一个结论：现在的一切文艺，全部无用，非彻底改革不可！

他立定了这个结论之后，不知道到那里去了。谁来"彻底"改革呢？那自然是文艺家。然而文艺家又是不"彻底"的多，于是中国就永远没有对于文盲，色盲，瞎子，聋子，无不有效的——"彻底"的好的文艺。

但"彻底"论者却有时又会伸出头来责备一顿文艺家。

弄文艺的人，如果遇见这样的大人物而不能撕掉他的鬼脸，那么，文艺不但不会前进，并且只会萎缩，终于被他消灭的。切实的文艺家必须认清这一种"彻底"论者的真面目！

七月八日

（原刊 1934 年 7 月 11 日《申报·自由谈》，后收入《花边文学》）

知了世界

　　中国的学者们，多以为各种智识，一定出于圣贤，或者至少是学者之口；连火和草药的发明应用，也和民众无缘，全由古圣王一手包办：燧人氏，神农氏。所以，有人①以为"一若各种智识，必出诸动物之口，斯亦奇矣"，是毫不足奇的。

　　况且，"出诸动物之口"的智识，在我们中国，也常常不是真智识。天气热得要命，窗门都打开了，装着无线电播音机的人家，便都把音波放到街头，"与民同乐"。咿咿唉唉，唱呀唱呀。外国我不知道，中国的播音，竟是从早到晚，都有戏唱的，它一会儿尖，一会儿沙，只要你愿意，简直能够使你耳根没有一刻清净。同时开了风扇，吃着冰淇淋，不但和"水位大涨""旱象已成"之处毫不相干，就是和窗外流着油汗，整天在挣扎过活的人们的地方，也完全是两个世界。

　　我在咿咿唉唉的曼声高唱中，忽然记得了法国诗人拉芳丁②的有名的寓言：《知了和蚂蚁》。也是这样的火一般的太阳的夏天，蚂蚁在地面上辛辛苦苦地作工，知了却在枝头高吟，一面还笑蚂蚁俗。然而秋风来了，凉森森的一天比一天凉，这时知了无衣无食，变了小瘪三，却给早有准备的蚂蚁教训了一顿。还是我在小学校"受教育"的时候，先生讲给我听的。我那时好像很感动，至今有时还记得。

　　但是，虽然记得，却又因了"毕业即失业"的教训，意见和蚂蚁已经很不同。秋风是不久就来的，也自然一天凉比一天，然而那时无衣无食的，恐怕倒正是现在的流着油汗的人们；洋房的周围固

---

　　① **有人**　指汪懋祖。此处引语见其《中小学文言运动》，文中对当时小学课本中《三只小松鼠》一类课文表示非议。

　　② **拉芳丁**　今译拉·封丹（La Fontaine，1621—1695），法国寓言诗人。著有《寓言诗》。

然静寂了，但那是关紧了窗门，连音波一同留住了火炉的暖气，遥想那里面，大约总依旧是咿咿唉唉，《谢谢毛毛雨》。

"出诸动物之口"的智识，在我们中国岂不是往往不适用的么？

中国自有中国的圣贤和学者。"劳心者治人，劳力者治于人；治于人者食（去声）人，治人者食于人"①，说得多么简截明白。如果先生早将这教给我，我也不至于有上面的那些感想，多费纸笔了。这也就是中国人非读中国古书不可的一个好证据罢。

七月八日

（原刊 1934 年 7 月 12 日《申报·自由谈》，后收入《花边文学》）

① 此四句引自《孟子·滕文公上》。

算　账

　　说起清代的学术来，有几位学者总是眉飞色舞，说那发达是为前代所未有的。证据也真够十足：解经的大作，层出不穷，小学①也非常的进步；史论家虽然绝迹了，考史家却不少；尤其是考据之学，给我们明白了宋明人决没有看懂的古书……

　　但说起来可又有些踌躇，怕英雄也许会因此指定我是犹太人②，其实，并不是的。我每遇到学者谈起清代的学术时，总不免同时想："扬州十日"，"嘉定三屠"③ 这些小事情，不提也好罢，但失去全国的土地，大家十足做了二百五十年奴隶，却换得这几页光荣的学术史，这买卖，究竟是赚了利，还是折了本呢？

　　可惜我又不是数学家，到底没有弄清楚。但我直觉的感到，这恐怕是折了本，比用庚子赔款来养成几位有限的学者，亏累得多了。

　　但恐怕这又不过是俗见。学者的见解，是超然于得失之外的。虽然超然于得失之外，利害大小之辨却又似乎并非全没有。大莫大于尊孔，要莫要于崇儒，所以只要尊孔而崇儒，便不妨向任何新朝俯首。对新朝的说法，就叫作"反过来征服中国民族的心"④。

　　而这中国民族的有些心，真也被征服得彻底，到现在，还在用兵燹，疠疫，水旱，风蝗，换取着孔庙重修，雷峰塔再建，男女同行犯忌，四库珍本发行这些大门面。

---

　　①　**小学**　汉代指文字训诂之学，隋唐以后扩延为文字学、训诂学和音韵学的总称。

　　②　**犹太人**　西俗以犹太人精于算计。

　　③　**"扬州十日"，"嘉定三屠"**　前者指顺治二年（1645）清军攻破扬州后进行的十天大屠杀，王秀楚撰《扬州十日记》记其身受目睹之事。后者指同年清军占领嘉定（今属上海）后进行的多次屠城，有朱子素撰《嘉定屠城记略》记载当时的实况。

　　④　**"反过来征服中国民族的心"**　据 1933 年 3 月 22 日《申报·北平通讯》报道，是月 18 日，胡适在北平对记者发表谈话时说：日本"只有一个方法可以征服中国，即彻底停止侵略，反过来征服中国民族的心"。

我也并非不知道灾害不过暂时，如果没有记录，到明年就会大家不提起，然而光荣的事业却是永久的。但是，不知怎地，我虽然并非犹太人，却总有些喜欢讲损益，想大家来算一算向来没有人提起过的这一笔账。——而且，现在也正是这时候了。

七月十七日

　　（原刊 1934 年 7 月 23 日《申报·自由谈》，后收入《花边文学》）

水　性

　　天气接连的大热了近二十天，看上海报，几乎每天都有下河洗澡，淹死了人的记载。这在水村里，是很少见的。

　　水村多水，对于水的知识多，能浮水的也多。倘若不会浮水，是轻易不下水去的。这一种能浮水的本领，俗语谓之"识水性"。

　　这"识水性"，如果用了"买办"的白话文①，加以较详的说明，则：一，是知道火能烧死人，水也能淹死人，但水的模样柔和，好像容易亲近，因而也容易上当；二，知道水虽能淹死人，却也能浮起人，现在就设法操纵它，专来利用它浮起人的这一面；三，便是学得操纵法，此法一熟，"识水性"的事就完全了。

　　但在都会里的人们，却不但不能浮水，而且似乎连水能淹死人的事情也都忘却了。平时毫无准备，临时又不先一测水的深浅，遇到热不可耐时，便脱衣一跳，倘不幸而正值深处，那当然是要死的。而且我觉得，当这时候，肯设法救助的人，好像都会里也比乡下少。

　　但救都会人恐怕也较难，因为救者固然必须"识水性"，被救者也得相当的"识水性"的。他应该毫不用力，一任救者托着他的下巴，往浅处浮。倘若过于性急，拚命的向救者的身上爬，则救者倘不是好手，便只好连自己也沉下去。

　　所以我想，要下河，最好是预先学一点浮水工夫，不必到什么公园的游泳场，只要在河滩边就行，但必须有内行人指导。其次，倘因了种种关系，不能学浮水，那就用竹竿先探一下河水的浅深，只在浅处敷衍敷衍；或者最稳当是舀起水来，只在河边冲一冲，而最要紧的是要知道水有能淹死不会游泳的人的性质，并且还要牢牢的记住！

---

　　①　"买办"的白话文　1934 年 7 月 3 日《大晚报·火炬》刊登署名林默（即廖沫沙）的《论"花边文学"》一文，其中说鲁迅《倒提》有"买办"手笔。

现在还要主张宣传这样的常识，看起来好像发疯，或是志在"花边"罢，但事实却证明着断断不如此。许多事是不能为了讨前进的批评家喜欢，一味闭了眼睛作豪语的。

七月十七日

（原刊 1934 年 7 月 20 日《申报·自由谈》，后收入《花边文学》）

玩笑只当它玩笑（上）

不料刘半农先生竟忽然病故了，学术界上又短少了一个人。这是应该惋惜的。但我于音韵学一无所知，毁誉两面，都不配说一句话。我因此记起的是别一件事，是在现在的白话将被"扬弃"或"唾弃"之前，他早是一位对于那时的白话，尤其是欧化式的白话的伟大的"迎头痛击"者。

他曾经有过极不费力，但极有力的妙文：

> 我现在只举一个简单的例：
> 子曰："学而时习之，不亦悦乎?"①
> 这太老式了，不好！
> "学而时习之，"子曰，"不亦悦乎?"
> 这好！
> "学而时习之，不亦悦乎?"子曰。
> 这更好！为什么好？欧化了。但"子曰"终没有能欧化到"曰子"！

这段话见于《中国文法通论》②中，那书是一本正经的书；作者又是《新青年》的同人，五四时代"文学革命"的战士，现在又成了古人了。中国老例，一死是常能够增价的，所以我想从新提起，并且提出他终于也是论语社的同人，有时不免发些"幽默"；原先也有"幽默"，而这些"幽默"，又不免常常掉到"开玩笑"的阴沟里去的。

实例也就是上面所引的文章，其实是，那论法，和顽固先生，市井无赖，看见青年穿洋服，学外国话了，便冷笑道："可惜鼻子还

---

① "子曰：'学而时习之，不亦悦乎?'" 语出《论语·学而》。
② 《中国文法通论》 刘半农著，上海求益书社 1920 年出版。

低，脸孔也不白"的那些话，并没有两样的。

自然，刘先生所反对的是"太欧化"。但"太"的范围是怎样的呢？他举出的前三法，古文上没有，谈话里却能有的，对人口谈，也都可以懂。只有将"子曰"改成"曰子"是决不能懂的了。然而他在他所反对的欧化文中也寻不出实例来，只好说是"'子曰'终没有能欧化到'曰子'！"那么，这不是"无的放矢"吗？

欧化文法的侵入中国白话中的大原因，并非因为好奇，乃是为了必要。国粹学家痛恨鬼子气，但他住在租界里，便会写些"霞飞路"①，"麦特赫司脱路"② 那样的怪地名；评论者何尝要好奇，但他要说得精密，固有的白话不够用，便只得采些外国的句法。比较的难懂，不像茶淘饭似的可以一口吞下去是真的，但补这缺点的是精密。胡适先生登在《新青年》上的《易卜生主义》，比起近时的有些文艺论文来，的确容易懂，但我们不觉得它却又粗浅，笼统吗？

如果嘲笑欧化式白话的人，除嘲笑之外，再去试一试绍介外国的精密的论著，又不随意改变，删削，我想，他一定还能够给我们更好的箴规。

用玩笑来应付敌人，自然也是一种好战术，但触着之处，须是对手的致命伤，否则，玩笑终不过是一种单单的玩笑而已。

七月十八日

（原刊 1934 年 7 月 25 日《申报·自由谈》，后收入《花边文学》）

【附录】：

康伯度答文公直

公直先生：中国语法里要加一点欧化，是我的一种主张，并不

---

① **"霞飞路"** 今上海淮海中路，旧时在法租界内，以法国军事统帅霞飞命名。霞飞（Joseph Jacques Cé saire Joffre, 1852—1931），1911 年任法军总参谋长，第一次世界大战时为法军西线总司令。

② **"麦特赫司脱路"** 今上海泰兴路，旧时在公共（英美）租界内，以英国传教士麦特赫司脱命名。麦特赫司脱，一译麦都思（Walter Medhurst, 1796—1857），英国伦敦布道会传教士。1835 来华，鸦片战争中曾任英军翻译。1843 年定居上海，次年开设仁济医院，又创办中国第一家近代印刷所墨海书馆。1848 年与传教士慕维廉，雒魏林等非法闯入江苏青浦（今属上海）传教，酿成青浦教案。

是"一定要把中国话取消",也没有"受了帝国主义者的指使",可是先生立刻加给我"汉奸"之类的重罪名,自己代表了"四万万四千九百万(陈先生以外)以内的中国人",要杀我的头了。我的主张也许会错的,不过一来就判死罪,方法虽然很时髦,但也似乎过分了一点。况且我看"四万万四千九百万(陈先生以外)以内的中国人",意见也未必都和先生相同,先生并没有征求过同意,你是冒充代表的。

中国语法的欧化并不就是改学外国话,但这些粗浅的道理不想和先生多谈了。我不怕热,倒是因为无聊。不过还要说一回:我主张中国语法上有加些欧化的必要。这主张,是由事实而来的。中国人"话总是会说的",一点不错,但要前进,全照老样却不够。眼前的例,就如先生这几百个字的信里面,就用了两回"对于",这和古文无关,是后来起于直译的欧化语法,而且连"欧化"这两个字也是欧化字;还用着一个"取消",这是纯粹日本词;一个"瓦斯",是德国字的原封不动的日本人的音译。都用得很惬当,而且是"必要"的。譬如"毒瓦斯"罢,倘用中国固有的话的"毒气",就显得含混,未必一定是毒弹里面的东西了。所以写作"毒瓦斯",的确是出乎"必要"的。

先生自己没有照镜子,无意中也证明了自己也正是用欧化语法,用鬼子名词的人,但我看先生决不是"为西人侵略张目的急先锋(汉奸)",所以也想由此证明我也并非那一伙。否则,先生含狗血喷人,倒先污了你自己的尊口了。

我想,辩论事情,威吓和诬陷,是没有用处的。用笔的人,一来就发你的脾气,要我的性命,更其可笑得很。先生还是不要暴躁,静静的再看看自己的信,想想自己,何如?

专此布复,并请

热安。

弟康伯度脱帽鞠躬。八月五日。

八月七日《申报·自由谈》。

玩笑只当它玩笑（下）

　　别一枝讨伐白话的生力军，是林语堂先生。他讨伐的不是白话的"反而难懂"，是白话的"鲁里鲁苏"，连刘先生似的想白话"返朴归真"的意思也全没有，要达意，只有"语录式"（白话的文言）。

　　林先生用白话武装了出现的时候，文言和白话的斗争早已过去了，不像刘先生那样，自己是混战中的过来人，因此也不免有感怀旧日，慨叹末流的情绪。他一闪而将宋明语录，摆在"幽默"的旗子下，原也极其自然的。

　　这"幽默"便是《论语》四十五期里的《一张字条的写法》，他因为要问木匠讨一点油灰，写好了一张语录体的字条，但怕别人说他"反对白话"，便改写了白话的，选体①的，桐城派的三种，然而都很可笑，结果是差"书僮"传话，向木匠讨了油灰来。

　　《论语》是风行的刊物，这里省烦不抄了。总之，是：不可笑的只有语录式的一张，别的三种，全都要不得。但这四个不同的脚色，其实是都是林先生自己一个人扮出来的，一个是正生，就是"语录式"，别的三个都是小丑，自装鬼脸，自作怪相，将正生衬得一表非凡了。

　　但这已经并不是"幽默"，乃是"顽笑"，和市井间的在墙上画一乌龟，背上写上他的所讨厌的名字的战法，也并不两样的。不过看见的人，却往往不问是非，就嗤笑被画者。

　　"幽默"或"顽笑"，也都要生出结果来的，除非你心知其意，只当它"顽笑"看。

　　因为事实会并不如文章，例如这语录式的条子，在中国其实也并未断绝过种子。假如有工夫，不妨到上海的弄口去看一看，有时就会看见一个摊，坐着一位文人，在替男女工人写信，他所用的文

① **选体**　指以南朝梁萧统所编《文选》为圭臬的体式和风格。

章，决不如林先生所拟的条子的容易懂，然而分明是"语录式"的。这就是现在从新提起的语录派的末流，却并没有谁去涂白过他的鼻子。

这是一个具体的"幽默"。

但是，要赏识"幽默"也真难。我曾经从生理学来证明过中国打屁股之合理：假使屁股是为了排泄或坐坐而生的罢，就不必这么大，脚底要小得远，不是足够支持全身了么？我们现在早不吃人了，肉也用不着这么多。那么，可见是专供打打之用的了。有时告诉人们，大抵以为是"幽默"。但假如有被打了的人，或自己遭了打，我想，恐怕那感应就不能这样了罢。

没有法子，在大家都不适意的时候，恐怕终于是"中国没有幽默"的了。

七月十八日

（原刊 1934 年 7 月 26 日《申报·自由谈》，后收入《花边文学》）

做 文 章

　　沈括①的《梦溪笔谈》里，有云："往岁士人，多尚对偶为文，穆修②张景③辈始为平文，当时谓之'古文'。穆张尝同造朝，待旦于东华门外，方论文次，适见有奔马，践死一犬，二人各记其事以较工拙。穆修曰：'马逸，有黄犬，遇蹄而毙。'张景曰：'有犬，死奔马之下。'时文体新变，二人之语皆拙涩，当时已谓之工，传之至今。"

　　骈文后起，唐虞三代是不骈的，称"平文"为"古文"便是这意思。由此推开去，如果古者言文真是不分④，则称"白话文"为"古文"，似乎也无所不可，但和林语堂先生的指为"白话的文言"的意思又不同。两人的大作，不但拙涩，主旨先就不一，穆说的是马踏死了犬，张说的是犬给马踏死了，究竟是着重在马，还是在犬呢？较明白稳当的还是沈括的毫不经意的文章："有奔马，践死一犬。"

　　因为要推倒旧东西，就要着力，太着力，就要"做"，太"做"，便不但"生涩"，有时简直是"格格不吐"了，比早经古人"做"得圆熟了的旧东西还要坏。而字数论旨，都有些限制的"花边文学"之类，尤其容易生这生涩病。

　　太做不行，但不做，却又不行。用一段大树和四枝小树做一只凳，在现在，未免太毛糙，总得刨光它一下才好。但如全体雕花，

────────

　　① **沈括**（1031—1095）　字存中，钱塘（今浙江杭州）人，北宋大臣、学者。仁宗嘉祐进士，神宗时参与王安石变法。官翰林学士、权三司使。后迁延州知府，元丰五年（1082）因徐禧失陷永乐城连累坐贬。撰有《梦溪笔谈》《长兴集》等。他在数学、天文、地质、医学等方面均有创见。以下引文见《梦溪笔谈》卷十四。

　　② **穆修**（979—1032）　字伯长，郓州（今山东东平）人，北宋文学家。曾任泰州司理参军。有《穆参军集》存世。

　　③ **张景**（970—1018）　字晦之，公安（今属湖北）人，北宋文学家。

　　④　按胡适在《白话文学史》中的论说，战国以前应是言文不分。关于当时的文体与语体是否一致，学术界向有歧见。

中间挖空，却又坐不来，也不成其为凳子了。高尔基说，大众语是毛胚，加了工的是文学。我想，这该是很中肯的指示了。

七月二十日

　　（原刊 1934 年 7 月 24 日《申报·自由谈》，后收入《花边文学》）

看书琐记

　　高尔基很惊服巴尔札克①小说里写对话的巧妙，以为并不描写人物的模样，却能使读者看了对话，便好像目睹了说话的那些人。（八月份《文学》内《我的文学修养》）

　　中国还没有那样好手段的小说家，但《水浒》和《红楼梦》的有些地方，是能使读者由说话看出人来的。其实，这也并非什么奇特的事情，在上海的弄堂里，租一间小房子住着的人，就时时可以体验到。他和周围的住户，是不一定见过面的，但只隔一层薄板壁，所以有些人家的眷属和客人的谈话，尤其是高声的谈话，都大略可以听到，久而久之，就知道那里有那些人，而且仿佛觉得那些人是怎样的人了。

　　如果删除了不必要之点，只摘出各人的有特色的谈话来，我想，就可以使别人从谈话里推见每个说话的人物。但我并不是说，这就成了中国的巴尔札克。

　　作者用对话表现人物的时候，恐怕在他自己的心目中，是存在着这人物的模样的，于是传给读者，使读者的心目中也形成了这人物的模样。但读者所推见的人物，却并不一定和作者所设想的相同，巴尔札克的小胡须的清瘦老人，到了高尔基的头里，也许变了粗蛮壮大的络腮胡子。不过那性格，言动，一定有些类似，大致不差，恰如将法文翻成了俄文一样。要不然，文学这东西便没有普遍性了。

　　文学虽然有普遍性，但因读者的体验的不同而有变化，读者倘没有类似的体验，它也就失去了效力。譬如我们看《红楼梦》，从文字上推见了林黛玉这一个人，但须排除了梅博士的"黛玉葬花"照

---

　　① 巴尔札克（Honore de Balzac，1799—1850）　法国作家。他是关注风俗人心的现实主义小说家，在《人间喜剧》的总标题下创作了九十多部作品。有《欧也妮·葛朗台》《高老头》《幻灭》等。

相的先入之见，另外想一个，那么，恐怕会想到剪头发，穿印度绸衫，清瘦，寂寞的摩登女郎；或者别的什么模样，我不能断定。但试去和三四十年前出版的《红楼梦图咏》①之类里面的画像比一比罢，一定是截然两样的，那上面所画的，是那时的读者的心目中的林黛玉。

文学有普遍性，但有界限；也有较为永久的，但因读者的社会体验而生变化。北极的遏斯吉摩人②和菲洲腹地的黑人，我以为是不会懂得"林黛玉型"的；健全而合理的好社会中人，也将不能懂得，他们大约要比我们的听讲始皇焚书，黄巢杀人更其隔膜。一有变化，即非永久，说文学独有仙骨，是做梦的人们的梦话。

八月六日

（原刊 1934 年 8 月 8 日《申报·自由谈》，后收入《花边文学》）

---

① 《红楼梦图咏》　清末改琦所绘《红楼梦》人物图谱，配王希濂、周绮等题诗，有光绪五年（1879）刻本。另有清末王墀所绘《增刻红楼梦图咏》，配姜祺（蟫生）题诗，有光绪八年（1882）上海点石斋石印本。

② 遏斯吉摩人　今译因纽特人（Eskimo），西半球北极和亚北极地区的土著民族。

看书琐记（二）

　　就在同时代，同国度里，说话也会彼此说不通的。

　　巴比塞有一篇很有意思的短篇小说，叫作《本国话和外国话》①，记的是法国的一个阔人家里招待了欧战中出死入生的三个兵，小姐出来招呼了，但无话可说，勉勉强强的说了几句，他们也无话可答，倒只觉坐在阔房间里，小心得骨头疼。直到溜回自己的"猪窠"里，他们这才遍身舒齐，有说有笑，并且在德国俘虏里，由手势发见了说他们的"我们的话"的人。

　　因了这经验，有一个兵便模模胡胡的想："这世间有两个世界。一个是战争的世界。别一个是有着保险箱门一般的门，礼拜堂一般干净的厨房，漂亮的房子的世界。完全是另外的世界。另外的国度。那里面，住着古怪想头的外国人。"

　　那小姐后来就对一位绅士说的是："和他们是连话都谈不来的。好像他们和我们之间，是有着跳不过的深渊似的。"

　　其实，这也无须小姐和兵们是这样。就是我们——算作"封建余孽"②或"买办"或别的什么而论都可以——和几乎同类的人，只要什么地方有些不同，又得心口如一，就往往免不了彼此无话可说。不过我们中国人是聪明的，有些人早已发明了一种万应灵药，就是"今天天气……哈哈哈！"倘是宴会，就只猜拳，不发议论。

　　这样看来，文学要普遍而且永久，恐怕实在有些艰难。"今天天气……哈哈哈！"虽然有些普遍，但能否永久，却很可疑，而且也不

<hr>

　　① 《本国话和外国话》　巴比塞的这篇作品曾由沈端先（夏衍）译为中文，刊于1934 年 10 月出版的《社会月报》第 1 卷第 5 期。

　　② "封建余孽"　1927 年年底至 1929 年年初，创造社挑起关于"革命文学"问题的论争，提出"打倒小资产阶级的学士和老爷们的文学"的口号，郭沫若（杜荃）在 1928年 8 月《创造月刊》第 2 卷第 1 期发表《文艺战线上的封建余孽》一文，其中称鲁迅为"资本主义以前的一个封建余孽"。

大像文学。于是高超的文学家便自己定了一条规则，将不懂他的"文学"的人们，都推出"人类"之外①，以保持其普遍性。文学还有别的性，他是不肯说破的，因此也只好用这手段。然而这么一来，"文学"存在，"人"却不多了。

于是而据说文学愈高超，懂得的人就愈少，高超之极，那普遍性和永久性便只汇集于作者一个人。然而文学家却又悲哀起来，说是吐血了，这真是没有法子想。

八月六日

（原刊1934年8月9日《申报·自由谈》，后收入《花边文学》）

---

① **将不懂他的"文学"的人们，都推出"人类"之外**　梁实秋在1929年9月《新月》月刊第6、7期发表《文学是有阶级性的吗?》一文，称"好的作品永远是少数人的专利品。大多数永远是蠢的永远是与文学无缘的"。

趋时和复古

半农先生一去世，也如朱湘①庐隐②两位作家一样，很使有些刊物热闹了一番。这情形，会延得多么长久呢，现在也无从推测。但这一死，作用却好像比那两位大得多：他已经快要被封为复古的先贤，可用他的神主来打"趋时"的人们了。

这一打是有力的，因为他既是作古的名人，又是先前的新党，以新打新，就如以毒攻毒，胜于搬出生锈的古董来。然而笑话也就埋伏在这里面。为什么呢？就为了半农先生先就是一位以"趋时"而出名的人。

古之青年，心目中有了刘半农三个字，原因并不在他擅长音韵学，或是常做打油诗，是在他跳出鸳蝴派，骂倒王敬轩③，为一个"文学革命"阵中的战斗者。然而那时有一部分人，却毁之为"趋时"。时代到底好像有些前进，光阴流过去，渐渐将这谥号洗掉了，自己爬上了一点，也就随和一些，于是终于成为干干净净的名人。但是，"人怕出名猪怕壮"，他这时也要成为包起来作为医治新的

---

① **朱湘**（1904—1933）　字子沅，安徽太湖人，生于湖南沅陵，现代诗人。早年就读清华学校，曾参与编辑徐志摩创办的《晨报副刊·诗镌》。1927 年秋至 1929 年秋留学美国。归国后任安徽大学英文系主任，1932 年夏辞职。次年 12 月 5 日投扬子江自尽。著有诗集《草莽集》《石门集》等。

② **庐隐**（1898—1934）　本名黄英，福建闽侯人，现代作家。1921 年加入文学研究会。早年就读于北京女子高等师范学校，参加过五四新文化运动。后在安徽宣城中学、上海大夏大学、上海工部局女子中学等校任教。1934 年 5 月 13 日因难产去世。著有小说《海滨故人》《象牙戒指》等。

③ **跳出鸳蝴派，骂倒王敬轩**　刘半农早年曾以"伴侬""瓣秾"一类笔名给鸳蝴派刊物写稿，1917 年进北大时被人讥为"刘半伦"（喻之"龚半伦"，清人龚自珍之子龚橙瘠劣无德，人谓五伦之中仅存"半伦"），而后投身新文学营垒，文风大改。1918 年 3 月，他与钱玄同在《新青年》第 4 卷第 3 号发表"双簧信"，即由钱玄同化名王敬轩，摹仿当时复古派的口吻，罗列各种抨击新文化事物的言论，致函《新青年》编辑部；同时由刘半农回信痛加批驳。这场双簧戏在一定程度上扩大了新文化运动的影响。

"趋时"病的药料了。

　　这并不是半农先生独个的苦境，旧例着实有。广东举人多得很，为什么康有为独独那么有名呢，因为他是公车上书的头儿，戊戌政变的主角，趋时；留英学生也不希罕，严复的姓名还没有消失，就在他先前认真的译过好几部鬼子书，趋时；清末，治朴学①的不止太炎先生②一个人，而他的声名，远在孙诒让③之上者，其实是为了他提倡种族革命，趋时，而且还"造反"。后来"时"也"趋"了过来，他们就成为活的纯正的先贤。但是，晦气也夹屁股跟到，康有为永定为复辟的祖师，袁皇帝要严复劝进，孙传芳大帅也来请太炎先生投壶了④。原来拉车前进的好身手，腿肚大，臂膊也粗，这回还是请他拉，拉还是拉，然而是拉车屁股向后，这里只好用古文，"呜呼哀哉，尚飨⑤"了。

　　我并不在讥刺半农先生曾经"趋时"，我这里所用的是普通所谓"趋时"中的一部分："前驱"的意思。他虽然自认"没落"⑥，其实是战斗过来的，只要敬爱他的人，多发挥这一点，不要七手八脚，专门把他拖进自己所喜欢的油或泥里去做金字招牌就好了。

　　　　　　　　　　　　　　　　　　　　　　八月十三日

　　（原刊 1934 年 8 月 15 日《申报·自由谈》，后收入《花边文学》）

————————

　　① **朴学**　其称始见《汉书·儒林传》，意为质朴之学。后世常称汉学中的古文经学派为朴学，因汉儒治经注重名物训诂考据，故名。亦指清代乾隆、嘉庆以来从训诂考据入手的治经之学。

　　② **太炎先生**　即章太炎（1869—1936），名炳麟，号太炎，浙江余杭（今杭州）人，近代学者。曾参加反清革命运动，主编同盟会机关报《民报》。晚年偏注学术研究。一生著述甚丰，汇编为《章氏丛书》《章氏丛书续编》和《章氏丛书三编》。

　　③ **孙诒让**（1848—1908）　字仲容，号籀顾，浙江瑞安人，清末经学家、文字学家。撰有《周礼正义》《墨子间诂》《尚书骈枝》等。

　　④ **孙传芳大帅也来请太炎先生投壶了**　孙传芳为"五省联军总司令"时，有意尊古复礼，标致风雅，于 1926 年 8 月 6 日在南京举行投壶仪式。当时邀章太炎主持，章辞却未就。孙传芳，见本书《马上支日记》一文"孙传芳"注条。投壶，古代宴飨的礼制，也是一种游戏。

　　⑤ **尚飨**　亦作尚享。旧时祭文中常用作结束语，意谓请死者来享用祭品。

　　⑥ **自认"没落"**　刘半农在《半农杂文自序》中说："要是有人根据了我文章中的某某数点而斥我为'落伍'为'没落'，我是乐于承受的。"见 1934 年 6 月 5 日出版的《人间世》第 5 期。

安贫乐道法

孩子是要别人教的，毛病是要别人医的，即使自己是教员或医生。但做人处世的法子，却恐怕要自己斟酌，许多别人开来的良方，往往不过是废纸。

劝人安贫乐道是古今治国平天下的大经络，开过的方子也很多，但都没有十全大补的功效。因此新方子也开不完，新近就看见了两种，但我想：恐怕都不大妥当。

一种是教人对于职业要发生兴趣，一有兴趣，就无论什么事，都乐此不倦了。当然，言之成理的，但到底须是轻松一点的职业。且不说掘煤，挑粪那些事，就是上海工厂里做工至少每天十点的工人，到晚快边就一定筋疲力倦，受伤的事情是大抵出在那时候的。"健全的精神，宿于健全的身体之中"①，连自己的身体也顾不转了，怎么还会有兴趣？——除非他爱兴趣比性命还利害。倘若问他们自己罢，我想，一定说是减少工作的时间，做梦也想不到发生兴趣法的。

还有一种是极其彻底的：说是大热天气，阔人还忙于应酬，汗流浃背，穷人却挟了一条破席，铺在路上，脱衣服，浴凉风，其乐无穷，这叫作"席卷天下"。这也是一张少见的富有诗趣的药方，不过也有煞风景在后面。快要秋凉了，一早到马路上去走走，看见手捧肚子，口吐黄水的就是那些"席卷天下"的前任活神仙。大约眼前有福，偏不去享的大愚人，世上究竟是不多的，如果精穷真是这么有趣，现在的阔人一定首先躺在马路上，而现在的穷人的席子也没有地方铺开来了。

上海中学会考的优良成绩发表了，有《衣取蔽寒食取充腹论》②，

---

① "健全的精神，宿于健全的身体之中" 西方格言。

② 《衣取蔽寒食取充腹论》 1934 年上海市中学会考的作文试题。以下引文系《新语林》半月刊据《上海中学会考特刊》转录的一份试卷中的文字。

其中有一段——

　　……若德业已立，则虽饔飧不继，捉襟肘见，而其名德足传于后，精神生活，将充分发展，又何患物质生活之不足耶？人生真谛，固在彼而不在此也。……（由《新语林》① 第三期转录）

　　这比题旨更进了一步，说是连不能"充腹"也不要紧的。但中学生所开的良方，对于大学生就不适用，同时还是出现了要求职业的一大群。
　　事实是毫无情面的东西，它能将空言打得粉碎。有这么的彰明较著，其实，据我的愚见，是大可以不必再玩"之乎者也"了——横竖永远是没有用的。

　　　　　　　　　　　　　　　　　　　　　八月十三日
　　（原刊 1934 年 8 月 16 日《申报·自由谈》，后收入《花边文学》）

---

　　① 《新语林》　文艺半月刊，徐懋庸主编（后改为"新语林社编辑"），上海光华书局发行。1934 年 7 月 5 日在上海创刊，同年 10 月 20 日停刊。

奇　怪

　　世界上有许多事实，不看记载，是天才也想不到的。非洲有一种土人，男女的避忌严得很，连女婿遇见丈母娘，也得伏在地上，而且还不够，必须将脸埋进土里去。这真是虽是我们礼义之邦的"男女七岁不同席"① 的古人，也万万比不上的。

　　这样看来，我们的古人对于分隔男女的设计，也还不免是低能儿；现在总跳不出古人的圈子，更是低能之至。不同泳，不同行，不同食，不同做电影②，都只是"不同席"的演义。低能透顶的是还没有想到男女同吸着相通的空气，从这个男人的鼻孔里呼出来，又被那个女人从鼻孔里吸进去，淆乱乾坤，实在比海水只触着皮肤更为严重。对于这一个严重问题倘没有办法，男女的界限就永远分不清。

　　我想，这只好用"西法"了。西法虽非国粹，有时却能够帮助国粹的。例如无线电播音，是摩登的东西，但早晨有和尚念经，却不坏；汽车固然是洋货，坐着去打麻将，却总比坐绿呢大轿，好半天才到的打得多几圈。以此类推，防止男女同吸空气就可以用防毒面具，各背一个箱，将养气③由管子通到自己的鼻孔里，既免抛头露面，又兼防空演习，也就是"中学为体，西学为用"。凯

---

　　① **"男女七岁不同席"** 《礼记·内则》："七年，男女不同席，不共食。"

　　② **不同泳，不同行，不同食，不同做电影** 1934 年，蒋介石发起所谓恢复中国固有道德，以求民族复兴的"新生活运动"，要求一般国民衣食住行都要以"礼义廉耻"为准则。在这样的大气候下，不乏有人向当局献计献策，对如何实行公共场所的男女隔离想出各种办法来。这里举述的"四个不"，大致来自自称"蚁民"的黄维新向国民党广东当局建言的"五个禁止"，即：（一）禁止男女同车；（二）禁止酒楼茶肆男女同食；（三）禁止旅客男女同住；（四）禁止军民人等男女同行；（五）禁止男女同演影片，并分男女游乐场所。

　　③ **养气** 今作氧气。

末尔①将军治国以前的土耳其女人的面幕，这回可也万万比不上了。

假使现在有一个英国的斯惠夫德似的人，做一部《格利佛游记》那样的讽刺的小说，说在二十世纪中，到了一个文明的国度，看见一群人在烧香拜龙，作法求雨②，赏鉴"胖女"，禁杀乌龟③；又一群人在正正经经的研究古代舞法④，主张男女分途⑤，以及女人的腿应该不许其露出⑥。那么，远处，或是将来的人，恐怕大抵要以为这是作者贫嘴薄舌，随意捏造，以挖苦他所不满的人们的罢。

然而这的确是事实。倘没有这样的事实，大约无论怎样刻薄的天才作家也想不到的。幻想总不能怎样的出奇，所以人们看见了有些事，就有叫作"奇怪"这一句话。

八月十四日

（原刊 1934 年 8 月 17 日《中华日报·动向》，后收入《花边文学》）

---

① **凯末尔** 今译基马尔（Kemal Atatürk，1881—1938），土耳其共和国第一任总统（1923—1938）。曾参加 1908—1909 年土耳其革命、意土战争、巴尔干战争和第一次世界大战，历任高级军官。1919—1922 年领导民族独立斗争，打败英国、希腊武装干涉者。1923 年创建人民共和党。同年宣布成立土耳其共和国，当选为总统。执政期间实行政治、经济、文化方面的一系列改革，颇有成效。

② **烧香拜龙，作法求雨** 1934 年夏长江中下游地区干旱缺雨，国民政府请第九世班禅喇嘛、安钦活佛等在南京、汤山等地作法事祈天求雨。另外，同年 8 月 6 日，湖南省主席何键通令全省禁五荤祈雨，并亲往南岳衡山祭神。

③ **赏鉴"胖女"，禁杀乌龟** 1934 年 8 月，上海先施公司举办胖女表演，登台者为体重达七百余磅的美国女子尼丽。这项活动得到诸多厂商赞助。同年 2 月 25 日，叶恭绰为理事长的"中国保护动物会"在上海成立，该会呈请上海市公安局通令禁止捕杀乌龟。

④ **研究古代舞法** 1934 年 8 月，上海举行祭孔活动，事前曾演习孔子时代的佾舞。

⑤ **主张男女分途** 1934 年 7 月，广东省河督配局长郑日东根据《礼记·王制》"道路，男子由右，妇人由左"之说，呈请国民党西南政务委员会，下令男女分途而行，以防接触。

⑥ **女人的腿应该不许其露出** 1934 年 6 月 7 日，蒋介石手令江西省政府颁布《取缔妇女奇装异服办法》。其中规定："裤长最短须衬膝四寸，不得露腿赤足。"

奇怪（二）

尤墨君①先生以教师的资格参加着讨论大众语，那意见是极该看重的。他主张"使中学生练习大众语"，还举出"中学生作文最喜用而又最误用的许多时髦字眼"来，说"最好叫他们不要用"，待他们将来能够辨别时再说，因为是与其"食新不化，何如禁用于先"的。现在摘一点所举的"时髦字眼"在这里——

> 共鸣　对象　气压　温度　结晶　彻底　趋势　理智　现实　下意识　相对性　绝对性　纵剖面　横剖面　死亡率……
> （《新语林》三期）

但是我很奇怪。

那些字眼，几乎算不得"时髦字眼"了。如"对象""现实"等，只要看看书报的人，就时常遇见，一常见，就会比较而得其意义，恰如孩子懂话，并不依靠文法教科书一样；何况在学校中，还有教员的指点。至于"温度""结晶""纵剖面""横剖面"等，也是科学上的名词，中学的物理学矿物学植物学教科书里就有，和用于国文上的意义并无不同。现在竟"最误用"，莫非自己既不思索，教师也未给指点，而且连别的科学也一样的模胡吗？

那么，单是中途学了大众语，也不过是一位中学出身的速成大众，于大众有什么用处呢？大众的需要中学生，是因为他教育程度比较的高，能够给大家开拓知识，增加语汇，能解明的就解明，该新添的就新添；他对于"对象"等等的界说，就先要弄明白，当必

---

① 　**尤墨君**（1888—1971）　名翔，字玄父，号墨君，江苏吴县（今苏州）人，旧派小说家。南社社友。1914 年至 1917 年间常在《小说月报》《礼拜六》《中华小说界》等刊物发表作品。曾任杭州师范学校教员。著有《碧玉串》《追忆弘一大师》等。

要时，有方言可以替代，就译换，倘没有，便教给这新名词，并且说明这意义。如果大众语既是半路出家，新名词也还不很明白，这"落伍"可真是"彻底"了。

我想，为大众而练习大众语，倒是不该禁用那些"时髦字眼"的，最要紧的是教给他定义，教师对于中学生，和将来中学生的对于大众一样。譬如"纵断面"和"横断面"，解作"直切面"和"横切面"，就容易懂；倘说就是"横锯面"和"直锯面"，那么，连木匠学徒也明白了，无须识字。禁，是不好的，他们中有些人将永远模胡，"因为中学生不一定个个能升入大学而实现其做文豪或学者的理想的"。

八月十四日

（原刊 1934 年 8 月 18 日《中华日报·动向》，后收入《花边文学》）

奇怪（二）

迎神和咬人

报载余姚的某乡，农民们因为旱荒，迎神求雨，看客有带帽的，便用刀棒乱打他一通。

这是迷信，但是有根据的。汉先儒董仲舒①先生就有祈雨法，什么用寡妇，关城门，乌烟瘴气，其古怪与道士无异，而未尝为今儒所订正。虽在通都大邑，现在也还有天师作法②，长官禁屠③，闹得沸反盈天，何尝惹出一点口舌？至于打帽，那是因为恐怕神看见还很有人悠然自得，不垂哀怜；一面则也憎恶他的不与大家共患难。

迎神，农民们的本意是在救死的——但可惜是迷信，——但除此之外，他们也不知道别一样。

报又载有一个六十多岁的老党员④，出而劝阻迎神，被大家一顿打，终于咬断了喉管，死掉了。

这是妄信，但是也有根据的。《精忠说岳全传》说张俊陷害忠良，终被众人咬死，人心为之大快。因此乡间就向来有一个传说，谓咬死了人，皇帝必赦，因为怨恨而至于咬，则被咬者之恶，也就可想而知了。我不知道法律，但大约民国以前的律文中，恐怕也未必有这样的规定罢。

咬人，农民们的本意是在逃死的——但可惜是妄信，——但除

---

① **董仲舒**（前179—前104）　广川（今河北枣强）人，西汉经学家。曾任博士、江都相、胶西王相。专治《春秋公羊传》，有《春秋繁露》《董子文集》存世。

② **天师作法**　天师，原为早期道教流派之一的天师道（一称五斗米道）首创者张道陵的尊号，后泛称道教中承袭道法的传人。1934年7月间，上海举行"祈雨消灾大会"，邀"第三十六代天师张瑞龄"作法求雨。

③ **长官禁屠**　民间旧俗，遇旱灾年份宜停宰牲畜，这种禁忌有时演变成官署的行政决策。1934年的旱灾时节，禁屠成了许多地方的政府行为，湖南省甚至干脆禁"五荤"。

④ **六十多岁的老党员**　指浙江余姚陡亹小学校长兼国民党党部常委徐一清。据1934年8月16日《申报》报道，他因劝阻农民迎神祈雨，触犯众怒，"被千余农民殴毙，投入河中，嗣又打捞上岸，咬断喉管"。

此之外，他们也不知道别一样。

想救死，想逃死，适所以自速其死，哀哉！

自从由帝国成为民国以来，上层的改变是不少了，无教育的农民，却还未得到一点什么新的有益的东西，依然是旧日的迷信，旧日的讹传，在拼命的救死和逃死中自速其死。

这回他们要得到"天讨"①。他们要骇怕，但因为不解"天讨"的缘故，他们也要不平。待到这骇怕和不平忘记了。就只有迷信讹传剩着，待到下一次水旱灾荒的时候，依然是迎神，咬人。

这悲剧何时完结呢？

八月十九日

附记：

旁边加上黑点的三句，是印了出来的时候，全被删去了的。是总编辑，还是检查官的斧削，虽然不得而知，但在自己记得原稿的作者，却觉得非常有趣。他们的意思，大约是以为乡下人的意思——虽然是妄信——还不如不给大家知道，要不然，怕会发生流弊，有许多喉管也要危险的。

八月二十二日

（原刊 1934 年 8 月 22 日《申报·自由谈》，后收入《花边文学》）

---

① "**天讨**"　《尚书·虞书·皋陶谟》："天讨有罪，五刑五用哉！"

看书琐记(三)①

创作家大抵憎恶批评家的七嘴八舌。

记得有一位诗人说过这样的话：诗人要做诗，就如植物要开花，因为他非开不可的缘故。如果你摘去吃了，即使中了毒，也是你自己错。

这比喻很美，也仿佛很有道理的。但再一想，却也有错误。错的是诗人究竟不是一株草，还是社会里的一个人；况且诗集是卖钱的，何尝可以白摘。一卖钱，这就是商品，买主也有了说好说歹的权利了。

即使真是花罢，倘不是开在深山幽谷，人迹不到之处，如果有毒，那是园丁之流就要想法的。花的事实，也并不如诗人的空想。

现在可是换了一个说法了，连并非作者，也憎恶了批评家，他们里有的说道：你这么会说，那么，你倒来做一篇试试看！

这真要使批评家抱头鼠窜。因为批评家兼能创作的人，向来是很少的。

我想，作家和批评家的关系，颇有些像厨司和食客。厨司做出一味食品来，食客就要说话，或是好，或是歹。厨司如果觉得不公平，可以看看他是否神经病，是否厚舌苔，是否挟夙嫌，是否想赖账。或者他是否广东人，想吃蛇肉；是否四川人，还要辣椒。于是提出解说或抗议来——自然，一声不响也可以。但是，倘若他对着客人大叫道："那么，你去做一碗来给我吃吃看！"那却未免有些可笑了。

诚然，四五年前，用笔的人以为一做批评家，便可以高踞文坛，所以速成和乱评的也不少，但要矫正这风气，是须用批评的批评的，

---

① 本文1934年8月23日刊于《申报·自由谈》时题为《批评家与创作家》，收入《花边文学》时改现名。

只在批评家这名目上，涂上烂泥，并不是好办法。不过我们的读书界，是爱平和的多，一见笔战，便是什么"文坛的悲观"呀，"文人相轻"呀，甚至于不问是非，统谓之"互骂"，指为"漆黑一团糟"。果然，现在是听不见说谁是批评家了。但文坛呢，依然如故，不过它不再露出来。

文艺必须有批评；批评如果不对了，就得用批评来抗争，这才能够使文艺和批评一同前进，如果一律掩住嘴，算是文坛已经干净，那所得的结果倒是要相反的。

八月二十二日

（原刊 1934 年 8 月 23 日《申报·自由谈》，后收入《花边文学》）

"大雪纷飞"

人们遇到要支持自己的主张的时候，有时会用一枝粉笔去搽对手的脸，想把他弄成丑角模样，来衬托自己是正生。但那结果，却常常适得其反。

章士钊先生现在是在保障民权了①，段政府时代，他还曾经保障文言。他造过一个实例，说倘将"二桃杀三士"用白话写作"两个桃子杀了三个读书人"，是多么的不行。这回李焰生②先生反对大众语文，也赞成"静珍君之所举，'大雪纷飞'，总比那'大雪一片一片纷纷的下着'来得简要而有神韵，酌量采用，是不能与提倡文言文相提并论"的。

我也赞成必不得已的时候，大众语文可以采用文言，白话，甚至于外国话，而且在事实上，现在也已经在采用。但是，两位先生代译的例子，却是很不对劲的。那时的"士"，并非一定是"读书人"，早经有人指出了；这回的"大雪纷飞"里，也没有"一片一片"的意思，这不过特地弄得累坠，掉着要大众语丢脸的枪花。

白话并非文言的直译，大众语也并非文言或白话的直译。在江浙，倘要说出"大雪纷飞"的意思来，是并不用"大雪一片一片纷纷的下着"的，大抵用"凶"，"猛"或"厉害"，来形容这下雪的样子。倘要"对证古本"，则《水浒传》里的一句"那雪正下得

---

① **章士钊先生现在是在保障民权了** 章士钊，见本书《答 KS 君》一文"章士钊"注条。1931 年起，他在上海操办律师事务。1933 年 4 月，曾为陈独秀出庭作无罪辩护。1934 年 5 月 4 日，在《申报》发表《国民党与国家》一文，阐述保障民权问题。

② **李焰生**（？—1973） 小报文人。1928—1929 年在上海主编《硬报》《上海小报》《狂风》等三日刊小报。1933 年 1 月创办《新垒》月刊，任主编。著有《汪精卫恋爱史》等。这里所说他反对大众语的文章，刊于 1934 年 8 月出版的《社会月报》第 1 卷第 3 期的《由大众语文学到国民语文文学》。其中提到的静珍的文章，即同年 7 月《新垒》第 4 卷第 1 期所刊《文言白话及其繁简》一文。

紧"，就是接近现代的大众语的说法，比"大雪纷飞"多两个字，但那"神韵"却好得远了。

一个人从学校跳到社会的上层，思想和言语，都一步一步的和大众离开，那当然是"势所不免"的事。不过他倘不是从小就是公子哥儿，曾经多少和"下等人"有些相关，那么，回心一想，一定可以记得他们有许多赛过文言文或白话文的好话。如果自造一点丑恶，来证明他的敌对的不行，那只是他从隐蔽之处挖出来的自己的丑恶，不能使大众羞，只能使大众笑。大众虽然智识没有读书人的高，但他们对于胡说的人们，却有一个谥法：绣花枕头。这意义，也许只有乡下人能懂的了，因为穷人塞在枕头里面的，不是鸭绒：是稻草。

八月二十二日

（原刊 1934 年 8 月 24 日《中华日报·动向》，后收入《花边文学》）

"莎士比亚"

严复提起过"狭斯丕尔"①，一提便完；梁启超说过"莎士比亚"，也不见有人注意；田汉译了这人的一点作品，现在似乎不大流行了。到今年，可又有些"莎士比亚""莎士比亚"起来，不但杜衡先生由他的作品证明了群众的盲目②，连拜服约翰生③博士的教授也来译马克斯"牛克斯"的断片。为什么呢？将何为呢？

而且听说，连苏俄也要排演原本"莎士比亚"剧了。

不演还可，一要演，却就给施蛰存先生看出了"丑态"——

> ……苏俄最初是"打倒莎士比亚"，后来是"改编莎士比亚"，现在呢，不是要在戏剧季中"排演原来莎士比亚"了吗？（而且还要梅兰芳去演《贵妃醉酒》呢！）这种以政治方策运用之于文学的丑态，岂不令人齿冷！"（《现代》五卷五期，施蛰存《我与文言文》。）

苏俄太远，演剧季的情形我还不了然，齿的冷暖，暂且听便罢。但梅兰芳和一记者的谈话，登在《大晚报》的《火炬》上，却没有

---

① **"狭斯丕尔"** 严复所译《天演论》里莎士比亚的译名。

② **杜衡先生由他的作品证明了群众的盲目** 指杜衡1934年6月在《文艺风景》创刊号发表的《莎剧凯撒传中所表现的群众》一文。

③ **约翰生** 今译约翰逊（Samuel Johnson，1709—1784），英国诗人、评论家、辞书编纂家。著有伦理小说《阿比西尼亚王子》、长诗《伦敦》等。他于1755年出版的两卷本《英文辞典》被誉为辞书编纂史上的重要里程碑，十年后又出版了他编注的八卷本《莎士比亚戏剧集》。晚年所作十卷本《英国诗人作品序言和评传》是英国文学批评史上最具经典地位的著作。这里所说"拜服约翰生博士的教授"，指梁实秋。梁曾编译《约翰生》一书。梁翻译的"马克斯"的"断片"，指他在1934年5月《学文》月刊第1卷第2期发表的《莎士比亚论金钱》一文，系据马克思《一八四四年经济学—哲学手稿》中《货币》一节译述。

说要去演《贵妃醉酒》。

施先生自己说："我自有生以来三十年，除幼稚无知的时代以外，自信思想及言行都是一贯的。……"（同前）这当然非常之好。不过他所"言"的别人的"行"，却未必一致，或者是偶然也会不一致的，如《贵妃醉酒》，便是目前的好例。

其实梅兰芳还没有动身，施蛰存先生却已经指定他要在"无产阶级"面前赤膊洗澡。这么一来，他们岂但"逐渐沾染了资产阶级的'余毒'"而已呢，也要沾染中国的国粹了。他们的文学青年，将来要描写宫殿的时候，会在"《文选》与《庄子》"里寻"词汇"也未可料的。

但是，做《贵妃醉酒》固然使施先生"齿冷"，不做一下来凑趣，也使像言家倒霉。两面都要不舒服，所以施先生又自己说："在文艺上，我一向是个孤独的人，我何敢多撄众怒？"（同前）

末一句是客气话，赞成施先生的其实并不少，要不然，能堂而皇之的在杂志上发表吗？——这"孤独"是很有价值的。

九月二十日

（原刊 1934 年 9 月 23 日《中华日报·动向》，后收入《花边文学》）

「莎士比亚」

商贾的批评

　　中国现今没有好作品，早已使批评家或胡评家不满，前些时还曾经探究过它的所以没有的原因。结果是没有结果。但还有新解释。林希隽①先生说是因为"作家毁掉了自己，以投机取巧的手腕"去作"杂文"了，所以也害得做不成莘克莱或托尔斯泰（《现代》九月号）。还有一位希隽先生②，却以为"在这资本主义的社会里头……作家无形中也就成为商贾了。……为了获利较多的报酬起见，便也不得不采用'粗制滥造'的方法，再没有人殚精竭虑用苦工夫去认真创作了。"（《社会月报》九月号）

　　着眼在经济上，当然可以说是进了一步。但这"殚精竭虑用苦工夫去认真创作"出来的学说，和我们只有常识的见解是很不一样的。我们向来只以为用资本来获利的是商人，所以在出版界，商人是用钱开书店来赚钱的老板。到现在才知道用文章去卖有限的稿费的也是商人，不过是一种"无形中"的商人。农民省几斗米去出售，工人用筋力去换钱，教授卖嘴，妓女卖淫，也都是"无形中"的商人。只有买主不是商人了，但他的钱一定是用东西换来的，所以也是商人。于是"在这资本主义社会里头"，个个都是商人，但可分为在"无形中"和有形中的两大类。

　　用希隽先生自己的定义来断定他自己，自然是一位"无形中"的商人；如果并不以卖文为活，因此也无须"粗制滥造"，那么，怎样过活呢，一定另外在做买卖，也许竟是有形中的商人了，所以他

----

　　① **林希隽**　自由撰稿人，其生平未详。1934 年 2 月，以"清道夫"笔名在《文化列车》周刊第 9 期发表《"海派"后起之秀何家槐小说别人做的》一文，揭发左联作家何家槐剽窃徐转蓬小说多篇，导致"徐何创作问题之争"。1934 年 9 月，在《现代》第 5 卷第 5 期发表《杂文与杂文家》一文，将杂文视为阻碍创作的大敌。

　　② **还有一位希隽先生**　林希隽有时以"希隽"作笔名。1934 年 9 月，《社会月报》第 1 卷第 4 期刊出署名希隽的《文章商品化》一文。

的见识，无论怎样看，总逃不脱一个商人见识。

　　"杂文"很短，就是写下来的工夫，也决不要写"和平与战争"（这是照林希隽先生的文章抄下来的，原名其实是《战争与和平》）的那么长久，用力极少，是一点也不错的。不过也要有一点常识，用一点苦工，要不然，就是"杂文"，也不免更进一步的"粗制滥造"，只剩下笑柄。作品，总是有些缺点的。亚波理奈尔①咏孔雀，说它翘起尾巴，光辉灿烂，但后面的屁股眼也露出来了。所以批评家的指摘是要的，不过批评家这时却也就翘起了尾巴，露出他的屁眼。但为什么还要呢，就因为它正面还有光辉灿烂的羽毛。不过倘使并非孔雀，仅仅是鹅鸭之流，它应该想一想翘起尾巴来，露出的只有些什么！

九月二十五日

　　（原刊 1934 年 9 月 29 日《中华日报·动向》，后收入《花边文学》）

---

　　①　**亚波理奈尔**　今译阿波利奈尔（Guillaume Apollinaire，1880—1918），法国作家，西方现代派诗歌先驱者之一。著有诗集《动物小唱》《醇酒集》等。

中秋二愿

前几天真是"悲喜交集"。刚过了国历的九一八，就是"夏历"的"中秋赏月"，还有"海宁观潮"①。因为海宁，就又有人来讲"乾隆皇帝是海宁陈阁老的儿子"② 了。这一个满洲"英明之主"，原来竟是中国人掉的包，好不阔气，而且福气。不折一兵，不费一矢，单靠生殖机关便革了命，真是绝顶便宜。

中国人是尊家族，尚血统的，但一面又喜欢和不相干的人们去攀亲，我真不知道是什么意思。从小以来，什么"乾隆是从我们汉人的陈家悄悄的抱去的"呀，"我们元朝是征服了欧洲的"呀之类，早听的耳朵里起茧了，不料到得现在，纸烟铺子的选举中国政界伟人投票③，还是列成吉思汗为其中之一人；开发民智的报章，还在讲满洲的乾隆皇帝是陈阁老的儿子。

古时候，女人的确去和过番④；在演剧里，也有男人招为番邦的驸马，占了便宜，做得津津有味。就是近事，自然也还有拜侠客做干爷，给富翁当赘婿，陡了起来的，不过这不能算是体面的事情。男子汉，大丈夫，还当别有所能，别有所志，自恃着智力和另外的

---

① **"海宁观潮"** 浙江海宁临近钱塘江海口，该市盐官镇系观潮胜地。每年中秋后三日内潮位最高，甚为壮观。

② **"乾隆皇帝是海宁陈阁老的儿子"** 这是清代稗史中的说法，民间流传甚广。后文中提到"开发民智的报章，还在讲满洲的乾隆皇帝是海宁陈阁老的儿子"，是指1934年9月25日《申报·春秋》"观潮特刊"上署名溪南的文章《乾隆皇帝与海宁》。陈阁老，即陈元龙（1652—1736），字广陵，号乾斋，浙江海宁人。康熙进士，官工部尚书，雍正七年（1729）授文渊阁大学士。

③ **纸烟铺子的选举中国政界伟人投票** 1934年9月，上海华美烟草公司为其卷烟新品举办"中国历史上标准伟人选举奖学金"促销活动，因选票附在烟盒内，等于香烟零售点承办其事。

④ **古时候，女人的确去和过番** 古代汉人称少数民族和外邦为"番"。汉族皇帝把公主嫁给外族首领，称"和亲"或"和番"。

体力。要不然，我真怕将来大家又大说一通日本人是徐福①的子孙。

一愿：从此不再胡乱和别人去攀亲。

但竟有人给文学也攀起亲来了，他说女人的才力，会因与男性的肉体关系而受影响，并举欧洲的几个女作家，都有文人做情人来作证据。于是又有人来驳他，说这是弗洛伊特说，不可靠。其实这并不是弗洛伊特说，他不至于忘记梭格拉第②太太全不懂哲学，托尔斯泰太太不会做文章这些反证的。况且世界文学史上，有多少中国所谓"父子作家""夫妇作家"那些"肉麻当有趣"的人物在里面？因为文学和梅毒不同，并无霉菌，决不会由性交传给对手的。至于有"诗人"在钓一个女人，先捧之为"女诗人"，那是一种讨好的手段，并非他真传染给她了诗才。

二愿：从此眼光离开脐下三寸。

九月二十五日

（原刊 1934 年 9 月 28 日《中华日报·动向》，后收入《花边文学》）

---

① **徐福** 一作徐市，字君房，琅琊（今山东胶南）人，秦代方士。曾上书秦始皇，说海上有蓬莱、方丈、瀛洲三座神山，请得童男童女数千人海求仙，结果一去不返。民间传说，他在日本登陆，所携童男童女即为日本人的祖先（现代人类学已否定这一说法）。

② **梭格拉第** 今译苏格拉底（前469—前399），古希腊哲学家。其言行见于柏拉图的对话集和色诺芬的《苏格拉底言行回忆录》。

考场三丑

古时候，考试八股①的时候，有三样卷子，考生是很失面子的，后来改考策论②了，恐怕也还是这样子。第一样是"缴白卷"，只写上题目，做不出文章，或者简直连题目也不写。然而这最干净，因为别的再没有什么枝节了。第二样是"钞刊文"③，他先已有了侥幸之心，读熟或带进些刊本的八股去，倘或题目相合，便即照钞，想瞒过考官的眼。品行当然比"缴白卷"的差了，但文章大抵是好的，所以也没有什么另外的枝节。第三样，最坏的是瞎写，不及格不必说，还要从瞎写的文章里，给人寻出许多笑话来。人们在茶余酒后作为谈资的，大概是这一种。

"不通"还不在其内，因为即使不通，他究竟是在看题目做文章了；况且做文章做到不通的境地也就不容易，我们对于中国古今文学家，敢保证谁决没有一句不通的文章呢？有些人自以为"通"，那是因为他连"通""不通"都不了然的缘故。

今年的考官之流，颇在讲些中学生的考卷的笑柄。其实这病源就在于瞎写。那些题目，是只要能够钞刊文④，就都及格的。例如问"十三经"是什么，文天祥是那朝人，全用不着自己来挖空心思做，一做，倒糟糕。于是使文人学士大叹国学之衰落，青年之不行，好像惟有他们是文林中的硕果似的，像煞有介事了。

---

① **八股** 即八股文，明清科举考试制度所规定的文体。每篇由破题、承题、起讲、入手、起股、中股、后股、束股八个部分组成。从"起股"到"束股"的四股中，各有两股排比、对偶文字，共计八股，故称八股文。

② **策论** 策是策问，论是议论文，宋金科举考试制度所规定的文体。清代光绪末年，曾两次诏令废除八股，改考策论。

③ **"钞刊文"** 刊文，旧时科举考试名列前茅的八股范文被书贾选辑刊印，供考生参阅，犹今之教辅读物。"钞刊文"指考试时直接抄袭刊文上的文章。

④ 这里所说的钞刊文，是指照教科书上的"知识点"答题。

但是，钞刊文可也不容易。假使将那些考官们锁在考场里，骤然问他几条较为陌生的古典，大约即使不瞎写，也未必不缴白卷的。我说这话，意思并不在轻议已成的文人学士，只以为古典多，记不清不足奇，都记得倒古怪。古书不是很有些曾经后人加过注解的么？那都是坐在自己的书斋里，查群籍，翻类书，穷年累月，这才脱稿的，然而仍然有"未详"，有错误。现在的青年当然是无力指摘它了，但作证的却有别人的什么"补正"在；而且补而又补，正而又正者，也时或有之。

　　由此看来，如果能钞刊文，而又敷衍得过去，这人便是现在的大人物；青年学生有一些错，不过是常人的本分而已，但竟为世诟病，我很诧异他们竟没有人呼冤。

九月二十五日

（原刊 1934 年 10 月 20 日《太白》半月刊第 1 卷第 3 期，后收入《花边文学》）

考场三五

又是"莎士比亚"

　　苏俄将排演原本莎士比亚，可见"丑态"①；马克思讲过莎士比亚，当然错误；梁实秋教授将翻译莎士比亚②，每本大洋一千元；杜衡先生看了莎士比亚，"还再需要一点做人的经验"了③。

　　我们的文学家杜衡先生，好像先前是因为没有自己觉得缺少"做人的经验"，相信群众的，但自从看了莎氏的《凯撒传》④以来，才明白"他们没有理性，他们没有明确的利害观念；他们底感情是完全被几个煽动家所控制着，所操纵着"。（杜衡：《莎剧凯撒传里所表现的群众》，《文艺风景》⑤创刊号所载。）自然，这是根据"莎剧"的，和杜先生无关，他自说现在也还不能判断它对不对，但是，觉得自己"还再需要一点做人的经验"，却已经明白无疑了。

　　这是"莎剧凯撒传里所表现的群众"对于杜衡先生的影响。但杜文《莎剧凯撒传里所表现的群众》里所表现的群众，又怎样呢？和《凯撒传》里所表现的也并不两样——

　　　　……这使我们想起在近几年来的各次政变中所时常看到的，

---

　　①　"丑态"　施蛰存的说法。参见本书《"莎士比亚"》一文所引施蛰存《我与文言文》中的一段话。

　　②　**梁实秋教授将翻译莎士比亚**　胡适任委员长的中华教育文化基金会编译委员会曾将组织翻译莎士比亚列为一个项目，拟以高额资助约请闻一多、徐志摩、叶公超、陈西滢、梁实秋五人参与其事。其他四人出于各种原因未予接手，梁实秋则于1930年开始翻译，随之报刊上便有披露。至1936年，已译成的莎剧四种，即《威尼斯商人》《麦克白》《李尔王》和《如愿》（后更名为《皆大欢喜》）由商务印书馆出版。梁译《莎士比亚全集》后于1967年由台湾远东图书公司出版，初版37卷。翌年补入3卷诗作，出齐40卷。

　　③　引语见杜衡作《莎剧凯撒传里所表现的群众》一文。

　　④　**莎氏的《凯撒传》**　即莎剧《裘力斯·凯撒》。

　　⑤　**《文艺风景》**　文艺月刊，施蛰存主编，光华书局出版。1934年6月创刊，同年7月停刊，共出2期。

"鸡来迎鸡，狗来迎狗"式……那些可痛心的情形。……人类底进化究竟在那儿呢？抑或我们这个东方古国至今还停滞在二千年前的罗马所曾经过的文明底阶段上呢？

真的，"发思古之幽情"①，往往为了现在。这一比，我就疑心罗马恐怕也曾有过有理性，有明确的利害观念，感情并不被几个煽动家所控制，所操纵的群众，但是被驱散，被压制，被杀戮了。莎士比亚似乎没有调查，或者没有想到，但也许是故意抹杀的，他是古时候的人，有这一手并不算什么玩把戏。

不过经他的贵手一取舍，杜衡先生的名文一发挥，却实在使我们觉得群众永远将是"鸡来迎鸡，狗来迎狗"的材料，倒还是被迎的有出息；"至于我，老实说"，还竟有些以为群众之无能与可鄙，远在"鸡""狗"之上的"心情"了。自然，这是正因为爱群众，而他们太不争气了的缘故——自己虽然还不能判断，但是，"这位伟大的剧作者是把群众这样看法的"呀，有谁不信，问他去罢！

十月一日

（原刊 1934 年 10 月 4 日《中华日报·动向》，后收入《花边文学》）

又是『莎士比亚』

---

① **"发思古之幽情"**　东汉班固《西都赋》："摅怀旧之蓄念，发思古之幽情。"

点句的难

看了《袁中郎全集校勘记》①，想到了几句不关重要的话，是：断句的难。

前清时代，一个塾师能够不查他的秘本，空手点完了"四书"，在乡下就要算一位大学者，这似乎有些可笑，但是很有道理的。常买旧书的人，有时会遇到一部书，开首加过句读，夹些破句，中途却停了笔：他点不下去了。这样的书，价钱可以比干净的本子便宜，但看起来也真教人不舒服。

标点古书，印了出来，是起于"文学革命"时候的；用标点古文来试验学生，我记得好像是同时开始于北京大学，这真是恶作剧，使"莘莘学子"闹出许多笑话来。

这时候，只好一任那些反对白话，或并不反对白话而兼长古文的学者们讲风凉话。然而，学者们也要"技痒"的，有时就自己出手。一出手，可就有些糟了，有几句点不断，还有可原，但竟连极平常的句子也点了破句。

古文本来也常常不容易标点，譬如《孟子》里有一段，我们大概是这样读法的："有冯妇者，善搏虎，卒为善士。则之野，有众逐虎。虎负嵎，莫之敢撄。望见冯妇，趋而迎之。冯妇攘臂下车，众皆悦之，其为士者笑之。"但也有人说应该断为"卒为善，士则之，野有众逐虎……"②的。这"笑"他的"士"，就是先前"则"他

---

① 《袁中郎全集校勘记》 1934 年 10 月 2 日《中华日报·动向》发表的一篇文章，署名"袁大郎"。文中指出由刘大杰标点、林语堂校阅的《袁中郎全集》（时代图书公司出版）一书的断句错误。

② 冯妇搏虎，见《孟子·尽心下》。关于这一节的断句，宋代刘昌诗《芦浦笔记》卷一"冯妇"条有谓："至今读者以'卒为善士'为一句，'则之野'为一句。以余味其言，则恐合以'卒为善'为一句，'士则之'为一句，'野有众逐虎'为一句。盖其有搏虎之勇，而卒能为善，故士以为则。及其不知止，则士以为笑。'野有众逐虎'句，意亦健，何必谓之野外而后云攘臂也。"

的"士"，要不然，"其为士"就太鹘突了。但也很难决定究竟是那一面对。

不过倘使是调子有定的词曲，句子相对的骈文，或并不艰深的明人小品，标点者又是名人学士，还要闹出一些破句，可未免令人不遭蚊子叮，也要起疙瘩了。嘴里是白话怎么坏，古文怎么好，一动手，对古文就点了破句，而这古文又是他正在竭力表扬的古文。破句，不就是看不懂的分明的标记么？说好说坏，又从那里来的？

标点古文真是一种试金石，只消几点几圈，就把真颜色显出来了。

但这事还是不要多谈好，再谈下去，我怕不久会有更高的议论，说标点是"随波逐流"的玩意，有损"性灵"①，应该排斥的。

十月二日

（原刊 1934 年 10 月 5 日《中华日报·动向》，后收入《花边文学》）

---

① **"性灵"** 林语堂论文爱说"性灵"。

点句的难

奇怪（三）

　　"中国第一流作家"叶灵凤和穆时英①两位先生编辑的《文艺画报》②的大广告，在报上早经看见了。半个多月之后，才在店头看见这"画报"。既然是"画报"，看的人就自然也存着看"画报"的心，首先来看"画"。

　　不看还好，一看，可就奇怪了。

　　戴平万③先生的《沈阳之旅》里，有三幅插图有些像日本人的手笔，记了一记，哦，原来是日本杂志店里，曾经见过的在《战争版画集》里的料治朝鸣④的木刻，是为记念他们在奉天⑤的战胜而作的，日本记念他对中国的战胜的作品，却就是被战胜国的作者的作品的插图——奇怪一。

　　再翻下去是穆时英先生的《墨绿衫的小姐》里，有三幅插画有

---

　　①　**穆时英**（1912—1940）　笔名伐扬，浙江慈溪人，现代作家。上海光华大学毕业，曾参与创办《现代》杂志。1937 年任国民党中央图书杂志审查委员会委员。抗战初期在香港《星岛日报》任职，1939 年任汪伪上海《国民日报》编辑主任。次年被国民党军统特工刺杀。著有小说《公墓》《南北极》等。按：据原国民党军统稽康裔所著《邻笛山阳》一文（原刊香港《掌故》月刊 1973 年 10 月号），穆时英为国民党中统局地下特工，因军统一系不知情而被当做"汉奸"铲除。

　　②　**《文艺画报》**　月刊，叶灵凤、穆时英编辑，上海杂志公司发行。1934 年 10 月在上海创刊，1935 年 4 月停刊。

　　③　**戴平万**（1903—1945）　原名均，又名万叶，广东潮安人，现代作家。1927 年曾参加广东海陆丰农民运动。1928 年与蒋光慈等组织太阳社，后加入左联。抗战时是上海"孤岛"文学界中共负责人之一。著有小说集《出路》《都市之夜》等。这里提到的《沈阳之旅》，刊于《文艺画报》创刊号。

　　④　**料治朝鸣**　即料治熊太（1899—1982），日本版画家、陶艺家、艺术史家。1932 年 4 月创办《版艺术》杂志。《战争版画集》是《版艺术》杂志 1933 年 7 月出版的特辑。

　　⑤　**奉天**　沈阳的旧称。"他们在奉天的战胜"一语，指"九一八"事变后日军占领沈阳。

些像麦绥莱勒的手笔，黑白分明，我曾从良友公司翻印的四本小书里记得了他的作法，而这回的木刻上的署名，也明明是 FM 两个字①。莫非我们"中国第一流作家"的这作品，是豫先翻成法文，托麦绥莱勒刻了插画来的吗？——奇怪二。

这回是文字，《世界文坛了望台》② 了。开头就说，"法国的龚果尔奖金③，去年出人意外地（白注：可恨！）颁给了一部以中国作题材的小说《人的命运》，它的作者是安得烈马尔路④"，但是，"或者由于立场的关系，这书在文字上总是受着赞美，而在内容上却一致的被一般报纸评论攻击，好像惋惜像马尔路这样才干的作家，何必也将文艺当作了宣传的工具"云。这样一"了望"，"好像"法国的为龚果尔奖金审查文学作品的人的"立场"，乃是赞成"将文艺当作了宣传工具"的了——奇怪三。

不过也许这只是我自己的"少见多怪"，别人倒并不如此的。先前的"见怪者"，说是"见怪不怪，其怪自败"，现在的"怪"却早已声明着，叫你"见莫怪"了。开卷就有《编者随笔》在——

> 只是每期供给一点并不怎样沉重的文字和图画，使对于文艺有兴趣的读者能醒一醒被其他严重的问题所疲倦了的眼睛，或者破颜一笑，只是如此而已。

原来"中国第一流作家"的玩着先前活剥"琵亚词侣"⑤，今年生吞麦绥莱勒的小玩艺，是在大才小用，不过要给人"醒一醒被其他严重的问题所疲倦了的眼睛，或者破颜一笑"。如果再从这醒眼的"文艺画"上又发生了问题，虽然并不"严重"，不是究竟也辜负了两位"中国第一流作家"献技的苦心吗？

---

① **FM 两个字** 比利时版画家麦绥莱勒（Franz Masereel）姓名的首写字母。

② **《世界文坛了望台》** 《文艺画报》的一个栏目。

③ **龚果尔奖金** 即龚古尔文学奖。以法国作家爱德蒙·龚古尔和于勒·龚古尔兄弟的遗产为基金的文学奖金。1903 年设立，每年颁发一次。

④ **安得烈马尔路** 今译安德烈·马尔罗（André Malraux，1901—1976），法国作家。其所著长篇小说《人的命运》（一译《人的状况》），以 1927 年上海工人第三次武装起义和随后发生的"四一二"政变为背景，1933 年出版。

⑤ **"琵亚词侣"** 今译比亚兹莱。

那么，我也来"破颜一笑"吧——

哈！

十月二十五日

（原刊 1934 年 10 月 26 日《中华日报·动向》，后收入《花边文学》）

略论梅兰芳及其他（上）

崇拜名伶原是北京的传统。辛亥革命后，伶人的品格提高了，这崇拜也干净起来。先只有谭叫天①在剧坛上称雄，都说他技艺好，但恐怕也还夹着一点势利，因为他是"老佛爷"——慈禧太后②赏识过的。虽然没有人给他宣传，替他出主意，得不到世界的名声，却也没有人来为他编剧本。我想，这不来，是带着几分"不敢"的。

后来有名的梅兰芳可就和他不同了。梅兰芳不是生，是旦，不是皇家的供奉③，是俗人的宠儿，这就使士大夫敢于下手了。士大夫是常要夺取民间的东西的，将竹枝词④改成文言，将"小家碧玉"作为姨太太，但一沾着他们的手，这东西也就跟着他们灭亡。他们将他从俗众中提出，罩上玻璃罩，做起紫檀架子来。教他用多数人听不懂的话，缓缓的《天女散花》，扭扭的《黛玉葬花》，先前是他做戏的，这时却成了戏为他而做，凡有新编的剧本，都只为了梅兰芳，而且是士大夫心目中的梅兰芳。雅是雅了，但多数人看不懂，不要看，还觉得自己不配看了。

士大夫们也在日见其消沉，梅兰芳近来颇有些冷落。

因为他是旦角，年纪一大，势必至于冷落的吗？不是的，老十三旦⑤七十岁了，一登台，满座还是喝采。为什么呢？就因为他没有

---

① **谭叫天** 即谭鑫培（1847—1917），艺名小叫天，湖北江夏（今武汉）人，京剧演员。擅演老生，"谭派"创始人。清光绪十六年（1890）曾被召入宫内升平署承值，为慈禧太后演戏。

② **慈禧太后**（1835—1908） 又称西太后。叶赫那拉氏，满洲镶蓝旗人，清咸丰帝妃。同治即位后，以母后身份垂帘听政，光绪时仍掌控朝柄。"老佛爷"是宫中太监、宫女对她的尊称。

③ **供奉** 旧称内廷近侍，清代入宫伺候皇帝的演员和手艺人也称供奉。

④ **竹枝词** 古代民歌，历代均有文人仿作。

⑤ **老十三旦** 即侯俊山（1857—1935），原名达，艺名喜麟，山西洪洞人，山西梆子与河北梆子演员。擅演花旦。因13岁演戏成名，故称十三旦。早年亦为内廷供奉。

被士大夫据为己有，罩进玻璃罩。

名声的起灭，也如光的起灭一样，起的时候，从近到远，灭的时候，远处倒还留着余光。梅兰芳的游日，游美①，其实已不是光的发扬，而是光在中国的收敛。他竟没有想到从玻璃罩里跳出，所以这样的搬出去，还是这样的搬回来。

他未经士大夫帮忙时候所做的戏，自然是俗的，甚至于猥下，肮脏，但是泼剌，有生气。待到化为"天女"，高贵了，然而从此死板板，矜持得可怜。看一位不死不活的天女或林妹妹，我想，大多数人是倒不如看一个漂亮活动的村女的，她和我们相近。

然而梅兰芳对记者说，还要将别的剧本改得雅一些。

十一月一日

（原刊 1934 年 11 月 5 日《中华日报·动向》，后收入《花边文学》）

————————

① **梅兰芳的游日，游美** 梅兰芳曾于 1919 年、1924 年两次去日本访问演出，1929—1930 年同去美国访问演出。

略论梅兰芳及其他(下)

而且梅兰芳还要到苏联去。

议论纷纷。我们的大画家徐悲鸿教授也曾到莫斯科去画过松树①——也许是马,我记不真切了——国内就没有谈得这么起劲。这就可见梅兰芳博士之在艺术界,确是超人一等的了。

而且累得《现代》的编辑室里也紧张起来。首座编辑施蛰存先生曰:"而且还要梅兰芳去演《贵妃醉酒》呢!"(《现代》五卷五期。)要这么大叫,可见不平之极了,倘不豫先知道性别,是会令人疑心生了脏躁症②的。次座编辑杜衡先生曰:"剧本鉴定的工作完毕,则不妨选几个最前进的戏先到莫斯科去宣传为梅兰芳先生'转变'后的个人的创作。……因为照例,到苏联去的艺术家,是无论如何应该事先表示一点'转变'的"(《文艺画报》创刊号。)这可冷静得多了,一看就知道他手段高妙,足使齐如山③先生自愧弗及,赶紧来请帮忙——帮忙的帮忙。

但梅兰芳先生却正在说中国戏是象征主义④,剧本的字句要雅一些,他其实倒是为艺术而艺术,他也是一位"第三种人"。

那么,他是不会"表示一点'转变'的",目前还太早一点。

---

① 1934 年 5 月,徐悲鸿应苏联对外文化事业委员会邀请,赴莫斯科参加中国画展。其间在中国驻苏大使馆举行的招待会上即席作画。

② **脏躁症** 即癔病,是神经官能症中的一种类型。患者女性居多。中医据其精神忧郁、烦躁不宁、悲忧善哭、喜怒无常等表现,称之"脏躁"。

③ **齐如山**(1876—1962) 名宗康,字如山,河北高阳人,戏曲文学家。1916—1917 年,尝试京剧改良,为梅兰芳编排时装戏《一缕麻》、古装剧《黛玉葬花》等。1930年与梅兰芳、余叔岩组织北平国剧学会,任会长。并开设国剧传习所,培养演员。后于1949 年去台湾。著有《齐如山剧学丛书》等。

④ **中国戏是象征主义** 1934 年 9 月 8 日《大晚报·剪影》刊登署名犁然的文章《在梅兰芳马连良程继先叶盛兰的欢宴席上》,其中引述梅兰芳的谈话说:"中国旧戏原纯是象征派的,跟写实的话剧不同。"

他也许用别一个笔名，做一篇剧本，描写一个知识阶级，总是专为艺术，总是不问俗事，但到末了，他却究竟还在革命这一方面。这就活动得多了，不到末了，花呀光呀，倘到末了，做这篇东西的也就是我呀，那不就在革命这一方面了吗？

但我不知道梅兰芳博士可会自己做了文章，却用别一个笔名，来称赞自己的做戏；或者虚设一社，出些什么"戏剧年鉴"①，亲自作序，说自己是剧界的名人？倘使没有，那可是也不会玩这一手的。

倘不会玩，那可真要使杜衡先生失望，要他"再亮些"② 了。

还是带住罢，倘再"略论"下去，我也要防梅先生会说因为被批评家乱骂，害得他演不出好戏来。

十一月一日

（原刊 1934 年 11 月 6 日《中华日报·动向》，后收入《花边文学》）

---

① **虚设一社，出些什么"戏剧年鉴"** 隐指杜衡、施蛰存等虚设"中国文艺年鉴社"，出版《中国文艺年鉴》一事。参见本书《化名新法》一文。

② **"再亮些"** 杜衡著有长篇小说《再亮些》，书名取自歌德临终前的话："亮些，再亮些！"（一译"更多光明，更多光明！"）该作自 1934 年《现代》第 5 卷第 1 期开始连载，至第 6 卷第 1 期尚未刊完，1935 年 12 月由上海未名书屋出单行本时改名《叛徒》。

骂杀与捧杀

现在有些不满于文学批评的，总说近几年的所谓批评，不外乎捧与骂。

其实所谓捧与骂者，不过是将称赞与攻击，换了两个不好看的字眼。指英雄为英雄，说娼妇是娼妇，表面上虽像捧与骂，实则说得刚刚合式，不能责备批评家的。批评家的错处，是在乱骂与乱捧，例如说英雄是娼妇，举娼妇为英雄。

批评的失了威力，由于"乱"，甚而至于"乱"到和事实相反，这底细一被大家看出，那效果有时也就相反了。所以现在被骂杀的少，被捧杀的却多。

人古而事近的，就是袁中郎。这一班明末的作家，在文学史上，是自有他们的价值和地位。而不幸被一群学者们捧了出来，颂扬，标点，印刷，"色借，日月借，烛借，青黄借，眼色无常。声借，钟鼓借，枯竹窍借……"① 借得他一榻胡涂，正如在中郎脸上，画上花脸，却指给大家看，啧啧赞叹道："看哪，这多么'性灵'呀！"对于中郎的本质，自然是并无关系的，但在未经别人将花脸洗清之前，这"中郎"总不免招人好笑，大触其霉头。

人近而事古的，我记起了泰戈尔。他到中国来了，开坛讲演，人给他摆出一张琴，烧上一炉香，左有林长民②，右有徐志摩，各各头戴印度帽。徐诗人开始绍介了："唵！叽哩咕噜，白云清风，银磬……当！"说得他好像活神仙一样，于是我们的地上的青年们失

---

① 这句话引自刘大杰标点、林语堂校阅的《袁中郎全集》，标点明显有误。此句正读为："色，借日月，借烛，借青黄，借眼，色无常。声，借钟鼓，借枯竹窍，借……"

② **林长民**（1876—1941） 字宗孟，号苣苓子、双栝老人，福建闽侯人，清末立宪派人士，民初政客。辛亥革命后任临时参议院、众议院秘书长，1917 年任北洋政府司法总长。1923 年起，为宪法起草委员会委员、委员长。1925 年奉系内讧，郭松龄反戈讨伐张作霖，入郭幕府。同年 12 月死于溃军之中。

望，离开了。神仙和凡人，怎能不离开呢？但我今年看见他论苏联的文章，自己声明道："我是一个英国治下的印度人。"他自己知道得明明白白。大约他到中国来的时候，决不至于还胡涂，如果我们的诗人诸公不将他制成一个活神仙，青年们对于他是不至于如此隔膜的。现在可是老大的晦气。

以学者或诗人的招牌，来批评或介绍一个作者，开初是很能够蒙混旁人的，但待到旁人看清了这作者的真相的时候，却只剩了他自己的不诚恳，或学识的不够了。然而如果没有旁人来指明真相呢，这作家就从此被捧杀，不知道要多少年后才翻身。

十一月十九日

（原刊 1934 年 11 月 23 日《中华日报·动向》，后收入《花边文学》）

读 书 忌

记得中国的医书中，常常记载着"食忌"，就是说，某两种食物同食，是于人有害，或者足以杀人的，例如葱与蜜，蟹与柿子，落花生与王瓜之类。但是否真实，却无从知道，因为我从未听见有人实验过。

读书也有"忌"，不过与"食忌"稍不同。这就是某一类书决不能和某一类书同看，否则两者中之一必被克杀，或者至少使读者反而发生愤怒。例如现在正在盛行提倡的明人小品，有些篇的确是空灵的。枕边厕上，车里舟中，这真是一种极好的消遣品。然而先要读者的心里空空洞洞，混混茫茫。假如曾经看过《明季稗史》①，《痛史》②，或者明末遗民的著作，那结果可就不同了，这两者一定要打起仗来，非打杀其一不止。我自以为因此很了解了那些憎恶明人小品的论者的心情。

这几天偶然看见一部屈大均③的《翁山文外》，其中有一篇戊申（即清康熙七年）八月做的《自代北④入京记》。他的文笔，岂在中郎之下呢？可是很有些地方是极有重量的，抄几句在这里——

> ……沿河行，或渡或否。往往见西夷毡帐，高低不一，所谓穹庐连属，如冈如阜者。男妇皆蒙古语；有卖干湿酪者，羊马者，牦皮者，卧两骆驼中者，坐夒车者，不鞍而骑者，三两而行，被戒衣，或红或黄，持小铁轮，念《金刚秽咒》者。其首顶一柳筐，以盛马粪及木炭者，则皆中华女人。皆盘头跣足，垢面，

---

① 《明季稗史》　即《明季稗史汇编》，清代留云居士辑。汇刊明末野史 16 种。

② 《痛史》　乐天居士编。汇印明末清初野史 20 余种。民国初年商务印书馆出版。

③ 屈大均（1630—1696）　字翁山，广东番禺人，明清之际学者。清兵入广州前后，曾参加抗清活动，失败后剃发为僧。后还俗。撰有《翁山文外》《易外》《广东新语》等。

④ 代北　今山西北部、河北西北部一带，古代曾为代郡、代州。

反被毛袄。人与牛羊相枕藉，腥臊之气，百余里不绝。……

我想，如果看过这样的文章，想像过这样的情景，又没有完全忘记，那么，虽是中郎的《广庄》或《瓶史》①，也断不能洗清积愤的，而且还要增加愤怒。因为这实在比中郎时代的他们互相标榜还要坏，他们还没有经历过扬州十日，嘉定三屠！

明人小品，好的；语录体也不坏，但我看《明季稗史》之类和明末遗民的作品却实在还要好，现在也正到了标点，翻印的时候了：给大家来清醒一下。

十一月二十五日

（原刊 1934 年 11 月 29 日《中华日报·动向》，后收入《花边文学》）

① 《广庄》或《瓶史》 前者摹仿《庄子》笔墨发挥谈道家思想，后者专叙坛坛罐罐花花草草。两书皆收入《袁中郎全集》。

《且介亭杂文》中的杂文

序　言

近几年来，所谓"杂文"的产生，比先前多，也比先前更受着攻击。例如自称"诗人"邵洵美，前"第三种人"施蛰存和杜衡即苏汶，还不到一知半解程度的大学生林希隽之流，就都和杂文有切骨之仇，给了种种罪状的。然而没有效，作者多起来，读者也多起来了。

其实"杂文"也不是现在的新货色，是"古已有之"的，凡有文章，倘若分类，都有类可归，如果编年，那就只按作成的年月，不管文体，各种都夹在一处，于是成了"杂"。分类有益于揣摩文章，编年有利于明白时势，倘要知人论世，是非看编年的文集不可的，现在新作的古人年谱的流行，即证明着已经有许多人省悟了此中的消息。况且现在是多么切近的时候，作者的任务，是在对于有害的事物，立刻给以反响或抗争，是感应的神经，是攻守的手足。潜心于他的鸿篇巨制，为未来的文化设想，固然是很好的，但为现在抗争，却也正是为现在和未来的战斗的作者，因为失掉了现在，也就没有了未来。

战斗一定有倾向。这就是邵施杜林之流的大敌，其实他们所憎恶的是内容，虽然披了文艺的法衣，里面却包藏着"死之说教者"①，和生存不能两立。

这一本集子和《花边文学》，是我在去年一年中，在官民的明明暗暗，软软硬硬的围剿"杂文"的笔和刀下的结集，凡是写下来的，全在这里面。当然不敢说是诗史②，其中有着时代的眉目，也决不是英雄们的八宝箱，一朝打开，便见光辉灿烂。我只在深夜的街头摆

---

① **"死之说教者"**　尼采《查拉图斯特拉如是说》第 1 卷中的篇名（今徐梵澄译本作"死的说教者"），这里是字面上的借用。

② **"诗史"**　指见证时代的宏大叙事。《新唐书·杜甫传赞》谓杜甫"世号'诗史'"。

着一个地摊，所有的无非几个小钉，几个瓦碟，但也希望，并且相信有些人会从中寻出合于他的用处的东西。

一九三五年十二月三十日，记于上海之且介亭①。

（未另刊行，直接收入《且介亭杂文》）

———————

① **且介亭** "且介"是"租界"二字的各一半，即"半租界"。鲁迅当时住在上海北四川路，是"越界筑路"的区域，俗称"半租界"。

论"旧形式的采用"

"旧形式的采用"的问题，如果平心静气的讨论起来，在现在，我想是很有意义的。但开首便遭到了耳耶先生[1]的笔伐。"类乎投降"，"机会主义"，这是近十年来"新形式的探求"的结果，是克敌的咒文，至少先使你惹一身不干不净。但耳耶先生是正直的，因为他同时也在译《艺术底内容和形式》[2]，一经登完，便会洗净他激烈的责罚；而且有几句话也正确的，是他说新形式的探求不能和旧形式的采用机械的地分开。

不过这几句话已经可以说是常识；就是说内容和形式不能机械的地分开，也已经是常识；还有，知道作品和大众不能机械的地分开，也当然是常识。旧形式为什么只是"采用"——但耳耶先生却指为"为整个（！）旧艺术捧场"——就是为了新形式的探求。采取若干，和"整个"捧来是不同的，前进的艺术家不能有这思想（内容）。然而他会想到采取旧艺术，因为他明白了作品和大众不能机械的地分开。以为艺术是艺术家的"灵感"的爆发，像鼻子发痒的人，只要打出喷嚏来就浑身舒服，一了百了的时候已经过去了，现在想到，而且关心了大众。这是一个新思想（内容），由此而在探求新形式，首先提出的是旧形式的采取，这采取的主张，正是新形式的发端，也就是旧形式的蜕变，在我看来，是既没有将内容和形

① **耳耶先生** 即聂绀弩（1903—1986），原名国棪，笔名耳耶、绀弩等，湖北京山人，现代作家。早年入广州中央陆军军官学校，后留学苏联。回国后曾入南京"中央通讯社"，"九一八"后参加反日活动离职，加入左联。当时他是《中华日报》副刊《动向》的编辑。著有《聂绀弩杂文集》等。这里所说的"笔伐"，是指1934年4月24日他在《动向》撰文《新形式的探求与旧形式的采用》，批驳4月19日《动向》所刊猛克《采用与模仿》一文。

② **《艺术底内容和形式》** 日本左翼文艺理论家藏原惟人所著论文。耳耶（聂绀弩）的译文自1934年4月24日至5月10日在《动向》上连载。

式机械的地分开，更没有看得《姊妹花》叫座，于是也来学一套的投机主义的罪案的。

自然，旧形式的采取，或者必须说新形式的探求，都必须艺术学徒的努力的实践，但理论家或批评家是同有指导，评论，商量的责任的，不能只斥他交代未清之后，便可逍遥事外。我们有艺术史，而且生在中国，即必须翻开中国的艺术史来。采取什么呢？我想，唐以前的真迹，我们无从目睹了，但还能知道大抵以故事为题材，这是可以取法的；在唐，可取佛画的灿烂，线画的空灵和明快，宋的院画①，萎靡柔媚之处当舍，周密不苟之处是可取的，米点山水②，则毫无用处。后来的写意画（文人画）有无用处，我此刻不敢确说，恐怕也许还有可用之点的罢。这些采取，并非断片的古董的杂陈，必须溶化于新作品中，那是不必赘说的事，恰如吃用牛羊，弃去蹄毛，留其精粹，以滋养及发达新的生体，决不因此就会"类乎"牛羊的。

只是上文所举的，亦即我们现在所能看见的，都是消费的艺术。它一向独得有力者的宠爱，所以还有许多存留。但既有消费者，必有生产者，所以一面有消费者的艺术，一面有生产者的艺术。古代的东西，因为无人保护，除小说的插画以外，我们几乎什么也看不见了。至于现在，却还有市上新年的花纸，和猛克③先生所指出的连环图画。这些虽未必是真正的生产者的艺术，但和高等有闲者的艺术对立，是无疑的。但虽然如此，它还是大受着消费者艺术的影响，例如在文学上，则民歌大抵脱不开七言的范围，在图画上，则题材多是士大夫的故事，然而已经加以提炼，成为明快，简捷的东西了。这也就是蜕变，一向则谓之"俗"。注意于大众的艺术家，来注意于这些东西，大约也未必错，至于仍要加以提炼，那也是无须赘说的。

---

① **宋的院画** 宋代自雍熙元年（984）设翰林图画院（绍圣后改院为局），宫廷画家为适应帝王审美要求，久之形成一种工稳华丽的画院风格，被称作"院体"。后人所谓院画，亦即院体画。

② **米点山水** 宋代米芾、米友仁父子作画多以水墨点染，重意趣不求工细，自创一种皴法，表现烟云林峦，世称"米点山水"。米芾（1051—1107），字元章，号海岳外史，人称米南宫，宋丹徒（今江苏镇江）人。官礼部员外郎，出知淮阳军。擅书画，尤以书法见长，与蔡襄、苏轼、黄庭坚并称"宋四家"。米友仁（1072—1151），字元晖，号懒拙老人。米芾长子，世称"小米"。宣和四年（1122）应选书学博士，后权兵部侍郎。

③ **猛克** 即魏猛克（1911—1984），原名干松，湖南长沙人，文艺活动家。早年学习美术，1933年毕业于上海美术专科学校。曾加入左联，任宣传部干事。

但中国的两者的艺术，也有形似而实不同的地方，例如佛画的满幅云烟，是豪华的装潢，花纸也有一种硬填到几乎不见白纸的，却是惜纸的节俭；唐伯虎画的细腰纤手的美人，是他一类人们的欲得之物，花纸上也有这一种，在赏玩者却只以为世间有这一类人物，聊资博识，或满足好奇心而已。为大众的画家，都无须避忌。

至于谓连环图画不过图画的种类之一，与文学中之有诗歌，戏曲，小说相同，那自然是不错的。但这种类之别，也仍然与社会条件相关联，则我们只要看有时盛行诗歌，有时大出小说，有时独多短篇的史实便可以知道。因此，也可以知道即与内容相关联。现在社会上的流行连环图画，即因为它有流行的可能，且有流行的必要，着眼于此，因而加以导引，正是前进的艺术家的正确的任务；为了大众，力求易懂，也正是前进的艺术家正确的努力。旧形式是采取，必有所删除，既有删除，必有所增益，这结果是新形式的出现，也就是变革。而且，这工作是决不如旁观者所想的容易的。

但就是立有了新形式罢，当然不会就是很高的艺术。艺术的前进，还要别的文化工作的协助，某一文化部门，要某一专家唱独脚戏来提得特别高，是不妨空谈，却难做到的事，所以专责个人，那立论的偏颇和偏重环境的是一样的。

五月二日

（原刊 1934 年 5 月 4 日《中华日报·动向》，后收入《且介亭杂文》）

连环图画琐谈

　　"连环图画"的拥护者，看现在的议论，是"启蒙"之意居多的。

　　古人"左图右史"，现在只剩下一句话，看不见真相了，宋元小说，有的是每页上图下说，却至今还有存留，就是所谓"出相"；明清以来，有卷头只画书中人物的，称为"绣像"。有画每回故事的，称为"全图"。那目的，大概是在诱引未读者的购读，增加阅读者的兴趣和理解。

　　但民间另有一种《智灯难字》或《日用杂字》，是一字一像，两相对照，虽可看图，主意却在帮助识字的东西，略加变通，便是现在的《看图识字》。文字较多的是《圣谕像解》①，《二十四孝图》② 等，都是借图画以启蒙，又因中国文字太难，只得用图画来济文字之穷的产物。

　　"连环图画"便是取"出相"的格式，收《智灯难字》的功效的，倘要启蒙，实在也是一种利器。

　　但要启蒙，即必须能懂。懂的标准，当然不能俯就低能儿或白痴，但应该着眼于一般的大众，譬如罢，中国画是一向没有阴影的，我所遇见的农民，十之九不赞成西洋画及照相，他们说：人脸那有两边颜色不同的呢？西洋人的看画，是观者作为站在一定之处的，但中国的观者，却向不站在定点上，所以他说的话也是真实。那么，作"连环图画"而没有阴影，我以为是可以的；人物旁边写上名字，也可以的，甚至于表示做梦从人头上放出一道毫光来，也无所不可。观者懂得了内容之后，他就会自己删去帮助理解的记号。这也不能

---

　　① 《圣谕像解》　清代梁延年编。该书配图解说康熙九年（1670）颁布的16条"上谕"。

　　② 《二十四孝图》　元代郭居敬辑录古代所传24个孝子故事为《二十四孝》，后人刻印时配上图画，称《二十四孝图》。

谓之失真，因为观者既经会得了内容，便是有了艺术上的真，倘必如实物之真，则人物只有二三寸，就不真了，而没有和地球一样大小的纸张，地球便无法绘画。

艾思奇①先生说："若能够触到大众真正的切身问题，那恐怕愈是新的，才愈能流行。"这话也并不错。不过要商量的是怎样才能够触到，触到之法，"懂"是最要紧的，而且能懂的图画，也可以仍然是艺术。

五月九日

（原刊 1934 年 5 月 11 日《中华日报·动向》，后收入《且介亭杂文》）

---

① **艾思奇**（1910—1966） 原名李生萱，云南腾冲人，哲学家。早年留学日本，"九一八"后回国。1934 年在《读书生活》杂志发表《哲学谈话》（即《大众哲学》），流传颇广。后于 1937 年去延安。

儒　术

元遗山①在金元之际，为文宗，为遗献，为愿修野史，保存旧章的有心人，明清以来，颇为一部分人士所爱重。然而他生平有一宗疑案，就是为叛将崔立颂德者，是否确实与他无涉，或竟是出于他的手笔的文章。

金天兴元年（一二三二），蒙古兵围洛阳；次年，安平都尉京城西面元帅崔立②杀二丞相，自立为郑王，降于元。惧或加以恶名，群小承旨，议立碑颂功德，于是在文臣间，遂发生了极大的惶恐，因为这与一生的名节相关，在个人是十分重要的。

当时的情状，《金史》《王若虚③传》这样说——

> 天兴元年，哀宗走归德。明年春，崔立变，群小附和，请为立建功德碑。翟奕以尚书省命，召若虚为文。时奕辈恃势作威，人或少忤，则谗构立见屠灭。若虚自分必死，私谓左右司员外郎元好问曰，"今召我作碑，不从则死，作之则名节扫地，不若死之为愈。虽然，我姑以理谕之。"……奕辈不能夺，乃召太学生刘祁④麻革辈赴省，好问张信之喻以立碑事曰，"众议属

---

① **元遗山**　即元好问（1190—1257），字裕之，号遗山，秀容（今山西忻州）人，祖系出自北魏拓跋氏，金代文学家。兴定进士，曾任行尚书省左司员外郎。金亡不仕。著有《遗山集》，编有《中州集》。

② **崔立**（？—1234）　将陵（今山东德州）人，金代叛将。天兴元年（1232）汴京围城时受任为西面元帅。次年杀宰相，立梁王承恪监国，自称太师、军马都元帅、尚书令、郑王。旋与蒙古军议和，送梁王和留汴皇族入蒙古军营，欲为傀儡皇帝。后为部将李伯渊所杀。

③ **王若虚**（1174—1243）　字从之，号慵夫、滹南遗老，藁城（今属河北）人，金代文学家。承安进士，官翰林直学士。金亡不仕。有《滹南遗老集》存世。

④ **刘祁**（1203—1250）　字京叔，号神川遯士，山西浑源人，金代文学家。金哀宗时为太学生。入元，选充山西东路考试官，后征南行省辟置幕府。撰有《神川遯士集》《处言》《归潜志》等。《归潜志》多记金末丧乱之事，于史有补。是书卷十二有"录崔立碑事"条，同录元好问《外家别业上梁文》，可相参阅。刘祁文中坦率承认参与起草崔立碑文乃"少年之过"，而元好问于此则有文过饰非之笔。

二君，且已白郑王矣！二君其无让。"祁等固辞而别。数日，促迫不已，祁即为草定，以付好问。好问意未惬，乃自为之，既成，以示若虚，乃共删定数字，然止直叙其事而已。后兵入城，不果立也。

碑虽然"不果立"，但当时却已经发生了"名节"的问题，或谓元好问作，或谓刘祁作，文证具在清凌廷堪①所辑的《元遗山先生年谱》中，兹不多录。经其推勘，已知前出的《王若虚传》文，上半据元好问《内翰王公墓表》，后半却全取刘祁自作的《归潜志》，被诬攀之说所蒙蔽了。凌氏辩之云，"夫当时立碑撰文，不过畏崔立之祸，非必取文辞之工，有京叔属草，已足塞立之请，何取更为之耶？"然则刘祁之未尝决死如王若虚，固为一生大玷，但不能更有所推诿，以致成为"塞责"之具，却也可以说是十分晦气的。

然而，元遗山生平还有一宗大事，见于《元史》《张德辉②》传——

> 世祖在潜邸，……访中国人材。德辉举魏璠，元裕，李冶等二十余人。……壬子，德辉与元裕北觐，请世祖为儒教大宗师，世祖悦而受之。因启：累朝有旨蠲儒户兵赋，乞令有司遵行。从之。

以拓跋魏的后人与德辉，请蒙古小酋长为"汉儿"的"儒教大宗师"，在现在看来，未免有些滑稽，但当时却似乎并无訾议。盖蠲除兵赋，"儒户"均沾利益，清议操之于士，利益既沾，虽已将"儒教"呈献，也不想再来开口了。

由此士大夫便渐渐的进身，然终因不切实用，又渐渐的见弃。但仕路日塞，而南北之士的相争却也日甚了。余阙③的《青阳先生文

① 凌廷堪（约1755—1809） 字次仲，安徽歙县人，清代经学家、音律学家。曾任宁国府学教授。撰有《礼经释例》《燕乐考原》《校礼堂文集》等。

② 张德辉（1195—1274） 字耀卿，冀宁交城（今属山西）人，金代遗臣。元世祖时任河东南北路宣抚使。

③ 余阙（1303—1358） 字廷心，一字天心，先世唐兀（色目）人，上辈已迁居庐州（今安徽合肥），元代大臣。元统进士，累官监察御史。至正十三年（1353）出守安庆，任都元帅、淮南行省左丞。至正十八年陈友谅破城时身死。撰有《青阳先生文集》。

我国初有金宋，天下之人，惟才是用之，无所专主，然用
儒者为居多也。自至元以下，始浸用吏，虽执政大臣，亦以吏
为之……而中州之士，见用者遂浸寡。况南方之地远，士多不
能自至于京师，其抱才缊者，又往往不屑为吏，故其见用者尤
寡也。及其久也，则南北之士亦自町畦以相訾，甚若晋之与秦，
不可与同中国，故夫南方之士微矣。

然在南方，士人其实亦并不冷落。同书《送范立中赴襄阳诗序》
云——

宋高宗南迁，合淝遂为边地，守臣多以武臣为之。……故
民之豪杰者，皆去而为将校，累功多至节制。郡中衣冠之族，
惟范氏，商氏，葛氏三家而已。……皇元受命，包裹兵革……
诸武臣之子弟，无所用其能，多伏匿而不出。春秋月朔，郡太
守有事于学，衣深衣，戴乌角巾，执笾豆罍爵，唱赞道引者，
皆三家之子孙也，故其材皆有所成就，至学校官，累累有焉。……
虽天道忌满恶盈，而儒者之泽深且远，从古然也。

这是"中国人才"们献教，卖经以来，"儒户"所食的佳果。
虽不能为王者师，且次于吏者数等，而究亦胜于将门和平民者一等，
"唱赞道引"，非"伏匿"者所敢望了。

中华民国二十三年五月二十日及次日，上海无线电播音由冯明
权先生讲给我们一种奇书：《抱经堂勉学家训》（据《大美晚报》）。
这是从未前闻的书，但看见下署"颜子推"，便可以悟出是颜之推
《家训》中的《勉学篇》了。曰"抱经堂"者，当是因为曾被卢文
弨①印入《抱经堂丛书》中的缘故。所讲有这样的一段——

有学艺者，触地而安。自荒乱已来，诸见俘虏，虽百世小

---

① 卢文弨（1717—1796） 字绍弓，号抱经，浙江杭州人，清代经学家。乾隆进士，
官翰林院侍读学士，提督湖南学政。告归后，历主江浙各书院，并从事经籍校勘。《抱经
堂丛书》系辑印他所校勘的经子诸书，凡17种，另附其自著《抱经堂文集》。

人，知读《论语》《孝经》者，尚为人师；虽千载冠冕，不晓书记者，莫不耕田养马。以此观之，汝可不自勉耶？若能常保数百卷书，千载终不为小人也。……谚曰，"积财千万，不如薄伎在身。"伎之易习而可贵者，无过读书也。

这说得很透彻：易习之伎，莫如读书，但知读《论语》《孝经》，则虽被俘虏，犹能为人师，居一切别的俘虏之上。这种教训，是从当时的事实推断出来的，但施之于金元而准，按之于明清之际而亦准。现在忽由播音，以"训"听众，莫非选讲者已大有感于方来，遂绸缪于未雨么？

"儒者之泽深且远"，即小见大，我们由此可以明白"儒术"，知道"儒效"了。

五月二十七日

（原刊 1934 年 6 月北平《文史》月刊第 1 卷第 2 期，后收入《且介亭杂文》）

《看图识字》

凡一个人，即使到了中年以至暮年，倘一和孩子接近，便会踏进久经忘却了的孩子世界的边疆去，想到月亮怎么会跟着人走，星星究竟是怎么嵌在天空中。但孩子在他的世界里，是好像鱼之在水，游泳自如，忘其所以的，成人却有如人的凫水一样，虽然也觉到水的柔滑和清凉，不过总不免吃力，为难，非上陆不可了。

月亮和星星的情形，一时怎么讲得清楚呢，家境还不算精穷，当然还不如给一点所谓教育，首先是识字。上海有各国的人们，有各国的书铺，也有各国的儿童用书。但我们是中国人，要看中国书，识中国字。这样的书也有，虽然纸张，图画，色彩，印订，都远不及别国，但有是也有的。我到市上去，给孩子买来的是民国二十一年十一月印行的"国难后第六版"的《看图识字》。

先是那色彩就多么恶浊，但这且不管他。图画又多么死板，这且也不管他。出版处虽然是上海，然而奇怪，图上有蜡烛，有洋灯，却没有电灯；有朝靴，有三镶云头鞋，却没有皮鞋。跪着放枪的，一脚拖地；站着射箭的，两臂不平，他们将永远不能达到目的，更坏的是连钓竿，风车，布机之类，也和实物有些不同。

我轻轻的叹了一口气，记起幼小时候看过的《日用杂字》来。这是一本教育妇女婢仆，使她们能够记账的书，虽然名物的种类并不多，图画也很粗劣，然而很活泼，也很像。为什么呢？就因为作画的人，是熟悉他所画的东西的，一个"萝卜"，一只鸡，在他的记忆里并不含胡，画起来当然就切实。现在我们只要看《看图识字》里所画的生活状态——洗脸，吃饭，读书——就知道这是作者意中的读者，也是作者自己的生活状态，是在租界上租一层屋，装了全家，既不阔绰，也非精穷的，埋头苦干一日，才得维持生活一日的人，孩子得上学校，自己须穿长衫，用尽心神，撑住场面，又那有余力去买参考书，观察事物，修炼本领呢？况且，那书的末叶上还有一行道："戊申年七月初版"。查年表，才知道那就是清朝光绪三十四年，即西历一九〇八年，虽是前年新印，书却成于二十七年前，已是一部古籍了，其奄奄无生气，正也不足为奇的。

孩子是可以敬服的，他常常想到星月以上的境界，想到地面下的情形，想到花卉的用处，想到昆虫的言语；他想飞上天空，他想潜入蚁穴……所以给儿童看的图书就必须十分慎重，做起来也十分烦难。即如《看图识字》这两本小书，就天文，地理，人事，物情，无所不有。其实是，倘不是对于上至宇宙之大，下至苍蝇之微，都有些切实的知识的画家，决难胜任的。

然而我们是忘却了自己曾为孩子时候的情形了，将他们看作一个蠢才，什么都不放在眼里。即使因为时势所趋，只得施一点所谓教育，也以为只要付给蠢才去教就足够。于是他们长大起来，就真的成了蠢才，和我们一样了。

然而我们这些蠢才，却还在变本加厉的愚弄孩子。只要看近两三年的出版界，给"小学生""小朋友"看的刊物，特别的多就知道。中国突然出了这许多"儿童文学家"了么？我想：是并不然的。

五月三十日

（原刊 1934 年 7 月 1 日北平《文学季刊》第 3 期，后收入《且介亭杂文》）

《看图识字》

拿来主义

中国一向是所谓"闭关主义",自己不去,别人也不许来。自从给枪炮打破了大门之后,又碰了一串钉子,到现在,成了什么都是"送去主义"了。别的且不说罢,单是学艺上的东西,近来就先送一批古董到巴黎去展览,但终"不知后事如何";还有几位"大师"们捧着几张古画和新画,在欧洲各国一路的挂过去,叫作"发扬国光"①。听说不远还要送梅兰芳博士到苏联去,以催进"象征主义"②,此后是顺便到欧洲传道。我在这里不想讨论梅博士演艺和象征主义的关系,总之,活人替代了古董,我敢说,也可以算得显出一点进步了。

但我们没有人根据了"礼尚往来"的仪节,说道:拿来!

当然,能够只是送出去,也不算坏事情,一者见得丰富,二者见得大度。尼采就自诩过他是太阳,光热无穷,只是给与,不想取得。然而尼采究竟不是太阳,他发了疯。中国也不是,虽然有人说,掘起地下的煤来,就足够全世界几百年之用,但是,几百年之后呢?几百年之后,我们当然是化为魂灵,或上天堂,或落了地狱,但我们的子孙是在的,所以还应该给他们留下一点礼品。要不然,则当佳节大典之际,他们拿不出东西来,只好磕头贺喜,讨一点残羹冷炙做奖赏。

---

① **"发扬国光"** 清末民初宣扬"国粹"的一个口号。如,1908 年 3 月,专门辑印中国书画的《神州国光集》双月刊创刊,便宣告以"发扬国光,提倡美术"为宗旨。1922 年 8 月,鸳蝴派刊物《红杂志》创刊,编辑主任严独鹤在《发刊词》中即宣称其宗旨是"鼓吹文化,发扬国光"。1923 年 9 月,江东、黄侃等人发起的国学期刊《华国月刊》创刊,则以"甄明学术,发扬国光"为宗旨。1925 年秋,张晴浦、张惠民兄弟在上海创办专拍武侠片的华剧影片公司,亦以"提倡尚武精神,发扬国光"为主旨。1932—1934 年,画家徐悲鸿、刘海粟等人分赴欧洲一些国家举办中国画展或个人作品展览,当时上海各报多以"发扬国光"为报道要点。

② **以催进"象征主义"** 这是 1934 年 5 月 8 日《大晚报》关于梅兰芳赴苏联演出的报道中的说法。参见本书《谁在没落?》一文。

这种奖赏，不要误解为"抛来"的东西，这是"抛给"的，说得冠冕些，可以称之为"送来"，我在这里不想举出实例。

　　我在这里也并不想对于"送去"再说什么，否则太不"摩登"了。我只想鼓吹我们再吝啬一点，"送去"之外，还得"拿来"，是为"拿来主义"。

　　但我们被"送来"的东西吓怕了。先有英国的鸦片，德国的废枪炮，后有法国的香粉，美国的电影，日本的印着"完全国货"的各种小东西。于是连清醒的青年们，也对于洋货发生了恐怖。其实，这正是因为那是"送来"的，而不是"拿来"的缘故。

　　所以我们要运用脑髓，放出眼光，自己来拿！

　　譬如罢，我们之中的一个穷青年，因为祖上的阴功（姑且让我这么说说罢），得了一所大宅子，且不问他是骗来的，抢来的，或合法继承的，或是做了女婿换来的。那么，怎么办呢？我想，首先是不管三七二十一，"拿来"！但是，如果反对这宅子的旧主人，怕给他的东西染污了，徘徊不敢走进门，是孱头；勃然大怒，放一把火烧光，算是保存自己的清白，则是昏蛋。不过因为原是羡慕这宅子的旧主人的，而这回接受一切，欣欣然的蹩进卧室，大吸剩下的鸦片，那当然更是废物。"拿来主义"者是全不这样的。

　　他占有，挑选。看见鱼翅，并不就抛在路上以显其"平民化"，只要有养料，也和朋友们像萝卜白菜一样的吃掉，只不用它来宴大宾；看见鸦片，也不当众摔在毛厕里，以见其彻底革命，只送到药房里去，以供治病之用，却不弄"出售存膏，售完即止"的玄虚。只有烟枪和烟灯，虽然形式和印度，波斯，阿剌伯的烟具都不同，确可以算是一种国粹，倘使背着周游世界，一定会有人看，但我想，除了送一点进博物馆之外，其余的是大可以毁掉的了。还有一群姨太太，也大以请她们各自走散为是，要不然，"拿来主义"怕未免有些危机。

　　总之，我们要拿来。我们要或使用，或存放，或毁灭。那么，主人是新主人，宅子也就会成为新宅子。然而首先要这人沉着，勇猛，有辨别，不自私。没有拿来的，人不能自成为新人，没有拿来的，文艺不能自成为新文艺。

六月四日

　　（原刊1934年6月7日《中华日报·动向》，后收入《且介亭杂文》）

隔　膜

　　清朝初年的文字之狱，到清朝末年才被从新提起。最起劲的是
"南社"①里的有几个人，为被害者辑印遗集；还有些留学生，也争
从日本搬回文证来②。待到孟森③的《心史丛刊》出，我们这才明白
了较详细的状况，大家向来的意见，总以为文字之祸，是起于笑骂
了清朝。然而，其实是不尽然的。

　　这一两年来，故宫博物院的故事④似乎不大能够令人敬服，但它
却印给了我们一种好书，曰《清代文字狱档》⑤，去年已经出到八
辑。其中的案件，真是五花八门，而最有趣的，则莫如乾隆四十八
年二月"冯起炎注解易诗二经欲行投呈案"。

　　冯起炎是山西临汾县的生员，闻乾隆将谒泰陵⑥，便身怀著作，
在路上徘徊，意图呈进，不料先以"形迹可疑"被捕了。那著作，
是以《易》解《诗》，实则信口开河，在这里犯不上抄录，惟结尾

---

　　①　**"南社"**　清末民初的文学团体。由柳亚子、高旭、陈去病等人发起，1909 年成
立于苏州。因反对"北廷"（清廷）而取名南社。该社初期致力于反清活动，社员中同盟
会会员居多。辛亥革命后内部分化，1923 年无形中解体。由该社社员辑印的清代文字狱受
害者的遗集，有吴炎的《吴赤溟集》、戴名世的《戴褐夫集》和《孑遗集》、吕留良的
《吕晚村手写家训》等。

　　②　**从日本搬回文证来**　指清末一些留学生从日本图书馆搜集明末遗民著作，带入
国内。

　　③　**孟森**（1868—1937）　字莼荪，号心史，历史学家。清末廪生，早年留学日本。
1908 年任《东方杂志》编辑。1913 年当选国会众议员，同年袁世凯解散国会后，潜心学
术研究。1931 年起任北京大学历史系教授。著有《元明清系通纪》《八旗制度考实》《心
史丛刊》等。其《心史丛刊》共三册，出版于 1914—1917 年，内有关于清代文字狱史实
考证。

　　④　**故宫博物院的故事**　指 1932—1933 年故宫博物院文物被盗卖事。

　　⑤　**《清代文字狱档》**　故宫博物院文献馆编，国立北平研究院出版。共九辑，1931—
1934 年陆续刊行。下文所举冯起炎案见第八辑。

　　⑥　**泰陵**　清代雍正皇帝（胤禛）的陵墓，在河北易县。

有"自传"似的文章一大段，却是十分特别的——

> 又，臣之来也，不愿如何如何，亦别无愿求之事，惟有一事未决，请对陛下一叙其缘由。臣……名曰冯起炎，字是南州，尝到臣张三姨母家，见一女，可娶，而恨不足以办此。此女名曰小女，年十七岁，方当待字之年，而正在未字之时，乃原籍东关春牛厂长兴号张守忭之次女也。又到臣杜五姨母家，见一女，可娶，而恨力不足以办此。此女名小凤，年十三岁，虽非必字之年，而已在可字之时，乃本京东城闹市口瑞生号杜月之次女也。若以陛下之力，差干员一人，选快马一匹，克日长驱到临邑，问彼临邑之地方官："其东关春牛厂长兴号中果有张守忭一人否？"诚如是也，则此事谐矣。再问："东城闹市口瑞生号中果有杜月一人否？"诚如是也，则此事谐矣。二事谐，则臣之愿毕矣。然臣之来也，方不知陛下纳臣之言耶否耶，而必以此等事相强乎？特进言之际，一叙及之。

这何尝有丝毫恶意？不过着了当时通行的才子佳人小说的迷，想一举成名，天子做媒，表妹入抱而已。不料事实的结局却不大好，署直隶总督袁守侗①拟奏罪名是"阅其呈首，胆敢于圣主之前，混讲经书，而呈尾措词，尤属狂妄。核其情罪，较冲突仪仗为更重。冯起炎一犯，应从重发往黑龙江等处，给披甲人为奴。俟部复到日，照例解部刺字发遣"。这位才子，后来大约终于单身出关做西崑去了。

此外的案情，虽然没有这么风雅，但并非反动的还不少。有的是卤莽；有的是发疯；有的是乡曲迂儒，真的不识讳忌；有的则是草野愚民，实在关心皇家。而运命大概很悲惨，不是凌迟，灭族，便是立刻杀头，或者"斩监候"②，也仍然活不出。

凡这等事，粗略的一看，先使我们觉得清朝的凶虐，其次，是死者的可怜。但再来一想，事情是并不这么简单的。这些惨案的来由，都只为了"隔膜"。

---

① 袁守侗（1723—1783） 字执冲，山东长山（今山东邹平）人，清代大臣。乾隆九年（1744）举人，入赀授内阁中书，迁吏部郎中。出为浙江盐驿道。官至户部尚书、刑部尚书，两度授直隶总督。

② "斩监候" 清朝法制：将判处死刑缓期执行的犯人暂行监禁，候秋审再予决定，叫作"监候"。其中判处斩首的称"斩监候"。

隔
膜

满洲人自己，就严分着主奴，大臣奏事，必称"奴才"，而汉人却称"臣"就好。这并非因为是"炎黄之胄"，特地优待，锡以嘉名的，其实是所以别于满人的"奴才"，其地位还下于"奴才"数等。奴隶只能奉行，不许言议；评论固然不可，妄自颂扬也不可，这就是"思不出其位"①。譬如说：主子，您这袍角有些儿破了，拖下去怕更要破烂，还是补一补好。进言者方自以为在尽忠，而其实却犯了罪，因为另有准其讲这样的话的人在，不是谁都可说的。一乱说，便是"越俎代谋"，当然"罪有应得"。倘自以为是"忠而获咎"，那不过是自己的胡涂。

但是，清朝的开国之君是十分聪明的，他们虽然打定了这样的主意，嘴里却并不照样说，用的是中国的古训："爱民如子"，"一视同仁"。一部分的大臣，士大夫，是明白这奥妙的，并不敢相信。但有一些简单愚蠢的人们却上了当，真以为"陛下"是自己的老子，亲亲热热的撒娇讨好去了。他那里要这被征服者做儿子呢？于是乎杀掉。不久，儿子们吓得不再开口了，计划居然成功；直到光绪时康有为们的上书②，才又冲破了"祖宗的成法"。然而这奥妙，好像至今还没有人来说明。

施蛰存先生在《文艺风景》创刊号里，很为"忠而获咎"者不平，就因为还不免有些"隔膜"的缘故。这是《颜氏家训》或《庄子》《文选》里所没有的。

六月十日

（原刊 1934 年 7 月 5 日《新语林》半月刊第 1 期，后收入《且介亭杂文》）

---

① **"思不出其位"** 语出《易经·艮》："君子以思不出其位。"
② **康有为们的上书** 指"公车上书"清光绪二十一年（1895）四月，清政府因甲午战争失败，派李鸿章赴日本签订《马关条约》，引起社会各界反对。康有为联合各省在京会试的举人1300余人签名上书，提出拒签和约、迁都抗战、变法图强三项主张。

难行和不信

中国的"愚民"——没有学问的下等人，向来就怕人注意他。如果你无端的问他多少年纪，什么意见，兄弟几个，家景如何，他总是支吾一通之后，躲了开去。有学识的大人物，很不高兴他们这样的脾气。然而这脾气总不容易改，因为他们也实在从经验而来的。

假如你被谁注意了，一不小心，至少就不免上一点小当，譬如罢，中国是改革过的了，孩子们当然早已从"孟宗哭竹""王祥卧冰"①的教训里蜕出，然而不料又来了一个崭新的"儿童年"，爱国之士，因此又想起了"小朋友"，或者用笔，或者用舌，不怕劳苦的来给他们教训。一个说要用功，古时候曾有"囊萤照读""凿壁偷光"②的志士；一个说要爱国，古时候曾有十几岁突围请援，十四岁上阵杀敌的奇童。这些故事，作为闲谈来听听是不算很坏的，但万一有谁相信了，照办了，那就会成为乳臭未干的吉诃德③。你想，每天要捉一袋照得见四号铅字的萤火虫，那岂是一件容易事？但这还只是不容易罢了，倘去凿壁，事情就更糟，无论在那里，至少是挨一顿骂之后，立刻由爸爸妈妈赔礼，雇人去修好。

请援，杀敌，更加是大事情，在外国，都是三四十岁的人们所做的。他们那里的儿童，着重的是吃，玩，认字，听些极普通，极紧要的常识。中国的儿童给大家特别看得起，那当然也很好，然而

---

① **"孟宗哭竹""王祥卧冰"** 《二十四孝图》中的两个孝子故事。"孟宗哭竹"说孟宗的母亲喜欢吃笋，要他冬天去找笋，孟宗到竹园里去恸哭，笋就长出来了。"王祥卧冰"说王祥的后母想吃活鱼，时值天寒地冻，河面冰封，王祥脱下衣服想剖冰求鱼，突然就跃出两条鲤鱼来。

② **"囊萤照读""凿壁偷光"** 古代两个苦读的故事。"囊萤照读"，见《晋书·车胤传》，言东晋大臣车胤少时家贫，点不起油灯，"夏月则练囊盛数十萤火以照书，以夜继日焉"。"凿壁偷光"，见《西京杂记》卷二，西汉大臣匡衡也是少时家贫"勤学而无烛，邻居有烛而不逮，衡乃穿壁引其光，以书烛光而读之"。

③ **吉诃德** 西班牙作家塞万提斯所著长篇小说《唐·吉诃德》中的主人公。

出来的题目就因此常常是难题，仍如飞剑一样，非上武当山寻师学道之后，决计没法办。到了二十世纪，古人空想中的潜水艇，飞行机，是实地上成功了，但《龙文鞭影》或《幼学琼林》里的模范故事，却还有些难学。我想，便是说教的人，恐怕自己也未必相信罢。

所以听的人也不相信。我们听了千多年的剑仙侠客，去年到武当山去的只有三个人，只占全人口的五百兆分之一，就可见。古时候也许还要多，现在是有了经验，不大相信了，于是照办的人也少了。——但这是我个人的推测。

不负责任的，不能照办的教训多，则相信的人少；利己损人的教训多，则相信的人更其少。"不相信"就是"愚民"的远害的堑壕，也是使他们成为散沙的毒素。然而有这脾气的也不但是"愚民"，虽是说教的士大夫，相信自己和别人的，现在也未必有多少。例如既尊孔子，又拜活佛者①，也就是恰如将他的钱试买各种股票，分存许多银行一样，其实是那一面都不相信的。

七月一日

（原刊 1934 年 7 月 20 日《新语林》第 2 期，后收入《且介亭杂文》）

① **既尊孔子，又拜活佛者**　指当时国民党政要戴季陶等人。

从孩子的照相说起

　　因为长久没有小孩子，曾有人说，这是我做人不好的报应，要绝种的。房东太太讨厌我的时候，就不准她的孩子们到我这里玩，叫作"给他冷清冷清，冷清得他要死！"但是，现在却有了一个孩子，虽然能不能养大也很难说，然而目下总算已经颇能说些话，发表他自己的意见了。不过不会说还好，一会说，就使我觉得他仿佛也是我的敌人。

　　他有时对于我很不满，有一回，当面对我说："我做起爸爸来，还要好……"甚而至于颇近于"反动"，曾经给我一个严厉的批评道："这种爸爸，什么爸爸！？"

　　我不相信他的话。做儿子时，以将来的好父亲自命，待到自己有了儿子的时候，先前的宣言早已忘得一干二净了。况且我自以为也不算怎么坏的父亲，虽然有时也要骂，甚至于打，其实是爱他的。所以他健康、活泼、顽皮，毫没有被压迫得瘟头瘟脑。如果真的是一个"什么爸爸"，他还敢当面发这样反动的宣言么？

　　但那健康和活泼，有时却也使他吃亏，九一八事件后，就被同胞误认为日本孩子，骂了好几回，还挨过一次打——自然是并不重的。这里还要加一句说的听的，都不十分舒服的话：近一年多以来，这样的事情可是一次也没有了。

　　中国和日本的小孩子，穿的如果都是洋服，普通实在是很难分辨的。但我们这里的有些人，却有一种错误的速断法：温文尔雅，不大言笑，不大动弹的，是中国孩子；健壮活泼，不怕生人，大叫大跳的，是日本孩子。

　　然而奇怪，我曾在日本的照相馆里给他照过一张相，满脸顽皮，也真像日本孩子；后来又在中国的照相馆里照了一张相，相类的衣服，然而面貌很拘谨，驯良，是一个道地的中国孩子了。

为了这事，我曾经想了一想。

这不同的大原因，是在照相师的。他所指示的站或坐的姿势，两国的照相师先就不相同，站定之后，他就瞪了眼睛，觑机摄取他以为最好的一刹那的相貌。孩子被摆在照相机的镜头之下，表情是总在变化的，时而活泼，时而顽皮，时而驯良，时而拘谨，时而烦厌，时而疑惧，时而无畏，时而疲劳……照住了驯良和拘谨的一刹那的，是中国孩子相；照住了活泼或顽皮的一刹那的，就好像日本孩子相。

驯良之类并不是恶德。但发展开去，对一切事无不驯良，却决不是美德，也许简直倒是没出息。"爸爸"和前辈的话，固然也要听的，但也须说得有道理。假使有一个孩子，自以为事事都不如人，鞠躬倒退；或者满脸笑容，实际上却总是阴谋暗箭，我实在宁可听到当面骂我"什么东西"的爽快，而且希望他自己是一个东西。

但中国一般的趋势，却只在向驯良之类——"静"的一方面发展，低眉顺眼，唯唯诺诺，才算一个好孩子，名之曰"有趣"。活泼，健康，顽强，挺胸仰面……凡是属于"动"的，那就未免有人摇头了，甚至于称之为"洋气"。又因为多年受着侵略，就和这"洋气"为仇；更进一步，则故意和这"洋气"反一调：他们活动，我偏静坐；他们讲科学，我偏扶乩；他们穿短衣，我偏着长衫；他们重卫生，我偏吃苍蝇；他们壮健，我偏生病……这才是保存中国固有文化，这才是爱国，这才不是奴隶性。

其实，由我看来，所谓"洋气"之中，有不少是优点，也是中国人性质中所本有的，但因了历朝的压抑，已经萎缩了下去，现在就连自己也莫名其妙，统统送给洋人了。这是必须拿它回来——恢复过来的——自然还得加一番慎重的选择。

即使并非中国所固有的罢，只要是优点，我们也应该学习。即使那老师是我们的仇敌罢，我们也应该向他学习。我在这里要提出现在大家所不高兴说的日本来，他的会摹仿，少创造，是为中国的许多论者所鄙薄的，但是，只要看看他们的出版物和工业品，早非中国所及，就知道"会摹仿"决不是劣点，我们正应该学习这"会摹仿"的。"会摹仿"又加以有创造，不是更好么？否则，只不过是一个"恨恨而死"而已。

我在这里还要附加一句像是多余的声明：我相信自己的主张，

决不是"受了帝国主义者的指使"①，要诱中国人做奴才；而满口爱国，满身国粹，也于实际上的做奴才并无妨碍。

八月七日

（原刊 1934 年 8 月 20 日《新语林》第 4 期，后收入《且介亭杂文》）

---

① **"受了帝国主义者的指使"**　鲁迅于 1934 年 7 月 25 日在《申报·自由谈》发表《玩笑只当它玩笑（上）》，说到白话文借助欧化句法的必要性。8 月 7 日，文公直在《申报·自由谈》发表致作者的公开信，乃称主张采用欧化句法是"受了帝国主义者的指使"。

不知肉味和不知水味

今年的尊孔①，是民国以来第二次的盛典，凡是可以施展出来的，几乎全都施展出来了。上海的华界虽然接近夷（亦作彝场）②，也听到了当年孔子听得"三月不知肉味"的"韶乐"③。八月三十日的《申报》报告我们说——

> 廿七日本市各界在文庙举行孔诞纪念会，到党政机关，及各界代表一千余人。有大同乐会演奏中和韶乐二章，所用乐器因欲扩大音量起见，不分古今，凡属国乐器，一律配入，共四十种。其谱一仍旧贯，并未变动，聆其节奏，庄严肃穆，不同凡响，令人悠然起敬，如亲三代以上之承平雅颂，亦即我国民族性酷爱和平之表示也。……

乐器不分古今，一律配入，盖和周朝的韶乐，该已很有不同。但为"扩大音量起见"，也只能这么办，而且和现在的尊孔的精神，也似乎十分合拍的。"孔子，圣之时者也"④，"亦即圣之摩登者也"，要三月不知鱼翅燕窝味，乐器大约决非"共四十种"不可；况且那时候，中国虽然已有外患，却还没有夷场。

---

① **今年的尊孔** 1934年5月30日，国民党中央常务委员会通过决议，定每年8月27日为孔子诞辰纪念日。6月16日，颁布国民政府令，通告全国执行。同年8月27日，国民党中央党部秘书长叶楚伧携南京政府各院、部机关代表，参加山东曲阜祭孔大典，行政院长褚民谊和山东省主席韩复榘陪祭。同日，南京、上海及全国各地党政军要人均在当地参加祭孔活动。

② **夷场（彝场）** 指租界。古代称东南各部族为"夷"，汉代以后也指北方各民族。明清时用以称外国人。清代统治者忌讳"夷狄"之称，所以有时"夷"字亦作"彝"。

③ **"韶乐"** 亦作韶虞，相传为虞舜时的乐曲。《论语》记载，孔子在齐国闻韶乐，"三月不知肉味"。

④ **"孔子，圣之时者也"** 孟子的话，见《孟子·万章下》。

不过因此也可见时势究竟有些不同了，纵使"扩大音量"，终于还扩不到乡间，同日的《中华日报》上，就记着一则颇伤"承平雅颂，亦即我国民族性酷爱和平之表示"的体面的新闻，最不凑巧的是事情也出在二十七——

> （宁波通讯）余姚入夏以来，因天时亢旱，河水干涸，住民饮料，大半均在河畔开凿土井，借以汲取，故往往因争先后，而起冲突。廿七日上午，距姚城四十里之朗霞镇后方屋地方，居民杨厚坤与姚士莲，又因争井水，发生冲突，互相加殴。姚士莲以烟筒头猛击杨头部，杨当即昏倒在地。继姚又以木棍石块击杨中要害，竟遭殴毙。迨邻近闻声施救，杨早已气绝。而姚士莲见已闯祸，知必不能免，即乘机逃避……

闻韶，是一个世界，口渴，是一个世界。食肉而不知味，是一个世界，口渴而争水，又是一个世界。自然，这中间大有君子小人之分，但"非小人无以养君子"①，到底还不可任凭他们互相打死，渴死的。

听说在阿拉伯，有些地方，水已经是宝贝，为了喝水，要用血去换。"我国民族性"是"酷爱和平"的，想必不至于如此。但余姚的实例却未免有点怕人，所以我们除食肉者听了而不知肉味的"韶乐"之外，还要不知水味者听了而不想水喝的"韶乐"。

八月二十九日②

（原刊 1934 年 9 月 20 日《太白》第 1 卷第 1 期，后收入《且介亭杂文》）

---

① **"非小人无以养君子"** 语出《孟子·滕文公上》："无君子，莫治野人。无野人，莫养君子。"

② 本文发表时未署写作日期，此处所记日期为后加，但先于文中所引新闻报道一日，当有误。《鲁迅日记》1934 年 8 月 31 日有寄《太白》编辑陈望道文稿的记载，应指这一篇。

中国语文的新生

　　中国现在的所谓中国字和中国文，已经不是中国大家的东西了。

　　古时候，无论那一国，能用文字的原是只有少数的人的，但到现在，教育普及起来，凡是称为文明国者，文字已为大家所公有。但我们中国，识字的却大概只占全人口的十分之二，能作文的当然还要少。这还能说文字和我们大家有关系么？

　　也许有人要说，这十分之二的特别国民，是怀抱着中国文化，代表着中国大众的。我觉得这话并不对。这样的少数，并不足以代表中国人。正如中国人中，有吃燕窝鱼翅的人，有卖红丸的人，有拿回扣的人，但不能因此就说一切中国人，都在吃燕窝鱼翅，卖红丸，拿回扣一样。要不然，一个郑孝胥①，真可以把全副"王道"挑到满洲去。

　　我们倒应该以最大多数为根据，说中国现在等于并没有文字。

　　这样的一个连文字也没有的国度，是在一天一天的坏下去了。我想，这可以无须我举例。

　　单在没有文字这一点上，智识者是早就感到模胡的不安的。清末的办白话报，五四时候的叫"文学革命"，就为此。但还只知道了文章难，没有悟出中国等于并没有文字。今年的提倡复兴文言文，也为此，他明知道现在的机关枪是利器，却因历来偷懒，未曾振作，临危又想侥幸，就只好梦想大刀队成事了。

　　大刀队的失败已经显然，只有两年，已没有谁来打九十九把钢刀②

---

　　① **郑孝胥**（1859—1938）　字苏戡，福建闽县（今福州）人，近代政客。光绪举人，清末任驻日本神户领事、广西边防大臣、湖南布政使等。辛亥革命后，至上海鬻书卖文。1923 年投奔清废帝溥仪，授内务府总理大臣。"九一八"事变后，推动建立伪满洲国，充当汉奸，任伪满洲国总理兼文教部部长。

　　② **九十九把钢刀**　据 1933 年 4 月 12 日《申报》报道："二十九军宋哲元血战喜峰，大刀杀敌，震惊中外，兹有王述君定制大刀九十九柄，捐赠该军。"参见《鲁迅杂文全编》（上册）《"以夷制夷"》一文。

去送给军队。但文言队的显出不中用来，是很慢，很隐的，它还有寿命。

和提倡文言文的开倒车相反，是目前的大众语文的提倡，但也还没有碰到根本的问题：中国等于并没有文字。待到拉丁化的提议出现，这才抓住了解决问题的紧要关键。

反对，当然大大的要有的，特殊人物的成规，动他不得。格理莱①倡地动说，达尔文说进化论，摇动了宗教，道德的基础，被攻击原是毫不足怪的；但哈飞②发见了血液在人身中环流，这和一切社会制度有什么关系呢，却也被攻击了一世。然而结果怎样？结果是：血液在人身中环流！

中国人要在这世界上生存，那些识得《十三经》的名目的学者，"灯红"会对"酒绿"的文人，并无用处，却全靠大家的切实的智力，是明明白白的。那么，倘要生存，首先就必须除去阻碍传布智力的结核：非语文和方块字。如果不想大家来给旧文字做牺牲，就得牺牲掉旧文字。走那一面呢，这并非如冷笑家所指摘，只是拉丁化提倡者的成败，乃是关于中国大众的存亡的。要得实证，我看也不必等候怎么久。

至于拉丁化的较详的意见，我是大体和《自由谈》连载的华圉作《门外文谈》相近的，这里不多说。我也同意于一切冷笑家所冷嘲的大众语的前途的艰难；但以为即使艰难，也还要做；愈艰难，就愈要做。改革，是向来没有一帆风顺的，冷笑家的赞成，是在见了成效之后，如果不信，可看提倡白话文的当时。

九月二十四日

（原刊 1934 年 10 月 13 日《新生》第 1 卷第 36 期，后收入《且介亭杂文》）

----

① **格理莱**　今译伽利略。见《鲁迅杂文全编》（上册）《这叫愈出愈奇》一文"格里莱阿"注条。

② **哈飞**　今译哈维（William Harvey，1578—1657），英国医生、胚胎学家，实验生理学创始人之一。是他首先阐明了人体血液循环现象。著有《动物心血运动研究》等。

中国人失掉自信力了吗

从公开的文字上看起来：两年以前，我们总自夸着“地大物博”，是事实；不久就不再自夸了，只希望着国联，也是事实；现在是既不夸自己，也不信国联，改为一味求神拜佛，怀古伤今了——却也是事实。

于是有人慨叹曰：中国人失掉自信力了。

如果单据这一点现象而论，自信其实是早就失掉了的。先前信“地”，信“物”，后来信“国联”，都没有相信过“自己”。假使这也算一种“信”，那也只能说中国人曾经有过“他信力”，自从对国联失望之后，便把这他信力都失掉了。

失掉了他信力，就会疑，一个转身，也许能够只相信了自己，倒是一条新生路，但不幸的是逐渐玄虚起来了。信“地”和“物”，还是切实的东西，国联就渺茫，不过这还可以令人不久就省悟到依赖它的不可靠。一到求神拜佛，可就玄虚之至了，有益或是有害，一时就找不出分明的结果来，它可以令人更长久的麻醉着自己。

中国人现在是在发展着“自欺力”。

“自欺”也并非现在的新东西，现在只不过日见其明显，笼罩了一切罢了。然而，在这笼罩之下，我们有并不失掉自信力的中国人在。

我们从古以来，就有埋头苦干的人，有拚命硬干的人，有为民请命的人，有舍身求法的人……虽是等于为帝王将相作家谱的所谓“正史”①，也往往掩不住他们的光耀，这就是中国的脊梁。

---

① **“正史”** 此谓历代说法不一，清代以后通常指二十四史。《隋书·经籍志》以纪传体史著为正史，刘知幾《史通》以《尚书》《春秋》及以后编年、纪传二体史书均为正史。《明史·艺文志》以纪传、编年二体并称正史。清乾隆时编辑《四库全书总目》，以纪传体为正史，并诏定《史记》至《明史》二十四种为正史。

这一类的人们，就是现在也何尝少呢？他们有确信，不自欺；他们在前仆后继的战斗，不过一面总在被摧残，被抹杀，消灭于黑暗中，不能为大家所知道罢了。说中国人失掉了自信力，用以指一部分人则可，倘若加于全体，那简直是诬蔑。

要论中国人，必须不被搽在表面的自欺欺人的脂粉所诓骗，却看看他的筋骨和脊梁。自信力的有无，状元宰相的文章是不足为据的，要自己去看地底下。

九月二十五日

（原刊 1934 年 10 月 20 日《太白》第 1 卷第 3 期，后收入《且介亭杂文》）

“以眼还眼”[*]

  杜衡先生在“最近，出于‘与其看一部新的书，还不如看一部旧的书’的心情”，重读了莎士比亚的《凯撒传》[①]。这一读是颇有关系的，结果使我们能够拜读他从读旧书而来的新文章：《莎剧凯撒传里所表现的群众》（见《文艺风景》创刊号）。

  这个剧本，杜衡先生是“曾经用两个月的时间把它翻译出来过”的，就可见读得非常子细。他告诉我们：“在这个剧里，莎氏描写了两个英雄——凯撒，和……勃鲁都斯[②]。……还进一步创造了两位政治家（煽动家）——阴险而卑鄙的卡西乌斯[③]，和表面上显得那么麻木而糊涂的安东尼。”[④] 但最后的胜利却属于安东尼，而“很明显

---

  [*] **“以眼还眼”** 《新约全书·马太福音》第五章：“以眼还眼，以牙还牙。”

  [①] **《凯撒传》** 即莎士比亚所著历史剧《裘力斯·凯撒》。凯撒（Julius Caesar，前102—前44），古罗马统帅、政治家。公元前60年与庞培、克拉苏结成前三头联盟，次年任执政官，并出任山南高卢（今意大利北部）总督。后征服高卢（今法国、比利时一带）全境，先后入侵日耳曼、不列颠。公元前49年，元老院与庞培联合，解除其军权并召之回国。他率军攻占罗马，经法萨罗战役重掌大局。公元前46年，集执政官、护民官、独裁官、大将军等大权于一身。公元前44年，被布鲁图和卡修斯为首的贵族共和派阴谋刺杀。

  [②] **勃鲁都斯** 今译布鲁图（Marcus Junius Brutus，约前85—前42），古罗马政治家。曾随庞培反对凯撒。法萨罗战役后，得凯撒宽宥，出任山南高卢总督和城市法官。公元前44年与卡修斯阴谋刺杀凯撒。后逃亡希腊，腓利比战役败于安东尼、屋大维联军，无奈自杀。

  [③] **卡西乌斯** 今译卡修斯·朗吉弩斯（Gaius Cassius Longinus，? —前42），古罗马将领。法萨罗战役时，在庞培麾下指挥舰队，战败后出逃。后得凯撒宽宥，任大法官。公元前44年参与刺杀凯撒的阴谋活动。腓利比战役败于安东尼，自杀。

  [④] **安东尼**（Marcus Antonius，前82—前30） 古罗马统帅。原为凯撒部将，随其征高卢。公元前44年任执政官。公元前43年，与屋大维、李必达结成后三头联盟，次年共同击败刺杀凯撒的共和派贵族。后出治东部行省，与埃及女王克娄巴特拉七世结婚。其时与屋大维形成对峙。公元前31年，被元老院和屋大维联合征讨，亚克兴战役失败后逃至埃及，自杀于亚历山大城。

地，安东尼底胜利是凭借了群众底力量"，于是更明显地，即使"甚至说，群众是这个剧底无形的主脑，也不嫌太过"了。

然而这"无形的主脑"是怎样的东西呢？杜衡先生在叙事和引文之后，加以结束——决不是结论，这是作者所不愿意说的——道——

> 在这许多地方，莎氏是永不忘记把群众表现为一个力量的；不过，这力量只是一种盲目的暴力。他们没有理性，他们没有明确的利害观念；他们底感情是完全被几个煽动家所控制着，所操纵着。……自然，我们不能贸然地肯定这是群众底本质，但是我们倘若说，这位伟大的剧作者是把群众这样看法的，大概不会有什么错误吧。这看法，我知道将使作者大大地开罪于许多把群众底理性和感情用另一种方式来估计的朋友们。至于我，说实话，我以为对这些问题的判断，是至今还超乎我底能力之上，我不敢妄置一词。……

杜衡先生是文学家，所以这文章做得极好，很谦虚。假如说，"妈的群众是瞎了眼睛的！"即使根据的是"理性"，也容易因了表现的粗暴而招致反感；现在是"这位伟大的剧作者"莎士比亚老前辈"把群众这样看法的"，您以为怎么样呢？"巽语之言，能无说乎"①，至少也得客客气气的搔一搔头皮，如果你没有翻译或细读过莎剧《凯撒传》的话——只得说，这判断，更是"超乎我底能力之上"了。

于是我们都不负责任，单是讲莎剧。莎剧的确是伟大的，仅就杜衡先生所介绍的几点来看，它实在已经打破了文艺和政治无关的高论了。群众是一个力量，但"这力量只是一种盲目的暴力。他们没有理性，他们没有明确的利害观念"，据莎氏的表现，至少，他们就将"民治"的金字招牌踏得粉碎，何况其他？即在目前，也使杜衡先生对于这些问题不能判断了。一本《凯撒传》，就是作政论看，也是极有力量的。

然而杜衡先生却又因此替作者捏了一把汗，怕"将使作者大大

---

① **"巽语之言，能无说乎"** 语出《论语·子罕》。"巽语"原作"巽与"；"巽与之言"，顺从话。"说"同"悦"。

地开罪于许多把群众底理性和感情用另一种方式来估计的朋友们"。自然，在杜衡先生，这是一定要想到的，他应该爱惜这一位以《凯撒传》给他智慧的作者。然而肯定的判断了那一种"朋友们"，却未免太不顾事实了。现在不但施蛰存先生已经看见了苏联将要排演莎剧的"丑态"（见《现代》九月号），便是《资本论》里，不也常常引用莎氏的名言，未尝说他有罪么？将来呢，恐怕也如未必有人引《哈孟雷特》[①] 来证明有鬼，更未必有人因《哈孟雷特》而责莎士比亚的迷信一样，会特地"吊民伐罪"[②]，和杜衡先生一般见识的。

况且杜衡先生的文章，是写给心情和他两样的人们来读的，因为会看见《文艺风景》这一本新书的，当然决不是怀着"与其看一部新的书，还不如看一部旧的书"的心情的朋友。但是，一看新书，可也就不至于只看一本《文艺风景》了，讲莎剧的书又很多，涉猎一点，心情就不会这么抖抖索索，怕被"政治家"（煽动家）所煽动。那些"朋友们"除注意作者的时代和环境而外，还会知道《凯撒传》的材料是从布鲁特奇[③]的《英雄传》里取来的，而且是莎士比亚从作喜剧转入悲剧的第一部；作者这时是失意了。为什么事呢，还不大明白。但总之，当判断的时候，是都要想到的，又未必有杜衡先生所豫言的痛快，简单。

单是对于"莎剧凯撒传里所表现的群众"的看法，和杜衡先生的眼睛两样的就有的是。现在只抄一位痛恨十月革命，逃入法国的显斯妥夫[④]（Lev Shestov）先生的见解，而且是结论在这里罢——

> 在《攸里乌斯·凯撒》中活动的人，以上之外，还有一个。那是复合底人物。那便是人民，或说"群众"。莎士比亚之被称为写实家，并不是无意义的。无论在那一点，他决不阿谀群众，做出凡俗的性格来。他们轻薄，胡乱，残酷。今天跟

---

① **《哈孟雷特》** 今译《哈姆雷特》，莎士比亚所著悲剧。剧中多次出现被毒死的老国王的鬼魂。

② **"吊民伐罪"** 抚慰百姓，讨伐有罪者。《孟子·梁惠王下》："诛其君而吊其民。"《宋书·索虏传》："吊民伐罪，积后己之情。"

③ **布鲁特奇** 今译普卢塔克（Plutarch，约46—119后），古罗马传记作家，雅典公民。德尔菲神庙终身祭司。这里所举《英雄传》，即其代表作《列传》（一译《希腊罗马名人传》），为欧洲传记文学先驱。

④ **显斯妥夫** 今译谢什托夫（Л. Шестов，1868—1938），俄国文学批评家。十月革命后寓居巴黎。著有《莎士比亚及其批评者勃兰兑斯》《陀思妥耶夫斯基与尼采》等。

在彭贝①的战车之后，明天喊着凯撒之名，但过了几天，却被他的叛徒勃鲁都斯的辩才所惑，其次又赞成安东尼的攻击，要求着刚才的红人勃鲁都斯的头了。人往往愤慨着群众之不可靠。但其实，岂不是正有适用着"以眼还眼，以牙还牙"的古来的正义的法则的事在这里吗？劈开底来看，群众原是轻蔑着彭贝，凯散，安东尼，辛那②之辈的，他们那一面，也轻蔑着群众。今天凯撒握着权力，凯撒万岁。明天轮到安东尼了，那就跟在他后面罢。只要他们给饭吃，给戏看，就好。他们的功绩之类，是用不着想到的。他们那一面也很明白，施与些像个王者的宽容，借此给自己收得报答。在拥挤着这些满是虚荣心的人们的连串里，间或夹杂着勃鲁都斯那样的廉直之士，是事实。然而谁有从山积的沙中，找出一粒珠子来的闲工夫呢？群众，是英雄的大炮的食料，而英雄，从群众看来，不过是余兴。在其间，正义就占了胜利，而幕也垂下来了。（《莎士比亚〔剧〕中的伦理的问题》）

这当然也未必是正确的见解，显斯妥夫就不很有人说他是哲学家或文学家。不过便是这一点点，就很可以看见虽然同是从《凯撒传》来看它所表现的群众，结果却已经和杜衡先生有这么的差别。而且也很可以推见，正不会如杜衡先生所豫料，"将使作者大大地开罪于许多把群众底理性和感情用另一方式来估计的朋友们"了。

所以，杜衡先生大可以不必替莎士比亚发愁。彼此其实都很明白："阴险而卑鄙的卡西乌斯，和表面上显得那么麻木而糊涂的安东尼"，就是在那时候的群众，也"不过是余兴"而已。

九月三十日

（原刊 1934 年 11 月《文学》月刊第 3 卷第 5 号，后收入《且介亭杂文》）

---

① **彭贝** 今译庞贝（Pompii，前106—前48），古罗马统帅、政治家。早年支持克拉苏镇压斯巴达克起义。公元前 70 年任执政官，曾远征东方米特拉达悌六世。曾与凯撒、克拉苏结成前三头同盟。后因凯撒在高卢战争中得势，企图削其兵权，与元老院结成妥协。公元前 49 年凯撒进军罗马时，退往巴尔干半岛。次年，法萨罗战役失败，逃往埃及，被杀。

② **辛那** 今译辛纳（Gaius Helvius Cinna，生活于前 1 世纪），古罗马诗人或政治家。普卢塔克《列传》中把他列为诗人，著有神话史诗《土麦拿》；而另有一说为罗马护民官。

运　命

　　有一天，我坐在内山书店里闲谈——我是常到内山书店去闲谈的，我的可怜的敌对的"文学家"，还曾经借此竭力给我一个"汉奸"的称号①，可惜现在他们又不坚持了——才知道日本的丙午年生，今年二十九岁的女性，是一群十分不幸的人。大家相信丙午年生的女人要克夫，即使再嫁，也还要克，而且可以多至五六个，所以想结婚是很困难的。这自然是一种迷信，但日本社会上的迷信也还是真不少。

　　我问：可有方法解除这夙命呢？回答是：没有。

　　接着我就想到了中国。

　　许多外国的中国研究家，都说中国人是定命论者，命中注定，无可奈何；就是中国的论者，现在也有些人这样说。但据我所知道，中国女性就没有这样无法解除的命运。"命凶"或"命硬"，是有的，但总有法子想，就是所谓"禳解"；或者和不怕相克的命的男子结婚，制住她的"凶"或"硬"。假如有一种命，说是要连克五六个丈夫的罢，那就早有道士之类出场，自称知道妙法，用桃木刻成五六个男人，画上符咒，和这命的女人一同行"结俪之礼"后，烧掉或埋掉，于是真来订婚的丈夫，就算是第七个，毫无危险了。

　　中国人的确相信运命，但这运命是有方法转移的。所谓"没有法子"，有时也就是一种另想道路——转移运命的方法。等到确信这是"运命"，真真"没有法子"的时候，那是在事实上已经十足碰壁，或者恰要灭亡之际了。运命并不是中国人的事前的指导，乃是事后的一种不费心思的解释。

---

　　① **给我一个"汉奸"的称号**　曾今可主办的《文艺座谈》创刊号有署名白羽遐的文章《内山书店小坐记》，影射鲁迅为日本间谍。见《鲁迅杂文全编》（上册）《〈伪自由书〉后记》。

中国人自然有迷信，也有"信"，但好像很少"坚信"。我们先前最尊皇帝，但一面想玩弄他，也尊后妃，但一面又有些想吊她的膀子；畏神明，而又烧纸钱作贿赂，佩服豪杰，却不肯为他作牺牲。崇孔的名儒，一面拜佛，信甲的战士，明天信丁。宗教战争是向来没有的，从北魏到唐末的佛道二教的此仆彼起，是只靠几个人在皇帝耳朵边的甘言蜜语。风水，符咒，拜祷……偌大的"运命"，只要化一批钱或磕几个头，就改换得和注定的一笔大不相同了——就是并不注定。

我们的先哲，也有知道"定命"有这么的不定，是不足以定人心的，于是他说，这用种种方法之后所得的结果，就是真的"定命"，而且连必须用种种方法，也是命中注定的。但看起一般的人们来，却似乎并不这样想。

人而没有"坚信"，狐狐疑疑，也许并不是好事情，因为这也就是所谓"无特操"。但我以为信运命的中国人而又相信运命可以转移，却是值得乐观的。不过现在为止，是在用迷信来转移别的迷信，所以归根结蒂，并无不同，以后倘能用正当的道理和实行——科学来替换了这迷信，那么，定命论的思想，也就和中国人离开了。

假如真有这一日，则和尚，道士，巫师，星相家，风水先生……的宝座，就都让给了科学家，我们也不必整年的见神见鬼了。

十月二十三日

（原刊 1934 年 11 月 20 日《太白》第 1 卷第 5 期，后收入《且介亭杂文》）

运

命

拿破仑与隋那

我认识一个医生，忙的，但也常受病家的攻击，有一回，自解自叹道：要得称赞，最好是杀人，你把拿破仑和隋那①（Edward Jenner，1749—1823）去比比看……

我想，这是真的。拿破仑的战绩，和我们什么相干呢，我们却总敬服他的英雄。甚而至于自己的祖宗做了蒙古人的奴隶，我们却还恭维成吉思；从现在的卐②字眼睛看来，黄人已经是劣种了，我们却还夸耀希特拉。

因为他们三个，都是杀人不眨眼的大灾星。

但我们看看自己的臂膊，大抵总有几个疤，这就是种过牛痘的痕迹，是使我们脱离了天花的危症的。自从有这种牛痘法以来，在世界上真不知救活了多少孩子，——虽然有些人大起来也还是去给英雄们做炮灰，但我们有谁记得这发明者隋那的名字呢？

杀人者在毁坏世界，救人者在修补它，而炮灰资格的诸公，却总在恭维杀人者。

这看法倘不改变，我想，世界是还要毁坏，人们也还要吃苦的。

十一月六日

（原刊 1935 年上海生活书店《文艺日记》，后收入《且介亭杂文》）

---

① **隋那**　一译琴纳，今译詹纳，英国医生，牛痘接种法的创始人。

② **卐**　德国纳粹党的党徽。

论俗人应避雅人

这是看了些杂志，偶然想到的——

浊世少见“雅人”，少有“韵事”。但是，没有浊到彻底的时候，雅人却也并非全没有，不过因为“伤雅”的人们多，也累得他们“雅”不彻底了。

道学先生是躬行“仁恕”的，但遇见不仁不恕的人们，他就也不能仁恕。所以朱子①是大贤，而做官的时候，不能不给无告的官妓吃板子。新月社的作家们是最憎恶骂人的，但遇见骂人的人，就害得他们不能不骂。林语堂先生是佩服“费厄泼赖”的，但在杭州赏菊，遇见“口里含一枝苏俄香烟，手里夹一本什么斯基的译本”的青年，他就不能不“假作无精打彩，愁眉不展，忧国忧家”②（详见《论语》五十五期）的样子，面目全非了。

优良的人物，有时候是要靠别种人来比较，衬托的，例如上等与下等，好与坏，雅与俗，小器与大度之类。没有别人，即无以显出这一面之优，所谓“相反而实相成”者，就是这。但又须别人凑趣，至少是知趣，即使不能帮闲，也至少不可说破，逼得好人们再也好不下去。例如曹孟德③是“尚通侻”的，但祢正平④天天上门来

---

① **朱子** 即朱熹（1130—1200），字元晦，号晦庵，别号紫阳，徽州婺源（今属江西）人，南宋理学家。累官转运副使、秘阁修撰、宝文阁待制。他发展了北宋程颢、程颐的学说，集理学之大成，世称“程朱学派”。撰有《四书章句集注》《周易本义》《诗集传》《梦辞集注》等。关于他拷打官妓一事，见南宋洪迈《夷坚志》、周密《齐东野语》等书。据述，他为摭罪天台太守唐仲友（与正），指控唐与营妓严蕊有滥，将严蕊系狱拷问。两月之后，严蕊“一再受杖，委顿几死”，而坚辞否认。

② “假作无精打彩，愁眉不展，忧国忧家”，见林语堂《游杭再记》，刊于1934年12月16日《论语》第55期。

③ **曹孟德** 即曹操，字孟德。以下“通侻”即“通脱”。

④ **祢正平** 即祢衡（173—198），字正平，平原般（今山东临邑）人，汉末文学家。据《后汉书·祢衡传》，祢衡少有才辩，长于笔札，性刚傲物。曾屡次辱骂曹操，被遣送荆州刺史刘表。后因侮慢刘表又被转遣江夏太守黄祖，终为黄祖所杀。

骂他，他也只好生起气来，送给黄祖去"借刀杀人"了。祢正平真是"咎由自取"。

所谓"雅人"，原不是一天雅到晚的，即使睡的是珠罗帐，吃的是香稻米，但那根本的睡觉和吃饭，和俗人究竟也没有什么大不同；就是肚子里盘算些挣钱固位之法，自然也不能绝无其事。但他的出众之处，是在有时又忽然能够"雅"。倘使揭穿了这谜底，便是所谓"杀风景"，也就是俗人，而且带累了雅人，使他雅不下去，"未能免俗"了。若无此辈，何至于此呢？所以错处总归在俗人这方面。

譬如罢，有两位知县在这里，他们自然都是整天的办公事，审案子的，但如果其中之一，能够偶然的去看梅花，那就要算是一位雅官，应该加以恭维，天地之间这才会有雅人，会有韵事。如果你不恭维，还可以；一皱眉，就俗；敢开玩笑，那就把好事情都搅坏了。然而世间也偏有狂夫俗子；记得在一部中国的什么古"幽默"书里①，有一首"轻薄子"咏知县老爷公余探梅的七绝——

　　　红帽哼兮黑帽呵，风流太守看梅花。
　　　梅花低首开言道：小底梅花接老爷。

这真是恶作剧，将韵事闹得一塌胡涂。而且他替梅花所说的话，也不合式，它这时应该一声不响的，一说，就"伤雅"，会累得"老爷"不便再雅，只好立刻还俗，赏吃板子，至少是给一种什么罪案的。为什么呢？就因为你俗，再不能以雅道相处了。

小心谨慎的人，偶然遇见仁人君子或雅人学者时，倘不会帮闲凑趣，就须远远避开，愈远愈妙。假如不然，即不免要碰着和他们口头大不相同的脸孔和手段。晦气的时候，还会弄到卢布学说②的老套，大吃其亏。只给你"口里含一枝苏俄香烟，手里夹一本什么斯基的译本"，倒还不打紧，——然而险矣。

大家都知道"贤者避世"③，我以为现在的俗人却要避雅，这也

---

①　一部中国的什么古"幽默"书里　指清代倪鸿《桐荫清话》。以下引诗见该书卷一，其中"低首"原做"忽地"。

②　卢布学说　当时有人指称左翼作家暗中收受苏联政府给予的卢布津贴。

③　"贤者避世"　语出《论语·宪问》："子曰：'贤者辟世，其次辟地，其次辟色，其次辟言。'"按：辟，同"避"。

是一种"明哲保身"。

十二月二十六日

（原刊 1935 年 3 月 20 日《太白》半月刊第 2 卷第 1 期，后收入
《且介亭杂文》）

附　记

　　第一篇《关于中国的两三件事》，是应日本的改造社之托而写的，原是日文，即于是年三月，登在《改造》上，改题为《火，王道，监狱》。记得中国北方，曾有一种期刊译载过这三篇，但在南方，却只有林语堂，邵洵美，章克标三位所主编的杂志《人言》上，曾用这为攻击作者之具，其详见于《准风月谈》的后记中，兹不赘。

　　《草鞋脚》是现代中国作家的短篇小说集，应伊罗生（H. Isaacs）先生之托，由我和茅盾先生选出，他更加选择，译成英文的。但至今好像还没有出版。

　　《答曹聚仁先生信》原是我们的私人通信，不料竟在《社会月报》上登出来了，这一登可是祸事非小，我就成为"替杨邨人氏打开场锣鼓，谁说鲁迅先生器量窄小呢"了。有八月三十一日《大晚报》副刊《火炬》上的文章为证——

调　和　　　　　　　绍　伯
——读《社会月报》　八月号

　　"中国人是善于调和的民族"——这话我从前还不大相信，因为那时我年纪还轻，阅历不到，我自己是不大肯调和的，我就以为别人也和我一样的不肯调和。

　　这观念后来也稍稍改正了。那是我有一个亲戚，在我故乡两个军阀的政权争夺战中做了牺牲，我那时对于某军阀虽无好感，却因亲戚之故也感着一种同仇敌忾，及至后来两军阀到了上海又很快的调和了，彼此过从颇密，我不觉为之呆然，觉得我们亲戚假使仅仅是为着他的"政友"而死，他真是白死了。

后来又听得广东 A 君告诉我在两广战争后战士们白骨在野碧血还腥的时候，两军主持的太太在香港寓楼时常一道打牌，亲暱逾常，这更使我大彻大悟。

现在，我们更明白了，这是当然的事，不单是军阀战争如此，帝国主义的分赃战争也作如是观。老百姓整千整万地做了炮灰，各国资本家却可以聚首一堂举着香槟相视而笑。什么"军阀主义""民主主义"都成了骗人的话。

然而这是指那些军阀资本家们"无原则的争斗"，若夫真理追求者的"有原则的争斗"应该不是这样！

最近这几年，青年们追随着思想界的领袖们之后做了许多惨淡的努力，有的为着这还牺牲了宝贵的生命。个人的生命是可宝贵的，但一代的真理更可宝贵，生命牺牲了而真理昭然于天下，这死是值得的，就是不可以太打浑了水，把人家弄得不明不白。

后者的例子可求之于《社会月报》。这月刊真可以说是当今最完备的"杂"志了。而最"杂"得有趣的是题为"大众语特辑"的八月号。读者试念念这一期的目录罢，第一位打开场锣鼓的是鲁迅先生（关于大众语的意见），而"压轴子"的是《赤区归来记》作者杨邨人氏。就是健忘的读者想也记得鲁迅先生和杨邨人氏有过不小的一点"原则上"的争执罢。鲁迅先生似乎还"嘘"过杨邨人氏，然而他却可以替杨邨人氏打开场锣鼓，谁说鲁迅先生器量窄小呢？

苦的只是读者，读了鲁迅先生的信，我们知道"汉字和大众不两立"，我们知道应把"交通繁盛言语混杂的地方"的"'大众语'的雏形，它的字汇和语法输进穷乡僻壤去"。我们知道"先驱者的任务"是在给大众许多话"发表更明确的意思"，同时"明白更精确的意义"；我们知道现在所能实行的是以"进步的"思想写"向大众语去的作品"。但读了最后杨邨人氏的文章，才知道向大众去根本是一条死路，那里在水灾与敌人围攻之下，破产无余，……"维持已经困难，建设更不要空谈。"还是"归"到都会里"来"扬起小资产阶级文学之旗更靠得住。

于是，我们所得的知识前后相销，昏昏沉沉，莫明其妙。

这恐怕也表示中国民族善于调和吧，但是太调和了，使人疑心思想上的争斗也渐渐没有原则了。变成"载门坝上的儿戏"了。照这样的阵容看，有些人真死的不明不白。

关于开锣以后"压轴"以前的那些"中间作家"的文章特别是大众语问题的一些宏论，本想略抒鄙见，但这只好改日再谈了。

关于这一案，我到十一月《答〈戏〉周刊编者信》里，这才回答了几句。

《门外文谈》是用了"华圉"的笔名，向《自由谈》投稿的，每天登一节。但不知道为什么，第一节被删去了末一行，第十节开头又被删去了二百余字，现仍补足，并用黑点为记。

《不知肉味和不知水味》是写给《太白》的，登出来时，后半篇都不见了，我看这是"中央宣传部书报检查委员会"的政绩。那时有人看了《太白》上的这一篇，当面问我道："你在说什么呀？"现仍补足，并用黑点为记，使读者可以知道我其实是在说什么。

《中国人失掉自信力了吗》也是写给《太白》的。凡是对于求神拜佛，略有不敬之处，都被删除，可见这时我们的"上峰"正在主张求神拜佛。现仍补足，并用黑点为记，聊以存一时之风尚耳。

《脸谱臆测》是写给《生生月刊》的，奉官谕：不准发表。我当初很觉得奇怪，待到领回原稿，看见用红铅笔打着杠子的处所，才明白原来是因为得罪了"第三种人"老爷们了。现仍加上黑杠子，以代红杠子，且以警戒新作家。

《答〈戏〉周刊编者信》的末尾，是对于绍伯先生那篇《调和》的答复。听说当时我们有一位姓沈的"战友"看了就呵呵大笑道："这老头子又发牢骚了！""头子"而"老"，"牢骚"而"又"，恐怕真也滑稽得很。然而我自己，是认真的。

不过向《戏》周刊编者去"发牢骚"，别人也许会觉得奇怪。然而并不，因为编者之一是田汉同志，而田汉同志也就是绍伯先生。

《中国文坛上的鬼魅》是写给《现代中国》（China Today）的，

不知由何人所译，登在第一卷第五期，后来又由英文转译，载在德文和法文的《国际文学》上。

《病后杂谈》是向《文学》的投稿，共五段；待到四卷二号上登了出来时，只剩下第一段了。后有一位作家，根据了这一段评论我道：鲁迅是赞成生病的。他竟毫不想到检查官的删削。可见文艺上的暗杀政策，有时也还有一些效力的。

《病后杂谈之余》也是向《文学》的投稿，但不知道为什么，检查官这回却古里古怪了，不说不准登，也不说可登，也不动贵手删削，就是一个支支吾吾。发行人没有法，来找我自己删改了一些，然而听说还是不行，终于由发行人执笔，检查官动口，再删一通，这才能在四卷三号上登出。题目必须改为《病后余谈》，小注"关于舒愤懑"这一句也不准有；改动的两处，我都注在本文之下，删掉的五处，则仍以黑点为记，读者试一想这些讳忌，是会觉得很有趣的。只有不准说"言行一致"云云，也许莫明其妙，现在我应该指明，这是因为又触犯了"第三种人"了。

《阿金》是写给《漫画生活》的；然而不但不准登载，听说还送到南京中央宣传会里去了。这真是不过一篇漫谈，毫无深意，怎么会惹出这样大问题来的呢，自己总是参不透。后来索回原稿，先看见第一页上有两颗紫色印，一大一小，文曰"抽去"，大约小的是上海印，大的是首都印，然则必须"抽去"，已无疑义了。再看下去，就又发见了许多红杠子，现在改为黑杠，仍留在本文的旁边。

看了杠子，有几处是可以悟出道理来的。例如"主子是外国人"，"炸弹"，"巷战"之类，自然也以不提为是。但是我总不懂为什么不能说我死了"未必能够弄到开起同乡会"的缘由，莫非官意是以为我死了会开同乡会的么？

我们活在这样的地方，我们活在这样的时代。

一九三五年十二月三十日，编讫记。

附记

《且介亭杂文二集》
中的杂文

序　言

昨天编完了去年的文字，取发表于日报的短论以外者，谓之《且介亭杂文》；今天再来编今年的，因为除做了几篇《文学论坛》①，没有多写短文，便都收录在这里面，算是《二集》。

过年本来没有什么深意义，随便那天都好，明年的元旦，决不会和今年的除夕就不同，不过给人事借此时时算是一个段落，结束一点事情，倒也便利的。倘不是想到了已经年终，我的两年以来的杂文，也许还不会集成这一本。

编完以后，也没有什么大感想。要感的感过了，要写的也写过了，例如"以华制华"之说罢，我在前年的《自由谈》上发表时，曾大受傅公红蓼之流的攻击，今年才又有人提出来，却是风平浪静。一定要到得"不幸而吾言中"，这才大家默默无言，然而为时已晚，是彼此都大可悲哀的。我宁可如邵洵美辈的《人言》之所说："意气多于议论，捏造多于实证。"

我有时决不想在言论界求得胜利，因为我的言论有时是枭鸣，报告着大不吉利事，我的言中，是大家会有不幸的。在今年，为了内心的冷静和外力的迫压，我几乎不谈国事了，偶尔触着的几篇，如《什么是讽刺》，如《从帮忙到扯淡》，也无一不被禁止。别的作者的遭遇，大约也是如此的罢，而天下太平，直到华北自治②，才见

---

① 《文学论坛》　1934 年 1 月，《文学》月刊从第 2 卷第 1 号起开设的一个专栏，至 1936 年 6 月第 6 卷第 6 号终止。

② 华北自治　1935 年 6、7 月间，日本迫使国民政府与其签订《秦土协定》和《何梅协定》，攫取了河北、察哈尔两省大部主权。同年 9 月，日本华北驻屯军新任司令官多田发表声明，提出华北一旦脱离中国，实行自治，日本愿意提供援助。10 月间日方唆使汉奸、流氓制造"香河事件"占据县城，成立伪自治政府。11 月间，又在通县成立伪冀东自治政府，统辖 22 县。与此同时，日本特务土肥原贤二到保定、太原、济南等地活动，策动阎锡山、韩复榘等搞华北五省自治。对此国民政府采取妥协、敷衍的政策。12 月 18 日，在北平设立了冀察政务委员会。该委员会名义上隶属国民政府，但实际上为半自治机构。

有新闻记者恳求保护正当的舆论。我的不正当的舆论，却如国土一样，仍在日即于沦亡，但是我不想求保护，因为这代价，实在是太大了。

单将这些文字，过而存之，聊作今年笔墨的记念罢。

一九三五年十二月三十一日，鲁迅记于上海之且介亭。

隐　士

隐士，历来算是一个美名，但有时也当作一个笑柄。最显著的，则有刺陈眉公①的"翩然一只云中鹤，飞去飞来宰相衙"②的诗，至今也还有人提及。我以为这是一种误解。因为一方面，是"自视太高"，于是别方面也就"求之太高"，彼此"忘其所以"，不能"心照"，而又不能"不宣"，从此口舌也多起来了。

非隐士的心目中的隐士，是声闻不彰，息影山林的人物。但这种人物，世间是不会知道的。一到挂上隐士的招牌，则即使他并不"飞去飞来"，也一定难免有些表白，张扬；或是他的帮闲们的开锣喝道——隐士家里也会有帮闲，说起来似乎不近情理，但一到招牌可以换饭的时候，那是立刻就有帮闲的，这叫作"啃招牌边"。这一点，也颇为非隐士的人们所诟病，以为隐士身上而有油可揩，则隐士之阔绰可想了。其实这也是一种"求之太高"的误解，和硬要有名的隐士，老死山林中者相同。凡是有名的隐士，他总是已经有了"悠哉游哉，聊以卒岁"③的幸福的。倘不然，朝砍柴，昼耕田，晚浇菜，夜织屦，又那有吸烟品茗，吟诗作文的闲暇？陶渊明④先生是我们中国赫赫有名的大隐，一名"田园诗人"，自然，他并不办期刊，也赶不上吃"庚款"⑤，然而他有奴子。汉晋时候的奴子，是不

---

①　**陈眉公**　即陈继儒（1558—1639），字仲醇，号眉公，华亭（今上海松江）人，明末文学家、书画家。自命隐士，卜居小昆山，而周旋宦绅间，时人颇有讥抨。

②　**"翩然一只云中鹤，飞去飞来宰相衙"**　清代蒋士铨《临川梦·隐奸》中的两句定场诗。

③　**"悠哉游哉，聊以卒岁"**　《左传·襄公二十一年》叔向引《诗》句。按：此章已佚。今本《诗经·小雅·采菽》末章为"悠哉游哉，亦是戾矣"。

④　**陶渊明**（365或372—427）　名潜，字渊明，世号靖节先生，浔阳柴桑（今江西九江）人，东晋诗人。曾做过小官，未久辞归田园。有《陶渊明集》存世。

⑤　**"庚款"**　即庚子赔款余额。清光绪二十六年（1900，旧历庚子年）八国联军攻占北京，次年强迫清政府签订《辛丑条约》，赔款4亿5000万银两，年息四厘，分（转下页）

但侍候主人，并且给主人种地，营商的，正是生财器具。所以虽是渊明先生，也还略略有些生财之道在，要不然，他老人家不但没有酒喝，而且没有饭吃，早已在东篱旁边饿死了。

所以我们倘要看看隐君子风，实际上也只能看看这样的隐君子，真的"隐君子"是没法看到的。古今著作，足以汗牛而充栋，但我们可能找出樵夫渔父的著作来？他们的著作是砍柴和打鱼。至于那些文士诗翁，自称什么钓徒樵子的，倒大抵是悠游自得的封翁①或公子，何尝捏过钓竿或斧头柄。要在他们身上赏鉴隐逸气，我敢说，我只能怪自己胡涂。

登仕，是噉饭之道，归隐，也是噉饭之道。假使无法噉饭，那就连"隐"也隐不成了。"飞去飞来"，正是因为要"隐"，也就是因为要噉饭；肩出"隐士"的招牌来，挂在"城市山林"里，这就正是所谓"隐"，也就是噉饭之道。帮闲们或开锣，或喝道，那是因为自己还不配"隐"，所以只好揩一点"隐"油，其实也还不外乎噉饭之道。汉唐以来，实际上是入仕并不算鄙，隐居也不算高，而且也不算穷，必须欲"隐"而不得，这才看作士人的末路。唐末有一位诗人左偃②，自述他悲惨的境遇道："谋隐谋官两无成"，是用七个字道破了所谓"隐"的秘密的。

"谋隐"无成，才是沦落，可见"隐"总和享福有些相关，至少是不必十分挣扎谋生，颇有悠闲的余裕。但赞颂悠闲，鼓吹烟茗，却又是挣扎之一种，不过挣扎得隐藏一些。虽"隐"，也仍然要噉饭，所以招牌还是要油漆，要保护的。泰山崩，黄河溢，隐士们目无见，耳无闻，但苟有议及自己们或他的一伙的，则虽千里之外，半句之微，他便耳聪目明，奋袂而起，好像事件之大，远胜于宇宙之灭亡者，也就为了这缘故。其实连和苍蝇也何尝有什么

① **封翁**　旧时因子孙显贵而受到封典的长者。

② **左偃**　南唐诗人。有《钟山集》，今佚。《全唐诗》收其诗十首。这里所引"谋隐谋官两无成"句，原作"谋身谋隐两无成"，见《寄韩侍郎》一诗。

相关。①

　　明白这一点，对于所谓"隐士"也就毫不诧异了，心照不宣，彼此都省事。

一月二十五日

　　（原刊 1935 年 2 月 20 日《太白》第 1 卷第 11 期，后收入《且介亭杂文二集》）

---

　　① 《人间世》发刊词宣称，该刊内容"包含一切，宇宙之大，苍蝇之微，皆可取材，故名之为《人间世》"。

"招贴即扯"

　　工愁的人物，真是层出不穷。开年正月，就有人怕骂倒了一切古今人，只留下自己的没意思。① 要是古今中外真的有过这等事，这才叫作希奇，但实际上并没有，将来大约也不会有。岂但一切古今人，连一个人也没有骂倒过。凡是倒掉的，决不是因为骂，却只为揭穿了假面。揭穿假面，就是指出了实际来，这不能混谓之骂。

　　然而世间往往混为一谈。就以现在最流行的袁中郎为例罢，既然肩出来当作招牌，看客就不免议论这招牌，怎样撕破了衣裳，怎样画歪了脸孔。这其实和中郎本身是无关的，所指的是他的自以为徒子徒孙们的手笔。然而徒子徒孙们就以为骂了他的中郎爷，愤慨和狼狈之状可掬，觉得现在的世界是比五四时代更狂妄了。但是，现在的袁中郎脸孔究竟画得怎样呢？时代很近，文证具存，除了变成一个小品文的老师，"方巾气"② 的死敌而外，还有些什么？

　　和袁中郎同时活在中国的，无锡有一个顾宪成③，他的著作，开口"圣人"，闭口"吾儒"，真是满纸"方巾气"。而且疾恶如仇，对小人决不假借。他说："吾闻之：凡论人，当观其趋向之大体。趋向苟正，即小节出入，不失为君子；趋向苟差，即小节可观，终归于小人。又闻：为国家者，莫要于扶阳抑阴，君子即不幸有违误，当保护爱惜成就之；小人即小过乎，当早排绝，无令为后……"

---

　　① 1935 年 1 月 16 日，林语堂在《论语》第 57 期刊出《做文与做人》一文，其中说："你骂吴稚晖蔡元培胡适之老朽，你自己也得打算有吴稚晖蔡元培胡适之的地位，能不能这样操持。你骂袁中郎消沉，你也得自己照照镜子，做俩京官，能不能像袁中郎之廉洁自守，兴利除弊。不然天下的人都被你骂完了，只剩你一个人，那岂不是很悲观的现象？"

　　② **"方巾气"** 方巾是明代处士和儒生所戴的头巾，故"方巾气"喻指道学气。

　　③ **顾宪成**（1550—1612） 字叔时，世称东林先生，也作泾阳先生，无锡（今属江苏）人。明万历进士，官至吏部郎中，因"忤旨"被革职。万历三十二年（1604）主持东林书院，与高攀龙等聚众讲学，论时议政，被称为"东林党"。著有《泾阳藏稿》等。

（《自反录》）推而广之，也就是倘要论袁中郎，当看他趋向之大体，趋向苟正，不妨恕其偶讲空话，作小品文，因为他还有更重要的一方面在。正如李白会做诗，就可以不责其喝酒，如果只会喝酒，便以半个李白，或李白的徒子徒孙自命，那可是应该赶紧将他"排绝"的。

中郎还有更重要的一方面么？有的。万历三十七年，顾宪成辞官，时中郎"主陕西乡试，发策，有'过劣巢由'之语。监临者问'意云何？'袁曰：'今吴中大贤亦不出，将令世道何所倚赖，故发此感尔。'"（《顾端文公年谱》① 下）中郎正是一个关心世道，佩服"方巾气"人物的人，赞《金瓶梅》②，作小品文，并不是他的全部。

中郎之不能被骂倒，正如他之不能被画歪。但因此也就不能作他的蛆虫们的永久的巢穴了。

一月二十六日

（原刊 1935 年 2 月 20 日《太白》第 1 卷第 11 期，后收入《且介亭杂文二集》）

① 《顾端文公年谱》 二卷。清顾与沐记略，顾枢编，顾贞观补订。
② 《金瓶梅》 明代人情小说，署兰陵笑笑生撰，真实作者未详。

书的还魂和赶造

　　把大部的丛书印给读者看，是宋朝就有的①，一直到现在。缺点是因为部头大，所以价钱贵。好处是把研究一种学问的书汇集在一处，能比一部一部的自去寻求更省力；或者保存单本小种的著作在里面，使它不易于灭亡。但这第二种好处，是也靠着部头大，价钱贵，人们就因此格外珍重的缺点的。

　　但丛书也有蠹虫。从明末到清初，就时有欺人的丛书出现。那方法之一，是删削内容，轻减刻费，而目录却有一大串，使购买者只觉其种类之多；之二，是不用原题，别立名目，甚至另题撰人，使购买者只觉其收罗之广。如《格致丛书》②，《历代小史》③，《五朝小说》④，《唐人说荟》⑤ 等，就都是的。现在是大抵消来了，只有末一种化名为《唐代丛书》⑥，有时还在流毒。

　　然而时代改变，新花样也要跟着出来了。

　　推测起新花样来：其一，是豫先设定一种丛书的大名，罗列目录，大如宇宙，微至苍蝇身上的细菌，无所不包，这才分头觅人，托他译作，限定时日，必须完工，虽然译作者未必定是专家，但总

---

　　① **把大部的丛书印给读者看，是宋朝就有的**　前人曾以南宋左圭所辑《百川学海》为丛书鼻祖，其收书 100 种，凡 177 卷，刊于咸淳九年（1273）。商务印书馆 1935 年出版《丛书集成》时所拟《丛书百部提要》，将南宋俞鼎孙、俞经所编《儒学警悟》列于《百川学海》之前，因据其序书成于嘉泰元年（1201）。不过，《儒学警悟》规模不大，收书仅 7 种，凡 41 卷。还有一个很重要的区别，《百川学海》是刻本，《儒学警悟》仅见抄本传世。

　　② **《格致丛书》**　明代万历间胡文焕辑。收名物、训诂、文学、艺术等书籍。当时陆续付刻，成书种书已无从稽考。《汇刻书目》（朱隄增订本）著录 206 种，现存 168 种。

　　③ **《历代小史》**　明代万历间李栻辑。收历代野史，自《路史》《汉武帝故事》至《复辟录》，依所记史实先后排列。凡 106 种。

　　④ **《五朝小说》**　不著编者名氏。收魏晋至明各朝小说 460 余种。

　　⑤ **《唐人说荟》**　清代乾隆间陈世熙编。收唐人传奇、笔记 160 余种。

　　⑥ **《唐代丛书》**　《唐人说荟》的另一书名，系坊间刊刻时所改。

之有许多手同时在稿纸上写字，于是不必穷年累月，一大部煌煌巨制也就出现了；其二，是原有一批零碎的旧译作，一向不甚流行，或者虽曾流行，而现在却已经过了时候，于是聚在一起，略加类别，开成一串五花八门的目录，而一大部煌煌巨制也就出现了。

出版者是明白读者们的心想的，有些读者们，苦于不知道什么是必要的书，所以往往以为被选进丛书里的，总该是必要的书籍；而且丛书里的一本，价钱也比单行本便宜，所以看起来好像很上算；加以大小一律，也很合人们爱好整齐的心情。本数又多，一下子可以填满几书架，规模不大的图书馆有这几部，馆员就省下时常留心选购新书的精神了。然而出版者是又很明白购买者们的经济状况的，他深知道现在他们手头已没有这许多钱，所以这些书一定是廉价，使他们拚命的办出来，或者是分期豫约，使他们逐渐的缴进去。

汇印新作，当然是很好的，但新作必须是精粹的本子，这才可以救读者们的智识的饥荒。就是重印旧作，也并不算坏，不过这旧作必须已是一种带着文献性的本子，这才足供读者们的研究。如果仅仅是克日速成的草稿，或是栈房角落的存书，改换新装，招摇过市，但以"大"或"多"或"廉"诱人，使读者化去不少的钱，实际上却不过得到一大堆废物，这恶影响之在读书界是很不小的。

凡留心于文化的前进的人，对于这些书应该加以检讨！

二月十五日

（原刊 1935 年 3 月 5 日《太白》第 1 卷第 12 期，后收入《且介亭杂文二集》）

书的还魂和赶造

漫谈"漫画"

　　孩子们吵架，有一个用木炭——上海是大抵用铅笔了——在墙壁上写道："小三子可乎之及及也，同同三千三百刀！"这和政治之类是毫不相干的，然而不能算小品文。画也一样，住家的恨路人到对门来小解，就在墙上画一个乌龟，题几句话，也不能叫它作"漫画"。为什么呢？就因为这和被画者的形体或精神，是绝无关系的。

　　漫画的第一件紧要事是诚实，要确切的显示了事件或人物的姿态，也就是精神。

　　漫画是 Karikatur① 的译名，那"漫"，并不是中国旧日的文人学士之所谓"漫题""漫书"的"漫"。当然也可以不假思索，一挥而就的，但因为发芽于诚实的心，所以那结果也不会仅是嬉皮笑脸。这一种画，在中国的过去的绘画里很少见，《百丑图》② 或《三十六声粉铎图》③ 庶几近之，可惜的是不过戏文里的丑脚的摹写；罗两峰④的《鬼趣图》，当不得已时，或者也就算进去罢，但它又太离开了人间。

　　漫画要使人一目了然，所以那最普通的方法是"夸张"，但又不是胡闹。无缘无故的将所攻击或暴露的对象画作一头驴，恰如拍马家将所拍的对象做成一个神一样，是毫没有效果的，假如那对象其实并无驴气息或神气息。然而如果真有些驴气息，那就糟了，从此之后，越看越像，比读一本做得很厚的传记还明白。关于事件的漫画，也一样的。所以漫画虽然有夸张，却还是要诚实。"燕山雪花大

---

　　① **Karikatur**　德语。一译"讽刺画"。
　　② 《百丑图》　描绘丑角的戏出年画，作者不详。
　　③ 《三十六声粉铎图》　全名《天长宣氏三十六声粉铎图咏》，清代宣鼎作。描绘昆剧三十六出丑角戏的画册，并作题咏。有申报馆石印本。
　　④ **罗两峰**　即罗聘（1733—1799），字遁夫，号两峰，江苏扬州人，清代画家。"扬州八怪"之一，终身布衣。所作《鬼趣图》深具讽意，名气很大。

如席"①，是夸张，但燕山究竟有雪花，就含着一点诚实在里面，使我们立刻知道燕山原来有这么冷。如果说"广州雪花大如席"，那可就变成笑话了。

"夸张"这两个字也许有些语病，那么，说是"廓大"也可以的。廓大一个事件或人物的特点固然使漫画容易显出效果来，但廓大了并非特点之处却更容易显出效果。矮而胖的，瘦而长的，他本身就有漫画相了，再给他秃头，近视眼，画得再矮而胖些，瘦而长些，总可以使读者发笑。但一位白净苗条的美人，就很不容易设法，有些漫画家画作一个髑髅或狐狸之类，却不过是在报告自己的低能。有些漫画家却不用这呆法子，他用廓大镜照了她露出的搽粉的臂膊，看出她皮肤的褶皱，看见了这些褶皱中间的粉和泥的黑白画。这么一来，漫画稿子就成功了，然而这是真实，倘不信，大家或自己也用廓大镜去照照去。于是她也只好承认这真实，倘要好，就用肥皂和毛刷去洗一通。

因为真实，所以也有力。但这种漫画，在中国是很难生存的。我记得去年就有一位文学家说过，他最讨厌论人用显微镜。

欧洲先前，也并不两样。漫画虽然是暴露，讥刺，甚而至于是攻击的，但因为读者多是上等的雅人，所以漫画家的笔锋的所向，往往只在那些无拳无勇的无告者，用他们的可笑，衬出雅人们的完全和高尚来，以分得一枝雪茄的生意。像西班牙的戈雅②（Francisco de Goya）和法国的陀密埃③（Honoré Daumier）那样的漫画家，到底还是不可多得的。

二月二十八日

（原刊 1935 年 3 月上海生活书店《小品文和漫画》，后收入《且介亭杂文二集》）

---

① **"燕山雪花大如席"** 引文见李白《北风行》。

② **戈雅**（1746—1828） 西班牙画家。曾任马德里皇家美术院副院长，1792 年辞去这一职位，1824 年侨居法国。其后期作品多以通俗讽刺画形式抨击国家、教会的愚昧与奢侈。其铜版组画《狂想曲》发展了凹版腐蚀技法，被誉为版画史上重大成就之一。

③ **陀密埃** 今译杜米埃（1808—1879），法国画家。早年为书店学徒，1830 年起参加左翼报刊漫画工作，1832 年因其作讽刺国王被判处徒刑。获释后继续创作抨击君主政权的漫画，晚年参加巴黎公社运动。一生作有漫画四千多幅，另有油画《三等车厢》、大型石版画《出版自由》等。

漫谈『漫画』

漫画而又漫画

德国现代的画家格罗斯①（George Grosz），中国已经绍介过好几回，总可以不算陌生人了。从有一方说，他也可以算是漫画家；那些作品，大抵是白地黑线的。

他在中国的遭遇，还算好，翻印的画虽然制版术太坏了，或者被缩小，黑线白地却究竟还是黑线白地。不料中国"文艺"家的脑子今年反常了，在挂着"文艺"招牌的杂志②上绍介格罗斯的黑白画，线条都变了雪白；地子呢，有蓝有红，真是五颜六色，好看得很。

自然，我们看石刻的拓本，大抵是黑地白字的。但翻印的绘画，却还没有见过将青绿山水变作红黄山水，水墨龙化为水粉龙的大改造。有之，是始于二十世纪过了三十五年的上海的"文艺"家。我才知道画家作画时候的调色，配色之类，都是多事。一经中国"文艺"家的手，全无问题，——嗡，嗡，随随便便。

这些翻印的格罗斯的画是有价值的，是漫画而又漫画。

二月二十八日

（原刊 1935 年 3 月上海生活书店《小品文和漫画》，后收入《且介亭杂文二集》）

---

① **格罗斯**　今译格罗兹（1893—1959），德国画家、装饰设计家，表现主义"客观派"画派代表人物之一。1932 年定居美国。1945 年获卡内基国际奖。代表作有《矿井》《和平Ⅱ号》等。所作版画多具讽嘲意味。1929 年上海春潮书局出版许霞（许广平）翻译、鲁迅校订的匈牙利童话《小彼得》，内收有格罗兹所作插图六幅。

② **挂着"文艺"招牌的杂志**　指《文艺画报》。穆时英、叶灵凤编辑，上海杂志公司出版。

“寻开心”

  我有时候想到，忠厚老实的读者或研究者，遇见有两种人的文章，他是会吃冤枉苦头的。一种，是古里古怪的诗和尼采式的短句，以及几年前的所谓未来派的作品。这些大概是用怪字面，生句子，没意思的硬连起来的，还加上好几行很长的点线。作者本来就是乱写，自己也不知道什么意思。但认真的读者却以为里面有着深意，用心的来研究它，结果是到底莫名其妙，只好怪自己浅薄。假如你去请教作者本人罢，他一定不加解释，只是鄙夷的对你笑一笑。这笑，也就愈见其深。

  还有一种，是作者原不过“寻开心”，说的时候本来不当真，说过也就忘记了。当然和先前的主张会冲突，当然在同一篇文章里自己也会冲突。但是你应该知道作者原以为作文和吃饭不同，不必认真的。你若认真的看，只能怪自己傻。最近的例子就是悍膂先生①的研究语堂先生为什么会称赞《野叟曝言》②。不错。这一部书是道学先生的悖慢淫毒心理的结晶，和“性灵”缘分浅得很，引了例子比较起来，当然会显出这称赞的出人意外。但其实，恐怕语堂先生之憎“方巾气”，谈“性灵”，讲“潇洒”，也不过对老实人“寻开心”而已，何尝真知道“方巾气”之类是怎么一回事；也许简直连他所称赞的《野叟曝言》也并没有怎么看。所以用本书和他那别的主张来比较研究，是永久不会懂的。自然，两面非常不同，这很清楚，但怎么竟至于称赞起来了呢，也还是一个“不可解”。我的意思是以

---

  ① **悍膂先生** 即聂绀弩，见本书《论“旧形式的采用”》一文“耳耶先生”注条。当时因林语堂一再撰文推荐《野叟曝言》，1935 年 3 月聂绀弩以“悍膂”为笔名，在《太白》第 1 卷第 12 期发表《谈〈野叟曝言〉》一文，指出该书并不具有林语堂所倡言的“灵性”，倒是“方巾气”十足。

  ② **《野叟曝言》** 清人小说，夏敬渠作。

为有些事情万不要想得太深，想得太忠厚，太老实，我们只要知道语堂先生那时正在崇拜袁中郎，而袁中郎也曾有过称赞《金瓶梅》的事实，就什么骇异之意也没有了。

还有一个例子。如读经，在广东，听说是从燕塘军官学校①提倡起来的；去年，就有官定的小学校用的《经训读本》②出版，给五年级用的第一课，却就是"孔子谓曾子曰：身体发肤，受之父母，不敢毁伤，孝之始也。……"那么，"为国捐躯"是"孝之终"么？并不然，第三课还有"模范"，是乐正子春述曾子闻诸夫子之说云："天之所生，地之所养，无人为大。父母全而生之，子全而归之，可谓孝矣。不亏其体，不辱其身，可谓全矣。故君子顷步而弗敢忘孝也。……"

还有一个最近的例子，就在三月七日的《中华日报》上。那地方记的有"北平大学教授兼女子文理学院文史系主任李季谷氏③"赞成《一十宣言》④原则的谈话，末尾道："为复兴民族之立场言，教育部应统令设法标榜岳武穆，文天祥，方孝孺等有气节之名臣勇将，俾一般高官戎将有所法式云。"

凡这些，都是以不大十分研究为是的。如果想到"全而归之"和将来的临阵冲突，或者查查岳武穆们的事实，看究竟是怎样的结果，"复兴民族"了没有，那你一定会被捉弄得发昏，其实也就是自寻烦恼。语堂先生在暨南大学讲演道："……做人要正正经经，不好

---

① **燕塘军官学校** 原为黄埔军校广州分校，成立于1927年，陈济棠治粤后改称广东军政学校。1936年7月改为中央军校广东分校。

② **《经训读本》** 1933年，主持西南政务委员会的陈济棠下令广东全省学校恢复读经。随后成立经书编审委员会，编辑出版中小学读本。这里提到的《经训读本》，供小学五六年级使用，广东省政府教育厅编辑，商务印书馆1934年9月出版。

③ **李季谷氏** 即李宗武（1895—1968），又名续忠，字季谷，浙江绍兴人，历史学家、教育家。早年毕业于浙江省立第一师范学校，后留学日本。回国后在南开大学、北京大学任教。1927年任浙江省立第一中学校长。翌年留学英国。归国后仍为北京大学教授，兼北平大学女子文理学院文史系主任。1939年任广州中山大学教授，次年与顾颉刚等创办《史学季刊》。1943年后任国民政府招训委员会主任委员，1948年任浙江省教育厅厅长。著有《西洋近百年史》《日本通史》等。

④ **《一十宣言》** 即《中国本位的文化建设宣言》，世称"十教授宣言"。1935年1月10日，陶希圣、萨孟武、王新命、何炳松、武堉干等十位教授根据陈立夫的"训示"，联名发表宣言，称"要使中国的政治、社会和思想都具有中国的特征，必须从事于中国本位的文化建设"，"根据中国本位，采取批判态度，应用科学方法去检讨过去，把握现在，创造将来"。此文原刊《文化建设》第1卷第4期。

走入邪道，……一走入邪道，……一定失业，……然而，作文，要幽默，和做人不同，要玩玩笑笑，寻开心，……"① （据《芒种》本）这虽然听去似乎有些奇特，但其实是很可以启发人的神智的：这"玩玩笑笑，寻开心"，就是开开中国许多古怪现象的锁的钥匙。

三月七日

（原刊 1935 年 4 月 5 日《太白》第 2 卷第 2 期，后收入《且介亭杂文二集》）

---

① "……做人要正正经经，不好走入邪道，……一走入邪道，……一定失业，……然而，作文，要幽默，和做人不同，要玩玩笑笑，寻开心，……" 这是林语堂在暨南大学的讲演《做文与做人》中的话，引自 1935 年 3 月《芒种》创刊号所载曹聚仁《我和林语堂先生往还的始终》一文。《芒种》，文艺半月刊，徐懋庸、曹聚仁主编。1935 年 3 月 5 日在上海创刊，同年 10 月停刊。

非有复译不可

　　好像有人说过，去年是"翻译年"；其实何尝有什么了不起的翻译，不过又给翻译暂时洗去了恶名却是真的。

　　可怜得很，还只译了几个短篇小说到中国来，创作家就出现了，说它是媒婆，而创作是处女。在男女交际自由的时候，谁还喜欢和媒婆周旋呢，当然没落。后来是译了一点文学理论到中国来，但"批评家"幽默家之流又出现了，说是"硬译"，"死译"，"好像看地图"，幽默家还从他自己的脑子里，造出可笑的例子来，使读者们"开心"，学者和大师们的话是不会错的，"开心"也总比正经省力，于是乎翻译的脸上就被他们画上了一条粉。

　　但怎么又来了"翻译年"呢，在并无什么了不起的翻译的时候？不是夸大和开心，它本身就太轻飘飘，禁不起风吹雨打的缘故么？

　　于是有些人又记起了翻译，试来译几篇。但这就又是"批评家"的材料了，其实，正名定分，他是应该叫作"唠叨家"的，是创作家和批评家以外的一种，要说得好听，也可以谓之"第三种"。他像后街的老虔婆一样，并不大声，却在那里唠叨，说是莫非世界上的名著都译完了吗，你们只在译别人已经译过的，有的还译过了七八次。

　　记得中国先前，有过一种风气，遇见外国——大抵是日本——有一部书出版，想来当为中国人所要看的，便往往有人在报上登出广告来，说"已在开译，请万勿重译为幸"。他看得译书好像订婚，自己首先套上约婚戒指了，别人便莫作非分之想。自然，译本是未必一定出版的，倒是暗中解约的居多；不过别人却也因此不敢译，新妇就在闺中老掉。这种广告，现在是久不看见了，但我们今年的唠叨家，却正继承着这一派的正统。他看得翻译好像结婚，有人译过了，第二个便不该再来碰一下，否则，就仿佛引诱了有夫之妇似的，他要来唠叨，当然罗，是维持风化。但在这唠叨里，他不也活活的画出了自己的猥琐的嘴脸了么？

　　前几年，翻译的失了一般读者的信用，学者和大师们的曲说固然是原因之一，但在翻译本身也有一个原因，就是常有胡乱动笔的译本。不过要击退这些乱译，诬赖，开心，唠叨，都没有用处，唯一的好方法是又来一回复译，还不行，就再来一回。譬如赛跑，至少总得有两个人，如果不许有第二人入场，则先在的一个永远是第一名，无论他怎样蹩脚。所以讥笑复译的，虽然表面上好像关心翻译界，其实是在毒害翻译界，比诬赖，开心的更有害，因为他更阴柔。

　　而且复译还不止是击退乱译而已，即使已有好译本，复译也还是必要的。曾有文言译本的，现在当改译白话，不必说了。即使先出的白话译本已很可观，但倘使后来的译者自己觉得可以译得更好，就不妨再来译一遍，无须客气，更不必管那些无聊的唠叨。取旧译的长处，再加上自己的新心得，这才会成功一种近于完全的定本。但因言语跟着时代的变化，将来还可以有新的复译本的，七八次何足为奇，何况中国其实也并没有译过七八次的作品。如果已经有，中国的新文艺倒也许不至于现在似的沉滞了。

三月十六日

　　（原刊 1935 年 4 月《文学》月刊第 4 卷第 4 号，后收入《且介亭杂文二集》）

论讽刺

我们常不免有一种先入之见，看见讽刺作品，就觉得这不是文学上的正路，因为我们先就以为讽刺并不是美德。但我们走到交际场中去，就往往可以看见这样的事实，是两位胖胖的先生，彼此弯腰拱手，满面油晃晃的正在开始他们的扳谈——

"贵姓？……"

"敝姓钱。"

"哦，久仰久仰！还没有请教台甫……"

"草字阔亭。"

"高雅高雅。贵处是……？"

"就是上海……"

"哦哦，那好极了，这真是……"

谁觉得奇怪呢？但若写在小说里，人们可就会另眼相看了，恐怕大概要被算作讽刺。有好些直写事实的作者，就这样的被蒙上了"讽刺家"——很难说是好是坏——的头衔。例如在中国，则《金瓶梅》写蔡御史的自谦和恭维西门庆道："恐我不如安石之才，而君有王右军之高致矣！"还有《儒林外史》写范举人因为守孝，连象牙筷也不肯用，但吃饭时，他却"在燕窝碗里拣了一个大虾圆子送在嘴里"，和这相似的情形是现在还可以遇见的；在外国，则如近来已被中国读者所注意了的果戈理的作品，他那《外套》（韦素园译，在《未名丛刊》中）里的大小官吏，《鼻子》（许遐译，在《译文》中）里的绅士，医生，闲人们之类的典型，是虽在中国的现在，也还可以遇见的。这分明是事实，而且是很广泛的事实，但我们皆谓之讽刺。

人大抵愿意有名，活的时候做自传，死了想有人分讣文，做行实，甚而至于还"宣付国史馆立传"。人也并不全不自知其丑，然而他不愿意改正，只希望随时消掉，不留痕迹，剩下的单是美点，如曾经施粥赈饥之类，却不是全般。"高雅高雅"，他其实何尝不知道有些肉麻，不过他又知道说过就完，"本传"里决不会有，于是也就放心的"高雅"下去。如果有人记了下来，不给它消灭，他可要不高兴了。于是乎挖空心思的来一个反攻，说这些乃是"讽刺"，向作者抹一脸泥，来掩藏自己的真相。但我们也每不免来不及思索，跟着说，"这些乃是讽刺呀！"上当真可是不浅得很。

同一例子的还有所谓"骂人"。假如你到四马路去，看见雉妓在拖住人，倘大声说："野鸡在拉客"，那就会被她骂你是"骂人"。骂人是恶德，于是你先就被判定在坏的一方面了；你坏，对方可就好。但事实呢，却的确是"野鸡在拉客"，不过只可心里知道，说不得，在万不得已时，也只能说"姑娘勒浪①做生意"，恰如对于那些弯腰拱手之辈，做起文章来，是要改作"谦以待人，虚以接物"的。——这才不是骂人，这才不是讽刺。

其实，现在的所谓讽刺作品，大抵倒是写实。非写实决不能成为所谓"讽刺"；非写实的讽刺，即使能有这样的东西，也不过是造谣和诬蔑而已。

三月十六日

（原刊 1935 年 4 月《文学》月刊第 4 卷第 4 号，后收入《且介亭杂文二集》）

论讽刺

① **勒浪** 上海方言，"在"的意思。

从"别字"说开去

　　自从议论写别字①以至现在的提倡手头字②，其间的经过，恐怕也有一年多了，我记得自己并没有说什么话。这些事情，我是不反对的，但也不热心，因为我以为方块字本身就是一个死症，吃点人参，或者想一点什么方法，固然也许可以拖延一下，然而到底是无可挽救的，所以一向就不大注意这回事。

　　前几天在《自由谈》上看见陈友琴③先生的《活字与死字》，才又记起了旧事来。他在那里提到北大招考，投考生写了误字，"刘半农教授作打油诗去嘲弄他，固然不应该"，但我"曲为之辩，亦大可不必"。那投考生的误字，是以"倡明"为"昌明"，刘教授的打油诗，是解"倡"为"娼妓"，我的杂感，是说"倡"不必一定作"娼妓"解，自信还未必是"曲"说；至于"大可不必"之评，那是极有意思的，一个人的言行，从别人看来，"大可不必"之点多得很，要不然，全国的人们就好像是一个了。

　　我还没有明目张胆的提倡过写别字，假如我在做国文教员，学生写了错字，我是要给他改正的，但一面也知道这不过是治标之法。至于去年的指摘刘教授，却和保护别字微有不同。（一）我以为既是学者或教授，年龄至少和学生差十年，不但饭菜多吃了万来碗了，就是每天认一个字，也就要比学生多识三千六百个，比较的高明，

----

　　① **议论写别字**　指刘半农在《阅卷杂诗（六首）》中对学生写别字加以嘲弄，参看本书《"感旧"以后（下）》一文。

　　② **提倡手头字**　手头字，即当时人们日常书写中通行的一些不规范简化字。1935年年初，一些文化教育界人士曾发起推行手头字运动，主张将手头字正式用于出版物。

　　③ **陈友琴**（1902—1996）　原名楚材，字瑟庐，安徽南陵人，学者。当时为上海务本女子中学教师。1946年后在之江大学、杭州师范学校任教。20世纪50年代后在北京大学、中国社会科学院文学研究所从事古典文学研究。著有《温故集》等。他的《活字与死字》一文，原刊1935年3月16日、18日、19日《申报·自由谈》。

是应该的,在考卷里发见几个错字,"大可不必"飘飘然生优越之感,好像得了什么宝贝一样。况且(二)现在的学校,科目繁多,和先前专攻八股的私塾,大不相同了,纵使文字不及从前,正也毫不足怪,先前的不写错字的书生,他知道五洲的所在,原质的名目吗?自然,如果精通科学,又擅文章,那也很不坏,但这不能含含胡胡,责之一般的学生,假使他要学的是工程,那么,他只要能筑堤造路,治河导淮就尽够了,写"昌明"为"倡明",误"留学"为"流学",堤防决不会因此就倒塌的。如果说,别国的学生对于本国的文字,决不致闹出这样的大笑话,那自然可以归罪于中国学生的偏偏不肯学,但也可以归咎于先生的不善教,要不然,那就只能如我所说:方块字本身就是一个死症。

改白话以至提倡手头字,其实也不过一点樟脑针,不能起死回生的,但这就又受着缠不清的障害,至今没有完。还记得提倡白话的时候,保守者对于改革者的第一弹,是说改革者不识字,不通文,所以主张用白话。对于这些打着古文旗子的敌军,是就用古书作"法宝",这才打退的,以毒攻毒,反而证明了反对白话者自己的不识字,不通文。要不然,这古文旗子恐怕至今还不倒下。去年曹聚仁先生为别字辩护,战法也是搬古书,弄得文人学士之自以为识得"正字"者,哭笑不得,因为那所谓"正字"就有许多是别字。这确是轰毁旧营垒的利器。现在已经不大有人来辩文的白不白——但"寻开心"者除外——字的别不别了,因为这会引到今文《尚书》①,骨甲文字②去,麻烦得很。这就是改革者的胜利——至于这改革的损益,自然又作别论。

陈友琴先生的《死字和活字》,便是在这决战之后,重整阵容的最稳的方法,他已经不想从根本上斤斤计较字的错不错,即别不别了。他只问字的活不活;不活,就算错。他引了一段何仲英③先生的

---

① **今文《尚书》** 汉初,伏生所传《尚书》28篇(后得《泰誓》),系用汉代通行的文字(隶书)书写,称今文《尚书》。汉景帝时,在曲阜孔宅壁中发现了用秦汉以前的古文字书写的《尚书》,称古文《尚书》。后世学者对古文《尚书》的真伪存有疑问。

② **骨甲文字** 即甲骨文。商周时契刻在龟甲兽骨上的文字,其中多为占卜记录,称甲骨卜辞。清光绪二十四年(1898)在殷墟(今河南安阳小屯村)开始发现,迄今出土十多万片。这是中国最早有系统的古文字,已发现的单字有五千余个,其中考释过的两千左右。

③ **何仲英**(生卒年未详) 文字学家。曾任上海圣约翰大学、光华大学教授。著有《训诂学引论》《中国文字学大纲》等。另与洪北平合编《白话文范》等。

《中国文字学大纲》来做自己的代表——

> ……古人用通借，也是写别字，也是不该。不过积古相沿，一向通行，到如今没有法子强人改正。假使个个字都能够改正，是《易经》里所说的"幹父之蛊"①。纵使不能，岂可在古人写的别字以外再加许多别字呢？古人写的别字，通行到如今，全国相同，所以还可以解得。今人若添写许多别字，各处用各处的方音去写，别省别县的人，就不能懂得了，后来全国的文字，必定彼此不同，这不是一种大障碍吗？……

这头几句，恕我老实的说罢，是有些可笑的。假如我们先不问有没有法子强人改正，自己先来改正一部古书试试罢，第一个问题是拿什么做"正字"，《说文》②，金文③，骨甲文，还是简直用陈先生的所谓"活字"呢？纵使大家愿意依，主张者自己先就没法改，不能"幹父之蛊"。所以陈先生的代表的接着的主张是已经错定了的，就一任他错下去，但是错不得添，以免将来破坏文字的统一。是非不谈，专论利害，也并不算坏，但直白的说起来，却只是维持现状说而已。

维持现状说是任何时候都有的，赞成者也不会少，然而在任何时候都没有效，因为在实际上决定做不到。假使古时候用此法，就没有今之现状，今用此法，也就没有将来的现状，直至辽远的将来，一切都和太古无异。以文字论，则未有文字之时，就不会象形以造"文"，更不会孳乳而成"字"，篆决不解散而为隶，隶更不简单化为现在之所谓"真书"④。文化的改革如长江大河的流行，无法遏止，假使能够遏止，那就成为死水，纵不干涸，也必腐败的。当然，在流行时，倘无弊害，岂不更是非常之好？然而在实际上，却断没

---

① **"幹父之蛊"**　《周易·蛊》："幹父之蛊，有子，考无咎。"意指儿子纠正或掩盖了父亲的过错。

② **《说文》**　即《说文解字》，东汉许慎撰。我国第一部系统讲解汉字形、音、义的字书。

③ **金文**　商周时青铜器上的铭文，亦称"钟鼎文"。内容多记器主族氏、名字、器物用途等，有的涉及一些重要事件，如祀典、锡命、征伐、契约等。铭文多为铸成，春秋以后亦有镌刻而成。

④ **"真书"**　即楷书。

有这样的事。回复故道的事是没有的，一定有迁移；维持现状的事也是没有的，一定有改变。有百利而无一害的事也是没有的，只可权大小。况且我们的方块字，古人写了别字，今人也写别字，可见要写别字的病根，是在方块字本身的，别字病将与方块字本身并存，除了改革这方块字之外，实在并没有救济的十全好方法。

复古是难了，何先生也承认。不过现状却也维持不下去，因为我们现在一般读书人之所谓"正字"，其实不过是前清取士的规定，一切指示，都在薄薄的三本所谓"翰苑分书"的《字学举隅》① 中，但二十年来，在不声不响中又有了一点改变。从古迄今，什么都在改变，但必须在不声不响中，倘一道破，就一定有窒碍，维持现状说来了，复古说也来了。这些说头自然也无效。但一时不失其为一种窒碍却也是真的，它能够使一部分的有志于改革者迟疑一下子，从招潮者变为乘潮者。

我在这里，要说的只是维持现状说听去好像很稳健，但实际上却是行不通的，史实在不断的证明着它只是一种"并无其事"：仅在这一些。

三月二十一日

（原刊 1935 年 4 月 20 日《芒种》第 1 卷第 4 期，后收入《且介亭杂文二集》）

---

① 《字学举隅》 清代龙启瑞奉谕编撰，同治十三年（1874）刊印。是一部辨正笔画疑似，纠正所谓俗体讹字的字书。因由翰林院二十余人手书上板，故有"翰苑分书"之称。

人生识字胡涂始

中国的成语只有"人生识字忧患始"①，这一句是我翻造的。

孩子们常常给我好教训，其一是学话。他们学话的时候，没有教师，没有语法教科书，没有字典，只是不断的听取，记住，分析，比较，终于懂得每个词的意义，到得两三岁，普通的简单的话就大概能够懂，而且能够说了，也不大有错误。小孩子往往喜欢听人谈天，更喜欢陪客，那大目的，固然在于一同吃点心，但也为了爱热闹，尤其是在研究别人的言语，看有什么对于自己有关系——能懂，该问，或可取的。

我们先前的学古文也用同样的方法，教师并不讲解，只要你死读，自己去记住，分析，比较去。弄得好，是终于能够有些懂，并且竟也可以写出几句来的，然而到底弄不通的也多得很。自以为通，别人也以为通了，但一看底细，还是并不怎么通，连明人小品都点不断的，又何尝少有？人们学话，从高等华人以至下等华人，只要不是聋子或哑子，学不会的是几乎没有的，一到学文，就不同了，学会的恐怕不过极少数，就是所谓学会了的人们之中，请恕我坦白的再来重复的说一句罢，大约仍然胡胡涂涂的还是很不少。这自然是古文作怪。因为我们虽然拚命的读古文，但时间究竟是有限的，不像说话，整天的可以听见；而且所读的书，也许是《庄子》和《文选》呀，《东莱博议》②呀，《古文观止》③呀，从周朝人的文章，一直读到明朝人的文章，非常驳杂，脑子给古今各种马队践踏了一通之后，弄得乱七八遭，但蹄迹当然是有些存留的，这就是所

---

① **"人生识字忧患始"** 见宋代苏轼《石苍舒醉墨堂》诗。

② **《东莱博议》** 旧题《东莱左氏博议》，宋代吕祖谦撰。是一部取《左传》故事加以评说的文集。

③ **《古文观止》** 清代吴楚材、吴调侯编撰的古文选本。收入《左传》《国语》至明人的文章220余篇。

谓"有所得"。这一种"有所得"当然不会清清楚楚，大概是似懂非懂的居多，所以自以为通文了，其实却没有通，自以为识字了，其实也没有识。自己本是胡涂的，写起文章来自然也胡涂，读者看起文章来，自然也不会倒明白。然而无论怎样的胡涂文作者，听他讲话，却大抵清楚，不至于令人听不懂的——除了故意大显本领的讲演之外。因此我想，这"胡涂"的来源，是在识字和读书。

例如我自己，是常常会用些书本子上的词汇的。虽然并非什么冷僻字，或者连读者也并不觉得是冷僻字。然而假如有一位精细的读者，请了我去，交给我一枝铅笔和一张纸，说道，"您老的文章里，说过这山是'峻峭'的，那山是'嶙岩'的，那究竟是怎么一副样子呀？您不会画画儿也不要紧，就钩出一点轮廓来给我看看罢。请，请，请……"这时我就会腋下出汗，恨无地洞可钻。因为我实在连自己也不知道"峻峭"和"嶙岩"究竟是什么样子，这形容词，是从旧书上钞来的，向来就并没有弄明白，一经切实的考查，就糟了。此外如"幽婉"，"玲珑"，"蹒跚"，"嗫嚅"……之类，还多得很。

说是白话文应该"明白如话"，已经要算唱厌了的老调了，但其实，现在的许多白话文却连"明白如话"也没有做到。倘要明白，我以为第一是在作者先把似识非识的字放弃，从活人的嘴上，采取有生命的词汇，搬到纸上来；也就是学学孩子，只说些自己的确能懂的话。至于旧语的复活，方言的普通化，那自然也是必要的，但一须选择，二须有字典以确定所含的意义，这是另一问题，在这里不说它了。

四月二日

（原刊 1935 年 5 月《文学》月刊第 4 卷第 5 号，后收入《且介亭杂文二集》）

“文人相轻”

　　老是说着同样的一句话是要厌的。在所谓文坛上，前年嚷过一回“文人无行”，去年是闹了一通“京派和海派”，今年又出了新口号，叫作“文人相轻”①。

　　对于这风气，口号家很愤恨，他的“真理哭了”，于是大声疾呼，投一切“文人”以轻蔑。“轻蔑”，他是最憎恶的，但因为他们“相轻”，损伤了他理想中的一道同风的天下，害得他自己也只好施行轻蔑术了。自然，这是“即以其人之道，还治其人之身”，是古圣人的良法，但“相轻”的恶弊，可真也不容易除根。

　　我们如果到《文选》里去找词汇的时候，大概是可以遇着“文人相轻”这四个字的，拾来用用，似乎也还有些漂亮。然而，曹聚仁先生已经在《自由谈》（四月九日至十一日）上指明，曹丕之所谓“文人相轻”者，是“文非一体，鲜能备善，是以各以所长，相轻所短”，凡所指摘，仅限于制作的范围。一切别的攻击形体，籍贯，诬赖，造谣，以至施蛰存先生式的“他自己也是这样的呀”②，或魏金枝先生式的“他的亲戚也和我一样了呀”③ 之类，都不在内。倘把这些都作为曹丕所说的“文人相轻”，是混淆黑白，真理虽然大哭，倒增加了文坛的黑暗的。

---

　　① **“文人相轻”** 语出三国魏曹丕《典论·论文》：“文人相轻，自古而然。”1935 年 1 月，林语堂在《论语》第 57 期刊文《做文与做人》，把当时文艺界的论争一概归咎于“文人相轻”“取媚于世”。

　　② **“他自己也是这样的呀”** 1933 年 10 月 8 日，施蛰存在《申报·自由谈》发表《〈庄子〉与〈文选〉》一文，其中说，“新文学作家中，也有玩木刻，考究版本，收罗藏书票，甚至写字台上陈列了小摆设的……”

　　③ **“他的亲戚也和我一样了呀”** 1935 年 4 月，魏金枝在《文饭小品》第 3 期发表《再说“卖文”》一文，其中提到，“（茅盾）问我为什么到教会学校去教书。语意之间，似乎颇为不屑”，“但日子过得不多……茅盾的一个亲戚，想到我在教书的教会学校来找事做了”。

我们如果到《庄子》里去找词汇，大概又可以遇着两句宝贝的教训："彼亦一是非，此亦一是非"，记住了来作危急之际的护身符，似乎也不失为漂亮。然而这是只可暂时口说，难以永远实行的。喜欢引用这种格言的人，那精神的相距之远，更甚于叭儿之与老聃，这里不必说它了。就是庄生自己，不也在《天下篇》里，历举了别人的缺失，以他的"无是非"轻了一切"有所是非"的言行吗？要不然，一部《庄子》，只要"今天天气哈哈哈……"七个字就写完了。

但我们现在所处的并非汉魏之际，也不必恰如那时的文人，一定要"各以所长，相轻所短"。凡批评家的对于文人，或文人们的互相评论，各各"指其所短，扬其所长"固可，即"掩其所短，称其所长"亦无不可。然而那一面一定得有"所长"，这一面一定得有明确的是非，有热烈的好恶。假使被今年新出的"文人相轻"这一个模模胡胡的恶名所吓昏，对于充风流的富儿，装古雅的恶少，销淫书的瘪三，无不"彼亦一是非，此亦一是非"，一律拱手低眉，不敢说或不屑说，那么，这是怎样的批评家或文人呢？——他先就非被"轻"不可的！

四月十四日

（原刊 1935 年 5 月《文学》月刊第 4 卷第 5 号，后收入《且介亭杂文二集》）

"京派"和"海派"

  去年春天，京派大师曾经大大的奚落了一顿海派小丑，海派小丑也曾经小小的回敬了几手，但不多久，就完了。文滩上的风波，总是容易起，容易完，倘使不容易完，也真的不便当。我也曾经略略的赶了一下热闹①，在许多唇枪舌剑中，以为那时我发表的所说，倒也不算怎么分析错了的。其中有这样的一段——

   ……北京是明清的帝都，上海乃各国之租界，帝都多官，租界多商，所以文人之在京者近官，没海者近商，近官者在使官得名，近商者在使商获利，而自己亦赖以糊口。要而言之：不过"京派"是官的帮闲，"海派"则是商的帮忙而已。……而官之鄙商，固亦中国旧习，就更使"海派"在"京派"眼中跌落了。……

  但到得今年春末，不过一整年带点零，就使我省悟了先前所说的并不圆满。目前的事实，是证明着京派已经自己贬损，或是把海派在自己眼睛里抬高，不但现身说法，演述了派别并不专与地域相关，而且实践了"因为爱他，所以恨他"的妙语。当初的京海之争，看作"龙虎斗"固然是错误，就是认为有一条官商之界也不免欠明白。因为现在已经清清楚楚，到底搬出一碗不过黄鳝田鸡，炒在一起的苏式菜——"京海杂烩"来了。

  实例，自然是琐屑的，而且自然也不会有重大的例子。举一点罢。一，是选印明人小品的大权，分给海派来了；以前上海固然也有选印明人小品的人，但也可以说是冒牌的，这回却有了真正老京

---

  ① **我也曾经略略的赶了一下热闹** 鲁迅当时写了收入本书的《"京派"与"海派"》一文。上文提到"京派大师"与"海派小丑"的纠葛，可参看该文及相关注释。

《且介亭杂文二集》中的杂文

派的题签①，所以的确是正统的衣钵。二，是有些新出的刊物②，真正老京派打头，真正小海派煞尾了；以前固然也有京派开路的期刊，但那是半京半海派所主持的东西，和纯粹海派自说是自掏腰包来办的出产品颇有区别的。要而言之：今儿和前儿已不一样，京海两派中的一路，做成一碗了。

到这里要附带一点声明：我是故意不举出那新出刊物的名目来的。先前，曾经有人用过"某"字，什么缘故我不知道。但后来该刊的一个作者在该刊上说，他有一位"熟悉商情"的朋友，以为这是因为不替它来作广告③。这真是聪明的好朋友，不愧为"熟悉商情"。由此启发，子细一想，他的话实在千真万确：被称赞固然可以代广告，被骂也可以代广告，张扬了荣是广告，张扬了辱又何尝非广告。例如罢，甲乙决斗，甲赢，乙死了，人们固然要看杀人的凶手，但也一样的要看那不中用的死尸，如果用芦席围起来，两个铜板看一下，准可以发一点小财。我这回的不说出这刊物的名目来，主意却正在不替它作广告，我有时很不讲阴德，简直要妨碍别人的借死尸敛钱。然而，请老实的看官不要立刻责备我刻薄。他们那里肯放过这机会，他们自己会敲了锣来承认的。

声明太长了一点了。言归正传。我要说的是直到现在，由事实证明，我才明白了去年京派的奚落海派，原来根柢上并不是奚落，倒是路远迢迢的送来的秋波。

文豪，究竟是有真实本领的，法朗士做过一本《泰绮思》④，中国已有两种译本了，其中就透露着这样的消息。他说有一个高僧在沙漠中修行，忽然想到亚历山大府的名妓泰绮思，是一个贻害世道

---

① **真正老京派的题签**　指周作人为施蛰存所编《晚明二十家小品》一书题签。周作人被认为是"京派"文人。

② **有些新出的刊物**　指1935年2月创刊的《文饭小品》月刊。由施蛰存筹资出版，康嗣群编辑。该刊第3期首篇是知堂（周作人）的《食味杂咏论》，末篇是施蛰存的《无相庵断残录》，所以这里说"真正老京派打头，真正小海派煞尾"。

③ **这是因为不替它来作广告**　1935年3月出版的《文饭小品》第2期，有署名酉生的《某刊物》一文，议及《太白》半月刊第11期评论《文饭小品》的两篇短文，"文章一开头都是'某刊物创刊号'那么一句。这地方，我觉得未免'太'不坦'白'了"，"有一位熟悉商情的朋友来看了，他说：'……他们如果在文章中写明了《文饭小品》字样，岂不就等于替你登了广告？'"

④ **《泰绮思》**　今译《苔依丝》，法国作家法朗士1890年出版的长篇小说。当时国内已有的两个中译本是：开明书店1928年出版的《黛丝》，杜衡译；世界书局1929年出版的《女优泰绮思》，徐蔚南译。

人心的人物，他要感化她出家，救她本身，救被惑的青年们，也给自己积无量功德。事情还算顺手，泰绮思竟出家了，他恨恨的毁坏了她在俗时候的衣饰。但是，奇怪得很，这位高僧回到自己的独房里继续修行时，却再也静不下来了，见妖怪，见裸体的女人。他急遁，远行，然而仍然没有效。他自己是知道因为其实爱上了泰绮思，所以神魂颠倒了的，但一群愚民，却还是硬要当他圣僧，到处跟着他祈求，礼拜，拜得他"哑子吃黄连"——有苦说不出。他终于决计自白，跑回泰绮思那里去，叫道"我爱你!"然而泰绮思这时已经离死期不远，自说看见了天国，不久就断气了。

不过京海之争的目前的结局，却和这一本书的不同，上海的泰绮思并没有死，她也张开两条臂膊，叫道"来嘘!"于是——团圆了。

《泰绮思》的构想，很多是应用弗洛伊特的精神分析学说的，倘有严正的批评家，以为算不得"究竟是有真实本领"，我也不想来争辩。但我觉得自己却真如那本书里所写的愚民一样，在没有听到"我爱你"和"来嘘"之前，总以为奚落单是奚落，鄙薄单是鄙薄，连现在已经出了气的弗洛伊特学说也想不到。

到这里又要附带一点声明：我举出《泰绮思》来，不过取其事迹，并非处心积虑，要用妓女来比海派的文人。这种小说中的人物，是不妨随意改换的，即改作隐士，侠客，高人，公主，大少，小老板之类，都无不可。况且泰绮思其实也何可厚非。她在俗时是泼剌的活，出家后就刻苦的修，比起我们的有些所谓"文人"，刚到中年，就自叹道"我是心灰意懒了"的死样活气来，实在更其像人样。我也可以自白一句：我宁可向泼剌的妓女立正，却不愿意和死样活气的文人打棚①。

至于为什么去年北京送秋波，今年上海叫"来嘘"了呢？说起来，可又是事前的推测，对不对很难定了。我想：也许是因为帮闲帮忙，近来都有些"不景气"，所以只好两界合办，把断砖，旧袜，皮袍，洋服，巧克力，梅什儿……之类，凑在一处，重行开张，算是新公司，想借此来新一下主顾们的耳目罢。

四月十四日

（原刊 1935 年 5 月 5 日《太白》第 2 卷第 4 期，后收入《且介亭杂文二集》）

———————————

① **打棚** 上海方言：打趣。

不应该那么写

　　凡是有志于创作的青年，第一个想到的问题，大概总是"应该怎样写?"现在市场上陈列着的"小说作法"，"小说法程"之类，就是专掏这类青年的腰包的。然而，好像没有效，从"小说作法"学出来的作者，我们至今还没有听到过。有些青年是设法去问已经出名的作者，那些答案，还很少见有什么发表，但结果是不难推想而知的：不得要领。这也难怪，因为创作是并没有什么秘诀，能够交头接耳，一句话就传授给别一个的，倘不然，只要有这秘诀，就真可以登广告，收学费，开一个三天包成文豪学校了。以中国之大，或者也许会有罢，但是，这其实是骗子。

　　在不难推想而知的种种答案中，大概总该有一个是"多看大作家的作品"。这恐怕也很不能满文学青年的意，因为太宽泛，茫无边际——然而倒是切实的。凡是已有定评的大作家，他的作品，全部就说明着"应该怎样写"。只是读者很不容易看出，也就不能领悟，因为在学习者一方面，是必须知道了"不应该那么写"，这才会明白原来"应该这么写"的。

　　这"不应该那么写"，如何知道呢? 惠列赛耶夫①的《果戈理研究》第六章里，答复着这问题——

　　　应该这么写，必须从大作家们的完成了的作品去领会。那么，不应该那么写这一面，恐怕最好是从那同一作品的未定稿本去学习了。在这里，简直好像艺术家在对我们用实物教授。恰如他指着每一行，直接对我们这样说——"你看——哪，这是应该删去的。这要缩短，这要改作，因为不自然了。在这里，

---

　　① **惠列赛耶夫**　今译魏列萨耶夫（B. B. Вересаев，1867—1945），苏联作家、批评家。著有长篇小说《绝路》《姐妹们》，论著《阿波罗与狄奥尼斯》等。

还得加些渲染，使形象更加显豁些。"

这确是极有益处的学习法，而我们中国却偏偏缺少这样的教材。近几年来，石印的手稿是有一些了，但大抵是学者的著述或日记。也许是因为向来崇尚"一挥而就"，"文不加点"的缘故罢，又大抵是全本干干净净，看不出苦心删改的痕迹来。取材于外国呢，则即使精通文字，也无法搜罗名作的初版以至改定版的各种本子的。

读书人家的子弟熟悉笔墨，木匠的孩子会玩斧凿，兵家儿早识刀枪，没有这样的环境和遗产，是中国的文学青年的先天的不幸。

在没奈何中，想了一个补救法：新闻上的记事，拙劣的小说，那事件，是也有可以写成一部文艺作品的，不过那记事，那小说，却并非文艺——这就是"不应该这样写"的标本。只是和"应该那样写"，却无从比较了。

四月二十三日

（原刊 1935 年 6 月《文学》月刊第 4 卷第 6 号，后收入《且介亭杂文二集》）

在现代中国的孔夫子[*]

　　新近的上海的报纸，报告着因为日本的汤岛①，孔子的圣庙落成了，湖南省主席何键②将军就寄赠了一幅向来珍藏的孔子的画像。老实说，中国的一般的人民，关于孔子是怎样的相貌，倒几乎是毫无所知的。自古以来，虽然每一县一定有圣庙，即文庙，但那里面大抵并没有圣像。凡是绘画，或者雕塑应该崇敬的人物时，一般是以大于常人为原则的，但一到最应崇敬的人物，例如孔夫子那样的圣人，却好像连形象也成为亵渎，反不如没有的好。这也不是没有道理的。孔夫子没有留下照相来，自然不能明白真正的相貌，文献中虽然偶有记载，但是胡说白道也说不定。若是从新雕塑的话，则除了任凭雕塑者的空想而外，毫无办法，更加放心不下。于是儒者们也终于只好采取"全部，或全无"的勃兰特③式的态度了。

　　然而倘是画像，却也会间或遇见的。我曾经见过三次：一次是《孔子家语》④里的插画；一次是梁启超氏亡命日本时，作为横滨出版的《清议报》⑤上的卷头画，从日本倒输入中国来的；还有一次是刻在汉朝墓石上的孔子见老子的画像。说起从这些图画上所得的孔夫子的模样的印象来，则这位先生是一位很瘦的老头子，身穿大

---

　　* 本文原用日文写作，原刊日本《改造》月刊1935年6月号。中译文最初发表于1935年7月在日本东京出版的《杂文》月刊第2号，题为《孔夫子在现代中国》。
　　① **汤岛**　指日本最大的孔庙"汤岛圣堂"，位于东京文京区御茶之水。建于1690年，1923年毁于关东大地震，1935年4月重建落成时国民政府曾派代表专往参谒。
　　② **何键**（1887—1956）　字芸樵，号容园，湖南醴陵人，国民党将领。保定军官学校出身，1927年任国民革命军第三十五军军长，策动反共的"马日事变"。1929年起任湖南省政府主席，后任赣粤闽湘鄂五省"剿匪"联军西路军总司令等职，参与对中央苏区的军事围剿。1935年当选国民党中央执行委员。抗战时任国民政府内政部长。
　　③ **勃兰特**　挪威作家易卜生的剧作《勃兰特》中的主人公。他所恪守的人生信条是："若非完全，宁可不要。"
　　④ **《孔子家语》**　辑录孔子言行事略的书，三国魏王肃辑注。
　　⑤ **《清议报》**　旬刊，梁启超等主编。1898年在日本横滨创刊，1901年12月停刊。

袖口的长袍子，腰带上插着一把剑，或者腋下挟着一枝杖，然而从来不笑，非常威风凛凛的。假使在他的旁边侍坐，那就一定得把腰骨挺的笔直，经过两三点钟，就骨节酸痛，倘是平常人，大约总不免急于逃走的了。

后来我曾到山东旅行。在为道路的不平所苦的时候，忽然想到了我们的孔夫子。一想起那具有俨然道貌的圣人，先前便是坐着简陋的车子，颠颠簸簸，在这些地方奔忙的事来，颇有滑稽之感。这种感想，自然是不好的，要而言之，颇近于不敬，倘是孔子之徒，恐怕是决不应该发生的。但在那时候，怀着我似的不规矩的心情的青年，可是多得很。

我出世的时候是清朝的末年，孔夫子已经有了"大成至圣文宣王"① 这一个阔得可怕的头衔，不消说，正是圣道支配了全国的时代。政府对于读书的人们，使读一定的书，即四书和五经；使遵守一定的注释；使写一定的文章，即所谓"八股文"；并且使发一定的议论。然而这些千篇一律的儒者们，倘是四方的大地，那是很知道的，但一到圆形的地球，却什么也不知道，于是和四书上并无记载的法兰西和英吉利打仗而失败了。不知道为了觉得与其拜着孔夫子而死，倒不如保存自己们之为得计呢，还是为了什么，总而言之，这回是拼命尊孔的政府和官僚先就动摇起来，用官帑大翻起洋鬼子的书籍来了。属于科学上的古典之作的，则有侯失勒②的《谈天》，雷侠儿③的《地学浅释》，代那④的《金石识别》，到现在也还作为那时的遗物，间

---

① "大成至圣文宣王" 唐玄宗开元二十七年（739）追谥孔子为"文宣王"；宋真宗大中祥符元年（1008）加"玄圣"二字，后以避讳改为"至圣文宣王"；元成宗大德十一年（1307），武宗即位后加谥"至圣文宣王"为"大成至圣文宣王"。

② 侯失勒 今译赫敬尔（J. F. W. Herschel, 1792—1871），英国天文学家、化学家。曾编制南北天星云表和观星表，测定许多恒星亮度。在化学研究中，发现连二亚硫酸钠对银盐的溶解力，在摄影上有重要意义。其主要著作《天文学纲要》，1859 年中译本名《谈天》。另著有《论自然哲学研究》等。

③ 雷侠儿 今译赖尔（Charles Lyell, 1797—1875），英国地质学家。曾任伦敦大学英王学院教授、英国皇家学会会长。他提出地球表面是在持续不断地发生缓慢改变的理论（即"均变论"），纠正了当时地质研究中"激变论"（或称"灾变论"）的片面性。其主要著作《地质学原理》，1871 年中译本名《地学浅释》。

④ 代那 今译达纳（James Dwight Dana, 1813—1895），美国博物学家、地质学家。曾任耶鲁大学、哈佛大学教授、美国地质学会主席。创立达纳晶面符号法，对早期矿物分类有重大贡献。其主要著作《系统矿物学》，1871 年中译本名《金石识别》。另著有《地质学教程》《火山的特征》等。

或躺在旧书铺子里。

然而一定有反动。清末之所谓儒者的结晶，也是代表的大学士徐桐①氏出现了。他不但连算学也斥为洋鬼子的学问；他虽然承认世界上有法兰西和英吉利这些国度，但西班牙和葡萄牙的存在，是决不相信的，他主张这是法国和英国常常来讨利益，连自己也不好意思了，所以随便胡诌出来的国名。他又是一九〇〇年的有名的义和团的幕后的发动者，也是指挥者。但是义和团完全失败，徐桐氏也自杀。政府就又以为外国的政治法律和学问技术颇有可取之处了。我的渴望到日本去留学，也就在那时候。达了目的，入学的地方，是嘉纳先生所设立的东京的弘文学院②；在这里，三泽力太郎先生教我水是养气和轻气所合成，山内繁雄先生教我贝壳里的什么地方其名为"外套"。这是有一天的事情。学监大久保先生集合起大家来，说：因为你们都是孔子之徒，今天到御茶之水的孔庙里去行礼罢！我大吃了一惊。现在还记得那时心里想，正因为绝望于孔夫子和他的之徒，所以到日本来的，然而又是拜么？一时觉得很奇怪。而且发生这样感觉的，我想决不止我一个人。

但是，孔夫子在本国的不遇，也并不是始于二十世纪的。孟子批评他为"圣之时者也"，倘翻成现代语，除了"摩登圣人"实在也没有别的法。为他自己计，这固然是没有危险的尊号，但也不是十分值得欢迎的头衔。不过在实际上，却也许并不这样子。孔夫子的做定了"摩登圣人"是死了以后的事，活着的时候却是颇吃苦头的。跑来跑去，虽然曾经贵为鲁国的警视总监③，而又立刻下野，失业了；并且为权臣所轻蔑，为野人所嘲弄，甚至于为暴民所包围，饿扁了肚子。弟子虽然收了三千名，中用的却只有七十二，然而真可以相信的又只有一个人。有一天，孔夫子愤慨道："道不行，乘桴浮于海，从我者，其由与？"④从这消极的打算上，就可以窥见那消

①　**徐桐**（1819—1900）　字荫轩，清末汉军正蓝旗人。官礼部尚书、吏部尚书。光绪二十二年（1896）为体仁阁大学士。崇尚宋儒学说，反对维新变法。八国联军攻入北京时自缢。

②　**弘文学院**　一所专为中国留学生设立的学习日语和基础课程的预备学校。嘉纳治五郎（1860—1938）于1902年创办，后于1909年停办。

③　**鲁国的警视总监**　孔子曾任鲁国司寇，掌刑狱、纠察。按：警视总监是日本主管警察事务的最高长官。

④　**"道不行，乘桴浮于海，从我者，其由与？"**　孔子的这句话见《论语·公冶长》。桴，竹筏或木簰；由，孔子的弟子仲由，即子路。

息。然而连这一位由，后来也因为和敌人战斗，被击断了冠缨，但真不愧为由呀，到这时候也还不忘记从夫子听来的教训，说道"君子死，冠不免"①，一面系着冠缨，一面被人砍成肉酱了。连唯一可信的弟子也已经失掉，孔子自然是非常悲痛的，据说他一听到这信息，就吩咐去倒掉厨房里的肉酱云②。

孔夫子到死了以后，我以为可以说是运气比较的好一点。因为他不会噜苏了，种种的权势者便用种种的白粉给他来化妆，一直抬到吓人的高度。但比起后来输入的释迦牟尼来，却实在可怜得很。诚然，每一县固然都有圣庙即文庙，可是一副寂寞的冷落的样子，一般的庶民，是决不去参拜的，要去，则是佛寺，或者是神庙。若向老百姓们问孔夫子是什么人，他们自然回答是圣人，然而这不过是权势者的留声机。他们也敬惜字纸，然而这是因为倘不敬惜字纸，会遭雷殛的迷信的缘故；南京的夫子庙固然是热闹的地方，然而这是因为另有各种玩耍和茶店的缘故。虽说孔子作《春秋》而乱臣贼子惧③，然而现在的人们，却几乎谁也不知道一个笔伐了的乱臣贼子的名字。说到乱臣贼子，大概以为是曹操，但那并非圣人所教，却是写了小说和剧本的无名作家所教的。

总而言之，孔夫子之在中国，是权势者们捧起来的，是那些权势者或想做权势者们的圣人，和一般的民众并无什么关系。然而对于圣庙，那些权势者也不过一时的热心。因为尊孔的时候已经怀着别样的目的，所以目的一达，这器具就无用，如果不达呢，那可更加无用了。在三四十年以前，凡有企图获得权势的人，就是希望做官的人，都是读"四书"和"五经"，做"八股"，别一些人就将这些书籍和文章，统名之为"敲门砖"。这就是说，文官考试一及第，这些东西也就同时被忘却，恰如敲门时所用的砖头一样，门一开，这砖头也就被抛掉了。孔子这人，其实是自从死了以后，也总是当着"敲门砖"的差使的。

一看最近的例子，就更加明白。从二十世纪的开始以来，孔夫子的运气是很坏的，但到袁世凯时代，却又被从新记得，不但恢复

---

① **"君子死，冠不免"** 《左传·哀公十五年》："石乞、盂黡敌子路，以戈击之，断缨。子路曰：'君子死，冠不免。'结缨而死。"

② **倒掉厨房里的肉酱云** 事见《孔子家语·子贡问》。

③ **孔子作《春秋》而乱臣贼子惧** 《孟子·滕文公下》："孔子成《春秋》而乱臣贼子惧。"

了祭典,还新做了古怪的祭服,使奉祀的人们穿起来。跟着这事而出现的便是帝制。然而那一道门终于没有敲开,袁氏在门外死掉了。余剩的是北洋军阀,当觉得渐近末路时,也用它来敲过另外的幸福之门。盘据着江苏和浙江,在路上随便砍杀百姓的孙传芳将军,一面复兴了投壶之礼;钻进山东,连自己也数不清金钱和兵丁和姨太太的数目了的张宗昌将军,则重刻了《十三经》,而且把圣道看作可以由肉体关系来传染的花柳病一样的东西,拿一个孔子后裔的谁来做了自己的女婿。然而幸福之门,却仍然对谁也没有开。

这三个人,都把孔夫子当作砖头用,但是时代不同了,所以都明明白白的失败了。岂但自己失败而已呢,还带累孔子也更加陷入了悲境。他们都是连字也不大认识的人物,然而偏要大谈什么《十三经》之类,所以使人们觉得滑稽;言行也太不一致了,就更加令人讨厌。既已厌恶和尚,恨及袈裟,而孔夫子之被利用为或一目的的器具,也从新看得格外清楚起来,于是要打倒他的欲望,也就越加旺盛。所以把孔子装饰得十分尊严时,就一定有找他缺点的论文和作品出现。即使是孔夫子,缺点总也有的,在平时谁也不理会,因为圣人也是人,本是可以原谅的。然而如果圣人之徒出来胡说一通,以为圣人是这样,是那样,所以你也非这样不可的话,人们可就禁不住要笑起来了。五六年前,曾经因为公演了《子见南子》①这剧本,引起过问题,在那个剧本里,有孔夫子登场,以圣人而论,固然不免略有欠稳重和呆头呆脑的地方,然而作为一个人,倒是可爱的好人物。但是圣裔们非常愤慨,把问题一直闹到官厅里去了。因为公演的地点,恰巧是孔夫子的故乡,在那地方,圣裔们繁殖得非常多,成着使释迦牟尼和苏格拉第都自愧弗如的特权阶级。然而,那也许又正是使那里的非圣裔的青年们,不禁特地要演《子见南子》的原因罢。

中国的一般的民众,尤其是所谓愚民,虽称孔子为圣人,却不觉得他是圣人;对于他,是恭谨的,却不亲密。但我想,能像中国的愚民那样,懂得孔夫子的,恐怕世界上是再也没有的了。不错,

---

① 《子见南子》 林语堂所作独幕话剧,根据孔子由鲁至卫见卫灵公夫人南子的史料写成。剧本刊于 1928 年 11 月《奔流》第 1 卷第 6 期。1929 年 6 月,山东省立第二师范学校(设在曲阜)举行游艺会,学生演出此剧,在当地引起轩然大波。曲阜孔氏六十户族人具呈向国民政府内政部、教育部控告,诉以辱孔罪名。结果该校校长宋还吾被撤职调离。

孔夫子曾经计划过出色的治国的方法，但那都是为了治民众者，即权势者设想的方法，为民众本身的，却一点也没有。这就是"礼不下庶人"。成为权势者们的圣人，终于变了"敲门砖"，实在也叫不得冤枉。和民众并无关系，是不能说的，但倘说毫无亲密之处，我以为怕要算是非常客气的说法了。不去亲近那毫不亲密的圣人，正是当然的事，什么时候都可以，试去穿了破衣，赤着脚，走上大成殿去看看罢，恐怕会像误进上海的上等影戏院或者头等电车一样，立刻要受斥逐的。谁都知道这是大人老爷们的物事，虽是"愚民"，却还没有愚到这步田地的。

四月二十九日

（原刊 1935 年 6 月号日本《改造》月刊，中译文原刊 1935 年 7 月在日本《杂文》月刊第 2 号，后收入《且介亭杂文二集》）

论"人言可畏"

　　"人言可畏"是电影明星阮玲玉①自杀之后，发见于她的遗书中的话。这哄动一时的事件，经过了一通空论，已经渐渐冷落了，只要《玲玉香消记》一停演，就如去年的艾霞②自杀事件一样，完全烟消火灭。她们的死，不过像在无边的人海里添了几粒盐，虽然使扯淡的嘴巴们觉得有些味道，但不久也还是淡，淡，淡。

　　这句话，开初是也曾惹起一点小风波的。有评论者，说是使她自杀之咎，可见也在日报记事对于她的诉讼事件的张扬；不久就有一位记者公开的反驳，以为现在的报纸的地位，舆论的威信，可怜极了，那里还有丝毫主宰谁的运命的力量，况且那些记载，大抵采自经官的事实，绝非捏造的谣言，旧报具在，可以复按。所以阮玲玉的死，和新闻记者是毫无关系的。

　　这都可以算是真实话。然而——也不尽然。

　　现在的报章之不能像个报章，是真的；评论的不能逞心而谈，失了威力，也是真的，明眼人决不会过分的责备新闻记者。但是，新闻的威力其实是并未全盘坠地的，它对甲无损，对乙却会有伤；对强者它是弱者，但对更弱者它却还是强者，所以有时虽然吞声忍气，有时仍可以耀武扬威。于是阮玲玉之流，就成了发扬余威的好

---

　　① 阮玲玉（1910—1935）　原名玉英，艺名玲玉，广东香山（今中山）人，电影演员。1926年进入明星影片公司，开始演员生涯。1930年因主演《故都春梦》而享誉影坛。后主演《三个摩登女性》《小玩意》《新女性》等，皆获成功。1935年3月8日，因婚姻问题受人诽谤而服毒自杀。

　　② 艾霞（1912—1934）　原名严以南，福建厦门人，电影演员。早年与表兄恋爱，遭家庭反对，出走上海。初入戏剧界，1932年从影，主演《春蚕》《时代的女儿》《丰年》等影片。1933年，自编并主演自传性影片《现代一女性》。后被小报恶语中伤，于1934年2月12日服烟土自杀。事后，联华影业公司取材于艾霞的悲剧事件，拍摄了由蔡楚生执导，阮玲玉主演的《新女性》一片。该片上映之后，阮玲玉又遭小报中伤而自杀，此即当年轰动一时的"《新女性》事件"。

材料了，因为她颇有名，却无力。小市民总爱听人们的丑闻，尤其是有些熟识的人的丑闻。上海的街头巷尾的老虔婆，一知道近邻的阿二嫂家有野男人出入，津津乐道，但如果对她讲甘肃的谁在偷汉，新疆的谁在再嫁，她就不要听了。阮玲玉正在现身银幕，是一个大家认识的人，因此她更是给报章凑热闹的好材料，至少也可以增加一点销场。读者看了这些，有的想："我虽然没有阮玲玉那么漂亮，却比她正经"；有的想："我虽然不及阮玲玉的有本领，却比她出身高"；连自杀了之后，也还可以给人想："我虽然没有阮玲玉的技艺，却比她有勇气，因为我没有自杀。"化几个铜元就发见了自己的优胜，那当然是很上算的。但靠演艺为生的人，一遇到公众发生了上述的前两种的感想，她就够走到末路了。所以我们且不要高谈什么连自己也并不了然的社会组织或意志强弱的滥调，先来设身处地的想一想罢，那么，大概就会知道阮玲玉的以为"人言可畏"，是真的，或人的以为她的自杀，和新闻记事有关，也是真的。

但新闻记者的辩解，以为记载大抵采自经官的事实，却也是真的。上海的有些介乎大报和小报之间的报章，那社会新闻，几乎大半是官司已经吃到公安局或工部局去了的案件。但有一点坏习气，是偏要加上些描写，对于女性，尤喜欢加上些描写；这种案件，是不会有名公巨卿在内的，因此也更不妨加上些描写。案中的男人的年纪和相貌，是大抵写得老实的，一遇到女人，可就要发挥才藻了，不是"徐娘半老，风韵犹存"，就是"豆蔻年华，玲珑可爱"。一个女孩儿跑掉了，自奔或被诱还不可知，才子就断定道，"小姑独宿，不惯无郎"，你怎么知道？一个村妇再醮了两回，原是穷乡僻壤的常事，一到才子的笔下，就又赐以大字的题目道，"奇淫不减武则天"，这程度你又怎么知道？这些轻薄句子，加之村姑，大约是并无什么影响的，她不识字，她的关系人也未必看报。但对于一个智识者，尤其是对于一个出到社会上了的女性，却足够使她受伤，更不必说故意张扬，特别渲染的文字了。然而中国的习惯，这些句子是摇笔即来，不假思索的，这时不但不会想到这也是玩弄着女性，并且也不会想到自己乃是人民的喉舌。但是，无论你怎么描写，在强者是毫不要紧的，只消一封信，就会有正误或道歉接着登出来，不过无拳无勇如阮玲玉，可就正做了吃苦的材料了，她被额外的画上一脸花，没法洗刷。叫她奋斗吗？她没有机关报，怎么奋斗；有冤无头，有怨无主，和谁奋斗呢？我们又可以设身处地的想一想，那么，大概就又知她的以为"人言可畏",是真的,或人的以为她的自杀,和新闻记事有关,也是真的。

然而,先前已经说过,现在的报章的失了力量,却也是真的,不过我以为还没有到达如记者先生所自谦,竟至一钱不值,毫无责任的时候。因为它对于更弱者如阮玲玉一流人,也还有左右她命运的若干力量的,这也就是说,它还能为恶,自然也还能为善。"有闻必录"或"并无能力"的话,都不是向上的负责的记者所该采用的口头禅,因为在实际上,并不如此,——它是有选择的,有作用的。

至于阮玲玉的自杀,我并不想为她辩护。我是不赞成自杀,自己也不豫备自杀的。但我的不豫备自杀,不是不屑,却因为不能。凡有谁自杀了,现在是总要受一通强毅的评论家的呵斥,阮玲玉当然也不在例外。然而我想,自杀其实是不很容易,决没有我们不豫备自杀的人们所渺视的那么轻而易举的。倘有谁以为容易么,那么,你倒试试看!

自然,能试的勇者恐怕也多得很,不过他不屑,因为他有对于社会的伟大的任务。那不消说,更加是好极了,但我希望大家都有一本笔记簿,写下所尽的伟大的任务来,到得有了曾孙的时候,拿出来算一算,看看怎么样。

五月五日

(原刊 1935 年 5 月 20 日《太白》半月刊第 2 卷第 5 期,后收入《且介亭杂文二集》)

再论"文人相轻"

　　今年的所谓"文人相轻",不但是混淆黑白的口号,掩护着文坛的昏暗,也在给有一些人"挂着羊头卖狗肉"的。

　　真的"各以所长,相轻所短"的能有多少呢!我们在近几年所遇见的,有的是"以其所短,轻人所短"。例如白话文中,有些是诘屈难读的,确是一种"短",于是有人提了小品或语录,向这一点昂然进攻了,但不久就露出尾巴来,暴露了他连对于自己所提倡的文章,也常常点着破句①,"短"得很。有的却简直是"以其所短,轻人所长"了。例如轻蔑"杂文"的人②,不但他所用的也是"杂文",而他的"杂文",比起他所轻蔑的别的"杂文"来,还拙劣到不能相提并论。那些高谈阔论,不过是契诃夫(A. Chekhov)所指出的登了不识羞的顶颠,傲视着一切,被轻者是无福和他们比较的,更从什么地方"相"起?现在谓之"相",其实是给他们一扬,靠了这"相",也是"文人"了。然而,"所长"呢?

　　况且现在文坛上的纠纷,其实也并不是为了文笔的短长。文学的修养,决不能使人变成木石,所以文人还是人,既然还是人,他心里就仍然有是非,有爱憎;但又因为是文人,他的是非就愈分明,爱憎也愈热烈。从圣贤一直敬到骗子屠夫,从美人香草一直爱到麻疯病菌的文人,在这世界上是找不到的,遇见所是和所爱的,他就拥抱,遇见所非和所憎的,他就反拨。如果第三者不以为然了,可以指出他所非的其实是"是",他所憎的其实该爱来,单用了笼统的

---

　　① **常常点着破句**　林语堂的文字常有这种低级错误,譬如在《论个人笔调》一文中,将引文"有时过客题诗,山门系马;竟日高人看竹,方丈留鸾"一句,错点为:"有时过客题诗山门,系马竟日;高人看竹,方丈留鸾。"其文刊于 1934 年 7 月《新语林》创刊号。

　　② **轻蔑"杂文"的人**　指林希隽。参看本书《商贾的批评》一文及"林希隽"和"还有一位希隽先生"注条。

"文人相轻"这一句空话，是不能抹杀的，世间还没有这种便宜事。一有文人，就有纠纷，但到后来，谁是谁非，孰存孰亡，都无不明明白白。因为还有一些读者，他的是非爱憎，是比和事老的评论家还要清楚的。

然而，又有人来恐吓了。他说，你不怕么？古之嵇康，在柳树下打铁，钟会①来看他，他不客气，问道："何所闻而来，何所见而去？"于是得罪了钟文人，后来被他在司马懿②面前搬是非，送命了。所以你无论遇见谁，应该赶紧打拱作揖，让坐献茶，连称"久仰久仰"才是。这自然也许未必全无好处，但做文人做到这地步，不是很有些近乎婊子了么？况且这位恐吓家的举例，其实也是不对的。嵇康的送命，并非为了他是傲慢的文人，大半倒因为他是曹家的女婿，即使钟会不去搬是非，也总有人去搬是非的，所谓"重赏之下，必有勇夫"者是也。

不过我在这里，并非主张文人应该傲慢，或不妨傲慢，只是说，文人不应该随和；而且文人也不会随和，会随和的，只有和事老。但这不随和，却又并非回避，只是唱着所是，颂着所爱，而不管所非和所憎；他得像热烈地主张着所是一样，热烈地攻击着所非，像热烈地拥抱着所爱一样，更热烈地拥抱着所憎——恰如赫尔库来斯（Hercules）的紧抱了巨人安太乌斯（Antaeus）一样，因为要折断他的肋骨③。

五月五日

（原刊 1935 年 6 月《文学》月刊第 4 卷第 6 号，后收入《且介亭杂文二集》）

---

① **钟会**（225—264） 字士季，三国时颍川长社（今河南长葛）人。精练名理，深谙计谋，曾为司马昭所宠信。后矫太后遗诏起兵反司马昭，为乱兵所杀。他拜访嵇康受冷落一事，参看本书《一思而行》一文"何所闻而来，何所见而去"注条。此事使其衔恨在心，后谮言嵇康曾助毌丘俭谋反，且言论放荡，司马昭遂杀嵇康。

② **司马懿**（179—251） 字仲达，三国时河内温县（今属河南）人，三国魏政治家、军事家。初为曹操主簿，后为曹丕所倚重。魏明帝时，任大将军。后曹芳即位时，专擅国政。此处"**司马懿**"应为其次子司马昭（211—265），字子上，高贵乡公曹髦时为大将军，后加封晋公，进位相国。景元四年（263）灭蜀，称晋王。后晋武帝（昭子司马炎）代魏，谥文帝。

③ 据古希腊神话，赫尔库莱斯是大神宙斯的儿子，安太乌斯是地神盖娅的儿子。赫尔库莱斯得知安太乌斯的力量赖以大地，因而在搏斗中将他紧紧抱起，使他离开地面，终于扼死了他。

文坛三户

二十年来，中国已经有了一些作家，多少作品，而且至今还没有完结，所以有个"文坛"，是毫无可疑的。不过搬出去开博览会，却还得顾虑一下。

因为文字的难，学校的少，我们的作家里面，恐怕未必有村姑变成的才女，牧童化出的文豪。古时候听说有过一面看牛牧羊，一面读经，终于成了学者的人的，但现在恐怕未必。——我说了两回"恐怕未必"，倘真有例外的天才，尚希鉴原为幸。要之，凡有弄弄笔墨的人们，他先前总有一点凭借：不是祖遗的正在少下去的钱，就是父积的还在多起来的钱。要不然，他就无缘读书识字。现在虽然有了识字运动，我也不相信能够由此运出作家来。所以这文坛，从阴暗这方面看起来，暂时大约还要被两大类子弟，就是"破落户"和"暴发户"所占据。

已非暴发，又未破落的，自然也颇有出些著作的人，但这并非第三种，不近于甲，即近于乙的，至于掏腰包印书，仗旁资出版者，那是文坛上的捐班，更不在本论范围之内。所以要说专仗笔墨的作者，首先还得求之于破落户中。他先世也许暴发过，但现在是文雅胜于算盘，家景大不如意了，然而又因此看见世态的炎凉，人生的苦乐，于是真的有些抚今追昔，"缠绵悱恻"起来。一叹天时不良，二叹地理可恶，三叹自己无能。但这无能又并非真无能，乃是自己不屑有能，所以这无能的高尚，倒远在有能之上。你们剑拔弩张，汗流浃背，到底做成了些什么呢？惟我的颓唐相，是"十年一觉扬州梦"①，惟我的破衣上，是"襟上杭州旧酒痕"②，连懒态和污渍，也都有历史的甚深意义的。可惜俗人不懂得，于是他们的杰作上，

---

① "十年一觉扬州梦" 唐代杜牧《遣怀》诗中的句子。
② "襟上杭州旧酒痕" 唐代白居易《故衫》诗中的句子。

就大抵放射着一种特别的神彩，是："顾影自怜"。

暴发户作家的作品，表面上和破落户的并无不同。因为他意在用墨水洗去铜臭，这才爬上一向为破落户所主宰的文坛来，以自附于"风雅之林"，又并不想另树一帜，因此也决不标新立异。但仔细一看，却是属于别一本户口册上的；他究竟显得浅薄，而且装腔，学样。房里会有断句的诸子，看不懂；案头也会有石印的骈文，读不断。也会嚷"襟上杭州旧酒痕"呀，但一面又怕别人疑心他穿破衣，总得设法表示他所穿的乃是笔挺的洋服或簇新的绸衫；也会说"十年一觉扬州梦"的，但其实倒是并不挥霍的好品行，因为暴发户之于金钱，觉得比懒态和污渍更有历史的甚深的意义。破落户的颓唐，是掉下来的悲声，暴发户的做作的颓唐，却是"爬上去"的手段。所以那些作品，即使摹拟到和破落户的杰作几乎相同，但一定还差一尘：他其实并不"顾影自怜"，倒在"沾沾自喜"。

这"沾沾自喜"的神情，从破落户的眼睛看来，就是所谓"小家子相"，也就是所谓"俗"。风雅的定律，一个人离开"本色"，是就要"俗"的。不识字人不算俗，他要掉文，又掉不对，就俗；富家儿郎也不算俗，他要做诗，又做不好，就俗了。这在文坛上，向来为破落户所鄙弃。

然而破落户到了破落不堪的时候，这两户却有时可以交融起来的。如果谁有在找"词汇"的《文选》，大可以查一查，我记得里面就有一篇弹文①，所弹的乃是一个败落的世家，把女儿嫁给了暴发而冒充世家的满家子：这就足见两户的怎样反拨，也怎样的联合了。文坛上自然也有这现象；但在作品上的影响，却不过使暴发户增添一些得意之色，破落户则对于"俗"变为谦和，向别方面大谈其风雅而已：并不怎么大。

暴发户爬上文坛，固然未能免俗，历时既久，一面持筹握算，一面诵诗读书，数代以后，就雅起来，待到藏书日多，藏钱日少的时候，便有做真的破落户文学的资格了。然而时势的飞速的变化，有时能不给他这许多修养的工夫，于是暴发不久，破落随之，既"沾沾自喜"，也"顾影自怜"，但却又失去了"沾沾自喜"的确信，可又还没有配得"顾影自怜"的风姿，仅存无聊，连古之所谓雅俗

---

① **一篇弹文** 指《文选》"弹事"类所收南朝梁沈约《奏弹王源》一文。弹文，弹劾官吏的奏章，亦称弹章、弹事。六朝时特指御史中丞的劾奏。

也说不上了。向来无定名，我姑且名之为"破落暴发户"罢。这一户，此后是恐怕要多起来的。但还要有变化：向积极方面走，是恶少；向消极方面走，是瘪三。

使中国的文学有起色的人，在这三户之外。

六月六日

（原刊 1935 年 7 月《文学》月刊第 5 卷第 1 号，后收入《且介亭杂文二集》）

从帮忙到扯淡

"帮闲文学"① 曾经算是一个恶毒的贬辞，——但其实是误解的。

《诗经》是后来的一部经，但春秋时代，其中的有几篇就用之于侑酒；屈原是"楚辞"的开山老祖，而他的《离骚》，却只是不得帮忙的不平。到得宋玉②，就现有的作品看起来，他已经毫无不平，是一位纯粹的清客了。然而《诗经》是经，也是伟大的文学作品；屈原宋玉，在文学史上还是重要的作家。为什么呢？——就因为他究竟有文采。

中国的开国的雄主，是把"帮忙"和"帮闲"分开来的，前者参与国家大事，作为重臣，后者却不过叫他献诗作赋，"俳优蓄之"③，只在弄臣④之例。不满于后者的待遇的是司马相如⑤，他常常称病，不到武帝面前去献殷勤，却暗暗的作了关于封禅⑥的文章，藏在家里，以见他也有计画大典——帮忙的本领，可惜等到大家知道的时候，他已经"寿终正寝"了。然而虽然并未实际上参与封禅的大典，司马相如在文学史上也还是很重要的作家。为什么呢？就因为他究竟有文采。

---

① **"帮闲文学"** 鲁迅 1932 年曾在题为《帮忙文学与帮闲文学》的讲演中说："那些会念书会下棋会画画的人，陪主人念念书，下下棋，画几笔画，这叫帮闲，也就是篾片，所以帮闲文学又名篾片文学。"

② **宋玉** 战国时楚国鄢（今湖北宜城）人，辞赋家。或说是屈原弟子，曾为楚顷襄王大夫。《汉书·艺文志》著录宋玉赋 16 篇，已佚。传世作品仅《九辩》《招魂》等 6 篇。

③ **"俳优蓄之"** 俳优，古代以乐舞作谐戏的艺人。"俳优蓄之"，指帝王将一些文人、近臣像艺人一样豢养着。《汉书·严助传》："其尤亲幸者，东方朔、枚皋、严助、吾丘寿王、司马相如。相如常称疾避事。朔、皋不根持论，上颇俳优蓄之。"

④ **弄臣** 帝王亲近狎玩之臣。

⑤ **司马相如**（前 179—前 118） 字长卿，汉蜀郡成都（今属四川）人，辞赋家。武帝时因献赋被任命为郎，有《子虚赋》《上林赋》等。

⑥ **封禅** 古时帝王在泰山举行的祭祀活动。登泰山筑坛祭天曰"封"，在山南梁父山上辟基祭地曰"禅"。秦始皇、汉武帝都曾举行过这种大典。

但到文雅的庸主时，"帮忙"和"帮闲"的可就混起来了，所谓国家的柱石，也常是柔媚的词臣，我们在南朝的几个末代时，可以找出这实例。然而主虽然"庸"，却不"陋"，所以那些帮闲者，文采却究竟还有的，他们的作品，有些也至今不灭。

谁说"帮闲文学"是一个恶毒的贬辞呢？

就是权门的清客，他也得会下几盘棋，写一笔字，画画儿，识古董，懂得些猜拳行令，打趣插科，这才能不失其为清客。也就是说，清客，还要有清客的本领的，虽然是有骨气者所不屑为，却又非搭空架者所能企及。例如李渔①的《一家言》，袁枚的《随园诗话》，就不是每个帮闲都做得出来的。必须有帮闲之志，又有帮闲之才，这才是真正的帮闲。如果有其志而无其才，乱点古书，重抄笑话，吹拍名士，拉扯趣闻，而居然不顾脸皮，大摆架子，反自以为得意，——自然也还有人以为有趣，——但按其实，却不过"扯淡"而已。

帮闲的盛世是帮忙，到末代就只剩了这扯淡。

六月六日

（原刊 1935 年 9 月《杂文》月刊第 3 号，后收入《且介亭杂文二集》）

---

① **李渔**（1611—约1679） 字笠鸿，号笠翁，浙江兰溪人，清代戏曲家、诗人、小说家。《一家言》是他的诗文杂著合集。

"题未定"草

一

极平常的豫想，也往往会给实验打破。我向来总以为翻译比创作容易，因为至少是无须构想。但到真的一译，就会遇着难关，譬如一个名词或动词，写不出，创作时候可以回避，翻译上却不成，也还得想，一直弄到头昏眼花，好像在脑子里面摸一个急于要开箱子的钥匙，却没有。严又陵①说，"一名之立，旬月踟蹰"，是他的经验之谈，的的确确的。

新近就因为豫想的不对，自己找了一个苦吃。《世界文库》的编者②要我译果戈理的《死魂灵》，没有细想，一口答应了。这书我不过曾经草草的看过一遍，觉得写法平直，没有现代作品的希奇古怪，那时的人们还在蜡烛光下跳舞，可见也不会有什么摩登名词，为中国所未有，非译者来闭门生造不可的。我最怕新花样的名词，譬如电灯，其实也不算新花样了，一个电灯的另件，我叫得出六样：花线，灯泡，灯罩，沙袋③，扑落④，开关。但这是上海话，那后三个，在别处怕就行不通。《一天的工作》⑤里有一篇短篇，讲到铁厂，后来有一位在北方铁厂里的读者给我一封信，说其中的机件名目，没有一个能够使他知道实物是什么的。呜呼，——这里只好呜呼了——其实这些名目，大半乃是十九世纪末我在江南学习挖矿时，

---

① **严又陵** 即严复。"一名之立，旬月踟蹰"，见其《天演论》译例言。

② **《世界文库》的编者** 即郑振铎。《世界文库》是一套选辑中外文学经典名著的丛刊，郑振铎主编，上海生活书店发行。1935 年 5 月创刊，初为刊物形式，每月出版一册。次年起改为丛书，陆续出版单行本。

③ **沙袋** 旧式电灯上为调节灯头悬挂高低而配置的垂重物，常见的是一种内贮沙粒的瓷瓶。

④ **扑落** 英语 Plug 的音译，即电器插头。

⑤ **《一天的工作》** 鲁迅、文尹（瞿秋白）翻译的苏联短篇小说集，1933 年 3 月上海良友图书印刷公司出版。这里提到的其中一个短篇，指略悉珂所作《铁的静寂》。

得之老师的传授。不知是古今异时，还是南北异地之故呢，隔膜了。在青年文学家靠它修养的《庄子》和《文选》或者明人小品里，也找不出那些名目来。没有法子。"三十六着，走为上着"，最没有弊病的是莫如不沾手。

可恨我还太自大，竟又小觑了《死魂灵》，以为这倒不算什么，担当回来，真的又要翻译了。于是"苦"字上头。仔细一读，不错，写法的确不过平铺直叙，但到处是刺，有的明白，有的却隐藏，要感得到；虽然重译，也得竭力保存它的锋头。里面确没有电灯和汽车，然而十九世纪上半期的菜单，赌具，服装，也都是陌生家伙。这就势必至于字典不离手，冷汗不离身，一面也自然只好怪自己语学程度的不够格。但这一杯偶然自大了一下的罚酒是应该喝干的：硬着头皮译下去。到得烦厌，疲倦了的时候，就随便拉本新出的杂志来翻翻，算是休息。这是我的老脾气，休息之中，也略含幸灾乐祸之意，其意若曰：这回是轮到我舒舒服服的来看你们在闹什么花样了。

好像华盖运还没有交完，仍旧不得舒服。拉到手的是《文学》四卷六号，一翻开来，卷头就有一幅红印的大广告，其中说是下一号里，要有我的散文了，题目叫作"未定"。往回一想，编辑先生的确曾经给我一封信，叫我寄一点文章，但我最怕的正是所谓做文章，不答。文章而至于要做，其苦可知。不答者，即答曰不做之意。不料一面又登出广告来了，情同绑票，令我为难。但同时又想到这也许还是自己错，我曾经发表过，我的文章，不是涌出，乃是挤出来的。他大约正抓住了这弱点，在用挤出法；而且我遇见编辑先生们时，也间或觉得他们有想挤之状，令人寒心。先前如果说："我的文章，是挤也挤不出来的"，那恐怕要安全得多了，我佩服陀思妥也夫斯基的少谈自己，以及有些文豪们的专讲别人。

但是，积习还未尽除，稿费又究竟可以换米，写一点也还不算什么"冤沉海底"。笔，是有点古怪的，它有编辑先生一样的"挤"的本领。袖手坐着，想打盹，笔一在手，面前放一张稿子纸，就往往会莫名其妙的写出些什么来。自然，要好，可不见得。

二

还是翻译《死魂灵》的事情。躲在书房里，是只有这类事情的。动笔之前，就先得解决一个问题：竭力使它归化，还是尽量何存洋气呢？日本文的译者上田进①君，是主张用前一法的。他以为讽刺作品的翻译，第一当求其易懂，愈易懂，效力也愈广大。所以他的译文，有时就化一句为数句，很近于解释。我的意见却两样的。只求易懂，不如创作，或者改作，将事改为中国事，人也化为中国人。如果还是翻译，那么，首先的目的，就在博览外国的作品，不但移情，也要益智，至少是知道何地何时，有这等事，和旅行外国，是很相像的：它必须有异国情调，就是所谓洋气。其实世界上也不会有完全归化的译文，倘有，就是貌合神离，从严辨别起来，它算不得翻译。凡是翻译，必须兼顾着两面，一当然力求其易解，一则保存着原作的丰姿，但这保存，却又常常和易懂相矛盾：看不惯了。不过它原是洋鬼子，当然谁也看不惯，为比较的顺眼起见，只能改换他的衣裳，却不该削低他的鼻子，剜掉他的眼睛。我是不主张削鼻剜眼的，所以有些地方，仍然宁可译得不顺口。只是文句的组织，无须科学理论似的精密了，就随随便便，但副词的“地”字，却还是使用的，因为我觉得现在看惯了这字的读者已经很不少。

然而“幸乎不幸乎”，我竟因此发见我的新职业了：做西崽。

还是当作休息的翻杂志，这回是在《人间世》二十八期上遇见了林语堂先生的大文，摘录会损精神，还是抄一段——

> ……今人一味仿效西洋，自称摩登，甚至不问中国文法，必欲仿效英文，分“历史地”为形容词，“历史地的”为状词，以模仿英文之 historically，拖一西洋辫子，然则“快来”何不因“快”字是状词而改为“快地的来”？此类把戏，只是洋场孽少怪相，谈文学虽不足，当西崽颇有才。此种流风，其弊在奴，救之之道，在于思。（《今文八弊》中）

其实是“地”字之类的采用，并非一定从高等华人所擅长的英文而来的。“英文”“英文”，一笑一笑。况且看上文的反问语气，似乎“一味仿效西洋”的“今人”，实际上也并不将“快来”改为“快地的来”，这仅是作者的虚构，所以助成其名文，殆即所谓“保得自身为主，则圆通自在，大畅无比”之例了。不过不切实，倘是“自称摩登”的“今人”所说，就是“其弊在浮”。

① 上田进（1907—1947） 日本的俄文翻译家。曾译果戈理《死魂灵》等。

倘使我至今还住在故乡，看了这一段文章，是懂得，相信的。我们那里只有几个洋教堂，里面想必各有几位西崽，然而很难得遇见。要研究西崽，只能用自己做标本，虽不过"颇"，也够合用了。又是"幸乎不幸乎"，后来竟到了上海，上海住着许多洋人，因此有着许多西崽，因此也给了我许多相见的机会；不但相见，我还得了和他们中的几位谈天的光荣。不错，他们懂洋话，所懂的大抵是"英文"，"英文"，然而这是他们的吃饭家伙，专用于服事洋东家的，他们决不将洋辫子拖进中国话里来，自然更没有捣乱中国文法的意思，有时也用几个音译字，如"那摩温"①，"土司"② 之类，但这也是向来用惯的话，并非标新立异，来表示自己的摩登的。他们倒是国粹家，一有余闲，拉皮胡，唱《探母》③；上工穿制服，下工换华装，间或请假出游，有钱的就是缎鞋绸衫子。不过要戴草帽，眼镜也不用玳瑁边的老样式，倘用华洋的"门户之见"看起来，这两样却不免是缺点。

又倘使我要另找职业，能说英文，我可真的肯去做西崽的，因为我以为用工作换钱，西崽和华仆在人格上也并无高下，正如用劳力在外资工厂或华资工厂换得工资，或用学费在外国大学或中国大学取得资格，都没有卑贱和清高之分一样。西崽之可厌不在他的职业，而在他的"西崽相"。这里之所谓"相"，非说相貌，乃是"诚于中而形于外"的，包括着"形式"和"内容"而言。这"相"，是觉得洋人势力，高于群华人，自己懂洋话，近洋人，所以也高于群华人；但自己又系出黄帝，有古文明，深通华情，胜洋鬼子，所以也胜于势力高于群华人的洋人，因此也更胜于还在洋人之下的群华人。租界上的中国巡捕，也常常有这一种"相"。

倚徙华洋之间，往来主奴之界，这就是现在洋场上的"西崽相"。但又并不是骑墙，因为他是流动的，较为"圆通自在"，所以也自得其乐，除非你扫了他的兴头。

三

由前所说，"西崽相"就该和他的职业有关了，但又不全和职业

---

① **"那摩温"** 英语 Number one 的音译，意为第一号。旧时上海人用以称呼工头。
② **"土司"** 英语 toast 的音译，即烤面包。
③ **《探母》** 指京剧《四郎探母》。

相关，一部分却来自未有西崽以前的传统。所以这一种相，有时是连清高的士大夫也不能免的。"事大"①，历史上有过的，"自大"，事实上也常有的；"事大"和"自大"，虽然不相容，但因"事大"而"自大"，却又为实际上所常见——他足以傲视一切连"事大"也不配的人们。有人佩服得五体投地的《野叟曝言》中，那"居一人之下，在众人之上"的文素臣②，就是这标本。他是崇华，抑夷，其实却是"满崽"；古之"满崽"，正犹今之"西崽"也。

所以虽是我们读书人，自以为胜西崽远甚，而洗伐未净，说话一多，也常常会露出尾巴来的。再抄一段名文在这里——

> ……其在文学，今日绍介波兰诗人，明日绍介捷克文豪，而对于已经闻名之英美法德文人，反厌为陈腐，不欲深察，求一究竟。此与妇女新装求入时一样，总是媚字一字不是，自叹女儿身，事人以颜色，其苦不堪言。此种流风，其弊在浮，救之之道，在于学。（《今文八弊》中）

但是，这种"新装"的开始，想起来却长久了，"绍介波兰诗人"，还在三十年前，始于我的《摩罗诗力说》。那时满清宰华，汉民受制，中国境遇，颇类波兰，读其诗歌，即易于心心相印，不但无事大之意，也不存献媚之心。后来上海的《小说月报》，还曾为弱小民族作品出过专号，这种风气，现在是衰歇了，即偶有存者，也不过一脉的余波。但生长于民国的幸福的青年，是不知道的，至于附势奴才，拜金崽子，当然更不会知道。但即使现在绍介波兰诗人，捷克文豪，怎么便是"媚"呢？他们就没有"已经闻名"的文人吗？况且"已经闻名"，是谁闻其"名"，又何从而"闻"的呢？诚然，"英美法德"，在中国有宣教师，在中国现有或曾有租界，几处有驻军，几处有军舰，商人多，用西崽也多，至于使一般人仅知有"大英"，"花旗"，"法兰西"和"茄门"。而不知世界上还有波兰和

---

① **"事大"** 原指小国与大国的交往、周旋。语出《孟子·梁惠王下》："惟仁者能以大事小……惟智者能以小事大。"

② **文素臣** 清代小说《野叟曝言》中一个文武全才的人物。曾因直言进谏而充军，后平叛救驾立下大功，终于拜相赐爵，位极人臣。书中的历史背景为明代中叶，称之"满崽"，似未确。但是，清人写当世之事，亦多假托前朝，未必凿实论之。就小说作者心目中的英雄观而言，此说未谬。

捷克。但世界文学史，是用了文学的眼睛看，而不用势利眼睛看的，所以文学无须用金钱和枪炮作掩护，波兰捷克，虽然未曾加入八国联军来打过北京，那文学却在，不过有一些人，并未"已经闻名"而已。外国的文人，要在中国闻名，靠作品似乎是不够的，他反要得到轻薄。

所以一样的没有打过中国的国度的文学，如希腊的史诗，印度的寓言，亚剌伯的《天方夜谈》，西班牙的《堂·吉诃德》，纵使在别国"已经闻名"，不下于"英美法德文人"的作品，在中国却被忘记了，他们或则国度已灭，或则无能，再也用不着"媚"字。

对于这情形，我看可以先把上章所引的林语堂先生的训词移到这里来的——

> 此种流风，其弊在奴，救之之道，在于思。

不过后两句不合用，既然"奴"了，"思"亦何益，思来思去，不过"奴"得巧妙一点而已。中国宁可有未"思"的西崽，将来的文学倒较为有望。

但"已经闻名的英美法德文人"，在中国却确是不遇的。中国的立学校来学这四国语，为时已久，开初虽不过意在养成使馆的译员，但后来却展开，盛大了。学德语盛于清末的改革军操，学法语盛于民国的"勤工俭学"。学英语最早，一为了商务，二为了海军，而学英语的人数也最多，为学英语而作的教科书和参考书也最多，由英语起家的学士文人也不少。然而海军不过将军舰送人，绍介"已经闻名"的司各德，迭更斯，狄福，斯惠夫德……的，竟是只知汉文的林纾，连绍介最大的"已经闻名"的莎士比亚的几篇剧本①的，也有待于并不专攻英文的田汉。这缘故，可真是非"在于思"则不可了。

然而现在又到了"今日绍介波兰诗人，明日绍介捷克文豪"的危机，弱国文人，将闻名于中国，英美法德的文风，竟还不能和他们的财力武力，深入现在的文林，"狗逐尾巴"者既没有恒心，志在高山的又不屑动手，但见山林映以电灯，语录夹些洋话，"对于已经

---

① 莎士比亚的几篇剧本　指田汉译莎士比亚剧本《哈孟雷特》（中华书局1922年初版）和《罗蜜欧与朱丽叶》（中华书局1924年初版）。

闻名之英美法德文人",真不知要待何人,至何时,这才来"求一究竟"。那些文人的作品,当然也是好极了的,然甲则曰不佞望洋而兴叹,乙则曰汝辈何不潜心而探求。旧笑话云:昔有孝子,遇其父病,闻股肉可疗,而自怕痛,执刀出门,执途人臂,悍然割之,途人惊拒,孝子谓曰,割股疗父,乃是大孝,汝竟惊拒,岂是人哉![1] 是好比方;林先生云:"说法虽乖,功效实同",是好辩解。

六月十日

（原刊 1935 年 7 月《文学》月刊第 5 卷第 1 号,后收入《且介亭杂文二集》）

---

[1] 这则笑话出自清代石成金《笑得好》初集。

名人和名言

《太白》二卷七期上有一篇南山先生①的《保守文言的第三道策》，他举出：第一道是说"要做白话由于文言做不通"，第二道是说："要白话做好，先须文言弄通"。十年之后，才来了太炎先生的第三道，"他以为你们说文言难，白话更难。理由是现在的口头语，有许多是古语，非深通小学就不知道现在口头语的某音，就是古代的某音，不知道就是古代的某字，就要写错。……"

太炎先生的话是极不错的。现在的口头语，并非一朝一夕，从天而降的语言，里面当然有许多是古语，既有古语，当然会有许多曾见于古书，如果做白话的人，要每字都到《说文解字》里去找本字，那的确比做任用借字的文言要难到不知多少倍。然而自从提倡白话以来，主张者却没有一个以为写白话的主旨，是在从"小学"里寻出本字来的，我们就用约定俗成的借字。诚然，如太炎先生说："乍见熟人而相寒暄曰'好呀'，'呀'即'乎'字；应人之称曰'是唉''唉'即'也'字。"但我们即使知道了这两字，也不用"好乎"或"是也"，还是用"好呀"或"是唉"。因为白话是写给现代的人们看，并非写给商周秦汉的鬼看的，起古人于地下，看了不懂，我们也毫不畏缩。所以太炎先生的第三道策，其实是文不对题的。这缘故，是因为先生把他所专长的小学，用得范围太广了。

我们的知识很有限，谁都愿意听听名人的指点，但这时就来了一个问题：听博识家的话好，还是听专门家的话好呢？解答似乎很容易：都好。自然都好；但我由历听了两家的种种指点以后，却觉得必须有相当的警戒。因为是：博识家的话多浅，专门家的话多悖的。

博识家的话多浅，意义自明，惟专门家的话多悖的事，还得加一点申说，他们的悖，未必悖在讲述他们的专门，是悖在倚专家之

---

① **南山先生**　即陈望道。见《鲁迅杂文全编》（上册）《伪自由书·后记》"陈望道"注条。

名，来论他所专门以外的事。社会上崇敬名人，于是以为名人的话就是名言，却忘记了他之所以得名是那一种学问或事业。名人被崇奉所诱惑，也忘记了自己之所以得名是那一种学问或事业，渐以为一切无不胜人，无所不谈，于是乎就悖起来了。其实，专门家除了他的专长之外，许多见识是往往不及博识家或常识者的。太炎先生是革命的先觉，小学的大师，倘谈文献，讲《说文》，当然娓娓可听，但一到攻击现在的白话，便牛头不对马嘴，即其一例。还有江亢虎①博士，是先前以讲社会主义出名的名人，他的社会主义到底怎么样呢，我不知道。只是今年忘其所以，谈到小学，说"'德'之古字为'悳'，从'值直'从'心'，'直'即直觉之意"，却真不知道悖到那里去了，他竟连那上半并不是曲直的直字②这一点都不明白。这种解释，却须听太炎先生了。

不过在社会上，大概总以为名人的话就是名言，既是名人，也就无所不通，无所不晓，所以译一本欧洲史，就请英国话说得漂亮的名人校阅，编一本经济学，又乞古文做得好的名人题签；学界的名人绍介医生，说他"术擅岐黄"，商界的名人称赞画家，说他"精研六法③"。……

这也是一种现在的通病。德国的细胞病理学家维尔晓④（Vir-chow），是医学界的泰斗，举国皆知的名人，在医学史上的位置，是极为重要的，然而他不相信进化论，他那被教徒所利用的几回讲演，据赫克尔⑤（Haeckel）说，很给了大众不少坏影响。因为他学问很

---

① 江亢虎（1883—1954） 原名绍铨，江西弋阳人，近代政客。早年出袁世凯门下。辛亥革命时组织中国社会党，1921 年曾以该党名义列席在莫斯科举行的共产国际第三次代表大会。1922 年创办南方大学，自任校长。1927 年因清室善后委员会公布的清室复辟文件中有其手函，南方大学掀起驱江风潮，逃往美国、加拿大。在海外以汉学家设教。1934 年回国，在上海组织"存文会"，主编《讲坛》月刊。1939 年 9 月参加汪伪政府，任汪伪国府委员、考试院副院长等职。抗战胜利后以汉奸罪系狱。

② 那上半并不是曲直的直字 《说文解字》十篇下："悳，外得于人，内得于己也。从直心。"

③ 六法 中国古代论画的六条法则。南朝齐谢赫《古画品录》所举"六法"为：气韵生动，骨法用笔，应物象形，随类赋彩，经营位置，传移模写。

④ 维尔晓 今译微耳和（1821—1902），又译菲尔绍，德国病理学家、政治家，细胞病理学说的创始人。曾任符兹堡大学教授、柏林大学教授兼病理学研究所所长、德国人类学会会长。1861 年组建进步党，后长期担任帝国议会议员。著有《细胞病理学》等。

⑤ 赫克尔 今译海克尔（1834—1919），德国生物学家，种系发生学说的创始人。著有《宇宙之谜》《人类种族的起源和系统论》等。

深，名甚大，于是自视甚高，以为他所不解的，此后也无人能解，又不深研进化论，便一口归功于上帝了。现在中国屡经绍介的法国昆虫学大家法布耳（Fabre），也颇有这倾向。他的著作还有两种缺点：一是嗤笑解剖学家，二是用人类道德于昆虫界。但倘无解剖，就不能有他那样精到的观察，因为观察的基础，也还是解剖学；农学者根据对于人类的利害，分昆虫为益虫和害虫，是有理可说的，但凭了当时的人类的道德和法律，定昆虫为善虫或坏虫，却是多余了。有些严正的科学者，对于法布耳的有微词，实也并非无故。但倘若对这两点先加警戒，那么，他的大著作《昆虫记》十卷，读起来也还是一部很有趣，也很有益的书。

不过名人的流毒，在中国却较为利害，这还是科举的余波。那时候，儒生在私塾里揣摩高头讲章，和天下国家何涉，但一登第，真是"一举成名天下知"，他可以修史，可以衡文，可以临民，可以治河；到清朝之末，更可以办学校，开煤矿，练新军，造战舰，条陈新政，出洋考察了。成绩如何呢，不待我多说。

这病根至今还没有除，一成名人，便有"满天飞"之概。我想，自此以后，我们是应该将"名人的话"和"名言"分开来的，名人的话并不都是名言；许多名言，倒出自田夫野老之口。这也就是说，我们应该分别名人之所以名，是由于那一门，而对于他的专门以外的纵谈，却加以警戒。苏州的学子是聪明的，他们请太炎先生讲国学①，却不请他讲簿记学或步兵操典，——可惜人们却又不肯想得更细一点了。

我很自歉这回时时涉及了太炎先生。但"智者千虑，必有一失"，这大约也无伤于先生的"日月之明"的。至于我的所说，可是我想，"愚者千虑，必有一得"，盖亦"悬诸日月而不刊"之论也。

七月一日

（原刊 1935 年 7 月 20 日《太白》半月刊第 2 卷第 9 号，后收入《且介亭杂文二集》）

---

① **他们请太炎先生讲国学**　章太炎曾于 1933 年前后在苏州创办章氏国学讲习会，讲授国学。

"靠天吃饭"

　　"靠天吃饭说"是我们中国的国宝。清朝中叶就有《靠天吃饭图》的碑①，民国初年，状元陆润庠②先生也画过一张：一个大"天"字，末一笔的尖端有一位老头子靠着，捧了碗在吃饭。这图曾经石印，信天派或嗜奇派，也许还有收藏的。

　　而大家也确是实行着这学说，和图不同者，只是没有碗捧而已。这学说总算存在着一半。

　　前一月，我们曾经听到过嚷着"旱象已成"，现在是梅雨天，连雨了十几日，是每年必有的常事，又并无飓风暴雨，却又到处发现水灾了。植树节③所种的几株树，也不足以挽回天意。"五日一风，十日一雨"的唐虞之世④，去今已远，靠天而竟至于不能吃饭，大约为信天派所不及料的罢。到底还是做给俗人读的《幼学琼林》聪明，曰："轻清者上浮而为天"，"轻清"而又"上浮"，怎么一个"靠"法。

　　古时候的真话，到现在就有些变成谎话。大约是西洋人说的罢，世界上穷人有份的，只有日光空气和水。这在现在的上海就不适用，卖心卖力的被一天关到夜，他就晒不着日光，吸不到好空气；装不起自来水的，也喝不到干净水。报上往往说："近来天时不正，疾病盛行"，这岂只是"天时不正"之故，"天何言哉"，它默默地被冤枉了。

---

　　① 《靠天吃饭图》的碑　指清代嘉庆年间建于济南大明湖的"靠天吃饭"碑。

　　② 陆润庠（1841—1915）　字凤石，江苏元和（今苏州）人，晚清大臣。同治十三年（1874）举进士第一。出督山东学政，后为苏州商务总办。历任国子监祭酒、工部尚书、吏部尚书、东阁大学士。辛亥革命后，留宫内为溥仪师傅。

　　③ 植树节　1930年国民政府定每年3月12日为植树节，这一天是孙中山逝世纪念日。

　　④ 唐虞之世　指上古传说中的尧（陶唐氏）、舜（有虞氏）时代，是古人理想中的太平盛世。

但是，"天"下去就要做不了"人"，沙漠中的居民为了一塘水，争夺起来比我们这里的才子争夺爱人还激烈，他们要拼命，决不肯做一首"阿呀诗"就了事。洋大人斯坦因①博士，不是从甘肃敦煌的沙里掘去了许多古董么？那地方原是繁盛之区，靠天的结果，却被天风吹了沙埋没了。为制造将来的古董起见，靠天确也是一种好办法，但为活人计，却是不大值得的。

一到这里，就不免要说征服自然了，但现在谈不到，"带住"可也。

七月一日

（原刊 1935 年 7 月 20 日《太白》半月刊第 2 卷第 9 期，后收入《且介亭杂文二集》）

---

① **斯坦因**（Aurel Stein，1862—1943）　匈牙利裔英国考古学家、地理学家。19 世纪 90 年代后在中亚各地从事考古探险活动。1900—1916 年，曾三次来我国新疆、甘肃一带，从敦煌千佛洞等处窃走大量文物。

几乎无事的悲剧

果戈理（Nikolai Gogol）的名字，渐为中国读者所认识了，他的名著《死魂灵》的译本，也已经发表了第一部的一半。那译文虽然不能令人满意，但总算借此知道了从第二至六章，一共写了五个地主的典型，讽刺固多，实则除一个老太婆和吝啬鬼泼留希金外，都各有可爱之处。至于写到农奴，却没有一点可取了，连他们诚心来帮绅士们的忙，也不但无益，反而有害。果戈理自己就是地主。

然而当时的绅士们很不满意，一定的照例的反击，是说书中的典型，多是果戈理自己，而且他也并不知道大俄罗斯地主的情形。这是说得通的，作者是乌克兰人，而看他的家信，有时也简直和书中的地主的意见相类似。然而即使他并不知道大俄罗斯的地主的情形罢，那创作出来的脚色，可真是生动极了，直到现在，纵使时代不同，国度不同，也还使我们像是遇见了有些熟识的人物。讽刺的本领，在这里不及谈，单说那独特之处，尤其是在用平常事，平常话，深刻的显出当时地主的无聊生活。例如第四章里的罗士特来夫，是地方恶少式的地主，赶热闹，爱赌博，撒大谎，要恭维，——但挨打也不要紧。他在酒店里遇到乞乞科夫，夸示自己的好小狗，勒令乞乞科夫摸过狗耳朵之后，还要摸鼻子——

> 乞乞科夫要和罗士特来夫表示好意，便摸了一下那狗的耳朵。"是的，会成功一匹好狗的。"他加添着说。
> "再摸摸它那冰冷的鼻头，拿手来呀！"因为要不使他扫兴，乞乞科夫就又一碰那鼻子，于是说道："不是平常的鼻子！"

这种莽撞而沾沾自喜的主人，和深通世故的客人的圆滑的应酬，是我们现在还随时可以遇见的，有些人简直以此为一世的交际术。"不是平常的鼻子"，是怎样的鼻子呢？说不明的，但听者只要这样也就足够了。后来又同到罗士特来夫的庄园去，历览他所有的田产和东西——

> 还去看克理米亚的母狗，已经瞎了眼，据罗士特来夫说，是就要倒毙的。两年以前，却还是一条很好的母狗。大家也来察看这母狗，看起来，它也确乎瞎了眼。

这时罗士特来夫并没有说谎，他表扬着瞎了眼的母狗，看起来，也确是瞎了眼的母狗。这和大家有什么关系呢，然而世界上有一些人，却确是嚷闹，表扬，夸示着这一类事，又竭力证实着这一类事，算是忙人和诚实人，在过了他的整一世。

这些极平常的，或者简直近于没有事情的悲剧，正如无声的言语一样，非由诗人画出它的形象来，是很不容易觉察的。然而人们灭亡于英雄的特别的悲剧者少，消磨于极平常的，或者简直近于没有事情的悲剧者却多。

听说果戈理的那些所谓"含泪的微笑"①，在他本土，现在是已经无用了，来替代它的有了健康的笑。但在别地方，也依然有用，因为其中还藏着许多活人的影子。况且健康的笑，在被笑的一方面是悲哀的，所以果戈理的"含泪的微笑"，倘传到了和作者地位不同的读者的脸上，也就成为健康：这是《死魂灵》的伟大处，也正是作者的悲哀处。

七月十四日

（原刊 1935 年 8 月《文学》月刊第 5 卷第 2 号，后收入《且介亭杂文二集》）

---

① **"含泪的微笑"** 普希金 1836 年给果戈理的小说集《狄康卡近乡夜话》所作书评中的话，原文是："它使你在忍俊不禁的同时却含着伤感而悲戚的眼泪。"

三论"文人相轻"

　　《芒种》第八期上有一篇魏金枝先生的《分明的是非和热烈的好恶》,是为以前的《文学论坛》①上的《再论"文人相轻"》而发的。他先给了原则上的几乎全体的赞成,说,"人应有分明的是非,和热烈的好恶,这是不错的,文人应更有分明的是非,和更热烈的好恶,这也是不错的"。中间虽说"凡人在落难时节……能与猿鹤为伍,自然最好,否则与鹿豕为伍,也是好的。即到千万没有办法的时候,至于躺在破庙角里,而与麻疯病菌为伍,倘然我的体力,尚能为自然的抗御,因而不至毁灭以死,也比被实际上也做着骗子屠夫的所诱杀脔割,较为心愿。"看起来好像有些微辞,但其实说的是他的憎恶骗子屠夫,远在猿鹤以至麻疯病菌之上,和《论坛》上所说的"从圣贤一直敬到骗子屠夫,从美人香草一直爱到麻疯病菌的文人,在这世界上是找不到的"的话,也并不两样。至于说:"平心而论,彼一是非,此一是非,原非确论。"则在近来的庄子道友中,简直是鹤立鸡群似的卓见了。

　　然而魏先生的大论的主旨,并不专在这一些,他要申明的是:是非难定,于是爱憎就为难。因为"譬如有一种人,……在他自己的心目之中,已先无是非之分。……于是其所谓'是',不免似是而实非了。"但"至于非中之是,它的是处,正胜过于似是之非,因为其犹讲交友之道,而无门阀之分"的。到这地步,我们的文人就只好吞吞吐吐,假揩眼泪了。"似是之非"其实就是"非",倘使已经看穿,不是只要给以热烈的憎恶就成了吗?然而"天下的事情,并没有这么简单",又不得不爱护"非中之是",何况还有"似非而是"和"是中之非",取其大,略其细的方法,于是就不适用了。天下何尝有黑暗,据物理学说,地球上的无论如何的黑暗中,不是总

---

　　① 《文学论坛》 《文学月刊》的一个栏目。

有 X 分之一的光的吗？看起书来，据理就该看见 X 分之一的字的，——我们不能论明暗。

这并非刻薄的比喻，魏先生却正走到"无是非"的结论的。他终于说："总之，文人相轻，不外乎文的长短，道的是非，文既无长短可言，道又无是非之分，则空谈是非，何补于事！已而已而，手无寸铁的人呵！"人无全德，道无大成，刚说过"非中之是"，胜过"似是之非"，怎么立刻又变成"文既无长短可言，道又无是非之分"了呢？文人的铁，就是文章，魏先生正在大做散文，力施搏击，怎么同时又说是"手无寸铁"了呢？这可见要抬举"非中之是"，却又不肯明说，事实上是怎样的难，所以即使在那大文上列举了许多对手的"排挤"，"大言"，"卖友"的恶谥，而且那大文正可通行无阻，却还是觉得"手无寸铁"，归根结蒂，掉进"无是非"说的深坑里，和自己以为"原非确论"的"彼亦一是非，此亦一是非"说成了"朋友"——这里不说"门阀"——了。

况且，"文既无长短可言，道又无是非之分"，魏先生的文章，就他自己的结论而言，就先没有动笔的必要。不过要说结果，这无须动笔的动笔，却还是有战斗的功效的，中国的有些文人一向谦虚，所以有时简直会自己先躺在地上，说道，"倘然要讲是非，也该去怪追奔逐北的好汉，我等小民，不任其咎。"明明是加入论战中的了，却又立刻肩出一面"小民"旗来，推得干干净净，连肋骨在那里也找不到了。论"文人相轻"竟会到这地步，这真是叫作到了末路！

七月十五日

（原刊 1935 年 8 月《文学》月刊第 5 卷第 2 号，后收入《且介亭杂文二集》）

四论"文人相轻"

前一回没有提到，魏金枝先生的大文《分明的是非和热烈的好恶》里，还有一点很有意思的文章。他以为现在"往往有些具着两张面孔的人"，重甲而轻乙；他自然不至于主张文人应该对谁都打拱作揖，连称久仰久仰的，只因为乙君原是大可钦敬的作者。所以甲乙两位，"此时此际，要谈是非，就得易地而处"，甲说你的甲话，乙呢，就觉得"非中之是，……正胜过于似是之非，因为其犹讲交友之道，而无门阀之分"，把"门阀"留给甲君，自去另找讲交道的"朋友"，即使没有，竟"与麻疯病菌为伍，……也比被实际上也做着骗子屠夫的所诱杀脔割，较为心愿"了。

这拥护"文人相轻"的情境，是悲壮的，但也正证明了现在一般之所谓"文人相轻"，至少，是魏先生所拥护的"文人相轻"，并不是因为"文"，倒是为了"交道"。朋友乃五常之一名，交道是人间的美德，当然也好得很。不过骗子有屏风，屠夫有帮手，在他们自己之间，却也叫作"朋友"的。

"必也正名乎"，好名目当然也好得很。只可惜美名未必一定包着美德。"翻手为云覆手雨，纷纷轻薄何须数，君不见管鲍贫时交，此道今人弃如土！"① 这是李太白先生罢，就早已"感慨系之矣"，更何况现在这洋场——古名"彝场"——的上海。最近的《大晚报》的副刊上就有一篇文章②在通知我们要在上海交朋友，说话先须

---

① "翻手为云覆手雨，纷纷轻薄何须数，君不见管鲍贫时交，此道今人弃如土！" 引文见杜甫《贫交行》诗。其中提到的"管鲍"，即管仲和鲍叔牙，均为春秋时齐国人。管仲由鲍叔牙推荐，被齐桓公任命为卿，尊称"仲父"。在齐实行改革，使齐桓公成为春秋时第一个霸主。因管鲍二人相交至深，后人喻指互为倚重的朋友。

② 《大晚报》的副刊上就有一篇文章 指1935年8月4日《大晚报·剪影》所刊署名罗侯的《上海话那能讲头》一文。

漂亮，这才不至于吃亏，见面第一句，是"格位（或'迪个'）① 朋友贵姓？"此时此际，这"朋友"两字中还未含有任何利害，但说下去，就要一步紧一步的显出爱憎和取舍，即决定共同玩花样，还是用作"阿木林"② 之分来了。"朋友，以义合者也。"古人确曾说过的，然而又有古人说："义，利也。"呜呼！

如果在冷路上走走，有时会遇见几个人蹲在地上赌钱，庄家只是输，押的只是赢，然而他们其实是庄家的一伙，就是所谓"屏风"——也就是他们自己之所谓"朋友"——目的是在引得蠢才眼热，也来出手，然后掏空他的腰包。如果你站下来，他们又觉得你并非蠢才，只因为好奇，未必来上当，就会说："朋友，管自己走，没有什么好看。"这是一种朋友，不妨害骗局的朋友。荒场上又有变戏法的，石块变白鸽，坛子装小孩，本领大抵不很高强，明眼人本极容易看破，于是他们就时时拱手大叫道："在家靠父母，出家靠朋友！"这并非在要求撒钱，是请托你不要说破。这又是一种朋友，是不戳穿戏法的朋友。把这些识时务的朋友稳住了，他才可以掏呆朋友的腰包；或者手执花枪，来赶走不知趣的走近去窥探底细的傻子，恶狠狠的啐一口道："……瞎你的眼睛！"

孩子的遭遇可是还要危险。现在有许多文章里，不是常在很亲热的叫着"小朋友，小朋友"吗？这是因为要请他做未来的主人公，把一切担子都搁在他肩上了；至少，也得去买儿童画报，杂志，文库之类，据说否则就要落伍。

已成年的作家们所占领的文坛上，当然不至于有这么彰明较著的可笑事，但地方究竟是上海，一面大叫朋友，一面却要他悄悄的纳钱五块，买得"自己的园地"③，才有发表作品的权利的"交道"，可也不见得就不会出现的。

八月十三日

（原刊 1935 年 9 月《文学》月刊第 5 卷第 3 号，后收入《且介亭杂文二集》）

---

① **格位（或"迪个"）** 上海方言，即"这位"或"这个"。
② **"阿木林"** 上海方言，即傻瓜。
③ **买得"自己的园地"** 1935 年 5 月，杨邨人、杜衡等组织"星火"文艺社，出版《星火》月刊。一方面标榜该刊是"无名作家自己的园地""新进作家自己的园地"，一方面向入社者收取出版费。

五论"文人相轻"
——明术

　　"文人相轻"是局外人或假充局外人的话。如果自己是这局面中人之一，那就是非被轻则是轻人，他决不用这对等的"相"字。但到无可奈何的时候，却也可以拿这四个字来遮掩一下。这遮掩是逃路，然而也仍然是战术，所以这口诀还被有一些人所宝爱。

　　不过这是后来的话。在先，当然是"轻"。

　　"轻"之术很不少。粗糙的说：大略有三种。一种是自卑，自己先躺在垃圾里，然后来拖敌人，就是"我是畜生，但是我叫你爹爹，你既是畜生的爹爹，可见你也是畜生了"的法子。这形容自然未免过火一点，然而较文雅的现象，文坛上却并不怎么少见的。埋伏之法，是甲乙两人的作品，思想和技术，分明不同，甚而至于相反的，某乙却偏要设法表明，说惟独自己的作品乃是某甲的嫡派；补救之法，是某乙的缺点倘被某甲所指摘，他就说这些事情正是某甲所具备，而且自己也正从某甲那里学了来的。此外，已经把别人评得一钱不值了，临末却又很谦虚的声明自己并非批评家，凡有所说，也许全等于放屁之类，也属于这一派。

　　一种是最正式的，就是自高，一面把不利于自己的批评，统统谓之"漫骂"，一面又竭力宣扬自己的好处，准备跨过别人。但这方法比较的麻烦，因为除"辟谣"之外，自吹自擂是究竟不很雅观的，所以做这些文章时，自己得另用一个笔名，或者邀一些"讲交道"的"朋友"来互助，不过弄得不好，那些"朋友"就会变成保驾的打手或抬驾的轿夫，而使那"朋友"会变成这一类人物的，则这御驾一定不过是有些手势的花花公子，抬来抬去，终于脱不了原形，一年半载之后，花花之上也再添不上什么花头去，而且打手轿夫，要而言之，也究竟要工食，倘非腰包饱满，是没法维持的。如果能用死轿夫，如袁中郎或"晚明二十家"之流来抬，再请一位活名人喝道，自然较为轻而易举，但看过去的成绩和效验，可也并不见佳。

还有一种是自己连名字也并不抛头露面，只用匿名或由"朋友"给敌人以"批评"——要时髦些，就可以说是"批判"。尤其要紧的是给与一个名称，像一般的"诨名"一样。因为读者大众的对于某一作者，是未必和"批评"或"批判"者同仇敌忾的，一篇文章，纵使题目用头号字印成，他们也不大起劲，现在制出一个简括的诨名，就可以比较的不容易忘记了。在近十年来的中国文坛上，这法术，用是也常用的，但效果却很小。

法术原是极利害，极致命的法术。果戈理夸俄国人之善于给别人起名号——或者也是自夸——说是名号一出，就是你跑到天涯海角，它也要跟着你走，怎么摆也摆不脱。这正如传神的写意画，并不细画须眉，并不写上名字，不过寥寥几笔，而神情毕肖，只要见过被画者的人，一看就知道这是谁；夸张了这人的特长——不论优点或弱点，却更知道这是谁。可惜我们中国人并不怎样擅长这本领。起源，是古的。从汉末到六朝之所谓"品题"，如"关东觥觥郭子横"①，"五经纷纶井大春"②，就是这法术，但说的是优点居多。梁山泊上一百另八条好汉都有诨名，也是这一类，不过着眼多在形体，如"花和尚鲁智深"和"青面兽杨志"，或者才能，如"浪里白跳张顺"和"鼓上蚤时迁"等，并不能提挈这人的全般。直到后来的讼师，写状之际，还常常给被告加上一个诨名，以见他原是流氓地痞一类，然而不久也就拆穿西洋镜，即使毫无才能的师爷，也知道这是不足注意的了。现在的所谓文人，除了改用几个新名词之外，也并无进步，所以那些"批判"，结果还大抵是徒劳。

这失败之处，是在不切帖。批评一个人，得到结论，加以简括的名称，虽只寥寥数字，却很要明确的判断力和表现的才能的。必须切帖，这才和被批判者不相离，这才会跟了他跑到天涯海角。现在却大抵只是漫然的抓了一时之所谓恶名，摔了过去：或"封建余孽"，或"布尔乔亚"，或"破锣"，或"无政府主义者"，或"利己

---

① **郭子横** 即郭宪，字子横，东汉汝南宋（今安徽太和）人。少师事东海王仲子。王莽篡位时，曾避隐东海之滨。后光武即位，拜博士。廷议时敢与皇帝谏事，故有刚直（觥觥）之名。《后汉书·郭宪传》："帝曰：'常闻关东觥觥郭子横，竟不虚也。'"

② **井大春** 即井丹，字大春，东汉扶风郿（今陕西眉县）人。少受业太学，通五经，善谈论，故有博学（纷纶）之名。《后汉书·井丹传》："京师为之语曰：'五经纷纶井大春'。"

主义者"……等等；而且怕一个不够致命，又连用些什么"无政府主义封建余孽"或"布尔乔亚破锣利己主义者"；怕一人说没有力，约朋友各给他一个；怕说一回还太少，一年内连给他几个：时时改换，个个不同。这举棋不定，就因为观察不精，因而品题也不确，所以即使用尽死劲，流完大汗，写了出去，也还是和对方不相干，就是用浆糊粘在他身上，不久也就脱落了。汽车夫发怒，便骂洋车夫阿四一声"猪猡"，顽皮孩子高兴，也会在卖炒白果阿五的背上画一个乌龟，虽然也许博得市侩们的一笑，但他们是决不因此就得"猪猡阿四"或"乌龟阿五"的诨名的。此理易明：因为不切帖。

五四时代的所谓"桐城谬种"和"选学妖孽"，是指做"载飞载鸣"① 的文章和抱住《文选》寻字汇的人们的，而某一种人确也是这一流，形容惬当，所以这名目的流传也较为永久。除此之外，恐怕也没有什么还留在大家的记忆里了。到现在，和这八个字可以匹敌的，或者只好推"洋场恶少"和"革命小贩"了罢。前一联出于古之"京"，后一联出于今之"海"。

创作难，就是给人起一个称号或诨名也不易。假使有谁能起颠扑不破的诨名的罢，那么，他如作评论，一定也是严肃正确的批评家，倘弄创作，一定也是深刻博大的作者。

所以，连称号或诨名起得不得法，也还是因为这班"朋友"的不"文"。——"再亮些!"

八月十四日

（原刊 1935 年 9 月《文学》月刊第 5 卷第 3 号，后收入《且介亭杂文二集》）

---

① **"载飞载鸣"** 这是章太炎批评严复文笔带有八股腔的说法。见《社会通诠商兑》《太炎文录·别录》卷二。

"题未定"草[*]

五

  M君寄给我一封剪下来的报章。这是近十来年常有的事情，有时是杂志。闲暇时翻检一下，其中大概有一点和我相关的文章，甚至于还有"生脑膜炎"①之类的恶消息。这时候，我就得预备大约一块多钱的邮票，来寄信回答陆续函问的人们。至于寄报的人呢，大约有两类：一是朋友，意思不过说，这刊物上的东西，有些和你相关；二，可就难说了，猜想起来，也许正是作者或编者，"你看，咱们在骂你了！"用的是《三国志演义》上的"三气周瑜"或"骂死王朗"的法子。不过后一种近来少一些了，因为我的战术是暂时搁起，并不给以反应，使他们诸公的刊物很少有因我而蓬蓬勃勃之望，到后来却也许会去拨一拨谁的下巴：这于他们诸公是很不利的。

  M君是属于第一类的；剪报是天津《益世报》②的《文学副刊》。其中有一篇张露薇③先生做的《略论中国文坛》，下有一行小注道："偷懒，奴性，而忘掉了艺术"。只要看这题目，就知道作者是一位勇敢而记住艺术的批评家了。看起文章来，真的，痛快得很。我以为介绍别人的作品，删节实在是极可惜的，倘有妙文，大家都应该设法流传，万不可听其泯灭。不过纸墨也须顾及，所以只摘录了第二段，就是"永远是日本人的追随者的作家"在这里，也万不

---

  [*] 本文原发表时题下有一小序："一至三载《文学》，四不发表。"按：《"题未定"草（四）》实际上未写。

  ① **"生脑膜炎"** 指 1934 年 2 月 25 日伪满《盛京日报》刊登的一则假消息。该文谎称鲁迅患脑膜炎，医生劝嘱十年内不能写作云云。同年 3 月 10 日天津《大公报》转载此讯。

  ② **《益世报》** 天主教会主办的报纸。天主教神甫雷鸣远（入籍中国的比利时人）主办。1915 年 10 月在天津创刊，1949 年 1 月停刊。

  ③ **张露薇**（1910—?） 原名张文华，又名贺志远，吉林宁安（今属黑龙江）人，诗人。曾参加北方左联，主编《文学导报》。抗战时附逆。著有诗集《情曲》等。

能再少，因为我实在舍不得了——

奴隶性是最"意识正确"的东西，于是便有许多人跟着别人学口号。特别是对于苏联，在目前的中国，一般所谓作家也者，都怀着好感。可是，我们是人，我们应该有自己的人性，对于苏联的文学，尤其是对于那些由日本的浅薄的知识贩卖者所得来的一知半解的苏联的文学理论家与批评家的话，我们所取的态度决不该是应声虫式的；我们所需要的介绍的和模仿的（其实是只有抄袭和盲目的应声）方式也决不该是完全出于热情的。主观是对于事物的选择，客观才是对于事物的方法。我们有了一般奴隶性极深的作家，于是我们便有无数的空虚的标语和口号。

然而我们没有几个懂得苏联的文学的人，只有一堆盲目的赞美者和零碎的翻译者，而赞美者往往是牛头不对马嘴的胡说，翻译者又不配合于他们的工作，不得不草率，不得不"硬译"，不得不说文不对题的话，一言以蔽之，他们的能力永远是对不起他们的思想；他们的"意识"虽然正确了，可是他们的工作却永远是不正确的。

从苏联到中国是很近的，可是为什么就非经过日本人的手不可？我们在日本人的群中并没有发现几个真正了解苏联文学的新精神的人，为什么偏从浅薄的日本知识阶级中去寻我们的食粮？这真是一件可耻的事实。我们为什么不直接的了解？为什么不取一种纯粹客观的工作的态度？为什么人家唱"新写实主义"，我们跟着喊，人家换了"社会主义的写实主义"，我们又跟着喊；人家介绍纪德，我们才叫；人家介绍巴尔扎克，我们也号；然而我敢预言，在一千年以内；绝不会见到那些介绍纪德，巴尔扎克的人们会给中国的读者译出一两本纪德，巴尔扎克的重要著作来，全集更不必说。

我们再退一步，对于那些所谓"文学遗产"，我们并不要求那些跟着人家对喊"文学遗产"的人们担负把那些"文学遗产"送给中国的"大众"的责任。可是我们却要求那些人们有承受那些"遗产"的义务，这自然又是谈不起来的。我们还记得在庆祝高尔基的四十年的创作生活的时候，中国也有鲁迅，丁玲一般人发了庆祝的电文；这自然是冠冕堂皇的事情。然而那一群签名者中有几个读过高尔基的十分之一的作品？有几个是知道高尔基的伟大在那儿的？……中国的知识阶级就是如此浅薄，做应声虫有余，做一个忠实的，不苟且的，有理性的文学创作者和研究者便不成了。

五月廿九日天津《益世报》。

　　我并不想因此来研究"奴隶性是最'意识正确'的东西"，"主观是对于事物的选择，客观才是对于事物的方法"这些难问题；我只要说，诚如张露薇先生所言，就是在文艺上，我们中国也的确太落后。法国有纪德和巴尔扎克，苏联有高尔基，我们没有；日本叫喊起来了，我们才跟着叫喊，这也许真是"追随"而且"永远"，也就是"奴隶性"，而且是"最'意识正确'的东西"。但是，并不"追随"的叫喊其实是也有一些的，林语堂先生说过："……其在文学，今日绍介波兰诗人，明日绍介捷克文豪，而对于已经闻名之英美法德文人，反厌为陈腐，不欲深察，求一究竟。……此种流风，其弊在浮，救之之道，在于学。"（《人间世》二十八期《今文八弊》中）南北两公，眼睛都有些斜视，只看了一面，各骂了一面，独跳犹可，并排跳舞起来，那"勇敢"就未免化为有趣了。

　　不过林先生主张"求一究竟"，张先生要求"直接了解"，这"实事求是"之心，两位是大抵一致的，不过张先生比较的悲观，因为他是"豫言"家，断定了"在一千年以内，绝不会见到那些绍介纪德，巴尔扎克的人们会给中国的读者译出一两本纪德，巴尔扎克的重要著作来，全集更不必说"的缘故。照这"豫言"看起来，"直接了解"的张露薇先生自己，当然是一定不译的了；别人呢，我还想存疑，但可惜我活不到一千年，决没有目睹的希望。

　　豫言颇有点难。说得近一些，容易露破绽。还记得我们的批评家成仿吾先生手抡双斧，从《创造》的大旗下，一跃而出的时候，曾经说，他不屑看流行的作品，要从冷落堆里提出作家来。这是好的，虽然勃兰兑斯曾从冷落中提出过伊孛生和尼采，但我们似乎也难以斥他为追随或奴性。不大好的是他的这一张支票，到十多年后的现在还没有兑现。说得远一些罢，又容易成笑柄。江浙人相信风水，富翁往往豫先寻葬地；乡下人知道一个故事：有风水先生给人寻好了坟穴，起誓道："您百年之后，安葬下去，如果到第三代不发，请打我的嘴巴！"然而他的期限，比张露薇先生的期限还要少到

《且介亭杂文二集》中的杂文

约十分之九的样子。

　　然而讲已往的琐事也不易。张露薇先生说庆祝高尔基四十年创作的时候，"中国也有鲁迅，丁玲一般人发了庆祝的电文，……然而那一群签名者中有几个读过高尔基的十分之一的作品?"这质问是极不错的。我只得招供：读得很少，而且连高尔基十分之一的作品究竟是几本也不知道。不过高尔基的全集，却连他本国也还未出全，所以其实也无从计算。至于祝电，我以为打一个是应该的，似乎也并非中国人的耻辱，或者便失了人性，然而我实在却并没有发，也没有在任何电报底稿上签名。这也并非怕有"奴性"，只因没有人来邀，自己也想不到，过去了。发不妨，不发也不要紧，我想：发，高尔基大约不至于说我是"日本人的追随者的作家"，不发，也未必说我是"张露薇的追随者的作家"的。但对于绥拉菲摩维支的祝贺日，我却发过一个祝电，因为我校印过中译的《铁流》。这是在情理之中的，但也较难于想到，还不如测定为对于高尔基发电的容易。当然，随便说说也不要紧，然而，"中国的知识阶级就是如此浅薄，做应声虫有余，做一个忠实的，不苟且的，有理性的文学创作者和研究者便不成了"的话，对于有一些人却大概是真的了。

　　张露薇先生自然也是知识阶级，他在同阶级中发见了这许多奴隶，拿鞭子来抽，我是了解他的心情的。但他和他所谓的奴隶们，也只隔了一张纸。如果有谁看过菲洲的黑奴工头，傲然的拿鞭子乱抽着做苦工的黑奴的电影的，拿来和这《略论中国文坛》的大文一比较，便会禁不住会心之笑。那一个和一群，有这么相近，却又有这么不同，这一张纸真隔得利害：分清了奴隶和奴才。

　　我在这里，自以为总算又钩下了一种新的伟大人物——一九三五年度文艺"豫言"家——的嘴脸的轮廓了。

八月十六日

（原刊 1935 年 10 月 5 日《芒种》半月刊第 2 卷第 1 期，后收入《且介亭杂文二集》）

论毛笔之类

国货也提倡得长久了，虽然上海的国货公司并不发达，"国货城"① 也早已关了城门，接着就将城墙撤去，日报上却还常见关于国货的专刊。那上面，受劝和挨骂的主角，照例也还是学生，儿童和妇女。

前几天看见一篇关于笔墨的文章，中学生之流，很受了一顿训斥，说他们十分之九，是用钢笔和墨水的，这就使中国的笔墨没有出路。自然，倒并不说这一类人就是什么奸，但至少，恰如摩登妇女的爱用外国脂粉和香水似的，应负"入超"的若干的责任。

这话也并不错的。不过我想，洋笔墨的用不用，要看我们的闲不闲。我自己是先在私塾里用毛笔，后在学校里用钢笔，后来回到乡下又用毛笔的人，却以为假如我们能够悠悠然，洋洋焉，拂砚伸纸，磨墨挥毫的话，那么，羊毫和松烟当然也很不坏。不过事情要做得快，字要写得多，可就不成功了，这就是说，它敌不过钢笔和墨水。譬如在学校里抄讲义罢，即使改用墨盒，省去临时磨墨之烦，但不久，墨汁也会把毛笔胶住，写不开了，你还得带洗笔的水池，终于弄到在小小的桌子上，摆开"文房四宝"。况且毛笔尖触纸的多少，就是字的粗细，是全靠手腕作主的，因此也容易疲劳，越写越慢。闲人不要紧，一忙，就觉得无论如何，总是墨水和钢笔便当了。

青年里面，当然也不免有洋服上挂一枝万年笔②，做做装饰的人，但这究竟是少数，使用者的多，原因还是在便当。便于使用的器具的力量，是决非劝谕，讥刺，痛骂之类的空言所能制止的。假如不信，你倒去劝那些坐汽车的人，在北方改用骡车，在南方改用绿呢大轿试试看。如果说这提议是笑话，那么，劝学生改用毛笔呢？

---

① **"国货城"**　当时上海一些厂商设立的国货展销场地。

② **万年笔**　即自来水笔。

现在的青年，已经成了"庙头鼓"，谁都不妨敲打了。一面有繁重的学科，古书的提倡，一面却又有教育家喟然兴叹，说他们成绩坏，不看报纸，昧于世界的大势。

但是，连笔墨也乞灵于外国，那当然是不行的。这一点，却要推前清的官僚聪明，他们在上海立过制造局，想造比笔墨更紧要的器械——虽然为了"积重难返"，终于也造不出什么东西来。欧洲人也聪明，金鸡那原是斐洲的植物，因为去偷种子，还死了几个人，但竟偷到手，在自己这里种起来了，使我们现在如果发了疟疾，可以很便当的大吃金鸡那霜丸，而且还有"糖衣"，连不爱服药的娇小姐们也吃得甜蜜蜜。制造墨水和钢笔的法子，弄弄到手，是没有偷金鸡那子那么危险的。所以与其劝人莫用墨水和钢笔，倒不如自己来造墨水和钢笔；但必须造得好，切莫"挂羊头卖狗肉"。要不然，这一番工夫就又是一个白费。

但我相信，凡有毛笔拥护论者大约也不免以我的提议为空谈：因为这事情不容易。这也是事实：所以典当业只好呈请禁止奇装异服，以免时价早晚不同，笔墨业也只好主张吮墨舐毫，以免国粹渐就沦丧。改造自己，总比禁止别人来得难。然而这办法却是没有好结果的，不是无效，就是使一部份青年又变成旧式的斯文人。

八月二十三日

（原刊 1935 年 9 月 5 日《太白》半月刊第 2 卷第 12 期，后收入《且介亭杂文二集》）

逃　名

　　就在这几天的上海报纸上，有一条广告，题目是四个一寸见方的大字——

　　"看救命去！"

　　如果只看题目，恐怕会猜想到这是展览着外科医生对重病人施行大手术，或对淹死的人用人工呼吸，救助触礁船上的人员，挖掘崩坏的矿穴里面的工人的。但其实并不是。还是照例的"筹赈水灾游艺大会"，看陈皮梅沈一呆①的独脚戏，月光歌舞团的歌舞之类。诚如广告所说，"化洋五角，救人一命，……一举两得，何乐不为"，钱是要拿去救命的，不过所"看"的却其实还是游艺，并不是"救命"。

　　有人说中国是"文字国"，有些像，却还不充足，中国倒该说是最不看重文字的"文字游戏国"，一切总爱玩些实际以上花样，把字和词的界说，闹得一团糟，弄到暂时非把"解放"解作"挐戮"②，"跳舞"解作"救命"不可。捣一场小乱子，就是伟大，编一本教科书，就是学者，造几条文坛消息，就是作家。于是比较自爱的人，一听到这些冠冕堂皇的名目就骇怕了，竭力逃避。逃名，其实是爱名的，逃的是这一团糟的名，不愿意酱在那里面。

　　天津《大公报》的副刊《小公园》，近来是标榜了重文不重名的。这见识很确当。不过也偶有"老作家"的作品，那当然为了作品好，不是为了名。然而八月十六日那一张上，却发表了很有意思的"许多前辈作家附在来稿后面的叮嘱"：

　　　　把我这文章放在平日，我愿意那样，我骄傲那样。我和熟
　　人的名字并列得厌倦了，我愿着挤在虎生生的新人群里，因为

---

① 　陈皮梅沈一呆　均为当时上海滑稽戏演员。

② 　**"挐戮"**　亦作"奴僇"，指诛及子孙。语出《尚书·夏书·甘誓》："用命赏于祖，弗用命戮于社，予则挐戮汝。"据颜师古《匡谬正俗》卷二："按挐戮者，或以为奴，或加刑戮，无有所赦耳。此非挐子之挐。"

396

许多时候他们的东西来得还更新鲜。

这些"前辈作家"们好像都撒了一点谎。"熟"，是不至于招致"厌倦"的。我们一离乳就吃饭或面，直到现在，可谓熟极了，却还没有厌倦。这一点叮嘱，如果不是编辑先生玩的双簧的花样，也不是前辈作家玩的借此"返老还童"的花样，那么，这所证明的是：所谓"前辈作家"也者，有一批是盗名的，因此使别一批羞与为伍，觉得和"熟人的名字并列得厌倦"，决计逃走了。

从此以后，他们只要"挤在虎生生的新人群里"就舒舒服服，还是作品也就"来得还更新鲜"了呢，现在很难测定。逃名，固然也不能说是豁达，但有去就，有爱憎，究竟总不失为洁身自好之士。《小公园》里，已经有人在现身说法了，而上海滩上，却依然有人在"掏腰包"①，造消息，或自称"言行一致"②，或大呼"冤哉枉也"，或拖明朝死尸搭台，或请现存古人喝道，或自收自己的大名入辞典中，定为"中国作家"③，或自编自己的作品入画集里，名曰"现代杰作"④ ——忙忙碌碌，鬼鬼祟祟，煞是好看。

作家一排一排的坐着，将来使人笑，使人怕，还是使人"厌倦"呢？——现在也很难测定。但若据"前车之鉴"，则"后之视今，亦犹今之视昔"⑤，大约也还不免于"悲夫"的了！

八月二十三日

（原刊 1935 年 9 月 5 日《太白》半月刊第 2 卷第 12 期，后收入《且介亭杂文二集》）

---

① "掏腰包" 指杨邨人、杜衡等人的自我表白。1935 年 5 月，《星火》月刊创刊号所刊《〈星火〉前致词》称，该刊创办经费"由几十个同人从最迫切的生活费用上三块五块地省下钞来"。

② "言行一致" 指施蛰存的自我表白。1934 年 9 月，《现代》第 5 卷第 5 期所刊《我与文言文》称，"我自有生以来三十年，……自信思想及言行都是一贯的"。

③ 自收自己的大名入辞典中，定为"中国作家" 指顾凤城所编《中外文学家辞典》把自己也列入其中。该书由乐华图书公司 1932 年出版。顾凤城（1908—?），字仞千，江苏无锡人，曾为上海光华书局编辑，主编《读书月刊》。著有小说《落红》等。

④ 自编自己的作品入画集里，名曰"现代杰作" 指刘海粟借所编《世界名画集》把自己抬至世界一流大师之列。《世界名画集》第一集《特朗》、第二集《刘海粟》（此册为傅雷编辑）、第三集《凡高》、第四集《塞尚》、第五集《雷诺阿》、第六集《马蒂斯》、第七集《莫奈》，中华书局 1932 年出版。

⑤ "后之视今，亦犹今之视昔" 语出晋代王羲之《兰亭集序》。

逃

名

六论"文人相轻"

——二卖

　　今年文坛上的战术，有几手是恢复了五六年前的太阳社式，年纪大又成为一种罪状了，叫作"倚老卖老"①。

　　其实呢，罪是并不在"老"，而在于"卖"的，假使他在叉麻酱，念弥陀，一字不写，就决不会惹青年作家的口诛笔伐。如果这推测并不错，文坛上可又要增添各样的罪人了，因为现在的作家，有几位总不免在他的"作品"之外，附送一点特产的赠品。有的卖富，说卖稿的文人的作品，都是要不得的；有人指出了他的诗思不过在太太的奁资中，就有帮闲的来说这人是因为得不到这样的太太，恰如狐狸的吃不到葡萄，所以只好说葡萄酸。有的卖穷，或卖病，说他的作品是挨饿三天，吐血十口，这才做出来的，所以与众不同。有的卖穷和富，说这刊物是因为受了文阀文僚的排挤，自掏腰包，忍痛印出来的，所以又与众不同。有的卖孝，说自己做这样的文章，是因为怕父亲将来吃苦的缘故，那可更了不得，价值简直和李密②的《陈情表》不相上下了。有的就是衔烟斗，穿洋服，唉声唉气，顾影自怜，老是记着自己的韶年玉貌的少年哥儿，这里和"卖老"相对，姑且叫他"卖俏"罢。

　　不过中国的社会上，"卖老"的真也特别多。女人会穿针，有什么希奇呢，一到一百多岁，就可以开大会，穿给大家看，顺便还捐钱了。说中国人"起码要学狗"，倘是小学生的作文，是会遭先生的板子的，但大了几十年，新闻上就大登特登，还用方体字标题道：

---

　　① "倚老卖老"　杨邨人隐指鲁迅的说法。见1935年8月《星火》第1卷第4期署名巴山（杨邨人）的《文坛三家》一文。

　　② 李密（224—287）　字令伯，西晋犍为武阳（今四川彭山）人。晋武帝征他为太子洗马时，他以父早亡、母再嫁，与祖母刘氏相依为命之由，上《陈情表》固辞。此文收入《文选》和《古文观止》，历来为人称道。

"皤然一老莅故都，吴稚晖语妙天下"；劝人解囊赈灾的文章，并不少见，而文中自述年纪曰："余年九十六岁矣"者，却只有马相伯先生。但普通都不谓之"卖"，另有极好的称呼，叫作"有价值"。

"老作家"的"老"字，就是一宗罪案，这法律在文坛上已经好几年了，不过或者指为落伍，或者说是把持，……总没有指出明白的坏处。这回才由上海的青年作家揭发了要点，是在"卖"他的"老"。

那就不足虑了，很容易扫荡。中国各业，多老牌子，文坛却并不然，创作了几年，就或者做官，或者改业，或者教书，或者卷逃，或者经商，或者造反，或者送命……不见了。"老"在那里的原已寥寥无几，真有些像耆英会里的一百多岁的老太婆，居然会活到现在，连"民之父母"也觉得希奇古怪。而且她还会穿针，就尤其希奇古怪，使街头巷尾弄得闹嚷嚷。然而呀了，这其实是为了奉旨旌表的缘故，如果一个十六七岁的漂亮姑娘登台穿起针来，看的人也决不会少的。

谁有"卖老"的吗？一遇到少的俏的就倒。

不过中国的文坛虽然幼稚，昏暗，却还没有这么简单；读者虽说被"养成一种'看热闹'的情趣"①，但有辨别力的也不少，而且还在多起来。所以专门"卖老"，是不行的，因为文坛究竟不是养老堂，又所以专门"卖俏"，也不行的，因为文坛究竟也不是妓院。

二卖俱非，由非见是，混沌之辈，以为两伤。

九月十二日

（原刊 1935 年 10 月《文学》月刊第 5 卷第 4 号，后收入《且介亭杂文二集》）

---

① **"养成一种'看热闹'的情趣"** 这是沈从文的说法。见 1935 年 8 月 18 日《大公报·小公园》所刊署名炯之（沈从文）的《谈谈上海的刊物》一文。参看本书《七论"文人相轻"——两伤》中的引文。

七论"文人相轻"
——两伤

　　所谓文人，轻个不完，弄得别一些作者摇头叹气了，以为作践了文苑。这自然也说得通。陶渊明先生"采菊东篱下"，心境必须清幽闲适，他这才能够"悠然见南山"，如果篱中篱外，有人大嚷大跳，大骂大打，南山是在的，他却"悠然"不得，只好"愕然见南山"了。现在和晋宋之交①有些不同，连"象牙之塔"也已经搬到街头来，似乎颇有"不隔"② 之意，然而也还得有幽闲，要不然，即无以寄其沉痛，文坛减色，嚷嚷之罪大矣。于是相轻的文人们的处境，就也更加艰难起来，连街头也不再是扰攘的地方了，真是途穷道尽。

　　然而如果还要相轻又怎么样呢？前清有成例，知县老爷出巡，路遇两人相打，不问青红皂白，谁是谁非，各打屁股五百完事。不相轻的文人们纵有"肃静""回避"牌，却无小板子，打是自然不至于的，他还是用"笔伐"，说两面都不是好东西。这里有一段炯之先生③的《谈谈上海的刊物》为例——

　　　　说到这种争斗，使我们记起《太白》，《文学》，《论语》，《人间世》几年来的争斗成绩。这成绩就是凡骂人的与被骂的一

---

　　① **晋宋之交**　指东晋过渡到南朝第一个王朝宋的一段混乱时期，在公元 420 年前后。

　　② **"不隔"**　王国维在《人间词话》中提出的批评概念。他举姜夔《扬州慢·淮左名都》等词为"隔"的例子；举谢灵运《登池上楼》诗、欧阳修《少年游·阑干十二独凭春》词为"不隔"的例子。所谓"隔"，是指审美主体与其观照对象之间未能达致情境融合者，如同"雾里看花，终隔一层"；反之，倘使"语语都在目前，便是不隔"。鲁迅这里用"不隔"一词，借以戏指作家对当时各种论争的参与。

　　③ **炯之先生**　即沈从文。

古脑儿变成丑角，等于木偶戏的互相揪打或以头互碰，除了读者养成一种"看热闹"的情趣以外，别无所有。把读者养成欢喜看"戏"不欢喜看"书"的习气，"文坛消息"的多少，成为刊物销路多少的主要原因。争斗的延长，无结果的延长，实在可说是中国读者的大不幸。我们是不是还有什么方法可以使这种"私骂"占篇幅少一些？一个时代的代表作，结起账来若只是这些精巧的对骂，这文坛，未免太可怜了。（天津《大公报》的《小公园》，八月十八日。）

"这种斗争"，炯之先生还自有一个界说："即是向异己者用一种琐碎方法，加以无怜悯，不节制的辱骂。（一个术语，便是'斗争'。）"云。

于是乎这位炯之先生便以怜悯之心，节制之笔，定两造为丑角，觉文坛之可怜了，虽然"我们记起《太白》，《文学》，《论语》，《人间世》几年来"，似乎不但并不以"'文坛消息'的多少，成为刊物销路多少的主要原因"，而且简直不登什么"文坛消息"。不过"骂"是有的；只"看热闹"的读者，大约一定也有的。试看路上两人相打，他们何尝没有是非曲直之分，但旁观者往往只觉得有趣；就是绑出法场去，也是不问罪状，单看热闹的居多。由这情形，推而广之以至于文坛，真令人有不如逆来顺受，唾面自干之感。到这里来一个"然而"罢，转过来是旁观者或读者，其实又并不全如炯之先生所拟定的混沌，有些是自有各人自己的判断的。所以昔者古典主义者和罗曼主义者相骂，甚而至于相打①，他们并不都成为丑角；左拉遭了剧烈的文字和图画的嘲骂，终于不成为丑角；连生前身败名裂的王尔德，现在也不算是丑角。

自然，他们有作品。但中国也有的。中国的作品"可怜"得很，诚然，但这不只是文坛可怜，也是时代可怜，而且这可怜中，连"看热闹"的读者和论客都在内。凡有可怜的作品，正是代表了可怜的时代。昔之名人说"恕"字诀——但他们说，对于不知恕道的人，是不恕的；——今之名人说"忍"字诀，春天的论客以"文人相

---

① 昔者古典主义者和罗曼主义者相骂，甚而至于相打　1830年2月25日，法国作家雨果的剧作《欧那尼》在巴黎法兰西剧院上演时，支持古典主义的观众和拥护浪漫主义的观众发生斗殴。按：罗曼主义，今译浪漫主义。

轻"混淆黑白,秋天的论客以"凡骂人的与被骂的一古脑儿变成丑角"抹杀是非。冷冰冰阴森森的平安的古冢中,怎么会有生人气?

"我们是不是还有什么方法可以使这种'私骂'占篇幅少一些?"——炯之先生问。有是有的。纵使名之曰"私骂",但大约决不会件件都是一面等于二加二,一面等于一加三,在"私"之中,有的较近于"公",在"骂"之中,有的较合于"理"的,居然来加评论的人,就该放弃了"看热闹的情趣",加以分析,明白的说出你究以为那一面较"是",那一面较"非"来。

至于文人,则不但要以热烈的憎,向"异己"者进攻,还得以热烈的憎,向"死的说教者"抗战。在现在这"可怜"的时代,能杀才能生,能憎才能爱,能生与爱,才能文。彼兑飞①说得好:

> 我的爱并不是欢欣安静的人家,
> 花园似的,将平和一门关住,
> 其中有"幸福"慈爱地往来,
> 而抚养那"欢欣",那娇小的仙女。
> 我的爱,就如荒凉的沙漠一般——
> 一个大盗似的有嫉妒在那里霸着;
> 他的剑是绝望的疯狂,
> 而每一刺是各样的谋杀!

九月十二日

(原刊 1935 年 10 月《文学》月刊第 5 卷第 4 号,后收入《且介亭杂文二集》)

---

① **彼兑飞** 今译裴多菲(Petöfi Sándor,1823—1849),匈牙利诗人。曾领导匈牙利 1848 年革命,翌年在战斗中牺牲。著有长诗《勇敢的约翰》《使徒》等。这里引自其诗《我的爱——并不是……》的最后两节。鲁迅曾将全诗译出,1925 年 1 月发表在《语丝》周刊第 9 期和第 11 期。

杂谈小品文

自从"小品文"这一个名目流行以来，看看书店广告，连信札，论文，都排在小品文里了，这自然只是生意经，不足为据。一般的意见，第一是在篇幅短。

但篇幅短并不是小品文的特征。一条几何定理不过数十字，一部《老子》只有五千言，都不能说是小品。这该像佛经的小乘①似的，先看内容，然后讲篇幅。讲小道理，或没道理，而又不是长篇的，才可谓之小品。至于有骨力的文章，恐不如谓之"短文"，短当然不及长，寥寥几句，也说不尽森罗万象，然而它并不"小"。

《史记》里的《伯夷列传》和《屈原贾谊列传》除去了引用的骚赋，其实也不过是小品，只因为他是"太史公"之作，又常见，所以没有人来选出，翻印。由晋至唐，也很有几个作家；宋文我不知道，但"江湖派"②诗，却确是我所谓的小品。现在大家所提倡的，是明清，据说"抒写性灵"是它的特色。那时有一些人，确也只能够抒写性灵的，风气和环境，加上作者的出身和生活，也只能有这样的意思，写这样的文章。虽说抒写性灵，其实后来仍落了窠臼，不过是"赋得性灵"，照例写出那么一套来。当然也有人豫感到危难，后来是身历了危难的，所以小品文中，有时也夹着感愤，但在文字狱时，都被销毁，劈板了，于是我们所见，就只剩了"天马行空"似的超然的性灵。

这经过清朝检选的"性灵"，到得现在，却刚刚相宜，有明末的洒脱，无清初的所谓"悖谬"③，有国时是高人，没国时还不失为逸

---

① **小乘** 即小乘佛教。坚执"四谛"等原有教义，注重"自我表现解脱"的教派。

② **"江湖派"** 南宋书贾陈起将戴复古、刘过等人的诗歌汇刻为《江湖集》《江湖前集》《江湖后集》等，后世称其中所收诗家为"江湖派"。

③ **"悖谬"** 清乾隆间纂修《四库全书》时，凡被视为有"违碍"的书，往往被斥为"悖谬"，予以抽毁或全毁。

士。逸士也得有资格，首先即在"超然"，"士"所以超庸奴，"逸"所以超责任：现在的特重明清小品，其实是大有理由，毫不足怪的。

不过"高人兼逸士梦"恐怕也不长久。近一年来，就露了大破绽，自以为高一点的，已经满纸空言，甚而至于胡说八道，下流的却成为打诨，和猥鄙丑角，并无不同，主意只在挖公子哥儿们的跳舞之资，和舞女们争生意，可怜之状，已经下于五四运动前后的鸳鸯蝴蝶派数等了。

为了这小品文的盛行，今年就又有翻印所谓"珍本"①的事。有些论者，也以为可虑。我却觉得这是并非无用的。原本价贵，大抵无力购买，现在只用了一元或数角，就可以看见现代名人的祖师，以及先前的性灵，怎样叠床架屋，现在的性灵，怎样看人学样，啃过一堆牛骨头，即使是牛骨头，不也有了识见，可以不再被生炒牛角尖骗去了吗？

不过"珍本"并不就是"善本"，有些是正因为它无聊，没有人要看，这才日就灭亡，少下去；因为少，所以"珍"起来。就是旧书店里必讨大价的所谓"禁书"，也并非都是慷慨激昂，令人奋起的作品，清初，单为了作者也会禁，往往和内容简直不相干。这一层，却要读者有选择的眼光，也希望识者给相当的指点的。

十二月二日

（原刊 1935 年 12 月 7 日《时事新报·每周文学》，后收入《且介亭杂文二集》）

---

① **所谓"珍本"** 指施蛰存主编的《中国文学珍本丛书》、襟霞阁主人（王襟亚）主编的《国学珍本文库》。

"题未定"草

六

记得 T 君曾经对我谈起过：我的《集外集》出版之后，施蛰存先生曾在什么刊物上有过批评①，以为这本书不值得付印，最好是选一下。我至今没有看到那刊物；但从施先生的推崇《文选》和手定《晚明二十家小品》的功业，以及自标"言行一致"的美德推测起来，这也正像他的话。好在我现在并不要研究他的言行，用不着多管这些事。

《集外集》的不值得付印，无论谁说，都是对的。其实岂只这一本书，将来重开四库馆时，恐怕我的一切译作，全在排除之列；虽是现在，天津图书馆的目录上，在《呐喊》和《彷徨》之下，就注着一个"销"字，"销"者，销毁之谓也；梁实秋教授充当什么图书馆主任时②，听说也曾将我的许多译作驱逐出境。但从一般的情形而论，目前的出版界，却实在并不十分谨严，所以印了我的一本《集外集》，似乎也算不得怎么特别糟蹋了纸墨。至于选本，我倒以为是弊多利少的，记得前年就写过一篇《选本》，说明着自己的意见，后来就收在《集外集》中。

自然，如果随便玩玩，那是什么选本都可以的，《文选》好，《古文观止》也可以。不过倘要研究文学或某一作家，所谓"知人论世"，那么，足以应用的选本就很难得。选本所显示的，往往并非作者的特色，倒是选者的眼光。眼光愈锐利，见识愈深广，选本固然愈准确，但可惜的是大抵眼光如豆，抹杀了作者真相的居多，这才

---

① **施蛰存先生曾在什么刊物上有过批评** 指《杂文的文艺价值》一文，发表于 1935 年 6 月《文饭小品》第 5 期。施蛰存文中说："他是不主张'悔其少作的'，连《集外集》这种零碎文章都肯印出来卖七角大洋；……"

② **梁实秋教授充当什么图书馆主任时** 梁实秋 1930—1934 年任青岛大学外文系主任兼图书馆馆长。

是一个"文人浩劫"。例如蔡邕①，选家大抵只取他的碑文，使读者仅觉得他是典重文章的作手，必须看见《蔡中郎集》里的《述行赋》（也见于《续古文苑》②），那些"穷工巧于台榭兮，民露处而寝湿，委嘉谷于禽兽兮，下糠秕而无粒"（手头无书，也许记错，容后订正）的句子，才明白他并非单单的老学究，也是一个有血性的人，明白那时的情形，明白他确有取死之道。又如被选家录取了《归去来辞》和《桃花源记》，被论客赞赏着"采菊东篱下，悠然见南山"的陶潜先生，在后人的心目中，实在飘逸得太久了，但在全集里，他却有时很摩登，"愿在丝而为履，附素足以周旋，悲行止之有节，空委弃于床前"③，竟想摇身一变，化为"阿呀呀，我的爱人呀"的鞋子，虽然后来自说因为"止于礼义"④，未能进攻到底，但那些胡思乱想的自白，究竟是大胆的。就是诗，除论客所佩服的"悠然见南山"之外，也还有"精卫衔微木，将以填沧海，形天舞干戚，猛志固常在"⑤之类的"金刚怒目"⑥式，在证明着他并非整天整夜的飘飘然。这"猛志固常在"和"悠然见南山"的是一个人，倘有取舍，即非全人，再加抑扬，更离真实。譬如勇士，也战斗，也休息，也饮食，自然也性交，如果只取他末一点，画起像来，挂在妓院里，尊为性交大师，那当然也不能说是毫无根据的，然而，岂不冤哉！我每见近人的称引陶渊明，往往不禁为古人惋惜。

这也是关于取用文学遗产的问题，潦倒而至于昏聩的人，凡是好的，他总归得不到。前几天，看见《时事新报》的《青光》上，引过林语堂先生的话，原文抛掉了，大意是说：老庄是上流，泼妇

---

① **蔡邕**（132—192）　字伯喈，陈留圉（今河南杞县）人，东汉文学家。汉献帝时任左中郎将。后王充诛董卓，他受牵连下狱，死于狱中。撰有《蔡中郎集》，已佚，今传《蔡中郎文集》系后人所辑。以下引自《述行赋》文句中，"工巧"原作"变巧"，"委"原作"消"。

② **《续古文苑》**　前有《古文苑》，收唐以前佚文9卷，编者不详。清代孙星衍又从金石、传记、方志、类书中辑出古代佚文20卷，编为《续古文苑》。

③ **"愿在丝而为履，附素足以周旋，悲行止之有节，空委弃于床前"**　这四句见陶渊明《闲情赋》。

④ **"止于礼义"**　《毛诗序》："发乎情，止乎礼义。"

⑤ **"精卫衔微木，将以填沧海，形天舞干戚，猛志固常在"**　这四句见陶渊明《读山海经》诗之十。

⑥ **"金刚怒目"**　《太平广记》卷一七四引《谈薮》："隋吏部侍郎薛道衡尝游钟山开善寺，谓小僧曰：'金刚何为努目，菩萨何为低眉？'小僧答曰：'金刚努目，所以降伏四魔；菩萨低眉，所以慈悲六道。'道衡忻然不能对。"

骂街之类是下流，他都要看，只有中流，剿上窃下，最无足观。如果我所记忆的并不错，那么，这真不但宣告了宋人语录，明人小品，下至《论语》，《人间世》，《宇宙风》这些"中流"作品的死刑，也透彻的表白了其人的毫无自信。不过这还是空腹高心之谈，因为虽是"中流"，也并不一概，即使同是剿窃，有取了好处的，有取了无用之处的，有取了坏处的，到得"中流"的下流，他就连剿窃也不会，"老庄"不必说了，虽是明清的文章，又何尝真的看得懂。

标点古文，不但使应试的学生为难，也往往害得有名的学者出丑，乱点词曲，拆散骈文的美谈，已经成为陈迹，也不必回顾了；今年出了许多廉价的所谓珍本书，都有名家标点，关心世道者愁然忧之，以为足煽复古之焰。我却没有这么悲观，化国币一元数角，买了几本，既读古之中流的文章，又看今之中流的标点；今之中流，未必能懂古之中流的文章的结论，就从这里得来的。

例如罢，——这种举例，是很危险的，从古到今，文人的送命，往往并非他的什么"意德沃罗基"①的悖谬，倒是为了个人的私仇居多。然而这里仍得举，因为写到这里，必须有例，所谓"箭在弦上，不得不发"者是也。但经再三忖度，决定"姑隐其名"，或者得免于难欤，这是我在利用中国人只顾空面子的缺点。

例如罢，我买的"珍本"之中，有一本是张岱②的《琅嬛文集》，"特印本实价四角"；据"乙亥十月，卢前③冀野父"跋，是"化峭僻之途为康庄"的，但照标点看下去，却并不十分"康庄"。标点，对于五言或七言诗最容易，不必文学家，只要数学家就行，乐府就不大"康庄"了，所以卷三的《景清刺》④里，有了难懂的句子：

> ……佩铅刀。藏膝髁。太史奏。机谋破。不称王向前。坐对御衣含血唾。……

---

① "意德沃罗基" 德语 ldeologie 的音译，即意识形态。

② 张岱（1597—1679） 字宗子，号陶庵，浙江山阴（今绍兴）人，明末清初文学家。著有《琅嬛文集》《陶庵梦忆》等。《琅嬛文集》是他的诗文杂集。

③ 卢前（1905—1951） 字冀野，江苏南京人，词曲学家。曾任金陵大学，河南大学，中央大学等校教职。1942年任国立音乐专科学校校长。抗战期间为国民参政会参政员。著有《南北曲溯源》《中国戏曲概论》等。

④ 《景清刺》 乐府诗，叙说明御史大夫景清谋刺永乐皇帝之事。

琅琅可诵，韵也押的，不过"不称王向前"这一句总有些费解。看看原序，有云："清知事不成。跃而询上。大怒曰。毋谓我王。即王敢尔耶。清曰。今日之号。尚称王哉。命抉其齿。王且询。则含血前。淰御衣。上益怒。剥其肤。……"（标点悉遵原本）那么，诗该是"不称王，向前坐"了，"不称王"者，"尚称王哉"也；"向前坐"者，"则含血前"也。而序文的"跃而询上。大怒曰"，恐怕也该是"跃而询。上大怒曰"才合式，据作文之初阶，观下文之"上益怒"，可知也矣。

纵使明人小品如何"本色"，如何"性灵"，拿它乱玩究竟还是不行的，自误事小，误人可似乎不大好。例如卷六的《琴操》①《脊令操》序里，有这样的句子：

> 秦府僚属。劝秦王世民②。行周公之事。伏兵玄武门。射杀建成③元吉魏征。伤亡作。

文章也很通，不过一翻《唐书》，就不免觉得魏征实在射杀得冤枉，他其实是秦王世民做了皇帝十七年之后，这才病死的。所以我们没有法，这里只好点作"射杀建成元吉④，魏征伤亡作"。明明是张岱作的《琴操》，怎么会是魏征⑤作呢，索性也将他射杀干净，固然不能说没有道理，不过"中流"文人，是常有拟作的，例如韩愈先生，就替周文王说过"臣罪当诛兮天王圣明"，所以在这里，也还是以"魏征伤亡作"为稳当。

我在这里也犯了"文人相轻"罪，其罪状曰"吹毛求疵"。但我想"将功折罪"的，是证明了有些名人，连文章也看不懂，点不

---

① 《琴操》 琴曲名，亦指与琴曲相配的歌诗。这里指张岱《琅嬛文集》中的一组《琴操》，《脊令操》是其中之一。

② 秦王世民 即唐太宗李世民（599—649），唐高祖李渊次子，屡建大功。武德元年（618）为尚书令，封秦王。九年（626）发动玄武门之变，除去太子建成、弟元吉，旋即帝位。

③ 建成 即李建成（589—626），唐高祖李渊嫡长子，唐朝立国后为太子。武德九年（626）谋夺世民兵权，与四弟元吉同在玄武门之变中被杀。

④ 元吉 即李元吉（603—626），唐高祖李渊第四子，封齐王。玄武门之变中被杀。

⑤ 魏征（580—643） 字玄成，巨鹿下曲阳（今河北晋县）人，唐代大臣。曾为李建成谋士，劝建成防世民夺权。太宗即位，任谏议大夫、秘书监。遇事敢谏，前后陈谏二百余事，为太宗所敬畏。后以疾卒于官。

断，如果选起文章来，说这篇好，那篇坏，实在不免令人有些毛骨悚然，所以认真读书的人，一不可倚仗选本，二不可凭信标点。

七

还有一样最能引读者入于迷途的，是"摘句"。它往往是衣裳上撕下来的一块绣花，经摘取者一吹嘘或附会，说是怎样超然物外，与尘浊无干，读者没有见过全体，便也被他弄得迷离惝恍。最显著的便是上文说过的"悠然见南山"的例子，忘记了陶潜的《述酒》①和《读山海经》等诗，捏成他单是一个飘飘然，就是这摘句作怪。新近在《中学生》的十二月号上，看见了朱光潜②先生的《说"曲终人不见，江上数峰青"》的文章，推这两句为诗美的极致，我觉得也未免有以割裂为美的小疵。他说的好处是：

> 我爱这两句诗，多少是因为它对于我启示了一种哲学的意蕴。"曲终人不见"所表现的是消逝，"江上数峰青"所表现的是永恒。可爱的乐声和奏乐者虽然消逝了，而青山却巍然如旧，永远可以让我们把心情寄托在它上面。人到底是怕凄凉的，要求伴侣的。曲终了，人去了，我们一霎时以前所游目骋怀的世界猛然间好像从脚底倒塌去了。这是人生最难堪的一件事，但是一转眼间我们看到江上青峰，好像又找到另一个可爱的伴侣，另一个可托足的世界，而且它永远是在那里的。"山穷水尽疑无路，柳暗花明又一村"，此种风味似之。不仅如此，人和曲果真消逝了么；这一曲缠绵悱恻的音乐没有惊动山灵？它没有传出江上青峰的妩媚和严肃？它没有深深地印在这妩媚和严肃里面？反正青山和湘灵的瑟声已发生这么一回的因缘，青山永在，瑟声和鼓瑟的人也就永在了。

---

① 《述酒》　陶渊明此篇词意隐晦，前人颇有争议。南宋汤汉注谓："晋元熙二年（420）六月，刘裕废恭帝为零陵王。明年，以毒酒一瓿授张祎，使酖王。祎自饮而卒。继又令兵人逾垣进药，王不肯饮，遂掩杀之。此诗所作，故以《述酒》名篇也。诗辞尽隐语，或观者弗省……予反复详考，而后知决为零陵哀诗也。"见《陶靖节诗注》卷三。

② 朱光潜（1897—1986）　字孟实，安徽桐城人，美学家、翻译家。20世纪20年代初曾与匡互生等在上海创办立达学园。1925年起，留学英、法、德等国。回国后任北京大学、四川大学、武汉大学等校教授。著有《西方美学史》，译有黑格尔《美学》等。

这确已说明了他的所以激赏的原因。但也没有尽。读者是种种不同的，有的爱读《江赋》① 和《海赋》②，有的欣赏《小园》或《枯树》③。后者是徘徊于有无生灭之间的文人，对于人生，既惮扰攘，又怕离去，懒于求生，又不乐死，实有太板，寂绝又太空，疲倦得要休息，而休息又太凄凉，所以又必须有一种抚慰。于是"曲终人不见"之外，如"只在此山中，云深不知处"④ 或"笙歌归院落，灯火下楼台"⑤ 之类，就往往为人所称道。因为眼前不见，而远处却在，如果不在，便悲哀了，这就是道士之所以说"至心归命礼，玉皇大天尊！"也。

抚慰劳人的圣药，在诗，用朱先生的话来说，是"静穆"：

> 艺术的最高境界都不在热烈。就诗人之所以为人而论，他所感到的欢喜和愁苦也许比常人所感到的更加热烈。就诗人之所以为诗人而论，热烈的欢喜或热烈的愁苦经过诗表现出来以后，都好比黄酒经过长久年代的储藏，失去它的辣性，只剩一味醇朴。我在别的文章里曾经说过这一段话："懂得这个道理，我们可以明白古希腊人何以把和平静穆看作诗的极境，把诗神亚波罗摆在蔚蓝的山巅，俯瞰众生扰攘，而眉宇间却常如作甜蜜梦，不露一丝被扰动的神色？"这里所谓"静穆"（Serenity）自然只是一种最高理想，不是在一般诗里所能找得到的。古希腊——尤其是古希腊的造形艺术——常使我们觉到这种"静穆"的风味。"静穆"是一种豁然大悟，得到归依的心情。它好比低眉默想的观音大士，超一切忧喜，同时你也可说它泯化一切忧喜。这种境界在中国诗里不多见。屈原阮籍李白杜甫都不免有些像金刚怒目，愤愤不平的样子。陶潜浑身是"静穆"，所以他伟大。

古希腊人，也许把和平静穆看作诗的极境的罢，这一点我毫无知识。但以现存的希腊诗歌而论，荷马的史诗，是雄大而活泼的，

---

① 《江赋》 晋代郭璞作。
② 《海赋》 晋代木华作。
③ 《小园》或《枯树》 北周庾信作。
④ "只在此山中，云深不知处" 此二句见唐代贾岛《寻隐者不遇》诗。
⑤ "笙歌归院落，灯火下楼台" 此二句见唐代白居易《宴散》诗。

沙孚①的恋歌，是明白而热烈的，都不静穆。我想，立"静穆"为诗的极境，而此境不见于诗，也许和立蛋形为人体的最高形式，而此形终不见于人一样。至于亚波罗②之在山巅，那可因为他是"神"的缘故，无论古今，凡神像，总是放在较高之处的。这像，我曾见过照相，睁着眼睛，神清气爽，并不像"常如作甜蜜梦"。不过看见实物，是否"使我们觉到这种'静穆'的风味"，在我可就很难断定了，但是，倘使真的觉得，我以为也许有些因为他"古"的缘故。

我也是常常徘徊于雅俗之间的人，此刻的话，很近于大煞风景，但有时却自以为颇"雅"的：间或喜欢看看古董。记得十多年前，在北京认识了一个土财主，不知怎么一来，他也忽然"雅"起来了，买了一个鼎，据说是周鼎，真是土花斑驳，古色古香。而不料过不几天，他竟叫铜匠把它的土花和铜绿擦得一干二净，这才摆在客厅里，闪闪的发着铜光。这样的擦得精光的古铜器，我一生中还没有见过第二个。一切"雅士"，听到的无不大笑，我在当时，也不禁由吃惊而失笑了，但接着就变成肃然，好像得了一种启示。这启示并非"哲学的意蕴"，是觉得这才看见了近于真相的周鼎。鼎在周朝，恰如碗之在现代，我们的碗，无整年不洗之理，所以鼎在当时，一定是干干净净，金光灿烂的，换了术语来说，就是它并不"静穆"，倒有些"热烈"。这一种俗气至今未脱，变化了我衡量古美术的眼光，例如希腊雕刻罢，我总以为它现在之见得"只剩一味醇朴"者，原因之一，是在曾埋土中，或久经风雨，失去了锋棱和光泽的缘故，雕造的当时，一定是崭新，雪白，而且发闪的，所以我们现在所见的希腊之美，其实并不准是当时希腊人之所谓美，我们应该悬想它是一件新东西。

凡论文艺，虚悬了一个"极境"，是要陷入"绝境"的，在艺术，会迷惘于土花，在文学，则被拘迫而"摘句"。但"摘句"又大足以困人，所以朱先生就只能取钱起③的两句，而踢开他的全篇，又用这两句来概括作者的全人，又用这两句来打杀了屈原，阮籍，李

---

① **沙孚** 今译萨福（Sappho，活动时期约前610—约前580），古希腊女诗人。其作品仅少数断篇残章存世。

② **亚波罗** 今译阿波罗（Apollo），希腊神话中的太阳神，司掌光明、青春、音乐和诗歌之神。

③ **钱起**（722—约780） 字仲文，吴兴（今浙江湖州）人，唐代诗人，"大历十才子"之一。天宝进士，官考功郎中。有《钱考功集》存世。

白，杜甫等辈，以为"都不免有些像金刚怒目，愤愤不平的样子"。其实是他们四位，都因为垫高朱先生的美学说，做了冤屈的牺牲的。

我们现在先来看一看钱起的全篇罢：

省试①湘灵鼓瑟

善鼓云和瑟，常闻帝子灵。冯夷空自舞，楚客不堪听。苦调凄金石，清音入杳冥。苍梧来怨慕，白芷动芳馨。流水传湘浦，悲风过洞庭。曲终人不见，江人数峰青。

要证成"醇朴"或"静穆"，这全篇实在是不宜称引的，因为中间的四联，颇近于所谓"衰飒"。但没有上文，末两句便显得含胡，不过这含胡，却也许又是称引者之所谓超妙。现在一看题目，便明白"曲终"者结"鼓瑟"，"人不见"者点"灵"字，"江上数峰青"者做"湘"字，全篇虽不失为唐人的好试贴，但末两句也并不怎么神奇了。况且题上明说是"省试"，当然不会有"愤愤不平的样子"，假使屈原不和椒兰②吵架，却上京求取功名，我想，他大约也不至于在考卷上大发牢骚的，他首先要防落第。

我们于是应该再来看看这《湘灵鼓瑟》的作者的另外的诗了。但我手头也没有他的诗集，只有一部《大历诗略》③，也是迂夫子的选本，不过篇数却不少，其中有一首是：

下第题长安客舍

不遂青云望，愁看黄鸟飞。梨花寒食夜，客子未春衣。世事随时变，交情与我违。空余主人柳，相见却依依。

一落第，在客栈的墙壁上题起诗来，他就不免有些愤愤了，可见第一首《湘灵鼓瑟》，实在是因为题目，又因为省试，所以只好如此圆转活脱。他和屈原，阮籍，李白，杜甫四位，有时都不免是怒

---

① 省试　即古代科举考试中在京举行的会试。唐代会试本由吏部的考功员外郎主持。开元二十四年（736）考功员外郎李昂与考生言语冲突，朝廷以郎官地位较低，移于尚书省的礼部侍郎主持。通称省试，亦称礼部试或礼闱。

② 椒兰　椒，楚大夫子椒；兰，楚怀王少子子兰。屈原《离骚》："余既以兰为可恃兮，羌无实而容长。""椒专佞以慢慆兮，樧又欲充夫佩帏。"

③ 《大历诗略》　唐诗选本，清代乔亿编。大历，唐代宗李豫年号（766—779）。

目金刚，但就全体而论，他长不到丈六①。

世间有所谓"就事论事"的办法，现在就诗论诗，或者也可以说是无碍的罢。不过我总以为倘要论文，最好是顾及全篇，并且顾及作者的全人，以及他所处的社会状态，这才较为确凿。要不然，是很容易近乎说梦的。但我也并非反对说梦，我只主张听者心里明白所听的是说梦，这和我劝那些认真的读者不要专凭选本和标点本为法宝来研究文学的意思，大致并无不同。自己放出眼光看过较多的作品，就知道历来的伟大的作者，是没有一个"浑身是'静穆'"的。陶潜正因为并非"浑身是'静穆'，所以他伟大"。现在之所以往往被尊为"静穆"，是因为他被选文家和摘句家所缩小，凌迟了。

八

现在还在流传的古人文集，汉人的已经没有略存原状的了，魏的嵇康，所存的集子里还有别人的赠答和论难，晋的阮籍，集里也有伏义的来信，大约都是很古的残本，由后人重编的。《谢宣城集》②虽然只剩了前半部，但有他的同僚一同赋咏的诗。我以为这样的集子最好，因为一面看作者的文章，一面又可以见他和别人的关系，他的作品，比之同咏者，高下如何，他为什么要说那些话……现在采取这样的编法的，据我所知道，则《独秀文存》③，也附有和所存的"文"相关的别人的文字。

那些了不得的作家，谨严入骨，惜墨如金，要把一生的作品，只删存一个或者三四个字，刻之泰山顶上，"传之其人"④，那当然听他自己的便，还有鬼蜮似的"作家"，明明有天兵天将保佑，姓名大可公开，他却偏要躲躲闪闪，生怕他的"作品"和自己的原形发生关系，随作随删，删到只剩下一张白纸，到底什么也没有，那当然也听他自己的便。如果多少和社会有些关系的文字，我以为是都应该集印的，其中当然夹杂着许多废料，所谓"榛楛弗剪"⑤，然而

---

① 丈六 一丈六尺。佛家语，指佛的身量。

② 《谢宣城集》 南朝齐诗人谢朓的诗文集。谢朓（464—499），字玄晖，陈郡阳夏（今河南太康）人，曾任宣城太守。

③ 《独秀文存》 陈独秀的文集，上海亚东图书馆 1922 年 11 月出版。

④ "传之其人" 司马迁《报任少卿书》："藏之名山，传之其人。"

⑤ "榛楛弗剪" 晋代陆机《文赋》："彼榛楛之勿翦，亦蒙荣于集翠。"《文选》李善注："榛楛，喻庸音也。以珠玉之句既存，故榛楛之辞亦美。"

这才是深山大泽。现在已经不像古代，要手抄，要木刻，只要用铅字一排就够。虽说排印，糟蹋纸墨自然也还是糟蹋纸墨的，不过只要一想连杨邨人之流的东西也还在排印①，那就无论什么都可以闭着眼睛发出去了。中国人常说"有一利必有一弊"，也就是"有一弊必有一利"：揭起小无耻之旗，固然要引出无耻群，但使谦让者泼刺起来，却是一利。

收回了谦让的人，在实际上也并不少，但又是所谓"爱惜自己"的居多。"爱惜自己"当然并不是坏事情，至少，他不至于无耻，然而有些人往往误认"装点"和"遮掩"为"爱惜"。集子里面，有兼收"少作"的，然而偏去修改一下，在孩子的脸上，种上一撮白胡须；也有兼收别人之作的，然而又大加拣选，决不取谩骂诬蔑的文章，以为无价值。其实是这些东西，一样的和本文都有价值的，即使那力量还不够引出无耻群，但倘和有价值的本文有关，这就是它在当时的价值。中国的史家是早已明白了这一点的，所以历史里大抵有循吏传，隐逸传，却也有酷吏传和佞幸传，有忠臣传，也有奸臣传。因为不如此，便无从知道全般。

而且一任鬼蜮的技俩随时消灭，也不能洞晓反鬼蜮者的人和文章。山林隐逸之作不必论，倘使这作者是身在人间，带些战斗性的，那么，他在社会上一定有敌对。只是这些敌对决不肯自承，时时撒娇道："冤乎枉哉，这是他把我当作假想敌了呀！"可是留心一看，他的确在放暗箭，一经指出，这才改为明枪，但又说这是因为被诬为"假想敌"②的报复。所用的技俩，也是决不肯任其流传的，不但事后要它消灭，就是临时也在躲闪；而编集子的人又不屑收录。于是到得后来，就只剩了一面的文章了，无可对比，当时的抗战之作，就都好象无的放矢，独个人在向着空中发疯。我尝见人评古人的文章，说谁是"锋棱太露"，谁又是"剑拔弩张"，就因为对面的文章，完全消灭了的缘故，倘在，是也许可以减去评论家几分懵懂

---

① **杨邨人之流的东西也还在排印** 指杨邨人提倡的"小资文学"。1933 年 2 月，杨邨人在《现代》月刊第 2 卷第 4 期发表《揭起小资产阶级革命文学之旗》，其称："无产阶级已经树起无产阶级文学之旗，而且已经有了巩固的营垒，我们为了这广大的小市民和农民群众的启发工作，我们也揭起小资产阶级革命文学之旗，号召同志，整齐阵伍，也来扎住我们的阵营。"

② **"假想敌"** 杜衡在《文坛的骂风》一文中说，杂文作者往往出于"无文可写"而不得不找"假想敌"来骂骂。其文刊于 1935 年 11 月《星火》第 2 卷第 2 期。

的。所以我以为此后该有博采种种所谓无价值的别人的文章，作为附录的集子。以前虽无成例，却是留给后来的宝贝，其功用与铸了魑魅罔两的形状的禹鼎相同①。

就是近来的有些期刊，那无聊，无耻与下流，也是世界上不可多得的物事，然而这又确是现代中国的或一群人的"文学"，现在可以知今，将来可以知古，较大的图书馆，都必须保存的。但记得 C 君曾经告诉我，不但这些，连认真切实的期刊，也保存的很少，大抵只在把外国的杂志，一大本一大本的装起来：还是生着"贵古而贱今，忽近而图远"的老毛病。

九

仍是上文说过的所谓《珍本丛书》之一的张岱《琅嬛文集》，那卷三的书牍类里，有《又与毅儒八弟》的信，开首说：

> 前见吾弟选《明诗存》，有一字不似钟谭②者，必弃置不取；今几社③诸君子盛称王李④，痛骂钟谭，而吾弟选法又与前一变，有一字似钟谭者，必弃置不取。钟谭之诗集，仍此诗集，吾弟手眼，仍此手眼，而乃转若飞蓬，捷如影响，何胸无定识，目无定见，口无定评，乃至斯极耶？盖吾弟喜钟谭时，有钟谭之好处，尽有钟谭之不好处，彼盖玉常带璞，原不该尽视为连城；吾弟恨钟谭时，有钟谭之不好处，仍有钟谭之好处，彼盖

---

① **其功用与铸了魑魅罔两的形状的禹鼎相同**　旧传禹铸九鼎，象征天下九州。"魑魅罔两的形状"指鼎身的饕餮纹和蟠虺纹等纹饰，铸上这些象征山林水泽中的鬼怪，据说是让老百姓能有所提防。《左传·宣公三年》："昔夏之方有德也，远方图物，贡金九牧，铸鼎象物，百物而为之备，使民知神、奸。故民入川泽山林，不逢不若。螭魅罔两，莫能逢之。"

② **钟谭**　指明代文学家钟惺、谭元春。钟惺（1574—1625），字伯敬，湖广竟陵（今湖北天门）人。万历进士，官工部主事、福建提学佥事，有《隐秀轩集》等。谭元春（1586—1637），字友夏，湖广竟陵（今湖北天门）人。天启举人，有《谭友夏合集》等。其二人意趣同调，倡汉魏诗风，以幽深孤峭为旨，人称"竟陵派"。

③ **几社**　明末文学社团。主要成员有陈子龙、夏允彝等。文学上承袭"后七子"传统，复古倾向。清兵南下后，其成员多从事抗清活动。

④ **王李**　指明代文学家王世贞、李攀龙。王世贞（1526—1590），字元美，号凤洲、弇州山人，太仓（今属江苏）人。嘉靖进士，官刑部郎中、南京刑部尚书，有《弇州山人四部稿》《弇山堂别集》等。李攀龙（1514—1570），字于麟，号沧溟，山东历城人。嘉靖进士，历官顺德知府、河南按察使等，有《沧溟集》等。王李二人为当时文坛盟主，倡文学复古运动，与谢榛、宗臣、梁有誉、徐中行、吴国伦等称"后七子"。

瑕不掩瑜，更不可尽弃为瓦砾。吾弟勿以几社君子之言，横据胸中，虚心平气，细细论之，则其妍丑自见，奈何以他人好尚为好尚哉！……

这是分明的画出随风转舵的选家的面目，也指证了选本的难以凭信的。张岱自己，则以为选文造史，须无自己的意见，他在《与李砚翁》的信里说：“弟《石匮》① 一书，泚笔四十余载，心如止水秦铜，并不自立意见，故下笔描绘，妍媸自见，敢言刻划，亦就物肖形而已。……”然而心究非镜，也不能虚，所以立“虚心平气”为选诗的极境，“并不自立意见”为作史的极境者，也象立“静穆”为诗的极境一样，在事实上不可得。数年前的文坛上所谓“第三种人”杜衡辈，标榜超然，实为群丑，不久即本相毕露，知耻者皆羞称之，无待这里多说了；就令自觉不怀他意，屹然中立如张岱者，其实也还是偏倚的。他在同一信中，论东林② 云：

……夫东林自顾泾阳③ 讲学以来，以此名目，祸我国家者八九十年，以其党升沉，用占世数兴败，其党盛则为终南之捷径，其党败则为元祐之党碑④ 。……盖东林首事者实多君子，窜入者不无小人，拥戴者皆为小人，招徕者亦有君子，此其间线索甚清，门户甚迥。……东林之中，其庸庸碌碌者不必置论，如贪婪强横之王图⑤ ，奸险凶暴之李三才⑥ ，闯贼首辅之项

① 《石匮》 即《石匮书》，明末张岱撰。记载明洪武至天启260年间的史事。另有《石匮书后集》，记载崇祯一朝及南明史事。

② 东林 指东林党，明代万历后期形成的江南士大夫政治集团。主要成员有顾宪成、高攀龙、钱一本等。他们在无锡东林书院讲学，议论朝政，针砭时弊，联络朝野有识之士。后于天启五年（1625）遭宦官魏忠贤迫害，祸及数百人。

③ 顾泾阳 即顾宪成。见本书《“招贴即扯”》一文“顾宪成”注条。

④ 元祐之党碑 北宋神宗元祐年间，清算王安石新法的旧党称“元祐党人”。后至徽宗时，被指为奸党，反遭禁锢。当时于太学端礼门立碑，将旧党司马光、苏轼等三百余人名氏镌列其上，意为羞辱。此碑称“党人碑”，或“元祐党碑”。

⑤ 王图 （？—1624） 字则之，明耀州（今陕西耀县）人。万历进士，至吏部侍郎，天启时进礼部尚书。据《明史》本传，其为东林及李三才一系，屡为“群小”攻讦，未著张岱所谓“贪婪强横”之事。

⑥ 李三才 （？—1623） 字道甫，明顺天通州（今北京通州）人。万历进士，历户部主事、漕运总督、户部尚书，是东林党人在官场上出头露面的人物。三十八年（1610）推为入阁人选，谤议纷起，遂引发党争。次年辞官。

煜①，上笺劝进之周钟②，以致窜入东林，乃欲俱奉之以君子，则吾臂可断，决不敢徇情也。东林之尤可丑者，时敏③之降闯贼曰，"吾东林时敏也"，以冀大用。鲁王监国，蕞尔小朝廷，科道任孔当④辈犹曰，"非东林不可进用"。则是东林二字，直与蕞尔鲁国及汝偕亡者。手刃此辈，置之汤镬，出薪真不可不猛也。……

这真可谓"词严义正"。所举的群小，也都确实的，尤其是时敏，虽在三百年后，也何尝无此等人，真令人惊心动魄。然而他的严责东林，是因为东林党中也有小人，古今来无纯一不杂的君子群，于是凡有党社，必为自谓中立者所不满，就大体而言，是好人多还是坏人多，他就置之不论了。或者还更加一转云：东林虽多君子，然亦有小人，反东林者虽多小人，然亦有正士，于是好像两面都有好有坏，并无不同，但因东林世称君子，故有小人即可丑，反东林者本为小人，故有正士则可嘉，苛求君子，宽纵小人，自以为明察秋毫，而实则反助小人张目。倘说：东林中虽亦有小人，然多数为君子，反东林者虽亦有正士，而大抵是小人。那么，斤量就大不相同了。

谢国桢⑤先生作《明清之际党社运动考》，钩索文籍，用力甚勤，叙魏忠贤⑥两次虐杀东林党人毕，说道："那时候，亲戚朋友，全远远的躲避，无耻的士大夫，早投降到魏党的旗帜底下了。说一两句公道话，想替诸君子帮忙的，只有几个书呆子，还有几个老百姓。"

① **项煜**（？—1645） 字水心，明吴县（今苏州）人。大启进士，崇祯时为詹事府少詹事。他是明末复社成员。后归降李自成。
② **周钟**（？—1645） 字介生，明金坛（今属江苏）人。崇祯进士，授庶吉士。明末复社成员。因曾降李自成，后被阮大铖逮杀。
③ **时敏** 明常熟（今属江苏）人。崇祯时为兵科给事中、江西督漕。后归降李自成。
④ **任孔当** 南明鲁王时为浙江道监察御史，后在山东巡抚方献的招抚下归顺清朝。按：科道，明代职官的一种统称，指都察院所属礼、户、吏、兵、刑、工六科给事中及 15 道监察御史。
⑤ **谢国桢**（1900—1982） 字刚主，河南安阳人，历史学家。早年毕业于清华学校国学研究所，曾为河南大学、南开大学教授。著有《晚明史籍考》《明清之际党社运动考》等。
⑥ **魏忠贤**（1568—1627） 明河间肃宁（今属河北）人。万历时入宫为宦官，天启时为司礼秉笔太监，掌东厂。专权擅政，遍置党羽，迫害东林党人。

这说的是魏忠贤使缇骑捕周顺昌①，被苏州人民击散的事。诚然，老百姓虽然不读诗书，不明史法，不解在瑜中求瑕，屎里觅道，但能从大概上看，明黑白，辨是非，往往有决非清高通达的士大夫所可几及之处的。刚刚接到本日的《大美晚报》，有"北平特约通讯"，记学生游行②，被警察水龙喷射，棍击刀砍，一部分则被闭于城外，使受冻馁，"此时燕冀中学师大附中及附近居民纷纷组织慰劳队，送水烧饼馒头等食物，学生略解饥肠……"谁说中国的老百姓是庸愚的呢，被愚弄诓骗压迫到现在，还明白如此。张岱又说："忠臣义士多见于国破家亡之际，如敲石出火，一闪即灭，人主不急起收之，则火种绝矣。"（《越绝诗小序》）他所指的"人主"是明太祖，和现在的情景不相符。

石在，火种是不会绝的。但我要重申九年前的主张：不要再请愿！③

十二月十八—十九夜

（原刊 1936 年 1 月/2 月《海燕》第 1 期/第 2 期，后收入《且介亭杂文二集》）

---

① 周顺昌（1584—1626） 字景文，明吴县（今苏州）人。万历进士，天启时为吏部文选司员外郎。因斥责魏忠贤，于天启六年（1626）被捕，激起苏州市民反阉党风潮。《明史》本传载："及闻逮者至，众咸愤怒，号冤者塞道。至开读日，不期而集者数万人，咸执香为周吏部乞命。……旗尉厉骂曰：'东厂逮人，鼠辈敢尔！'大呼：'囚安在？'手掷银铛于地，声琅然。众益愤，曰：'始吾以为天子命，乃东厂耶！'蜂拥大呼，势如山崩。旗尉东西窜，众纵横殴击。毙一人，余负重伤，逾垣走。顺昌乃自诣吏，又三日，北行。"入京下狱，受酷刑死。有《烬余集》存世。

② 学生游行 1935 年 12 月 9 日、16 日两天，北平大中学校学生联合会发起大规模请愿行动，反对华北自治、宣传抗日救亡，史称"一二·九"爱国运动。

③ 不要再请愿！ 1926 年"三一八"惨案后，鲁迅鉴于中国的反动统治者"残虐险狠"的特性，一再著文呼吁青年学生"不要再请愿"。并指出，惨案已"教给继续战斗者以别种方法的战斗"。参看《鲁迅杂文全编》（上册）《"死地"》等文。鲁迅这里重申"不要再请愿"，是针对当时的"一二·九"运动说的。那两天的学生游行亦确遭到军警镇压，22 人被捕，247 人致伤。

《且介亭杂文末编》及其《附集》中的杂文

三月的租界

今年一月，田军①发表了一篇小品，题目是《大连丸上》，记着一年多以前，他们夫妇俩怎样幸而走出了对于他们是荆天棘地的大连——

"第二天当我们第一眼看到青岛青青的山角时，我们的心才又从冻结里蠕活过来。

"'啊！祖国！'

"我们梦一般这样叫了！"

他们的回"祖国"，如果是做随员，当然没有人会说话，如果是剿匪，那当然更没有人会说话，但他们竟不过来出版了《八月的乡村》。这就和文坛发生了关系。那么，且慢"从冻结里蠕活过来"罢。三月里，就"有人"在上海的租界上冷冷的说道——

"田军不该早早地从东北回来！"

谁说的呢？就是"有人"。为什么呢？因为这部《八月的乡村》"里面有些还不真实"。然而我的传话是"真实"的。有《大晚报》副刊《火炬》的奇怪毫光之一，《星期文坛》上的狄克②先生的文章为证——

《八月的乡村》整个地说，他是一首史诗，可是里面有些还

---

① **田军** 即萧军（1907—1988），原名刘鸿霖，笔名田军等，辽宁义县人，现代作家。1931 年"九一八"事变后，曾参加抗日义勇军。1934 年秋到上海，编辑《海燕》《作家》等刊物。1937 年后，在武汉、成都等地从事抗敌文艺工作，1940 年去延安。这里提到的《大连丸上》，刊于 1936 年 1 月《海燕》月刊第 1 期。下文提到的《八月的乡村》是其所著长篇小说，鲁迅作序，上海容光书局 1935 年 8 月出版。

② **狄克** 即张春桥（1917—2005），原名善宝，笔名狄克等，山东巨野人。1935 年到上海，在上海杂志股份有限公司做校对员，并加入左联和社会科学家联盟。1938 年去延安。"文化大革命"中与江青、王洪文、姚文元结成"四人帮"，为祸甚巨。

不真实，像人民革命军进攻了一个乡村以后的情况就不够真实。有人这样对我说："田军不该早早地从东北回来"，就是由于他感觉到田军还需要长时间的学习，如果再丰富了自己以后，这部作品当更好。技巧上，内容上，都有许多问题在，为什么没有人指出呢？

这些话自然不能说是不对的。假如"有人"说，高尔基不该早早不做码头脚夫，否则，他的作品当更好；吉须①不该早早逃亡外国，如果坐在希忒拉的集中营里，他将来的报告文学当更有希望。倘使有谁去争论，那么，这人一定是低能儿。然而在三月的租界上，却还有说几句话的必要，因为我们还不到十分"丰富了自己"，免于来做低能儿的幸福的时期。

这样的时候，人是很容易性急的。例如罢，田军早早的来做小说了，却"不够真实"，狄克先生一听到"有人"的话，立刻同意，责别人不来指出"许多问题"了，也等不及"丰富了自己以后"，再来做"正确的批评"。但我以为这是不错的，我们有投枪就用投枪，正不必等候刚在制造或将要制造的坦克车和烧夷弹。可惜的是这么一来，田军也就没有什么"不该早早地从东北回来"的错处了。立论要稳当真也不容易。

况且从狄克先生的文章上看起来，要知道"真实"似乎也无须久留在东北似的，这位"有人"先生和狄克先生大约就留在租界上，并未比田军回来得晚，在东北学习，但他们却知道够不够真实。而且要作家进步，也无须靠"正确"的批评，因为在没有人指出《八月的乡村》的技巧上，内容上的"许多问题"以前，狄克先生也已经断定了："我相信现在有人在写，或豫备写比《八月的乡村》更好的作品，因为读者需要！"

到这里，就是坦克车正要来，或将要来了，不妨先折断了投枪。

到这里，我又应该补叙狄克先生的文章的题目，是：《我们要执行自我批判》。

题目很有劲。作者虽然不说这就是"自我批判"，但却实行着抹

---

① **吉须**　今译基什（Egon Erwin Kisch, 1885—1948），捷克作家、记者。曾在柏林从事新闻工作，1925 加入德国共产党。希特勒统治时期，因反对纳粹政权而流亡国外。1933 年曾来中国，写出报告文学《秘密的中国》。另著有《全球冒险》等。

杀《八月的乡村》的"自我批判"的任务的，要到他所希望的正式的"自我批判"发表时，这才解除它的任务，而《八月的乡村》也许再有些生机。因为这种模模胡胡的摇头，比列举十大罪状更有害于对手，列举还有条款，含胡的指摘，是可以令人揣测到坏到茫无界限的。

自然，狄克先生的"要执行自我批判"是好心，因为"那些作家是我们底"的缘故。但我以为同时可也万万忘记不得"我们"之外的"他们"，也不可专对"我们"之中的"他们"。要批判，就得彼此都给批判，美恶一并指出。如果在还有"我们"和"他们"的文坛上，一味自责以显其"正确"或公平，那其实是在向"他们"献媚或替"他们"缴械。

四月十六日

（原刊 1936 年 5 月《夜莺》月刊第 1 卷第 3 期，后收入《且介亭杂文末编》）

三月的租界

文人比较学

《国闻周报》① 十二卷四十三期上，有一篇文章指出了《国学珍本丛书》的误用引号，错点句子；到得四十六期，"主编"的施蛰存先生来答复了，承认是为了"养生主"②，并非"修儿孙福"，而且该承认就承认，该辨解的也辨解，态度非常磊落。末了，还有一段总辨解云：

> 但是虽然失败，虽然出丑，幸而并不能算是造了什么大罪过。因为充其量还不过是印出了一些草率的书来，到底并没有出卖了别人的灵魂与血肉来为自己的"养生主"，如别的一些文人们也。

中国的文人们有两"些"，一些，是"充其量还不过印出了一些草率的书来"的，"别的一些文人们"，却是"出卖了别人的灵魂与血肉来为自己的'养生主'"的，我们只要想一想"别的一些文人们"，就知道施先生不但"并不能算是造了什么大罪过"，其实还能够算是修了什么"儿孙福"。

但一面也活活的画出了"洋场恶少"的嘴脸——不过这也并不是"什么大罪过"，"如别的一些文人们也"。

（原刊 1936 年 1 月《海燕》月刊第 1 期，后收入《且介亭杂文末编》）

---

① 《国闻周报》 综合性时事周刊，胡政之主办。1924 年 8 月在上海创刊，1927—1936 年曾迁天津出版，1937 年 12 月停刊。下文所举批评《国学珍本丛书》（应为《中国文学珍本丛书》）的文章，作者为邓恭三（邓广铭）。

② "养生主" 原为《庄子》一书中的篇名，这里借指谋生之道。

大小奇迹

元旦看报，《申报》的第三面上就见了商务印书馆的"星期标准书"①，这回是"罗家伦②先生选定"的希特拉著《我之奋斗》③（A. Hitler：*My Battle*），遂"摘录罗先生序"云：

> 希特拉之崛起于德国，在近代史上为一大奇迹。……希特拉《我之奋斗》一书系为其党人而作；唯其如此，欲认识此一奇迹者尤须由此处入手。以此书列为星期标准书至为适当。

但即使不看译本，仅"由此处入手"，也就可以认识三种小"奇迹"，其一，是堂堂的一个国立中央编译馆，竟在百忙中先译了这一本书；其二，是这"近代史上为一大奇迹"的东西，却须从英文转译；其三，堂堂的一位国立中央大学校长，却不过"欲认识此一奇迹者尤须由此处入手"。

真是奇杀人哉！

（原刊 1936 年 1 月《海燕》月刊第 1 期，后收入《且介亭杂文末编》）

---

① **"星期标准书"** 即当时商务印书馆的每周推荐书目。自 1935 年 10 月起，该馆每周选出新书和重印书各一种，请馆外专家审定，以"星期标准书"的名目向读者推荐。

② **罗家伦**（1897—1969） 字志希，浙江绍兴人，教育家、政客。早年为北京大学"新潮社"成员，曾参加五四新文化运动。1926 年任国民革命军总司令部参议，次年支持蒋介石发动"四一二"政变。后任清华大学校长、中央大学校长等职。曾为国民党中央执行委员。1949 年后去台湾。著有《科学与玄学》《新人生观》等。

③ 《我之奋斗》 或称《我的奋斗》。全书分两卷，1925 年 7 月出版发行。希特勒在书中竭力宣扬沙文主义和种族主义，以"民族复兴"、打破《凡尔赛和约》桎梏、"争取生存空间"等口号迷惑德国公众，鼓动德国走向对外侵略扩张的道路。提出吞并奥地利，将苏联从欧洲国家的名单中"划掉"，同"不共戴天的死敌"法国算账等设想，为后来的侵略战略描绘了一个大致的轮廓。此书中译本由当时的国立编译馆译出，商务印书馆 1935 年出版。

难答的问题

大约是因为经过了"儿童年"的缘故罢,这几年来,向儿童们说话的刊物多得很,教训呀,指导呀,鼓励呀,劝谕呀,七嘴八舌,如果精力的旺盛不及儿童的人,是看了要头昏的。

最近,二月九日《申报》的《儿童专刊》上,有一篇文章在对儿童讲《武训①先生》。它说他是一个乞丐,自己吃臭饭,喝脏水,给人家做苦工,"做得了钱,却把它储起来。只要有人给他钱,甚至他可以跪下来的"。

这并不算什么特别。特别的是他得了钱,却一文也不化,终至于开办了一个学校。

于是这篇《武训先生》的作者提出一个问题来道:

"小朋友!你念了上面的故事,有什么感想?"

我真也极愿意知道小朋友将有怎样的感想。假如念了上面的故事的人,是一个乞丐,或者比乞丐景况还要好,那么,他大约要自愧弗如,或者愤慨于中国少有这样的乞丐。然而小朋友会怎样感想呢,他们恐怕只好圆睁了眼睛,回问作者道:

"大朋友!你讲了上面的故事,是什么意思?"

(原刊 1936 年 2 月《海燕》月刊第 2 期,后收入《且介亭杂文末编》)

---

① **武训**(1838—1896) 原名武七,清代山东堂邑(今聊城西)人。曾以乞讨等方式筹款兴办"义塾",清廷封以"义学正"。

登错的文章

印给少年们看的刊物上，现在往往见有描写岳飞呀，文天祥呀的故事文章。自然，这两位，是给中国人挣面子的，但来做现在的少年们的模范，却似乎迂远一点。

他们俩，一位是文官，一全是武将，倘使少年们受了感动，要来模仿他，他就先得在普通学校卒业之后，或进大学，再应文官考试，或进陆军学校，做到将官，于是武的呢，准备被十二金牌召还，死在牢狱里；文的呢，起兵失败，死在蒙古人的手中。

宋朝怎么样呢？有历史在，恕不多谈。

不过这两位，却确可以励现任的文官武将，愧前任的降将逃官，我疑心那些故事，原是为办给大人老爷们看的刊物而作的文字，不知怎么一来，却错登在少年读物上面了，要不然，作者是决不至于如此低能的。

（原刊 1936 年 2 月《海燕》月刊第 2 期，后收入《且介亭杂文末编》）

半夏小集

一

A：你们大家来品评一下罢，B 竟蛮不讲理的把我的大衫剥去了！

B：因为 A 还是不穿大衫好看。我剥它掉，是提拔他；要不然，我还不屑剥呢。

A：不过我自己却以为还是穿着好……

C：现在东北四省失掉了，你漫不管，只嚷你自己的大衫，你这利己主义者，你这猪猡！

C 太太：他竟毫不知道 B 先生是合作的好伴侣，这昏蛋！

二

用笔和舌，将沦为异族的奴隶之苦告诉大家，自然是不错的，但要十分小心，不可使大家得着这样的结论："那么，到底还不如我们似的做自己人的奴隶好。"

三

"联合战线"① 之说一出，先前投敌的一批"革命作家"，就以"联合"的先觉者自居，渐渐出现了。纳款，通敌的鬼蜮行为，一到现在，就好像都是"前进"的光明事业。

四

这是明亡后的事情。

凡活着的，有些出于心服，多数是被压服的。但活得最舒服横恣的是汉奸；而活得最清高，被人尊敬的，是痛骂汉奸的逸民。后来自己寿终林下，儿子已不妨应试去了，而且各有一个好父亲。至

① "**联合战线**" 指中国共产党提出的抗日民族统一战线。

于默默抗战的烈士，却很少能有一个遗孤。

我希望目前的文艺家，并没有古之逸民气。

五

A：B，我们当你是一个可靠的好人，所以几种关于革命的事情，都没有瞒了你。你怎么竟向敌人告密去了？

B：岂有此理！怎么是告密！我说出来，是因为他们问了我呀。

A：你不能推说不知道吗？

B：什么话！我一生没有说过谎，我不是这种靠不住的人！

六

A：阿呀，B先生，三年不见了！你对我一定失望了罢？……

B：没有的事……为什么？

A：我那时对你说过，要到西湖上去做二万行的长诗，直到现在，一个字也没有，哈哈哈！

B：哦，……我可并没有失望。

A：您的"世故"可是进步了，谁都知道您记性好，"责人严"，不会这么随随便便的，您现在也学会了说谎。

B：我可并没有说谎。

A：那么，您真的对我没有失望吗？

B：唔，无所谓失不失望，因为我根本没有相信过你。

七

庄生以为"在上为乌鸢食，在下为蝼蚁食"①，死后的身体，大可随便处置，因为横竖结果都一样。

我却没有这么旷达。假使我的血肉该喂动物，我情愿喂狮虎鹰隼，却一点也不给癞皮狗们吃。

养肥了狮虎鹰隼，它们在天空，岩角，大漠，丛莽里是伟美的壮观，捕来放在动物园里，打死制成标本，也令人看了神旺，消去鄙吝的心。

但养胖一群癞皮狗，只会乱钻，乱叫，可多么讨厌！

---

① "在上为乌鸢食，在下为蝼蚁食" 语出《庄子·列御寇》。

八

琪罗①编辑圣·蒲孚②的遗稿，名其一部为《我的毒》（Mes Poisons）；我从日译本上，看见了这样的一条：

> 明言着轻蔑什么人，并不是十足的轻蔑。惟沉默是最高的轻蔑。——我在这里说，也是多余的。

诚然，"无毒不丈夫"，形诸笔墨，却还不过是小毒。最高的轻蔑是无言，而且连眼珠也不转过去。

九

作为缺点较多的人物的模特儿，被写入一部小说里，这人总以为是晦气的。

殊不知这并非大晦气，因为世间实在还有写不进小说里去的人。倘写进去，而又逼真，这小说便被毁坏。

譬如画家，他画蛇，画鳄鱼，画龟，画果子壳，画字纸篓，画垃圾堆，但没有谁画毛毛虫，画癞头疮，画鼻涕，画大便，就是一样的道理。

有人一知道我是写小说的，便回避我，我常想这样的劝止他，但可惜我的毒还不到这程度。

（原刊 1936 年 10 月《作家》月刊第 2 卷第 1 期，后收入《且介亭杂文末编》）

---

① **琪罗** 今译吉罗（V. Giraud，1868—1953），法国文学批评家。著有《丹纳评传》等。
② **圣·蒲孚** 今译圣伯夫（C. A. Sainte-Beuve，1804—1869），法国文学批评家。著有《维克多·雨果的〈短歌和歌谣集〉》《波尔—罗雅尔修道院史》《星期一谈话》等。

"立此存照"（一）

海派《大公报》①的《大公园地》上，有《非庵漫话》，八月二十五日的一篇，题为《太学生应试》，云：

> 这次太学生应试，国文题在文科的是：《士先器识而后文艺》，理科的是《拟南粤王复汉文帝书》，并把汉文帝遗南粤王赵佗书的原文附在题后。也许这个试题，对于现在的异动，不无见景生情之意。但是太学生对于这两个策论式的命题，很有些人摸不着头脑。有一位太学生在试卷上大书："汉文帝三字仿佛故识，但不知系汉高祖几代贤孙，答南粤王赵他，则素昧生平，无从说起。且回去用功，明年再见。"某试官见此生误佗为他，辄批其后云："汉高文帝爸，赵佗不是他；今年既不中，明年再来吧。"又一生在《士先器识而后文艺》题后，并未作文，仅书"若见美人甘下拜，凡闻过失要回头"一联，掷笔出场而去。某试官批云："闻鼓鼙而思将帅之臣，临考试而动爱美之兴，幸该生尚能悬崖勒马，否则应打竹板四十，赶出场外。"是亦孤城落日中堪资谈助者。

寥寥三百余字耳，却已将学生对于旧学之空疏和官师态度之浮薄写尽，令人觉自言"歇后郑五作宰相，天下事可知"②者，诚亦

---

① **海派《大公报》** 指《大公报》上海版，1936年4月1日开始出刊。

② **"歇后郑五作宰相，天下事可知"** 郑綮（？—899），字蕴武，晚唐大臣。进士出身，僖宗时出为庐州刺史。《旧唐书》本传称："綮善为诗，多侮剧刺时，故落格调，时号郑五歇后体。初去庐江，与郡人别云：'唯有两行公廨泪，一时洒向渡头风。'滑稽皆此类矣也。"昭宗时，不意被任为宰相，"亲朋来贺，搔首言曰：'歇后郑五作宰相，时事可知矣。'"

古之人不可及也。

但国文亦良难：汉若无赵他，中华民国亦岂得有"太学生"哉。

（原刊 1936 年 9 月 5 日《中流》半月刊第 1 卷第 1 期，后收入《且介亭杂文末编》）

"立此存照"（二）

《申报》（八月九日）载本地人盛阿大，有一养女，名杏珍，年十六岁，于六日忽然失踪，盛在家检点衣物，从杏珍之箱箧中发现他人寄与之情书一封，原文云：

> 光阴如飞的过去了，倏忽已六个月半矣，在此过程中，很是觉得闷闷的，然而细想真有无穷快乐在眼前矣，细算时日，不久快到我们的时候矣，请万事多多秘密为要，如有东西，有机会拿来，请你爱惜金钱，不久我们需要金钱应用，幸勿浪费，是幸，你的身体爱惜，我睡在床上思想你，早晨等在洋台上，看你开门，我多看见你芳影，很是快活，请你勿要想念，再会吧，日健，爱书，

盛遂将信呈交捕房，不久果获诱拐者云云。

案这种事件，是不足为训的。但那一封信，却是十足道地的语录体①情书，置之《宇宙风》中，也堪称佳作，可惜林语堂博士竟自赴美国讲学，不再顾念中国文风了。

现在录之于此，以备他日作《中国语录体文学史》者之采择，其作者，据《申报》云，乃法租界蒲石路四七九号协盛水果店伙无锡项三宝也。

（原刊 1936 年 9 月 5 日《中流》第 1 卷第 1 期，后收入《且介亭杂文末编》）

---

① **语录体** 记录说话人的问答口语，不重文学修饰的一种文体。林语堂曾提倡语录体文章，并解释他所提倡的语录体是"文言中不避俚语，白话中多放之乎"。见 1933 年 12 月 1 日《论语》第 30 期《怎样做语录体文？》

"立此存照"（三）

　　饱暖了的白人要搔痒的娱乐，但菲洲食人蛮俗和野兽影片已经看厌，我们黄脸低鼻的中国人就被搬上银幕来了。于是有所谓"辱华影片"事件，我们的爱国者，往往勃发了义愤。

　　五六年前罢，因为《月宫盗宝》这片子，和范朋克①大闹了一通，弄得不欢而散。但好像彼此到底都没有想到那片子上其实是蒙古王子，和我们不相干；而故事是出于《天方夜谈》的，也怪不得只是演员非导演的范朋克。

　　不过我在这里，也并无替范朋克叫屈的意思。

　　今年所提起的《上海快车》事件，却比《盗宝》案切实得多了。我情愿做一回"文剪公"，因为事情和文章都有意思，太删节了怕会索然无味。首先，是九月二十日上海《大公报》内《大公俱乐部》上所载的，萧运先生的《冯史丹堡②过沪再志》：

　　　　这几天，上海的电影界，忙于招待一位从美国来的贵宾，那便是派拉蒙公司的名导演约瑟夫·冯史丹堡（Josef von Sternberg），当一些人在热烈地欢迎他的时候，同时有许多人在向他攻击，因为他是辱华片《上海快车》（Shanghai Express）的导演人，他对于我国曾有过重大的侮蔑。这是令人难忘的一回事！

　　　　说起《上海快车》，那是五年前的事了，上海正当一二八战事之后，一般人的敌忾心理还很敏锐，所以当这部歪曲了事实

---

　　① 范朋克（Douglas Fairbanks，1883—1939）　美国电影演员、制片人。这里提到的《月宫盗宝》，又译《月宫宝盒》，原名《巴格达的窃贼》（The Thief of Bagdad），是范朋克1924年主演的影片，1929年他来上海游览时曾因此片遭受媒体指责。他还主演过《黑海盗》《佐罗的面具》《罗宾汉》和《三个火枪手》等片。

　　② 冯史丹堡（1894—1969）　奥地利裔美国电影导演。上文提到的《上海快车》，是他1932年执导的影片。

的好莱坞出品在上海出现时，大家不由都一致发出愤慨的呼声，像昙花一现地，这部影片只映了两天，便永远在我国人眼前消灭了。到了五年后的今日，这部片子的导演人还不能避免舆论的谴责。说不定经过了这回教训之后，冯史丹堡会明白，无理侮蔑他人是不值得的。

拍《上海快车》的时候，冯史丹堡对于中国，可以说一点印象没有，中国是怎样的，他从来不晓得，所以他可以替自己辩护，这回侮辱中国，并非有意如此。但是现在，他到过中国了，他看过中国了，如果回好莱坞之后，他再会制出《上海快车》那样作品，那才不可恕呢。他在上海时对人说他对中国的印象很好，希望他这是真话。

（下略。）

但是，究竟如何？不幸的是也是这天的《大公报》，而在《戏剧与电影》上，登有弃扬先生的《艺人访问记》，云：

以《上海快车》一片引起了中国人注意的导演人约瑟夫·冯史登堡氏，无疑，从这次的旅华后，一定会获得他的第二部所谓辱华的题材的。

"中国人没有自知，《上海快车》所描写的，从此次的来华，益给了我不少证实……"不像一般来华的访问者，一到中国就改变了他原有的论调；冯史登堡氏确有着这样一种隽然的艺术家风度，这是很值得我们的敬佩的。

（中略。）

没有极正面去抗议《上海快车》这作品，只把他在美时和已来华后，对中日的感想来问了。

不立刻置答，继而莞然地说：

"在美时和已来华后，并没有什么不同，东方风味确然两样，日本的风景很好，中国的北平亦好，上海似乎太繁华了，苏州太旧，神秘的情调，确实是有的。许多访问者都以《上海快车》事来质问我，实际上，不必掩饰是确有其事的。现在是更留得了一个真切的印象。……我不带摄影机，但我的眼睛，是不会叫我忘记这一些的。"使我想起了数年前南京中山路，为了招待外宾而把茅棚拆除的故事。……

原来他不但并不改悔，倒更加坚决了，怎样想着，便怎么说出，真有日耳曼人的好的一面的蛮风，我同意记者之所说："值得我们的敬佩。"

我们应该有"自知"之明，也该有知人之明：我们要知道他并不把中国的"舆论的谴责"放在心里，我们要知道中国的舆论究有多大的权威。

"但是现在，他到过中国了，看过中国了"，"他在上海时对人说他对中国的印象很好"，据《访问记》，也确是"真话"。不过他说"好"的是北平，是地方，不是中国人，中国的地方，从他们看来，和人们已经几乎并无关系了。

况且我们其实也并无什么好的人事给他看，我看过关于冯史丹堡的文章，就去翻阅前一天的，十九日的报纸，也没有什么体面事，现在就剪两条电报在这里：

> （北平十八日中央社电）平九一八纪念日，警宪戒备极严，晨六时起，保安侦缉两队全体出动，在各学校公共场所冲要街巷等处配置一切，严加监视，所有军警，并停止休息一日。全市空气颇呈紧张，但在平安中渡过。

> （天津十八日下午十一时专电）本日傍晚，丰台日军突将二十九军驻防该处之冯治安部包围，勒令缴械，入夜尚在相持中。日军已自北平增兵赴丰台，详况不明。查月来日方迭请宋哲元部将冯部撤退，宋迄未允。

跳下一天，二十日的报上的电报：

> （丰台十九日同盟社电）十八日之丰台事件，于十九日上午九时半圆满解决，同时日本军解除包围形势，集合于车站前大坪，中国军亦同样整列该处，互释误会。

再下一天，二十一日报上的电报：

> （北平二十日中央社电）丰台中日军误会解决后，双方当局为避免今后再发生同样事件，经详细研商，决将两军调至较远之地方，故我军原驻丰台之二营五连，已调驻丰台迤南之赵家

村，驻丰日军附近，已无我军踪迹矣。

我不知道现在冯史丹堡在那里，倘还在中国，也许要错认今年为"误会年"，十八日为"学生造反日"的罢。

其实，中国人是并非"没有自知"之明的，缺点只在有些人安于"自欺"，由此并想"欺人"。譬如病人，患着浮肿，而讳疾忌医，但愿别人胡涂，误认他为肥胖。妄想既久，时而自己也觉得好像肥胖，并非浮肿；即使还是浮肿，也是一种特别的好浮肿，与众不同。如果有人，当面指明：这非肥胖，而是浮肿，且并不"好"，病而已矣。那么，他就失望，含羞，于是成怒，骂指明者，以为昏妄。然而还想吓他，骗他，又希望他畏惧主人的愤怒和骂詈，惴惴的再看一遍，细寻佳处，改口说这的确是肥胖，于是他得到安慰，高高兴兴，放心的浮肿着了。

不看"辱华影片"，于自己是并无益处的，不过自己不看见，闭了眼睛浮肿着而已。但看了而不反省，却也并无益处。我至今还在希望有人翻出斯密斯①的《支那人气质》来。看了这些，而自省，分析，明白那几点说的对，变革，挣扎，自做工夫，却不求别人的原谅和称赞，来证明究竟怎样的是中国人。

（原刊 1936 年 10 月 5 日《中流》半月刊第 1 卷第 3 期，后收入《且介亭杂文末编》）

---

① **斯密斯**　见《鲁迅杂文全编》（上册）《马上支日记》一文 "Smith" 注条。

"立此存照"（四）

　　近年的期刊有《越风》①，撰人既非全是越人，所谈也非尽属越事，殊不知其命名之所以然。自然，今年是必须痛骂贰臣和汉奸的，十七期中，有高越天先生作的《贰臣汉奸的丑史和恶果》，第一节之末云：

　　　　明朝颇崇气节，所以亡国之际，忠臣义烈，殉节不屈的多不胜计，实为我汉族生色。但是同时汉奸贰臣，却也不少，最大汉奸吴三桂，贰臣洪承畴，这两个没廉耻的东西，我们今日闻名，还须掩鼻。其实他们在当时昧了良心努力讨好清廷，结果还是"鸟尽弓藏，兔死狗烹"，真是愚不可及，大汉奸的下场尚且如此，许多次等汉奸，结果自更属可惨。……

　　后又据《雪庵絮墨》②，述清朝对于开创功臣，皆配享太庙，然无汉人之耿精忠③，尚可喜④，吴三桂⑤，洪承畴⑥四名，洪且由乾隆

---

　　① 《越风》　小品文半月刊，黄萍荪编辑。1935年10月在杭州创刊。
　　② 《雪庵絮墨》　当时上海《大公报》副刊连载的专栏文章。
　　③ 耿精忠（？—1682）　清汉军正黄旗人。靖南王耿仲明孙、耿继茂长子，康熙十年（1671）袭王爵。十三年，在福建起兵响应吴三桂叛乱，两年后降清，后被处死。
　　④ 尚可喜（1604—1676）　字元吉，明清之际辽东海州（今辽宁海城）人。崇祯五年（1632）任广鹿岛副将。七年，降后金，授总兵官。顺治六年（1649）封平南王，征广东。与吴三桂、耿仲明合称清初三藩。康熙时，吴三桂叛乱，其子尚之信响应，忧急而逝。
　　⑤ 吴三桂（1612—1678）　字长白，明清之际高邮（今属江苏）人。明末任辽东总兵，驻防山海关。李自成克北京，他引清兵入关，封平西王。康熙十二年（1673）举兵叛乱，后在湖南称帝，未久病死。
　　⑥ 洪承畴（1593—1665）　字亨九，一字彦演，明清之际福建南安人。明万历进士，崇祯时官至兵部尚书。后被清军俘虏，投降，从清军入关。顺治元年（1644）为秘书院大学士，次年往南京总督军务，镇压抗清义军，招抚江南诸省。后受任七省经略。顺治十八年圣祖即位后致仕。

列之《贰臣传》①之首，于是诫曰：

> 似这样丢脸的事情，我想不独含怨泉下的洪经略要大吃一惊，凡一班吃里爬外，枪口向内的狼鼠之辈，读此亦当憬然而悟矣。

这种训诫，是反问不得的。倘有不识时务者问："如果那时并不'鸟尽弓藏，兔死狗烹'②，而且汉人也配享太庙，洪承畴不入《贰臣传》，则将如何？"我觉得颇费唇舌。

因为卫国和经商不同，值得与否，并不是第一着也。

（原刊 1936 年 10 月 5 日《中流》半月刊第 1 卷第 3 期，后收入《且介亭杂文末编》）

---

① 《贰臣传》 记述明臣降清者事略，凡 120 余人，12 卷。清国史馆辑。

② "鸟尽弓藏，兔死狗烹" 《史记·越王勾践世家》："蜚鸟尽，良弓藏；狡兔死，走狗烹。"

"立此存照"（五）

　　《社会日报》久不载《艺人腻事》了，上海《大众报》的《本埠增刊》上，却载起《文人腻事》来。"文""腻"两音差多，事也并不全"腻"，这真叫作"一代不如一代"。但也常有意外的有趣文章，例如九月十五日的《张资平在女学生心中》条下，有记的是：

> 　　他虽然是一个恋爱小说作家，而他却是一个颇为精明方正的人物。并没有文学家那一种浪漫热情不负责任的习气，他之精明强干，恐怕在作家中找不出第二个来吧。胖胖的身材，矮矮的个子，穿着一身不合身材的西装，衬着他一付团团的黝黑的面孔，一手里经常的夹着一个大皮包，大有洋行大板公司经理的派头，可是，他的大皮包内没有支票账册，只有恋爱小说的原稿与大学里讲义。

　　原意大约是要写他的"颇为精明方正的"，但恰恰画出了开乐群书店赚钱时代的张资平老板面孔。最妙的是"一手里经常夹着一个大皮包"，但其中"只有恋爱小说的原稿与大学里讲义"：都是可以赚钱的货色，至于"没有支票账册"，就活画了他用不着记账，和开支票付钱。所以当书店关门时，老板依然"一付团团的黝黑的面孔"，而有些卖稿或抽板税的作者，却成了一付尖尖的晦气色的面孔了。

　　（原刊 1936 年 11 月 5 日《中流》半月刊第 1 卷第 5 期，后收入《且介亭杂文末编》）

"立此存照"（六）

　　崇祯八年（一六三五）新正，张献忠之一股陷安徽之巢县，秀水人沈国元在彼地，被斫不死，改名常，字存仲，作《再生纪异录》。今年春，上虞罗振常①重校印行，改名《流寇陷巢记》②，多此一改，怕是生意经了。其中有这样的文字：

> 　　元宵夜，月光澄湛，皎如白日。邑前居民神堂火起，严大尹拜灭之；戒市人勿张灯。时余与友人薛希珍杨子乔同步街头，各有忧色，盖以贼锋甚锐，毫无防备，城不可守也。街谈巷议，无不言贼事，各以"来了"二字，互相惊怖。及贼至，果齐声呼"来了来了"：非市谶先兆乎？

　　《热风》中有《来了》一则，臆测而已，这却是具象的实写；而贼自己也喊"来了"，则为《热风》作者所没有想到的。此理易明："贼"即民耳，故逃与追不同，而所喊的话如一：易地则皆然。又云：

> 　　二十二日，……余……匿金身后，即闻有相携而蹶者，有痛楚而呻者，有襁负而至者，一闻贼来，无地可入，真人生之绝境也。及贼徜徉而前，仅一人提刀斫地示威耳；有猛犬逐之，竟惧而走。……

---

　　①　**罗振常**（1875—1942）　字子经，浙江上虞人，学者、书贾。他是考古学者罗振玉的堂弟，早年曾随罗振玉游历南北，去过日本。1913 年，与刘鹗（铁云）之子刘大缙在上海合资开办蟫隐庐书肆，刊印古籍"秘本"发售。著有《新唐书斠议》等。

　　②　**《流寇陷巢记》**　上海蟫隐庐 1936 年 4 月出版。罗振常在校记中说，是书"原名沈存中《再生记异录》，近乎说部，为易今名，较为显豁"。

非经宋元明三朝的压迫，杀戮和麻醉，不能到这田地。民觉醒于四年前之春①，而宋元明清之教养亦醒矣。

（原刊 1936 年 10 月 20 日《中流》半月刊第 1 卷第 4 期，后收入《且介亭杂文末编》）

---

① **民觉醒于四年前之春** 指"一·二八"淞沪抗战。1932 年 1 月 28 日，日本侵略军进攻上海，十九路军和上海市民英勇抗击，赢得全国各界支持。

"立此存照"(七)

近来的日报上作兴附"专刊",有讲医药的,有讲文艺的,有谈跳舞的;还有"大学生专刊","中学生专刊",自然也有"小学生"和"儿童专刊";只有"幼稚园生专刊"和"婴儿专刊",我还没有看见过。

九月二十七日,偶然看《申报》,遇到了《儿童专刊》,其中有一篇叫作《救救孩子!》,还有一篇"儿童作品",教小朋友不要看无用的书籍,如果有工夫,"可以看些有用的儿童刊物,或则看看星期日《申报》出版的《儿童专刊》,那是可以增进我们儿童知识的"。

在手里的就是这《儿童专刊》,立刻去看第一篇。果然,发见了不忍删节的应时的名文:

小学生们应有的认识　　　　梦　苏

最近一个月中,四川的成都,广东的北海,湖北的汉口,以及上海公共租界上,连续出了不幸的案件,便是日本侨民及水兵的被人杀害,国交显出分外严重的不安。

小朋友对于这种不幸的案件,作何感想?于我们民族前途的关系是极大的。

国际的交涉,在非常时期,做国民的不可没有抗敌御侮的精神;但国交尚在常态的时期,却绝对不可有伤害外侨的越轨行动。倘若以个人的私怨,而杀害外侨,这比较杀害自国人民,罪加一等。因为被杀害的虽然是绝少数人,但会引起别国的误会,加重本国外交上的困难;甚至发生意外的纠纷,把整个民族复兴运动的步骤乱了。这种少数人无意识的轨外行动,实是国法的罪人,民族的败类。我们当引为大戒。要知道这种举动,和战士在战争时的杀敌致果,功罪是绝对相反的。

小朋友们！试想我们住在国外的侨民，倘使被别国人非法杀害，虽然我们没有兵舰派去登陆保侨，小题大做：我们政府不会提出严厉的要求，得不到丝毫公道的保障；但总禁不住我们同情的愤慨。

　　我们希望别国人民敬视我们的华侨，我们也当敬视任何的外侨；使伤害外侨的非法行为以后不再发生。这才是大国民的风度。

　　这"大国民的风度"非常之好，虽然那"总禁不住""同情的愤慨"，还嫌过激一点，但就大体而言，是极有益于敦睦邦交的。不过我们站在中国人的立场上，却还"希望"我们对于自己，也有这"大国民的风度"，不要把自国的人民的生命价值，估计得只值外侨的一半，以至于"罪加一等"。主杀奴无罪，奴杀主重办的刑律，自从民国以来（呜呼，二十五年了！）不是早经废止了么？

　　真的要"救救孩子"。这"于我们民族前途的关系是极大的"！

　　而这也是关于我们的子孙。大朋友，我们既然生着人头，努力来讲人话罢！

九月二十七日

（原刊 1936 年 10 月 20 日《中流》半月刊第 1 卷第 4 期，后收入《且介亭杂文末编》）

《集外集》中的杂文

序　言

　　听说：中国的好作家是大抵"悔其少作"的，他在自定集子的时候，就将少年时代的作品尽力删除，或者简直全部烧掉。我想，这大约和现在的老成的少年，看见他婴儿时代的出屁股，衔手指的照相一样，自愧其幼稚，因而觉得有损于他现在的尊严，——于是以为倘使可以隐蔽，总还是隐蔽的好。但我对于自己的"少作"，愧则有之，悔却从来没有过。出屁股，衔手指的照相，当然是惹人发笑的，但自有婴年的天真，决非少年以至老年所能有。况且如果少时不作，到老恐怕也未必就能作，又怎么还知道悔呢？

　　先前自己编了一本《坟》，还留存着许多文言文，就是这意思；这意思和方法，也一直至今没有变。但是，也有漏落的：是因为没有留存着底子，忘记了。也有故意删掉的：是或者因为看去好像抄译，却又年远失记，连自己也怀疑；或者因为不过对于一人，一时的事，和大局无关，情随事迁，无须再录；或者因为本不过开些玩笑，或是出于暂时的误解，几天之后，便无意义，不必留存了。

　　但使我吃惊的是霁云先生①竟抄下了这么一大堆，连三十多年前的时文，十多年前的新诗，也全在那里面。这真好像将我五十多年前的出屁股，衔手指的照相，装潢起来，并且给我自己和别人来赏鉴。连我自己也诧异那时的我的幼稚，而且近乎不识羞。但是，有什么法子呢？这的确是我的影像，——由它去罢。

　　不过看起来也引起我一点回忆。例如最先的两篇，就是我故意删掉的。一篇是"雷锭"的最初的介绍，一篇是斯巴达的尚武精神

---

　　① **霁云先生**　即杨霁云（1910—1996），字冀珠，江苏常州人，教师、编辑。曾在上海复旦中学、正风文学院任教。20世纪30年代初开始收集鲁迅佚文。50年代曾参与《鲁迅全集》编辑工作。

的描写，但我记得自己那时的化学和历史的程度并没有这样高，所以大概总是从什么地方偷来的，不过后来无论怎么记，也再也记不起它们的老家；而且我那时初学日文，文法并未了然，就急于看书，看书并不很懂，就急于翻译，所以那内容也就可疑得很。而且文章又多么古怪，尤其是那一篇《斯巴达之魂》，现在看起来，自己也不免耳朵发热。但这是当时的风气，要激昂慷慨，顿挫抑扬，才能被称为好文章，我还记得"被发大叫，抱书独行，无泪可挥，大风灭烛"① 是大家传诵的警句。但我的文章里，也有受着严又陵的影响的，例如"涅伏"，就是"神经"的腊丁语的音译，这是现在恐怕只有我自己懂得的了。以后又受了章太炎先生的影响，古了起来，但这集子里却一篇也没有。

以后回到中国来，还给日报之类做了些古文，自己不记得究竟是什么了，霁云先生也找不出，我真觉得侥幸得很。

以后是抄古碑。再做就是白话；也做了几首新诗。我其实是不喜欢做新诗的——但也不喜欢做古诗——只因为那时诗坛寂寞，所以打打边鼓，凑些热闹；待到称为诗人的一出现，就洗手不作了。我更不喜欢徐志摩那样的诗，而他偏爱到各处投稿，《语丝》一出版，他也就来了，有人赞成他，登了出来，我就做了一篇杂感，和他开一通玩笑，使他不能来，他也果然不来了。这是我和后来的"新月派"积仇的第一步；语丝社同人中有几位也因此很不高兴我。不过不知道为什么没有收在《热风》里，漏落，还是故意删掉的呢，已经记不清，幸而这集子里有，那就是了。

只有几篇讲演，是现在故意删去的。我曾经能讲书，却不善于讲演，这已经是大可不必保存的了。而记录的人，或者为了方音的不同，听不很懂，于是漏落，错误；或者为了意见的不同，取舍因而不确，我以为要紧的，他并不记录，遇到空话，却详详细细记了一大通；有些则简直好像是恶意的捏造，意思和我所说的正是相反的。凡这些，我只好当作记录者自己的创作，都将它由我这里删掉。

我惭愧我的少年之作，却并不后悔，甚而至于还有些爱，这真好像是"乳犊不怕虎"，乱攻一通，虽然无谋，但自有天真存在。现在是比较的精细了，然而我又别有其不满于自己之处。我佩服会用

① "被发大叫，抱书独行，无泪可挥，大风灭烛" 1903 年出版的《浙江潮》第 1 期和第 2 期署名文诡《浙声》一文中的句子，此处据记忆引述有一定出入。

拖刀计的老将黄汉升①，但我爱莽撞的不顾利害而终于被部下偷了头去的张翼德②；我却又憎恶张翼德型的不问青红皂白，抡板斧"排头砍去"的李逵③，我因此喜欢张顺④的将他诱进水里去，淹得他两眼翻白。

一九三四年十二月二十日夜，鲁迅记于上海之卓面书斋。

---

① **黄汉升** 即黄忠，字汉升，三国蜀将。但《三国志》本传并无阵前用计之述，这里应指小说《三国演义》和京剧《定军山》里的老将黄忠。小说第七十回至七十一回描述了黄忠的"骄兵之计"，京剧《定军山》将此演化为对付曹操大将夏侯渊的"拖刀计"。

② **张翼德** 即张飞，《三国志》本传称其字"益德"，而"翼德"应指小说《三国演义》里的张飞。他被部下割了首级见小说第八十一回，亦见《三国志》本传。

③ **李逵** 小说《水浒传》里的人物。

④ **张顺** 小说《水浒传》里的人物。他将李逵诱入水里一节见小说第三十八回。

"说不出"

看客在戏台下喝倒采，食客在膳堂里发标①，伶人厨子，无嘴可开，只能怪自己没本领。但若看客开口一唱戏，食客动手一做菜，可就难说了。

所以，我以为批评家最平稳的是不要兼做创作。假如提起一支屠城的笔，扫荡了文坛上一切野草，那自然是快意的。但扫荡之后，倘以为天下已没有诗，就动手来创作，便每不免做出这样的东西来：

> 宇宙之广大呀，我说不出；
> 父母之恩呀，我说不出；
> 爱人的爱呀，我说不出。
> 阿呀阿呀，我说不出！

这样的诗，当然是好的，——倘就批评家的创作而言。太上老君②的《道德》五千言，开头就说"道可道非常道"，其实也就是一个"说不出"，所以这三个字，也就替得五千言。

呜呼，"王者之迹熄，而《诗》亡；《诗》亡，然后《春秋》作。"③"予岂好辩哉？予不得已也！"④

（原刊 1924 年 11 月 17 日《语丝》周刊第 1 期，后收入《集外集》）

---

① **发标** 亦作发飙。指发脾气、耍威风。《老残游记》中用过这个词，现在江浙方言还有此说法。

② **太上老君** 即老子（聃）。《道德》，即《道德经》，也就是《老子》一书。

③ **"王者之迹熄，而《诗》亡；《诗》亡，然后《春秋》作。"** 引语见《孟子·离娄下》。

④ **"予岂好辩哉，予不得已也！"** 见《孟子·滕文公下》。

烽话五则

　　父子们冲突着。但倘用神通将他们的年纪变成约略相同，便立刻可以像一对志同道合的好朋友。

　　伶俐人叹"人心不古"时，大抵是他的巧计失败了；但老太爷叹"人心不古"时，则无非因为受了儿子或姨太太的气。

　　电报曰：天祸中国①。天曰：委实冤枉！

　　精神文明人作飞机论曰：较之灵魂之自在游行，一钱不值矣。写完，遂率家眷移入东交民巷使馆界②。

　　倘诗人睡在烽火旁边，听得烘烘地响时，则烽火就是听觉。但此说近于味觉，因为太无味。然而无为即无不为③，则无味自然就是至味了。对不对？

　　（原刊 1924 年 11 月 24 日《语丝》周刊第 2 期，后收入《集外集》）

---

　　①　**天祸中国**　北洋军阀在发动内战的通电中，常将战事引起的动乱称为"天祸中国"。

　　②　**东交民巷使馆界**　八国联军占领北京后，强迫清政府签订的《辛丑条约》中规定，将北京东交民巷一带划为使馆界，界内由使馆派驻国驻兵管理，中国政府无权干预。以后每有内乱，北京的官僚政客就躲入东交民巷，以求外国人保护。

　　③　**无为即无不为**　《老子》第 37 章："道常无为而无不为。侯王若能守，万物将自化。"

"音乐"?

夜里睡不着，又计画着明天吃辣子鸡，又怕和前回吃过的那一碟做得不一样，愈加睡不着了。坐起来点灯看《语丝》，不幸就看见了徐志摩先生的神秘谈①，——不，"都是音乐"，是听到了音乐先生的音乐：

> ……我不仅会听有音的乐，我也会听无音的乐（其实也有音就是你听不见）。我直认我是一个甘脆的 Mystic②。我深信……

此后还有什么什么"都是音乐"③ 云云，云云云云。总之："你听不着就该怨你自己的耳轮太笨或是皮粗"！

我这时立即疑心自己皮粗，用左手一摸右胳膊，的确并不滑；再一摸耳轮，却摸不出笨也与否。然而皮是粗定了；不幸而"拊不留手"的竟不是我的皮，还能听到什么庄周先生所指教的天籁地籁和人籁④。但是，我的心还不死，再听罢，仍然没有，——阿，仿佛有了，像是电影广告的军乐。呸！错了。这是"绝妙的音乐"么？再听罢，没……唔，音乐，似乎有了：

---

① **徐志摩先生的神秘谈** 指徐志摩翻译波德莱尔《死尸》一诗的译序，其称"诗的真妙处不在他的字义里，却在他的不可捉摸的音节里；他刺戟着的也不是你的皮肤（那本来就太粗太厚！）却是你自己一样不可捉摸的魂灵"云云。见 1924 年 12 月 1 日《语丝》周刊第 3 期。

② **Mystic** 英语：神秘主义者。

③ **"都是音乐"** 徐志摩译序中还说："天上的星，水里泅的乳白鸭，树林里冒的烟，朋友的信，战场上的炮，坟堆里的鬼燐，巷口那只石狮子，我昨夜的梦……无一不是音乐。你就把我送进疯人院去，我还是咬定牙龈认账的。是的，都是音乐——庄周说的天籁地籁人籁；全是的。你听不见就该怨你自己的耳轮太笨，或是皮粗，别怨我。"

④ **天籁地籁和人籁** 《庄子·齐物论》："地籁则众窍是已，人籁则比竹是已，敢问天籁。"按：籁，穴窍中发出之声，亦泛指声音。

……慈悲而残忍的金苍蝇，展开馥郁的安琪儿的黄翅，俺，颉利，弥缚谛弥谛，从荆芥萝卜玎玎溟洋的彤海里起来。Br-rrr tatata tahi tal 无终始的金刚石天堂的娇袅鬼荼蕨，蘸着半分之一的北斗的蓝血，将翠绿的忏悔写在腐烂的鹦哥伯伯的狗肺上！你不懂么？咄！吁，我将死矣！婀娜涟漪的天狼的香而秽恶的光明的利镞，射中了塌鼻阿牛的妖艳光滑蓬松而冰冷的秃头，一匹黯黮欢愉的瘦螳螂飞去了。哈，我不死矣！无终……①

　　危险，我又疑心我发热了，发昏了，立刻自省，即知道又不然。这不过是一面想吃辣子鸡，一面自己胡说八道；如果是发热发昏而听到的音乐，一定还要神妙些。并且其实连电影广告的军乐也没有听到，倘说是幻觉，大概也不过自欺之谈，还要给粗皮来粉饰的妄想。我不幸终于难免成为一个苦辛的非 Mystic 了，怨谁呢。只能恭颂志摩先生的福气大，能听到这许多"绝妙的音乐"而已。但倘有不知道自怨自艾的人，想将这位先生"送进疯人院"去，我可要拼命反对，尽力呼冤的，——虽然将音乐送进音乐里去，从甘脆的 Mystic 看来，并不算什么一回事。

　　然而音乐又何等好听呵，音乐呀！再来听一听罢，可惜而且可恨，在檐下已有麻雀儿叫起来了。

　　咦，玲珑零星邦滂砰琘的小雀儿呵，你总依然是不管甚么地方都飞到，而且照例来唧唧啾啾地叫，轻飘飘地跳么？然而这也是音乐呀，只能怨自己的皮粗。

　　只要一叫而人们大抵震悚的怪鸱的真的恶声在那里!?

　　（原刊 1924 年 12 月 15 日《语丝》周刊第 5 期，后收入《集外集》）

---

　　① 以上这段文字是故意摹仿徐志摩的笔调，用以嘲谑。

我来说"持中"的真相

    风闻有我的老同学玄同①其人者，往往背地里褒贬我，褒固无妨，而又有贬，则岂不可气呢？今天寻出漏洞，虽然与我无干，但也就来回敬一箭罢：报仇雪恨，《春秋》之义也。

    他在《语丝》第二期上说，有某人挖苦叶名琛②的对联"不战，不和，不守；不死，不降，不走。"大概可以作为中国人"持中"的真相之说明。我以为这是不对的。

    夫近乎"持中"的态度大概有二：一者"非彼即此"，二者"可彼可此"也。前者是无主意，不盲从，不附势，或者别有独特的见解；但境遇是很危险的，所以叶名琛终至于败亡，虽然他不过是无主意。后者则是"骑墙"，或是极巧妙的"随风倒"了，然而在中国最得法，所以中国人的"持中"大概是这个。倘改篡了旧对联来说明，就该是：

> 似战，似和，似守；
> 似死，似降，似走。

    于是玄同即应据精神文明法律第九万三千八百九十四条，治以"误解真相，惑世诬民"之罪了。但因为文中用有"大概"二字，

---

    ① **玄同**　即钱玄同（1887—1939），字德潜，浙江吴兴（今湖州）人，语言文字学家。曾任北京大学、北京师范大学教授。五四时期参加新文化运动，并创议国语罗马字拼音方案。著有《文字学音篇》等。

    ② **叶名琛**（1807—1859）　字昆臣，湖北汉阳人，清代大臣。道光进士，咸丰初年任两广总督。七年（1857）英法联军进犯广州，他却沉溺在扶乩求神一类活动中，不战而败，被敌方俘虏。当时有一副讽刺他的对联："不战不和不守，相臣度量，疆臣抱负；不死不降不走，古之所无，今之罕有。"

可以酌给末减①：这两个字是我也很喜欢用的。

（原刊 1924 年 12 月 15 日《语丝》周刊第 5 期，后收入《集外集》）

---

① **末减** 从轻论罪或减等处刑。《左传·昭公十四年》："治国制刑，不隐于亲。三数叔鱼之恶，不为末减，曰义也夫，可谓直矣。"杜预注："末，薄也；减，轻也。"

咬嚼之余

我的一篇《咬文嚼字》的"滥调",又引起小麻烦来了,再说几句罢。

我那篇的开首说:"以摆脱传统思想之束缚……"

第一回通信的某先生①似乎没有看见这一句,所以多是枝叶之谈,况且他大骂一通之后,即已声明不管,所以现在也不在话下。

第二回的潜源先生②的通信是看见那一句的了,但意见和我不同,以为都非不能"摆脱传统思想之束缚……"。各人的意见,当然会各式各样的。

他说女名之所以要用"轻靓艳丽"字眼者,(一)因为"总常想知道他或她的性别"。但我却以为这"常想"就是束缚。小说看下去就知道,戏曲是开首有说明的。(二)因为便当,譬如托尔斯泰有一个女儿叫作 Elizabeth Tolstoi③,全译出来太麻烦,用"妥妳丝苔"就明白简单得多。但假如托尔斯泰还有两个女儿,叫做 Mary Tolstoi et Hilda Tolstoi④,即又须别想八个"轻靓艳丽"字样,反而麻烦得多了。

他说 Go 可译郭,Wi 可译王,Ho 可译何,何必故意译做"各""旺""荷"呢?再者,《百家姓》为什么不能有伟力?但我却以为译"郭""王""何"才是"故意",其游魂是《百家姓》;我之所以诧异《百家姓》的伟力者,意思即见前文的第一句中。但来信又

---

① **某先生** 指廖仲潜。其人不详,可能是一个文学青年假托之名。1925 年 2 月 18 日《京报副刊》发表署名芳子的《廖仲潜先生的"春心的美伴"》一文,恭维廖的作品"是'真'是'美'是'诗'的小说",鲁迅给许广平的信中曾说:"我现在疑心'芳子'就是廖仲潜,实无其人,和'琴心'一样的。"(《两地书·一五》)参看《鲁迅杂文全编》(上册)《并非闲话》一文"琴心是否女士"注条。

② **潜源先生** 其人不详。

③ **Elizabeth Tolstoi** "伊丽莎白·托尔斯泰"这一姓名的英语拼写。

④ **Mary Tolstoi et Hilda Tolstoi** 法语:"玛丽·托尔斯泰和希尔达·托尔斯泰"。

反问了，则又答之曰：意思即见前文第一句中。

再说一遍罢，我那篇的开首说："以摆脱传统思想之束缚。……"所以将翻译当作一种工具，或者图便利，爱折中的先生们是本来不在所讽的范围之内的。两位的通信似乎于这一点都没有看清楚。

末了，我对于潜源先生的"末了"的话，还得辩正几句。（一）我自己觉得我和三苏①中之任何一苏，都绝不相类，也不愿意比附任何古人，或者"故意"凌驾他们。倘以某古人相拟，我也明知是好意，但总是满身不舒服，和见人使 Gorky 姓高相同。（二）其实《呐喊》并不风行，其所以略略流行于新人物间者，因为其中的讽刺在表面上似乎大抵针对旧社会的缘故，但使老先生们一看，恐怕他们也要以为"吹敲""苛责"，深恶而痛绝之的。（三）我并不觉得我有"名"，即使有之，也毫不想因此而作文更加郑重，来维持已有的名，以及别人的信仰。纵使别人以为无聊的东西，只要自己以为有聊，且不被暗中禁止阻碍，便总要发表曝露出来，使厌恶滥调的读者看看，可以从速改正误解，不相信我。因为我觉得我若专讲宇宙人生的大话，专刺旧社会给新青年看，希图在若干人们中保存那由误解而来的"信仰"，倒是"欺读者"，而于我是苦痛的。

一位先生当面，一位通信，问我《现代评论》里面的一篇《鲁迅先生》②，为什么没有了。我一查，果然，只剩了前面的《苦恼》和后面的《破落户》，而本在其间的《鲁迅先生》确乎没有了。怕还有同样的误解者，我在此顺便声明一句：我一点不知道为什么。

假如我说要做一本《妥娥丝苔传》，而暂不出版，人便去质问托尔斯泰的太太或女儿，我以为这办法实在不很对，因为她们是不会知道我所玩的是什么把戏的。

一月二十日

（原刊 1925 年 1 月 22 日《京报副刊》，后收入《集外集》）

---

① **三苏**　指北宋文学家苏洵和他的两个儿子苏轼、苏辙。父子三人均有很高的文学成就，人称"三苏"。潜源一信末尾将鲁迅及周作人、周建人并称"三周"，比之"三苏"，所以作者有所辩证。

② **《鲁迅先生》**　张定璜的一篇文章。1925 年 1 月 16 日《京报副刊》所刊《现代评论》第 1 卷第 6 期的广告目录中，此文列于《苦恼》和《破落户》两文之间，但该期刊物出版时并无登出这篇文章，而是后来发表于同刊第 7 期和第 8 期。

咬嚼未始"乏味"

对于四日副刊上潜源先生的话①再答几句：

一、原文云：想知道性别并非主张男女不平等。答曰：是的。但特别加上小巧的人工，于无须区别的也多加区别者，又作别论。从前独将女人缠足穿耳，也可以说不过是区别；现在禁止女人剪发，也不过是区别，偏要逼她头上多加些"丝苔"而已。

二、原文云：却于她字没有讽过。答曰：那是译 She② 的，并非无风作浪。即不然，我也并无遍讽一切的责任，也不觉得有要讽草头丝旁，必须从讽她字开头的道理。

三、原文云："常想"真是"传统思想的束缚"么？答曰：是的，因为"性意识"强。这是严分男女的国度里必有的现象，一时颇不容易脱体的，所以正是传统思想的束缚。

四、原文云：我可以反问：假如托尔斯泰有两兄弟，我们不要另想几个"非轻靓艳丽"的字眼么？答曰：断然不必。我是主张连男女的姓也不要妄加分别的，这回的辩难一半就为此。怎么忽然又忘了？

五、原文云：赞成用郭译 Go……习见故也。答曰："习见"和"是"毫无关系。中国最习见的姓是"张王李赵"，《百家姓》的第一句是"赵钱孙李"，"潜"字却似乎颇不习见，但谁能说"钱"是而"潜"非呢？

六、原文云：我比起三苏，是因为"三"字凑巧，不愿意，"不舒服"，马上可以去掉。答曰：很感谢。我其实还有一个兄弟③，早

---

① **潜源先生的话**　指潜源《咬嚼之乏味》一文，刊于 1925 年 2 月 4 日《京报副刊》。

② **She**　英语：她。

③ **我其实还有一个兄弟**　指其早夭的四弟周椿寿（1893—1898）。

死了。否则也要防因为"四"字"凑巧",比起"四凶"①,更加使人着急。

（原刊 1925 年 2 月 10 日《京报副刊》,后收入《集外集》）

---

① **"四凶"** 古代传说舜所流放的四族首领。《尚书·虞书·舜典》:"流共工于幽州,放驩兜于崇山,窜三苗于三危,殛鲧于羽山,四罪而天下咸服。"

杂　语

　　称为神的和称为魔的战斗了，并非争夺天国，而在要得地狱的统治权。所以无论谁胜，地狱至今也还是照样的地狱。

　　两大古文明国的艺术家握手了①，因为可图两国的文明的沟通。沟通是也许要沟通的，可惜"诗哲"又到意大利去了。

　　"文士"和老名士战斗，因为……，——我不知道要怎样。但先前只许"之乎者也"的名公捧角，现在却也准 ABCD 的"文士"入场了。这时戏子便化为艺术家，对他们点点头。

　　新的批评家要站出来么？您最好少说话，少作文，不得已时，也要做得短。但总须弄几个人交口说您是批评家。那么，您的少说话就是高深，您的少作文就是名贵，永远不会失败了。

　　新的创作家要站出来么？您最好是在发表过一篇作品之后，另造一个名字，写点文章去恭维：倘有人攻击了，就去辩护。② 而且这名字要造得艳丽一些，使人们容易疑心是女性。倘若真能有这样的一个，就更佳；倘若这一个又是爱人，就更更佳。"爱人呀！"这三个字就多么旖旎而饶于诗趣呢？正不必再有第四字，才可望得到奋斗的成功。

　　（原刊 1925 年 4 月 24 日《莽原》周刊第 1 期，后收入《集外集》）

---

　　① **两大古文明国的艺术家握手了**　指印度诗人泰戈尔 1924 年访华期间会晤京剧艺术家梅兰芳一事。下文所说的"诗哲"即指泰戈尔。

　　② **辩护**　指北京大学学生欧阳兰化名为自己辩护一事，见《鲁迅杂文全编》（上册）《并非闲话》一文"琴心是否女士"注条。

流言和谎话

这一回编辑《莽原》时，看见论及北京女子师范大学风潮的投稿里，还有用"某校"字样和几个方匡子①的，颇使我觉得中国实在还很有存心忠厚的君子，国事大有可为。但其实，报章上早已明明白白地登载过许多次了。

今年五月，为了"同系学生同时登两个相反的启事②已经发现了……"那些事，已经使"喜欢怀疑"的西滢先生有"好像一个臭毛厕"之叹（见《现代评论》二十五期《闲话》），现在如果西滢先生已回北京，或者要更觉得"世风日下"了罢，因为三个相反，或相成的启事③已经发现了：一是"女师大学生自治会"；二是"杨荫榆"；三是单叫作"女师大"。

报载对于学生"停止饮食茶水"，学生亦云"既感饥荒之苦，复虑生命之危。"而"女师大"云"全属子虚"，是相反的；而杨荫榆云"本校原望该生等及早觉悟自动出校并不愿其在校受生活上种种之不便也"，则似乎饮食确已停止，和"女师大"说相反，与报及学生说相成。

学生云"杨荫榆突以武装入校，勒令同学全体即刻离校，嗣复命令军警肆意毒打侮辱……"而杨荫榆云"荫榆于八月一日到校……暴劣学生肆行滋扰……故不能不请求警署拨派巡警保护……"是因

---

① 用"某校"字样和几个方匡子　1925 年 8 月 7 日出版的《莽原》周刊第 16 期上，署名朱大枬的《听说——想起》一文用"某校"字样指称女师大，署名效痴的《可悲的女子教育》一文用□□□代指杨荫榆和章士钊。

② 同系学生同时登两个相反的启事　1925 年 5 月 17、18 日，《晨报》刊出《国立北京女子师范大学音乐系、体育系紧要启事》和《国立北京女子师范大学哲学系全体学生紧要启事》，声称"严守中立"，并未参与本校风潮云云。随后，三系学生又在 5 月 22 日《京报》发表启事，声明驱杨是"全体学生公意"，称前述声明为"冒名启事"。

③ 三个相反，或相成的启事　指 1925 年 8 月 3 日《京报》所载《女师大学生自治会紧要启事》，次日该报所载《杨荫榆启事》和杨荫榆以学校名义发表的《女师大启事》。

为"滋扰"才请派警，与学生说相反的；而"女师大"云"不料该生等非特不肯遵命竟敢任情谩骂极端侮辱……幸先经内右二区派拨警士在校防护……"是派警在先，"滋扰"在后，和杨荫榆说相反的；至于京师警察厅行政处公布，则云"查本厅于上月三十一日准国立北京女子师范大学函……请准予八月一日照派保安警察三四十名来校……"乃又与学生及"女师大"说相成了。杨荫榆确是先期准备了"武装入校"，而自己竟不知道，以为临时叫来，真是离奇。

杨先生大约真如自己的启事所言，"始终以培植人才恪尽职守为素志……服务情形为国人所共鉴"的罢。"素志"我不得而知，至于服务情形，则不必再说别的，只要一看本月一日至四日的"女师大"和她自己的两启事之离奇闪烁就尽够了！撒谎造谣，即在局外者也觉得。如果是严厉的观察和批评者，即可以执此而推论其他。

但杨先生却道："所以勉力维持至于今日者非贪恋个人之地位为彻底整饬学风计也"，窃以为学风是决非造谣撒谎所能整饬的；地位自然不在此例。

且住，我又来说话了，或者西滢先生们又许要听到许多"流言"。然而请放心，我虽然确是"某籍"，也做过国文系的一两点钟的教员，但我并不想谋校长，或仍做教员以至增加钟点；也并不为子孙计，防她们会女师大被诬被革，挨打挨饿，我借一句 Lermontov[1] 的愤激的话告诉你们："我幸而没有女儿！"

八月五日

（原刊 1925 年 8 月 7 日《莽原》周刊第 16 期，后收入《集外集》）

---

① **Lermontov** 今译莱蒙托夫（М. Ю. Лермонтов，1814—1841），俄国诗人、小说家。著有长诗《诗人之死》、小说《当代英雄》等。"我幸而没有女儿"，是《当代英雄》中一个人物的话。

选　本

　　今年秋天，在上海的日报上有一点可以算是关于文学的小小的辩论，就是为了一般的青年，应否去看《庄子》与《文选》以作文学上的修养之助。不过这类的辩论，照例是不会有结果的，往复几回之后，有一面一定拉出"动机论"来，不是说反对者"别有用心"，便是"哗众取宠"；客气一点，也就"彼亦一是非，此亦一是非"，而问题于是呜呼哀哉了。

　　但我因此又想到"选本"的势力。孔子究竟删过《诗》没有，我不能确说，但看它先"风"后"雅"而末"颂"，排得这么整齐，恐怕至少总也费过乐师的手脚，是中国现存的最古的诗选。由周至汉，社会情形太不同了，中间又受了《楚辞》①的打击，晋宋文人如二陆束晳陶潜②之流，虽然也做四言诗以支持场面，其实都不过是每句省去一字的五言诗，"王者之迹熄而《诗》亡"了。不过选者总是层出不穷的，至今尚存，影响也最广大者，我以为一部是《世说新语》③，一部就是《文选》。

　　《世说新语》并没有说明是选的，好像刘义庆④或他的门客所搜

---

　　① 《楚辞》　总集名。西汉刘向辑。原收战国楚人屈原、宋玉及汉代淮南小山、东方朔、王褒、刘向等人辞赋共 16 篇，后王逸增入己作《九思》，成 17 篇。以其采用楚地的歌谣形式、方言声韵，叙写楚地风土人情，故名《楚辞》。

　　② 二陆束晳陶潜　二陆指西晋陆机、陆云兄弟，吴郡华亭（今上海松江）人，均文学家。陆机（261—303），字士衡，有后人所辑《陆士衡集》；陆云（262—303），字士龙，有后人所辑《陆士龙集》。束晳（约261—约300），字广微，阳平元城（今河北大名）人，西晋文学家，有后人所辑《束广微集》。陶潜，即陶渊明，见本书《隐士》一文"陶渊明"注条。

　　③ 《世说新语》　本名《世说新书》，简称《世说》，古小说集。南朝宋刘义庆撰。分德行、言语、政事、文学等 36 门。主要记载汉末至东晋间文人学士的言谈轶事。

　　④ 刘义庆（403—444）　南朝宋宗室，长沙王刘道怜次子，文学家。袭封临川王，官荆州刺史、南兖州刺史等。所撰《世说新语》之外，还有下文提到的《幽明录》等。《幽明录》是一部志怪小说集，记叙鬼神灾异、人物变化故事。原书已佚，遗文在类书中留存二百余则，鲁迅有《古小说钩沉》辑本。

集，但检唐宋类书中所存裴启①《语林》的遗文，往往和《世说新语》相同，可见它也是一部钞撮故书之作，正和《幽明录》一样。它的被清代学者所宝重，自然因为注中多有现今的逸书，但在一般读者，却还是为了本文，自唐迄今，拟作者不绝，甚至于自己兼加注解。袁宏道在野时要做官，做了官又大叫苦，便是中了这书的毒，误明为晋的缘故。有些清朝人却较为聪明，虽然辫发胡服，厚禄高官，他也一声不响，只在倩人写照的时候，在纸上改作斜领方巾，或芒鞋竹笠，聊过"世说"式瘾罢了。

《文选》的影响却更大。从曹宪②至李善加五臣③，音训注释书类之多，远非拟《世说新语》可比。那些烦难字面，如草头诸字，水旁山旁诸字，不断的被摘进历代的文章里面去，五四运动时虽受奚落，得"妖孽"之称，现在却又很有复辟的趋势了。而《古文观止》也一同渐渐的露了脸。

以《古文观止》和《文选》并称，初看好像是可笑的，但是，在文学上的影响，两者却一样的不可轻视。凡选本，往往能比所选各家的全集或选家自己的文集更流行，更有作用。册数不多，而包罗诸作，固然也是一种原因，但还在近则由选者的名位，远则凭古人之威灵，读者想从一个有名的选家，窥见许多有名作家的作品。所以自汉至梁的作家的文集，并残本也仅存十余家，《昭明太子集》④只剩一点辑本了，而《文选》却在的。读《古文辞类纂》⑤者多，读《惜抱轩全集》⑥的却少。凡是对于文术，自有主张的作家，他所赖以发表和流布自己的主张的手段，倒并不在作文心，文则，诗品，诗话，而在出选本。

选本可以借古人的文章，寓自己的意见。博览群籍，采其合于自己意见的为一集，一法也，如《文选》是。择取一书，删其不合

---

① **裴启**　一名荣，字荣期，河东（今山西永济）人。所撰《语林》，古小说集，记述汉魏两晋上层社会人士的轶事和言谈。《世说新语》多取材于此书。

② **曹宪**　隋末唐初扬州江都（今扬州）人，精通文字学，撰《文选音义》。

③ **李善加五臣**　见本书《古书中寻活字汇》一文"六臣注"注条。

④ **《昭明太子集》**　南朝梁萧统的文集。统为武帝太子，谥昭明。原书已佚，现存各本为后人所辑。

⑤ **《古文辞类纂》**　总集名。清代姚鼐编。选录战国至清代的古文辞赋，依文体分为论辩、序跋、奏议、书说、赠序、诏令、传状、碑志、杂记、箴铭、颂赞、辞赋、哀祭等十三类。

⑥ **《惜抱轩全集》**　清代姚鼐的诗文集。

于自己意见的为一新书，又一法也，如《唐人万首绝句选》① 是。如此，则读者虽读古人书，却得了选者之意，意见也就逐渐和选者接近，终于"就范"了。

读者的读选本，自以为是由此得了古人文笔的精华的，殊不知却被选者缩小了眼界。即以《文选》为例罢，没有嵇康《家诫》②，使读者只觉得他是一个愤世嫉俗，好像无端活得不快活的怪人；不收陶潜《闲情赋》③，掩去了他也是一个既取民间《子夜歌》④ 意，而又拒以圣道的迂士。选本既经选者所滤过，就总只能吃他所给与的糟或醨。况且有时还加以批评，提醒了他之以为然，而默杀了他之以为不然处。纵使选者非常胡涂，如《儒林外史》⑤ 所写的马二先生，游西湖漫无准备，须问路人，吃点心又不知选择，要每样都买一点，由此可见其衡文之毫无把握罢，然而他是处州人，一定要吃"处片"，又可见虽是马二先生，也自有其"处片"式的标准了。

评选的本子，影响于后来的文章的力量是不小的，恐怕还远在名家的专集之上。我想，这许是研究中国文学史的人们也该留意的罢。

十一月二十四日记

（原刊 1934 年 1 月北平《文学季刊》创刊号，后收入《集外集》）

---

　　① 《唐人万首绝句选》　清代王士祯编选。王士祯论诗推崇盛唐，提倡"神韵说"，这个选本是从宋代洪迈所编《万首唐人绝句》中按"神韵"标准遴选的，收诗 895 首。

　　② 《家诫》　嵇康以避祸之念训诫子嗣的文章，见《嵇康集》卷十。

　　③ 《闲情赋》　陶渊明抒写对一位女子爱慕眷恋的辞赋，见《靖节先生集》卷五。

　　④ 《子夜歌》　乐府"吴声歌曲"之一，系民间情歌。

　　⑤ 《儒林外史》　长篇小说，清代吴敬梓著。马二先生是书中一个迂阔的读书人，常为书贾编辑八股文选本。后文提到的处州，即今浙江丽水；处片，即处州出产的笋干片。

《集外集拾遗》中的杂文

又是"古已有之"

太炎先生忽然在教育改进社①年会的讲坛上"劝治史学"以"保存国性",真是慨乎言之。但他漏举了一条益处,就是一治史学,就可以知道许多"古已有之"的事。

衣萍先生②大概是不甚治史学的,所以将多用惊叹符号应该治罪的话,当作一个"幽默"。其意盖若曰,如此责罚,当为世间之所无有者也。而不知"古已有之"矣。

我是毫不治史学的。所以于史学很生疏。但记得宋朝大闹党人③的时候,也许是禁止元祐学术的时候罢,因为党人中很有几个是有名的诗人,便迁怒到诗上面去,政府出了一条命令,不准大家做诗,违者笞二百④!

---

① **教育改进社** 即中华教育改进社。1921年冬,蔡元培、黄炎培、陶知行(行知)等倡议将原有的实际教育调查所、新教育共进社、新教育编辑社等社团合并改组为中华教育改进社,1922年4月1日在北京正式成立。以蔡元培、范源濂、郭秉文为董事,陶知行为主任干事。该社定期举行年会,提出改进教育方案,以备政府采纳。编辑出版《新教育》《新教育评论》《乡教丛讯》等刊物。

② **衣萍先生** 即章衣萍(1900—1946),原名鸿熙,安徽绩溪人,现代作家。早年入北京大学旁听,为《语丝》周刊和《京报副刊》撰稿。1928年到上海,任暨南大学校长秘书。抗战时在成都开设书店。著有《樱花集》《古庙集》《枕上随笔》等。当时曾撰文讽刺张耀翔抨击使用惊叹号的白话诗的言论,其文中故作反嘲、揶揄之笔,如提议"凡做一首白话诗者打十板屁股","凡用一个惊叹号者罚洋一元"等。

③ **宋朝大闹党人** 指北宋时期新党旧党之争。宋神宗时,王安石推行变法,遭司马光等人反对,遂形成新旧两党。哲宗元祐年间旧党得势,故称"元祐党人",他们的思想言论被称为"元祐学术"。后来徽宗打击旧党,诏令禁止"元祐学术"传播。参看本书《"题未定"草(六至九)》一文"元祐之党碑"注条。

④ **违者笞二百** 南宋叶梦得《石林避暑录话》卷三记朝廷禁诗一事,谓:"政和间,大臣有不能为诗者,因建言诗为元祐学术,不可行。李彦章为御史,承望风旨……请为科禁。……何丞相伯通适领修敕令,因为科云:'诸士庶传习诗赋者杖一百。'"按:这里所说"笞二百"与史料记载的量刑有出入,鲁迅随后作《笞二百系笞一百之误》一文予以更正,见1924年10月2日《晨报副刊》。

而且我们应该注意，这是连内容的悲观和乐观都不问的，即使乐观，也仍然答一百！

那时大约确乎因为胡适之先生还没有出世的缘故罢，所以诗上都没有用惊叹符号，如果用上，那可就怕要答一千了，如果用上而又在"唉""呵呀"的下面，那一定就要答一万了。加上"缩小像细菌放大像炮弹"① 的罪名，至少也得答十万。衣萍先生所拟的区区打几百关几年，未免过于从轻发落，有姑容之嫌，但我知道他如果去做官，一定是一个很宽大的"民之父母"，只是想学心理学是不很相宜的。

然而做诗又怎么开了禁呢？听说是因为皇帝先做了一首，于是大家便又动手做起来了。

可惜中国已没有皇帝了，只有并不缩小的炮弹在天空里飞，那有谁来用这还未放大的炮弹呢？

呵呀！还有皇帝的诸大帝国皇帝陛下呀，你做几首诗，用些惊叹符号，使敝国的诗人不至于受罪罢！唉！！！

这是奴隶的声音，我防爱国者要这样说。

诚然，这是对的，我在十三年之前，确乎是一个他族的奴隶，国性还保存着，所以"今尚有之"，而且因为我是不甚相信历史的进化的，所以还怕未免"后仍有之"。旧性是总要流露的，现在有几位上海的青年批评家，不是已经在那里主张"取缔文人"，不许用"花呀""吾爱呀"了么？但还没有定出"答令"来。

倘说这不定"答令"，比宋朝就进化；那么，我也就可以算从他族的奴隶进化到同族的奴隶，臣不胜屏营欣忭之至！

（原刊 1924 年 9 月 28 日《晨报副刊》）

① **"缩小像细菌放大像炮弹"** 是张耀翔挖苦惊叹号的话。张耀翔当时是北京师范大学心理学教授。他认为，白话诗多用惊叹号，反映了诗人悲观厌世心理，是"亡国之音"。见其《新诗人的情绪》一文，原刊 1924 年 4 月《心理》杂志第 3 卷第 2 号。

诗歌之敌

大大前天第一次会见"诗孩"①，谈话之间，说到我可以对于《文学周刊》② 投一点什么稿子。我暗想倘不是在文艺上有伟大的尊号如诗歌小说评论等，多少总得装一些门面，使与尊号相当，而是随随便便近于杂感一类的东西，那总该容易的罢，于是即刻答应了。此后玩了两天，食粟而已，到今晚才向书桌坐下来豫备写字，不料连题目也想不出，提笔四顾，右边一个书架，左边一口衣箱，前面是墙壁，后面也是墙壁，都没有给我少许灵感之意。我这才知道：大难已经临头了。

幸而因"诗孩"而联想到诗，但不幸而我于诗又偏是外行，倘讲些什么"义法"之流，岂非"鲁般门前掉大斧"。记得先前见过一位留学生，听说是大有学问的。他对我们喜欢说洋话，使我不知所云，然而看见洋人却常说中国话。这记忆忽然给我一种启示，我就想在《文学周刊》上论打拳；至于诗呢？留待将来遇见拳师的时候再讲。但正在略略踟蹰之际，却又联想到较为妥当的，曾在《学灯》③——不是上海出版的《学灯》——上见过的一篇春日一郎的文章来了，于是就将他的题目直抄下来：《诗歌之敌》。

那篇文章的开首说，无论什么时候，总有"反诗歌党"的。编成这一党派的分子：一、是凡要感得专诉于想像力的或种艺术的魅力，最要紧的是精神的炽烈的扩大，而他们却已完全不能扩大了的固执的智力主义者；二、是他们自己曾以媚态奉献于艺术神女，但终于不成功，于是一变而攻击诗人，以图报复的著作者；三、是以

---

① "诗孩" 即孙席珍（1906—1984），原名志新，字席珍，浙江绍兴人，现代作家。当时年仅19岁，已发表诗歌作品，并与赵景深、焦菊隐、塞先艾等组织绿波社，负责《文学周刊》编辑工作。因其年轻，钱玄同、刘半农等戏称他为"诗孩"。后参加北伐，发起组织北方左联。

② 《文学周刊》 《京报》的附刊之一。当时由绿波社、星星文学社合编。

③ 《学灯》 即《学镫》，日本的一种月刊。下文提到的春日一郎的《诗歌之敌》，1920年9月发表于该刊第24卷第9号。

为诗歌的热烈的感情的奔迸，足以危害社会的道德与平和的那些怀着宗教精神的人们。但这自然是专就西洋而论。

诗歌不能凭仗了哲学和智力来认识，所以感情已经冰结的思想家，即对于诗人往往有谬误的判断和隔膜的揶揄。最显著的例是洛克①，他观作诗，就和踢球相同。在科学方面发扬了伟大的天才的巴士凯尔②，于诗美也一点不懂，曾以几何学者的口吻断结说："诗者，非有少许稳定者也。"凡是科学底的人们，这样的很不少，因为他们精细地研钻着一点有限的视野，便决不能和博大的诗人的感得全人间世，而同时又领会天国之极乐和地狱之大苦恼的精神相通。近来的科学者虽然对于文艺稍稍加以重视了，但如意大利的伦勃罗梭③一流总想在大艺术中发见疯狂，奥国的佛罗特④一流专一用解剖刀来分割文艺，冷静到入了迷，至于不觉得自己的过度的穿凿附会者，也还是属于这一类。中国的有些学者，我不能妄测他们于科学究竟到了怎样高深，但看他们或者至于诧异现在的青年何以要绍介被压迫民族文学，或者至于用算盘来算定新诗的乐观或悲观，即以决定中国将来的运命，则颇使人疑是对于巴士凯尔的冷嘲。因为这时可以改纂他的话："学者，非有少许稳定者也。"

但反诗歌党的大将总要算柏拉图⑤。他是艺术否定论者，对于悲剧喜剧，都加攻击，以为足以灭亡我们灵魂中崇高的理性，鼓舞劣等的情绪，凡有艺术，都是模仿的模仿，和"实在"尚隔三层；又以同一理由，排斥荷马⑥。在他的《理想国》中，因为诗歌有能鼓动民心的倾向，所以诗人是看作社会的危险人物的，所许可者，只有足供教育资料的作品，即对于神明及英雄的颂歌。这一端，和我们中国古今的道学先生的意见，相差似乎无几。然而柏拉图自己却是一个诗人，著作之中，以诗人的感情来叙述的就常有；即《理想国》，也还是一部诗人的梦书。他在青年时，又曾委身于艺圃的开

---

① 洛克（John Locke，1632—1704） 英国哲学家。著有《政府论》《人类理解论》等。

② 巴士凯尔 今译帕斯卡（Blaise Pascal，1623—1662），法国数学家、物理学家、哲学家。在数学研究中提出帕斯卡定理、定律等，另著有《思想录》等散文作品。

③ 伦勃罗梭 今译隆布罗索（Cesare Lombroso，1835—1909），意大利犯罪学家。曾任帕维亚大学、都灵大学精神病学教授。著有《犯罪者论》等。

④ 佛罗特 今译弗洛伊德。

⑤ 柏拉图（Platon，前427—前347） 古希腊哲学家。有《对话集》传世，下文所举《理想国》是其中的一篇。

⑥ 荷马（Homer） 相传为公元前9世纪至公元前8世纪时古希腊行吟诗人，据说是《伊利亚特》和《奥德赛》两大史诗的作者。

拓，待到自己知道胜不过无敌的荷马，却一转而开始攻击，仇视诗歌了。但自私的偏见，仿佛也不容易支持长久似的，他的高足弟子亚里士多德①做了一部《诗学》，就将为奴的文艺从先生的手里一把抢来，放在自由独立的世界里了。

第三种是中外古今触目皆是的东西。如果我们能够看见罗马法皇宫中的禁书目录，或者知道旧俄国教会里所诅咒的人名，大概可以发见许多意料不到的事的罢，然而我现在所知道的却都是耳食之谈，所以竟没有写在纸上的勇气。总之，在普通的社会上，历来就骂杀了不少的诗人，则都有文艺史实来作证的了。中国的大惊小怪，也不下于过去的西洋，绰号似的造出许多恶名，都给文人负担，尤其是抒情诗人。而中国诗人也每未免感得太浅太偏，走过宫人斜②就做一首"无题"，看见树丫叉就赋一篇"有感"。和这相应，道学先生也就神经过敏之极了：一见"无题"就心跳，遇"有感"则立刻满脸发烧，甚至于必以学者自居，生怕将来的国史将他附入文苑传。

说文学革命之后而文学已有转机，我至今还未明白这话是否真实。但戏曲尚未萌芽，诗歌却已奄奄一息了，即有几个人偶然呻吟，也如冬花在严风中颤抖。听说前辈老先生，还有后辈而少年老成的小先生，近来尤厌恶恋爱诗；可是说也奇怪，咏叹恋爱的诗歌果然少见了。从我似的外行人看起来，诗歌是本以发抒自己的热情的，发讫即罢；但也愿意有共鸣的心弦，则不论多少，有了也即罢；对于老先生的一颦蹙，殊无所用其惭惶。纵使稍稍带些杂念，即所谓意在撩拨爱人或是"出风头"之类，也并非大悖人情，所以正是毫不足怪，而且对于老先生的一颦蹙，即更无所用其惭惶。因为意在爱人，便和前辈老先生尤如风马牛之不相及，倘因他们一摇头而慌忙辍笔，使他高兴，那倒像撩拨老先生，反而失敬了。

倘我们赏识美的事物，而以伦理学的眼光来论动机，必求其"无所为"，则第一先得与生物离绝。柳阴下听黄鹂鸣，我们感得天地间春气横溢，见流萤明灭于丛草里，使人顿怀秋心。然而鹂歌萤照是"为"什么呢？毫不客气，那都是所谓"不道德"的，都正在

---

① **亚里士多德**（Aristotle，前384—前322） 古希腊哲学家、科学家。曾在雅典柏拉图学园学习二十年，但他从柏拉图的理念世界走向经验世界，奠定了逻辑思维和实在论哲学基础。著有《形而上学》《物理学》《诗学》等。

② **宫人斜** 唐代宫人坟墓。宋代宋敏求《春明退朝录》上卷："唐内人墓，谓之'宫人斜'四仲遣使者祭之。"

大"出风头"，希图觅得配偶。至于一切花，则简直是植物的生殖机关了。虽然有许多披着美丽的外衣，而目的则专在受精，比人们的讲神圣恋爱尤其露骨。即使清高如梅菊，也逃不出例外——而可怜的陶潜林逋①，却都不明白那些动机。

一不小心，话又说得不甚驯良了，倘不急行检点，怕难免真要拉到打拳。但离题一远，也就很不容易勒转，只好再举一种近似的事，就此收场罢。

豢养文士仿佛是赞助文艺似的，而其实也是敌。宋玉司马相如之流，就受着这样的待遇，和后来的权门的"清客"略同，都是位在声色狗马之间的玩物。查理九世②的言动，更将这事十分透彻地证明了的。他是爱好诗歌的，常给诗人一点酬报，使他们肯做一些好诗，而且时常说："诗人就像赛跑的马，所以应该给吃一点好东西。但不可使他们太肥；太肥，他们就不中用了。"这虽然对于胖子而想兼做诗人的，不算一个好消息，但也确有几分真实在内。匈牙利最大的抒情诗人彼象飞③（A. Petöfi）有题 B. Sz. 夫人照像的诗，大旨说"听说你使你的丈夫很幸福，我希望不至于此，因为他是苦恼的夜莺，而今沉默在幸福里了。苛待他罢，使他因此常常唱出甜美的歌来。"也正是一样的意思。但不要误解，以为我是在提倡青年要做好诗，必须在幸福的家庭里和令夫人天天打架。事情也不尽如此的。相反的例并不少，最显著的是勃朗宁和他的夫人④。

一九二五年一月一日

（原刊 1925 年 1 月 17 日《京报》附刊《文学周刊》第 5 期）

---

① 林逋（968—1028）　字君复，谥号和靖先生，宋杭州钱塘（今杭州）人，诗人。曾在杭州西湖孤山种梅养鹤，著隐逸之名。有《和靖诗集》。

② 查理九世（Charles Ⅸ，1550—1574）　法国国王，1560—1574 年在位。曾资助"七星诗社"，任用龙萨为御前谋士和宫廷诗人。还曾授意龙萨摹仿维吉尔《埃涅阿斯纪》之例创作一部法兰西的民族史诗。

③ 彼象飞　今译裴多菲，见本书《七论"文人相轻"——两伤》一文"彼兑飞"注条。这里提到的 B. Sz. 夫人，应为 V. S 夫人，即匈牙利诗人瓦豪特·山陀尔的夫人乔鲍·玛丽亚。V. S 即瓦豪特·山陀尔的姓名缩写。

④ 勃朗宁和他的夫人　勃朗宁（Robert Browning，1812—1889），英国维多利亚时代诗人，著有诗集《圣诞夜和复活节》、长诗《指环和书》等。他的夫人即伊丽莎白·芭蕾特·勃朗宁（Elizabeth Barrett Browning，1806—1861），也是英国诗人，以爱情诗《葡萄牙十四行诗》而闻名。他们不顾女方家庭反对，于 1846 年秘密结婚，婚后即移居意大利。

聊答"……"

柯先生①：

我对于我们一流人物，退让得够了。我那时的答话，就先不写在"必读书"栏内，还要一则曰"若干"，再则曰"参考"，三则曰"或"，以见我并无指导一切青年之意。我自问还不至于如此之昏，会不知道青年有各式各样。那时的聊说几句话，乃是但以寄几个曾见和未见的或一种改革者，愿他们知道自己并不孤独而已。如先生者，倘不是"喂"的指名叫了我，我就毫没有和你扳谈的必要的。

照你大作的上文看来，你的所谓"……"，该是"卖国"。到我死掉为止，中国被卖与否未可知，即使被卖，卖的是否是我也未可知，这是未来的事，我无须对你说废话。但有一节要请你明鉴：宋末，明末，送掉了国家的时候；清朝割台湾，旅顺等地②的时候，我都不在场；在场的也不如你所"尝听说"似的，"都是留学外国的博士硕士"；达尔文的书还未介绍，罗素也还未来华，而"老子，孔子，孟子，荀子辈"的著作却早经行世了。钱能训③扶乱则有之，却并没有要废中国文字，你虽然自以为"哈哈！我知道了"，其实是连近时近地的事都很不了了的。

你临末，又说对于我的经验，"真的百思不得其解"。那么，你不是又将自己的判决取消了么？判决一取消，你的大作就只剩了几

---

① **柯先生** 即柯柏森，其人未详。曾撰《偏见的经验》一文，抨议鲁迅就《京报副刊》征求"青年必读书"所作的答复。

② **清朝割台湾，旅顺等地** 1894年中日甲午战争后，作为战败方的清政府次年与日本签订《马关条约》，将台湾割让给日本，至1945年抗战胜利后才归还中国。1897年俄国侵占旅顺港，次年强租旅顺、大连。日俄战争后，两地又被日本侵占，1945年抗战胜利后才归还中国。

③ **钱能训**（1869—1924） 字干臣，浙江嘉善人，清末民初政客。光绪进士，清末任陕西布政使。北洋时期曾任内务总长、代理国务总理。

个"啊""哈""唉""喂"了。这些声音，可以吓洋车夫，但是无力保存国粹的，或者倒反更丢国粹的脸。

鲁迅。

（原刊 1925 年 3 月 5 日《京报副刊》）

报《奇哉所谓……》

有所谓熊先生①者，以似论似信的口吻，惊怪我的"浅薄无知识"和佩服我的胆量。我可是大佩服他的文章之长。现在只能略答几句。

一、中国书都是好的，说不好即不懂；这话是老得生了锈的老兵器。讲《易经》的就多用这方法："易"，是玄妙的，你以为非者，就因为你不懂。我当然无凭来证明我能懂得任何中国书，和熊先生比赛；也没有读过什么特别的奇书。但于你所举的几种，也曾略略一翻，只是似乎本子有些两样，例如我所见的《抱朴子》②外篇，就不专论神仙。杨朱的著作我未见；《列子》③就有假托的嫌疑，而况他所称引。我自愧浅薄，不敢据此来衡量杨朱先生的精神。

二、"行要学来辅助"，我知道的。但我说：要学，须多读外国书。"只要行，不要读书"，是你的改本，你虽然就此又发了一大段牢骚，我可是没有再说废话的必要了。但我不解青年何以就不准做代表，当主席，否则就是"出锋头"。莫非必须老头子如赵尔巽④者，才可以做代表当主席么？

三、我说，"多看外国书"，你却推演为将来都说外国话，变成外国人了。你是熟精古书的，现在说话的时候就都用古文，并且变了古人，不是中华民国国民了么？你也自己想想去。我希望你一想

---

① **熊先生** 即熊以谦，其人未详。曾撰《奇哉！所谓鲁迅先生的话》一文，抨议鲁迅就《京报副刊》征求"青年必读书"所作的答复。

② **《抱朴子》** 道教经典之一，晋代葛洪撰。分内外二篇，内篇论神仙方药，外篇论时政人事。

③ **《列子》** 相传战国时列御寇撰。原书早佚，今本《列子》疑为晋人伪托。唐天宝元年（742），诏号《列子》为《冲虚真经》，列道教经典。

④ **赵尔巽**（1844—1927） 字公镶，号次珊，奉天铁岭（今属辽宁）人，清末民初官僚。同治进士，官至户部尚书、湖广及四川总督。辛亥革命后一度为奉天都督，1914年被袁世凯聘为《清史馆》总裁。1925年为善后会议议长、临时参议院议长。

就通，这是只要有常识就行的。

四、你所谓"五胡中国化……满人读汉文，现在都读成汉人了"这些话，大约就是因为懂得古书而来的。我偶翻几本中国书时，也常觉得其中含有类似的精神，——或者就是足下之所谓"积极"。我或者"把根本忘了"也难说，但我还只愿意和外国以宾主关系相通，不忍见再如五胡乱华①以至满洲入关那样，先以主奴关系而后有所谓"同化"！假使我们还要依据"根本"的老例，那么，大日本进来，被汉人同化，不中用了，大美国进来，被汉人同化，又不中用了……以至黑种红种进来，都被汉人同化，都不中用了。此后没有人再进来，欧美非澳和亚洲的一部都成空地，只有一大堆读汉文的杂种挤在中国了。这是怎样的美谈！

五、即如大作所说，读外国书就都讲外国话罢，但讲外国话却也不即变成外国人。汉人总是汉人，独立的时候是国民，覆亡之后就是"亡国奴"，无论说的是那一种话。因为国的存亡是在政权，不在语言文字的。美国用英文，并非英的隶属；瑞士用德法文，也不被两国所瓜分；比国用法文，没有请法国人做皇帝。满洲人是"读汉文"的，但革命以前，是我们的征服者，以后，即五族共和②，和我们共存同在，何尝变了汉人。但正因为"读汉文"，传染上了"僵尸的乐观"，所以不能如蒙古人那样，来蹂躏一通之后就跑回去，只好和汉人一同恭候别族的进来，使他同化了。但假如进来的又像蒙古人那样，岂不又折了很大的资本么？

大作又说我"大声急呼"之后，不过几年，青年就只能说外国话。我以为是不省人事之谈。国语的统一鼓吹了这些年了，不必说一切青年，便是在学校的学生，可曾都忘却了家乡话？即使只能说外国话了，何以就"只能爱外国的国"？蔡松坡③反对袁世凯，因为他们国语不同之故么？满人入关，因为汉人都能说满洲话，爱了他们之故么？清末革命，因为满人都忽而不读汉文了，所以我们就不爱他们了之故么？浅显的人事尚且不省，谈什么光荣，估什么价值。

---

① **五胡乱华** 西晋末年，匈奴、羯、鲜卑、氐、羌等少数民族，先后在中国北方和巴蜀地区建立16个割据政权，旧史称"五胡乱华"。

② **五族共和** 辛亥革命推翻清王朝后，建立"五族共和"的中华民国，即由汉族、满族、蒙古族、回族、藏族五个主要民族组成共和政体。

③ **蔡松坡** 即蔡锷（1882—1916），字松坡，湖南邵阳人，近代将领、政治家。辛亥革命时曾任云南总督。袁世凯称帝时，他在云南组织护国军，率先起义讨袁。

六、你也同别的一两个反对论者一样，很替我本身打算利害，照例是应该感谢的。我虽不学无术，而于相传"处于才与不才之间"① 的不死不活或入世妙法，也还不无所知，但我不愿意照办。所谓"素负学者声名"，"站在中国青年前面"这些荣名，都是你随意给我加上的，现在既然觉得"浅薄无知识"了，当然就可以仍由你随意革去。我自愧不能说些讨人喜欢的话，尤其是合于你先生一流人的尊意的话。但你所推测的我的私意，是不对的，我还活着，不像杨朱墨翟们的死无对证，可以确定为只有你一个懂得。我也没有做什么《阿鼠传》，只做过一篇《阿Q正传》。

到这里，就答你篇末的诘问了："既说'从来没有留心过'"者，指"青年必读书"，写在本栏内；"何以果决地说这种话"者，以供若干读者的参考，写在"附记"内。虽然自歉句子不如古书之易懂，但也就可以不理你最后的要求。而且，也不待你们论定。纵使论定，不过空言，决不会就此通行天下，何况照例是永远论不定，至多不过是"中虽有坏的，而亦有好的；西虽有好的，而亦有坏的"之类的微温说而已。我虽至愚，亦何至呈书目于如先生者之前乎？

临末，我还要"果决地"说几句：我以为如果外国人来灭中国，是只教你略能说几句外国话，却不至于劝你多读外国书，因为那书是来灭的人们所读的。但是还要奖励你多读中国书，孔子也还要更加崇奉，像元朝和清朝一样。

（原刊 1925 年 3 月 8 日《京报副刊》）

---

① **"处于才与不才之间"** 《庄子·山木》："处乎材与不材之间。"

这是这么一个意思

从赵雪阳①先生的通信（三月三十一日本刊）里，知道对于我那篇"青年必读书"的答案曾有一位学者向学生发议论，以为我"读得中国书非常的多。……如今偏不让人家读……这是什么意思呢!"

我读确是读过一点中国书，但没有"非常的多"；也并不"偏不让人家读"。有谁要读，当然随便。只是倘若问我的意见，就是；要少——或者竟不——看中国书，多看外国书。

这是这么一个意思——

我向来是不喝酒的，数年之前，带些自暴自弃的气味地喝起酒来了，当时倒也觉得有点舒服。先是小喝，继而大喝，可是酒量愈增，食量就减下去了，我知道酒精已经害了肠胃。现在有时戒除，有时也还喝，正如还要翻翻中国书一样。但是和青年谈起饮食来，我总说：你不要喝酒。听的人虽然知道我曾经纵酒，而都明白我的意思。

我即使自己出的是天然痘，决不因此反对牛痘；即使开了棺材铺，也不来讴歌瘟疫的。

就是这么一个意思。

还有一种顺便而不相干的声明。一个朋友告诉我，《晨报副刊》上有评玉君的文章②，其中提起我在《民众文艺》③ 上所载的《战士

① **赵雪阳** 其人未详。《京报副刊》曾发表他写给编者孙伏园的一封信，对鲁迅就《京报副刊》征求"青年必读书"的答复表示赞同，其中转述了一位学者对鲁迅的抨议。

② **评玉君的文章** 指金满成所作《我也谈谈关于玉君的话》一文（刊于 1925 年 3 月 30、31 日《晨报副刊》）。文章就杨振声的小说《玉君》受到批评一事，引述鲁迅所说"有缺点的战士，终究是战士，完美的苍蝇，终究不过是苍蝇"的话，对作者加以抚慰和鼓励。其实，鲁迅关于战士和苍蝇的议论并非指艺术问题，套用来评论杨振声那篇小说并不恰当。后来，鲁迅在《中国新文学大系小说二集导言》中，也从艺术创作的角度对《玉君》提出尖锐的批评。

③ **《民众文艺》** 《京报》的附刊之一。1924 年 12 月 9 日在北京创刊，初名《民众文艺周刊》，出至第 16 号改名《民众文艺》，后至第 25 号改《民众周刊》，1925 年 11 月 24 日出至第 47 号停刊。

和苍蝇》的话。其实我做那篇短文的本意，并不是说现在的文坛。所谓战士者，是指中山先生和民国元年前后殉国而反受奴才们讥笑糟蹋的先烈；苍蝇则当然是指奴才们。至于文坛上，我觉得现在似乎还没有战士，那些批评家虽然其中也难免有有名无实之辈，但还不至于可厌到像苍蝇。现在一并写出，庶几乎免于误会。

（原刊 1925 年 4 月 3 日《京报副刊》）

这是这么一个意思

一个"罪犯"的自述

《民众文艺》虽说是民众文艺，但到现在印行的为止，却没有真的民众的作品，执笔的都还是所谓"读书人"。民众不识字的多，怎会有作品，一生的喜怒哀乐，都带到黄泉里去了。

但我竟有了介绍这一类难得的文艺的光荣。这是一个被获的"抢犯"做的；我无庸说出他的姓名，也不想借此发什么议论。总之，那篇的开首是说不识字之苦，但怕未必是真话，因为那文章是说给教他识字的先生看的；其次，是说社会如何欺侮他，使他生计如何失败；其次，似乎说他的儿子也未必能比他更有多大的希望。但关于抢劫的事，却一字不提。

原文本有圈点，今都仍旧；错字也不少，则将猜测出来的本字用括弧注在下面。

四月七日，附记于没有雅号的屋子里。

我们不认识字的。吃了好多苦。光绪二十九年。八月十二日。我进京来。卖猪。走平字们（则门）外。我说大庙堂们口（门口）。多坐一下。大家都见我笑。人家说我事（是）个王八但（蛋）。我就不之到（知道）。人上头写折（着）。清真里白四（礼拜寺）。我就不之到（知道）。人打骂。后来我就打猪。白（把）猪都打。不吃东西了。西城郭九猪店。家里。人家给。一百八十大洋元。不卖。我说进京来卖。后来卖了。一百四十元钱。家里都说我不好。后来我的。曰（岳）母。他只有一个女。他没有学生（案谓儿子）。他就给我钱。给我一百五十大洋元。他的女。就说买地。买了十一母（亩）地。（原注：一个六母一个五母洪县元年十。三月二十四日）白（把）六个母地文曰（又白？）丢了。后来他又给钱。给了二百大洋。我万（同？）他说。做个小买卖。（原注：他说好我也说好。你就给钱。）他就（案脱一字）了一百大洋元。我上集买卖（麦）

子。买了十石（担）。我就卖白面（麪）。长新店。有个小买卖。他吃白面。吃来吃去吃了。一千四百三十七斤。（原注：中华民国六年卖白面）算一算。五十二元七毛。到了年下。一个钱也没有。长新店。人家后来，白都给了。露娇。张十石头。他吃的。白面钱。他没有给钱。三十六元五毛。他的女说。你白（把）钱都丢了。你一个字也不认的。他说我没有处（？）后来。我们家里的。他说等到。他的儿子大了。你看一看。我的学生大了。九岁。上学。他就万（同？）我一个样的。

（原刊 1925 年 5 月 5 日《民众文艺》周刊第 20 期）

我才知道

时常看见些讣文，死的不是"清封什么大夫"① 便是"清封什么人"②。我才知道中华民国国民一经死掉，就又去降了清朝了。

时常看见些某封翁某太夫人几十岁的征诗启，儿子总是阔人或留学生。我才知道一有这样的儿子，自己就像"中秋无月""花下独酌大醉"一样，变成做诗的题目了。

（原刊 1925 年 6 月 9 日《民众文艺》周刊第 23 期）

---

① **"清封什么大夫"** 清代朝廷以诰命形式对有功的从五品以上官员的封赠之阶，如从五品为奉直大夫，正五品为奉政大夫，等等。六品以下封赠的官阶称"郎"，如正六品为承德郎，从六品为儒林郎，等等。

② **"清封什么人"** 清代按官员品秩对其母亲、妻子予以表彰的封号，亦即朝廷命妇。一二品为夫人，三品为淑人，四品为恭人，五品为宜人，六品为安人，七品以下为孺人。

女校长的男女的梦

我不知道事实如何，从小说上看起来，上海洋场上恶虔婆的逼勒良家妇女，都有一定的程序：冻饿，吊打。那结果，除被虐杀或自杀之外，是没有一个不讨饶从命的；于是乎她就为所欲为，造成黑暗的世界。

这一次杨荫榆的对付反抗她的女子师范大学学生们，听说是先以率警殴打，继以断绝饮食的，但我却还不为奇，以为还是她从哥仑比亚大学学来的教育的新法，待到看见今天报上说杨氏致书学生家长①，使再填入学愿书，"不交者以不愿再入学校论"，这才恍然大悟，发生无限的哀感，知道新妇女究竟还是老妇女，新方法究竟还是老方法，去光明非常辽远了。

女师大的学生，不是各省的学生么？那么故乡就多在远处，家长们怎么知道自己的女儿的境遇呢？怎么知道这就是威逼之后的勒令讨饶乞命的一幕呢？自然，她们可以将实情告诉家长的；然而杨荫榆已经以校长之尊，用了含胡的话向家长们撒下网罗了。

为了"品性"二字问题，曾有六个教员发过宣言②，证明杨氏的诬妄。这似乎很触着她的致命伤了，"据接近杨氏者言"，她说"风潮内幕，现已暴露，前如北大教员□□诸人之宣言，……近如所谓'市民'之演说。……"（六日《晨报》）直到现在，还以诬蔑学生的老手段，来诬蔑教员们。但仔细看来，是无足怪的，因为诬蔑是她的教育法的根源，谁去摇动它，自然就要得到被诬蔑的恶报。

---

① **杨氏致书学生家长** 1925年8月6日《晨报》报道，杨荫榆以校方名义向学生家长发出启事，称："兹为正本清源之计，将大学预科甲、乙两部，高师国文系三年级及大学教育预科一年级四班先行解散，然后分别调查，另行改组……奉上调查表两纸，希贵家长转告学生□□□严加考虑，择一填写……如逾期不交者，作为不愿再入学校论。"

② **六个教员发过宣言** 应为七个教员。指鲁迅与马裕藻、沈尹默、李泰棻、钱玄同、沈兼士、周作人等七教员联名发表的《对于北京女子师范大学风潮宣言》。

最奇怪的是杨荫榆请警厅派警的信，"此次因解决风潮改组各班学生诚恐某校男生来校援助恳请准予八月一日照派保安警察三四十名来校借资防护"云云，发信日是七月三十一日。入校在八月初，而她已经在七月底做着"男生来帮女生"的梦，并且将如此梦话，叙入公文，倘非脑里有些什么贵恙，大约总该不至于此的罢。我并不想心理学者似的来解剖思想，也不想道学先生似的来诛心，但以为自己先设立一个梦境，而即以这梦境来诬人，倘是无意的，未免可笑，倘是有意，便是可恶，卑劣；"学笈重洋，教鞭十载"①，都白糟蹋了。

我真不解何以一定是男生来帮女生。因为同类么？那么，请男巡警来帮的，莫非是女巡警？给女校长代笔的，莫非是男校长么？

"对于学生品性学业，务求注重实际"② 这实在是很可佩服的。但将自己夜梦里所做的事，都诬栽在别人身上，却未免和实际相差太远了。可怜的家长，怎么知道你的孩子遇到了这样的女人呢！

我说她是梦话，还是忠厚之辞；否则，杨荫榆便一钱不值；更不必说一群躲在黑幕里的一班无名的蛆虫！

八月六日

（原刊 1925 年 8 月 10 日《京报副刊》）

---

① "学笈重洋，教鞭十载"　杨荫榆《对于暴烈学生之感言》中的话，见 1925 年 5 月 20 日《晨报》报道。

② "对于学生品性学业，务求注重实际"　见 1925 年 8 月 4 日《京报》所刊《杨荫榆启事》。

文艺的大众化

　　文艺本应该并非只有少数的优秀者才能够鉴赏，而是只有少数的先天的低能者所不能鉴赏的东西。

　　倘若说，作品愈高，知音愈少。那么，推论起来，谁也不懂的东西，就是世界上的绝作了。

　　但读者也应该有相当的程度。首先是识字，其次是有普通的大体的知识，而思想和情感，也须大抵达到相当的水平线。否则，和文艺即不能发生关系。若文艺设法俯就，就很容易流为迎合大众，媚悦大众。迎合和媚悦，是不会于大众有益的。——什么谓之"有益"，非在本问题范围之内，这里且不论。

　　所以在现下的教育不平等的社会里，仍当有种种难易不同的文艺，以应各种程度的读者之需。不过应该多有为大众设想的作家，竭力来作浅显易解的作品，使大家能懂，爱看，以挤掉一些陈腐的劳什子。但那文字的程度，恐怕也只能到唱本那样。

　　因为现在是使大众能鉴赏文艺的时代的准备，所以我想，只能如此。

　　倘若此刻就要全部大众化，只是空谈。大多数人不识字；目下通行的白话文，也非大家能懂的文章；言语又不统一，若用方言，许多字是写不出的，即使用别字代出，也只为一处地方人所懂，阅读的范围反而收小了。

　　总之，多作或一程度的大众化的文艺，也固然是现今的急务。若是大规模的设施，就必须政治之力的帮助，一条腿是走不成路的，许多动听的话，不过文人的聊以自慰罢了。

（原刊 1930 年 3 月上海《大众文艺》第 2 卷第 3 期）

上海所感*

　　一有所感，倘不立刻写出，就忘却，因为会习惯。幼小时候，洋纸一到手，便觉得羊臊气扑鼻，现在却什么特别的感觉也没有了。初看见血，心里是不舒服的，不过久住在杀人的名胜之区，则即使见了挂着的头颅，也不怎么诧异。这就是因为能够习惯的缘故。由此看来，人们——至少，是我一般的人们，要从自由人变成奴隶，怕也未必怎么烦难罢。无论什么，都会惯起来的。

　　中国是变化繁多的地方，但令人并不觉得怎样变化。变化太多，反而很快的忘却了。倘要记得这么多的变化，实在也非有超人的记忆力就办不到。

　　但是，关于一年中的所感，虽然淡漠，却还能够记得一些的。不知怎的，好像无论什么，都成了潜行活动，秘密活动了。

　　至今为止，所听到的是革命者因为受着压迫，所以用着潜行，或者秘密的活动，但到一九三三年，却觉得统治者也在这么办的了。譬如罢，阔佬甲到阔佬乙所在的地方来，一般的人们，总以为是来商量政治的，然而报纸上却道并不为此，只因为要游名胜，或是到温泉里洗澡；外国的外交官来到了，它告诉读者的是也并非有什么外交问题，不过来看看某大名人的贵恙。但是，到底又总好像并不然。

　　用笔的人更能感到的，是所谓文坛上的事。有钱的人，给绑匪架去了，作为抵押品，上海原是常有的，但近来却连作家也往往不知所往。有些人说，那是给政府那面捉去了，然而好像政府那面的人们，却道并不是。然而又好像实在也还是在属于政府的什么机关里的样子。犯禁的书籍杂志的目录，是没有的，然而邮寄之后，也往往不知所往。假如是列宁的著作罢，那自然不足为奇，但《国木

* 本篇原用日文写作，原刊 1934 年 1 月 1 日日本大阪《朝日新闻》。后译成中文发表于 1934 年 9 月 25 日《文学新地》创刊号，题为《一九三三年上海所感》，译者署名石介。

田独步集》①有时也不行，还有，是亚米契斯②的《爱的教育》。不过，卖着也许犯忌的东西的书店，却还是有的，虽然还有，而有时又会从不知什么地方飞来一柄铁锤③，将窗上的大玻璃打破，损失是二百元以上。打破两块的书店也有，这回是合计五百元正了。有时也撒些传单，署名总不外乎什么什么团之类。

平安的刊物上，是登着莫索里尼或希特拉的传记，恭维着，还说是要救中国，必须这样的英雄，然而一到中国的莫索里尼或希特拉是谁呢这一个紧要结论，却总是客气着不明说。这是秘密，要读者自己悟出，各人自负责任的罢。对于论敌，当和苏俄绝交时，就说他得着卢布，抗日的时候，则说是在将中国的秘密向日本卖钱。但是，用了笔墨来告发这卖国事件的人物，却又用的是化名，好像万一发生效力，敌人因此被杀了，他也不很高兴负这责任似的。

革命者因为受压迫，所以钻到地里去，现在是压迫者和他的爪牙，也躲进暗地里去了。这是因为虽在军刀的保护之下，胡说八道，其实却毫无自信的缘故；而且连对于军刀的力量，也在怀着疑。一面胡说八道，一面想着将来的变化，就越加缩进暗地里去，准备着情势一变，就另换一副面孔，另拿一张旗子，从新来一回。而拿着军刀的伟人存在外国银行里的钱，也使他们的自信力更加动摇的。这是为不远的将来计。为了辽远的将来，则在愿意在历史上留下一个芳名。中国和印度不同，是看重历史的。但是，并不怎么相信，总以为只要用一种什么好手段，就可以使人写得体体面面。然而对于自己以外的读者，那自然要他们相信的。

我们从幼小以来，就受着对于意外的事情，变化非常的事情，绝不惊奇的教育。那教科书是《西游记》，全部充满着妖怪的变化。例如牛魔王呀，孙悟空呀……就是。据作者所指示，是也有邪正之分的，但总而言之，两面都是妖怪，所以在我们人类，大可以不必

---

① 《国木田独步集》　日本作家国木田独步的短篇小说集。夏丏尊译，开明书店1927年6月出版。国木田独步（1871—1908），著有诗集《武藏野》，小说《穷死》《酒中日记》等。其早期创作带有唯美倾向，后期注重表现社会问题，抨击日本政府穷兵黩武的扩张政策。

② 亚米契斯（Edmondode Amicis，1846—1908）　意大利作家。著有小说《心》《学校与家庭之间》等。《爱的教育》是《心》的中译名，夏丏尊译，开明书店1926年3月出版。

③ 从不知什么地方飞来一柄铁锤　这里所描述的事实指良友图书印刷公司、神州国光社等出版社遭暴徒袭击之事。参看本书《〈准风月谈〉后记》一文。

怎样关心。然而，假使这不是书本上的事，而自己也身历其境，这可颇有点为难了。以为是洗澡的美人罢，却是蜘蛛精；以为是寺庙的大门罢，却是猴子的嘴，这教人怎么过。早就受了《西游记》教育，吓得气绝是大约不至于的，但总之，无论对于什么，就都不免要怀疑了。

外交家是多疑的，我却觉得中国人大抵都多疑。如果跑到乡下去，向农民问路径，问他的姓名，问收成，他总不大肯说老实话。将对手当蜘蛛精看是未必的，但好像他总在以为会给他什么祸祟。这种情形，很使正人君子们愤慨，就给了他们一个徽号，叫作"愚民"。但在事实上，带给他们祸祟的时候却也并非全没有。因了一整年的经验，我也就比农民更加多疑起来，看见显着正人君子模样的人物，竟会觉得他也许正是蜘蛛精了。然而，这也就会习惯的罢。

愚民的发生，是愚民政策的结果，秦始皇已经死了二千多年，看看历史，是没有再用这种政策的了，然而，那效果的遗留，却久远得多么骇人呵！

十二月五日

（原刊 1934 年 1 月 1 日日本大阪《朝日新闻》，译文刊于 1934 年 9 月 25 日《文学新地》创刊号）

集外杂文

随　感　录

　　近日看到几篇某国①志士做的说被异族虐待的文章，突然记起了自己从前的事情。

　　那时候不知道因为境遇和时势或年龄的关系呢，还是别的原因，总最愿听世上爱国者的声音，以及探究他们国里的情状。波兰印度，文籍较多；中国人说起他的也最多；我也留心最早，却很替他们抱着希望。其时中国才征新军②，在路上时常遇着几个军士，一面走，一面唱道："印度波兰马牛奴隶性，……"③ 我便觉得脸上和耳轮同时发热，背上渗出了许多汗。

　　那时候又有一种偏见，只要皮肤黄色的，便又特别关心：现在的某国，当时还没有亡；所以我最注意的是芬阑斐律宾越南的事④，以及匈牙利的旧事⑤。匈牙利和芬阑文人最多，声音也最大；斐律宾只得了一本烈赛尔⑥的小说；越南搜不到文学上的作品，单见过一种他们自己做的亡国史⑦。

---

　　①　**某国**　似指朝鲜。朝鲜曾于 1910 年被日本并吞。

　　②　**新军**　清光绪二十一年（1895），在天津小站仿照欧美军制编练新式陆军，聘德国教官训练，初由胡燏棻主办，后袁世凯接手。与此同时，张之洞亦在江南聘德国教官编练"自强军"。这些军队当时称为"新军"。

　　③　**"印度波兰马牛奴隶性，……"**　指清末军歌、校歌中的歌词。如张之洞所作《军歌》："请看印度国土并非小，为奴为马不得脱牢笼。"《学堂歌》："波兰灭，印度亡，犹太遗民散四方。"

　　④　**芬阑斐律宾越南的事**　芬兰于 1809 年沦为俄国统治下的大公国，至苏联十月革命后才获得独立。菲律宾于 1865 年沦为西班牙殖民地，1898 年美西战争后又被美国占领，后于 1946 年独立。越南于 1884 年沦为法国殖民地，后于 1945 年独立。

　　⑤　**匈牙利的旧事**　匈牙利自 16 世纪起，先被土耳其侵占，后被奥地利吞并，至 1918 年才获得独立。

　　⑥　**烈赛尔**　一译厘沙路，今译黎萨尔（Jose Rizal，1861—1896），菲律宾作家、民族独立运动领袖。1892 年组织"菲律宾联盟"，推动民族独立运动。后被西班牙殖民当局杀害。著有小说《不许犯我》《起义者》等。

　　⑦　**他们自己做的亡国史**　即《越南亡国史》。越南维新人士潘福珠口述，新民丛报社社员编辑，上海广智书局 1914 年出版。

听这几国人的声音，自然都是真挚壮烈悲凉的；但又有一些区别：一种是希望着光明的将来，讴歌那簇新的复活，真如时雨灌在新苗上一般，可以兴起人无限清新的生意。一种是絮絮叨叨叙述些过去的荣华，皇帝百官如何安富尊贵，小民如何不识不知；末后便痛斥那征服者不行仁政。譬如两个病人，一个是热望那将来的健康，一个是梦想着从前的耽乐，而这些耽乐又大抵便是他致病的原因。

　　我因此以为世上固多爱国者，但也羼着些爱亡国者。爱国者虽偶然怀旧，却专重在现世以及将来。爱亡国者便只是悲叹那过去，而且称赞着所以亡的病根。其实被征服的苦痛，何止在征服者的不行仁政，和旧制度的不能保存呢？倘以为这是大苦，便未必是真心领得；不能真心领得苦痛，也便难有新生的希望。

　　（原未发表，约作于 1918 年 4 月至 1919 年 4 月间）

什么话?*

　　林传甲①撰《中华民国都城宜正名京华议》，其言曰："夫吾国建中华二字为国名。中也者，中道也；华也者，华族也；五色为华，以国旗为标帜，合汉满蒙回藏而大一统焉。中华民国首都，宜名之曰'京华'，取杜少陵'每依北斗望京华'之义。乔皇典雅，不似北京南京之偏于一方；比中京大都京师之名，尤乔为明切。盖都名与国名一致，虽海外之华侨，华工，华商，无不引领而顾瞻祖国也。"

　　林传甲撰《福建乡谈》②，有一条曰："福建林姓为巨族。其远源，则比干之子坚奔长林而得氏。明季林氏避日本者，亦为日本之大姓：如林董③林权助④之勋业，林衡⑤林鹤一⑥之学术。亦足征吾族之盛于东亚者也。"

　　又曰："日本维新，实赖福泽谕吉⑦之小说。吾国维新，归功林琴南畏庐小说，谁曰不宜？"

---

　　* 本篇系鲁迅为《新青年》"什么话"专栏辑述的文字。"什么话"专栏专门摘辑当时书刊上的各种荒谬言论。

　　① **林传甲**（1877—1921）　字归云，号奎腾，福建闽县（含福州）人，近代教育家、舆地方志学家。清末举人。光绪三十年（1904）为京师大学堂文科正教员，后入广西布政使张鸣岐幕府。三十四年（1908），黑龙江将军程德全奏调黑龙江办学，任提调职。辛亥革命后任黑龙江省教育科长。曾发起编纂《大中华地理志》，任总纂，著有各地方志多种，另著有《中国文学史》等。其《中华民国都城宜正名京华议》一文，刊于1916年9月出版的《地学杂志》第7年第8期。

　　② 《福建乡谈》　刊于1917年2月出版的《地学杂志》第8年第2期。

　　③ **林董**（1850—1913）　日本外交官。曾任日本驻华、俄、英等国公使，1906—1908年任日本外务大臣。

　　④ **林权助**（1860—1939）　日本外交官。清光绪十三年（1887）来华，任驻烟台随习领事。二十四年（1898）任驻华使馆参赞，后任公使。

　　⑤ **林衡**（？—1842）　日本教育家。

　　⑥ **林鹤一**（1873—1935）　日本数学家。

　　⑦ **福泽谕吉**（1834—1901）　日本明治时代的启蒙思想家、教育家。著有《文明论概略》《帝室论》等。

林纾译小说《孝友镜》① 有《译余小识》曰："此书为西人辨诬也。中人之习西者恒曰，男子二十一外，必自立。父母之力不能管约而拘挛之；兄弟各立门户，不相恤也。是名社会主义。国因以强。然近年所见，家庭革命，逆子叛弟接踵而起，国胡不强？是果真奉西人之圭臬？亦凶顽之气中于腑焦，用以自便其所为，与西俗胡涉？此书……父以友传，女以孝传，足为人伦之鉴矣。命曰《孝友镜》，亦以醒吾中国人勿诬人而打妄语也。"

唐熊②撰《国粹画源流》有曰："……孰知欧亚列强方广集名流，日搜致我国古来画事，以供众人之博览；俾上下民庶悉心参考制作，以致艺术益精。虽然，彼欧洲之人有能通中国文字语言，而未有能通中国之画法者，良以斯道进化，久臻神化，实予彼以不能学。此足以自豪者也。"

（原刊 1919 年 2 月 15 日《新青年》第 6 卷第 2 号）

---

① 《孝友镜》 林纾所译比利时作家恩海贡斯翁士（1812—1883）所著长篇小说。

② 唐熊（1892—?） 字吉生，新安（今安徽歙县）人，画家。曾任上海图画美术学校教员。其《国粹画源流》一文，刊于 1918 年 11 月出版的《美术杂志》第 1 期。

拳术与拳匪

此信①单是呵斥，原意不需答复，本无揭载的必要；但末后用了"激将法"，要求发表，所以便即发表。既然发表，便不免要答复几句了。

来信的最大误解处，是我所批评的是社会现象，现在陈先生根据了来攻难的，却是他本身的态度。如何是社会现象呢？本志前号《克林德碑》②篇内已经举出：《新武术》③序说，"世界各国，未有愈于中华之新武术者。前庚子变时，民气激烈……"序中的庚子，便是《随感录》所说的一千九百年，可知对于"鬼道主义"明明大表同情。要单是一人偶然说了，本也无关重要；但此书是已经官署审定，又很得教育家欢迎，——近来议员④又提议推行，还未知是否同派，——到处学习，这便是的确成了一种社会现象；而且正是"鬼道主义"精神。我也知道拳术家中间，必有不信鬼道的人；但既然不见出头驳斥，排除谬见，那便是为潮流遮没，无从特别提开。臂如说某地风气闭塞，也未必无一二开通的人，但记载批评，总要

---

① **此信** 指陈铁生为反诘鲁迅《随感录·三十七》致《新青年》编辑部的一封信。按：陈铁生，即陈绍枚（生卒年未详），字铁生，广东信宜人。早年曾参加南社。著有《喉症良方》等。

② **《克林德碑》** 陈独秀的文章，刊于 1918 年 11 月出版的《新青年》第 5 卷第 5 号。按：克林德，德国驻华公使，1900 年被义和团毙于北京西总布胡同。1902 年清政府被迫按《辛丑条约》的屈辱性规定，在他毙命之处建立"克林德碑"。1918 年，德国在第一次世界大战中战败后，此碑被拆迁至中央公园（今中山公园），改建为"公理战胜"牌坊。

③ **《新武术》** 即《中华新武术》，马良主编。马良（1878—1947），早年为北洋军人，曾任济南镇守使。1914 年在济南成立武术技术传习所，推广《中华新武术》。抗战时附逆，为济南维持会长，1938 年 3 月出任日伪山东省省长，1940 年 3 月任日伪华北政务委员会委员。抗战胜利后以汉奸罪入狱，死在狱中。

④ **议员** 指众议院议员王讷。1917 年 3 月 22 日，他提出的《推广中华新武术建议案》经众议院表决通过。

据大多数立言，这一二人决遮不了大多数。所以个人的态度，便推翻不了社会批评；这《随感录》第三十七条，也仍然完全成立。

其次，对于陈先生主张的好处，也很有不能"点头"的处所，略说于下：

蔡先生①确非满清王公，但现在是否主持打拳，我实不得而知。就令正在竭力主持，我亦以为不对。

陈先生因拳术医好了老病，所以赞不绝口；照这样说，拳术亦只是医病之术，仍无普及的必要。譬如乌头，附子，虽于病有功，亦不必人人煎吃。若用此医相类之病，自然较有理由；但仍须经西医考查研究，多行试验，确有统计，才可用于医疗。不能因一二人偶然之事，便作根据。

技击术的"起死回生"和"至尊无上"，我也不能相信。东瀛的"武士道"，是指武士应守的道德，与技击无关。武士单能技击，不守这道德，便是没有武士道。中国近来每与柔术混作一谈，其实是两件事。

美国新出"北拳对打"，亦是情理上能有的事，他们于各国的书，都肯翻译；或者取其所长，或者看看这些人如何思想，如何举动：这是他们的长处。中国一听得本国书籍，间有译了外国文的，便以为定然宝贝，实是大误。

Boxing②的确是外国所有的字，但不同中国的打拳；对于中国可以说是"不会"。正如拳匪作Boxer③，也是他们本有的字；但不能因有此字，便说外国也有拳匪。

陆军中学里，我也曾见他们用厚布包了枪刃，互相击刺，大约确是枪剑术；至于是否逃不出中国技击范围，"外行"实不得而知。但因此可悟打仗冲锋，当在陆军中教练，正不必小学和普通中学都来练习。

总之中国拳术，若以为一种特别技艺，有几个自己高兴的人，自在那里投师练习，我是毫无可否的意见；因为这是小事。现在所以反对的，便在：（一）教育家都当作时髦东西，大有中国人非此不可之概；（二）鼓吹的人，多带着"鬼道"精神，极有危险的豫兆。

---

① **蔡先生** 指蔡元培。

② **Boxing** 英语：拳击。

③ **Boxer** 英语：拳击运动员。欧美人曾用这个词称呼义和团的拳民。

所以写了这一条随感录，倘能提醒几个中国人，则纵令被骂为"刚毅①之不如"，也是毫不介意的事。

三月二日，鲁迅

（原刊 1919 年 2 月 15 日《新青年》第 6 卷第 2 号）

拳术与拳匪

———————

① **刚毅**（1837—1900）　满洲镶蓝旗人，晚清大臣。官至工部尚书、协办大学士。曾利用义和团的拳术推行排外政策。

"生降死不降"

　　大约十五六年以前，我竟受了革命党的骗了。

　　他们说：非革命不可！你看，汉族怎样的不愿意做奴隶，怎样的日夜想光复，这志愿，便到现在也铭心刻骨的。试举一例罢，——他们说——汉人死了入殓的时候，都将辫子盘在顶上，像明朝制度，这叫做"生降死不降"！

　　生降死不降，多少悲惨而且值得同情呵。

　　然而近几年来，我的迷信却破裂起来了。我看见许多讣文上的人，大抵是既未殉难，也非遗民，和清朝毫不相干的；或者倒反食过民国的"禄"。而他们一死，不是"清封朝议大夫①"，便是"清封恭人②"，都到阴间三跪九叩的上朝去了。

　　我于是不再信革命党的话。我想：别的都是诳，只是汉人有一种"生降死不降"的怪脾气，却是真的。

五月五日

（原刊 1921 年 5 月 6 日《晨报副刊》）

---

　　① **朝议大夫**　清代从四品文职官员封赠之阶。参看本书《我才知道》一文"清封什么大夫"注条。

　　② **恭人**　清代四品官员夫人的封赠。参看本书《我才知道》一文"清封什么人"注条。

名　字

我看了几年杂志和报章，渐渐的造成一种古怪的积习了。

这是什么呢？就是看文章先看署名。对于这署名，并非积极的专寻大人先生，而却在消极的这一方面。

一，自称"铁血""侠魂""古狂""怪侠""亚雄"之类的不看。

二，自称"鲽栖""鸳精""芳侬""花怜""秋瘦""春愁"之类的又不看。

三，自命为"一分子"，自谦为"小百姓"，自鄙为"一笑"之类的又不看。

四，自号为"愤世生""厌世主人""救世居士"之类的又不看。

如是等等，不遑枚举，而临时发生，现在想不起的还很多。有时也自己想：这实在太武断，太刚愎自用了；倘给别人知道，一定要摇头的。

然而今天看见宋人俞成先生的《萤雪丛说》①里的一段话，却连我也大惊小怪起来。现在将他抄出在下面：

> 今人生子，妄自尊大：多取文武富贵四字为名，不以睎贤为名，则以望回为名，不以次韩为名，则以齐愈为名，甚可笑也！古者命名，多自贬损：或曰愚，或曰鲁，或曰拙，曰贱，皆取谦抑之义也；如司马氏幼字犬子，至有慕名野狗，何尝择称呼之美哉?! 尝观进士同年录：江南人习尚机巧，故其小名多是好字，足见自高之心；江北人大体任真，故其小名多非佳字，足见自贬之意。若夫雁塔之题，当先正名，垂于不朽！

---

① 《萤雪丛说》　笔记，宋代俞成撰。以下引文见该书卷一"人之小名"条，文中"睎贤"原作"睎颜"。

看这意思，似乎人们不自称猪狗，俞先生便很不高兴似的。我于以叹古人之高深为不可测，而我因之尚不失为中庸也，便发生了写出这一篇的勇气来。

五月五日

（原刊 1921 年 5 月 7 日《晨报副刊》）

对于"笑话"的笑话

范仲澐①先生的《整理国故》是在南开大学的讲演，但我只看见过报章上所转载的一部分，其第三节说：

> ……近来有人一味狐疑，说禹不是人名，是虫名，我不知道他有什么确实证据？说句笑话罢，一个人谁是眼睁睁看明自己从母腹出来，难道也能怀疑父母么？

第四节就有这几句：

> 古人著书，多用两种方式发表：（一）假托古圣贤，（二）本人死后才付梓。第一种人，好像吕不韦②将孕妇送人，实际上抢得王位……

我也说句笑话罢，吕不韦的行为，就是使一个人"也能怀疑父母"的证据。

（原刊 1924 年 1 月 17 日《晨报副刊》）

---

① **范仲澐** 即范文澜（1891—1969），字仲澐，浙江绍兴人，历史学家。北京大学毕业。曾任南开大学、北京大学、北京师范大学教授。1940 年去延安。著有《中国通史简编》《文心雕龙注》等。

② **吕不韦**（？—前235） 战国末年卫国濮阳（今河南濮阳）人。秦庄襄王时任秦相国，以后秦始皇幼年继位，他以相国执掌朝政，称"仲父"。相传，他早年在赵国邯郸经商时，曾将已有身孕的家姬送给在赵国作人质的秦公子异人，生嬴政（即秦始皇），公子异人就是后来的秦庄襄王。

奇怪的日历

我在去年买到一个日历，大洋二角五分，上印"上海魁华书局印行"，内容看不清楚，因为用薄纸包着的，我便将他挂在柱子上。

从今年一月一日起，我一天撕一张，撕到今天，可突然发见他的奇怪了，现在就抄七天在下面：

一月二十三日　土曜日① 星期三　宜祭祀会亲友结婚姻

又　二十四日　金曜日　星期四　宜沐浴扫舍宇

又　二十五日　金曜日　星期五　宜祭祀

又　二十六日　火曜日　星期六

又　二十七日　火曜日　星期日　宜祭祀……

又　二十八日　水曜日　星期一　宜沐浴剃头捕捉

又　二十九日　水曜日　星期二

我又一直看到十二月三十一日，终于没有发见一个日曜日和月曜日。

虽然并不真奉行，中华民国之用阳历②，总算已经十三年了，但如此奇怪的日历，先前却似乎未曾出现过，岂但"宜剃头捕捉"，表现其一年一年的加增昏谬而已哉！

一三，一，二三，北京

（原刊 1924 年 1 月 27 日《晨报副刊》）

---

① **土曜日**　旧时有一种源自古代巴比伦的历法，称七曜历，以日、月和火、水、木、金、土五星表示一个星期的七天。"土曜日"应为星期六。

② **中华民国之用阳历**　1912 年 2 月 17 日，袁世凯以"新举临时大总统"名义发布通告："自阴历壬子年正月初一日起，所有内外文武官行用公文一律改用阳历。"

文学救国法

我似乎实在愚陋，直到现在，才知道中国之弱，是新诗人叹弱①的。为救国的热忱所驱策，于是连夜揣摩，作文学救国策。可惜终于愚陋，缺略之处很多，尚希博士学者，进而教之，幸甚。

一，取所有印刷局的感叹符号的铅粒和铜模，全数销毁；并禁再行制造。案此实为长吁短叹的发源地，一经正本清源，即虽欲"缩小为细菌放大为炮弹"而不可得矣。

二，禁止扬雄《方言》②，并将《春秋公羊传》《穀梁传》③ 订正。案扬雄作《方言》而王莽篡汉，公谷解《春秋》间杂土话而嬴秦亡周，方言之有害于国，明验彰彰哉。扬雄叛臣，著作应即禁止，公谷传拟仍准通行，但当用雅言，代去其中胡说八道之土话。

三，应仿元朝前例，禁用衰飒字样三十字，仍请学者用心理测验及统计法，加添应禁之字，如"哩""哪"等等；连用之字，亦须明定禁例，如"糟"字准与"粕"字连用，不准与"糕"字连用；"阿"字可用于"房"字之上或"东"字之下④，而不准用于"呀"字之上等等；至于"糟鱼糟蟹"，则在雅俗之间，用否听便，但用者仍不得称为上等强国诗人。案言为心声，岂可衰飒而俗气乎？

四，凡太长，太矮，太肥，太瘦，废疾，老弱者均不准做诗。案健全之精神，宿于健全之身体，身体不强，诗文必弱，诗文既弱，

---

① **新诗人叹弱** 指心理学家张耀翔对新诗多用惊叹号的心理分析。见本书《又是"古已有之"》一文"缩小像细菌放大像炮弹"注条。

② 《方言》 汉代扬雄裒辑当时各地方言和异体字编纂的辞书。

③ 《春秋公羊传》《穀梁传》 均为战国时儒士解释《春秋》的经籍。旧传《公羊传》为齐人公羊高所撰，《穀梁传》为鲁人谷梁赤所撰。二书多用齐鲁方言。

④ **"阿"字可用于"房"字之上或"东"字之下** "阿"字用于"房"字之上，即"阿房"，秦始皇建造的阿房宫。用于"东"字之下，即"东阿"，春秋时鲁国的一处地名，即今山东阳谷阿城镇。

国运随之，故即使善于欢呼，为防微杜渐计，亦应禁止妄作。但如头痛发热，伤风咳嗽等，则只须暂时禁止之。

五，有多用感叹符号之诗文，虽不出版，亦以巧避检疫或私藏军火论。案即防其缩小而传病，或放大而打仗也。

（原刊 1924 年 10 月 2 日《晨报副刊》）

《走到出版界》*的"战略"

"他（鲁迅）的战略是'暗示'，我的战略是'同情'。"

——长虹①——

狂飙社广告②

……与思想界先驱者鲁迅及少数最进步的青年合办《莽原》……

"鲁迅是一个深刻的思想家，同时代的人没有及得上他的。"

"…………"

"我们思想上的差异本来很甚，但关系毕竟是好的。《莽原》便是这样好的精神的表现。"

"…………"

"但如能得到你的助力，我们竭诚地欢喜。"

"…………"

"但他说不能做批评，因为他向来不做批评，因为他觉得自己是党同伐异的。我以为他这种态度是很好的。但是，如对于做批评的朋友，却要希望他党同伐异，便至少也是为人谋而不忠了！"

"…………"

"已经成名的人，我想能够得到他们的帮助便是很好的了。鲁迅

---

* 《走到出版界》 当时《狂飙》周刊开设的一个专栏，由高长虹撰稿。这个栏目的文章后于1928年7月由上海泰东书局出版单行本，列为狂飙丛书第二种。

① 长虹 即高长虹（1898—1956?），原名仰愈，山西盂县人，现代作家。1924年到北京，组织狂飙社，编辑《狂飙周刊》。1930年留学日本，后赴德国、法国。抗战爆发后回国，20世纪40年代初去延安。1946年往东北解放区。著有《心的探险》《光与热》《给——》等。他在1924年12月结识鲁迅，得到鲁迅扶持，曾为鲁迅主编的《莽原》半月刊主要撰稿人之一。1926年下半年后与鲁迅反目为仇。本文中引述的文字均出自《走到出版界》和他给鲁迅的信。

② 狂飙社广告 这则广告刊登于1926年8月出版的《新女性》月刊第1卷第8号。

当初提议办《莽原》的时候，我以为他便是这样态度。但以后的事实却……只证明他想得到一个'思想界的权威者'的空名便够了！同他反对的话都不要说，……而他还不以为他是受了人的帮助，有时倒反疑惑是别人在利用他呢？"

"…………"

"于是'思想界权威者'的大广告便在《民报》上登出来了。我看了真觉'瘟臭'痛惋而且呕吐。"

"…………"

"须知年龄尊卑，是乃父乃祖们的因袭思想，在新的时代是最大的阻碍物。鲁迅去年不过四十五岁，……如自谓老人，是精神的堕落！"

"…………"

"直到实际的反抗者从哭声中被迫出校后，……鲁迅遂戴其纸糊的权威者的假冠入于身心交病之状况矣！"

> 所谓"思想界先驱者"鲁迅启事①
> ……而狂飙社一面又锡以第三顶"纸糊的假冠"，真是头少帽多，欺人害己……

"未名社诸君的创作力，我们是知道的，在目前并不十分丰富。所以，《莽原》自然要偏重介绍的工作了……。但这实际上也便是《未名半月刊》了。如仍用《莽原》的名义，便不免有假冒的嫌疑。"

"…………"

"至少亦希望彼等勿挟其历史的势力，而倒卧在青年的脚下以行其绊脚石式的开倒车狡计，亦勿一面介绍外国作品，一面则蝎子撩尾以中伤青年作者的毫兴也！"

"…………"

"正义：我来写光明日记——救救老人！

不再吃人的老人或者还有？

救救老人！！！"

"…………"

"请大家认清界限——到'知其故而不能言其理'时，用别的方

---

① **所谓"思想界先驱者"鲁迅启事** 这是鲁迅刊登在 1926 年 12 月出版的《莽原》半月刊第 23 期上的启事。

法来排斥新思想，那便是所谓开倒车，如林琴南，章士钊之所为是也。我们希望《新青年》时代的思想家不要再学他们去！"

"⋯⋯⋯⋯"

正义：我深望彼等觉悟，但恐不容易吧！

"公理：我即以其人之道反诸其人之身。"

二二，一二，一九二六。鲁迅掠。

（原刊 1927 年 1 月 8 日《语丝》周刊第 113 期）

新的世故

一 "普通的批评看去像广告"①

"批评工作的开始。所批评的作品，现在也大概举出几种如下：——

> 《女神》《呐喊》《超人》《彷徨》《沉沦》《故乡》《三个叛逆的女性》《飘渺的梦》《落叶》《荆棘》《咖啡店之一夜》《野草》《雨天的书》《心的探险》

此项文字都只在《狂飙周刊》上发表，现在也说不定几期可发表几篇，一切都决于我的时间的分配。"

二 "这里的广告却是批评"？

党同："《心的探险》。实价六角。长虹的散文及诗集。将他的以虚无为实有，而又反抗这实有的精悍苦痛的战叫，尽量地吐露着。鲁迅选并画封面。"

伐异："我早看过译出的一部分《察拉图斯德拉如是说》和一本《工人绥惠略夫》。"

三 "幽默与批评的冲突"

批评：你学学亚拉借夫②！你学学哥哥尔③！你学学罗曼罗兰！……

---

① **"普通的批评看去像广告"** 本标题及以下引号内的文字，均出自高长虹在《狂飙》周刊上的《走到出版界》专栏文章及其他各文。

② **亚拉借夫** 鲁迅所译俄国作家阿尔志跋绥夫小说《工人绥惠略夫》中的一个人物。

③ **哥哥尔** 今译果戈理。

幽默：前清的世故老人纪晓岚[①]的笔记里有一段故事，一个人想自杀，各种鬼便闻风而至，求作替代。缢鬼劝他上吊，溺鬼劝他投池，刀伤鬼劝他自刎。四面拖曳，又互相争持，闹得不可开交。那人先是左不是，右不是，后来晨鸡一叫，鬼们都一哄而散，他到底没有死成，仔细一想，索性不自杀了。

批评：唉，唉，我真不能不叹人心之死尽矣。

四 新时代的月令

八月，鲁迅化为"思想界先驱者"。

十一月，"思想界先驱者"化为"绊脚石"。

传曰：先驱云者，鞭之使冲锋，所谓"他是受了人的帮助"也。不受"帮助"，于是"绊"矣。脚者，所谓"我们"之脚，非他们之脚也。其化在十二月，而云十一月者何，倒填年月也。

五 世故与绊脚石

世故：不要再写，中了计，反而给他们做广告。

石：不管。被做广告，由来久矣。

世故：那么，又做了背广告的"先驱者"了。

石：不，有时也"绊脚"的。

六 新旧时代和新时代间的冲突

新时代：我是青年，所以公理在我这里。

旧时代：我是前辈，所以公理在我这里。

新时代：须知年龄尊卑，是乃父乃祖们的因袭思想，在新的时代是最大的阻碍物。

七 希望与科学的冲突

希望：勿蝎子撩尾以中伤青年作者的毫兴也。

科学："生存竞争，天演公例"，是彪门书局出版的一本课本上就有的。"

---

① **纪晓岚** 即纪昀（1724—1805），字晓岚，直隶献县（今属河北）人，清代大臣、文学家。乾隆进士，官至礼部尚书、协办大学士。曾任《四库全书》总纂。有《纪文达公遗集》存世，另撰有《阅微草堂笔记》。

八　给……①

见面时一谈，

不见面时一战。

在厦门的鲁迅，

说在湖北的郭沫若骄傲，

还说了好几回，在北京。

倘不信，有科学的耳朵为证。

但到上海才记起来了，

真不能不早叹人心之死尽矣！

幸而新发见了近地的蔡孑民先生之雅量

和周建人先生为科学作战。

九　自由批评家走不到的出版界

光华书局②。

十　忽而"认清界限"

以上也许近乎"蝎子撩尾"。倘是蝎子，要它不撩尾，"希望"是不行的，正如希望我之到所谓"我们的新时代"去一样，惟一的战略是打杀。

不过打的时候，须有说它要螫我，它是异类的小勇气。倘若它要螫"公理"和"正义"，所以打，那就是还未组织成功的科学家的话，在旧时代尚且要觉得有些支离。

知其故而言其理，极简单的：争夺一个《莽原》；或者，《狂飙》③代了《莽原》。仍旧是天无二日，惟我独尊的酋长思想。不过"新时代的青年作者"却又似乎深恶痛疾这思想，而偏从别人的"心"里面看出来。我做了一篇《论他妈的》是真的，"论"而已

---

① **给……**　原为高长虹一组情诗的标题。本节文字均辑自高长虹发表在《狂飙》周刊上的文章，或略作改动。

② **光华书局**　沈松泉、张静庐等人于 1925 年在上海开设的出版社，以出版新文学作品为主，还出版发行一些新文艺杂志。当时高长虹主编的《狂飙》周刊和后来鲁迅主编的《萌芽月刊》都由该书局印行。

③ **《狂飙》**　狂飙社主办的文艺周刊，高长虹主编。1924 年 11 月在北京创刊，出至第 11 期停刊。后于 1926 年 10 月在上海复刊，由光华书局出版发行，次年 1 月停刊。

矣，并不说这话是我所发明，现在却又在力争这发明的荣誉①了。

因为稿件的纠葛②，先前我曾主张将《莽原》半月刊停止或改名；现在却不这样了，还是办下去，内容也像第一年一样。也并没有作什么"运动"③的豪兴，不过是有人做，有人译，便印出来，给要看的人看，不要看的自然会不看它，以前的印《乌合丛书》④也是这意思。

创作翻译和批评，我没有研究过等次，但我都给以相当的尊重。对于常被奚落的翻译和介绍，也不轻视，反以为力量是非同小可的。我译了几种书，就会有一个中国的绥惠略夫出现，倘译一部世界史，不就会有许多拟中外古今的大人物猬集一堂么。但我想不干这件事。否则，拿破仑要我帮同打仗，秦始皇要我帮同烧书，科仑布⑤拉去旅行，梅特涅⑥加以压制，一个人撕得粉碎了。跟了一面，其余的英雄们又要造谣。

创作难，翻译也不易。批评，我不知道怎样，自己是不会做，却也不"希望"别人不做。大叫科学，斥人不懂科学，不就是科学；翻印几张外国画片，不就是新艺术，这是显而易见的。称为批评，不知道可能就是批评，做点杂感尚且支离，则伟大的工作也不难推见。"听见他怎么说"，"他'希望'怎样"，"他'想'怎样"，"他脸色怎样"，……还不如做自由新闻罢。

不过这也近乎蝎子撩尾，不多谈；但也不要紧。尼采先生说过，大毒使人死，小毒是使人舒服的。最无聊的倒是缠不清。我不想螫死谁，也不想绊某一只脚，如果躺在大路上，阻了谁的路了，情愿

---

① **力争这发明的荣誉** 高长虹以为在文章里使用"他妈的"三字，是他的首创。因鲁迅早就写过《论"他妈的"!》一文，高长虹便称"予生也晚"云云（见《走到出版界·一九二五年北京出版界形式指掌图》，1926年11月7日《狂飙》周刊第5期）。

② **稿件的纠葛** 指狂飙社成员与《莽原》半月刊发生的稿件纠葛。1926年韦素园接编《莽原》时，未采用狂飙社成员高歌、向培良等人的几篇稿件，高长虹大为不满，在《狂飙》周刊上发表两封公开信，对鲁迅和韦素园进行指责。

③ **"运动"** 指高长虹和狂飙社同人倡言的"狂飙运动"。狂飙运动，又称狂飙突进运动，原为18世纪后期德国的一个文学流派，因德国作家克林格尔的剧本《狂飙突进》得名。以反对封建伦理、提倡个性解放为主旨。当时德国的一些著名作家如歌德、席勒、赫尔德等都是狂飙运动的中坚人物。

④ **《乌合丛书》** 鲁迅编辑的一套创作丛书，1926年由北新书局出版。

⑤ **科仑布** 今译哥伦布。

⑥ **梅特涅**（1773—1859） 奥地利帝国首相。于1814—1815年维也纳会议期间组织"神圣同盟"，企图恢复欧洲封建专制统治。后于1848年革命时被迫下台。

力疾爬开，而且从速。但倘若我并不躺在大路上，而偏有人绕到我背后，忽然用作前驱，忽然斥为绊脚，那可真是"闭门家里坐，祸从天上来"，有些知其故而不欲言其理了。

本来隐姓埋名的躲着，未曾登报招贤，也没有奔走求友，而终于被人查出，并且来访了。据"世故"所训示：青年们说，不见，是摆架子。于是乎见。有的是一见而去了；有的是提出各种要求，见我无能为力而去了；有的是不过谈谈闲天；有的是播弄一点是非；有的是不过要一点物质上的补助；有的却这样那样，纠缠不清，知有己而不知有人，硬要将我造成合于他的胃口的人物。从此我就添了一门新功课，除陪客之外，投稿，看稿，绍介，写回信，催稿费，编辑，校对。但我毫无不平，有时简直一面吃药，一面做事，就是长虹所笑为"身心交病"的时候。我自甘这样用去若干生命，不但不以生命来放阎王债，想收得重大的利息，而且毫不希望一点报偿。有人要我做一回踏脚而升到什么地方去，也可以的，只希望不要踏不完，又不许别人踏。

然而人究竟不是一块踏脚石或绊脚石，要动转，要睡觉的；又有个性，不能适合各个访问者的胃口。因此，凡有人要我代说他所要说的话，攻击他所敌视的人的时候，我常说，我不会批评，我只能说自己的话，我是党同伐异的。的确，我还没有寻到公理或正义。就是去年的和章士钊闹，我何尝说是自己放出批评的眼光，环顾中国，比量是非，断定他是阻碍新文化的罪魁祸首，于是啸聚义师，厉兵秣马，天戈直指，将以澄清天下也哉？不过意见和利害，彼此不同，又适值在狭路上遇见，挥了几拳而已。所以，我就不挂什么"公理正义"，什么"批评"的金字招牌。那时，以我为是者我辈，以章为是者章辈；即自称公正的中立的批评之流，在我看来，也是以我为是者我辈，以章为是者章辈。其余一切等等，照此类推。再说一遍：我乃党同而伐异，"济私"而不"假公"，零卖气力而不全做牺牲，敢卖自己而不卖朋友，以为这样也好者不妨往来，以为不行者无须劳驾；也不收策略的同情，更不要人布施什么忠诚的友谊，简简单单，如此而已。

至于被利用呢，倒也无妨。有些人看见这字面，就面红耳赤，觉得扫了豪兴了，我却并不以为有这样坏。说得好看一点，就是"帮助"。文字上这样的玩艺儿是颇多的。"互相利用"也可以说"互助"；"妥协"，"调和"，都不好看，说"让步"就冠冕。但现在姑且称为帮助罢。叫我个人帮一点忙，是可以的，就是利用，也毫无反感；只是不要间接涉及别的人。八月底我到上海，看见狂飙社广告，连《未名丛刊》①和《乌合丛书》都算作"狂飙运动"的工作了。我颇诧异，说：这广告大约是长虹登的罢，连《未名》和《乌合》都拉扯上，未免太会利用别个了，不应当的。因为这两种书，是只因由我编印，要用相似的形式，所以立了一个名目，书的著者译者，是不但并不互相认识，有几个我也只见过两三回。我不能骗取了他们的稿子，合成丛书，私自贩卖给别一个团体。

接着，在北京的《莽原》的投稿的纠葛发生了，在上海的长虹便发表一封公开信，要在厦门的我说一句话。这是只要有一点常识，就知道无从说起的，我并非千里眼，怎能见得这么远。我沉默着。但我也想将《莽原》停刊或别出。然而青年作家的豪兴是喷泉一般的，不久，在长虹的笔下，经我译过他那作品的厨川白村②便先变了灰色，我是从"思想深刻"一直掉到只有"世故"，而且说是去年已经看出，不说坦白的话了。原来我至少已被播弄了一年！

这且由他去罢。生病也算是笑柄了，年龄也成了大错处了，然而也由他。连别人所登的广告，也是我的罪状了；但是自己呢，也在广告上给我加上一个头衔。这样的双岔舌头，是要螫一下的，我就登一个《所谓"思想界先驱者"鲁迅启事》。

这一下螫出"新时代富于人类同情"的幽默来了，有公理和正义的谈话——

> 不再吃人的老人或者还有？
> 救救老人！！！

还有希望——

> 至少亦希望彼等勿挟其历史的势力，而倒卧在青年的脚下以行其绊脚石式的开倒车的狡计，亦勿一面介绍外国作品，一

---

① 《未名丛刊》　鲁迅编辑的一套译文丛书，初由北新书局出版，1925年未名社成立后改由该社出版。

② 厨川白村（1880—1923）　日本文学批评家。曾为京都大学教授。所著《苦闷的象征》《出了象牙之塔》二书，曾由鲁迅译成中文。

面则蝎子撩尾以中伤青年作者的毫兴也！

这两段只要将"介绍外国作品"改作"挂着批评招牌"，就可以由未名社赠给他自己。

其实，先驱者本是容易变成绊脚石的。然而我幸不至此，因为我确是一个平凡的人；加以对于青年，自以为总是常常避道，即躺倒，跨过也很容易的，就因为很平凡。倘有人觉得横亘在前，乃是因为他自己绕到背后，而又眼小腿短，于是别的就看不见，走不开，从此开口鲁迅，闭口鲁迅，做梦也是鲁迅；文字里点几点虚线，也会给别人从中看出"鲁迅"两字来。连在泰东书局看见老先生问鲁迅的书，自己也要嘟哝着《小说史略》之类我是不要看。这样下去，怕真要成"鲁迅狂"了。病根盖在肝，"以其好喝醋也"。

只要能达目的，无论什么手段都敢用，倒也还不失为一个有些豪兴的青年。然而也要有敢于坦白地说出来的勇气，至少，也要有自己心里明白的勇气，费笔费墨，费纸费寿，归根结蒂，总逃不出争夺一个《莽原》的地盘，要说得冠冕一点，就是阵地。中国现在道路少，虽有，也很狭，"生存竞争，天演公例"，须在同界中排斥异己，无论其为老人，或同是青年，"取而代之"，本也无足怪的，是时代和环境所给与的运命。

但若满身挂着什么并不懂得的科学，空壳的人类同情，广告式的自由批评，新闻式的记载，复制铜版的新艺术，则小范围的"党同伐异"的真相，虽然似乎遮住，而走向新时代的脚，却绊得跨不开了。

这过误，在内是因为太要虚饰，在外是因为太依附或利用了先驱。但也都不要紧。只要唾弃了那些旧时代的好招牌，不要忽而不敢坦白地说话，则即使真有绊脚石，也就成为踏脚石的。

我并非出卖什么"友谊"或"同情"，无论对于识者或不识者都就是这样说。

一九二六，十二，二四

（原刊 1927 年 1 月 15 日《语丝》周刊第 114 期）

庆祝沪宁克复*的那一边

　　在广州，我觉得纪念和庆祝的盛典似乎特别多。这是当革命的进行和胜利中，一定要有的现象。沪宁的克复，在看见电报的那天，我已经一个人私自高兴过两回了。这"别人出力我高兴"的报应之一，是搜索枯肠，硬做文章的苦差使。其实，我于做这等事，是不大合宜的，因为动起笔来，总是离题有千里之远。即如现在，何尝不想写得切题一些呢，然而还是胡思乱想，像样点的好意思总像断线风筝似的收不回来。忽然想到昨天在黄埔①看见的几个来投学生军的青年，才知道在前线上拼命的原来是这样的人；自己在讲堂上胡说了几句便骗得听众拍手，真是应该羞愧。忽而想到十六年前也曾克复过南京②，还给捐躯的战士立了一块碑，民国二年后，便被张勋毁掉了，今年顷又可以重立。忽而又想到香港《循环日报》③上所载李守常④在北京被捕的消息，他的圆圆的脸和中国式的下垂的黑胡子便浮在眼前，不知道他现在怎么样。

　　黑暗的区域里，反革命者的工作也正在默默地进行，虽然留在后方的是呻吟，但也有一部分人们高兴。后方的呻吟与高兴固然大不相同，然而无裨于事是一样的。最后的胜利，不在高兴的人们的多少，而在永远进击的人们的多少，记得一种期刊⑤上，曾经引有列

---

　　*　**沪宁克复**　指1927年3月22日上海工人第三次武装起义成功，及同月24日北伐军攻克南京。

　　①　**黄埔**　指中国国民党陆军军官学校。因校址在广州黄埔长洲岛，简称黄埔军校。1924年6月，孙中山改组国民党后创建该校。蒋介石任校长，共产党人周恩来、叶剑英等曾参与该校工作。

　　②　**十六年前也曾克复过南京**　指1911年12月辛亥革命时期革命军攻克南京。

　　③　**《循环日报》**　清末翻译家王韬1874年在香港创办的中文报纸。

　　④　**李守常**　即李大钊，字守常。

　　⑤　**一种期刊**　指《少年先锋》旬刊，中国共产主义青年团广东区委会机关刊物，李求实（伟森）主编。1926年9月1日在广州创刊，次年4月中旬停刊。

宁的话：

> 第一要事是，不要因胜利而使脑筋昏乱，自高自满；第二要事是要巩固我们的胜利，使他长久是属于我们的；第三要事是，准备消灭敌人因为现在敌人只是被征服了，而距消灭的程度还远得很。

俄国究竟是革命的世家，列宁究竟是革命的老手，不是深知道历来革命成败的原因，自己又积有许多经验，是说不出来的。先前，中国革命者的屡屡挫折，我以为就因为忽略了这一点。小有胜利，便陶醉在凯歌中，肌肉松懈，忘却进击了，于是敌人便又乘隙而起。

前年，我作了一篇短文①，主张"落水狗"还是非打不可，就有老实人以为苛酷，太欠大度和宽容；况且我以此施之人，人又以报诸我，报施将永无了结的时候。但是，外国我不知，在中国，历来的胜利者，有谁不苛酷的呢。取近例，则如清初的几个皇帝，民国二年后的袁世凯，对于异己者何尝不赶尽杀绝。只是他嘴上却说着什么大度和宽容，还有什么慈悲和仁厚；也并不像列宁似的简单明了，列宁究竟是俄国人，怎么想便怎么说，比我们中国人直爽得多了。但便是中国，在事实上，到现在为止，凡有大度，宽容，慈悲，仁厚等等美名，也大抵是名实并用者失败，只用其名者成功的。然而竟瞒过了一群大傻子，还会相信他。

庆祝和革命没有什么相干，至多不过是一种点缀。庆祝，讴歌，陶醉着革命的人们多，好自然是好的，但有时也会使革命精神转成浮滑。革命的势力一扩大，革命的人们一定会多起来。统一以后，我恐怕研究系也要讲革命。去年年底，《现代评论》，不就变了论调了么？和"三一八惨案"时候的议论一比照，我真疑心他们都得了一种仙丹，忽然脱胎换骨。我对于佛教先有一种偏见，以为坚苦的小乘教倒是佛教，待到饮酒食肉的阔人富翁，只要吃一餐素，便可以称为居士，算作信徒，虽然美其名曰大乘，流播也更广远，然而这教却因为容易信奉，因而变为浮滑，或者竟等于零了。革命也如此的，坚苦的进击者向前进行，遗下广大的已经革命的地方，使我们可以放心歌呼，也显出革命者的色彩，其实是和革命毫不相干。

　　① **一篇短文**　指《论"费厄泼赖"应该缓行》。

这样的人们一多，革命的精神反而会从浮滑，稀薄，以至于消亡，再下去是复旧。

广东是革命的策源地，因此也先成为革命的后方，因此也先有上面所说的危机。

当盛大的庆典的这一天，我敢以这些杂乱无章的话献给在广州的革命民众，我深望不至于因这几句出轨的话而扫兴，因为将来可以补救的日子还很多。倘使因此扫兴了，那就是革命精神已经浮滑的证据。

四月十日

（原刊 1927 年 5 月 5 日广州《国民新闻》副刊《新出路》）

《剪报一斑》*拾遗

　　庐山荆棘丛中①，竟有同志在剪广告，真是不胜雀跃矣。何也？因为我亦是爱看广告者也。但从敝眼光看来，盈同志所搜集发表的材料中，还有一种缺点，就是他尚未将所剪的报名注明是也。自然，在剪广告专家，当然知道紧要广告，大抵来登"申新二报"②，但在初学，未能周知。

　　这篇一发表，我的剪存材料，可以废去不少，唯有一篇，不忍听其湮没，爱附录于后，作为拾遗云——

　　　　寻人赏格

　　　于六月十二日下午八时半潜逃妓女一名陈梅英系崇明人氏现年十八岁中等身材头发剪落操上海口音身穿印花带黄麻纱衫下穿元色印度绸裙足穿姜色高跟皮鞋白丝袜逃出无踪倘有知风报信者赏洋五十元拿获人送到者谢洋一百元储洋以待决不食言住法租界黄河路益润里第一家一号

　　　　　　　　　　　　　　　本主人谨启

　　右见中华民国十七年八月一日《新闻报》第三张"紧要分类"中之"征求类"。妓院主人也可以悬赏拿人，至少，可以使我们知道

---

　　* 《剪报一斑》　系署名盈昂的投稿人辑录当时报纸上的分类广告七则，附加按语，发表在《语丝》周刊上。鲁迅次文原附列该文篇末，标题称"拾遗"。

　　① 庐山荆棘丛中　《剪报一斑》篇末落款处有"写于庐荆棘丛中的蔷薇路上"一语。

　　② "申新二报"　指《申报》和《新闻报》，均为上海的大报。

所住的是怎样的国度，或不知道是怎样的国度者也。

八月二十日，识于上海华界留声机戏和

打牌声中的玻璃窗下绍酒坛后①。

（原刊 1928 年 9 月 10 日《语丝》第 4 卷第 37 期）

---

① **绍酒坛后**　1928 年 5 月，叶灵凤在《戈壁》第 2 期发表挖苦鲁迅"颓唐"的漫画，其说明词称："阴阳脸的老人，挂着已往的战绩，躲在酒缸的后面。"同年，冯乃超在《文化批判》第 4 号刊出《人道主义者怎样地防卫着自己?》一文，也以"缩入绍兴酒瓮中"一类字句形诸鲁迅。

水灾即“建国”

　　《建国月刊》① 第六卷第二期出版了，上海各大报上都登着广告。首先是光辉灿烂的“本刊宗旨”：

　　（一）阐扬三民主义的理论与实际；

　　（二）整理本党光荣之革命历史；

　　（三）讨论实际建设问题；

　　（四）整理本国学术介绍世界学术思潮。

　　好极了！那么，看内容罢。首先是光辉灿烂的“插图”：水灾②摄影（四幅）！

　　好极了……这叫作一句话说尽了“建国”的本色。

　　　　　　　　　　（原刊 1932 年 1 月 5 日《十字街头》第 3 期）

---

　　① 《建国月刊》　政治综合性期刊，国民党中央执行委员邵元冲主编。1928 年 4 月在上海创刊，初为周刊，1929 年 5 月改月刊。

　　② 水灾　指 1931 年夏长江、淮河流域八省发生的特大水灾。当时受灾人口近一亿，接近当时全国人口的四分之一。

辩"文人无行"

　　看今年的文字，已将文人的喜欢舐自己的嘴唇以至造谣卖友的行为，都包括在"文人无行"这一句成语里了。但向来的习惯，函义是没有这么广泛的，搔发舐唇（但自然须是自己的唇），还不至于算在"文人无行"之中，造谣卖友，却已出于"文人无行"之外，因为这已经是卑劣阴险，近于古人之所谓"人头畜鸣"① 了。但这句成语，现在是不合用的，科学早经证明，人类以外的动物，倒并不这样子。

　　轻薄，浮躁，酗酒，嫖妓而至于闹事，偷香而至于害人，这是古来之所谓"文人无行"。然而那无行的文人，是自己要负责任的，所食的果子，是"一生潦倒"。他不会说自己的嫖妓，是因为爱国心切，借此消遣些被人所压的雄心；引诱女人之后，闹出乱子来了，也不说这是女人先来诱他的，因为她本来是婊子。他们的最了不得的辩解，不过要求对于文人，应该特别宽恕罢了。

　　现在的所谓文人，却没有这么没出息。时代前进，人们也聪明起来了。倘使他做过编辑，则一受别人指摘，他就会说这指摘者先前曾来投稿，不给登载，现在在报私仇；其甚者还至于明明暗暗，指示出这人是什么党派，什么帮口，要他的性命。

　　这种卑劣阴险的来源，其实却并不在"文人无行"，而还在于"文人无文"。近十年来，文学家的头衔，已成为名利双收的支票了，好名渔利之徒，就也有些要从这里下手。而且确也很有几个成功：开店铺者有之，造洋房者有之。不过手淫小说易于痨伤，"管他娘"词②

---

　　① **"人头畜鸣"** 语出《史记·秦始皇本纪》篇末附文，唐张守节注："言胡亥（秦二世）人身有头面，口能言语，不辨好恶，若六畜之鸣。"按：唐司马贞认为《秦始皇本纪》篇后论秦二世亡天下的文字系班固所作。

　　② **"管他娘"词** 1933年2月，曾今可在《新时代》月刊第4卷第1期（"词的解放运动专号"）发表《画堂春》一词，曰："一年开始日初长，客来慰我凄凉；偶然消遣本无妨，打打麻将。都喝干杯中酒，国家事管他娘；樽前犹幸有红妆，但不能狂。"

也难以发达，那就只好运用策略，施行诡计，陷害了敌人或者连并无干系的人，来提高他自己的"文学上的价值"。连年的水灾又给与了他们教训，他们以为只要决堤淹灭了五谷，草根树皮的价值就会飞涨起来了。

现在的市场上，实在也已经出现着这样的东西。

将这样的"作家"，归入"文人无行"一类里，是受了骗的。他们不过是在"文人"这一面旗子的掩护之下，建立着害人肥己的事业的一群"商人与贼"① 的混血儿而已。

（原刊 1933 年 8 月 1 日《文学》月刊第 1 卷第 2 号）

_____

① **"商人与贼"** 借自曾今可的短篇小说集《一个商人与贼》的书名。该书由新时代书局 1933 年 1 月出版。

"某"字的第四义

　　某刊物①的某作家说《太白》不指出某刊物的名目来，有三义。他几乎要以为是第三义：意在顾全读者对于某刊物的信任而用"某"字的了。但"写到这里，有一位熟悉商情的朋友来了"。他说不然，如果在文章中写明了名目，岂不就等于替你登广告②?

　　不过某作家自己又说不相信，因为"一个作者在写自己的文章的时候，居然肯替书店老板打算到商业竞争的利害上去，也未免太'那个'了"。

　　看这作者的厚道，就越显得他那位"熟悉商情的朋友"的思想之龌龊，但仍然不失为"朋友"，也越显得这位作者之厚道了。只是在无意中，却替这位"朋友"发表了"商情"之外，又剥了他的脸皮。《太白》上的"某"字于是有第四义：暴露了一个人的思想之龌龊。

（原刊 1935 年 4 月 20 日《太白》第 2 卷第 3 期）

---

　　① **某刊物**　指《文饭小品》月刊。1935 年 3 月，该刊第 2 期发表署名酉生的《某刊物》一文，针对《太白》半月刊上两篇批评文章只用"某刊物"字样指称《文饭小品》发表议论："查'某刊物'这个'某'字的意义，可有三解：其一是真的不知道该刊物的名称，而姑以'某'字代之。其二是事关秘密，不便宣布真名字，故以'某'字代之。其三是报纸上所谓'姑隐其名'的办法，作文者心存厚道，不愿说出这刊物的真名字来，丢它的脸，故以'某'字代之。"文中随即排除了第一义和第二义的可能，进而设问："然则，岂第三义乎？"

　　② **岂不就等于替你登广告**　酉生的《某刊物》文中说：一位"熟悉商情的朋友"告诉他："《太白》半月刊每期行销八千本，你们《文饭小品》第一期只印五千本，卖完了也只有五千本销路，他们如果在文章中写明了《文饭小品》字样，岂不就等于替你登了广告？"

"天生蛮性"*

——为"江浙人"所不懂的**

辜鸿铭①先生赞小脚；

郑孝胥先生讲王道；

林语堂先生谈性灵。

（原刊 1935 年 4 月 20 日《太白》半月刊第 2 卷第 3 期）

---

* **"天生蛮性"** 林语堂曾以此自诩。1934 年夏，因"大众语"问题与曹聚仁、陈子展发生论争，他给曹、陈二人写信说："我系闽人，天生蛮性；人愈骂，我愈蛮。"此信内容由曹聚仁于 1935 年 3 月 5 日《芒种》创刊号发表的《我与林语堂先生往还的始终》一文中披露。

** **为"江浙人"所不懂的** 林语堂称辜鸿铭颇具"蛮子骨气"，并称"此种蛮子骨气，江浙人不大懂也"。此语见《有不为斋随笔·辜鸿铭》，刊于 1934 年 9 月《人间世》第 1 卷第 12 期。按：本篇所谈及的三人，均福建籍。

① **辜鸿铭**（1857—1928） 名汤生，字鸿铭，自号汉滨读易者，福建同安人，近代学者。自幼留学英国，游历欧洲大陆，精通多国文字。曾入张之洞、周馥幕府，又任清外务部左丞等职。辛亥革命后，为北京大学教授。其一生笃信孔孟之道，五四时期竭力反对新文化运动。著有《春秋大义》《读易草堂文集》等，并曾将《论语》《中庸》等译为英文。他对封建时代妇女缠足表示欣赏的话，见所著《春秋大义》一书。

死　所

日本有一则笑话，是一位公子和渔夫的问答——

"你的父亲死在那里的?"公子问。

"死在海里的。"

"你还不怕，仍旧到海里去吗?"

"你的父亲死在那里的?"渔夫问。

"死在家里的。"

"你还不怕，仍旧坐在家里吗?"

今年，北平的马廉①教授正在教书，骤然中风，在教室里逝去了，疑古玄同②教授便从此不上课，怕步马廉教授的后尘。

但死在教室里的教授，其实比死在家里的着实少。

"你还不怕，仍旧坐在家里吗?"

（原刊 1935 年 5 月 20 日《太白》半月刊第 2 卷第 5 期）

---

① **马廉**（1893—1935）　字隅卿，浙江鄞县人，现代学者、藏书家。曾任北京大学、北平师范大学教授。著有《旧本〈三国志演义〉板本的调查》等。1935 年 2 月 19 日在北京大学讲课时，突发脑溢血去世。

② **疑古玄同**　即钱玄同。

中国的科学资料

——新闻记者先生所供给的

毒蛇化鳖——"特志之以备生物学家之研究焉。"
乡妇产蛇——"因识之以供生理学家之参考焉。"
冤鬼索命——"姑记之以俟灵魂学家之见教焉。"

（原刊 1935 年 5 月 20 日《太白》半月刊第 2 卷第 5 期）

"有不为斋"

孔子曰："不得中行而与之，必也狂狷乎，狂者进取，狷者有所不为也。"①

于是很有一些人便争以"有不为"名斋②，以孔子之徒自居，以"狷者"自命。

但敢问——

"有所不为"的，是卑鄙龌龊的事乎，抑非卑鄙龌龊的事乎？

"狂者"的界说没有"狷者"的含糊，所以以"进取"名斋者，至今还没有。

（原刊 1935 年 5 月 20 日《太白》半月刊第 2 卷第 5 期）

---

① 引语见《论语·子路》

② 以"**有不为**"**名斋** "有不为"，语出《孟子·离娄下》："人有不为也，而后可以有为。"后世一些文人常用此语作为自己的书斋名。1932—1934 年，林语堂在《论语》《人间世》等刊物上以"有不为斋随笔"为总题撰写一系列文章。

两种"黄帝子孙"

林语堂先生以为"现代中国人尊其所不当尊,弃其所不当弃,……其实物质文明吃穿居住享用还是咱们黄帝子孙内行"。

但"咱们黄帝子孙"好像有两种:一种是"天生蛮性"的;一种是天生没有蛮性,或者已经消灭。

而"物质文明"也至少有两种:一种是吃肥甘,穿轻暖,住洋房的;一种却是吃树皮,穿破布,住草棚,——吃其所不当吃,穿其所不当穿,而且住其所不当住。

"咱们黄帝子孙"正如"蛮性"的难以都有一样,"其实物质文明吃穿居住享用"也并不全"内行"。

哈哈,"玩笑玩笑"①。

（原刊 1935 年 6 月 20 日《太白》半月刊第 2 卷第 7 期,后收入《且介亭杂文二集》）

---

① **"玩笑玩笑"** 套用林语堂语。林语堂曾说:"做文是茶余饭后的事,不必认真……玩笑玩笑,寻寻开心。"见 1935 年 3 月 5 日《芒种》创刊号曹聚仁《我与林语堂先生往还的始终》一文。

聚"珍"

张静庐①先生《我为什么刊行本丛书》云："本丛书之刊行，得周作人②沈启无③诸先生之推荐书目，介绍善本，盛情可感。……施蛰存先生之主持一切，奔走接洽；……"

施蛰存先生《编印中国文学珍本丛书缘起》④ 云："余既不能为达官贵人，教授学者效牛马走⑤，则何如为白屋寒儒，青灯下士修儿孙福乎？"

这里的"走"和"教授学者"，与众不同，也都是"珍本"。

（原刊 1935 年 9 月 5 日《太白》半月刊第 2 卷第 12 期）

---

① **张静庐**（1898—1969） 浙江慈溪人，现代出版家。早年曾在天津、上海做报纸记者、编辑。20 世纪 20 年代初入上海泰东书局编辑所，后与人合办光华书局、现代书局。1934 年创办上海杂志公司，出版《读书生活》《中流》《译文》《作家》等十余种刊物。此处所引《我为什么刊印本丛书》一文，原刊 1935 年 8 月《读书生活》第 2 卷第 8 期。"本丛书"指施蛰存主编的《中国文学珍本丛书》，由上海杂志公司 1935 年 9 月起陆续印行，共出五十种。

② **周作人**（1885—1968） 原名槐寿，后署启明、岂明、作人等，号知堂，浙江绍兴人，现代作家、翻译家。鲁迅之弟。早年留学日本，后任北京大学、燕京大学教授。抗战时附逆，出任伪华北政务委员会教育总署督办。著有散文集《自己的园地》《苦茶随笔》《知堂回想录》等，译有《日本狂言选》《古事记》等。

③ **沈启无**（1902—1969） 字闲步，江苏淮阴人，学者、作家。毕业于燕京大学。曾在河北省立女子师范学院、燕京大学任教，北平沦陷后任北京大学中文系主任。他是周作人弟子，20 世纪 30 年代与周作人过往甚密。抗战时亲日附逆，1943 年"大东亚文学者代表大会"期间与周作人反目。著有《闲步庵随笔》《风俗琐记》《龟卜通考》等，编有《大学国文》等。

④ **《编印中国文学珍本丛书缘起》** 此文亦载 1935 年 8 月《读书生活》第 2 卷第 8 期。

⑤ **牛马走** 汉司马迁《报任少卿书》自谓"太史公牛马走"，《文选》李善注："走，犹仆也。言己为太史公掌牛马之仆，自谦之词也。"按：太史公，此指司马迁父亲司马谈。